KB083871

작가
사전

작가 사전

2

Thesaurus for Writers

안젤라 애커만

베카 푸글리시

작가
사전

■

The Conflict
Thesaurus
Vol. 1

The Conflict Thesaurus

A Writer's Guide to Obstacles, Adversaries, and Inner Struggles

딜레마 사전

딜레마
사전

오수원
옮김

추천의 글

이야기의 원천을 담은 데이터베이스

■

심너울(『땡스 갓, 잇츠 프라이데이』 저자/SF 작가)

몇 달 전에 이야기꾼들이 혹할 만한 재미있는 문장 하나를 들었다. "지금 쓰는 장면이 갑자기 닌자가 나와서 등장인물들을 몰살시키는 것보다 재미있지 않으면 다시 써야 한다." 언뜻 우스갯소리 같지만, 이야기가 풀리지 않을 때마다 머리를 싸매는 내겐 굉장히 와닿는 문장이었다.

일명 이야기의 지옥이라 이름 붙인 내 습작 폴더 안에는 쓰는 도중 꽉 막혀버린 작품들이 창조주를 원망하며 살고 있다. 나는 닌자 방법론을 활용해 '닌자를 투입해야만 진행될 수 있는' 미완성 작품들을 하나씩 분석해봤다. 결론은 하나였다. 완성하지 못한 작품들은 하나같이 갈등 요소가 부재하거나 지나치게 흐릿해서 재미가 없었다. 나는 내 작품의 목을 노리고 쫓아오는 닌자들을 피해 부랴부랴 주인공을 방해하기 시작했다. 주인공과 완전히 상반된 목표를 가진 인물을 만들거나, 주인공이 품은 목표와 윤리의식이 정면으로 충돌하게 만들었다. 그 순간, 무풍지대의 범선처럼 정체돼 있던 이야기가 순풍을 받은 듯 앞으로 나아가기 시작했다.

욕망하고 고뇌하고 분투하는 인물의 여정을 설득력 있게 그려내는 것. 작가라면 누구나 속을 끓일 과제다. 여기 『딜레마 사전』이 있다. 이 사전에는 인간사의 온갖 고통과 고뇌가 다 들어있는 듯하다. 수많은 갈등 양상과 그 속에서 비롯되는 인물의 행동과 감정을 하나씩 짚고 있자니, 굳이 닌자를 등장시키지 않아도 실로 재미있고 놀라운 장면들이 저절로 펼쳐져서 당장이라도 다음 장면이 쓰고 싶어진다. 말하자면, 이 책은 모든 길 잃은 작가들을 위한 이정표라고 할 수 있겠다. 이 데이터베이스에는 의심과 실수, 유혹이 도사린 갈등이란 웅덩이에 인물을 집어 던질 방법이 그야말로 무궁무진하다. 단언컨대 온갖 장면이 샘솟는 가장 실용적인 작법서이며, 모든 이야기꾼의 책장에 한 권씩 꽂혀 있을 만한 긴요한 가이드북이라고 할 수 있다.

일러두기

- 옮긴이 주는 ◆로 표시했다.
- 인용 출처는 ◇로 표시했다.

차례

실패와 실수

도덕적 딜레마와 유혹

의무와 책임

압력 증가와 시간 압박

승산 없는 시나리오

서문

캐릭터를 만드는 건 갈등이다

소설이나 영화, 드라마에서는 많을수록 신나지만 현실에서는 질색하며 피하게 되는 것은 무엇일까? 바로 갈등이다. 갈등은 힘들다. 갈등은 모든 걸 엉망진창으로 망쳐놓는다. 갈등은 예측 불가능하다. 갈등은 계획을 쓰레기로 만들고, 노력이 무용지물이 되게 하며 스트레스와 근심을 낳는다. 갈등은 우리를 막다른 골목으로 몰아넣어 공포에 떨게 만들고, 우리의 정신과 육체를 한계 이상으로 밀어붙인다. 우리는 갈등을 별로 좋아하지 않으며 갈등을 겪기보다는 최대한 피해서 계획에 따라 그냥 끝까지 내달리고 싶어 한다.

하지만 소설이나 영화, 드라마라면 문제가 다르다. 독자 입장에 서면 우리는 책을 움켜쥐고 온갖 곤경과 중상모략을 만끽하며 낭떠러지에서 추락하고 싶어 안달이 난다. '기왕에 비가 올 거라면 억수같이 쏟아져라!' '끔찍하고 불가능한 선택지들을 내 앞에 데려와봐!' '송곳니를 날카롭게 간 괴물을 데려와서 마구 풀어놓아도 좋아!' 이처럼 허구의 세계에서는 갈등이 아무리 많아도 모자라게 느껴진다.

실생활에서는 피하려고 애쓰지만, 픽션에서는 넘칠수록 더 원하게 되는 게 갈등이라니. 뭔가 아이러니해 보이지만 심리학적으로는 이런 아이러니가 꽤 일리가 있다. 책은 인간의 '투쟁-도피fight or flight' 본능을 크게 자극하지 않는다. 책 속에서는 갈등을 경험한다 해도 안전이 보장되기 때문이다. 다시 말해 이야기 속에서 벌어지는 끔찍한 일은 내가 아닌 누군가에게 일어나는 일로 조금 거리를 두고 받아들이게 된다. 한편 잘 만든 이야기는 독자들에게 생생한 현장감을 전해준다. 우리는 캐릭터가 느끼는 공포와 분노와 혼란을 똑같이 느끼며 그들의 경험을 동일시하고 이야기 속에 빠져든다. 실제 경험을 통해 불확실성과 두려움의 고통이라든가 완전한 열패감이 무슨 느낌인지를 현실에서 이미 배웠기 때문이다.

독자로서 우리는 주인공이 인생의 소용돌이 속으로 내던져질 때 맨 앞 좌석에서 구경할 기회를 얻게 된다. 무자비하고 파괴적인 소용돌이에 흔적도 없이 사라질 것인지, 풍파에 닳고 닳았지만 어떤 대가를 치르더라도 소명과 목표를 이루겠다는 결심을 보여줄 것인지 주인공의 다음 행보를 기대하며 바라본다. 독자가 바라는 결말은 단연 후자로, 주인공이 고난을 버텨주길 바란다. 현실의 삶과 소설은 아주 중요한 한 가지 지점에서 수렴하기 때문이다. 현실에서든 소설에서든 성취에는 극도의 희열이 동반된다. 현실 속의 우리나, 소설 속의 캐릭터나 가장 필요로 했던 어떤 것을 기어코 얻어내 의기양양해지는 순간은 무엇과도 견줄 수가 없다. 그리고 이 지점에서 우리는 다음과 같은 진정한 아이러니에 도달하게 된다. 바로 승리의 순간을 그토록 강력하고 확실하며 만족스러운 것으로 만들어주는 요인은 '승리하기 위해 무엇을 희생해야 하는지 아는 것'이며 '승리에는 크나큰 노력과 희생과 대가가 필요하다는 것'이다. 이러한 승리감은 대립과 장애와 문제가 있어야만 느낄 수 있다. 요컨대 갈등이 있는 곳에 승리도 있다는 뜻이다. 따라서 현실을 사는 우리는 역경을 좋아하지 않고 대개 피하려 노력하지만, 사실 그것을 극복하는 행위는 우리를 진정으로 살아 있다고 느끼게 해준다.

픽션에서 갈등은 등장인물들을 시험에 들게 하고 성장시키는 역할을 하며 크게 외적 갈등과 내적 갈등으로 나뉜다. 외적 갈등은 캐릭터가 자신의 세계를 면밀히 살피고 선택을 하며 원하는 바를 얻기 위해 행동을 취하게끔 만드는 일종의 장애물을 공급함으로써 플롯을 앞으로 진행시킨다. 내적 갈등은 캐릭터의 내면에서 일어나며 캐릭터가 공포와 신념과 필요와 가치와 욕망 사이에서 심리적인 줄다리기를 하게 만든다. 궁극적으로 갈등은 캐릭터가 낡은 사고와 행동 방식 혹은 새롭고 진화한 존재 방식 중 하나를 선택할 수밖에 없게 만든다. 둘 중 하나만이 캐릭터가 원하는 바를 얻을 수 있도록 도움을 주기 때문이다. 스토리텔링 전문가 마이클 하우지Michael Hauge는 이를 가리켜 공포에 떠는 삶과 용기 있는 삶 사이의 선택이라고 부른다. 캐릭터는 어려운 결정을 내려 두려움을 무릅쓰고 벼랑 끝으로 올라섬으로써 변화를 받아들일 수 있을까, 아니면 결국 후퇴하고 말까? 독자는 이 지점에서 이야기에 감응한다. 갖은 갈등과 고난을 맞이한 캐릭터가 투쟁해나가는 모습은 독자들에게 감정적인 울림을 던진다. 현실에서 겪는 삶의 문제를 돌아보고 두려움을 떨쳐낼 수 있도록 용기를 북돋아주는 것이다.

혹 방금 소개한 내적 갈등에 대한 이야기에서 인물호character arc◆라는 개념을 떠올렸다면, 우리가 말하고 있는 바를 정확히 포착한 셈이다. 갈등은 캐릭터를 힘들게 하지만, 또 그만큼 캐릭터가 자신의 진정한 자아를 발견하는 기회이기도 하다. 하지만 진정한 자아를 발견하려면 캐릭터는 과거의 자신을 내려놓아야만 한다. 이렇게 갈등은 캐릭터의 발전을 추진한다. 갈등은 캐릭터가 행동하게 만든다. 즉 캐릭터가 나서서 싸우고 목표에 다시 전념하도록 강제하며 그렇게 자신의 가치를 독자에게 입증하라고 요구한다. 갈등은 캐릭터를 한계까지 밀어붙여 가장 절실하고 절망적인 순간에 그의 진면목(윤리와 가치와 신념)을 드러낸다. 성공과 실패의 여부와는 상관없이, 이야기의 출발점에서 보았던 캐릭터의 모습과 이야기의 끝에 나타나는 캐릭터의 모습은 사뭇 다르다. 갈등은 변화의 전조이기 때문이다.

◆ 이야기가 진행되며 캐릭터, 특히 주인공이 겪는 변화를 가리키는 개념. 인물호가 있는 이야기는 캐릭터가 급격히 혹은 천천히 다른 인물로 바뀐다. 인물호가 있는 캐릭터는 평면적 인물이 아니라 입체적 인물이다.

플롯과
갈등의 조합

2016년, 버몬트대학교와 애들레이드대학교는 야심만만한 프로젝트에 착수한다. 프로젝트 구텐베르크Project Gutenberg◆에 모아놓은 소설 1,737편의 감정호emotional arc◆◆를 분석한 후 작품들이 총 몇 개의 내러티브 플롯으로 이루어져 있는지 알아보기로 한 것이다.◇ 정답은 몇 개였을까? 바로 6개였다. 작품 속 스토리 전체에서 어떤 플롯이든 아래의 여섯 가지 고유한 플롯 형식 중 하나에 귀속시킬 수 있었다.

가난뱅이가 부자로 성공하는 이야기

캐릭터가 불이익을 당하는 데서 시작해 역경을 극복하고 크게 성공하는 이야기. 이러한 이야기는 꾸준한 '상승' 형식을 갖추고 있고, 실패에서 승리를 향해 진행된다(절망을 벗어난 상승).

부자에서 가난뱅이로 몰락하는 이야기

모든 것을 갖춘 캐릭터가 전부 다 잃는 이야기. 이 비극에는 꾸준한

◆ 인류가 남긴 자료를 모아 전자 정보로 저장하고 배포하는 프로젝트로, 인터넷에 전자화된 문서를 누구나 무료로 받아 읽는 가상 도서관 수립을 목표로 한다.

◆◆ 캐릭터에게 감정적 반응을 이끌어냄으로써 이야기를 전달하는 플롯.

◇ LaFrance, Adrienne. "An A.I. Says There Are Six Main Kinds of Stories." *The Atlantic*, Atlantic Media Company, 2018.11.1 The Six Main Arcs in Storytelling, as Identified by an AI.

'하강/몰락' 형식이 존재한다. 이야기는 처음부터 끝까지 하락을 그린다(위신의 추락/명예의 상실).

곤경에 빠진 인간 이야기

캐릭터가 성공한 상태를 누리다가 몰락을 겪어 나락까지 갔다가 안간힘을 써서 다시 빠져나오는 이야기. 이러한 이야기의 형식에는 고점 둘 사이에 저점이 있다(추락-상승).

이카로스 이야기

그리스의 이카로스 신화를 닮은 이야기 구조. 이카로스는 밀랍과 깃털로 날개를 만들어 감옥에서 탈출한다. 하지만 너무 높이 날지 말라는 주의를 무시한 탓에 햇빛에 날개가 녹아버려 추락해 죽는다. 이러한 형식을 갖춘 이야기는 캐릭터의 상승과 이후 때 이른 몰락으로 이어진다는 특징이 있다(상승-추락).

신데렐라 이야기

행복하고 흡족한 삶을 누리던 캐릭터가 행복을 잃고 낙담과 절망에 빠지는 이야기. 하지만 이야기는 계속 이어져 캐릭터가 행복을 되찾는 결말로 끝난다(상승-추락-부활).

오이디푸스 이야기

동명의 왕을 주인공으로 하는 그리스 비극처럼 캐릭터가 행복한 삶을 살다가 갑자기 곤경에 빠지는 이야기 형식이다. 캐릭터는 성공적으로 곤경에서 벗어나지만 상승은 짧고, 파국이 다시 찾아온다(추락-상승-추락).

스토리텔링의 범주에 몇 가지 이상의 플롯이 속해야 하는가를 논의하는 이론은 넘쳐난다. 그러므로 핵심 플롯에 대한 연구는 이것이 최초도 아니고 당연히 마지막이 되지도 않을 것이다. 다만 소설, 영화, 텔레비전, 게임, 광고 등 서구 사회에서 발견되는 수백에서 수십억 개에 이르는 이야기를 추적해보니 겨우 여섯 가지에 이르는 플롯으로 모조리 환원이 가능하다는 사실을 알고 나면 머릿속이 혼란스러워진다. 도저히 불가능한 결과로 보이기 때문이다. 어떻게 그토록 독창적이고 황홀한 수많은 이야기들이 계속해서 동일한 구조일 수가 있단 말인가?

그중에서도 사달을 내는 범인이 있다. 바로 '갈등'이라는 녀석이다. 갈등이 이야기의 핵심이라는 주장은 꽤 대담한 주장일 수 있다. 갈등 외에도 다양한 요소가 이야기 속에서 각자의 역할을 수행하기 때문이다. 예컨대 각각의 이야기에 고유성을 부여하는 데 '캐릭터' 또한 막대한 역할을 수행한다. 캐릭터는 성격, 배경이 되는 내용back story, 욕망, 필요 등을 통해 끝없이 재창조가 가능하다. 하지만 소설 속 캐릭터가 누구인지와는 상관없이 캐릭터를 다루는 이야기의 목적은 바로 캐릭터를 특정한 방향으로 몰고 가는 것이다. 호텔 방으로 향하는 고단한 여행자에 비유하자면 캐릭터는 승강기를 타든지 계단으로 걸어가든지 어쨌든 같은 층에 멈출 것이다. 반면, 갈등은 건물을 마음대로 뛰어다닌다. 문제를 일으키는 일에 골몰하는 짓궂은 아이처럼 갈등이라는 녀석은 승강기의 버튼이란 버튼은 죄다 누를 수 있고 모든 층에서 내릴 수도 있으며, 계단 통로에 불을 지르거나 창밖으로 가구를 내던질 수도 있다. 이야기나 장면을 새롭게 바꾸는 데 갈등을 사용하는 방법의 경우의 수는 한계가 없다.

스토리텔링에 관한 한 갈등은 많으면 많을수록 좋다. 위대한 이야기는 정신을 차릴 수 없을 만큼 핑핑 돌아가는 장애물, 방해, 난제를 제시해야 한다. 각 이야기의 순간순간은 도입하는 문제로 인해 참신해진다. 그렇다고 갈등을 닥치는 대로 던져 넣거나 구조가 결여되어도 괜찮다는 말은 아니다. 마찰과 대립은 이야기에 복무해야 하고, 난제는 캐릭터를 시험하는 의미심장한 것이어야 한다. 그뿐 아니라 각 이야기는 중심 갈등이 포함되어 있으며, 플롯 형식의 수가 제한되어 있듯, 갈등을 위한 기존의 문학 형식도 정해진 몇 가지가 있다.

캐릭터 vs 캐릭터

주인공의 의지가 다른 캐릭터의 의지와 정면으로 충돌하는 유형이다. 둘 사이는 맞수(영화 〈피구의 제왕Dodgeball: A True Underdog Story〉의 체육관 주인 피터와 화이트 굿맨), 경쟁자(영화 〈게임 나이트Game Night〉의 인물들) 혹은 상반되는 욕구나 욕망이나 의제를 지닌 적수(영화 〈다이 하드Die Hard〉의 한스 그루버와 존 맥클레인)일 수도 있다. 이들은 또한 연애물(〈프린세스 브라이드The Princess Bride〉의 웨스틀리와 버터컵)이나 버디물buddy dynamic◆(〈스텝 브라더스Step Brothers〉의 브레넌 허프와 데일 도백) 속 밀고 당기는 관계의 주인공들일 수도 있다. 목적이 상반되건 동일하건 두 인물 사이의 마찰은 한 인물이 다른 인물보다 우위를 얻는 것으로 결말이 나는 충돌을 발생시킨다. 충돌은 일방적이어서는 안 된다. 두 캐릭터는 지혜와 역량과 자원 면에서 동등한 맞수가 되어야 하며, 이야기의 끝에서 결과가 정해질 때까지 균형을 잡고 있으면서도 지속적인 변화를 확실히 꾀해야 한다.

캐릭터 vs 사회

이 이야기의 특징은 캐릭터가 사회나 세계 내의 강력한 행위자에 대항해 맞장을 뜨다가 극복하기 힘들어 보이는 난제를 만난다는 것이다. 영화 〈쓰리 빌보드Three Billboards Outside Ebbing, Missouri〉에 나오는 주인공

◆ 버디 무비라고도 하며, 주로 두 명의 단짝 관계인 주인공이 콤비로 활약해 우정을 쌓는 영화를 가리킨다.

밀드레드 헤이스는 살해당한 자신의 딸과 관련된 정의를 실현하기 위해 경찰과 대립한다. 〈헝거게임The Hunger Games〉 삼부작의 주인공 캣니스 에버딘은 정부를 향한 저항을 이끈다. 〈쉰들러 리스트Shindler's List〉의 주인공 오스카 쉰들러는 가능한 한 많은 유대인의 목숨을 구하기 위해 잔인한 나치 정권에 맞선다. 이런 유형의 갈등에는 큰 위험이 내재되어 있기 때문에 인물 각각의 위험도 크게 고조된다. 캐릭터가 자신의 양심을 지키기 위해 많은 것을 잃을 태세를 갖추고 있기 때문이다.

캐릭터 vs 자연

이 이야기에서 캐릭터가 맞서는 대상은 자연이다. 예를 들면 영화 〈퍼펙트 스톰The Perfect Storm〉의 악천후, 〈127시간127 Hours〉의 무시무시한 자연환경, 〈레버넌트The Revenant〉의 야수는 캐릭터가 성공하기 위해 길들이거나 버티거나 생존해야 하는 어마무시한 자연력을 제공한다.

캐릭터 vs 테크놀로지

캐릭터와 테크놀로지 혹은 캐릭터와 기계가 대립하는 경우다. 터미네이터와 대적하는 사라 코너나 매트릭스와 전투를 벌이는 네오가 대표적인 사례다. 위협이 커질수록 탈출 또한 어려워지고 재앙에 가까운 결과가 초래된다. 테크놀로지라는 장애물을 극복하기 위해서는 창의력과 전문 지식, 자원과 배짱이 필요하다.

캐릭터 vs 초자연적 존재

캐릭터가 이해할 수 있는 범위 바깥에 존재하는 적을 마주하는 갈등 상황이다. 스티븐 킹 원작의 영화 〈닥터 슬립Doctor Sleep〉에서 초자연적이거나 주술적인 힘에 맞서는 대니 토렌스, 〈고스트 라이더Ghost Rider〉에서 귀신에게 홀리는 자니 블레이즈가 이러한 사례에 해당되는 캐릭터다.

소설 『퍼시 잭슨과 올림포스의 신Percy Jackson and the Olypians』에 등장하는 반신 및 다른 신들과 캐릭터를 기다리는 운명 사이의 충돌을 다루는 것도 이러한 이야기에 해당한다. 이러한 형태의 갈등은 때로는 캐릭터 대 신, 혹은 캐릭터 대 운명이라는 하위 범주로 세분화할 수도 있다.

캐릭터 vs 자아

갈등의 모든 형식 중에서 가장 사적이고 가장 강력한 갈등이 캐릭터와 자아 간의 갈등이다. 이 갈등에서 마찰은 캐릭터의 신념 체계 내부에서 발생한다. 좋은 이야기는 캐릭터 앞에 거울을 딱 세워놓은 다음, 캐릭터가 자신이 원하는 것과 저지른 일 혹은 해야 할 일로 인해 복잡다단한 감정을 겪을 때 드러나는 내면의 투쟁을 드러낸다.

영화 〈본 아이덴티티The Bourne Identity〉의 주인공 제이슨 본을 생각해보자. 본은 자신을 제거하려는 자들로부터 달아나는 와중에 있는 주인공으로, 기억상실증을 앓고 있다. 본은 기억을 되찾고 싶고 사람들이 자신을 내버려두기를 바라지만 자신의 과거를 캐면 캘수록 자신이 새 출발을 할 자유를 누릴 자격이 없다는 것을 점차 깨닫는다. 또 다른 사례는 텔레비전 드라마 시리즈 〈덱스터Dexter〉의 주인공 덱스터 모건이다. 덱스터는 다른 살인자를 죽여 윤리적 행동수칙을 따르는 반사회적 인격 장애자, 즉 소시오패스다. 그는 이중생활을 영위한다. 경찰을 위해 유능한 혈흔 분석가로 일하는 동시에 살인 충동과 사적 제재에 흠뻑 빠진 인간이라는 뜻이다. 시리즈가 진행될수록 덱스터의 갈등은 단순히 경찰의 레이더망을 피해 살인을 계속할 수 있느냐에만 국한되지 않고, 내면에서 점점 심화되어간다는 것을 분명히 알 수 있다. 덱스터의 주변에 몇몇 소중한 사람들이 생기면서 어둠을 포용하는 그의 소시오패스적 기질이 방해를 받게 되기 때문이다.

모든 이야기는 대부분 실질적으로 위에 분류한 갈등의 조합으로 이루어져 있는데 그중에서도 가장 확연한 갈등은 플롯의 기초로 기능하는 중심 갈등이다.

갈등은 투쟁이다

모든 충돌은 대립하는 두 세력 간의 싸움으로 요약할 수 있다. 어떤 시나리오든 갈등은 외적 갈등과 내적 갈등 사이 그 어딘가에 있다. 외적 갈등은 캐릭터가 외부 세계에서 마주하는 사람들과 장애물에서 비롯되는 갈등이며 내적 갈등은 캐릭터의 감정과 신념 체계를 중심으로 하는 갈등이다. 독자의 가슴을 뛰게 할 이야기의 핵심은 주인공이며, 주인공은 겹겹의 욕구와 신념과 공포와 욕망으로 이루어진 복잡한 존재이다(따라서 탁월한 이야기에는 외적 갈등과 내적 갈등이 모두 풍부하게 들어있다). 외적 갈등이 대응을 요구할 때마다 캐릭터는 어떤 대응을 해야 할지 선택해야 한다. 어떤 행동을 하느냐는 늘 그 동기에 달려 있다. 다시 말해 캐릭터를 움직이게 만드는 욕구와 가치와 핵심적인 믿음이 바탕이 되는 것이다.

캐릭터의 고유한 내적 동기들이 캐릭터를 현재의 모습으로 만드는 요인이며, 캐릭터는 이 요인들을 각 상황마다 저울질해 자신이 해야 할 적절한 행동을 결정한다. 이러한 결정 과정이 늘 직관적이거나 쉽게 이루어지지는 않는다. 동기라는 요인들은 대체로 상충되기 때문이다. 가령 어떤 소설 속 여자 주인공은 사랑이 필요하지만, 자신이 사랑을 할 만한 가치가 없다고 생각한다. 그러나 그녀는 연애 상대를 욕망한다. 과거의 나쁜 경험 때문에 거부당할까 봐 겁내면서도 말이다.

올바른 갈등이 올바른 상황에 도입되는 경우 발생할 갈등을 상상해 보라. 주인공은 그동안 해왔던 나쁜 연애 때문에 다시는 연애 같은 건 하지도 않겠다고 작심한 상태다. 그런데 남녀 혼성 소프트볼 경기 후에 한 남자 팀원과 사이좋게 잡담을 나누게 된다. 장비를 챙겨 주차장으로 향하면서 웃으며 농담을 주고받는 동안 두 사람 사이에는 서로를 향한 감정이 차차 싹튼다. 마침내 남자 팀원은 경기가 끝나고 나면 한 잔 하러 가자고 주인공에게 청한다.

주인공은 이러한 요청에 어떻게 대응할까? 자신의 필요와 욕망에 귀를 기울일까, 아니면 공포와 부정적인 생각에 귀를 기울일까? 게다가 결정 과정이 뭔가 다른 문제(가령 나이 차이가 크다거나 남자가 여자가 다니는 직장의 상사라는 사실) 때문에 더욱 복잡해진다면? 데이트를 하기 전부터 옳고 그름에 대한 주인공의 윤리의식이 데이트를 망쳐버릴까, 아니면 둘 사이에 불꽃이 튀고 욕망이 모든 생각을 지배해버려 윤리의식 따위는 구석으로 내쳐지게 될까?

이런 유형의 내적 갈등은 사실상 캐릭터가 갖고 있는 DNA의 일부다. 현실의 인간들처럼 캐릭터 역시 세계관이 발전(혹은 퇴보)함에 따라 시간이 흐르고 경험을 하게 되면서 변해갈 것이기 때문이다. 각각의 외부 상황은 캐릭터가 본격적으로 행동하기 전에 내적 평가와 저울질을 하게 만들 것이고, 의미있는 갈등은 캐릭터의 신념 체계를 바꾸어 놓을 것이다. 갈등은 이렇듯 캐릭터를 '내적으로' 형성해내는 힘을 갖고 있다. 갈등은 캐릭터의 변화와 성장 혹은 반성장의 순환을 거듭하며 캐릭터에게 영향을 끼친다.

그러나 캐릭터의 발전은 내적인 데서 멈추지 않는다. 외적 갈등의 존재 또한 캐릭터로 하여금 자신이 가진 모든 힘을 결집시키도록 강제한다. 캐릭터는 자신의 기량, 전략, 상상력, 지식을 총동원하여 유리한 입지에서 난제나 위협에 대적할 수 있게 대비한다. 그 결과에 따라 캐릭터는 자신의 입지가 어디인지, 다가올 또 다른 갈등에 얼마나 대비가 되어 있는지 알게 된다.

예를 들어 멜리사라는 이름의 주인공이 자기 차에 장 본 물건들을 싣고 있는 상황을 상상해보자. 어떤 여자가 멜리사에게 접근한다. 그 여자의 어린 아들이 행방불명되었다. 아이는 엄마가 주차장에서 친구와 이야기를 나누는 동안 혼자 돌아다니다 사라져버렸다. 멜리사는 같은 부모처지라 즉시 행동에 돌입한다. 장 본 카트를 버려둔 채 빨간 머리가 부스스한 아이를 찾겠다는 일념으로 주차장을 뒤지고 다닌다. 멜리사는 낯선 여자에게 아이를 마지막으로 본 곳이 어디인지, 나이가 몇 살인지 묻는다. 아이를 찾고 싶은 열망이 큰 나머지 멜리사는 그 여자가 자기 카트에서 지갑을 슬쩍하는 것을 보지 못한다. 상점 관리자에게 아이의 행방불명을 알리러 뛰어간 지 한참 시간이 지난 후에야 비로소 멜리사는 모든 일이 여자의 계략이었음을 깨닫는다.

대개 갈등은 캐릭터의 인식 부재를 포착한다. 즉, 캐릭터는 특정 순간 자신이 할 수 있는 최선의 행동에 즉시 돌입한다는 뜻이다. 때로는 성공, 때로는 실패가 따른다. 성공은 캐릭터의 자질 중 자부심이 될 만한 강점을 드러내기도 하고 개선이 필요한 측면을 드러내기도 한다. 실패는 캐릭터가 상대보다 수가 얼마나 낮은지 보여줄 수도 있고, 모성 본능이 스스로에게 불리하게 작용한 멜리사의 사례에서 확인할 수 있는 것처럼, 캐릭터의 맹점을 드러내기도 한다.

캐릭터는 차분하게 사건을 다시 검토해 차후에 닥칠 일을 미리 알아내고 제대로 준비할 수 있는 방안을 모색해야 하지만, 이는 완벽한 세계에서나 가능한 일이다. 현실에서 이러한 사건은 내적 갈등을 불러온다. 특히 내면에 자책감을 품고 있다가, 능력이 부족하거나 사태를 책임질 역량이 없어 남에게 해를 끼칠 수 있다는 공포를 갖게 되는 경우 캐릭터는 내적 갈등을 겪는다. 이러한 부정적 반응은 캐릭터의 판단을 흐리게 만들고 캐릭터는 이제 뒤로 빠져 주춤한 채 행동을 망설이게 된다.

앞서 본 멜리사라는 캐릭터는 사건 이후, 자신의 본능을 불신하기에 이르러, 타인들의 동기까지 의심하기 시작한다. 이러한 불신과 의심은 멜리사의 관계에 해악을 끼친다. 다음번에 누군가 도움을 청하는 일이 생기면 멜리사는 거절한다. 자신이 속기 쉬운 존재라는 생각이 들어 더 이상 이용당하고 싶지 않기 때문이다. 그런데 만약 거절했던 그 사람이 정말 필요한 일로 도움을 청했다는 사실을 나중에 알게 되면, 멜리사의 자존감은 훨씬 더 크게 잠식당할 수 있다.

하지만 부정적인 경험만이 캐릭터의 내면을 바꿀 수 있는 것은 아니다. 만일 멜리사가 타인을 신뢰해 보람을 느끼거나 보상을 받는 경험을 하게 되면, 세상에는 선한 사람들도 있다는 사실을 다시 깨닫게 됨으로써 자존감을 회복하고 세계관을 바꾸는 데 도움을 얻을 수 있기 때문이다.

갈등의 질과 양을 생각하라

이야기라는 불꽃은 다양한 갈등 요소가 존재할 때 비로소 타닥타닥 힘차게 타오른다. 플롯의 중심을 차지하는 큰 갈등이건 캐릭터에게 압박을 가하고 위기를 고조시키는 특정 장면의 복잡한 상황이건 어느 쪽이든 간에 상관없다. 좋은 이야기는 무엇보다 똑같은 유형의 갈등에 집착하는 법이 없다. 좋은 이야기는 다양한 형태의 갈등을 끌어내 이야기의 주요 전제와 자연스럽게 작용시켜 사방팔방에서 캐릭터를 가격한다.

다양한 갈등을 뒤섞어 독창성 있는 이야기를 만들 수도 있다. 스티븐 킹의 소설 『크리스틴Christine』은 크리스틴이라는 이름의 자동차 이야기다. 크리스틴은 1958년형 플리머스 퓨리Plymough Fury로 근사한 대형 쿠페 자동차다. 크리스틴은 지각과 의식이 있고 사악하며 피를 찾아 나서는 존재다. 크리스틴은 살인을 할 때마다 정신을 바짝 차리고 범죄의 증거를 모조리 제거한다. 자동차 크리스틴의 이러한 행각이 낳는 갈등은 데니스 길더와 리 탤봇이라는 인물에게 특히 지난한 문제를 안긴다. 갈등을 일으키는 존재가 초자연적인 힘과 첨단 기술을 둘 다 갖췄기 때문이다.

또 다른 사례는 〈23 아이덴티티Split〉라는 영화다. 영화의 주인공 케빈 크럼은 24개의 다른 인격이 있다. 각각의 인격은 그 전의 인격보다 더 어둡고 위험하다. 일부 사람들은 크럼의 지하실에 갇힌 피해자들을 도우려 하고 일부는 이들의 감금을 기뻐한다. (주의: 이어지는 내용에는 스포일러가 있다!) 만약 '여러 개의 인격 중 하나가 강하고 폭력적인 능력을 가진(온전히 인간이 아니라 짐승인) 비스트였다'는 결말이 없었다면, 이 이야기는 그저 평범하고 교과서적인 갈등(캐릭터와 그의 자아가 싸우는)을 다루는 이야기가 될 뻔했다. 그러나 '캐릭터와 초자연적 존재 사이의 갈등'이라는 예상치 못한 내용이 추가되면서 뭔가 새롭고 섬뜩한 이야기가 창조되었다. 새로운 갈등은 표준적인 전제를 신선하고 잊을 수 없는 것으로 변화시킨다.

갈등의 범주

갈등은 큰 충격을 줄 수 있는 곳에 던져질 때 최상의 효과를 낸다. 갈등이라는 폭탄의 폭발 지점은 늘 캐릭터, 특히 주인공과 가까이에 있는 장소다. 부서지고 깨지는 자동차 추격 씬이나 폭발 장면도 근사하지만, 좀 더 애정을 갖게 된 독자들은 캐릭터가 갈등에 얽혀 어떻게 부딪칠지를 보고 싶어 한다. 따라서 장애물과 난제를 선택할 때는 캐릭터의 관점character-view에서 접근하는 것이 좋으며 이때 갈등이 캐릭터에게 어떤 영향을 끼칠지를 최우선으로 고려해야 한다. 이 방법을 쓰면 독자들의 시선을 계속 사로잡을 수 있다. 위험을 고조시키고 캐릭터 개인의 내적 갈등에 복잡성까지 가미해 극적인 깨달음이나 각성의 순간, 내적 성장과 성취의 초석을 놓는 갈등을 도입할 수 있기 때문이다.

관계상의 갈등

당신의 삶에서 관계는 얼마나 중요한가? 배우자, 자식, 다른 소중한 가족이나 친구들과의 관계는 얼마나 많은 중요도를 차지하는가? 당신의 생일을 절대 잊는 법이 없는 직장 동료, 당신의 글이라면 언제나 읽을 시간을 내어주는 비평 파트너, 혹은 당신이 동네를 떠나 있을 때 당신의 고양이에게 먹이를 주는 이웃과의 관계를 떠올려보라.

우리는 누구나 존경하고 좋아하기에 희생해도 아깝지 않을 사람들과 관계를 맺고 살아간다. 또한 '설명하기 복잡한' 관계를 맺고 살아가는 사람도 많다. 여기서 복잡한 관계를 맺고 있는 사람들이란 가능하면 피하려 애쓰고 피하기를 바라며 같이 있으면 견디기 힘든 사람들이다. 내가 사는 세계에 들여놓고 싶은 사람과 내쫓고 싶은 사람을 직접 선택할 수만 있다면 얼마나 좋을까? 하지만 인생은 그런 식으로 돌아가지 않는다. 우리나 캐릭터나 형편은 마찬가지다.

관계는 건강하거나 병적일 수도 있고 안전하거나 유독할 수도 있다. 관계가 간단치 않은 이유는 캐릭터가 복잡하기 때문이다. 캐릭터는 자신과 타인들의 관계를 시험에 들게 할 말과 행동을 일삼는다. 캐릭터들은 서로 감사하는 벅찬 감정을 느끼기도 하고 충격에 움츠리기도 한다. 의도와 하등 상관없이 캐릭터들은 두려움과 불안 때문에 반사적으로 바보 같은 행동을 하기도 해서 갈등을 유발할 수 있다.

관계상의 갈등은 건전한 갈등일 수 있다(형제자매들 간의 가볍고 악의 없는 지분거림이거나 두 연인이 나누는 치열한 눈길 등). 그러나 대개는 나쁜 쪽의 갈등에 가깝다. 다시 말해 말다툼 후, 곤두선 침묵의 순간이 발생하거나 무심코 비밀을 누설한 후, 아픈 상처를 만드는 유형의 갈등이다. 관계 문제를 초래하는 갈등은 캐릭터의 감정을 쉽게 흔들어놓을 수 있기 때문에 캐릭터들은 폭언을 퍼붓거나, 사생활의 선이나 직장 생활의 선을 넘기도 하고 다른 실수를 저질러 더 큰 곤경에 빠질 수 있는 확률을 높인다.

'갈등-관계' 조합의 기막힌 또 한 가지 측면은 캐릭터의 직업 생활과 사생활이 거미줄처럼 엮여 있다는 점이다. 직업이건 사생활이건 한 가지 관계의 긴장을 초래하는 갈등은 다른 관계와 연결되어 있기 때문에 난관이 잔뜩 생겨날 수 있다. 갈등은 캐릭터의 평판을 망가뜨리거나, 캐릭터로 하여금 지지하던 가장 가까운 사람들을 멀리하게 만들거나, 가족보다 일을 택하게 하거나, 일보다 가족을 택하도록 강요함으로써 최악의 상태로 캐릭터를 몰아넣고 싶을 때 유용하다. 관계와 관련해서 뚫고 나아가야 하는 장애물을 캐릭터에게 제공하는 경우, 캐릭터는 타인의 관점에서 스스로를 바라볼 수 있고, 그럼으로써 자신의 단점을 자각할 기회도 얻을 수 있다. 이러한 자각을 통해 성장과 변화의 욕망이 생겨난다. 올바른 갈등은 캐릭터에게 자신들이 누구와 무엇을 위해 싸우고 있는지 그리고 싸우는 이유가 무엇인지 깨닫게 해줄 수 있다.

의무와 책임

캐릭터에게 갈등을 제공하는 또 다른 방법은 의무와 책임, 특히 가정 및 직장 생활과 관련된 의무와 책임을 누적시켜 캐릭터가 현재 처해 있는 상태를 붕괴시키는 것이다. 대개 직장과 가정 사이에는 불편한 동맹 관계가 존재한다. 생활비를 벌려면 일을 해야 하는 건 당연하지만, 일의 의무가 가정생활을 침해하기 시작하면 갈등의 전조가 슬슬 드러난다. 연장 근무나 잦은 출장, 집까지 끌고 들어오게 되는 업무 스트레스, 근무 시간 이후에도 업무 메일에 답장을 해야 하는 것과 같은 일들은 결혼 생활이나 가족 관계에서 긴장을 유발한다. 이외에 월급으로 담보 대출을 감당할 수 없게 되거나 배우자 한 사람이 가정 내 경제를 책임지고 있다면 긴장은 더욱 축적된다.

가장 신성하고 안전한 곳이어야 할 가정이 일촉즉발의 상황이 발생하는 공간으로 변하게 되면, 또 얼마나 많은 갈등이 더욱 쌓여 캐릭터의 세계를 붕괴시킬까? 늙은 아버지가 병들어 돌봐드릴 일이 생기거나, 자동차 사고 때문에 비싼 값을 들여 차를 수리해야 하고 병원비까지 내야 하는 상황이 된다면? 이미 취약해진 캐릭터의 생태계는 산산조각날 수밖에 없다. 병든 아버지를 돌보기 위해 직장 일에 소홀해졌던 탓에 직장 내 경쟁자에게 기회의 문을 열어주는 결과가 생길 수도 있다. 결국 주인공은 승진과 연봉 인상의 기회를 잃게 될 수도 있다. 보험료 할증이 닥치고 의료비도 계속 내야 한다. 늘어난 비용 때문에 가족과의 휴가 약속(이 또한 주인공이 그동안 일만 열심히 했기 때문에 가족들과 원만한 관계를 회복하기 위해 꼭 지켜야 하는 중요한 약속이다)을 깨야 한다면 무슨 일이 벌어질까? 곤란을 겪을 것이고, 뒷감당을 해야 할 것이고, 갈등은 이어질 것이다.

분명히 말하건대, 캐릭터의 의무감과 책임감을 표적으로 삼아 공격하는 짓은 사실 치사하다. 감정이 상하는 최악의 경우 중 하나가 바로, 누군가 저질러 놓은 잘못의 뒷감당을 다른 누군가가 해야 할 때다. 직장 동료들을 실망시키건, 자식의 연주회에 가지 못하게 되건 캐릭터는 쌓여가는 스트레스로 힘들어지고 자존감은 바닥을 친다. 일을 다 감당할 수 없는 원인이 외부에 있어 캐릭터가 제어할 수 없는 상황이라 하더라도, 캐릭터는 자신이 무능한 탓이라고 자책해버린다.

일을 제대로 해내지 못하는 것은 진절머리가 날 정도로 큰 근심거리기 때문에 캐릭터는 자신을 옭아매는 매듭을 풀 아주 강력한 동기를 갖게 된다. 다른 사람들을 실망시킬 수 있는 위험을 제거하기 위해 캐릭터는 불필요한 헌신과 유해한 영향, 나쁜 사람들을 떨쳐내고 우선순위를 정하기 시작한다. 캐릭터가 가진 가장 큰 역량(혹은 새로 배워야 하는 역량)은 갈등이라는 구덩이를 벗어나는 데 있어 힘을 발휘할 수 있다.

하지만 캐릭터가 자신의 짐을 덜어낼 방법을 알아내지 못해 자신이 사랑하고 존경하는 사람들을 실망시키게 된다면? 때로 우리는 그러한 위기를 원한다. 우리가 창조한 캐릭터가 죄의식과 수치심과 열패감에 빠져 허우적대는 꼴을 꼭 보고 싶은 것이다. 일부 캐릭터의 세계는 바닥을 쳐야 한다. 그래야 주위 사람들이 다 보게 되기 때문이다. 자신이 지나치게 많은 일을 감당하고 있다는 것, 이용당하고 있다는 것, 아니면 가정이나 직장에서 변화를 도모할 때가 왔다는 것을 알아봐야 하는 것이다. 캐릭터의 인물호가 긍정적인 궤적을 밟고 있다면, 한 가지 일의 끝은 다른 일의 시작으로 이어질 수 있다. 즉 캐릭터가 추구하는 균형과 안정감을 찾을 수 있게 도와주는 더 건강한 변화가 시작될 것이다.

실패와 실수

예전에 저질렀던 큰 실수를 한번 떠올려보라. 토스트를 태워 먹은 정도의 사소한 실수가 아니라 더 심각한 실수여야 한다. 예를 들어 방과 후에 아이를 데리러 학교로 가는 것을 잊었다거나, 친구의 노트북을 깜빡 잊고 공원 벤치에 두고 왔다거나, 어떤 이웃에 대해 비밀리에 험담을 늘어놓았는데 동네에 소문이 퍼지게 했다거나 하는 실수 정도는 되어야 한다.

자신이 도대체 무슨 짓을 저질러놓은 건지 깨닫는 순간, 우리는 그 자리에서 얼어붙고, 가슴이 답답해 숨도 못 쉴 지경이 된다. 마치 고문을 당하는 것처럼 우리는 아주 상세하게 실수를 복기하고, 세상이 문을 쾅 하고 닫아버린 것만 같은 기분을 느끼며 한숨을 내쉰다. 길고 깊은 한숨과 "오, 안 돼!"라는 탄식이 저절로 흘러나온다. 이 탄식은 자신이 한 짓을 부정하는 게 아니라 시간을 거슬러 실수를 저지르기 전으로 돌아가고 싶다는 간절한 염원이나 마찬가지다. 물론 그럴 수 없다는 것은 잘 알고 있지만 말이다.

현실에서 우리는 실패나 실수를 피하기 위해 열심히 노력한다. 한 걸음이라도 잘못 내디뎠다가는 자신이 부족한 인간이라는 사실이 만천하에 드러날 게 뻔하며 그렇기에 우리는 자신을 두고 가장 혹독한 비평가가 되는 경향이 있다. 소설의 경우, 작가의 책무는 캐릭터가 실패하거나 실수를 저지를 때 그 여파가 꼭 뒤따르게 만드는 것이다. 친구가 상처를 입을 수도 있고 불의가 발생할 수 있으며 기회를 잃거나 새로운 위험이 생겨나기도 하고, 목표는 닿을 수 없는 곳으로 더 멀어지고 만다. 실수의 부정적인 여파는 대개 캐릭터가 비난을 떠맡게 하고, 비난을 받은 캐릭터의 자존감은 곤두박질친다. 캐릭터는 그렇게 사방이 벽인 곳에 갇혔다는 느낌을 받게 되고, 자신이 아무것도 통제하지 못한다는 것, 이미 벌어진 일을 돌이킬 수 없다는 것, 자신을 마구 괴롭히는 부정적인 감정에서 벗어날 수 없다는 것을 자각한다.

실패나 실수의 결과는 두 가지 중 하나로 진행된다. 먼저, 캐릭터가 공황 상태에 빠지는 경우 감정이 증폭되어 최악의 시나리오로 귀결된다. 캐릭터는 재앙을 막으려면 즉시 뭔가 행동을 해야 한다고 생각한다. 그러나 캐릭터는 상황을 충분히 숙고할 만큼 객관적이거나 차분하지 못하다. 이런 상태에서 나오는 행동은 대개 캐릭터를 훨씬 더 큰 곤경으로 몰아넣는다. 캐릭터에게는 나쁘지만 작가와 이야기에는 좋다. 왜냐하면 이런 것이 바로 갈등이기 때문이다!

실패나 실수는 배우고 성장할 수 있는 기회이기도 하다. 캐릭터가 택할 수 있는 두 번째 길이 바로 실패나 실수를 통해 배우고 성장하는 것이다. 실수는 캐릭터에게 결여되어 있던 어떤 시각을 제공할 수 있다. 캐릭터는 그동안 열의를 갖고 행동하고 있었는지 아니면 그저 자신에게 주어진 일을 관성적으로 해오며 살아오고 있었는지 생각한다. 이제 캐릭터는 한발 뒤로 물러서서 자신이 하고 있는 바를 재평가해야 할 것이다. 그래야 하는 이유를 짚어보자.

실패는 쓰라리다. 그러나 실패는 캐릭터로 하여금 자신이 밟아온 길을 돌아보고 결정을 내릴 수 있도록 점검케 하는 체크 포인트이기도 하다. '지금 올바른 길에 서 있는가?', '설정했던 목표는 그만한 가치가 있는 것인가?', '스스로 할당한 과제를 감당할 수 있는가?', '다음번에 실수를 피하려면 무엇을 해야 하는가?' 캐릭터가 그간 일어났던 일을 곰곰이 생각하고 다시 도전해야 한다는 것을 깨닫는다면, 그가 변화에 열려 있다는 것을 우리는 알 수 있다. 이 지점이 바로 강력한 인물호의 계기가 된다. 이제 캐릭터는 성장하려 하고 있기 때문에 그동안 그를 망설이게 했던 것들(사고방식, 다른 사람의 도움이나 인도에 대한 폐쇄적인 태도 등)은 더 이상 곤란하게 만들지 않을 것이다.

도덕적 딜레마와 유혹

상상해보라. 이제 우리는 추수감사절 만찬에 정장 대신 운동복을 입고 가 예절이고 뭐고 집어던지고 마구 음식을 먹어댈 것이다. 만찬 행사를 신성시하는 가족들에게 충격을 안길 때가 온 것이다! 우리가 창조하는 캐릭터의 핵심적인 신념 체계를 표적으로 삼는 것이 바로 이런 종류의 갈등이다. 캐릭터의 핵심적인 신념 체계는 그의 정체성과 세계관의 중심이다. 이런 식의 갈등은 작가가 도입할 수 있는 가장 중요한 갈등일 수 있다. 이러한 갈등으로 캐릭터는 자신이 느끼고 믿는 바에 관한 거대한 질문과 씨름할 수밖에 없게 된다. 도덕적 갈등은 캐릭터를 갈기갈기 찢어놓을 수 있고, 그를 불편한 회색지대로 이끌고 갈 수도 있으며 그가 특정 신념을 위해 다른 신념을 희생하도록 강제할 수도 있다. 도덕적인 갈등은 작가에게는 사탕처럼 달콤한 도구다.

도덕적 딜레마와 유혹은 캐릭터를 다양한 방식으로 괴롭힌다. 딜레마는 캐릭터가 갖고 있는 진실에 대한 생각과 그에 어울리는 두 가지 가치, 즉 의무 혹은 확신 사이에서 하나만을 선택해야 하는 상황에서 발생한다. 도덕적인 유혹은 옳고 그른 것 사이에서 선택해야 하는 상황으로 캐릭터를 몰아넣는 결정이다. 꽤 노골적으로 들릴지 모르지만 유혹은 사실 노골적인 것과는 거리가 멀다.

도덕적인 딜레마건 유혹이건 이상적으로는 캐릭터가 자신의 선택에 대해 신중하게 가늠할 시간과 여유가 필요하다. 다각도에서 선택지를 살피고 위험에 관해 숙고하며 옳다고 느껴지는 결정을 내릴 수 있어야 하기 때문이다. 그러나 이야기라는 구조의 목적 때문에 작가는 이러한 가늠의 순간이 가능한 한 고뇌와 번민으로 가득하기를 바라며 캐릭터가 아주 괴로워하게끔 만들고 싶다. 캐릭터가 소중히 여기는 신념에 도전하거나 결정을 빨리 내리도록 강제하는 갈등을 도입하면 캐릭터는 번민에 빠지고 나중에 후회하게 될 수도 있다.

유혹이란 크건 작건 캐릭터가 정말 원하지만 정작 최상의 선택지일 수는 없는 뭔가를 캐릭터에게 제공하는 것이다. 누군가에게 복수할 기회가 온다면 캐릭터는 그 기회를 붙잡을까? 출장지에서 직장 동료와 바람을 피워도 배우자가 알 리가 없다면 캐릭터는 결국 부정을 저지를까? 유혹에 굴복하는 경우 캐릭터는 선을 넘는 것이고, 선을 더 넘어도 괜찮다는 실낱같은 핑계를 지어내기 시작하는 순간, 캐릭터의 판단은 더욱 흐려진다.

도덕적 갈등이 캐릭터에게 개인적이고 내밀한 성격을 띠고 있을수록 선악의 경계는 더욱 불분명해진다. 가령 캐릭터가 자기 아이를 이식자 대기 명단에 우선순위로 올리길 원한다. 그런데 이식 위원회 관계자에게 뇌물을 쓸 기회를 얻게 된다면 이제 그는 어떻게 해야 할까? 자기 자식을 다른 환자보다 앞세우는 것이 옳은 일일까? 더구나 다른 환자가, 딸린 가족이 전혀 없는 50세의 성인이라면? 인생을 50년 정도 산 사람이 앞날 창창한 열여섯 살짜리보다 이식 순위가 높은 것은 정당한가?

상황을 완화시키는 요소들은 흑백을 뒤섞어 회색으로 바꿔버리는 탁월한 방법이다. 이런 요소들을 활용해 캐릭터의 신념에 질문을 던진 다음, 그가 과거라면 생각조차 못했던 길을 택하는 쪽으로 얼마나 가까이 가게 되는지 확인하라. 가령 영화 〈프리즈너스Prisoners〉의 주인공 켈러는 칼같이 법을 준수하고 무례라고는 모르는 시민이자 다정한 아버지다. 하지만 딸이 납치된 후 범인인 게 분명해 보이는 용의자를 심문하는 데 경찰이 신통한 효과를 거두지 못하자, 그는 어려운 질문에 맞닥뜨린다. '딸을 찾기 위해 나는 무엇을 할 것인가?' 켈러에게 그 답은 뭔가 혐오스러운 짓(누가 딸을 데려갔는지 알고 있는 것처럼 보이는 인간을 납치해 고문하는 것)을 한다는 뜻이다. 상대가 납치에 연루되어 있다는 흔들림 없는 확신이 있다 해도 남에게 일부러 고통을 안기는 짓을 쉽게 할 수는 없다. 켈러는 자신이 하는 일이 옳지 못하다는 것을 알고 있지만 자식을 구하는 유일한 길은 그것뿐이라고 믿는다. 그렇다고 그의 고문이 정당한 일이 되는가?

딜레마와 유혹(특히 극단적 상황에서 닥치는 딜레마와 유혹)은 캐릭터가 믿는 신념이나 가치를 변화시킬 수 있다. 이렇듯 윤리적인 회색지대는 독자들에게 매혹적인 동시에 끔찍하다. 독자들은 이 딜레마를 통해 자신이 캐릭터와 똑같은 상황에 처하면 무엇을 할지 생각하게 된다.

도덕적인 갈등은 캐릭터로 하여금 자신이 누구인지, 자신이 믿는 신념이라는 것이 무엇인지 재고하도록 강제하는 데 유익할 뿐 아니라 옳고 그름과 정체성이라는 이야기의 주제도 강화시켜준다. 캐릭터는 오랫동안 갖고 있던 생각이나 신념을 놓고 갈등을 겪고, 그의 가치는 타인들이나 문화 및 사회 전체와 대립하는 위치에 놓일 수 있다. 심오한 도덕적인 무엇인가가 위태로워질 때 캐릭터는 대개 자신의 중요한 신념과 사적인 진실을 지키기 위해 온갖 위험을 감수하려 들기 때문이다.

압력과 시간 압박

아침에 일어났는데, 햇빛과 끝없는 고독의 풍광 속에 하루가 펼쳐져 있다는 느낌을 받은 적이 있는가? 딱히 할 일도 없고 책임도 없고, 우선적으로 해야 할 과제도 없고, 곡예를 하듯 이 일 저 일을 효율적으로 해내야 할 필요도 전혀 없던 때를 기억하는가? 잘 기억나지 않는다고?

이제 진실을 직시하자. 인생은 바쁜 것이다. 특히 책임이 막중한 자리에 앉아 있는 캐릭터에게 삶이란 훨씬 더 바쁘고 분주하다. 최상의 시절을 보내는 캐릭터는 관계도 챙기고, 해야할 일을 관리한다. 책임과 의무를 다하고 위험을 뚫고 나아가며 목표에 다가서기 위해 하나씩 하나씩 일을 착착 처리해나간다. 그런데 캐릭터에게는 불행한 일이지만, 작가는 캐릭터를 최상의 시절보다는 최악의 시절로 끌고 들어가는 일에 훨씬 더 큰 흥미를 느낀다. 작가가 좋아하는 짓은 캐릭터가 져야 할 짐을 켜켜이 쌓고, 마감 기한을 당기고, 캐릭터를 관료제의 요식 절차로 질식시키면서 그가 하는 말과 행동을 모조리 훤하게 드러내는 일이다.

압력이나 시간 압박의 형태로 갈등이 닥쳐오면 캐릭터는 주의가 산만해져, 중요한 일과 무관한 일들을 제쳐두고 가장 중요한 일에 집중할 수밖에 없다. 압력이 진행될수록 실수를 저지를 여지 따위는 더더욱 없어지므로 캐릭터는 자신의 강점을 동원해 최선을 다해야 한다. 그러나 압력은 다양한 결과를 초래할 수 있다. 마치 팝콘을 튀기는 것과 같다. 옥수수를 적정 시간 동안 전자레인지에 넣고 돌리면 고소한 간식을 잔뜩 얻을 수 있지만, 지나치게 오랜 시간 튀기면 결국 까맣게 탄 덩어리만 남을 뿐 아니라 주방에서는 며칠이고 탄내가 빠지지도 않는다.

캐릭터를 지각하게 만드는 사건을 도입하건, 최후통첩을 내놓건, 원치 않는 정밀 조사 대상이 되게 하건, 압력의 불은 이미 켜졌다. 캐릭터가 닥쳐온 난제에 잘 대처하기를 바랄 수도 있지만, 캐릭터를 결국 무너뜨리는 것이 무엇인지 드러낼 필요가 있을 때도 있다. 압력을 이용하면 대처와 파국 두 가지를 모두 창조할 수 있다. 복잡한 문제로 인한 스트레스가 증가하면 캐릭터는 사안을 깊이 파고들어 성과를 내거나 아니면 파국을 맞이할 수밖에 없다. 중간 지대란 없다.

압박 유형의 갈등을 보여주는 좋은 예는 넷플릭스 오리지널 드라마 〈오자크Ozark〉에서 찾아볼 수 있다. 재무 컨설턴트 마티 버드의 동업자가 멕시코 마약 카르텔의 돈을 훔치다 잡히자 마티는 가족을 구하기 위해 아무 핑계나 빨리 대야 한다. 오자크라는 지역 관광을 빌미로 카르텔의 검은 돈을 세탁해주겠다는 서약도 핑계에 포함된다. 시카고에 살던 가족을 데리고 오자크로 탈출하는 마티는 석 달 만에 800만 달러라는 거액을 세탁해야 하는, 불가능에 가까운 숙제를 받는다. 그는 재빨리 여러 사업체를 사들여 검은 돈과 깨끗한 돈을 뒤섞으려 하지만 만만치 않은 작업은 결국 불가능한 일이 되어 간다. 가정불화에 지역 범죄자들과의 다툼, 일거수일투족을 감시하는 FBI에, 마약 생산업자와 얽히기까지, 마티를 옥죄는 압박은 절대 누그러지는 법이 없다. 엎친 데 덮친 격으로 나쁜 일은 끊임없이 터진다.

압력은 독자들의 긴장을 유발하기에도 좋다. 독자들은 캐릭터가 새로운 위협을 처리할 수 있을지 그 여부를 궁금해한다. '캐릭터는 새로운 난제를 어떻게 돌파할 수 있을까?', '제한 시간 내에 일을 끝마칠 수 있을까?' 더해지는 압박과 긴장은 독자들을 붙잡아 밤늦도록 책장을 넘기게 만든다. 독자들은 캐릭터가 나날이 추가되는 새로운 압박을 어떻게 뚫고 나아가는지 알고 싶어 좀이 쑤신다.

압력은 타인과 사건을 통해 생길 수 있지만 캐릭터의 내면에서도 쌓여갈 수 있다. 캐릭터의 동기는 복잡하며 대개 역경이 닥치면 발걸음을 뗄 내적 이유들을 갖추고 있다. 캐릭터가 애정이나 공포 같은 더 큰 감정으로 움직이는 경우, 외부의 위험과 고통을 맞대면할 의지는 더욱 커진다. 아니면 자신의 가치를 입증하거나, 과거의 실수를 고치거나, 누군가를 기쁘게 하거나, 사랑하는 사람을 보호하거나 고통스러운 갈망을 채우기 위해 불가능해 보이는 목표를 이루어야 한다는 압박을 느끼기도 한다.

압력이라는 형식의 갈등은 위기를 고조시키고, 문제를 더하고 실패의 대가를 증대시킬 때 탁월한 역할을 수행한다. 캐릭터가 풀어야 할 문제를 잔뜩 제공하면 캐릭터가 갈 수 있는 방향도 다양해진다. 이제 캐릭터는 자신조차 깜짝 놀랄 선택을 할 수밖에 없는 처지에 이른다. 캐릭터가 전략을 짜거나 타인들에게 도움을 청하거나 중요한 목표를 위해 부차적인 목표를 희생하는 모습을 보면서 독자들은 캐릭터가 본질적으로 어떤 인간인지 알 수 있다.

승산 없는 시나리오

때로는 정말로 고통을 안기는 갈등이 필요하다. 이런 유형의 갈등은 캐릭터에게 나쁜 선택과 더 나쁜 선택 사이에서 선택하라고 강요한다. 승산 없는 상황, 어떤 결정을 내려도 실패할 수밖에 없는 상황은 특히 위험하다. 이런 상황은 캐릭터를 두려움에 빠뜨릴 뿐 아니라, 자책의 수렁에서 헤어 나오지 못하게 몰아대기 때문이다. 부정적인 마음의 소용돌이에 빠진 캐릭터는 대개 자신의 행복과 욕구를 희생하게 된다.

여기 한 여자 주인공이 있다. 그의 기세등등한 남편은 자기 아내가 불안 증세 탓에 자식의 어머니로 적합하지 않다 믿는다(정작 아내의 불안증은 남편의 정서적 학대로 인한 것이다). 결국 아내는 양육권 다툼에서 진다. 이제 주인공은 해로운 전남편의 압력 섞인 요구에 응해야 한다. 응하지 않으면 남편은 아이들이 엄마에게 등을 돌리도록 조종하거나, 주인공이 연줄을 이용해 아이들과 만나는 일까지 할 수 없도록 완전히 막을 것이기 때문이다. 자식들과 관계를 유지하기 위해 주인공은 전남편이 아이들을 볼 시간, 아이들과 해도 되는 일, 엄마가 아이들의 삶에 끼치는 영향력의 정도까지 일일이 지시하고 명령하도록 속수무책으로 놔둘 수밖에 없다.

또 다른 주인공의 사례를 보자. 유학 장학금을 타기 위해 공부에 열중하는 청년이 있다. 청년이 자신의 꿈을 이루려면 장애가 있는 여동생을 태만한 중독자 부모의 손에 두고 가야 한다. 결국 그는 마지막 순간 장학금을 포기하기로 결정한다. 승산 없는 상황은 캐릭터에게 옴짝달싹 할 수 없는 덫과 같다. 덫에 빠져 시간을 보낼수록 이루지 못한 욕망의 공백은 더 크게 다가오고 캐릭터는 이제 낙관적인 생각과 희망을 지키기 더 어려워진다.

승산 없는 시나리오에서는 바로바로 대응을 해야 하기 때문에 캐릭터가 자신 앞에 놓은 선택지들을 두고 크게 고민하지 않을 것이다. 표면적으로는 다행스럽게 보일 수 있지만, 실제로 이런 상황은 더욱 나쁜 결과로 이어질 수 있다. 끔찍한 화재를 마주하고 있는 소방관을 상상해보라. 건물 안에는 아이들이 둘 있지만 집이 전소되어 무너지기 전에 침실을 수색할 시간이 없다. 침실은 하나밖에 살펴볼 수 없는 상황이다. 소방관은 막내 아이의 방을 선택한다. 중앙 출입구에서 가장 가깝기 때문에 두 아이 중 최소한 한 명이라도 구할 가능성이 가장 높기 때문이다. 그는 문을 부수고 들어가 연기를 헤치며 수색을 이어간다. 침대와 옷장을 살피고 큰 소리로 아이를 부른다. 방은 비어 있다. 위쪽의 대들보는 무너질 듯 그르렁대고 소방관은 아이를 찾지 못한 채 출구를 향해 나아간다. 훗날 소방관은 아이들이 큰 아이 방에서 함께 자고 있었다는 사실을 알게 된다. 결국 두 아이 모두 화재로 목숨을 잃었다.

화재가 끝난 후 벌어질 결과는 어떤 것일까? 소방관은 자신의 선택을 받아들이고 화재 사건을 털어버리게 될까, 아니면 끔찍한 결과를 잊지 못해 자신의 결정을 두고두고 곱씹게 될까? 대부분의 경우 후자일 가능성이 높다. 소방관은 자책에 빠져 어쩔 줄 모른다. 왜 큰 아이의 방을 선택하지 않았을까? 그랬다면 두 아이 모두 구할 수 있었을 텐데. 연기가 집에 꽉 차기 시작했을 때 둘째가 첫째 방으로 갔을 가능성을 왜 의심하지 않았을까? 자신이 어렸을 때도 악몽을 꾸거나 천둥이 치기만 하면 누나 방으로 뛰어 들어갔었던 걸 왜 기억하지 못했는지 후회할 것이다.

당시 소방관은 아이를 구할 수 있는 확률이 가장 높은 결정, 나름 합리적이고 실용적인 결정을 내렸을 테지만, 이는 그리 중요하지 않다. 소방관은 생각을 거듭하면서 그때 일을 분석하고 또 분석해가며, 자신이 목숨을 잃을까 봐 두려워 중앙 출입구에서 가장 가까운 방으로 돌진했던 게 아닌가 하는 의문을 갖게 되고, 결국 위험한 가짜 생각이 자신의 내면에 뿌리를 내리도록 방치한다. 비겁함이야말로 자신의 결정을 추진하는 요인이었다는 가짜 생각 말이다. 자책을 세게 하면 할수록 소방관은 자신의 인격과 능력에 대한 의심에 빠져 허우적거리게 된다. 다른 선택을 했어야만 했고 화재 당시 아이의 행동을 미리 예측했어야 한다는 확신만 더욱 강해진다.

1초를 가를 정도로 짧은 순간 내려야 하는 승산 없는 결정은 대개 가시가 잔뜩 돋아 있기 때문에 사후에 흉터를 남긴다. 자신이 내린 결정을 마주하고 그 결과로 생겨난 의심을 계속 감수해야 하는 일은 결코 쉽지 않으며 결국 캐릭터는 아주 깊은 어둠 속으로 끌려들어간다. 더구나 상황 자체가 상처가 심하고 고통스러울 경우, 외상 후 스트레스 장애(PTSD)라는 결과(불안, 우울증, 야경증 등)도 야기될 수 있다. 이런 고통에 대처하거나 죄의식과 수치와 자기혐오 같은 부당한 감정의 포로가 될 때 캐릭터는 자기 파괴적인 대응에 빠질 수 있다.

승산 없는 상황이 감정적 상처를 형성하고 있을까? 그렇다. 부정적인 갈등 경험은 그 무엇이건 상처를 만들 수 있지만, 승산 없는 시나리오야말로 감정적 상처를 고착시킬 가능성이 가장 높다. 불가능한 선택에 내몰려 야기되는 내적 동요는 캐릭터를 산 채로 삼켜버릴 정도로 심각한 고통이다.

이야기를 만들 때, 승산 없는 상황을 활용해 무능함이라는 요소까지 포함시켜 해결되지 않는 상처를 일으킬 수 있다. 자신의 결정을 바라보는 캐릭터의 그릇된 믿음을 바꾸지 않으면 캐릭터는 과거를 극복하고 낮아진 자존감을 떨쳐버릴 수 없다. 결국 캐릭터는 진실을 깨닫는 시점에 도달해야 한다. 당시 캐릭터에게는 선택의 여지가 없었다는 진실을 받아들여야 하는 것이다. 상황을 통제할 수 없었기 때문에 더 나은 선택은 어차피 존재하지도 않았으며, 결국 캐릭터는 자신의 수중에 있던 정보로 최선의 선택을 내렸다는 진실을 피하면 안 된다. 이러한 깨달음은 자기를 용서하기 위한 열쇠이며, 이 열쇠는 캐릭터가 과거에 벌어졌던 사건과 화해하고 죄의식의 사슬을 끊도록 초석을 놓아준다.

어떤 형태를 취하건 내적 갈등을 포함해, 의미 있는 갈등은 독자가 캐릭터의 관점으로 사안을 보도록 만든다. 캐릭터는 고민과 감정이입을 해가며 정보도 부족한 상태에서 결정을 내렸다 실패한 후, 무모한 행동으로 사람들을 다치게 했거나 잘못된 선택으로 결과를 감당해야 했던 시절을 곱씹는다.

갈등의 묘미는 다양한 형태로 나타난다는 것이다. 갈등은 캐릭터의 약점을 찌르고 위험을 고조시키며, 자기 성장을 향한 경로를 독려하는 강력한 방법이다. 이 책에 소개한 갈등 범주들을 활용하여 캐릭터와 이야기에 끼칠 가능한 여파들을 미리 작용시켜보라.

강렬한 갈등에는 '성패가 갈리는 위기'가 필요하다

작가라는 사람들은 갈등이 독자를 바로 끌어들인다는 무모한 믿음을 갖고 있다. 물론 독자들도 소설이나 영화 속 차량 충돌 사고, 결혼식에서 줄

행랑치는 상황, 침실 창가에 어른대는 살인광 등 갈등 상황에 대부분 열광한다. 하지만 이야기 속에 이러한 갈등이 존재한다고 해서 독자가 자동으로 끌려 들어간다고 생각한다면 오산이다. 독자가 갈등에 끌리려면 끌릴 만한 이유가 있어야만 한다. 다시 말해 뭔가 의미심장한 것이 그 갈등과 연계되어 있어야 한다는 것이다.

이 문제를 다음과 같이 생각해보자. 악한 사람에게 나쁜 일이 벌어지면 어떤 느낌이 드는가? 이웃집 파이프가 터졌다고 생각해보자. 그 이웃이라는 작자는 우리 집 테라스에 동성애 옹호를 상징하는 무지개깃발이 나부낀다는 이유로 반상회에 가서 이의를 제기한 인간이다. 혹은 당신이 식중독을 앓게 만들었던 식당이 정부의 보건부서에 의해 폐쇄되었다. 고소하다는 느낌 말고 달리 더 중요한 감정이 더 드는가? 과연 여러분의 인생에 있어 좀 더 의미 있는 방식으로 영향을 받게 되는가?

자, 그런데 이제 선한 사람에게 나쁜 일이 벌어지면 이야기는 달라진다. 여러분의 언니나 누나 혹은 친척이 임신 중인데 너무 일찍 진통을 느낀다거나, 가장 친한 친구가 자기 집 지하실에서 마약을 취급하는 의붓아들 때문에 감방에 갇힌다면, 여러분은 내 문제가 아니라는 듯 태연히 인생을 살아가지는 않을 것이다. 전화를 걸거나 직접 찾아가거나, 할 수 있는 일을 알아보고 도울 수 있는 방법을 강구하려 애쓸 것이다. 여러분은 남의 일에 관여한다. 그 일에 연루된 사람들과 그들에게 일어난 일이 걱정되기 때문이다.

갈등이 독자들에게 중요성을 띠려면 뭔가 성패가 갈리는 위기가 있어야 한다. 성패가 갈리는 위기란 캐릭터가 상황을 성공적으로 헤쳐 나가지 못할 경우 대가를 치르는 위기다. 퇴직한 탄약 전문가가 제시간에 폭탄의 뇌관을 제거하지 못하면 폭탄이 터질 테고, 그러면 건물을 가득 채운 사람들은 모조리 죽게 된다. 가족에게 꼼짝 못하는 여자 주인공이 자신에게 해롭기만 한 가족이 더 이상 자기 삶을 좌지우지하지 할 수 없게 끝내 통제하지 못한다면 그는 사랑하는 남자를 영원히 잃고 만다. 각각의 새로운 문제마다 심각한 대가가 있고 행동에 돌입하지 않을 경우 뒤따르는 대가를 치러야 한다면 캐릭터는 즉시 뭔가 해야 한다. 부정적인 결과를 피하려는 캐릭터의 욕망은 그가 목표를 이루기 위해 애쓰려는 커다란 동기이다.

갈등과 마찬가지로 위기 역시 물을 온통 흐리는 미꾸라지처럼 이야기 속에 등장해야 한다. 위기는 긴장을 증가시키고 실패의 대가를 대폭 키운다. 작가의 목적은 성패를 가르는 이러한 위기를 아주 크게 키워 캐릭터가 돌이킬 수도 없을 정도로(심지어 캐릭터가 자신의 가장 깊은 공포를 극복한다 해도 돌이킬 수 없을 정도로) 만드는 것이지만, 실패의 대가는 작가인 여러분에게 달려 있다. 그 대가가 얼마나 악하냐 하는 정도 또한 여러분에게 달려 있다. 관련하여 아래에 소개하는 범주들을 고려해보라.

여파가 막대한 위기Far-Reaching Stakes

타인에게 영향을 끼치는 위기public stake라고도 한다. 이 위기는 주인공이 실패하는 경우 다른 사람들에게 큰 손실을 불러오는 종류의 것이다. 폭탄이 터지면 주인공뿐 아니라 건물에 있던 다른 사람들도 모조리 죽는다. 그리고 그 여파는 죽은 이들을 넘어선다. 폴리스라인 뒤에서 불안과 걱정에 사로잡혀 건물 안에 있는 가족이나 친구를 기다리는 사람들도 영향을 받을 것이다. 건물이 있던 도시는 가장 안전한 도시라는 평판을 잃을 것이다. 건물 내의 연구실에 특정 질병의 치료법이 고스란히 보관되어 있을 수도 있다. 폭탄이 터지는 순간 치료법도 날아간다. 많은 것이 위태롭다.

윤리적 위기Moral Stakes

윤리적 위기는 캐릭터의 신념이 위태로워질 때 작동한다. 경찰관이 범죄를 눈감아주는 대가로 범죄계의 거물에게 뇌물을 제안받고 있다고 상상해보자. 뇌물을 거절하면 경찰관은 자신의 윤리적 신조와 경찰의 정체성을 지킬 수 있지만 상대는 결국 그의 경력을 확실히 끝장내버릴 것이다. 반대로, 뇌물을 받으면 일시적인 보상은 받지만 경찰관은 자신의 가치와 정체성을 희생시켜야 한다. 윤리적 위기는 양날의 칼이므로 캐릭터의 가장 심오한 측면들을 독자에게 드러낼 수 있다는 장점까지 있다.

근원적 위기Primal Stakes

죽음의 위기라고도 한다. 근원적 위기는 중요한 뭔가의 소멸이나 죽음과 연관이 있다. 순수함, 관계, 경력, 꿈, 관념, 신념, 명성이 종말을 맞거나 아니면 아예 목숨을 잃을 수도 있다. 죽음은 캐릭터에게서 중요한 것을 앗아간다. 그 중요한 뭔가가 캐릭터에게 중요하다면(그리고 독자들이 그것을 좋아한다면) 그것은 독자들에게도 중요하다.

위기는 어떤 층위에서건 캐릭터를 건드려야 한다. 여파가 막대한 위기도 마찬가지다. 여파가 주인공에게 딱히 중요할 만한 이유가 없다면 주인공은 과제를 보면서 이렇게 생각할 것이다. '글쎄, 이건 내 문제가 아냐.' 캐릭터가 문제를 자신의 것이라고 생각하게 만들어야 한다. 그렇지 않다면 캐릭터가 무엇 때문에 고난과 위험, 심지어 죽음까지 불사해야 한단 말인가? 따라서 작가는 사안을 캐릭터에게 중요한 사적인 문제로 만들고 그가 아끼는 사람을 위험에 처하게 함으로써 캐릭터를 호되게 내리쳐야 한다. 아니면 캐릭터의 정체성에 결부된 가치와 신념을 위협함으로써 윤리적 위기를 초래할 수 있는 방법도 있다.

캐릭터에게 마음을 쓰게 만들라

여파가 막대한 위기는 효과적인 갈등에 필요하다. 그리고 또 하나 중요한 것이 있다. 바로 독자가 캐릭터에게 애착을 느끼게 해야 한다는 것이다. 독자가 주인공을 좋아하지 않는다면, 주인공의 성공 여부를 어느 정도 궁금해하거나 호기심을 느끼는 것까진 가능하더라도 결과에 크게 신경을 쓰지는 않을 터이기 때문이다.

독자가 캐릭터를 좋아하게 만드는 방법은 무엇일까? 캐릭터를 좋아할 만한 인간으로 만들거나 그에게 재능을 부여하는 일, 그 이상이 필요하다. 요컨대 중요한 것은 캐릭터의 내적 풍경이다. 내적 풍경이란 주인공의 윤리와 가치, 취약성과 상처, 두려움과 필요 같은 것들로 요약할 수 있다. 캐릭터의 거친 외면을 조금씩 깎아 들어가서 그의 내적 사유와 감정과 욕망을 드러내보임으로써 독자들은 캐릭터를 알게 되고 그의 분투에 마음을 쓰게 된다. 캐릭터의 불안에 공감할 수도 있고 의심의 일부를 함께 겪을 수도 있다. 캐릭터가 자신의 꿈을 이루는 일과 타인들을 기쁘게 하는 일 사이에서 고민을 하고 있을 수도 있다. 같은 입장에 처한 적이 있는 독자들은 캐릭터에게 쉽게 동화될 수 있다. 이러한 내적 풍경의 계기들은 캐릭터가 마주하고 느끼는 것에 독자들이 공감할 수 있다는 점에서 정서적인 시금석 기능을 한다.

궁극적으로 캐릭터의 위험은 작가가 쓰는 이야기의 목적이다. 작가들은 위기관리를 제대로 못하거나 갈등 수준이 너무 낮아 독자들이 책을 덮어버리는 상황을 걱정해야 한다. 그러므로 독자들을 이야기 속으로 끌어들이는 데 집중하고, 독자들의 머릿속에 캐릭터의 상황이 견고하게 뿌리내릴 수 있도록 작업하는 데 열중해야 한다. 눈에 보이지 않는 낚싯바늘을 끼워두어, 독자들이 책을 내려놓을 때마다 다음에는 무슨 일이 일어날지, 캐릭터가 어떻게 당면한 문제를 해결할지, 또 어떤 힘이 끼어들어 문제를 더욱 꼬이게 할지 생각하게 만들어야 한다. 독자들이 이야기에 마음을 너무 써 캐릭터 대신 두려워하고, 캐릭터에게 아무 일도 일어나지 않게 기원하도록 만들어야 한다.

내적 갈등에 대한 심층 탐구

캐릭터의 갈등을 더 의미심장하게 전달하고 싶다면 내적 갈등을 만들어야 한다. 내적 갈등이라는 중요한 형식에 관해서는 앞에서 간략히 다루었다. 이제부터는 내적 갈등이 무엇인지, 내적 갈등이 이야기에 왜 그토록 중요한지 좀 더 깊이 살펴보자.

외적 갈등 vs 내적 갈등

외적 갈등은 캐릭터와 외적인 힘 사이의 갈등이자 투쟁이다. 신체적 공격, 눈보라로 인한 정전, 관심 있는 연애 상대에게 받은 거절이나 자동차 고장 따위의 사건 등이 여기에 해당되며 대개 캐릭터가 통제할 수 없는 갈등이다. 이러한 외적 갈등은 캐릭터가 이야기 전체의 목표를 향해 나아가는 것을 지연시키는 장애물이자 집중을 방해하는 요인으로 작용한다.

내적 갈등은 오직 캐릭터의 내면에 살고 있다. 캐릭터 대 자아 간의 갈등에는 일정 수준의 인지부조화가 개입된다. 인지부조화란 캐릭터가 상충되는 두 가지 것을 동시에 원하는 상태를 말한다. 내적 갈등은 다음과 같이 다양한 방식으로 캐릭터에게 나타난다.

- 상충되거나 경쟁하는 욕구 혹은 욕망
- 어떻게 느껴야 할지에 대한 감정적 혼란

- 신념이나 가치관에 대한 의문
- 우유부단, 불안, 자신을 향한 의심 혹은 자신과 갈등하게 만드는 다른 감정으로 받는 고통
- 의무와 책임의 대립
- 정신 건강 문제로 씨름하는 일

내적 갈등은 캐릭터의 내면에서 발생하지만 대개 외부의 원인으로 촉발된다. 가령 범죄 해결이라는 목표를 추구하는 사설탐정은 자신이 쫓는 범죄에 배우자가 연루되어 있다는 사실을 알게 되면 깊은 갈등에 빠질 수 있다. 이러한 상황에 수반되는 내적 갈등(이 경우에는 범죄 단서를 뒤쫓을 것인가, 아니면 증거를 파기할 것인가 사이의 갈등)의 단초는 결국 외부의 힘에 의한 것이다. 따라서 외적 갈등과 내적 갈등은 분명 다르지만 서로 연결되어 있는 경우가 많다.

내적 갈등과 외적 요인이 결부되어 있다는 점을 꼭 유념해야 하는 이유가 있다. 잘 쓴 이야기는 연쇄작용이 있어, 한 가지 문제가 직접 다른 문제를 일으키기 때문이다. 그리고 외적 갈등은 보편성 때문에 어느 정도 감정이입을 초래하지만 실제로 독자들을 몰입시키는 쪽은 내적 갈등이다.

세상은 혼란스러운 곳이다. 특히 정보가 과도할 만큼 넘쳐나는 기술시대인 요즘은 더더욱 그렇다. 우리는 새로운 데이터를 끊임없이 분석하며 새로운 정보가 이미 알고 있는 정보와 어떻게 통합되는지 살핀다. 이러한 과정이 늘 순탄하지는 않다. 무엇이 진실인가? 무엇이 옳은가? 새로운 정보는 내가 늘 믿어왔던 신념과 어울리는가? 새로운 정보는 나의 관계나 직장, 내가 지금껏 인생을 살아온 방식에 어떤 영향을 끼칠 것인가?

차가 막히거나 휴대폰을 잃어버리는 경우도 물론, 스트레스가 심하겠지만 내적 갈등이야말로 우리를 물고 놓아주지 않는 지독한 녀석이다.

내적 갈등의 영향은 외부로 파문을 일으키고 우리가 스스로를 보는 방식에 영향을 끼칠 뿐 아니라 우리의 미래와 우리가 사랑하는 사람들의 삶까지 바꿔 놓기 때문이다. 내적 갈등은 쉽게 제쳐둘 수 없는 무게를 지니고 있다.

독자의 경우도 마찬가지다. 독자들 역시 캐릭터와 동일한 질문과 불안, 그리고 불확실성과 씨름하며 살아가며 캐릭터의 내적 갈등을 보면서 더 깊게 이입하게 된다. 갈등의 무게를 알고 있고 갈등으로 인한 결과가 장기적인 여파를 끼칠 것임을 알고 있기 때문에 독자들 또한 캐릭터가 올바른 결정을 내리기를 바란다.

이런 이유로 이야기에 내적 갈등을 더하는 작업은 매우 중요하다. 그뿐 아니라 내적 갈등은 장면마다, 이야기 전체의 층위에서도 가능한 한 늘 통합시켜야 한다.

이야기 층위의 내적 갈등

캐릭터가 내적 성장을 거쳐 목적을 이루는 이야기를 쓰는 중이라면 응집력과 계획성을 잘 갖춘 인물호가 꼭 필요하다. 이런 유형의 인물호에는 내적 갈등이 필요하며 내적 갈등을 통해 캐릭터는 적응하고 성장할 기회를 얻는다. 대부분의 이야기는 캐릭터가 성장하고 성취감을 느끼는 쪽으로 돌아가기 때문에 여기서는 주로 변화의 여정을 포함하는 이야기상의 내적 갈등을 다룰 것이다. 그렇다면 변화의 여정을 포함하는 내적 갈등은 어떤 모습을 띠고 있을까?

핵심만 말하자면, 이야기는 대부분 간단한 공식으로 요약된다. 이야기란 Y(내적 동기) 때문에 B(목표/외적 동기)를 원하는 A(캐릭터)를 다룬다. 내적 동기인 Y는 캐릭터가 왜 그토록 절실하게 목표를 성취하고 싶어 하는지 설명한다. 영화 〈사랑의 블랙홀Groundhog Day〉을 예로 들어보자. 필 코너스(A)는 리타의 사랑(B)을 얻고 싶어 한다. 의미라고는 찾아볼 수 없는 자신의 인생에서 어떤 의미를 찾기 위해서다(Y). 이 영화의 사례는 캐릭터의 외적 동기와 내적 동기가 이야기가 진행되는 동안 어떻게 함께 작용하는지 보여준다.

외적 갈등은 캐릭터가 목적을 이루지 못하도록 만드는 외적 요소다. 필의 외적 갈등은 그가 똑같은 날을 되풀이해 살게 만드는 초자연적인 형식을 띠고 있다. 매일 똑같은 날을 살아야 해서 리타가 필과 사랑에 빠지는 게 실질적으로 불가능하기 때문이다.

그렇다면 내적 갈등, 즉 필이 이야기 전체를 통해 경험하는 갈등은 무엇일까? 스토리 컨설턴트 마이클 하우지의 말을 빌려 말하면, '캐릭터가 자신의 내적 동기를 따라가는 동안 자신의 진정한 가치를 성취하지 못하도록 방해하는 요인은 무엇일까?'◇ 필은 자기애가 지나쳐 다른 누구도 사랑하지 못한다. 따라서 애초에 리타의 마음을 얻으려는 필의 시도들은 시간이라는 한계 때문이 아니라 그의 동기가 이기적이기 때문에 실패하는 것이다. 리타가 보기에 필은 가식적이고 생색만 내며 자기애에 빠져 있는 멍청이다. 그는 늘 그렇게 살아왔다. 따라서 필은 기만과 속임수만으로 리타의 애정이라는 목적을 이루려고 한다. 잘 될 턱이 없다.

필은 근본적으로 우월감에 빠져 있다. 자신이 다른 누구보다 우월하다고 생각한다. 그의 갈등은 이러한 핵심 인식과 진실 간의 불일치에서 발생한다. 누구나 나름의 가치가 있고, 목적은 사랑받는 데서 찾아야 할 것이 아니라 타인을 사랑하고 돌보는 데서 찾아야 한다는 진실과 자기 인

◇ "Character Development." *Writing Screenplays That Sell: The Complete Guide to Turning Story Concepts into Movie and Television Deals*, by Michael Hauge, HarperCollins Publishers, 2011, pp. 63.

식의 불일치가 필의 내적 갈등을 일으키는 원인이다. 뭔가 기발하고 특이한 방식으로 리타와 인연을 맺으려던 필의 시도들은 늘 실패하고, 결국 자신의 편견이 틀렸다는 것을 깨달으면서 필이 실패한 시도들은 그에게 내적인 갈등을 겪을 기회를 제공한다. 타인을 귀하게 대하는 법을 배우고 온전히 자신만을 위해 사는 생활을 중단할 때까지 필의 삶은 늘 무의미할 것이다. 자신의 인식과 진실을 일치시켜 행동을 변화시키는 순간, 필은 사랑을 통해 인생의 목표를 발견하고 그의 내적 갈등은 해결된다.

채우지 못한 욕구가 인물호에 미치는 영향

인간의 기본적인 욕구Basic Human Needs(BHN)를 이해하는 일은 중요하다. 이러한 욕구야말로 내적 동기의 핵심이기 때문이다. 현실 세계에서 우리는 누구나 남과 다른 고유한 존재다. 하지만 인간의 경험에서 보편성을 띠는 요소들도 있다. 인간에게는 채워야 하는 보편적인 욕구가 있다는 뜻이다. 이러한 욕구 중 하나라도 채워지지 않을 때는 잠재의식의 경고등이 켜지기 시작한다. 그리고 채워지지 못한 욕구가 크면 클수록 공허함을 채우고 싶은 동기도 더욱 커진다.

심리적으로 우리에게 진실인 것은 캐릭터에게도 진실이다. 결여된 욕구를 회복하려는 욕망은 캐릭터의 내적 동기가 되며 이야기의 외적 동기인 목표를 추구하는 이유가 되기도 한다. 가령, 필에게 결여된 욕구는 의미(자아실현), 즉 자신만 챙기느라 낭비한 인생이 제공해주지 못하는 어떤 것이다. 깊은 내면에서 필은 의미라는 목적을 추구하고 있고 무의식적으로는 자신이 리타와 진정한 사랑을 찾을 수 있다면 그 의미를 얻을 수 있으리라 믿고 있다.

이것이 채워지지 못한 욕구의 힘이다. 애정, 자존감, 안전, 자아실현, 생리적 욕구, 이런 것들이 부족할 때 이들은 주된 동기가 되어 캐릭터의 선택을 강제하며 그가 특정한 방식으로 행동하도록 추진한다. 핵심 욕구가 채워지지 않아 캐릭터가 이야기의 시작점부터 고군분투한다면(혹은 그렇게 되도록 어떤 사건이 벌어진다면) 캐릭터는 자신의 남은 여정을 바쳐 그 욕구를 채우려 할 것이다.

내적 갈등은 내적 동기와 대립한다

흥미로운 점은 필의 내적 갈등이 내적 동기를 직접 방해하고 있다는 것이다. 필은 타인과 인연을 맺어 삶의 목표를 찾고 싶어 하지만 자신의 우월함을 믿는 확신 때문에 오히려 목표를 이룰 수 없다. 캐릭터의 내적 갈등은 어떤 형태건 대체로 캐릭터의 내적 동기를 방해하며, 그가 필사적으로 원하거나 필요로 하는 것을 내어주지 않는다. 이 아이러닉한 난제는 캐릭터로 하여금 자신의 깊은 내면을 탐색해 어떤 변화가 필요한지 이해함으로써 내적 갈등에서 자유로워질 수 있는 충분한 기회를 제공한다.

내적 갈등은 자존감 혹은 성취감과 엮여 있다

가장 강력한 내적 갈등은 캐릭터의 심리 중 가장 취약한 부분을 건드리는 갈등, 즉 캐릭터가 자신에 대해 느끼는 감정과 인식에 관한 갈등이다. 캐릭터가 지닌 스스로에 대한 근본적인 생각들은 카드로 지은 집의 토대처럼 불안정하게 캐릭터를 떠받치고 있다. 그 토대를 찌르는 순간 집 전체가 무너져 내린다.

필은 매일 똑같은 하루를 되풀이해 살고 있는 자신을 발견하고는 평생 사용했던 방법을 그대로 사용한다. 자신이 원하는 것만 하고 자신의 행동이 남들에게 어떤 영향을 끼치는지 개의치 않는 행태가 그것이다. 하지만 하루하루가 되풀이되면서 다음 하루와 섞일수록 그의 이기적인 행태는 스스로에게 더 이상 만족감을 주지 못한다. 필이 불행한 이유는 잘못된 목적을 뒤쫓고 있었기 때문이다. 필은 자신보다 다른 사람을 중시할 수 있을 때까지 계속 갈등을 겪을 것이다. 필은 결코 마음의 평안을

| 매슬로의 욕구 단계

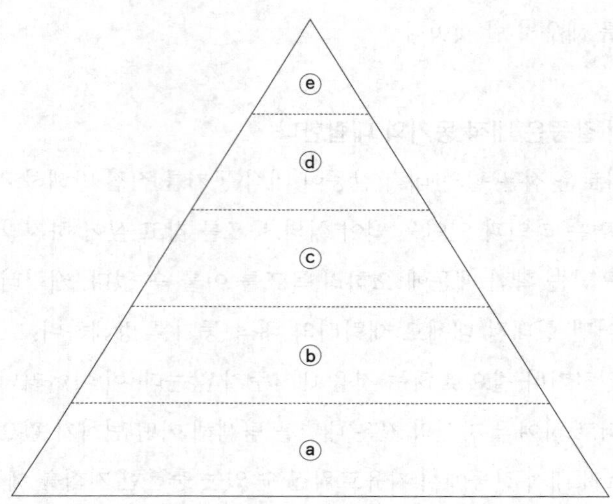

ⓐ **생리적 욕구** 음식, 물, 주거, 수면, 생식 행위처럼 기본적이고 원초적인 욕구

ⓑ **안전 욕구** 자신과 사랑하는 사람들이 안전하고, 건강하고, 안정된 상태를 유지하기를 바라는 욕구

ⓒ **애정과 소속의 욕구** 타인과 의미 있는 인연을 경험하고, 지속적인 유대감을 형성하고, 친밀감을 경험하며 애정을 주고받는 능력을 갖추고 싶은 욕구

ⓓ **존중과 인정의 욕구** 자신의 공헌에 대해 다른 사람들로부터 가치 평가, 이해, 인정을 받으며 높은 수준의 자부심, 자존감, 자기 확신을 성취하려는 욕구

ⓔ **자아실현 욕구** 의미 있는 목표를 성취하고, 지식을 추구하며, 정신적 깨달음을 얻거나, 핵심적 가치와 신념과 정체성을 포용하는 형태로 자신의 잠재력을 실현함으로써 충족감을 느끼며 진정한 삶을 살아가고 싶은 욕구

얻지 못한다.

지금까지 이야기한 것이 이야기 층위에서 벌어지는 내적 갈등, 다시 말해 이야기가 전개되는 과정에서 캐릭터가 씨름하게 될 메인 경기다(내적 갈등은 장면 층위의 갈등과는 또 다르다. 장면 층위의 갈등은 뒤에서 다룬다). 캐릭터가 변화호change arc◆를 가로지르고 있다면, 그의 내적 갈등이 무엇인지 알아야만 결말이 닥치기 전에 캐릭터가 무엇에 대처해야 하는지 알 수 있다. 이야기가 실패호failed arc◆◆일 때도 마찬가지다. 유일한 차이가 있다면 실패호에 놓인 캐릭터는 자신의 온전한 자아실현에 필요한 변화를 포용하지 못해 결국 출발했던 곳과 같은 장소(혹은 그보다 못한 장소)에서 여정을 마무리한다는 점이다.

캐릭터의 내적 갈등 파악

캐릭터의 핵심적인 내적 갈등은 진공상태에서 갑자기 나타나지 않는다. 내적 갈등이 어떤 식으로건 자존감이나 자부심 혹은 자아실현과 관련이 있다는 것은 이미 잘 알려진 이야기다. 내적 갈등은 캐릭터가 가장 필요로 하는 것을 얻지 못하게 방해한다. 따라서 캐릭터의 내적 동기와 외적 동기를 꼭 확인해야 한다. 그런 후에야 어떤 내적 갈등이 캐릭터의 노력을 막는 데 가장 적절한지 찾기가 더 쉬워지기 때문이다. 내적 갈등의 형태는 다양하다. 내적 갈등이 캐릭터에게 어떤 모습으로 나타나는지 정확히 파악하려면, 다음의 가능성을 고려해보라.

◆ 주인공이 과거의 트라우마에서 벗어나기 위해 두려움을 극복하고 내적 성장을 겪는 과정이나 상태.

◆◆ 주인공이 내적 성장을 위해 노력하지만 끝내 필요한 변화를 성취하지 못하는 상태.

가장 큰 두려움

두려움은 고도의 동기 부여 요소다. 일상을 불편하게 하는 공포도 마찬가지다. 방금 거미를 마주친 거미공포증 환자보다 더 재빠르게 움직일 수 있는 사람은 아마 없을 것이다. 한편 스토리텔링에서 캐릭터와 이야기를 동시에 추진하는 힘은 거미에 대한 공포보다는 더 큰 두려움이어야 한다. 실패의 두려움, 혼자 있게 되는 두려움, 사랑하는 사람을 잃는 두려움. 이런 두려움은 캐릭터로 하여금 건강하지 못한 습관을 포용하게 할뿐더러, 그저 현상을 유지하게 만들고 필요한 변화에도 저항하게끔 캐릭터를 마비시킨다.

가령 다른 사람들을 실망시키기 두려워하는 캐릭터가 있다고 상상해보자. 자신이 타인들에게 (뭔가 해명할) 책임을 지게 되는 온갖 상황에 대한 두려움이 큰 캐릭터는 자신이 원하는 것보다 다른 사람들이 원하는 것을 우선시하기도 하고, 앞으로 나서기보다 뒤로 물러서기도 한다. 타인을 실망시킬까 봐 두려워하는 캐릭터는 스스로 큰일을 벌이면 망치게 될 것부터 걱정하기 때문에 아이를 갖는다거나 관심이 있는 자선 단체나 행사를 이끄는 것과 같은 성취감을 얻을 수 있는 목표를 미리 포기한다. 이러한 두려움은 캐릭터가 직업 혹은 결혼 상대를 선택하는 데까지 영향을 미칠 수 있다. 캐릭터는 두려움 때문에 타인들의 행복을 위해 자신의 기쁨을 희생한다. 그러다 보면 부지불식간에 캐릭터의 중요한 욕구는 훼손되고 더 큰 문제가 초래된다.

중요한 윤리적 신념

자신의 중요한 신념이 도전을 받는 것만큼이나 심리적으로 큰 동요를 일으키는 것은 없다. 또한 모든 신념을 통틀어 윤리적인 신념보다 더 중요한 것도 없다. 윤리적인 신념은 우리의 정체성을 결정하기 때문이다. 영화 〈그린마일The Green Mile〉에서 폴 에지컴이 마주하는 상황이 바로 윤리적인 신념과 관련이 있다. 사형수를 담당하는 교도관인 폴은 경험상 자신이 맡고 있는 재소자들이 유죄이며 사형을 받을 만하다는 것을 알고 있다. 그러므로 폴은 사형수를 감독하는 자신의 직무를 수행하는 데 있어 별 문제를 느끼지 않는다. 그러나 폴의 이러한 신념에 맞지 않는 재소자가 등장하고 어려운 질문이 수면으로 떠오른다. 존 코피라는 재소자는 법정에서 유죄 판결을 받은 죄인이다. 하지만 그가 실제로는 무고한 게 아닐까? 그렇다면 폴은 어떻게 그를 사형에 처할 수 있을까? 존이 정말 신에게서 초자연적인 치유력을 받은 천사라면 그를 죽인다는 것은 폴의 영혼에 어떤 의미를 지니게 될까?

캐릭터가 가장 심층적인 층위에서 믿는 것, 즉 그의 옳고 그름에 대한 생각, 선과 악에 대한 생각을 고려해보라. 그런 다음 그의 생각에 도전하는 사건을 도입하라. 캐릭터가 이러한 쟁점에 둘러싸여 겪는 내면의 동요가 이야기의 주제라면, 다시 말해 캐릭터가 이야기 내내 씨름해야 하는 문제가 바로 윤리적인 문제라면 그것은 이야기 층위의 내적 갈등을 위한 탁월한 선택일 수 있다.

존재론적 관념

인간의 또 한 가지 특징은 호기심, 특히 거대한 관념에 대한 호기심을 가지고 있다는 것이다. 나는 누구인가? 나의 존재 목적은 무엇인가? 내세란 존재하는가? 죽음 이후의 세계는 무엇일까? 이러한 질문들은 대개 쉽게 답할 수 없지만 캐릭터는 어쨌거나 이런 질문들로 씨름한다. 이 질문에 대한 대답이 캐릭터의 정체성에 영향을 끼치고 그의 자아를 규정하기 때문이다.

만일 캐릭터가 인생을 둘러싼 거대한 질문에 대한 입장을 이미 정해두고 있다면 그 입장은 캐릭터의 중요한 신념 체계의 일부가 된다. 이러한 신념에 도전하는 것은 캐릭터를 감정적이고 존재론적인 나락으로 밀어 넣는 것이다. 반면 캐릭터에게 입장이 없을 경우, 답을 찾으려는 투쟁은 온갖 종류의 내적 갈등을 초래할 수 있다. 캐릭터는 신뢰하는 여러 자료나 사람들에게서 상충되는 정보를 얻게 될 것이고 결정은 더더욱 어려워진다. 사랑하는 멘토가 신앙의 위기를 겪어 평생 지켜왔던 입장을 바꾸는 바람에 캐릭터의 내적인 계획과 체계를 뒤엎어버릴 수도 있다. 아니면 자연적(혹은 초자연적) 사건으로 인해 캐릭터가 자신이 여태껏 알고 있다 믿었던 것에 의구심을 품게 될 수도 있다.

욕망과 욕구

욕망wants은 말 그대로 캐릭터가 원하는 것이지만 욕구needs처럼 반드시 필요로 하는 것은 아니다. 욕망은 그 자체로 많은 갈등을 일으키지는 않지만, 캐릭터에게 빠진 욕구나 중요한 신념과 대립시켜 놓으면 내적 갈등이 장면 층위에서 터져 나온다.

영화 〈댄 인 러브Dan in Real Life〉의 주인공 댄 번스는 여러 해 전 아내를 잃고 혼자 세 딸을 키우고 있다. 그는 그 세월 내내 진정으로 행복했던 적이 없다. 그러다 마리라는 여성을 만난다. 마침내 사랑과 소속감에 대한 댄의 욕구가 채워질 것 같다. 그러나 이미 그의 남동생이 마리와 데이트중이다. 이제 그의 (행복과 애정에 대한) 욕구와 (마리와 함께 하고픈) 욕망은 상충된다. 그가 마리와 함께 하려면 동생을 배신해야 하기 때문이다. 동생을 배신하면서 어떻게 행복할 수 있단 말인가?

비밀

캐릭터는 중요한 비밀을 감추기 위해 온갖 종류의 신체적, 감정적 고생을 하면서까지 필사적으로 노력한다. 사람들이나 단체 활동, 애정을 가졌던 취미 생활을 피한다. 비밀에 접근해오는 질문을 피하기 위함이다. 특정 정보가 새어나가는 걸 막기 위해 자신의 재능이나 가까운 친구를 포기해야 할 때 캐릭터에게 생기는 내적 동요를 상상해볼 수 있다. 많은 캐릭터가 비밀을 안전하게 감추기 위해 과감한 행동 변화를 꾀하기도 한다. 로리 할스 앤더슨의 소설『스피크』의 캐릭터 멜린다 소디노는 특정 사건이 밝혀지는 것을 막기로 작정한 나머지 아예 입을 닫아버린다. 말을 하지 못한다면 비밀을 말할 필요도 없을 테니까.

비밀, 특히 과거의 상처나 수치에 관한 비밀은 캐릭터의 우선 사항과 자아관을 근본적으로 바꿔놓을 수 있다. 어떤 대가를 치르고서라도 보호해야 하는 비밀은 캐릭터의 내적 갈등을 펼쳐놓을 강력한 소재를 제공한다.

앞에서 소개한 것들은 캐릭터의 내적 갈등에 기여할 수 있는 몇 가지 요소다. 주목할 점은 이 요소 중 많은 것들이 캐릭터의 과거의 주요 상처로부터 직접 유래한다는 것이다. 따라서 상처가 되는 사건이 무엇인지, 그리고 그것이 캐릭터에게 어떻게 영향을 끼치는지 다양한 방식들을 정확히 파악해두는 것이 좋다.

장면 층위의 내적 갈등

일단 캐릭터의 주된 내적 갈등을 이야기 층위에서 확정했다면, 이야기가 진행되는 과정에서 캐릭터가 인물호를 지나며 무엇과 씨름하게 될지 알게 될 것이다. 그런데 더 자세히 들여다보면 이야기는 장면이라는 더 작은 블록들로 이루어져 있다는 걸 확인할 수 있다. 따라서 장면들을 면밀히 살피면서 장면 층위에서 갈등(특히 내적 갈등)이 어떤 기여를 하는지 알아보자.

모든 장면에는 목적이 있다

영화감독이자 시나리오 작가 데이비드 마멧에 따르면 장면scene이란 더 큰 이야기 내에서 발생하는 작은 이야기 단위다.◇ 각 장면은 플롯(그리고 서브플롯)을 진행시키도록 작용함으로써 전체 이야기에 복무한다. 가령 페니라는 캐릭터의 외적 동기가 지역에서 일주일 간 열리는 빵 굽기 경연대회에서 우승을 차지하는 것이라고 가정해보자. 페니의 내적 동기, 다시 말해 페니가 우승이라는 목적을 이루고 싶은 이유는 자신의 가치를 증명하는 것이다. 페니는 학습 장애에 시달리면서 모멸감을 겪었고 자존감도 떨어져 자신에겐 아무런 가치도 없다고 생각하며 살아왔다. 주방은 페니의 안전지대로 빵 굽기 경연 대회에서 승리하면 자신의 가치가 증명될 것 같다.

따라서 이야기 속 모든 장면은 페니가 목표에 더 가까이 갈 수 있도록 페니를 움직여야 한다. 이때 각 장면이 페니의 외적 동기(혹은 서브플롯을 포함시키는 경우 서브플롯의 완성)에 어떻게 기여하는지 알아야 적절한 종류의 갈등을 추가할 수 있다. 빵 굽기 경연 대회의 우승자가 될 페니를 위해 만들 수 있는 장면과 목표로는 다음과 같은 것이 있다.

장면 1 … 페니는 경연 소식을 듣고 참가 여부를 결정해야 한다.

장면 2 … 페니는 자신이 쓸 주방을 찾아가 그곳이 어떤 구조인지 파악한다.

장면 3 … 페니는 경연 첫날 심사위원들을 만나 좋은 인상을 남기고 싶어 한다.

장면 4 … 페니는 경연의 첫 심사를 통과해 다음번 심사 단계로 나아

◇ MasterClass. "How to Write a Scene: 9 Steps for Short Story Scene Writing." *MasterClass*, MasterClass, 5 Mar. 2021, How to Write a Compelling Scene in a Short Story.

가야 한다.

이는 이런 종류의 이야기로 이어질 수 있는 장면들에 대한 몇 가지 아이디어일 뿐이다. 이쯤에서 각각의 장면이 경연 우승이라는 전체 이야기의 목적에 어떤 식으로 엮여 있는지 알아챌 수 있을 것이다. 장면의 목적들과 이야기 전체의 목적 사이의 연결성을 찾아냄으로써 각 장면을 필요한 요소로 만들고, 이야기가 앞으로 진행되도록 장면을 엮어 넣어야 한다.

모든 장면에는 갈등이 필요하다

승리로 가는 길은 대개 직선으로 뻗어 있지 않다. 주인공이 A지점에서 Z지점까지 어떤 장애물이나 반전도 없이 앞으로만 나아가는 식의 이야기는 현실성이 떨어질 뿐만 아니라 하품이 날만큼 지루하다. 캐릭터는 상승과 하락을 경험하고, 일에 차질도 빚게 되며, 주의 집중을 방해하는 요소를 만나고 형편없는 선택을 하기도 하며 불안과 두려움에 떨기도 해야 한다. 이러한 부침을 어떻게 제공해야 할까?

갈등은 주인공에게 소중한 성장 기회를 제공한다. 주인공은 훌륭한 대응을 통해 앞으로 나아가면서 자신의 목표에 가까이 다가가지만 때로는 후퇴도 한다.

페니의 이야기 장면의 목적으로 돌아가서, 이야기를 더 흥미롭게 만들기 위해 어떤 갈등을 추가할 수 있는지 살펴보자.

장면 1 … 페니는 경연 소식을 듣고 참가 여부를 결정해야 한다. 참가하려면 일주일 휴가를 내야 하는데 현실적으로 그럴 경제적 여유가 없다(물론 경연에서 승리하면 얘기가 달라진다).

장면 2 … 페니는 경연에 참가해 빵을 굽게 될 스튜디오의 주방을 방문한다. 경연을 치르게 될 곳의 구조를 파악해야 하기 때문이다. 벽에 걸린 디지털시계는 시간 내에 경연 과제를 치러야 한다는 사실을 암시한다. 페니는 신속하게 판단을 내리고 행동으로 옮겨야 한다. 게다가 자신의 결정과 실수를 낱낱이 보게 될 관객도 있다.

장면 3 … 페니는 첫날 심사위원들을 만나 좋은 인상을 남기고 싶다. 페니는 2번 심사위원이 자신의 적수라는 것을 알게 된다. 그는 지난번 경연에서 페니를 정정당당히 이기고, 우승의 영광을 페니가 늘 꿈꾸던 경력에 활용하고 있는 인물이다.

장면 4 … 페니는 경연의 첫 관문을 통과해 다음 관문으로 나아가야 한다. 자신이 할당받은 자리로 가서 스튜디오에 있는 몇몇 관객을 보는 순간, 관객석에 언니가 앉아 있는 것을 발견한다. 페니의 언니는 우승을 한 적이 있는 뛰어난 제빵사로, 페니에게 엄청나게 많은 조언을 줄 사람이자 2등 제빵사는 취급도 하지 않는 깐깐한 인물이다.

이제 장면들이 좀 더 흥미로워졌다. 페니에게는 각 장면마다 경연 우승이라는 목표 쪽으로 자신을 더 가깝게 데려갈 목표가 있다. 그러나 각 장면에는 목표를 이루기 더 어렵게 만드는 시나리오, 우승의 길로 가는 그녀의 발목을 잡을 요소들이 포진하게 된다. 이 추가 요소들은 장면과 이야기의 구조적 관점에서도 중요하지만, 독자들로 하여금 페니가 과연 성공을 거둘 수 있을지 궁금하게 만들기 시작할 만큼의 긴장을 만들어낸다는 점에서 또 중요하다. 각 장면이 조성하는 긴장은 독자들의 흥미를 돋우고 일이 어떻게 진행될지 보기 위해 계속 책을 읽게 만든다. 앞서 독자가 캐릭터를 좋아하도록 만드는 게 중요하다고 했던 것을 기억하는가? 캐릭터를 좋아할 만한 존재로 만드는 쉬운 방법은 내적 갈등을 좀 보태는 것이다.

더 강력한 갈등을 원한다면, 내적 요소를 추가하라

독자들은 캐릭터에게서 자신과 비슷한 면을 발견할 때 감정이입을 하게 된다. 앞에서 만든 갈등 시나리오는 보편적이긴 하지만 좀 피상적이다. 갈등이 외적인 종류의 것이기 때문이다. 경제적 제약과 시간 제약이 있고 과거의 맞수도 등장하긴 하지만, 여기에는 내적 갈등도, 캐릭터가 원대한 도덕적 갈등이나 사적으로 감당해야 할 결과와 벌이는 줄다리기도 없다. 작가라면 누구나 독자들의 마음을 울리고 쓰리게 만들 시나리오를 쓰고 싶다. 이제 페니의 이야기에 포함시킨 갈등에 내적 요소를 추가하기 위해 할 수 있는 작업이 무엇인지 살펴보자.

장면 1 … 페니는 경연 소식을 듣고 참가 여부를 결정해야 한다. 참가하려면 일주일 휴가를 내야 하는데 현실적으로 그럴 경제적 여유가 없다(물론 경연에서 승리하면 얘기가 달라진다). 그런데 페니가 정말 갈등하는 문제는 지난번 경연에서 졌다는 것, 그래서 이번 경연이 만회할 기회긴 하지만 또 한 번 패배를 겪게 될지 알 수 없다는 것이다.

장면 2 … 페니는 경연 때 쓸 스튜디오의 주방을 방문해 구조를 알아본다. 벽에 걸린 디지털시계는 시간 내에 경연 과제를 치러야 한다는 사실을 암시한다. 페니는 신속하게 생각하고 판단해 행동해야 하지만 속도와 효율성은 학습 장애가 있는 그녀에게는 늘 탈락의 원인이었다. 페니는 또 한 번 자신의 꿈에 흠집을 내게 될까 두렵다.

장면 3 … 페니는 첫날 심사위원들을 만나 좋은 인상을 남기고 싶다. 페니는 2번 심사위원이 자신의 적수라는 것을 알게 된다. 그는 지난번 경연에서 페니를 정정당당히 이기고, 우승의 영광을 페니가 늘 꿈꾸던 경력에 활용하고 있는 인물이다. 페니는 과거 경연 때 그가 했던 모욕적인 말 때문에 분노와 수치심이 다시 치밀어 오른다. 특히 자신의 장애를 일부러 겨냥했던 말을 더더욱 잊을 수 없다.

장면 4 … 페니는 경연의 첫 관문을 통과해 다음 관문으로 나아가야 한다. 자신이 할당받은 자리로 가서 소수의 스튜디오 관객을 보는 순간 언니를 발견한다. 언니는 우승 경험이 있는 제빵사로 엄청나게 많은 조언을 줄 사람이자 2등 제빵사는 취급도 하지 않는 깐깐한 인물이다. 언니는 페니에게 갈등을 부여하기 위해 필요한 사람이다. 즉 성공 가도를 달리면서 비판에 일가견이 있는 자매로서 페니의 일거수일투족을 조목조목 분석해 페니가 자기 실력을 곱씹다 불안해지게 만들 제격의 인물이다.

위의 시나리오는 훨씬 더 강력하다. 욕구와, 두려움 대 두려움, 부당한 수치심, 성공하기 위해 가장 큰 비판자에 맞서 자신을 믿어야 하는 것 등 여러 도전이 맞부딪치는 형식으로 내적 갈등이 포함되어 있기 때문이다. 여기에는 바람직하지 못한 감정들이 포함되어 있기 때문에 페니는 상대하고 싶지 않은 것들, 가령 불안, 나쁜 습관, 과거의 실패 등을 대면할 수밖에 없을 것이다. 그러나 몰락의 순간은 페니가 뭔가 배우고, 자신을 망치고 있는 문제를 인식해 앞으로는 더 잘할 수 있는 기회를 제공한다. 요컨대 이러한 시나리오는 성장의 기회인 셈이다. 내적 갈등은 불안하고 갈등으로 점철된, 그리고 욕구를 채우지 못한 우리의 주인공을 해야 할 일이 무엇이건 그 일을 할 수 있고 그럼으로써 자신의 운명을 확립할 수 있는 승자이자, 깨달음을 얻은 승자로 바꾸어주는 시련이다.

따라서 가능하다면 장면 층위의 갈등은 내적 요소를 포함해야 한다. 내적 갈등이라는 중요한 요소가 빠져 있는 경우 다음의 몇 가지 간단한 조치를 취해 장면에 깊이를 부여하라.

캐릭터가 들어가는 장면의 목표를 설정하라. 장면의 목적은 캐릭터가 성공하는 경우 그를 이야기 전체의 목적이나 서브플롯의 목적으로 더 가까이 데려가는 것이다.

캐릭터의 내적 동기를 설정하라. 캐릭터는 왜 그 목적을 갖고 있는가? 캐릭터가 성공할 경우 그는 자신의 어떤 내면의 공허함이 채워지리라 생각하는가?

성패가 달려 있는 위기를 설정하라. 캐릭터가 장면의 목적을 달성하지 못할 경우 실패의 대가는 무엇인가? 실패는 캐릭터의 상황을 어떻게 악화시키거나 이야기 전체의 목적 도달을 방해하는가? 실패는 어떤 내적 갈등을 발생시킬까?

캐릭터의 상황에 맞는 갈등 시나리오를 브레인스토밍해보라. 이 책에 나오는 항목들은 바로 이 지점에서 진가를 발휘할 것이다. 캐릭터가 특정 장면의 목적을 이루지 못하게 막음으로써 특정 유형의 내적 갈등을 초래할 아이디어를 찾아보라. 계획 단계라면 구체적인 갈등 주변으로 장면을 구성해보면 된다. 장면이 어떻게 전개될지 이미 알고 있다면(그 장면이 어떤 캐릭터를 포함하고 있는지, 어디서 장면이 발생하는지 등) 해당 장면에 어울리는 갈등을 선택하라.

특정 장면의 갈등 시나리오가 이야기 전체의 내적 동기(캐릭터의 내적 동기)를 가로막거나 캐릭터를 괴롭히는 공허함이나 약점을 도드라지게 만드는가? 캐릭터가 인물호를 지나가고 있다는 점에 유념하라. 캐릭터가 승리를 거두려면 성장하기 위해 내적 문제와 결함을 해결해야 한다. 캐릭터가 늘 승리하는 것은 아니다. 때로 그는 실패한다. 따라서 내적 문제를 탐색할 다양한 기회를 캐릭터에게 제공해야 한다.

모든 갈등이 똑같은 내적인 갈등으로 귀결되는 이야기는 일차원적이고 평면적인 느낌을 준다. 그러니 요소들을 뒤섞어 다양한 내적 갈등을 조절하라. 이때 도움이 되는 것이 서브플롯이다. 매슬로의 욕구 단계를 다시 살펴보고, 주요 플롯과 연관이 있는 빠진 욕구나 긴장을 찾아보

라. 이야기 층위에서 캐릭터의 인물호를 뒷받침해주면서 캐릭터를 움직이게 하는 내적 성장의 또 다른 요소가 있을지 생각해보라.

내적 갈등은 늘 필요할까?

내적 갈등은 이야기에 긴장감을 더해주고 독자들에게 감정을 일으키기 때문에 대부분의 장면에 어느 정도 포함시키는 것이 좋다. 그렇다고 매 장면마다 심오한 윤리적 갈등을 포함시켜야 한다는 건 아니다. 내적 갈등은 비밀을 밝힐까 말까를 고민하는 딜레마일 수도 있고, 일을 진행시키는 최상의 방법(특히 캐릭터가 문제를 해결하기 위한 자신의 방식이 효력이 없다는 것을 알고 있을 경우의 방법)일 수도 있다. 대립하는 의무들, 목적들, 그리고 아이디어들이 내적인 갈등의 느낌을 어떻게 산출할 수 있는지 혹은 어떤 편견이나 오해가 난제가 될 수 있는지 생각해보라. 물론 속도를 신경 쓰는 것도 중요한데, 내적 갈등을 사용하는 경우 특정 장면에서 캐릭터가 직면하고 있는 문제에 고정시켜야 한다.

내적 갈등이 (중요하긴 하지만) 역할이 크지 않기 때문에 덜 중요하게 다루어야 하는 상황도 있다. 이야기에 정체호static arc를 가진 캐릭터가 포함되어 있거나 고도의 액션 장면이 있다면 아래의 조언을 기억하라.

정체호를 가진 캐릭터

캐릭터의 발전이나 성장이 아닌 이야기 전체의 목적이 따로 있는 경우, 주인공은 내적 갈등을 별로 경험하지 않는다. 주인공이 외적인 문제에 주로 집중하고 있는데 내적 갈등이 어떻게 존재하겠는가? 하지만 내적 갈등의 기회가 적다 하더라도 캐릭터가 갈등하는 순간이 아예 없다는 뜻은 아니다.

정적인 캐릭터의 경우, 변화호를 따르지는 않더라도 의심하거나 불안에 시달릴 수 있다. 잭 라이언◆이 목적을 이루려면 비행 공포를 마주해야 했다. 인디아나 존스는 마리온을 잃고 슬퍼한다. 그녀를 자신의 혼란 속으로 끌어들인 것에 죄책감을 느낄 수 있는 것이다. 이와 같은 순간들은 임무에 집중해야 하는 캐릭터에게 진정성을 보태주고 새로운 종류의 긴장을 통해 장면에 살을 붙여주는 역할을 한다.

액션 장면

빠르게 움직이는 액션이 많은 장면(주먹다짐, 총격전, 생명을 건 탈출)은 대개 성찰과 정서적 성장 면에서는 이득을 볼 일이 별로 없다. 영화 〈본 아이덴티티〉의 자동차 추격 장면에서 자기 의심과 내적 성찰의 순간들이 나왔다면 영화는 망가졌을 것이다. 자동차 추격 장면은 그런 식으로 효력을 내지 않기 때문이다. 생존을 위해 반사 신경과 찰나의 판단이 요구되는 상황, 삶과 죽음이 오가는 절박한 상황에서는 내적 성찰을 할 여유가 없다. 액션 장면은 아드레날린이 넘쳐나고 감정도 더 짧게 드러나기 때문에 내적 갈등이 들어갈 여지가 별로 없다.

그렇다고 액션 장면으로 이어지는 사전 단계나 대단원에서까지 내적 갈등이 발생할 수 없다는 건 아니다. 자동차 추격 장면 전에 제이슨 본은 기차역으로 들어가 자신의 물건을 숨기고 그러는 동안 마리라는 여성이 차에서 기다리고 있다. 그녀의 손에는 제이슨이 방금 준 현금다발이 들려 있다. 돈을 만지작거리는 그녀의 두 눈은 자동차 열쇠로 빠르게 이동한다. 그 찰나의 순간은 그녀의 내적 갈등이 무엇인지 정확히 보여준다. 저 남자와 계속 다니며 목숨을 걸어야 할까, 아니면 돈을 들고 튀어야 할까?

◆ 『패트리어트 게임』을 비롯해 톰 클랜시의 소설들에 연속적으로 등장하는 주인공.

찰나의 내적 갈등이 존재하는 순간들은 주요 액션의 바깥에서 발생할 때, 장면에 감정을 보탤 수 있다. 게다가 내적 갈등이 주인공에게만 있는 것도 아니다. 마리의 경우에서 보듯 다른 캐릭터들도 내적 갈등을 겪는다. 특히 이들이 자신의 인물호를 그리고 있을 경우 그러하다. 물론 작가는 자신이 선택한 관점을 계속 견지해야 한다. 1인칭이나 3인칭 시점으로 이야기를 구성하고 있다면 다른 캐릭터들의 내면에서 무슨 일이 일어나는지 직접 보여줄 수는 없지만(빠른 심박, 구토, 정신이 오락가락하는 것 등) 최소한 내적 갈등을 암시하는 외적 징후 정도는 드러낼 수 있다. 캐릭터의 관찰(중요한 물건을 향한 시선이나 초조한 손놀림 혹은 망설임)을 통해, 아니면 해당 인물의 대화와 결정과 행동을 통해 이런 갈등을 드러낼 수 있다.

내적 갈등은 어떤 모습을 하고 있을까?

심리적 동요를 겪는 캐릭터는 자신과 불화하고 있는 존재다. 그는 무엇을 해야 할지 알지 못하거나 중요한 신념에 의구심을 품고 있거나 하지 말아야 한다는 걸 알고 있는 일을 할까 망설이는 중이다. 그는 이런 동요가 자신을 약해 보이게 만든다고 생각한다. 강한 사람들은 보통 자신의 마음을 잘 알고 있기 때문이다. 강한 사람들은 무엇을 해야 할지 알고 그걸 한다. 이런 이유로 캐릭터는 약하게 보이기 싫어 내적 갈등을 숨기려 든다. 그로 인해 캐릭터가 보이는 외적 행동은 그의 내적 감정과 어긋난다. 이것이 최상의 서브텍스트이고, 작가는 이러한 이분법을 명료히 드러낼 수 있어야 한다.

서브텍스트subtext란 이야기 밑에 있는 이야기라고 정의할 수 있으며, 감정적인 동요를 겪는 캐릭터를 표현할 때 생기는 텍스트이다. 캐릭터는 다른 캐릭터들에게는 자신감 있고 알아서 일을 처리하는 모습을 보이는 등 강한 면모를 보인다. 그러나 그의 강한 면모 아래에서 독자들은 우유부단과 불안을 눈치챈다. 독자들은 딜레마가 캐릭터의 도덕적인 힘을 잠식하는 모습, 그의 정체성의 본질을 잠식하는 것을 보게 된다. 그리고 독자들은 캐릭터의 행동과 말과 가시적인 선택이 외면에 불과하다는 것을 인식한다.

서브텍스트를 잘 쓰려면 다른 캐릭터들에게 보이는 외면을 전달하는 동시에 독자들에게는 캐릭터의 내적 갈등을 따로 보여줘야 한다. 이 이중성을 전달하는 첫 단계는 내적 갈등이 두 층위 모두에서 어떻게 보이는지 인식하는 것이다.

내적인 행동

강박

캐릭터를 괴롭히는 것이 무엇이건 그는 많은 시간 그 생각에 골몰한다. 불안으로 괴로운 캐릭터가 불안을 극복하는 유일한 방법은 무엇을 할지 알아내고 결정을 내리는 것이기 때문이다. 따라서 캐릭터는 자신이 골몰하는 문제 주변을 늘 서성거리며 생각하기 마련이다. 그렇다고 캐릭터의 머릿속에서 지나치게 많은 시간을 할애해서는 안 된다. 생각에 골몰하는 것이 지나치면 이야기의 속도감이 떨어지고, 독자가 캐릭터에게 갖는 흥미도 줄기 때문이다. 그러나 캐릭터는 자신을 괴롭히는 문제를 여기저기 찔러보며 다각도로 검토해야 한다. 캐릭터의 딜레마 중 많은 것들은 다양한 행동 경로의 결과를 내포하므로 그는 그 결과에도 주목하게 된다.

애덤이라는 캐릭터가 있다. 애덤의 어머니는 루게릭병 말기 환자다. 애덤은 어머니의 근육이 더 이상 걸을 수 없을 정도로 수축하는 모습을 지켜봐 왔다. 어머니는 음식을 삼키기도 힘이 들고 통증으로 점점 쇠약해지고 있다. 게다가 말도 할 수 없어 당신의 고통을 표현할 수도 없다. 하지만 어머니는 눈으로 많은 말을 하기 때문에 애덤은 어머니가 이렇게 살고 싶지 않아 한다는 것을 알고 있다. 누구도 그렇게 살아서는 안 된다. 그렇다고 자신이 어머니의 생명을 끊을 수 있을까? 누군가의 고통을 끝내는 것을 생각하는 것과 실제로 그 일을 벌이는 것은 전혀 다른 문제다. 만일 그렇게 하기로 결정을 내린다 해도 어떻게 발각되지 않고 일을 처리할 수 있을까? 심지어 발각되지 않는 게 중요하긴 한가? 맙소사, 환자는 내 어머니란 말이다.

애덤은 깨어 있는 순간마다 이런 질문들에서 벗어날 수 없다. 의사와 간호사들이 어머니의 상태에 관해 알려주는 새로운 정보가 그의 내적 갈등에 겹쳐진다. 사랑하는 사람들과의 대화는 그의 결정이 그들에게 어떤 영향을 끼칠 것인가에 대한 생각과 대비된다. 어머니를 보고 있기만 해도 애덤은 지극히 고통스럽다. 어머니의 평화를 가져올 수 있는 능력이 결국 자신에게 있기 때문이다.

캐릭터의 삶에서 무슨 일이 일어나건, 그 사건이 캐릭터를 내적 갈등으로 돌려보내는 방식은 위의 사례와 같다. 캐릭터의 생각은 이러한 방식을 드러내야 한다. 상황이 달랐다면 기쁨을 느끼게 해줄 일상적인 일들, 가령 사랑하는 사람들과의 대화, 가족 행사 그리고 추억들마저도 캐릭터가 스스로 내려야 하는 힘든 결정 쪽으로 다시 몰아간다.

회피

내적 갈등은 갈등을 겪는 사람에게 논란의 여지가 없는 진실, 즉 우리가 대답을 다 아는 것은 아니라는 진실을 전달하기 때문에 불편하다. 우리와 마찬가지로 캐릭터도 상황을 제대로 통제하고 싶고 확실한 결론을 원하기 때문에 무엇을 해야 할지 모르는 상황에서 캐릭터는 당연히 무능하다는 느낌, 두려움, 불안감을 느낀다. 캐릭터가 무엇과 씨름을 하느냐에 따라, 그리고 그 씨름이 캐릭터를 얼마나 취약하다고 느끼게 하느냐에 따라 다르겠지만, 풀 수 없는 문제를 끊임없이 환기해야 하는 상황은 문제를 회피하게 만들 정도로 캐릭터에게 감정적인 고통을 안길 수 있다.

이러한 상황을 전달하는 방식 중 하나는 캐릭터가 특정한 생각의 문을 쾅 닫아버리게 만드는 것이다. 캐릭터의 마음이 어떤 방향 쪽으로 흔들리기 시작한다는 것을 보인 다음 그가 고의적으로 그 방향을 외면하는 모습을 보여주는 것이다. 캐릭터는 실제로는 주의산만이라는 형식으로 그 문제에 골몰할 수도 있다. 아니면 회피를 한 단계 더 밀고 나가 문제를 완전히 회피하는 행동, 가령 문서를 폐기하거나 내리기 불가능한 결정을 상기시켜주는 물건들을 모조리 치워버리는 행동을 할 수도 있다. 그런 문제가 아예 존재하지 않는 척하기 위해서다. 캐릭터의 외면과 내면에서 벌어지는 일들 간의 불일치를 보여주는 방식이다.

여러 행동 사이의 갈등

딜레마가 딜레마라 불리는 이유는 캐릭터가 무엇을 해야 할지 모르기 때문이다. 애덤의 이야기로 돌아가자면, 그의 결정 과정은 여러 상이한 해결책이 어떻게 어울리는지 보는 시도일 수 있다. 일단 잠시라도 아무것도 하지 않는 것을 고려할 수 있다. 애덤의 어머니는 (말을 할 수 있었을 때) 조력자살 이야기를 실제로 꺼낸 적이 한 번도 없기 때문이다. 어머니는 아들이 자신을 위해 미래와 자유를 희생하기를 정말 바랄까? 그렇지 않다. 아들은 잠시나마 자신이 해야 할 옳은 일은 신과 같은 노릇을 하는 것이 아니라, 일이 순리대로 진행되도록 그냥 내버려두는 것이라고 생각한다. 그러나 곧이어 그러한 결정에 의심을 드리우는 사건이 벌어진다. 어머니의 통증이 심해져 약물로 제어되지 않는 상황이 발생하는 것이다. 이런 상황 때문에 캐릭터는 다시 옛 문제를 꺼내들고 가족들 모르게 어머니의 고통을 끝낼 수 있는 방법을 고민하기 시작할 수 있다.

캐릭터가 어떤 행동을 취해야 하는지 알아내는 데는 시간이 걸리며, 그걸 할 수 있는 유일한 방법은 선택지들을 고려하는 것이다. 따라서 우유부단은 내적 갈등의 주된 요소다. 캐릭터가 다양한 옵션들 사이에서 방황하는 모습, 다양한 시나리오를 산출하는 모습, 각 선택지의 장단점을 저울질하는 모습을 보여줘야 한다. 이는 캐릭터가 겪는 갈등의 깊이를 보여주는 좋은 방법이기 때문이다. 해결책이 희생을 필요로 하는 상황에서는 더더욱 그러하다.

불안과 자기의심

어려운 결정은 벅차다. 특히 광범위한 대가나 도덕적 함의가 있을 때는 말할 것도 없다. 결정이 어려운 이유는 그것이 약점, 과거의 실패, 혹은 유혹의 영역을 드러냄으로써, 캐릭터가 인정하고 싶지 않은 과거나 인격의 일부를 환히 비추기 때문이다. 심지어 상황이 복잡할 때조차(대개 많은 내적 갈등 시나리오는 복잡하다)캐릭터는 자신이 해야 할 옳은 일을 알아야 하고 행동으로 옮길 수 있어야 한다고 생각한다. 그렇게 하지 못한 무능함은 캐릭터의 열패감을 증폭시킬 수 있다. 게다가 우유부단함 때문에 다른 사람들에게 나쁜 결과를 초래한 경우, 캐릭터는 그 결과를 내면화해 자신이 진 무게에 죄책감까지 보탤 것이다.

애덤을 이 상황에 대입해보자. 그는 아마 자신이 책임을 질 필요가 없도록 남을 따라하고 위험을 피하며 타인들이 먼저 행동하기를 기다리는 부류였을 것이다. 그는 어머니의 상태가 악화되는 것을 보았다. 어머니가 죽음을 향하고 있는 걸 알고 있었고 그 지점에 도달하기 전에 다 끝내고 싶어 하시리라는 것도 감지했다. 그러나 그는 두려움 때문에 이야기를 꺼내지 못했다. 이제 확신하기에는 너무 늦었고 그는 어쩔 수 없이 행동을 취해야 하거나 너무 두려워서 하지 못하는 구태의연한 상황으로 또다시 끌려 들어간다. 어머니의 상태는 누구의 잘못도 아니지만 그는 어머니를 그 상태에서 구할 만큼 강하지 못한 자신을 질책한다.

불안은 내적 갈등의 자연스러운 부작용이다. 불안이 불행인 이유는 캐릭터의 행동을 더욱 억제해 안 그래도 어려운 일을 아예 불가능해보이게끔 만들기 때문이다. 그러니 불안이 여러분의 캐릭터에게 반복해서 나타나는 문제가 되게 만들고, 어떻게 캐릭터를 곤경에 빠뜨리는지 독자에게 보여줘야 한다.

내적 갈등의 외적 지표

과대보상과 과소보상

캐릭터는 결정을 내리거나 행동에 돌입하지 못하는 자신의 무능함 때문에 불행하다. 캐릭터가 자의식이 강하거나 겉치레를 중시하는 부류인 경우, 일을 심하게 밀어붙이는 식으로 과대보상을 시도할 수 있다. 다른 사람들이나 상황을 통제하는 일은 삶의 다른 영역을 통제하지 못하는 자신의 무능함을 보상해줌으로써 캐릭터의 기분을 나아지게 만들 수 있기 때문이다.

아니면 아예 반대 방향으로 갈 수도 있다. 우유부단으로 고통받는 캐릭터는 선택 자체를 아예 싫어하게 될 수도 있다. 아주 사소한 문제가 생겨도 남들의 의견을 그대로 따르는 것이다. 다른 사람들에게 주도권을 내어줌으로써 캐릭터는 아예 실수를 하지 않을 수 있고, 받는 압력은 잠시 동안이나마 줄어든다.

캐릭터가 과대보상을 하느냐 과소보상을 하느냐는 그의 타고난 성향과 감정 상태에 따라 달라진다. 캐릭터의 수많은 반응도 마찬가지다. 그러니 캐릭터가 누구인지, 어떻게 행동할지 감을 잡기 위해 캐릭터의 성격을 탐색할 것을 명심해야 한다.

집중 방해 요인

인간의 뇌는 한꺼번에 많은 일에 신경을 쓰지 못한다. 골치 아픈 시나리오에 생각을 온통 빼앗긴 캐릭터는 다른 것에 신경을 쓸 여유가 없다. 따라서 직장이나 학교에서 발휘하던 효율성과 생산성은 타격을 입기 쉽다. 이 경우 캐릭터는 뭔가 걸핏하면 잊어버린다. 잘 맡아 처리하던 책임도 절반가량 놓치거나 완전히 망친다. 이러한 외부적 지표들은 캐릭터의 표면 아래에 있는 혼돈을 보여주는 가시적 징후이다.

감정의 변동

누구나 자신이 해결할 수 없는 문제에 생각을 온통 빼앗기는 것이 어떤 것인지 잘 안다. 그런 문제는 마음의 평화와 수면과 즐거움을 앗아간다. 잠시 동안이라면 괜찮지만, 지나치게 오래 가는 경우 그 문제는 피해를 입히기 시작한다. 가장 먼저 무너지는 것이 정서적 안정이다.

문제 상황에 처한 캐릭터는 참을성을 잃고 사람들에게 짜증을 부리거나 화를 낸다. 어떤 경우에는 울기 일보 직전인 상태가 되거나 작은 일에도 곧 무너질 것처럼 공황 상태에 빠지기도 한다. 이 경우 캐릭터는 극심한 기분 변화를 겪고 일상적인 상황에도 예상치 못한 반응을 보인다. 이번에도 캐릭터의 반응은 그의 성격과 정상적인 감정 범위 등 다른 여러 요인에 따라 달라진다. 어떤 종류의 반응이 캐릭터에게 가장 잘 맞는지 알아내면 캐릭터가 가장 힘든 상황에 처했을 때도 일관되게 그려낼 수 있다.

실수

극도의 압박을 받는 캐릭터가 늘 최선의 결정을 내리는 것은 아니다. 캐릭터의 산만함은 불안과 결합해 실수를 낳고 실수 때문에 다시 캐릭터는 곤란에 빠진다. 보통 때는 침착하고 신중하며 논리적인 캐릭터에게 실수는 뭔가 제대로 돌아가고 있지 않다는 것을 다른 사람들에게 보여주는 네온사인과 같다.

장애물이 생길 때마다 체계적으로 제거해나가는 진취적인 유형의 캐릭터라면 내적 갈등 때문에 불편할 것이다. 결국 갈등은 쉬운 답이라고는 없는 질문들만 부글부글 끓어오르게 하며 그 때문에 캐릭터가 행동을 취함으로써 얻는 만족은 지연된다. 이 경우 캐릭터는 자신의 불안을 그냥 덮고 앞으로 나아가려 할 수 있다. 캐릭터의 이러한 충동적 행동은 대가가 따른다. 이제 캐릭터는 충분히 생각하지 않아 생긴 나쁜 결과도 감내해야 하는데다, 원래 있던 문제도 해결하지 못한 채 곤경만 키워놓은 상황에 빠진다.

신념의 변화

내적 갈등과 혼란을 감추기 위해 극도로 노력하는 캐릭터는 어느 정도까지는 성공할 수 있다. 그러나 갈등이 윤리적인 질문 같은 근원적 신념에 관한 것일 때, 그래서 캐릭터의 가치관이 변할 때 주위에 있는 중요한 사람들은 캐릭터의 변화를 눈치챌 것이다. 애덤의 사례로 다시 돌아가보자. 애덤은 원래 안락사를 노골적으로 반대하던 사람이었다. 그러나 최근 가까운 친구들과 나눈 대화는 그가 자신이 처해 있는 딜레마를 새로운 관점에서 살펴보게 되면서 안락사에 대한 입장도 변하고 있다는 것을 보여준다. 애덤은 아직 어떤 특정한 입장을 받아들이지는 않았지만 다양한 생각에 관해 말하고 있으며, 예전 같으면 한 번도 해보지 않았을 생각들을 머릿속에서 이리저리 굴리고 있다.

애덤은 자신의 생각을 입 밖으로 꺼내지 않으려고 노력한다. 그는 누군가 자신이 고려하고 있는 바를 알게 되는 것은 결코 원하지 않는다. 그러나 그의 새로운 생각 중 일부가 말로 스며들어가는 변화는 자연스럽다. 특히 스트레스를 받거나 감정이 고조된 순간, 그의 생각을 지키는 방어기제가 낮아졌을 때 그러하다. 그 진실의 순간들은 독자들에게 캐릭터의 내면에서 벌어지는 일이 무엇인지 일부나마 명확히 드러낼 수 있다.

실패는 캐릭터를 성장시킨다

아이가 걸음마를 하는 모습을 지켜본 적이 있을 것이다. 처음에는 실패가 잦다. 아이에게 갈등은 약한 근육, 균형감 부족, 물리적 장애, 중력, 공포의 형태로 나타나며 대부분은 넘어진다. 하지만 자꾸 넘어져도 아이를 내버려둬야 하는 이유는 아이의 성장과 배움에 꼭 필요한 부분이기 때문이다. 캐릭터의 경우도 마찬가지다.

실패는 캐릭터의 결함을 강조한다

입체적이고 신뢰할 만하게 구축한 캐릭터는 어떤 특성을 갖추고 있을까? 바로 결함이 있다. 예컨대 약점, 맹점, 그리고 자각하지 못하거나 바꿀 의지가 없는 인성상의 결함이 있을 것이다. 완벽한 사람은 아무도 없기 때문에 결함이나 약점은 캐릭터에게 진정성을 보태주고 공감대를 형성할 수 있는 사람으로 만들어준다. 변화호의 궤적에 있는 캐릭터는 특정한 결함을 갖고 있고 이러한 결함은 캐릭터가 목적을 이루지 못하게 직접 막는 역할을 한다. 장애물은 이야기가 진행되면서 불쑥불쑥 나타나 캐릭터를 납작하게 깔아뭉개버려 목표를 이루지 못하도록 막는 역할을 수행한다.

치명적인 결함fatal flaw은 캐릭터가 삶의 문제를 해결할 때 으레 쓰곤 하는 낡고 효과도 없는 접근법을 말한다. 이 결함은 캐릭터의 정신 및 행동의 요소로 나란히 작용하여 캐릭터가 감정적 상처를 경험하지 못하도록 보호한다. 가령 사람들과 친밀하게 지내면 그들이 자신의 약점을 이용해먹으리라 확신하는 인물이 있다. 그는 친근한 관계를 피하기 때문에 만나는 사람에게 매번 불쾌감을 주는 말을 던진다. 엄밀히 말해 이런 접근법은 효과가 없지는 않다. 상대를 이런 식으로 대하는 경우 상대가 그를 이용해먹기란 애초부터 불가능하기 때문이다. 하지만 이러한 접근법은 해악도 많다. 기분 나쁜 말을 해대는 사람과 굳이 관계를 맺기 위해 불쾌함을 감당하려는 사람은 없을 테니까. 시간이 갈수록 이런 사람은 고립감을 느낄 테고 누구와도 관계를 맺을 수 없다는 이유로 자신의 가치를 의심하기 시작할 수 있다.

치명적인 결함은 캐릭터의 맹점이다. 캐릭터는 자신의 결함이 끼치는 해악을 알지 못한다. 이런 맹점에 이점이 있다면 문제가 발생하기 전에 미리 차단할 수 있다는 것뿐이다. 이야기에서 치명적인 결함은 캐릭터가 가장 원하는 바를 막는 방해자 역할을 한다. 캐릭터가 병적인 자신의 태도와 행동이 스스로에게 장애물이 되고 있다는 진실을 깨닫고 건강한 접근법을 취하지 않으면 바라는 바를 성취하지 못한다. 아이러니하게도 캐릭터의 실패는 그 과정에서 결함을 드러내고 점점 더 무시하기 어렵게 만듦으로써 캐릭터의 성장에 도움을 준다.

〈어 퓨 굿 맨A Few Good Man〉이라는 영화에서 이러한 과정이 어떻게 진행되는지 살펴보자. 대니얼 캐피 중위는 미 해군 법무감 JAG 소속 변호사로 형량 협상 능력을 인정받아 빠르게 명망을 쌓는다. 대니얼은 법정 변론을 업으로 삼는 변호사라면 보통 하지 않는, 자신의 특이한 능력에 자부심을 갖고 있는 듯 보이지만 사실은 법정에서 실제 사건을 다루지 않으려는 방편으로 그 역량을 이용하고 있음이 점차 드러난다. 변호사로서 법정을 피하는 이유는 그의 과거에서 찾아볼 수 있다. 캐피는 명망 높고 성공한 변호사인 아버지의 그늘에서 자랐다. 그는 자신이 법정 소송을 맡았다가 성과가 충분하지 못해 아버지보다 못한 변호사가 될까 봐 늘 두렵다.

각본가 아론 소킨은 캐피가 이 결함을 인식해 마주할 수밖에 없도록 만드는 완벽한 갈등을 기막히게 제공한다.

기회 1 … 캐피는 관타나모 만에 있는 해군 기지 소속 해병 두 명이 연루된 살인사건을 할당받는다. 이 사건은 캐피가 진정한 변호사로 법정에서 실력을 검증할 좋은 기회다. 그러나 그는 다시 옛 습관으로 돌아가 사건의 형량 협상을 시도한다. 그는 실패하고 공동변호인의 불신과 노골적인 경멸을 산다. 이 공동변호인은 이야기가 진행되는 내내 캐피에게 반기를 드는 인물이다.

기회 2 … 캐피의 의뢰인인 해병들이 재판으로 갈 게 확실해지자, 캐피는 사건의 전말을 파헤치고 자신이 꽤 복잡한 성격의 사건을 다루고 있다는 것을 깨닫는다. 이 살인사건은 명료한 결론이 나는 사건이 아닌 것이다. 그는 다시 한 번 의뢰인들에게 유죄를 인정하고 선처를 구하자고 설득해 재판을 피하려 한다. 그러나 명예를 중시하는 의뢰인들은 협상을 거절한다. 캐피의 비겁함이 부각된다.

1과 2의 상황 각각마다 캐피 앞에는 선택지가 있다. 자신이 늘 해오던 일을 하거나(안전하게 이등짜리 성적을 내는 것) 진정한 변호사로 자신의 패기를 시험해보는 것이다. 그러나 이 두 기회는 캐피가 법정 소송을 계속 피하면서 실패로 돌아간다. 그러나 실패는 결함을 부각시킴으로써 캐피가 자신의 결함을 더 이상 무시할 수 없게 만든다.

실패는 변화의 필요를 부각시킨다

기회 3 … 캐피는 반신반의하는 마음으로 법정 소송에 동의한다. 한 발 크게 내디딘 셈이다. 그는 자기 의뢰인들의 사령관인 제섭 대령이 두 병사에게 범죄 명령을 내렸다는 것을 알고 있다. 유죄는 제섭 대령이다. 만일 캐피가 제섭 대령으로 하여금 코드레드◆를 발동했다는 것을 실토하게 만들 수만 있다면, 배심원단에게 의뢰인들은 명령을 따랐을 뿐이라고 설득할 수 있을 테고 결국 의뢰인들은 유죄 판결의 마수를 벗어나게 된다. 그러나 제섭 대령은 해군의 영향력이 큰 수장인데다 훈장도 많이 받고 존경을 한 몸에 받는 자다. 코드레드를 발동한 혐의로 대령을 기소했는데 대령이 자신의 죄를 인정하지 않을 경우, 캐피는 군사재판에 회부되어 해군에서 불명예 제대할 수도 있다. 그렇다. 이 위험천만한 길이야말로 캐피를 소송에서 이길 수 있게 하는 유일한 방편이다. 만일 성공한다면 그는 진정으로 탁월한 소송 변호사로 자리 잡게 될 것이다. 그러나 캐피는 또 한 번 안전한 길을 선택한다.

캐피의 두 번의 실패는 자신의 문제를 확실히 자각하게 만들었다. 그는 법정으로 들어가기가 두렵고 이유도 알고 있다. 자신의 진정한 잠재력을 실현하지 못한 채 살고 있다는 것, 진정한 변호사의 길을 회피하려는 끝없는 시도가 불명예스럽다는 것도 알고 있다. 그는 이런 식으로 계속 살고 싶지 않다. 아버지의 그늘을 벗어나려면(그리고 의뢰인들이 교도소행을 피할 수 있게 하려면) 캐피는 변화를 꾀해야 한다.

◆ 해병대에서 상급 군인이 군기를 명분으로 하급자를 괴롭히는 행동을 뜻하는 것으로 영화에 나옴.

사건을 들고 법정으로 가는 일은 캐피에게 올바른 방향으로 가는 엄청난 발걸음이자 도약이다. 그러나 그는 여전히 판돈을 들고 망설이고 있고 의뢰인 변호에서 형량협상이라는 어중간한 위치에서 멈추려고만 한다. 과거의 결함과 결별하고 진정한 잠재력을 수용할 세 번째 기회가 캐피에게 다시 닥쳐오지만 이번에도 그의 의구심이 이기고 캐피는 다시 옛 습관으로 돌아가고 만다.

실패는 캐릭터가
새로운 방법을 수용할 수밖에 없도록 한다

기회 4 … 캐피에게 꼭 필요한 주요 증인이 자살을 하면서 계획은 수포로 돌아간다. 이제 상황은 갈 데까지 갔다. 재판은 증인 제섭에 대한 캐피의 반대심문으로 대단원의 막을 열고, 이제 캐피는 이기고 싶다면 꼭 해야 하는 정말 어려운 일을 하고 말 것인지 결정하는 운명에 다시 직면한다. 마침내 그는 모든 것을 걸고 커다란 모험을 감행한다. 그리고 모험은 성공으로 마무리된다. 영화사상 가장 기억에 남는 명장면 중 하나로 회자되는 마지막 장면에서 캐피는 제섭을 사정없이 몰아붙여 코드레드를 지시했다는 자백을 받아낸다. 대령은 교도소로 끌려가고 캐피는 마침내 진정한 의미의 명예를 회복한 후 자신감에 넘쳐 법정을 나간다.

이 마지막 기회를 통해 캐피는 아버지의 명망에 뒤지지 않는 삶을 살 수 있는지 알아보기 위해 자신을 시험대에 세우기로 결심한다. 그는 온갖 위험을 무릅쓴 후 마침내 자신의 낡고 보람 없는 습관을 버리고 진정한 의미의 탁월한 변호사로 거듭날 새로운 습관을 택한다.

'마침내'라는 말은 늘 인물호의 끝을 향해 있다. 성장은 과정이다. 〈어 퓨 굿 맨〉의 사례에서 캐피가 자신의 마음을 괴롭히는 악마를 정면으로 마주하기 위해서는 많은 갈등이 필요했다. 처음에 그는 요란하게 실패한다. 실패하면서 캐피는 자신에 대한 의구심이 더욱 커졌고 지금까지의 효력 없는 방식을 계속 고수해야겠다고 마음속으로 생각한다. 영화의 중반으로 갈수록 그는 조금씩 성공을 거두지만 단지 부분적인 승리에 불과하다. 성장은 여전히 필요하다. 결국 그는 의뢰인들과 사건에 온전히 헌신하면서 마침내 승리를 거둔다.

'일보전진 이보후퇴', 이야기에서 꽤 좋은 효과를 내는 공식이다. 이 공식이 효력이 좋은 이유는 현실을 반영하기 때문이다. 자신이 어떤 존재인지를 두고, 자신의 결함을 직시하고 결함과 한계를 던져버리는 힘든 길을 택하려면 시간과 용기가 필요하다. 성공과 실패는 서로 엮여 있기 마련이고, 둘 다 의미 있는 성장을 초래하는 과정의 일부다. 갈등은 이런 면에서 캐릭터에게 필요한 기회들을 제공하는 방편이다.

3C: 갈등, 선택, 결과

이야기의 역학에 대해 생각할 때 즉시 떠오르는 두 가지. 바로 플롯과 캐릭터다. 플롯과 캐릭터는 소설이나 영화를 비롯한 픽션의 양대산맥이다. 이야기에는 중심인물과 그에게 도전을 가하고 그를 형성할 외적 사건이 필요하다. 하지만 캐릭터가 자신의 목표를 향해 적극적으로 움직일 수 있도록 이 두 가지 요소를 잘 엮지 못한다면, 인물과 플롯이라는 요소는 정체된 상태로 존재하며 그저 대기할 뿐이다. 이런 건 이야기가 아니다. 예컨대 웨딩드레스나 턱시도를 차려입고 홀로 제단 앞에 서 있는 거나 매한가지다. 아무 일도 일어나지 않는다. '다음'이 없기 때문이다.

그렇다면 캐릭터와 플롯을 어떻게 엮어야 이야기라는 공이 잘 굴러갈까? 여러분이 처음 생각해볼 수 있는 아이디어는 캐릭터의 현 상태를 흔들어놓는 자극적인 사건, 즉 캐릭터를 때리는 기회나 갈등이나 문제일 수 있다. 그렇다. 갈등이나 문제는 이야기의 시동을 거는 데 도움을 주는 긴요한 요소다. 그런데 단순히 처음의 사건으로 주인공의 발이 바로 움직이지는 않는다. 다시 말해 캐릭터를 움직이게 하는 힘은 선택Choice이라는 형식으로 캐릭터에게서 직접 나오는 것이다.

이야기가 진행되는 내내 주인공은 선택을 마주한다. 이걸 할까, 아니면 저걸 할까? 여기 있을까, 아니면 다른 곳으로 갈까? 복종할까, 저항할까? 그리고 주인공의 결정은 곧 다음에 어떤 장면이 이어질지를 결정한다. 주인공이 처음 하는 중요한 선택은 주인공의 일상을 뒤흔들고 자극하는 도발적인 사건에 관한 것일 수도 있지만 이 역시 많은 사건 중에 하나일 뿐이다. 선택은 되풀이해서 장면마다 이루어져야 한다. 각 사건은 마지막 페이지까지 계속해서 돌아가는 갈등-선택-결과라는 바퀴의 중요한 바큇살일 뿐이다.

갈등Conflict은 반응을 요구하는 사건이다. 사건의 성격이 외적이건 내적이건 갈등은 캐릭터로 하여금 결정을 내리도록 몰아간다. 결정을 피할 길은 없다. 선택을 하지 않는 것 역시 나름의 결과를 산출하는 사건이기 때문이다.

결과Consequence란 캐릭터가 한 선택의 결과이며 긍정적(보람을 초래하는 옳은 결정)일 수도 있고 부정적(캐릭터에게 상처를 주고 목표를 달성하기 더 어렵게 만드는 나쁜 결과)일 수도 있다. 스토리텔링에서 결과에는 대개 조건이 따라붙는다. 다시 말해 캐릭터가 최상의 선택을 내린다 해도 새로운 문제나 난제나 예상치 못한 상황이 발생하기 때문에 캐릭터는 다시 문제를 해결하거나 곤경에서 벗어나기 위해 행동해야 한다는 조건이다.

작가가 할 일은 갈등-선택-결과의 3C 패턴에 계속 압력을 가하고 절대로 내버려두지 않는 것, 캐릭터로 하여금 목적을 이루기 위해 가진 것 전부를 걸고 싸우게 만드는 것이다. 독자의 관심을 붙들어두려면 긴장과 위기를 점점 고조시켜 이야기가 진행될수록 바퀴가 더욱 빨리 회전하게 만들어야 한다. 작가는 결과와 실패가 초래하는 위기를 키움으로써 캐릭터가 내릴 결정을 점점 더 어렵게 만들어야 한다. 캐릭터가 목표에 접근할수록 실수를 하면 대가도 크다. 복잡하게 꼬인 문제들과 위험이 쌓이면서 캐릭터가 성공하는 방법은 올바른 선택을 내리는 길밖에 없다.

부정은 못하겠다. 이런 작업이 작가에게 꿀 같은 재미를 준다는 것. 작가라는 사람들은 내면의 악을 껴안고 캐릭터 주변에 악을 단단히 포진시킨 다음 난감한 선택을 강요한다. 하지만 정신이 약간 나간 것처럼 키득거리면서 캐릭터에게 다시 한 번 잽을 날릴 때조차 작가란 사람은 자신이 좋은 선택을 또 내리고 있다 확신하고 싶어 한다. 이야기를 앞으로 추진시킬 자극-반응 시나리오를 만드는 일을 제대로 하고 있다는 확신을 원한다는 뜻이다.

작가는 인물호와 3C를 엮어 이야기를 추진시킨다. 캐릭터는 성장이나 변화를 도모하도록 충분히 도전받고 있는가? 캐릭터의 내적 성찰과 각성의 여지가 존재하는가? 그렇지 않다면 작가는 독자의 감정을 자신이 부려놓은 마법에 걸려들게 만들 귀중한 기회를 놓치고 있는 것이다. 독자가 진심으로 이야기에 관심을 갖고 집중하게 하려면 캐릭터가 올바른 결정을 내리도록 모진 애를 쓰면서 실패의 무게를 겪는 꼴을 보여줘야 한다. 이런 과정을 통해 독자는 이야기에 몰입하며 주인공의 역경에 더욱 깊이 공감할 수 있다.

선택을 사적인 것으로 만들 것

캐릭터는 한 장면도 빼놓지 않고 늘 크고 작은 선택을 내린다. 어떤 선택은 명백하고 생각할 필요도 거의 없지만 '더 나은' 선택이 분명치 않은 애매모호한 경우도 있다. 이러한 선택은 캐릭터가 관련 결정에 사적으로 연루되어 있다고 느끼는 경우, 일종의 시험대 기능을 하며 캐릭터의 진면목을 드러낸다. 캐릭터가 마주할 수 있는 선택지를 몇 가지 소개한다.

사소한Minor 선택

이 경우는 비교적 단순하며, 결과도 큰 여파가 없다. 메뉴를 어떤 것으로 할까, 출근할 때 뭘 입고 갈까, 혹은 약속을 지금 할까 미룰까 따위가 사소한 선택이 필요한 문제에 해당된다.

모두에게 유리한Win-Win 선택

어떤 캐릭터든 누구나 원하지만 별로 얻지는 못하는 선택지다. 그 이유는 작가란 종자가 원체 사악하기 때문이다. 모두에게 유리한 선택지란 어떤 선택을 해도 캐릭터와 그 선택의 영향을 받는 모든 사람에게 이로운 선택지를 말한다. 어떤 선택을 해도 누구나 결과에 만족한다. 이런 선택지는 갈등을 죽이는 치명적인 요소다. 따라서 이런 선택지를 쓰는 경우, 예상치 못한 대가가 따라붙는다는 것을 염두에 둬야 한다.

승패가 갈리는Win-Lose 선택

승패가 갈리는 선택지는 빤해 보인다. 하나는 좋은 선택, 다른 하나는 나쁜 선택이다. 누군가는 만족하겠지만 누군가는 그렇지 않다는 뜻이고, 누가 어느 쪽에 있느냐에 따라 이 선택은 괜찮을 수도 있다. 가령 이 선택으로 주인공이 자신이 원하는 것을 얻고 맞수는 얻지 못한다면 그건 완벽한 해피엔딩이다. 하지만 이 시나리오는 진 쪽과 캐릭터가 가까운 관계일 때는 어려울 수 있다. 캐릭터와 그의 친구가 둘 다 중독되었는데 해독제가 한 명분밖에 없을 경우 캐릭터가 느낄 번민을 생각해보자. 주인공이 해독제를 먹으면 친구는 죽는다. 좀처럼 어려운 선택이다.

딜레마Dilemmas

어떤 선택도 이상적이지 않을 때, 딜레마에 빠진다고 한다. 결정은 저울질과 가늠이 많이 필요한 작업이다. 어떤 선택을 하건 출혈이 발생하기 때문이다. 이런 선택은 대개 캐릭터가 무엇을 희생할 것인지, 그리고 얼마나 오래 희생할 것인지로 압축된다. 선호하는 것 또한 선택을 발생시키는 요인이다. 주인공은 시간을 잃는 편을 택할까, 돈을 잃는 편을 택할까? 진실을 인정하고 잠깐 동안 조롱을 감내해야 할까, 아니면 결국 누구나 꿰뚫어보게 될 부정으로 일관하면서 시간을 질질 끌고 가야 할까?

홉슨의 선택Hopson's Choice

원하지는 않는데 받아들일 수밖에 없는 선택에 놓인 적이 있는가? 그것이 홉슨의 선택이다. 예를 들어 승진을 신청했는데 돌아온 선택지는 감봉이나 해고 중 하나인 것 같은 상황을 말한다. 재량권을 주는 듯하지만 실제로는 양자택일을 강요하는 선택이라 할 수 있다.

소피의 선택Sophie's Choice

어떤 쪽이건 둘 다 끔찍한 결과를 마주해야 하는 선택을 뜻한다. 『소피의 선택』이라는 소설(그리고 동명의 영화)의 이름을 빌린 것으로, 주인공 소피는 자식 둘 중 누구를 죽일 것인지 정하는 끔찍한 선택을 강요당한다. 소피의 선택은 도저히 할 수 없는 비극적 선택이라 흔히 알려져 있지만, 그저 시간과 공간에 관해 결정해야 하는 단순한 문제도 여기에 해당될 수 있다. 가령 캐릭터가 특정 시간에 한 곳에만 있을 수 있을 때 대학 졸업식에 가느냐 아니면 할머니의 100세 생신 파티에 가느냐를 선택하는 사소한 고민을 예로 들 수 있다. 선택이 파국을 불러오는 건 아니지만, 이 경우도 소피의 선택일 수 있다. 어떤 결정을 내리건 상관없이 이런 종류의 시나리오에도 캐릭터의 선택에 죄책감이 동반되기 때문이다.

모턴의 두 갈래 논법Morton's Fork

이 선택이 고통스러운 이유는 두 가지 선택 모두 똑같은 결과로 이어지기 때문이다. 가령 영화 〈매드 맥스Mad Max〉의 맥스는 곧 폭발할 가스탱크에 조니의 발을 수갑으로 묶어 둔다. 가스탱크가 폭발해 죽건 탈출하기 위해 자기 발목을 톱으로 잘라 출혈로 죽건 죽는다는 결과는 같다. 결과는 오직 하나이기 때문에 이는 기만적인 선택지다.

도덕적 선택Moral Choice

도덕적 선택(소피의 선택도 도덕적 선택의 한 종류다)은 경쟁적인 두 가지 신념 사이에서 결정하거나, 한 가지 도덕적 신념을 따를지 말지 결정할 것을 캐릭터로 하여금 요구하는 선택이다. 정직함이 중요하기 때문에 상대가 상처를 받아도 진실을 말해야 할까? 사랑하는 사람을 보호할까, 아니면 경찰에 신고할까? 유리한 고지를 이용해 남보다 앞서는 게 옳지 않다는 것을 알지만 그래도 그렇게 할까? 도덕적 선택을 내려야 하는 캐릭터는 특정한 결정을 내려도 괜찮다는 느낌을 갖기 위해 자신의 선택을 합리화한다.

하느냐 마느냐의 선택Do Something or Nothing

어떤 경우 캐릭터는 사건에 개입하거나 하지 않거나를 선택해야 할 때가 있다. 어떤 결과가 나오더라도 캐릭터 스스로는 직접 영향을 받지 않을 수 있지만, 대가가 따를 때도 있다. 아무것도 하지 않아 비겁하다는 평을 듣는다거나 평판이 안 좋아진다거나 위협이 될 사람을 구하는 바람에 결국 안전상의 위협을 초래하는 결과를 감내할 수도 있다는 뜻이다.

결론적으로 어떤 선택을 이야기에 짜 넣건 간에 내적 갈등을 만들 방안을 찾는 것이 중요하다. 한 가지 방법을 제안하면 어떤 방식으로건 쌍을 이루는 선택지를 만드는 것이다. 가령 두 가지 두려움, 두 가지 필요나 욕구 혹은 두 가지 유형의 위험이나 희생을 대표하는 선택지 같은 것들 말이다. 공포와 필요, 의무와 자유 혹은 욕망과 도덕적 신념을 대립시키는 등 서로 완전히 상반되는 요소들을 활용해볼 수도 있다. 서로 갈등하는 감정, 특히 부딪치는 큰 감정들도 독자들에게 의미 있는 내적 갈등으로 향하는 일등석을 선사하는 데 쓸 수 있다.

일단 결정을 내리면 심리적 동요는 의심과 선택 이후의 곱씹기 형태로 지속될 수 있다. 캐릭터의 동기는 순수했나? 누군가 다른 사람이 결정을 내렸어야 했나? 선택의 후유증, 특히 결과가 타인들에게 부정적인 영향을 끼칠 경우, 캐릭터의 죄책감과 후회가 가중될 것이다. 또한 캐릭터가 자신이 한 선택의 영향을 받는 사람들과 가까울수록 부정적인 후유증은 더 커진다.

캐릭터의 선택에 복잡성을 더하라

캐릭터의 상황을 더 어렵게 만들려면 아래의 도전적인 질문들을 고려해보라. 이 질문들은 캐릭터에게 스트레스를 가중시킬 뿐 아니라 위험이나 부정적 여파를 늘리는 복잡한 상황을 브레인스토밍할 수 있도록 도와 여러분의 시나리오에 참신한 전환점을 만들 수 있게 해준다.

- 이 선택 때문에 발생할 수 있는 예상치 못한 결과는 무엇인가?
- 결과의 역전이나 운명의 참신한 반전을 만들 수 있게 해주는 미지의 요인이나 빠진 정보가 있는가?
- 캐릭터의 선택에 엮어 넣은 희생들 중 무엇이 캐릭터를 안전망으로부터 분리시켜(특히 이러한 분리가 캐릭터의 성장과 변화에 필요할 때) 그를 막는가?
- 캐릭터가 옳지 않은 선택을 하도록 유혹하는 방법은 무엇일까?
- 위험 요소를 더욱 키우는 방법은 무엇일까?

제3의 선택지로 독자를 놀라게 하라

독자의 놀라움을 자아내는 기술 중에서도 절대로 실패하지 않는 기술은 바로, 제3의 선택지를 마련하는 것이다. 이제껏 살펴본 시나리오에서는 캐릭터에게 사방의 벽이 옥죄어 들어오는 동안 예상 가능한 선택지가 늘 두 개밖에 없었다. 독자들은 잔뜩 긴장한 채 캐릭터가 어떤 선택지를 고를지 궁금해한다. 어떤 것도 좋은 선택지라고는 없지만 앞에 다른 길 또한 전혀 없어 보인다.

바로 그때 기적의 스토리를 짜는 마법사인 당신은 참신하면서도 현실적인 선택지를 제공함으로써 캐릭터가 전혀 예상치 못한 방식으로 자신의 길을 개척해 나아갈 수 있게 해준다. 이 제3의 길에 독자들이 환호하는 이유는 그 길로 향하는 문을 스스로 봐야 했지만, 미처 보지 못했다고 느끼기 때문이다. 제3의 길은 독자들의 예상을 최고의 방식으로 뒤엎는다.

영화 〈야망의 함정The Firm〉은 제3의 선택지를 활용하는 탁월한 사례다. 법대를 갓 졸업한 미치 맥디어는 멤피스Memphis에 있는 한 로펌에 들어간다. 변호사들의 꿈의 직장이다. 그러나 이 기막힌 직장은 곧 악몽으로 바뀐다. 회사가 시카고의 조폭을 위해 범죄에 연루되어 있다는 것을 알게 되면서부터다. 연방수사국(FBI)의 추적을 당하면서 미치가 선택할 수 있는 방편은 두 가지다. 썩은 로펌과 협력해 결국 감방으로 가거나 FBI의 정보원으로 일을 해주고 감방을 면하되 조폭의 표적이 되는 것.

압박은 조여오고 다른 선택지는 전혀 없어 보인다. 하지만 미치는 제3의 선택지를 생각해낸다. 대형 범죄인 모롤토 범죄 조직 대신 가벼운 범죄(우편 관련사기)의 증거를 FBI에 내겠다고 조폭 조직에 제안한 것이다. 그렇게 되면 변호사 일도 계속할 수 있고 감방행을 피할 수도 있으며 FBI의 올가미도 피할 수 있다.

불쾌한 결과를 피할 수 있게 해주는 제3의 선택지를 찾아내면 캐릭터는 생존에 성공해 또 하루하루를 살아나갈 수 있다. 게다가 그의 기발한 지략 때문에 독자들이 캐릭터에게 열광할 이유가 또 하나 늘어난다.

캐릭터의 길을 방해하는 다양한 적

갈등은 대개 주인공의 목표 및 욕구와 욕망이 적의 목표 및 욕구와 욕망과 충돌할 때 발생한다. 주인공과 적, 두 인물은 과거를 공유하고 있을 수도 있고 새로 알게 된 사이일 수도 있다. 아니면 직접 만난 적은 없고 서로 알고만 있는 사이일 수도 있다. 어떤 경우건 마찰은 존재하며, 위기가 고조되고 캐릭터들의 목표가 가까워지면서 둘 사이의 갈등도 증대된다. 둘은 결국 의지와 힘과 정신의 경합에서 한쪽이 승리할 때까지 필사적으로 싸운다.

캐릭터의 적은 수많은 갈등을 일으키므로 이들의 의도와 동기를 꼭 알아야 한다. 전부 다는 아니지만 주인공이 맞붙게 되는 적의 유형을 일부 소개한다. 각각의 미묘한(그리고 중요한) 차이도 같이 살펴보자.

경쟁자Competition

경쟁자라는 적은 주인공과 목표가 같고, 주인공뿐만 아니라 목표를 향해 경합하는 모든 사람에게 도전을 가하는 자다. 경쟁자는 추악한 모습을 보일 수도 있지만, 그 추악함이 주인공 개인을 향한 것은 아니다. 여기서 경쟁이란 캐릭터가 장학금이나 직장이나 상이나 다른 어떤 것을 타기 위해 또래 학생이나 동료와 경쟁할 때와 마찬가지로 경쟁에 참여하는 사람들이 능력과 기술과 자원, 혹은 확실한 성과를 내는 다른 역량으로 동등하게 맞붙는 것을 뜻한다. 경쟁이 개인 간에 벌어지건 집단 간에 벌어지건 의지와 힘의 충돌은 갈등을 산출하며, 긴장을 일으키는 요인은 누가 이길 것인지 불확실한 상황 그 자체이다.

맞수Rival

맞수라는 적 역시 경쟁자의 경우처럼 주인공과 같은 것을 원하지만 차이가 있다. 맞수는 승리를 위해서만이 아니라 주인공을 쳐부수는 데 전념한다. 맞수에게 승리는 주인공 개인과 관련된 사적 문제라는 뜻이다. 주인공과 맞수 사이에 과거가 있기 때문이다. 둘은 과거의 경쟁에서 경쟁을 벌였을 수도 있고 이 경우 도전자는 승리의 탈환을 원하지만 승자는 승리를 지키려 싸운다. 필시 둘은 서로 다른 지역 출신일 수도 있고, 경합을 벌이는 팀이나 가문의 일원일 수도 있다. 아니면 신념, 배경 혹은 이익의 차이가 경쟁 관계에서 역할을 수행할 수도 있다. 그런 경우 승리는 곧 자신의 가치를 입증하는 일이 된다. 가장 흥미롭고 기억할 만한 경쟁 관계는 캐릭터 둘을 갈등 속으로 밀어 넣는 요인들이 하나가 아니라 다수 결부되어 있는 경쟁 관계이다.

드라마 〈코브라 카이Cobra Kai〉에 나오는 조니 로렌스와 대니얼 라루소 사이의 끝나지 않는 반목(그리고 훗날 이들의 가라테 도장 사이의 반목)을 생각해보라. 조니와 대니얼은 옛 영화 〈베스트 키드The Karate Kid〉에서 처음 맞붙었던 시합 이후 전혀 다른 인생 역정을 겪었다. 대니얼은 부유하고 성공한 사업가가 되었고 조니는 블루칼라 노동자가 되어 자신의 실패와 상실과 학대의 트라우마에서 탈출하기 위해 알코올 중독 상태를 들락거리고 있다. 대니얼의 딸이 조니의 차를 친 후 뺑소니를 치고, 조니가 코브라 카이라는 도장을 다시 열어 아이들을 투사로 키우고, 조니의 아들이 대니얼과 함께 훈련을 해 자기 아버지에게 앙갚음을 시도하면서 옛 상처가 다시 살아난다. 이들의 자식들이 데이트를 시작하고 조니가 변화를 통해 더 나은 사람이 되기 위해 노력하고 대니얼이 옛 편견에서 벗어나지 못하면서 갈등은 더욱 복잡한 양상으로 증폭된다. 이 모든 갈등의 결과는 무엇일까? 오해와 실수와 갈등이 무더기로 쌓여가는 것이다.

적수Antagonist

적수라는 용어는 여러분이 쓰는 이야기 속에 등장하는 수많은 적을 일컫는다. 적수는 중요한 특정 시점에서 주인공과 적대관계를 형성할 수도 있고, 이야기가 진행되는 내내 주인공과 맞붙을 수도 있다. 적수는 영화 〈가디언즈 오브 갤럭시Guardians of the Galaxy〉에 나오는 욘두 우돈타와 그의 라바저스 군단일 수도 있다. 대개 이야기의 주요 적은 이 적수에 해당된다. 적수는 주인공에게 개인적인 앙갚음을 할 수도 있고, 주인공이 목적을 이루는 걸 더 어렵게 하는 존재에 불과할 수도 있다. 적수가 사람일 경우, 그는 주인공의 사명이나 목적을 막기 위한 목표를 갖고 있기 때문에 고유한 인물호를 충분히 부여받을 만큼 눈에 띄게 두드러지는 인물일 때가 많다.

적대적인 힘Antagonist Force

캐릭터와 캐릭터가 지닌 목표 사이에 서서 방해를 일삼는 적은 반드시 사람이어야만 강력한 상대가 되는 것은 아니다. 이야기에 따라 적대적인 힘은 날씨나 자연력(영화 〈투모로우The Day after Tomorrow〉에 나오는 극지방의 소용돌이)이거나 동물(영화 〈더 그레이The Grey〉의 비행기 추락 생존자들을 사냥하는 늑대 무리)이거나 부조리한 사회 체제(영화 〈다이버전트Divergent〉의 당파들)일 수도 있다. 기술이 인간 세계에 통합되면서 기술의 음흉함이 소설과 영화에서 탐색 대상이 되는 사례도 많아지고 있다. 영화 〈아이, 로봇I, Robot〉과 〈터미네이터Terminator〉가 대표적인 사례다. 또 하나 흥미로운 사례는 캐릭터가 자신의 최악의 적이 되는 경우로, 공포와 희망 간의 싸움이 캐릭터의 내면에서 발생하는 경우이다.

악당 Villain

악당은 적수나 원수(바로 다음 항목 참고)와는 다르다. 악당에게는 악의 요소 혹은 타인들을 해치려는 구체적인 의향이 존재하기 때문이다. 악당의 세계관이 뭔가에 의해 비뚤어지는 바람에 현재의 악당이 된 것이며, 이에 악당의 도덕 규약은 평범한 인간들과 완전히 다른 궤적을 따르게 된 것이다. 악당은 자신의 목표와 욕망을 다른 모든 이들의 목표와 욕망보다 중시하기 때문에 자신을 방해하는 사람은 누구든 아무런 거리낌이나 가책도 없이 파멸시킨다.

악당은 사적인 이유로 주인공을 표적으로 삼는다. 주인공이 고통을 초래했거나 악당의 자부심을 위협하는 사람이나 가치를 대표하기 때문이다. 어떤 경우건 악당은 주인공을 제거하려는 동기를 갖는다. 주인공을 제거하는 것만이 자신의 목표를 안전하게 달성하는 길이라고 보기 때문이다.

관련된 위험(죽음의 위험)이 고조될수록 주인공과 악당 사이의 갈등 역시 고조되며, 실패의 여파는 파괴적이다. 이야기가 진행될수록 둘 사이의 감정도 증폭된다. 특히 둘의 힘이 비슷비슷할 때 감정은 더욱 고조된다. 내적 갈등 또한 둘이 무엇을 희생시키려 하느냐, 그리고 상대를 이기기 위해 어느 정도의 방법까지 쓰느냐에 비례해 커진다. 악당은 도덕적인 선을 아무 거리낌 없이 넘어버리지만 승리를 차지하기 위해서는 또 다른 목표나 필요를 포기해야 한다. 반면 주인공은 너무 많은 것이 위태로운 상황에서 선악까지 구별해야 하기 때문에 큰 고통을 겪는다.

원수 Enemy

원수는 주인공뿐 아니라 주인공과 연관이 있는 사람들에게도 위협이 된다. 원수는 개인일 수도 있고, 집단이나 가족이나 심지어 개념일 수도 있는 존재로 큰 위해를 가하겠다고 협박한다. 원수가 과거에 캐릭터와 친밀한 관계를 맺었던 사람일 경우 두 사람이 대립을 선택하는 순간, 과거의 애착은 내팽개쳐지며 이때 양보란 없다.

둘의 관계에서 흥미로운 것은 갈등의 양편에 있는 당사자들이 상대를 '원수'라고 보는 방식 자체이다. 왜냐하면 이 경우 원수라는 표식은 사실보다는 당사자의 관점으로 생기기 때문이다. 전쟁에서 양편은 원수다. 가족의 반목에서 모든 참가자는 반대편 가족을 나쁜 인간이라고 본다. 종말 시나리오에서 동일한 생명 구제 자원을 놓고 싸우는 두 집단을 생각해보라. 누가 선하고 누가 악한가? 자신이 어떤 위치에 있느냐에 따라 달라질 뿐 절대적인 기준은 없다.

침략자Invader

현상을 파괴하려 애쓰는 자가 침략자이다. 침략자는 우리가 갖고 있는 것을 원한다. 그것이 땅이건, 권력이건 자원이건 생명이건 상관없다. 침략자는 영화 〈인디펜던스데이Independence Day〉에 나오는 외계인일 수도 있고, 호그와트를 포위하는 '죽음을 먹는 자들'일 수도 있다. 소설 『아, 바빌론Alas, Babylon』에 나오는 강도일 수도 있다. 침략자는 자신이 가져도 된다고 생각하는 것을 주저 없이 빼앗는다. 침략자는 그렇게 해야 사람들을 독재나 억압으로부터 해방시킬 수 있다고(그럴 수도 있고 아닐 수도 있다) 생각한다. 원수의 경우와 마찬가지로 이 적을 해방자가 아니라 침략자로 명명하는 것은 캐릭터가 어느 편에 서 있느냐에 따라 달라진다.

프레너미Frenemy◆

이 흥미로운 유형의 적은 캐릭터와 잘 지내는 편이고 때로는 서로 잘 맞기까지 하지만, 감정적인 방패를 늘 준비해둬야 하는 경쟁 상대이

◆ 친구friend와 적enemy의 합성어.

다. 캐릭터는 이익이 개입하기 전까지만 상대를 믿을 수 있다는 점을 인식하고 있다. 이익이 걸린 문제에서는 누구나 자신이 우선이다. 프레너미 관계는 대개 또래(직장 동료, 동일한 사회 집단의 구성원들, 전장 부대의 전사들 등) 사이에서 발생하며, 외부 조건이 변하지 않을 때는 평화가 유지된다. 그러나 (더 주목을 받거나, 이득을 받거나 기회를 받는 등) 한 캐릭터의 위상이 올라가자마자 평화는 끝나고 경쟁이 시작된다. 프레너미 관계는 우정을 압도하는 질투로 흐르기 쉬우므로 캐릭터들은 지배권을 되찾는 데 집중하게 된다. 때로 해결책은 현상 유지지만 두 캐릭터가 고정불변의 적이 되는 경우도 있다.

안티Hater

안티라는 상대는 주인공 캐릭터가 누리고 있는 좋은 것들이 있는데 캐릭터가 그걸 받을 가치가 없다고 생각하는 자다. 일반적으로 안티는 타인의 성공과 싸운다. 시기, 질투, 그리고 인간적으로 부족하다는 열패감 때문이다. 하지만 안티가 캐릭터에게 착 붙어온다면 그것은 안티가 원하는 구체적인 뭔가가 있기 때문이다. 안티들은 기만적이고 계산적이며 남을 조종하려 들 수 있으며, 캐릭터에게 과분하다고 생각하는 것은 무엇이건 빼앗는 짓을 자신의 소명으로 삼는다. 빼앗을 것이 상이건 존경이건 평판이건 행복이건 또 다른 무엇이건 상관없다. 안티들은 캐릭터에게 문제를 일으켜 콧대를 꺾을 기회를 호시탐탐 노리는 파괴자이자 방해꾼이다.

약자를 괴롭히는 자Bully

약자를 괴롭히는 유형의 적은 남들을 통제함으로써 힘을 얻는다. 이런 부류의 적은 직장에서 캐릭터를 압박하는 짓을 즐기는 비열한 상사부터 자기 형제에게 칼을 꽂는 짓이라면 지치는 법이 없는 형제자매, 그리고 자기 외에 다른 모든 사람을 작아지게 만들어서 자아를 부풀리는, 무례하고 까다로운 고객까지 어떤 환경에나 존재할 수 있다. 약자를 괴롭히는 자는 누구나 될 수 있고, 그가 캐릭터와 거리가 가까울수록 캐릭터의 약점을 더욱 파고들어 이용해먹을 수 있다.

공격자Aggressor

사람들과 함께 있는 상황에서 자신의 감정을 제대로 조절하지 못하는 인간은 자기감정이 불편하거나 두려울 때 무조건 '공격' 반응을 보인다. 악의 없는 논평이나 얼굴 표정, 혹은 특정 사람의 존재를 오해하는 등의 자극만으로도 불안이 활성화되기 때문이다. 위협이 인지되면 공격자는 충동적으로 반응한다. 위협이나 언어적, 정서적 학대나 신체적 폭력을 이용해 위협을 무화하여 통제력을 되찾으려 하는 것이다. 공격자는 변덕스럽고 위험하다. 일단 이들의 활시위가 당겨지면 후퇴하는 법이 없고, 통제력을 되찾으려는 이들의 욕구는 대개 상대에게 해를 끼치는 결과로 나타나기 때문이다.

간섭자Meddler

캐릭터의 주변에는 자기 의견이 강할 뿐 아니라 그런 의견을 주저없이 남들과 공유하려는 사람이 있기 마련이다. 그러나 이런 사람이 늘 간섭하려 들거나 자신의 의견을 아무때나 말하면서까지 선을 넘는다면 간섭자가 된다. 이런 유형의 적은 수동적인 공격 성향을 가진 사람인 경우가 많아, 청하지도 않은 피드백을 주고 지나친 충고나 조언을 제공하며, 특정 목적을 이루기 위해 적극적으로 간섭하기도 한다. 그것이 최선이라고 생각하기 때문이다. 간섭자는 상대하기 어려운 상대일 수 있다. 대개 간섭자는 가족이거나 캐릭터가 정서적으로 애정을 갖고 있는 사람이기 때문이다. 따라서 간섭자는 직접 맞붙어 싸우면서 그의 행동을 비난하기보다 참고 인내하는 캐릭터를 결국 폭발시키는 경우가 대부분이다. 간섭자들은 복잡한 상황을 더욱 꼬이게 만들거나 관계상의 마찰을 독려하거나 수동적인 캐릭터가 자신의 인생과 결정을 직접 통제하도록 강제할 필요가 있을 때 유익하다.

최강의 적수Nemesis

이따금씩 아주 강력하고 무자비하며 지치지도 않는 적이 나타날 수 있다. 최강의 적수란 지금까지 한 번도 패배한 적이 없는 적이다. 캐릭터의 강적은 어두운 거리 끝에 숨은 그늘로, 늘 존재하지만 눈에 띄지 않을 뿐이다. 이런 적은 캐릭터의 행복과 성취를 방해한다. 그의 존재 자체가 신경은 계속 쓰이지만 제거할 수 없는 가시 같은 존재이기 때문이다. 슈퍼맨에게는 렉스 루터가, 자비에 교수에게는 매그니토가, 해리 포터에게는 볼드모트라는 최강의 적수가 있다.

도전자Challenger

때로 캐릭터는 먹이사슬의 최상단에 있다. 그 자리는 행복하고 안정적이며 모든 것을 통제하고 있는 자리다. 캐릭터는 정부의 중요한 분야를 지휘할 수도 있고, 도시에서 가장 번창하는 상점을 갖고 있을 수도 있고, 아니면 학교 최고 미녀와 데이트를 하고 있을 수도 있다. 캐릭터의 인생은 더할 나위 없이 만족스럽다. 그러나 영리한 작가는 행복한 세상의 행복한 사람들은 독자의 관심을 오래 붙들고 있지 못한다는 것을 잘 알고 있다. 이때 등장하는 것이 도전자이다. 도전자는 캐릭터가 갖고 있는 행복에 도전장을 내밀어 현 상태를 파괴하는 자다. 축구팀 선발전에 들어와 캐릭터의 포지션을 노리는 선수, 공직에 있는 캐릭터에 맞서기로 결정한 시의원 등 이들이 캐릭터에게 제기하는 도전이 곧 갈등이다. 과거에 확실했던 것이 불확실해지고 캐릭터는 편안한 승리를 만끽할 수 없다. 캐릭터는 이제 자기 손에 피를 묻혀 가며 싸워 현재 누리고 있는 승자의 자리를 지켜야 한다. 도전자는 선한 자/악한 자의 역학을 대체하는 참신한 대안일 수 있다. 도전자는 캐릭터와 같은 것을 원해도 어둡거나 악마 같은 동기를 가질 필요가 없기 때문이다. 사실 이런 관계에서는 주인공이 도전자일 수도 있다.

초자연력Supernatural Force

인간이 아닌 적수는 주인공에게 다른 특정한 난제를 제공한다. 초자연력은 캐릭터가 갖고 있지 못한 힘과 능력을 갖고 있기 때문이다. 이 때문에 경쟁 자체의 성격은 불평등이다. 특히 주인공의 규칙과 법칙이 초자연력에 적용되지 않을 때 그러하다. 이런 상황에서 캐릭터는 엄청난 힘을 지닌 신적 존재의 욕망이나 관심과 대립 관계에 놓이기 때문에 도전이 마뜩잖을 것이다. 초자연력은 또한 본성상 사악할 수 있다. 캐릭터의 분별력이나 삶, 영혼(혹은 사랑하는 사람들의 정신, 인생, 영혼 등)을 위험에 빠뜨리기 때문이다.

다양한 적과의 갈등은 직접적이거나 간접적일 수 있지만, 존재의 이유가 반드시 필요하다. 단지 캐릭터가 쳐부수어야 할 상대가 필요하다는 이유만으로 적을 설정한다면 거기서 나오는 갈등은 공허할 뿐이다. 캐릭터와 적과의 관계를 깊이 파고들어 의미심장한 것으로 바꿔놓아야 한다. 각 캐릭터의 목표, 그리고 상대가 캐릭터가 가는 길에 어떤 방해 요인으로 작용하는지 규정함으로써 캐릭터가 적을 가져야 하는 '이유(Why)'를 파헤쳐야 한다. 캐릭터가 갈등에 처해야 하는 신뢰할 만한 다음의 두 가지 이유를 제공하라. '캐릭터에게는 위험한 길도 마다하지 않을 정도로 깊이 내재된 도덕적 이유가 있는가?', '캐릭터들의 정체성이 위기에 처해 있는가?'

주인공과 그의 적이 각자 무엇을 희생할 의지를 갖고 있는지, 그 이유가 무엇인지 고민해보고, 편견이나 과거의 고통 혹은 용서하거나 잊을 수 없는 무능 때문에 누가 조종당하고 있는지 생각해보라. 각 캐릭터의 동기를 파악하는 것은 그의 행동에 신뢰성을 부여하는 작업이다. 독자들이 캐릭터의 전략을 용서할 수는 없어도 왜 그가 그런 싸움을 벌이는지 존중은 해줄 수 있도록, 그에게 무엇이 위태로운지 알아줄 수 있도록, 그리고 승리가 어떻게 성취로 이어지는지 알아볼 수 있도록 해야 한다.

내 이야기에 딱 맞는 갈등 찾기

이제 갈등에 목적이 많다는 점과 이야기에는 다양한 층위의 갈등이 필요하다는 것을 확인했을 것이다. 갈등은 실패와 성장의 기회를 제공하며, 위기를 고조시키고 캐릭터와 독자 모두의 감정을 서서히 끌어올린다. 또한 이야기 전체 차원의 갈등(거시적 갈등)과 장면 층위의 갈등(미시적 갈등)이 모두 필요하다. 그렇다면 이제 어떤 종류의 갈등을 어떻게 섞어야 하는 것인지 알아보자.

가장 중요한 점 하나, 갈등은 이야기를 앞으로 진행시켜야 한다. 작가가 뒤쫓고 싶어 할 만한 흥미롭고 강력한 시나리오는 많지만, 스토리텔링의 모든 측면이 그러하듯, 작가는 창작 과정에서 분리되어야 한다. 자신(자신의 흥미와 욕망)을 캐릭터와 이야기에 투사하지 않아야 한다는 뜻이다. 예컨대 술에 취해 싸우는 장면을 쓰고 싶을 수 있다. 하지만 술에 취한 난투극이 주인공에게 있을 법한 장면인가? 그 장면은 약점이나 욕구 등 캐릭터에 대해 뭔가 드러내는가? 아니면 그저 지루한 장면에 '양념을 치기' 위해 존재하는 것인가를 곰곰이 따져봐야 한다.

이야기 전체의 관점에서 생각하면 특정 장면이 궤도를 벗어나지 않는지, 의미 있는 갈등을 각 장면의 기초에 섞고 있는지 확인할 수 있다. 단어 수나 채우자고 장애물을 마구 만드는 짓은 이야기를 진행시키기는커녕 퇴보시킬 뿐이다. 이야기가 각성과 변화를 초래하는 게 아니라 돌이나 던져대는 통에 질질 늘어지고 있다면 가위를 들고 덥석 잘라내야 할 때다.

설득력 있는 갈등 시나리오를 통합하는 최선의 방법은 이야기에 이미 보탠 요소들로부터 갈등을 끄집어내는 것이다. 이 작업은 계획 단계에서 해도 좋고 이야기를 써나가는 과정에서 해도 좋다. 어떤 단계에서 하건 글을 쓰는 과정에 효과가 있는 것으로 하면 된다. 갈등은 캐릭터들과 이야기 세계의 주변 어디에나 도사리고 있으니, 막대기를 잡고 어떤 갈등을 꺼낼지 찔러보자.

이야기의 배역인 캐릭터에서 출발하라

갈등은 실제 삶의 어디에서 비롯될까? 바로 타인들이다. 사랑하는 사람들, 수많은 가족 구성원들, 룸메이트, 직장 동료, 이웃, 친구, 낯선 사람들. 이들이 캐릭터와 교류하는 존재라면 누구나 곤란과 문제를 일으킬 수 있는 잠재 자원이라 할 수 있다.

바로 이러한 이유로 이야기에 등장할 캐릭터들을 미리 정해 놓는 것은 큰 도움이 된다. 어떤 종류의 사람들이 어느 시점에서 나의 캐릭터와 충돌하게 될지, 캐릭터의 약을 올려댈지, 아니면 캐릭터의 목표와 상반되는 목표를 갖게 될지 고민해야 한다. 또한 어떤 특징이 캐릭터에게 붙어 잊히지 않을 만한 것이 될지, 어떤 태도나 윤리를 캐릭터가 받아들이기 힘들어 할지 생각해봐야 한다.

그런 다음, 그런 특징과 습관과 역사와 목표를 가진 캐릭터들을 이야기에 엮어 넣어야 한다. 각 캐릭터가 예상대로 이야기에 잘 엮여 들어가기만 하면 긴장은 당연히 발생한다. 계획을 짜는 데 영 소질이 없다고 해도 괜찮다. 특정한 결과를 도출할 합리적인 갈등 시나리오가 필요할 때는 캐릭터의 인생에서 누구를 이용해 갈등을 발생시킬지 생각해두자. 앞서 소개한 적의 유형을 보면 영감을 받을 수 있을 것이다.

말은 캐릭터에게 하게 하라

'캐릭터'에 관해 논의하는 김에 잠깐 짬을 내어 캐릭터들 사이에 불화를 조장할 수 있는 주된 수단 하나를 살펴보자. 대화는 갈등의 씨앗을 뿌리는 데 쓸 수 있는 최적의 재료다. 사소한 표면 층위의 긴장을 초래하거나, 관계의 종말이나 전 지구적 충돌처럼 뭔가 큰 것을 위해 공이 굴러가도록 만드는 것이 대화이기 때문이다. 대화는 이미 이야기에 포함되어 있겠지만, 바로 그 대화를 이용해 문제의 발단을 만듦으로써 대화에 이중의 의무를 부여하라.

뭔가 사소한 것이 필요할 때는 사람들이 대화할 때 발생할 수 있는, 일상의 짜증스러운 일들이나 불쾌한 일을 생각해보자. 무엇이건 상대가 하면 짜증을 유발할 일들, 캐릭터의 감정 상태를 상승시켜 과민 반응을 일으키거나 상대에 대한 관점의 변화를 초래할 만한 것이면 다 좋다.

의도하지 않은 충돌

수많은 갈등은 의도적으로 도출되지 않는다. 문제를 일으키는 당사자가 상대를 거슬리게 하려 하거나 그럴 의향을 갖고 문제를 일으키는 것은 아니라는 뜻이다. 아마 갈등의 원인은 성격상의 불협화음이기 쉽다. 가령 누군가 끝없이 방해를 한다거나, 자기도 모르는 사이에 불쾌함을 유발하는 요령부득의 사람이 있다거나, 이 일 저 일 부산하게 하면서 남의 말을 주의 깊게 들으려 하지 않는 만성적인 멀티태스커가 캐릭터에게 열패감을 안긴다거나 하는 경우에 갈등이 발생한다. 물론 이런 짜증나는 특징들을 주인공의 상대가 아닌 주인공 자체에게 적용해도 된다. 이렇게 감정을 악화시키는 사소한 요인들만 충분히 있어도 대화 내내(혹은 많은 대화의 과정에서) 갈등을 점증시켜 폭발을 야기할 수 있다. 캐릭터가 감정을 통제하지 못하는 지경에 이를 때 비로소 자신의 속마음을 터놓거나 상대를 쓰러뜨리거나 참고 있던 이야기를 꺼내놓을 수 있다. 이 모든 일은 어떤 결과를 낳을까? 바로 더 많은 갈등이다.

대립을 일삼는 대화 상대

대화에서 특정 목적을 위해 유발하는 갈등은 작가가 설정한 상황과 추구하는 목적에 따라 미묘한 것일 수도 있고, 노골적인 것일 수도 있다. 캐릭터는 특정 목표를 달성하기 위해 대화를 조종할 수도 있고 모든 사람의 감정을 악화시킬 수도 있으며, 평판에 해를 끼치거나, 말로 적을 완전히 후벼 파놓을 수도 있다. 긴장을 고조시켜 대립을 초래하기 위해 고안된 아래의 기법들을 참고하라.

- 거짓말, 누락, 과장을 통해 상대를 속인다.
- 협박을 하거나 위협을 가하는 말을 한다.
- 모욕과 냉소, 업신여기는 말을 한다.
- 특정 화제로, 혹은 특정 화제를 피하는 쪽으로 대화를 몰고 간다.
- 초점을 특정인 쪽으로 옮겨 그를 곤경에 빠뜨린다.
- 상대를 불편하게 만들 질문을 일부러 던진다.
- 상대의 감정 반응을 자극하려고 민감한 화제를 끄집어낸다.
- 맞수가 속한 집단에서 그의 위상에 손상을 입히기 위해 그의 비밀이나 입장이나 실수를 폭로한다.
- 상대가 대답 못할 게 뻔한 질문을 던져 상대에게 부정적인 이미지를 씌운다.
- (주인공의 자부심을 떨어뜨리기 위해) 주인공을 (실수나 말이나 행동 등으로) 비난한다.
- 일부러 언쟁을 일으킨다.
- (누군가의 의리나 능력 등에 관해) 은근한 암시를 풍겨 의심의 씨를

뿌린다.

- 비방하는 말을 던져놓고 농담이라며 빠져나간다.
- 상대가 동의하지 않으면 의리 없다는 식의 암시를 풍겨 상대의 동의를 강제한다.

둘이나 그 이상의 캐릭터가 대화로 싸움을 벌일 때 각자는 우위를 차지하려 한다. 둘의 대화는 남들이 지켜보고 있거나 일정 수준의 예의범절을 준수해야 할 때는 서로를 존중하는 듯 보일 수 있다. 이런 경우에 둘을 제외한 다른 사람의 머리에는 캐릭터들이 말하는 내용이 아니라 말하는 방식, 혹은 캐릭터가 타격을 가하기 위해 안전하게 쓰는 종류의 모호한 말이나 암시로 가득 차 있다. 말 한 마디로 뭔가 상대에게 흠집을 남겼다는 것을 보여주고 싶다면, 캐릭터가 억누르고 있는 감정이 점점 한계에 도달하고 있음을 드러내는, 몸짓, 얼굴의 씰룩임, 그리고 목소리의 변화를 주저 없이 활용하라.

상반되는 동기

대화의 갈등을 추진하는 요소 중 하나는 대화 상대들의 목적이 늘 같지는 않다는 것이다. 한쪽은 주인공과 친해지려 노력할 수도 있는 반면, 주인공은 정보만 얻으려 할 수도 있다. 한쪽에서는 비밀을 보호하려 애쓰는 반면, 다른 쪽은 비밀을 폭로하려 애쓴다. 한 사람은 지식을 공유하고 타인들을 계몽하고 싶어 대화를 하려 하는 반면, 다른 참가자는 자신이 옳다는 것을 입증하는 데만 관심이 있다.

동기는 모든 이야기 층위의 갈등 전개에서 엄청나게 큰 역할을 수행한다. 갈등은 대개 캐릭터들이 원하는 것을 얻지 못할 때 발생하기 때문이다. 그러니 주인공의 대화를 두고 계획을 세울 때는 그가 무엇을 얻고자 하는지 즉, 나의 주인공은 대화를 통해 무엇을 얻고 싶어 하는지 생각하라. 그런 다음 주인공을 전혀 상반되는 목표나 동기를 지닌 인물과 대립시키면 된다.

지금까지 소개한 것들은 진정한 갈등을 유발하기 위해 대화에 통합시킬 수 있는 테크닉의 일부 사례에 불과하다. 아이디어가 없어서 고민이라면 짜증을 불러왔던 최근의 대화를 떠올려보라. 아주 사소한 것도 좋다. 관련 전략을 검토해보고, 해당 전략을 캐릭터와 타인들 간의 상호작용 장면을 쓸 때 적용해보라.

갈등을 불러올 배경을 택하라

캐릭터의 환경은 갈등을 발생시키거나 고조시킬 기회로 가득하며, 이야기 속 사건의 배경으로 쓸 선택지 또한 무한하다. 적절한 장소를 딱 맞춰 고르기만 해도, 심심했던 장면이 눈이 휘둥그레 떠지는 장면으로 변모할 때도 있다.

배경을 선택할 땐 심사숙고를 거듭하라

일부 배경 선택지는 빤하다. 캐릭터의 자동차가 고립된 지역에서 고장 나야 하는 경우 시골의 도로, 야영지나 채석장이 좋은 장소일 수 있다. 그러나 갈등은 대개 상점이나 집처럼 평범한 환경에서 벌어지는 경우가 많다. 이야기가 사건이 벌어질 장소를 좌지우지하는 이런 경우에는, 캐릭터에게 감정적인 가치가 있는 특정 장소를 선택함으로써 위기를 고조시키는 방법이 있다. 그저 평범한 상점 말고 감정의 연상 작용을 일으키는 상점, 가령 캐릭터가 십 대 때 들치기(절도)를 하다 잡힌 상점 같은 곳을 선택하는 것이 바람직하다. 캐릭터의 정서적 불안을 바탕으로 작동하는 배경은 캐릭터로 하여금 후회할 말이나 행동을 할 가능성을 높여준다.

또한 감정적인 가치를 이야기하는 동안에도 장면 내에 배치되어 있는 물건들의 상징적인 무게를 과소평가해서는 안 된다. 예컨대 뒷마당은 보통 때와는 다른 대화를 나눌 수 있는 대표적인 장소다. 여기서 조금 더 생각해 캐릭터를 그의 아들이 병에 걸리기 전에 놀았던 나무 위의 집 옆에 세워두면 어떨까? 그것만으로도 이미 캐릭터의 감정은 고조될 테고, 해당 장면에는 갈등이 하나 더 추가되는 효과를 볼 수 있다.

또 한 가지 중요한 점은 어떤 배경이 캐릭터의 목표를 이루기 더 어렵게 만드는 하부구조를 포함하고 있는지 생각해보는 것이다. 그것은 주인공이 건너야 하는 협곡일 수도 있고, 열어야 하는 잠긴 문, 혹은 피해야 하는 보안요원일 수도 있다. 캐릭터가 자신의 목표를 이루기 위해 거치는 여정이 공원의 한가로운 산책 정도에 그쳐서는 안 된다는 것을 기억하라. 갈등은 장면마다 필요하므로 물리적 장애물이나 통렬한 정서적 방해물을 담은 배경을 선택하라.

복잡함을 더하라

갈등이 어떻게 자연스럽게 진화하는지 생각해보라. 캐릭터는 목적이 있으며 계획을 짜고 목표를 추구하기 시작한다. 그러고나서 복잡한 일이 터지고 상황은 흥미진진해진다. 다행히 갈등 시나리오를 추가해 배경을 조종할 수 있는 방법은 무궁무진하다.

날씨를 이용하라

예상치 못한 소나기, 혹서, 얼음판이 된 도로, 토네이도의 위협, 크고 작은 날씨와 관련 문제들로 캐릭터에게 문제를 일으킬 수 있는 방법은 무엇일지 생각해보라.

교통수단을 치워버리라

어떤 배경을 선택하건 어쨌든 캐릭터는 한 곳에서 다른 곳으로 이동해야 한다. 이때, 어떤 교통수단을 망가뜨리면 캐릭터가 가야할 곳으로 가기가 더욱 어려워질지 생각해보라.

구경꾼을 보태라

혼자 넘어지는 것과 사람들 앞에서 넘어지는 것은 천지차이다. 둘 다 몸은 아프겠지만 사람들 앞에서 넘어지는 경우 감정적 고통의 요소가 추가된다. 작가로서 캐릭터의 실수나 불행을 구경할 목격자로 삽입할 구경꾼으로는 누가 있을지 생각해보라.

감정을 일으키는 민감한 상황을 만들라

냉정하고 정서적으로 침착한 캐릭터는 갈등에 더 쉽게 대처한다. 따라서 환경을 이용해 이런 캐릭터의 감정적 균형을 무너뜨려야 한다. 캐릭터가 생계를 유지하려 고군분투하고 있다면 다른 부유한 캐릭터들이 호화롭게 식사를 한 뒤, 남은 음식을 마구 버리는 공간에 그를 데려다 놓으라. 아빠와 문제가 있는 캐릭터라면 건강하고 다정한 아빠와 딸의 관계가 부각되는 환경에 그를 데려다놓으면, 정서적 자극을 느낄 수 있을 것이다. 장면에 쓸 배경을 계획 중이라면, 이 장면에 어떤 요소를 추가해야 캐릭터의 감정을 고조시킬 수 있을지 자문해보라.

캐릭터가 갖고 있지 못한 것을 활용하라

캐릭터에게 불을 켤 조명이 없다면, 동굴이나 버려진 지하철 터널처럼 어두운 곳에 그를 데려다놓으라. 캐릭터에게 무기가 없다면, 물리적인 위협이 가해지는 환경에 배치하라. 뭔가 중요한 것이 캐릭터에게 없다면 바로 그것을 활용하라.

캐릭터를 불편하게 하라

캐릭터는 취약할 때 날이 선 상태가 되며 감정도 고조된다. 따라서 가능할 때마다 캐릭터를 경험이 아예 없거나, 규칙을 모르거나, 난감한 장소에 데려다놓으라. 장소의 규모는 작건 크건 상관없다. 외계 행성을 가로질러야 하는 캐릭터부터, 아이들이라면 질색이지만 아이의 파티를 준비해야 하는 캐릭터까지. 캐릭터를 불편하게 해서 얻는 효과는 만점이다.

상징을 활용하라

공포, 그리고 자신을 향한 의심만큼 전진을 방해하는 요소는 없다. 어떤 상징을 보태야 캐릭터에게 약점, 과거의 실패, 힘을 쏙 빼놓는 공포, 혹은 해결되지 않은 상처를 상기시킬 수 있을까 생각하라.

시간이 촉박한 상황을 만들라

위험을 고조시키는 확실한 방법 하나는 캐릭터에게 데드라인을 제시하는 것이다. 목표를 완수할 시간을 무한히 주는 대신 바쁜 캐릭터가 자기 환경의 요소에 의지하게 만들라. 가령 교통량이 많은 시간대를 피하거나, 오후 4시까지는 은행에 꼭 가야 한다거나 해가 지기 전에 집에 가야 하는 등의 과제를 부여하라.

내적 갈등을 활용하라

가장 강력한 갈등은 대개 내적인 종류의 것이라는 걸 반드시 유념해야 한다. 어떤 종류의 내적 동요를 보태야만 안 그래도 이미 어려운 상황이 더욱 어려워질 수 있는지 여러분의 캐릭터와 캐릭터가 처한 상황을 면밀히 살피라. 어느 지점에서 캐릭터가 갈등을 하거나 혼란스러워하거나 확신을 갖지 못하는지, 어떤 윤리적 질문이 캐릭터의 밤잠을 설치게 하는지, 캐릭터는 어떤 결정을 내리려 고군분투하며 그 이유는 무엇인지 관찰하라.

내적 갈등은 만들기가 가장 어렵다. 캐릭터에게 이치에 맞는 갈등이어야 하기 때문이다. 캐릭터의 성격, 윤리, 정체성 의식, 빠진 기본 욕구, 동기 그리고 욕망들 전부가 현재 겪고 있는 것에 대한 캐릭터의 생각과 감정을 결정한다. 그러므로 캐릭터를 아주 내밀하게 파고들어 파악하고 있어야만 중요한 갈등 퍼즐을 제대로 맞출 수 있다.

이 책의 갈등 유형을 활용하라

중요한 장면에 쓸 적절한 갈등 시나리오를 찾거나 캐릭터가 가야 할 곳으로 이끌어줄 완벽한 상황 조합을 생각해내는 것이 늘 쉬운 것은 아니다. 이 책은 작가 여러분이 뽑아 쓸 만한 다양하고 풍부한 갈등 유형과 아이디어를 제공한다. 항목을 훑어보고 가능성을 생각해본 다음, 여러분의 프로젝트에 쓸 선택지들을 브레인스토밍하라. 필요한 종류의 갈등이 무엇인지는 알지만 정확히 어떤 모습의 갈등인지 감이 오지 않는다면, 이 책에 구분해놓은 범주들을 활용하길 바란다. 가령 중요한 관계의 긴장을 원하거나 캐릭터가 중대한 실수를 저지르게 만들고 싶다면, 이 책의 1장 '관계상의 갈등'과 2장 '실패와 실수'를 보고 어떤 시나리오가 여러분의 프로젝트에 맞을지 살펴보라.

또한 이 책은 어떤 갈등 시나리오를 사용하고 싶다는 것은 자각하고 있지만, 그 구체적인 내용에 확신이 없을 때도 도움이 된다. 현재 벌어지고 있는 일에 대한 반응이 낮은 수준의 것으로도 충분하다면, 각 표제어의 '사소한 문제' 부분을 참고하라. '초래할 수 있는 심각한 결과'도 찾아 활용할 수 있다. 그리고 '생길 수 있는 내적 갈등' 부분 또한 상황에 엄중함을 더하는 데 쓸 수 있는 다양한 내적 동요의 시나리오를 제공한다.

주위를 둘러보라

무슨 짓을 해도 잘 풀리지 않는다면, 어떤 종류의 갈등을 이용해야 할지 여전히 모르겠다면 주위를 둘러보라. 갈등이라는 선택지는 집에서, 일터에서, 운전을 하는 중에도 적과, 가족과 그리고 가장 가까운 친구와, 낮과 밤을 통틀어 시시각각 우리를 둘러싸고 있다. 최근에 벌어졌던 갈등을 목록으로 작성해보라. 아는 사람들에게 벌어졌던 일에 관해 생각해보고, 그들의 사적 긴장과 위기를 고조시켜보라. 타인들을 지켜보고, 그들의 갈등이 실시간으로 펼쳐질 때 그 순간 갈등 시나리오를 포착할 수 있게 항상 머리를 훈련시켜 대비하라.

텔레비전만 켜 봐도 선택지는 쉽게 찾을 수 있다. 어떤 종류의 갈등이 보이는가? 어떤 수준의 갈등이 존재하는가? 그 시나리오는 어떻게 펼쳐지는가? 영화와 드라마와 책은 적절한 종류의 충돌과 논쟁을 찾기 위해 활용할 수 있는 영감의 커다란 원천이다. 경이로운 점은 이러한 갈등은 어떤 장소에서나 일어날 수 있다는 것이다. 배경을 조금만 틀어보면 이러한 갈등이 여러분의 비망록, 소설, 역사 소설, 디스토피아 소설 혹은 우주나 외계인을 소재로 한 픽션에 효과를 발휘하게 만들 수 있다.

작가들을 위한 마지막 제언

갈등은 성공적인 이야기를 만들기 위한 중요한 요소다. 마구잡이식 갈등이 아니라 캐릭터의 삶 모든 영역에 긴장을 만들어내고, 캐릭터가 목표를 이루지 못하게 방해하며 심리적 동요를 일으키는 종류의 갈등이어야 한다. 갈등은 이야기의 전개 과정에서 점증되어야 하며 위기는 점점 더 개인적이고 파괴적인 양상을 보이는 종류여야 한다. 또한 갈등은 모든 이야기와 장면의 일부여야 한다. 이 책에서 소개하는 다채로운 갈등 유형을 참고해 여러분의 이야기에 적용해보길 바란다.

이야기를 복잡하게 만들기 위한 선택지는 무궁무진하기 때문에 모두 담을 수는 없었다. 대신 다양한 갈등의 유형과 층위를 혼합하고자 했다. 또 한 가지 주목해야 할 점은 갈등은 특정 사건에 의해 발생할 수도 있지만 대개는 선택을 해야 하는 단순한 행동과 더불어 시작된다는 것이다. 예컨대 부정행위를 하거나 속이고 싶은 유혹은 행위 자체로 끝나는 것이 아니라 캐릭터가 예상치 못한 결과를 초래해 더욱더 큰 긴장, 다시 말해 이야기에 포함시켜야 할 정말로 중요한 요소인 내적 긴장을 유발한다.

이 책이 이야기를 쓰는 모든 작가 여러분에게 부족했던 도구와 지식을 제공하기를, 스토리텔링의 수준을 높일 수 있도록 여러분을 돕는 안내자가 되기를 바란다. 마지막으로 여러분의 여정에 행운이 가득하고, 무엇보다 기쁨이 넘치기를 간절히 희망한다.

딜레마
사전

관계상의
갈등

Relationship Friction

가정 폭력

Domestic Abuse

가정 폭력에 관한 사례 중 가장 흔한 경우는, 배우자나 파트너의 신체적 학대다. 이 항목에서는 캐릭터가 가족 구성원에 의해 당하는 육체적 폭력뿐만 아니라 성적, 심리적 폭력 및 언어폭력 그외의 파괴적 결과를 몰고 올 수 있는 다른 종류의 폭력도 다룬다.

사례

- 가족 구성원에게 지속적인 모욕과 비판에 가까운 언어폭력을 당한다.
- 배우자에 대한 신의를 입증하기 위해 친구나 다른 가족과의 관계를 끊을 수밖에 없다.
- 파트너가 캐릭터의 동선과 통화 목록, 메일함, 돈 씀씀이 등 삶의 모든 면을 낱낱이 통제한다.
- 아이가 보호자에 의해 성폭력을 당한다.
- 배우자나 아이가 가족의 폭력적인 분풀이로 지속적인 상처를 입는다.
- 아이가 교육을 받지 못하거나 외부와의 상호작용을 하지 못해 고립되고 통제당한다.

사소한 문제

- 친구, 가족, 고용주, 선생님의 걱정스러운 질문에 대답해야 한다.
- 상처와 멍을 숨기기 위해 화장을 하거나 선글라스를 쓰거나 긴 소매 옷이나 스카프를 착용해야 한다.
- 여파를 피하기 위해 학대자의 요구에 응해줘야 한다.
- 통제를 가하는 가족을 달래기 위해 계획을 계속해서 취소해야 한다.
- 폭력으로 인한 사소한 부상을 치료하기 위해 응급실을 찾는 일이 빈번하다.
- 하루 일과에 대해 학대자에게 거짓말을 해야 한다.
- 학대당한 것을 감추기 위해 가족과 친구들에게 거짓말을 해야 한다.
- 미성년자라서 도움을 받거나 대변해줄 변호사를 구할 수가 없다.

- 새 책을 사거나 친구와 커피를 마시는 등 일상적인 일을 즐길 경제적 자유가 없다.
- 학대자의 변덕으로 인해 (통증, 굶주림, 고독 등으로) 괴롭다.

초래할 수 있는 심각한 결과

- 자신의 집에 갇힌 죄수가 된다.
- 가족과 친구의 지원을 포기하고 고립과 외로움에 빠져 학대에 취약한 상태가 된다.
- 아동의 경우 힘든 집안 환경을 피하기 위해 폭력배와 어울린다.
- 아동이 가정에서 도망쳐 인신매매 대상이 된다.
- 부모가 자식을 보호하기 위해 학대하는 사람의 분풀이를 대신 당한다.
- 몸을 숨기고 새로 신분을 만들어야 한다.
- 파트너에게 강간당한다.
- 심각한 부상이나 사망을 초래하는 폭력을 당한다.
- 캐릭터가 자신을 방어하려고 학대자를 다치게 하거나 살해한다.
- 캐릭터가 학대자를 피하려다 스스로 목숨을 끊는다.
- 의존적인 배우자가 자식들이 학대를 목격하거나 해를 당하는데도 학대자를 떠나지 못한다.
- 캐릭터가 학대자를 달래려는 자신의 욕망을 포기하고 한때 사랑했던 것들을 놓친다.

생길 수 있는 감정

수용, 분노, 불안, 배신감, 쓰라림, 패배감, 반항심, 절망, 공포, 두려움, 증오, 위협감, 고독, 예민한 상태, 무력함, 끔찍함

생길 수 있는 내적 갈등

- 자신이 가치가 없다고 말하는 학대자의 거짓말을 믿게 된다.
- 학대를 보고도 못 본 척하는 사람들을 향한 분노가 일어난다.
- 떠나고 싶지만 힘도 없고 능력도 없다는 느낌이 든다.
- 아이들을 구하기 위해 떠나고 싶지만, 어떻게 아이들을 부양할 수 있을지 방법을 알지 못한다.
- 학대를 피한 후에도 삶을 꾸려가느라 고생한다.
- 타인을 신뢰하는 것, 특히 친절하게 다가오는 사람들을 믿는 게 힘

들어진다.

상황을 악화시킬 수 있는 부정적인 특성

중독 성향, 맞대면, 통제 성향, 적대감, 충동적 성향, 억제, 남성적인 면을 과시(마초 기질), 애정 결핍, 신경과민, 굴종적인 태도

기본 욕구에 미치는 영향

- **자아실현 욕구** 학대를 받는 캐릭터는 학대 상황에서 벗어날 때까지 자신의 성장에 집중할 자유나 자원을 갖지 못할 가능성이 크다.
- **존중과 인정의 욕구** 지속적인 비판에 직면하면 캐릭터는 비판을 내면화해 학대를 신뢰하게 된다. 따라서 캐릭터는 스스로 무가치하다는 느낌을 받으면서 학대자의 존중을 원하게 되고 부당한 행동이나 요구를 받아들이려 하게 된다.
- **애정과 소속의 욕구** 학대자가 피해자를 사랑한다고 공언할 때 피해자는 애정에 대한 잘못된 관점을 갖게 되어 애정을 신체적 · 언어폭력과 연관 짓게 된다.
- **안전 욕구** 가정에 신체적 학대 위협이나 패턴이 존재하는 경우 캐릭터의 안전이 위험에 처하게 된다.
- **생리적 욕구** 학대는 대개 점점 심해진다. 실제로 학대가 우연히 혹은 의도적으로 캐릭터의 사망을 초래할 수도 있다.

대처에 도움이 되는 긍정적인 특성

적응 능력, 야심, 차분함, 신중함, 자신감, 외교술, 관찰력, 설득력, 선제적인 행동 능력, 보호하려는 태도

긍정적인 결과

- 학대자를 떠나 새로 시작할 용기를 낸다.
- 캐릭터가 스스로 더 나은 대접을 받을 가치가 있다는 것을 깨닫고 학대자에게 맞선다.
- 학대 상황을 벗어나 비영리단체를 세워 다른 생존자를 돕는다.

- 다른 사람에게서 학대의 징후를 알아채고 도움을 제공한다.
- 자신감을 키울 수 있고, 상황을 벗어나게 도와줄 취미나 좋아하는 일 혹은 전문 분야를 찾아낸다.
- 다른 사람에게서 조건 없는 애정을 경험하고 학대자의 애정이 거짓이며 바람직하지 않다는 것을 깨닫게 된다.

가족의 비밀이 밝혀지다

Family Secrets Being Revealed

사례

- 부모의 불륜이 밝혀진다.
- 배다른 형제의 존재를 알게 된다(가령 부모의 유언장을 읽다가 다른 형제자매의 존재를 알게 되는 등).
- (누군가가 돈을 받았거나, 가족이 뒷감당을 하지 않도록 학교로 멀리 보내졌거나, 피해자가 위협을 받았던 일로 숨겨져 있었던 범죄 등) 숨겨졌던 범죄를 알게 된다.
- 가족 구성원의 약물 남용이나 알코올 중독이나 도박 습관이 밝혀진다.
- 가족 구성원의 페티시나 관습에 위배되는 성적 취향을 알게 된다.
- 숨겨진 임신이나 입양에 대해 알게 된다.
- 조상이 전범, 인종 차별주의자 혹은 노예상인이었다는 것(혹은 비슷한 악행을 지지했다는 것)을 알게 된다.
- 주술이나 비술과의 관계를 알게 된다.
- 가족의 부나 권력이 불법적으로 혹은 부도덕한 수단으로 얻은 것임을 알게 된다.
- 가족 중 하나가 다른 가족을 위협하고 있음을 알게 된다.
- 불화의 원인을 알게 된다.
- 가정 폭력(신체적 · 정서적 · 성적)이 폭로된다.
- 가족력으로 정신병이나 다른 질환이 있음을 알게 된다.
- (심리적 민감성, 안전을 위해 늘 억압당했거나 숨겨진 재능 등) 혈통에 전해져오는 능력을 발견한다.

사소한 문제

- 가족 관계가 껄끄럽다.
- 가족의 비밀이 노출되어 관계가 어색해진다.
- 가족들의 편들기 행태가 벌어진다.
- 가족에게 비밀을 덮으라는 압력을 받는다.
- 비밀이 밝혀져 캐릭터에게 원치 않는 조사가 이루어진다.

- (위험을 피하거나 누군가를 보호하기 위해) 비밀에 대해 거짓말을 하거나 모르는 척을 해야 한다.
- 비밀을 알게 되어 순진무구함을 지우고 앞으로 가족을 바라보는 시각을 바꿔야 한다는 데 있어 부담을 느낀다.

초래할 수 있는 심각한 결과

- 가족 전체 혹은 구성원 중 하나를 표적 삼아 수사를 하거나 법정 소송을 하거나 다른 조치를 취해야 한다.
- (가족을 빚 문제에서 구해내거나, 뭔가를 은폐하거나, 가족의 비행을 교정하는 등) 잘못된 일을 바로잡아야 한다.
- 가족이 저지른 부정행위로 캐릭터의 평판이 해를 입는다.
- '친인척의 죄' 때문에 캐릭터가 권력이나 지위, 기회를 잃게 된다.
- 캐릭터가 가족의 비밀을 지키기를 거부했다는 이유로 축출당하거나 중상모략을 당한다.
- 적에게 이득을 주는 정보가 있어 캐릭터나 가족에게 위협이 된다.

생길 수 있는 감정

배신감, 갈등, 파국, 불신, 혐오, 환멸, 당혹감, 감정이입, 죄의식, 공포, 상처, 노스탤지어(향수), 공황, 안도감, 분노, 경멸, 수치, 충격, 괴로움, 불확실성, 원한이나 복수심, 근심, 혐의를 벗었다는 느낌(정당성을 입증 받은 느낌)

생길 수 있는 내적 갈등

- 환멸과 씨름하게 된다. 자신의 인생이 거짓이었다는 느낌이 든다.
- 롤 모델이었던 사람의 불미스러운 비밀이 폭로되면서 애정과 분노, 실망감이 찾아든다.
- 답을 찾았다는 데 안도감이 들지만 그동안은 어둠속에 있었다는 생각이 들어 화가 난다.
- 신뢰가 깨지고 가족에게서 떨어져 나와 방황하는 느낌이 든다.
- 사연 전체를 몰랐을 때 자신이 했던 말과 행동에 후회를 느낀다.
- 배신감이 들지만 정서적 상처를 입힌 사람을 여전히 사랑하고 있다.
- 비밀을 유지하는 것과 발설하는 것 사이에서 갈등한다.
- 말할 상대가 필요하지만 아무도 믿을 수 없다.
- 달아나고 싶지만 달아나면 일이 악화되리라는 것을 잘 알고 있다.

- 모르는 시절로 돌아가고 싶고, 그런 마음 때문에 스스로 비겁하다는 느낌이 든다.

상황을 악화시킬 수 있는 부정적인 특성

중독 성향, 대적하려는 성향, 비겁함, 가십을 일삼는 성향, 상대를 너무 잘 믿는 성향, 불안정, 무책임함, 질투, 상대를 함부로 재단하는 성향

기본 욕구에 미치는 영향

- **자아실현 욕구** 캐릭터가 자신의 정체성에 의심을 품게 하는 뭔가를 알게 되는 경우, 자신이 누구인지에 의구심을 갖고 자아 분열로 고통을 받게 된다.
- **존중과 인정의 욕구** (자신이 입양되었다는 등의) 힘든 진실을 알게 되는 경우, 캐릭터는 자신의 가치에 대한 새로운 의구심이 생긴다. 특히 자신이 원치 않는 아이였기 때문에 마구 버려졌을 경우에 그러하다.
- **애정과 소속의 욕구** 비밀은 가족 관계를 파탄으로 몰고 캐릭터의 고립과 애정 결핍감을 초래한다.
- **생리적 욕구** 일부 비밀은 큰 위험이 따를 수 있다. 가족 구성원들이 비밀을 유지하려 무리를 하려 드는 경우, 위험을 감수하느니 캐릭터의 목숨까지 빼앗으려 할 수 있기 때문이다.

대처에 도움이 되는 긍정적인 특성

신중함, 수양과 단련, 정직과 고결함, 의리, 끈기, 인내, 설득력, 선제적인 행동 능력, 창의력, 지지하는 태도, 이타심

긍정적인 결과

- 늘 의심해왔던 일에 대한 진실을 마침내 알게 되어 안도감을 느낀다.
- 늘 괴롭혀왔던 일들이 마침내 제대로 이해가 되기 시작한다.
- 불화하던 가족을 같은 편으로 돌려놓기 위해 진실을 밝힐(혹은 유지할) 필요가 있다.

- 상처가 된 사건이 온전히 알려짐으로써 캐릭터가 치유받게 된다.
- 이야기 전체에 접근하게 됨으로써 캐릭터는 더 나은 정보를 기반으로 결정을 내릴 수 있게 된다.
- 모든 것이 낱낱이 밝혀지면서 통제감을 되찾는다.
- 비밀을 폭로함으로써 그 비밀을 알고 있었거나 숨겨온 사람들이 갖고 있던 힘을 무너뜨릴 수 있다.

결혼을 강요당하다

Being Forced to Marry

사례

- 결혼 당사자의 한쪽 또는 양쪽 모두가 동의하지 않는 중매결혼
- 가문이나 부, 권력, 정치에 기반을 둔 정략결혼
- 계획에 없던 임신으로 인한 결혼
- 보호를 위한 결혼
- 폭력의 위협 하에서 해야 하는 결혼(대개 분쟁지대, 포로로 잡힌 상황, 납치, 인신매매 등)
- 왕이나 공동체 지도자의 명령으로 인한 결혼

사소한 문제

결혼을 강요받는 상황에서는 사소한 문제란 거의 없지만, 즉각적인 문제는 분명 발생하며, 문제가 지속되거나 점차 커질 수 있다. 이러한 상황에 처한 캐릭터가 겪는 즉각적인 문제로는 다음과 같은 것들이 있다.

- 이사를 가야 한다.
- 가장 좋아하는 관심사, 취미, 오락 활동을 포기해야 한다.
- 집이나 편안한 장소를 떠나야 한다.
- (거리상의 문제, 특정한 사람들과의 연락을 제지당하는 것, 폭행의 위협 등으로) 관계를 끊어야 한다.
- 독립적인 선택을 할 자유를 잃는다.
- 자신의 진짜 감정을 숨겨야 한다.
- 준비되지 않은 새로운 책임을 떠안아야 한다.
- 연애 감정이 있던 다른 사람들을 떠나보내야 한다.

초래할 수 있는 심각한 결과

- 새로운 생활 방식, 믿음이나 종교를 받아들여야 한다.
- (통제력의 상실, 배우자의 폭력, 시민들의 소요, 성적 기대, 새로운 의무, 남들의 눈 등) 앞으로 닥칠 일에 대한 공포와 두려움이 크다.
- 캐릭터가 그간 걸어왔던 삶의 방향, 특히 상실한 것에 대한 우울감에 시달린다.

- (새로운 인척관계, 가문의 복수, 암살 등으로 인해) 위험에 노출된다.
- 아이를 낳아야 한다.
- 폭력을 목격한다.
- 가정 폭력, 고문, 노예 살이 혹은 다른 형태의 학대를 경험한다.
- 애정 없는 결혼에 묶여 감방살이나 다름없는 생활을 하게 된다.
- 충실하지 않은 배우자와의 관계에 묶이게 된다.

생길 수 있는 감정

화, 비통함, 충격, 배신감, 저항감, 우울, 절망, 체념, 위협감, 공황, 무력감, 단념, 슬픔, 무방비 상태

생길 수 있는 내적 갈등

- 캐릭터가 자신이 원하는 것(개인의 욕망)과 가족 구성원들이 원하거나 필요로 하는 것(의무)사이에서 갈등한다.
- 다수의 이익이나 소수의 이익 중에서 선택해야 하는 갈등 상황에 놓인다.
- 좋은 선택지가 전혀 없다는 느낌(어떤 선택을 해도 좋을 수 없다는 것)이 든다.
- 희망과 절망 사이의 싸움에서 지고 있다는 느낌을 받는다.
- 다른 사람을 보호하려 결혼을 했는데 그 사람으로부터 고립을 당하면서 자신의 희생이 성과를 거두었는지 알 수 없어 고통스럽다.
- 아기의 탄생 같은 중요한 사건들을 복잡한 감정으로 바라봐야 하는 상황에 처한다.
- 자신의 의지에 반해 윤리적 선을 넘어야 한다.
- 달아나고 싶지만 새로운 삶에 엮일 사람들에게 책임을 져야 한다.
- (자식들, 친구들, 사랑하는 사람들, 혹은 저당 잡힌 다른 사람들)을 보호해야 하지만 그럴 힘이 하나도 없다.
- 잃어버린 것 때문에 슬프지만 얻은 것(위험의 모면, 안정, 재정적 안락함) 때문에 안심이 되기도 한다.
- 이런 운명으로 몰아넣은 사람들을 향한 분노가 크다.
- 스스로 선택할 자유가 있는 사람들을 향한 질투와 괴로움으로 힘이 든다.

상황을 악화시킬 수 있는 부정적인 특성

통제 성향, 충동, 비관적인 태도, 반항심, 분노, 자기 파괴적인 태도, 비협조, 원한, 끝없는 잔걱정

기본 욕구에 미치는 영향

- **자아실현 욕구** 강요당해 결혼을 하는 캐릭터는 진실한 행복이나 성취감을 결코 맛보지 못한다. 자신의 길을 스스로 선택할 자유라는 중요한 힘을 잃었기 때문이다.
- **존중과 인정의 욕구** 캐릭터의 가치가 결혼 자산으로 제공하는 것과 결부되면 캐릭터는 무기력과 낮은 자존감을 경험하게 될 수 있다.
- **애정과 소속의 욕구** 가족 구성원이 강요된 결혼을 막기 위해 아무것도 하지 않는 경우, 아니면 설상가상으로 그런 결혼을 아예 강요하는 경우, 부담과 불편함으로 가득한 관계가 되며, 캐릭터는 자신의 삶에서 중요한 사람들에게서 떨어져 나와 방황하게 된다.
- **안전 욕구** 캐릭터가 자신의 안전과 권리를 협상해야 하는 결혼 관계로 돌입하게 되면 안전과 안정욕구는 위험에 처할 수 있다.

대처에 도움이 되는 긍정적인 특성

적응 능력, 야심, 감사, 협조, 행복감, 충실함, 순종, 낙관적 태도, 설득하는 자세, 전통을 중시하는 태도

긍정적인 결과

- 어려운 상황에서도 새로운 목표를 발견한다.
- 개인적으로 회복력을 키운다.
- 새로운 상황에서 소중한 우정과 공동체를 꾸려간다.
- 상황을 수용하고, 시간이 지남에 따라 애정을 찾아낸다.
- 이 결혼으로 사랑하는 사람들을 보호할 수 있다(사랑하는 이들을 해악으로부터 구하거나, 그들에게 보호를 제공하는 것 등).

- 위험, 가난, 혹은 폭력에서 벗어날 수 있다.
- 더 나은 교육, 새로운 기회 그리고 더 강력한 경제적 지위, 권력, 가문의 이름으로 인한 위신을 얻고 그것을 활용하여 다른 사람들을 위해 더 나은 삶을 만들어줄 수 있다.

당연하게 여겨지거나 대수롭지 않은 존재 취급을 받다 Being Taken for Granted

사례

- 자신은 가사일을 하고 자식들을 돌보는 데 반해 배우자는 자기 일에만 몰두하고 자기 직업상의 목표만 추구한다.
- 수당이나 인정 없이 장시간 일할 것이라는 기대를 받는다.
- 이기적이고 고마움이라고는 모르면서 상대를 조종하는 친구를 어려운 시기에 지원했는데 정작 친구는 받은 은혜를 갚을 줄 모른다.
- 자신의 소유물(자동차, 인터넷 데이터, 옷 등)을 친구나 룸메이트와 끊임없이 나누지만 그들은 호의를 당연시한다.
- 부모가 성인이 된 자식을 경제적으로 지원하고 자식은 으레 그러리라 기대한다.
- (학교, 직장, 자원 봉사나 양육 등의 일에서) 온갖 일을 도맡아 하는데 옆에 있는 사람은 거의 아무 일도 하지 않거나 아예 하지 않는다.
- 호의를 베풀거나 불쾌한 일을 떠맡아달라는 부탁이나 요청을 늘 받는다.
- (일이나 결혼, 우정 관계, 늙은 부모를 돌보는 일 등에서) 기여하는 바에 대해 한 번도 인정을 받지 못한다.

사소한 문제

- 노동 시간이 연장되어 가족이나 친구들과 시간을 보내지 못한다.
- 다른 사람의 긴급 상황을 돕느라 기대했던 이벤트를 놓쳐야 한다.
- 직장에 불만이 커져 그만두거나 다른 직장을 찾아보기로 결정한다.
- 집에 온 손님이 지나치게 오래 있어 사생활을 방해한다.
- 남들의 돈을 대신 내주느라 피해를 입고 있다(남의 돈 내주다 자신이 피해를 볼 만큼 변변찮은 취급을 받고 있다).
- 다른 사람의 필요나 욕망을 충족시키기 위해 (공작실을 침실로 바꾸거나 사교 활동을 놓치는 등) 캐릭터 자신이 하고 싶은 일들을 포기한다.
- 피로감이나 주의 산만 때문에 일에 영향을 받는다.
- 책임을 공정하게 분배하지 못해서 가정 내 분쟁이 발생한다.

- (집에 온 손님이 지저분하게 하거나 기존의 조용한 시간을 무시해서) 자기 집에서 불편해진다.
- 타인들과 경계를 설정하면서 관계가 어색해진다.
- 과거에 즐기던 일에 관심을 잃는다.
- 당연하게 취급하는 건 아니지만, (불륜이나 학대자에게 엮이는 등) 바람직하지 않은 방식으로 영향을 미치는 타인과의 관계에 끌려간다.

초래할 수 있는 심각한 결과

- 괴로움이 커져 언쟁과 싸움이 발생한다.
- 불공정한 대우에 대해 불만을 제기한 후 직장에서 해고를 당한다.
- 피곤한 나머지 (거액의 돈을 잃어버리거나 운전대 앞에서 조는 것 등) 심각한 혹은 위험한 실수를 저지르게 된다.
- (폭음을 하거나 과소비를 하거나 위험한 드래그 레이싱을 하는 등) 주목을 끌기 위해 파괴적인 행동을 한다.
- 고마움을 모르는 상대의 행동을 정상적이라고 여기거나 공정하다고 받아들인다.
- 돌이킬 수 없는 말을 해서 중요한 관계를 망치거나 기회로 가는 문을 닫아버린다.

생길 수 있는 감정

분노, 짜증, 괴로움, 갈등, 경멸, 좌절, 환멸, 불만, 절망, 상처, 화, 방치되었다는 느낌

생길 수 있는 내적 갈등

- 무시당하고 과로하면서도 긍정적인 태도를 유지하려 애쓴다.
- 인정을 받으려는 시도로 완벽에 집착하게 된다.
- 순교자 콤플렉스에 걸려 인정이나 감사를 받지 못한다고 불평을 하면서도 계속 남을 돕는다.
- 거절하고 싶으면서도 한편으로 배우자나 상사를 화나게 하고 싶지가 않다.
- 고군분투하고 있는 친구나 가족을 돕고 싶지만 경계를 설정하는 법을 모르겠다.
- 다른 사람에게 봉사하는 일에 집중하는 동안 정작 자신의 감정과

욕망을 신경 쓰지 못하게 된다.

- 인정받고 싶은데 자신이 한 일로 팀원들이 공을 차지할 때 화가 난다.

상황을 악화시킬 수 있는 부정적인 특성

냉소, 불안정, 동정을 얻기 위해 순교자인 양하는 태도, 애정에 굶주려 있거나 자신감이 없는 상태, 집착이나 강박, 완벽주의, 억울함, 굴종적인 태도, 소심함

기본 욕구에 미치는 영향

- **자아실현 욕구** 자신의 욕구보다 남들의 욕구를 우선시하는 태도는 캐릭터 스스로 자신에게 중요한 것을 보지 못하게 하며 최상의 삶을 살아가지 못하게 방해한다.
- **존중과 인정의 욕구** 계속해서 당연하고 별 볼 일 없는 존재로 취급받는 캐릭터는 자신이 왜 그런 취급을 받는지 의구심을 갖게 되고, 자신이 건강하고 긍정적인 관계를 누릴 자격이 있는지 의심하게 된다.
- **애정과 소속의 욕구** 무심함에 대한 분노가 가족 관계에 영향을 주게 되면, 캐릭터는 자신이 애정으로 남들과 엮여 있는 것인지 의무로 엮여 있는 것인지 의구심에 빠질 수 있다.

대처에 도움이 되는 긍정적인 특성

적응 능력, 대담함, 자신감, 결단력, 독립성, 설득력, 얽매이지 않는 자유로움

긍정적인 결과

- 불만족스러운 근무 환경을 떠나 더 보람 있는 직장을 찾는다.
- 어른답지 못한 상대에게 스스로 경제적인 책임을 질 것을 요구함으로써 상대가 경제적으로 독립하게 만든다.
- 유해한 관계를 끝내고 자유를 경험한다.
- 건강하지 못한 연애를 끝내고 새로운 사람과 조건 없는 진정한 사랑을 경험

한다.

- 합리적인 경계를 세우는 법을 배운다.
- 인정을 요구해 결국 자신이 하는 일에 대한 감사를 받아낸다.
- 도움을 당연시하는 타인들의 태도나 이기심의 징후를 포착하고 그러한 행동에 정면으로 맞선다.
- 캐릭터가 자신에게 가치가 있으며 더 나은 대접을 받을 가치가 있다는 것을 깨닫는다.

또래의 압력을 받다 Peer Pressure

사례

- (약물 사용, 물가에 뛰어드는 행동 등) 다른 사람이 하는 무모하고 위험한 행동을 따라한다.
- (낯선 사람에게 싸움을 걸거나 기물을 파손하는 등) 객기로 하는 짓들을 압력에 굴복해서 하고 만다.
- 압력 때문에 무리한 신체 변화를 도모한다.
- 다른 사람을 따라 질 나쁜 농담을 옳지 않다고 생각하면서도 한다.
- 친구를 잃을까 두려워 나쁜 짓이나 잘못을 보고도 지적하지 않는다.
- 하면 안 되는 일을 저지른 사람을 덮어준다.
- 짓궂은 장난에 가담한다.
- (모욕을 웃어넘긴다거나 믿지도 않는 생각에 동의하는 것 등) 타인에게 비굴하게 군다.
- (컨트리클럽에 가입하거나, 스포츠 팀에 입단하는 등) 아끼는 주변 사람이 한다는 이유만으로 별로 열의도 없는 활동에 참여한다.
- (고급 차를 사거나 비싼 여행을 가거나 명품 옷만 입는 등) 체면치레를 이유로 현재 경제적 상황에 맞지 않는 생활을 한다.
- 자신이 실제로 믿지 않는 정치, 종교, 사회적 이상에 지지를 표명한다.
- 다른 사람처럼 보이려는 목적으로 특정 외모를 유지하기 위해 무리한다.
- (아이를 어느 학교에 보낼지, 어떤 직업을 택할지, 주거지를 어디로 정할지 등) 인생의 중요한 결정을 내릴 때 다른 사람이 하는 것을 따라서 한다.

사소한 문제

- 어리석은 결정을 내리는 바람에 창피해진다.
- 학교나 직장에서 곤란해진다.
- 평판이 안 좋아진다.
- 특정 주제에 관해 소속된 집단의 탐탁지 않은 관점을 택해야 한다.
- 동료들의 계획을 따르기 위해 자신의 계획을 재빨리 바꿔야 한다.

- 무리의 마음에 들기 위해 심부름을 하거나 불편해지거나 하찮은 일을 우선시해야 한다.
- 캐릭터의 평판이 무리의 평판에 따라 달라진다(개인으로 간주되지 못하고 동료들과 묶여서 평가를 받게 된다).

초래할 수 있는 심각한 결과

- 캐릭터가 자신의 정체성과 가치에 대한 의식을 잃게 된다.
- 선택의 결과로 (임신을 하거나, 섭식 장애를 앓게 되거나, 학대를 당하거나, 자동차 사고를 당하는 등) 신체적, 정신적 혹은 정서적 트라우마를 경험한다.
- 무리에 엮여 죄를 짓게 된다.
- 건강한 관계 대신 불건전한 관계를 택한 캐릭터가 지혜로운 말을 해줄 친구와 사랑하는 사람들을 잃는다.
- 통제력을 얻을 (자해, 문란한 생활, 또래 집단 밖에서 남들을 통제하려고 하는 행동 등) 다른 불건전한 방안을 찾는다.
- 빚을 지게 된다.
- 체포를 당한다.
- 죄를 지은 동료 대신 죄를 뒤집어쓰라는 압력을 받는다.
- 학교에서 정학이나 퇴학을 당한다.
- 직장에서 해고당한다.
- 관계에 의존적인 성향이 되어 스스로 생각하는 능력을 잃는다.
- 불행하거나 성취감 없는 인생을 살게 된다.
- (또래의 압박이 다른 사람을 억압하거나 괴롭히는 것일 경우) 다른 사람에게 상처를 준다.
- 중요한 동료들의 부정적인 평가로 자존감이 심각하게 떨어진다.

생길 수 있는 감정

경악, 불안, 갈등, 혼란, 좌절, 두려움, 무기력, 당혹감, 허둥지둥, 죄의식, 수치심, 상처, 부족하다는 느낌, 불안정, 위협감, 예민함, 과민함, 후회, 내키지 않는 마음, 체념, 자기혐오, 수치, 근심

생길 수 있는 내적 갈등

- 자신의 인생을 책임질 수 없을 것만 같은, 무기력하고 막막한 느낌에 사로잡힌다.
- 불안함과 자신에 대한 의구심에 시달린다.
- 하고 있는 것과 실제로 원하는 것 사이에서 끊임없이 갈등한다.
- 집단에서 받는 대우가 자신의 가치를 보여주는 거라는 생각 때문에 괴롭다.
- 동료들이 조용해지거나 집단 내 다른 구성원에게 관심을 돌릴 때 불안하다.

상황을 악화시킬 수 있는 부정적인 특성

냉담함, 잔인함, 냉소적인 태도, 방어적인 태도, 남을 너무 잘 믿는 태도, 위선, 우유부단함, 불안정, 굴종적인 태도, 소심함, 의지박약

기본 욕구에 미치는 영향

- **자아실현 욕구** 무리에 끼고 싶은 욕구가 충분히 강해지면 캐릭터는 자신이 누구인지, 자신이 무엇을 원하는지 자각하지 못하게 될 수 있다. 결과적으로 캐릭터는 자신이 생각하는 진실이 아니라 타인의 진실에 따라 살아간다고 생각해 불만을 품게 된다.
- **존중과 인정의 욕구** 무리의 압력에 굴복한 캐릭터는 자존감을 잃게 된다. 자신의 의지력에 의구심을 품게 되고 자신이 만만한 대상이나 쉬운 표적이 될까 봐 불안을 느끼게 되기 때문이다. 이때 다른 사람들 또한 캐릭터를 유약하고 남의 말을 쉽게 따르는 사람으로 여기게 된다.
- **안전 욕구** 타인에게 쉽게 압력을 받는 경우, 캐릭터는 결국 위험하거나 건강하지 못한 일을 하게 될 수 있다. 심지어 자신의 신체적, 정서적 안녕을 위협할 수 있는 위험하거나 건전하지 못한 관계에 빠지기 쉽다.

대처에 도움이 되는 긍정적인 특성

경계심, 신중함, 외교술, 유머, 고결함, 독립성, 지적 능력, 통찰력, 설득력, 책임

감, 사회의식

긍정적인 결과

- 타인들의 조종을 인식하고 이후에는 피할 수 있게 된다.
- 캐릭터가 타인의 유해함을 알게 되어 자신의 인생에서 그런 사람을 내치게 된다.
- 수수방관하여 일어난 일이라도 책임을 져야 한다는 것을 배우게 된다.
- 추종자가 아니라 리더가 되기로 결심한다.

모욕을 당하다 Being Insulted

사례

- 옷이나 헤어스타일이 유행에 뒤쳐진다는 말을 듣는다.
- 신체적 결함 때문에 놀림을 받는다.
- 무례한 행동, 비속어, 혐오스러운 말로 공격을 받는다.
- 캐릭터보다 나이가 어린 사람이 연장자인 척하면서 정작 어른스러운 결정은 내리지 못하는 상황이다.
- 지능이나 능력, 온전함에 대한 억측 때문에 캐릭터가 타인에게 거부나 무시를 당한다.
- 다른 사람들보다 못한 취급을 받는다(다른 사람들이 받는 동일한 수준의 서비스를 거부당한다. 가령 결례를 범하는 상대를 만나거나, 자기는 되고 너는 안 된다는 태도를 보이는 상대를 만나는 것 등).
- 인종이나 종교 관련 모욕을 당한다.
- 지속적인 언어폭력을 통해 하찮은 존재 취급을 당한다.
- 세뇌, 가스라이팅을 당하며 모욕감을 느끼게 된다.

사소한 문제

- 모욕을 모욕으로 갚아 상황이 점점 악화된다.
- 아이나 감수성이 예민한 캐릭터가 모욕적인 행동을 목격한다.
- 향후 모욕을 한 사람 주변에서 불편을 느낀다.
- 부모 혹은 상사나 권위 있는 다른 사람에게 모욕을 당한 일을 알려야 한다.
- 모욕했던 사람을 만날 가능성이 있는 장소를 피하게 된다.
- 친구들이나 가족들이 대치 국면에 말려든다.
- 사과를 받으려 하지만 받지 못한다.
- 상대 쪽이 다른 사람들의 눈에도 캐릭터가 하찮아 보이게 만드는 식으로 대응한다.
- 신뢰하는 친구에게 모욕당한 것을 이야기했는데 그 친구가 대수롭지 않게 생각하거나 일을 합리화하려 한다.

초래할 수 있는 심각한 결과

- 모욕에 폭력으로 대응한다.
- 모욕에 둔감해져서 다른 이들에게까지 무례하거나 혐오 가득한 태도를 취하게 된다.
- 아무 대응도 하지 않아 무시받는 상황이 심해진다.
- 모욕에 맞서 싸우고 싶지만 상사나 배우자에 의해 아무것도 하지 말라는 강요를 당한다.
- 비난이나 나무람을 피하기 위해 태도를 바꾼다.
- 대응해야 할 때 하지 않아 다른 사람들이 반기를 들지 못하게 만든다.
- 모욕을 당하는 걸 캐릭터의 아이들이 목격해 똑같은 일이 자신들에게도 벌어질까 봐 불안해 한다.
- 캐릭터가 자신을 방어하다 골칫거리로 낙인 찍혀 부당한 결과가 초래된다.

생길 수 있는 감정

분노, 짜증, 불안, 경악, 쓰라림, 혼란, 수세적 태도, 불신, 두려움, 수치심, 상처, 불안정, 위협감, 창피함, 충격

생길 수 있는 내적 갈등

- 비판을 피하려고 타인들에게 맞춰주거나 타인들을 만족시키는 데 집착하게 된다.
- 남들에게 맞추려 변화를 꾀하면서 억압이나 갇혔다는 느낌에 사로잡힌다.
- 모욕을 무시하고 싶지만 짜증만 심해지는 결과를 낳는다.
- 모욕을 내면화해 급기야 그걸 믿기 시작한다.
- 모욕당한 것을 곱씹으며 자신이 과잉 반응을 했는지 고민하다 결국 그것이 모욕이 아니라고 생각하기에 이른다.
- 모욕이 어느 정도 진실이라 생각해 수치심으로 괴로워한다.
- 모욕 사건을 알리고 싶으면서도 한편으로 누구든 그걸 알게 하고 싶지 않다.
- 불평을 하면 벌을 받으리라는 것을 알기에 내면에서 고요한 분노가 쌓여간다.
- 캐릭터는 자신이 바꿀 수 없는 것에 대해 수치심을 느끼고 그렇게

느끼게 될 수밖에 없는 데 대해 분노를 키운다.

상황을 악화시킬 수 있는 부정적인 특성

거슬리는 태도, 악의를 품는 태도, 유치함, 자만심, 대치성향, 불안, 감정 과잉, 징징대는 태도, 집착과 강박, 신경과민

기본 욕구에 미치는 영향

- **존중과 인정의 욕구** 지속적인 모욕을 당하는 캐릭터는 급기야 그걸 실제로 믿기 시작하고 이 경우, 자존감에 부정적 여파가 끼칠 수 있다.
- **애정과 소속의 욕구** 모욕이 캐릭터가 속한 집단에서 일어나는데 이를 외부로 표출하지 않고 덮는 경우, 캐릭터는 집단 내 자신의 위치가 다른 사람의 위치와 동등하지 않다는 것을 깨닫게 되고 이러한 환멸은 집단에 대한 소속감을 잠식해버린다.
- **안전 욕구** 캐릭터가 모욕을 방치하는 경우, 더욱 악화되어 신체적 해를 당하는 상황이 초래된다.

대처에 도움이 되는 긍정적인 특성

대담함, 차분함, 자신감, 협조적인 태도, 용기, 외교술, 자기 수양, 여유, 순진함, 공정함, 성숙함, 설득력, 유머, 전문성, 속박 없는 자유로움

긍정적인 결과

- 캐릭터가 자신과 같은 취급을 받은 다른 사람들과 유대감을 형성한다.
- 모욕에서 일말의 진실을 발견하고 (결함을 극복하거나 좋은 점을 수용함으로써) 개선하기 위해 노력한다.
- 모욕에 정면으로 맞대응한 후 자신감이 커진다.
- 차별과 상처가 되는 고정관념에 대항하기 위한 운동에 참여하게 된다.
- 왕따를 시키는 사람을 폭로해 모욕에서 자유로워진다.
- 모욕을 가하는 자에게 맞서 그들이 다른 사람들을 해치지 못하게 막는다.

- 다른 사람들의 생각에 크게 신경 쓰지 않는 법을 배우게 된다.
- 모든 모욕이나 공격에 맞대응할 필요는 없다는 것을 깨닫는다.
- 사실이 아닌 모욕이 캐릭터 자신보다는 모욕하는 자에 관해 더 많은 것을 알려준다는 것을 깨닫는다.

무시당하거나 없는 사람 취급을 받다

Being Ignored or Blown Off

사례

- 캐릭터의 메일이나 문자에 상대가 답이 없다(잠수타기).
- 가족과의 식사 자리에서 사람들이 캐릭터를 놓고 뒷말을 한다.
- 대답하려 애쓰지도 않는 사람에게 말을 건다.
- 전화를 받는 법이라고는 없이 늘 음성메시지만 남기는 사람에게 접촉하려 한다.
- 데이트에서 바람을 맞는다.
- 캐릭터의 직접적인 개입이나 동의도 없이 캐릭터에 대한 어떤 사안에 결정이 내려진다.
- 캐릭터의 아이디어는 제대로 고려조차 되지 않고 거부당한다.
- 친구가 모임에 캐릭터 대신 다른 사람을 데리고 간다.
- 친구가 막판에 말도 안 되는 핑계로 약속이나 계획을 취소해버린다.
- 집단의 외곽으로 밀려난다.
- 허드렛일을 맡는다. 승진이나 중요한 프로젝트의 대상자가 되지 못한다.
- 캐릭터가 자신과의 계획을 취소한 친구가 다른 사람들과 어울리는 것을 보게 된다.

사소한 문제

- 시간을 낭비하게 된다.
- 다른 사람이 자신에게 일의 상황을 알리지 않았다는 것을 잊게 되면, 일에 실수가 생긴다(과제 수행이 잘 되지 않는다).
- 득 될 것이 없는 사람을 상대로 자기가 한 말을 옮긴 사람에게 캐릭터가 화풀이를 하게 된다.
- 아무것도 하지 않다가 타인들에게 나약한 인간 취급을 받게 된다.
- 무리에 끼기 위해 불청객이 되어야 한다.

초래할 수 있는 심각한 결과	• 평정심을 잃고, 관계에 해를 끼치는 말을 하거나 상대가 나빠 보이게 하는 말을 한다. • 오해로 빚어진 일에 대해 고의적인 무시라 여기고 타인을 비난하게 된다. • 캐릭터가 자신의 삶에서 특정인을 성급하게 몰아낼 수 있다. • 밖으로 나가기를 더 피하고 남들과 어울리지 않게 된다. • 캐릭터가 직장에서 자신의 생각이나 의견을 나누지 않음으로써 동료나 상사의 눈에 별 볼 일 없는 사람으로 여겨진다. • 건전하지 못한 대처 전략을 쓴다(폭식이나 폭음, 아무나와 사랑하려 하는 것, 남을 기쁘게 하기 위해 스스로를 바꾸는 것 등). • 문제에 대처하지 않아 왕따를 당하거나 더 최악의 상황에 빠진다.
생길 수 있는 감정	분노, 짜증, 불안, 쓰라림, 혼란, 부정, 결단, 실망, 무기력, 당혹감, 허둥거림, 좌절, 창피, 불안정, 위협감, 무력함, 분개, 진가를 인정받지 못한다는 느낌, 무가치하다는 느낌
생길 수 있는 내적 갈등	• 자신의 감정을 터놓고 말하고 싶지만 한심하게 들릴까 봐 걱정이 된다. • 자신이 무엇을 잘못했는지, 어떻게 고쳐야 할지 몰라 불안이 심해진다. • 자신이 정말 다른 사람들의 생각대로 하찮고 무의미한 인간인지 의구심이 든다. • 다른 사람의 행동이 고의적인 것인지 우연한 것인지 판단하려다 생각이 같은 자리를 맴돌며 진전이 없다. • 다른 사람들을 끊임없이 분석하면서 그들에게 어떻게 존중을 받을 수 있을지 알아보려 한다. • 어떤 한 사람 때문에 다른 사람들도 자신을 무시하는 거라고 추측한다.

상황을 악화시킬 수 있는 부정적인 특성

남의 부아를 돋우는 태도, 집착, 불안정, 질투, 죽는 소리를 하는 성향, 감정 과잉, 애정결핍, 과민 반응, 편집증, 원한, 잔걱정이 많은

기본 욕구에 미치는 영향

- **자아실현 욕구** 직장에서 타인들에게 끝없이 무시를 당하는 캐릭터는 영향력과 기여 능력 면에서 한계를 보이게 된다. 무시를 기분 나쁘게 받아들이지 않는다 하더라도 이 경우 캐릭터는 자신의 온전한 잠재력을 발휘하지 못하는 무능함으로 인해 좌절한다.
- **존중과 인정의 욕구** 다른 사람들에게 계속 무시나 괄시를 당하는 대부분의 사람들은 상처를 받으면서도 그러한 무시가 자신의 인격 결함 때문이라는 불안과 자기 의심을 키우게 된다. 한편으로 자신을 방어하지 못하는 사람들은 대개 무시를 당하게 되고 이는 다시 사람들에게 낮은 평가를 받는 것으로 이어진다.
- **애정과 소속의 욕구** 무시를 받으면 생기는 자존감 문제 때문에 캐릭터는 타인들의 영향에 취약해지고 타인과 의미 있는 인연을 맺기 힘들어진다.
- **안전 욕구** 타인의 무시에 캐릭터는 적절하지 않은 방식으로 대처하게 되고 이는 캐릭터의 신체적, 정신적 안녕감을 위협할 수 있다.
- **생리적 욕구** 일관되게 무시를 당하는 사람들은 극단적인 경우 고립되고 우울해지고 심지어 자살 충동을 느끼게 된다. 심각한 경우에는 보복을 하려 들 수도 있다. 보복 행동이 폭력으로 나타날 경우, 캐릭터는 경찰에 의해 죽거나 다칠 수도 있다.

대처에 도움이 되는 긍정적인 특성

집중력, 매력, 외교술, 외향성, 유머, 인내, 끈기, 설득력, 책임감, 재능, 기지와 재치

긍정적인 결과

- 자기주장을 강화하고 자신을 방어하는 법을 배울 수 있다.
- 피상적이거나 진심이 없는 사람들을 간파할 수 있게 된다.

- 상대와 마주해 오해 때문에 벌어진 무시임을 알게 됨으로써 성급히 결론을 내리기 전에 소통이 얼마나 중요한지 배울 수 있다.
- 무시하는 쪽에 대한 진실을 알게 되어 그들과의 접촉이나 연락을 제한한다.
- 긍정적이고 희망을 주는 사람들과 어울리려 노력한다.
- 더욱더 자각해 다른 사람들을 무시하는 태도로 대하지 않겠다고 결심한다.
- 상황을 활용하여 조용하거나 수줍거나 내향적인 사람들을 찾아내 그들과 인연을 맺는다.

믿었던 내 편이나 친구에게 배신당하거나 버림받다

Being Betrayed or Abandoned by A Trusted Ally or Friend

사례

- 직장 동료가 자기 잘못을 덮기 위해 캐릭터에게 누명을 씌운다.
- 친구나 연인의 계략으로 캐릭터가 그들의 범죄를 대신 뒤집어쓴다.
- 전투나 폭력 혹은 기후 참사 따위의 생명을 위협하는 상황에서 같은 편에게 버림받는다.
- 캐릭터가 동업하던 사업에서 장기적인 파트너에 의해 퇴출당한다.
- 공개적으로 망신을 당하거나 괴롭힘을 당하는데 가장 친한 친구가 편을 들지 않는다.
- (성적 지향, 과거의 부끄러운 실수, 범죄 연루 등) 굳게 지켜온 비밀을 친구가 누설한다.
- (힘든 시기에 계속 친구로 지내는 것이 힘들다는 이유로, 더 좋은 친구와 만날 기회를 잡는다든가 하는 이유로) 친구가 자신의 목적을 위해 캐릭터를 멀리한다.
- 자신의 편인 줄 알았던 사람이 한 번도 진정한 자기편이 아니었다는 것을 알게 된다.

사소한 문제

- 누명을 쓰고 아무 잘못도 없다는 것을 입증해야 한다.
- 직장 동료의 거짓말 탓에 고용주에게 신뢰를 잃는다.
- 모임이나 좋아하는 헬스클럽, 커피숍에서 예전의 친구와 맞닥뜨린다.
- 오랜 동업 관계를 청산해야 하는 탓에 경제 상황이 꼬이고 시간 소모도 심하다.
- 배신이나 싸움 상황을 찍은 영상물이 퍼져나가면서 망신을 당한다.
- (범죄 혐의가 개입된 경우) 법적 분쟁이 발생한다.
- 친구를 잃었는데 여전히 일은 같이 해야 하는 상황이다.
- 내 편, 파트너를 다시 찾아야 하는 번거로움이 발생한다.
- 동업자가 떠난 후 사업을 안정시키기 위해 다른 목적을 일시적으로 보류시켜야 한다.

초래할 수 있는 심각한 결과

- 상황을 전체적으로 알지 못하고 배신자 편을 드는 다른 친구들까지 잃는다.
- 해고를 당해 생계 수단을 잃게 된다.
- 복수에 혈안이 된다.
- 배신의 순간, 폭력으로 대응한다.
- 사업에 투자했던 가족이나 친구들이 재정적 파국을 맞는다.
- 생명을 위협하는 상황에 처해 심각한 부상을 입거나 죽고 만다.

생길 수 있는 감정

분노, 경악, 배신감, 쓰라림, 혼란, 수세적 태도, 저항감, 부정과 부인, 파괴, 실망, 불신, 환멸, 무기력, 증오, 상처, 무력함, 화, 망연자실, 과소평가

생길 수 있는 내적 갈등

- 품고 있는 원한으로, 진행되는 다른 상황에 대해 판단이 흐려진다.
- 우정을 지키고 싶지만 배신을 넘길 수가 없다.
- 다른 사람들을 신뢰하거나 그들에게 헌신하기가 어려워진다.
- 전에 자기편이었던 자를 도와야 할 상황이 발생할 경우, 옳은 일을 행하기 더욱 힘들어진다.
- 배신이나 버림을 내면화해 자기 탓으로 돌린다.
- 상대가 배신을 선택한 이유를 이해할 수 있지만 여전히 상처를 받는다.
- 상대의 진정한 본성을 알아보지 못했다는 이유로 힘들어한다.
- 사람들에 대해 최악의 생각만 하게 되어 미래의 자기편 역시 배신하리라 예상하기 시작한다.
- 타인들의 동기를 과도하게 분석한 탓에 더 많은 배신이 벌어지리라는 믿음에서 벗어나지 못한다.

상황을 악화시킬 수 있는 부정적인 특성

남을 지나치게 믿는 성향, 불안정, 남성적인 면을 과시, 애정결핍, 과민 반응, 편집증, 분노, 소심함, 불통, 앙심과 보복하려는 마음

기본 욕구에 미치는 영향

- **자아실현 욕구** 신뢰와 개방성이 없으면 대부분의 의미 있는 목표는 성취하기 힘들다. 따라서 배신에 집착하고 용서하지 않으려는 태도는 꿈을 온전히 좇는 캐릭터의 능력을 제약하게 된다.
- **존중과 인정의 욕구** 다른 사람들의 비난을 받고 있거나 놀림을 받고 있을 때 친구가 편을 들어주지 않는 경우, 캐릭터는 그 비판이 진짜라고 믿게 된다.
- **애정과 소속의 욕구** 사랑하고 믿는 사람에게 배신을 당하거나 버려지면 신뢰 문제가 생겨, 캐릭터는 앞으로 타인들과 의미 있는 인연을 맺어갈 때 방해를 받게 된다.
- **안전 욕구** 자유의 상실이나 재정적 어려움으로 이어지는 배신이나 버림의 경우, 캐릭터의 안정감을 훼손할 수 있다.

대처에 도움이 되는 긍정적인 특성

신중함, 자신감, 결단력, 여유, 독립심, 영감을 주는 성향, 낙관적인 태도, 통찰력, 설득력

긍정적인 결과

- 진실하지 못한 친구나 협력자의 징후를 앞으로 알아볼 수 있게 된다.
- 캐릭터가 스스로 성공해 자신감이 커진다.
- 전 동업자와의 법정 소송에서 승소하여 거액을 손에 쥔다.
- 직장을 잃거나 사업에 실패한 후, 더 보람 있고 성취감을 주는 경력을 새로 찾아낸다.
- 약속에 충실하기로 다짐하면서 자신의 끔찍한 경험을 누구에게도 겪지 않게 한다.
- 동일한 가치와 윤리와 목표를 지녔음을 입증하는 사람들과 한편이 된다.
- 타인의 잘못을 용서하고 잊음으로써 얻을 수 있는 이점을 알게 된다.
- 캐릭터가 자신의 삶에서 신뢰할 수 있는 사람들에 대한 가치를 더더욱 소중히 여기게 된다.

배우자나 연인이 바람을 피우다

Being Cheated On

사례

- 배우자가 다른 사람과 바람을 피우고 있다는 것을 알게 된다.
- 파트너의 휴대폰에서 성적인 뉘앙스가 있는 문자를 발견한다.
- 연애를 막 시작했고 조짐이 좋은데 상대가 여전히 전 연인과 잠자리를 한다는 것을 알게 된다.
- 집에 돌아왔는데 파트너가 자신의 절친한 친구와 침대에 누워 있는 모습을 발견한다.
- 파트너에게 결별 통지를 받고 그가 전부터 다른 사람과 연애를 했다는 것을 깨닫는다.
- 출장이 잦은 연인이 다른 도시에 가정이 따로 있다는 것을 알게 된다.

사소한 문제

- 뭔가 잘못되었다는 낌새를 눈치챈 아이들의 질문을 감당해야 한다.
- (부부가 아직 한집에 사는 경우) 가정 주변에서 마찰이 생긴다.
- 문제를 해결하기 위해 부부 상담을 받으러 가야 한다.
- 바람피운 상대와 결별한다.
- 상대의 바람 때문에, 불편하지만 치료는 가능한 성병에 걸린다.
- 이혼할 때 우위를 점하기 위해, 바람피운 상대의 현장을 포착하기 위한 행동을 취해야 한다(탐정을 고용하고, 몰래 카메라를 숨겨놓고, 휴대폰을 모니터링 하는 일 등).
- 바람피운 상대의 행동에 피할 수 없이 맞대면해야 한다.
- 바람피운 상대와 관계를 이어나가기 위해 어쩔 수 없이 '채찍을 드는' 역할을 해야 한다(바람피운 상대의 애인에게 멀리 떨어진 지역에서 새 직장을 구하라고 강요하거나, 돈 문제에 관한 명세서를 공개하라고 요구하는 일 등).
- 바람피운 상대에게 자신이 아는 바를(그리고 그로 인한 고통을) 숨기면서 파트너가 제정신으로 돌아와 상황이 저절로 해결되기를 바란다.
- 바람에 대해 알고 있는데 아무 말도 해주지 않은 사람들과의 관계

가 깨진다.

초래할 수 있는 심각한 결과

- 상대의 바람 때문에 에이즈나 C형 간염 같은 심각한 질병에 걸린다.
- 아이가 바람피우는 현장을 목격하고 어쩔 줄 모르는 상황에 빠진다.
- 분노가 폭력으로 이어져 바람피운 상대에게 심한 부상을 입히거나 상대를 살해한다.
- 캐릭터가 이런 상황에서 자신이 임신했다는 것을 알게 된다.
- 바람피운 상대가 다른 관계에서 임신을 하게 된다.
- 바람이 아주 오랫동안 지속되어왔음을 알게 된다.
- 상대의 지속적인 불륜을 가족들이 수년 동안 숨겨 왔음을 발견한다.
- 개인적인 이유(경제적 여력이 없어 돈 문제 때문에 상대에게 벗어날 수 없거나, 아이들이 안정적인 가정을 가질 수 있도록 원하는 것 등)로 바람피운 상대를 떠나지 않아, 쓰라린 고통과 불신과 분노로 망가진 관계에 갇혀버린다.
- 캐릭터가 파트너에게 가스라이팅을 당해 자신이 바람피우는 상대의 사랑을 받을 만하다는 것을 증명해야 한다고 생각하는 지경에 이른다.

생길 수 있는 감정

분노, 고통, 배신감, 부정, 절망, 무기력, 슬픔, 수치, 상처, 히스테리, 공포, 자기 연민, 부끄러움, 충격, 회의감, 망연자실, 아무것도 할 수 없다는 느낌, 자신이 하찮다는 느낌

생길 수 있는 내적 갈등

- 자기 확신이 흔들려 결국 상대의 바람이 자기 탓이라는 잘못된 생각에 이른다.
- 지지와 충고가 필요한데도 너무 창피해 상대의 부정을 가족과 친구들에게 털어놓지 못한다.
- 바람피운 상대를 매몰차게 차버리겠다는 마음과, 관계를 유지하고 싶다는 마음 사이에서 갈팡질팡한다.
- 바람피운 상대가 잘못되기를 바란 마음 때문에 죄책감이 든다.
- 아이들을 위해 바람피운 상대와 계속 살기로 선택하면서도 분노와 억울함을 어떻게 극복해야 할지 자신이 없다.

- 무엇을 어떻게 해야 할지 확신이 없다.
- 갑작스러운 변화(갑자기 한부모가 되어 혼자 아이를 키워야 하고, 처가나 시댁 가족이 차갑게 변하고 소통이 되지 않는 것, 다시 시작해야 하는 것)에 압도당하는 느낌이 든다.

상황을 악화시킬 수 있는 부정적인 특성

집착, 통제 성향, 냉소, 위선, 충동, 우유부단함, 불안, 상대에게 매달리는 것, 강박, 자기 파괴, 굴종, 의지박약

기본 욕구에 미치는 영향

- **자아실현 욕구** 캐릭터가 이루기 위해 노력하고 있던 의미 있는 목표나 더 높은 성취가 무엇이건 보류된다. 이 관계를 개선할 것인가 아니면 끝낼 것인가 결정하느라 에너지와 집중력을 다 빼앗기기 때문이다.
- **존중과 인정의 욕구** 자신의 파트너가 다른 사람에게 가서 친밀한 관계를 맺는다는 것을 알게 되는 일은 캐릭터의 자존감을 흔들어놓을 수 있다. 기저에 깔려 있던 근본적인 불안이 더욱 깊어지고 자존감을 더욱 잠식할 수 있다.
- **애정과 소속의 욕구** 상대가 바람을 피움으로써 캐릭터는 다른 연애 관계를 맺기 어려워질 수 있다. 다시 마음을 다칠 위험을 감수하느니 혼자 있는 편이 낫다는 결정까지 내릴 수도 있다.
- **안전 욕구** 상대의 바람이 성병이나 경제적 어려움 혹은 감정적 트라우마 같은 형태로 부작용을 초래할 경우, 캐릭터의 안전과 안정 문제가 나타날 수 있다.

대처에 도움이 되는 긍정적인 특성

분석적인 특성, 집중력, 자신감, 성숙함, 낙관적 태도, 선제적이고 적극적인 대처, 합리성과 분별력

긍정적인 결과

- 캐릭터가 스스로 더 나은 대접을 받을 가치가 있다는 것을 깨닫고 관계를

끝낼 수 있다.

- 커플이 상담을 받아 더 강력한 유대감을 형성할 수 있다.
- 상대를 떠나 새로 시작함으로써 독립심과 자신감을 키울 수 있다.
- 헌신적이고 충실한 사람과 연애를 할 수 있다.
- 동일한 고통을 겪은 타인들에게 의논 상대가 되어줄 수 있다.
- 부실한 관계를 끝낸 것이 평생의 불행과 실패로부터 구해주었다는 것을 시간이 가면서 조망할 수 있게 된다.

배우자의 비밀을 알게 되다

Discovering A Spouse's Secret

결혼 생활에서 신뢰는 매우 중요하다. 따라서 배우자가 비밀을 몰래 품고 있었다는 사실을 발견하게 되면 캐릭터는 엄청난 충격을 받을 수 있다. 인간이 서로에게 숨기는 것으로 알려진 일련의 사건과 정보들을 고려할 때 여러분의 캐릭터의 배우자가 숨길 수 있는 정보에 대한 선택지 또한 방대하다. 그중 몇 가지 가능한 사례를 소개한다.

사례

- 불륜
- 건강하지 못한 중독
- 해고
- 다른 가족의 존재
- 정체성의 측면들
- 정신병의 악화
- (연쇄살인범, 강간범, 아동학대범, 마약범죄자 혹은 인신매매상 등) 연쇄 범죄자
- (중대한 트라우마, 친부모, 병력 등) 과거의 사건
- 불치병이나 전염병
- 이례적이고 초자연적인 힘
- 조종, 잠재적 위협이 되는 가스라이팅
- (횡령, 다른 직원의 아이디어 도용, 협박 등) 직장 내 불법 행위

사소한 문제

- 걱정과 불안으로 인한 불면에 시달린다.
- 배우자와의 마찰과 갈등에 휘말린다.
- 정보를 캐내려다가 다른 사람들과의 대화가 어색해진다.
- 여태껏 몰랐다는 데서 느끼는 당혹감과 창피함을 감내해야 한다.
- 사랑하는 다른 사람들에게 상황을 설명해야 한다.
- (의사, 변호사, 사설탐정 등) 비밀을 캐러 사람들과 만나러 다니느라 일을 빼먹게 된다.

- 모든 혐의에 대해 배우자를 옹호하다 자신이 속았다는 것을 알게 된다.
- 비밀이 밝혀진 후 이웃들의 가십거리가 된다.

초래할 수 있는 심각한 결과

- 캐릭터가 비밀에 연루되어 있어 평판이 망가진다.
- 결혼 생활이 이혼으로 끝난다.
- 자식들에게 안 좋은 결과가 생긴다.
- 비밀을 몰랐는데도 공범으로 연루된 것으로 상황이 돌아간다.
- (배우자의 경제적 무책임과 청구서 미지불로 인해) 파산한다.
- 공황 장애를 앓거나 우울증에 걸린다.
- 심장병이나 성병 같은 심각한 신체 질환에 걸린다.
- (한부모가 되어 빚은 많은데 교육도 받지 못했거나, 일을 해본 경험이 없어서 어려움에 처하는 것 등) 캐릭터가 스스로의 힘으로 다시 시작해야 하는 상황에 놓인다.
- 엉뚱한 사람에게 비밀을 털어놓아 캐릭터 자신과 배우자에게 불리하게 이용당한다.
- 배우자가 사라져 뒤처리를 혼자 감당해야 하는 상황에 몰린다.

생길 수 있는 감정

분노, 경악, 배신감, 혼란, 부정, 절망, 충격, 실망, 불신, 환멸, 당혹감, 감정이입, 동정, 두려움, 죄의식, 끔찍함, 수치, 상처, 어찌할 줄 모름, 무력함, 놀라움, 취약성, 근심

생길 수 있는 내적 갈등

- 배우자를 사랑하지만 그를 다시 신뢰하는 게 힘들다.
- 일을 해결할 것인가 아니면 관계를 포기할 것인가 사이에서 갈등한다.
- 자식과 다른 가족, 친구들에게 해야 할 말 때문에 괴롭다.
- 무슨 일이 벌어지는지 몰랐다는 데서 오는 자기 의심
- 배우자가 그들의 갈등에 대해 털어놓지 않았는지, 자신이 배우자에게 필요한 것을 주지 않았던 건 아닌지 의심하게 된다.
- 자신의 무지나 순진함 때문에 비밀을 알아차리지 못하고, 일을 그르친 것 같아 죄책감이 든다.

상황을 악화시킬 수 있는 부정적인 특성

중독 성향, 냉담함, 대결하려는 성향, 잔인함, 위선, 불합리성, 불안정, 재단하려는 성향, 상대를 지나치게 믿는 성향, 변덕

기본 욕구에 미치는 영향

- **존중과 인정의 욕구** 대부분의 캐릭터는 일어나고 있던 일을 자신이 어떻게 모를 수 있는지 스스로 탓하다가 결국 자기 의심에 빠지며 자신의 본능에 대해 불안감을 키우게 된다.
- **애정과 소속의 욕구** 자신이 배우자의 상황이나 정신 상태에 어쨌거나 기여했다고 생각하는 경우, (지나치게 요구가 많았다거나 충분한 지지를 보내지 못했다거나 하는 것 등) 캐릭터는 타인과 엮이는 것을 꺼리는 지경에 이르기까지 스스로를 의심하게 될 수 있다.
- **안전 욕구** 배우자의 비밀이 폭로되어 생기는 변화는 캐릭터의 안정과 안전에 영향을 끼칠 수 있다(이사를 해야 하거나, 경제적 안정이 약화되거나, 배우자에게 물리적 폭력을 당하거나, 아이들이 괴롭힘이나 왕따를 당하는 것 등).
- **생리적 욕구** 비밀이 노출된 것에 대한 배우자의 대응에 따라 캐릭터의 생명이 위험해질 수 있다. 가령 배우자가 폭력 성향이 있다거나, 어떤 대가를 치르더라도 비밀을 유지하고 싶어 하는 경우에 그러하다.

대처에 도움이 되는 긍정적인 특성

적응 능력, 차분함, 신중함, 감정이입과 연민, 부드러움, 예민함, 지각력, 보호하려는 태도, 창의력, 지원과 지지

긍정적인 결과

- 다시는 이런 식으로 기습을 당하지 않으리라 결심한다.
- 자신의 삶을 스스로 통제하게 된다.
- 배우자에게 학대를 당한 사람들의 대변자로 나서게 된다.
- 배우자를 지지하기로 결정하고 앞에 놓인 난관을 극복해나간다.

불륜이나 부정을 들키다

One's Infidelity Being Discovered

사례

- 애인과 함께 있다 배우자나 자식에게 들킨다.
- 캐릭터와 전에 사귀었던 애인이 캐릭터의 배우자에게 연락해 부정한 관계를 알린다.
- 호텔 영수증이나 후한 선물 혹은 문자 메시지 같은 증거를 다른 주요 인물이 발견해버린다.
- 유명인사로서 불륜이 매체에 의해 폭로된다.
- 캐릭터가 배우자나 오래 함께 살던 파트너에게 성병을 옮긴 후 혹은 지나치게 많은 거짓말을 들킨 후, 죄의식에 사로잡혀 부정을 실토한다.
- 캐릭터의 배우자가 캐릭터와 불륜 상대를 현장에서 잡는다.
- 전 애인이 큰 유산을 남기는 바람에 난감한 대화를 나누거나 사실을 실토하는 상황이 초래된다.
- 배우자와는 낳을 수 없는 자식, 즉 사생아의 외모를 통해 불륜이나 부정이 발각된다.

사소한 문제

- 캐릭터가 죄질을 낮추기 위해 불륜의 세부사항을 약하게 말한다.
- 캐릭터가 거짓말을 하도 많이 해 스스로도 다 따라잡기가 힘들 정도다.
- 캐릭터가 불륜을 비밀로 유지하기 위해 자신의 부정을 발견한 사람을 설득해야 한다.
- 훨씬 더 심해진 감시를 견디며 혼외 관계를 유지하려고 노력한다.
- 수습책을 도모해도 (가령 아무 일도 아니라고 우기거나 사과하는 등) 먹히지 않는다.
- 잘못을 인정해야 하는 데서 오는 불편함과 어색함이 만만치 않다.
- 배우자에게 생각할 공간을 주기 위해 호텔이나 친구 집으로 몸을 잠시 옮겨야 한다.
- 불륜 문제를 어떻게 할지 고민하다가 결국 사실을 비밀에 부치기로

결정했고 부부는 서로 아무 일도 없었던 것처럼 행동해야 한다.

- 불륜이 공개되어 캐릭터의 배우자와 자식들이 수치에 직면한다.
- 캐릭터가 사랑하는 이들에게 자신의 행동을 설명하고 심판을 받아야 한다.
- 가족 구성원 일부나 친구들에게 회피 대상이 된다.
- 부정행위를 알게 된 친구나 가족들과 어색해진다.
- 불륜 상대와 관계를 끝냈지만 다른 자리에서 만나야 하거나 같이 일을 해야 하는 상황에 맞닥뜨린다.

초래할 수 있는 심각한 결과

- 캐릭터가 부정에 대한 비난에 불합리하게 반응하고 아이들이 그 파국을 목격하거나 누군가 상처를 받는다.
- 악몽 같은 대인관계에 대처해야 한다.
- 집에서 쫓겨난다.
- 캐릭터가 외도로 성병에 걸리거나 파트너까지 성병에 감염시킨다.
- 불륜을 알고 있는 아이들에게 비밀을 유지하라는 부담을 안긴다.
- 부정을 발견한 사람에게 협박을 받는다.
- 캐릭터의 배우자가 용서를 하지만 캐릭터에게 다시 신뢰를 주지는 않는다.
- 캐릭터가 불륜을 계속하기로 선택한다.
- 캐릭터가 부정 때문에 배우자나 오랜 파트너를 잃는다.
- 캐릭터의 배우자가 캐릭터의 불륜 상대에게 폭력적인 복수를 하려 한다.
- 아이들이 캐릭터의 불륜을 알고 캐릭터에게 반항하거나 캐릭터와의 대면을 피한다.

생길 수 있는 감정

불안, 초조, 우려, 수세적인 태도, 부정, 절망, 결단, 불신, 두려움, 공포, 허둥거림, 죄의식, 끔찍함, 수치, 공황, 후회, 안도감, 가책, 분노, 자기혐오, 자기 연민, 부끄러움, 충격, 망연자실

생길 수 있는 내적 갈등

- 두 사람 다 사랑해서 둘 중에 누굴 선택해야 할지 갈등이 된다.
- 가정을 지켜야 하는 의무감이 들지만 떠나고 싶다.
- 고통을 초래해 끔찍하지만 애인과 같이 있고 싶다.
- (불륜이 어린 시절의 불행한 가정사에 영향을 받아 일어난 경우라면) 부모의 발걸음을 의도치 않게 따라간 것에 대해 죄의식이 들고 비통하다.
- 자신에게 무슨 문제가 있는지 의구심이 들고 자신은 일부일처제에서 행복하지 않은 것인지 걱정한다.
- 배우자와 가족에게 이런 일을 겪게 해 죄의식과 부끄러움에 무능하고 무기력하다.
- 발각되어 화가 나지만 비밀이 언젠가 밝혀져야 했다는 점에서는 안도감이 든다.

상황을 악화시킬 수 있는 부정적인 특성

무관심, 맞서는 경향, 통제 성향, 방어적인 태도, 일탈적 성향, 부정직함, 회피적인 태도, 적대적인 태도, 불합리한 태도, 무책임, 조종하려는 태도, 화를 내는 성향, 자기 파괴, 비협조적 태도, 폭력성, 변덕

기본 욕구에 미치는 영향

- **존중과 인정의 욕구** 불륜을 저지르면서도 자신이 잘못하고 있다고 생각하는 경우, 캐릭터는 무력하다는 느낌이 들고 자기혐오와 수치로 괴로움에 빠진다. 부정이 발각되면 캐릭터는 자신을 존경하고 좋아하던 많은 이들에게 배척을 받게 될 수도 있다.
- **애정과 소속의 욕구** 부정을 저지른 후 캐릭터는 자기 삶에서 중요한 많은 사람들에게 버려질 수도 있고 그 때문에 공동체나 주변에 지지해주는 사람들이 없는 채로 남겨질 수 있다.
- **안전 욕구** 캐릭터가 상황의 결과를 제대로 감당하지 못해 진실을 회피하려는 방법으로 약물이나 술에 빠지거나 일벌레가 될 수도 있다. 이런 병적인 대처는 시간이 갈수록 캐릭터의 문제를 더욱 악화시키고 그의 정신 및 육신의 건

강을 해칠 수 있다.

대처에 도움이 되는 긍정적인 특성

적응 능력, 차분함, 매력, 협조적 성향, 정직함, 고결함, 상상력, 열정, 끈기, 설득력, 책임

긍정적인 결과

- 더 이상 거짓말을 할 필요가 없고 이중생활을 할 필요도 없다.
- 상황을 자각하라는 신호로 받아들이고, 앞으로 더 책임감 있고 이타적으로 살기로 결심한다.
- 부부 상담에 참가하고 덕분에 결혼 생활이 더욱 견고해진다.
- 부부관계에 관한 문제를 받아들이고 해결하기 위해 노력한다.

사랑하는 상대의 마음을 아프게 해야 하다 Having to Break Someone's Heart

이 항목은 연애 관계에 있는 상대의 마음을 아프게 해야 하는 데서 발생하는 문제를 다룬다. 연애 관계가 아닌 사람의 마음을 아프게 하는 것과 관련된 유사 항목은 '상대를 실망시키다'와 '친구나 사랑하는 사람을 배신해야 하다' 편을 참조할 것.

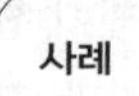

- 대학 진학을 앞둔 캐릭터가 고등학교 때 사귄 연인과 떨어지게 되어 연애를 끝내려 한다.
- 잘못된 이유로 약혼을 했다는 사실을 깨닫고 다가올 결혼식을 취소하려 한다.
- 끝없이 구애하는 상대에게, 아무 관심이 없다는 의사를 명확히 전하기 위해 퉁명스럽게 굴어야 한다.
- (캐릭터의 전 연인이 상대를 표적 삼아 위협을 하거나, 캐릭터가 불치병에 걸려 사랑하는 상대가 슬픈 일을 겪는 것을 원하지 않는다는 이유로) 캐릭터가 상대를 힘들게 하지 않기 위해 상대와 헤어지려 한다.
- (상처가 되는 사건 때문에) 자신이 사랑할 능력이 없고 상대는 자신보다 더 나은 사람을 만나야 한다고 생각해 관계를 끝낸다.
- 전기 공급이 안 되는 곳, 교도소, 증인 보호 프로그램처럼 상대가 따라올 수 없는 장소로 가거나 그런 상황에 처하게 되어 관계를 끊어내는 것이 상대에게 더 낫겠다고 판단한다.
- 중요한 비밀을 모르게 하기 위해 상대를 밀어내야 한다.

사소한 문제

- 소식을 전할 때 불편하고 고통스러운 대화를 감수해야 한다.
- 캐릭터의 행동을 받아들이지 못하는 친구나 가족의 지지를 잃는다.
- 결혼식에 금전적으로 기여했던 친구나 가족을 불편하게 한다.
- 결별을 오랜 시간 질질 끌게 된다.
- 같이 살던 집에서 이사를 나가야 하는 상황에서 발생하는 문제와 좌절을 감당해야 한다.

- 상대와 함께 하기로 했던 계획들을 취소해야 한다.
- 좋지 않은 소식(결별 소식)을 알리는 것을 미루면서 상황이 꼬인다.
- 상대 쪽에 있던 다른 좋은 사람들과의 소중한 우정을 잃는다.

초래할 수 있는 심각한 결과

- 상대가 폭력이나 보복으로 대응한다.
- 캐릭터가 미적거리는 바람에 관계가 지속되다 끝나다를 반복해 마무리가 잘 되지 않아 이익보다 해악이 더 많다.
- 결별을 당한 상대가 결별 때문에 우울증이나 정신 질환을 얻게 된다.
- 자신의 결정을 후회해 시간을 되돌리고 싶어 한다.
- 상대가 결별을 받아들이지 않는 바람에 더 심한 정서적 번민에 휩싸인다. 특히 캐릭터가 상대를 사랑해서 결별을 원하지 않지만, 그래야만 한다고 생각할 때 문제가 크다.
- 상대와 결별하고도 계속 일을 같이 해야 하거나 아이를 양육해야 하는 데서 오는 부작용이 있다.

생길 수 있는 감정

번민, 불안, 근심, 쓰라림, 갈등, 우울, 욕망, 결단, 황폐함, 두려움, 슬픔, 죄의식, 상처, 외로움, 갈망, 공황, 안심, 내키지 않는 마음, 동정, 불확실함, 불편함, 애석함, 아쉬움

생길 수 있는 내적 갈등

- 상대가 어려운 시기를 잘 극복할 수 있도록 지원하고 싶지만 자신의 존재가 오히려 상대의 새 출발을 방해할 것만 같다.
- 자신이 옳은 선택을 했다는 걸 알지만, 죄의식으로 여전히 힘든 감정을 느낀다.
- 결별을 했다는 데 대한 안도감 때문에 죄의식이 든다.
- 결정을 곱씹으면서 올바른 결정을 내린 것인지 의구심을 갖는다.
- 죄의식이 일상생활을 영위하는 데 영향을 끼친다.
- 상대가 결별 소식을 잘 받아들이지 못하는 데 대해 책임감이 든다.
- 결별할 때의 대화를 곱씹으면서 일을 좀 더 잘 처리했어야 한다는 것을 깨닫는다.
- 결별을 원한 게 아니었기 때문에 스스로도 마음이 많이 아프다.

상황을 악화시킬 수 있는 부정적인 특성

중독 성향, 냉담함, 비겁함, 잔인함, 오만함, 요령부득, 불통

기본 욕구에 미치는 영향

- **자아실현 욕구** 상대의 마음을 아프게 했다는 데서 오는 죄의식이 캐릭터를 황폐하게 만들어 꿈을 추구하거나 즐기기 어렵게 만들 수 있다. 결별이 짝사랑으로 이어지는 경우, 캐릭터는 상대에게 겪게 한 상처에 대해 스스로를 벌주기 위해 성취감을 느끼는 일을 능동적으로 피할 수 있다.
- **애정과 소속의 욕구** 똑같은 결별 상황으로 상대에게 상처를 주기가 두려워 새로운 연애 관계를 두려워하는 캐릭터는 내내 고립되어 불행해질 수 있다.

대처에 도움이 되는 긍정적인 특성

야심, 분석적 태도, 집중력, 결단력, 외교능력, 신중함, 효율성, 온화함, 정직함, 겸허함, 공정함, 친절, 선제적 태도를 취하는 능력, 소박함

긍정적인 결과

- 혼자만의 시간을 즐기게 되고, 보람찬 싱글라이프를 수용하게 된다.
- 상대에게 정직했던 터라 마음이 더 가볍고 자율성이 생긴 것 같다.
- 상대가 인정하지 않았던 활동을 자유롭게 할 수 있게 되어 기쁘다.
- 구애하는 사람의 원치 않는 관심으로 두려워했던 일상에서 벗어나 자유를 만끽한다.
- 자신에게 더 잘 어울리는 새로운 상대를 찾을 자유가 생겼다.
- 결별에 대해 정직하게 뜻을 밝힌 것에 대해 상대가 감사함을 느끼고 화기애애하게 상황이 마무리된다.
- 어려운 상황에서 자신이 옳은 일을 했다는 것을 안다.

상대가 노력하지 않는 어정쩡한 연애

A Partner Being Unwilling to Commit

사례

- 중요하게 생각하는 상대가 막상 결혼 생각이 없다.
- 상대가 동거할 마음이 없다.
- 다른 연애 상대가 없는데도 상대는 둘만 연애하는 독점적 관계를 맺기를 거부한다(다른 연애의 여지를 둔다).
- 결혼 계획을 세우는 것에 마음도 없는 상대와 오랜 기간 동안 연애하고 있다.
- 조금만 심각해지면 밥 먹듯이 결별을 선언하는 상대와 만났다 헤어졌다를 반복하고 있다.

사소한 문제

- 관계에서의 언쟁과 마찰이 있다.
- 집, 침대, 옷장과 옷 등 온갖 물건이 모두 두 세트씩 있다.
- 친구나 가족의 어색한 질문을 감당해야 한다.
- 외부 사람들의 입소문을 견뎌야 한다.
- 돈과 재산을 하나로 합치지 못해 금전적인 출혈이 발생한다.
- 파트너의 가족 주변에서 자신은 외부인 같다는 느낌을 받는다.
- 친구들이 결혼을 하거나 임신 소식을 알리면 시기심이 든다.
- 상황에 대해 누군가에게 이야기하고 싶지만 불쌍하다는 취급은 싫다.
- 관계가 어정쩡한데도 아무 대처도 하지 않는다는 이유로 가족이 상대에게 적개심을 보인다.
- 상대가 관계에 어정쩡한 것에 대해 구실을 붙여야만 한다.

초래할 수 있는 심각한 결과

- 캐릭터가 파트너에게 최후통첩을 보낸다.
- 파트너가 연애 관계를 끝낸다.
- 캐릭터가 자신이 바라는 헌신을 다른 곳에서 찾는다(감정적으로 상대를 속이거나 바람을 핀다).
- 경쟁 상대가 관계에 치고 들어온다.

- 임신 때문에 결정을 빨리 내려야 하는 상황이 되거나 관계가 위태로워진다.
- (파트너가 승진을 했지만 업무상 출장이 잦아서 함께 보내는 시간이 더욱 줄어드는 일 등) 촉매가 되는 사건이 생겨 상황을 악화시킨다.
- (부모나 나이 든 가족을 돌보거나 직장 등의 이유로) 상대가 다른 도시로 이사를 가는 바람에 캐릭터에게 장거리 연애를 제안한다.
- 캐릭터가 상대에게 희망을 거는 바람에 (가령 연인을 따라 이사를 가야 해서 승진을 거절하는 등) 자신의 다른 꿈을 포기한다.
- (상대가 기혼자거나 상대의 가족이 인정하지 않는 것 등의 이유로) 상대가 자신과의 관계에 헌신하지 않는 치명적인 이유를 알게 된다.

생길 수 있는 감정

갈등, 실망, 좌절, 상처, 불안, 갈망, 방치당하는 느낌, 무력함, 체념, 자기 연민, 인정받지 못하는 느낌, 무방비라는 느낌, 아쉬움이나 애석함

생길 수 있는 내적 갈등

- 상대를 사랑하지만 헌신하지 않는 그의 일부 면모가 싫다.
- 관계의 결함을 느끼지만 관계가 어정쩡한 이유가 상대의 고통스러운 과거에 있다는 것을 알고 있다.
- 파트너의 두려움을 존중하고 싶고 조건 없이 상대를 사랑하고 싶지만 상대가 욕구를 충족시켜주지 못하거나 그럴 의지가 없다는 것 때문에 억울하고 화가 난다.
- 어정쩡한 관계를 유지하는 것이 실수는 아닌지 불안하다.
- 결혼을 해 가족을 꾸리고 싶지만 파트너도 '그러고 싶은지' 확신이 없다.
- 어떤 선택을 해도 평생 후회할까 두렵다. 관계를 청산하고 평생의 사랑을 잃는 것도 두렵지만, 가령 부모가 될 꿈을 포기하면서까지 연애를 하기도 두렵다.
- 남의 결혼식이나 임신 축하 파티에 가서 즐겁게 보내고 싶지만 오히려 질투심만 생긴다.
- 상대의 동기가 의심스럽다. 관계에 헌신하지 않는 이유가 정말 과거의 고통 때문인지 자신의 결함이 원인인지 궁금하다.
- 헌신을 요구하면 이기적이라는 생각이 든다.

- 관계에 뭔가 문제가 있다는 것을 알지만 헌신하면 문제가 개선되리라 생각한다.

상황을 악화시킬 수 있는 부정적인 특성

대립을 일삼는 성향, 불안, 질투, 죽는 소리를 하는 성향, 애정 결핍, 소유욕, 이기적인 태도, 소통 불가, 내성적인 성향, 군걱정이 많은 성향

기본 욕구에 미치는 영향

- **자아실현 욕구** 영원한 관계를 맺는 게 꿈이었던 캐릭터라면, 자신이 진정한 목적대로 살지 못한다는 느낌을 갖게 될 수 있다.
- **존중과 인정의 욕구** 헌신할 수 없는 파트너를 만나는 상황 때문에 캐릭터는 그 이유에 대해 고민하기 시작하고 자신에게 내적 결함이 있을 수 있다는 생각을 하기 시작할 수 있다.
- **애정과 소속의 욕구** 어정쩡한 관계가 초래하는 거리감 때문에 캐릭터는 자신이 충분한 사랑을 받지 못한다는 느낌, 진가를 인정받지 못한다는 느낌을 받을 수 있고, 관계에서 마찰을 야기할 수 있다.

대처에 도움이 되는 긍정적인 특성

감사하는 태도, 중심을 잃지 않는 태도, 여유, 정직함, 독립심, 친절함, 상대에게 충실한 태도, 성숙함, 인내, 관대함, 이타심

긍정적인 결과

- 관계의 개선을 기다리다 상대가 잘못된 짝이라는 것, 관계가 더 꼬이기 전에 엉킨 실타래를 끊어내야 한다는 것을 깨닫게 될 수 있다.
- 마찰이 생기는 상황 덕에 캐릭터는 관계가 어정쩡한 이유들을 탐색해보고 인간적 성장을 통해 긍정적인 삶의 변화를 이룰 수 있다.
- 관계를 끝냄으로써 '그저 충분히 좋은' 정도의 관계에 머물지 않고 더 나은 관계를 찾아 자신의 행복을 우선시할 수 있다.

• 미래에 대한 특정 비전을 놓아버리고 대신 행복과 충족감을 줄 수 있는 다른 일에 에너지를 집중할 수 있다.

상대를 실망시키다 Disappointing Someone

이 항목에서는 멘토나 코치와 같은 캐릭터가 존경하는 상대를 실망시키게 되는 문제를 다룬다. 또한 어린 동생이나 교회의 교구민처럼 캐릭터가 자신을 존경하는 사람을 실망시키는 문제 또한 다룬다. 이와 반대되는 시나리오상의 갈등 유형은 '믿었던 내 편이나 친구에게 배신당하거나 버림받다' 편을 참조할 것.

사례

- 부모가 원하는 직업과 다른 직업을 택한다.
- 멘토가 기회를 만들어준 면접이나 미팅을 완전히 망친다.
- 캐릭터가 과음하거나 약물을 복용하거나 다른 사람을 학대하는 모습을 어린 사촌이 목격한다.
- 부도덕한 행동을 했거나 둔감하고 몰상식한 언행을 저질러 코치 자리에서 쫓겨난다.
- (성직자인 캐릭터가 교회 돈을 횡령하거나 불륜에 휘말려 있음을 신도들이 알게 되는 것 등) 부도덕한 행동이 발각된다.
- 스포츠 선수인 캐릭터가 성적을 올리기 위해 스테로이드를 복용하고 있다는 것을 팬들이 알게 된다.
- 캐릭터가 자신의 지위나 권력을 이용해 다른 사람들에게 배정된 생명 관련 약물을 가로채거나 여분의 배급품을 가로챈다.
- 캐릭터가 다른 사람들을 결집시켜 팀에 참여하게 하거나 대의를 위해 싸우게 하거나 위험을 감수하게 만들어놓고 자신만 쏙 빠진다.

사소한 문제

- 소문이 돌 때 창피함과 수치를 감내해야 한다.
- 추한 가십거리가 된다.
- 멘토의 애정을 다시 받기 위해 설설 기어야 한다.
- 자신의 잘못된 행동을 만회하기 위해 지나치게 애를 쓰게 된다.
- 소셜 미디어에 일이 공개되면서 평판이 나빠진다.
- 성명을 발표하거나 사죄를 해야 하고 앞으로 더 잘하겠다고 약속해야 한다.

- 행사나 가족 모임에 초대받지 못한다.
- 타인의 영향에 예민한 어린 사촌이나 동생들의 신뢰를 잃는다.
- 상담을 받거나 감수성 훈련◆에 참여하여 체면을 다시 세워야 한다.

초래할 수 있는 심각한 결과

- 평생 헌신했던 교회에서 파문당한다.
- 해고를 당한다.
- 장학금을 받지 못하게 되거나 부모님의 경제적 지원이 끊어진다.
- 감수성이 예민한 젊은이가 캐릭터의 실책을 모방하다 심각한 곤란에 봉착한다.
- 자신이 저지른 행동으로 체포당한다.
- 멘토가 지지와 지원을 철회해 특권을 잃거나 기회를 잃는 결과가 초래된다.
- (캐릭터가 저지른 실망스러운 행위가 불법일 경우) 소송을 당한다.
- 평판에 대한 손상이 너무 심각해 필생의 목표를 포기해야 할 지경에 이른다.
- 가족에게서 퇴출당한다.
- 스스로 가족이나 공동체를 떠나 책임을 피한다.
- 누구든 또 한 번 실망시킨다.

생길 수 있는 감정

마음의 동요, 번민, 불안, 경악, 근심, 우려, 파멸 실망, 죄의식, 후회, 가책, 자기혐오, 자기 연민, 수치, 무가치하다는 느낌

생길 수 있는 내적 갈등

- 수치심과 죄의식과 자기 의심으로 어쩔 줄을 모른다.
- 당시에 달리 할 수 있었던 선택들을 생각하면서 이미 일어난 일을 곱씹는다.
- 부모나 멘토가 자신을 못마땅해 한다는 것을 알게 된 후 어떤 선택

◆ **감수성 훈련**sensitivity training
자신과 타인과의 관계에 관한 감수성을 개발함으로써 자신의 내면 세계를 정확하게 인식하고 조화되도록 하며, 집단과 조직 속에서 타인과의 인간관계를 협동적이고 생산적인 것으로 발전시키는 소집단훈련.

을 하건 열의가 식어버린다.

- 누군가의 마음에 다시 들기 위해 어떤 일을 포기하는 것이 최상인지 의구심이 든다.
- 또 한 번 일을 망치는 데 대한 두려움으로 결정을 내릴 때 불안하다.
- 다른 사람들보다 더 엄격한 기준으로 평가를 받는다는 사실이 화가 나지만 그걸 보여줄(입증할) 길이 없다.
- 사람들에게 상처를 줘서 후회스럽지만 그것이 올바른 결정이었음을 안다.
- 일을 쉽게 하려고 절차를 무시한 것에 대해 가책을 느끼면서도 자신이 그렇게 할 수밖에 없도록 만든 부당한 기대 수준이나 압박에 분노가 치민다.

상황을 악화시킬 수 있는 부정적인 특성

우둔함, 불안정, 불합리성, 자신감 결여, 신경과민, 과민함, 완벽주의, 자기 파괴적인 태도, 내향적인 성향

기본 욕구에 미치는 영향

- **자아실현 욕구** 다른 사람들을 실망시키기 두려운 캐릭터는 자신을 행복하게 할 목표를 추구하지 않고 다른 사람들이 원하는 것을 기반으로 선택을 하게 된다.
- **존중과 인정의 욕구** 캐릭터가 실망시키는 사람은 누구든 캐릭터에 대한 존중을 잃을 공산이 크다. 그리고 캐릭터 자신이 누군가를 실망시켰다는 것을 인정한다면 그의 자존감 또한 떨어진다.
- **애정과 소속의 욕구** 사랑하는 친구들이나 가족을 실망시킴으로써 자신이 사랑받을 가치가 없다고 느낀 캐릭터는 뒤로 물러나 스스로를 고립시키게 된다.
- **안전 욕구** 타인을 다시는 실망시키고 싶어 하지 않는 캐릭터는 푸대접이나 학대를 받는 지경에 이르기까지 굴종하는 태도를 보일 수 있다.

대처에 도움이 되는 긍정적인 특성

고결함, 겸허함, 공정함, 성숙함, 설득력, 선제적인 행동 능력, 전문성, 책임감

긍정적인 결과

- 주도권을 쥐고 일을 바로잡음으로써 화해할 수 있게 된다.
- 타인에게 인상을 남기려고 애쓰지 않고, 자신의 꿈을 뒤쫓기로 결정한다.
- 실망스러운 행동을 고쳐 인격적으로 성숙해지겠다는 동기를 갖게 된다.
- 똑같은 실수를 되풀이하지 않기 위해 일부러 더 노력한다.
- 자신의 행동이 타인들에게 영향을 끼친다는 것을 인식하고 더 나은 영향력을 끼치기로 다짐한다.

상대를 용서할 수 없다 Being Unable to Forgive Someone

사례

- 어릴 때 자신을 버린 부모와 다시 연을 이을 마음이 없다.
- 배신한 배우자와 화해했지만 그가 다른 사람과 함께 했었다는 생각을 떨쳐버릴 수가 없다.
- 청소년기 때 경쟁자였던 형제자매와 신뢰 문제가 생겨 성인기까지 이어진다.
- 오래전에 배신했던 친구에게 원한을 품고 있다.
- 자식을 두고 편애했던 부모가 그런 일이 없었던 것처럼 구는 것을 더는 용서할 수가 없다.
- 무책임함이나 이기심으로 삶을 크게 바꿔놓은 사람을 용서할 수 없다.
- 유명한 사람에게 공격이나 학대를 당했지만, 모두가 새 출발을 할 수 있게 일을 그냥 잊어야 한다는 압박을 받고 있다.

사소한 문제

- 캐릭터가 모임이나 가족 행사 혹은 직장에서 자신을 불쾌하게 만든 사람에 대해 은근히 헐뜯으면서 긴장이 발생한다.
- 공격한 상대와의 사이에서 언쟁이 발생한다.
- (좋은 직장이나 비용을 전액 지원하는 여행 같은) 이로운 일이 자신이 용서할 수 없는 사람이 준 기회라는 사실 때문에 퇴짜를 놓는다.
- 형식적이고 시늉에 불과한 사과를 견뎌야 한다.
- 잘못을 저지른 사람이 선물이나 과장된 행동을 통해 용서를 받으려고 한다.
- 휴일 모임 때 소원해진 가족과 어색한 만남을 감당해야 한다.
- 가족이 논쟁에서 상대편을 들고 나선다.
- 캐릭터가 용서할 수 없는 사람에 대해 불평하는 것을 주변 친구들이 서서히 지겨워하게 된다.
- 동창회나 결혼식, 장례식에서 괴롭혔던 사람과 어울려야 한다.
- 괴로움에 대처하기 위해 정서적으로 힘든 상담에 참석해야 한다.

초래할 수 있는 심각한 결과

- 용서를 하고 넘어갈 수 없어 결혼이나 우정이 파국을 맞이한다.
- 자신을 괴롭힌 사람의 연애, 직장, 가족 관계 등에 훼방을 놓아 복수하려 한다.
- 폭력이나 죽음에 이르는 복수의 음모를 꾸민다.
- 캐릭터가 소원해진 부모에 대한 풀리지 않은 감정으로, 자기 자식들과 유대감을 형성하는 능력에 있어서도 부정적인 영향을 받는다.
- 신앙을 잃는다(가령 캐릭터가 믿는 종교에 있어서 '용서'는 중요한 위치를 차지하는데 캐릭터가 용서를 수용할 수 없거나 수용할 의지가 없는 상황에 있기 때문이다).
- 가족에 대한 분노에 집착해 자식이 자신이 증오하는 가족과 관계를 맺는 것을 금지한다.
- 의지를 발휘해 가족 관계나 전에 사랑했던 사람과의 관계를 원한에 가득 차 끊어버린다.

생길 수 있는 감정

분노, 배신감, 쓰라림, 갈등, 경멸, 의심, 죄의식, 증오, 강박, 후회, 화, 남의 불행에서 쾌감을 느끼는 것, 멸시, 수치, 인정받지 못한다는 느낌

생길 수 있는 내적 갈등

- 배신을 극복하고 싶지만 머릿속에 계속 그 일이 맴돌아 떨쳐버리기가 힘들다.
- 자신을 괴롭힌 상대를 불행하게 만드는 데 집착하게 된다.
- 똑같은 상처를 받지 않기 위해 미래의 관계에 벽을 친다.
- 편집증이 생겨 악의가 전혀 없는 상황에서도 악의를 보려 한다.
- 어린 시절의 학대 가해자에게서 유발된 불안을 성인기까지 가져간다.
- 잘못한 사람과 과거에 공유했던 친밀함을 잃고 혼자가 된 느낌을 받는다.
- 잘못한 사람의 인종, 국적, 성별, 종교 등이 비슷한 사람들에게 생기는 편견과 싸워야 한다.
- 용서를 통해 미움을 끝내고 싶지만 그러려면 정의가 필요하다는 것 또한 잘 알고 있다.

상황을 악화시킬 수 있는 부정적인 특성

냉담함, 잔인함, 냉소, 방어적 태도, 유연하지 못한 태도, 조종하려는 태도, 비관주의, 반항심, 분노, 비협조적인 태도, 앙심

기본 욕구에 미치는 영향

- **자아실현 욕구** 원한을 품는 일은 엄청난 에너지가 소모되는 일이므로 캐릭터는 괴로움에 빠져 길을 잃고 건강한 목표, 성취감을 주는 목표를 향해 매진할 수 없게 된다.
- **존중과 인정의 욕구** 용서를 하고 싶지만 어렵다고 생각하는 캐릭터는 자신의 도덕성에 의구심을 품기 시작한다. 특히 옳은 일을 하라는 압력이 타인들에게서 오는 경우 더욱 그러하다.
- **애정과 소속의 욕구** 타인들의 손에서 고통을 겪은 캐릭터는 아주 작은 상처에도 과민 반응을 보이게 된다. 정상적인 위반조차 용서할 수 없는 자신을 발견하는 경우 캐릭터는 조건부의 애정밖에 줄 수 없게 된다. 이런 불구의 상태는 더 많은 관계를 파국으로 이끌고 캐릭터의 괴로움과 감정적 상처는 더욱 깊어진다.
- **안전 욕구** 타인을 용서하지 못하는 무능함은 캐릭터의 정신 건강에 심각한 손상을 입혀, 불안과 우울과 부정과 건강하지 못한 대처 메커니즘을 초래할 수 있다. 이 모든 것은 캐릭터의 정신적, 신체적 안녕에 영향을 끼친다.

대처에 도움이 되는 긍정적인 특성

협조적인 태도, 용기, 느긋함, 감정이입과 공감 능력, 관대함, 겸허함, 이상주의, 친절함, 자애로움, 돌보려는 태도, 영성

긍정적인 결과

- 캐릭터가 자신을 불행의 볼모로 삼았던 유해한 감정을 마침내 놓아버릴 수 있다.
- 용서하는 법을 배우려고 하면서 성장을 경험할 수 있다(비록 용서할 준비가 아직 안 되었거나 실제로 용서할 수 없다 하더라도).

- 자신을 다치게 한 사람을 굳이 포용하지 않고도 용서가 가능하다는 것을 깨달을 수 있다.
- 뒤돌아보지 않고 악한 사람이나 상황에서 벗어나 새 출발을 할 수 있다.

성기능 장애 Sexual Dysfunction

사례

- 캐릭터가 발기부전으로 성관계를 하지 못한다.
- 성행위를 불가능하게 하는 병의 위험이나 부상 때문에 성관계를 하지 말아야 한다.
- (성적 학대나 폭행을 당한 경우, 공포증 등) 감정적, 정신적 이유로 성관계를 할 수가 없다.
- 약을 복용해야 하는 데서 오는 부작용 때문에 성관계를 하거나 즐길 수가 없다.
- 출산, 질병, 수술 후의 불편함이나 통증 때문에 성관계를 피한다.

사소한 문제

- 파트너가 성욕을 포르노그래피나 불륜을 통해 충족시킨다.
- 신체적, 정서적 유대가 없어 결혼 생활이 파탄 나고 이혼으로 이어진다.
- 성관계가 제한되어 있어 부부가 임신이 불가능하다.
- 성관계를 자제하라는 의사의 조언을 무시해서 부상을 당하거나, 기존 질환을 악화시키거나, 무리하다 심장발작이 일어난다.
- 캐릭터가 문제를 해결하지 못하는 데서 오는 죄의식에 압도당한다.

초래할 수 있는 심각한 결과

- 성관계를 하는 상대와 감정, 성욕, 친밀한 신체 부위에 관해 대화를 하는 데 어색함을 느낀다.
- 파트너와 성관계를 피하기 위해 거짓말을 하거나 핑계를 지어내야 한다.
- 자신의 기능 부진을 인정하거나 의논하는 일을 피하기 위해 오르가즘을 느끼는 척 연기를 한다.
- 성 문제로 처방을 받은 약물의 부작용을 감내해야 한다.
- 성욕 증강을 위해 특정 식품이나 약을 먹거나 침을 맞거나 전문가를 만나야 한다.
- 문제를 해결하기 위해 의사를 만나거나 치료에 (혼자 혹은 파트너와 같이) 참석해야 하는 게 창피하다.

- 의도는 선하지만 무지한 파트너가 '재미를 더하기 위한' 역할 놀이를 제안하는 등 효과 없는 방법으로 문제를 해결하려 한다.
- 성관계 문제 때문에 연애 관계에서 친밀함이 부족하다.
- 기저에 깔린 성관계 문제 때문에 다른 문제에 관해 사소한 언쟁이나 마찰이 벌어진다.
- 친구들이 성에 대해 터놓고 이야기할 때 창피하고 당황스럽다.
- 과거의 트라우마를 극복하려다 성관계 중에 공황 장애를 겪는다.
- 관계에서 분노나 화나 좌절감이 커진다.
- 수치스러움 때문에, 상대가 성욕을 채워줄 수 있는 다른 사람을 만날 수 있게 연애관계를 끝낸다.

생길 수 있는 감정

분노, 비통함, 짜증, 불안, 우려, 근심, 쓰라림, 혼란, 우울, 욕망, 체념, 파국, 불만, 의심, 공포, 무기력, 당황, 창피함, 공포, 좌절, 죄의식, 부족하다는 느낌, 신경과민, 열등감

생길 수 있는 내적 갈등

- 성 문제에 관해 파트너에게 정직하고 싶지만 수치심이 심하거나 거절이 두렵다.
- 문제가 자신의 잘못 때문이 아니라는 것을 알지만 여전히 자신에게 결함이 있고 스스로 망가졌다는 느낌을 떨칠 수가 없다.
- 파트너의 사랑을 받을 자격이 없다는 생각이 든다.
- 성관계를 할 때나 친밀함을 주고받는 순간에 몸과 마음을 온전히 쏟으면서 여유를 찾고 싶지만 잘 되지 않는다.
- 데이트를 하다 보면 결국 성관계를 해야 하고 그것이 문제가 될 것이란 생각 때문에 데이트가 힘들다.
- 성관계를 하지 못해 성적으로 늘 좌절된 상태다.
- 배우자의 욕구를 충족시키지 못해 죄책감이 든다.

상황을 악화시킬 수 있는 부정적인 특성

냉소, 회피, 짜증, 불안정, 예민함, 참견하는 성향, 과민함, 완벽주의, 비관, 분노, 자기 파괴적인 태도, 불통, 군걱정

기본 욕구에 미치는 영향

- **존중과 인정의 욕구** 성 불능인 캐릭터는 성관계가 어려운 문제를 약점이나 실패로 인식하면서 자신감과 자존감이 고갈될 수 있다.
- **애정과 소속의 욕구** 이해라는 깊은 유대감이 없거나 신체적 접촉이 오래 없는 경우, 연애 관계에 피해가 올 수 있고 좌절과 분노를 발생시킬 수 있다.
- **생리적 욕구** 성관계의 결과가 캐릭터에게 매우 중요한 상황인데(가령 혈통을 이어가거나, 사라져가는 중요한 마법의 능력을 이어가야 하는 경우 등) 성관계가 불가능한 경우, 생리적 욕구도 영향을 받게 된다.

대처에 도움이 되는 긍정적인 특성

다정함, 분석적인 성향, 감사하는 성향, 자신감, 협조적인 태도, 여유, 정직함, 친절함, 보살핌, 끈기와 인내, 창의성, 자유로움, 이타심

긍정적인 결과

- 캐릭터가 자신과 파트너를 충족시키는 대안을 찾거나 개선책을 찾아낸다.
- 배우자와 정직하게 개방적으로 대화를 나누고 그 결과 친밀성이 증가한다.
- 의료적 해결책을 찾아 신체의 건강과 무관한 문제를 찾아내 서서히 치료해 나간다.
- 캐릭터가 치료를 통해 과거에 해결되지 않은 상처를 인식하고 직면하여 기능을 회복한다.
- 커플이 신체적 친밀함이 부족한 것을 보완하고자 정서적 친밀감을 높이기 위해 노력한다.
- 성관계 문제에 대한 도움을 구하고 치료법을 찾아낸다.

소원해진 친척이 다시 나타나다

The Reappearance of An Estranged Relative

사례

- 소원했던 부모가 집에 연락도, 예고도 없이 나타난다.
- 수년 전에 연락을 끊었던 사촌이 도움을 청하러 다시 나타난다.
- 소원해진 부모가 손자를 만나러 병원에 나타난다.
- 수 년 동안 연락하려는 노력을 전혀 하지 않았던 형제자매가 돈을 달라고 청한다.
- 결혼식에 오지 못하게 했던 친척이 어찌 된 일인지 결혼식에 나타난다.
- 사랑하는 사람의 장례식이나 경야◆나 유언장 낭독 때 불화하고 있던 친척들이 나타난다.
- 통제 불능의 중독에 빠진 자식이 곤경에 빠지자 집으로 다시 돌아온다.
- 불치병에 걸린 친척이 말년에 캐릭터에게 용서를 구하러 나타난다.

사소한 문제

- 분노로 경솔해져 돌이킬 수 없는 말을 내뱉는다.
- 창피하다. 특히 상대가 술에 취해 있거나 남들 앞에서 부적절한 행동을 하는 경우 더욱 그러하다.
- 죽은 사람이라고 말해왔는데 이제 와 사실은 그렇지 않다고 다시 설명해야 하는 것과 같은 불편한 질문에 하나하나 해명을 해야 한다.
- 그 사람의 품행이 나빠 자신마저 타인들의 존경을 잃게 된다.
- 사랑하는 사람이 해로운 사람에게 노출된다.
- 친척이 캐릭터의 파트너와 자식에게 호의를 베풀면서 원하는 걸 얻어내려 한다.

◆ **경야經夜**
죽은 사람을 장사 지내기 전에 가까운 친척이나 친구들이 관 옆에서 밤을 새워 지키는 일.

초래할 수 있는 심각한 결과

- 갑자기 나타난 그 사람이 많이 변했다고 생각했는데 사실은 깜빡 속은 것이었고 그대로라는 것을 다시 알게 된다.
- 캐릭터의 아이가 다시 나타난 할아버지나 할머니와 친해졌는데 그들이 다시 떠나면서 결국 버려진다.
- 캐릭터가 어렵게 얻은 존경이 가스라이팅 때문에 무너진다.
- 캐릭터가 어렵게 떨쳐낸 나쁜 습관에 도로 빠져든다.
- 분노가 폭력으로 비화되어 경찰이 출동한다.
- 가족 간의 예기치 않은 만남 때문에 결혼식 피로연이나 졸업식 같은 중요한 행사가 엉망이 된다.
- 소원했던 상대가 나타난 뒤로, 돈이나 가치 있는 물건이 없어졌다는 것을 알게 된다.
- 소원했던 사람의 등장으로 다시 반목이 생겨나고 친척들이 둘로 갈라진다.
- 소원했던 가족 구성원이 캐릭터의 결혼 문제에 있어 마찰을 유발한다.
- 소원했던 상대의 등장으로 캐릭터의 과거를 사람들이 알게 된다.

생길 수 있는 감정

분노, 경악, 배신감, 쓰라림, 확신, 갈등, 혼란, 경멸, 방어적 태도, 환멸, 공포, 수치, 허둥지둥, 좌절, 죄의식, 미움, 희망, 상처, 갈망, 후회, 충격, 회의적 태도, 의심

생길 수 있는 내적 갈등

- 상황을 받아들이고 싶으면서도 또 싫다.
- 다른 사람을 대할 때 자신의 추한 면이 다른 면보다 크게 드러나지 않게 애를 쓰느라 힘들다.
- 상황을 개선하고 싶지만 불가능하다는 것을 안다.
- 사랑하는 이들에게 균열에 대한 진실을 말하고 싶지만 상처의 원인을 다시 건드리고 싶지 않다.
- 캐릭터가 소원해진 사람과 공통으로 갖고 있는 성질들을 불안하게 생각한다.
- 캐릭터가 자신의 기억을 의심한다(특히 가스라이팅이 원인일 경우).
- 소원해진 사람이 돌아온 바람에 무방비 상태로 노출된 느낌이 들

고 다른 사람이 그걸 목격하게 되서 창피하다.

- 희망을 느끼면서도 결국 다시 상처를 받을 게 분명하기 때문에 희망을 갖는 자신에게 화가 난다.

상황을 악화시킬 수 있는 부정적인 특성

중독 성향, 냉담함, 맞서는 성향, 망각, 위선, 애정에 굶주린 상태, 굴종하는 태도, 소심함, 폭력성, 의지박약

기본 욕구에 미치는 영향

- **자아실현 욕구** 다시 나타난 친척이 캐릭터가 떨쳐버리려 애썼던 과거를 들추는 상황인 경우, 캐릭터는 그 일을 계기로 자신감과 정체성을 잃고 다시 살아난 과거의 트라우마에 갇혀 오도 가도 못하게 된다.
- **존중과 인정의 욕구** 캐릭터가 잊으려 애썼던 학대자가 나타나는 경우(특히 돌보던 사람이나 부모가 학대자일 때), 낮은 자존감과 부족하다는 느낌이 되살아날 수 있다.
- **애정과 소속의 욕구** 관계가 소원해졌다는 것은 그 사람이 한때는 캐릭터의 신뢰를 받을 만큼 캐릭터와 가까웠다는 뜻이다. 캐릭터의 인생에서 중요했던 사람이 돌아오는 사건은 가졌던 것을 다시 모조리 잃어버리고마는 느낌을 갖게 함으로써 캐릭터에게 공허감을 경험하게 한다. 고려해야 할 또 다른 시나리오가 있다면, 다음과 같은 것들이 있다. 가령 돌아온 사람이 음흉한 심보로 캐릭터와 캐릭터가 사랑하는 사람이 대적하도록 만든다거나, 용서를 구하려 한다거나 아니면 더 부도덕한 이유를 숨기고 사랑하는 사람들의 삶에 다시 들어가려고 시도할 수 있다. 어떤 식이건 캐릭터와 캐릭터가 사랑하는 사람들 사이에 이런 사람이 끼게 되는 일은 캐릭터가 맺고 있던 기존 관계에 마찰을 일으킬 수 있다.
- **안전 욕구** 돌아온 친척이 곤란을 함께 몰고 오는 경우, 캐릭터와 캐릭터가 사랑하는 사람들은 거기에 연루되어 위험에 처할 수 있다. 혹은 돌아온 사람이 캐릭터를 물주로 삼을 경우 캐릭터의 재정 상태가 악화될 수 있다.

대처에 도움이 되는 긍정적인 특성

경계심, 차분함, 집중력, 관찰력, 선제적인 행동, 보호하려는 태도, 분별력, 슬기로움

긍정적인 결과

- 오랫동안 잃었던 친척을 용서하고 그와 화해할 수 있게 된다.
- 소원했던 사람과의 만남을 통해 관계를 매듭짓고 새 출발을 할 수 있게 된다.
- 소원했던 사람만이 줄 수 있는 병력病歷 등의 중요한 정보에 접근할 수 있게 된다.
- 소원했던 친척과 형식적으로 관계를 맺은 다음, 그의 행동과 동기에 대한 증거를 얻어 법원에 기소하려 한다.
- 가까운 이들 중 그(캐릭터와 소원했던 사람)의 편을 들었던 사람이 본색을 드러내며 진실을 알게 된다.

연애가 방해를 받다 A Romance Being Stymied

일러두기

연애 관계를 방해하는 장애물과 원인은 무궁무진하다. 이 항목에서는 통제할 수 있는 범위 밖에서 연애에 영향을 끼치는 방해요인만 다룬다.

사례

- 서로 종교가 다른 커플이 주변인들에 의해 방해를 받는다.
- 십 대의 연인들이 부모의 반대로 관계를 이어갈 수 없다.
- 부유한 가족이 가난한 연인과의 교제를 허락하지 않는다.
- 서로 반목하는 가정의 아이들이 연애를 이어가려 애쓴다.
- 귀족이나 왕가의 구성원이 캐릭터와 상대가 서로 계급이 맞지 않는다는 이유로 연애를 좌절시킨다.
- 캐릭터가 아끼는 주위 사람들에 의해 건강하지 못하거나 해로운 연애를 저지당한다.
- (인종, 성 정체성 등의) 뿌리 깊은 편견이 있는 부모가 연애를 금지한다.

사소한 문제

- 사람들의 눈을 피해 몰래 만나야 한다.
- 연애 상대의 가족, 문화 혹은 종교 때문에 가족과 갈등을 빚게 된다.
- 가족 구성원들과 갈등 관계에 놓인다.
- 거짓말을 해야 하거나 비밀을 지켜야 하는 상황에 처한다.
- 연애 사실을 가족에게 알릴 경우 어떤 가족을 믿을 수 있을지 모르는 상황이다.
- 커플은 서로 소통할 수 있도록 창의적인 방안을 생각해내야 한다(가령 암호로 편지를 보내거나 대포 폰을 사용하는 일 따위).
- 가족 간의 긴장이 연애 관계에까지 번져 마찰과 갈등을 유발한다.
- 캐릭터가 연애 상대의 가족으로부터 '허락을 받으려면 변화해야 한다'는 요구를 받는다.
- 가족의 바람을 존중하거나 의무에 충실해야 한다는 말을 아끼는 주변 사람들에게 들을 경우 캐릭터는 죄책감을 느낀다.

초래할 수 있는 심각한 결과

- 연애를 지속하기 위해 자기 삶에서 가족을 버리기로 선택한다.
- 국가원수가 전통에 따르지 않는 결혼을 하는 경우 국가의 안정을 해치거나 국가 간 폭력사태를 불러일으키거나 심지어 전쟁을 초래하기도 한다.
- 둘 사이의 연애가 인정받지 못한다는 이유로 커플 당사자의 아이들까지 가족이나 종교집단에서 거부당한다.
- 연애를 끝내기를 거부하는 바람에 가족의 재정 지원이 끊긴다거나 아예 가족에게서 퇴출당한다.
- 캐릭터가 연애 상대와 함께하기 위해 자신의 종교를 버린다.
- 요란한 갈등을 피하기 위해 상대와 함께 달아난다(소식이 전해지면서 새로운 가족 간의 갈등을 초래한다).
- 연애 관계가 좋지 않게 끝나 양 당사자 간에 깊은 정서적 상처를 남긴다.
- 연애 당사자 둘 중 하나 혹은 둘 다 함께 한 결과로 처벌을 받거나 감방에 갇힌다.
- 결혼이나 임신을 가족이나 당국에 숨겨야만 하는 상황에 처한다.
- 반목하는 두 가문 사이의 불화로 폭력사태나 심지어 사망까지 초래된다.
- 다른 사람을 사랑하는데 가문이 선택한 사람과 결혼할 수밖에 없는 상황이 된다.
- 필생의 동반자로 선택한 사람 때문에 문화나 종교로부터 퇴출당한다.
- 연애 상대가 가족의 압력에 굴복해 관계를 끝낸다.

생길 수 있는 감정

분노, 번뇌, 불안, 배신감, 쓰라림, 방어적인 태도, 결단, 대대적인 손상, 두려움, 위협감, 고독, 후회, 경멸감

생길 수 있는 내적 갈등

- 연애가 다른 사람들의 감시 대상이 되는 상황에서 몹시 괴로움을 느낀다.
- 그 정도 대가를 치를 만큼 지금의 연애가 가치가 있는지 의심을 하는 순간이 온다.

- 연애 상대의 가족을 향한 부정적인 감정이 상대를 대할 때도 영향을 끼치게 된다.
- 상대 가족에게 받아들여지기를 갈망하지만, 가족의 의혹으로 상황을 바꿀 수 있는 능력이 방해받는다(가령 인종이나 종교나 계급 따위).
- 일생의 사랑과 행복한 미래를 도모할 희망을 잃는다.
- '일을 더 쉽게 만들기 위해' 연애를 포기하라는 요청에 화가 나지만 또 한편으로는 사람들이 자신을 받아주었으면 하고 바란다.
- 가족의 편견과 선입견과 통제 문제가 드러나면서 캐릭터가 그간 가족에 대해 갖고 있었던 애정이 약화된다.

상황을 악화시킬 수 있는 부정적인 특성

상대에 대한 탐닉, 충동적 성향, 감정표현의 억제, 과장되거나 극단적인 행동, 소유욕, 반항심, 자기 파괴적인 태도, 불통, 원한

기본 욕구에 미치는 영향

- **자아실현의 욕구** 좌절된 연애의 핵심에는 억압이 있다. 캐릭터가 누구와 함께 시간을 보낼지 선택할 자유가 없는 경우, 충족감을 얻지 못할 수 있다.
- **존중과 인정의 욕구** 연애 상대를 택할 때 끊임없이 비판을 받는 캐릭터는 자신의 판단과 본능을 의심하기 시작할 수 있다.
- **애정과 소속의 욕구** 사랑하는 사람이나 가족으로부터 억지로 떨어져야 하는 경우, 캐릭터의 소속감이 영향을 받을 수 있다.
- **안전 욕구** 캐릭터가 가족의 소망을 저버리고 상대를 선택하는 경우 가족의 지원이 끊어지면 금전적 어려움이 닥칠 수 있다.
- **생리적 욕구** 상대를 잘못 선택하면 수감이나 사형으로 처벌하는 사회의 경우, 캐릭터는 연애를 계속하다 끔찍한 결과를 맞이할 수 있다.

대처에 도움이 되는 긍정적인 특성

애정, 용기, 신중함, 중심을 잡는 태도, 열정, 인내, 끈기, 설득하려는 태도, 보호하려는 태도

긍정적인 결과

- 커플은 결합에 대한 저항을 극복한 후 유대가 더욱 돈독해진다.
- 캐릭터가 연애 상대의 종교를 받아들인 후 엄청난 충족감을 경험할 수 있다.
- 캐릭터가 자신의 진정한 욕망을 추구함으로써 주변 친구들에게 좋은 영향을 끼친다.
- 연애가 깨진 후 캐릭터는 자신이 아끼는 사람들이 옳았고 연애 상대는 자신에게 어울리지 않았다는 것을 깨달을 수 있다.
- 연애를 반대하던 사람들이 자신들이 틀렸다는 것을 깨닫고 편견을 버리는 쪽을 선택할 수 있다.
- 파트너에게 버려진 뒤 자유를 되찾아 다른 무엇보다 사랑과 연애 상대에 대한 신의를 중시하는 사람을 찾을 수 있게 된다.

연애에 경쟁자가 등장하다

A Romantic Competitor Entering the Scene

사례

- 연애 상대의 옛 연인이 나타나 관계를 재개하고 싶어 한다.
- 새로운 누군가가 캐릭터의 연애 상대에 대한 욕망을 표현한다.
- '그냥 친구'였던 상대에게 연인이 생기면서 그를 연인으로 원하게 된다.
- 경쟁자가 캐릭터에게 상처를 주기 위해 연애 상대를 가로채려 한다.
- 연애 상대가 캐릭터와 독점 연애에 동의하지 않는다.

사소한 문제

- 경쟁자를 한 수 앞설 방안을 찾아야 한다.
- 경쟁자에게 져서 특별한 행사에 연인 없이 혼자 가야 한다.
- 신경이 분산되어 직장이나 학교에서 곤란한 문제가 생긴다.
- 연애 상대에게 주목을 받기 위해 두 배로 노력해야 한다.
- 친구들에게 놀림감이 되거나 연민의 대상이 된다.
- 근심과 불안에 시간을 빼앗긴다.
- 질투심으로 상대와 언쟁을 일으킨다.
- (자신의 감정을 연애 상대에게 알리지 않았을 경우) 더 노력하거나 발 벗고 나서는 게 불편하고 괴롭다.

초래할 수 있는 심각한 결과

- 질투가 심해져 결별로 이어진다.
- 연애 상대가 경쟁자와 있는 모습을 몰래 살피다 들킨다.
- 강박감에 시달리다 상대가 결국 경쟁자에게 향하는 결과를 낳는다.
- 연애 상대에게 선택을 강요해서 결국 상대를 잃는다.
- 상대의 애정을 사려고 애쓰다 오히려 관심을 잃는다.
- 다른 사람에게 관심 있는 척하다 오히려 역풍을 맞는다.
- 경쟁자와 언쟁을 벌이다 연애 상대가 캐릭터와 경쟁자 모두 거절한다.
- (공개구혼을 하다 거절당하는 등) 절박한 심정에 사로잡힌 나머지 본의 아니게 창피한 짓만 하게 된다.

- (외모, 체중 감량, 건강에 해로운 방식으로 몸을 키우거나 특정한 사회적 지위를 얻으려 무리를 하는 등) 연애 상대의 애정을 얻으려 경쟁에 돌입하다 무리한다.
- 포기한 다음 후회하며 산다.
- (짝사랑으로 인한 좌절감 등) 결별 후 감정의 상처만 새로 생긴다.

생길 수 있는 감정

예감, 불안, 패배감, 우울, 욕망, 절망, 절박함, 결심, 실망, 의심, 시기, 희망, 수치심, 상처, 부족하다는 느낌, 불안정감, 위협감, 질투, 외로움, 갈망, 사랑, 강박, 자기 연민

생길 수 있는 내적 갈등

- 불안정한 느낌 때문에 상대의 애정을 더욱 구걸하게 되고 그러다 자기혐오에 빠진다.
- 상대의 우유부단함 때문에 번민한다.
- '상대에게 충분한 상대가 못되는 것 같다'는 느낌뿐 아니라 그렇게 느끼게 만든 상황이 화가 난다.
- 경쟁 상대가 정말 좋은 사람이기 때문에 그를 향해 느끼는 분노가 수치스럽다.
- 연애 상대에 대한 신뢰 문제로 갈등한다.
- 경쟁자에 대한 부정적인 이야기를 주변에 하고 싶은데 심술궂거나 질투를 한다는 평가를 받고 싶지는 않다.
- 앞서기 위해 윤리적 선을 넘고 싶은 유혹이 든다.
- 경쟁 상황을 벗어나 자유롭고 싶지만 연애 상대를 놓아주기에는 애정이 너무 크다.
- 무엇이 중요한지를 놓고 혼란에 빠진다. 연애 상대를 얻고 싶은 것인지 경쟁 상대를 이기고 싶은 것인지 헷갈린다.

상황을 악화시킬 수 있는 부정적인 특성

심술궂은 행동이나 태도, 유치함, 대립을 일삼는 성향, 상대를 통제 성향, 부정직함, 어리석음, 충동, 불안, 과장된 태도, 상대의 애정을 구걸하는 태도, 꼬치꼬치 캐묻고 참견하는 행동, 강박, 편집증, 소유욕, 가식, 지나치게 밀어붙이는 경향,

무모함, 의심, 불평과 투덜거림

기본 욕구에 미치는 영향

- **존중과 인정의 욕구** 경쟁자에 대해 알게 되면서 캐릭터의 자존감에 문제가 생길 수 있다. 누군가와 비교를 하면서 자신감이 흔들리고 불안이 노출되고 감정 상태가 아수라장이 될 수 있다. 이로 인해 캐릭터는 변덕스러운 행동을 하게 되어, 평상시 같으면 하지 않을 법한 행동을 하게 되고 창피함과 수치심을 느끼며 후회하게 된다.
- **애정과 소속의 욕구** 경쟁자의 등장은 기존 관계의 기초를 흔들어놓을 수 있다. 이는 연애 상대의 반응에 달려 있다. 캐릭터의 연애 상대가 애인을 바꿀 수도 있다고 생각할 경우, 실제로 그런 일이 벌어질 수 있다. 자신의 감정을 상대에게 알리지 않아서 그를 잃게 되는 경우, 캐릭터는 스스로 건전하지 못하거나 거짓인 것들을 믿게 되어 미래의 연애를 시작하는 데 더욱 어려움을 겪게 될 수 있다.
- **안전 욕구** 강박적일수록 연애 상대의 마음을 얻으려 어디까지 해야 하는지 가늠하지 못해 저축한 돈을 다 날릴 수도 있다. 그렇게 되면 캐릭터는 과도한 지출로 재정적 압박에 시달릴 수 있다.

대처에 도움이 되는 긍정적인 특성

애정, 매력, 창의력, 가벼운 시시덕거림, 유머, 여유, 친절함, 신의, 열정, 인내, 민감함, 끈기, 설득하는 태도, 장난기, 관능, 감상성, 엉뚱함과 기발함

긍정적인 결과

- 새로운 경쟁자가 연애 상대에게 오히려 캐릭터의 가치를 높이 평가하게 만들고 귀하게 여기도록 만들 수 있다.
- 지금의 연애 관계가 진정 싸워서 지켜야 할 만한 가치가 있는 것인지 성찰하게 되는 계기가 된다.
- 캐릭터가 자신을 막고 있던 정신적 장애물을 돌파할 힘을 마침내 발견해 연애 상대에게 진심을 고백하게 될 수 있다.

- 캐릭터가 자신의 장점을 찾는 걸 어려워하고 있을 경우, 경쟁 상대와 자신을 비교하면서 상대의 부족함을 발견하게 되면 그로써 자신의 가치를 명확히 알게 될 수 있다.

연애하고 싶은 상대에게 거절당하다

Being Rejected by A Potential Love Interest

사례

- 낯선 상대나 지인에게 데이트 신청을 했다 거절당한다.
- 데이트 신청을 했다가 상대에게 '친구로 지내자'는 선긋기를 당한다.
- 데이트 신청을 할 계획을 세웠다가 상대가 관심이 없다는 것을 알게 된다(문자나 이메일 메시지를 중간에 보았거나 상대의 대화를 우연히 듣게 되는 일을 통해).
- (직장 동료, 절친한 친구의 옛 연인 등) 데이트하면 안 된다는 걸 빤히 알고 있는 상대에게 데이트를 신청했다가 결국 퇴짜를 맞는다.

사소한 문제

- 어색하게 반응하는 행동 때문에 창피한 상황이 악화된다.
- 상대를 (직장이나 학교나 교회나 동네 등에서) 계속 만나야 한다.
- 다른 누구에게도 데이트 신청을 하기가 꺼려진다.
- 데이트가 어떻게 되었는지에 관해 묻는 친구들에게 대답을 해줘야 한다.
- (거절이 공개적인 자리에서 혹은 온라인상에서 발생하면) 공개 망신을 당한다.
- 만남에 대한 거짓말을 했다가 (가령 만나지 않았다는 식으로 거짓말을 한다든지) 발각당한다.
- 상대에 대해 폄하하는 말을 다른 사람들에게 했는데 그 말이 상대의 귀에 들어간다.
- 거절의 상처를 치유하느라 친구와의 시간, 다른 연애 기회를 놓친다.
- 거절당하는 모습을 경쟁자나 적이 목격한다.

초래할 수 있는 심각한 결과

- 모든 미래가 산산조각난다(거절당한 상대를 너무 사랑하기 때문에).
- 자신을 좋아해주는 사람 혹은 그냥 아무나 옆에 있는 사람과 건강하지 못한 연애에 돌입한다.
- 상대에게 거절당한 것이 도화선이 되어 회복하던 중에 다시 중독

에 빠진다.

- 거절당한 후 기분 전환을 하기 위해 멍청한 짓을 저지른다(싸움을 벌이거나 하룻밤 상대를 구하는 등).
- (여러 번 거절당한 끝에) 연애는 영원히 하지 않겠다고 맹세하고 혼자가 된다.
- 상대의 거절을 진지하게 받아들이지 않고 상대를 계속 따라다니면서 스토킹을 하거나 위협한다.
- 거절한 상대의 질투심을 유발하기 위해 상대의 친구에게 추파를 던진다.
- (거절이 좋지 않게 끝났을 경우) 가십거리가 된다.
- 거절당한 후 데이트를 신청할 때 지나치게 신중을 기하다 기회를 놓친다.
- 거절당한 원인을 면밀히 검토하지 않으려고 함으로써 미래에는 피할 수 있는 문제점을 놓친다.

생길 수 있는 감정

우울, 투지, 실망, 무기력, 창피함, 허둥거림, 상처, 무능하다는 느낌, 불안정, 갈망, 슬픔, 자기 연민

생길 수 있는 내적 갈등

- 불안정한 느낌과 자기 의심으로 번민한다.
- 거절에 지나치게 의미를 부여해 스스로 우울해진다.
- (거절이 반복되는 경우) 거절의 두려움이 커진다.
- 데이트 신청을 거절당한 적이 없었다가 처음 거절을 당한 후 상처 난 자존심을 붙들고 씨름한다.
- 자신을 남들과 비교하고 남들보다 못하다고 생각하며 좌절한다.
- 자신에 관해 부정적으로 이야기를 하고 그 탓에 자존감이 더욱 낮아진다('넌 정말 바보야.', '넌 그 여자의 상대가 되려면 한참 멀었어.', '아무도 너 따위와는 함께 있고 싶어 하지 않아' 등).
- 친구로 남고 싶은지 아니면 포기하고 다른 연애 상대를 찾을지 결정하는 것이 힘들다.
- 상대의 사인을 제대로 읽을 수 있을 거라 생각했다가 거절을 당하자 자신의 본능에 의구심을 품게 된다.

• 짝사랑에 빠져 다른 연애를 할 수 없는 상태가 된다.

상황을 악화시킬 수 있는 부정적인 특성

집착, 통제 성향, 적대감, 불안감, 남성적인 면을 과시, 순교자인 양하는 태도, 소유욕, 자기 파괴적인 태도, 변덕

기본 욕구에 미치는 영향

- **존중과 인정의 욕구** 연애를 거절당하는 경우 캐릭터는 항상 '내가 뭘 한 거지?', '내게 어떤 문제가 있을까?'와 같이 자신에게 무슨 문제가 있는지 알아내려 자기 분석에 돌입한다. 여러 번의 거절(혹은 중요한 한 번의 거절)은 자존감을 쉽게 해치고 불안감을 초래한다.
- **애정과 소속의 욕구** 거절은 고통스럽다. 너무 많은 거절의 경험은 차라리 혼자 있는 편이 낫겠다는 생각을 하게 만들고, 결국 캐릭터는 불행하고 외롭다는 느낌에 사로잡힌다. 캐릭터가 거절이나 버림을 받아 감정적 상처를 겪을 경우 특히 그러하다.

대처에 도움이 되는 긍정적인 특성

과감함, 매력, 자신감, 여유, 유머, 성숙함, 낙관적인 태도, 끈기, 유희적인 태도, 얽매이지 않는 자유로움

긍정적인 결과

- 상대가 관심 없다는 것을 안 후 깨끗이 포기하고 다른 상대를 찾아본다.
- 자신의 구애 기술의 실수를 인정하고 다음번에는 방법을 개선한다.
- 상대가 자신에게 어울리지 않는다는 것을 알고 괜찮아진다.
- 자신에게 연애 상대가 없다는 것을 인정하고 거기서 오는 장점을 십분 이해한다.
- 거절의 패턴을 인식해 자신이 다른 사람에게 연애를 청할 때 (가령 자신과 잘 맞는지 여부를 따지는 것보다 외모에 더 집중하는 것과 같은) 잘못된 이유로

접근한다는 것을 깨닫는 데 도움을 얻는다.

- 처음 당한 거절이 생각한 것만큼 끔찍하지 않다는 것을 깨닫고 좀 더 쉽게 거절의 위험을 감수하면서 연애를 시도하게 된다.
- 다른 사람에게 불필요하게 상처를 주지 않기 위해 거절할 때 더 조심하기로 마음먹는다.

연인이 다른 사람을 사귀다

A Love Interest taking up with Someone Else

사례

- 애인이 이별을 원하고, 전에 사귀었던 애인과 다시 만나려 한다.
- 온라인 어플리케이션에서 만난 상대가 다른 사람을 만났다는 이유로 데이트를 취소한다.
- 캐릭터가 관심 있는 상대가 캐릭터를 이용해 캐릭터의 친구나 룸메이트, 형제자매와 가까워지려 한다.
- 데이트 상대와 파티나 다른 모임에 갔는데 상대가 다른 사람과 나가버린다.
- 다른 사람과 데이트를 시작한 직장 동료에게 좋아하는 마음을 키워가고 있다.
- 오랫동안 좋아했던 사람이 다른 연애를 시작했다.
- 장거리 연애를 했던 연인이 현재 사는 곳에서 새 사람을 만나기 위해 관계를 청산하려 한다.
- 서로 끌리는데 행동이 너무 늦어 상대가 다른 사람을 만나러 떠나간다.

사소한 문제

- 관심 있는 상대와 우연히 마주치는 어색한 순간들을 견뎌야 한다.
- 상대의 집에 남은 물건을 갖고 와야 한다.
- 예약이나 극장표나 여행 계획을 취소해야 한다.
- 사람들에게 무슨 일이 벌어졌는지 설명해야 하는 게 당혹스럽다.
- 소셜 미디어에 상태명을 '싱글'이라고 고친 뒤 주변 사람에게 불쌍한 취급을 받는다.
- 행사에 갈 때 혼자 가야 한다.
- 데이트 세계에서 새로 시작해야 한다.
- 커플 사이에 낀 '불청객'이 되어야 한다.
- 우연한 만남이나 언쟁을 최소화하기 위해 활동이나 만남을 신중하게 선택해야 한다.

초래할 수 있는 심각한 결과

- 자신을 떠난 연인이나 그의 열렬한 연애를 질투의 시선으로 바라봐야 한다.
- 연인을 빼앗아간 사람이 자신의 친구였다는 사실을 알게 된다.
- 예상치 못한 임신을 했다.
- 강박에 사로잡혀 상대와 그의 새 연인을 스토킹한다.
- 떠나간 연인이 성병을 옮겼음을 알게 된다.
- 관계를 청산하는 것이 불가능해 의미 있는 새로운 연애 기회를 날린다.
- 떠나간 연인과의 관계를 복원할 생각으로 자신에게 구애하는 모든 상대에게 불가능한 기준을 들이댄다.
- 데이트를 완전히 끊어버린다.

생길 수 있는 감정

분노, 고뇌, 짜증, 배신감, 쓰디쓴 비애감, 혼란, 절망, 대대적인 손상, 실망, 환멸, 무력함, 당혹감, 시기, 상처, 무능하다는 느낌, 불안, 질투, 외로움, 갈망, 강박, 분노, 체념, 방어적인 태도, 우울함, 절망, 대대적인 손상, 비애감, 상처, 불안정, 질투, 어이없다는 느낌, 인정받지 못한다는 느낌

생길 수 있는 내적 갈등

- 관계를 완전히 잃고 싶지 않아 친구로 남아있고 싶으면서도 버려졌다는 생각으로 분노가 사라지지 않는다.
- 연애의 실패를 자신의 잘못이라고 느껴 결함 때문에 자신이 연애 상대로서 부적절할까 봐 걱정한다.
- 떠나간 연인을 위해서라도 행복해지고 싶지만 실제로는 질투만 느끼고 상처를 받는 상태이다.
- 새 사람과 데이트를 하려고 노력하지만 전 연인을 향한 감정을 떨쳐버릴 수 없다.
- 떠나간 연인이 만나는 새로운 상대와 자신을 비교하고 자신이 그보다 못났다고 여긴다.
- 연애 실패의 징후를 놓친 것, 가령 충분히 성실하지 못했다거나 행동이 너무 굼떴다거나 하는 이유 등으로 자신을 자책한다.

상황을 악화시킬 수 있는 부정적인 특성

심술궂음, 유치함, 자만심, 통제 성향, 불안정, 죽는 소리를 하는 성향, 소유욕, 자기 파괴적인 태도, 원한, 변덕

기본 욕구에 미치는 영향

- **자아실현 욕구** 잃어버린 연인과 미래를 생각해온 캐릭터라면, 적응하는 데 어려운 시간을 보낼 것이고 미래가 불안하다고 느낄 수 있다.
- **존중과 인정의 욕구** 캐릭터가 예상하지 못한 방식으로 관계가 끝나면 자신이 어디서 잘못했는지, 왜 상대에게 충분히 좋은 상대가 아니었는지 질문을 거듭하다 결국 자존감을 해치게 된다.
- **애정과 소속의 욕구** 새로운 연애를 바로 시작할 가능성이 없는 채로 혼자가 된 뒤 캐릭터는 세상에 자기 혼자뿐이라는 고독감에 시달리며 사랑과 소속감을 원하게 된다. 결별이 추한 결말이었을 경우, 캐릭터는 연애를 두려워하게 되고 미래의 연애에서도 영향을 받는다.

대처에 도움이 되는 긍정적인 특성

적응 능력, 모험심, 야심, 분석적 태도, 집중하는 태도, 자신감, 여유, 독립심, 성숙함, 낙관적인 태도, 합리적인 태도, 지지하고 힘을 보태주려는 태도, 이타심

긍정적인 결과

- 새롭게 싱글이 된 삶을 즐기고 친구들과 동료들에게 고마워하는 법을 배우게 된다.
- 자신에게 더 어울리는 새로운 연애 상대가 시야에 들어오면 새 사람과 사귈 정서적인 여유가 생긴다.
- 해롭거나 막다른 관계에서 빠져나왔다는 것을 깨닫게 된다.
- 버려진다는 것이 얼마나 상처가 되는지 새삼스레 알게 되어 앞으로 친구들이나 연인과 헤어질 때 더 주의를 기울이기로 마음먹을 수 있다.
- 전 연인의 새 연인(전 연인이 만나지 않았다면, 자신 역시 만나지 못했을 상대)

과 우정을 쌓아갈 수 있다.

- 일이나 공부, 다른 연애 등 중요한 일에 집중할 수 있다.
- 연애 상대에게 무엇을 원할지, 원하지 말아야 할지 더 명확하게 파악할 수 있는 능력이 생긴다.

원치 않는 연애가 진행되다 An Unwanted Romantic Advance

사례

- 친구 이상의 관계를 원하는 친구가 있다.
- (상사, 대학 교수, 건물주, 건물의 보안 담당 등) 권력이 있거나 힘이 있는 자리에 있는 사람이 구애한다.
- (가장 친한 친구에게 중요한 사람, 언니의 전 파트너, 약혼자의 어머니 등) 넘지 말아야 할 선을 넘는 사람과 연애가 진전된다.
- (신념이나 정이 가지 않는 인성 혹은 본능적으로 꺼려지는 무언가 미묘한 문제로) 불편하게 만드는 지인이 있다.

사소한 문제

- 상대가 주위를 쫓아다녀서 어색하고 싫다.
- 당장 당혹스럽고 허둥거리게 된다.
- (상대를 만나지 않을 핑계를 마련하는 일, 다른 사람이 꼭 함께 있어야 하는 것, 관심으로 오해받을 말이나 행동은 절대로 하지 않는 것 등) 상황이 더 진전되지 않을 전략을 생각해내야 한다.
- (배우자, 절친한 친구, 형제자매 등) 중요한 사람에게 이 상황을 비밀로 유지해 과도한 오해나 여파를 피해야 한다.
- 구애하는 사람을 피하기 위해 노력해야 하는 데서 비롯되는 여러 불편과 애로사항이 있다.

초래할 수 있는 심각한 결과

- 다른 사람들이 상황을 알게 되어 중요한 관계가 망가진다(상대에게 그런 여지를 전혀 주지 않았는데도 말이다).
- 상대의 감정을 다치지 않게 하려고 애쓰다 의도치 않게 오히려 그릇된 희망만 주게 된다.
- 사귀고 싶은 사람에게 자신이 이미 연애 중이라고 오해를 받아 지레 포기를 당한다.
- 관계가 악화된다. 가령 친구가 구애를 하다 원하는 것이 점점 많아지고 캐릭터는 이에 동의하지 않아서 친구 관계를 잃게 된다.
- 구애를 하는 쪽이 거절을 거절로 받아들이지 않는다(오히려 집착이

심해져 캐릭터를 스토킹하고 조종하려 드는 행동을 한다).

- 구애하는 쪽이 캐릭터의 거절에 우울해하거나 자살을 시도하려 한다.
- 원치 않는 연애를 받아들이라고 다른 사람들에게 압력을 받는다.
- 구애하는 사람의 감정을 온전히 받아줄 수 없는데도 그냥 받아준다.
- 구애하는 사람에게서 도망치기 위해 직장이나 학교나 동네를 떠나야 한다.
- 거절당한 구애 당사자가 권력이나 지위를 이용해 캐릭터에게 형벌을 준다.

생길 수 있는 감정

불안, 갈등, 불신, 두려움, 당혹감, 감정이입, 허둥대는 행동, 좌절, 죄의식, 연민, 무력감, 꺼리는 마음, 망연자실, 우려와 근심

생길 수 있는 내적 갈등

- 상대와 다른 쪽으로 관계를 진전시키는 자체가 갈등이 된다. 특히 두 사람이 친한 친구일 때 갈등은 고조된다.
- 구애 상대를 거절해야 하는 데서 오는 죄책감으로 인한 갈등이 있다.
- 존중하는 태도로 대응하고 싶지만 이런 상황에 놓인 것이 화가 나고 당혹스럽다.
- 연애 관계를 원하지 않지만 구애 상대가 정서적으로 약한 상태라 그에게 더 큰 상처를 주기가 두렵다.
- 캐릭터가 자신이 했던 말이나 행동에 오해의 여지가 있었는지 살피기 위해 자신의 동작, 농담, 행동거지 따위를 세세히 분석하게 된다.
- 상대가 연애 상대로 받아들여지지 않지만 거절하면 무슨 일이 일어날지 두렵다.
- 구애 상대가 자신에게 뭔가 영향력을 행사할 수 있기 때문에 덫에 갇힌 느낌이 든다.

상황을 악화시킬 수 있는 부정적인 특성

부아를 돋게 하거나 불쾌감을 조성하는 태도, 무관심, 냉담함, 냉혹함, 무시, 가십, 과민, 요령 없는 행동, 쓸데없는 군걱정

기본 욕구에 미치는 영향

- **자아실현 욕구** (직장을 옮기거나 중요한 프로젝트를 거절하는 등) 캐릭터가 구애 상대를 피하기 위해 극단적인 조치를 취하는 경우, 기회의 제약을 받게 된다.
- **존중과 인정의 욕구** 여러 사람이 연애를 원하며 달려드는 경우, 캐릭터는 자신이 어떤 낌새를 풍겼기에 바라지도 않는 사람들이 자신에게 다가오는지 의구심을 갖게 될 수 있다. 또한 자신이 지나치게 까다로워서 누구에게도 만족하지 못하는 게 아닌가 불안해질 수 있다.
- **안전 욕구** 구애 상대가 권력이 있는 지위에 있을 경우, 캐릭터는 직장을 잃거나 집에서 쫓겨날 수 있어 안정적인 생활이 위태로워진다.
- **생리적 욕구** 상황이 더 깜깜해져 구애 상대가 집착에 빠지는 경우, 캐릭터의 생명이 위협을 받을 수도 있다.

대처에 도움이 되는 긍정적인 특성

예의, 설득의 기술, 온화함, 친절, 의리, 자애로움, 설득력, 선제적 대처, 전문성

긍정적인 결과

- 상대에게 애정의 대상이 된 데서 비롯되는 자신감 상승을 경험한다.
- 나쁜 소식을 정중하고도 기품 있게 전하는 법을 배울 수 있다.
- 원치 않는 상대에게 구애를 받는 상황은 어떤 면에서는 진정한 감정을 명확히 깨닫게 해준다. 가령 자신이 누군가 다른 사람을 사랑하고 있음을 깨닫거나, 인생에서 꼭 필요한 관계의 중요성을 인식하게 된다.
- 연애 관계에서 자신이 원하는 것 혹은 원치 않는 것을 성찰할 기회를 얻게 된다.
- 쉽게 오해를 살 수 있는 태도와 행동에 대해 자각이 더욱 커질 수 있다.
- 의미 없는 시시덕거림이 늘 재미있지 않다는 것, 그걸로 사람들이 상처를 받을 수도 있다는 것을 깨닫게 된다.

이혼 혹은 결별 A Divorce or Breakup

사소한 문제

- 다른 사람들과 같이 있는 상황에서 전 배우자나 애인을 만나면 어색하다.
- 외롭고 고독하다.
- 사람들이 모이는 행사나 의식에 혼자서 참석해야 한다.
- 상대와 달리 재결합을 원한다.
- 직장이나 학교에서 성적이나 실적이 떨어진다.
- 전 배우자나 애인과 부딪치지 않기 위해 습관이나 일상을 바꿔야 한다.
- 싱글이 되어, 연애 중이거나 부부관계에 있는 친구들과 멀어진다.
- 재산, 집 안에 물건이나 반려동물을 상대와 나눠야 한다.
- 사랑하는 사람들이 도움이 되지 않는 조언을 내놓는 상황에 대처해야 한다. '훨씬 더 좋은 사람을 찾게 될 거야.' 혹은 '그런 변변찮은 인간 때문에 얼마나 더 슬퍼할 건데?' 따위의 말을 들어야 한다.
- 전 배우자나 애인과 공유했던 취미나 관심사 때문에 슬퍼져서 하는 일 없이 빈둥거리게 된다.

초래할 수 있는 심각한 결과

- 이혼 합의가 어려워 시간만 질질 끈다.
- 극심한 양육권 분쟁에 휘말린다.
- 아이들이 심하게 고통을 겪는다.
- 한쪽을 선택한 친구들이나 가족 구성원을 만나지 못하게 된다.
- 혼전 계약이나 공동 채무로 인한 법정 소송 비용 때문에 재정 상황이 어려워진다.
- 새 집을 구하거나 다른 동네, 도시로 이사를 가야 한다.
- (스토킹, 상대를 조종하는 것, 헤어진 상대에 대한 정보를 얻으려 상대의 친구들을 괴롭히는 짓 등) 헤어진 상대를 되찾을 목적으로, 하면 안 될 짓까지 하게 된다.
- (캐릭터가 결별을 통보한 입장인 경우) 헤어진 상대가 쫓아다닌다.
- (우울증, 공황발작, 강박증 등) 결별 때문에 정신병이 찾아오거나 악

화된다.

- 헤어진 상대가 소문을 퍼뜨리거나, 캐릭터의 친구들을 일부러 가로채거나, 캐릭터에게 불리하도록 그들의 아이들에게 해로운 영향을 끼친다.
- 헤어진 상대가 직장 동료거나 사업 파트너라서 계속 함께 일해야 하는 상황이다.
- 헤어진 상대를 잊으려 해로운 연애 관계에 성급히 돌입한다.
- 결별 과정에서 했던 부정적인 역할을 인정하지 않아, 결국 미래의 관계에서도 동일한 실수를 반복하게 되고 만다.

생길 수 있는 감정

분노, 괴로움, 비통함, 갈등, 부정, 우울, 절망, 체념, 감정적 손상, 무기력, 슬픔, 죄의식, 향수, 상처, 불안, 질투, 외로움, 공포, 무력함, 후회, 억울함, 체념, 비탄, 고민, 자기 연민

생길 수 있는 내적 갈등

- 결별을 두고두고 곱씹는다.
- 결별이란 결정이 모든 이들에게 최선임을 알면서도 아이들에게 끼칠 영향 때문에 죄의식을 느낀다.
- 정도를 걷기로 택해 헤어진 배우자의 부정을 아이들에게 밝히지 않았지만, 상대가 결혼 파탄에 책임이 있다는 사실이 억울하고 분하다.
- 관계가 끝나 안심하면서도 더 나은 관계나 인연이 없을까 봐 걱정이 된다.
- 새로운 삶을 살고 싶으나 자기 성격에 대해 자신이 없고 좋은 상대를 찾을 수 있을지 확신이 없다.
- 다시 사랑하고 싶지만 신뢰가 부족하고 마음이 약해진 터라 쉽게 마음을 열지 못하겠다.
- 관계가 끝난 것에 안심하면서도 결혼이나 아이들을 낳아 기르는 것 같은 꿈이 깨지고 미뤄져서 슬프다.
- 연애를 해 봤자 또 안 좋은 결과를 겪을까 봐 더 이상 하고 싶지 않지만, 혼자서는 또 만족을 못하리라는 것도 알고 있다.
- 억울함과 슬픔으로 새로운 연애까지 악화될까 걱정이 된다.

상황을 악화시킬 수 있는 부정적인 특성

중독 성향, 통제 성향, 냉소적인 성격, 남을 너무 쉽게 믿는 성향, 불안한 성격, 남을 조종하려는 경향, 순교자인 양하는 태도, 자신감 결핍, 강박적 성향, 비관적 성향, 자기 파괴적인 태도

기본 욕구에 미치는 영향

- **자아실현 욕구** 특정 나이가 될 때까지 결혼이나 가정을 꾸리는 일 혹은 아이를 낳는 일에 정체성이 묶여 있는 캐릭터는 이혼이나 결별을 겪으면서 자신의 꿈이 좌절되리라고 생각할 수 있다.
- **존중과 인정의 욕구** 상대에게 차인 캐릭터는 자신에게 결함이 있어 다른 사람들이 자신을 연애를 할 만한 가치가 없는 상대로 볼까 걱정할 수 있다.
- **애정과 소속의 욕구** 지나치게 많은 결별(혹은 정말로 심각한 한 번의 결별)은 캐릭터로 하여금 앞으로 연애를 하지 않게 만들 수 있다. 시간이 가면서 이러한 자기방어 전략은 역효과를 빚어 캐릭터의 애정과 소속감에 대한 욕구가 위험에 빠질 수 있다.
- **안전 욕구** 상대에게 의존이 심하거나 강박적인 성향이 있거나 정신적으로 불안한 캐릭터는 이혼이나 결별 후 현실감을 잃고 타인에게 고통스러운 감정을 토로하면서 상대를 괴롭힐 수 있다.

대처에 도움이 되는 긍정적인 특성

감사하는 태도, 집중력, 창의성, 친근함, 유머, 행복감, 독립성, 객관성, 낙관적인 태도, 장난기, 제약 없는 자유로움

긍정적인 결과

- 캐릭터가 결별을 맞이한 것에 있어 자신의 몫을 인정하고, 변화하기 위해 노력함으로써 성장한다.
- 파트너 없는 시간을 최대한 활용하고, 스스로 편안하고 행복할 수 있는 방법을 배워나간다.

- 내면을 탐구할 기회를 포착하거나, 자신의 예민한 부분이나 결별을 유발한 계기들을 파악하기 위해 노력하며 이러한 노력을 방해하는 트라우마에 대처한다.
- 상대와의 거리는 그동안 마주하지 않으려 했던 상대에 대한 진실을 드러낸다.
- 자신에게 더 잘 맞는 상대를 자유롭게 찾게 된다.
- 의미 있는 활동과 취미를 쫓을 시간이 많아진다.
- 다른 독신자들과 평생 갈 수 있는 깊은 인연을 맺는다.

자식이 헤어진 배우자와 같이 살고 싶어 하다

A Child Wanting to Live with One's Ex

사례

- 이혼 후 같이 사는 십 대인 자식이 전 배우자와 살기를 택한다.
- 아이가 틈만 나면 캐릭터가 아닌, 전 배우자인 부모와 살면 얼마나 더 좋을지 이야기한다.
- 양육권 공판에서 아이가 전 배우자와 살기를 희망한다고 말한다.
- 자식들이 갈라져서 각각 다른 부모를 선택해 두 집으로 갈라져 살게 된다.

사소한 문제

- 자식이 전 배우자와 같이 보내는 날에는 '텅 빈 둥지'처럼 공허한 상황을 견뎌야 한다.
- 아이의 짐을 다 싸서 새 집으로 보내줘야 한다.
- 휴가나 중요한 행사 때 자식과 함께 보내지 못한다.
- 형제자매들이 떨어져서 자라거나, 서로 다른 집에 사는 바람에 불평등한 대접을 받고 살아야 한다.
- 두 가족이 섞이거나 가족이 늘어서 다양한 문제가 새로 생겨난다.
- 자식이 원하는 것을 얻기 위해 부모를 서로 농간질하고 부모는 거기에 이용당한다.
- 캐릭터가 크리스마스 콘서트나 졸업식 혹은 다른 중요한 행사 때 전 배우자, 둘 사이의 자식과 시간을 보내면서 겉도는 느낌을 받게 된다.
- 전 배우자의 스케줄을 고려하고 거기에 맞춰야 한다.
- 헤어진 배우자의 집에서 자식을 데려올 때마다 아이가 탐탁지 않아 하는 것을 상대해야 한다.
- 다른 사람들에게 양육 상황을 설명해야 하는 부담이 크다.

초래할 수 있는 심각한 결과

- 길고 지루한 양육권 분쟁에 휘말린다.
- 규칙이나 신념, 훈육에 대한 생각이 서로 다른 전 배우자와 함께 부모 노릇을 계속해야 한다.
- 전 배우자가 사는 환경이 아이의 건강에 좋지 않거나 위험할 수도 있다는 의구심이 든다.
- (자식의 바람과 달리) 캐릭터가 자기 혼자 양육권을 갖고 싶어 하는 바람에 자식의 분노와 억울함을 유발하는 상황이 생긴다.
- 죄책감 때문에 부모로서 형편없는 선택들을 하게 된다.
- 자신에 대한 전 배우자의 거짓말이나 부정적인 태도에 자식이 영향을 받는다.
- 아이에 대한 어색함과 거리감이 커진다.
- 필요할 때 자식에게 지침이나 지원, 조언을 해주지 못한다.

생길 수 있는 감정

분노, 불안, 근심과 걱정, 배신감, 씁쓸함, 우려, 방어적인 태도, 우울함, 절망, 대대적인 손상, 비애감, 상처, 불안정, 질투, 방치당한 느낌, 무력함, 내키지 않는 마음, 억울함, 체념, 자기 연민, 수치심, 인정받지 못한다는 느낌

생길 수 있는 내적 갈등

- 아이가 자기와 살기를 바라는 한편, 아이의 바람대로 전 배우자에게 아이를 보내야 한다는 생각도 든다.
- 일이 계획대로 되지 않을 때는 아이에게 실망감을 안겨야 한다.
- 잘못이 자신에게 있는데도 전 배우자에 대해 부정적인 이야기를 하고 싶은 마음이 크다.
- 전 배우자와 살고 있는 자식보다 자신이 데리고 사는 자식들과 더 가깝게 보내는 데에 죄책감을 느낀다.
- 다른 쪽 부모에 대해 자식에게 묻고 싶지만 참아야 한다.
- 아이가 없는 시간을 자유롭게 누리는 데서 오는 죄책감과 싸워야 한다.
- 재미있는 부모가 되려고 노력함으로써 자식의 애정을 더 얻고 싶은 경쟁심을 느낀다.
- 자신이 자식의 우선적인 선택지가 되지 못한 데서 오는 열패감에

시달린다.

상황을 악화시킬 수 있는 부정적인 특성

부아를 돋게 하는 성격, 심술궂음, 통제 성향, 방어적, 수세적 태도, 불안, 불합리한 태도, 질투, 상대를 조종하려는 태도, 자신감 결핍, 과민 반응, 독점욕, 강요하고 밀어붙이는 성향, 억울해하는 태도, 고집, 비협조적 태도, 원한이나 앙심

기본 욕구에 미치는 영향

- **자아실현 욕구** 자녀의 일에 깊게 관여하는 부모가 되고 싶은 캐릭터였다면, 이혼으로 인한 변화에 맞춰 만족과 행복을 찾기 위해 더 고군분투해야 할 수 있다.
- **존중과 인정의 욕구** 자식이 다른 부모를 선택한 경우라면, 캐릭터는 자신의 가치에 의심을 품고 부모로서 실패했다고 생각할 것이다. 자식이 다른 쪽 부모와 살기로 선택했다는 것 때문에 다른 사람들이 자신을 부정적으로 바라볼 수도 있다.
- **애정과 소속의 욕구** 자식을 세상의 전부라 생각하는 캐릭터는 부모 역할에 지나치게 몰입해서 다른 연애관계를 맺을 여유가 없을 수 있다. 어느 시점부터 외로움은 점점 커지지만, 그걸 인정하지 않으려 하거나 어떻게 상황을 개선해야 할지는 알지 못한다.

대처에 도움이 되는 긍정적인 특성

감사하는 태도, 자신감, 여유, 감정이입과 공감 능력, 관대함, 객관성, 낙관적인 태도, 지지하고 지원하려는 태도, 너그러움, 이타심, 지혜

긍정적인 결과

- 따로 보내는 시간 덕에 부모와 자식의 관계가 더 돈독해질 수 있다.
- 자식이 전 배우자와 얼마간 살게 된 후, 캐릭터에게 새삼스레 고마움을 느낄 수 있다.
- 혼자만의 시간을 내적 성찰의 계기로 삼아 더 좋은 부모의 역할을 통찰한다.

- 혼자만의 시간을 잘 활용해 여행을 가거나, 새로운 취미를 갖거나, 공부를 함으로써 생활의 균형을 찾게 된다.
- 새로운 생활 환경에서 아이가 잘 지내게 되고 그로써 이혼이 옳은 선택이었음을 깨닫는다.
- 주변에 똑같은 상황을 겪고 있는 다른 부모들에게 공감해주고 지원이나 지지를 해줄 수 있다.
- 자식이 다른 한부모와 인연을 맺고 삶을 공유하게 될 수 있다.

조종을 당하다 Being Manipulated

사례

- 가스라이팅을 당해 캐릭터가 자신이 아는 것이 진실인지 의심하게 된다.
- 위장경찰이 친구에게 잠입해 정보를 얻으려 한다.
- 마음을 둔 상대가 연애 감정을 위장해 캐릭터의 주변 친구에게 접근하려 한다.
- 납치당한 뒤 스톡홀름 증후군◆에 걸려 납치범에 대한 애정을 키운다.
- 부도덕한 행동에 연루되었다는 증거로 협박을 당한다.
- 종교집단이나 정부 기관이 선동을 통해 캐릭터를 세뇌하려 한다.
- 자식들이 부모의 죄책감을 이용해 부모가 자신이 원하는 대로 움직이게 만들려 한다.
- 조직폭력배 두목이 명령을 따르지 않을 경우, 사랑하는 사람들을 해치겠다고 위협한다.
- 사기꾼에게 속아 사기를 당하거나 피싱을 당한다.
- 경쟁자가 캐릭터의 약점을 빌미로 삼고 자기 의심을 하게 만든다.
- 부모가 자식의 죄책감이나 강요를 이용하여 자식의 행동을 조종한다.
- 캐릭터가 마음에 둔 상대에게 속아 상대가 보여주는 것만 상대가 원하는 방식으로 보게 된다.
- 돈을 노리는 구혼자가 신원을 속이고 캐릭터에게 접근한다.
- 조종하는 사람이 절반의 진실만 말하거나 에둘러 말하는 방법을 써서 캐릭터가 잘못된 결론에 이르도록 유도한다.

◆ **스톡홀름 증후군**stockholm syndrome
두려움으로 인해 인질이 인질범에게 동조하며 애착이나 온정 등의 긍정적인 감정을 느끼는 비합리적인 현상.

사소한 문제

- 보통 때 같으면 하지 않을 짓을 강요당해 하지 않을 수 없는 상황이 된다(가령 거짓말을 하거나 동료의 일을 대신 처리하는 것 등).
- 조종하려는 사람에게 맞섬으로써 어색함과 불안이 싹튼다.
- 조종당하는 피해자가 조종하는 학대 당사자에게 연애 감정을 키워 연애 관계를 맺는다.
- 협박을 당해 거짓말을 하게 되서, 주변 사람들이 캐릭터가 조종당하고 있다는 사실을 알아내지 못한다.
- 자신이 속았다는 것을 알고 당혹감을 느낀다.
- 자신이 조종당한다는 사실을 받아들이지 못해 사랑하는 사람들과 조종하는 자를 놓고 대치하면서 마찰이나 갈등이 초래된다.
- 조종하는 사람과 관계를 단절하는 데서 오는 불편함이 크다(새로운 회계사를 찾아야 한다거나, 카풀을 하는 사람을 잃는 바람에 아이들을 매일 학교까지 태워다 주어야 하는 불편 등).

초래할 수 있는 심각한 결과

- 조종 당사자에게 민감한 정보를 부지불식간에 제공해 정보가 자신과 주변인들에게 불리하게 이용된다.
- 생계수단이나 자유를 잃게 된다.
- 조종 당사자와의 대치국면이 폭력 사태가 된다.
- 캐릭터가 조종 당사자를 만족시키기 위해 근본적으로 변한다.
- 캐릭터가 조종당하지만 않았더라면 절대로 하지 않았을 부도덕하거나 불미스러운 행동을 저지른다.
- 협박을 가하는 자나 범죄 조직의 두목의 말을 듣지 않을 경우, 캐릭터가 사랑하는 사람들이 피해를 입는다.
- 납치 피해자가 납치범이 추가 범죄를 저지르거나 더 많은 피해자를 만들도록 돕는다.
- 조종으로부터 정신적 혹은 정서적 트라우마를 겪는다.
- 캐릭터가 자신의 삶에서 중요하고 건전한 사람들과 관계를 끊는 바람에 그 어떤 지지나 지원 체계도 갖지 못한 상태가 된다.
- 캐릭터가 과잉 보상을 하고 통제를 일삼는 쪽으로 바뀐다.

생길 수 있는 감정	불안, 경악, 근심, 배신감, 혼란, 부정하는 상태, 황폐함, 공포, 부족하다는 느낌, 위협감, 공황, 무력함, 수치, 의심

생길 수 있는 내적 갈등	• 조종당한다는 것을 인식하면서도 갈등을 피하려는 욕망 때문에 조종에 대적하지 못한다. • 억지로 저질러야 하는 행동에 대해 죄책감으로 괴롭다. • 자신에 대한 의심으로 고통스럽다. 다시 조종당할까 봐 걱정이 된다. • 옳고 그른 것을 구별하면서 올바른 선택을 하느라 여전히 씨름해야 한다. • 자신의 행동에 대한 책임을 지기가 꺼려진다. 조종하는 자를 탓한다. • 조종을 행하는 조직이나 집단을 향해 뿌리 깊은 분노를 키운다.

상황을 악화시킬 수 있는 부정적인 특성

무관심, 속아 넘어가기 쉬운 상태, 우유부단, 불안정, 남성적인 면을 과시하는 태도, 자신감 없고 애정을 갈구하는 태도, 편집증, 분노, 소심함, 의지박약

기본 욕구에 미치는 영향

- **자아실현 욕구** 조종당하는 캐릭터는 자신의 욕구와 욕망을 충족시키지 못한다. 때문에 자신의 열정을 추구하지 못하며 온전한 삶을 살아갈 수 있는 능력에 제약을 받는다.
- **존중과 인정의 욕구** 조종의 정도에 따라 캐릭터는 자신이 스스로 조종을 당하게 만들었다는 생각 때문에 깊은 수치심이나 자기혐오를 느낄 수 있다.
- **애정과 소속의 욕구** 캐릭터를 조종하는 사람이 캐릭터가 사랑하는 사람이라면, 캐릭터는 무력한 자신이 불편해지고 앞으로 다른 사람들에게도 개방적인 태도를 취할 수 없게 된다.
- **안전 욕구** 상대에게 종속된 관계를 맺고 있는 캐릭터는 자신이 조종당하고 있다는 것을 알고 난 이후에도 건강하지 못한 관계를 유지하기 쉽다. 결국 캐릭

터는 그 때문에 정신적, 신체적 트라우마를 겪게 된다.

대처에 도움이 되는 긍정적인 특성

적응 능력, 야망, 대담함, 자신감, 공정함, 예민함, 분별력, 투지, 속박을 허용하지 않는 자유로움

긍정적인 결과

- 조종 당사자에게 맞서 관계를 끝낸다.
- 향후에는 더 쉽게 조종당하는 상황을 눈치챌 수 있다.
- 조종의 징후를 잘 알고 있기 때문에 친구들이 조종을 당할 때 도와줄 수 있다.
- 스스로를 지키는 것이 중요하고 건강하다는 것을 깨닫는다.
- 조종 전략을 인식하고 가족 구성원과 고용주와 친구들 사이의 명확한 경계를 설정한다.

친구나 사랑하는 사람을 배신해야 하다

Having to Betray A Friend or Loved One

배신은 신의를 저버릴 때 발생한다. 대개는 이기적인 이유 때문에 배신이 벌어진다. 혹은 욕망을 충족시키기 위해서, 출세를 위해, 개인의 욕구를 우선시하기 위한 이유도 있다. 한편 캐릭터가 타당한 이유로 신의를 제쳐두기로 선택하는 경우도 있다. 가령 친구가 자신에게 위험할 때, 사랑하는 사람이 도움이 필요하지만 도움을 얻지 못할 때 혹은 다른 사람들이 치러야 할 대가가 지나치게 크리라 예상될 때 어쩔 수 없이 배신을 하기도 한다.

사례

- 범죄를 저지른 연인을 고발한다.
- 가족의 약물 남용 문제에 개입해 맞선다.
- 친구의 배우자에게 친구가 불륜을 저지르고 있다고 말해준다.
- 사랑하는 가족의 평판에 해가 될 비밀을 폭로하라는 협박을 받는다.
- 가족에 대한 위협을 피하려 친구에게 해를 끼칠 정보를 폭로한다.
- 친구의 자살 생각이나 자살 계획을 상담자나 교사, 가족에게 알린다.
- 사랑하는 사람이 갖고 있는 정신 건강 문제에 개입해, 그가 정신 감정을 받게 만든다.
- 친구의 아동학대를 의심해 당국에 신고한다.
- 부모에게 형제자매의 위험한 행동을 알린다.
- 거짓말을 하거나, 거짓 알리바이를 제공하거나 법을 어겨서 가족이 감옥에 가지 못하도록 협조하는 것을 거부한다.

사소한 문제

- 배신한 친구와 사이가 어색해진다.
- 잘못의 증거를 제공하느라 귀중한 시간을 낭비한다.
- 부부의 결혼 분쟁이나 양육권 공판에 끌려 다녀야 한다.
- 배신이 분열을 초래할 때 친구나 가족이 특정 편을 선택해야 한다.
- 진술을 하거나 서류 제출 때문에 개인적인 시간을 따로 내야 한다.
- 배신당한 사람이 상황에 대해 거짓말을 할 때 다른 사람들에게 해

명해 자신을 방어해야 한다.

- 지지해주는 사람들에게 거부당한다.
- 뒷말을 좋아하는 친구들이나 가족이 자꾸 정보를 달라고 해 시달림을 당한다.

초래할 수 있는 심각한 결과

- 배신 때문에 중요한 관계를 잃는다.
- 친구나 사랑하는 사람이 똑같은 방식으로 배신함으로써 복수를 한다. 캐릭터의 비밀을 폭로하거나, 캐릭터의 적을 돕거나, 캐릭터 주변에 불화의 씨를 뿌리고 사람들과 등 돌리게 만드는 등의 짓을 한다.
- 캐릭터가 비판한 사람이 캐릭터의 주장을 반박하고, 관련한 증거 또한 없을 경우 도리어 캐릭터의 평판이 망가진다.
- 캐릭터에게 비판을 받은 친구나 사랑하는 사람이 자살을 한다.
- 경찰의 압력으로 사랑하는 사람의 휴대폰이나 컴퓨터 혹은 금고에 접근해 그가 잘못한 것에 대한 증거를 찾음으로써 그의 사생활을 위반해야 하는 상황에 놓인다.
- 상담이나 입원을 통해 사랑하는 사람을 지원하다가 경제적 압박을 받는다.
- 친구가 스스로 한 행동 때문에 직장을 잃거나 결혼이 파탄 나는데 주변인들이 그 탓을 캐릭터에게 돌린다.

생길 수 있는 감정

번민, 불안, 갈등, 파국, 실망, 두려움, 공포, 죄의식, 연민, 꺼리는 마음, 단념, 경멸, 자신 없음, 취약성, 걱정

생길 수 있는 내적 갈등

- 사랑하는 사람에 대한 신의와 옳은 일 사이에서 갈등한다.
- 일상생활을 누리는 데 있어서 죄의식이 깊어진다.
- 자신의 비밀을 숨겨야 하는 데서 스스로 위선을 떨고 있다는 느낌이 들어 괴롭다.
- 진실을 알면서도 상대의 거짓말을 믿고 싶은 유혹이 든다.
- 자신의 행동을 뒤늦게 다시 곱씹으면서 자신이 올바른 결정을 했는지 의구심을 품게 된다.

- 잘못한 상대가 자신의 행동에 대해 거짓말을 하거나 눈을 감아달라는 요청을 하는데 거기에 응하고 싶은 유혹이 든다.

상황을 악화시킬 수 있는 부정적인 특성

맞서려는 태도, 통제 성향, 가십을 일삼는 성향, 위선, 충동적 성향, 남을 함부로 재단하는 태도, 순교자인 양하는 태도, 감정 과잉, 부도덕함, 의지박약, 군걱정이 많은 성향

기본 욕구에 미치는 영향

- **자아실현 욕구** 캐릭터가 사랑하는 사람을 배신한 데 대해 죄책감에 시달리거나 배신의 결과를 감당하느라 상당한 시간을 소모해야 하는 경우, 단순히 생존에만 몰두해서 살아가야 하기 때문에 자신에게 기쁨과 성취감을 주는 일을 추구할 수 없게 된다.
- **존중과 인정의 욕구** 그 어떤 것보다 가족이 가장 중요하다고 믿는 사람들은 있기 마련이다. 이런 사람들이 하는 배신에 대한 판단과 경멸은 옳은 일을 했다고 믿는 캐릭터의 신념을 흔들어놓을 수 있다.
- **애정과 소속의 욕구** 배신이 옳은 일이었다 해도 사랑하는 사람이나 친구를 잃는 것은 힘들다.
- **안전 욕구** 잘못을 저지른 사람의 행동이 다른 범죄자들과 관련이 있거나 어떻게든 일을 덮으려는 사람들이 개입되어 있을 경우, 캐릭터의 안전이 위험해질 수 있다.

대처에 도움이 되는 긍정적인 특성

분석 능력, 자신감, 용기, 결단력, 외교술, 신중함, 정직함, 고결함, 공정함, 객관성, 책임감, 사회의식, 전통을 존중하는 태도

긍정적인 결과

- 배신당한 친구가 (시간이 흐른 후) 캐릭터의 개입에 고마워한다.

- 잘못을 지적당한 사람이 캐릭터의 행동 덕에 인생을 바꾼다.
- 캐릭터가 자해를 하는 친구의 생각을 알림으로써 (비록 친구는 쓸데없는 간섭이라 생각하고 인정하지 않는다 하더라도) 친구의 생명을 구했다는 데서 위안을 받을 수 있다.
- 자식들이 사건이 펼쳐지는 것을 보고 어려워도 옳은 일을 하는 것이 얼마나 중요한지 알게 된다.
- 친구에 의해 영향을 받았던 사람들이 해로운 행동을 멈추게 되어 이제 더 행복하고 안전하게 살 수 있게 된다.

평정심을 잃고 화를 내다

Losing One's Temper

사례

- 상사, 아이의 코치, 시끄러운 이웃 등이 부당한 짓을 했다고 생각했을 때 마구 화를 내며 비난한다.
- (직장이나 가족 식사 모임 등에서) 상대의 불합리한 기대, 존중의 결여, 무례함 때문에 폭발해 한바탕 소란을 피운다.
- 분노에 사로잡혀 상대를 밀거나 치거나 때린다.
- 절망과 분노에 사로잡혀 하지 말아야 할 말을 한다. 비밀을 폭로하거나 누군가의 중독 상태를 공개해버리거나 상대를 모욕하는 짓을 한다.
- 분노에 사로잡혀 (면접이나 게임 등의 중간에) 자리를 박차고 나간다.
- (아이나, 민감한 상태의 사람 등을) 울릴 정도의 말을 내뱉는다.
- 고래고래 고함을 지른다.
- 뭔가에 손상을 가하거나 부수거나 고장을 낸다.
- 노발대발한다.
- (뭔가를 끝내기 위해서 혹은 상대가 자신의 입장에 처하게끔 만들기 위해서 등) 다른 사람들을 협박하거나 괴롭히거나 왕따를 시킨다.
- 상대에게 완전히 불합리한 최후통첩을 날린다.
- 아이가 무언가 위반했을 때 이해하는 태도를 보이거나 인내하는 대신 다짜고짜 화를 낸다.

사소한 문제

- 기존 시설이나 단체에서 쫓겨난다.
- 학교나 직장에서 꾸중을 듣는다.
- 타인들의 존경을 잃게 된다.
- (장식품을 깨거나, 벽에 구멍을 뚫어놓거나, 자동차 문을 찬다거나 하는 등의) 사소하게 물건을 고장 내서 수리가 필요해진다.
- 캐릭터가 화를 내는 바람에 관계에 균열이 생겨 해결해야 하는 상황이 된다.
- 캐릭터가 화를 내는 모습이 녹화되어 공개된다.

초래할 수 있는 심각한 결과

- 친구를 잃거나 개선이 불가능할 정도로 관계가 망가진다.
- 공격, 기물 파손, 중상, 비방, 침입 등의 문제를 일으켜 체포된 후 기소당한다.
- 해고를 당한다.
- 상황이 물리적 싸움으로 번진다.
- 누군가가 심각한 부상을 입는다.
- 상대의 신뢰나 존중을 잃게 된다.
- 모욕으로 응수해 표적이 된 사람의 자존감이나 자신감에 손상을 입힌다.
- (골동품, 상대에게 정서적 의미가 큰 물건 등) 중요한 물건을 파손한다.
- 자동차 사고에 휘말린다.
- (자식, 조카, 제자나 후배 등) 사랑하는 사람이 족적을 밟아 학대 행동을 반복한다.
- 화가 나면 화를 마구 발산하는 기형적인 행동 패턴을 반복하는 악순환에 빠진다.
- 화를 내는 경향을 무례하고 교정이 필요한 행동이 아니라 정상이라고 보게 된다.
- 화를 내는 행동이 캐릭터가 지닌 직업, 인종, 성별, 출생지 등에 대한 해로운 고정관념을 강화시킨다.

생길 수 있는 감정

분노, 자기방어, 반항, 환멸, 당혹감, 좌절, 죄의식, 공포, 수치, 화, 후회, 남의 불행을 기뻐하는 마음, 자기혐오, 수치심

생길 수 있는 내적 갈등

- 화를 분출한 후 죄의식이 심해진다.
- 화를 분출하는 것이 옳지 않다는 것을 알지만 그 행동이 초래하는 권능감을 즐긴다.
- 다르게 대응하고 싶지만 당장 그 순간이 되면 어쩔 수 없이 화를 내게 된다.
- 수치와 자기혐오 때문에 미칠 지경이다.
- 타인들을 실망시켰다는 감정에 휩싸인다.

상황을 악화시킬 수 있는 부정적인 특성

남의 부아를 돋우는 성향, 통제 성향, 잔인함, 자기방어적 성향, 무례함, 적대감, 짜증, 끈기 부족, 충동, 남성적인 면을 과시, 완벽주의, 완고함, 폭력성, 변덕

기본 욕구에 미치는 영향

- **자아실현 욕구** 돌출 행동이 잦은 캐릭터는 책임자 자리나 남들을 이끄는 자리에 임명을 받지 못한다. 캐릭터의 부족한 자기 통제력은 한계를 만들고 야심이나 열망을 좌절시킨다.
- **존중과 인정의 욕구** 캐릭터가 부정적인 감정을 제어하지 못해 돌출 행동을 보이면 평판에 손상을 입게 된다.
- **애정과 소속의 욕구** 대개 화를 분출하는 표적은 캐릭터가 사랑하는 사람이 된다. 가까운 사람들에게 화를 푸는 게 안전하다고 느끼기 때문이다. 이런 식으로 통제력을 잃는 일이 잦아지면서 상대방에게 생기는 피해는 용서받거나 변명을 하기 어려워지고, 대체로 지워지지 않는다.
- **안전 욕구** 분노는 신체적, 정신적으로 위험한 상황으로 쉽게 비화될 수 있다.
- **생리적 욕구** 제어되지 않은 분노는 극단적이고 의도하지 않은 상황, 심지어 사망까지 얼마든지 초래할 수 있다.

대처에 도움이 되는 긍정적인 특성

차분함, 집중력, 감정이입, 온화함, 정직함, 친절함, 의리와 충직함, 자애로움, 객관성, 사색적인 성향, 인내, 보호하려는 태도, 영성, 너그러움

긍정적인 결과

- 해로운 결과를 확인하고 자신을 더욱 통제하겠다고 맹세한다.
- 위험한 행동의 패턴을 인식하고 변화를 결심한다.
- 통제력을 되찾아 사태를 대화를 통해 만족스럽게 마무리한다.
- 언제나 침착한 사람과 갈등에 빠졌을 때 그를 통해, 분노를 차분하게 관리하는 것이 타인들의 존중을 얻을 수 있다는 걸 알게 된다.

헤어진 배우자나 연인이 인생에 끼어들다

An Ex Interfering in One's Life

사례

- 전 배우자 혹은 연인이 새 연애 상대와 갈등한다.
- 과거의 연인에게 스토킹을 당한다(특정 커피숍이나 일터 등 자주 가는 곳에 출몰한다).
- 전 배우자나 연인이 같이 아는 친구들에게 결별에 관해 왜곡하고 누구 편을 들지 선택하라는 식으로 조종한다.
- 전 배우자나 연인에게 내밀하고 사적인 생활 문제로 협박을 받는다.
- 전 배우자나 연인이 이혼 수당이나 재산 분배 혹은 양육권 문제로 불합리한 요구를 한다.
- 전에 사귀었던 사람이 직장 동료들이나 친구들에게 잘못된 루머를 퍼뜨린다.
- 전의 파트너가 캐릭터가 다니고 있는 직장의 소유자나 고객이 된다.
- 전 배우자가 캐릭터에게 중요한 것들(아이들, 직장 등)을 갖고 앙갚음을 하거나 통제하려는 방편으로 뒤쫓는다.

사소한 문제

- 전 배우자나 애인 때문에 현재 애인과 마찰이 생긴다.
- 전 파트너와의 만남을 피하기 위해 일상을 바꿀 수밖에 없다.
- (돈이나 재산 문제가 얽힌 경우) 결정을 내리기 전에 전 배우자나 연인에게 의논해야 한다.
- 전 배우자나 연인과 잦은 다툼이 생긴다.
- 과거 파트너의 변덕 때문에 새로운 연애를 시도하기가 망설여진다.
- 전 배우자나 연인에게 마음을 쓰는 가족, 친구 혹은 직장 동료들과 신뢰 문제가 생긴다.
- 결별 후, 전 배우자나 연인을 택한 친구를 잃게 된다.
- 전 배우자나 연인의 요구, 질투, 불합리한 행동에 대처하느라 일이나 우정 문제에서 곤란을 겪는다.
- 전 배우자나 연인과 소통을 피하다 다른 중요한 소통까지 놓치게 된다.

- 늘 조마조마하고 예민해진다. 또 무슨 일이 닥칠지 늘 불안하기 때문이다.

초래할 수 있는 심각한 결과

- (전 파트너의 재산에 손실을 입히거나 그의 자동차 타이어를 찢거나 물건을 훔치는 등) 캐릭터가 분노를 참지 못하고 화를 풀다 체포되어 기소당한다.
- 캐릭터의 가장 내밀한 비밀이 만천하에 공개된다.
- 전 파트너가 캐릭터의 고용주에게 영향을 끼쳐 캐릭터가 해고당하게 만든다.
- 전 파트너와의 다툼이 폭행으로 이어진다.
- 전 파트너의 간섭이 지나치게 심해 새로운 관계가 끝난다.
- 감정적 상처 때문에 캐릭터가 새로운 연애를 고의로 망치거나 완전히 피하게 된다.
- (온라인상에 누드 사진을 공개하거나, 술 취한 영상을 공개하거나, 개인 정보나 금융 정보를 게시하는 짓 등) 과거의 배우자가 캐릭터에 대한 은밀한 정보를 이용하여 보복한다.

생길 수 있는 감정

분노, 불안, 근심, 저항감, 자포자기, 두려움, 무력화, 당혹감, 공포, 좌절감, 위협감, 고통스러움, 불편함, 걱정

생길 수 있는 내적 갈등

- (결별을 잘 처리하지 못했거나 관계가 끝난 이유를 제공했다는 등의 이유 때문에) 캐릭터가 좋지 않은 결별에 책임감을 느끼게 된다. 그래서 일정 부분 자신이 그런 잘못된 대접을 받을 만하다는 생각이 든다.
- 사랑은 늘 끝이 안 좋다는 생각을 하게 되어 미래의 관계에서도 영향을 받는다.
- 분노 때문에 진정으로 중요한 것을 놓친다.
- 순탄한 길을 가려 고군분투하며 전 파트너처럼 바닥으로 가라앉고 싶다는 욕망에 필사적으로 저항한다.
- 애초에 전 파트너를 선택한 일을 후회하면서 자신이 처한 곤경을 감당해야 한다고 느낀다.

- 저항하는 것보다 그저 굴복해버리고 전 파트너가 원하는 대로 해주는 게 더 쉽겠다는 유혹에 휩싸인다.
- 전 파트너와의 관계를 경고했던 가족이나 친구들에게 심판을 받는다는 느낌을 받는다.

상황을 악화시킬 수 있는 부정적인 특성

대치 성향, 통제 성향, 상대를 너무 쉽게 믿는 성향, 억제, 불안정, 죽는 소리를 해대는 것, 상대의 애정을 구걸하는 것, 과민함, 강박, 무모함, 굴종적인 태도, 폭력성

기본 욕구에 미치는 영향

- **자아실현 욕구** 전 파트너의 간섭과 싸우느라 캐릭터의 에너지가 죄다 소진되면 인생에서 중요한 것들을 추구하는 데 필요한 여분의 에너지가 남아 있지 않게 된다.
- **존중과 인정의 욕구** 전 파트너가 퍼뜨린 소문과 거짓말 때문에 캐릭터는 창피를 당하고 평판에 오점이 생겨 사람들이 캐릭터를 보는 시선이 달라진다.
- **애정과 소속의 욕구** 전 파트너의 행동에서 비롯된 감정의 상처 때문에 캐릭터가 사랑이 가능하다는 것을 의심하게 되고, 다른 연애의 기회를 거부하게 된다.
- **안전 욕구** 원한에 찬 전 파트너가 캐릭터를 (온라인이나 실생활에서) 스토킹할 경우, 캐릭터의 안전과 안정이 위험해질 수 있다.

대처에 도움이 되는 긍정적인 특성

과감함, 차분함, 자신감, 교섭력, 수양과 절제력, 독립심, 공정함, 인내, 설득력, 사전 대책 강구, 상황 선도, 보호하려는 태도, 창의성, 지혜

긍정적인 결과

- 캐릭터가 헤어진 파트너를 만나기 전에 인생에서 원했던 목표를 떠올리고 추구하게 된다.

- 실패한 관계에서 교훈을 얻어 다음번 관계를 더욱 탄탄하게 맺을 수 있다.
- 전 파트너의 과장된 행동에 진절머리가 나 자신의 삶에서 영원히 그를 제거하기 위한 조치를 취한다.
- 전 파트너를 자신의 세계에서 몰아내고 마침내 새 사람과 새로 시작할 준비를 하게 된다.
- 스스로 행복할 수 있는 법을 배운다.

헤어진 연인이 새 사람을 만난다는 사실을 알게 되다

Seeing an Ex with Someone New

헤어진 연인이 다른 사람을 만나고 있다는 것을 알게 되는 일은 고통스러운 경험일 수 있다. 특히 캐릭터가 여전히 그 연인에게 마음을 두고 있을 때 그러하다. 이러한 상황이 캐릭터에게 발생시키는 갈등은 많은 요인에 따라 달라진다. 그중 여파가 가장 큰 것은 캐릭터가 전 연인이 누구와 함께 하는지 그들을 어디서 보았는지다.

사례

- 캐릭터가 전 애인과 그의 새 연인을 자신이 가장 좋아하는 식당에서 맞닥뜨린다.
- 전 애인의 새 연인이 친구나 가족이라는 것을 알게 된다.
- 치료사, 목사 등의 신뢰할 만한 멘토와 그의 데이트 상대를 우연히 만났는데 그 데이트 상대가 바로 자신의 전 애인이다.
- 팀 스포츠 경기에 나갔는데 전 애인이 경쟁자와 함께 있다.
- 전 애인이 전에 좋아하지 않는다고 말했던 상대와 사귀고 있는 걸 보게 된다. 캐릭터가 과거에 애인의 부정을 의심했었다면, 이중의 타격이 된다.
- 회사 모임에 나가서 상사가 중시하는 상대가 전 연인임을 알게 된다.
- 전 애인을 장례식에서 만났는데 그가 다른 사람의 위로를 받고 있다.
- 물건을 찾으러 예전에 연인과 살던 집에 갔는데 문간에서 그의 새 연인을 맞닥뜨린다.
- 교실이나 학교 댄스파티에 가서 전 애인이 자신이 싫어하는 적이나 경쟁자와 함께 있는 것을 보게 된다.

사소한 문제

- 나중에 후회할 말을 내뱉는다.
- 어색하고 불편해 (음료를 쏟거나, 모든 게 괜찮다는 듯 과장된 행동을 하거나) 창피한 짓을 저지른다.
- 갑자기 눈물이 나와 공개적으로 창피한 상황이 된다.

- 새 커플을 피하려 학교를 빼먹거나 병가를 내는 바람에 곤란에 처한다.
- 전 연인과 같이 알던 친구와의 계획을 취소함으로써 전 애인을 피하다가 친구 관계에서도 긴장이 생긴다.
- 옛 감정이 다시 나타나 현재의 연인에 대해 일시적으로 확신을 느끼지 못한다.
- 자신의 연애 상대에게 소유욕을 갖게 되거나 집착하게 된다.

초래할 수 있는 심각한 결과

- 전 연인의 새 애인과 육탄전을 벌이게 된다.
- 전 애인 생각으로 씨름하다 (면접을 망치거나, 아이에게 소리를 지르거나, 바보 같은 문제를 놓고 친구와 다투는 등) 차분함과 침착함을 잃는다.
- 결별에 집착해 현재 하고 있는 연애를 망친다.
- 전 애인에게 보복을 하려 든다.
- (과음이나 폭음, 과소비 등) 건전하지 못한 대처 방식에 빠진다.
- 현재 사귀고 있는 연인이 준비가 되지 않았는데도 연애를 진전시키려 압박을 가한다.
- 전 애인과 다시 만나려 시도한다(전 애인이 자신과 맞지 않거나 관계가 득 될 것이 하나도 없는 등 다시 만날 이유가 없는데도 불구하고).
- 만나서 따지려 전 애인에게 연락을 하려 든다.

생길 수 있는 감정

감정의 동요, 분노, 배신감, 갈등, 경멸, 우울, 욕망, 허둥지둥, 상처, 부족하다는 느낌, 질투, 외로움, 갈망, 향수, 집착, 무력함, 화, 슬픔, 자기연민, 충격, 경악, 복수심, 상처받기 쉬운 상태

생길 수 있는 내적 갈등

- 자신을 전 애인의 새 연인과 비교하고 실망한다.
- 옛 관계를 낭만적으로 미화한다(좋은 추억만 떠올린다거나, 실제보다 더 긍정적인 기억을 억지로 만드는 짓 등).
- 새로운 정보를 알고 싶어 하면서도 자신의 감정을 숨겨야 한다.
- (전 연인이 새로 만나는 사람이 캐릭터가 자주 마주치는 사람인 경우) 관계 정리가 어렵다.

- 전 연인에게 감정이 남아있는데 어떻게 해야 할지 모르겠다.
- 애초에 결별 결정을 왜 내렸는지 곱씹는다.
- 캐릭터가 (자신은 늘 혼자일 것이라거나, 자신은 사랑받을 자격이 없다거나, 자신은 망가졌고 부족하다는 부정적인 생각 등) 음울한 생각으로 괴롭다.
- (우울, 불안, 자살 생각 등) 기존의 좋지 않았던 정신적 상태로 계속 더 깊이 빠져든다.
- 결별에 역할을 했던 일을 두고두고 후회하거나 죄의식을 느낀다.
- 전 애인이 새 출발을 한 것이 기쁘지만 자신보다 먼저 출발을 했다는 게 화가 난다.

상황을 악화시킬 수 있는 부정적인 특성

부아를 돋우는 성향, 중독성향, 심술, 싸우려는 성향, 통제 성향, 충동, 불안정, 질투, 남성적인 면을 과시, 감정 과잉, 애정에 굶주린 태도, 집착, 과민 반응, 소유욕, 자기 파괴적인 태도, 방종, 원한, 의지박약

기본 욕구에 미치는 영향

- **존중과 인정의 욕구** 캐릭터가 결별에 책임이 있는 경우(가령 부정을 저질렀거나 어떤 식으로건 연애에 해로운 행동을 한 경우 등) 전 애인을 다시 보는 것은 스스로 무가치하다는 느낌을 되살려놓을 수 있다.
- **애정과 소속의 욕구** 전 애인에 대한 감정을 처리하지 못하는 한 새로운 사람과 연애를 이룰 수 없을 것이다.
- **안전 욕구** 결별 후, 고군분투하고 있는 캐릭터는 전 애인이 다른 사람과 데이트하는 장면을 보면 마음이 다시 살아나 건강하지 못하거나, 자기 파괴적인 대처 행동의 패턴으로 빠질 수 있다.

대처에 도움이 되는 긍정적인 특성

심지 굳은 태도, 자신감, 여유, 친근함, 성숙함, 끈기, 올바른 태도, 합리성, 지지하

는 태도, 관대함, 기발함, 재치와 기지

긍정적인 결과

- 전 애인이 새 출발 했음을 결국 인식하고 관계를 정리한다.
- 새 연인이 전 연인보다 자신에게 훨씬 더 맞는 상대라는 것을 깨닫는다.
- 자신의 잘못을 더 명확히 보게 되어 그 결함을 고치려는 동기를 갖게 된다.
- 지난 감정을 떠나보내고 새로운 관계를 맺을 수 있게끔 자유로워진다.

딜레마
사전

실패와
실수

Failures and Mistake

거짓말을 들키다 Getting Caught in A Lie

일러두기

대부분의 사람들은 거짓말이 옳지 못하다는 것을 알기 때문에 피하려고 애쓰지만, 누구나 항상 완전히 정직한 것은 아니다. 캐릭터가 거짓말을 하다 발각당한 뒤의 여파는 애초, 거짓말을 하게 된 이유에 달려 있다. 아래는 캐릭터가 솔직하지 못한 선택을 하게 되는 이유에 관한 사례들이다.

사례

- 다른 사람의 감정을 보호하기 위해
- (해악에서 다른 사람을 보호하거나, 다른 사람들이 누군가의 연루 사실을 알지 못하게 하는 등) 누군가를 보호하기 위해
- 곤란에 처하지 않기 위해
- 진짜 의견이나 감정을 숨기기 위해
- 원하는 것을 얻기 위해
- 상대가 듣고 싶어 하는 말을 해주기 위해
- 특정한 이미지를 보여주거나 유지하기 위해
- 타인들에게 깊은 인상을 남기기 위해
- 평화를 유지하는 방편으로
- 타인들을 방해하거나 조종하거나 통제하기 위해
- 캐릭터가 병적으로 거짓말을 하는 사람이기 때문에
- 캐릭터가 거짓말이 나쁜 행동이라고 생각하지 않기 때문에

사소한 문제

- (특히 설명할 시간이나 장소가 마땅치 않을 경우) 상황을 신속하게 가라앉혀야 한다.
- 약속을 하거나, 뇌물을 주거나 특정 조건에 동의함으로써 타인의 침묵을 얻어내야 한다.
- 캐릭터의 정직성이 추후 의심의 대상이 된다.
- 사람들이 캐릭터와 특정 화제를 꺼내기를 꺼리게 된다.
- 그 순간 속내를 드러내 다른 사람들이 기억하게(그리고 주시하게) 될 수 있다.

- 조종한다는 비난을 받게 된다.

초래할 수 있는 심각한 결과

- 평판이 손상된다.
- (배우자, 자식, 친구들을 비롯하여) 사랑하는 사람들이 캐릭터의 정직성을 의심하게 된다.
- 공개적으로 호출을 당한다.
- 고용주에게 나쁜 인상을 주는 거짓말 때문에 해고를 당하거나 좌천을 당한다.
- 중요한 관계가 손상을 입거나 아예 끝난다.
- 캐릭터가 특정 권한이나 세력을 이용하여 침묵을 종용하려다가 자신의 진짜 본성을 드러내게 된다.
- (캐릭터가 영향력이 있는 인물일 경우) 사람들이 중요한 사람이나 중요한 것에 대한 신뢰를 잃는다.
- 단체나 조직(그리고 그와 관련된 사람들)이 한 사람의 거짓으로 고통을 받게 된다.
- 유해한 고정관념이나 편견이 강화된다.
- 캐릭터가 완강하게 버티면서 거짓을 인정하지 않아 갈등이 발생한다.
- 체면을 챙기려 하거나 더 큰 거짓말을 하거나, 거짓말을 보태거나 비난하는 사람의 신뢰를 떨어뜨리려 하는 등 상황을 뒤집으려고 애를 쓴다.
- 책임을 지는 대신 오히려 분노하면서 남에게 폭언을 퍼붓는다.

생길 수 있는 감정

분노, 우려, 방어적인 태도, 반항, 절망, 창피함, 공포, 죄의식, 수치심, 불안정, 공황, 후회, 자기혐오, 수치, 경악, 고통, 불편함, 원한, 근심, 자신이 하찮다는 느낌

생길 수 있는 내적 갈등

- 불안, 죄의식, 수치 혹은 자기혐오와 싸워야 한다.
- 거짓말을 한 이유를 밝힐 경우, 다른 사람에게 상처나 해가 될까 두려워 이유를 밝힐 수가 없다.
- 거짓말이 정당했다고 생각한다.

- 사실을 부정확하게 기억하거나 사실을 외면하면서 거짓이 진실이라고 믿는다.
- 자신을 믿을 수가 없다.
- 특정 사람들을 어둠 속으로 몰아넣는 일은 동기가 아무리 선하다 해도 죄의식이 든다.
- 별 이유도 없이 거짓말을 했던 게 너무 창피해 인정할 수가 없다.

상황을 악화시킬 수 있는 부정적인 특성

무관심, 냉담함, 거만함, 싸우려는 태도, 방어적인 자세, 적대감, 남성적인 면을 과시, 순교자인 양하는 태도, 자기 파괴적인 태도, 고집, 요령과 눈치가 없음

기본 욕구에 미치는 영향

- **자아실현 욕구** 캐릭터의 거짓말이 직업적 혹은 개인적 한계를 불러온다면 평생의 후회로 이어질 수 있다.
- **존중과 인정의 욕구** 수치와 죄의식은 심리적으로 파국에 이르게 할 수 있다. 캐릭터의 실책으로 캐릭터가 받는 존경이 추락할 경우, 불안과 씨름하게 되거나 목표를 이루지 못하게 되는 등 원치 않던 정서적인 변화가 초래된다.
- **애정과 소속의 욕구** 캐릭터가 거짓말을 한 것이 처음이 아닐 경우(혹은 큰 거짓말을 한 경우) 우정이나 연애관계에 치명타가 될 수 있다.
- **안전 욕구** 캐릭터가 다시는 얻을 수 없는 것을 잃을 경우, 자신에게 형벌을 주려 할 수 있다. 위험한 행동, 중독 그리고 다른 부실한 대처 등으로 캐릭터의 건강이 위험에 처할 수 있다.

대처에 도움이 되는 긍정적인 특성

협조적인 태도, 외교술, 신중함, 친근함, 정직성, 겸손함, 무고함, 충실함, 대적하지 않고 받아주는 태도, 설득력, 올바른 태도, 보호하려는 태도

긍정적인 결과

- 항상 진실을 말하는 일이 얼마나 중요한지 깨닫게 된다.
- 명성이라는 것이 쉽게 파괴될 수 있다는 것을 깨닫고, 잘 지켜야겠다고 다짐한다.
- 거짓이 중요한 폭로로 이어지고, 성장을 이끈 상황에서는 오히려 거짓말이 들통난 데 대해 감사하게 된다.
- 거짓말이 들통난 사건이 스스로 도덕적 위상을 점검할 수 있게 자극을 주어 캐릭터의 성장과 변화를 이끌어낼 수 있다.
- 거짓의 발각으로 불의가 만천하에 드러난다.

거짓말이 타인에게 영향을 끼치다

A Lie Impacting Someone Else

사례

- 질병을 숨긴다(혹은 질병에 걸렸다고 거짓말을 한다).
- 연애에 관해 다른 사람들에게 잘못된 정보를 준다.
- 엉뚱한 사람을 범죄자로 몰고 간다.
- 목격한 범죄와 관련해 까다롭게 굴면서 정보를 다 주지 않는다.
- 자신의 진짜 정체성을 숨긴다.
- 법률 문서나 자격증, 증명서 등의 자격에 대해 거짓말을 한다.
- 중독을 은폐한다.
- 임신이나 유산을 속인다.
- 다른 사람의 알리바이를 입증하겠다고 거짓말을 한다.
- 다른 사람에 관한 소문을 퍼뜨린다.
- 데이트 웹사이트에 신상에 관해 거짓된 내용을 올린다.
- 캐릭터가 자신의 죽음을 속인다.
- 자식에게 혈통을 숨긴다.
- 학생인 캐릭터가 자기 점수나 등수에 대해 거짓말을 한다.
- 딴살림을 차렸다는 것을 숨긴다.
- 불법에 연루되었다는 것을 감춘다.
- 정치적 신념이나 종교 신앙을 숨긴다.
- 다른 사람에 대해 품은 진짜 감정을 숨긴다.
- 이력서를 속인다.
- 자신의 기술이나 능력에 대한 진실을 왜곡한다.

사소한 문제

- 캐릭터가 자신의 거짓말을 대면하게 될 때 대화가 불편해진다.
- 허울을 유지해야 하는 데서 오는 스트레스와 피곤함에 빠진다.
- 서로 다른 사람들에게 거짓말을 계속해야 한다.
- 자신의 주장에 대한 증거를 요구받는다.
- 다른 사람들이 진실을 캐지 못하도록 조치를 취해야 한다.
- 진실이 알려질 때 다른 사람들이 불편함을 겪는다. 가령 캐릭터가

자신이 경험해봤다고 주장했지만, 사실 그렇지가 않아 다른 사람들이 프로젝트를 대신 떠맡는 불편함이 초래된다.

초래할 수 있는 심각한 결과

- 관계가 망가져 회복이 불가능해진다.
- 캐릭터가 한 거짓말 때문에 범죄자나 잘못을 저지른 사람이 벌을 면하게 된다.
- 잘못에 대해 정직하게 말하지 않아서 건강 문제가 악화될 수 있다.
- 캐릭터의 아이들이 거짓말을 '해도 되는 행동'이라고 생각하게 된다.
- 해고를 당한다.
- 캐릭터의 행동 때문에 캐릭터가 사랑하는 사람들이 트라우마를 겪고 타인들을 신뢰하지 못하게 된다.
- 결혼 관계가 파탄에 이르거나 양육권을 잃게 된다.
- 피해를 입은 사람들이 보복을 하려 한다.
- (거짓 맹세나 범죄 연루 등에 대해) 범죄 기소를 당한다.
- 다른 사람들이 캐릭터의 거짓말이나 범죄를 몰랐다는 이유로 거짓이나 범행에 끌려 들어간다.
- 거짓말에 둔감해져 거짓말을 문제로도 여기지 않는 지경이 된다.

생길 수 있는 감정

괴로움, 불안, 우려, 갈등, 방어, 부정, 결단, 의구심, 공포, 두려움, 허둥지둥, 죄의식, 신경과민, 수치, 경악, 불확실성, 불편함, 근심, 자신이 하찮다는 느낌

생길 수 있는 내적 갈등

- 알면서도 타인들을 배신한 데서 오는 죄의식과 불안
- 잘잘못을 가리는 데 어려움을 겪는다.
- 배우자, 부모, 친구, 직원으로서 자신의 가치를 의심하게 된다.
- 다른 사람이 진실을 알게 될까 전전긍긍한다.
- 진실을 밝히고 싶지만 결과가 너무 두렵다.
- 자기와 사랑하는 이들의 안전 중 하나를 선택해야 한다.
- 아무도 모르는 진실을 혼자만 알고 있다는 사실 때문에 고립되어 있다는 느낌이 든다.

상황을 악화시킬 수 있는 부정적인 특성

반사회성, 무관심, 냉담함, 비겁함, 잔인함, 일탈, 배신, 망각, 위선, 충동, 무책임함, 조종하려는 태도, 편집증적인 태도, 무모함, 이기심

기본 욕구에 미치는 영향

- **존중과 인정의 욕구** 거짓말이 발각되어 다른 사람들에게까지 여파가 미치는 경우 캐릭터는 자기 행동의 결과를 감당해야 한다. 캐릭터의 거짓말에 영향을 받는 사람이 캐릭터가 사랑하는 사람이거나 무고한 사람일 경우, 캐릭터는 자신의 행동을 정당화하기 어렵고 무거운 수치심 때문에 자존감을 잠식당한다.
- **애정과 소속의 욕구** 거짓말은 사람들에게 장벽을 쌓게 만든다. 따라서 캐릭터가 자기 주변 사람들에게 자신이 변했다는 것을 납득시킬 수 없을 경우, 캐릭터가 원하고 필요로 하는 친밀한 관계는 더 이상 유지할 수 없게 된다.
- **생리적 욕구** 세상은 위험한 곳이 될 수 있다. 캐릭터가 위험한 사람들에게 의심을 사는 거짓말을 할 경우, 거꾸로 큰 타격을 입게 되고 목숨까지 위태로워질 수도 있다.

대처에 도움이 되는 긍정적인 특성

야심, 분석적 능력, 신중함, 자신감, 창의력, 결단력, 외교술, 근면, 지적 능력, 꼼꼼함, 끈기, 설득력, 자발성

긍정적인 결과

- 거짓이 부른 해악을 돌이킬 수 있는 기회를 얻을 수 있다.
- 거짓말이 끼치는 여파를 깨닫고 다시는 하지 않겠다고 결심할 수 있다.
- 캐릭터가 정직을 수용하고 자신과 같은 사람들의 진면목을 발견해 스스로에 대해 거짓말이 필요하다는 잘못된 믿음을 없앨 수 있다.
- (거짓말이 캐릭터를 감옥에 보낼 정도일 경우) 아이러니하지만 자유를 느낄 수 있다.

그릇된 판단을 내리다

Having Poor Judgment

실수는 의도적이지 않다. 그래서 실수는 실수에 불과하다. 대부분의 실수는 캐릭터가 근시안이거나 생각을 완벽하게 하지 않아 생기는 결과이고, 따라서 결과도 사소하거나 그리 심각하지 않다. 이 항목에서는 이런 종류의 갈등 시나리오를 다룬다. 부상이나 사망을 일으키는 더 심각한 종류의 실수에 대해서는 '위험을 과소평가하다' 편을 참조할 것.

사례

- 캐릭터가 또래나 동료의 압력에 굴복하여 해를 끼치는 짓을 한다.
- 과거에 상처를 주었던 비슷한 부류의 사람과 연애로 계속 얽힌다.
- 사랑하는 사람과 같이 있으려는 생각으로 대학을 선택하거나 먼 곳으로 이사한다.
- 연애 초기에 상대의 이름을 새긴 문신을 한다.
- 잠자리를 해선 안 될 사람과 잠자리를 한다.
- (취업 시험, 취업 면접, 미래의 가족이 될 사람과의 만남, 결승전 등) 중요한 행사를 앞두고 과음한다.
- 미래를 생각하거나 미리 계획을 세우지 않고 순간적인 결정을 내린다.
- 시험에서 부정행위를 저지른다.
- (계좌 비밀번호나 신용카드 정보 등) 민감한 정보를 타인들에게 알려준다.
- 끔찍한 결과를 초래하는 어리석은 장난에 참여한다.
- 잠깐은 기분이 좋지만 장기적으로는 해악이 더 많은 방식으로 대립이나 대치 상황에 대응한다.
- 일어날 수 있는 역효과를 고려하지 않고 친구를 위한답시고 알리바이를 제공한다.

사소한 문제

- 이용당한다.
- 돈이나 소유물을 잃는다.
- 당한 일에 앙갚음하기 위해 돈이나 시간을 써야 한다.
- 인생에 형편없는 영향을 끼치는 관계를 끝내야 한다.
- 평판이 손상을 입는다.
- 어리석은 짓을 저지른 대가로 놀림감이 된다.
- (통금 시간이 빨라지거나 근신을 당하는 등) 권한이 있는 사람에 의해 규칙이 늘어나거나 원치 않는 감시를 받게 된다.

초래할 수 있는 심각한 결과

- 파괴를 부르거나 유해한 사람 혹은 나쁜 영향력을 행사하는 사람과 한데 나란히 얽히게 된다.
- 개인 금융 정보나 범죄 관련 비밀이 공개 및 공유된다.
- 가족과 친구들의 존경을 잃게 된다.
- 캐릭터가 자신의 판단이 어리석었다는 것을 보지 못하거나 보려고 하지 않아 비슷한 실수를 계속 저지르게 된다.
- 캐릭터가 더 이상 책임 있는 선택을 내리지 못한다고 생각해 사람들이 캐릭터를 신뢰하지 못하게 된다.
- 고소나 고발을 당한다.
- 캐릭터 혹은 다른 사람에게 심각한 부상이 발생하거나 사망에 이르게 된다.
- 교도소에 복역해야 한다.
- 무책임하거나 신뢰성이 없거나 미숙하게 보인 탓에 전도유망한 기회를 놓치거나 잃는다.
- 캐릭터 자신의 운명이 남의 운명과 엮이게 된다. 가령 알리바이를 제공했거나 짐꾸러미를 맡아줬다는 등의 이유로 조력자로 기소를 당할 수 있다.

생길 수 있는 감정

분노, 짜증, 불안, 혼란, 방어적인 태도, 저항, 체념, 상심, 불신, 낙담, 환멸, 수치, 공포, 좌절, 죄의식, 초라함, 후회막급, 참회, 단념, 자기연민, 창피함, 상처받기 쉬운 상태

생길 수 있는 내적 갈등

- 캐릭터가 자책으로 씨름하고 자신은 일을 당해도 싸다고 생각하게 된다.
- 더 나은 결정을 내리고 싶으면서도 충동적으로 행동하는 데서 오는 자유와 즉각적인 만족도 원해 혼란스럽다.
- 캐릭터가 자신의 행동이 부적절했거나 판단이 형편없었다는 것을 깨닫기가 어렵다.
- 창피나 후회에 압도되어 어쩔 줄 모른다.
- 영향을 받은 사람들에게 보상을 하고 싶지만 창피함이 앞서 그러기가 어렵다.
- 캐릭터가 믿지 말아야 할 사람을 믿었거나 친구에게 이용을 당해 정서적 상처가 생긴다.

상황을 악화시킬 수 있는 부정적인 특성

중독 성향, 무관심, 냉담함, 충동성, 방어적 태도, 어리석음, 경박함, 남을 너무 잘 믿는 성향, 무지, 충동에 따라 행동하는 경향, 무책임함, 짓궂음, 완벽주의, 편견, 무모함, 자기 탐닉, 의지박약

기본 욕구에 미치는 영향

- **자아실현 욕구** 형편없는 판단을 내리는 것이 반복적인 행동 패턴이 되는 경우, 캐릭터는 스포츠 팀을 이끌 기회나 비영리단체의 장을 맡는 등의 자아실현 기회를 놓치는 대가를 치러야 한다.
- **존중과 인정의 욕구** 그릇된 선택은 타인들로 하여금 캐릭터를 깔보게 만들고 하찮게 생각하게 하며, 결국 캐릭터의 자존감을 떨어뜨리는 결과를 낳는다.
- **애정과 소속의 욕구** 캐릭터의 행동이 주변 사람들을 고립시키고 소외시키는 경우, 사람들은 캐릭터를 피할 것이고 단체나 행사나 사교모임에서 캐릭터를 제외시키게 된다.
- **안전 욕구** 사안을 온전하고 꼼꼼하게 생각하지 못하는 캐릭터는 대개 너무 늦을 때까지도 위험을 감지하지 못한다.

대처에 도움이 되는 긍정적인 특성

감사하는 태도, 신중하고 차분한 태도, 수양과 단련, 집중력, 영감을 주는 창의력, 성숙함, 남의 말을 잘 들어주는 성향, 철학적으로 사유하는 능력, 올바른 판단 능력, 합리성, 학구적인 태도

긍정적인 결과

- 캐릭터가 자신의 자발성과 충동성을 무해한 일로 돌려 긍정적인 결과를 만들어낸다.
- 실수로부터 뭔가 배워 다음에는 더 나은 결정을 내린다.
- 상황이 더 나빠지지 않아 감사하게 된다.
- 누구나 실수를 할 수 있다는 것, 실수로 사람을 규정해서는 안 된다는 것을 깨닫게 된다.
- 두 번째 기회를 얻고, 향후 다른 사람들에게도 다시 기회를 주려는 태도를 갖게 된다.

내기에 지다 Losing A Bet

사람들은 늘 내기를 한다. 대개 친구들 사이에서 가볍게 벌어지는 경우가 많지만 꼭 그렇지 않을 때도 있다. 판이 클수록 판돈도 높아지며 이는 곧 손실이 감내하기 힘들 정도로 커진다는 뜻이다.

- 캐릭터가 자신의 평판이 손상될 수 있는 면목 없는 짓을 벌일 수밖에 없도록 강요당한다.
- 캐릭터가 승자에게 영합하거나 승자의 이익에 부합할 수밖에 없는 손실을 입는다.
- 낯선 사람을 치거나, 사람들 앞에서 노래를 부르거나, 머리를 밀거나, 경쟁 팀의 유니폼을 입어야 하거나 문신을 하는 등 민망한 일을 해야 한다.
- 경쟁자의 목표나 야심이나 생각을 지지해야만 하는 상황에 처하게 된다.
- (경연이나 관계 등에서) 옆으로 비켜나거나 아예 밀려나는 데 동의하게 된다.
- 자동차, 전문 장비 혹은 합의금 같은 귀중한 것을 빼앗겨야 한다.
- 잘못했다는 것을 공개적으로 인정하거나 적에게 사과를 하거나 용서를 빌어야 한다.
- 시간을 들여야 하거나, 돈이 더 필요해지거나, 곤란한 책임을 더 져야 한다.
- 소셜 미디어상에서 유행하는 위험한 도전에 응하는 등 무모한 일을 해야 한다.
- 뭔가 중요한 일이 걸려 있지만, 참여하지 않는다고 약속해야 한다.
- 승자에게 부당한 이익을 줄 수 있는 민감한 정보를 공유해야 한다.
- (직장이나 살던 고장이나 단체 등을) 떠나는 것에 동의함으로써 사람들과 맺은 관계를 포기해야 한다.

사소한 문제

- 놀림을 당하거나 놀림감이 된다.
- 타인들에게 존경할 만한 사람이 아니라는 평가를 받게 된다.
- 기회를 놓친다.
- 계획을 변경해야 하거나, 고통스러운 지연을 겪거나 중요한 것을 희생해야 한다.
- 일을 바로잡기 위해 도움을 청해야 하고 이때 캐릭터의 수치는 배가된다.
- '내 그럴 줄 알았다'라는 말을 되풀이하며 고소해하는 사람들의 비난을 감내해야 한다.

초래할 수 있는 심각한 결과

- 창피한 장면이 영상으로 찍혀 소셜 미디어에 게시된다.
- 법을 어겨 체포와 기소와 처벌을 감내해야 한다.
- 누군가 내기의 결과로 다친다.
- 내기 과정에서 우정이 깨진다.
- 캐릭터가 계약을 지키기 위해 다른 사람을 배신하거나 도덕적 선을 넘어야 한다.
- 내기의 내막을 알게 된 권력자에 의해 실직하거나 좌천을 당한다.
- 추구하는 목표를 포기할 수밖에 없게 된다.
- 내기에 대한 내부 정보를 알고 있는 누군가에게 협박을 당한다.
- 실패가 캐릭터의 과거 상처를 건드려 (중독에 다시 빠지거나 어렵게 성취한 자존감을 파괴하는 부정적인 자기 평가에 사로잡히는 등) 파탄 일로를 걷게 된다.

생길 수 있는 감정

분노, 근심, 쓰라림, 열패감, 방어적인 태도, 반항심, 상심, 실망, 불신, 공포, 무기력, 당혹감, 창피함

생길 수 있는 내적 갈등

- 애초에 내기를 한 자신에게 화가 난다.
- (내기에서 이기기 위해 캐릭터가 자신의 신념을 희생해야 하는 경우) 도덕적 갈등이 생긴다.
- 내기에 참가하게 된 선택을 곱씹는다. 가령 결과가 다 나온 다음에도 아까운 마음이 들어 계속 같은 생각에 집착한다.

- 내기를 끝까지 했을 때 해가 클지, 얻게 될 자부심이나 명예가 클지 저울질하게 된다.
- 상대가 속였거나 결과를 조작했다는 의심이 들지만 입증할 수가 없다.
- 자신을 지원하던 이들이 어느 정도 고통을 겪을 것을 알고 그들을 보호하고 싶다.

상황을 악화시킬 수 있는 부정적인 특성

신경을 긁거나 부아를 돋우는 태도, 싸우려는 태도, 비겁함, 믿음을 주지 않는 행동거지, 어리석음, 적대적인 태도, 충동적인 성향, 불합리성, 질투, 과장이나 극단적인 태도

기본 욕구에 미치는 영향

- **자아실현 욕구** 감정이 고조된 상태에 있는 사람들은 자신이 행한 행동의 장기적인 결과를 고려하지 않는다. 캐릭터가 내기에 져서 의미 있는 것을 희생해야 하는 경우, 자신이 잘못 살았다고 생각하게 되며 자신이 진정으로 되고 싶은 존재가 될 수도 없고 하고 싶은 일을 할 수도 없게 된다.
- **존중과 인정의 욕구** 내기에 진 대가가 창피함일 경우, 캐릭터는 다른 사람들의 눈에 하찮게 비치게 된다. 기회를 잃어버리고, 지지를 잃고, 전문가로서 거리가 생기는 등의 대가들은 캐릭터의 자존감까지 떨어뜨릴 수 있다.
- **안전 욕구** 어떤 내기나 결과는 무해하지만 그렇지 않은 내기도 있다. 위험 요소가 있는 내기의 경우 캐릭터의 안전까지 위협할 수 있다.
- **생리적 욕구** 지나치지만 않으면 내기는 괜찮은 재밋거리다. 그러나 내기에 져서 치러야 할 바보 같은 대가로 사람들이 죽음을 당하기도 한다.

대처에 도움이 되는 긍정적인 특성

모험심, 신중함, 경계심, 외향성, 유머, 상상력, 설득력, 기발함, 창의력, 자유로움, 기지와 재치

긍정적인 결과

- 즉각적으로 반응하기 전에 먼저 생각을 하는 것이 중요하다는 것을 잘 알게 된다.
- 조종당하는 일이 다시는 없도록 경계심을 더욱 품게 된다.
- 캐릭터가 자신의 자아가 얼마나 약한지 깨닫고 그 이유를 파악하고, 변화할 수 있는 방법을 알아내기로 결심한다.
- 내기에 진 경험이 깨달음으로 이어져 이제 다른 사람들을 압박해 바보 같은 내기에 참여하게 하지 않겠다고 맹세하게 된다.
- 손해를 거의 입지 않는 섬세한 기술을 발휘해 내기를 마친다.
- 내기에서 조종을 당했다는 증거를 발견함으로써 상대가 부당하게 얻은 승리를 도로 뺏어온다.
- 모든 내기가 공정하지는 않다는 것, 그리고 위험하거나 과다한 대가를 치러야 하는 내기는 결과를 감내하지 않아도 된다는 것을 깨닫는다.

부지불식간에 틀린 정보를 공유하다

Unknowingly Sharing Incorrect Information

사례

- 캐릭터가 사실인 줄 알고 공유한 정보가 사실은 틀린 정보로 판명된다.
- 온라인상에 인용한 정보가 가짜 뉴스로 판명된다.
- 통계치를 잘못 인용한 걸 발견한다.
- 평판이 좋지 않은 자료에서 정보를 모아 유통시킨다.
- 반박을 당했던 케케묵은 정보를 공유한다.
- 치명적인 오자가 있는 숫자와 관련된 팩트를 유통시킨다.
- 캐릭터가 답을 알아야 하는 질문을 받았는데 부정확한 추측으로 대답을 한다.
- 의견을 사실로 말한다.
- 잘못된 지침을 전달한다.
- 상관이나 고위층에서 얻은 정보를 유통시켰는데 정보가 틀린 것으로 입증된다.

사소한 문제

- 비웃음거리가 된다.
- 시간이 지난 뒤에도 사람들이 실수를 다시 화젯거리로 삼아 창피함을 일깨운다.
- 틀린 정보를 공개적으로 교정당한다.
- 사람들이 캐릭터를 더 이상 진지하게 생각해주지 않는다.
- 가짜 뉴스를 유포했다는 이유로 소셜 미디어상에서 논란이 된다.
- 틀린 정보를 퍼뜨렸다는 이유로 공식적인 철회를 발표하거나 사과를 해야 한다.
- 실수가 어떻게 벌어졌는지 사람들에게 설명하려 노력했는데 오히려 변명을 하고 있거나 실수의 여파를 피하려고 애쓴다는 인상만 주게 되는 결과를 낳는다.

초래할 수 있는 심각한 결과

- 캐릭터가 틀린 입장을 오히려 더 세게 밀어붙이며 진실을 보거나 인정하려 하지 않는다(그 입장이 오래 견지했던 정치적 신념이거나 편견인 경우 더욱 그러하다).
- 잘못된 정보가 의사결정에 사용되어 훨씬 더 심각한 여파를 많은 사람들에게 남기는 결과를 초래한다.
- 중요한 고객을 잃는다.
- 익명성이 중요한 누군가의 신원이 탄로 난다.
- 캐릭터가 직장에서 신뢰를 잃고 중요한 프로젝트에 더 이상 끼지 못한다.
- 친구들, 업무상 만나는 사람들, 친지 등이 온라인상에서 캐릭터를 멀리 한다.
- 음모론자나 비주류 정치집단의 일원으로 낙인찍힌다.
- 더 큰 단체(사업, 비영리단체 등)가 캐릭터와 연관이 있다는 이유로 홍보상의 피해를 본다.
- 캐릭터가 다른 어떤 정보도 편견이 없는 건 없으며, 타인들이 공유한 정보도 다 믿을 수 없다고 생각하게 된다.
- 잘못된 정보에 책임이 있는 사람이 나서서 책임을 지지 않을 경우 캐릭터는 환멸감에 빠진다.

생길 수 있는 감정

경악, 혼란, 방어적 태도, 부인, 환멸, 당혹감, 허둥지둥, 좌절, 죄의식, 수치심, 분개, 불안정, 위협감, 신경과민, 공황, 자책, 꺼리는 태도, 회한, 반신반의, 불편함, 취약성, 근심

생길 수 있는 내적 갈등

- 캐릭터가 자신에 대한 의심과 싸우다 다른 사람들의 생각에 지나치게 의존하게 된다.
- 미래에 공유할 정보도 틀릴까 봐 공유 자체를 망설이게 된다.
- 사람들을 향해 억울한 마음이 든다. 실수를 한다는 이유로 누군가를 얼마나 재빨리 공격할 수 있는지 알게 되어 상처를 입는다.
- 정보를 유통시키기 전에 이중으로 점검하지 않은 자신이 한심스럽다. 이중점검이 꼭 해야 할 일이 아니었어도 마찬가지다.
- 캐릭터가 자신을 지지해주는 이메일이나 메시지를 확인하여 고마

움을 느끼면서도 다른 사람들도 공개적으로 이런 메시지를 받았으면 얼마나 좋을까 생각한다.

상황을 악화시킬 수 있는 부정적인 특성

싸우려는 태도, 통제 성향, 냉소적인 태도, 방어적인 자세, 어리석음, 위선, 무지, 충동적 성향, 융통성 없음, 불안정, 불합리성, 순교자인 양하는 태도, 감정 과잉, 과민 반응, 완벽주의, 완고한 고집

기본 욕구에 미치는 영향

- **존중과 인정의 욕구** 이런 종류의 갈등이 빚어내는 가장 큰 문제 중 하나는 사람들로 하여금 캐릭터에 대한 존경심을 잃게 만든다는 것이다. 그 잘못이 순전히 실수였거나 사실 확인에 책임이 있던 다른 사람들은 욕을 먹지 않고 피해가는 경우, 캐릭터는 억울하다는 마음을 품게 된다.
- **안전 욕구** 만약 잘못된 정보가 원한을 갖고 있는 사람, 그 정보로 권력을 위협받는 사람들에게 영향을 끼칠 경우, 캐릭터의 안전이 위험해질 수 있다.

대처에 도움이 되는 긍정적인 특성

차분함, 협조적인 태도, 용기, 정직성, 공정함, 의리와 충직성, 인내와 끈기, 애국심, 설득력, 전문성, 책임감

긍정적인 결과

- 실수를 통해 배우고 난 뒤에는 정보의 사실 여부를 더욱 꼼꼼히 점검하게 된다.
- 익숙하지 않은 주제에 관해서는 괜히 끼어들지 않고 좀 더 신중하게 말하려고 노력한다.
- 의견은 사실이 아니라는 것, 따라서 늘 공유해야 하는 것이 아니라는 것을 깨닫게 된다.
- 메모나 메시지를 보내기 전에 오탈자를 더욱 주의 깊게 점검하게 된다.

- 실수를 지적받을 때 (방어적이 되거나 완고해지지 않고) 감사함을 느끼기로 마음먹는다.
- 비슷한 실수가 다시는 발생하지 않도록 불완전하거나 흠결이 있는 프로세스를 개선한다.

비밀을 알면 안 될 사람에게 털어놓다 Confiding in The Wrong Person

사례

- 비밀을 간직할 수 없는 사람에게 비밀을 털어놓는다.
- 개인 정보나 내밀한 정보가 타블로이드 신문에 팔린다.
- 정보가 어떤 식으로건 캐릭터에게 불리하게 사용된다.
- 직장 내 체제의 결함이나 안전상의 위험에 대해 정직하게 말했다가 해고당한다.
- 부정부패를 폭로하고 희생양이 되어 관련된 사람들이 징역형을 면하도록 한다.
- 상대를 믿고 이야기했던 정보를 빌미로 협박을 당한다.
- 친구와 민감한 정보를 공유했는데 그가 자기 이익에 정보를 이용한다.
- (파트너의 부정 같은) 일을 잘못 알고 남에게 털어놓았는데 그걸 들은 상대가 캐릭터의 파트너에게 일러바친다.
- 직장 동료에게 정보를 주었는데 그가 출세를 위해 정보를 이용한다.
- 인터뷰에 응했는데 선정적으로 다루어지거나 맥락에서 따로 떨어진 채 인용되어 오해를 산다.
- 다른 사람과 공유했던 감정을 그의 동의 없이 남에게 털어놓는다.
- 아무리 비밀이라도 남의 잘못을 알게 되면 윤리적인 이유로 폭로해버릴 사람에게 잘못을 털어놓는다.
- 개인 정보를 공유해 자신의 위치를 취약하게 만들고, 결국 이용당한다.
- 익명의 내부고발자의 신원이 새어나간다.

사소한 문제

- 가족의 비밀이 새 나갔다고 배우자에게 말을 해야 한다.
- 민감한 정보가 누설되는 바람에 화가 난 사람들의 손해를 막을 수습책을 마련해야 한다.
- (기자, 수사관, 가족 구성원 혹은 자기도 모르는 사이에 발각된 연루자들에 의해) 더 많은 정보를 밝히거나 질문에 대답하기 위해 곤혹스

러운 상황에 처한다.

- 상사나 직장 동료에 의해 불려간다.
- 낯 뜨거운 상황에 처한다.
- 비밀이 새 나가 생긴 문제에 대해 부당하게 비난을 받게 된다.
- 상황을 해결하기 위해 원치 않는 일을 할 수밖에 없게 된다.
- 손상을 복구하기 위해 대가가 큰 호의를 요청해야 한다.
- 창피를 면하고 체면을 지키거나 더 이상의 피해를 막기 위해 거짓말을 해야 한다.
- 소중히 여기던 물건(혹은 사람)에 더 이상 접근할 수 없게 된다.
- 공유된 정보 때문에 공개적으로 재단을 당한다.
- 관계가 망가지고 불신이 생겨난다.
- 비밀을 들은 사람이 퍼뜨렸을 수 있는 다른 비밀 때문에 걱정하느라 시간을 낭비하게 된다.

초래할 수 있는 심각한 결과

- 개선이 불가능할 정도로 관계가 망가져 끝이 난다.
- 명망을 잃는다.
- 어렵게 얻은 이득을 잃게 된다.
- 평판이 망가진다.
- 가까운 사람에게 배신을 당해 감정적 상처를 입는다.
- 협박을 당한다.
- 기피 대상이 되거나 종교 단체에서 파문을 당한다.
- 잘못 때문에 법원에서 기소 대상이 된다.
- 피해를 돌이키기 위해 법을 어겨야 하거나 윤리적인 부분을 포기할 수밖에 없는 상황에 몰린다.
- 중요한 것을 얻을 기회를 망친다.
- 평생 한 번 있는 기회를 놓친다.
- 고소를 당하거나 협박을 당하거나 법정에 끌려 다니면서 경제적 시련에 직면한다.
- 용서를 받거나 망친 일을 회복할 기회를 잃는다.
- 사랑하는 사람이 진실이 아닌 것을 믿게 된다.

생길 수 있는 감정

분노, 괴로움, 배신감, 쓰라림, 상심, 실망, 불신, 환멸, 죄의식, 수치, 상처, 공황, 무력함, 화, 후회, 가책, 못마땅함, 자기혐오, 자기 연민, 충격, 원한과 복수심, 상처받기 쉬운 상태

생길 수 있는 내적 갈등

- 신뢰를 배신한 사람이라 하더라도 그를 좋아하고 걱정하는 마음을 멈출 수가 없다.
- 소중히 여겼던 추억들이 뒤통수를 맞아 훼손되거나 망가졌다는 데서 오는 분노를 느낀다.
- 캐릭터가 자신의 순진함에 대한 죄의식이나 자기 비하에 시달리다가도 비밀로 득을 본 사람에 대한 분노가 치민다.
- 벌어진 일에 속상하고 화가 나지만 어쨌거나 비밀이 폭로되어 속이 편하기도 하다.

상황을 악화시킬 수 있는 부정적인 특성

대립을 일삼는 성향, 통제 성향, 의리 없음, 가십을 일삼는 성향, 위선, 신경과민, 의심, 원한

기본 욕구에 미치는 영향

- **존중과 인정의 욕구** 신뢰는 인간관계와 직업적 관계에서 엄청나게 중요한 덕목이다. 신뢰를 잃은 캐릭터는 대개 타인들에게 경시를 당하게 마련이다.
- **애정과 소속의 욕구** 캐릭터가 가장 신뢰하는 사람에게 배신을 당하면 상처는 매우 깊기 마련이다.
- **생리적 욕구** 캐릭터가 위험한 사람에 대한 비밀을 누군가에게 털어놓고 그 민감한 정보가 폭로되는 경우, 캐릭터는 공격에 취약한 상태에 빠지게 될 수도 있고 아예 영원히 침묵하게 될 수도 있다.

대처에 도움이 되는 긍정적인 특성

차분함, 정직, 지성, 비밀을 지키려는 태도, 선제적인 행동 능력, 보호하려는 태

도, 책임감, 관대함, 지혜

긍정적인 결과

- 의도하지 않았던 결과가 나왔다 해도 자신이 했던 역할에 책임을 진다.
- 캐릭터가 자신의 믿음과 의리를 어디에 두어야 할지, 자신의 삶에서 누가 해로운 영향을 끼칠지 제대로 보게 된다.
- 비밀이 일단 공개되면 자유롭게 문제를 해결할 수 있게 된다.
- 신경을 써줄 수 있는 더 좋은 친구들이 필요하다는 것을 알게 된다.
- 앞으로는 사적이나 개인적인 정보를 공유하는 것에 더 유의하고 세심하게 신경을 쓰게 된다.

술을 먹거나 약에 취한 상태에서 어리석은 짓을 저지르다

Doing Something Stupid While Impaired

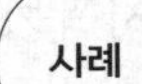

사례

- 전 애인에게 전화를 걸거나 문자를 해서 비난을 퍼붓는다.
- 상사나 직장 동료들에게(다른 상사나 동료, 혹은 회사에 관해) 실제로 생각하는 것을 말해버린다.
- 전 애인에게 재회의 희망을 걸고 술에 취해 전화를 하거나 소셜 미디어에 게시물을 올리거나 문자 메시지를 보낸다.
- (캠프파이어 위를 뛰어넘거나, 별을 보러 지붕 위로 기어 올라가거나, 용감하다는 걸 과시하려고 높은 절벽 바위 위에 서거나, 위험한 인근 지역을 배회하는 등) 어리석은 위험을 감수한다.
- 음주 운전을 한다.
- 옷을 다 벗고 민망한 부위를 노출한다.
- 가장 친한 친구, 동료 혹은 선을 넘으면 안 될 사람의 애인과 잔다.
- 잘 안 될 걸 빤히 알면서 친구 이상의 선을 넘으려고 한다.
- 기념행사나 축하하는 행사 자리에서 소란을 일으킨다.
- 법을 어긴다.
- 위험한 장난을 쳐 남들을 다치게 한다.
- 친구들을 버려두고 낯선 사람들과 자리를 뜬다.
- 캐릭터가 자신 혹은 다른 사람과 연관된 어떤 사람의 비밀을 마음대로 폭로한다.

사소한 문제

- 상처를 입는다.
- 창피하고 당혹스럽다.
- 남에게 나쁜 인상을 준다.
- 아끼는 사람에게 신뢰나 존경을 잃는다.
- 사랑하는 사람들을 걱정시킨다.
- 다른 사람을 실망시킨다.
- 위태로운 상황에서 잠을 깬다(전날 밤 일어났던 일에 대한 기억이 하나도 없는 상태로 너저분한 호텔에서 혼자 깨어난다거나, 지갑을 도난

당한다거나, 안전하지 못한 성관계를 했다는 것을 발견하거나, 보통 때 먹지 않는 약을 먹었다는 것을 발견하는 것 따위).

초래할 수 있는 심각한 결과

- 자신이 한 행동이 영상으로 찍혀 그 영상이 인터넷에 돌아다닌다.
- 직장을 잃는다.
- (배신, 다른 사람의 비밀을 알고 신뢰를 영원히 깬 것, 중요한 거짓말을 발각당하는 것, 부적절한 감정을 드러내는 것 등) 나쁜 선택 때문에 관계를 망가뜨린다.
- (안전하지 못한 섹스나 약물 사용 때문에) 병에 걸린다.
- (음주 운전으로 사람을 치어 죽이는 일 등) 돌이킬 수 없는 짓을 저지른다.
- 범죄로 유죄 판결을 받아 양육권을 잃는다.
- 고소를 당한다.
- 범죄로 유죄 판결을 받아 교도소에 복역한다.
- 다른 사람을 다치게 했는데 전혀 기억이 나지 않는다.
- 공격을 받거나 강도를 당한다.
- 미디어가 사소한 사건을 기괴하고 끔찍한 짓으로 크게 왜곡한다.

생길 수 있는 감정

번뇌, 경악, 부정, 우울, 불신, 무기력, 수치와 당황, 죄의식, 두려움, 창피함, 공황, 무력함, 후회, 자기혐오, 창피함

생길 수 있는 내적 갈등

- 판단 착오 때문에 스스로에게 화를 내면서도 동시에 술이나 마약 사용을 부추긴 이들을 비난한다.
- 책임을 수용하면서도, 나쁜 행동에 대해 전혀 대가를 치르지 않는 듯한 사람들에게 화가 난다.
- 자신의 행동이 끔찍하지만 그로 인한 처벌이 너무 심하다는 생각도 든다.
- 위기에 빠졌다는 것을 알지만 기대거나 의논할 사람이 하나도 없다.

상황을 악화시킬 수 있는 부정적인 특성

중독 성향, 교만, 불성실, 어리석음, 잘 속아 넘어가는 성향, 충동, 무책임, 질투, 남성적인 면을 과시, 반항적 기질, 무모함, 소란스러움, 자기 파괴적인 태도, 요령부득, 신경질적이고 괴팍한 성향, 부도덕함, 원한, 폭력성, 변덕

기본 욕구에 미치는 영향

- **자아실현 욕구** 캐릭터가 음주 운전으로 평판이나 신뢰에 큰 손상을 입는 경우, 기회를 놓칠 수도 있고, 중요한 것에 대한 접근 권한을 잃을 수도 있으며, 이익을 포기해 평생 후회하게 될 수도 있다.
- **존중과 인정의 욕구** 어리석은 결정이 창피와 수치를 초래해 다른 사람들로 하여금 캐릭터를 달리 보게 만들 뿐 아니라 캐릭터 스스로도 자신을 보는 방식이 달라질 수 있다.
- **애정과 소속의 욕구** 창피한 행동의 결과로 사랑하는 사람들이 그 여파에 얽혀 들 수 있다. 그 때문에 분노와 마찰이 생겨 캐릭터의 핵심적인 관계가 손상될 수 있다.

대처에 도움이 되는 긍정적인 특성

집중력, 협조적 성향, 정직함, 고결함, 겸허함, 성숙함, 순종적인 성향, 사색적 성향, 설득력, 적절하고 올바른 태도, 책임감

긍정적인 결과

- 실패를 겪어 바닥을 치고 다시는 똑같은 일을 벌이지 않겠다고 다짐한다.
- 책임을 받아들이고 인생의 더 큰 변화를 향해 발걸음을 내디딘다.
- 자신의 음주가 문제였음을 알게 되어 도움을 청한다.
- 캐릭터가 자신도 인간일 뿐이라는 것을 깨닫고 완벽주의를 버린다.
- 늘 경직되어 있던 캐릭터가 이제는 긴장을 풀고 (실제 해를 끼치지 않는 선에서) 바보처럼 굴 수도 있는 능력과 여유를 찾게 되어 더욱 인간적인 태도를 보이고 관계도 개선하게 된다.

실패하다 Failing at Something

사례

- 해고당한다.
- (고객이나 파트너를 확보하지 못하거나, 승진 기회를 날리거나, 좌천을 초래할 말이나 행동을 하는 것 등) 중요한 사업 기회를 날린다.
- 파산 신청을 해야 한다.
- 이혼 소송을 해야 한다.
- 학교에서 퇴학을 당한다.
- 성공할 기회를 맞기도 전에 사업을 지레 포기해야 한다. 위험하거나 캐릭터가 전에 한 번도 해 본 적 없는 일이거나 예상보다 더 어려운 일이기 때문이다.
- 중요한 경기나 대회에서 진다.
- (적절히 개입을 하지 않거나, 정서적으로 의논 상대가 되어주지 못하거나 늘 일을 중시하는 등) 캐릭터가 부모 노릇을 제대로 해내지 못해 자식과 소원해지거나 관계가 망가진다.
- 중독, 건강에 나쁜 습관, 망가진 행동 패턴 등을 극복하지 못한다.
- (스카우트, 연애 혹은 시집 사람들이나 처가 사람들과의 관계 등에서) 남에게 좋은 인상을 남기지 못하거나 호의를 끌어내지 못한다.

사소한 문제

- 이상적이지 못한 상황에서 계속해서 살아가야 한다.
- 진정한 잠재력을 제대로 발휘하지 못하고 살아간다.
- 실패나 변화에 대한 공포 탓에 늘 일을 성취하지 못하는 패턴을 되풀이한다.
- 새로운 직장이나 목표를 갖고 다시 시작해야 한다.
- 친구들이나 사랑하는 사람들에게서 원치 않는 조언이나 평가를 받아 이를 감내해야 한다.
- 사람들의 뾰족하고 날카로운 질문으로 인해 실패를 곱씹게 된다.
- 똑똑한 척하는 가족이나 친구들, 직장 동료 등을 상대로 '내가 너 그럴 줄 알았지'라는 말이 오가는 대화를 참아내야 한다.
- 남들의 가십거리가 되거나 연민의 대상으로 전락한다.

초래할 수 있는 심각한 결과

- 새로운 경제상황 때문에 생활 방식을 완전히 바꿔야 한다.
- 과거의 잘못을 만회하거나 잘못된 것을 바로잡거나 종결지을 기회를 잃는다.
- 실패가 공개된다.
- 실패가 중독, 부정적으로 생각하는 방식 등 건전하지 못한 대응을 유발한다.
- (새 직장을 찾아보거나, 더 싼 집으로 옮겨야 하는 등) 이사를 가거나 자리를 옮겨야 한다.
- 실패로 인해 꿈이 멀리 달아나 버린 것 같아 더 이상 좇을 수 없다.
- 고립되거나 쫓겨나거나 사랑하는 사람들과의 관계가 소원해져버린다.
- 결함이나 잘못이라고 생각한 것에 대해 (과소비를 하거나 빚을 지게 되거나, 과도하게 책임을 지거나, 자신의 능력이나 지식으로 할 수 없는 일을 하게 되는 등) 과잉 보상을 하게 된다.
- 새로운 기회로 뛰어들면 실패의 고통을 맛볼까 두려워 모험을 회피하게 된다.
- 실패 후 자신을 증명하기 위해 위험하거나 무모한 일을 도모한다.
- 자존감을 잃은 캐릭터가 사람들을 밀어낸다.
- 자그마한 자극에도 반발하고 싸움을 걸고 '잃을 게 없다'는 식의 태도로 평판과 관계를 더 망친다.

생길 수 있는 감정

고뇌, 부인, 낙담, 실망, 무력한 상태, 죄의식, 창피, 무능함, 침울함, 동경, 슬픔, 자기혐오, 자기 연민, 쓸모없다는 열패감

생길 수 있는 내적 갈등

- 실패에 집착해 곱씹기만 하다가 다 놓아버리거나 새 출발을 하지 못하게 된다.
- 실패에 잠식당해 자신의 강점을 보지 못하게 된다.
- 실패가 자신의 잘못이 아니라는 것을 알면서도 수치심에 몸부림친다.
- 실패한 자신에게 실망하면서도, 애초에 실패할 상황에 몰린 것이 억울하고 화가 난다.

- 자신이 할 수 있는 일은 다 했다는 것을 알면서도 성공하지 못했다는 이유로 벌을 받아도 싸다고 여전히 생각한다.
- 순교자 콤플렉스에 걸려 자기 연민에 시달린다.
- 우유부단함이나 실패에 대한 공포에 아무것도 하지 못하는 마비 상태가 된다.
- 실패한 데 대해 남몰래 안도감이 들면서도 한편으로는 다른 사람들을 실망시켜 창피하다(가령 자신의 꿈이 아니라 부모의 꿈을 대신 좇은 상황이었고, 그간 압박이 너무 심했기 때문에).
- 실패를 놓아버리고 다시 시작해야 하는데 쉽지 않다.

상황을 악화시킬 수 있는 부정적인 특성

중독 성향, 통제 성향, 방어적인 태도, 충동, 불안정, 무책임, 무모함, 분노, 자기파괴적인 태도, 앙심

기본 욕구에 미치는 영향

- **자아실현 욕구** 실패로 대가를 치러야 해서 캐릭터가 더 많은 일을 해야 하거나 더 높이 올라가지 못할 경우, 스스로 성공과는 멀어진 채 정체되어 있는 것처럼 느끼기 시작할 수 있다.
- **존중과 인정의 욕구** 실패는 개인의 문제이다. 대개 자존감과 엮여 있다는 뜻이다. 캐릭터의 실패가 끔찍한 결과를 몰고 오는 경우(특히 사랑하는 사람이나 무고한 사람에게 해가 미칠 경우) 캐릭터의 자존감은 스스로의 가치를 다시 확인할 수 있을 때까지 수많은 내적 고뇌에 빠지며 하락할 수 있다.
- **애정과 소속의 욕구** 캐릭터가 과거의 관계에 관한 실패 때문에 다시 인연을 맺기를 두려워하게 될 경우, 의미 있는 우정 관계를 만들 기회를 놓치게 되거나 연애 감정이 있는데 행동을 하지 않아 짝사랑의 고통에 시달릴 수 있다.

대처에 도움이 되는 긍정적인 특성

적응 능력, 야심, 집중력, 근면함, 성숙함, 객관적인 태도, 통찰력, 끈기, 철학적이

고 사색적인 성향, 전문성

긍정적인 결과

- 실패에서 배운 것을 통해 실패를 되풀이하지 않게 된다.
- 처음으로 스스로를 현실적이고 정확한 눈으로 보게 된다.
- 실패의 대가나 결과를 감당하는 동안 자신이 지닌 내적인 힘을 발견하게 된다.
- 실패의 경험을 남들을 돕는 교육이나 코칭 경험으로 승화할 수 있다.
- 캐릭터가 타인들의 부당한 요구에 영합하지 않고 스스로 원하는 바를 따르기로 결단을 내린다.
- 실패하지 않았다면 불가능했을 새로운 기회를 얻게 된다. 가령 새로 사업을 시작하거나 직장을 옮기거나 새로운 관계를 맺는 대신, 자신만의 시간을 만끽하는 일 등.

엉뚱한 사람에게 사적인 메시지를 보내다

Sending A Private Message to The Wrong Person

사례

- 문자 메시지나 이메일을 엉뚱한 사람에게 보낸다.
- 사내 메일을 보내면서 무심코 '전체 회신'을 누른다.
- 대답을 다른 사람에게 전달만 해야 하는데 직접 답을 한다.
- 문자 메시지 답장을 개별 수신자에게 하지 않고 집단 문자로 보내 버린다.
- 공개 토의장이나 토론 게시판이나 소셜 미디어 페이지에 사적 메시지를 무심코 게시한다.

사소한 문제

- 공개적으로 바보 같은 실수를 저지른 탓에 창피를 감수해야 한다.
- 수신자가 메시지를 삭제하고 내용에 대해 함구해줄 의향이 있는지 넌지시 타진해봐야 한다.
- (모욕적인 내용이거나 논란이 되는 문제일 경우) 관계상의 마찰이 일어날 수 있다.
- 피해 수습을 하느라 시간을 낭비해야 한다.
- 메시지를 잘못 받은 상대가 자신이 대화에서 제외될 뻔했다는 것을 메시지를 통해 알게 된 후 캐릭터와 어색한 거리가 생긴다.
- 잘못 간 메시지에 신경을 쓰며 걱정하느라 생산성이 감소한다.
- 경쟁 상대인 직장 동료가 캐릭터의 계획이나 아이디어에 대해 알게 되어 그걸로 이득을 보려 한다.
- 캐릭터의 능력과 신뢰성이 의구심의 대상이 된다.
- 벌어진 상황 때문에 잠을 못 자고 스트레스가 높아진다.
- 그런 상황에 연루된 데 실망한 수신자와 갈등에 빠진다.

초래할 수 있는 심각한 결과

- (성관계 관련 문자 주고받기(섹스팅), 동료에게 잠자리를 청하는 것, 성희롱 등) 부적절한 목적으로 사내 이메일을 사용했다는 이유로 해고당한다.
- 메시지 내용이 회사 수익에 손실을 내거나 고객을 잃게 만들거나

홍보상의 문제를 일으켜 해고당한다.

- (문자의 내용이 캐릭터의 불법 행동을 암시한 경우) 체포나 고발을 당한다.
- 개인의 비밀이 신뢰하는 상대에게뿐 아니라 널리 공개되어버리는 꼴을 당한다.
- 메시지의 내용 때문에 연애가 끝장이 난다.
- 이메일을 캡처한 영상이 소셜 미디어에 공개되어 더 큰 해를 낳는다.
- 침묵을 대가로 수신자에게 협박을 받는다.
- 이메일에서 비방 상대가 된 사람에게 보복을 당한다(가령 캐릭터에 대한 개인 정보를 누설한다거나 집단 내 캐릭터의 지위에 손상을 입히는 등).
- 고혈압, 위궤양이나 우울증 같은 심각한 건강 문제에 시달린다.
- 공유된 내용과 관련하여 불만이 터져 나온다. 가령 캐릭터의 농담이나 행동 때문에 성희롱을 당했다거나 불편했다는 식의 주장이 사람들에게서 나온다.
- 메시지의 내용이 맥락을 벗어나 캐릭터의 평판을 떨어뜨리려는 경쟁자나 전 애인에게 이용당한다.

생길 수 있는 감정

불안, 불신, 공포, 당혹감, 두려움, 죄의식, 창피함, 불안정, 신경과민, 편집증, 후회, 자기 연민, 부끄러움, 충격, 근심

생길 수 있는 내적 갈등

- 메시지가 밝히고 있는 내용(캐릭터가 지닌 편견, 찌질함이나 잔인함 같은 결함 등) 때문에 창피하다.
- 관련 당사자들 때문에 마음이 불안하다.
- 일어난 일이 초래할 수 있는 장기적 여파가 우려스럽다.
- 관련자들과 대적하거나 마주하기보다 숨고 싶다.
- 손상을 최소화하기 위해 상황에 대해 거짓말을 하고 싶은 유혹이 든다.
- 사건이 일으킨 곤란 때문에 사랑하는 사람들이나 직장 동료들에게 죄책감이 든다.

상황을 악화시킬 수 있는 부정적인 특성

심술궂음, 거만함, 방어적인 태도, 과장하거나 극단적인 성향, 편집증적 성향

기본 욕구에 미치는 영향

- **자아실현 욕구** 실수의 여파가 꿈을 실현하는 캐릭터의 능력을 제한할 만큼 클 경우, 캐릭터는 자신이 목표로 하는 성취가 미래에 이루어질 수 있을 거란 희망을 잃기 시작한다.
- **존중과 인정의 욕구** 이런 사례는 자신이 정말 바보 같다고 느끼게 하는 실수들 중 하나로 이 경우, 당사자가 자신의 가장 큰 비판자가 되며 자신의 판단을 다시 믿을 만큼의 자존감을 되찾는 데 상당한 시간이 소요될 수 있다.
- **애정과 소속의 욕구** 메시지의 내용이 중요한 관계에 상처를 줄 만큼 해악이 큰 경우(가령 바람이 밝혀진다거나, 무분별한 행동이 발각된다거나 배우자의 비밀이 폭로되는 경우 등) 사랑과 소속감의 욕구는 위협을 받을 수 있다.
- **안전 욕구** 메시지의 내용이 힘 있는 사람의 이익을 위협하거나 손상시키는 경우, 그들이 캐릭터에게 보복을 시도할 수 있다.

대처에 도움이 되는 긍정적인 특성

매력, 관대함, 설득력, 선제적인 행동 능력, 책임감, 이타심

긍정적인 결과

- 향후 문자 메시지나 메일로 소통할 때 더욱 주의하는 법을 배운다.
- 캐릭터가 자신의 성격 중 맹점(결함이나 편견 등)을 발견하고 바꾸기로 결심한다.
- 가십이 해롭고 분열적이라는 점을 깨닫고 더 이상 하지 않기로 결단을 내린다.
- 이런 사건이 아니었으면 시작하지 않았을, 필요한 대화가 이루어진다.
- 논의에서 배제되었던 대상자가 일이 발생하지 않았다면 결코 알지 못했을 중요한 진실을 우연히 알게 된다.

엉뚱한 사람에게 조언을 받다

Taking Advice from The Wrong Person

사례

- 캐릭터가 자신에게 불리한 일을 몰래 벌이고 있는 사람에게 엉뚱하게 조언을 구한다.
- 자신의 이익만 챙기는 사람의 말에 귀를 기울인다.
- 선의는 있으나 자신이 무슨 말을 하고 있는지 알지 못하는 사람의 조언을 받는다.
- 캐릭터가 늘 듣고 싶은 이야기만 해주는 사람, 늘 맞다고 말하며 동조하는 사람의 말에 귀를 기울인다.
- 직접 찾거나 조사를 해보지 않고 소셜 미디어상에서 조언을 구한다.
- 한물간 의견을 개진하는 전문가(오랫동안 업계를 떠나 있었거나, 자신의 전문 분야에서 현직에 있지 않거나, '구식'이 최상이라고 믿는 사람들)의 말을 열심히 듣는다.
- 시간이 없고 결정을 빨리 내려야 한다는 이유로 첫 조언만 듣고 바로 따른다.

사소한 문제

- 자신의 정보를 타인들에 의해 교정받은 것이 창피하다.
- 데이터를 재점검하고 조사 과정을 처음부터 다시 시작해야 한다.
- 캐릭터와 조언을 준 사람 사이의 관계에 마찰이 생긴다.
- 타인들의 신뢰를 잃는다.
- 한시가 급한 상황인데 엉뚱한 조언으로 자기만족에 빠져 안주하게 됨으로써 결국 중요한 일을 그르친다.
- 실책에 대해 사과해야 한다.
- 잘못된 정보 때문에 캐릭터의 직장 동료, 배우자, 자식 등이 창피한 상황에 빠진다.
- 캐릭터가 '전문가의 조언'을 자신의 것으로 속였기 때문에 이중으로 창피한 상황에 처한다.
- 최악의 비판자(경쟁하는 교수, 시아버지 등)의 눈에 형편없고 무능한 꼴을 보인다.

초래할 수 있는 심각한 결과

- 타인들을 신뢰하는 데 어려움을 겪게 된다.
- 중요한 일에서 앞으로 신뢰를 받지 못하게 된다.
- 타인의 조언을 일부러 찾지 않게 되고 그 때문에 지식의 제약이 생긴다.
- 잘못된 정보로 인해 중요한 협력자나 후원자를 잃게 된다.
- 엉뚱한 사람에게 조언을 받아 오히려 차질이 생겨 시간이 얼마 남지 않게 되는 상황이 벌어지고, 그 때문에 전반적인 목표 성취가 어려워진다.
- 캐릭터가 부정확한 정보에 근거해 행동한 결과 누군가가 해를 입거나 죽는다.
- 경쟁자가 정확한 정보를 갖고 끼어들어 승리를 가로챈다.
- 해고당한다.
- 캐릭터가 방어적이 되고 나쁜 조언을 지지하기 위해 완강한 태도를 취하게 된다.
- 잘못된 투자로 많은 액수의 돈을 잃는다.
- 부지불식간에 법률을 어기거나 사기 범죄를 저지른다.
- 친구의 친구를 고용했는데 그가 회사 돈을 훔치고 있거나, 거래 기밀을 팔고 있거나, 생산 라인을 파괴하고 있다는 등의 사실을 발견한다.
- 조사에 집착하게 되어 정보를 과다하게 취하게 된다.
- 조언이 큰 실책을 낳고 그 여파가 널리 퍼져나간다.
- 누구의 조언도 받기를 꺼리게 되고 늘 모든 일의 전문가가 되어야 하는 상황에 처한다.

생길 수 있는 감정

분노, 혼란, 방어적인 태도, 부정, 당혹감, 창피, 수치, 상처, 자신감 상실, 억울함, 자기 연민, 회의감, 충격

생길 수 있는 내적 갈등

- 좋은 조언과 나쁜 조언을 구별하는 데 있어 자신의 판별력을 의심하게 된다.
- 자신의 육감이 틀릴까 봐 걱정하게 된다.
- 엉뚱한 사람을 신뢰했다는 것, 정보의 출처를 의심하지 않았다는

것 때문에 자책하게 된다.

- 상대에게 똑같은 수치심을 안겨 앙갚음하고 싶은 유혹이 든다.
- 생길 수 있는 차질 때문에 전전긍긍하게 된다.
- 정보의 출처에 대해 상반되는 감정이 든다. 특히 캐릭터가 정보 출처가 되는 사람과의 관계를 중시하는 경우에 더욱 그렇다.

상황을 악화시킬 수 있는 부정적인 특성

무관심, 거만함, 자기방어적 태도, 남을 잘 믿는 성향, 불안정, 순교자인 양하는 태도, 과장과 극단적인 성향, 과민 반응, 완벽주의, 요령이나 눈치 없음, 변덕, 의지박약

기본 욕구에 미치는 영향

- **자아실현 욕구** 적절하지 않은 조언을 받는 일로 캐릭터에게 문제가 생길 수 있다. 캐릭터가 중요한 결정들을 내릴 때 자신이 좋아하는 것과 자신의 욕구를 파악하는 데 시간과 에너지를 투자하지 않고, 다른 사람들의 정보에만 기댄다면 원하는 것을 제대로 이룰 수 없다.
- **존중과 인정의 욕구** 믿을 만한 가치가 없는 사람을 믿었던 캐릭터는 자신이 잘 속아 넘어간다고 생각하기 쉽기 때문에 그 과정에서 지나친 자기 의심이 생겨날 수 있다.
- **안전 욕구** 캐릭터가 기존의 상식과 정보를 뒤집고 허약한 조언을 받아들인다면, 바로 눈앞에 있는 위험을 간과할 수 있다. 이 경우 캐릭터가 스스로 상처를 받거나 잘못 때문에 기소를 당하거나, 큰돈을 잃을 수도 있다.

대처에 도움이 되는 긍정적인 특성

외교술, 정직함, 고결함, 무고함, 지성, 성숙함, 설득력, 전문성, 올바른 태도, 창의력

긍정적인 결과

- 스스로 알아보고 조사하는 일의 중요성을 깨닫게 된다.
- 앞으로 누구를 믿어야 할지 더 조심하고 경계하게 된다.
- 다수의 사람들에게 조언을 구함으로써 견제와 균형을 이루는 시스템을 만든다.
- 진정성이 없거나 믿어서는 안 될 사람을 더 잘 가릴 수 있게 된다.
- (캐릭터가 자신의 직감을 믿지 않아 실수를 했을 경우) 자신의 직감을 더 믿게 된다.
- 형편없는 조언이 고의적인 것이었을 경우, 캐릭터는 누구를 믿을 수 있고 없는지에 관해 통찰력을 얻게 된다.

위험을 과소평가하다 Underestimating Danger

이 장에서는 캐릭터가 위험한 상황이나 생명을 위협하는 상황을 잘못 파악해 초래되는 갈등 시나리오를 주로 다룬다. 상대적으로 심각하지 않은 실수에 대해서는 '그릇된 판단을 내리다' 편을 참조할 것.

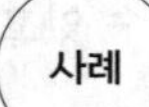

- 차를 태워주겠다는 낯선 사람의 제안을 받아들인다.
- 하이킹을 하거나 스키를 타거나 배를 타는 동안 위험 징후를 무시해서 부상을 입는다.
- 위험한 상황에서 운전을 감행한다.
- 친구가 마신 술의 양을 과소평가하고 운전을 해도 된다고 생각한다.
- 위험천만한 수술을 선택해 받았는데 결과가 잘못된다.
- 허리케인이나 눈보라를 헤쳐 이동하기로 결정했는데 상황이 예상보다 훨씬 더 심각하다.
- 이웃집 방문객이라 주장하는 사람에게 아파트 문을 열어주었는데 실제로는 폭력을 저지를 의도가 있는 자다.
- 은밀한 장소에서 온라인상의 친구를 처음 만난다.
- 아이들이 아직 어린데 아이들만 두고 집을 나선다.
- 캐릭터가 중독을 스스로 조절할 수 있다고 믿는다.
- 주먹다짐을 말리려다 누군가 무기를 꺼내 상황이 더욱 위험해진다.
- 깊이를 모르거나 물속에 무엇이 있는지도 모른 채 물속으로 뛰어든다.
- 캐릭터가 자신이나 가족에게 중요한 치료를 미룬다.

사소한 문제

- 멍이 들거나 팔이 부러지는 등 경미한 부상을 입는다.
- 딱지를 떼거나 벌금을 부과받는다.
- 악천후를 넘길 자원을 충분히 확보하지 못해 굶주림에 처한다.
- 낯선 사람의 도움에 의지해야 한다.
- 휴대폰 서비스가 고장이 나 도움을 청하기 어려운 상황에 빠진다.

- 의료 종사자와 길고 지루한 법정 다툼을 벌여야 한다.
- 경미한 자동차 사고를 당한다.
- 좋아하지 않는 사람들과 오랜 시간 같이 있어야 하는 상황에 빠진다.
- 경찰이나 소방관이나 응급요원들에게 구조를 받는 상황에 처한다.
- 어떤 도움도 없이 혼자서 위험에 맞서야 한다.

초래할 수 있는 심각한 결과

- 캐릭터가 심각한 부상을 입어 입원하거나 사망한다.
- 캐릭터를 돌보던 사람이 죽는다.
- 구조원들이 캐릭터를 구하려다 부상을 입는다.
- 캐릭터가 다른 사람들의 부상에 책임이 있다.
- 팔다리를 잃거나, 시각, 청각, 미각, 후각, 촉각 중 하나를 잃거나, 걷는 능력 등을 상실한다.
- 캐릭터가 아이들을 위험에 빠뜨려 양육권을 잃는다.
- 잠재적 위험이 삶에 영향을 끼칠까 봐 편집증에 가까운 걱정을 한다.

생길 수 있는 감정

괴로움, 불안, 경악, 방어적 태도, 부인, 우울, 절망, 체념, 상심, 공포, 두려움, 비탄, 죄의식, 끔찍함, 히스테리, 공황, 무기력함, 화, 억울함, 후회, 가책, 자기혐오, 수치, 쓸모없다는 생각

생길 수 있는 내적 갈등

- 위기 내내 공포에 쩔쩔매면서도 살아남기 위해 공포를 억눌러야 한다는 것은 알고 있다.
- 다른 사람들이 위험에 처해 있다는 것을 알면서도 자신만 빠져나가고 싶은 유혹을 느낀다.
- 위험을 과소평가한 자신이 밉다. 자책감을 떨칠 수가 없다.
- 일이 벌어진 후 신에 대한 분노로 씨름한다.

상황을 악화시킬 수 있는 부정적인 특성

거만함, 통제 성향, 비겁함, 냉소적인 태도, 부정직함, 의리 없음, 별종, 어리석음, 무지, 충동적인 성향, 부주의, 우유부단, 경직된 태도, 불합리성, 무책임, 게으름, 다 안다는 듯한 태도, 과민 반응, 무모함

기본 욕구에 미치는 영향

- **존중과 인정의 욕구** 위험을 과소평가한 데 대해 자책하는 캐릭터는 자신의 직감이나 육감이 결함이 있다고 여겨 자신을 하찮게 여기게 된다.
- **애정과 소속의 욕구** 캐릭터가 사랑하는 사람을 위험에 빠뜨려 다른 사람들의 용서를 구하기 힘든 경우, 관계가 삐걱거리게 된다.
- **안전 욕구** 위험을 과소평가하는 경우, 의료비나 법정 소송 비용 등에 있어 재정적 어려움이 생기거나 손실을 입을 수 있다.
- **생리적 욕구** 캐릭터가 위험한 상황에서 빠져나오지 못하거나 구조를 받지 못하는 경우, 사망에 이를 수도 있다.

대처에 도움이 되는 긍정적인 특성

적응 능력, 모험심, 경계태세, 분석적 성향, 차분함, 조심스러움, 용기, 호기심, 결단력, 수양과 단련, 효율성, 정직성, 겸손함, 객관성, 관찰력, 끈기, 선제적인 행동 능력, 창의력, 자유로움, 이타심

긍정적인 결과

- 캐릭터와, 캐릭터를 돌봐 건강하게 만들어준 사람 사이에 연애 감정이 꽃핀다.
- 위험을 예상하는 본능이 더욱 발전한다.
- 캐릭터가 자신이 겪은 똑같은 위험을 다른 사람들이 마주할 때 어떻게 해야 할지 알려줄 수 있게 된다.
- 목숨을 위협하는 시련에서 살아남은 후 자신감을 얻는다.
- 더욱 신중하고 관찰력이 뛰어난 사람이 되어 다른 데서도 그러한 능력을 발휘할 수 있게 된다.
- 자신만이 아니라 다른 사람들에 대해서 생각하는 법을 배운다.
- 자신이 갖고 있는 줄 몰랐던 새로운 자질이나 강점을 발견하게 된다.

자동차 사고를 내다 Causing A Car Accident

사례

- 운전 중에 문자를 주고받다 가벼운 교통사고를 낸다.
- 과음한 상태에서 운전하다 다른 차량과 접촉 사고를 낸다.
- 운전 부주의로 동물이나 걸어가던 사람을 친다.
- 운전대를 잡고 졸다가 도로를 벗어나 나무나 구조물을 친다.

사소한 문제

- 경찰이나 견인차를 기다려야 해 지각한다.
- 대기 중에 법석을 떠는 아이들을 달래야 한다.
- 자동차가 수리 불가능할 정도로 파손되어 캐릭터가 탈것이 없어진다.
- 교통 위반 딱지를 뗀다.
- 다른 운전자와 갈등 상황에 빠진다.
- 신참 운전자나 젊은 운전자가 사고 처리 절차를 모른다.
- 사고로 (두통, 근육통, 멍이나 찰과상 등)일시적인 건강 문제가 생긴다.
- 남의 차를 손상시켜 금전적으로 수리 책임을 져야 한다.
- 자동차가 운전할 상태가 아니거나 압수를 당하는 경우 다른 사람을 불러 차를 얻어 타야 한다.

초래할 수 있는 심각한 결과

- 내출혈, 폐허탈, 장기 손상 등 생명을 위협하는 부상을 입는다.
- (마비, 외상성 두부 손상, 허리 통증 등) 만성 통증이나 장애를 초래하는 부상을 당한다.
- 사망한다.
- 부주의로 인한 사고로 사망자가 생긴다.
- 심각한 부상을 입었는데 보험이 하나도 없다.
- 사고가 너무 외딴 곳에서 발생해 당분간 도움의 손길을 받을 수 없다.
- 소송을 당한다.
- 자동차에 갇힌다.
- (음주 운전이었거나 처음이 아니라는 이유 등으로) 캐릭터가 면허증

을 잃는다.

- 회복 기간이 길어진다.
- 부상 또는 회복 기간 동안 놓친 시간 때문에 일을 할 수 없게 된다.
- 의료 비용과 법정 비용이 누적되어 부채가 늘어난다.

생길 수 있는 감정

괴로움, 불안, 우려, 방어적 태도, 상심, 불신, 공포, 당혹감, 감정이입, 경악, 허둥지둥, 고마움, 죄의식, 두려움, 신경과민, 공황 상태, 후회, 가책, 자기혐오, 충격

생길 수 있는 내적 갈등

- (사고 현장을 떠나거나, 다른 운전자에게 책임을 전가하기 위해 거짓말을 하는 등의 방법으로) 책임을 회피하고 싶은 유혹이 든다.
- 캐릭터가 사고를 피하기 위해 무엇을 할 수 있었을지 끊임없이 자문한다.
- 죄의식에 사로잡힌다.
- 우울하다.
- 마음속에서 사고를 되풀이해 그려본다.
- (운전 공포, 병원 공포 등) 사고와 관련된 공포증이 생긴다.
- 일어날 수도 있었던 일을 생각하는 것에 강박적으로 매달리게 된다('누군가를 죽였다면 어떻게 하지?', '집을 30초만 늦게 떠났다면 이 모든 일을 피할 수 있었을 텐데.', '파티에서 술을 왜 그리 많이 마셨지?' 등).
- 배우자나 부모님에게 듣게 될 말 때문에 걱정이 태산이다.

상황을 악화시킬 수 있는 부정적인 특성

중독 성향, 방어적 태도, 거짓말, 괴짜거나 별난 성격, 아둔함, 충동적인 성향, 부주의, 무책임, 감정 과잉, 병적인 성향, 신경과민, 강박적인 성향, 옹석, 변덕

기본 욕구에 미치는 영향

- **자아실현 욕구** 사고로 인한 공포나 불안 때문에 심하게 제약을 받거나 신체적 장애가 생겨 목표를 이룰 수 없게 되는 경우, 캐릭터는 자신이 꿈꿨던 인생을

살 수 없게 된다.

- **존중과 인정의 욕구** 캐릭터가 사고에 대한 책임을 스스로의 내면이나 타인들에게서 추궁당하는 경우, 자존감이 하락할 뿐 아니라 다른 사람들의 존경심도 얻지 못하게 된다.
- **애정과 소속의 욕구** 캐릭터가 책임이 있는 심각한 사고의 여파로 사랑하는 사람들 혹은 스스로를 용서하기가 힘든 경우, 자신이 사랑받고 포용받을 자격이 없다고 생각하게 된다.
- **안전 욕구** 자동차 사고는 캐릭터의 안전을 위협한다. 다른 사람들이 연루되어 보복을 하기로 결심하는 경우, 안전은 계속 문제가 될 수 있다. 특히 연줄 때문에, 혹은 사고 당시에 미성년이었다는 이유로, 혹은 잘못된 경찰 조사 절차로 범죄 혐의가 기각되어 법망과 처벌을 피하는 경우 캐릭터는 위험에 처할 수 있다.
- **생리적 욕구** 사고로 일어나는 이런 종류의 갈등은 캐릭터나 캐릭터가 사랑하는 사람의 목숨을 잃는 상황을 초래할 가능성이 얼마든지 있다.

대처에 도움이 되는 긍정적인 특성

감사하는 태도, 집중력, 협조적인 태도, 감정이입과 공감, 관대함, 고결함, 성숙함, 객관성, 낙관

긍정적인 결과

- 감사하게도 상황이 생각했던 것만큼 험한 결과로 이어지지 않는다.
- 삶에서 중요한 것이 무엇인지 다시 한 번 깨닫게 된다.
- 더 신중하고 끈기 있는 운전자로 거듭난다.
- 처벌 대신 용서를 받고 관대함을 얻고 용서할 줄 아는 사람이 된다.
- 캐릭터가 자신에게 문제가 있다는 것(알코올 중독, 운전 중 문자 주고받기 등)을 알고 문제를 해결하기 위해 조치를 취한다.
- 단체와 협력하여 음주 운전으로 인한 여파와, 뒷감당을 하며 살아간다는 것이 어떤 것인지에 관해 다른 사람들에게 전한다.

작업장에서 위험을 초래하다 Causing A Workplace Hazard

사례

- 도구나 기계나 기술을 잘못 사용한다.
- 사고로 화재를 낸다.
- 화학 물질이나 위험한 재료를 올바르지 못한 방식으로 다룬다.
- 안전 규정을 따르지 않는다.
- 직장 동료를 전염병에 노출시킨다.
- 안전 교육을 실시하지 않는다.
- 평소에 해야 할 보수 관리, 업데이트나 점검을 게을리한다.
- 왕따나 괴롭힘, 차별 혹은 폭행 등으로 작업장을 소란스럽게 만든다.
- 위험한 동물을 직장에 데려온다.
- 권한이나 자격이 없는 사람을 작업장에 허용하여 들인다.
- 작업장에서 폭행을 저지른다.
- 유해 폐기물이나 위험 폐기물을 제대로 처리하지 못한다.
- 근무 시간에 잠이 들거나 딴짓을 한다.
- 민감한 정보를 부주의하게 공유한다.
- 직장 동료들을 알레르기 물질에 노출시킨다.
- 인건비를 줄여 돈을 아끼다 작업장의 안전 수준을 떨어뜨린다.

사소한 문제

- 창피하다.
- 직장 동료들에게 놀림감이나 조롱감이 된다.
- 잘못을 인정하고 영향을 받은 이들에게 알려야 한다.
- 직장 동료들의 불신을 감당해야 한다.
- 스트레스가 높아진다.
- 안전 관련 과목 수강을 하거나 교육 과정을 밟아야 한다는 요구를 받는다.
- 사과를 해야 한다.
- 상급자에게 꾸중을 듣는다.
- 벌금을 내거나 손상된 도구, 기계, 기술의 수리 비용을 지불해야

한다.

- 회사 내에서 봉급이 깎이거나 다른 일을 맡게 되거나 노동 시간을 삭감당한다.

초래할 수 있는 심각한 결과

- 동료 노동자에게 부상을 입히거나 사망을 초래한다.
- 재산 손실을 입힌다.
- 기업과 직원 수입에 부정적인 영향을 끼친다.
- 손해 또는 인명 손실에 대한 책임을 진다.
- 해고당한다.
- 사람들이 위반에 대해 알게 된다.
- 새 일자리를 구하기 어려워진다.
- 고소를 당하거나 범죄 혐의를 받게 된다.
- 직장 동료들의 개인 정보나 금융 정보가 믿을 수 없는 소식통에 노출된다.

생길 수 있는 감정

괴로움, 불안, 경악, 근심, 체념, 상심, 두려움, 공포, 죄의식, 무서움, 창피함, 어안이 벙벙함, 공황, 후회, 자기 연민, 수치, 충격, 고문당하는 느낌, 걱정

생길 수 있는 내적 갈등

- 캐릭터가 판단상의 실수와 남들에게 끼친 여파로 죄의식과 수치를 느낀다.
- 명백한 실수였음을 알지만 스스로 용서하기가 쉽지 않다.
- 캐릭터가 자신의 잘못된 선택을 끊임없이 곱씹는다.
- 일어날 수 있는 법적, 경제적 여파를 걱정한다.
- 캐릭터가 실수한 원인을 모두 떠올리며 그중 변론할 수도 있는 것을 기억하려고 애쓴다.
- 직장 동료들에게 연락해 도움을 요청하고 싶지만 그들이 할 말을 듣기가 두렵다.
- (캐릭터에게 책임이 있다는 증거가 전혀 없는 경우) 책임을 부정하는 유혹을 감당해야 한다.
- 외상 후 스트레스와 씨름해야 한다.

- 의사 결정을 어렵게 만드는 다른 사고를 일으킬까 봐 걱정이 된다.

상황을 악화시킬 수 있는 부정적인 특성

반사회적 성향, 무관심, 아둔함, 위선, 부주의, 완벽주의, 기만적 행태, 분노, 비협조적 태도, 부도덕

기본 욕구에 미치는 영향

- **자아실현 욕구** 실수로 인해 직장 내에서 승진에 제약을 받는 경우, 캐릭터는 만족스럽거나 성취감이 없는 일에 묶여 오도 가도 못하게 될 수 있다.
- **존중과 인정의 욕구** 캐릭터가 사고에 대해 자기 탓을 하면서 강렬한 죄의식과 수치심을 경험할 수 있다. 나쁜 결과를 미리 막지 못했다는 자책감을 느낄 수 있다는 뜻이다.
- **애정과 소속의 욕구** 직장 동료나 팀원들의 신뢰를 잃는 경우, 위험이 우연히 벌어진 것이라 해도 캐릭터는 직장 내에서 자신의 기반이 흔들리고 있다고 생각할 수 있다.
- **안전 욕구** 캐릭터가 일정 기간 동안 급료를 받지 못하고 정직을 당하는 경우 혹은 부상을 입어 일을 할 수 없게 되는 경우, 경제 사정이 악화될 수 있다.
- **생리적 욕구** 실수나 실책의 정도에 따라 심각한 위험이나 사망까지 초래될 수 있다.

대처에 도움이 되는 긍정적인 특성

적응 능력, 감사하는 태도, 차분함, 자신감, 협조적인 태도, 외교술, 수양과 단련, 공감 능력, 정직성, 객관성, 낙관주의, 끈기, 선제적인 행동 능력, 책임감

긍정적인 결과

- 더 나쁜 결과를 초래했을 수 있는 위험을 미리 노출시키는 것은 득이다.
- 미래의 위험을 예방하기 위해 기존의 안전 규정을 강화할 수 있다.
- 해고당하지만 성취할 수 있는 더 나은 직장을 구하게 된다.

- 새로운 기술을 배울 수 있는 덜 위험한 직종으로 옮겨 가 결과적으로 더 큰 성취감을 맛볼 수 있다.
- 용서를 받아본 덕에 스스로도 타인에게 더 쉽게 용서를 베풀 수 있게 된다.

잘못을 저지르다 발각당하다

Getting Caught Doing Something Wrong

일러두기

캐릭터가 실수를 하다 발각당하는 경우는 무궁무진하다. 이 항목에서 가능한 한 많은 사례를 제시했지만 더 구체적인 정보를 확인하려면, '불륜이나 부정을 들키다', '술을 먹거나 약에 취한 상태에서 어리석은 짓을 저지르다', '짓궂은 장난으로 상황이 악화되다' 편을 참조할 것.

사례

- 세금을 내지 않아 회계감사를 받게 된다.
- 고용인이 현금등록기에서 돈을 훔치거나 상품을 친구들에게 공짜로 주다 발각된다.
- 캐릭터가 수도나 전기 같은 시설을 몰래 빼다 쓰는 것을 이웃이 알게 된다(케이블 선을 쪼갠다거나, 와이파이를 가져다 쓴다거나, 이웃의 전원 콘센트에서 가전제품 전기를 쓴다거나 하는 등).
- 직장 동료가 다른 사람이 잘한 일의 공을 가로채다 발각된다.
- 학생이 시험 때 부정행위용 쪽지를 갖고 있다 발각된다.
- 캐릭터가 누군가를 협박하거나 괴롭히는 내용을 담은 문자 메시지 영상이 공개된다.
- 십 대가 통금 이후 몰래 돌아다니거나, 수업을 빼먹거나, 약물을 사용하다 발각된다.
- 저작권이 있는 음악이나 책이나 영화를 인터넷에서 불법으로 다운로드 받다 걸린다.
- 속도위반이나 신호 위반과 같은 교통 법규 위반으로 제지당한다.
- 권한이 있는 지위에 있는 사람이 뇌물을 받아 발각된다.
- 자선 단체의 자원 봉사자가 시설 구성원들을 위해 모은 자금이나 물품을 가로챈다.
- 거짓말이 발각된다.
- 다른 사람을 함정에 빠뜨리다 발각된다.
- 범죄 혐의로 유죄 판결을 받는다.

사소한 문제

- 친구들이나 가족이나 직장 동료들의 신임과 존중을 잃는다.
- 학생이 부정행위로 정학을 당한다.
- 변호사 비용을 내야 한다.
- 법정, 청문회 혹은 의무 교육 과정에 다니느라 시간을 소모해야 한다.
- 캐릭터의 잘못으로 해를 입은 사람에게 사과를 해야 한다.
- 면허증을 잃어버려 어디를 가건 걷거나 버스를 타야 한다.
- 외출 금지를 당하거나, 감시를 당하거나, 기자나 시위자들에 둘러 싸여 집을 나설 수가 없는 등 자유를 잃는다.
- 신뢰를 잃은 탓에 감시가 늘어난 상태로 살아가야 한다.

초래할 수 있는 심각한 결과

- 캐릭터가 저지른 행동 때문에 해고를 당하거나 전문직 영업을 금지당한다.
- 범죄 행위 때문에 징역살이를 해야 한다.
- 불법 행위 때문에 양육권을 잃는다.
- 피해를 입은 친구가 캐릭터와 다시는 연을 맺고 싶어 하지 않는다.
- 피해를 바로잡아야해서 재정적으로 어려워진다.
- 캐릭터의 사기나 횡령으로 비영리단체가 기부금을 잃거나, 자선 단체 지위가 취소된다.
- 캐릭터의 부도덕한 행동 때문에 고용주가 사업을 못하게 된다.
- 신뢰가 깨질 뿐 아니라, 타인들이 캐릭터의 실망스럽거나 비윤리적인 행동이 지속된다고 생각해 캐릭터에게서 거리를 둔다.
- 캐릭터가 자신의 행동을 변명하고 핑계만 대는 바람에 위반 행위가 오히려 더 공고해진다.
- 조사와 감시가 늘어나 피해 사항이 더 발견된다.

생길 수 있는 감정

분노, 번민, 불안, 경악, 우려, 배신감, 쓰라림, 확신, 갈등, 방어적 태도, 부정, 절망, 상심, 두려움, 공포, 좌절, 죄의식, 수치심, 신경과민, 공황 상태, 무력함, 후회, 안심, 자기 연민

생길 수 있는 내적 갈등

- 잘못한 일을 바로잡고 싶지만 사과나 사죄를 하기에는 자존심이 허락하지 않는다.
- 더 나은 사람이 되거나 더 좋은 선택을 할 수 없다고 생각하게 된다.
- 규칙이 불합리하다는 생각을 바꾸지 않아 변화에 저항한다.
- 캐릭터가 상황 때문에 자신의 행동을 정당화할 수 있다고 생각한다.
- 진단이 확정되지 않았거나 치유되지 않은 정신 질환으로 씨름한다.

상황을 악화시킬 수 있는 부정적인 특성

무관심, 유치함, 충동적 성향, 호전성, 냉소주의, 의리 없음, 반항심, 제멋대로인 성향, 앙심

기본 욕구에 미치는 영향

- **자아실현 욕구** 캐릭터의 행동이 범죄기록으로 남으면, 인생에서 성취했던 유의미한 경력이나 성취를 추구하는 것에 대한 역량에 제약을 받을 수 있다.
- **존중과 인정의 욕구** 잘못을 저질렀다는 것을 알면서도 그만두지 못하는 경우, 캐릭터는 더 나은 선택을 하지 못하는 자신을 혐오하게 될 수 있다.
- **애정과 소속의 욕구** 사랑하는 사람들에게 자신의 행동을 인정받지 못하는 경우, 캐릭터는 절실히 필요한 지원 없이 홀로 대가를 치러야 한다.
- **안전 욕구** 캐릭터의 자식들이 위탁 가정에 가게 되거나, 캐릭터가 직장을 잃거나, 교도소에 가게 되는 경우 등 잘못을 발각당한 대가가 캐릭터뿐 아니라 캐릭터가 사랑하는 사람들의 안전까지 위협하게 되는 상황이 수없이 벌어진다.

대처에 도움이 되는 긍정적인 특성

경계심, 야심, 감사하는 태도, 신중함, 매력, 협조적인 태도, 결단력, 외교술, 수양, 공감 능력, 정직함, 상상력, 독립심, 결백함, 충실함, 설득력, 책임감

긍정적인 결과

- 가족이 애정을 갖고 주위에 머물면서 캐릭터가 일탈하지 않도록 올바른 길

로 이끌고 지원한다.

- 캐릭터가 잘못을 저질러 피해를 끼친 사람들을 위한 자선 단체를 세워 자신의 행동을 만회한다.
- 행동에는 대가가 따른다는 것을 알게 되어 더 큰 실수를 저지르기 전에 바뀌기로 결심한다.
- 캐릭터가 피해를 입은 사람들에게 연민과 이해를 얻게 된다.

준비가 되어 있지 않다 Being Unprepared

중요한 행사나 일에 대해 준비가 되어 있지 않다는 것은 파국을 불러올 가능성을 높일 뿐만 아니라, 캐릭터가 해야할 일을 하지 않은 것에 대해 스스로를 비난하게 만들 수도 있다. 캐릭터가 근무 관련 회의, 면접, 발표, 연설, 대화 혹은 법정 소송 등에 준비가 되어 있지 않은 이유는 다양하다. 아래에 드는 사례는 그중 몇 가지를 다루고 있다.

사례

- 비상사태가 발생해 준비할 시간을 빼앗긴다.
- 막판에 일을 할당받아 '즉석에서 빨리 처리할 수밖에' 없는 상황이다.
- 시간 관리가 엉망이었다.
- 지나치게 많은 일을 떠맡아 제대로 끝낸 일이 하나도 없다.
- 근본적인 공포나 걱정 때문에 꾸물거리며 일을 미룬다.
- 잠재의식에서(가령 캐릭터가 승진을 진심으로 원하는 게 아니라는 이유로) 스스로 태업을 한다.
- 일에 연루된 다른 사람을 방해하고 싶다.
- 프로젝트에 윤리적으로 반대하는 입장이다.
- 이동이나 날씨로 인한 지연 때문에 막판에 준비할 시간이 없다.
- (원안을 망치거나, 노트북 컴퓨터를 훔치거나, 기록을 파손하는 등) 경쟁자가 캐릭터의 자료에 손을 댄다.
- 술이 취했거나 술이 다 깨지 않은 채로, 혹은 몹시 아프거나 다른 어떤 식으로건 몸이 정상이 아닌 상태로 발표에 임한다.
- 캐릭터가 대비하지 못한, 예기치 않은 조사나 점검이 생긴다.

사소한 문제

- 전문성이 떨어져 보인다.
- 신뢰를 잃는다.
- 또래나 영향력 있는 사람들 앞에서 창피를 당한다.
- 다른 사람들을 실망시킨다.
- 동료나 기업 등 캐릭터 주변에 있는 타인들의 평판에 누를 끼친다.

- 계약을 마무리하지 못했다는 이유로 급료를 받지 못한다.
- 한 걸음 도약해 두각을 드러낼 기회를 놓친다.
- 다른 사람과의 관계를 개선하거나 다시 인연을 맺을 기회를 잃어버린다.

초래할 수 있는 심각한 결과

- 원하던 직장, 승진, 고객을 얻지 못한다.
- 프로젝트에서 제외되어 미래의 기회를 놓친다.
- 캐릭터가 집회에서 연설을 하거나, 목격자 증언을 하거나, 위원회 앞에서 변호를 하는 등의 상황에서 결국 변화를 이루어내지 못한다.
- (고혈압, 궤양, 불면증 등) 스트레스나 과로로 인해 건강에 문제가 생긴다.
- 해고당한다.
- (캐릭터가 화해하거나 상대를 회유하는 대화를 하는 상황에서) 관계를 회복할 수 없다.
- 책임을 지지 않고 상황이나 타인을 탓한다. 실수로부터 배우는 것이 없다.
- 향후 비슷한 프로젝트를 피한다.
- 경쟁자가 가까스로 승리한다. 어쩌면 경쟁자가 애초부터 캐릭터를 방해했기 때문일 수 있다.

생길 수 있는 감정

걱정, 불안, 혼란, 방어적 태도, 수치, 허둥지둥, 면목없음, 부족하다는 느낌, 신경과민, 무력함, 부끄러움, 자신 없음, 근심

생길 수 있는 내적 갈등

- 캐릭터가 계획을 제대로 세우고 준비하지 못해 다른 사람들이 영향을 받아 죄의식을 느낀다.
- 스스로 능력이 부족하고 불안하다는 느낌과 싸운다. 특히 실수가 처음이 아닐 경우 더욱 그러하다.
- 비교의 악순환에 빠져 다른 사람들은 잘하는데 자신은 왜 못하는지 의구심을 품는 일이 반복된다.
- 상황을 복기하면서, 말해야 했거나 했어야 하는 행동 때문에 자책

한다.

- 상황을 개선하거나 재도전할 길을 생각해내려 고군분투한다.
- 함정에 빠졌거나 부당하게 표적이 된 느낌이 든다. 특히 다른 사람들이 불공정한 이득을 받거나 캐릭터와 똑같은 기대를 받지 않을 때 그러하다.

상황을 악화시킬 수 있는 부정적인 특성

무관심, 자만심, 방어적인 태도, 방만함, 별난 성격, 무책임함, 게으름, 예민함, 완벽주의, 소심함, 군걱정이 많은 성격

기본 욕구에 미치는 영향

- **자아실현 욕구** 캐릭터가 다른 사람을 돕거나 봉사하는 마음이 강한데 약점 때문에 성취하기가 어려운 경우, 좌절해버리고 의미 있는 목표를 포기하게 된다.
- **존중과 인정의 욕구** 최상의 결과를 내놓지 못하는 사람, 특히 그룹 프로젝트나 발표에서 그런 경향이 있는 사람이라면, 결과는 불 보듯 뻔하다. 이런 상황에서 캐릭터의 평판과 신뢰성은 타격을 입으며, 타인들의 평가도 낮아지는 결과가 초래된다.
- **애정과 소속의 욕구** 준비가 되어 있지 않은 상태는 직장뿐만 아니라 인간관계에서도 문제를 초래할 수 있다. 캐릭터가 필요한 노력을 기울이지 않는다고 생각하는 가족이나 연애 상대는 캐릭터를 회피하거나 관계를 끊을 수도 있다.
- **안전 욕구** 준비가 되어 있지 않은 사람은 대개 무모하게 서두르고 지름길로 가려고 하다가 사고나 손상을 초래할 수 있다.

대처에 도움이 되는 긍정적인 특성

협조적인 태도, 수양, 단련, 효율성, 친근함, 정직성, 근면, 지성, 꼼꼼함, 상황주도, 전문성

긍정적인 결과

- 미리 계획을 세우거나 주도면밀하게 스케줄을 짜거나 소통을 더욱 명확히 하여 같은 일이 반복되지 않게 한다.
- 실수에 대한 주도권을 갖는다.
- 캐릭터가 특정 직업이나 목표에 자신이 적합하지 않다는 것을 깨닫는다.
- 준비 부족에 대해 개방적이고 정직한 태도를 갖고 두 번째 기회가 왔을 때 보람찬 결과를 맞이한다.
- 준비할 시간을 상대에게 더 요구하고 요청이 받아들여진다.

중요한 물건을 고장 내거나 파손하다

Breaking or Destroying an Important Item

사례

- (정비를 제대로 하지 않아 자동차가 더 이상 작동하지 않는다거나, 자전거를 고장 내 더 이상 탈 수 없게 만든다거나, 배에 구멍을 내는 것 등) 캐릭터의 운송 방식 때문에 사고가 난다.
- 집안의 가보를 훼손한다.
- (멘토, 돌아가신 부모님, 자식의) 소중한 물건을 실수로 내다 버린다.
- 휴대폰이나 노트북을 물에 빠뜨린다.
- 캐릭터가 아이가 항상 끼고 자거나 편안하게 느끼는 봉제 인형, 담요 등을 망가뜨린다.
- 캐릭터의 할머니가 잘 기른 베고니아 꽃을 개가 파내어 버린다.
- 학교의 과제나 직장 프로젝트가 막판에 엉망이 된다.
- 친척의 유골함 항아리를 깬다.
- 중요한 정보가 담긴 지도나 편지가 물에 크게 젖어 손상된다.
- 집에 불이 나 가치 있는 소유물을 캐릭터가 가질 자격이 있다고 적시해놓은 유언장이나 증서가 소실된다.
- 심각한 질병을 치유한다고 알려진 유일한 약이 든 약병이 깨진다.
- 국가나 일군의 사람들을 보호하는 데 필요한 수백 년 된 무기나 마법의 물품이 파괴된다.
- 시간 여행자를 제자리로 되돌려놓을 기계가 폭파되어 망가진다.
- 악령이 들어 있는 램프나 상자가 열려버린다.

사소한 문제

- 캐릭터가 손실을 낸 일에 관해 사람들에게 실토하여 소식을 들은 사람들이 실망하고 화를 낼 것이다.
- 부주의함으로 꾸중을 듣거나 비난을 받는다.
- 망가진 물건을 치우고 처리해야 한다.
- 발각되지 않기 위해 망가진 물건의 증거를 숨긴다.
- 파손된 물건을 고치기 위해 필수품을 사거나 구하러 다녀야만 한다.
- 물건이 파손될 때 캐릭터 또한 경미하게 다친다.

• 중요한 의견을 내는 사람들 앞에서 나쁜 사람이 되어버린다.
• 망가뜨린 물건을 다시 마련해야 해서 경제적 부담을 져야 한다.
• 망가진 물건을 고치거나 대체물을 찾으려다 시간을 낭비한다.
• 캐릭터가 자신이 파손에 연루되었다는 데 거짓말을 해야 한다.
• (버스를 타고 출근하거나, 휴대폰 없이 지내야 하거나, 처음부터 과제를 다시 해야 하는 불편 등) 손실로 인해 불편이 발생한다.
• 과제에서 형편없는 점수를 받거나 직장에서 질책을 받는다.

초래할 수 있는 심각한 결과

• 대체할 수 없는 귀한 물건을 망가뜨렸다.
• 귀한 물건을 망가뜨린 캐릭터를 가족들이 용서해주지 않는다.
• 위험한 장소에서 오도 가도 못하게 된다.
• 법률 위반으로 교도소에서 징역을 살게 생겼다.
• 증거가 없어 받을 수 있는 큰돈을 눈앞에서 놓친다.
• 국민 전체가 외부의 영향에 취약해진다.
• 마법이 더 이상 통하지 않는다.
• 악령의 힘이 외부로 풀려나왔다.

생길 수 있는 감정

분노, 번민, 짜증, 불안, 경악, 근심, 열패감, 방어적 태도, 체념, 절망, 각오, 두려움, 공포, 좌절, 죄의식, 소름끼침, 히스테리, 격앙, 예민함, 후회, 단념, 우려

생길 수 있는 내적 갈등

• 잘못을 실토하고 싶지만 사람들의 반응이 두렵다.
• 책임을 온전히 지는 대신 남들을 탓하고 싶은 유혹이 든다.
• 물건이 망가지는 순간을 머릿속으로 계속 생각하게 되어 고문이며 망가뜨리지 않았던 순간으로 돌아가고 싶은 마음뿐이다.
• 물건이 망가진 게 내심 안심이 되지만 그렇지 않은 척 해야 한다.
• 죄책감이 몰려온다.
• 물건이 자신보다 더 소중하게 여겨지는 것 같아 화가 난다.

상황을 악화시킬 수 있는 부정적인 특성

무관심, 방어적 태도, 솔직하지 못한 태도, 경박함, 야단스러운 행동, 충동, 무책임, 게으름, 완벽주의, 무모함, 분개, 소란, 응석, 군걱정

기본 욕구에 미치는 영향

- **자아실현 욕구** 파손된 물품이 캐릭터의 꿈을 좇지 못하게 만들 정도로 귀중한 물건일 경우, 캐릭터는 꿈을 접어두어야 할 것이고, 그런 상황은 진정한 행복과 만족감을 주지 못할 수 있다.
- **존중과 인정의 욕구** 사람들이 중시하는 물건을 파손한 캐릭터는 눈엣가시 같은 존재가 될 수 있고, 이런 상황을 내면화하는 캐릭터는 자신을 하찮게 여기게 될 수 있다.
- **애정과 소속의 욕구** 큰 실수를 하게 됐을 때, 캐릭터는 오히려 진정한 친구가 누구인지를 바로 알 수 있다. 사람들이 용서와 지지로 뭉치기보다 거리를 두는 경우, 캐릭터는 소외감을 느끼고 홀로 떠돌 수 있다.
- **생리적 욕구** 파손한 물건이 가령 종교나 국가의 안전에 영향을 미치는 매우 중요한 물건일 경우, 많은 사람들이 위험에 처하거나 사망할 수 있다.

대처에 도움이 되는 긍정적인 특성

적응 능력, 분석력, 과감함, 차분함, 창의력, 과단성, 외교술, 단련과 수양, 집중력, 고결함, 바지런함, 끈기, 선제적 행동, 보호하려는 태도, 책임감, 신중함과 세심함

긍정적인 결과

- 용서를 받고, 사람이 물건보다 더 중요하다는 것을 깨닫는다.
- 자신의 행동에 책임을 지는 법을 배우게 된다.
- 물건을 다룰 때 더욱 조심하게 된다.
- 캐릭터가 자신의 행동이 남들에게 문제를 일으킬 수 있음을 알게 된다.
- 캐릭터가 파손된 물건의 대체물을 찾거나 파손으로 인한 문제를 해결하면서 자신이 갖고 있는지도 몰랐던 능력과 기량을 발견하게 된다.

직장 동료와의 원 나이트 스탠드

Having A One-Night Stand with A Co-Worker

사례

- 출장 중에 상사와 얽힌다.
- 직장 내 파티에서 과음을 한 후 직장 동료와 동침한다.
- 저녁을 먹으면서 회사의 승리를 자축하다 일이 지나치게 진전되게끔 방치한다.
- 예상치 못한 환경(콘서트장, 클럽, 경기장 등)에서 직장 동료와 만나 함께 시간을 보내다 서로에게 공통점이 많다는 것을 알게 된다.
- 최근에 끝난 연애에서 회복할 심산으로 직장 동료를 이용한다.

사소한 문제

- 직장에서 하룻밤 정사 상대와 만나 일하는 것이 어색해진다.
- 일이 벌어진 후 동료가 일을 너무 심각하게 생각하지 않도록 달래야 한다.
- 아무 일도 일어나지 않았던 것처럼 행동하면서 상대와 업무적으로 가까이 얽혀야 한다.
- 회사의 연애에 관한 방침에 따라 있었던 일을 인사부에 실토해야 한다.
- 캐릭터가 자신이 이용당했다는 느낌을 갖게 된다.
- 한쪽이 다른 쪽보다 상대를 좋아하는 바람에 관계가 진전되는 데 있어 어긋나는 부분이 있다.
- 상대가 회사 사람들에게 캐릭터와 있었던 경험에 대해 시시콜콜 떠들어댄다.
- 상대가 사건 후, 둘이 있는 것을 피한다거나 조용히 무시하는 등 캐릭터를 대하는 행동이 돌변한다.
- 캐릭터가 스케줄을 바꿔 상대와 직접 얽혀 일하게 되는 상황을 피한다.
- 동침한 동료가 이후 캐릭터에게 지시를 하는 지위로 승진을 한다.

초래할 수 있는 심각한 결과

- 직장에서 성희롱의 표적이 된다.
- 상대가 기혼자라는 것을 알게 된다.
- 임신을 하거나 심각한 성병이 전염된다.
- 상대가 캐릭터를 상대로 성희롱을 당했다고 공식적으로 이의를 제기한다.
- 직장 동료가 사진이나 비디오로 하룻밤 일을 촬영했다는 것을 알게 된다.
- 직장 동료와의 사건이 직장 내 감시 카메라에 찍혔다.
- (캐릭터가 직장 동료에 대해 지속적으로 생각하고 환상을 품는 바람에) 실적이 형편없어져 꾸중을 듣게 된다.
- 캐릭터와 동침한 관리자가 자신의 판단 실수를 상기하고 싶지 않아 캐릭터를 다른 부서나 매장으로 부당하게 전근을 보낸다.
- 캐릭터가 상대와 일하는 것을 피하려고 좋은 기회를 그냥 보낸다.
- 동침한 동료 혹은 상사의 배우자가 둘 사이의 일을 알게 된다.

생길 수 있는 감정

애정, 즐거움, 기대, 불안, 갈등, 혼란, 유대감, 멸시, 불만, 공포, 열의, 우쭐함, 창피함, 흥분, 죄의식, 희망, 상처, 무심함, 불안정함, 갈망, 욕정

생길 수 있는 내적 갈등

- 상대와 더 길게 만나고 싶지만 끝이 좋지 않을까 봐 걱정이 된다.
- 상대와 다시 만나고 싶은 유혹을 느낀다.
- 동료를 모욕하게 될까 봐 두려워 그의 직장 내 실적을 타당하게 비판하는 것도 꺼리게 된다.
- 캐릭터가 자신과 시간을 보낸 동료의 아이디어를 지지하거나 일을 칭찬함으로써 편파적이 된다.
- 직장 사람들이 죄다 자신의 부주의함을 알게 될까 걱정이 되어 미칠 지경이다.
- 캐릭터가 승진을 하게 되고, 그 이유가 상사와 잤기 때문인지 순전히 자신의 능력으로 이루어진 일인지 의구심을 갖는다.
- 후회스럽다. 일이 일어나지 않았으면 얼마나 좋았을까 생각한다.

상황을 악화시킬 수 있는 부정적인 특성

심술궂음, 통제 성향, 가십을 일삼는 성향, 남을 지나치게 잘 믿는 성향, 불안정, 질투, 조종하려는 태도, 애정에 굶주려 있는 상태, 강박적인 태도, 소유욕, 지나친 강요나 밀어붙이는 태도, 무모함, 자기 파괴적인 태도, 추잡한 행실, 의심, 원한

기본 욕구에 미치는 영향

- **존중과 인정의 욕구** 사건이 회사 내에 모조리 알려지는 경우, 캐릭터는 당황하고 동료들이 어떻게 생각할까 걱정한다. 상사와 동침을 했다는 걸 알게 된 동료들은 캐릭터가 성관계를 이용해 승진을 도모했으리라 의심하고, 캐릭터는 이 일로 멸시의 대상이 될 수 있다.
- **애정과 소속의 욕구** 캐릭터가 하룻밤 상대에게 짝사랑을 품고 있는데 상대가 자신을 피하는 경우, 더 무리를 하게 되어 원래 있던 우정마저 잃게 될 수 있다.
- **안전 욕구** 평판이 손상되거나 기회의 제약이 생기거나 상사의 불편을 덜기 위해 원치 않은 직위로 옮겨가는 경우, 캐릭터는 직장 내 구성원들 간의 교류가 끊겨 경력상 좋지 않은 영향을 받게 된다. 또한 일련의 사건으로 캐릭터의 근무 시간이 줄거나 승진을 하지 못하는 경우, 경제적 손실이 있을 수 있다.

대처에 도움이 되는 긍정적인 특성

모험심, 애정 어린 태도, 야심, 과감함, 집중력, 신중함, 성숙함, 공과 사를 구분하는 태도, 전문성, 보호하려는 태도, 자발성

긍정적인 결과

- 하룻밤 정사가 진정한 감정으로 발전해 동료와 연애를 완성한다.
- 동료와의 만남에서 자신감을 얻어 직장에서 자기 목소리를 더 낼 수 있게 된다.
- 아이가 생겨 삶의 또 다른 성취감을 얻게 된다.
- 동료와의 경험에서 온 불만이 캐릭터에게 스스로 원하는 바와 원치 않는 바를 깨닫게 해주는 계기가 된다. 그리하여 더 온전한 성취감을 얻는 쪽으로

마음가짐이 변화하게 된다.

- 다른 직장을 찾기로 결심하고 승진 기회가 더 많은 좋은 직장을 찾게 된다.
- 경계를 구분해야 한다는 것을 자각하게 되고, 오히려 일과 사생활의 균형을 잘 맞출 수 있게 된다.

직장에서 중대한 실수를 저지르다

Making A Crucial Mistake at Work

일터에서 보내는 시간은 아주 길기 때문에 갈등의 가능성도 그만큼 높을 수밖에 없다. 이 항목에서는 캐릭터가 직장에서 저지를 수 있는 실책의 다양한 사례를 살펴본다. 캐릭터가 생각이 없거나 상식이 모자라 생기는 더 일반적인 갈등에 대해서는 '그릇된 판단을 내리다' 편을 참조할 것.

사례

- 중요한 면접이나 회의 준비를 제대로 하지 못하다.
- 엉뚱한 방으로 잘못 들어가 직원들에게 나중에 후회할 말을 해버린다.
- 사적인 이메일을 작성해놓고, 실수로 '전체메일'을 눌러버린다.
- 사소한 문제의 징후를 놓쳐 심각한 상황을 초래한다.
- 부적절한 사진을 직장 동료나 동급생에게 보낸다.
- 사적인 이야기를 털어놓았다가 루머의 주인공이 된다.
- 대안도 없이 직장을 그만둔다.
- 회사의 돈을 횡령하거나 평판에 손해를 끼치는 사람을 고용한다.
- 회사의 성장을 과대평가해, 하면 안 될 지출을 승인한다.
- 잘못된 사람과 동업을 한다.
- 상사나 직원과 연애로 얽힌다.
- 판매실적이나 평판도 알아보지 않고 회사를 대신해 고용이나 사업 계약을 체결한다.
- 캐릭터가 경보장치를 설정하는 일을 잊는 바람에 건물이 털린다.
- 부도덕한 행동을 하거나 범죄를 저지른다.
- 뇌물을 받고 부정행위를 눈감아준다.
- 캐릭터가 자신의 기량을 과신하여 완성 못할 프로젝트에 참여한다.
- 회사 내에서 경쟁자를 방해하다 발각당한다.
- 캐릭터가 다른 사람의 아이디어를 훔쳐 자신의 것인 양 행세한다.

사소한 문제

- 자신이 저지른 실수임을 인정해야 한다.
- 상이 걸려 있거나 전도유망한 프로젝트에서 제외된다.
- 불건전한 관계에서 몸을 빼야 한다.
- 회사 내 가십거리가 된다.
- 홍보에 부적절한 영향을 끼치므로 위원회에서 나가달라는 요청을 받는다.
- 캐릭터가 해를 끼친 사람들과 같이 일을 해야 한다.
- 상황을 바로잡기 위해 여분의 시간을 투자해야 한다.
- 새로운 절차를 따르거나 특정 결정을 다시 검토해야 한다.
- 캐릭터가 사랑하는 사람들에게 자신이 한 짓에 관해 털어놓아야 한다.

초래할 수 있는 심각한 결과

- 직장을 잃게 된다.
- 전문가로서의 평판이 망가진다.
- 실수가 부상이나 사망을 초래한다.
- 회사를 파국으로 모는 경제적 손실을 초래한다.
- 법정 소송이나 형사 소송을 치러야 한다.
- 너무 창피해서 직장을 떠나 다른 직장을 찾아야 한다.
- 불법 행동에 가담했다가 그걸 아는 사람에게 겁박을 당한다.

생길 수 있는 감정

분노, 번민, 불안, 우려, 배신감, 좌절, 결단, 불신, 공포, 당혹감, 경악, 죄의식, 창피, 공황, 후회, 가책, 화, 자기 연민, 수치심, 억울함, 고단함, 애석함, 근심, 부질없다는 생각

생길 수 있는 내적 갈등

- 캐릭터가 자신의 결정 능력을 의심하게 된다.
- 상사나 관리자에게 책임이 있다는 것을 알면서도 일의 성격상 기밀을 유지해야 하기 때문에 말을 할 수가 없다.
- 실책을 곱씹으며 다른 선택을 했으면 어땠을까 상상한다.
- 비난을 다른 데로 돌리고 싶은 유혹을 느낀다.
- 우울증에 빠진다.
- 자신의 실수 때문에 영향을 받는 사람들에게 빚진 기분이 든다.

- 직장을 그만두고 다른 곳에서 새로 시작할까 고민하게 된다.
- (캐릭터의 실책으로 다치거나 죽은 사람들 때문에) 죄책감이 너무 커서 자살을 생각한다.

상황을 악화시킬 수 있는 부정적인 특성

유치함, 거만함, 방어적인 태도, 부정직함, 오만함, 위선, 우유부단함, 불안정한 상태, 무책임, 무모함, 분노, 산만함, 이기심, 지저분한 행실, 부도덕함, 일중독

기본 욕구에 미치는 영향

- **자아실현 욕구** 직장에서 치명적인 실수를 저지른 경우, 캐릭터는 인생의 큰 결정을 내릴 때마다 마비되고 결정을 내리지 못하게 된다. 편안함에만 안주하다 보면, 행복과 성취감을 가져오는 인생의 목표를 이루는 데 있어 필요한 위험을 감수하지 못하게 된다.
- **존중과 인정의 욕구** 캐릭터가 스스로를 들여다보는 데 있어 수치심과 죄의식 등의 부정적인 감정이 영향을 미칠 수 있다.
- **애정과 소속의 욕구** 캐릭터가 자신의 행동 때문에 직장에서 퇴출되었을 경우, 집단 내에서 자리를 잃고 타인들과의 유대감을 잃게 된다.
- **안전 욕구** 재정이 고갈된 상태라면 생활비를 내는 데 문제가 생기거나 집을 팔아야 하는 상황에 처할 수 있다.

대처에 도움이 되는 긍정적인 특성

야심, 분석적인 태도, 감사하는 태도, 자신감, 협조적인 태도, 외교술, 수양과 단련, 집중력, 고결함, 부지런함, 인내와 끈기, 설득력, 선제적인 행동 능력, 전문성, 창의력, 책임감, 사리 분별력, 재능

긍정적인 결과

- 준비를 더 철저히 하게 되고 신중해야 한다는 것을 배운다.
- 캐릭터가 자신의 직업상의 약점(성격을 잘 판단하지 못한다거나, 숫자에 약하

다거나, 비전이 부족하다는 등)을 인식하고 보완해 성장하려 노력하게 된다.

- 멘토나 코치를 영입해 직장에서 더 나은 선택을 할 수 있게 도움을 받는다.
- 책임을 지고 일을 바로잡아 동료들의 찬사와 경탄을 이끌어낸다.

짓궂은 장난으로 상황이 악화되다

A Prank Going Wrong

사례

- 캐릭터가 어리석은 짓을 저질러 체포당한다.
- 중요한 면접을 앞둔 가족이 있는데 캐릭터가 만우절에 시계를 돌려놓는 장난을 치는 바람에 면접을 놓치게 만든다.
- 다른 사람의 집 문간에 불타는 주머니를 던져 현관이 전소된다.
- 무작위로 하는 약물 검사 전날, 사무실에 있는 간식을 마리화나가 든 브라우니 등으로 바꾼다.
- 친구에게 장난을 치려고 계획했다가 엉뚱한 사람에게 불똥이 튄다.
- 다른 사람의 자동차를 장난으로 몰거나 장식을 하다가 도색을 손상시킨다.
- 남을 골리고 못살게 구는 일을 주도하다 상대가 부상을 입거나 죽는다.
- 장난에 가담했다가 온라인에 퍼져 비난을 받게 되고, 캐릭터의 무지나 인종 차별에 관한 정황이 영구적으로 남는다.
- 거짓말을 했는데 진실로 받아들여져 히스테리나 공포가 널리 퍼지는 결과를 낳는다.
- 캐릭터가 친구 차에 시동이 안 걸리게 장난을 치는 바람에 친구가 결국 걸어서 집으로 가던 중 강도를 당한다.

사소한 문제

- 장난친 일을 두고 사과해야 한다.
- 학교에서 정학을 당하거나 직장에서 꾸중을 듣는다.
- 장난 탓에 친구와의 관계가 나빠진다.
- 장난 때문에 재산 손해가 나 물어줘야 한다.
- 짓궂은 장난을 잘 치는 걸로 소문이 나 아무도 캐릭터를 진지하게 상대해주지 않는다.
- 무고한 사람이 옆에 있다 장난에 피해를 당한다.
- 보복을 피하기 위해 정신을 바짝 차리고 있어야 한다.
- 사람들이 소셜 미디어에 장난을 공유해 공개 망신을 당한다.

- 또래 집단에서 장난을 더 치라는 압력을 받게 된다.
- 장난으로 신뢰를 잃게 되어 직장이나 학교에서 캐릭터가 요주 인물이 된다.

초래할 수 있는 심각한 결과

- 장난이 부상이나 사망을 초래한다.
- 벌금형, 보호관찰형이나 징역형을 비롯해 법적 처벌을 받는다.
- 캐릭터가 장난에 연루되면서 학교나 직장에서 기회를 잃는다.
- 캐릭터가 퇴학을 당하거나 해고당한다.
- 캐릭터가 아닌 다른 사람이 장난 때문에 비난을 받는다.
- 장난이 규모가 커져 파괴적인 피해를 일으키면서 캐릭터와 피해자 사이에 전쟁이 발생한다.
- 사랑하는 사람의 존경을 잃는다.
- 우정을 잃는다.
- 캐릭터가 주목과 관심을 얻거나 받아들여지기 위해 계속해서 장난을 저지른다.

생길 수 있는 감정

불안, 경악, 근심, 절망, 투지, 낙담, 상심, 불신, 공포, 당혹감, 감정이입, 두려움, 죄의식, 공포, 무관심, 신경과민, 편집증, 후회, 슬픔, 자기연민, 충격, 불편함, 걱정

생길 수 있는 내적 갈등

- 사실을 털어놓을까 다른 사람에게 잘못을 덮어씌울까 고민한다.
- 장난을 끝내고 싶으면서도 상대에게 승리의 만족감을 주고 싶지 않다.
- 집단에 끼고 싶지만, 구성원이 되기 위해 완수해야 하는 장난 때문에 갈등에 휩싸인다.
- 장난이 창의적이어서 자랑스럽지만, 결국 계획대로 되지 않아 후회막급이다.
- 장난을 친 것이 후회스러우면서도 여파가 지나치게 가혹해 억울하다.

상황을 악화시킬 수 있는 부정적인 특성

무관심, 충동, 잔인함, 방어적 태도, 거짓말, 어리석음, 속아 넘어가기 쉬운 성향, 부주의, 무책임, 짓궂음

기본 욕구에 미치는 영향

- **자아실현 욕구** 캐릭터의 명성이 장난에 연루되었거나 그로 인한 범죄 기록으로 영향을 받는 경우, 꿈의 직업이나 경력을 좇는 데 능력을 펼치지 못하고 발목을 잡혀버린다.
- **존중과 인정의 욕구** 장난에 연루되어 일이 잘못된 것이 부끄럽고 후회스럽다 못해 자책감을 느끼는 캐릭터는 결국 자신을 비하하게 된다.
- **애정과 소속의 욕구** 캐릭터의 장난이 사랑하는 사람의 감정을 해치거나 부상을 초래하거나 재산 손실을 입히는 경우, 당한 사람은 원한을 품거나 관계를 끊어버릴 수 있다.
- **안전 욕구** 장난은 위험할 수 있다. 기발한 아이디어나 무해한 재미로 보이는 것이 캐릭터를 다치게 하는 악몽이 될 수도 있다.
- **생리적 욕구** 장난이 캐릭터나 다른 사람을 위험한 상황에 빠뜨리는 경우, 일이 잘못되어 심각한 부상이나 사망을 초래할 수 있다.

대처에 도움이 되는 긍정적인 특성

매력, 협조적인 태도, 관대함, 정직함, 고결함, 무고함, 정의로움, 친절함, 돌보려는 태도, 순종과 충정, 책임감

긍정적인 결과

- 캐릭터가 자신의 방식이 틀렸다는 것을 알게 될 때 새롭고 긍정적인 방식으로 행동을 바꾸게 된다.
- 캐릭터가 웅장한 장난을 쳐서 또래의 인정을 받고 학교에서 인기를 누린다.
- 캐릭터가 정교한 장난을 치던 자신의 성향을 파티나 학교 활동 조직처럼 더 생산적인 쪽으로 돌린다.

- 캐릭터가 장난에 대한 보상으로 특정 활동을 하다가 세차나 조경 설계 같은 새로운 기술이나 열정을 발견한다.
- 장난 때문에 위기에 빠졌다가 구사일생으로 살아난 캐릭터가 앞으로 자신의 무모한 행동을 바꾸지 않으면 자칫하다 죽을 수도 있다는 것을 깨닫는다.

책임 맡은 일을 실수로 망치다

Dropping the Ball

이 항목에서는 캐릭터가 일을 잘할 것으로 기대를 받았으나 망치는 경우의 시나리오를 살핀다. 캐릭터가 타인들의 기대를 충족시키지 못하는 경우에 해당하는 정보를 더 살펴보고 싶다면 '상대를 실망시키다' 편을 참조할 것.

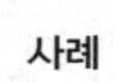

- 아이의 연주회나 부모와 교사 간 면담 약속을 지키지 못한다.
- 배우자가 기념일이나 중요한 다른 사람의 생일을 잊어버린다.
- 캐릭터가 시간을 잘못 파악해버려 연설 시간에 맞춰 나타나지 않는다.
- 학생이 중요한 그룹 프로젝트에서 자기 몫을 완전히 해내지 못한다.
- 운동선수가 치명적인 실책을 저질러 팀의 패배를 초래한다.
- 지각 때문에 중요한 가족 모임에 빠지게 된다.
- 신부 측 사람인 캐릭터가 술에 취해 결혼식 전체를 놓친다.
- 중요한 회의에서 충분히 준비하지 못해 중대한 질문에 대답을 하지 못한다.
- 제품이나 서비스로 계약을 했는데 약속한 수준의 품질을 제공하지 못한다.

사소한 문제

- 발생한 일에 대한 심문을 내내 견뎌내야 한다(실수나 실책을 다시 곱씹어야 한다).
- 비판을 받거나 꾸중을 크게 당하거나 위협을 당한다.
- 캐릭터와 그가 속한 그룹이 프로젝트에서 낙제점을 받는다.
- 중요한 고객을 잃는다.
- 자식이나 배우자를 실망시킨다.
- 캐릭터가 약속을 지키지 못해 실없다는 평판을 얻게 된다.
- 캐릭터가 속한 팀이 결승전에 진출하게 될 수도 있었던 중요한 경기에서 패배한다.

- 캐릭터가 실수 때문에 언어폭력을 견뎌야 한다.
- 중요한 행사에 오겠다고 했던 캐릭터의 말을 더 이상 믿지 못하게 되어버린 가족들에게 행사가 얼마나 중요했는지 끊임없이 잔소리를 들어야 한다.
- 앞으로 약속을 지킬 수 있는지에 대해 끝도 없이 심문을 당해야 한다. '기억하겠어?', '이거 처리할 수 있어?', '달력에 표시해 놨니?' 따위의 질문에 시달려야 한다.

초래할 수 있는 심각한 결과

- 사람들이 캐릭터(그의 능력, 그의 약속을 지키는 능력, 관련된 다른 모든 자질)에 대한 신뢰를 잃는다.
- 실수를 저지른 후 책임을 져야 할 일 자체를 덜 맡게 되거나 강등 및 좌천을 당하거나 아예 해고당한다.
- 학생의 학점 평균이 기존 점수 이하로 떨어져 장학금을 받지 못하게 된다.
- 운동경기 팀에서 제명당한다.
- 캐릭터의 삶에서 중요한 사람들이 자신이 캐릭터에게 우선순위가 아니라거나 사랑받지 못한다는 느낌을 받게 만든다.
- 큰 고객이나 단골을 잃는 바람에 경제적으로 타격을 입는다.
- 앞으로 누군가의 팀에 와 달라는 말을 듣지 못하게 된다.
- 캐릭터가 자신의 실수를 만회하느라 지나치게 애를 쓰다가 다른 사람들에게 짜증을 유발한다.
- 최후통첩을 받는다.

생길 수 있는 감정

격분, 비통함, 짜증, 불안, 투지, 불신, 창피함, 갈팡질팡, 좌절, 죄의식, 무능하다는 느낌, 예민함, 후회, 반신반의

생길 수 있는 내적 갈등

- 캐릭터가 자신의 실수를 용서하려 애를 쓰지만 잘 되지 않는다.
- 후회로 어찌할 바를 모르겠다.
- 남 탓을 하고 싶기도 하고 핑계를 만들고 싶은 유혹도 든다.
- 실수를 머릿속으로 되풀이하다가 일을 수행하는 것에 대한 불안이 생긴다.

- 남들이 자신을 어떻게 생각할까 불안하고 걱정이 된다.
- 실패, 실수 혹은 지각에 대한 불합리한 공포가 생긴다.
- 의미 있는 기여를 하고 싶지만 스스로의 능력에 대한 불신으로 괴롭다.
- 더 잘하기를 바라지만 자신에게 놓인 압력 때문에 또 실패를 계속할 운명이라는 생각이 든다.

상황을 악화시킬 수 있는 부정적인 특성

유치함, 자만심, 부정직함, 의리 없음, 망각, 융통성 결여, 불안정, 무책임, 남성적인 면을 과시, 불안 초조, 강박, 과민함, 편집증, 완벽주의, 미신을 믿는 성향, 잔걱정이 많은 성향

기본 욕구에 미치는 영향

- **자아실현 욕구** 캐릭터가 계속해서 실수를 저지르는 경우, 우선순위를 정하고 해야 할 일을 수행하는 자신의 능력을 의심하게 된다. 실패에 대한 공포 때문에 캐릭터는 인생에서 진정으로 원하는 바를 시도하지 못하고 안주하게 된다.
- **존중과 인정의 욕구** 캐릭터는 다른 사람들을 실망시킨 자신을 용서하지 못해 괴롭다. 실수를 놓아버리지 못하는 상황에서 캐릭터의 자존감은 낮아진다. 특히 다른 사람들이 자신보다 상황을 더 잘 처리했으리라고 생각하는 경우에 더욱 그러하다.
- **애정과 소속의 욕구** 캐릭터가 참석해야 할 곳에 가지 못하는 경우, 사람들이 얼마간은 관대하게 봐줄 수 있다. 그러나 같은 일이 되풀이되는 경우, 결국 캐릭터는 다른 일을 제쳐두고 관계에 집중하거나 아니면 관계를 포기해야 하는 어려운 선택에 직면하게 된다.

대처에 도움이 되는 긍정적인 특성

적응 능력, 모험심, 야심, 자신감, 예의범절, 외교적 수완, 단련과 수양, 여유, 꼼꼼함, 인내와 끈기, 상황을 주도하는 태도, 책임감

긍정적인 결과

- 실패라는 사건이 캐릭터와 그가 사랑하는 이들에게 불만을 말하고 해결할 기회를 만들어준다.
- 앞으로 더 믿을 만한 사람이 된다.
- 캐릭터가 자신을 실망시키고 다음번에는 더 높은 목표를 갖겠다는 동기를 부여받는다.
- 캐릭터가 완벽주의를 버리고 행복하고 편안한 삶을 사는 법을 배우게 된다.
- 캐릭터가 자신의 적성을 다시 생각해보고 자신의 강점에 더 잘 어울리는 활동이나 직업을 찾아낸다.
- 동일한 실수가 향후에 반복되는 일이 없도록 약점을 보완한다.

투자를 잘못하다 Making A Bad Investment

사례

- 임대용 건물을 샀는데 막대한 수리가 필요한 상태다.
- 가족에게 사업 자금을 빌려주었는데 사업이 영 시작되지 않는다.
- 회화나 서명이 들어간 기념품, 희귀한 수집품을 샀는데 위작으로 판명이 된다.
- 중고차를 샀는데 계속 수리를 해야 하는 상황이다.
- 캐릭터가 상당한 저축액을 주식이나 물건이나 사업에 투자했는데 가격이 폭락하거나 사업이 망한다.
- 세금 여파를 모른 채 거액의 투자를 한다.
- 충분한 지식이나 경험 없이 투자를 한다.
- 관리자를 고용했는데 알고 보니 사업을 말아먹으려는 사람이었다.
- 정직하지 못한 파트너와 동업을 한다.
- 확실하다고 생각하는 베팅을 했는데 큰돈을 잃는다.

사소한 문제

- 돈을 잃어 다시 벌어야 한다.
- 캐릭터가 배우자에게 경제적 손실을 해명해야 한다.
- 캐릭터에게 돈을 빌린 가족과 마찰이 생긴다.
- 잃은 돈을 만회하기 위해 부업을 시작한다.
- 되팔기도 쉽지 않은 원치 않는 물건과 함께 오도 가도 못하게 된다.
- 돈을 저축하기 위해 (직장에 도시락을 싸가거나 스포츠센터 등록을 포기하거나 택시를 타는 대신 걸어 다니거나 하는 등)생활 방식을 바꿔야 한다.
- 캐릭터가 동업을 하게 되었던 친구와 관계가 삐걱거리게 된다.
- 캐릭터가 투자에 관해 친구들이나 가족에게 거짓말을 한다.
- 캐릭터가 자신의 불행에 대해 남들을 탓하게 된다.
- 실패의 여파를 줄이기 위해 시간과 에너지를 쏟아야 한다(실패한 사업을 다시 일으키기 위해 개입하고, 집중 공격받는 사람들과 신뢰를 쌓고, 앞으로 할 일에 대해 조언을 구하는 일 등).
- 조언을 해주었거나 투자를 하라고 끌어들인 사람을 향해 캐릭터

가 분노를 품게 된다.
- 법을 어긴 사람에 대해 법적 조치를 취해야 한다.

초래할 수 있는 심각한 결과

- 평생 저축한 돈을 잃는다.
- 부정적인 사업상의 거래가 가족이나 친구들 사이의 분열을 초래한다.
- 잘못한 투자를 만회하기 위해 다음번에는 규모가 큰 거래에 집착하게 된다.
- 차나 집을 수리할 때 조금 불안하지만 신속하게 처리할 수 있는 방법을 택했다가 안전상의 위험을 초래한다.
- 마약 판매나 장물을 매매하는 등의 불법 활동을 함으로써 잃은 돈을 만회하려 한다.
- 캐릭터가 자신에게 피해를 준 사람과 폭력적으로 대치하게 된다.
- 캐릭터가 투자한 돈을 벌려다 훨씬 더 많은 돈을 잃는다.
- 파산 신청을 해야 할 상황에 처한다.
- 지금 사는 집보다 크기가 작은 집으로 옮기거나 살고 싶지 않은 지역으로 이사를 가야 한다.

생길 수 있는 감정

분노, 괴로움, 불안, 경악, 우려, 배신감, 쓰라림, 패배감, 부정하고 싶은 마음, 절망, 결심, 상심, 실망, 불신, 죄의식, 증오, 창피함, 무력감, 압도적인 실망, 공황, 화, 후회, 자기 연민, 수치심

생길 수 있는 내적 갈등

- (구입한 물건이 진품이 아니라는 것을 알릴까, 아니면 눈 딱 감고 진짜로 속여 빨리 팔아버릴까 하는 것 따위의) 도덕적 딜레마를 마주하게 된다.
- 잘못된 투자에 대한 분노로 일상생활이 힘들어진다.
- 보복을 해 봐야 잃은 돈을 회수할 수 없으리라는 것을 알면서도 그에 대한 생각을 하지 않는 것이 힘이 든다.
- 캐릭터가 자신을 신뢰받을 수 없는 패배자로 보게 된다.
- 실망, 우울 혹은 열패감과 씨름해야 한다.

상황을 악화시킬 수 있는 부정적인 특성

통제 성향, 냉소주의, 부정직함, 낭비벽과 사치, 어리석음, 탐욕, 남을 너무 잘 믿는 성향, 무지, 충동적인 성향, 똑똑한 척하는 성향, 물질만능주의, 강박적인 성향, 무모함, 자기탐닉, 부도덕

기본 욕구에 미치는 영향

- **자아실현 욕구** 경제적으로 상당한 손실을 입은 캐릭터는 자신을 진정으로 행복하게 해줄 것들을 구입하는 데 어려움을 겪게 된다. 사업을 키우고 싶어 하는 캐릭터의 경우, 실패가 두려워 다시 도전하지 못할 수 있다.
- **존중과 인정의 욕구** 사기를 당한 캐릭터는 자신이 남의 말을 너무 잘 믿는다고 생각하게 되고 이러한 자기 의심은 큰 결정을 내리는 데 장애물로 작용한다.
- **애정과 소속의 욕구** 돈과 가족이 얽히는 경우 상황은 급속도로 나빠질 수 있다. 무가치한 것으로 판명된 사촌의 투자 조언, 돈을 두 배로 불려주겠다고 약속한 친인척의 말, 퇴직연금을 굴리는 형제자매의 능력을 과신한 것 따위의 일들이 후회와 관계의 파국을 초래할 수 있다.
- **안전 욕구** 잘못된 투자로 파산하는 경우, 캐릭터는 집을 잃거나 생활비를 벌어들이느라 악전고투하게 될 수 있다.

대처에 도움이 되는 긍정적인 특성

적응 능력, 분석 능력, 과감함, 창의력, 수양과 단련, 정직함, 근면함, 지성, 인내, 비상한 수완, 학구적인 태도, 지혜

긍정적인 결과

- 일확천금을 달성하기 위한 계획은 위험을 알리는 신호라는 것을 깨닫고 비슷한 전략을 향후에는 피하게 된다.
- 실패한 사업을 다시 일으키는 데 필요한 기량을 배우게 된다.
- 캐릭터가 사랑하는 사람의 경제적 도움으로 다시 일어선 후, 자기도 남들에게 그렇게 할 수 있기를 희망하게 된다.

- 앞으로 더 똑똑한 투자자로 거듭날 수 있게 교육을 받으려 한다.
- 부정직한 동업자의 잘못을 교정함으로써 향후 다른 사람에게는 사기를 치거나 상처를 줄 수 없게 만든다.

휴대폰을 잃어버리다 Losing A Phone

사례

- 캐릭터의 휴대폰이 떨어져 고장이 난다.
- 휴대폰을 어딘가 두고 왔는데 어딘지 모르겠다.
- 휴대폰을 도둑맞는다.
- 십 대 청소년이 벌로 휴대폰을 압수당한다.
- 휴대폰을 수리하는 동안 쓰지 못한다.
- 휴대폰의 배터리가 나갔는데 충전기가 없다.
- 휴대폰 신호를 잡을 수가 없어 대부분의 기능이 쓸모없어진다.

사소한 문제

- (줄을 서거나 자동차에 승객으로 탔을 때 등) 지루함을 견뎌야 한다.
- 심 칩을 잃어버려 새 휴대폰으로 (전화번호와 주소를 다시 청하고 선호하는 프로그램을 재설정해야 하는 등)정보를 처음부터 다시 등록해야 한다.
- 이메일이나 음성 메시지나 문자를 바로바로 확인할 수 없다.
- 휴대폰의 위치 추적 장치(GPS)를 쓰지 못해 길을 잃는다.
- 달력을 확인하지 못해 약속을 놓친다.
- 캐릭터가 문자에 답을 보내지 못해 잠수를 탔다는 비난을 받는다.
- 문자 메시지를 통해 이루어진 즉석 만남을 놓친다.
- 의미 있는 사진을 잃고 백업을 받지 못한다.
- 수리비를 내지 못해 휴대폰 없이 지내야 한다.
- 휴대폰이 없어 불편하고 불안해진다.

초래할 수 있는 심각한 결과

- 휴대폰을 도둑맞아 캐릭터의 민감한 정보가 다른 사람에게 공개된다.
- 도둑이 신용카드 정보를 이용해 캐릭터가 원치 않은 구매를 한다.
- 도난당한 휴대폰으로 범죄에 연루된다.
- 사랑하는 사람들이 캐릭터와 연락하려 필사적으로 애쓰지만 되지 않는다.
- 캐릭터가 (차량 도난, 외딴 곳에서 차의 기름이 떨어진다거나 구급차

를 불러야 하는 상황 등)응급 상황을 경험하게 된다.

- 중요한 업무 관련 회의에 참석하지 못한다.
- 통화를 놓치면 치명적인 대가를 치러야 하는 직업을 갖고 있다(가령 변호사인 캐릭터가, 체포를 당해서 도움을 청하려 했던 친구의 중요한 전화를 놓쳐버린 경우).
- 이메일에 신속하게 답을 하지 못해 사업 기회를 놓친다.
- 캐릭터의 일정표를 이용해 위치를 추적하려는 도둑에게 쫓긴다.
- 도둑이 휴대폰에서 부적절한 영상이나 사진을 발견해 그걸 구실로 캐릭터를 협박한다.
- (불안 장애, 강박 장애 등의) 질병으로 고통을 받고 있기 때문에 휴대폰을 잃어버리면 상황이 훨씬 더 악화된다.
- 위급한 상황에 처해 있는데 (납치나 아동이 부모와 연락할 방법이 전혀 없어 곤란에 처한 경우 등)휴대폰을 써야만 목숨을 구할 수 있다.

생길 수 있는 감정

감정의 동요, 분노, 짜증, 불안, 실망, 당혹감, 좌절, 조급증, 안달, 무능하다는 느낌, 공황, 불편함, 근심

생길 수 있는 내적 갈등

- 휴대폰을 잃어버렸거나, 어딘가에 잘못 놓아둔 것에 대해 스스로를 부주의하고 멍청한 사람으로 여기게 된다.
- 휴대폰을 도둑맞아 사랑하는 사람들이 (휴대폰 속 정보 때문에) 위험에 빠질까 걱정이 된다.
- (주소나 금융 정보 등) 개인정보 관련 위험에 빠질까 봐 근심이 크다.
- 친구에 대해 폄하해놓은 문자 메시지를 받은 것이 있는데 친구가 휴대폰을 발견해서 그것을 읽게 될까 봐 걱정이다.

상황을 악화시킬 수 있는 부정적인 특성

중독 성향, 강박적인 성향, 통제 성향, 체계나 정리 능력 부족, 과장이나 극단적인 태도, 자신감 부족, 완벽주의, 괴팍함, 잔걱정이 심한 성향

기본 욕구에 미치는 영향

- **존중과 인정의 욕구** 불안으로 고통받는 캐릭터의 경우, 휴대폰을 잃어버린 데 대해 불필요한 자책에 빠져 휴대폰을 잃어버린 것이 자신이 차분치 못하거나 무책임하다거나 무능하다는 증거라고 생각해버린다.
- **안전 욕구** 휴대폰은 많은 상황에서 타당한 안정성을 제공하기 때문에 그 자원을 분실하는 경우, 캐릭터가 안정을 잃거나 안전이 위험해질 수 있다.
- **생리적 욕구** 휴대폰이 없는 경우, 생과 사의 기로에 놓이게 되는 상황들이 있다. 가령 캐릭터가 하이킹을 하다 길을 잃어 도움이 필요한 경우, 캐릭터가 몰던 자동차가 눈보라에 갇히는 경우 혹은 망망대해에서 배에 문제가 생기는 경우에는 목숨을 잃을 수도 있다.

대처에 도움이 되는 긍정적인 특성

고마움을 아는 태도, 차분함, 집중력, 여유, 친근함, 상상력, 독립심, 자연 친화력, 소박함, 관대함, 기발함

긍정적인 결과

- (휴대폰만 끼고 있지 않고) 사람들과 함께 하는 법을 배울 수 있다.
- 타인과 일대일로 더욱 돈독한 관계를 형성할 수 있다.
- 휴대폰에 낭비하는 시간이 줄어들어 효율성이 커진다.
- 소셜 미디어에 얼마나 많은 시간을 뺏겼는지 깨닫고 앞으로 절제하겠다고 결심한다.
- 만족을 미루는 일의 가치를 깨닫는다. 가령 일어나는 모든 일을 즉시 보고, 즉시 대응할 필요가 없다는 것을 깨닫는다.
- 책임감을 강화하는 법을 배운다.
- 휴대폰이 제공하는 사치와 추가적인 이득에 고마움을 느낄 수 있게 된다.
- 인생에서 중요한 것과 필요한 것에 대해 새로운 관점을 얻게 된다.
- 캐릭터가 뉴스와 소셜 미디어에서 멀어진 시간 동안 마음가짐이 달라졌다는 것을 깨닫고, 소셜 미디어에 쓰는 시간을 더 의미 있는 활동에 쓰기로 결심한다.

딜레마
사전

도덕적 딜레마와 유혹

Moral Dilemmas and Temptations

결과의 조작을 알게 되다

Discovering an Outcome Has Been Fixed

사례

- 경연 대회의 참가자가 제작자나 심사위원 등 영향력 있는 위치의 사람과 연애로 얽히면서 승자가 된다.
- 학생이 선생님의 총애를 받는다는 이유로 독창자나 독주자의 자리, 장학금 혹은 대표나 지도자 자리를 얻는다.
- 선망해왔던 직책에 지원했는데 알고 보니 그 자리는 상사의 친인척에게 이미 내정된 자리였다.
- 경기에서 상대 선수가 이기도록 일부러 져준다.
- 편파 판정을 내리는 심판들이 결승전의 승자를 결정한다.
- 선거 결과가 사기로 판가름나다(투표 집계기가 해킹을 당하거나, 투표용지의 이름이 누락되거나 특정 사람들이 투표권을 얻지 못한 것 등을 이유로).
- 학교에서 선거에 나선 후보가 동급생들에게 뇌물을 먹이거나 자신에게 투표할 것을 협박해서 승리한다.

사소한 문제

- 승리했다면 얻었을 이익을 잃는다(구직, 최고가 되는 것, 좋은 일을 할 수 있는 직위에 선출되는 것 등).
- 지루하고 긴 선거 조사로 최종 결과가 미루어진다.
- 캐릭터가 정의를 이루기 위해 해당 단체를 상대로 소송을 제기해야 한다.
- 캐릭터가 부당한 결과에 대해 불만을 제기하다가 패배를 인정할 줄 모르는 사람, 문제를 일으키는 사람 혹은 음모론자로 낙인이 찍힌다.
- 열정이 식고 무관심이 커진다.
- 캐릭터가 자신이 한때 우상화할 만큼 숭배했던 인물이나 조직에 대해 신뢰와 존경심을 잃는다.
- 절대 이루어지지 않을 꿈을 뒤쫓다 시간과 돈을 낭비해버렸다.
- 캐릭터를 사랑하는 친지가 이 문제를 두고 난리를 치는 통에 캐릭

터가 원치 않는 주목을 받게 된다.

- 조작된 결과로 지게 되어 그에 따른 실망을 감당해야 한다.
- 결과에 베팅했다가 조작으로 돈을 잃는다.
- 조작 정보를 공개하고 싶지만 가족들이 말려서 좌절된다.

초래할 수 있는 심각한 결과

- 마침내 독재자나 불안정한 지도자를 만나게 되고, 이들을 제거할 방안을 찾지 못한다.
- 사람들이 선거 과정에 대해 신뢰를 잃는다.
- 캐릭터가 소리를 높여 조작을 공개적으로 밝히고 반대를 표명하려다가 평판이 망가진다.
- 직장 내 정실 인사에 맞서다가 왕따가 되거나, 좌천을 당하거나, 냉대를 당한다.
- 책임이 있는 당사자와 가족을 상대로 협박의 표적이 된다.
- 다른 사람이 자신의 운명을 결정하는 어떤 상황에서도 캐릭터는 경쟁을 피하려 하게 된다.
- 캐릭터가 대학을 다니는 데 꼭 필요한 장학금을 잃는다.
- 캐릭터의 재정 상황을 개선해주거나 아픈 가족을 치료할 돈을 벌 직장을 잃는다.
- 어차피 결과가 정해져 있는데 뭐하러 애를 쓰는 것인가 하는 생각으로 자포자기해 캐릭터가 꿈을 포기한다.

생길 수 있는 감정

분노, 경악, 배신감, 쓰라림, 혼란, 부인, 상심, 실망, 의구심, 혐오, 환멸, 좌절, 증오, 피해망상, 무력함, 억울함, 화, 체념, 슬픔, 멸시, 자기연민, 회의적인 태도, 망연자실

생길 수 있는 내적 갈등

- 조작을 공개하고 싶지만 파란을 일으키고 싶지는 않다.
- 뭔가 하고 싶지만 상황이 너무 거대해 망연자실하게 되고 아무것도 할 수 없을 것 같은 느낌이 든다.
- 모든 게 미리 다 정해져 있는데 뭘 시도하건 무슨 의미가 있겠느냐는 생각에 낙담하게 된다.
- 참여건 투표건 다 포기하고 싶은 유혹이 든다.

- 모든 일에 싫증이 나서, 편견이 존재하지 않는 상황에서도 부당함과 편견만 보인다.
- 결과가 조작되었다는 것을 알면서도 캐릭터가 자신의 능력을 의심한다. 자신이 충분히 잘났다면 그런 반대나 장애물도 극복했어야 한다고 생각하기 때문이다.

상황을 악화시킬 수 있는 부정적인 특성

무관심, 심술궂음, 유치함, 거만함, 대적하는 성향, 냉소주의, 부정직함, 광신적인 열의, 적대감, 남성적인 면을 과시, 순교자인 양하는 태도, 피해망상, 편견, 원한, 투덜거리고 불만만 많은 성향

기본 욕구에 미치는 영향

- **자아실현 욕구** 이미 정해진 결과에 낙담한 캐릭터는 앞으로 다시는 경쟁을 하지 않겠다는 마음을 먹게 되고, 장차 개인으로 발휘할 수 있는 능력을 제대로 발휘할 수 없게 된다.
- **존중과 인정의 욕구** 실패와 상실을 내면화한 캐릭터는 자신에게 재능이 더 있거나 충분히 똑똑했다면 승리할 수 있었을 것이라는 불합리한 생각에 빠질 수 있다.
- **애정과 소속의 욕구** 환멸에 빠진 캐릭터가 스포츠 팀이나 직장, 그 외의 단체를 나가버리는 경우 상실감은 더욱 커진다.
- **안전 욕구** 캐릭터가 불의를 폭로하려는 시도로 권력자나 해로운 자들의 표적이 되는 경우, 안전을 보장할 수 없다.

대처에 도움이 되는 긍정적인 특성

적응 능력, 야심, 대담함, 매력, 자신감, 협조적인 태도, 과단성, 수양과 단련, 고결함, 이상주의, 공정함, 정돈되고 짜임새 있는 성향, 열정, 인내, 애국심, 끈기, 설득력, 사회적인 자각, 재능

긍정적인 결과

- 부정이 벌어지는 상황에 관심을 끌어, 다시는 같은 일이 되풀이되지 못하도록 한다.
- 앞으로 유사한 비리나 불의를 찾아낼 수 있다.
- 캐릭터가 자신의 이상주의를 적정 수준의 현실주의로 완화시켜 환멸과 체념을 피한다.
- 캐릭터가 불의에 맞서 탁월함을 발휘하는 노력을 배가한다.

더 큰 선을 위해 윤리나 도덕을 희생하다

Sacrificing Ethics or Morals for The Greater Good

- 캐릭터가 독재자의 권력 차지를 막으려는 목적으로 부정 선거를 저지른다.
- 마약 사건을 담당하는 경찰이 마약 조직을 소탕하려는 목적으로 감쪽같이 위장하고자 마약을 복용한다.
- 캐릭터가 상대에게 신뢰를 얻어 유죄를 입증하는 불리한 증거를 찾을 목적으로 상대와 동침한다.
- 비열한 정치가지만 정책이나 이상이 경쟁 상대보다 그나마 더 낫기 때문에 그에게 투표해준다.
- 범죄를 해결하거나 목숨을 구할 목적으로 정보를 구해야 하는 상황이기 때문에 정보를 가진 상대를 흠씬 두들겨 팬다.
- 고통에 시달리는 사람들에게 생필품을 제공하기 위해 부정부패한 고용주에게서 도둑질을 해온다.
- 사람들로 그득한 도시를 구하기 위해 한 사람을 죽음에 이르게 방치한다.
- 회사의 파산을 막기 위해 부정부패한 직원에게 누명을 뒤집어씌운다.
- 유죄인 사람이 방면되는 것을 확실히 막기 위해 증거를 심거나 거짓 증언을 한다.
- 유명한 아동학대범이나 강간범을 살해한다.
- 더 큰 계획을 진행시킬 목적으로 적의 음료에 술이나 독을 타 일시적으로 방해 요인을 제거한다.
- 특정 활동 혹은 특정인들과 다시는 연루되지 않겠다는 약속을 어긴다(캐릭터가 올바른 일을 하기 위해서는 어쩔 수 없기 때문이다).
- 감시를 피해서 은밀한 작전을 지속하기 위해 야비한 사람들을 좋아하는 척하거나 그들에게 동의하는 척 연기한다.

사소한 문제

- 자신이 혐오하는 사람들의 비위를 맞춰야 한다.
- 막으려고 노력하는 사람들과 친밀하게 엮여야 한다.
- 적이 캐릭터를 의심하게 된다.
- 캐릭터가 지닌 은밀한 동기를 모르는, 사람들의 모욕이나 비난을 받아야 한다.
- 의심을 사지 않기 위해 평소와 다른 시간대에 몰래 움직여야 한다.
- 무슨 일을 하는지 어떤 이유로 하는지에 대한 질문을 회피해야 한다.
- 사랑하는 친구나 가족이 캐릭터의 행동을 문제 삼는 상황을 캐릭터가 감내해야 한다.
- 경찰의 의심을 받는다.

초래할 수 있는 심각한 결과

- 범법 행위로 교도소에 간다.
- 임무를 성공시키는 데 필요한 자원, 돈 혹은 강력한 협조자에게 접근할 수 없게 된다.
- 평판이 나락으로 떨어진다.
- 적이 보복을 하려고 캐릭터의 가족을 쫓는다.
- 캐릭터가 심각한 부상을 당하거나 살해된다.
- 캐릭터의 윤리가 목적을 달성하는 과정에서 변질된다.
- 희생을 했는데 보람도 없이 결국 적이 승리를 거둔다.
- 희생을 했는데 일이 보이는 게 다가 아니었다는 것을 알게 된다.
- 캐릭터가 자신이 다른 사람의 노리개였다는 것을 알게 된다.
- 캐릭터의 행동을 통해 이득을 본 사람들이 캐릭터가 한 일에 전혀 고마워하지 않는다.
- 스트레스로 공황 장애나 불안 장애에 시달린다.
- 캐릭터의 성격이 냉담해진다. 공감이나 연민을 잃고 오직 임무에만 골몰하게 된다.

생길 수 있는 감정

불안, 염려, 갈등, 결단, 환멸, 불만, 의구심, 공포, 두려움, 죄책감, 고독, 피해망상, 꺼리는 마음, 후회, 체념, 자기혐오, 수치, 억울함, 자기편이 아무도 없다는 느낌

생길 수 있는 내적 갈등

- 목적을 이루지 못하고 모든 희생이 허사로 돌아갈까 걱정한다.
- 너무 깊이 빠지기 전에 포기하고 싶은 유혹이 든다.
- 적이 진실을 알게 될까 봐 노심초사하게 된다.
- 지켜오던 도덕성을 희생한 일로 인한 죄책감과 수치를 감내해야 한다.
- 캐릭터가 종교를 믿는 경우 내세의 운명, 죄를 용서받지 못한다는 두려움이 커진다.
- 적의 관점에서 사안을 바라보기 시작하면서 의심이라는 위기에 빠진다.
- 사랑하는 사람들에게 사안의 진실을 설명하고 싶지만 그럴 수가 없다.
- 자신의 행동에 대한 혐오와 씨름해야 한다.
- 은밀한 활동을 유지하다 뭔가 심오하고 근본적인 것이 손상될까 두렵다.

상황을 악화시킬 수 있는 부정적인 특성

냉소적인 태도, 거만함, 남을 재단하는 성향, 예민함, 편집증적인 성향, 무모함, 굴종적인 태도, 소심함, 변덕, 의지박약, 군걱정

기본 욕구에 미치는 영향

- **자아실현 욕구** 캐릭터가 옳고 그른 것을 분명하게 구분하고 있는 인물일 경우, 아무리 선한 명분을 위해서라 하더라도 자신의 윤리 규약에 위배되는 일을 온전히 정당화할 수는 없을 것이다.
- **존중과 인정의 욕구** 잘못을 교정하기 위한 짓이라 해도, 부도덕하다고 믿는 일을 하는 자신을 혐오하지 않을 도리는 없다. 또한 캐릭터는 자신의 동기나 행동을 이해하지 못하는 사랑하는 사람들의 비난과 경멸까지 감내해야 한다.
- **애정과 소속의 욕구** 캐릭터가 부도덕한 방법을 수용하다 자신의 행동에 동의하지 않는 소중한 친구들이나 공동체 사람들 전체를 잃을 위험도 감수해야 한다.
- **안전 욕구** 캐릭터가 택한 방법으로 인해 위험한 사람들의 노여움을 사거나 감

옥에 가게 되는 경우, 캐릭터의 안전과 안정감은 위험에 처할 수 있다.

대처에 도움이 되는 긍정적인 특성

적응 능력, 집중력, 자신감, 결단력, 외교술, 신중함, 독립심, 근면함, 객관성, 질서정연함, 창의력, 책임감, 사회성, 거리낌 없는 태도, 이타심

긍정적인 결과

- 수많은 사람들을 해악에서 구한다.
- 범죄를 해결하거나 범인을 법정에 세운다.
- 특정 집단의 사람들에게 사회를 더 안전한 곳으로 만들어준다.
- 희생을 치렀지만 결국 옳은 일을 해냄으로써 큰 만족을 직접 얻는다.
- 체제의 불의나 결함이 만천하에 알려져 다른 이들이 대의를 받아들일 수 있게 된다.

먹거나 쓰지 말아야 할 것에 탐닉하다

Indulging When One Should Not

사례

- 다이어트 중에 케이크나 다른 단 음식을 마구 먹는다.
- 무작위로 테스트를 받게 될 가능성이 있을 때, 성적을 향상시키는 스테로이드제를 쓴다.
- 폭식한다.
- 처방약을 복용하고 있는데 폭음을 한다.
- 의심스러운 동기로 접근하는 인물에게서 유혹적인 음식이나 음료를 받아먹거나 마신다.
- 중요한 행사 혹은 일정 전날에 폭음하거나 약물을 사용한다.
- 알레르기가 심해지거나 다른 병이 생길 걸 알면서도 해로운 음식을 마구 먹는다.
- 과도한 소비나 불필요한 소비에 빠진다.
- 비디오 게임을 하거나 좋아하는 텔레비전 프로그램을 계속 보려고 수업을 계속해서 빠진다.
- 집까지 운전을 해서 가야 하는 것을 알면서도 폭음을 한다.
- 집에 반려동물이 넘치는데도 또 한 마리를 데려온다.
- 임신 중인데 흡연이나 약물이나 술이 지나치다.
- 경제 상황이 빠듯한데도 카지노에서 돈을 더 벌겠다고 현금인출기로 다시 향한다.

사소한 문제

- 면접 때, 교회 예배 때 혹은 시험 때 숙취에 시달린다.
- 폭음으로 잠을 너무 오래 자서 직장이나 학교에 지각한다.
- 학교나 직장에서 성적이나 실적이 나빠진다.
- 체중이 늘어난다.
- 먹은 음식과 약물이 상호작용을 일으켜 고생한다.
- 과식 후, 배가 터질 것처럼 불편하고 토할 것 같다.
- 경미한 알레르기 반응을 겪거나 과민성 대장증후군 같은 음식 관련 질환에 시달린다.

- 신용카드 사용 한도가 초과될 지경에 이른다.
- 오래 연애하기를 원하는 파트너와 문제가 생긴다.

초래할 수 있는 심각한 결과

- 알코올 중독으로 고생한다.
- 약물 남용으로 고생한다.
- 임신을 하게 된다.
- 음주 운전으로 딱지를 떼거나 면허를 잃는다.
- 캐릭터가 음주 운전으로 사고를 내 누군가를 다치게 한다.
- 늦잠을 자는 통에 (공항에서 친인척을 데려오는 것 같은)중요한 일을 놓친다.
- 입원과 약물 치료가 필요한 심각한 알레르기 반응이 생긴다.
- 갚을 수 없을 만큼 빚이 쌓인다.
- 무책임한 행동 때문에 부모나 배우자와 다툼이 생긴다.
- 신의를 깼다는 것을 파트너가 알게 된다.
- 술이 캐릭터에게 필요한 약물에 방해 작용을 해 약이 효력을 내지 못하게 된다.

생길 수 있는 감정

끔찍함, 갈등, 창피함, 환락, 죄책감, 무심함, 후회, 안도감, 슬픔, 만족, 자기혐오, 부끄러움, 불편함, 자신이 하찮다는 느낌

생길 수 있는 내적 갈등

- 위험한 대가를 치러야 하는데도 계속 탐닉하고 싶다.
- 옳은 일을 해야 한다는 것을 알지만 또래의 압력과 힘들게 싸워야 한다.
- 탐닉하는 데 죄책감이 들거나 부끄럽다.
- 자신의 행동이 다른 사람들에게 여파를 일으켜 후회가 막심하다.
- 탐닉 행동이 문제라는 것을 알지만 스스로 이미 파괴될 대로 파괴되어 멈출 수가 없다.

상황을 악화시킬 수 있는 부정적인 특성

중독 성향, 유치함, 위선, 충동적 성향, 무책임함, 신경과민, 완벽주의, 반항심, 자

기 파괴적인 태도, 탐닉 성향, 이기심, 버릇없음, 의지박약

기본 욕구에 미치는 영향

- **자아실현 욕구** 캐릭터가 좋지 않은 타이밍에 탐닉하여 의미 있는 목표를 이루지 못하게 된 경우, 미래에 악영향을 미치게 된다.
- **존중과 인정의 욕구** 캐릭터가 탐닉 행위 후 수치스럽거나 무책임한 방식으로 행동할 경우, 타인에게 좋지 않은 시선을 받을 수 있다. 옳지 않다는 것을 알면서도 멈추지 않았고 특히 한두 번에 그치지 않았다면 캐릭터는 스스로를 낮잡아 보게 된다.
- **애정과 소속의 욕구** 탐닉이 가족과 친구가 염려하는 유해한 강박이거나 중독일 경우, 캐릭터는 수치심 때문에 자신이 가장 필요로 하는 사람들로부터 멀어질 수 있다.
- **안전 욕구** 탐닉으로 잘못된 결정을 내리고 위험을 감지하는 능력이 손상될 경우, 캐릭터의 안전과 건강이 위협받게 된다.
- **생리적 욕구** 위험한 물질이나 알레르기를 일으키는 물질 혹은 위험한 활동에 탐닉하는 경우, 캐릭터는 목숨을 잃을 수도 있다.

대처에 도움이 되는 긍정적인 특성

감사하는 태도, 수양과 단련, 정직함, 겸허함, 성숙함, 남의 말을 잘 듣는 태도, 순응적인 성향, 낙관주의, 선제적인 행동 능력, 보호하려는 태도, 책임감, 분별력, 사회적 인식, 영성, 지혜

긍정적인 결과

- 유혹을 거절하는 법을 배우게 된다.
- 탐닉의 정도를 적절히 조절하는 법을 배우게 된다.
- 해로운 오락이나 물질에 탐닉하면서 근본적인 문제를 피하기보다 문제와 마주해 부딪치기로 결심한다.
- 절제가 필요하며 탐닉을 피해야 하는 상황을 알게 된다.
- 중독 상태임을 깨닫고 도움을 청한다.

- 탐닉 행동에 대해 주변인과 솔직하게 의논함으로써 오랜 고통을 알리고 정서적인 치유를 통해 관계를 새롭게 출발한다.

부정부패를 목격하다

Witnessing Corruption

사례

- 누군가 뇌물을 받는 것을 목격한다.
- 누군가 정실 인사의 혜택을 받고 있음을 알게 된다.
- 권한이 있는 자의 권력 남용을 목격한다(경찰의 포악 행위, 증거 조작 등).
- 누군가 업무 관련 돈을 은닉하는 것을 목격한다.
- 비윤리적인 수단이 동원되어 특정 의제가 추진되고 있는 상황을 목격한다(편견 가득한 미디어 보도, 검열, 협박 등).
- 강력한 로비가 정부 관료들에게 불법적인 영향을 끼쳐, 로비 목적에 적합한 입법이 추진되고 있다는 것을 알게 된다.
- 공정하다고 정평이 난 기업이나 단체가 사실은 의도가 빤한 개인이나 특정 기업의 소유라는 것을 알게 된다.
- 배심원이 매수되거나 협박을 받거나 휘둘리는 대상이 된다.
- 명백히 죄가 있는 당사자가 부나 지위나 정치적 연줄 덕에 빠져나가는 것을 본다.

사소한 문제

- 캐릭터가 본 것이 사실과 다르다는 말을 듣는다.
- 부정부패에 관해 누구에게 알려야 할지 모르겠다.
- 캐릭터가 본 것이 공개되지 않길 바라지 않는 자들이 캐릭터를 은근히 협박한다.
- 부정부패를 알린 후 특전이나 이익을 잃는 등 부당한 보복을 마주한다.
- 캐릭터의 신뢰성을 떨어뜨리기 위해 부정부패한 세력이 되려 캐릭터를 조사하려 든다.
- 기자, 수사관, 탐정들과의 인터뷰에 늘 응해야 한다.
- 불만은 이제 그만두라는 타인들의 협박 섞인 조언을 듣게 된다.
- 참견하기 좋아하는 이웃, 친지, 직장 동료들이 캐릭터가 해야 할 일에 도움도 안 되는 조언을 해댄다.

- (부정부패 연루자가 캐릭터가 아는 사람인 경우) 캐릭터가 오히려 존경을 잃게 된다.
- 부정부패 당사자가 사실이 밝혀지면 자신의 삶이 얼마나 파국을 맞을지에 대해 호소하면서 캐릭터의 죄책감을 자극하려 한다.

초래할 수 있는 심각한 결과

- 기관, 조직, 제도, 개인에 대해 캐릭터가 갖고 있던 믿음이 무너진다.
- 부정부패를 알리지 않았다가 캐릭터 또한 연루된 것 아니었냐며 오해를 받는다.
- 캐릭터가 자신이 목격한 것이 부정부패가 아니었다고 스스로를 속인다.
- 내부 고발자 노릇을 한 후 직장에서 해고되거나 좌천당한다.
- 부정부패에 관해 당국에 알렸다가 오히려 폭력적인 앙갚음의 피해자가 된다.
- 처벌의 형태로 사찰을 받아 캐릭터 자신과 가족이 위험에 처하게 된다.
- 캐릭터의 이름과 평판이 무차별적인 공격으로 더러워진다.
- 캐릭터가 필사적으로 숨기고 싶은 과거의 행동이 공개되어 신뢰도에 금이 간다.
- 가족이 표적이 된다(가족의 사적 정보가 범죄자들에게 흘러가거나, 차량이 알 수 없는 일로 압류를 당하는 것 등).
- 부정부패에 대해 관리자나 상급자에게 몰래 이야기했는데 믿었던 그 사람도 부패에 연루되었다는 것을 알게 된다.

생길 수 있는 감정

분노, 당혹감, 불안, 경악, 배신감, 쓰라림, 경멸, 부인, 결단, 상심, 실망, 혐오감, 환멸, 흥분, 공포, 좌절, 두려움, 무력감, 분개, 체념, 충격, 근심

생길 수 있는 내적 갈등

- 뭔가 하고 싶지만 연루되는 게 두렵다.
- 무관심하려고 애쓴다. 행동해야 한다는 것을 알지만 아무것도 개선되지 않으리라는 것을 알기 때문이다.
- 아무것도 하지 않기로 선택했지만 부정부패가 지속되면서 죄책감

이 든다.

- 캐릭터 스스로 나름의 부도덕한 짓에 연루되어 있어 괜히 조사를 받는 일을 만들고 싶지 않기 때문에 목격한 부정부패에 대해 어떻게 대응해야 할지 고민한다.
- 부정부패가 옳지 않다는 것을 알지만 자신도 이득을 보고 있기 때문에 굳이 알리고 싶지 않다.
- 부패에 연루된 사람과 가깝기 때문에 상황을 알리기가 두렵다.
- 부정부패를 저지른 기관(조직)과 유사한 기관(조직)도 이젠 믿기가 어렵다.

상황을 악화시킬 수 있는 부정적인 특성

반사회성, 무관심, 맞서는 성향, 통제 성향, 부정직함, 광적인 열의, 위선, 신경과민, 편집증적인 성향, 소심함

기본 욕구에 미치는 영향

- **자아실현 욕구** 체제의 부패를 목격한 캐릭터는 거기 연루되지 않겠다고 결심할 수 있지만, 꿈을 이루는 데 해당 조직이나 기관이 필요한 경우, 그 결심 때문에 다른 의미 있는 목적을 희생시켜야 한다.
- **존중과 인정의 욕구** 불안감이나 열등감 때문에 행동을 취하지 않는 캐릭터는 자신의 행동 때문에 더욱 괴롭다.
- **애정과 소속의 욕구** 캐릭터가 부정부패를 알리지 않고 넘어갔는데, 주변 사람들이 일을 알렸어야 했다고 여긴다면, 그들과 캐릭터의 관계는 멀어질 수 있다.
- **안전 욕구** 부정을 저지른 사람들이 자신의 행동을 누군가 목격했다는 사실을 알게 되는 경우, 캐릭터나 캐릭터의 가족이 표적이 될 수 있다.

대처에 도움이 되는 긍정적인 특성

야망, 차분함, 용기, 결단력, 외교술, 신중함, 고결함, 이상주의, 공정함, 명민한 관찰력, 열정, 보호하려는 태도, 책임감, 자유로움, 이타심

긍정적인 결과

- 옳은 일을 해내고 그 덕에 자신감이 상승한다.
- 부정부패로 인해 어떤 조직이나 기업을 지지하지 말아야 할지 알게 된다.
- 부정부패에 맞서 시작 자체를 막아야겠다는 결의가 더욱 강해진다.
- 캐릭터가 다른 사람들의 심중을 읽어내는 자신의 본능을 신뢰하게 된다.
- 당국에 알린 다음 부정부패 당사자들이 사법부의 심판을 받는 것을 보게 된다.
- 더 강력하고 윤리적인 직장을 만드는 데 도움이 될 수 있다.
- 단순히 부정부패를 알리는 데 그치지 않고, 연루되어 있는 네트워크 전체를 폭로해 무너뜨릴 수 있다.
- 부패를 고발하려는 캐릭터를 지지하거나 혹은 만류하는 친구의 행동을 통해 그 친구의 진정한 도덕성을 발견하게 된다.

부정을 저지를 기회가 생기다

Being Given an Opportunity to Cheat

사례

- 캐릭터가 친구에게서 가짜 신분증을 받게 된다.
- 강사나 교사가 캐릭터에게 통과 점수를 줄 테니 대가를 달라고 제안한다.
- 친구가 캐릭터에게 시험지 사본을 주고 공부하자고 꼬드긴다.
- 다른 사람이 해 놓은 일의 공을 차지하고 싶은 유혹이 든다.
- 운동선수가 점수를 부당하게 올릴 목적으로 스테로이드제를 복용한다.
- 경연 참가자가 다른 참가자들은 접근할 수 없는 정보에 접근할 수 있게 된다.
- 판사나 공직자에게 금전적인 인센티브를 제공하면 특정인에게 유리한 방식으로 판결을 내리거나 공무를 집행할 것이라는 정보를 입수한다.
- 투자를 하는 데 쓸 수 있는 내부자 정보를 입수한다.
- 회사나 프로그램이 캐릭터가 연계되어 있다는 이유로 특정 요건을 포기하겠다고 제안한다.
- 가족이나 친구들 중에 부정행위를 해서라도 남들보다 앞서는 걸 아무렇지도 않게 생각하는(혹은 심지어 그걸 장려하는) 사람들이 있다.

사소한 문제

- 끔찍한 거짓말쟁이가 되어 탄로가 날까 봐 걱정이 된다.
- 발각되어 창피한 상황에 처한다.
- 뇌물로 받은 돈이 어디에 쓰였는지 (부모나 배우자에게) 숨겨야 한다.
- 부정행위를 알게 되어 좋아하지 않는 친구들과 마찰이 생긴다.
- 경계하는 보안 요원, 조직책 심판 혹은 모두를 위해 공정함을 지키는 임무를 맡은 다른 사람들의 주목을 받게 된다.
- 경쟁자가 캐릭터의 부정을 의심하게 된다.
- 부정행위를 포기하고 결과를 감수해야 한다(낙제점수, 경기 패배,

최고로 꼽히지 못하는 것, 특정 또래 집단에 들어가지 못하는 것 등).

- 부정행위의 길로 들어서지 않는 대신, 다른 사람들이 부정행위를 저지르고 달아나는 모습을 지켜보아야 한다.

초래할 수 있는 심각한 결과

- 부정을 저지르다 발각당한다.
- 팀에서 퇴출되거나 경연에 참가하지 못하게 된다.
- 부정행위를 알아낸 사람에게 협박을 당한다.
- 타인들의 신뢰를 잃는다. 사람들이 캐릭터가 부정행위를 한다고 늘 의심한다.
- 캐릭터가 지위를 유지하기 위해 계속 부정행위를 해야 한다.
- 가족들이 캐릭터의 재정 상황이 앞뒤가 맞지 않는다는 것을 눈치채고 해명을 요구한다.
- 소중히 여기던 멘토, 코치, 선생님 혹은 친구의 애정과 존중을 더 이상 받지 못하게 된다.
- 부정행위가 발각되어 꿈이 좌절된다(꿈꾸던 대학에 입학하지 못하거나, 스포츠 팀에서 쫓겨나거나, 장학금을 받지 못하게 되는 등).
- (부정행위가 불법일 경우) 기소를 당한다.
- 캐릭터가 올바른 선택을 하고 이후, 능력으로 우수함을 증명했는데도 여전히 부정행위를 했다고 비난을 받는다.
- 부정행위를 하지 않기로 결심한 후, 팀원들이나 친구들에 의해 비방이나 중상의 표적이 된다.

생길 수 있는 감정

경악, 걱정, 갈등, 경멸, 호기심, 욕망, 좌절, 열의, 우쭐함, 흥분, 죄의식, 희망, 신경과민, 즐거움, 안심, 꺼리는 마음, 회의적인 태도, 반신반의, 불편함, 경계심

생길 수 있는 내적 갈등

- 부정행위를 하고 싶지 않지만 방법은 그것밖에 없는 것 같다.
- 타인들의 요구와 기대에 부응하기 위해 어쩔 수 없이 부정행위를 해야 할 것만 같다.
- 부정행위는 삶의 다른 영역에서 계속되고 있는 부당함을 만회해 줄 수 있다는 생각까지 든다(가령 다른 이들은 갖고 있는 정치적 연

줄이 없을 때 부정행위가 어쩔 수 없다고 생각하는 것 등).

- 부정행위를 하고 싶지 않지만, 경쟁자가 이기면 많은 이들이 경쟁자의 권력 밑에서 고통을 받을 거라는 걸 알고 있어 고민이다.
- 열등감에 시달리다 부정행위를 하고 싶다는 유혹이 생긴다.
- 부정행위를 하고 싶다는 생각만 해도 죄책감이 든다.

상황을 악화시킬 수 있는 부정적인 특성

중독 성향, 반사회적 성향, 통제 성향, 비겁함, 냉소적인 성향, 기만하는 성향, 부정직함, 의리 없음, 탐욕, 위선, 불안정, 무책임, 질투, 다 안다는 듯한 태도, 남성적인 면을 과시, 조종하는 태도, 완벽주의, 무모함, 자기 탐닉

기본 욕구에 미치는 영향

- **자아실현 욕구** 부정행위를 하고 싶은 마음은 캐릭터에게 의미 있는 꿈이나 목표를 빠르게 성취할 수 있는 해결책처럼 여겨질 수 있다. 하지만 도덕성이 개입하는 경우, 부정행위를 하겠다는 결정은 캐릭터를 괴롭히고 기쁨을 앗아갈 것이다.
- **존중과 인정의 욕구** 부정행위는 캐릭터가 지닌 존중과 인정에 대한 욕구에 영향을 미친다. 또한 부정행위에 대한 유혹 자체만으로도 캐릭터는 문제를 마주할 수 있다. 쉬운 길을 택하고 싶어 하면서도 한편으로 자신을 낮잡아 보게 되고, 자신의 윤리적 흠결을 혐오하게 되기 때문이다. 더불어 부정행위를 하려는 욕망은 캐릭터가 지닌 약점과 취약성을 더욱 강조함으로써 캐릭터 스스로 자기 의심에 빠지게끔 만든다.
- **애정과 소속의 욕구** 캐릭터가 무조건적인 사랑이 아니라 조건에 따라 달라지는 사랑을 바탕으로 중요한 관계를 맺고 있는 경우, 부정행위야말로 상대에게 사랑을 받고 인정을 받는 유일한 길이라고 생각할 수 있다.

대처에 도움이 되는 긍정적인 특성

신중함, 굳은 심지, 자신감, 용기, 결단력, 수양과 단련, 정직성, 고결함, 이상주

의, 독립심, 근면함, 영감, 공정함, 낙관주의, 전문성, 영성, 학구적인 태도, 재능, 현명함

긍정적인 결과

- 부정행위의 기회를 단호히 거절할 만큼 스스로 강하다는 사실이 자랑스럽고 자아의식이 높아진다.
- 중요한 관계에서 신뢰가 얼마나 중요한지 새삼 자각하게 된다.
- 캐릭터가 자신의 결정이 몰고 올 장기적 여파를 고려하는 능력을 기르게 된다.
- 자신의 인격과 윤리의 중요성에 대해 생각하는 능력을 기르게 된다.
- 부정행위를 했다는 데 대한 후회로 캐릭터는 결과가 아니라 노력을 중시하게 되고 좀 더 나은 방향으로 발전할 수 있게 된다.
- 과도하게 경쟁심이 강한 캐릭터가 늘 이겨야 한다는 자신의 욕구를 포기하는 건설적 자각을 하게 된다.

부정한 돈을 제안받다

Being Offered Dirty Money

'부정한 돈'이란 어떤 식으로건 더럽혀진 돈이나 선물을 뜻한다. 때로는 돈을 주는 '사람'이 부정할 때도 있지만 대개 그 돈을 벌어들인 '수단'이 부정하거나 '명분'이 미심쩍고 옳지 않은 경우가 많다. 부정한 돈이나 선물을 받아 이득을 취하는 것을 싫어하는 캐릭터의 경우, 그러한 제안은 도덕적 딜레마를 야기한다. 이러한 갈등 상황에 해당하는 구체적 사례를 소개한다.

사례

- 음주 운전으로 인한 교통사고로 캐릭터의 아이가 휠체어 신세를 지게 됐는데 사고를 낸 운전자가 휠체어 값을 부담하려 한다.
- 캐릭터의 인생에서 사라졌던 부모가 다시 나타나 캐릭터의 결혼 비용을 대겠다고 제안한다.
- 캐릭터를 학대하는 배우자나 부모가 미안하다며 캐릭터에게 선물을 사준다.
- 캐릭터를 돌보지 않았던 부모가 값비싼 여행으로 과거의 허물을 만회하려 한다.
- 부모나 파트너의 불쾌한 직업(가령 성매매, 마약 판매, 인신매매 등)을 통해 캐릭터에게 정기적으로 수입이 들어온다.
- 마피아 보스나 평생 범죄를 저질렀던 사람에게서 유산을 받게 된다.
- 끔찍한 일을 완수한 대가로 봉급 인상이나 상여금을 받는다.
- 캐릭터에게 상처를 주면서 부도덕한 관행을 여전히 자행하는, 성업 중인 조직에게서 정착금을 받는다.

사소한 문제

- 부정한 돈을 받을까 말까 고민하느라 불면에 시달린다.
- 돈을 받지 않으면 캐릭터의 삶이 더욱 고단해진다.
- 부정한 돈을 쓰거나 선물을 볼 때마다 죄책감이 든다.
- 돈의 출처를, 사랑하는 사람들에게 말할 수가 없다.
- 돈의 출처에 대해 거짓말을 해야 한다.

- (돈이 선물이거나 기부금일 경우) 돈을 준 사람에게 빚진 느낌이다.
- 선물을 저당 잡혀 돈을 받았기 때문에 일이 틀어질 경우, 선물을 준 사람의 화를 돋우고 만다.
- 곤란한 선물 혹은 예상치 못한 상태로 온 선물을 받는다.

초래할 수 있는 심각한 결과

- 캐릭터가 부정한 선물이나 돈을 거절해 가족이 경제적으로 어려워진다.
- 용서의 대가로 들어온 선물을 거절함으로써 괴로움과 분노에 휩싸인다.
- 선물을 받음으로써 캐릭터가 자신의 삶을 통제하고 균형을 깨뜨리는 사람을 받아들여야 하는 상황에 처한다.
- 선물을 받는 일과, 선물을 준 사람 혹은 그의 행동을 수용하는 것을 혼동해 선물을 받으면 상대를 수용할 수 있다고 생각한다.
- 선물이나 선물을 준 사람만 봐도 불안감이 생긴다.
- 캐릭터가 부정한 돈이나 선물을 받았다는 것을 가족이 알고 절연한다.
- 부정한 돈이나 선물을 준 사람이 선물을 빌미로 캐릭터를 조종하거나 자신의 인생에 억지로 끌어들인다.

생길 수 있는 감정

분노, 고뇌, 경악, 불안, 배신감, 쓰라림, 갈등, 경멸, 좌절, 불신, 두려움, 허둥지둥, 죄의식, 증오, 공포, 위협감, 짜증, 신경과민, 공황, 울분, 꺼리는 마음, 멸시, 수치, 충격, 의구심

생길 수 있는 내적 갈등

- 부정한 돈이나 선물을 받을까 말까 결정하지 못해 미칠 지경이며 도무지 어떻게 해야 할지 모르겠다.
- 돈은 필요하지만 받고 싶지는 않다.
- 돈이나 돈의 출처에 대해 생각하지 않으려 애쓴다.
- 다른 사람들이 돈의 출처에 대해 알게 될까 노심초사한다.
- 돈이나 선물을 받는 데 거리낌이 없는데 뭐가 잘못된 것인지 모르겠다.
- 학대하는 사람의 화를 돋울까 두려워 선물을 받긴 했지만 선물을

보기도 싫다.
- 부정한 돈을 받을 생각을 했다는 것 자체만으로 자신이 밉고 혐오스럽다.

상황을 악화시킬 수 있는 부정적인 특성

싸우려는 태도, 통제 성향, 망각, 경박함, 욕심, 남을 너무 잘 믿는 성향, 남을 함부로 재단하는 성향, 물질만능주의, 자기 파괴적인 태도, 자기 탐닉, 버릇없음, 고집, 의심 많은 성향, 요령 없음

기본 욕구에 미치는 영향

- **자아실현 욕구** 부정한 돈이나 선물은 자아실현에 전혀 도움이 되지 않는 절망적 상황을 초래할 수 있다. 캐릭터가 부정한 돈이나 선물을 받기 싫어하는데 돈을 받는 경우, 후회로 점철된 인생을 살게 되기 때문이다. 한편, 특정한 목표를 이루는 데 필요한 돈임에도 곧은 심지로 거절하는 경우, 이후 캐릭터는 후회를 덜고 안정적인 삶을 누릴 수 있게 된다.
- **존중과 인정의 욕구** 부정한 선물이나 돈을 받는 일을 도덕적으로 반대하면서도 결국 받아들이는 경우 캐릭터는 자존감을 잃게 된다. 다른 사람들이 부정한 돈이나 선물을 받는다는(혹은 거절한다는) 이유로 캐릭터를 경멸하게 될 때도 마찬가지다.
- **애정과 소속의 욕구** 캐릭터가 부정한 돈의 유혹을 두고 고군분투하는데, 사랑하는 사람이나 가족이 명확한 선을 지키는 태도를 보이면 캐릭터는 그들과 마찰을 빚을 수 있다.
- **안전 욕구** 캐릭터가 부정한 돈이나 선물을 받아 '돈을 준 미심쩍은 사람'의 심기를 거스르거나, 그가 삶에 영향력을 행사하게 만들 경우 캐릭터의 안전이 궁극적으로 위험해질 수 있다.

대처에 도움이 되는 긍정적인 특성

분석적인 태도, 굳은 심지, 결단력, 효율성, 집중력, 고결함, 독립심, 근면함, 객관

성, 창의력

긍정적인 결과

- 캐릭터의 생활이 돈 덕분에 나아진다.
- 캐릭터가 돈을 받아 가난한 사람들을 돕는 데 쓴다.
- 선물 덕분에 망가진 관계를 회복하는 계기가 만들어진다.
- 선물이나 돈을 제안받은 일을 계기로 캐릭터가 타인과 적정 거리를 유지하기로 마음먹는다.
- 용서를 배우고, 사람이 변할 수 있다는 것을 깨닫는다.
- 나쁜 상황에서도 좋은 일을 할 수 있다는 것을 깨닫는다.

사랑하면 안 될 사람을 사랑하게 되다

Having Feelings for Someone One shouldn't

사례

- 적이나 반대편의 사람 혹은 재소자를 사랑하게 된다.
- 가족의 배우자에게 마음을 품게 된다.
- 친구의 중요한 파트너와 연애를 하고 싶다.
- 교수가 학생에게(혹은 학생이 교수에게) 사랑하는 마음을 품고 있다.
- 고용주가 고용인과 사귀고 싶어 한다.
- 다른 사람과 사귀는 직장 동료를 좋아한다.
- 기혼자가 (역시 자신에게 마음이 있는)다른 사람에 대한 마음을 키워간다.
- 나이차가 심한 상대에게 연애 감정이 있다.
- 장교가 부하를 사귀고 싶어 한다.
- 애인이 따로 있는 친구와 우정 이상의 관계를 맺고 싶다.
- 특정 성별, 종교 혹은 문화를 가진 사람에게 끌리는데 상대가 받아주지 않으리라 생각한다(따라서 캐릭터는 스스로 그런 감정을 키우면 안 된다고 믿는다).

사소한 문제

- 자신의 감정이 알려지거나 받아들여지지 않을 때 민망하고 어색하다.
- (죄의식이나 수치심이나 비밀을 품은 탓에) 다른 관계에 잡음이 생긴다.
- 마음을 품은 상대 주변에서 시간을 더 보내느라 일상생활이 유지가 안 된다.
- 친구가 캐릭터의 이상한 행동 변화를 눈치채고 질문을 할 때 대답을 해야 한다(그러다 보면 회피하거나 부인하거나 거짓말을 해야 할 때도 있다).
- 소문이 삽시간에 퍼지기 시작한다.
- 캐릭터의 평판이 나빠진다.
- 다른 일에 제대로 집중할 수가 없다.

- 어떻게 해야 할지 알 수 없어 걱정하느라 잠을 자지 못한다.

초래할 수 있는 심각한 결과

- 배우자가 캐릭터가 몰래 품고 있는 감정을 알게 되고 마음의 상처를 받는다.
- 불륜이 발각되어 결혼이 파국으로 끝난다.
- 캐릭터가 자신의 마음을 키우다 행동으로 옮겨 부적절한 관계가 발각되는 경우, 직장을 잃는다.
- 캐릭터가 품은 마음이 알려지는 경우 우정이나 다른 관계가 깨진다.
- (승진, 장학금, 특수 단체 가입 자격 등) 기회를 잃는다.
- 이해관계의 상충을 피하기 위해 단체나 조직을 떠나야 한다.
- 교회나 공동체나 집안에서 쫓겨난다.
- 좌천당하거나 새 부서나 직위로 자리를 옮겨야만 한다.
- (짝사랑 때문에) 마음의 상처가 깊어 새 출발을 할 수가 없다.
- 캐릭터의 상황을 두고 의견 차이가 생겨 가족 관계에 금이 간다.

생길 수 있는 감정

흠모, 번민, 기대, 불안, 갈등, 유대감, 욕망, 절망, 실망, 열정, 우쭐함, 수치심, 시기심, 환희, 흥분, 공포, 허둥지둥, 죄의식, 희망, 갈망, 애정, 욕정, 공황

생길 수 있는 내적 갈등

- 캐릭터가 자신의 욕망을 이루고 싶은 꿈을 포기하지 않으면서 죄책감이나 수치심을 느낀다.
- 일부일처제가 자연스러운 일인가를 놓고 회의감이 든다.
- 자신의 욕망 때문에 다른 사람에게 나쁜 짓을 시키는 문제를 놓고 고민이 깊어진다.
- 자신의 감정과 결함을 합리화하려고 애쓰게 된다.
- 캐릭터가 마음을 품은 상대와 만날 때마다 상대도 자신과 감정이 같다는 실낱같은 실마리라도 찾으려 애쓰게 된다.
- 상대에 대한 욕망 때문에 자신에게 화가 난다.
- 운명의 역할에 의구심이 든다. 만일 상대에게 품은 마음이 '운명'이라면 자신의 감정을 통제하는 게 이렇게 어렵지는 않은 것이기 때문이다.

- 상대에게 말할까 침묵을 지킬까를 놓고 마음이 흔들린다.
- 가족이나 사회의 신념을 지킬 것인가 아니면 자신의 마음을 따를 것인가를 놓고 윤리적 질문에 맞닥뜨린다.

상황을 악화시킬 수 있는 부정적인 특성

중독 성향, 충동적 성향, 신의 부족, 어리석음, 충동적인 성향, 질투, 애정에 굶주려 있는 상태, 예민함, 강박적인 성향, 소유욕, 무모함, 이기심

기본 욕구에 미치는 영향

- **자아실현 욕구** 사랑하면 안 될 사람을 상대로 마음을 품었는데 사실이 알려질 경우, 캐릭터는 자기 앞의 문이 닫히는 것을 느낀다. 조직에서 퇴출당하거나, 꿈에 그리던 직장에 들어갈 수 없게 되거나, 무엇이건 자신에게 행복을 주는 것을 더 이상 갖지 못하게 되면 캐릭터는 크게 상심하게 된다. 특히 시간이 가면서 마음을 품은 상대에 대한 애정이 식을 경우 더더욱 그러하다.
- **존중과 인정의 욕구** 금지된 관계 혹은 금기시되는 관계를 맺고 있다는 소문이 나는 경우, 캐릭터는 이제껏 누렸던 지위와 위상을 급속히 잃게 된다.
- **애정과 소속의 욕구** 캐릭터의 마음을 상대가 알게 되었는데 같은 마음이 아닌 경우, 캐릭터는 거절당했다는 느낌을 받게 되고 결국 (우정이나 직업 관계 등) 현재 맺고 있는 관계까지 깨진다.

대처에 도움이 되는 긍정적인 특성

신중함, 수양과 단련, 분별심과 사려가 깊은, 친절한, 남을 보살피는 태도, 인내, 통찰력, 장난기 많고 놀기 좋아하는 성향, 비사교적인 성향, 올바른 태도, 거리낌이 없는 성향, 현명함

긍정적인 결과

- 캐릭터가 자신의 불행이 연애(하고 싶어 하는) 상대에 대한 감정에서 비롯되고 있다는 사실을 깨닫고 문제를 해결하기 위해 결단을 내린다.

- 자신이 진정으로 원하는 것(기존 관계를 유지하거나 아니면 새 출발을 하는 것)이 무엇인지 알게 된다.
- 진정성 없고 부적절한 욕망은 좋은 것이 아님을 깨닫고 욕망을 채우기 전에 먼저 도움을 청한다.

상대가 저지른 행동의 대가를 치르도록 내버려두다 Leaving Someone to The Consequences of Their Actions

사례

- 동기도 없고 책임감도 없는 십 대를 낙제생이 되게 내버려둔다.
- 돈 관리를 제대로 못해 경제적으로 늘 궁핍한 사람에게 돈을 빌려주지 않는다.
- 회사의 재정 상태를 회복시킬 수 있는 방안을 되풀이해 이야기했는데도 퇴짜를 맞아 그 후로는 회사가 망하도록 내버려둔다.
- 체포당한 아들이나 딸의 보석금을 내주지 않는다.
- 사랑하지만 죄를 지은 사람이 법의 심판을 받도록 내버려둔다.
- 사랑하는 사람이 중독자일 때 개입을 더 이상 하지 않기로 한다.
- 사랑하는 사람이 자신의 정신병을 인정하기를 거부하거나 치료하기를 거부할 때 그의 선택에 더 이상 개입하지 않는다.
- 사랑하는 사람이 거짓말을 부탁하거나, 허물을 덮어달라거나, 알리바이를 대달라고 할 때 거절한다.

사소한 문제

- 사랑하는 사람이 캐릭터의 결정을 거부하거나 이해하지 못할 때 이유를 설명해야 한다.
- 상대와 충돌을 빚게 된다.
- 상대가 캐릭터를 조종하려들다가 결국 캐릭터를 버린다.
- 상대가 제대로 못하고 있다는 소식을 전해 듣고 슬픔을 감내해야 한다.
- 캐릭터 대신, 다른 사람들이 상대가 똑같은 짓을 계속할 수 있게 해준다.

초래할 수 있는 심각한 결과

- 상대가 끔찍한 대가를 치르게 된다(징역살이를 하거나 평생 지속될 질병에 걸리는 것 등).
- 무고한 사람들이 상대의 행동 때문에 원치 않아도 대가를 치러야 하는 상황이 된다.
- 상대가 건강에 나쁜 행동을 지속하다 생긴 해악으로 고통을 겪는다.

- 캐릭터가 상대에게 협박이나 언어폭력을 당한다.
- 상대가 캐릭터를 (소셜 미디어로, 교회에서, 가족 모임 등에서)대놓고 비난하거나 공격한다.
- 캐릭터가 상대를 돕기를 바라는 배우자와 갈등에 빠진다.
- 캐릭터가 상대를 돕지 않아 화가 난 가족들에게 외면이나 배척을 당한다.
- 캐릭터에게 거절당한 상대가 나쁜 영향을 끼치는 사람들이나 유해한 사람들에게 도움을 청한다.
- 상대가 직장을 그만둘 수밖에 없는 상황에 빠진다.
- 상대가 집을 잃는다.
- 상대가 자살을 시도한다.

생길 수 있는 감정

분노, 번민, 불안, 쓰라림, 우려, 갈등, 열패감, 우울, 상심, 공포, 슬픔, 죄책감, 공황, 연민, 무기력함, 후회, 안도감, 꺼리는 마음, 자책, 억울함, 단념, 슬픔, 수치, 반신반의, 근심

생길 수 있는 내적 갈등

- 상대를 필사적으로 구하고 싶어 하면서도 그럴 수 없을까 봐 걱정한다.
- 상대가 끔찍한 대가를 치르고 있을 때 죄책감이 든다.
- 끊임없이 갈등을 해야 하는 상황이 억울하다.
- 예상했던 대로 일이 돌아가면 자신의 말이 맞았다는 생각이 들면서도 그런 생각이 드는 게 또 죄책감이 든다.
- 돌아가서 상대를 도와야겠다는 유혹과 부단히 씨름한다.
- 상대를 두고 부정적인 생각이 들어 부끄럽고 후회스럽다.
- 더 서둘러 조치를 취했어야 한다고 생각해 아쉬워한다.
- 거리를 두고 물러나는 것이 자신의 안정을 유지하는 올바른 선택임을 알지만, 그런 자신이 나쁜 사람처럼 느껴진다.

상황을 악화시킬 수 있는 부정적인 특성

부아를 돋우는 성격, 중독 성향, 통제 성향, 비겁함, 괴상한 기벽, 남을 잘 믿는 성

향, 적대적인 성향, 위선, 충동적인 성향, 불안정, 불평이 심한 성향, 애정 결핍, 참견하기 좋아하는 성향, 강박적인 성향, 소유욕, 지나치게 밀어붙이는 성향, 원한, 의지박약, 잔걱정이 많은 성향

기본 욕구에 미치는 영향

- **자아실현 욕구** 사랑하는 사람의 기본적인 생존을 걱정하는 캐릭터는 자신의 꿈과 높은 야심을 추구하기가 어렵다. 문제가 있는 상대에 대한 책임을 온전히 벗어던지지 않는 한 캐릭터가 자아를 실현하는 일은 어려울 것이다.
- **존중과 인정의 욕구** 상대가 겪는 문제에 (상대가 그런 일을 하게 됐다는 이유로, 상대를 효과적으로 다루지 못했다는 이유로, 올바른 결정을 너무 늦게 내렸다는 이유로) 책임을 느끼는 캐릭터는 상대의 불행에 자신의 몫이 일부라도 있다고 생각하며 자책한다.
- **애정과 소속의 욕구** 자신이 한 행동의 대가를 감당하도록 상대를 내버려두기로 선택하는 것은 그 사람과의 관계에 균열을 초래할 확률이 높다.
- **안전 욕구** 캐릭터가 사랑하는 사람의 선택에 병적으로 집착해 적당한 거리를 유지하지 못하는 경우 정신적, 신체적 에너지가 고갈될 수 있다.

대처에 도움이 되는 긍정적인 특성

분석 능력, 차분함, 자신감, 정중함, 결단력, 외교술, 수양과 단련, 친근함, 공정함, 돌보는 태도, 낙관적인 태도, 끈기, 인내, 설득력, 지지하는 태도, 이타심, 슬기로움

긍정적인 결과

- 상대가 바닥을 찍고 변화한다.
- 캐릭터가 자신이 조종을 당하고 있거나 이용당하고 있다는 것을 알게 된다.
- 끝없는 감정 소모와 갈등에서 벗어나 평온을 찾는다.
- 스스로의 입장을 지킬 수 있는 능력을 깨닫고 자신감을 얻는다.
- 상대의 행동과 선택에 자신의 책임이 없다는 것을 받아들인다.
- 다른 사람들이 무슨 생각을 하건 신경 쓰지 않는다.

• 인생에서 자신을 돌봐주고 지지해주는 사람들이 얼마나 소중한지 알고 감사하게 된다.

상대를 이기려 고의로 방해 공작을 해야 하다

Needing to Sabotage Someone to Win

캐릭터에게 외적인 동기는 매우 중요하다. 목적을 성취하는 지점에 도달하는 것은 캐릭터에게 있어 우선되는 목표이자 욕구다. 따라서 타인 혹은 어떤 요소에 의해 자신의 목적이 위협을 당할 때 캐릭터는 무슨 짓을 해서라도 이기려고 노력한다. 다른 사람을 방해하는 행동은 그 자체만으로도 갈등 요인으로 충분히 기능하지만, 캐릭터가 본격적으로 행동하기 전에 겪게 되는 "그걸 할까? 하지 말까?" 하는 식의 내적인 갈등과 동요는 이야기나 장면에 흥미로운 질문을 던짐으로써 한층 더 풍성한 의미를 더해줄 수 있다.

사례

- 캐릭터가 면접이나 큰 경기 전에 경쟁자의 음료나 음식에 술이나 독을 탄다.
- 정치가가 정적의 부정부패를 캐낸다.
- 경쟁자를 덫에 빠뜨려 궁지로 몬 다음, 그들을 상대로 불리한 증거를 얻는다.
- 상대에게 중요한 시험의 오답을 알려준다.
- 유용한 정보를 혼자만 알고 상대에게 주지 않는다.
- 자식을 자기편으로 끌어오려고 전 배우자에 관해 부정적인 말을 한다.
- 언론에 경쟁자에 관해 호의적이지 않거나 불리한 사연을 누설한다.
- 경쟁자에게 불리하게 쓰일 수 있는 정보를 알면서 일부러 주위에 공유한다.
- 경쟁자의 주의를 분산시켜 경연에서 제외시키기 위해 경쟁자의 가족에게 응급상황을 만든다.
- 사람을 고용해 경쟁자를 방해해서 경쟁자가 경연에 아예 참가하지 못하게 만들어버린다.

사소한 문제

- 발각되지 않고 계획을 세워야 한다.
- 캐릭터가 상대를 전복시키고 교활하게 구는 일에 서툴러도 해야만 한다.
- 경쟁 상대의 흠을 발견하기가 녹록하지 않다.
- 캐릭터가 정보원으로 삼는 사람들에게 환심을 사고 친해져야 한다.
- 자신의 기량을 완벽하게 다듬는 데 써야 할 시간과 에너지를 경쟁자를 방해하는 데 써야 한다.
- 음흉하고 더러운 일을 함께 할 수 있는 음지에서 일할 사람들을 고용해야 한다.
- (사설탐정을 고용하거나 정보원들에게 돈을 주는 등) 비용이 들어간다.
- 경쟁자를 매일 상대하면서도 아무 일 없는 듯 연기를 해야 한다.

초래할 수 있는 심각한 결과

- 캐릭터가 자신의 행동이 잘못되었다는 것을 부인한다(자신의 행동이 정당하다고 생각한다). 따라서 이 경우는 캐릭터가 목표를 뒤쫓다 도덕적 신념을 완전히 버린 꼴이나 마찬가지다.
- 누군가 방해 공작을 발견하고 캐릭터의 짓임을 폭로하겠다고 위협한다.
- 계획이 잘못되어 캐릭터의 발목을 잡는다.
- 무고한 사람이 캐릭터와 경쟁자의 십자 포화에 얽혀 들어 피해를 본다.
- 캐릭터가 방해 공작을 하다 제거된다(팀에서 퇴출되거나 퇴학을 당하거나 경연에서 빠지는 상황에 처하는 등).
- 해고당한다.
- 상황이 공개되어 캐릭터의 비행이나 악행이 원치 않게 세간의 이목을 집중시킨다.
- 사랑하는 사람들이 진실을 알게 된 후, 캐릭터와의 관계를 끊어버린다.
- 캐릭터가 계획을 성공시킨 후, 의기양양해 다른 경쟁자가 나타날 때도 똑같이 할 수 있다는 자신감을 얻게 된다.
- 방해 공작으로 인한 스트레스에 대처하거나 자책으로 인한 자기 형벌의 방법으로 중독에 빠진다.

- 경쟁자를 방해한 다음, 결국 다른 사람에게 패배한다.

생길 수 있는 감정	쓰라림, 갈등, 자포자기, 의구심, 공포, 수치심, 시기심, 두려움, 좌절, 죄의식, 증오, 자신감 결여, 불안정, 위축, 질투, 가책, 억울함, 고소함, 경멸, 자기혐오, 창피함

생길 수 있는 내적 갈등	• 캐릭터는 자신의 도덕률을 깨고 싶지 않으면서도 필사적으로 이기고 싶다. • 부정한 방법으로 상대를 이긴다 해도 정정당당한 승리가 아니므로 마음속 깊은 곳에서는 이 승리를 누릴 가치가 없다는 사실을 잘 알고 있다. • 앞으로 자신은 결코 선해질 수 없다는 느낌이 든다. • 자기혐오와 싸워야 한다.

상황을 악화시킬 수 있는 부정적인 특성

거만함, 충동적인 성향, 남을 통제 성향, 아둔함, 강박적인 성향, 질투, 신경과민, 무모함, 부도덕함, 지적 능력의 결여, 폭력성

기본 욕구에 미치는 영향

- **자아실현 욕구** 캐릭터가 경쟁자를 방해하려는 자신의 시도에 대해 감정이 좋지 않을 경우, 승리의 환희는 수명이 짧다. 윤리와 행동이 일치하지 않기 때문에 정체성에 위기가 뒤따를 수밖에 없다.
- **존중과 인정의 욕구** 캐릭터가 자신이 승리할 자격이 없다는 것을 알고 있는 경우, 방해 공작은 캐릭터의 근원적인 자존감 문제와 불안을 악화시킬 뿐이다.
- **애정과 소속의 욕구** 자신의 행동이 남들의 비난을 받는 경우, 캐릭터는 자신이 아끼는 조직이나 공동체에서 퇴출당한다고 생각하게 된다.
- **안전 욕구** 큰 위험을 감수하며 방해 공작을 벌이는 캐릭터의 경우, 일이 발각되면 직장이나 이익이 되는 거래, 다른 수입원을 비롯한 모든 것을 잃을 수 있다.

대처에 도움이 되는 긍정적인 특성

감사할 줄 아는 능력, 집중력, 자신감, 협조적인 성향, 공감 능력, 온화함, 고결함, 근면함, 영감을 주는 능력, 친절함, 돌보려는 태도, 객관성, 낙관주의, 영성, 재능, 이타심

긍정적인 결과

- 방해 공작을 하지 않기로 결심하고 자존감을 회복한다.
- 경쟁자가 참가하지 못하게 되어 캐릭터가 방해 공작을 하지 않아도 승리할 수 있게 되는 상황이 된다.
- 윤리적 문제를 직시한 캐릭터가 마음을 고쳐먹고 승리가 다가 아니라는 것을 알게 된다.
- 윤리적인 비난을 여기저기서 받은 캐릭터가 더 나은 사람으로 거듭난다.
- 경쟁자에 대한 부정적인 정보를 발견해 폭로함으로써 오히려 사람들이 희생자가 되지 않도록 예방한다.

상대에게 도움을 줄지 말지 결정해야 하다

Having to Decide to Help or Do Nothing

캐릭터가 누군가를 도울 수 있는 상황에 맞닥뜨리는 경우가 종종 있다. 그런데 도와야 할지 말지 결정하는 일이 실제로는 늘 쉽지 않다. 캐릭터(혹은 타인들)에게 위험한 요소가 있는 시나리오, 그리고 도덕적 함의를 포함하고 있는 시나리오에서, 캐릭터는 행동을 해야 할지 말지 확신이 서지 않아 머뭇거릴 수 있다.

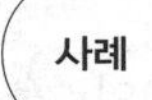

- 거리에서 벌어진 낯선 사람들 간의 싸움에 개입할까 말까 결정해야 한다.
- 차별이나 인종 차별 현장을 목격했는데 말을 해야 할지 말지 결정해야 한다.
- 아동 인신매매가 의심되는데 확신도 증거도 없다.
- 친구가 연루된 법정 수사에서 진실을 말하기가 망설여진다.
- 옆집에서 불법 행동이 벌어지고 있다는 의심이 드는데 더 개입해 진실을 밝혀볼까 고민이 된다.
- 관심을 바라지 않는 가족의 문제에 개입을 해야 할지 말지 결정해야 한다.
- 형제자매가 자기 파괴적인 생각이나 행동을 할까 고민하는데 그 문제를 부모님께 말씀드려야 할지 말지 모르겠다.
- 집 없는 사람을 돕고 싶은데 책임질 일이 너무 많아 고민이다.
- 아이가 위험한 상황을 피할 수 있도록 다른 곳으로 이사를 가야 할지 살던 곳에 계속 살아야 할지 결정해야 한다.
- 동물이 고통을 받고 있지만 도움을 주다 위험에 빠지고 싶지는 않다.
- 친구가 돈을 빌려 달라고 부탁하는데 도움을 준다고 해도 돈을 제대로 쓰지 못하고 늘 빈곤한 상태를 벗어나지 못할 것 같아 망설여진다.

사소한 문제

- 캐릭터가 마음을 정하는 동안 상황이 악화된다.
- 도움을 원치도 않는 사람을 도우려고 애쓰는 상황이다.
- 도움이 필요한 사람이 망설이는 캐릭터에게 서운함을 비친다.
- 캐릭터에게 문제가 생길 수도 있어 희생을 치러야 한다.
- 도움을 주었다가 예상치 못하게 복잡한 상황이 생겨 더 많은 노력과 희생이 필요해진다.
- 누군가에게 도움을 주었는데 다른 사람들이 비슷한 요청을 해와 감당이 안 될 지경이다.
- 캐릭터가 도왔던 사람이 캐릭터에게 도움을 계속 받을 수 있으리라 기대한다.
- 캐릭터가 자신이 사기를 당했다는 것을 알게 된다.
- 가족들이 불편해지는 게 싫다는 이유로 캐릭터에게 남의 어려운 상황을 무시하라고 압력을 행사한다.
- 돕지 않기로 결정했는데 그런 결정을 내린 것이 후회막급이다.

초래할 수 있는 심각한 결과

- 남을 도우려다 부상을 당한다.
- 상황을 오독하거나, 거짓 정보나 편견에 근거해 결정을 내린다.
- 도움을 주었는데 도움을 받은 사람이 지나친 권한을 얻거나 반대로 하찮은 꼴이 되어버리게 만드는 결과를 낳는다.
- 캐릭터가 사랑하는 사람들이 캐릭터가 자신들에게 영향을 끼치는 희생을 한 것에 대해 화를 낸다.
- 캐릭터가 도움을 주기로 결정을 했다가 중간에 마음을 바꿔 도움을 청한 사람의 희망을 짓밟는 꼴이 된다.
- 도움을 주지 않기로 결정했는데, 이에 무정하거나 이기적인 사람으로 비춰진다.
- 자신이 아니더라도 누군가 다른 사람이 상대를 도우리라 생각했는데 아무도 돕지 않아 끔찍한 일이 벌어진다.
- 거짓 희망을 줘버렸다. 도울 능력이나 자원도 없으면서 돕겠다고 말만 하게 된 꼴이 되었다.
- 도움을 주긴 하지만 전문성이나 역량이 부족해 상황이 오히려 악화된다.

생길 수 있는 감정	감정의 동요, 억울함, 번민, 짜증, 불안, 우려, 갈등, 방어적 태도, 두려움, 공포, 허둥지둥, 죄의식, 무능하다는 느낌, 신경과민, 벅차다는 느낌, 연민, 꺼려지는 마음, 분노, 체념, 자기 연민, 회의감, 의구심

생길 수 있는 내적 갈등

- 도움을 주고는 싶은데 자신이 자격이 안 되는 것 같고 할 수 있다는 생각이 들지 않는다.
- 모두에게 최선의 일을 해주기가 어렵다(특히 다른 이에게 도움을 제공할 때 또 다른 사람이 고통을 받는 경우).
- 개인의 희생이 필요한 도움을 제공하는 게 꺼려져 죄책감이 든다.
- 도움을 주지 않아 상대의 상황이 악화되는 것에 책임감을 느낀다.
- 도움을 내리는 결정이 너무 힘들어 자신이 나쁜 사람이라는 생각이 든다.
- 어려운 선택을 내려야 하는 상황에 처하게 되어 화가 나고 억울하다.
- 다른 사람이 도움을 주겠거니 하는 희망으로 직접 도우려는 결정을 미루고 있다.

상황을 악화시킬 수 있는 부정적인 특성

무관심, 냉담함, 통제 성향, 잔인함, 냉소적 성향, 방어적 성향, 남의 뒷말을 좋아하는 성향, 남의 말을 너무 잘 믿는 성향, 우유부단함, 남을 재단하는 성향, 게으름, 편견, 분노, 산만함, 이기심, 인색함, 의심 많은 성향, 원한

기본 욕구에 미치는 영향

- **자아실현 욕구** 평소에 남들을 돕거나 남들을 우선시하는 가치관을 가진 캐릭터의 경우, 남을 도울지 혹은 어떻게 도울지 쉽게 결정을 내리지 못한 경험 때문에 자신의 도덕성을 의심하게 될 수 있다.
- **존중과 인정의 욕구** 희생이 따른다는 걸 감당해야 해서 도움이 필요한 사람을 돕는 것을 주저하는 경우, 캐릭터는 자존감에 의문을 품게 된다.
- **애정과 소속의 욕구** 캐릭터가 도움을 청한 친구에게 기꺼이 도움을 주지 않는 경

우, 친구는 상처를 입을 수 있다. 반대로 도움을 주는 경우, 캐릭터가 이러한 상황에 끼어드는 것을 꺼려하는 가족이 화를 낼 수 있다. 어떤 경우에서건 캐릭터는 결국 중요한 관계를 손상시킬 수 있다.

- **안전 욕구** 도움을 제공함으로써 위험에 처할 수 있는 경우, 캐릭터는 자신의 안전과 남을 도우려는 욕망 사이에서 균형을 잡아야 한다.

대처에 도움이 되는 긍정적인 특성

모험심, 분석적 능력, 결단력, 공감 능력, 관대함, 이상주의, 객관성, 열의, 통찰력, 지혜

긍정적인 결과

- 상황이 저절로 해결되어 캐릭터가 결정을 내려야 할 필요가 없게 된다.
- 앞으로 사람들의 의중을 잘 읽고 더 나은 결정을 빨리 내릴 수 있게 된다.
- 캐릭터가 누군가에게 이 선택의 무게에 대해 털어놓았는데 그가 캐릭터의 편이 되어 도움을 주기로 결정한다.
- 캐릭터가 자신이 처한 상황의 어려움을 인식하고 결정을 내리려 씨름하는 일에 대해 더 이상 기분 나빠하거나 상처받지 않기로 과감히 결심한다.

생명 유지 장치를 떼다

Pulling The Plug on Someone

사례

- 사랑하는 사람의 생명 유지 장치를 떼기로 선택한다.
- 죽고 싶어 하는 사람의 뜻을 받아들여 생명을 연장하기 위한 조치를 취하지 않는다.
- 다른 선택지가 없어 환자를 그저 운명에 맡긴다.
- 사랑하는 반려동물을 사망에 이르게 한다.
- 상대의 죽음에 개입하지 않는다.
- 상대의 죽음을 초래할 결정을 내린다.
- 한 사람만 구할 수 있는 상황에서 두 사람 중 하나를 선택한다.
- 상대의 자살을 돕는다.

사소한 문제

- 캐릭터의 결정에 반대하는 친지의 분노를 상대해야 한다.
- 다른 모든 책임과 약속을 일시적으로 제쳐두어야 한다.
- 결정을 정당화하기 위해 관련된 다른 이들에게 반복해서 설명해야 한다.
- 모든 형식적 절차를 서둘러 챙겨야 한다.
- 환자의 마지막 소원을 신속히 챙겨야 한다(변호사와 만날 약속 잡기, 사랑하는 사람들 방문시키기, 장례식 준비하기 등).
- 죄의식이라는 마음의 짐을 감당해야 한다.
- (캐릭터는 생명 유지 장치를 떼고 싶지 않지만) 부탁을 하는 환자 때문에 죄책감을 느낄 수밖에 없다.
- 기소나 고발을 피하기 위한 방식으로 여러 가지 일을 처리해야 한다.
- 환자의 마지막 순간까지 함께 있어야 해 마음이 괴롭다.

초래할 수 있는 심각한 결과

- 캐릭터가 결정한 선택에 반대했던 사람들이 캐릭터를 위협하고 폭행한다.
- 생명 유지 장치를 떼고 난 후 다른 선택지가 있었다는 것을 알게 된다.

- 서류 실수나 오기 문제가 있었다는 것, 결국 생명 유지 반대 의사 표현이 무효였음을 알게 된다.
- 가족 간에 균열이 생긴다.
- 가족에게 고소를 당하거나 가족에게서 퇴출당한다.
- 환자의 죽음을 바란 사람들에게 노리개로 이용당했다는 것을 알게 된다.
- 죽은 사람의 지지자나 협력자나 가족이 캐릭터에게 복수를 하려 든다.
- 악몽, 불안증, 우울증 그리고 외상 후 스트레스 증후군의 증세로 고통을 받는다.
- 캐릭터의 행동을 둘러싸고 거짓된 비난이 빗발쳐 캐릭터의 평판이나 커리어가 파멸로 이어진다.
- 생명 유지 장치를 뗀 후 간병인의 실수를 발견하게 된다(가령 오진이나 약물 투여량의 오류로 말기 환자의 증상이 발현된 것이었다는 진실 등).

생길 수 있는 감정

괴로움, 불안, 갈등, 유대감, 체념, 절망, 환멸, 공포, 비애, 죄책감, 압도당하는 느낌, 무력함, 꺼리는 마음, 후회, 단념, 슬픔, 우울함, 고통, 취약하다는 느낌

생길 수 있는 내적 갈등

- 올바른 결정이었음에도 불구하고 죄책감이 물밀듯 밀려든다.
- 결정을 실행하고 난 후에도 계속해서 판단과 행동을 곱씹어 생각한다.
- 캐릭터가 자신이 한 행동으로 벌을 받게 되지 않을까 불안함을 느낀다.
- (캐릭터가 속았을 경우) 속았다는 데 대해 자신이 멍청하고 무가치하다는 느낌에 휩싸인다.
- 후회와 자책으로 고통스럽다.
- 대책도 없이 비난만 하는 타인들의 반응에 충격과 배신감과 분노를 느낀다.
- 죽은 사람에게 화가 나다가도 화를 낸 것이 부끄럽다.

- 환자의 죽음을 두고 사람들이 덜 고통스러워하게끔 할 수가 없는 것이 괴롭다.
- 용서를 해주거나 구하지 못한 것, 균열을 치유하려 애쓰지 않은 것, 미리 상황을 되돌려놓지 못한 게 크게 후회된다.

상황을 악화시킬 수 있는 부정적인 특성

중독 성향, 비겁함, 방어적인 태도, 무례함, 불안정, 병적으로 음울한, 애정 결핍, 자기 파괴적인 태도, 내향성

기본 욕구에 미치는 영향

- **자아실현 욕구** (어머니와 자식 사이 같은) 어떤 관계에서 캐릭터가 보호자인 경우, 사랑하는 사람의 생명 연장을 포기하는 일은 자신의 역할을 제대로 해내지 못했다는 자괴감, 그로 인한 정체성 위기를 초래할 수 있다.
- **존중과 인정의 욕구** 타인의 죽음에 억지로 관여할 수밖에 없는 상황은 다른 선택지가 없다는 것을 안다 해도 캐릭터의 자존감을 잠식할 수 있다.
- **애정과 소속의 욕구** 캐릭터의 선택을 반대했던 사람들이 캐릭터를 몰아내, 캐릭터가 가족이나 가정을 잃게 될 수 있다.
- **생리적 욕구** 누군가 예기치 않게 죽었을 때, 사랑하는 사람들이 죽음을 직접 확인하지 못한 경우, 부당한 비난을 누군가에게 전가할 수 있다. 극단적으로는 눈에는 눈, 이에는 이라는 논리로 죽은 이의 가족들이 캐릭터를 쫓아와 목숨을 위협하려 할 수 있다.

대처에 도움이 되는 긍정적인 특성

차분함, 집중력, 용기, 결단력, 공감 능력, 온화함, 고결함, 친절함, 자애로움, 통찰력, 영성, 건전함

긍정적인 결과

- 환자의 고통을 끝내게 해주어 안심이 된다.

- 캐릭터는 무지막지하게 어려운 결정을 내릴 만큼, 자신이 강하다는 것을 깨닫는다.
- 생명에 대한 더 큰 감사를 느끼게 되고 삶을 알차게 사는 일이 중요하다는 것을 새삼 깨닫는다.
- 조치를 취하는 과정 내내 지지해줬던 사람들과의 관계가 더욱 돈독해진다.
- 죽음이 환자에게 가져온 평화를 보고 죽음에 대한 공포를 극복한다.
- 죽음이 일종의 계기가 되어 캐릭터는 자신의 습관과 태도를 바꿔 과거의 고통을 떠나보내고, 의미 있는 목표를 추구하게 된다.

선한 일을 하기 위해 법을 어기다

Breaking the Law for a Good Reason

사례

- 캐릭터가 부상자를 병원으로 이송하기 위해 속도 위반을 한다.
- 굶주리거나 고통을 받는 사람을 위해 생필품을 훔친다.
- 사냥이 허락되지 않는 곳에서 먹을거리를 구하기 위해 사냥을 한다.
- 사회 정의를 증진시키거나 사회적 약자들의 권익을 향상시키는 활동가들의 일에 참여한다.
- 무고한 도망자를 부패한 체제로부터 숨겨준다.
- 누명을 쓴 사람을 보호하기 위해 거짓말을 해준다.
- 캐릭터가 더 나은 삶을 살기 위해 폐쇄적인 조국을 떠난다.
- 압제 정부를 타도하기 위해 반란을 이끈다.
- 시민들이 무장해 전제 군주제에 맞서 싸운다.
- 금서나 금지된 라디오 프로그램처럼 체제가 금지하는 정보를 몰래 입수해 보고 듣는다.
- 비밀 종교 집회를 연다.
- 정부가 선동이라고 막는 진실을 퍼뜨린다.
- 도덕적 신념에 반하는 법(종교나 성적 지향에 근거해 당국에 누군가를 신고한다거나 노인들을 안락사시키는 행위 등)을 지키는 것을 거부한다.

사소한 문제

- 캐릭터가 사랑하는 사람에게 자신의 행동을 해명해야 한다.
- 발각될까 봐 걱정하다 (불면이나 위장병 등) 사소한 건강 문제가 생긴다.
- (위장결혼이나 집에 사람들을 숨기는 등) 위장과 은폐를 유지하는 불편을 감수해야 한다.
- 캐릭터의 선택을 이해하지 못하는 친구들이나 직장 동료들에게 질책을 당해야 한다.
- 직장에서 꾸중을 들어야 한다.
- 남들을 돕기 위해 금전적 희생을 감수해야 한다.

- 자신이 잡히면 가족이 고통을 받을 것이라는 것을 알고 있다.
- 사랑하는 사람이 부패한 정부나 종교를 맹목적으로 지지하고 있는 경우, 자신의 믿음과 행동을 숨겨야 한다.
- 경찰의 검문 시 확신을 갖고 거짓말을 해야 한다.

초래할 수 있는 심각한 결과

- 법을 위반했다는 이유로 교도소에 가야 한다.
- 중요한 정보에 접근하지 못해 더 이상 도움이 되지 못한다.
- 누군가 캐릭터의 행동에 대해 알아내고, 일을 중단하지 않으면 모조리 공개하겠다고 위협한다.
- 캐릭터의 행동을 알게 된 사람이 캐릭터를 협박한다.
- 심각한 부상을 입는다(격렬한 시위에서 공격을 받거나, 속도를 내다 자동차 사고를 당하는 등).
- 캐릭터의 행동에 동의하지 않는 가족, 직장 동료, 공동체 사람들에게 악인 취급을 받게 된다.
- 캐릭터가 자신의 행동에 금전적 보상을 해야 하는 상황에 처한다.
- 실수를 저지르고 캐릭터와 캐릭터가 보호하는 사람들이 발각될 위기에 처한다.
- 가족이나 친구들에게 배신당해 경찰관에게 넘겨져 체포당한다.

생길 수 있는 감정

번민, 짜증, 불안, 우려, 쓰라림, 반항심, 결단, 의심, 공포, 의기양양, 흥분, 두려움, 죄의식, 고독함, 서글픔, 씁쓸함, 침울함, 신경과민, 어찌할 바를 모르겠는 상태, 자부심, 꺼리는 마음, 체념, 만족, 남의 불행이 고소하다는 느낌

생길 수 있는 내적 갈등

- 올바른 일을 하고 싶은 마음과 법을 어기고 싶지 않다는 마음 사이에서 갈팡질팡한다.
- 캐릭터가 타인을 위한 자기 행동의 장점과 자신이 치러야 할 대가를 저울질한다.
- 캐릭터는 자신이 옳은 일을 하고 있음을 알지만 법을 어기거나 남들에게 거짓말을 해야 하는 데서 오는 죄의식으로 괴롭다.
- 잡힐 확률이 높아지지만 용기를 잃지 않으려 노력해야 한다.

- 선택을 지지해주지 않는 친구들과 가족에게 섭섭하고 화가 난다.
- 조국을 사랑하지만 조국이 허용하는 것들 중 일부는 혐오한다.

상황을 악화시킬 수 있는 부정적인 특성

남의 속을 긁는 성향, 유치함, 무례함, 괴짜 기질, 어리석음, 참을성 결여, 충동적인 성향, 과민함, 편집증적 성향, 무모함, 산만함, 요령 없음, 비협조적 성향, 변덕, 의지박약

기본 욕구에 미치는 영향

- **자아실현 욕구** 도덕성은 자아실현의 중요한 요소이므로 도덕적 선택 상황을 마주하는 캐릭터는 상반되는 신념, 다시 말해 옳은 일을 할 것인가 아니면 법을 지킬 것인가 하는 갈등으로 괴로워하게 된다.
- **존중과 인정의 욕구** 타인의 인정을 갈망하는 캐릭터의 경우, 위험을 무릅쓰고 해냈던 좋은 일에 대해 감사나 존경을 받지 못하는 데 있어 불만을 품을 수 있다.
- **애정과 소속의 욕구** 가족 중 다른 구성원의 생각과 캐릭터의 견해가 상충될 경우, 캐릭터는 자신의 행동을 숨길 수밖에 없다. 이에 캐릭터는 고립감을 느낄 것이고, 위험한 상황에서 사랑하는 사람들이 자신을 지지해주지 못할 거라 생각해서 억울할 수 있다.
- **안전 욕구** 법을 어기는 캐릭터는 권위자에게 맞서게 되고, 그 결과 자유를 빼앗기거나 신변이 위험해질 수 있다.

대처에 도움이 되는 긍정적인 특성

모험심, 대담함, 차분함, 굳은 심지, 용맹함, 결단력, 외교술, 단련과 수양, 신중함, 고결함, 이상주의, 영감을 주는 능력, 자애로움, 열정, 설득력, 사회적 자각, 자유로움, 이타심

긍정적인 결과

- 공정한 법과 여론의 긍정적 변화의 토대를 놓는다.

- 사회적인 약자들이나 오해를 받던 사람들에 대한 이해도가 향상된다.
- 인기 있는 것보다 옳은 것을 지지하는 것이 더 중요하다는 것을 자식들에게 본보기로서 알려준다.
- (어렵지만) 옳은 일을 했다는 데서 큰 만족감을 느낀다.
- 캐릭터가 고귀한 대의명분을 놓고 용기를 보여줌으로써 다른 사람들을 설득해 자신의 편으로 끌어들이는 데 힘을 발휘한다.

손쉬운 출구를 제안받다

Being Offered an Easy Way Out

사례

- 누군가에게 향후에 편의를 먼저 제공하겠다고 약속하면, 문제를 해결해주겠다는 제안을 받는다.
- 누군가 캐릭터가 씨름하고 있는 어려운 상황을 떠맡아 주겠다고 제안한다.
- 강력한 연줄이 문제를 해결해주겠다고 제의한다.
- 친구가 거짓말을 해서라도 캐릭터가 나쁜 여파를 피할 수 있도록 해주겠다는 의지를 보인다.
- 성공이나 목표를 빨리 달성할 수 있는 쉬운 과정이나 방법을 제안하는 내부자가 있다.
- 누군가 캐릭터가 '망하지 않을 수 있는' 증거를 확보해주겠다고 제의한다.
- 캐릭터가 곤란을 겪고 있는데 내부자가 일을 해결할 요량으로 기록을 조작해주겠다고 제의한다.
- 캐릭터가 직장이나 건강상에 있어 위험할 수 있는 문제를 발견한 후, 관련자에게 모른 척해주는 대가로 뇌물이나 기부를 제안받는다.
- 경쟁자에게 불리한 증거를 발견하고 그를 실격시키거나 실패하게 만들도록 그 증거를 쓰고 싶은 유혹이 든다.
- 원치 않은 대가를 피할 수 있도록 친구에게 가짜 알리바이를 제공받는다.
- 캐릭터가 관심을 잃은 연애 상대가 캐릭터가 관계를 끝내기도 전에 먼저 이별을 선언한다.

사소한 문제

- 제안을 받아들인 탓에 캐릭터가 사랑하고 신경 쓰는 사람들에게 거짓말을 할 수밖에 없다.
- 제의를 받아들인 탓에 공식적으로는 거짓말을 해야 한다.
- 유혹에 굴복한 후 나중에 후회한다.
- 유혹에 저항하기로 하고 뒷감당을 한다.

- 제의를 거절한 후 위협이나 공갈 협박을 당한다.
- 진실이 밝혀져 다른 사람들을 실망시킨다.
- 부정행위를 통해 승리나 성취를 얻은 탓에 결과를 온전히 만끽할 수가 없다.

초래할 수 있는 심각한 결과

- 호의나 이득을 베풀면 안 될 사람에게 베풀어야만 하는 상황에 맞닥뜨린다.
- 캐릭터를 대변해 행동하는 사람이 비양심적인 짓을 하는 경우, 곤란이 점점 커진다.
- 협박을 당한다.
- 진실이 밝혀지는 바람에 평판이나 지위에 손상을 입는다.
- 몹시 좋아하는 사람의 신뢰를 잃는다.
- 거짓 인생을 살아야 한다.
- 편의를 제공받은 대가로 (위험하거나 도덕적으로 옳지 않은 일 등) 불편한 일을 해야만 한다.
- 자신의 영향력을 이용해 문제를 해결해준 사람들이 앞으로 캐릭터를 통제하고 캐릭터에게 힘을 행사하려 한다.

생길 수 있는 감정

불안, 갈등, 공포, 두려움, 감사, 죄의식, 공황, 편집증, 무력함, 후회, 안도감, 꺼리는 마음, 자기혐오, 수치심, 고뇌

생길 수 있는 내적 갈등

- 누군가 진실을 알아낼까 봐 전전긍긍하면서도 아무 문제가 없는 듯 행동하려 애쓴다.
- 도덕적인 선을 넘는 바람에 정체성의 위기를 맞는다.
- 실패에 대해 정직할 수 있는 용기를 찾고 싶지만, 자신의 성공에 너무 많은 기대를 걸고 있는 사람들을 실망시키고 싶지 않다.
- 자신의 행동으로 남들이 대가를 치르게 된 상황에 대해 죄책감이 든다.
- (쉬운 탈출구를 택했을 경우) 자신의 허약함이 혐오스럽다.
- 캐릭터가 실제 일어난 일을 밝히지 않는 방식으로 자신이 한 짓을 만회하려고 노력하지만 그렇다고 해서 죄의식이나 수치심이 사라

지지 않는다는 것을 알게 된다.

- 누군가에게 실수에 대해 털어놓고 싶지만 너무 창피하다.

상황을 악화시킬 수 있는 부정적인 특성

거만함, 비겁함, 어리석음, 가십을 일삼는 성향, 남을 너무 잘 믿는 성향, 편집증적 성향, 자기 파괴적인 태도, 의지박약, 불평불만이 심한 성향, 군걱정

기본 욕구에 미치는 영향

- **자아실현 욕구** 윤리적으로나 도덕적으로 옳지 못하다고 생각하는 유혹에 굴복하는 경우, 캐릭터는 그로 인한 죄책감이나 수치로 양심에 큰 부담을 얻게 되며 자신의 정체성에 의구심을 품을 수 있다.
- **존중과 인정의 욕구** 쉬운 탈출구를 선택함으로써 캐릭터는 자존감에 상처를 입는다. 자신의 능력만으로도 성공할 수 있다는 믿음이 약해졌기 때문이다. 이러한 캐릭터는 앞으로 나아가면서 계속해서 부당한 이득을 추구하려 들기 쉽다. 누군가 자신의 성공이 사기라는 것을 알게 될까 봐 두렵기 때문이다. 한편 다른 이들이 캐릭터가 '도움을 받아' 성공했다는 것을 알게 되는 경우, 그들은 캐릭터를 낮게 평가하고 경멸하게 될 수도 있다.
- **안전 욕구** 안전을 지키기 위한 명목으로 편법을 쓰는 것과 같은 쉬운 길을 택하는 경우, 캐릭터는 (그리고 다른 사람들까지) 오히려 해를 입을 수 있다. 또 다른 위험은 도움을 제안하거나 제공하는 사람에게 있다. 문제를 해결해주겠다고 제의하는 사람에게 수상쩍은 동기가 있는 경우, 캐릭터는 도움을 거절했다가 오히려 위험에 처할 수도 있기 때문이다.

대처에 도움이 되는 긍정적인 특성

분석 능력, 신중함, 용기, 단련과 수양, 고결함, 지성, 통찰력과 직관력, 전문성, 올바른 태도, 현명함

긍정적인 결과

- 유혹에 저항하고 책임을 수용한다.
- 캐릭터가 제의를 거절하고 자신의 능력만으로 이기거나 성공해 자존감이 높아진다.
- 대비의 가치를 배운다.
- 곤란에 처하게 만든 동일한 실수를 하지 않겠다고 결심한다.
- 앞으로 윤리적이거나 정직하려는 노력을 배가한다.
- 책임을 수용하는 사람들을 존중함으로써 자신이 다치게 되더라도 그들을 존중하게 된다.
- 근시안적인 승리와 이루기 어렵지만 깊은 만족감을 주는 장기적 목표 사이의 차이에 관해 더욱 지혜로운 식견을 갖추게 된다.

쉬운 대책이 없는 결정에 직면하다

Facing A Difficult Decision with No Easy Solution

사례

- 사랑하는 사람에게 상처가 되는 일에 대해 말해야 한다.
- 아이가 부모 둘 중 누구와 살아야 할지 선택해야 한다.
- 직원이 상사의 부도덕한 명령을 따르지 않으면 해고당한다.
- 멀리 이사를 가서 대학에 다녀야 할지 아니면 집에서 직장에 다니며 친지를 돌봐야 할지 결정해야 한다.
- 권력을 쥐고 있는 사람에게 친구의 유죄 사실을 폭로하라는 강요를 받고 있다.
- 꿈에 그렸지만 위험한 직장과 성취감을 느낄 수 없는 안정적인 직장 중에서 선택해야 한다.
- 가족이 친인척의 생명 유지 장치를 떼어야 할지 말지 결정해야 한다.
- 충실하고 성과 좋은 직원들을 해고해야만 한다.
- 한 사람만의 생명을 구할 수밖에 없는 시간과 자원이 있는 상태에서 도대체 누구를 구해야 할지 선택해야 한다.
- 많은 사람을 구하기 위해 한 사람을 희생시켜야 한다.
- 캐릭터가 살아남기 위해 자신의 윤리를 희생시킨다.
- 두 가지 악 중 차악을 선택해야 한다.

사소한 문제

- 속상한 정보를 누군가와 공유해야 한다.
- 고뇌에 찬 선택을 하고도 감사나 좋은 평가를 받지 못한다.
- 캐릭터의 결정에 영향을 받는 사람들과 캐릭터가 다투는 상황이 빚어진다.
- 캐릭터의 선택에 반대하는 사람들에게 캐릭터가 비판을 받는다.
- 사람들에게 특정 결정을 내리라고 강요를 당하거나 괴롭힘을 당한다.
- 캐릭터의 결정으로 인해 변화에 적응해야 한다(새로운 곳에서 새 출발을 해야 하거나 아이가 부모 중 한 사람을 다른 한 사람보다 자주 못 보게 되는 등).

- 일을 미루고 지연시키다 상황을 더욱 악화시킨다.
- 선택지와 가능한 결과를 과도하게 조사하다 혼란만 가중된다.
- 정보를 바탕으로 현명한 결정을 내리려면 더 많은 시간과 정보가 필요한데 둘 다 부족한 상황이다.

초래할 수 있는 심각한 결과

- 캐릭터가 내린 결정 탓에 사랑하는 사람들에게 배척당하거나 공동체에서 쫓겨나거나 거부당한다.
- 직장에서 비윤리적인 명령을 따랐다 발각되어 기소당한다.
- 즐거움도 성취감도 없는 인생을 살아야 하는 직장을 선택한다.
- 쉬운 선택지가 없는 결정을 내려야 하는 상황 때문에 괴롭거나 불안하거나 우울증이 생긴다.
- 스트레스로 인해 고혈압, 편두통, 체중 감량 등의 심각한 건강문제를 겪는다.
- 결정 때문에 번민하고 있는데 상황이 더 나쁜 쪽으로 변한다(가령 병에 걸린 친지를 보살피려 대학 장학금을 포기했는데 친지가 사망하는 경우).
- 결정을 내린 후의 여파가 예상보다 훨씬 나빠 캐릭터의 죄책감이 배가된다.

생길 수 있는 감정

감정의 동요, 분노, 번민, 불안, 우려, 쓰라림, 갈등, 패배감, 체념, 낙담, 공포, 두려움, 끔찍함, 자격지심, 예민함, 망연자실, 공황 상태, 꺼리는 마음, 억울함, 반신반의, 불편함, 걱정

생길 수 있는 내적 갈등

- 각 결정의 장단점을 저울질했지만, 어떤 선택을 해야 할지 여전히 모르겠다.
- 더 이기적인 결정을 내리고 싶어 죄책감이 든다.
- 자신의 도덕성을 지키고 싶지만 지킬 수 있는 방법이 보이지 않는다.
- 사랑하는 수많은 사람들에게 지켜야 할 서로 다른 의리 사이에서 무엇을 지켜야 할지 모르겠다.
- 정말 올바른 결정을 내린 것인지 불안해하며 이미 내린 결정을 계

속 곱씹게 된다.

- 결정을 내릴 수 없어 미칠 지경인데도 도무지 내릴 수가 없다.
- 어떤 쪽으로 결정을 내리건 잘못된 결과가 나올 것 같아 두렵다.
- 자신의 결정을 다른 사람들이 이해하는 데 도움이 되는 정보를 알고 있지만 그것을 알릴 수가 없다.
- 논리와 상황 간의 갈등이 전쟁을 방불케 할 만큼 심해 선택을 하기가 불가능하다.

상황을 악화시킬 수 있는 부정적인 특성

비겁함, 무질서, 기벽, 어리석음, 경박함, 남을 너무 잘 믿는 성향, 무지, 인내 결핍, 우유부단, 불안정, 신경과민, 강박적 성향, 완벽주의, 무모함, 이기심, 소심함, 식견 부족, 의지박약

기본 욕구에 미치는 영향

- **자아실현 욕구** 캐릭터는 자신의 욕구를 남보다 앞세울 때, 특히 자신의 성취와 관련한 욕구의 문제가 개입될 때 갈등할 수 있다. 죄책감이나 극심한 의무감으로 타인의 욕구를 위해 자신의 가장 큰 욕망을 희생할 수밖에 없을 경우, 대개 후회가 뒤따른다.
- **존중과 인정의 욕구** 결정의 여파가 좋지 않을 때 캐릭터는 자신에게 부당할 정도로 가혹해져 어떤 상황에서도 더 나은 결정을 내려야만 했다고 자책하게 된다.
- **애정과 소속의 욕구** 가족이 캐릭터를 통제하려고 드는 해로운 사람들일 경우, 자신의 조언이 먹혀들지 않으면 배신감을 느껴 캐릭터를 더 이상 아끼지 않는 방식으로 보복할 수 있다.
- **안전 욕구** 쉽지 않은 결정으로 씨름해야 하는 경우 캐릭터는 정신적, 신체적으로 건강에 악영향을 받을 수 있다.

대처에 도움이 되는 긍정적인 특성

분석적 능력, 차분함, 신중함, 집중력, 자신감, 창의력, 결단력, 외교술, 수양과 단련, 여유, 효율성, 독립심, 공정함, 성숙함, 객관성, 인내심, 직관과 통찰, 집요함, 설득력, 책임감

긍정적인 결과

- 위험을 감수하고 난 캐릭터가 자신이 생각보다 유능하다는 것을 알게 된다.
- 사랑하는 사람들이 캐릭터가 처한 상황의 어려움을 이해해준다.
- 캐릭터가 어려운 상황에서 자신이 잘했다는 것을 깨달으면서 자신감이 커진다.
- 경험을 통해 어려운 상황에서 용이하게 결정을 내릴 수 있는 지혜를 얻는다.
- 캐릭터가 무엇을 우선시해야 할지에 관해 더 명확한 시각을 갖게 된다.
- 처음에는 캐릭터의 개입이 원망을 살 수도 있지만, 결과적으로는 누군가의 삶을 개선하는 데 도움을 주게 된다.
- 어려운 상황에서 자신을 용서하는 법을 배운다.

악행을 들키다

Someone Witnessing One's Misbehavior

일러두기

사람들이 잘못에 대해 늘 자책하는 것은 아니다. 이는 인간 본성의 서글픈 진실이라 할 수 있다. 어떤 사람들은 잘못보다는 발각된 걸 아쉬워한다. 자신의 행동을 비밀로 유지하려던 캐릭터가 누군가 자신의 행동을 목격했다는 것을 알게 되는 경우, 목격자를 어떻게 할지를 놓고 갈등을 겪게 된다.

사례

- 잘못을 저지르던 중에 발각된다.
- 감시 카메라가 자신의 비행이나 악행을 녹화했을 수 있다는 것을 알게 된다.
- 캐릭터가 자신의 비행을 목격했다고 주장하는 사람에게서 익명의 이메일이나 문자를 받는다.
- 근처의 누군가가 자신의 행동을 목격했을지도 모른다는 것을 알게 된다.
- 캐릭터의 비행을 목격한 사람이 캐릭터에게 정면으로 따진다.
- 사건의 세부사항을 알고 있는 사람에게 공갈협박을 당한다.
- 자신에게 구체적인 질문을 던지는 사람이 있는데 이미 답을 알고 있는 것이 분명해 보인다.

사소한 문제

- 목격자가 따지는 것을 들어야 한다.
- 발각된 것이 창피하거나 잘못했다는 죄책감이 든다.
- 비행을 목격했다고 생각하는 사람에게 생각일 뿐, 사실을 본 게 아니라고 납득을 시켜야 한다.
- 상대를 설득할 거짓 이야기를 신속히 꾸며내야 한다.
- 목격자가 누구에게도 이야기를 하지 못하도록 하기 위해 그에게 이득이 되는 일을 해줘야 한다.
- 목격자가 무엇을 정확히 보거나 들었는지 모르겠다.
- 가시방석에 앉은 것마냥 살아야 한다. 언제 목격자가 나타나 따지

고 비난할지 모르기 때문에 늘 불안하다.

- 피해 대책을 세우며 시간을 보낸다.
- 목격자가 누구에게 이야기를 하는지 보려고 그를 감시해야 한다.
- 필요할 경우 목격자의 입을 막을 수 있는 비장의 무기를 마련하기 위해 목격자의 뒤를 밟아 조사한다.
- (목격자가 비밀을 발설할 경우를 대비하여) 증거를 조작하거나 알리바이를 확보해야 한다.
- 목격자가 다른 사람에게 비밀을 누설한다. 캐릭터가 자신의 말을 믿도록 설복시켜야 하는 사람이 더 늘어난다는 뜻이다.
- 잠도 오지 않고 밥맛도 없다.
- 직장이나 학교에서 집중이 되지 않는다.
- 차분함을 유지하고, 몸짓으로 티가 나지 않도록 조심하며 무심하고 서두르지 않는 어조로 말함으로써 거짓말에 신빙성을 부여해야 한다.
- 목격자가 무엇을 알고 있는지, 무슨 조치라도 취해야 하는 것인지 알아내야 한다.

초래할 수 있는 심각한 결과

- 목격자가 캐릭터의 배우자, 선생님, 상사 등에게 캐릭터의 악행을 누설한다.
- 캐릭터가 심문에 불려나간다.
- 발각되어 행동의 여파(체포, 정학이나 정직, 고소 등)를 마주하게 된다.
- 목격자를 믿고 진실을 이야기했는데 목격자가 경찰에 알리거나 적에게 말하거나 자신에게 이익이 되도록 정보를 이용하는 식으로 캐릭터를 배신한다.
- 목격자에게 겁박을 당한다.
- 목격자를 함구시키려고 협박하거나 납치하거나 살해하는 등 극단적인 조치를 쓴다.
- 캐릭터가 스트레스를 받는 것으로 인해 불안정한 결혼이 파국을 맞는다.
- 캐릭터가 한 짓을 가족과 친구들이 알고 캐릭터를 멀리하기 시작

한다.

- 캐릭터의 악행이 발각되자 공범이 이에 대한 조치로 캐릭터를 비난하고 퇴출시키기로 결정한다.
- 범죄 공동체에 소문이 돌아 캐릭터에 대한 신뢰가 깨지고 캐릭터는 (사안이 불법 활동일 경우) 일을 얻을 수 없게 된다.

생길 수 있는 감정

감정의 동요, 분노, 불안, 우려, 좌절, 결단, 공포, 당황, 불안정, 자기연민, 충격, 불편함, 취약성, 근심

생길 수 있는 내적 갈등

- 목격자가 입을 다물어 더 심한 짓을 하지 않았으면 좋겠는데 그렇게 생각하기에는 좋지 않은 경험이 너무 많아 갈등이 된다.
- 악행을 더 잘 숨기지 못해 자신에게 화가 난다.
- 목격자를 달래 목격자가 아는 바를 무효로 되돌리고 싶지만, 그렇게 하면 안 될 것 같기도 하다.
- 자신을 곤란한 상황에 밀어 넣은 목격자를 탓한다.

상황을 악화시킬 수 있는 부정적인 특성

맞서는 성향, 통제 성향, 잔인함, 적대감, 불합리함, 신경과민, 피해망상, 부도덕함, 원한, 변덕

기본 욕구에 미치는 영향

- **자아실현 욕구** 부끄러운 짓을 하다 잡혔다는 것을 자각하고 있어 창피해하거나 후회하는 캐릭터는 새 출발을 해서 제대로 살기가 어렵다고 생각한다. 이 경우 캐릭터는 자신의 역량을 발휘하지 않고 그 이상으로 나아가지 않는 삶을 살아가는 것에 정착하게 될 수 있다.
- **존중과 인정의 욕구** 캐릭터가 자신의 악행을 후회하고 있는데 누군가 악행을 목격해 수치심이 더해지면 캐릭터의 자존감은 최악으로 치닫는다.
- **애정과 소속의 욕구** 늘 벼랑 끝에 서 있는 캐릭터는 같이 있기에는 악몽 같은 존재가 될 수 있다. 그러다 보면 캐릭터는 자신과 가장 가까운 사람들을 멀리하

게 된다.

- **생리적 욕구** 캐릭터가 다른 사람 대신 행동하고 있는데 목격자에게 들켰다는 소문이 퍼지는 경우 일의 마무리를 위해 캐릭터가 제거될 수도 있다.

대처에 도움이 되는 긍정적인 특성

과감함, 신중함, 결단력, 외교술, 정직함, 공정함, 충실함과 의리, 자애로움, 관찰력, 인내, 설득력, 보호하려는 태도, 투지

긍정적인 결과

- 목격자의 개입 덕에 일을 바로잡을 수 있게 된다.
- 목격자로 하여금 아무 일도 몰래 벌이는 일이 없다는 것을 납득시켜 목격자가 더 이상 그 일을 들먹이지 않게 만든다.
- 목격자가 캐릭터의 행동에 동정적이라는 것을 알게 된다(가령 정치적인 동기의 반달리즘◆같은 경우).
- 캐릭터가 악행에서 손을 떼고 양심을 회복한다.
- 캐릭터가 목격자의 입을 막으려 도덕적인 선을 넘으려다 오히려 그 일을 계기로 정신을 차리게 된다.

◆ **반달리즘Vandalism**
문화유산이나 예술, 공공시설, 자연 경관 등을 파괴하거나 훼손하는 행위.

유대감이나 친구 관계를 위협하는 내용을 알게 되다

Making a Discovery That Threatens The Bond of Friendship

사례

- 친구의 과거에서 비밀을 발견한다(가령 친구가 또래를 괴롭히고 왕따에 앞장섰다거나, 동물을 학대했다거나 남들을 위험에 빠뜨리는 무모한 행위를 했던 것 등).
- 친구가 파트너 몰래 불륜을 저지르고 있다는 것을 알게 된다. 그 상대가 캐릭터의 배우자일 수도 있다.
- 친구가 인종 차별이나 성차별 등 극단적인 정치 혹은 사회적 견해를 갖고 있다는 사실을 발견한다.
- 친구가 타인들에게 영향을 끼친 중요한 실책(정작 친구는 자신에게 책임이 있다는 것을 부인했던 실책이다)에 책임이 있다는 것을 알게 된다.
- 캐릭터가 친구가 직장이나 연애 상대, 포상 등을 놓고 자신과 몰래 경쟁을 벌이고 있다는 것을 알게 된다.
- 친구가 캐릭터의 가치관과 맞지 않는 일(자금 횡령이나 희롱, 괴롭힘 등)에 연루된다.
- 친구가 캐릭터에 관해 안 좋은 이야기를 하고 있는 걸 캐릭터가 우연히 듣게 된다.
- 친구가 캐릭터의 비밀이나 힘든 사연을 남들에게 이야기했다는 것을 알게 된다.

사소한 문제

- 친구와 맞서야 한다.
- 친구를 기피하게 되어 어색한 관계가 되어버린다.
- 어찌할 바를 모르겠지만 아무 일도 없는 듯 행동해야 한다.
- 다른 사람에게 상황을 이야기했는데 그가 친구 편을 든다.
- 친구가 캐릭터 몰래 은밀한 일을 벌여 그에게 좌절하고 실망한다.
- 다른 사람들이 사실을 알고 있으면서도 캐릭터에게 제대로 말해주지 않았다는 것을 알게 된다.
- 편을 들어야 하고 중립을 지킬 수 없다고 느끼는 친구들과 갈등에

빠진다.
- 캐릭터가 그 친구와 알고 지낸다는 이유로 캐릭터의 평판에 문제가 생긴다.

초래할 수 있는 심각한 결과

- 절교로 친구를 완전히 잃게 된다.
- 사실을 알면서 아무 말도 하지 않아 친구의 범죄 행동이나 부도덕한 행동에 공모한 꼴이 된다.
- 잘못한 친구를 지지하고 돕다 다른 친구들에게 거부당한다.
- 캐릭터가 친구에게 따질 때 친구가 변덕을 부리거나 폭력으로 대응한다.
- 고통, 고립 혹은 신체적 위해를 초래한 친구에게 보복을 하려 한다.
- 친구의 보복 대상이 되어 다치거나 사회적으로 고립되거나 금전 손실을 입거나 관계가 깨진다.
- 친구가 비난을 부정해서 오히려 역풍을 맞고 캐릭터의 평판에 대한 의구심만 생긴다.
- 캐릭터가 사실을 알고도 부당한 일을 바로 잡지 않고, 편의적으로 친구와 계속 어울린다.
- 친구가 변할 거라는 희망으로 유해한 관계를 지속하기로 선택한다.
- 친구의 배신을 용서하지만 또다시 배신당한다.

생길 수 있는 감정

감정의 동요, 분노, 괴로움, 짜증, 경악, 우려, 배신감, 갈등, 경멸, 부인, 결단, 실망, 불신, 공포, 상처, 과민함, 어리벙벙한 느낌, 마음이 내키지 않는 상태, 억울함, 슬픔, 충격, 회의감

생길 수 있는 내적 갈등

- 우정을 깨고 싶지 않지만 친구를 용서하기가 힘들다.
- 좋은 친구가 되고 싶지만 발견한 진실을 감내할 수가 없다.
- 친구를 용서하지만 이제 친구를 전처럼 바라볼 수가 없다.
- 친구에게 맞서야 하지만 어떻게 해야 할지 모르겠다.
- 상황에 대처해야 할지 그냥 눈감고 지나가야 할지 모르겠다.
- 친구의 행동이 자신에게 불리하거나 해로운 행동은 아니었음에도 불구하고 친구에게 배신감이 든다.

상황을 악화시킬 수 있는 부정적인 특성

심술궂은, 맞서는 성향, 통제 성향, 의리 없음, 무례함, 회피 성향, 광신적인 열의, 남의 뒷말을 좋아하는 성향, 오만함, 위선, 우유부단, 융통성 없는 태도, 남을 함부로 재단하는 태도, 과장과 감정 과잉, 애정에 굶주린 상태, 남을 밀어붙이는 태도, 분노, 굴종적인 태도

기본 욕구에 미치는 영향

- **존중과 인정의 욕구** 속거나 조종당했다고 느끼는 캐릭터는 자존감에 타격을 입었다고 느끼고 어쩌다가 이런 일이 다가오는 것을 스스로 알지 못했는지 이해할 수 없어 자책한다.
- **애정과 소속의 욕구** 아무리 정당한 이유로 절교를 했더라도 캐릭터는 이제 자신의 비밀을 털어놓거나 함께 인연을 이어갈 사람이 없다는 느낌을 받을 수 있다. 배신을 당한 경우 캐릭터는 남들을 신뢰하는 게 어려워지고 관계에서 거리를 더 두는 데 집착하게 될 수도 있다.
- **안전 욕구** 친구가 위험하거나 불법적인 일을 저질렀을 경우, 그걸 알고 있는 것만으로도 캐릭터의 안전에 위협이 될 수 있다. 이러한 위험은 캐릭터가 불법을 공개하기로 선택한다면 더욱 커질 수 있다.

대처에 도움이 되는 긍정적인 특성

과감함, 차분함, 신중함, 외교술, 분별력, 여유, 공감 능력, 겸허함, 독립심, 영감을 주는 성향, 친절, 의리, 성숙함, 객관성, 낙관주의, 인내, 보호하려는 태도, 이타심, 지혜

긍정적인 결과

- 상황을 돌파할 수 있어 친구와 더 깊은 우정을 쌓게 된다.
- 누구나 실수를 할 수 있다는 것과 용서가 가능하다는 것을 깨닫게 된다.
- 캐릭터가 관계를 끝내고 더 새로운, 자신과 어울리는 친구와 사귈 수 있게 끔 자유로워진다.

- 부정적인 영향이 사라져 친구 관계가 더욱 돈독해진다.
- 캐릭터가 사람들에 관해 자신의 직관을 따르는 법을 배우게 된다.
- 캐릭터가 더 성장할 수 있는 의견을 교환하고 솔직한 대화를 할 줄 알게 된다.
- 친구가 자신의 결함과 실수를 깨닫게 된다.
- 캐릭터가 자신과 친구의 공통점(남들을 대하는 방식, 자기 파괴적인 행동 등)을 발견하고 변화를 꾀하기로 결심한다.

중요한 것을 얻기 위해 도둑질을 해야 하다

Having to Steal to Obtain Something Vital

사례

- 생존을 위한 약물이나 식품 같은 생필품을 훔치라고 강요당한다.
- 많은 사람들의 생명을 구하려면 기계를 만들어야 하고, 필요한 부품이나 기술을 훔쳐야 한다.
- 압제에서 도망치기 위해 문서를 훔쳐 위조 서류를 만들어야 한다.
- 필요한 정보를 얻기 위해 누군가의 열쇠나 암호나 패스워드를 빌려야 한다.
- 불공정한 판을 조금이나마 공평하게 만들어 반란을 성공으로 이끌기 위해 무기나 탄약을 탈취해야 한다.
- 중요한 마감 기한이 만료되기 전에 목적지에 가기 위해 차를 훔쳐야 한다.
- 부자들에게서 재산을 훔쳐 가난한 사람들에게 재분배한다(로빈 후드 시나리오).
- 훨씬 더 중요한 것과 맞바꾸기 위해 특정 물건을 확보해야 한다.

사소한 문제

- 도둑질을 해야 하느냐를 두고 다른 캐릭터들과 갈등이 있다.
- (머리 셋 달린 개가 문을 지키고 있는 상황, 물건이 있어야 할 곳에 없는 상황 등) 예상치 못한 문제를 만나 계획이 꼬인다.
- 훔치는 과정에서 경미한 부상을 당한다.
- 발각당해 상황을 설명해야 한다.
- 우연히 잘못된 물건을 훔치거나 맞는 물건이어도 충분한 양을 확보하지 못한다.
- 충동적이거나 서투르거나 산만한 공범과 함께 일을 완수해야 한다.
- 다른 사람들에게 절도 계획을 비밀로 해야 한다.
- 경쟁자가 똑같은 물건을 훔치려고 한다는 것을 알게 된다.
- 임무에 추가적인 책임이 부가된다(난민이나 망명자들을 이동시키거나, 어린 동생을 데려가 요령을 가르쳐야 하거나, 위험을 가중시키는 다른 물건까지 확보해야 하는 책임 등).

초래할 수 있는 심각한 결과

- 긴장이나 불안, 미숙한 경험 때문에 일 처리를 제대로 못한다.
- 훔친 물품을 갖고 달아나려다 심각한 부상을 입는다.
- 체포당한다.
- 절도를 발각당해 직장을 잃는다.
- 현장을 급히 떠나려다 중요한 물건에 손상을 가하거나 물건을 아예 잃어버린다.
- 캐릭터의 머리에 포상금이 걸리게 돼 몸을 숨길 수밖에 없는 상황이다.
- 절도를 저지르던 중에 길을 잃거나 덫에 걸려 갇히거나 잡힌다.
- 캐릭터의 절도 연루 때문에 다른 가족들이 원치 않는 관심의 대상이 된다.
- 상황이 악화되어 물건이 당장 필요해졌다.
- 물품에 대한 필요성이 널리 퍼져 공급이 훨씬 더 힘들어진다.

생길 수 있는 감정

수용, 분노, 짜증, 불안, 우려, 쓰라림, 갈등, 결단, 의심, 공포, 열의, 흥분, 두려움, 죄책감, 무능감, 꺼리는 마음, 고소한 마음, 불편함, 취약하다는 느낌, 근심

생길 수 있는 내적 갈등

- 도둑질을 해야 해서 죄책감이 든다.
- 도둑질을 하고 싶지 않지만 대안이 전혀 없다는 것을 알고 있다.
- 훔친 물건을 전달하지 않고 자신이 직접 갖고 싶다는 유혹이 든다.
- 물건의 주인이 캐릭터 못지않게 그 물건을 필요로 하는 사람이라는 것을 알기 때문에 마음의 갈등이 심하다.
- 절도를 해야 하는 상황을 감내할 필요가 없는 사람들을 향해 억울하고 분한 마음이 든다.
- 물건이 절박하게 필요한 상황과 함께 훔치다 잡힐 가능성도 같이 고려해야 한다.
- 이렇게 중요한 일을 해내고 싶지만 발각되는 경우, 자신에게 딸린 사랑하는 사람들에게 일어날 일이 걱정스럽다.
- 훔쳐야 할 필요성은 인정하지만 성공적으로 해낼 수 있을지 자신의 능력이 미덥지 못하다.

상황을 악화시킬 수 있는 부정적인 특성

배신, 어리석음, 탐욕, 성급함, 충동적인 성향, 짓궂은 성향, 무모함, 소심함

기본 욕구에 미치는 영향

- **자아실현 욕구** 생존을 위해 도둑질을 해야 할 정도로 기본적인 욕구가 위협받는 캐릭터는 생계 문제를 해결할 때까지는 자아실현을 할 수 없다.
- **존중과 인정의 욕구** 자신을 필요한 물자의 공급자나 남을 구하는 사람으로 여기는 캐릭터는 사랑하는 이들에게 생존에 필요한 것들을 제공할 수 없을 경우, 수치심을 느낄 것이다.
- **안전 욕구** 필요한 물품이 귀한 것이거나 보호가 잘 되어 있는 경우, 누구든 그걸 훔치려는 사람은 일신의 안전을 보장할 수 없다.
- **생리적 욕구** 캐릭터가 생존에 필요한 자원을 훔치지 못하는 경우, 생명이 극히 위협을 받는 상황에 처할 수 있다.

대처에 도움이 되는 긍정적인 특성

모험심, 신중함, 매력, 자신감, 협조적인 성향, 용기, 신중함, 공감 능력, 열정, 설득력, 보호하려는 태도, 사회적 자각

긍정적인 결과

- 캐릭터가 사랑하는 사람들 혹은 많은 사람의 기본적인 욕구를 충족시킬 수 있게 된다.
- 캐릭터가 훔친 물건의 위치를 잘 추적해놓았다가 나중에 돌려줄 수 있게 된다.
- 도둑질이 아닌 새로운 일(미심쩍은 일일 수도 있다)을 배운다.
- 캐릭터가 중요한 물건을 얻기 위해 절도를 저지르며 윤리적인 갈등에 휩싸이는 상황에서 자신의 가치를 훼손당하지 않고 잘 헤쳐나온다.
- 생필품 확보 임무를 함께하는 사람들과 우정과 존경의 연대를 맺는다.
- 타인에게 의존하는 느낌이 싫어 자립을 실현하기로 다짐한다.

- 생존을 목적으로 절도를 하게 만드는 부정부패한 체제에 관해 널리 알리게 된다.
- 중요한 자원이 점점 더 부족해지면서 적절한(그리고 풍부한) 대체물을 발견하게 된다.

차별을 목격하다 Witnessing Discrimination

차별의 피해를 입는 것은 그 자체로도 갈등이 된다. 한편 차별을 목격하는 사람에게서는 약간 다른 갈등의 형식을 확인할 수 있다. 이 항목에서는 캐릭터가 '목격'하는 차별을 다룬다.

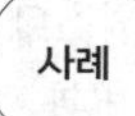

- 고용주가 인종이나 성별이나 성적 취향 때문에 특정인을 선호한다.
- 부모가 습관적으로 한 자식을 다른 형제자매보다 더 가혹하게 교육한다.
- 직원이 상사와 가까운 관계나 친인척이라서 승진을 한다.
- 누군가 동아리나 교회나 단체의 소속이라는 이유로 직장을 얻게 된다.
- 기자가 기사를 한쪽 편에 유리하도록 쓴다.
- 고객이 외양 때문에 남과 다른 대접을 받는다.
- 정신병이나 피부색 등의 이유로 특정인에게 서비스가 거부된다.
- 직무나 경험이나 교육 수준이 동일한데도 남녀 직원들의 급여 차이가 크다는 것을 알게 된다.
- 집주인이 동성애 커플에게 세를 내주지 않으려 한다.
- 직원이 임신했다는 이유로 해고당한다.
- 환자가 인종 편견 때문에 약물이나 치료를 거절당한다.
- 특정 인종에 속하거나 특정 종교를 믿는 범죄자가 더 가혹한 선고를 받는다.
- 특정 이웃이 언어가 다르다는 이유로 동네 행사에 초대받지 못한다.
- 타인의 취향(좋아하는 음식이나 음악 취향 등)에 대해 특정 요인을 근거로 주변인들이 마음대로 억측한다.

사소한 문제

- 고용주가 차별을 할 때(가령 보모가 한 아이가 다른 아이보다 무조건적인 사랑을 부모에게 받고 있는 것을 본 상황) 부당한 차별 문제를 어떻게 언급해야 할까 고민이 된다.

- 차별을 받는 사람 편을 들려 애쓰다 거절이나 무시를 당한다.
- 비판에 예민한 친지들에게 차별 문제를 화제로 꺼낼 방법을 모르겠다.
- 농담을 농담으로 받아들이지 못한다고 조롱을 받는다.
- 차별에 관한 화제가 나오면 즉시 공세를 취하는 사람들과 터놓고 이야기를 나누기가 어렵다.
- 대화가 논쟁으로 비화한다.
- 남의 문제에 신경 끄고 자기 일이나 잘하라는 핀잔을 듣는다.
- 차별이 화제로 다루어지면서 관계가 삐거덕거리다 위태로워진다.
- 차별에 대해 누구에게 이야기해야 할지 모르겠다. 특히 차별과 편견이 널리 퍼져 있을 때 그러하다.
- 차별을 겪은 사람의 편을 들려고 애쓰는데 오히려 비슷한 편견을 드러내는 말을 한 꼴이 된다.

초래할 수 있는 심각한 결과

- 캐릭터의 무지 때문에 차별 행동에서 잘못된 점을 하나도 찾아내지 못해 오히려 아무 일도 하지 않고 암묵적으로 차별을 장려하는 결과를 낳는다.
- 아무도 목소리를 내어 반대하지 않은 탓에 차별과 편견이 더욱 널리 퍼진다.
- 아이가 부모나 교사의 편견 때문에 행동 질환이나 정신 질환에 걸린다.
- 직장 내 차별에 이의를 제기했다는 이유로 직장을 잃는다.
- 일부 친구들은 캐릭터가 과민 반응을 한다고 생각해 캐릭터는 그 친구들을 잃는다.
- 옳지 못한 일에 충분히 반대하는 행동을 하지 않아 끔찍한 일이 생긴다(폭도들이 개인을 공격하거나, 왕실 기마대가 집을 파괴하거나 아이가 다치는 등).
- 캐릭터가 자신의 편견 어린 사고를 인식하지만 잘못을 직시하거나 대처하지 않고 무시한다. 그 사이에 차별은 주변에서 지속된다.
- 타인들을 차별하는 사람들에게 맞선다는 이유로 부당한 대접이나 학대를 당한다.

생길 수 있는 감정	분노, 불쾌감, 불안, 경악, 갈등, 방어적인 태도, 부인, 결단, 실망, 낙담, 환멸, 좌절, 증오, 무관심, 연민, 분개, 화, 체념, 만족, 고소한 마음, 경멸, 충격
생길 수 있는 내적 갈등	• 차별에 반대하는 목소리를 내고 싶지만 보복이 두렵다. • 차별 후에 새로 발견한 자신의 편견을 처리하고 고치려 고군분투한다. • 편견이 있는 사람과 (인종, 성별, 종교 등) 특정 성질이 비슷하다는 점 때문에 죄책감이 든다. • 차별에 반대하는 목소리를 내다 예방은커녕 차별 행동을 더욱 악화시키기만 할까 봐 두렵다. • 차별을 막는 일이 너무 거대하고 벅차 변화를 이끌기에는 자신이 무능하다는 느낌이 든다.

상황을 악화시킬 수 있는 부정적인 특성

불쾌감을 주는 성향, 비겁함, 배신, 광신적인 열의, 자신의 감정이나 생각을 내보이기 꺼리는 성향, 불안정, 과장과 감정 과잉, 편집증적 성향, 편견, 소심함, 폭력 성향

기본 욕구에 미치는 영향

- **자아실현 욕구** 적대적이고 폐쇄성이 강한 환경에서 차별에 맞서다 보면 캐릭터는 처벌을 받게 될 것이며 그의 목표는 점점 더 멀어질 수도 있다.
- **존중과 인정의 욕구** 자신의 행동이 옳다는 것을 알고 있지만, 고군분투하게 되면서 캐릭터는 자신을 부정적으로 평가하게 될 수 있다.
- **애정과 소속의 욕구** 차별(그리고 차별을 규정하는 것)은 많은 이들에게 감정적인 문제다. 캐릭터가 목소리를 높이건 침묵을 지키건, 자신의 결정에 반대하는 친구들로부터 자신이 고립되는 모습을 발견하게 된다.

대처에 도움이 되는 긍정적인 특성

과감함, 자신감, 정중함, 확고함, 고결함, 이상주의, 공정함, 돌보려는 태도, 설득력, 보호하려는 태도, 사회의식

긍정적인 결과

- 차별을 변화시키는 실제적 혁신과 진보를 일굴 수 있는 토론 공간을 만든다.
- 차별을 받는 사람들과 더욱 강한 유대관계를 형성해 지지하고 후원한다.
- 집단 간의 이해심이 커져서 마찰이 줄어든다.
- 캐릭터가 자신의 편견을 고치고 더 나은 협력자가 되려고 노력한다.

친구의 방패막이가 되라는 압력을 받다

Being Pressured to cover for a Friend

사례

- 친구를 거짓으로 칭찬하거나 좋은 쪽으로 추천해달라는 요청을 받는다.
- 친구가 직장에서 잘못된 행동을 했는데 그에 대해 캐릭터에게 책임을 져달라고 한다.
- 친구가 캐릭터에게 자신의 알리바이를 제공해주기를 원한다.
- 위험한 상황에서 누군가의 지원군이나 대체물이 되어 달라는 요청을 받는다(마약을 살 때 동행하거나, 채무 청산에 동행하거나 도주 차량을 모는 등).
- 직장 동료가 하면 안 될 다른 일을 하느라 자기가 하지 못하는 근무를 캐릭터에게 대신 서 달라고 요청한다.
- 학생이 다른 사람의 학교 숙제를 대신해달라는 요청으로 괴롭힘을 당한다.
- 거짓말할 것을 맹세하라는 압력을 받는다.
- 친구 대신 약물 검사를 받아달라고 요청을 받는다.
- 돈 관리에 늘 젬병인 사람에게 돈을 빌려주라는 권유를 받는다.
- 캐릭터의 집에 친구가 뭔가 불법적이거나 수상쩍은 것(마약, 도둑질한 물건, 가짜 신원)을 숨기고 있다는 것을 캐릭터가 발견한다.

사소한 문제

- 친구를 보호할 이야기를 꾸며 사람들에게 거짓말을 해야 한다.
- 친구를 돕기 위해 경제적 곤경에 빠진다.
- 친구에게 빌린 돈을 돌려달라고 싫은 소리를 해야 한다.
- 캐릭터가 하지 않은 일 때문에 꾸지람을 듣는다.
- 친구의 근무 시간 교대를 대신 하기 위해 캐릭터의 계획을 취소해야 한다.
- 친구를 보호하기 위해 (부정행위나 거짓말 등을 해서) 발각을 피해야 한다.
- 친구를 보호해달라는 요청을 거절해 친구가 실망한다.

- 친구를 보호하기 위해 위태로운 상황에 빠졌는데 친구는 고맙다는 인사도 없다.
- 친구의 일을 대신 해주다 가족을 불편하게 한다.
- 친구가 구조와 도움을 필요로 해, 배우자와의 약속에 매번 지각해 배우자를 속상하게 한다.

초래할 수 있는 심각한 결과

- 중요한 사람에게 거짓말을 하다 발각당한다.
- 캐릭터가 배우자의 반대를 무릅쓰고 친구에게 돈을 주었는데 배우자가 알게 된다.
- 범죄 관련 형사 고발을 당한다.
- 학교에서 정학이나 퇴학을 당한다.
- 캐릭터가 나쁜 짓에서 자신이 했던 역할 때문에 죄인 취급을 받게 된다.
- 직장에서 해고당하거나 질책을 받는다.
- 압력으로 인한 스트레스로 우정이 깨진다.
- 친구가 캐릭터에게 앞으로도 계속해서 자신의 방패막이가 되어주기를 기대한다.
- 친구가 다음번에는 더 위험한 일을 해달라고 요청한다.
- 캐릭터의 평판이 망가진다.
- 친구가 비행이나 악행의 책임을 캐릭터가 지게끔 방치함으로써 캐릭터를 모함한다.

생길 수 있는 감정

분노, 약오름, 불안, 우려, 근심, 갈등, 소속감이나 유대감, 실망, 불신, 열의, 공감, 두려움, 허둥지둥, 좌절, 신경과민, 연민, 무력함, 꺼리는 마음, 억울함, 진가를 인정받지 못하는 기분, 불편함, 안달

생길 수 있는 내적 갈등

- 어떻게 해야 할지 모르겠다.
- 구석으로 몰린 느낌이다.
- 우정에 의심이 간다.
- 이용당했다는 느낌이 든다.
- 친구를 돕고 싶지만 다른 사람들에게 거짓말로 배신을 해야 한다

는 게 화가 난다.

- '이게 그렇게 큰 잘못인가?'하는 윤리적인 의문이 든다.
- 서로 상충하는 의리 관계 사이에서 선택하기가 괴롭다.
- 친구를 좋아하지만 자신이 친구 때문에 이런 상황에 몰린 게 화가 난다.
- 어떤 일이 벌어질지 두렵지만 예상할 수 없는 상황과 위험이 주는 스릴감을 몰래 만끽한다.

상황을 악화시킬 수 있는 부정적인 특성

배신, 별종 성향, 남의 뒷이야기를 하는 성향, 남을 너무 잘 믿는 성향, 불안정, 게으름, 순교자인 양하는 태도, 애정에 굶주린 상태, 신경과민, 분노, 인색함, 굴종적인 성향, 소심함, 비협조적인 태도, 부도덕, 의지박약, 잔걱정이 많은 성향

기본 욕구에 미치는 영향

- **존중과 인정의 욕구** 캐릭터가 타인의 요구를 받는 걸 좋아하는 경우, 누군가를 구출하는 일을 하면 자존감이 높아진다. 그러나 캐릭터의 행동과 희생에 상대가 충분히 감사하지 않는 경우, 캐릭터는 이용당했다는 느낌을 받고 자존감이 하락할 수 있다.
- **애정과 소속의 욕구** 캐릭터가 늘 남을 위해 위험을 감수해 달라는 요청을 받는 경우, 관계의 균형이 깨져 있다고 느낄 수 있다. 그러나 우정을 중요하게 생각한다면, 요청에 응하지 않았을 때 우정을 잃게 될까 봐 겁먹을 수 있다. 어떤 경우건 긴장과 불안으로 점철된 관계는 깨지기 쉽고 그 경우 캐릭터는 박탈감을 경험하게 된다.
- **안전 욕구** 캐릭터는 친구를 보호하려다 큰 위험에 직면할 수 있다. 직장을 잃거나 학문적 위상을 잃거나 재정적 안정을 잃게 될 수도 있다.

대처에 도움이 되는 긍정적인 특성

모험심, 과감함, 신중함, 매력, 자신감, 공감 능력, 고결함, 독립심, 공정함, 의리,

남의 말을 잘 듣는 성향, 객관성, 장난기, 보호하려는 태도, 분별력, 감상주의, 영성, 지지하고 지원하려는 태도, 전통을 중시하는 태도, 사람을 잘 믿는 성향, 이타적인 성향

긍정적인 결과

- 도움을 주는 것과 아예 일을 다 해주는 것의 차이를 깨닫게 된다.
- 캐릭터가 더 자족적이 되어 친구가 자신을 보호해야 하는 상황을 절대 만들지 않겠다고 결심하게 된다.
- 나쁜 경험을 거울삼아 캐릭터가 친구들을 더 현명하게 골라 사귀게 된다.
- 건강한 경계를 설정하는 법을 배운다.
- 친구의 방패막이가 되어 본 경험을 통해 의리, 신뢰성, 관대함 같은 캐릭터의 긍정적인 자질이 강화된다.
- 친구가 캐릭터의 도움을 고마워하고 추후 캐릭터가 도움을 필요로 할 때 기꺼이 도와준다.
- 친구를 돕기로 선택해서 우정의 결속력이 더욱 강화된다.

학대를 목격하다 Witnessing Abuse

사례

- 누군가 반려동물을 학대하거나 방치하거나 물리적인 해를 가하는 모습을 목격한다.
- 옆집이나 아파트에서 비명이나 고성이 오가는 싸움 소리를 듣게 된다.
- 낯선 사람이 자식을 때리거나 자식에게 언어폭력을 행사하는 모습을 보게 된다.
- 누군가 인신매매를 당하고 있다는 의심이 든다.
- 이웃이 자기 배우자를 가스라이팅하는 모습을 목격한다.
- 친구가 직장 동료를 멸시하거나 놀림으로써 지속적으로 학대하고 있다는 것을 알게 된다.
- 아이가 어른이 자기 형제자매에게 해를 가하는 모습을 본다.
- 요양원 환자의 방치를 목격한다.
- 파티에서 성폭행을 목격한다.
- 전쟁포로 수용소나 억류 수용소 혹은 난민 수용소에서 벌어지는 학대 상황을 보게 된다.

사소한 문제

- 캐릭터가 자신이 목격한 것이 학대로 간주되는지 확신이 없다.
- 경찰과 이야기하고 서류에 서명하고 법원에 출석하는 등의 일을 하느라 시간을 소비해야 한다.
- 개입하려고 시도하다 경미한 부상을 입는다.
- 다른 사람들이 캐릭터와 학대 상황에 대해 뒷말을 주고받고 싶어 한다.
- 학대 당사자에게서 위협과 협박을 받는다.
- 누군가에게 상황을 털어놓았는데 무시당하거나 아무것도 아니라는 이야기를 듣는다.
- 다른 사람들이 심각할 일은 전혀 없다는 생각을 굳힌다.

초래할 수 있는 심각한 결과

- 개입하지 않다가 책임을 지게 된다.
- 다른 사람들이 캐릭터가 아무 개입도 하지 않게 되었다는 것을 알게 되어 불화가 생긴다.
- 당국에 신고를 하러 갔는데 수사 거부를 당한다.
- 다른 누군가 개입할 거라 생각하고 개입하지 않았는데 아무도 개입하지 않는다(방관자 효과).
- 무엇을 해야 할지 미적거리는 사이 끔찍한 일이 벌어진다.
- 캐릭터가 학대를 계속해서 묵인하는 동안 시간이 지나면서 마음이 무뎌져 학대가 아무렇지도 않게 여겨진다.
- 학대를 막으려 개입하다 심각한 부상이나 손해를 입는다.
- 캐릭터의 개입이 학대를 저지른 사람을 분노하게 만들어 학대가 더욱 심해지거나 앙갚음을 당하게 된다.
- 타인의 학대를 반복해서 목격하다가 외상 후 스트레스 증후군에 걸린다.
- 지속적으로 학대를 목격한 아이가 성장한 뒤, 학대를 직접 하게 된다.
- 학대 문제를 직접 해결하다 폭행이나 법 위반 혹은 다른 범죄로 기소당한다.

생길 수 있는 감정

분노, 괴로움, 경악, 걱정, 갈등, 부인, 절망, 결단, 혐오, 환멸, 공포, 두려움, 끔찍함, 무관심, 위협받는다는 느낌, 감정의 동요, 신경과민, 연민, 무기력, 화, 충격, 반신반의, 복수심

생길 수 있는 내적 갈등

- 개입하고 싶지만 자신의 안전이 위협받을까 봐 두렵다.
- 무엇인가 하고 싶지만 캐릭터가 자신의 능력에 확신이 없다.
- 개입을 했지만 그 후 피해자가 학대범의 손에서 또 어떻게 지낼지 걱정스럽다.
- 무엇을 해야 할지 결정을 못해 무기력한 느낌이다.
- 아무것도 하지 않기로 선택하니 죄책감이 든다.
- 생존자로서 죄책감 때문에 괴롭다.
- 오랜 학대를 당한 피해자 캐릭터가 이번에는 자신이 당한 게 아니

라고 생각하며 안심하면서도 그런 자신의 태도가 수치스럽고 혐오스럽다.

상황을 악화시킬 수 있는 부정적인 특성

무관심, 비겁함, 잔학성, 불성실, 의리 없음, 회피 성향, 사악함, 부주의, 우유부단함, 감정표현을 꺼리는 성향, 게으름, 지나친 예민함, 편견, 이기심, 소심함, 비협조적인 성향

기본 욕구에 미치는 영향

- **존중과 인정의 욕구** 학대를 목격하고 나서 개입을 하지 않거나 어떤 종류건 도움을 제공하지 않는 경우, 캐릭터는 자존감에 상처를 입을 수 있고 다른 사람이 캐릭터를 바라보는 태도에도 영향이 미칠 수 있다.
- **애정과 소속의 욕구** 친구나 사랑하는 사람을 대신해 개입하지 않는 경우, 캐릭터는 사회집단의 일원으로서 지위가 위태로워질 수 있다. 개입하지 않음으로써 학대를 막지 못했기 때문이다.
- **안전 욕구** 감정적으로 폭발 직전의 상황에 처한 사람을 돕고 지원하다가 캐릭터가 위험에 처할 수도 있고 아니면 피해자가 더 큰 위해를 입을 수도 있다.
- **생리적 욕구** 감정이 고조되고 관련자들이 불안한 극단적인 상황에서는 학대받는 사람을 구하려 애쓰는 캐릭터가 살해당할 위험도 있다.

대처에 도움이 되는 긍정적인 특성

경계심, 과감함, 용기, 과단성, 외교술, 감정이입, 고결함, 이상주의, 공정함, 친절, 성숙함, 돌보려는 태도, 통찰력, 열정, 직관, 보호하려는 태도, 책임감, 사회의식, 자발성과 즉흥성

긍정적인 결과

- 학대를 당하던 피해자가 위험한 상황을 모면하도록 돕는다.
- 피해자와 인연을 맺어 그의 상황에 힘을 더하고 지원한다.

- 학대 당사자에 불리한 증언을 제공해 학대를 종결짓는다.
- 업체나 조직이 학대를 자각하게 되어 미연에 방지하는 계획을 세운다.
- 반려동물 학대 사실을 당국에 신고하여 반려동물을 구한다.
- 어려운 상황에서 옳은 일을 한 데 대해 자부심을 느낀다.

딜레마
사전

의무와
책임

Duty and Responsibility

관료주의 요식 절차에 발이 묶이다

Bureaucracy Tying One's Hands

여기서 관료주의는 가치 없는 규칙이나 규정 체제를 일컫는 말로 캐릭터가 과제를 완수하기 어렵게 만드는 시스템을 뜻한다.

- 한시가 급한 상황에서 정부기관 사이의 입장을 조율해야 한다.
- 사업을 시작하기 위해 필요한 증서를 갖추거나 허가를 받아야 한다.
- (학대나, 혐오 발언 등으로) 친구나 가족에 대해 보고를 해야 한다.
- 보험사의 요식 절차 때문에 필요한 치료를 받지 못하게 된다.
- 직원이 한 행동의 이유가 이해가 되는데도 그를 해고해야 한다.
- 온갖 규정과 규칙 때문에 직원을 해고할 수가 없다.
- 학위나 임명이나 인가 교육과 관련된 규정을 바꾸거나 건너뛸 수가 없다.
- 규정 절차 때문에 법원 소송이 끝도 없이 길어진다.
- 의료 제공자가 병원 규정을 어길 수가 없다.
- 법률 규정이나 방침에 의거해 특정 처벌을 내려야만 한다.
- 주택관리협회 규정 때문에 집주인으로서의 권리에 제약을 받는다.
- 비밀 취급 인가를 받지 못해 내부고발을 할 수가 없다.

사소한 문제

- 생산성이 하락한다.
- 짜증나는 마음과 좌절감, 화를 다스려야 한다.
- 캐릭터의 창의력이 줄어들거나 제약을 받는다.
- 자격증이나 인증서에 돈을 써야 한다.
- 지시 체계가 한없이 늘어져 사람들이 기다림에 지쳐간다.
- 직원들의 사기가 저하된다.
- 필요한 양식을 채우고 절차상 필요한 자료를 모아 다음 단계로 넘어가느라 시간 낭비가 심하다.
- 지연과 지체를 겪어야 한다.
- 표준 관행을 지키지 않아 벌금을 내거나 벌칙을 받아야 한다.

- 항소하는 동안 어정쩡한 상태에 발이 묶여 있어야 한다.
- 캐릭터가 무신경한 시스템에 의해 자신의 운명이 좌지우지된다는 느낌을 받는다.

초래할 수 있는 심각한 결과

- 절박하게 도움이 필요한 사람을 도울 수가 없다.
- 사소한 실수 때문에 일자리를 잃는다.
- 부당한 형사 기소를 당한다.
- 요식 절차를 슬쩍 피하거나 지름길로 가려다 발각된다.
- 사업주가 요식 절차가 너무 부담스러워 꿈을 포기한다.
- 하찮은 위반 사항 때문에 누군가를 해고해야 한다.
- 불의나 학대 및 혹사에 대해 목소리를 낼 수 있는 합법적인 통로가 없다.
- 감금이나 형사고발에 직면한다.
- 과정에 대해 불만을 제기하다 일이 악화된다.
- 정책이나 방침에 있는 차별 요소를 확인하고 지적했는데 바꿀 수가 없다.
- 학대나 사기나 다른 범죄 혐의가 있는 사람이 정치가라 면책권이 있어 기소가 불가능하다.

생길 수 있는 감정

분노, 짜증, 괴로움, 경멸, 좌절, 결단, 불신, 환멸, 실망, 안달, 무관심, 위협감, 억울함, 무기력, 울화

생길 수 있는 내적 갈등

- 부당하고 제약이 많은 법률이나 조항 때문에 의미 있는 목표를 포기할지 고민한다.
- 현 상태에 도전할까 말까 자문한다.
- 원하는 것을 얻기 위해 체제를 우회하고 싶은 유혹이 든다.
- 무관심과 싸워야 한다.
- 상황을 더욱 악화시키는 일만은 피하기 위해 분노를 참아야 한다.
- 차별과 불평등이 사회에 여전히 만연해 있다는 데(그리고 정책으로 보호받고 있다는 데) 환멸감이 든다.
- 법과 도덕률을 어기더라도 옳은 일을 하고 싶은 유혹이 든다.

- 느린 진보를 초래하는 긴긴 싸움의 시간 동안 절망과 싸워야 한다.

상황을 악화시킬 수 있는 부정적인 특성

화를 돋우는 성향, 무관심, 냉소주의, 부정직함, 무질서, 안달복달하는 성향, 적대적인 성향, 짜증, 충동적인 성향, 감정표현을 꺼리는 성향, 잔소리와 불평이 심한 성향, 애정에 굶주린 성향, 반항심, 무모함, 산만한 성향, 괴팍함

기본 욕구에 미치는 영향

- **자아실현 욕구** 요식 절차 방침을 따를 수밖에 없는 상황에서는 자유롭게 창조하고 비판적으로 생각하는 캐릭터의 능력이 심각한 제약을 받게 된다.
- **존중과 인정의 욕구** 관료주의 체제에서 옳은 일을 할 수가 없는 경우, 캐릭터는 자신이 더 똑똑하거나 역량이 뛰어나거나 힘이 더 있었다면 일을 마칠 수 있을 것이라고 자책을 하게 된다.
- **애정과 소속의 욕구** 관료주의는 직원들 간, 직원과 경영진 간 그리고 사업체와 고객 간의 관계에 심한 압박과 긴장을 초래할 수 있다.

대처에 도움이 되는 긍정적인 특성

차분함, 자신감, 협조적인 성향, 창의성, 외교술, 여유, 효율성, 이상주의적 성향, 근면함, 공정함, 질서정연함, 끈기, 설득력, 선제적인 행동 능력, 지략과 기지, 투지, 자유로움

긍정적인 결과

- 끈기와 근면함 덕에 유용한 성과를 산출한다.
- 캐릭터가 끈기 있게 버틴 덕에 긍정적인 변화를 불러와 인정을 받게 된다.
- 관료주의가 실제로 효과가 있었다는 것을 나중에 깨닫게 된다.
- 창의적인 사고를 통해 관료주의를 에둘러 가는 방안들을 찾아낸다.
- 캐릭터가 절차 때문에 기다리던 중에 자신의 행동이 잘못된 방향으로 가고 있었음을 깨닫게 된다.

교통수단을 잃다

Losing A Source of Transportation

사례

- 카풀을 같이 하던 친구가 그룹에서 빠진다.
- 대중교통 보수나 노선 감소나 폐쇄 때문에 선택할 수 있는 교통수단이 적어진다.
- 자동차가 사고로 수리하기도 힘들 만큼 심각하게 파손되었다.
- 오토바이를 수리해야 한다.
- 대중교통 요금을 낼 형편이 안 된다.
- 버스 정기승차권을 잃어버렸다.
- 휘발유 값이나 교통 관련 요금을 낼 형편이 안 된다.
- 차량이 몰수나 압류를 당했다.
- 자전거를 도둑맞았다.
- 이사를 가서 새 차가 나올 때까지 기다려야 한다.
- 가족 중 다른 사람들과 자동차를 같이 써야 한다.

사소한 문제

- 차량을 수리하거나 새 차를 사느라 시간을 소모한다.
- 몰수당한 차를 되찾는 데 비용이 든다.
- 다른 교통수단을 찾을 방안을 강구해야 한다.
- 경찰에 신고하는 등의 번거로운 일을 해야 한다.
- 아이를 학교에 데려가거나 다른 활동에 데려다줄 수가 없다.
- 보험료가 사고 때문에 올라간다.
- (차량 공유를 하거나 대중교통을 이용하게 되는 등) 교통편을 이용하는 데 있어 적응해야 한다.
- 친구나 이웃이나 가족의 도움을 청해야 한다.
- 차를 대여해야 한다.
- 가족을 학교나 직장까지 데려다주는 타인을 신뢰해야 한다.
- 차량이나 교통수단을 모르는 사람들과 공유하는 것이 불편해진다.
- 버스, 기차 등 새로운 차편을 알아내야 한다.

초래할 수 있는 심각한 결과

- 집에서 더 가까운 새 직장을 알아봐야 한다.
- 중요한 회의나 수업이나 예약이나 행사를 교통편이 없어 놓친다.
- 대중교통 이용이 쉬운 지역으로 이사해야 한다.
- 도로 한쪽에 갇혀 꼼짝 못하게 된다.
- 지각이나 결근이 잦아 해고당한다.
- 모르는 사람이 태워주는 차를 타게 된다.
- 사고나 절도의 피해로 트라우마에 시달린다.
- 교통수단 문제를 해결하려다 빚을 지게 된다.
- 예기치 못한 새로운 지출 때문에 금전 상황이 어려워진다.
- 캐릭터가 차를 훔칠 수밖에 없는 상황에서 발각되어 체포된다.

생길 수 있는 감정

분노, 불안, 쓰라림, 체념, 절망, 낙담, 당혹감, 실망, 죄의식, 열패감, 짜증, 압도당하는 느낌, 무기력함, 꺼리는 마음, 포기, 자기 연민, 자신감 상실, 불편함, 취약함, 근심

생길 수 있는 내적 갈등

- 생면부지의 사람이 태워주는 차를 타고 싶은 유혹이 든다.
- 비싼 수리비나 교통편을 대체하는 데 드는 비용을 감당하지 못해 창피하다.
- 교통수단을 확보하는 일과 다른 필요한 일에 돈을 지불하는 일 중에서 선택할 수밖에 없다.
- 대중교통을 이용하는 것이 불안하다.
- 교통수단을 잃게 되어버린 결정을 내린 일에 죄책감이 든다.
- 통제력을 잃은 것 같은 느낌이 든다.
- 자신이 늘 경멸했던 일을 (차량 도움 요청이나 남의 차에 대한 신뢰를 보이는 일) 스스로 해야 하는 상황에서 자아에 타격이 온다.

상황을 악화시킬 수 있는 부정적인 특성

거만함, 통제 성향, 무질서함, 약속을 자주 어기는 성향, 융통성 없음, 게으름, 물질만능주의, 신경과민, 소유욕, 가식, 무례함, 완고함, 불평불만, 일중독

기본 욕구에 미치는 영향

- **자아실현 욕구** 특정 장소를 오고가는 능력을 상실하는 경우, 캐릭터는 소중히 여기던 취미생활을 즐길 수 없게 되거나 학교 교육을 못 받게 되거나 봉사활동을 할 수 없게 된다.
- **존중과 인정의 욕구** 교통편을 잃어 독립적으로 활동할 여력이 없어지면 캐릭터는 남의 눈치를 보게 된다. 특히 남을 함부로 재단하기 좋아하는 동료나 또래들이 이러한 상황을 목격하게 되는 경우, 캐릭터는 더욱 괴로움을 느낀다.
- **애정과 소속의 욕구** 교통편이 여의치 않아 캐릭터가 가족 행사 등에 참석하지 못하게 되는 경우, 융통성 없고 요구하는 것이 많은 깐깐한 친지들이 이를 두고 문제를 삼게 된다.
- **안전 욕구** 교통편을 새로 구하지 못한 캐릭터는 직장을 잃게 될 수도 있고, 그 경우 재정 상황이 어려워져 생활비를 감당하지 못하는 상황에 빠질 수 있다.

대처에 도움이 되는 긍정적인 특성

적응 능력, 모험심, 감사하는 태도, 예의범절, 수양과 단련, 여유, 친근함, 겸허함, 성숙함, 낙관적인 태도, 낙관주의, 질서정연함, 설득력, 능동적인 행동력, 창의력, 책임감, 자발성, 지혜

긍정적인 결과

- 새로 카풀을 하는 사람과 친구나 연인이 되거나 업무상 친밀한 관계가 된다.
- 예기치 않은 사건에 대비할 수 있도록 금전 계획을 더 잘 수립하게 된다.
- (자가용 대신 대중교통을 이용하는 경우) 독서와 음악 감상, 일이나 소통을 할 수 있는 시간이 더 많아진다.
- 친환경적인 선택을 통해 올바른 일을 했다는 생각이 들어 기분이 좋다.
- 교통편 스케줄 때문에 더 효율적인 시간 관리법을 습득할 수밖에 없다.
- 억지로 이사는 했지만 통근 및 통학거리가 짧아지거나 새로 간 학교가 더 낫다.
- 새 교통편 덕에 시간이나 돈을 아끼게 된다.

나쁜 소식을 전하는 일을 떠맡다

Being the Bearer of Bad News

사례

- 친구들이나 가족에게 이사 계획을 알려야 한다.
- 세입자에게 집을 비우라는 통보를 해야 한다.
- 누군가에게 그가 범죄의 피해자였다는 사실을 설명해야 한다.
- 심각한 질병 진단에 대해 알려야 한다.
- 사랑하는 사람의 사망 소식을 알려야 한다.
- 유산 소식을 알려야 한다.
- 자신의 심각한 질병을 사랑하는 사람들에게 알려야 한다.
- 가족들에게 실직을 알려야 한다.
- 친구나 가족에게 배우자의 부정을 말해야 한다.
- 배우자에게 더 이상 사랑하지 않으니 이혼하고 싶다고 실토해야 한다.
- 상대가 법원 소송이나 기소를 당했다는 것을 알려야 한다.
- 고객에게 일에 차질이 빚어졌다거나 비용이 늘어났다거나 혹은 불만을 야기할 결정에 대해 알려야 한다.
- 배심원단의 불리한 평결을 전달해야 한다.
- 기자회견에서 인기 없는 뉴스나 정보를 공개해야 한다.

사소한 문제

- 소식을 듣는 사람에게(그들이 친구나 가족이라서) 마음이 쓰인다.
- 뉴스를 전할 적절한 장소와 시간을 찾으려 애쓴다.
- 나쁜 소식을 들어야 할 사람이 어디 있는지 찾을 수가 없다.
- 소식을 듣는 사람이 충격을 받거나 속상해 하거나 화를 낸다.
- 낯선 사람에게 위로나 지지를 해줘야 한다.
- 제대로 말하지 않은 데 대해 불안하고 예민해진다.
- 추가 정보를 제공하거나 대답을 해야 하는 곤혹스러운 처지에 빠진다.
- 소식을 따로 이야기하기 위해 소식을 들을 사람과 둘이만 있기가 힘들다.

- 언어 장벽을 극복해야 한다.
- 캐릭터가 갖고 있거나 갖고 있지 않은 증거를 요청받는다.
- 소식을 듣는 사람이 소식 자체에 반응하지 않고 소식을 전하는 사람에게 폭행을 가한다.
- 나쁜 소식을 전해 화를 초래할 상황을 마지막까지 미룬다.

초래할 수 있는 심각한 결과

- 소식을 들은 사람과의 관계가 회복 불능 상태로 망가진다.
- 엉뚱한 사람에게 소식을 전한다.
- 시의적절할 때 소식을 전하지 못한다.
- 틀린 진단이나 검사 결과를 전한다.
- 사실을 잘못 전달해 슬픔을 가중시킨다.
- 나쁜 소식 때문에 비난을 받는다.
- 소식을 전하는 것을 누군가가 우연히 듣고 자신의 이익에 이용한다.
- 소식을 들은 사람이 폭력적으로 돌변한다.
- 소식을 형편없는 태도로 전하거나 민감한 소식인데도 별일 아닌 듯이 전한다.
- 소식을 들어야 할 사람에게 알리기 전에 소식이 공개된다.
- 캐릭터가 나쁜 소식을 전달한다는 이유로 공개적으로 위협이나 멸시를 당한다.
- 캐릭터가 (나쁜 소식을 전해들을 사람이 그런 소식을 들어도 싸다고 생각할 때) 고소한 심경을 숨기지 못해 그걸로 추궁을 당한다.

생길 수 있는 감정

감정의 동요, 번민, 불안, 우려, 걱정, 결단, 공포, 감정이입, 두려움, 당혹감, 죄책감, 무능하다는 느낌, 예민함, 압도되는 느낌, 후회, 분노, 체념, 슬픔, 고소하다는 감정, 불편함, 근심

생길 수 있는 내적 갈등

- 나쁜 소식을 전해야 하는 의무를 다른 사람에게 떠넘기고 싶은 유혹이 든다.
- 개인적인 두려움과 의무를 다해야 할 필요 사이의 균형을 맞추려 애쓴다.
- 소식을 들을 사람이 정말 그 소식을 들어야 하는지(혹은 전부 다 들

어야 하는지) 의구심이 든다.

- 자신이 상황에 올바르게 대처할 수 있는 능력이 있는지 스스로 미덥지 못하다.
- 다른 사람들이 떠넘겼거나 거절한 의무를 자신이 떠맡아 화가 난다.

상황을 악화시킬 수 있는 부정적인 특성

남의 화를 돋우는 성향, 무관심, 대적하는 성향, 비겁함, 잔인함, 무례함, 신뢰를 주지 못하는 성향, 남의 이야기를 뒤에서 하는 성향, 병적인 성향, 남의 일에 참견하는 성향, 요령 없음, 소심함, 말이 없는 성향, 수다스러운 성향, 앙심

기본 욕구에 미치는 영향

- **자아실현 욕구** 힘든 순간 사람들에게 봉사하는 데 소명 의식을 느끼는 캐릭터라면 이러한 일을 통해 자아실현을 할 수 있다.
- **존중과 인정의 욕구** 캐릭터가 민감한 상황을 아주 품위 있고 조심스럽게 수행을 하지 못하는 경우, 여론이 그에게 등을 돌리게 될 수도 있다.
- **애정과 소속의 욕구** 나쁜 소식의 전달자와 소식을 분리하지 못하는 친구는 캐릭터에게 소식을 전해 듣고 이를 인생에서 아주 고통스러운 일로 기억함으로써 캐릭터를 비난하거나 멀리하게 되고 결국 캐릭터는 고립되어 고독해진다.

대처에 도움이 되는 긍정적인 특성

야심, 분석 능력, 감사하는 능력, 차분함, 신중함, 용기, 외교술, 현명함, 감정이입, 환대하는 능력, 겸허함, 친절함, 돌보는 성향, 객관성, 통찰력, 지혜

긍정적인 결과

- 캐릭터가 분별력, 객관성, 요령 등 살아가면서 필요한 새로운 능력을 배울 수 있다.
- 아주 나쁜 소식을 잘 전달해 듣는 사람의 괴로움을 덜어주게 된다.
- 경험을 공유함으로써 새로운 관계를 맺을 수 있다.

- 나쁜 소식이 소식을 듣는 사람으로 하여금 생명을 구하는 치료를 찾거나 더 나은 직장을 찾거나 해로운 관계를 끝내도록 독려하는 역할을 함으로써, 소식을 들은 사람이 자신의 삶을 개선하게 된다.
- 생색도 나지 않고 보상도 없는 일을 잘 해냈다는 데 만족감을 느낀다.

나이 든 친지를 돌봐야 하게 되다

An Elderly Loved One Requiring Care

사례

- 캐릭터의 어머니가 암 진단을 받아 즉시 수술을 받아야 한다.
- 알츠하이머나 치매에 걸린 할아버지를 지속적으로 지켜봐야 하는 상황이다.
- 뇌졸중에 걸린 대부가 회복하기 위해 도움이 필요한 상황이다.
- 나이 드신 부모님을 병원에 모시고 다녀야 한다.
- (당뇨 등) 고질병이 있는 삼촌이 완고해 병 관리를 제대로 하지 않는다.
- 옆집에 사는 노인이 친지가 아무도 없어 돌봐드려야 한다.
- 소원해졌던 부모가 불치병에 걸려 캐릭터에게 도움을 청하러 연락을 해 온다.
- 아는 이모가 불운이 닥쳐 독립적으로 생활을 꾸릴 여유가 없어 돌봐드려야 한다.

사소한 문제

- 부모를 병원으로 모셔 가야 하는 상황인데 고용주가 그런 상황을 달갑게 받아들이지 않는다.
- 집에서 돌볼 수 있는 여력이 없다.
- 돌봐야 할 친지를 집에 데려왔는데 같이 살고 있는 가족과 갈등이 일어난다.
- 자유를 잃게 된다.
- 친지가 캐릭터의 도움을 받는 상황이 괴로워 캐릭터에게 고마워하지 않는다.
- 수면부족을 겪는다.
- 경제적으로 쪼들린다.
- 사람들을 만나거나 취미 생활을 할 시간이나 에너지가 전혀 없다.
- 친지를 돌보느라 다른 관계를 맺고 있는 사람들을 챙기지 못해 관계가 위태로워진다.
- 다른 가족 구성원들이 아픈 사람을 돌보는 캐릭터의 방식에 동의

하지 않는다.

초래할 수 있는 심각한 결과

- 책임 분배를 놓고 형제자매와 다툼이 생겨 사이가 멀어진다.
- 고집 센 부모가 간병을 거부하다 낙상해 다친다.
- 캐릭터가 돌봄 노동을 하느라 자유를 빼앗겨 마음속에 억울함이 생긴다.
- 출장을 가야 하는 상황인데 중요한 시기에 부모를 돌보지 못한다.
- 의료비가 올라간다.
- 돌보는 일과 일상생활을 모두 잘 해내려고 노력하다 (수면제를 복용하거나 과음하는 등) 특정 습관이나 중독 문제가 생긴다.
- 어떤 가족이 부모에게서 금전적 이득을 받고 있다는 증거를 발견한다.
- 과거의 돌보미가 (욕창이나 발진, 부상, 잘못된 복약 등으로) 환자를 방치했다는 것을 알게 된다.

생길 수 있는 감정

불안, 우려, 갈등, 유대감, 우울함, 좌절, 감사, 슬픔, 죄의식, 희망, 안달, 쓸쓸함, 연민, 무기력함, 억울함, 체념, 슬픔, 자기 연민, 수치심, 인정받지 못한다는 느낌, 아쉬움, 근심

생길 수 있는 내적 갈등

- 돌봄 부담에 화가 나지만 화를 낸 것이 죄스럽다.
- 책임을 지려 하다 다른 사람에게 떠넘기고 싶은 유혹이 든다.
- 힘들게 하는 부모에게 화가 나지만 만약 캐릭터가 그런 처지였다면 부모가 똑같이 돌봐주었으리라는 것을 잘 알고 있다.
- 자식으로서 이제는 부모를 돌봐야 한다는 게 슬프지만 해야 하는 일이라는 것을 잘 알고 있다.
- 캐릭터가 사랑하는 사람을 계속 돌볼지 말지 선택할 수밖에 없게 만드는 위기가 찾아온다.
- 캐릭터가 간호를 해야 하는 병든 부모와 특별한 관심을 쏟아야 하는 자식 등 서로 다른 관심을 필요로 하는 사람들 사이에서 괴로움에 처한다.

상황을 악화시킬 수 있는 부정적인 특성

비겁함, 충실하지 못한 성향, 정리정돈이 안 되는 성향, 인내심 부족, 부주의, 무책임, 과도하게 예민한 성향, 비관주의, 잔걱정이 많은 성향

기본 욕구에 미치는 영향

- **자아실현 욕구** 부모를 끝없이 돌봐야 하는 상황에 처하는 캐릭터는 자신의 인생에서 의미와 목표를 품은 것에 시간과 능력을 충분히 할애하지 못한다. 예컨대 캐릭터는 부모를 돌보기 위해 학교를 떠나거나 시간을 낼 수 없어 열의를 갖고 추구하던 목적을 포기하게 되며, 자신이 원하는 것, 운명이라고 생각했던 일과는 멀어지고 부모를 돌보는 역할로서 정체성이 고착된다는 느낌을 받게 된다.
- **애정과 소속의 욕구** 환자들은 몸이 쇠약해지면서 정신 상태가 점점 불안해지고 기분도 나빠지면서 돌보는 사람에게 화를 내게 된다. 그럴 경우, 캐릭터는 가장 사랑받아야 할 상대에게 버려지거나 거부당한다는 느낌을 받게 된다.
- **안전 욕구** 캐릭터가 사랑하는 사람의 의료비와 생활비까지 감당해야 하기 때문에 생계 문제로 고통을 받는 경우, 금전상의 곤경이 닥칠 수 있다.

대처에 도움이 되는 긍정적인 특성

다정함, 차분함, 용기, 효율성, 공감 능력, 온화함, 환대, 친절, 의리와 충실함, 자애로움, 돌보는 성향

긍정적인 결과

- 사랑하는 사람과 그동안 놓쳤던 유대감과 친밀감을 다시 쌓을 수 있다.
- 연민과 품위를 회복할 수 있다.
- 자녀들과 강한 유대를 형성하게 해준 부모에게 더욱 감사하는 마음을 가진다.
- 잃어버린 시간(혹은 과거의 실수)을 보상할 기회를 갖게 된다.
- 자신의 삶을 성찰하고 의미 있는 변화를 만들어 후회할 일을 피할 수 있다.
- 과거의 상처와 모욕에 거리를 두게 되어 필요한 만큼 상처를 극복한다.

낮은 실적 평가를 받다

Receiving A Bad Performance Review

사례

- 캐릭터의 사업체가 언짢은 고객에게서 형편없는 평가(별점이 1개에 그친다거나)를 받는다.
- 미적지근한 판매 실적을 놓고 매니저와 불편한 대화를 해야 한다.
- 경기 결과를 두고, 미디어의 비평가들에게 가루가 되도록 비판을 듣는다.
- 캐릭터가 자신이 쓴 책에 대해 보기 힘들 정도로 심한 악평을 받는다.
- 캐릭터가 최근 발매한 비디오 게임에 대해 수많은 버그와 형편없는 디자인을 언급하는 악평을 받는다.
- 집주인이 캐릭터의 리모델링 작업이 마음에 들지 않는다며 지적한다.
- 스포츠 방송진행자가 텔레비전 방송 내내 선수의 경기를 심하게 비판한다.
- 기자가 캐릭터의 사업을 상대로 윤리 관련 폭로 기사나 사생활 침해 관련 기사를 낸다.
- 경기에서 분하게 석패를 당한 뒤 탈의실에서 코치가 캐릭터에게 심하게 고함을 질러댄다.
- 데이트 상대가 사람들에게 캐릭터와의 섹스가 실망스러웠다고 말하고 다닌다.

사소한 문제

- 부정적인 평가를 받아 창피하다.
- 실적(실력) 향상을 위한 행동 계획을 받는다.
- 훈련을 더 받아야 한다.
- 동료들의 조롱감이 된다.
- 이해를 받지 못하고 있다는 느낌이 든다.
- 일하는 것이 만족스럽지 않다.
- 특정 분야에서 재교육을 받거나 상급 교육을 더 받아야 한다.

- 연습을 더 하거나 운동량을 늘려야 한다.
- 잃어버린 시간을 벌충하기 위해 더 오랜 시간 일이나 작업이나 운동 혹은 공부를 해야 한다.
- 승진에서 밀리거나 상여금을 받지 못해 그만큼 소득이 줄어든다.

초래할 수 있는 심각한 결과

- 캐릭터가 자신의 직업상의 운명을 결정지을 협의체의 사람들을 대면해야 한다.
- 가족들이 원하는 것과는 상충되는 일과 스케줄을 할당받는다.
- 패배자가 된 느낌이 든다.
- 해고당한다.
- 직업인으로서의 평판이 영구적인 손상을 입는다.
- 다른 직위를 받게 되거나 근무지를 옮겨야 하는 상황에 처한다.
- 책임을 스스로 지지 않고 남들에게 떠넘긴다.
- 부당하게 표적이 되거나 재단의 대상이 되는 것 때문에 마음의 안정을 찾을 수가 없다.
- 부진을 만회하라는 부당한 기대에 부응해야 한다.
- 나쁜 소식에 난폭한 반응을 보인다.
- 우울감과 통제력을 상실했음을 느낀다.
- 창의력이 고갈된다.
- 소셜 미디어에 화풀이를 하거나 자신이 당한 일을 엉뚱한 사람에게 털어놓는다.
- 파괴적인 습관이나 중독에 의지한다.

생길 수 있는 감정

분노, 짜증, 불안, 배신감, 혼란, 경멸, 방어 자세, 결단, 상심, 실망, 의구심, 낙담, 무기력, 시기, 좌절, 죄의식, 창피함, 열등감, 억울함, 자신이 무가치하다는 느낌

생길 수 있는 내적 갈등

- 비판을 받아들일 것인지 맞설 것인지 갈등하게 된다.
- 앙갚음을 하고 싶은 유혹이 든다.
- 자존감과 열패감에 시달리게 된다.
- 일과 사생활 사이의 균형을 맞추기가 힘들다.

- 적대적인 직장 환경에서 낙관적인 태도를 유지하느라 힘이 든다.
- 일을 잘 해내기 위해 자신의 가치관과 타협을 할 수밖에 없다는 느낌이 든다.
- 자기 대신 직장 동료를 곤경에 빠뜨리고 싶은 유혹이 든다.
- 직장을 그만두고 싶지만 창피하다. 퇴직은 도망치거나 패배를 인정하는 것 같은 느낌이 들기 때문이다.
- 상사와 사적이거나 개인적인 문제를 공유해야 할지 말아야 할지 생각이 많다.

상황을 악화시킬 수 있는 부정적인 특성

화를 돋우는 성향, 무관심, 대적하는 성향, 통제 성향, 냉소적인 태도, 무례함, 충동적인 태도, 책임감 결여, 다 안다는 듯한 태도, 감정 과잉, 상황을 극단적으로 보려는 성향, 완벽주의, 반항심, 비협조적인 태도, 변덕

기본 욕구에 미치는 영향

- **자아실현 욕구** 나쁜 실적 평가를 받은 캐릭터는 승진을 하거나 원하는 자리로 옮길 확률이 낮다. 캐릭터가 직업적으로 승진이라는 목표와 꿈을 품고 있었을 경우, 직장에서 자연히 성취감을 느낄 수 없다.
- **존중과 인정의 욕구** (공정하건 말건) 실적을 두고 비판을 받는 경우, 캐릭터는 삶의 다른 분야에까지 영향을 받아 깊은 불안을 얻게 될 수 있다.
- **애정과 소속의 욕구** 캐릭터가 조직이나 공동체 내에서 수용이 되느냐의 여부가 특정 성과나 상에 달려 있는 경우, 나쁜 평가를 받으면 조직이나 공동체 내에서 캐릭터의 위상이 위태로워지고 심지어 조직이나 공동체에서 퇴출을 당할 수도 있다.
- **안전 욕구** 실적 평가가 좋지 못해 직장을 잃는 경우, 캐릭터는 심각한 재정적 곤란에 빠질 수 있다.

대처에 도움이 되는 긍정적인 특성

야심, 집중력, 매력, 자신감, 협조적인 태도, 수양과 단련, 정직성, 공정함, 끈기, 인내, 설득력, 선제적인 행동 능력, 전문성, 창의력, 책임감

긍정적인 결과

- 일에 다시 헌신하게 된다.
- 개선을 통해 일을 잘 마무리하고 만족감을 느낀다.
- 동료나 경영진에게 도움을 청하는 법을 배운다.
- 대화를 시작함으로써 회사의 평가 과정을 다시 점검하는 결과를 낳는다.
- 캐릭터가 현재의 직장 내 자리가 자신에게 맞지 않는다는 것을 깨닫고 자신의 역량과 윤리에 더 잘 맞는 새 직장을 구한다.
- 캐릭터가 받은 비판을 오히려 비판자들의 오류를 입증하는 기회로 이용해 남들이 시기할 만한 성공을 결국 거둔다.
- 자존감을 잠식하는 유해한 직장, 관계 혹은 환경과 연을 끊는다.

달갑지 않은 사람을 떠맡다

Being Assigned an Undesirable Partner

사례

- 인턴인 캐릭터가 직장 상사의 대책 없고 무례한 자식을 떠맡게 된다.
- 경찰관이 신참에게 엮여 꼼짝 못하게 된다.
- 부모에게 옆집에 새로 이사 온 아이와 친구가 되라는 말을 듣는다.
- 열의도 없는 아이와 학교 프로젝트를 함께 해야 한다.
- 직장에서 게으름뱅이와 짝이 되어 책상을 쓰게 되었다.
- 견딜 수 없는 사람과 작업이나 일을 해야 한다.
- 노동 윤리가 형편없는 사람과 파트너가 되었다.
- 실적이나 성적이 형편없는 사람을 배정받아 그를 변화시켜야 한다.
- 성격이 맞지 않는 사람과 함께 일을 해야 한다.
- 통제 성향이 너무 강해 캐릭터의 기여를 허용하지 않는 사람과 일을 해야 한다.
- 수준에 미치지 못하는 파트너를 배정받아 스포츠 팀이나 예술 팀에서 함께 운동을 하거나 작업을 해야 한다.
- 중매결혼 상대의 결혼 제안이 싫다.

사소한 문제

- 권한 문제로 알력이나 충돌이 생긴다.
- 인성이나 개성이 충돌한다.
- 언쟁이나 불필요한 침묵이 생긴다.
- 책임, 일의 부담, 의무의 불균형이 생긴다.
- 상대가 일을 제대로 하는지 점검하느라 시간을 낭비하게 된다.
- 일을 제대로 확실히 마무리하기 위해 세심하게 신경 쓰고 관리를 해야 한다.
- 관리자에게 알릴 문제들을 기록하느라 시간 소모가 크다.
- 상대를 도우려고 노력하다 의도치 않게 상대의 감정을 다치게 한다.

초래할 수 있는 심각한 결과

- 양편 모두에게 최악의 결과를 초래하는 불화가 싹튼다.
- 상대의 뒤에서 험담을 하다 상대가 험담 내용을 듣게 된다.
- 팀 플레이어 노릇을 하지 않는다는 이유로 꾸중을 듣는다.
- 사내 방해공작으로 해고당한다.
- 악행으로 좌천당한다.
- 감사가 벌어져 사기나 불법 활동이 밝혀지는 데 캐릭터가 연루된 것으로 부당하게 욕을 먹는다.
- 가족과의 관계가 끊어진다(중매가 잘못되는 경우).
- 상대와 잘 지내라는 압력을 받아 나중에는 심한 불행의 늪에 빠진다.
- 캐릭터의 실적이 파트너의 것과 연동되어 있어 꾸중을 듣거나 상여금 액수가 떨어진다.
- 파트너 때문에 경기나 경연에 지거나, 고객 혹은 다른 중요한 기회를 놓친다.

생길 수 있는 감정

괴로움, 경멸, 결단, 공포, 좌절, 짜증, 화, 무기력, 분노, 고소함, 자기연민, 억울함

생길 수 있는 내적 갈등

- 성공하고 싶지만 무능한 파트너까지 성공의 득을 보게 될까 봐 화가 난다.
- 일단은 선의로 파트너를 믿어주고 싶지만 너무 많은 일이 잘못되니까 그러기가 힘들다.
- 마찰이 증대될수록 전문가로 행동할까, 아니면 유치한 행동을 해버릴까 두 가지 선택지 사이에서 고민이 크다.
- 누군가를 탓하고 싶은데 실제로 그럴 상대가 하나도 없다.
- 부당한 상황 때문에 애정을 갖고 있던 회사에 신뢰나 충성심이 흔들린다.
- 파트너의 행동을 덮어주고 보호해줘야 하는 게 화가 나지만 불리한 일을 겪지 않으려면 상대를 보호해야만 한다.
- 캐릭터가 달갑지 않은 이를 떠넘긴 사람들의 결정을 존중하고 싶지만, 그러면서도 자신의 행복에는 높은 가치를 두지 않는 그들의 행동 때문에 분노와 배신감을 떨칠 수가 없다.

상황을 악화시킬 수 있는 부정적인 특성

화를 돋우는 성향, 대적하려는 성향, 신의가 없는 성향, 까다로운 성미, 심술, 적대적인 태도, 유연성 부족, 완벽주의, 요령 없음, 신경질적이고 괴팍한 성향

기본 욕구에 미치는 영향

- **자아실현 욕구** 성공의 길이 다른 사람과 엮여 있는 상황에 처한 캐릭터는 환멸이 커져 성취감을 덜 느끼게 되고 그런 중에 온전히 자신의 힘만으로 할 수 있는 일 쪽으로 방향을 틀 결심을 하게 된다.
- **존중과 인정의 욕구** 다른 사람의 존경을 받는 일이 중요한데 파트너가 존경을 받지 못하는 사람이라면 캐릭터의 자존감은 영향을 받게 된다.
- **애정과 소속의 욕구** 가족이 중매결혼을 시키는데 상대에게 불만이 있는 경우, 캐릭터는 자신의 연애 욕구에 맞는 상대를 선택할 자유를 갈망하게 될 것이다.
- **안전 욕구** 위험이 따라다니는 파트너를 떠맡게 되는 경우, 캐릭터 역시 해를 당할 위험이 커질 수 있다.

대처에 도움이 되는 긍정적인 특성

경각심, 야심, 매력, 외교술, 근면함, 영감을 주는 능력, 정리 능력, 끈기, 설득력, 선제적인 행동 능력, 현명함

긍정적인 결과

- 당사자 양쪽이 차이를 제쳐두고 서로의 개성을 존중하며 높이 평가하게 된다.
- 어려운 사람들과 잘 지내는 전략을 학습한다.
- 싫은 상대를 부당하게 떠맡긴 책임자가 누구건(부모나 상사 등) 그에게 맞서 자신에게 부당하게 맡겨진 일을 거부한다.
- 캐릭터가 자신의 감정에 거리를 두고 상황을 객관적으로 보는 법을 배운다.
- 상대의 부정적인 자질을 통해 캐릭터 또한 자신의 자질을 점검하고 부정적인 면을 극복하기 위해 노력한다.
- 싫어하는 파트너라도 그의 멘토가 되어 파트너의 인격 향상을 돕는다.

달갑지 않은 일을 떠맡다

Being Assigned an Unpleasant Task

비슷한 맥락에서 참고할 수 있는 항목은 '나쁜 소식을 전하는 일을 떠맡다', '달갑지 않은 사람을 떠맡다', '상대를 처벌해야 하다', 그리고 '예상치 못한 책임을 떠맡게 되다'가 있다.

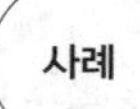

- 캐릭터가 직원을 꾸짖어야 하는데 하필 그가 자신의 친구다.
- 만족시키기 불가능한 고객을 떠맡았다.
- 다른 사람이 흘린 체액을 치워야 한다.
- 누군가의 유언을 앙숙인 가족들을 상대로 집행해야 한다.
- 물건을 강박적으로 쌓아둔 사람의 쓰레기더미 집을 청소해야 한다.
- 질질 끄는 재판의 배심원 노릇을 해야 한다.
- 중독이나 다른 난감한 화제를 놓고 상대와 싸워야 한다.
- 재난이 벌어진 지역에서 생존자나 시신을 찾아야 한다.
- 영장, 이혼 서류, 법원 소환장이나 다른 법률 문서를 송달해야 한다.
- 사형을 집행해야 한다.
- (목욕, 화장실 사용, 이 제거 등) 개인위생을 도와야 한다.
- 아이들이나 반려동물을 위험한 집에서 옮겨야 한다.
- 불쾌한 의료 처치를 실행해야 한다.
- 누군가에게 사랑하는 사람의 죽음을 알려야 한다.
- 환자에게 큰 상심을 안길 진단을 해야 한다.

사소한 문제

- 일을 미루다 문제를 악화시킨다.
- 캐릭터가 책임을 회피해 다른 사람이 떠맡게 된다.
- 공포와 불안과 압력을 마주한다.
- 핵심적인 세부사항을 빠뜨려 해야 할 일이 더욱 어려워진다.
- 스트레스가 몰고 온 (구토, 복통, 식욕 감퇴 등의) 질환을 감당해야 한다.
- 상황을 잘 받아들이지 못할 사람에게 나쁜 소식을 전해야 한다.

- 싫은 일을 할 준비를 하지만 또 미루게 된다.
- 무슨 말을 해야 할지 모르거나 올바른 대답을 듣지 못할까 봐 걱정이 된다.

초래할 수 있는 심각한 결과

- 과제를 실행하는 것을 거부해 여파를 감당해야 한다.
- 과제가 정서적으로 상처를 줘서 외상 후 스트레스 장애에 걸린다.
- 객관성을 잃고 감정적으로 생각하며 일을 처리하게 된다.
- 싫은 일을 빨리 마무리하려 서두르다 오히려 그르친다.
- 불쾌한 일을 오래 끌게 된다.
- 캐릭터가 자신의 행동이나 말이 상대에게 상처가 된다는 것을 알지만 달리 어쩔 수가 없다.
- 캐릭터는 단지 전달만 할 뿐인데도 비난을 받거나 폭행을 당한다.

생길 수 있는 감정

화, 괴로움, 짜증, 불안, 반항심, 실망, 공포, 두려움, 좌절, 무능함, 격앙, 어쩔 줄 모르겠는 기분, 공황, 꺼리는 마음, 분개, 체념, 자기 연민, 의구심, 근심

생길 수 있는 내적 갈등

- 맡은 일을 거절하고 싶지만 대가를 치르기는 싫다.
- 일을 처리할 수 있을지 자신이 없다.
- 개인 생활과 직업 생활을 분리하느라 고군분투한다.
- 도덕적 신념에 위배되는 일을 하라는 요청을 받는다.
- 최선의 일을 해야 할 필요와 그것이 타인들에게 끼칠 괴로움을 저울질해야 한다.
- 당장 인내하고 존중하는 태도를 보이려 애쓴다.
- 상황에 대처했던 방식을 나중에 와서 곱씹는다.

상황을 악화시킬 수 있는 부정적인 특성

화를 돋우는 성질, 유치함, 대적하는 성향, 잔인함, 무례함, 거만함, 참을성 부족, 무책임함, 게으름, 신경과민, 비관주의적인 성향, 반항적인 성향, 이기심, 제멋대로 하는 성향, 외고집, 요령 없음, 신경질적이고 괴팍한 성향, 비협조적인 성향

기본 욕구에 미치는 영향

- **자아실현 욕구** 하기 싫은 과제를 떠맡는 일이 잦은 캐릭터는 결코 성취감을 느끼지 못한다.
- **존중과 인정의 욕구** 자신의 지위나 자격보다 못한 일을 한다고 생각하는 캐릭터는 자존감 하락으로 힘겨움을 느낀다.
- **애정과 소속의 욕구** 자신의 도덕성과 맞지 않는 일을 억지로 떠맡는 캐릭터는 그 일을 거절할 것이고 그 경우, 일을 맡긴 사람 간의 관계는 삐걱거리게 된다.
- **안전 욕구** 불쾌한 상황이 어떤 식으로건 위험이 결부되어 있는 경우(가령 체액이나 위험한 화학물질 혹은 불안정한 사람들을 다루는 일), 캐릭터는 일을 하다 위해를 입을 수 있다.

대처에 도움이 되는 긍정적인 특성

적응 능력, 야심, 감사하는 태도, 과감함, 자신감, 협조적인 성향, 외교술, 여유, 열의, 집중력, 고결함, 겸허함, 근면함, 온순한 성향, 책임감, 분별력, 소박함, 이타심

긍정적인 결과

- 상대가 자신의 잘못을 알아보고 새로운 길을 개척할 수 있도록 돕는다.
- 고통이나 상실의 시기 동안 다른 일에서 오는 걱정은 덜 수 있다.
- 누군가의 목숨을 구하기 위해 제시간에 개입할 수 있다.
- 기본적인 돌봄을 필요로 하는 사람의 존엄을 지켜줄 수 있다.
- 다른 사람이 적절히 처리하지 못하는 필요한 역할을 수행할 수 있다.
- 스스로 도울 수 없는 사람들을 돕는다.
- 타인들로부터 인정이나 평가를 추구하기보다는 자신만의 동기로 움직일 수 있는 성숙한 인간이 된다.
- 사랑하는 사람을 잃거나, 불치병 진단을 받거나, 신앙의 위기를 맞이했거나, 범죄로 기소를 당하는 등의 어려운 상황을 겪는 상대에게 잘 이겨낼 수 있도록 도움을 줄 수 있다.

상대를 처벌해야 하다

Having to Punish Someone

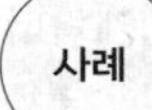

- 자식이 나쁜 선택을 내렸거나 부적절한 행동을 했다는 이유로 벌을 줘야 한다.
- 잘못된 행동(비행)을 한 학생을 대상으로 휴식 시간이나 동아리 회장직 등의 교내 또는 교과 외의 특권을 박탈해야 한다.
- 과제를 게을리한 학생에게 낙제 점수를 줘야 한다.
- 법을 어긴 사람에게 딱지를 떼거나 당사자를 체포한다.
- 권위를 공공연히 무시했다는 이유로 직원을 좌천시킨다.
- 학생에게 정학이나 퇴학 처분을 내린다.
- 공정한 스포츠맨십이 없거나 규정을 위반했다는 이유를 들어 운동선수의 경기 참가를 금지한다.
- 계약을 위반했거나 집세를 내지 않는다는 이유로 누군가를 집에서 퇴거시킨다.
- (소셜 미디어나 은행 등의) 계정을 이용 조항 위반으로 폐쇄한다.
- 유죄 판결을 받은 범죄자에게 신체적인 형벌을 가한다.
- 방치했다는 이유를 들어 아이들이나 동물을 상대에게서 빼앗아버린다.

사소한 문제

- 처벌을 받는 사람이 폭언을 퍼붓는다.
- 처벌 결정과 관련해 영향을 받는 다른 사람들(팀원, 고객 등)이 분개해 캐릭터를 비난한다.
- 스포츠 경기에서 캐릭터의 불참 때문에 캐릭터의 팀이 패배한다.
- 학생이나 선수의 부모가 결정에 항의한다.
- 팀이나 직장 내의 사기가 떨어진다.
- 다른 관련 당사자들은 처벌을 피한다.
- 처벌받는 사람에게 협박을 당한다.
- 처벌을 받는 당사자가 자신의 행동에 책임지기를 거부해 캐릭터의 상황이 어려워진다.

초래할 수 있는 심각한 결과

- 처벌받는 사람이 윗선의 경영진에게 로비를 벌여 (받아야 할) 처벌을 면한다.
- 캐릭터가 엉뚱한 사람을 처벌한다.
- 아이들이나 반려동물을 옮겨야 하는 상황에서 트라우마가 생긴다.
- 사람들이 처벌 때문에 폭력적으로 행동한다.
- 처벌을 받아야 하는 당사자를 찾거나 잡을 수가 없다.
- 캐릭터가 처벌 문제로 고소를 당한다.
- 죄를 지은 쪽이 저항의 의미로 직장이나 위원회를 나가거나 학교에서 자퇴해버린다.
- 캐릭터가 처벌에 대한 앙갚음으로 폭력의 표적이 된다.
- 캐릭터가 처벌을 집행한다는 이유로 대중이 항의한다.
- 범죄에 대한 처벌이 지나치게 경미해 피해자가 언론에 나가야 한다.

생길 수 있는 감정

감정의 동요, 분노, 번민, 짜증, 불안, 우려, 갈등, 멸시, 환멸, 공포, 열의, 두려움, 자책감, 무심함, 위협감, 신경과민, 연민, 후회, 꺼리는 마음, 고소한 마음, 동정

생길 수 있는 내적 갈등

- 상대를 처벌해야 한다는 것을 알면서도 관계에 해를 끼칠까 두렵다.
- (처벌을 집행할 수밖에 없다는 이유로) 캐릭터가 자기의 일을 싫어한다.
- 벌을 받은 사람이 과연 그만큼 벌을 받을 만한지 자꾸 생각하게 된다.
- 규칙이나 법이나 방침을 위반한 것이 정당한 처사였던 것 같은 생각이 든다.
- 선택한 처벌이 적절했는지 혹은 효과적이었는지 확신이 없다.
- 애초에 위반을 피하기 위해 달리 할 수 있는 일이 있었는지 의구심이 든다.
- 다른 사람이나 더 큰 정부 기관을 대신해 처벌을 집행하는 것이 불편하다.
- 자기 자식에게 형벌을 주고 싶지 않지만 뒤따를 나쁜 결과 때문에 어쩔 수가 없다.

- 캐릭터가 스스로 사건에 대해 정확한 사실을 다 알지 못할까 봐 걱정이 된다.
- 처벌이 상대에게 끼칠 영향(재정 상황, 관계, 정서적인 측면 등) 때문에 죄책감과 씨름해야 한다.

상황을 악화시킬 수 있는 부정적인 특성

남의 화를 돋우는 성향, 통제 성향, 잔학함, 무례함, 남의 험담을 즐기는 성향, 위선, 우유부단, 불합리함, 편견, 가식, 요령 없음, 부도덕함, 원한, 의지박약

기본 욕구에 미치는 영향

- **존중과 인정의 욕구** 동의하지 않는 처벌을 집행해야 하는 경우, 캐릭터는 규율에 도전하지 않았다는 이유로 스스로를 비겁하다고 생각하기에 이른다.
- **애정과 소속의 욕구** 처벌하는 역할을 하는 경우, 캐릭터는 불만과 분노의 씨앗을 상대에게 심는 바람에 관계에 손상을 입는다.
- **안전 욕구** 처벌을 받는 상대가 변덕스럽거나 불안하게 반응하는 경우, 캐릭터의 안전이나 안정이 위협받을 수 있다.

대처에 도움이 되는 긍정적인 특성

분석 능력, 차분함, 신중함, 자신감, 용기, 예의, 현명함, 효율성, 공정함, 설득력, 전문성, 지지하는 태도

긍정적인 결과

- 캐릭터와 벌을 받을 상대 간의 관계가 더욱 돈독해진다.
- 처벌을 받은 당사자가 성장을 경험하고 행동이 개선된다.
- 캐릭터가 벌을 받은 상대방의 잘못된 선택을 뿌리 뽑고, 그의 행동 변화에 도움을 준 셈이 된다.
- 정의가 실현된다.
- 처벌을 받은 사람이 처벌 덕에 오히려 더 나쁜 결과를 피하게 된다.

- 캐릭터가 부당하거나 효과 없는 처벌의 지속을 막기 위해 개혁을 주장한다.
- 처벌을 받아야 하는 상황이 교훈으로 작용하여 상대가 더 나은 선택을 하도록 독려하게 된다.
- 유해하거나 실적이 나쁜 직원이 나가는 바람에 업체가 번영을 구가한다(처벌을 받은 상대 때문에 업체는 그동안 해악을 입어 왔기 때문이다).

아이 돌보기가 계획대로 되지 않다

Childcare Falling Through

사례

- 베이비시터가 아이를 돌보러 오는 약속을 잊어 차질이 생긴다.
- 보모가 일을 그만두거나, 아프다고 쉬거나 휴가를 간다.
- 학교나 어린이집이 날씨나, 질병 발발 혹은 건물 유지 보수 문제 때문에 문을 열지 못한다.
- 아이를 돌봐주는 사람이 집에 오는 길에 사고를 당한다.
- 어린이집에서 방과 전이나 방과 후 프로그램을 취소한다.

사소한 문제

- 아이를 돌볼 사람을 다시 구해야 한다.
- 무료 서비스를 쓰지 못해 돈을 새로 들이거나 예상보다 높은 비용을 치러야 한다.
- 가려고 했던 장소에 늦는다.
- 아이를 돌보기 위해 재택근무를 해야 한다.
- 계획하지 않았던 휴가를 내야 한다.
- 예약이나 사교 모임이나 만남 등 계획의 스케줄을 변경하거나 취소해야 한다.
- 아이를 돌볼 사람이 없어 직장으로 데려가야 한다.
- 출발 시간이 늦어 교통이 막히거나 기차 혹은 비행기를 놓친다.
- 미리 예약했던 교통수단을 바꾸는 바람에 수수료가 나가게 생겼다.
- 교대 시간을 취소하는 바람에 임금 손해를 본다.
- 일과 홈스쿨링을 병행해야 한다.
- 일상이 무너져 정서적 스트레스를 받게 되고 이를 감당해야 한다.
- 친구나 가족이나 이웃에게 도움을 청해야 한다.
- 사생활 문제가 직업의 영역에 영향을 미쳐 창피하고 당혹스럽다.

초래할 수 있는 심각한 결과

- 아이를 돌볼 다른 사람을 찾는 일이 예상보다 오래 걸린다.
- 새로운 돌보미와 시간을 맞추기 위해 직무 시간을 조정해야 한다.
- 면접이나 중요한 일과 관련된 약속을 지키지 못하게 된다.
- 직장을 잃는다.
- 법원 심리에 참석하지 못하게 된다.
- 적절한 돌봄을 제공하지 못해 아이의 안전과 행복이 위험해진다.
- 직장에서 믿지 못할 직원으로 찍혀 승진에서 누락된다.
- 사랑하는 사람의 중요한 행사나 마지막 순간을 놓친다.
- 연애 상대가 참을성이 없거나 이기적일 때 아이 문제로 결별하게 된다.
- 친구들과 세운 계획에서 혼자만 빠져야 한다.
- 아이 때문에 생긴 책임을 부부 간에 제대로 나누지 못해 처음부터 불안정했던 부부관계에 긴장이 더욱 높아진다.
- 달갑지 않은데 도움을 청할 수밖에 없는 상황이다(관계가 소원한 조부모에게 도움을 부탁하거나, 사이가 좋지 않은 전 파트너에게 도움을 청하는 일 등).

생길 수 있는 감정

분노, 짜증, 불안, 실망, 의구심, 좌절, 어쩔 줄 모르겠는 마음, 공황, 억울함, 경악, 근심

생길 수 있는 내적 갈등

- 가족과 일 사이에서 선택을 해야 하는 상황에 죄책감이 든다.
- 새 돌보미가 마음에 들지 않지만 달리 방도가 없다.
- 파트너가 필요할 때 없다는 게 화가 난다.
- 다른 사람의 도움을 청한 뒤, 부채감이 든다.
- 사람들이 모이는 행사를 짜 놓았는데 즐길 수 없게 되어 슬프다.
- 똑같은 일이 다시 벌어질까 봐 두렵다.
- 일과 가정 생활 간의 균형을 맞추려 고군분투한다.
- 분노와 좌절을 숨기려 애를 쓴다.
- 일상이 바뀌고 경제적으로도 충격이 있어 스트레스가 심해진다.
- 돌보미가 안됐다는 마음이 들면서도 또 한편으로는 약속을 취소해야 해서 화가 난다.

- 아이를 돌봐야 해 억울하고 그런 마음이 드는 게 또 자책감이 든다.

상황을 악화시킬 수 있는 부정적인 특성

대립을 일삼는 성향, 통제 성향, 안달복달하는 성향, 유연성 부족, 불합리성, 순교자인 양하는 태도, 분노, 잔걱정이 많은 성향

기본 욕구에 미치는 영향

- **존중과 인정의 욕구** 직장에서 무능해 보이지 않기 위해 걱정하면서 일과 사생활 사이의 균형을 맞추려 고군분투하다보면 자존감이 떨어진다.
- **애정과 소속의 욕구** 아이를 돌보는 문제로 타인들에게 도와달라고 부담을 주게 되면 관계의 피로도가 올라가거나 관계가 부정적으로 바뀔 수 있다.
- **안전 욕구** 임금을 받지 못해 생기는 재정적 어려움은 캐릭터가 자신이나 가족을 부양하지 못하는 상황을 초래할 수 있다.

대처에 도움이 되는 긍정적인 특성

적응 능력, 매력, 협조적인 성향, 창의성, 외교술, 친근함, 짜임새 있는 성향, 설득력, 창의력

긍정적인 결과

- 돌봄 노동자 비용과 교통비를 아낄 수 있다.
- 아이와 집에서 시간을 더 보낼 수 있게 된다.
- 예상치 않게 일을 하루 쉴 수 있다.
- 상황 탓에 재택근무를 할 기회를 얻고 캐릭터는 오히려 이러한 변화에 만족하게 된다.
- 악천후의 교통사고와 같은 예상치 못한 재난을 피할 수 있다.
- 외출할 필요 없이 집에서 사람들을 만나 대접할 수 있게 된다.
- 아이를 돌보는 사람이 마음에 들지 않아도 어쩔 수 없다고 생각했는데 오히려 적극적인 대처를 하게 되어 안심할 수 있게 된다.

- 아이를 돌봐줄 사람이 절실히 필요할 때, 애인이나 전 배우자가 도움이 되어 균열이 생겼던 관계가 오히려 개선된다.

약속을 깨야 하다 Having to Break A Promise

사례

- 파혼한다.
- 참사를 미리 막기 위해 누군가의 신의를 배반해야 한다.
- 업무나 다른 제약 때문에 연인과 중요한 날 만나기로 한 약속을 지키지 못한다.
- 이혼을 결심한다.
- (등록금이나, 생계비 보조, 이혼 수당이나 양육비 등) 재정적 지원을 할 수 없게 된다.
- 아이를 돌보거나 양육할 능력이 없어 부모로서의 권리를 박탈당한다.
- 법을 지키기 위해 신앙을 버려야 한다(혹은 신앙을 지키기 위해 법을 어겨야 한다).
- 업무상 합의했던 마감 기한을 지키지 못한다.
- 친구와의 여행이나 계획을 취소해야 한다.
- 업무 관련 계약이나 구두로 한 합의를 깬다.
- 병마와 싸우겠다고 맹세했는데 치료를 중단한다.
- 전문직 관련 서약을 어긴다.
- 사랑하는 이들에게 약속했던 직업과 다른 직업을 택하기로 결심한다.

사소한 문제

- 다른 사람들을 실망시키고 속상하게 한다.
- 지불이 늦은 경우 벌금이나 이자를 물어야 한다.
- 여행 계획을 취소해 수수료를 물어야 한다.
- 다른 사람들을 실망시켜 죄책감이 든다.
- 시간을 더 달라고 요청하거나, 이해나 용서를 구해야 한다.
- 타인들의 신뢰를 잃는다.
- 원했던 가족과의 시간 혹은 중요한 행사에 참석하지 못하게 된다.
- 친구나 연인에게 없는 사람 취급을 당한다.

초래할 수 있는 심각한 결과

- 계약을 이행하지 못해 법정 소송을 치러야 한다.
- 파산신청을 해야 한다.
- 실직한다.
- 이혼 소송을 하거나 이혼을 당한다.
- 학교 보낼 비용이 없거나, 이사를 해야 해서 아이가 다니던 학교를 그만두게 해야 한다.
- 사랑하는 사람을 집이나 요양시설에서 더 이상 돌볼 수 없게 된다.
- 형사 기소를 당하거나 교도소에 복역해야 한다.
- 연인 관계가 돌이킬 수 없을 만큼 망가진다.
- 전문직 면허나 자격증을 박탈당한다.
- 우울증을 겪는다.
- 사업상 예상치 못한 어려움이 생겨 직원들을 해고해야 한다.
- 약속을 깬 이유에 대해 변명이나 거짓말을 하다 발각된다.

생길 수 있는 감정

감정의 동요, 번민, 불안, 우려, 갈등, 방어적인 태도, 체념, 결심, 두려움, 수치심, 공포, 당혹감, 죄책감, 어찌할 바를 모르겠는 느낌, 후회, 안도감, 꺼리는 마음, 불편함, 근심

생길 수 있는 내적 갈등

- 승산 없는 절망적인 상황에 묶여 꼼짝 못할까 봐 괴롭다.
- 스스로를 용서하기 위해 고군분투한다.
- 약속을 지키려고 부도덕하거나 불법적인 일이라도 하고 싶은 유혹이 든다.
- 약속을 깨게끔 한 선택을 한 것이 후회스럽다.
- 캐릭터가 자신의 윤리나 도덕성에 의구심을 갖게 된다.
- 직장인으로, 관리자로, 친구로, 가족의 구성원으로 혹은 연인으로서 자신이 실패자라는 느낌이 든다.
- 용서받고 싶지만 용서받을 자격이 없다는 생각이 든다.

상황을 악화시킬 수 있는 부정적인 특성

무관심, 비겁함, 방어적인 태도, 부정직함, 신의 없음, 망각, 충동적인 성향, 조종

하려는 성향, 무책임, 순교자인 양하는 태도, 자기탐닉, 이기심, 완고함

기본 욕구에 미치는 영향

- **존중과 인정의 욕구** 타인들을 실망시킨 경험으로 캐릭터는 무능한 자아상을 갖게 되고, 자신을 용서할 수 없게 된다.
- **애정과 소속의 욕구** 약속을 깬 뒤 수반되는 신뢰 상실로 인해 타인들과의 관계가 삐걱거리게 된다.
- **안전 욕구** 약속을 지키지 못하는 무능함은 고용 안정성, 주거지, 재정 상태 혹은 다른 안정 관련 방편의 심각한 손실을 초래한다.

대처에 도움이 되는 긍정적인 특성

매력, 자신감, 협조적인 성향, 외교술, 감정이입, 관대함, 고결함, 근면함, 친절, 신의, 설득력, 전문성, 책임감, 이타심

긍정적인 결과

- 캐릭터가 자신의 한계나 신념, 충성심을 더욱 잘 파악하고 이해하게 된다.
- 타인들에게 이해와 친절을 얻게 된다.
- 앞으로 약속을 할 때 더욱 신중을 기하게 된다.
- 회복하기 어려웠던 상황을 성공적으로 해결한다.
- 해로운 약속을 깬 것이 캐릭터에게 오히려 전화위복이 되어 더 밝고 건강한 미래가 찾아온다.
- 캐릭터가 주변 상황이 문제임을 직시하고, 독립적인 결정을 내려 끝까지 완수할 수 있도록 능동적인 조치를 취한다.

일과 사생활의 균형이 위협받다

Work-Life Balance Being Threatened

사례

- 이혼 문제로 일에 집중하기가 어렵다.
- 사업이 가장 잘 되고 바쁠 때 사랑하는 사람의 장례식 계획을 세워야 한다.
- 동료가 직장을 그만두는 바람에 일의 부담이 두 배가 되었다.
- 고용주가 캐릭터에게 육아휴직을 미뤄야 한다는 암시를 내비친다.
- 형제자매를 구류 상태에서 빼내기 위해 중요한 회의에 참석하지 못하게 생겼다.
- 부상이나 만성 질환 때문에 일에 제약을 받는다(오래 앉아 있기가 어렵거나, 움직임이 여의치 않다거나, 화면을 보고 있으면 편두통에 시달리는 등).
- 지불해야 할 청구서가 쌓이는 바람에 부업을 더 해야 하는 상황이다.
- 새 직장을 구한 뒤 집이 팔려 이사를 해야 한다.
- 노인인 가족이 요양원에서 쓰러져 직장에서 일하다 호출을 받는다.
- 자식이 정학을 당하거나 파트너까지 재택근무를 하는 바람에 재택근무가 쉽지 않아진다.
- 중독이나 정신 질환을 벗어나려 고군분투한다.
- 중요하게 지켜야 하는 마감 기한이 하필 배우자와 약속한 데이트 날짜와 겹쳤다.
- 주말에 일을 해야 하는데 팀의 코치 일까지 맡게 되었다.
- 출장이 잦아지면서 이미 원만하지 못한 결혼 관계의 갈등이 더욱 심해진다.

사소한 문제

- 시간을 조정해 일할 시간을 내야 한다.
- 다른 사람들이 부정적인 영향을 받는다.
- 사랑하는 가족이나 친구들과 마찰을 빚게 된다.
- 스케줄이 완전히 엉망이 된다.

- 일에 온통 골몰하느라 가족과 함께 있지 못하게 된다.
- 약속을 취소하거나 조정해야 한다.
- 여가나 개인적인 돌봄 활동을 포기해야 한다.
- 다른 사람들의 공감을 얻지 못한다.
- 직장에서 질책을 당하거나 직업상 전도유망한 기회를 놓친다.
- 직장 내 사람들의 험담의 표적이 된다.

초래할 수 있는 심각한 결과

- 실직하거나 사업이 망한다.
- 중요한 가족 행사에 참석하지 못하게 된다.
- 일시적 어려움이 영구적인 어려움으로 바뀐다.
- 조정하지 않고 일과 사생활의 균형을 맞추려 고군분투하는데 잘 되지 않는다.
- 직장이나 가정에서 필요한 중요한 일들을 잘 해내지 못한다.
- 중독 문제가 직장 내 실적에 영향을 끼친다.
- 감정적인 스트레스가 심하다.
- 스트레스 때문에 건강이 악화된다.
- 중요한 마감 기한을 맞추지 못한다.
- 일하는 시간에 개인적인 문제를 해결하려 애쓴다.
- 적응을 하려 애쓰는 동안 상황이 또다시 변한다.

생길 수 있는 감정

짜증, 불안, 우려, 괴로움, 열패감, 우울, 상심, 낙담, 공포, 좌절, 죄책감, 무능하다는 느낌, 불안정, 신경과민, 상황에 치인다는 느낌, 공황, 자기 연민, 걱정

생길 수 있는 내적 갈등

- 자기 역할을 해야 한다는 압박이 심하다.
- 직장에서나 집에서 해야할 일을 더 잘 하지 못해 죄책감이 든다.
- 모든 일을 통제할 수 없는 상황인데도 통제할 수 있는 척한다.
- 여러 상이한 요구들 사이에서 우선적인 것을 선택하지 못해 괴롭다.
- 불안, 스트레스, 열패감에 시달린다.
- 다른 사람들은 더 쉽게 산다는 사실 때문에 화가 난다.
- 전에 했던 선택이 후회스럽고 어찌할 바를 몰라 꼼짝도 못할 지경

이다.

- 모든 책임을 벗어나 새로 시작한다는 환상에 시달린다.

상황을 악화시킬 수 있는 부정적인 특성

중독 성향, 무관심, 강박적인 성향, 통제 성향, 무질서, 어리석음, 부주의, 융통성 없음, 불안정, 감정 과잉, 완벽주의, 분노, 완고함, 일중독

기본 욕구에 미치는 영향

- **자아실현 욕구** 직장일이나 가정사 중 한 가지 일에 잠재력을 온통 바치고 있는 경우, 캐릭터는 제대로 완수하고 싶어 하지만 결국 둘 다 잘해내지 못한다.
- **존중과 인정의 욕구** 모든 사람의 욕구를 충족시키려 애쓰는 캐릭터는 집에서나 직장에서 혹은 두 곳 모두에서 자신이 패배했다고 느낀다.
- **애정과 소속의 욕구** 캐릭터가 현장에 온전하게 있지 않은 경우, 가족이나 직장 동료들은 캐릭터를 믿지 못하거나 무능하다고 여길 것이고 이 경우 캐릭터는 부당한 평가를 받는다는 생각을 하게 된다.
- **안전 욕구** 직장을 잃거나 혹은 집안일과 직장 일을 병행하느라 과로에 시달리는 캐릭터는 신체적, 정신적 건강에 해를 입게 된다.

대처에 도움이 되는 긍정적인 특성

적응 능력, 차분함, 집중력, 과단성, 효율성, 근면함, 질서정연함, 능동적인 행동 능력, 전문성, 기지와 지략, 책임감

긍정적인 결과

- 삶의 중요한 측면들에 우선순위를 매길 줄 알게 된다.
- 자신을 옹호하고 자신의 상황을 해명하려는 캐릭터의 노력이 이해와 존중을 받게 된다.
- 가정생활이나 사생활과 더 잘 맞는 다른 직업을 선택한다.
- 남들의 도움을 받는 법을 배운다.

- 캐릭터가 자신이 감당하기 버거운 상황에 있다는 것을 인정하고 거절하는 법을 배운다.
- 다른 사람이 힘든 일을 겪을 때 (자신도 경험한 적이 있기 때문에) 이해하고 인정해주게 된다.
- 명상, 기도, 휴식, 경계를 긋기, 운동 등의 긍정적인 대처 방안을 배운다.

자식이 아프다 A Child Getting Sick

일러두기

자식이 아파 시간을 내야 하는 상황의 결과는 크게 두 가지 경로로 나눌 수 있다. 캐릭터의 스케줄이 엎어지는 일시적인 불편에 그치거나, 캐릭터의 세계가 완전히 뒤집어지는 파괴적인 사건이 될 수도 있다.

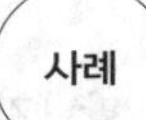

사례

- 아이가 축농증, 폐렴, 인두염 등에 걸린다.
- 아이가 심각한 알레르기 반응을 보인다.
- 아이가 식중독에 걸린다.
- 아이가 결막염, 독감, 성홍열 등 전염이 되는 병에 걸린다.
- 아이가 차를 오래 탄 탓에 멀미에 시달린다.
- 아이가 인체면역결핍바이러스(HIV)나 뇌전증, 근위축증, 당뇨 등의 난치병 진단을 받는다.
- 아이가 암에 걸린다.
- 아이가 천식 발작을 겪는다.

사소한 문제

- 아이를 돌봐야 해서 직장에 나가지 못한다.
- 아픈 아이를 집에 혼자 두고 일을 나가야 해서 죄책감이 든다.
- 아이가 학교를 빠져 어려움이 생긴다.
- 정해진 스케줄대로 아이에게 약을 먹여야 한다.
- 아이가 울거나 불평으로 칭얼대는 걸 받아줘야 한다.
- 제시간에 병원 예약을 잡을 수가 없다.
- 더럽혀진 침구나 옷을 세탁해야 한다.
- 아이의 식사나 주변 환경을 더 신경 써서 병의 증세를 호전시켜야 한다.
- 말 못하는 어린아이의 욕구나 통증을 알아차려야 한다.
- 아픈 아이를 돌보면서 다른 아이들도 챙겨야 한다.
- 전염성 질환에 걸린 아이를 다른 가족으로부터 격리시켜야 한다.
- 집안의 다른 사람들이 아이가 걸린 감기나 독감에 함께 걸린다.

초래할 수 있는 심각한 결과

- 의사들이 병 진단을 내리지 못한다(혹은 오진을 한다).
- 질병으로 자식이 사망한다.
- 약값이나 치료비나 장비 비용을 낼 형편이 못된다.
- 아픈 아이를 돌보느라 결근이 잦아 일자리를 잃는다.
- 심각한 알레르기 반응으로 목이 막힌다.
- 약물이 아이를 치료하는 데 아무 효과를 내지 못한다.
- 보험사가 의료비 청구를 거절한다.
- 알레르기의 원인인 반려동물을 다른 곳으로 옮겨야 한다.
- 치료를 위해서 혹은 특수한 병을 치료할 수 있는 전문의를 만나기 위해 장거리를 이동해야 한다.
- 아이가 질병 때문에 영구적 장애를 갖게 된다.
- 아이의 병이 빈번히 재발하는 만성 질환이 된다.
- 아픈 아이에게 필요한 것을 해주기 위해 이사를 가야 한다.
- 질병에 따라붙는 낙인을 상대해야 한다.
- 아이가 앓는 심각한 병을 아이에게 설명해야 한다.

생길 수 있는 감정

곤혹감, 골치 아픔, 불안, 우려, 의구심, 공포, 감정이입, 두려움, 좌절, 안달, 어찌할 바를 모르겠는 상태, 공황, 무기력, 억울함, 체념, 슬픔

생길 수 있는 내적 갈등

- 모르는 사이 질병을 일으켰을 수도 있는 결정들을 스스로 내린 것이 죄스럽고 괴롭다.
- 아픈 아이를 치료하는 중요한 일 때문에 타인들을 믿어야 한다.
- 장기적인 질환이 가져온 새로운 일상을 받아들이려 애쓴다.
- 불법적이거나 비윤리적인 방법으로라도 돈을 벌거나 치료를 받게 하고 싶은 유혹이 든다.
- 아이에게 화가 나고 또 그런 감정을 느꼈다는 것 때문에 자신이 혐오스럽다.
- 심각한 질병의 진단을 받은 후, 혹은 (심한 통증, 잦은 발작 등)질병에 관한 끔찍한 요소에 대해 알고 나서 무기력하고 무능하다는 느낌이 들어 힘들다.
- 다른 사람들이 질병의 진짜 원인(가령 뮌하우젠 증후군◆과 같은)을

알게 될까 두렵다.

상황을 악화시킬 수 있는 부정적인 특성 상황을 악화시킬 수 있는 부정적인 특성

무관심, 강박적인 성향, 잔인함, 무질서, 망각, 짜증, 부주의, 무책임, 순교자인 양하는 태도, 감정 과잉과 과장, 소유욕, 강요하는 성향, 이기심, 외고집, 완고함, 비협조적인 성향, 일중독, 잔걱정이 많은 성향

기본 욕구에 미치는 영향

- **자아실현 욕구** 심한 병에 시달리는 아이를 돌보다 보면 다른 목표는 미뤄두어야 한다. 특히 의미 있는 자기계발 관련 목표는 이루기 어렵다.
- **존중과 인정의 욕구** 캐릭터가 질병을 일으키는 요인을 부지불식간에 제공했다는 이유로 자책을 하게 되면(혹은 타인들이 캐릭터를 질책하는 경우), 캐릭터는 결국 자기혐오에 빠질 수 있다.
- **애정과 소속의 욕구** 심각한 병을 앓는 아이를 돌본다는 것은 캐릭터가 다른 가족에게 시간과 에너지를 쏟을 수 없다는 뜻이다. 더 어린 자식들은 이런 상황을 이해하기 힘들어 억울해 하거나 억울함과 분노를 행동으로 표출할 수 있다.
- **안전 욕구** 자식의 병으로 과로하고 정신까지 챙기기 힘든 캐릭터는 정신 건강을 유지하는 데 어려움을 겪을 수 있다. 그뿐 아니라 경제 상황까지 팍팍해지는 경우, 자식의 안전은 필요한 치료나 돌봄을 받지 못해 위협받을 수 있다.
- **생리적 욕구** 매일매일 아픈 아이를 돌보다 보면 수면부족에 시달릴 수 있다.

◆ **뮌하우젠 증후군munchausen syndrome**
실제로 신체적인 이상이 있거나 질병을 앓는 것이 아닌데도 주위 사람의 관심과 동정을 끌기 위해 아픈 척하거나 자해 등을 하는 정신 질환의 일종. 부모로서 이 질환을 앓는 경우, 자식을 일부러 아프게 만들어서 궁극적으로 아동 학대를 저지르는 사례도 발견된다.

대처에 도움이 되는 긍정적인 특성

적응 능력, 감사하는 태도, 집중력, 여유, 공감 능력, 고결함, 근면함, 친절함, 충실함, 돌보는 성향, 낙관주의, 정돈하는 성향, 끈기, 인내, 보호하려는 태도, 창의성, 이타심

긍정적인 결과

- 캐릭터가 아픈 아이를 돌보다 자신의 강점과 역량을 자각하게 된다.
- 질병에 관해 다른 사람들을 교육하거나 병에 대한 각성을 촉진시킬 수 있다.
- 캐릭터가 자신의 우선순위가 엉망이 되었다는 것을 깨닫고 상황을 개선하기 위해 조치를 취한다.
- 삶의 어려움에 대처하기 위해 (신앙, 명상, 운동 등) 건강한 방안을 찾는다.
- 타인들의 도움을 받을 줄 아는 것이 중요하다는 것을 깨닫고 도움을 받아들이는 법을 배운다.

자식이 학교에서 문제에 휘말리다

A Problem at A Child's School

모든 부모들은 자식이 잘 되기를 바란다. 자식에게 가장 좋은 것을 바라기 때문일 수도 있고, 자신이 불편해지고 싶지 않아서일 수도 있다. 따라서 캐릭터가 학교에서 걸려오는 전화를 받는 상황이 펼쳐지면 긴장은 당연히 고조된다. 자식이 연루된 문제 때문에 캐릭터에게 갈등을 유발할 수 있는 아래의 시나리오들을 고려해보라.

사례

- 아이가 싸움에 휘말렸다.
- 아이가 다른 아이들을 괴롭히거나 왕따를 시켰거나 반대로 괴롭힘이나 왕따를 당하고 있다.
- 아이가 약물이나 술, 무기, 포르노그래피나 다른 금지 물품을 발각당했다.
- 아이가 학교에서 부적절한 문자 메시지를 보내거나 받았다.
- 아이가 다른 학생에 관한 부적절한 내용을 소셜 미디어에 올렸다.
- 아이가 무단결석을 하거나 수업에 계속해서 지각을 한다.
- 아이가 과제를 완수하지 못하거나 수업 참여 태도가 불량하다.
- 아이가 학습 환경을 방해한다.
- 아이가 교사나 다른 교직원을 존중하지 않는다.
- 아이가 학교의 복장 방침을 위반한다.
- 아이가 교실이나 교정을 허락 없이 나간다.
- 아이가 다른 학생과 성관계를 하다 발각되었다.
- 아이가 컴퓨터 등의 학교 기물을 부적절하게 사용했다.
- 아이가 교과 과정의 목표를 제대로 숙달했음을 보여주지 못하고 있다.
- 아이가 알린 정보 때문에 학교가 아동보호서비스를 호출할 수밖에 없게 된다.

사소한 문제

- 학교를 방문하거나 정학당한 아이와 집에 있기 위해 직장을 빠져야 한다.
- 아이를 학교 등하교 때 차로 직접 데려다주고 데려와야 한다.
- 학교에서 한 행동 때문에 아이를 벌줘야 한다.
- 아이가 학교를 가게 하는 데 어려움이 있다(아이가 괴롭힘의 대상이거나 두려워하는 경우).
- 아이의 비행의 밑바닥까지 보는 것을 감당해야 한다.
- 공식 평가와 시험 비용을 치르느라 애써야 한다.
- 아이를 지원하기 위해 도움이 되는 자원을 찾아내야 한다.
- 부모가 자식의 행동 때문에 창피하다.
- 다른 부모들의 비난에 직면한다.

초래할 수 있는 심각한 결과

- 아이가 다른 반으로 옮겨야 하거나 전학을 가야 해서 통학 시간이 늘어난다.
- 학교가 아이를 괴롭힘이나 신체적 위해로부터 보호해주지 않아 아이가 다시 다친다.
- 아이가 규칙을 어기거나 다른 아이들을 다치게 하는 등 잘못을 저지르는데 부모가 모르는 척한다.
- 부모가 아이의 성적이 나쁜 걸 교사 탓으로 돌린다.
- 행정 당국이 아이의 정서적 혹은 심리적 상태를 돌보고 지원하지 않고 징벌로만 대응한다.
- 십 대인 아이가 법원의 기소에 직면한다(마약 소지, 다른 학생에게 가한 위해, 성희롱이나 성폭행 등의 이유로).
- 아이가 질병이나 장애가 있는데 진단도 치료도 받지 못했다.
- 아이가 1년 유급을 당하거나 수업을 다시 들어야 한다.
- 아이가 신체적, 정신적 혹은 정서적인 이유로 병원에 입원한다.
- 아이가 학교에 다니는 것 혹은 과제를 마치는 것을 거부해 부모에게 문제를 초래한다.
- 아이가 학교에서 (사이버 왕따, 성적 이미지를 통해 특정 행동을 강요당하는 것 등의 이유로) 피해자가 되어 자살을 한다.

생길 수 있는 감정	분노, 당혹감, 불안, 근심, 혼란, 열패감, 방어적인 태도, 부인, 좌절, 실망, 낙담, 공포, 창피함, 절망, 자책감, 마음의 상처, 어찌할 바를 모르겠는 느낌, 꺼리는 마음, 억울함, 체념, 놀라움, 불편함

생길 수 있는 내적 갈등

- 다른 사람을 탓하고 싶은 유혹이 든다.
- 아이, 교직원 혹은 배우자에 대해 화가 나는 마음을 눌러야 한다.
- 아이의 행동이나 학교 성적을 통제하지 못하는 상황에 맞서 싸워야 한다.
- 캐릭터가 부모로서의 자신의 능력을 의심하게 된다.
- (적절한 때) 아이가 혼자서 문제를 해결하게 하는 대신 나서서 개입하고 싶다.
- 아이의 행동이 단지 일시적인 문제인지 근원적인 문제에서 유래된 것인지 알기 어려워 괴롭다.

상황을 악화시킬 수 있는 부정적인 특성

부아를 돋우는 성향, 무관심, 대적하는 성향, 통제 성향, 방어 성향, 부주의, 재단하는 성향, 잔소리, 완벽주의

기본 욕구에 미치는 영향

- **존중과 인정의 욕구** 자식의 선택을 내면화하는 캐릭터는 자식의 일로 자책할 수 있다. 마찬가지로 캐릭터가 타인들의 비난을 수용하다 보면, 부모로서 역할을 잘하고 있는지 자신의 능력에 대한 자신감이 떨어질 수 있다.
- **애정과 소속의 욕구** 문제가 있는 아이를 다른 가족들이 피할 경우, 부모는 자신이 과거에 속했던 공동체를 빼앗겼다는 느낌을 받게 된다.
- **안전 욕구** 자식과 자식의 장래에 대한 끊임없는 걱정은 부모에게 감정적 고통을 초래하고 심지어 건강 문제까지 일으킬 수 있다.

대처에 도움이 되는 긍정적인 특성

차분함, 협조적인 성향, 외교술, 신중함, 충실함, 돌보려는 성향, 관찰력과 통찰력, 끈기와 인내, 보호하려는 태도, 지지하고 지원하는 태도

긍정적인 결과

- 학교와 가족과 공동체가 한데 힘을 합쳐 아이의 욕구를 충족시켜준다.
- 올바른 의학적 혹은 심리적 진단으로 아이를 돕는다.
- 사소한 행동 문제가 심각해지기 전에 잘 대처한다.
- 부모가 아이에게 더 주의를 기울이고 관심을 제공함으로써 관계가 더욱 나아진다.
- 아이가 도움을 청하는 법을 배우게 된다.
- 아이에게 더 잘 맞는 새 학교를 찾게 된다.

적과 함께 일을 해야 하다

Having to Work with An Enemy

사례

- 캐릭터가 자신의 성격과 맞지 않는 사람과 억지로 일을 해야 한다.
- (어려운 병을 진단 받았다거나, 우울증에 걸린 아이 문제 등) 힘든 일이 생긴 시기 동안 마음이 맞지 않는 전 배우자와 부모 노릇을 같이 해야 한다.
- 가업을 어려움에서 구하기 위해 소원해진 가족과 힘을 합쳐야 한다.
- 발각되면 인생이 망가질 일을 덮기 위해 동일한 이해관계에 있는 적과 협력해야 한다.
- 상호 위협을 피하기 위해 견딜 수 없는 상대와 협력해야 한다.
- 학대하거나 방치하는 부모에 맞서 싸우기 위해 싫어하는 형제자매와 협력해야 한다.
- 한 번도 좋아해본 적이라고는 없는 친척과 같이 사랑하는 가족의 장례식 계획을 세워야 한다.
- 부정부패한 조직이나 조합이나 정부를 무너뜨리기 위해 적과 함께 자원 및 재능 있는 인사들을 모아야 한다.
- 협잡꾼을 잡기 위해 남편의 여자 친구와 팀을 이루어 일을 해야 한다.

사소한 문제

- 감정 폭발과 언쟁이 그칠 날이 없다.
- 다른 사람들까지 불편하게 만들어야 한다.
- 더 큰 선을 위해 자존심을 눌러야 한다.
- 집단의 분열을 피하기 위해 말조심을 하고 분노 조절을 해야 한다.
- 분노와 부정적 감정 때문에 일에 집중하지 못한다.
- 갈등을 피하고 평화를 지키기 위해 사소한 빈정거림과 말들은 모르는 척해야 한다.
- 상대의 동기를 캐느라 에너지를 낭비한다.
- 불신과 싸워야 한다.
- 일이 잘못되어 가는 게 보이는데 아무것도 하지 않는 게 불편하다.

초래할 수 있는 심각한 결과

- 이익을 지키려 자료나 정보를 알려주지 않다가 결국 자기 일을 방해하는 꼴이 된다.
- 위기가 끝난 후에도 큰 여파를 몰고 올 비밀을 폭로한다.
- 훗날 적이 이용할 수 있는 정보를 의도치 않게 그에게 제공한다.
- 교묘히 조종당해 이익을 포기하게 된다.
- 캐릭터가 경계심을 늦추고 빈틈을 보이다 다시 위기를 맞게 된다.
- 장기적으로 적에게 도움이 되는 기술, 사업 기밀, 전략, 과정 등을 폭로한 꼴이 된다.

생길 수 있는 감정

흥분, 분노, 쓰라림, 확신, 갈등, 경멸, 방어적인 태도, 저항감, 공포, 좌절, 짜증, 질투, 편집증, 무기력함, 꺼리는 마음, 억울함, 고소함, 멸시, 회의감, 의기양양함, 의구심, 경계심

생길 수 있는 내적 갈등

- 미워해야 하는 상대에게서 좋아할 만한 특징을 발견한다.
- 화가 나지만 또 다행이다 싶다(도움을 청해야 하는 상황이 싫지만 받게 되어 기쁘기도 하다).
- 이득을 유지하기 위해 지식이나 강점을 자기만의 것으로 하고 싶지만, 당면한 문제를 해결하기 위해 상대와 공유해야 한다는 것을 잘 알고 있다.
- 협동에 대해 다른 사람들이 뭐라고 생각할지 걱정이 된다.
- 위기가 끝나고 무슨 일이 벌어질까 걱정된다.
- 적에게 피드백이나 조언을 받아도 그것을 믿을 수 있는 것인지 알 수가 없다.
- 상대와의 공통점을 발견했는데 편하지가 않다.
- 적의 기량, 능력, 행동을 어쩔 수 없이 인정하지만 그에게 뭐든 조금이라도 배울 게 있다는 사실에 화가 난다.
- 멋진 아이디어의 출처가 적에게 있다는 이유로 무시하고 싶다.

상황을 악화시킬 수 있는 부정적인 특성

화를 돋우는 성향, 심술궂음, 유치함, 거만함, 대치하려는 성향, 통제 성향, 부정

직함, 유연성 부족, 질투, 과민함, 편집증적 성향, 고집, 요령 없음, 괴팍한 성질, 소통 부족, 비협조적인 성질, 원한

기본 욕구에 미치는 영향

- **존중과 인정의 욕구** 상황을 통제하지 못하고 통제를 되찾기 위해 적과 함께 일을 해야 하는 상황은 캐릭터의 자아에 엄청난 타격을 입힐 수 있다. 캐릭터는 자신이 전과 다르게 움직이고 있다고 생각하며 자존감이 떨어질 것이다.
- **애정과 소속의 욕구** 적이 위험하거나 악감정이 관련된 역사가 깊을 경우, 캐릭터와 적이 함께 일하면서 협조하는 상황은 캐릭터가 사랑하는 사람들에게는 도저히 이해시킬 수 없는 상황이다. 따라서 그들은 자신의 안정을 위해 캐릭터를 밀어내게 된다.
- **안전 욕구** 모든 이야기가 행복한 결말을 맞는 것은 아니다. 적이 적대감을 버리지 못하는 경우, 캐릭터는 배신당하고 해를 입을 수도 있다.

대처에 도움이 되는 긍정적인 특성

차분함, 자신감, 예의범절, 신중함, 효율성, 유머, 환대, 통찰력, 끈기, 전문성, 관대함, 슬기로움

긍정적인 결과

- 어려운 상황을 극복하는 데서 자신감이 꽃을 피운다.
- 적이 캐릭터의 단점을 거리낌 없이 지적한 덕에 캐릭터가 자신의 결함이나 단점을 자각하게 된다.
- 적과 일한 경험 덕에 캐릭터는 같이 일하기 힘든 사람들과 협업하는 능력을 갖추게 된다.
- 캐릭터는 상대와 적대적일 때보다 함께 일할 때 더 많은 것을 얻을 수 있다는 것을 깨닫게 된다.
- 적이었던 상대가 상호 존중 덕에 적대감을 씻어버린 후, 건강한 경쟁자로 거듭난다.
- 적과 일해야 하는 역경의 압박 하에 캐릭터와 상대는 스스로의 발전을 가로

막고 있던 심적 장애에 억지로라도 대처할 수 있게 된다.

- 캐릭터와 적 사이의 공통점이 발견되어 둘 다 더 좋은 관점을 얻게 된다.

지시나 명령에 불복해야 하다

Needing to Disobey an Order

사례

- 캐릭터가 통치자의 불법 명령이나 부도덕한 칙령에 저항한다.
- 캐릭터가 자신의 권리나 신앙을 위반하는 명령에 따르기를 거부한다.
- 학대나 방치당한 사람이나 동물로부터 떨어지라는 명령을 거부한다.
- 위험한 상황에 개입하라는 압제적인 명령을 어긴다.
- 은폐 공작을 폭로하기 위해 함구령 혹은 보도 금지령을 무시한다.
- 중매결혼을 시키려는 부모의 시도를 거부한다.
- 안전을 지키기 위해 비자 기간 만료 후에도 체류한다.
- 누군가를 보호하기 위해 경찰이나 당국에 거짓말을 한다.
- 법원의 양육권 명령을 거역한다.
- 작동 중인 편향된 시스템에 따르기를 거부한다.
- 교사나 사회복지사가 아이에게 해로운 부모의 지시를 무시한다.
- 응급 상황일 때 경찰관이 차를 세우라 하는데 세우기를 거부한다.
- 군인이 자신의 신체 및 정신적 불행을 막기 위해 무단이탈을 저지른다.

사소한 문제

- 명령 불복의 여파로 위협을 당한다.
- 명령이나 지시를 내린 사람들을 화나게 만든다.
- 꾸중을 듣는다.
- 다른 사람들을 실망시킨다.
- 캐릭터가 자신의 선택을 타인들에게 해명해야 한다.
- 캐릭터의 행동의 원인을 모르는 사람들이 캐릭터를 비방한다.
- 캐릭터가 자신의 불복이 발각될까 늘 전전긍긍한다.

초래할 수 있는 심각한 결과

- 앙갚음의 표적이 된다.
- 해고당한다.
- 형사 고발이나 법정 소송에 직면한다.
- 윤리적 용기가 시험에 든다.
- 잘못된 선택을 하는 바람에 명령을 따랐을 때보다 더 나쁜 결과가 초래된다.
- 평판이 손상을 입는다.
- 관련 없는 가족이 대가를 함께 치르게 된다.
- 남들의 신뢰를 잃는다.
- 부모로서의 권리나 기본권이 위험에 처한다.
- 가족의 명령을 어겼다는 이유로 절연당한다.
- 파문을 당한다.
- 부정확한 것으로 밝혀질 정보를 바탕으로 행동한 셈이 된다(명령을 어긴 일이 헛된 일이 되어버린다).
- 익명을 포기하고 정보를 공개했는데 위험에 처하게 된다.

생길 수 있는 감정

번민, 불안, 우려, 갈등, 부인, 좌절, 결단, 환멸, 의구심, 공포, 열의, 두려움, 죄책감, 안달, 위협감, 신경과민, 후회, 억울함, 자기 연민, 고통, 반신반의, 취약성

생길 수 있는 내적 갈등

- 자신을 보호할 것인지 타인들을 보호할 것인지 선택해야 한다.
- 상반되는 충성심이나 신의 사이에서 선택해야 한다는 느낌이 든다.
- 상황에 관해 거짓말을 하고 싶은 유혹이 든다.
- 자신의 도덕적 원칙이 위험에 빠지는 느낌이 든다.
- 그때그때 봐 가며 상황에 맞는 결정을 내리려 고군분투한다.
- 신의를 저버렸다는 느낌이 든다.
- 알면서도 규칙을 어겼다는 자책감을 감당해야 한다.
- 자신의 판단에 의구심이 든다.
- 결과는 생각하지 않고 해야 하는 일만 하려고 애쓴다.

상황을 악화시킬 수 있는 부정적인 특성

대적하는 성향, 신의 없음, 광신적인 열정, 경박함, 안달복달, 충동적인 성향, 우유부단, 표현을 꺼리는 성향, 짓궂음, 완벽주의, 이기심, 굴종적인 성향, 군걱정

기본 욕구에 미치는 영향

- **자아실현 욕구** 명령 불복은 언제나 여파를 몰고 오기 마련이다. 문제를 일으키는 주범으로 낙인찍히는 캐릭터는 일에서 성공하기 위해, 혹은 자신의 온전한 잠재력을 발휘하게 해주는 집단에 받아들여지기 위해 곱절로 고군분투해야 하는 상황에 처한다.
- **존중과 인정의 욕구** 캐릭터의 상황을 다른 사람들이 온전히 모르거나 이해하지 못하는 경우, 캐릭터는 억울하게 평판에 손상을 입을 수 있다.
- **애정과 소속의 욕구** 캐릭터를 사랑하는 가족이나 걱정하는 이들이 명령에 불복하는 캐릭터의 결정에 동의하지 않고 여파를 염려할 경우, 마찰이 생길 수 있다.
- **안전 욕구** 명령에 불복하는 캐릭터는 직장이나 집, 보호막이나 다른 자원 같은 여러 가지를 앗아갈 지위에 있는 사람을 적으로 돌리게 될 수 있다.
- **생리적 욕구** 명령권자가 힘이 막강하거나 부정부패한 자인 경우, 그의 명령에 불복하면 캐릭터의 목숨이 위험해질 수도 있다.

대처에 도움이 되는 긍정적인 특성

과감함, 신중함, 자신감, 용기, 결단력, 고결함, 이상주의, 영감, 객관성, 열정, 끈기, 보호하려는 태도, 사회의식, 자유로움

긍정적인 결과

- 불의나 압제를 밝혀낼 수 있다.
- 명령 불복에 필요한 용기를 냈다는 이유로 상을 받거나 명예를 누린다.
- 다른 사람의 목숨을 구한다.
- 알려진 위험을 감수했다는 이유로 다른 사람들의 존경을 받게 된다.
- 다른 사람들이 도덕적인 용기를 낼 수 있게 귀감이 된다.

직장을 잃다 Losing A Job

사례

- 해고당한다.
- 이사, 아픈 친척 간호 혹은 움직일 수 없는 부상 등 어쩔 수 없는 개인 상황 때문에 마음에 들었던 직장을 그만둬야 한다.
- 예산 삭감이나 합병 등으로 해고당한다.
- (차별이나 희롱 등을 통해) 직장을 그만두라고 종용당한다.
- 직장 내 마찰(무능하거나 불쾌한 상사를 상대하거나, 승진을 할 수 없다거나 회사 분위기의 변화를 지지할 수 없는 것 등)로 회사를 그만두고 싶지 않아도 그만두게 된다.
- 급료도 싸고 기량도 더 뛰어난 다른 직원 혹은 더 쉽게 쓸 수 있는 직원으로 교체당한다.

사소한 문제

- 다른 직장을 찾기가 어렵다.
- 역사를 공유한 소중한 동료들을 떠나야 한다.
- 다른 사람들에게 실직을 설명해야 한다.
- 창피한 방식 혹은 공개적으로 다른 사람들에게 이끌려 회사 건물에서 쫓겨난다.
- 실직이나 이직에 동반되는(이메일 계정 접근을 못하게 되거나 새 보험을 찾아야 하거나 스케줄이 망가지는 등) 불편함을 감수해야 한다.
- 더 이상 그 직장을 다니지 않는데도 실직에 대해 모르는 고객의 연락을 받게 되어 같은 일, 같은 이야기를 반복해야 한다.
- 직장을 떠나는 과정이 체계적이지 못해 실제로 나오기까지 시간을 질질 끈다.

초래할 수 있는 심각한 결과

- 직장을 그만두는 과정에서 화를 내면서 말하고 일을 처리하는 모습을 보여, 긍정적인 추천을 받아 다른 직장으로 갈 가능성이 줄어든다.
- 고소를 하겠다고 위협하다 배척당한다.
- 원하지 않거나, 자신보다 수준이 떨어지거나 성취감을 별로 주지

않는 직장을 받아들여야 한다.

- 경제 상황이 나쁘거나 취업 시장 상황이 좋지 못해 급료 삭감을 받아들여야 한다.
- 실직에 책임이 있는 당사자에게 복수를 하려 한다.
- (직장을 떠나는 것이 캐릭터의 선택일 경우) 배우자나 자식들에게 지지를 받지 못한다.
- 해고에 대해 배우자에게 이야기하지 않았는데 어떻게 된 일인지 배우자가 알고 있다.
- 실직당한 이유에 관해 거짓말을 했는데 결국 진실이 밝혀진다.
- (살림 규모를 줄이고 지출을 줄이는 등) 가족이 감소한 수입에 적응하려 애쓴다.
- 같이 일했던 직장 동료, 친구들에게 거절당한다.
- 실직의 여파로 허우적댄다. 결정을 제대로 내리지 못한 채로 있거나 망연자실해 새 출발을 하지 못한다.
- 독립해 성공하려고 고군분투한다.

생길 수 있는 감정

분노, 배신감, 쓰라림, 부인, 상심, 불신, 환멸, 무기력, 수치, 공포, 상처, 억울함, 공황, 무력함, 화, 분개, 체념, 자기 연민, 충격, 인정받지 못한다는 느낌, 원한, 자신이 무익하고 하찮다는 느낌

생길 수 있는 내적 갈등

- 애정이 컸던 직장에서 억지로 밀려나 괴롭고 화가 난다.
- 직장을 그만두게 되어 창피하다. 다른 사람들이 뭐라고 말하거나 생각할지 걱정이 된다.
- 실직으로 초래한 부당한 비난이나 주장이 정말 맞는 것 같다는 생각이 든다(비난의 내면화).
- 직장을 그만둔 결정을 곱씹는다.
- 자신이 누구인가에 대한 의식과 정체성을 잃어버린다.
- 실직을 슬퍼하는 과정에 사로잡혀 새 출발을 할 동기를 갖지 못한다.
- 자신이 실직을 당할 만하다고 어느 정도 생각하면서도 직장에서 밀려나 화가 난다.

- 실직에 관해 말하고 싶은 것들이 있지만 가만히 있는 것이 최선이라는 생각도 든다.
- 복수할 방안들에 대해 망상을 한다. 그런 생각 탓에 새 출발을 하지 못한다는 것을 빤히 알면서도 어쩔 수가 없다.

상황을 악화시킬 수 있는 부정적인 특성

불쾌하게 구는 성향, 유치함, 대적하려는 성향, 무례함, 불안정, 감정 과잉, 분노, 비협조적인 태도, 폭력성

기본 욕구에 미치는 영향

- **자아실현 욕구** 실직은 인생에 차질을 빚는 큰일이다. 특히 그 직업이 캐릭터가 특정한 결과나 성과를 이루거나 중요한 분야에서 두각을 드러내는 데 꼭 필요한 일이었다면, 문이 닫혀버린 느낌을 받을 것이다.
- **존중과 인정의 욕구** 아무도 자신이 해고당했다는 것을 인정하고 싶어 하지 않는다. 캐릭터의 가족이 남을 재단하거나 비판하는 경향이 있을 경우, 자존감 문제는 더욱 심각해진다.
- **애정과 소속의 욕구** 실직의 스트레스, 자존감 하락 그리고 경제적인 어려움은 캐릭터로 하여금 화를 내고 남을 비난하게끔 만들 수 있다. 이미 취약한 인간관계에 이런 식으로 마찰을 보탤 경우, 캐릭터는 고칠 수 없는 수준까지 관계를 망가뜨리게 된다.
- **생리적 욕구** 캐릭터가 새로운 직장을 구하지 못하는 경우, 생리적 욕구가 위협받게 된다.

대처에 도움이 되는 긍정적인 특성

차분함, 외교술, 수양과 단련, 근면함, 성숙성, 질서정연함, 선제적인 행동 능력, 창의력, 소박함, 관대함

긍정적인 결과

- 성취감과 보람이 더 큰 새 직장을 찾아 새로운 생활을 할 수 있다.
- 가족을 위해 더 나은 곳으로 이사할 자유를 누리게 된다.
- 부당한 실직에 맞서 싸우기로 선택함으로써 잘못을 바로잡을 수 있게 된다.
- 회사가 감원을 계획할 수 있다는 단서를 교훈으로 삼아 미래에 대해 늘 대비할 수 있게 된다.
- 과거에 집착하는 대신 긍정적이고 미래 지향적인 사고방식을 택할 수 있게 된다.
- 실직에서 자신이 한 역할을 수용하고 더 잘 하기로 결심한다.
- 캐릭터가 직장을 떠난 후 추문이 밝혀져 회사를 진즉에 떠난 것이 오히려 전화위복이 된다.

형편없는 리더 때문에 애를 태우다

Chafing Under Poor Leadership

사례

- 동의하지 않는 리더의 명령을 실행해야 한다.
- 서열이 높은 사람을 보호하기 위해 억지로 거짓말을 해야 한다.
- 재앙을 피하기 위해 상관의 자리를 빼앗아야 한다.
- 무책임하거나 예측 불가능한 리더를 따라야 한다.
- 직무 수행에 필요한 자원이나 지시가 부족하다.
- 형편없는 결정은 리더가 내렸는데 책임은 캐릭터가 져야 한다.
- 열심히 일했다는 것을 리더가 알아주지 않는다.
- 경영진보다 캐릭터가 더 많이 알고 있고 똑똑하다.
- 지도층에서 정보나 피드백에 폐쇄적이다.
- 짜임새 없고 조직적이지 못한 리더를 상대해야 한다.
- 지원이나 지지를 받지 못하고 있다.
- 결정이나 행동을 할 만한 권한을 부여받지 못한다.
- 무의미한 회의나 과제 때문에 시간을 낭비한다.
- 상사와 소통이 잘 되지 않는다.
- 상사가 비현실적인 걸 하라고 해놓고 평가를 해댄다.
- 고용인들의 필요는 경영진이 이해해주지 않는다.
- 리더가 사업 목표보다 개인의 영달을 우선시한다.
- 갖고 있는 역량이나 경험 수준에 맞지 않는 과제를 감당해야 한다.

사소한 문제

- 직장 내의 긴장과 갈등을 견뎌야 한다.
- 자신의 목표가 보이지 않는다.
- 누가 이야기를 엿듣거나 신중히 다루지 않는다는 느낌이 있다.
- 일은 압도적으로 많은데 자원이 부족해 감당할 수가 없다.
- 부당한 평가를 받는다.
- 직장에 가고 싶지가 않다.
- 다른 사람들의 실수 때문에 캐릭터가 무능하게 보여진다.
- 좌절과 억울함을 감내해야 한다.

- 전문가로서 한곳에 꼼짝 없이 묶여 승진이 불가능하다.
- 비전이 없는 리더 때문에 직원들의 사기가 정체되어 있고 좌절과 체념이 팽배해 있는 분위기다.

초래할 수 있는 심각한 결과

- 프로젝트가 실패한다.
- 고객이나 회사의 명성을 잃는다.
- 좌절이 심해 직장을 그만둬야 한다.
- 재능 있는 직원을 데리고 있거나 모집하기가 어렵다.
- 상사의 허물을 덮어주다 발각된다.
- 상사가 캐릭터가 발견한 공을 가로채 미디어에서 캐릭터를 제치고 스포트라이트를 받는다.
- 리더의 무능 때문에 사람들이 (신체적으로, 경제적으로, 정신적으로, 그리고 정서적으로) 위험해진다.
- 무례하고 말을 듣지 않는 직원이라는 낙인이 찍힌다.
- 문제에 대해 발언했다 해고당한다.
- 리더의 지시 사항이 불법이었다는 걸 모르고 이행했다가 조력자로서 기소당한다.
- 불만이 파업, 폭동 혹은 다른 종류의 저항으로 번진다.
- 고위층의 스캔들로 회사와 캐릭터의 경력이 무너진다.

생길 수 있는 감정

감정의 동요, 분노, 짜증, 불안, 우려, 경멸, 열패감, 우울, 체념, 낙담, 불만, 공포, 좌절, 무관심, 위협감, 억울함, 방치된다는 느낌, 무기력, 울화, 포기, 올바른 평가를 받지 못한다는 느낌

생길 수 있는 내적 갈등

- 돈을 벌기 위해 타협하느라 자신의 가치를 포기할 수밖에 없다.
- 윗선의 지시를 어기고 싶은 유혹에 직면한다.
- 지원도 받지 못한 채 갈등을 해결해야 한다.
- 일과 관련해 자신이 가치가 있다는 것을 입증해야 한다.
- 지금 직장을 그만두고 다른 직장을 찾아야 한다는 생각이 시도 때도 없이 든다.
- 형편없는 리더에 대해 뭔가 시도하고 싶지만 누구에게 이런 이야

기를 해야 안전할지 알 수가 없다.

상황을 악화시킬 수 있는 부정적인 특성

충동적인 성향, 대치하는 성향, 통제 성향, 비겁함, 무례함, 아둔함, 강박적인 성향, 똑똑한 척하는 성향, 잔소리가 심한 성향, 자신감 없음, 과도하게 예민한 성향, 완벽주의, 반항심, 분노, 요령 없음, 잔걱정이 많은 성향.

기본 욕구에 미치는 영향

- **존중과 인정의 욕구** 인정이나 독려를 받지 못하는 캐릭터는 자신의 능력에 대한 자신감을 잃는다.
- **애정과 소속의 욕구** 직장에서 받는 스트레스는 집까지 따라와 가족 관계에서도 긴장을 불러일으킨다. 특히 캐릭터가 직장에서 스스로 통제하지 못하는 상황에 대한 보상을 집에서 가족들을 통제하려는 것으로 풀려고 할 때 문제가 심각해진다.
- **안전 욕구** 실직을 두려워하는 캐릭터는 회사 상사의 부도덕한 행동이나 학대를 폭로하는 일이 위험하다고 느낄 수 있다.

대처에 도움이 되는 긍정적인 특성

적응 능력, 야심, 감사하는 태도, 자신감, 협조적인 성향, 결단력, 열의, 상상력, 근면함, 영감, 충성심, 낙관적인 태도, 열정, 끈기, 주도적인 행동 능력, 전문성, 창의력

긍정적인 결과

- 리더가 형편없어도 캐릭터는 동료들의 존경을 받는다.
- 상황에 개의치 않고 일을 마무리할 창의적인 방안들을 찾아낸다.
- 리더와 관계를 맺고 소통하는 방법을 찾아간다.
- 캐릭터의 노력과 긍정적인 태도로 직장 환경이 개선된다.
- 캐릭터가 나서서 직장 내 환경을 조사하게 만들어 문제가 되는 리더가 회사

에서 쫓겨난다.

- 캐릭터가 회사에서 비전과 영감으로 동료들을 독려하는 인물로 등극한다.

딜레마
사전

압력
증가와
시간
압박

Increase Pressure and
Ticking Clocks

기다려야 하다 Being Made to Wait

사례

- 전화 통화 중에 대기 상태로 기다린다.
- (의사, 변호사, 뷰티 서비스 등) 전문가와의 예약에 제시간에 왔는데 기다려야 한다.
- 상품을 사거나, 서비스를 받거나, 시설을 이용하기 위해 줄을 선다.
- 입양이 성사되었는지 여부를 듣기 위해 기다린다.
- 사랑하는 사람이 (대학이나 출장이나 작전지에서) 돌아오기를 기다린다.
- (의료나 학업 시험 등의) 검사나 시험 결과를 기다린다.
- 부상을 입었거나 병에 걸린 가족 혹은 사랑하는 사람에 대한 새로운 소식을 고대한다.
- 방문객의 도착이나 출발을 고대한다.
- (기차나, 차량 서비스 등) 교통수단이 도착하기를 기다린다.
- 진급이나 승진 기회를 놓치는 바람에 다음 기회를 기다려야 한다.
- 급료가 입금되거나 돈 문제가 해결되기를 기다린다.
- 교통 혼잡이나 공사나 경로 변경 혹은 사고로 이동이 지연된다.
- 범죄 수사에 관한 법집행부의 소식을 기다린다.
- 배심원단이 평결을 내리기를 기다린다.
- (음주, 투표, 도박 등) 특정 권리를 누릴 수 있는 법정 연령이 될 때까지 기다리기가 힘들다.
- 결혼이나 가정을 꾸리는 일 등 중요한 인생의 사건을 고대한다.
- 누군가 혼수상태에서 깨어나기를 기다린다.
- 전염병으로 인해 격리되는 것을 감당해야 한다.

사소한 문제

- 시간을 빼앗긴다.
- 스케줄이 망가지거나 지연된다.
- 더 빠른 대안을 모색해야 한다.
- 좌절, 불안, 안달, 불확실함, 스트레스를 겪는다.
- (일자리를 잃거나, 격리되거나, 일을 빨리 진척시키기 위한 수수료를

물어야 하는 경우) 금전 손실을 겪는다.

- 전화나 이메일이나 다른 형태의 연락을 놓쳤을까 봐 불안하다.
- 일상사에 집중하기가 힘들다.
- 캐릭터가 정보를 계속해서 재촉하는 바람에 다른 사람들이 미칠 지경이다.
- 사랑하는 사람을 위한 선물을 확보하지 못한다.
- 직장 내 사기가 떨어진다.
- 기다리게 만든 장본인에게 화가 난다.
- 성질을 부리거나 짜증을 피우게 된다.

초래할 수 있는 심각한 결과

- 중요한 진찰 예약이나 시술 및 치료를 오랜 시간 기다려야 한다.
- 새치기를 해서 앞줄에 서려고 뇌물을 바치려다 발각된다.
- 무모하거나 충동적인 결정을 내려 상황을 악화시킨다.
- 생계를 위해 빚을 진다.
- 봉급 인상이나 상여금에 의지하려 했는데 받지 못하게 된다.
- 일시적인 기다림이 영구적인 기다림이 된다(경찰이 용의자를 체포하지 못하거나, 사랑하는 사람이 영구적인 혼수상태에 빠지거나, 가족이 필요한 중독 문제에 도움을 청하지 않는 등).
- 특정 상황이나 문제가 해결될 때까지 기다려야 하는 바람에 고용 기회나 교육을 받을 기회를 놓친다.
- 기다리는 일에 젬병인 상사나 고객을 상대해야 한다.
- 자신에게 필요한 것을 갖지 못하게 되고 다시는 오지 않을 기회를 놓친다.
- 약물이나 다른 유해한 대처 전략에 의지하게 된다.
- 파트너가 기다리다 지쳐 관계가 파국을 맞이한다.

생길 수 있는 감정

감정의 동요, 분노, 짜증, 불안, 우려, 멸시, 절망, 체념, 낙담, 환멸, 공포, 열의, 좌절, 희망, 안달복달, 침울함, 무기력함, 억울함, 진가를 인정받지 못한다는 느낌

생길 수 있는 내적 갈등

- 끝날 것 같지 않은 상황 앞에서도 굴하지 않고 기운을 내려 노력한다.
- 최신 정보를 알려달라고 사람들을 닦달하고 싶은 욕망과 끝없이 싸운다.
- (뇌물, 부정행위 등) 부도덕한 행동을 해서라도 결과를 빨리 내고 싶은 유혹이 든다.
- 자신이 같이 있기 짜증나는 존재라는 것을 알지만 어떻게 해야 할지 모르겠다.
- 상황을 책임지되 신속히 해결할 수 있는 방안을 찾고 있다.

상황을 악화시킬 수 있는 부정적인 특성

화를 돋우는 성향, 심술궂음, 유치함, 대적하는 성향, 무례함, 불만 가득한 성향, 안달복달, 충동적인 성향, 남을 갈구는 성향, 강박적인 성향, 과민 반응, 버릇없음, 투덜거림

기본 욕구에 미치는 영향

- **자아실현 욕구** 중요한 결정이나 판결이 내려지기를 기다리는 경우, 캐릭터의 목표는 미정 상태에 놓인다.
- **존중과 인정의 욕구** 참을성이 없거나 충동적인 캐릭터는 기다리는 동안 자신의 본모습을 보이게 되어 다른 사람들이 캐릭터를 보는 시각이 바뀔 수 있다.
- **애정과 소속의 욕구** 사랑하는 사람들과 다시 만나기를 기다려야 하는 경우, 캐릭터는 외로움과 버려졌다는 느낌에 시달린다.
- **안전 욕구** 인생을 바꿀 결정을 기다리는 스트레스는 불안, 불면, 체중 감소, 그리고 다른 종류의 신체적, 정서적 곤란을 초래할 수 있다.

대처에 도움이 되는 긍정적인 특성

적응 능력, 감사하는 태도, 차분함, 자신감, 협조적인 성향, 여유, 공감 능력, 만족하는 태도, 성숙함, 인내, 현명함

긍정적인 결과

- 불확실성에 대처할 수 있는 인내심과 다른 긍정적인 태도와 방법들을 배우게 된다.
- 다른 대처 방안을 생각하는 일이 중요하다는 것을 알게 된다.
- 자신을 지지해주는 사람들과의 관계가 돈독해진다.
- 기다리고 있는 일이 자신이 진정으로 원하는 것인지 아닌지 고려해볼 수 있는 시간을 얻게 된다.

길을 잃다 Getting Lost

사례

- 목적지에 가려다 분주한 도시에서 길을 잃는다.
- 도움을 받을 수 없는 야생의 자연환경에서 길을 잃는다.
- 아이나 취약한 성인이 돌보는 사람과 떨어져 혼자가 된다.
- 관광객이 가이드나 자신이 속한 그룹의 사람들과 떨어져 혼자가 된다.
- 안전한 만남의 장소까지 갔는데 길을 찾을 수가 없다.
- 특정 시간까지 어떤 지역을 벗어나야 하는데 탈출구를 찾을 수가 없다.

사소한 문제

- 약속이나 예약 시간에 늦는다.
- 언쟁을 걸거나 말이 많거나 어떤 식으로건 귀찮게 하는 사람과 상대하느라 발이 묶인다.
- 유일한 지도가 들어 있는 캐릭터의 휴대폰이 작동하지 않는다.
- 구조가 필요하다.
- 엉뚱한 장소에서 곤란에 직면한다.
- 길을 묻느라 가던 길을 계속 멈춰야 한다.
- 불안이나 공황이 엄습해 명확하게 생각하기가 더욱 어려워진다.
- 다른 사람들의 눈에 어리숙하고 바보스럽게 비친다.
- 친구들이나 동료들에게 욕을 먹는다.
- 통금시간 이후에 돌아다니다 잡힌다.
- 캐릭터가 어디 있는지 궁금해하는 사람들의 걱정을 산다.
- 주도적으로 길을 찾으려 애쓰면서도 다른 사람들까지 챙겨야 한다.
- 고함을 지르거나 욕을 하거나 멸시를 하는 등 길을 잃어 생기는 좌절감을 타인들에게 푼다.

초래할 수 있는 심각한 결과	• 부상을 당한다. • 길을 헤매다 자기도 모르게 위험한 지역으로 들어간다. • 고약한 인간들의 공격을 받는다. • 해를 끼치려는 사람의 도움을 받는다. • 위험을 피하는 동시에 길도 찾아야 한다. • 악천후에 갇혀버린다. • 위험을 과소평가하다 필요한 생필품이나 물건들을 너무 빨리 다 써버린다. • 그룹의 나머지 사람들을 책임져야 한다는 압박 하에서 지쳐버린다. • 언쟁이 벌어져 캐릭터가 그룹을 떠나는 바람에 사람들이 위험에 처하게 된다. • 그룹 내의 누군가가 사라진다. • 오랜 시간이 지난 후 캐릭터가 같은 자리를 맴돌고 있었다는 것을 알게 된다. • 목적지에 도착하는 시간이 더욱 지연되는 중대한 사건이 새로 발생한다(심각한 부상을 입은 그룹 멤버, 밤이 되어 새로운 위험이 등장하는 등). • 기온 하락으로 인한 추위, 피로 혹은 위험한 동물의 공격으로 사망자가 발생한다.
생길 수 있는 감정	감정의 동요, 분노, 짜증, 불안, 우려, 걱정, 방어적인 태도, 절망, 결단, 당혹감, 공포, 허둥지둥, 좌절, 죄책감, 열패감, 불안정, 고독, 압도당하는 느낌, 공황, 놀라움, 자신감 상실, 경계심
생길 수 있는 내적 갈등	• 도움을 청해야 하는데 부상당한 사람을 두고 떠날 수가 없다. • 책임을 받아들이는 대신 비난을 모면하고 새 출발을 하고 싶다. • 길이 교차하는 지점에 들어섰는데 어느 길로 가야 할지 모르겠다. • 그룹의 다른 사람들을 실망시키지 않기 위해 침착하게 통제력을 발휘하는 것처럼 행동해야 한다. • 그룹 리더의 의견에 동의하지 않지만 그렇다고 따로 확신이 있는 것도 아니어서 발언을 하고 싶지 않다.

- 애초에 그룹을 데리고 가서 길을 잃어버린 사람에게 화가 난다.
- 다른 사람들에게는 차분하고 낙관적인 태도로 대하지만 사실 마음속은 두렵고 엉망이다.

상황을 악화시킬 수 있는 부정적인 특성

화를 돋우는 성향, 무관심, 통제 성향, 기만, 망각, 불평불만, 충동적인 성향, 부주의, 자신감 결여, 무모함, 산만함, 외고집, 소심함, 잔걱정이 많은 성향

기본 욕구에 미치는 영향

- **존중과 인정의 욕구** 유능하고 믿을 만한 사람으로 보이고 싶은 캐릭터라면, 길을 잃는 것은 자존감에 부정적인 영향을 끼친다.
- **애정과 소속의 욕구** 사랑하는 사람들이나 동류 인간들에게서 오랫동안 떨어져 있는 경우, 캐릭터는 사회 및 사람들과의 교류를 그리워하게 된다.
- **안전 욕구** 위험한 환경에서 길을 잃는 경우, 캐릭터는 즉각적으로 신체적 위험에 직면할 수 있다.
- **생리적 욕구** 멀리 떨어진 곳에서 길을 잃는 경우, 추가될 수 있는 악조건은 많다. 가령 도움의 손길이 전혀 없는 곳에서 부상을 입거나, 중요한 생필품이 다 떨어지거나, 병에 걸리는 일 등이다. 이런 일이 하나라도 벌어질 경우 실제로 캐릭터가 사망할 수도 있다.

대처에 도움이 되는 긍정적인 특성

적응 능력, 모험심, 경계심, 분석 능력, 차분함, 신중함, 용기, 호기심, 수양과 단련, 근면함, 자연 친화성, 통찰력, 질서정연함, 끈기, 검약

긍정적인 결과

- 캐릭터가 가려고 했던 곳보다 더 흥미로운 곳으로 가게 될 수 있다.
- 캐릭터가 자신에게 있는 줄 몰랐던 역량과 강점을 발견하게 될 수 있다.
- 앞으로는 미리 대비를 철저히 하는 상황 주도적인 인간, 더욱 능동적인 인

간으로 거듭날 수 있다.

- 스스로 생각하는 능력을 키울 수 있다.
- 길을 잃지 않았다면 결코 마주치지 않았을 새로운 사람들을 만난다.

마감 날짜가 당겨지다

A Deadline Being Moved Up

사례

- 약속을 지킬 날짜나 시간이 앞당겨진다.
- 중요한 문서를 잘못 작성하는 바람에 계획보다 더 빨리 작업을 마쳐야 한다.
- 예상보다 빨리 열리는 회의에 필요한 자료를 준비해야 한다.
- 책임을 맡은 집회나 대화 혹은 행사 날짜가 변경되는 바람에 준비를 서둘러 마무리해야 한다.
- 교수가 학생에게 과제 제출일이나 발표 날짜를 바꾸라고 요청해서 마감 날짜가 앞당겨졌다.
- (임박한 전투나 위험 등에 대비해) 예상보다 일찍 자원을 확보해야 한다.
- (탈출하거나, 장애물을 극복하거나, 관련자들에게 깊은 인상을 주거나, 자신의 무고함을 입증하거나, 누군가의 목숨을 구할) 기회의 문이 예상보다 더 일찍 닫힌다는 것을 알게 된다.

사소한 문제

- 스케줄과 사적인 계획이 틀어진다.
- 과제를 마치기 위해 도움을 받아야 할 다른 사람들에게 불편을 끼쳐야 한다.
- 애를 태우느라 잠을 자지 못한다.
- 사랑하는 이들의 요구를 뒤로 미루는 바람에 그들을 실망시킨다.
- (약해 보일까 봐, 보상을 해야 하거나, 도움을 받을 사람이 경쟁자거나 적이라는 이유로) 도움을 청하기 싫어도 어쩔 수 없이 청해야 한다.
- 새로 당겨진 시간표에 맞추기 위해 계획을 변경할 수밖에 없다(프로젝트의 규모를 줄이거나, 장소를 변경하거나, 필요한 것을 얻기 위해 돈을 더 지불하는 일 등).
- 다른 사람들이 캐릭터를 준비가 안 되어 있거나 계획을 제대로 세울 줄 모르는 사람으로 인식하게 된다.
- 일을 제시간에 맞추려고 상사를 무시했다가 상사의 노여움을 산다.

초래할 수 있는 심각한 결과

- 서두르다 안전에 문제가 생긴다(누군가 다친다).
- 소중한 목표를 희생시키거나, 비싼 호의를 제공하거나, 자신을 해롭게 하는 등 높은 대가를 치러야 하는 거래를 해야 한다.
- 실적 관련 수치가 적거나 성과가 엉성하다고 비난을 받는다.
- 바뀐 마감 시간표를 도저히 맞출 수 없어 결국 일을 마치지 못한다.
- 일의 결과가 수준 이하라는 이유로 캐릭터의 평판에 손상이 간다.
- 예산 폭증에 대해 책임을 져야 한다.
- 스트레스를 받아 사람들을 형편없이 대해 관계가 돌이킬 수 없을 정도로 망가진다.
- 마감 기한을 맞추려 지름길을 택하거나 법을 어기다 발각된다.

생길 수 있는 감정

분노, 근심, 열패감, 절망, 결단, 공포, 무기력, 창피함, 허둥지둥, 좌절감, 무능하다는 느낌, 압도당하는 느낌, 공황, 억울함, 체념, 회의감, 망연자실, 제대로 평가를 받지 못한다는 느낌, 걱정

생길 수 있는 내적 갈등

- 마감 기한을 지킬 방안 때문에 불안해 자신의 능력에 대한 믿음에 위기가 닥친다.
- 스스로 비난할 필요가 없다는 것을 알면서도 다른 사람들을 어려운 상황에 몰아넣어 기분이 좋지 않다.
- (마감 기한이 당겨져) 화가 나지만 의무감과 책임감도 느낀다.
- 필요한 것을 얻기 위해 법을 어기거나 거짓말을 하고 싶다는 유혹이 든다.
- 마감 기한을 지킬 것인지, 늦더라도 자랑스러울 수 있는 성과물을 만들 것인지 선택의 기로에 선 느낌이다.
- 친구나 가족들이 희생되는 경우, 많은 사람들에게 이익이 되는 일을 할지 소수에게 이익이 되는 일을 할지 즉시 선택해야 한다.
- 그만 두는 것이 더 쉽기 때문에 그만두고 싶다.
- (가족의 사망, 질병 등) 핑계를 지어내서라도 시간이 더 있었으면 좋겠다.

상황을 악화시킬 수 있는 부정적인 특성

화를 돋우는 성향, 거만함, 체계 없음, 과장하는 성향, 망각, 부주의, 우유부단, 무책임, 순교자인 양하는 태도, 감정 과잉, 자신감 결여, 완벽주의, 산만함, 의지박약, 불평불만, 잔걱정이 많은 성향

기본 욕구에 미치는 영향

- **자아실현 욕구** 캐릭터가 마감 기한을 지키기 위해 자신이 도저히 할 수 없다고 생각하는 일까지 하게 되는 경우, 정체성 위기를 맞게 된다.
- **존중과 인정의 욕구** 캐릭터가 희생양으로 이용당하는 경우, 평판에 손상을 입고 앞으로 나아갈 가능성도 제약을 받게 된다.
- **애정과 소속의 욕구** 상황을 개선해야 해서 (일 때문에 휴가를 취소하거나, 의무를 다하려 가족에게 뭔가 하라고 강요하는 등) 희생이 필요한 경우, 가족이 늘 이해를 해주는 것은 아니다.
- **안전 욕구** 마감 기한이 촉박한 경우, 캐릭터는 보통 때 같으면 감수하지 않을 위험을 감수하게 된다. 일이 잘못될 경우 캐릭터나 캐릭터가 사랑하는 이들이 다칠 수도 있고, 위험에 노출되거나 예기치 못한 부작용으로 어려움을 겪을 수도 있다.

대처에 도움이 되는 긍정적인 특성

적응 능력, 모험심, 차분함, 결단력, 효율성, 집중력, 남의 말을 잘 듣고 이행하는 자세, 체계적인 성향, 끈기, 설득력, 기지와 지략, 분별력, 슬기로움

긍정적인 결과

- 시간 관리를 더욱 잘하게 된다.
- 조직력과 계획성을 더욱 벼릴 수 있게 된다.
- 일이 잘못될 때 적응할 수 있는 역량이 커진다.
- 전면에 나서서 일을 추진할 기회를 얻어 귀중하고 가치 있는 경험을 하게 된다.

- 다른 사람들과 함께 일하는 능력이 향상된다.
- 어려울 때 끝까지 자신을 돕는 사람과 돕지 않는 사람이 누군지 알게 됨으로써 진정한 친구가 누구인지 깨닫게 된다.
- 스스로 다른 사람들이 생각했던 것보다 역량이 훨씬 더 탁월하다는 것을 새삼 알게 된다.
- 마감 기한을 지키고, 그럼으로써 팀원들이나 직장 동료들에게서 감사와 존경을 받게 된다.

무고함을 입증해야 하다

Having to Prove One's Innocence

사례

- 캐릭터가 하지 않은 일로 고소나 고발을 당한다.
- 캐릭터가 다른 사람의 범죄로 누명을 쓴다.
- 신원의 혼동으로 부당한 고소나 고발이 생긴다.
- 캐릭터가 엉뚱한 시간에 엉뚱한 장소에 있다가 진범 대신 범죄에 연루된 것으로 오해를 받는다.
- 아무 해도 되지 않지만 의심을 살 만한 행동을 하는 장면이 포착된다(가령 자기 차를 어디 주차했는지 잊고 엉뚱한 차의 문을 열려고 애를 쓰다 수상하다는 의심을 받는 경우 등).
- 실제로는 무고한데 과거에 비슷한 행동으로 유죄 판결을 받은 전력이 있다는 이유로 의심을 받는다.

사소한 문제

- 자신의 무고함을 주장하는 캐릭터가 자신을 의심하는 사람과 대화를 나누다 어색해진다.
- 무고함을 입증하기 위해 다른 활동을 할 시간을 빼앗긴다.
- 자신의 무고함을 설명하거나 사람들과 만나느라 일할 시간을 쪼개야 한다.
- 허위 사실로 고소나 고발을 당한 데 대해 좌절과 분노를 느낀다.
- 자신의 결백을 증명할 수 있을지 불안하다.
- 증거를 모아야겠는데 어디서부터 시작해야 할지 모르겠다.
- 캐릭터의 유죄를 증명하려 혈안이 된 다른 캐릭터들과 갈등 관계에 놓인다.
- 강압적인 상황 속에서 어려운 질문에 대답을 해야 한다. 사람들이 유죄라고 의심해서 그 부담을 져야 한다.
- 결백을 받아들이지 못하는 친구들과 관계를 더 이상 이어갈 수가 없다.
- 무고함을 입증한 후에도 자신의 결백을 온전히 증명하기 위해 씨름해야 한다.

초래할 수 있는 심각한 결과

- 캐릭터가 억울함으로 충동적인 행동을 하다 오히려 고발인의 부정적인 의구심을 강화시키는 결과를 낳는다.
- 사랑하는 사람들이 캐릭터가 유죄라고 생각하고 캐릭터는 그들에게 절연당한다.
- 사랑하는 사람들이 캐릭터와 관련이 있다는 이유로 죄인 취급을 당한다.
- 길고 지루한 재판 과정을 견뎌야 한다.
- 제대로 된 법률 대리인을 구하지 못해 판사를 설득할 변론을 받지 못한다.
- 피해자들이 캐릭터를 상대로 보복을 하려 한다.
- 허위 혐의로 평판에 괴멸적인 손상을 입는다.
- 혐의 때문에 직장을 잃거나 이혼을 당한다.
- 시간이 많이 소요되고 불필요한 회복 프로그램을 감내해야 한다.
- 유죄 판결을 받고 수감된다.
- 스트레스와 불안 때문에 무고한 캐릭터가 유죄인 듯 보여진다. 가령 거짓말탐지기 검사에서 유죄 결과가 나온다.
- 캐릭터의 과거로부터 불리한 증거가 나와 유죄 의심을 더욱 굳히게 된다.

생길 수 있는 감정

감정의 동요, 분노, 불안, 쓰라림, 우려, 방어하려는 마음, 체념, 절망, 결단, 공포, 당혹감, 두려움, 허둥지둥, 좌절, 위협감, 짜증, 신경과민, 압도당하는 느낌, 억울함, 자기 연민, 수치심, 회의감

생길 수 있는 내적 갈등

- 자신의 무고함을 입증하고 싶은데 방법을 전혀 모르겠다.
- 고립감, 불안감과 씨름하고 있다.
- 진실을 말하고 싶지만 그럴 경우 사랑하는 사람을 연루시켜야 한다.
- 잘못을 전혀 저지르지 않았는데도 죄책감이 든다.
- 무고한 사람을 고발하는 사람에게 앙갚음을 하고 싶은 욕망과 싸우느라 힘들다.
- 정상적인 일상으로 돌아가려 노력하다가도 분노, 억울함, 괴로움 때문에 숨이 막힌다.

- 어쩌다 무고한 자신이 의심을 받게 되었는지 이해하려고 실마리를 찾다 보면 악몽 같은 만남과 사건을 곱씹어야 한다.

상황을 악화시킬 수 있는 부정적인 특성

남의 부아를 돋우는 성향, 무관심, 대립을 일삼는 성향, 부정직함, 체계적이지 못한 성향, 무례함, 망각, 안달, 충동적인 성향, 감정표현을 꺼리는 성향, 예민함, 소통에 서툰 성향, 비협조적인 성향, 부도덕함

기본 욕구에 미치는 영향

- **자아실현 욕구** 캐릭터가 유죄 판결을 받았다가 나중에 무죄 판결을 다시 받는다 해도 의미 있는 삶의 목적을 추구하는 캐릭터의 능력은 손상을 받는다. 세간의 이목을 끄는 범죄일 경우 잊히지 않을 것이고, 그 경우 캐릭터의 이름은 늘 그 범죄와 엮여 사람들의 입에 오르내리게 되기 때문이다.
- **존중과 인정의 욕구** 캐릭터가 입는 평판의 손상은 고소나 고발로 이미 시작된다. 캐릭터의 결백이 입증된다 해도 일부 사람들은 캐릭터가 애초에 그런 상황에 연루되었다는 이유만으로 그를 존중하는 마음을 잃는다.
- **애정과 소속의 욕구** 캐릭터가 여전히 유죄라고 생각하는 사람들은 그와 연을 끊을 것이고 캐릭터는 지지와 지원이 가장 필요할 때 고립된다.
- **안전 욕구** 캐릭터에 대한 고소 고발이 수감으로 이어지는 경우, 캐릭터는 교도소에서 위험한 상황을 경험할 가능성이 매우 높다.
- **생리적 욕구** 중죄로 유죄 판결을 받는 경우 캐릭터는 극형, 즉 사형 선고를 받을 수도 있다.

대처에 도움이 되는 긍정적인 특성

분석 능력, 과감함, 차분함, 매력, 자신감, 협조적인 태도, 용감함, 신중함, 효율성, 정직함, 부지런함, 관찰력과 통찰력, 낙관적인 태도, 질서정연함, 인내와 끈기, 설득력, 기지와 지략

긍정적인 결과

- 캐릭터가 자신의 결백을 입증하고 낙인에서 깨끗이 벗어난다.
- 구속될 뻔한 경험을 통해 인생에서 새로운 출구를 찾고 새로운 길을 선택한다.
- 실제로 유죄인 범인을 기소할 증거를 제공함으로써 세상을 더 안전한 곳으로 만든다.
- 캐릭터가 죄인이 될 뻔한 상황을 전화위복으로 삼아 자신의 진정한 친구가 누구인지를 깨닫게 된다.
- 고소 혹은 고발을 한 사람을 용서할 수 있게 된다.
- 사법체계의 결함을 인식하고 변화를 위해 싸운다.
- 캐릭터가 자신의 결백을 입증해야 하는 상황에서 성공할 경우, 무슨 일이건 결국은 견뎌낼 수 있다는 것을 깨닫게 된다.

문제가 생겨 지각하다 A Delay That Makes One Late

사례

- (알람시계가 꺼지거나 숙취 등의 이유로) 늦잠을 잤다.
- 나갈 준비를 하고 있는데 아기의 터질 듯한 기저귀를 갈아야 한다.
- 집을 나간 개를 쫓아가 집안으로 들여놓아야 한다.
- 배수관이 터지거나 화재경보가 울리는 등 집안 설비에 문제가 생긴다.
- (자동차 시동이 걸리지 않거나 자전거를 도둑맞는 등) 탈것에 문제가 생긴다.
- 중요한 물건(지갑, 여권, 휴대폰 등)을 놓고 와서 다시 가지러 가야 한다.
- 교통 혼잡으로 길이 막히거나, 학교 버스 뒤에서 혹은 도개교◆가 열리기를 기다리느라 오도 가도 못하게 된다.
- 길을 잘못 들었다.
- 경찰관에게 딱지를 끊겼다.
- 자동차 사고에 휘말렸다.
- (상관이나 의사 혹은 아이의 학교에서 오는) 중요한 전화를 받아야 한다.
- 카풀 운전자, 늦어지는 학교 버스나 베이비시터 등 다른 사람이 오지 않아 기다려야 한다.
- 다른 일들이 너무 많거나 계획을 형편없이 세워 지각하게 생겼다.

사소한 문제

- 캐릭터의 지각으로 불편해진 사람들과 캐릭터 사이에 갈등이 생긴다.
- 캐릭터의 신뢰도가 손상을 입는다.

◆ **도개교**
한쪽이나 양쪽이 올라가, 배가 지나갈 수 있도록 만든 다리.

- 서두르다 중요한 뭔가를 깜빡 잊어버린다.
- 모든 일을 다 하기란 불가능하기 때문에 일부 일에 차질이 빚어진다.
- 스트레스 때문에 다른 사람들에게 성질을 부린다.
- 수업, 발표, 회의 등을 준비할 귀중한 시간을 잃는다.
- (고혈압이나 위궤양 악화 등) 사소한 건강 문제를 겪는다.
- 식사를 걸러 짜증을 내게 된다.

초래할 수 있는 심각한 결과

- 면접에 늦어 취직에 실패한다.
- 비행기를 놓친다.
- 연애의 마지막 기회를 날려버린다.
- 서두르다 사고를 당한다.
- 도로에서 난폭 운전을 하게 된다.
- 약 복용을 잊는 바람에 (당뇨 쇼크, 발작 등) 겪지 않아도 될 증상을 겪는다.
- (이웃집 아이를 어린이집에서 데려오거나, 노인인 친척을 진찰 예약에 맞춰 병원으로 모시고 가는 등의) 약속을 잊어버린다.
- 법정의 의무 출석을 놓친다.
- 공황 발작이나 정신 발작을 겪게 된다.
- 평정심을 잃고 엉뚱한 사람을 비난하다가 상황이 녹화되어 온라인에 공개된다.

생길 수 있는 감정

분노, 방어적인 태도, 절망, 결단, 공포, 당혹감, 허둥거림, 죄책감, 안달, 망연자실, 공황, 무기력함, 후회

생길 수 있는 내적 갈등

- 무능해보이고 싶지 않아 지각의 원인에 대해 거짓말을 하고 싶은 유혹이 든다.
- 캐릭터가 시간 엄수에 까다로운 성격이라 지각할 상황에서 애를 태운다.
- 세상이 자신에게 불리한 음모를 꾸미는 것만 같지만 말도 안 되는 이야기라는 것을 모르지 않는다.

- 준비가 부족했던 자신에게 화가 나면서도 상황을 바꿀 힘이 없다.
- 인간이라면 저지를 실수를 저지른 것뿐인데도 (완벽주의 성향 탓에) 자신을 도저히 용서할 수가 없다.
- (지각의 여파가 심각할 경우) 패배주의적 생각에 자꾸 빠지게 된다.

상황을 악화시킬 수 있는 부정적인 특성

대적하려는 성향, 방어적인 태도, 짜임새와 체계 없음, 약속을 지키지 않는 성향, 어리석음, 망각, 야단법석을 떠는 성향, 안달, 무책임, 순교자인 양하는 성향, 감정 과잉, 신경과민, 강박적인 성향, 과민성, 완벽주의, 산만함, 잔걱정이 심한 성향

기본 욕구에 미치는 영향

- **존중과 인정의 욕구** 평생 한 번 있을까 말까 한 기회를 놓쳤는데 그것이 캐릭터 자신의 잘못일 경우, 자존감에 큰 상처를 입는다.
- **애정과 소속의 욕구** 실수가 지나치게 잦은 경우, 캐릭터의 가족 관계나 연애 전선에 부담이 가중되어 관계에 문제가 생길 수 있다.
- **안전 욕구** 늦었거나 주의가 산만한 일 때문에 서두르는 경우, 캐릭터가 사고를 당하거나 부상을 입을 가능성이 커진다.
- **생리적 욕구** 캐릭터가 지체하는 경우 암살자를 피할 배나, 쓰나미를 피할 장소나 긴급히 필요한 백신 등 생명을 구하는 데 꼭 필요한 것들을 제시간에 확보하지 못할 수 있다.

대처에 도움이 되는 긍정적인 특성

적응 능력, 감사하는 태도, 차분함, 자신감, 수양과 단련, 친근함, 무고함, 친절함, 낙관적인 태도, 끈기와 인내, 기지와 지략, 재치

긍정적인 결과

- 캐릭터가 제시간에 당도했다면 일어나지 않았을 우연한 만남이 이루어진다.

- 앞으로는 계획을 더 잘 세워야 한다는 귀중한 교훈을 배운다.
- 자신의 실수에 책임을 지고 용서를 받는다.
- 자신이 과도하게 일에 집중했다는 것을 인식하고 향후 그런 실수를 미연에 방지하는 조치를 취한다.
- 가스 폭발이나 기차 탈선으로 인한 승객 전원 사망 등의 끔찍한 운명을 오히려 지각 덕에 피할 수 있게 된다.
- 적절한 시간에 있어야 할 장소에 당도하게 된다(그래서 다른 사람의 목숨을 구하거나, 인재를 발굴하러 다니는 스카우트 담당자와 같은 승강기에 타게 되어 스카우트되거나, 혹은 위험을 미리 감지해 사고를 막을 수 있게 된다).

스포트라이트를 받다

Being Thrust into The Spotlight

사례

- 대역배우가 갑자기 원치 않는 주역 연기를 해야 한다.
- 비디오나 소셜 미디어 계정의 내용이 급속히 퍼져나가 캐릭터가 갑자기 유명세를 탄다.
- 캐릭터의 상품(책이나 영화나 노래 등)이 즉시 히트를 친다.
- 캐릭터의 배우자가 하룻밤 사이 유명해진다.
- 세간의 이목을 끄는 경연이나 콘테스트에서 상을 탄다.
- 캐릭터의 초능력이나 마법이 밝혀진다.
- 용감하거나 감화를 주는 일을 한 공로로 신문 1면의 뉴스감이 된다.
- 악명 높은 범죄를 목격한 후 재판에서 스타 증인이 된다.
- 일상적인 일을 하다 스카우트 담당자에게 발견된다.
- 캐릭터가 자신이 유명 인사나 정부 고위층과 친인척이라는 것을 알게 된다.
- 유명인과 데이트를 한다.
- 세간의 이목을 끌거나 특별히 악랄한 범죄로 기소된다.
- 이례적인 상황에서 누군가의 목숨을 구한다.

사소한 문제

- 유명세를 치르는 통에 사생활을 침해당한다.
- 캐릭터가 자신의 외모, 말 등에 대해 늘 신경 써야 한다.
- 혐오를 표하는 우편물을 받거나 이메일을 받거나 소셜 미디어상에서 욕을 먹는 표적이 된다.
- 캐릭터의 돌연한 명성을 시샘하는 친구들과 갈등하게 된다.
- 캐릭터와 주변 모든 사람에 대한 감시가 심해져 기존의 관계가 변화한다.
- 사생활이 없어졌다고 가족이나 룸메이트와 언쟁을 벌인다.
- 과거의 잘못이 발견될까 봐 전전긍긍한다.
- 일등 자리를 유지하기 위해 계속 일하고 혁신해야 한다.
- 늘 검토하고 살펴야 하는 새로운 기회가 부담스럽다.

- 캐릭터의 취미와 관심사가 바뀌는 바람에 옛 친구들과 멀어진다.

초래할 수 있는 심각한 결과

- 갑작스럽게 유명해진 탓에 캐릭터가 신체적으로 위해를 입거나 사랑하는 사람들이 위해를 입는다.
- 유명세가 삽시간에 나락으로 떨어진다.
- 캐릭터의 망신거리가 공개되어 전 세계가 볼 수 있게 전시된다.
- 갑작스러운 유명세를 치르느라 중독에 빠지거나 정신 질환에 시달리게 된다.
- 스토킹을 당하거나 살해 위협을 받는다.
- 유명세가 허위임이 밝혀진다. 캐릭터가 사실은 그 유명한 인물이 아니었다.
- 캐릭터가 주변 사람들에게 맞추기 위해 가치관과 윤리를 바꾼다.
- 남들이, 대중이 어떻게 생각할까에 집착하고 끊임없이 걱정한다.
- 캐릭터가 자신에게 잘 해주는 새 친구들 때문에 평생의 우정을 헌신짝처럼 버린다.
- 캐릭터가 스포트라이트를 계속 받아야 한다고 위협을 당하거나 괴롭힘을 당한다.
- 기자들이나 촬영하는 이들에게 난폭한 행동을 하게 된다.
- 하지 않은 일로 인한 체포를 피하기 위해 도망을 다니게 된다.

생길 수 있는 감정

수용, 숭앙, 즐거움, 짜증, 불안, 갈등, 의구심, 불만, 열의, 의기양양, 흥분, 허둥지둥, 좌절, 불안정, 위협받는 느낌, 분개, 압도당하는 느낌, 공황, 만족감, 꺼리는 마음, 분한 마음

생길 수 있는 내적 갈등

- 자신의 진짜 모습을 버리지 않고도 계속 대중의 관심을 받고 싶다.
- 새로 얻은 인기가 자신의 관계를 망치고 있다는 것을 알면서도 인기를 포기하고 싶지가 않다.
- 스포트라이트를 계속 받기 위해 도덕적인 선을 넘고 싶은 유혹이 든다.
- 잘못하지 않았다는 것을 입증하기 위해 도덕적인 선을 넘어야 한다.
- 미디어가 떠드는 나쁜 기사를 믿는 사람들에게 버려져 배신당했

다는 느낌이 든다.

- 스포트라이트를 포기하고 싶지만 그런 결정을 내리면 사랑하는 사람들이 실망하리라는 것을 안다.
- 스포트라이트 덕에 새로 생긴 친구들이 진정한 친구들인지 그저 자신의 명성에 이끌려온 것인지 확신이 없어 힘들다.
- 캐릭터가 명성이 부당하다고, 자신은 그런 유명세를 누릴 자격이 없다고 생각한다.

상황을 악화시킬 수 있는 부정적인 특성

화를 돋우는 성향, 중독 성향, 강박적인 성향, 대적하는 성향, 신의 없음, 무례함, 어리석음, 남을 너무 잘 믿는 성향, 충동적인 성향, 자기 억제, 불안정, 물질만능주의, 편집증적 성향, 무모함, 요령 없음, 상스러움, 장황함

기본 욕구에 미치는 영향

- **자아실현 욕구** 갑자기 스포트라이트를 받게 된 캐릭터는 외모와 평판을 유지하려다 결국 자신의 진정한 모습을 잠식당할 위험에 빠질 수 있다.
- **존중과 인정의 욕구** 부정적인 스포트라이트에 갇혀버린 캐릭터는 자존감을 지키려 씨름해야 한다. 특히 가장 가까운 사람들이 캐릭터에 대한 부정적인 이야기들을 믿는 경우에 그러하다.
- **애정과 소속의 욕구** 캐릭터는 사람들에게 둘러싸여 있어도 고립감과 고독을 느낄 수 있다. 유명세 탓에 자신의 바탕을 이루는 사람들과 더 이상 만나지 못하게 되었거나 진정한 자신으로 남아 있지 못하게 되었기 때문이다.
- **안전 욕구** 스포트라이트를 받게 되는 사람들의 경우 미친 사람들이 가할 수 있는 신체적 위협도 문제지만, 부당한 비판을 지속적으로 받아 생기는 정신적인 문제 또한 크다.

대처에 도움이 되는 긍정적인 특성

적응 능력, 야심, 감사하는 태도, 집중력, 자신감, 외교술, 신중함, 여유, 열정, 외

향적인 성향, 겸허함, 영감을 주는 능력, 지성, 충실함, 객관성, 사색적인 성향, 통찰력, 분별력

긍정적인 결과

- 캐릭터가 새로 얻은 명성을 영향력으로 삼아 다른 사람들에게 이로운 일을 하게 된다.
- 명성을 통해 금전적으로 혜택을 보게 된다.
- 사람들과 연을 맺고 어울리면서 새로운 세계를 향해 나아가는 법을 배운다.
- 갑작스러운 유명세의 시련을 겪은 후 친구들, 사랑하는 가족들과 관계가 더욱 돈독해진다.
- 진정으로 중요한 것이 무엇인지 깨닫고 스포트라이트를 포기한다.
- 캐릭터가 자신을 희생시키지 않고도 유명인의 인생을 사는 법을 습득한다.
- 무고함을 뒷받침하는 증거가 밝혀져 캐릭터의 죄가 사라진다.

예상치 못한 비용이 발생하다

Incurring an Unexpected Expense

사례

- 자연재해로 캐릭터의 집이 피해를 입는다.
- 사랑하는 사람이 부상을 당하거나 갑자기 병에 걸려 의료비가 많이 든다.
- 사랑하는 사람의 사망 때문에 이동 경비나 다른 장례 관련 비용이 발생한다.
- 여행 계획이 변경되는 바람에 수수료가 발생해 남은 돈이 줄어든다.
- 교통법 위반으로 딱지를 떼는 바람에 범칙금을 내야 한다.
- 지역 조례나 법률을 위반해 벌금을 물어야 한다.
- 변호사를 고용해야 한다.
- 숨어 있던 수수료를 꼼짝없이 내야 한다.
- 살던 집에 건강에 해를 끼치는 위험이 발생해 당분간 호텔에서 지내야 한다.
- 자식의 과외 선생님을 고용해야 한다.
- 자동차 사고로 캐릭터의 자가용이 박살나 새 차를 살 수밖에 없다.
- 캐릭터의 반려 동물이 병에 걸려 광범위한 치료가 필요하다.
- 친구나 가족을 금전적으로 지원해야 한다.
- 고소를 당해 합의금을 물어야 한다.

사소한 문제

- 예상치 못한 비용을 감당하기 위해 다른 쪽의 예산을 줄여야 한다.
- 비용을 충당하기 위해 부업을 해야 해 개인 시간을 희생해야 한다.
- 비용의 압박을 심하게 느낀다(특히 예상치 못한 비용을 연속으로 부담하는 경우).
- 캐릭터가 자신의 금전이 충분치 못한 데 대해 수치심을 느낀다.
- 문제를 다른 식으로 해결해서 돈을 아끼려다 오히려 상황을 악화시킨다.
- 소중한 취미나 여가 활동을 비용 절감 때문에 포기해야 한다.
- 주유 비용을 아끼기 위해 걸어서 출근한다.

- 아이들에게 새 물건이나 아이스크림을 전처럼 사 줄 수 없는 이유를 설명해야 한다.
- 비용 때문에 친구나 지인들과의 약속을 피하게 된다.
- 사랑하는 사람들이 경제적인 희생을 감수해야 한다.
- 가족에게 돈을 빌려 당혹스럽게 한다.

초래할 수 있는 심각한 결과

- 신용등급에 문제가 생긴다.
- 사랑하는 사람의 결혼식, 졸업식 혹은 중요한 행사에 참석하지 못한다.
- 파산신청을 해야 한다.
- 직장을 다니지 못하게 되거나 돈을 내지 못하는 상황 때문에 노숙자가 된다.
- 면허증이나 업무 관련 특권을 잃는다.
- 악덕 사채업자에게 돈을 빌리는 바람에 완전히 새로운 문제를 초래해 상황을 악화시킨다.
- (돈을 빌리거나, 대가족 전체가 이사를 가야 하거나, 배우자가 캐릭터가 세세한 돈 문제를 숨겼다는 것을 알게 되는 등의 이유로) 관계가 삐걱거린다.
- 돈을 아끼느라 (의료 시술 등의) 중요한 비용을 쓰지 못하게 된다.
- 비용을 감당하기 위해 부업을 하나 (혹은 두 개) 더 해야 한다.

생길 수 있는 감정

분노, 고뇌, 짜증, 불안, 쓰라림, 우려, 열패감, 절망, 결단, 상심, 의심, 공포, 두려움, 좌절, 자책감, 압도당하는 느낌, 무력함, 자기 연민, 충격, 취약하다는 느낌, 근심

생길 수 있는 내적 갈등

- 상황이 달라져 돈을 어디에 어떻게 써야 할지 쉽지 않은 선택들을 해야 한다.
- 부도덕한 방법이나 불법을 이용해서라도 돈을 벌고 싶은 유혹이 든다.
- 자신이 필요한 것과 원하는 것 사이에서 선택을 해야 한다.
- 돈 문제에 관한 결정을 더 잘 내리지 못한 것, 대비를 철저히 하지

못한 것 때문에 밀려드는 후회를 감내해야 한다.

- 배우자나 자식들이 돈 없이 지내게 하는 게 미안하고 싫어 현명하지 못한 방식(선물을 사주거나 아이들에게 아무거나 뭐든 다 사주는 식)으로 죄책감을 덜고 싶은 마음이 굴뚝같다.
- 돈을 더 제공할 수 없는 자신이 무능하다는 느낌이 터무니없다는 것을 알면서도 그런 느낌에 시달린다.

상황을 악화시킬 수 있는 부정적인 특성

강박적인 성향, 방어적인 성향, 과장하는 태도, 어리석음, 탐욕, 융통성 없음, 무책임, 질투, 물질만능주의, 가식, 자기탐닉, 이기심, 완고함, 속을 털어놓지 않는 성향

기본 욕구에 미치는 영향

- **존중과 인정의 욕구** 물건에 자존감이 달려 있는 캐릭터인 경우, 소비를 갑자기 줄이거나 중단해야 할 때 크게 힘겨워할 수 있다.
- **애정과 소속의 욕구** 돈은 가족 간의 마찰을 불러오는 흔한 원인이다. 캐릭터가 사랑하는 사람들이 생활 습관을 바꾸려 하지 않거나 금전 상황이 나빠진 데 대해 캐릭터를 비난하려 한다면 중요한 관계에 균열이 생길 수 있다.
- **안전 욕구** 의료비 혹은 집과 같이 꼭 필요한 자원이나 생업을 유지할 수 있는 능력을 위협할 정도의 금전적인 어려움은 캐릭터의 안정감을 급속히 해칠 수 있다.

대처에 도움이 되는 긍정적인 특성

분석 능력, 감사하는 태도, 창의력, 결단 능력, 수양과 단련, 효율성, 근면함, 꼼꼼함과 세심함, 질서정연함, 인내, 선제적인 행동 능력, 보호하려는 태도, 기지와 지략, 책임감, 분별력, 근검절약, 이타심

긍정적인 결과

- 예상치 못한 지출에 대비할 수 있는 예산을 세우는 법을 배운다.
- 재정 계획을 요령 있게 세워 다른 사람들을 금전적으로 도울 수 있는 방향으로 갈 수 있다.
- 비용을 들여 (집에서 곰팡이를 퇴치하거나 완전히 망가질 차량을 수리함으로써) 수리를 함으로써 캐릭터의 삶이 더욱 안전해진다.
- 타인들에게 도움을 청하고 의지하는 법을 배운다.
- 향후 금전 문제로 고군분투하는 다른 사람들에게 자신이 성공한 대응 계획을 공유할 수 있게 된다.
- 지출을 검토하고 필요한 것과 필요 없는 것을 결정함으로써 능률적이고 간소하게 비용을 들이는 법과 중요한 일에 돈을 할당하는 법을 배운다.

예상치 못한 책임을 떠맡게 되다

Being Saddled with Unexpected Responsibility

사례

- 나이 드신 부모가 갑자기 캐릭터의 돌봄을 받아야 할 지경까지 쇠약해진다.
- 부모님이 돌아가시고 캐릭터에게 집과 재산을 돌볼 책임을 남긴다.
- 캐릭터가 대부/대모를 선 아이의 부모가 살해되어 법적인 부양책임을 맡게 된다.
- 캐릭터가 예상치 못한 임신을 하게 된다.
- 캐릭터가 자신도 모르게 아버지가 되었다는 것을 알고 아이의 아버지 노릇을 해야 한다.
- 직장에 다니는 부모가 갑자기 아이를 홈스쿨링으로 지도하거나 아이의 비대면 학습을 챙겨야 하는 상황에 놓인다.
- 불의의 사고로 캐릭터의 아이가 신체적으로나 정신적으로 불구가 된다.
- 직장의 감원으로 캐릭터의 책임이 가중된다.
- 캐릭터의 직무가 변해 책무가 가중된다.
- 고객이나 손님이 늘어 직원들의 업무가 늘어난다.
- 위원회 구성원들이 그만 두는 바람에 남은 사람들이 일을 챙겨 해야 한다.
- (테러, 시민 소요, 태풍 등) 자연재해나 인재가 벌어져 캐릭터가 맡은 책임이 늘어난다.

사소한 문제

- 새 책무를 수행하기 위해 교육이 더 필요하다.
- 일에 너무 치여 한계를 느낀다.
- 장시간 노동을 해야 한다.
- 새 스케줄에 적응하기 위해 직장을 바꿔야 한다.
- 동료나 팀원들과 갈등 관계에 놓인다.
- 직장이나 자원봉사 단체의 사기가 저하된다.
- 휴직을 해야 한다.

- 업무량이 늘어 가족과 갈등에 빠진다.
- 스트레스나 경험 부족, 시간 관리의 어려움 때문에 실수를 저지른다.
- (부양할 아이가 늘거나 부모의 병원비 때문에) 경제적으로 압박이 커진다.
- 여가 활동 시간이 전혀 없다.
- 친구들과 보낼 시간이 줄어든다.
- 도움이 필요한 사람을 돌보거나 챙기지 못할까 봐 두렵다.
- 책임자에게 화가 난다.

초래할 수 있는 심각한 결과

- 책임을 제대로 이행하지 못해 심각한 결과가 생긴다(양육권을 잃게 되거나 큰 실수로 좌천당하는 등).
- 캐릭터가 휴가를 너무 많이 쓰거나 병가를 자주 써 해고당한다.
- 그만두는 사람들이 늘어나는 바람에 남은 사람들의 업무 부담이 수행 불가능할 정도로 늘어난다.
- (직장에서나 아이 돌보는 일 등에서) 급하게 도우미를 고용했는데 고용한 도우미가 무능하다는 것을 너무 늦게 알게 된다.
- 스트레스가 가중되어 불안한 결혼이 결별을 맞는다.
- 캐릭터가 친구들에게 시간을 내주지 못해 우정에 금이 가거나 결국 깨진다.
- 책임 때문에 자기를 돌보지 못하고 영양실조, 고혈압, 수면부족 등의 병에 걸린다.

생길 수 있는 감정

분노, 번민, 짜증, 불안, 우울, 체념, 결단, 불신, 공포, 두려움, 좌절, 열패감, 방치된다는 느낌, 압도당하는 느낌, 공황, 억울함, 감수하겠다는 마음, 자기 연민, 충격, 억울함, 근심, 하찮다는 느낌

생길 수 있는 내적 갈등

- 일에 압도당하거나 일에 대한 두려움으로 힘들어도 긍정적인 척해야 한다.
- 일을 하고 싶고 유능하다는 평가를 받고 싶긴 하지만, 늘어난 책무가 지나치게 많다는 것을 알고 있다.

- (캐릭터에게 책임을 떠맡는 일에 대한 선택권이 있는 경우) 어떻게 해야 할지 결정해야 한다.
- 옳은 일을 하고는 싶지만 현재의 생활 방식을 복잡하게 만들고 싶지 않다.
- 자신이 맡은 사람에게 화가 나고 화가 난다는 사실이 부끄러워 미칠 지경이다.

상황을 악화시킬 수 있는 부정적인 특성

중독 성향, 무관심, 무질서, 과장, 약속을 어기는 태도, 경박함, 무책임, 게으름, 신경과민, 완벽주의, 비관적인 태도, 분노, 이기심, 괴팍함, 변덕, 일중독, 잔걱정이 많은 성향

기본 욕구에 미치는 영향

- **자아실현 욕구** 책무에 압도당하는 캐릭터는 꿈과 욕망을 제쳐둬야 하기 때문에 자아실현이 불가능해진다.
- **존중과 인정의 욕구** 일에 치이는 캐릭터는 직장이나 가정이나 관계에서 신통치 않을 것이다. 결국 불안, 열패감, 자신에 대한 불신 등의 추가적인 부담까지 져야 한다.
- **애정과 소속의 욕구** 예상치 못한 책임을 떠맡은 캐릭터는 해야 할 일의 우선순위를 조정해야 하고, 결국 관계보다 해야 할 책무를 우선시하게 된다. 이러한 변화는 캐릭터를 지지하는 사람들 내에서 갈등을 일으킬 수 있다.

대처에 도움이 되는 긍정적인 특성

적응 능력, 야심, 분석 능력, 감사하는 태도, 차분함, 신중함, 자신감, 협조하려는 태도, 수양과 단련, 여유, 효율성, 집중력, 만족하는 태도, 고결함, 근면함, 돌보려는 태도, 낙관적인 태도, 질서정연함

긍정적인 결과

- 돌봄이 필요한 사람에게 귀중한 돌봄과 관심을 제공할 수 있게 된다.
- 열심히 일한 데 대해 봉급 인상이나 승진으로 보상을 받는다.
- 기여한 바에 대해 상이나 칭찬으로 인정받는다.
- 예기치 않은 책임을 통해 캐릭터의 인생이 더욱 심오해지고 의미심장해진다.
- 가정과 일 사이의 균형을 맞추는 법을 배우게 된다.
- 효율성을 배움으로써 캐릭터 자신이 가능하다고 생각했던 것보다 더 많은 일을 할 수 있게 된다.
- 자신의 능력 범위를 벗어나는 상황을 단호히 거절해도 된다는 것을 알게 된다.

원치 않는 주목이나 조사를 받게 되다

Unwanted Scrutiny

사례

- 쥐죽은 듯 있으려고 애쓰고 있던 캐릭터가 (우연히 뭔가 떨어뜨리거나, 소리를 내거나 너무 크게 말해) 원치 않는 주의를 끌게 된다.
- 누군가의 일거수일투족을 감시하라는 임무를 받는다.
- 실수로 무슨 일을 저질러 남들의 의심을 산다.
- 판단 착오로 타인들이 캐릭터를 경계하게 된다.
- 신뢰를 잃어 누군가 캐릭터의 일거수일투족을 면밀히 감시하게 된다.
- 추적이나 수사를 당한다.
- 캐릭터가 테스트를 통해 (결정이나 판단 등)의 실적을 평가받는다.
- 캐릭터의 신의가 의심의 대상이 되어 자유와 자율성이 줄어든다.
- 안전 관련 조치가 심해져 피하거나 막기가 더 힘들어진다.
- 우연히 (엉뚱한 장소나, 엉뚱한 시간에) 뭔가를 하다 발각되어 추가적인 위반 가능성 때문에 감시 대상이 된다.
- 인종 차별이나 편견 때문에 감시를 당한다.
- 유명 인사로서의 지위 때문에 캐릭터의 활동이 공개되거나 공적 관심의 대상이 된다.

사소한 문제

- 사생활이 거의 없어진다.
- 상대해야 할 요식 절차가 늘어난다.
- 전에는 필요하지 않았던 활동 보고를 해야 하게 생겼다.
- 감시의 강화나 새로 생긴 절차 때문에 일이 지체된다.
- 독립적으로 일을 하지 못하고 파트너나 팀을 할당받게 된다.
- 일을 승인해줄 사람이 생겨서 캐릭터가 새로운 절차를 꼭 지켜야 한다.
- 감시나 조사가 끝날 때까지 이루려던 목표 성취를 미룰 수밖에 없다.
- 기회를 놓친다.

- 캐릭터가 자신이 말할 내용이나 말할 상대를 함부로 선택할 수 없다.

초래할 수 있는 심각한 결과

- 압박이 심해 큰 실수를 저지른다.
- 캐릭터가 거짓말을 하거나 해서는 안 될 일을 하다 걸린다.
- 감시나 조사 때문에 중요한 목표를 성취할 수 없다.
- 신뢰 문제로 관계가 돌이킬 수 없을 만큼 손상을 입는다.
- 캐릭터의 적이 감시나 조사를 통해 캐릭터의 동기에 대한 의심을 더욱 강화시킨다.
- 캐릭터가 궁지에 몰려 법을 어기거나 반대자가 된다(그러나 법을 어긴 이유는 정당하다).
- 편견이나 부당한 편향 때문에 제약을 받는다.
- 조사와 그로 인한 실패를 피하려 애쓴다.
- 캐릭터가 관찰과 녹음을 당한 뒤 그 자료를 빌미로 협박을 당한다.
- 캐릭터가 위치 추적 장치가 자신의 차에 장착되어 있다는 것을 발견한다.
- 캐릭터가 사적인 공간이라고 생각했던 장소에서 숨겨져 있던 카메라를 발견한다.

생길 수 있는 감정

감정의 동요, 분노, 짜증, 배신감, 쓰라림, 경멸, 방어적인 태도, 저항, 결단, 실망, 의구심, 환멸, 좌절, 억울함, 공황, 편집증, 울화, 충격, 제대로 평가받지 못한다는 느낌, 반신반의, 근심

생길 수 있는 내적 갈등

- 자신을 불신하는 사람들을 용서하려 애쓴다.
- 감시나 조사를 초래한 실수나 실책을 저질러 화가 난다.
- 중요한 시기에 자신이나 타인들에 대한 신뢰를 잃어버린다.
- 집안에 배신자가 정보를 누출시키고 있다는 것을 알고 누구인지 알아내려 애쓴다.
- 캐릭터가 (가령 유명 인사이거나 중앙정보부 작전 요원이거나 밀교 집단의 구성원이거나 범죄자라서) 상황상 감시를 받을 수밖에 없다는 것을 알면서도 끊임없는 감시에 분노를 느낀다.

상황을 악화시킬 수 있는 부정적인 특성

화를 돋우는 성향, 거만함, 대립을 일삼는 성향, 무질서, 안달복달, 충동적인 성향, 남을 함부로 재단하는 성향, 남성적인 면을 과시, 감정 과잉, 짓궂음, 강박적인 성향, 반항심, 무모함, 자기 파괴적인 태도, 장황함, 원한, 변덕

기본 욕구에 미치는 영향

- **자아실현 욕구** 감시나 조사에 노출되는 캐릭터는 자신의 꿈이 족쇄에 묶여 자유와 자율성을 침해당한다는 것을 알게 되어 결국 꿈을 이루지 못한다.
- **존중과 인정의 욕구** 조사나 감시 강도가 높아지는 이유는 대개 신뢰 부족 때문이다. 이는 캐릭터를 둘러싼 주변 사람들이 캐릭터를 인정하지 않는다는 뜻이다(캐릭터가 무능하다거나 부도덕하다거나 믿을 수 없는 사람이라고 생각한다는 뜻). 이러한 상황은 캐릭터를 낙담시킨다. 특히 이러한 평가에 스스로도 동의하는 경우 더 그러하다.
- **애정과 소속의 욕구** 캐릭터와 가까운 사람들은 원치 않는 감시나 주의가 지속되는 상황을 견뎌내지 못할 수 있고, 그런 경우 캐릭터는 고립되어 홀로 상황을 감내할 수밖에 없다.

대처에 도움이 되는 긍정적인 특성

신중함, 자신감, 협조적인 태도, 단련과 수양, 정직함, 고결함, 겸손, 지성, 내향적인 성향, 충실함, 순종적인 성향, 관찰력, 과묵함, 기지와 지략, 분별력, 소박함, 학구적인 성향, 재능, 건전함, 재치

긍정적인 결과

- 속도를 늦추고 상황을 심사숙고함으로써 성공을 촉진시킨다.
- 자신의 진정한 친구가 누구인지 새삼 알게 된다.
- 자립을 배우고 자신의 능력에 자신감을 얻게 된다.
- 감시자를 방해해 사생활을 지킬 수 있는 창의적인 방안과 요령을 발견한다.

일을 마칠 시간이 촉박해지다

Having to Beat the Clock

사례

- 캐릭터가 병에 걸리거나 다쳐서 일을 마칠 시간이 부족해졌다.
- 마감 기한이 앞으로 당겨졌다.
- 고객이 프로젝트 중간에 일을 더 추가한다.
- 재판 당일 직전에 증거를 수집하거나 목격자를 찾아야 한다.
- 정해진 시간까지 목적지에 가야 하는데 도중에 교통 혼잡이나, 건설 현장이나, 시가행렬을 만나 도착이 늦게 생겼다.
- 버스나, 배나, 다른 교통수단을 놓쳤다.
- 사랑하는 사람들이 캐릭터에게 뭔가 개선하라고 최후통첩을 내린다.
- 재난을 피할 시간이 거의 없어 긴박한 상황이다(폭탄이 터지거나 소행성이 충돌하는 등).

사소한 문제

- 며칠째 밤새 일을 해 수면부족이 심하다.
- 삶의 다른 영역에서 생산성이 떨어진다.
- 서두르다 실수를 저지른다.
- 일을 끝내느라 긴장을 푸는 활동이나 취미 활동을 할 수가 없다.
- 일을 배워가면서 해야 한다.
- 진행하는 일이 너무 많아 정신이 산만해지고 잊어버리는 것도 많아진다.
- (사람들에게 떽떽거리거나, 무례해지는 등) 참을성을 잃는다.
- 상사나 고객이 뒤처진 캐릭터를 더 이상 신뢰하지 않게 된다.
- 일을 끝내는 데 '그저 괜찮은 정도'에 만족하게 된다.
- 마감 기한을 맞추느라 희생이 필요해서 가족들과 마찰이 생긴다.
- 자신의 행동에 책임을 지지 않고 남들을 탓한다.

초래할 수 있는 심각한 결과

- 임시방편으로 도와줄 사람들을 구했는데 도움이 되기는커녕 문제만 더 보탠다.
- 무모하게 운전하다 사고를 낸다.
- (커피나 약물 등) 자극이 되는 흥분제에 중독된다.
- 스트레스로 (편두통, 소화불량, 고혈압, 궤양 등) 질환이 생긴다.
- 일을 망쳐 해고를 당하거나, 대학에서 퇴학을 당하거나, 프로젝트에서 제외되는 등의 처분을 당한다.
- 경연이나 경쟁에서 패배한다.
- 서비스나 실적이 부진해 결국 중요한 고객을 잃고 만다.
- 후원자나 스폰서를 실망시켜 재정적 지원을 잃는다.
- 제시간에 목표를 달성하지 못한 일로 공개 망신을 당한다.
- (마감 기한이 자연재해나 테러 공격일 경우) 대대적인 파괴가 발생한다.
- 실패가 캐릭터의 평판을 망쳐놓는다.
- 해고를 당하거나, 일이 줄거나, 일에서 배제되는 바람에 파산에 직면한다.

생길 수 있는 감정

불안, 우려, 근심, 결단, 의심, 흥분, 공포, 짜증, 압도당하는 느낌, 공황, 반신반의, 불편함, 애태움

생길 수 있는 내적 갈등

- 다른 사람에게 돈을 주고서라도 일을 시키고 싶은 유혹이 든다.
- 자신 때문에 일이 엉망이 되었음을 깨닫고 죄책감이나 수치심을 느낀다.
- 업무와 가정의 의무 사이에서 조화를 이루기 위해 고군분투한다.
- 상황이 절망적이라 생각해 스스로 태업을 한다.
- 자신이 진척시킨 일과 경쟁자의 일을 비교하면서 열등감과 씨름한다.
- (자신이 부당한 대우를 받는다고 느끼는 경우) 순교자 콤플렉스와 씨름한다.
- 화가 난 가족과 생긴 틈을 메우고 싶지만 어떻게 해야 할지 모르겠다.

• 마감 기한이 바뀌는 문제를 전혀 겪지 않거나, 변화를 꾀할 수 있는 자원이 많은 사람들에게 화가 난다.

상황을 악화시킬 수 있는 부정적인 특성

무관심, 강박적인 성향, 무질서, 우유부단, 게으름, 완벽주의, 산만함, 비협조적인 태도

기본 욕구에 미치는 영향

- **자아실현 욕구** 마감 기한을 맞추려다 보면 캐릭터의 세계에서 융통성, 창의성, 자발성이 사라져 자신만의 속도로 향상을 꾀할 수 있는 능력을 발휘하지 못하게 된다.
- **존중과 인정의 욕구** 자존감과 정체성이 일에 달려 있는 캐릭터의 경우, 마감 기한을 놓치는 일로 인해 스스로를 부정적으로 보게 될 수 있다.
- **애정과 소속의 욕구** 일부 관계에서 마감 기한은 다른 관계에서의 기한보다 더 중요한 일일 수 있다. 특히 여러 당사자들 간에 마찰이 있을 경우에 더욱 그러하다. 가령 캐릭터가 딸이 대학으로 떠나기 전에 관계를 개선할 길을 찾지 못한다면, 둘 사이의 관계는 시간이 지날수록 더욱 삐걱대고 멀어질 것이다.
- **생리적 욕구** 촉박한 시간에 뭔가 끝내야 하는 일이 임박한 재난일 경우, 타인들의 생명이 경각에 달린 문제가 될 수 있다.

대처에 도움이 되는 긍정적인 특성

적응 능력, 모험심, 야망, 자신감, 결단력, 효율성, 집중력, 근면함, 자발성

긍정적인 결과

- 시간을 더 잘 관리하는 법을 습득하게 된다.
- 우선순위를 정하는 일의 중요성을 새삼 깨닫게 된다.
- 마지막 순간에 서두르지 않기 위해 일 사이의 균형을 맞추는 법을 발견한다.
- 더욱 양심적인 사람이 된다.

- 신속히 대응하는 능력을 개발하게 된다.
- 가족의 중요성을 깨닫게 된다.
- 시간이 촉박했던 경험을 살려 더욱더 계획성을 갖추고, 만일의 시나리오를 준비할 수 있게 된다.
- 모든 목표가 비용을 들일 만한 가치가 있는 게 아니라는 것을 깨닫고 도전에서 한발 물러남으로써 균형을 찾게 된다.

자신이 불리한 처지임을 깨닫다

Realizing One Is at A Disadvantage

일러두기

어떤 사회건 구성원들의 재능과 자질과 경험과 배경은 다 다르기 마련이다. 이러한 차이 덕에 사람들이 고유하고 흥미로운 존재가 되긴 하지만, 불행한 현실은 사회가 특정 유형의 사람들에게 이롭게 돌아가는 바람에, 사회에 맞지 않는 유형의 사람들에게 불이익을 준다는 것이다. 교육, 역량, 계층 이동의 수준, 인지 능력, 인기 등의 차이는 기회의 불평등을 만들고 구성원들마다 다른 대접을 받게 만드는 결과를 초래할 수 있다. 그뿐 아니라 차이의 인식은 편견과 차별을 초래함으로써 불평등을 심화시킬 수 있다. 따라서 불이익을 당하는 캐릭터는 더 큰 난제를 만나고 특정 유형의 갈등을 경험하게 된다.

사례

- 캐릭터가 (피부색, 성적 지향, 마법 능력 등) 사람들이 생각하는 차이 때문에 자신이 배척을 당하거나, 주변으로 밀려나거나, 기회를 충분히 누리지 못한다는 것을 알게 된다.
- 캐릭터가 자신에게 필요한 돈이 부족해 꿈을 이룰 수 없다는 것을 알게 된다.
- 목표를 이루는 데 필요한 기술이나 교육이 부족하다.
- 이기는 데 필요한 재능이 충분치 않다.
- 이롭다고 생각했던 특징이 오히려 결함이었으며 현재 겪고 있는 문제의 원인임을 알게 된다.
- 불이익을 끼쳤던 사람과 알고 지낸다(그 사람이 인기가 없거나, 범죄자거나, 인종 차별주의자여서 캐릭터에게 불이익을 끼친 것이다).
- 캐릭터가 과거에 있었던 특정 사건이 공개되면 자신의 성공이 어려워진다는 것을 알게 된다.
- 공황 장애나 외상 후 스트레스 장애나 기분 장애 등 정신 질환을 앓고 있다.
- 오감 중 하나를 잃는다.
- 암이나 관절염 등의 퇴행성 질환이나 불치병 진단을 받는다.

- 파킨슨병이나 다발성경화증을 앓는다.
- 평생 기억 문제를 일으키거나 인지능력을 손상시킬 부상을 입는다.
- 부당하거나 제약을 가하는 해로운 고정관념의 희생자가 된다.
- 다른 사람들이 수용할 수 없는 신념 체계를 갖고 있어 (마법을 신봉하고 실천하거나, 신앙을 기반으로 한 사회에서 불가지론자임을 공개하거나, 집단혼을 실천하는 등) 그 문제로 배척당한다.

사소한 문제

- 불이익을 당하는 상황을 바꿀 수 없어 화가 나거나 절망한다.
- 자신이 통제할 수 없는 이유로 표적이 되어 억울하다.
- 상황에 적응할 수 있는 새로운 방안을 찾아야 한다.
- 동정과 편견과 편협함을 상대해야 한다.
- 캐릭터가 타인들에게 부단히 자신의 가치를 설명해야 하고 평등을 위해 투쟁해야 한다.
- 특정 스케줄에 따라 약을 복용하는 일을 잊지 않는 등 새로운 일상에 적응해야 한다.
- 존중을 받거나 원하는 결과를 얻기 위해 두 배로 열심히 노력해야 한다.
- (경쟁에서 지거나, 대학에 떨어지거나, 스포츠 팀에 들어가지 못하거나 전도유망한 기회를 놓치는 등) 불이익을 당해 상실감을 겪는다.
- 일을 쉽게 만들기 위해 (실제 혹은 편견으로 인한) 불이익을 숨기려 애쓴다.

초래할 수 있는 심각한 결과

- 관용이 없거나 차이를 두려워하는 사람들의 선부른 재단이나 보복 혹은 폭행을 겪는다.
- 불리한 처지에 있다는 것이 밝혀져 버림을 받는다.
- 병을 고치기 위해 비싸거나 위험하거나 실험적인 치료에 의지해야 한다.
- 자신이 처한 어려움을 인정하기를 거부해 대처할 수 있는 역량을 발휘하지 못하거나, 힘든 싸움을 상쇄할 수 있는 치료를 받지 못하게 된다.
- 경쟁에서 이길 수 있는 새로운 역량을 기르는 데 있어 시도조차 하

지 않고 선불리 포기해버린다.

생길 수 있는 감정	분노, 번민, 쓰라림, 방어적인 자세, 부인, 우울함, 결단, 당혹감, 좌절, 불안, 무기력, 자기 연민, 수치
생길 수 있는 내적 갈등	• (캐릭터가 자신의 행동으로 불리한 처지에 빠지게 된 경우) 자기를 탓하느라 고달프다. • 도움이 필요하다는 것을 알지만 도움을 청하기에는 자신의 자존심이 너무 강하다는 것을 알고 있다. • 자신이 통제할 수 없는 이유들로 앞길이 막혀 괴롭다. • 삶을 더 나아지게 해줄 수 있는데도 그렇게 하지 않으려는 배려 없는 사회를 향해 화가 치밀어 오른다. • 자신이 지닌 정체성과 관련된 차이를 바꿀 수 있었으면 하고 바라면서도 그런 바람을 갖고 있는 것 자체가 죄책감이 들고 부끄럽다.

상황을 악화시킬 수 있는 부정적인 특성

안달복달, 불안정, 남성적인 면을 과시, 과도한 예민함, 완벽주의, 편견, 분노, 자기 파괴적인 태도, 비협조적인 태도

기본 욕구에 미치는 영향

- **자아실현 욕구** 소중한 목표를 달성할 능력을 제약하는 질환을 앓는 경우, 캐릭터는 새로운 일(하지만 못지않게 의미 있는 일)로 초점을 옮겨야 한다.
- **존중과 인정의 욕구** 근원적인 정체성이나 조건 때문에 자신의 가치가 낮아진다고 생각하는 캐릭터는 자신을 수용하기 위해 그런 생각을 극복해야 한다.
- **애정과 소속의 욕구** 캐릭터가 어찌할 수 없는 이유로 다른 취급을 받는 경우, 괴로울 것이고 자신을 있는 그래도 받아들이고 사랑하는 사람들을 찾지 못하는 한 고독할 것이다.
- **안전 욕구** 다르다는 이유로 박해하는 사람과 교류하는 경우, 캐릭터는 결국 불안정하고 위험한 상황에 처할 수 있다.

대처에 도움이 되는 긍정적인 특성

적응 능력, 야심, 감사하는 태도, 지성, 열의, 인내, 끈기, 선제적인 행동 능력, 기지와 지략, 투지

긍정적인 결과

- 타인들과 공통의 토대를 발견해 연대하게 된다.
- 어려움에도 불구하고 성공하는 법을 배우게 된다.
- 다른 사람들이 차이에 대해 재고할 수 있도록 돕는다.
- 정체성과 자신의 내적 강점에 대해 더욱 깊이 이해하게 된다.
- 자신과 의견 차이를 갖고 있는 사람들을 향한 부당한 관행을 알리게 된다.

중요한 회의 및 모임이나 마감 기한을 놓치다

Missing an Important Meeting or Deadline

사례

- 중요한 행사의 날짜나 시간을 혼동한다.
- 병에 걸리거나 부상을 입어 부탁을 받은 일을 수행할 수 없게 된다.
- 그룹의 구성원들이 프로젝트를 제대로 이행하지 않아 업무 부담이 가중된다.
- 꾸물거리며 일을 미루다 시간이 모자라는 지경에 이른다.
- 늦잠을 자서 사회복지사나 변호사나 가석방 담당자와 만날 약속을 어기게 된다.
- 집에서 비상사태가 벌어져 시간을 뺏기는 바람에 마감 기한을 놓치게 된다.
- (경연이나 직장 면접 등) 전도유망한 기회를 발견했는데 마감 기한이 지난 후에 알게 되어 기회를 놓친다.
- 사업상의 고객과 골프를 치는 동안 휴대폰을 무음으로 해놓았다가 자식이 태어나는 중대사를 놓친다.

사소한 문제

- 그룹 구성원들이 캐릭터 대신 일을 해야 해서 언짢아한다.
- 불면증이나 두통 등 경미한 건강 문제가 생긴다.
- 동료들이나 관리자 앞에서 전문성이 떨어져 보인다.
- 일을 제대로 마무리하지 못해 캐릭터가 다른 사람들에게 무능하게 보인다.
- 캐릭터의 직무 관련 평판이 나빠진다.
- 가족들이 캐릭터가 약속을 제대로 지키지 않는다고 실망한다.
- 하겠다고 공언한 일을 하지 않아 친구가 화가 난다.
- 회의나 만남 일정을 다시 잡아야 해 다른 사람들이 불편해진다.
- 마감 기한이 미루어지는 통에 고객이 실망하고 동료들도 언짢아진다.
- 배우자가 캐릭터의 말을 듣지 않는다.
- 캐릭터가 책임을 지지 않고 핑계와 변명만 늘어놓는다.

- 어긴 약속과 관련된 사람들을 피한다.

초래할 수 있는 심각한 결과

- (낙제, 장학금을 놓치는 등) 학업 면에서 대가를 감내해야 한다.
- 일어난 일에 대해 배우자에게 거짓말을 했다가 들켜 신뢰가 더욱 낮아진다.
- 꿈에 그렸던 직장의 면접 기회를 놓쳐버린다.
- 낙제나 형편없는 실적으로 캐릭터의 평판이 엉망이 된다.
- 남 탓을 하다 관계가 파탄이 난다.
- 큰 고객을 잃는 바람에 회사에 금전적인 손해를 끼친다.
- 직장에서 이익을 볼 수 있는 자리를 놓친다.
- 좌천당한다.
- (회의에 아프다고 빠지는 등) 준비 부족을 은폐하려다 발각된다.
- 중요한 행사 때문에 다른 사람의 도움을 구한 다음 똑같은 일을 또 벌여 신뢰를 잃는다.
- 의무적으로 만나야 하는 약속을 지키지 못해 양육권 분쟁에서 진다.
- 일에 너무 치여서 결국 도망을 치다가 비판을 받고 상황을 더욱 악화시킨다.
- 캐릭터가 신뢰를 잃는 짓을 많이 해 연애 상대가 질려서 관계를 끝낸다.

생길 수 있는 감정

감정의 동요, 분노, 번민, 불안, 방어적인 태도, 실망, 수치, 좌절, 죄책감, 열패감, 신경과민, 압도당하는 느낌, 공황, 후회, 경악, 불편함, 근심

생길 수 있는 내적 갈등

- 캐릭터가 자신이 초래한 문제 때문에 자책감이나 수치심으로 씨름한다.
- (일에 만족을 못한다거나 무능하다는 느낌 등) 일을 미루는 이유들로 인한 문제가 있다는 것을 인정하고 싶지 않다.
- 놓친 대가를 피하기 위해 거짓말을 지어내고 싶은 유혹을 느낀다.
- 놓친 기회가 별 게 아니라고 스스로를 납득시킨다.
- 캐릭터가 탈출구를 찾느라 고통스러운 생각에 빠져 크게 당황했

다는 것, 도움이 절실히 필요하다는 것만 더욱 부각된다.

상황을 악화시킬 수 있는 부정적인 특성

무관심, 방어적인 태도, 부정직함, 신의 없음, 회피하는 태도, 무책임, 완벽주의, 제멋대로 구는 성향, 완고함, 괴팍함, 비협조적인 태도

기본 욕구에 미치는 영향

- **자아실현 욕구** 중요한 회의 일정과 마감 기한이 설정되는 데는 이유가 있다. 그러므로 기한을 놓치는 대가는 캐릭터의 인생 전반에 여파를 남기며, 결국 캐릭터가 원하는 목표를 달성할 역량을 크게 제한하게 된다.
- **존중과 인정의 욕구** 다른 사람들에게 신뢰하지 못할 사람, 무책임하거나 이기적인 사람이라는 평가를 받게 되는 캐릭터는 스스로도 그런 식으로 보게 된다.
- **안전 욕구** 일을 할 기한을 놓쳐 탈출할 시간을 잃는 경우, 캐릭터의 곤란이 커져 안전도 보장할 수 없는 상황이 닥칠 수 있다.

대처에 도움이 되는 긍정적인 특성

야심, 매력, 자신감, 협조적인 태도, 외교술, 정직함, 고결함, 성숙함, 열정, 설득력, 전문성, 이타심

긍정적인 결과

- 마감 기한을 맞춰 일의 부담을 미리 계획하는 능력을 키우게 된다.
- 자신의 약점을 인식하고 인정하게 된다.
- 놓친 기회가 최상의 기회는 아니었음을 인식하게 된다.
- 캐릭터가 자신의 실수를 책임지고 기회를 또 한 번 얻게 된다.
- 다른 사람들이 자신의 의무를 게을리 한 것인데 캐릭터가 오해를 받은 것으로 드러난다.
- 캐릭터가 향후 가족들에게 두 배로 열심히 노력해 자신의 헌신을 입증하고 가족의 신뢰를 되찾는다.

최후통첩을 받다

Being Given an Ultimatum

‘최후통첩Ultimatum’이라는 영어 단어는 원래 ‘최후의 것’이라는 의미의 라틴어에서 유래됐다. 최후통첩은 캐릭터가 상대의 요구를 들어주지 않을 경우 (사랑하는 뭔가를 잃거나 자신에게 불리한 공격을 당하는 등) 심각한 대가를 치르게 하겠다는 최후의 통보를 뜻한다. 최후통첩을 하는 사람은 이런 일을 벌이는 합당한 이유가 있을 수도 있고 아니면 그저 상대를 통제하고 싶을 수도 있다. 최후통첩을 내리는 사람은 캐릭터와 가까운 사람일 수도 있고 캐릭터의 약점을 잡고 있거나 권위를 행사하는 인물일 수도 있다. 다음의 내용은 캐릭터가 최후통첩을 내리는 사람에게 받을 수 있는 요청의 사례다.

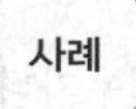

- 관계를 끝내야 한다(유해한 우정을 끊거나, 누군가를 그만 만나거나, 불륜을 그만두고 한 사람에게 헌신할 것 등).
- 중독치료를 시작하거나, 의사에게 진찰을 받거나, 교사나 경찰관에게 사실을 털어놓는 등의 형태로 도움을 받아야 한다.
- 나쁜 습관을 끊어야 한다(음주, 마약, 사람들을 염탐하는 짓, 무모한 행동 등).
- 특정 행동을 그만두어야 한다(부모 역할에 간섭하는 일, 다른 사람 몰래 일을 벌이는 것, 부부의 결혼 생활에 감 놔라 배 놔라 하는 짓, 거짓말, 부정행위, 법 위반, 사람들을 조종하는 짓 등).
- 약 복용, 운동, 식사 개선 혹은 부부 상담 참석 등 특정 행동을 꼭 해야 한다.
- 최후통첩을 내리는 사람의 말에 복종해야 한다. 모든 요구가 합리적이지 않거나 설명할 수 있는 건 아니며, 일부 사람은 그저 통제력을 행사하려 최후통첩을 이용하는 것일 수도 있다. 이런 상황은 통첩을 받는 사람을 위한 것일 수도 있고(가령 아이가 차에 당장 타지 않으려 할 때 부모가 최후통첩을 내리는 것), 아니면 사악한 동기로 인한 것일 수도 있다(가령 불안정한 사람이 자신의 요구를 들어주

지 않으면 폭행을 가하겠다고 협박하는 것).

사소한 문제

- 최후통첩을 받은 이후 밤잠을 설친다.
- 학교 공부나 직장 일에 집중하기 힘들어 걸핏하면 불려나간다.
- (캐릭터가 비밀을 털어놓지 않거나 자식들에게 스트레스를 풀거나 하기 때문에) 다른 관계가 힘들어진다.
- 체중 감소나, 위장 장애, 두통, 피로감 등 경미한 건강 문제가 생긴다.
- (부인하기, 꾸물대기, 회피를 통해) 일을 질질 끌고 미루다 번민이 더욱 깊어간다.
- 최후통첩을 내린 사람을 피해 다녀야 한다.

초래할 수 있는 심각한 결과

- 최후통첩을 내린 상대를 진지하게 고려하지 않는다.
- 자기 몸이나 마음을 상하게 하거나 파괴하는 행동을 계속하는 방식을 택한다.
- 불합리한 최후통첩에 굴복한다.
- 달갑지 않은 최후통첩에 응하기를 거부하다가 친구나, 배우자나, 자식과의 중요한 관계가 어긋난다.
- 어리석은 조언자의 말에 귀를 기울이다 잘못된 선택을 한다.
- 잘못된 선택을 내려 불만이나 불안 혹은 후회로 점철된 삶을 살아가게 된다.
- 자신이 진실로 사랑하고 소중히 여기는 것을 포기한다.

생길 수 있는 감정

분노, 고민, 배신감, 쓰라림, 갈등, 방어적인 태도, 반항심, 부인, 절망, 결단, 공포, 두려움, 공황, 무력함, 화, 체념, 자기혐오, 자기 연민, 수치, 반신반의, 취약함, 걱정, 열등감

생길 수 있는 내적 갈등

- 결정을 내릴 수 없어 괴롭다. 무엇을 해야 할지 모르겠다.
- 최후통첩이 애정에서 나오는 것이라는 것을 알면서도 통첩을 내린 사람에게 화가 난다.
- 간섭을 받기 싫지만 스스로도 도움이 필요하다는 것을 알고 있다.
- 특정 행동이나 중독에 노예처럼 얽매어 있다는 느낌은 들지만 그

행동을 버림으로써 올 고통이 두렵다.

- 최후통첩을 받는 상황까지 온 것 혹은 남들이 자신에게 뭔가를 강요하는 지경까지 온 것이 창피하고 스스로가 혐오스럽다.
- 다른 사람들은 동일한 요구를 받지 않는데 혼자서만 희생을 강요당하는 것 같아 억울하다.
- 자신의 본능이나 식별력이 미덥지 않다.
- 끔찍한 두 가지 선택지에 직면해 있는데 뭘 선택하건 둘 다 지는 것은 마찬가지인 것 같다.
- 다른 사람들에게 영향을 끼칠 결정을 내려야 하는 것이 괴롭다.
- 최후통첩을 내린 상대를 사랑하면서도 그가 내린 불합리한 결정이 뿌리 깊은 문제를 드러낸다는 걸 알고 있다.

상황을 악화시킬 수 있는 부정적인 특성

중독 성향, 반사회적 성향, 무관심, 대적하는 성향, 방어적인 성향, 부정직함, 불합리함, 감정 과잉, 애정에 굶주린 상태, 과민 반응, 편집증적인 성향, 외고집, 독립심 결여, 비협조적인 태도, 원한, 의지박약

기본 욕구에 미치는 영향

- **자아실현 욕구** 귀중한 것을 포기하거나 불합리한 요구를 하는 사람의 말을 들을 경우, 캐릭터는 자신의 인생이 다른 길로 향하는 것에 대해 쉽게 불만을 갖게 된다.
- **존중과 인정의 욕구** 캐릭터가 자신의 행동 때문에 최후통첩을 받게 되었다는 것을 인정하건, 아니면 최후통첩을 내리는 사람이 자기 이익을 위해 그랬다는 것을 알건, 어쨌거나 캐릭터의 자존감은 떨어질 수 있다. 다른 사람들이 캐릭터가 부당한 요구에 맞서지 않고 굴복했다는 생각을 하게 되는 경우, 캐릭터의 평판 역시 손상을 입을 수 있다.
- **애정과 소속의 욕구** 최후통첩에 대해 캐릭터가 보인 반응으로 그가 맺고 있는 관계에서 거리감이 생기는 경우, 캐릭터는 고독감을 느낄 수 있다.
- **안전 욕구** 부당하거나 건강하지 못한 최후통첩에 굴복하는 경우, 캐릭터는 결

국 자신의 신체적, 정서적 안녕을 위협하는 위험한 관계를 맺게 될 수 있다.

대처에 도움이 되는 긍정적인 특성

과감함, 협조적인 태도, 용기, 온화함, 공정함, 친절, 신의, 성숙함, 객관성, 설득력, 창의력, 분별력

긍정적인 결과

- (최후통첩이 좋은 의도로 이루어지는 경우) 변화의 필요성을 깨닫는다.
- 최후통첩이 벌어진 후 그것이 유익했다는 것을 깨닫고 통첩에 감사하게 된다.
- 우선시해야 할 사항들을 재평가하여 중요한 것이 무엇인지 명확히 알게 된다.
- 최후통첩을 긍정적인 변화의 기폭제로 삼는다(파괴적인 것을 포기하고, 통첩을 내리는 사람이 해를 끼치거나 정신적으로 문제가 있거나 도움이 필요하다는 것을 알게 된다).
- 어려운 상황에서 올바른 결정을 내렸다는 데 대해 자신감이 커진다.

추격당하다 Being Hunted

사례

- 경찰이나 다른 법집행 기관에 의해 추적당한다.
- 관계 당국에서 캐릭터를 두고 현상금을 걸었다.
- 연쇄살인범이나 스토커의 표적이 된다.
- 캐릭터가 알고 있는 정보나 목격한 것 때문에 위험한 사람에게 쫓긴다.
- 포식 동물이 마구 돌아다니는 폐쇄된 환경(섬이나, 우주선, 과학연구 시설 등)에 갇혀 있다.
- 미친 스포츠 활동의 일환으로 다른 사람들이 말 그대로 캐릭터를 사냥한다.

사소한 문제

- 불안이나 스트레스로 괴로워 충동적인 결정을 내리게 된다.
- 자신이 쫓기고 있다는 것을 모르고 잡히기 더 쉬운 짓을 저지른다(신용카드를 사용하거나 소셜 미디어에 들어가거나 친구들에게 어디 갈지 이야기하는 것 등).
- 탈출구를 찾느라 시간을 낭비한다.
- 다른 사람들의 도움에 기대야 한다.
- 도움을 주지 않으려는 친구나 가족들과 갈등하게 된다.
- 결정을 신속하게 내렸는데 그 결정이 문제를 오히려 악화시킨다.
- 거짓말을 해야 한다(그리고 그 거짓말에 맞추어 또 다른 거짓말을 계속해야 한다).
- (차에서 자야 하거나, 현금이 부족해지는 등) 사소한 불편을 감수해야 한다.
- 잡히지 않고 필요한 물건을 확보하기 위해 무모하지만 (먹을 걸 훔치거나, 빈집에 들어가서 안전하게 잠을 청하는 등) 범죄를 저지를 수밖에 없다.
- 잡히지 않으려다 (근육이 결리거나 발목을 삐는 등) 경미한 부상을 입는다.

초래할 수 있는 심각한 결과

- 경찰이나 현상금 사냥꾼을 피하지 못해 결국 체포된다.
- 배우자나 형제자매 등 가까운 사람이 캐릭터가 숨어 있는 곳을 신고한다.
- 후회라고는 모르거나 인간성을 찾아볼 수 없는 사람에게 잡힌다.
- 식량이나 무기 등 생필품이나 방어책이 고갈된다.
- 옆에서 구경하다 졸지에 잡혀 부상을 입거나 죽는다.
- 사냥꾼이 사랑하는 사람이나 친구들을 잡아놓고 협박한다.
- 절도나 매춘 등 하기 싫은 일을 하며 돈을 벌어야 한다.
- 쫓기는 경험 때문에 외상 후 스트레스 증후군을 앓게 된다.
- (어디나 위험이 도사리고 있다는) 편집증적인 망상에 시달린다.
- 심각한 부상을 입거나 심지어 사망한다.

생길 수 있는 감정

고통, 불안, 저항감, 우울, 절망, 결단, 의구심, 공포, 두려움, 죄책감, 끔찍함, 히스테리, 고독, 압도당하는 느낌, 공황, 편집증, 무기력함, 억울함, 체념, 충격, 경악, 괴로움, 취약하다는 느낌

생길 수 있는 내적 갈등

- 도움을 구하고 싶은 마음과 계속 숨어 있어야 한다는 생각 사이에서 갈등이 심하다.
- 공포스럽고 절망적인 상황 한가운데서도 명료하게 생각하려 고군분투한다.
- 자신이 정말 쫓길 만한 죄가 있는지 알아내려 애쓴다. 죄책감, 책임감, (운명 따위의) 실존적 개념들과 씨름한다.
- 싸움을 끝내고 싶은 마음과 살아남고 싶은 마음 사이에서 갈등한다.
- 도움이 필요하지만 누구를 믿어야 할지 모르겠다.
- 살아남기 위해 도덕적인 선을 넘어야 할지 말지 결정을 내려야만 한다.
- 사랑하는 사람들이 걱정하는 것을 알기 때문에 죄책감이 든다.
- 사랑하는 이들에게 연락해 자신이 괜찮다는 것을 알리고 싶지만 그러다 그들까지 위험에 빠뜨릴까 두렵다.

상황을 악화시킬 수 있는 부정적인 특성

통제 성향, 어리석음, 야단법석, 남을 너무 잘 믿는 성향, 무지, 충동적인 성향, 부주의, 게으름, 순교자인 양하는 태도, 병적인 성향, 무모함, 산만함, 배은망덕

기본 욕구에 미치는 영향

- **자아실현 욕구** 죽고 사는 문제에 시달리는 상황에 처한 캐릭터는 자아실현에 집중할 수 없다. 다시 말해 자아실현 욕구는 더 즉각적인 욕구가 안정적으로 채워지고 나서야 비로소 충족 가능해진다.
- **존중과 인정의 욕구** 스스로를 강인하거나 굳세거나 힘이 있다고 생각하는 캐릭터에게, 쫓기는 상황이 닥치면 자신을 보는 시각에 지대한 영향을 받는다.
- **애정과 소속의 욕구** 도주 중인 캐릭터는 사랑하는 사람들과 가족에게서 급속히 멀어진다. 캐릭터가 사랑하는 사람들을 안전하게 보호하기 위해 일부러 거리를 두는 경우, 특히 그러하다.
- **안전 욕구** 도망을 다니는 캐릭터의 정서적, 신체적 안정감은 쫓기고 있다는 단순한 행위에 의해서 위협받는다.
- **생리적 욕구** 쫓는 자들이 살인을 하려 작정한 경우, 캐릭터는 정말 목숨을 잃을 위험에 처할 수 있다.

대처에 도움이 되는 긍정적인 특성

분석 능력, 과감함, 차분함, 자신감, 창의성, 호기심, 결단력, 독립심, 세심함, 관찰력과 통찰력, 끈기, 인내, 기지와 지략, 투지, 자유로움

긍정적인 결과

- 문제를 해결해 위협을 무효로 돌린다.
- 내면의 회복력을 발견해 앞으로 닥칠 시련을 잘 극복한다.
- 혐의가 벗겨지면서 쫓길 이유가 사라진다.
- 돕는 사람들과 더욱 강한 유대감을 형성하게 된다.
- 중요한 생존 기술을 습득하게 된다.

- 자신을 쫓는 사람들에게 불리한 증거를 발견해 자유를 얻는다.
- 살인자가 잡혀 더 이상 쫓기지 않게 되어 시련을 벗어난다.

협박당하다 Being Blackmailed

'협박'은 협박 당사자가 상대인 캐릭터에게 불리한 정보(정보가 진실이건 허위건 상관없다)를 폭로하지 않는 대가로 보상을 요구하는 것이다. 협박 시나리오의 가능성은 피해자인 캐릭터가 밝히고 싶지 않은 수많은 비밀과 협박 당사자의 다양한 요구사항을 함께 고려하면 그야말로 무궁무진하다.

사례

협박 당사자가 폭로하겠다고 위협하는 캐릭터의 비밀

- 불륜
- 범죄 증거(캐릭터의 뺑소니 사고, 살인, 부적절한 성적 행동 등)
- 캐릭터의 자식이 범죄를 저질렀다는 증거
- 캐릭터와 상대 간의 해로운 연락이나 서신 교환
- 가족에 대한, 특정 시대나 환경에서 금기시되는 정보(정신 질환, 성적 지향, 1940년대 공산당 모임 참석 등)
- 인종 차별 언급이나 행동에 대한 기록
- 함구나 은폐의 대상이 된 기소나 고발
- 고위직의 정실 인사
- 거짓말, 사기 혹은 간첩행위의 증거

침묵을 해주는 대가로 협박 당사자가 캐릭터에게 요구할 수 있는 보상

- 돈이나 귀중품(보석, 예술품 컬렉션의 회화, 특허 등)
- 성행위
- 협박 당사자나 그의 대의에 대한 지지 표명
- 협박 당사자의 경쟁자나 적을 처벌하기 위한 캐릭터의 조력
- 특정 인물이나 시설이나 민감한 자료에 대한 접근권을 제공하는 인증이나 자격
- 특정 법률이나 허가나 문서의 강행 처리
- 피해자가 협박 당사자의 범죄 행동을 묵과하는 것
- 피해자가 영향력 있는 직위에서 내려오는 것

사소한 문제	• 비밀이 공개될까 봐 노심초사하느라 잠을 이루지 못한다. • 일이나 학교 공부에 집중할 수가 없다. • 상황에 대해 누구에게도 말을 할 수가 없다. 오롯이 혼자 모든 일을 겪어내야 한다. • 많은 사람에게 거짓말을 해 누구에게 어디까지 이야기했는지 생각조차 나지 않는다. • (협박범이 누구인지, 지난 세 시간 동안 어디 갔다 왔는지, 왜 돈을 인출했는지 등에 관해) 거짓말을 지어내야 한다. • 비밀을 털어놓는 절친한 친구와 앞으로 어떤 행동을 취해야 할지 의견이 맞지 않는다.
초래할 수 있는 심각한 결과	• (가짜건 진짜건) 결국 비밀이 폭로된다. • 협박범이 다시 돌아와 더 많은 보상을 요구한다. • 법을 어기거나 어떤 식으로건 법을 어기는 데 공모해야 하는 요구에 굴복한다. • 비밀을 알게 된 사랑하는 사람들과의 관계가 어그러진다. • 협박범이 캐릭터가 사랑하는 사람들을 위협하거나 상해를 입힘으로써 자신의 힘을 캐릭터에게 상기시킨다. • 협박범이 요구하는 돈을 주느라 파산한다. • 비난이 사실이 아니기 때문에 협박이나 요구에 굴복하지 않았는데, 이야기가 폭로되었을 때 다른 사람들이 캐릭터의 말을 믿어주지 않는다. • 협박범과 연루되어 수사 대상이 된다. • 직장, 결혼 혹은 다른 귀중한 것들을 비밀 유지 때문에 포기해야만 한다.
생길 수 있는 감정	분노, 번민, 불안, 부인, 절망, 좌절, 공포, 두려움, 죄책감, 경악, 공황, 무기력, 후회, 자기혐오, 처참함, 취약하다는 느낌

생길 수 있는 내적 갈등

- 어떻게 해야 할지 결정할 수 없어 어쩔 줄 모르겠다.
- 다른 사람들이 비밀을 알게 된다고 상상하거나 벌어질 일을 생각한다.
- 사랑하는 사람들에게 비밀을 털어놓고 싶지만 그들을 보호하기 위해 거짓말을 해야 한다.
- 협박을 받게 된 과거의 잘못 때문에 수치심이나 자기혐오에 시달린다.
- 비밀을 유지하는 고통을 끝내고 싶어서 비밀이 아예 폭로되었으면 좋겠다는 마음도 든다.
- 협박범의 입을 다물게 하려면 어디까지 가야 할지 윤리적인 문제 때문에 고민하게 된다.

상황을 악화시킬 수 있는 부정적인 특성

방어적인 태도, 충동적인 성향, 과민함, 편집증적인 성향, 무모함, 자기 파괴적인 태도, 비협조적인 성향, 원한, 잔걱정이 많은 성향

기본 욕구에 미치는 영향

- **자아실현 욕구** 협박을 당하는 사람은 대개 레이더망을 벗어나려 하고 타인의 주목을 피하려 애쓰기 마련이다. 이런 상황에 처한 캐릭터는 대개 위험을 감수하려 하지 않기 때문에 자신의 꿈이나 목적을 이룰 확률이 낮다.
- **존중과 인정의 욕구** 협박을 당하는 피해자는 애초에 자신이 어쩌다 이런 상황에 처하게 되었을까 생각하기 마련이므로 자존감이 낮아질 수밖에 없다.
- **애정과 소속의 욕구** 사랑하는 사람들에게 비밀을 털어놓지 못하는 경우, 캐릭터는 중요한 관계가 삐걱거린다는 것을 알게 된다. 사랑하는 사람들이 협박에 대해 알게 되어 되려 피해자에게 자신들을 이런 상황에 놓이게 만들었다고 화를 내는 경우에도 마찬가지 결과가 초래된다.
- **안전 욕구** 대개 협박범은 피해자를 통제하기 위해 폭행을 저지르겠다는 위협을 하며 실행에 옮기는 데도 주저함이 없다. 그러므로 캐릭터와 캐릭터가 사랑하는 사람들에게 실제로 위험이 닥칠 수 있다.

대처에 도움이 되는 긍정적인 특성

차분함, 신중함, 수양과 단련, 순종하는 성향, 설득력, 능동적인 대처 능력, 보호하려는 태도, 기지와 지략, 관대함, 지혜

긍정적인 결과

- 피해자의 마음을 여러 해 동안 짓눌렀던 비밀을 아예 털어놓는다.
- 자신의 행동에 마침내 책임을 진다.
- 누군가에게 비밀을 털어놓은 덕에 시련을 통해 오히려 관계가 돈독해진다.
- 타인들이 선택을 좌지우지하도록 방치하지 않고 캐릭터 스스로 상황을 직접 통제한다.
- 피해자가 자신이 옳은 일을 했다는 것을 깨닫고 자신감이 커진다.

딜레마
사전

승산 없는 시나리오

No-Win Scenarios

다수의 이익을 위해 소수를 희생시켜야 하다

Needing to Sacrifice One for The Good of Many

사례

- 자신이 먹어야 할 것까지 줄여가며 사랑하는 사람들을 먹인다.
- 재난이나 사고가 닥친 후 도움을 제공하기 위해 특정인을 죽음이 도사리는 게 확실한 사고 현장으로 보낸다.
- 특정인을 후진으로 남기고 나머지 사람들을 탈출시킨다.
- 사람들을 구조하기 위해 특정인을 위험한 상황으로 보낸다.
- 독이 들어있을 것으로 의심되는 지역 사회의 식량 샘플을 특정인에게 시식하게 한다.
- 표적이 될 것을 알면서도 내부 고발자가 된다.
- 타인들을 구하려 목숨을 바친다.
- 임상 실험이나 실험적인 치료에 참여한다.
- 다른 사람들에게 월급을 주기 위해 고액 연봉자를 해고한다.
- 종말 상황에서 생존할 확률이 가장 높은 사람들을 위해 의료자원을 비축한다.
- 절실한 정보를 얻기 위해 적진으로 간첩을 보낸다.
- 수백만 명을 살리려 폭군을 암살한다.
- 동물 무리 중, 병든 동물을 추려 살처분함으로써 무리 전체를 살리려 한다.

사소한 문제

- 희생시킬 사람을 선택해야 한다.
- 친구나 사랑하는 사람은 제외하고 희생시킬 사람을 골랐다고 비난받는다.
- 편견, 히스테리 혹은 다른 도움이 되지 않는 조언에 귀를 기울여야 한다.
- 자신의 결정을 다른 사람들에게 설명해야 한다.
- 다른 사람들에게 자신의 선택이 최선이라고 설득해야 한다.
- 결정을 내린 일을 두고 비정하다는 평가를 듣는다.
- 결정을 내린 후 리더 자리에서 밀려난다.

- 힘 있는 자들에게 압력을 받아 그들이 원하는 대로 해야 한다.

초래할 수 있는 심각한 결과

- 옳은 선택을 내리지 못한다.
- 선택의 결과를 감당하고 살 수가 없다.
- 외상 후 스트레스 증후군에 시달린다.
- 형사 고발을 당한다.
- 기껏 희생했는데 막상 성과나 효력이 없다.
- 위험에 목숨을 건 사람이 실제로 심각한 부상을 입거나 사망한다.
- 희생당한 사람의 남은 가족과 교류해야 한다.
- 희생시킨 사람이 죽는 모습을 지켜봐야 한다.
- 희생이 필요하지 않았을 다른 좋은 해결책을 놓쳐버렸다.
- 집단의 반란을 마주하게 된다.
- 선택의 여파로 무감각할 정도로 마음이 굳어져버린다.

생길 수 있는 감정

분노, 고뇌, 불안, 저항감, 우울함, 체념, 결단, 상심, 혐오감, 의구심, 공포, 두려움, 슬픔, 죄책감, 희망, 끔찍함, 열패감, 고독함, 공황, 무기력, 억울함, 양심의 가책, 자기혐오, 수치심, 고문당하는 느낌

생길 수 있는 내적 갈등

- 적절한 사람을 희생자로 삼았는지, 자신에게 그런 능력이 있는지 자꾸 곱씹게 된다.
- 다양한 선택지 사이에서 갈팡질팡한다.
- 책임을 다른 사람에게 떠넘기고 싶은 유혹에 시달린다.
- 자신이 직접 희생할 용기를 내야 한다.
- 편견이나 선입견에 기대어 결정을 내린 후(가령 적이나 경쟁자를 선택하는 것) 더 객관적이지 못했다는 죄책감에 시달린다.
- 상황 때문에 생긴 고통스러운 순간에서 벗어날 수가 없다(희생자에게 남으라는 말을 한 대화, 희생자의 마지막 눈빛, 희생자가 죽는 순간 등).
- 모두를 구할 방법을 찾지 못한 자신에 대한 수치심과 자기혐오가 견딜 수 없을 만큼 무겁다.
- 자신이 내린 결정이 체계적이고 객관적이었다는 것을 알지만 그

래도 여전히 혼란스럽고 괴롭다.

상황을 악화시킬 수 있는 부정적인 특성

무관심, 심술궂음, 통제 성향, 비겁함, 잔인함, 남을 너무 잘 믿는 성향, 무지, 충동적인 성향, 남을 조종하려는 성향, 병적인 태도, 편견, 이기심, 완고함, 굴종, 요령 없음, 원한, 의지박약, 잔걱정이 많은 성향

기본 욕구에 미치는 영향

- **존중과 인정의 욕구** 턱없는 결정을 내린 탓에 캐릭터의 자존감과 평판은 영구적으로 손상될 수 있다.
- **애정과 소속의 욕구** 자신이 내린 결정을 잊지 못하는 캐릭터는 사람들을 피해 고립되기 쉽다. 고립은 자신에 대한 형벌일 수도 있고, 언젠가 또 희생시켜야 될지도 모르는 사람과 가까이 하지 않기 위한 방편일 수도 있다.
- **안전 욕구** 집단이 생존에 대단히 중요한 상황에서 그 집단을 위험에 빠뜨리는 결정은 무엇이 됐건 캐릭터의 안전과 안정감을 위협하기 마련이다.
- **생리적 욕구** 종말 이후의 불안한 상황에서 사람들이 필사적으로 살기 위해 무엇이건 하려 할 때는 캐릭터가 희생시킨 가족과 친구들의 치명적인 저항에 직면해 목숨이 위험해질 수 있다.

대처에 도움이 되는 긍정적인 특성

분석 능력, 과감함, 차분함, 집중력, 자신감, 용기, 결단력, 외교술, 독립심, 공정함, 세심함, 객관성, 낙관적인 태도, 설득력, 분별력, 지혜

긍정적인 결과

- 캐릭터가 결정한 희생 덕에 많은 사람들의 목숨을 구한다.
- 집단을 위한 도움을 얻거나 안전을 확보한다.
- 제대로 된 선택이 불가능한 상황에서 내린 선택으로, 비난이 아니라 보상과 찬사를 받는다.

- 예상치도 못한 용서를 받는다.
- 다른 사람들이 부담을 지지 않도록, 자신이 결정에 책임을 진 일이 결과적으로 올바른 선택이었다는 것을 깨닫는다.

모두를 구할 수는 없다

Being Unable to Save Everyone

사례

- 선박 침몰 사고 후 물에 빠진 사람들을 구하려 노력한다.
- 포로로 잡힌 사람들을 구해야 하지만 다 구할 수가 없다.
- 화재가 난 건물에서 가족을 구하려 필사적으로 애쓰고 있다.
- 열차 탈선 현장에 도착했더니 수많은 사람들이 심각한 부상을 입은 상황이나, 전원을 구할 수가 없다.
- 앞장서서 탈출을 하는 상황에서 일부 포로들이 공포에 질려 뒤에 남는다.
- 임박한 위험에서 사람들을 구할 수 있는 차를 구했는데 전원을 태울 수가 없다.
- 원거리에서 엄호사격을 통해 지상군을 지원하고 있는데 적을 다 사살할 수가 없다.
- 두 가지 위협이 동시에 닥쳤는데 대응은 한 가지 위협에 대해서만 가능하다(가령 해체해야 할 폭탄이 두 개라거나, 서로 다른 전선에서 합동 공격이 벌어지는 등).
- 다수의 사람들이 동일한 질병에 걸렸는데, 치료약이 모두를 살릴 만큼 충분치 않다.

사소한 문제

- 누구에게 먼저 신경을 쓰고 주의를 기울여야 할지 모르겠다.
- 사랑하는 사람들이 고통을 받고 있는데 다 구할 수가 없어 먼저 구할 사람을 선택해야 한다.
- 상황에 혼비백산해 무력해져 어려움과 위험이 가중된다.
- 다른 생존자들과 행인들을 조직해 그들의 도움을 받아 최대한 많은 사람을 구하려 몸부림친다.
- 누구를 구할지, 왜 구해야 하는지를 놓고 다른 사람들과 언쟁을 벌인다.
- 앞에 길이 빤히 보이는데 정작 행동을 취할 수가 없다(캐릭터가 부상을 입거나, 책임자가 아니라는 등의 이유 때문이다).

- 시간이 갈수록 위험이 더 커지는 환경에서 뭔가 하고 있는 것이 괴롭다.

초래할 수 있는 심각한 결과

- 스트레스 때문에 실수를 저지르는 바람에 사람들의 목숨을 잃게 된다.
- 캐릭터가 한 선택 때문에 관계가 파탄에 이른다.
- 부상을 당하거나 똑같은 비극의 희생자가 된다(사람들을 구하려다 잡히거나, 다른 사람들의 탈출을 돕다 독가스를 마시거나, 질병에 감염되는 등).
- 모든 일을 올바르게 했는데 형사상의 책임을 지게 된다(가령 사망한 환자의 가족에게 의사가 고소를 당하는 것).
- 비극을 자신의 이익에 이용하는 사람들에게 비난을 받거나 희생양으로 이용당한다.
- 다른 사람들보다 특정 사람들을 구했다는 이유로 (가족이나 공동체 등에게) 퇴출당하거나 회피 대상이 된다.
- 사건이 끝나도 외상 후 스트레스 장애에 시달린다.

생길 수 있는 감정

번민, 갈등, 패배감, 우울함, 체념, 절망, 결단, 상심, 허둥지둥, 비탄, 죄책감, 끔찍함, 열패감, 공황, 무기력함, 분노, 후회, 자기혐오, 수치, 경악, 괴로움, 자신이 무가치하다는 느낌

생길 수 있는 내적 갈등

- 최선을 다했다는 것을 알면서도 모두 구하지 못해 자책한다.
- 위기의 순간, 그야말로 찰나의 순간에 선택을 잘 할 수 있도록 대비해야 한다.
- 누구를 구해야 할지 옳은 선택을 했다는 것을 알지만 다른 사람들의 반응이 두려워 말을 할 수가 없다.
- 자신이 선택했던 구출 순서가 편견을 기반으로 한 것은 아니었나 의구심이 든다.
- (미리 대비를 더 잘하지 못했거나, 위기에 대한 적절한 훈련이 부족했거나, 애초에 사건이 일어나지 않도록 예방하지 못한 것 등) 예측력이 부족했던 자신을 책망한다.

- 자기도 모르게 사건 발생에 기여했다는 생각으로 수치심과 죄책감을 느낀다(가령 보안요원이 총격범에게서 세입자를 구하고 난 뒤, 애초에 총격범을 건물 안으로 들인 게 잘못이었다고 자책하는 것).
- 사건 이후 자신이 생존했다는 사실 때문에 죄책감이 든다. 더 능력 있는 다른 사람들은 살아남지 못했는데 왜 자신이 살아남았는지 모르겠다며 괴로워한다.

상황을 악화시킬 수 있는 부정적인 특성

비겁함, 무질서, 우유부단, 완벽주의, 이기심, 아둔함, 의지박약

기본 욕구에 미치는 영향

- **자아실현 욕구** 남들을 구해야 하는 상황에 휘말린 캐릭터는 자신이 다른 사람들의 안녕을 직접 책임지는 상황을 피하려고 할 것이다. 그런 책임(가령 엄마나 아빠 노릇을 하는 것 등)이 캐릭터의 정체성의 일부가 되는 경우, 캐릭터는 공포로 그런 역할을 피하게 되고, 그 경우 온전한 자아실현은 불가능하다.
- **존중과 인정의 욕구** 슬픔 때문에 타인들이 캐릭터를 공격하고 캐릭터의 결정과 행동에 대해 비난하는 경우, 캐릭터의 불안이 점화되어 자존감이 무너질 수 있다.
- **애정과 소속의 욕구** 피해자가 사랑받는 사람이었을 경우, 캐릭터와 다른 가족 사이에 마찰이 발생할 수 있다.

대처에 도움이 되는 긍정적인 특성

과감함, 차분함, 용기, 결단력, 집중력, 고결함, 지성, 객관성, 관찰력, 끈기, 보호하려는 태도

긍정적인 결과

- 살아남는 것이 얼마나 중요한지 깨닫게 되어 진정으로 중요한 것이 무엇인지 우선순위를 다시 매기게 된다.

- 비극을 겪으면서 캐릭터가 자신의 관계를 재평가하게 된다.
- 원한을 품기에는 인생이 너무 짧다는 것을 깨닫고 용서하기로 선택한다.
- 생명이 귀중하다는 것을 깨닫고 후회 없이 살기로 결심한다.
- 더 이상 자기감정을 숨기지 않고 타인들과 더 잘 나눌 수 있게 된다.
- 세상에서 자신이 갖고 있는 위치와 자신이 진정으로 원하는 것을 잘 보게 되어 의미 있는 목적을 이루는 데 더욱 집중하게 된다.
- 캐릭터가 당했던 일이 스스로 역량을 키우고 대비를 더욱 철저히 해야 한다는 것을 깨닫는 계기가 된다.

뭘 해도 망하게 생기다

Being Set Up to Fail

사례

- 맡은 업무가 열심히 해봤자 이미 망할 것으로 예상되거나 알려져 있는 일이다.
- 캐릭터가 음식이나 물, 수면 같은 기초적인 자원을 빼앗긴다.
- 금전 자원이 불충분하게 공급된다.
- 캐릭터의 기술이나 역량으로는 턱도 없는 일을 떠맡는다.
- 과제를 완수하는 데 필요한 재료를 받지 못한다.
- 불가능한 마감 기한을 제시받는다.
- 윤리 기준이 높은 캐릭터가 자신의 신념을 위험에 빠뜨려야만 자유로워질 수 있는 상황에 빠진다.
- 수상자가 미리 정해져 있는 경연에 참가한다.
- 캐릭터가 자신의 약점에 맞춰져 있는 상황에 빠진 후, 실패한 다음 그 실패를 빌미로 이용당한다.
- 신참 캐릭터가 이길 수 없는 노련한 상대와 경쟁하는 상황에 처한다.
- 학생에게 너무 어려운 과제가 주어진다.
- 공부하지 않은 범위에서 시험을 봐야 한다.
- 캐릭터가 덫에 걸려 자신에게 불리한 동기나 목적을 은밀히 숨긴 사람과 연애를 하게 된다.
- 타인들이 자신들의 나쁜 결정의 여파를 피하기 위해 캐릭터를 희생양으로 삼는다.

사소한 문제

- 필요한 자원을 얻기 위해 기지와 창의력을 발휘해야 한다.
- 타인들의 도움을 구해야 한다.
- (찬밥 더운밥 가릴 처지가 아니기 때문에) 불합리하거나 상대하기 힘든 사람들을 상대해야 한다.
- 모자란 것들을 벌충할 시간을 내야 한다.
- 긍정적인 태도를 잃지 말아야 한다.

- 불편한 상황에 처하게 된다.
- 무례하거나 부정적인 사람으로 비친다.
- 필요한 것을 얻기 위해 거래를 해야 한다.
- 속았다는 느낌이 든다.
- 무슨 일이 벌어지고 있는지 분명해지면 상황에서 벗어나기 위해 용기를 내야 한다.
- 부당함에 맞서 목소리를 높이는데 피해망상에 빠져 있다고 취급되거나, 골칫거리로 여겨진다.

초래할 수 있는 심각한 결과

- 스트레스와 피로와 성공해야 한다는 압박 때문에 중대한 실수를 저지른다.
- 갖고 있는 돈에서 초과 지출한다.
- 캐릭터가 상황에 대해 통제할 수 있는 힘이 거의 없는데도 실패자라는 오명을 뒤집어쓴다.
- 해야 할 일에 치여 압사할 것 같다.
- 실패를 인정하는 것밖에는 도리가 없다.
- 해고당한다.
- 형편없는 성적이나 평가를 받는다.
- 부족분이나 장비 결함을 벌충하려다 오히려 위험한 상황을 초래한다.
- 이용당한다는 느낌이 든다.
- 부정부패 관행을 지키지 않는다는 이유로 협박당한다.
- 자신이 처한 상황이 덫처럼 느껴진다.
- 출구를 도저히 찾을 수 없어 '잘 지내기 위해 하던 일을 그저 계속하기로' 결정한다.
- 분노와 복수심에 눈이 멀어 이기기 위해 도를 넘는다.

생길 수 있는 감정

분노, 괴로움, 경악, 배신감, 쓰라림, 혼란, 경멸, 반항심, 우울함, 절망, 결단, 환멸, 무기력, 공포, 좌절, 증오, 상처, 열패감, 무력함, 억울함, 자기 연민, 수치심, 충격

생길 수 있는 내적 갈등

- 타인들의 의도를 이후에 자꾸 곱씹게 된다.
- 불공정한 조건을 만든 자들에게 원한을 품고 싶은 유혹이 든다.
- 어찌할 수 없는 일들을 받아들이느라 힘이 든다.
- 상황을 벗어나고 싶지만 방법을 모르겠다.
- 자신의 효능과 목적을 다시 생각하게 된다.
- 일을 끝까지 지켜보자는 생각과 다 그만두자는 생각 사이에서 갈팡질팡하고 있다.
- 불법 수단을 동원해서라도 실패를 피하고 싶은 유혹이 든다.
- 내부고발자 노릇을 해야 할지 말아야 할지 의구심이 든다.

상황을 악화시킬 수 있는 부정적인 특성

대립을 일삼는 성향, 통제 성향, 안달복달하는 성향, 남을 너무 잘 믿는 성향, 부주의, 우유부단, 불안정, 남성적인 면을 과시, 순교자인 양하는 태도, 완벽주의, 완고함, 굴종 성향, 부도덕함, 보복하려는 성향

기본 욕구에 미치는 영향

- **자아실현 욕구** 꿈을 이루는 노력에서 실패하는 경우 (설사 그것이 캐릭터의 잘못이 아니라 하더라도) 캐릭터가 꿈을 이루기 위해 다시 노력하는 것은 어렵다. 꿈을 포기하고 작은 것에 만족하는 게 더 쉽다고 생각하기 때문이다.
- **존중과 인정의 욕구** 과제나 관계에서 실패하는 경우, 캐릭터의 조건이 통제 불능이라 실패했다 하더라도 타인들이 캐릭터를 하찮다고 여기게 된다.
- **애정과 소속의 욕구** 이런 식으로 피해자가 되어버린 캐릭터는 타인들을 신뢰하는 데 어려움을 겪게 된다. 남을 믿기 주저하는 경우, 깊고 의미 있는 관계를 맺고 유지하는 일이 더욱 어려워질 수 있다.

대처에 도움이 되는 긍정적인 특성

야심, 분석 능력, 과감함, 자신감, 창의력, 과단성, 집중력, 겸허함, 통찰력, 끈기, 기지와 지략, 책임감, 학구적인 태도, 재능

긍정적인 결과

- 남의 조종이나 이용을 당하는 유사한 상황을 쉽게 인식할 수 있게 된다.
- 캐릭터가 자신의 경험을 공개해 범죄자들이나 잘못을 저지른 당사자들을 법정에 세울 수 있게 된다.
- 혁신적인 방법과 새로운 협력자들을 찾아내 온갖 역경을 딛고 캐릭터가 성공을 거둔다.
- 캐릭터가 자신을 피해자로 희생시키는 상황을 내면화하기를 거부한다. 즉 자신의 실패가 자신의 능력과 무관하다는 것을 인식한다.

상대를 최악의 운명에서 구하려면 상처를 줘야 하다

Having to Hurt Someone to Save Them from A Worse Fate

이와 같은 곤란한 상황에 대해서는 단순한 해결책은 없어, 캐릭터에게 많은 갈등을 유발할 수 있다. 구체적인 사례를 확인하려면 '상대가 저지른 행동의 대가를 치르도록 내버려두다', '상대에게 도움을 줄지 말지 결정해야 하다', '나쁜 소식을 전하는 일을 떠맡다' '상대를 처벌해야 하다', '약속을 깨야 하다' 편을 참조할 것.

사례

- 상대의 불건전한 태도나 습관 때문에 상대와 대립해야 한다.
- 상대와의 관계가 장기적으로 잘되지 않을 것을 알고 관계를 끝낸다.
- 자격이 없거나 경험이 없는 미숙한 구직자를 거절한다.
- 범죄를 저질렀다는 이유로 누군가를 고발한다.
- 사랑하는 사람이 자립하는 법을 배우도록 집에서 내쫓는다.
- 방과 후, 학생이 집에 가지 못하도록 학교에 붙잡아 둬야 한다.
- 사랑하는 사람과, 그에게 해로운 사람 간의 연애를 금지한다.
- 상대가 빚을 갚지 못하리라 생각해 돈을 빌려주지 않는다.
- 정신 질환이나 학대나 방치를 겪는 사람이 도움을 받을 수 있도록 기관에 알린다.
- 사랑하는 사람이 중독 문제를 겪고 있어 계속해서 개입한다.
- 자식을 돌볼 수 없어 부모의 양육권을 포기하고 다른 사람에게 양도한다.
- 사랑하는 사람이 다가올 결정에 상처를 입기 전에 그와 관계를 끊는다.
- 자식이 실수로부터 뭔가 배울 수 있도록 대가를 치르게 한다.
- 십 대 청소년의 인생에서 나쁜 영향을 차단하기 위해 개입한다.
- 남용이나 불건전한 관계, 해로운 습관 등에 대한 친구의 비밀을 다른 사람들에게 알린다.
- 친구가 나쁜 소식을 모르는 사람에게 듣는 불상사가 일어나기 전에 먼저 말해준다.

사소한 문제

- 어려운 일을 하는 걸 계속해서 미루고 꾸물댄다.
- 행동을 설명할 적절한 표현을 찾으려 애쓴다.
- 충분한 준비 없이 어떤 행동을 한다.
- '빨리 해치워 버리자'는 식으로 요령 없이 사안에 접근하다 상처나 고통을 더 키운다.
- 의도는 선하지만 필요한 정보나 세부사항을 다 갖추고 있지는 않다.
- 상대가 캐릭터의 선택이나 실행 방안을 높이 쳐주지 않는다.
- 남의 일에 간섭한다는 평판을 듣게 된다.
- 친구들과 사랑하는 사람들이 캐릭터의 결정에 동의하지 않는다.
- 캐릭터가 (사생활 문제 때문에) 단독으로 어려운 결정을 내려야만 한다.

초래할 수 있는 심각한 결과

- 상대가 캐릭터에게 물리적 혹은 언어적인 공격을 가한다.
- 상대가 효과 없는 방식으로 반응한다(중독에 빠지거나 상황을 부정하거나 자살 시도를 하는 등).
- 친구를 구하긴 하지만 우정을 잃는다.
- 좋은 결과라고는 없는 결정을 억지로 내려야 한다.
- 의도하지 않게 상황을 악화시킨다.
- 상대와의 관계가 소원해진 바람에 선택을 하거나 결정을 내린 이후에는 상대에게 도움을 줄 수가 없다.
- 상처를 받은 쪽에서 다른 이들에게 알려져 있는 캐릭터의 평판을 망가뜨린다.

생길 수 있는 감정

괴로움, 불안, 경악, 쓰라림, 갈등, 체념, 결단, 상심, 의심, 공포, 두려움, 죄책감, 희망, 위협당하는 느낌, 애정, 신경과민, 후회, 포기, 억울함, 반신반의, 불편함, 우려

생길 수 있는 내적 갈등

- 상이한 관점들을 모두 살펴보니 올바른 행동을 선택하기가 더더욱 어려워진다.
- 올바른 결정을 내린 것인지 아닌지 자꾸 곱씹게 된다.
- 더 쉬운 길을 택하고 일이 되어가는 대로 그냥 내버려 두고 싶은 마음이 들어 부끄럽다.
- 캐릭터가 타인의 운명이 자신의 손에 달려 있다는 것을 알고 그 짐을 지려 고군분투한다.
- 캐릭터가 (실제로는 자신이 한 선택이 전혀 없는데도) 자신이 한 역할 때문에 자책한다.
- 관련된 사람들에게 얼마나 많이 혹은 적게 이야기를 해야 하는지 알 수가 없어 고민이다.
- 극복할 수 없는 죄의식으로 캐릭터가 자기 속으로 침잠해버린다.

상황을 악화시킬 수 있는 부정적인 특성

중독 성향, 무관심, 냉담함, 비겁함, 잔인함, 약속을 어기는 성향, 남의 뒷말을 좋아하는 성향, 충동적인 성향, 우유부단, 남을 함부로 재단하는 성향, 감정 과잉, 강압적으로 밀어붙이는 성향, 요령 없음, 장황함, 원한, 의지박약

기본 욕구에 미치는 영향

- **존중과 인정의 욕구** 최선의 선택과 행동을 택하려는 노력으로 힘들어진 캐릭터는 자신이 신뢰하지 못할 인간이라는 열패감에 빠질 수 있다.
- **애정과 소속의 욕구** 캐릭터 때문에 비행이나 악행이 노출된 친구나 가족은 배신감을 느낄 확률이 상당히 높다. 따라서 캐릭터는 친구나 사랑하는 사람이 어두운 길로 계속 가지 못하도록 막으려 노력하지만 그들의 관계가 지속될 확률은 극히 희박하다.
- **안전 욕구** 나쁜 소식을 전해 받는 사람의 태도가 좋지 못할 경우, 캐릭터는 상처를 받을 수도 있고 아예 신변의 위험을 느낄 수도 있다.

대처에 도움이 되는 긍정적인 특성

분석 능력, 과감함, 협조적인 성향, 외교술, 감정이입, 친근함, 고결함, 돌보려는 성향, 객관성, 관찰력, 설득력, 보호하려는 태도, 분별력, 지지하고 지원하려는 태도, 현명함

긍정적인 결과

- 사랑하는 사람에게 닥칠 수 있었던 재앙을 피한다.
- 관계의 신뢰를 구축한다.
- 어렵지만 분별력 있는 선택을 할 수 있는 사람으로 존중받게 된다.
- 캐릭터가 자신의 욕망보다 타인들의 욕망을 우선적으로 배려했다는 데 만족감을 느낀다.
- 누군가의 고통을 미리 차단할 수 있다.
- 결정이 제대로 수용되지 않았다 하더라도 올바른 결정을 내렸다고 확신한다.

상충된 욕구나 욕망으로 갈등하다

Conflicting Internal Needs or Desires

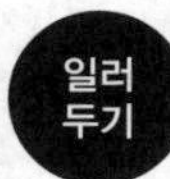

갈등은 캐릭터로 하여금 상충되는 욕구나 욕망 중에서 선택을 하도록 강요한다. 따라서 가장 강력한 갈등은 어떤 선택을 내려도 대가가 큰 갈등이다. 이 항목에서는 이러한 종류의 갈등을 다루겠지만 더 많은 다른 종류의 갈등을 확인하고 싶다면, 이 책의 3장 '도덕적 딜레마와 유혹' 편을 참고할 것.

사례

- 아이를 원하는데 파트너는 원하지 않는다.
- 또래의 압력을 받아 힘이 든다.
- 친구가 구해준 직장을 그만두고 싶다.
- 특정 지역에 계속 살고 싶은데 사랑하는 사람, 소중한 사람은 이사를 원한다.
- 결혼 생활을 정리하고 싶은데 자식 때문에 유지해야 한다.
- 신앙에 의구심이 생겨 종교를 떠나고 싶다.
- 직장 생활과 가정 생활을 모두 유지하고 싶지만 둘 다 할 수가 없다.
- 수입은 좋지만 불만스러운 직장과 수입은 낮지만 보람찬 직장 사이에서 선택을 해야 한다.
- 전쟁에 반대하지만 조국을 위해 군복무를 하고도 싶다.
- 유죄인 피고를 변호해야 한다.
- 폭력 범죄의 증인으로 나가야 할지 말지 결정해야 한다.
- 사생활을 중시하면서도 스포트라이트를 받을 직업을 간절히 원한다.
- 불편한 진실을 알려 죄책감을 벗고 싶다.
- 자신의 욕망과 사랑하는 사람의 욕망이 부딪칠 때 어떻게 해야 할지 모르겠다.
- 타인들에게 받아들여지고 싶지만 동시에 자신에게 충실하고도 싶다.
- 하면 안 된다는 걸 알고 있지만, 그 일을 하고 싶은 유혹에 시달린다.

사소한 문제

- 상황이나 사연을 다 알지 못하는 사람들의 비판을 상대해야 한다.
- 친구들, 가족, 고용주나 멘토를 실망시키는 결정을 내린다.
- 자신의 사고방식대로 사랑하는 사람들이 생각을 바꾸게끔 납득시켜야 한다.
- 옳은 결정을 내리는데 그 때문에 다른 사람들에게 상처를 주게 된다.
- 반대편에 있는 사람들이 자신의 인생을 의도적으로 힘들게 하려는 게 아닌데도 캐릭터는 그들에게 분한 감정이 든다.
- 아주 중요한 것에 관해 타협을 선택한다.
- 틀린 결정을 내릴까 두렵다.
- 결정의 장단점을 저울질하기가 어렵다.
- 자신이 무엇을 해야 하는지 다른 사람들이 해주는 이야기에 귀를 기울여야 한다.

초래할 수 있는 심각한 결과

- 결정 때문에 자기편이나 직장 혹은 기회를 잃는다.
- 엉뚱한 사람(어리석거나 미숙하거나 숨은 의도가 있는 사람)에게서 조언을 구한다.
- 캐릭터가 한 결정 때문에 다른 사람들이 해를 입거나 일에 차질을 빚는다.
- 가족과 의절을 당한다.
- 타인들에게 이로울 결정을 내렸는데 그 탓에 성취감을 느끼지 못하는 인생을 살아야 한다.
- 자신에게 이로운 결정을 내렸는데 그 때문에 비방을 당한다.
- (지나치게 겁을 내는 바람에) 다른 사람이 결정을 내리는 상황을 만들고, 그 결정을 감당하며 살아가야 한다.
- 원하는 결정을 더 쉽게 내릴 수 있도록 캐릭터가 자신의 윤리적 신념까지 바꾼다.

생길 수 있는 감정

감정의 동요, 번민, 불안, 갈등, 혼란, 방어적인 태도, 낙담, 의구심, 공포, 수치, 허둥지둥, 열패감, 강박관념, 압도당하는 느낌, 마뜩잖은 느낌, 체념, 반신반의, 걱정

생길 수 있는 내적 갈등

- 스스로 만족하고 싶지만 다른 사람들의 인정도 받고 싶다.
- 결정을 내리지 못하는 우유부단함이 지속되어 무력함을 느낀다.
- 자신의 도덕성에 의문을 갖는다. 자신이 폐쇄적인지, 구식인지 아니면 지나치게 생각이 고착되어 있는지 의구심을 갖는다.
- 변화를 초래할 결정을 내리는 것보다는 현상을 유지하고 싶은 유혹이 든다.
- 옳고 그름이 분명한 상황에서 타협을 할 수 있는지 살핀다.
- 감정과 판단을 분리하느라 애를 쓴다. 특히 옳고 그름의 문제를 직면할 때 그러하다.
- 캐릭터가 자신의 현재 모습을 바꾸거나 꿈을 포기한다.
- 결정을 내린 다음, 그 결정을 내려놓지 못하고 계속 곱씹는다.

상황을 악화시킬 수 있는 부정적인 특성

유치함, 비겁함, 약속을 잘 어기는 성향, 어리석음, 남을 너무 잘 믿는 성향, 인내심 부족, 우유부단, 과민함, 강박적인 성향, 이기심, 미신에 의지하는 성향, 의지박약, 군걱정

기본 욕구에 미치는 영향

- **자아실현 욕구** 상충된 욕망 사이에서 선택을 하느라 씨름하는 경우, 캐릭터는 앞으로 어려운 결정을 마주하지 않으려 경계하게 될 수 있다. 이러한 위험 회피로 인해 캐릭터는 인격적, 직접적 성장을 성취하는 데 필요한 변화를 도모하지 못하게 될 수 있다.
- **존중과 인정의 욕구** 욕망 사이에서 내적으로 갈등하는 시간이 길어질수록 캐릭터는 자신의 본능뿐 아니라, 압박 하에서 올바른 선택을 내릴 수 있을지 자신의 능력을 스스로 의심하게 된다.
- **애정과 소속의 욕구** 내적 갈등을 겪는 캐릭터는 자신의 우유부단과 불안을 숨기기 위해 사랑하는 사람들에게서 멀어져 결국 관계가 틀어지는 사태를 초래할 수 있다.

대처에 도움이 되는 긍정적인 특성

분석 능력, 집중력, 결단력, 효율성, 정직함, 공정함, 객관성, 끈기, 책임감, 이타심, 지혜

긍정적인 결과

- 캐릭터가 자신이 내린 결정에 만족하고 더 이상 고민하지 않는다.
- 어려운 상황을 이겨낸 데 대해 타인들의 존중과 지지를 얻게 된다.
- 옳고 그름에 대한 캐릭터의 생각이 선택 과정을 통해 더욱 견고해진다.
- 사랑하는 사람의 필요를 충족시킨 데서 예상치 못한 만족을 발견한다.
- 신뢰하는 친구와 상황을 의논함으로써 의심과 우유부단의 끝없는 회로에 빠지지 않게 된다.

이러지도 저러지도 못하게 되다

Being Caught in The Middle

사례

- 배우자의 양육 방식이나 결정에 반대한다.
- 소중한 사람이 캐릭터의 가족과 잘 지내지 못한다.
- 중간 관리자로서 노동자들과 경영진 사이에 끼어 이러지도 저러지도 못하는 상황이다.
- 연애를 하다 깨진 두 사람과 캐릭터가 친한 친구 사이이다.
- 부모가 이혼했는데 두 사람이 서로를 비방하는 말을 자식이라는 이유로 들어야 한다.
- 가족 간의 불화에서 화해시키는 역할을 담당하고 있다.
- 정치가로서 상반된 견해를 지닌 국민들의 필요를 충족시켜야 한다.
- 캐릭터에게 속내를 털어놓는 두 사람이 사이가 좋지 않다.
- 캐릭터가 좋아하는 (그래서 시간과 돈과 에너지를 투자하는) 취미를 소중한 사람이 싫어한다.
- 일하는 방식이 따로 있는 공동 창립자에게 설명을 하면서 일을 해야 한다.
- 비밀을 지키라는 부탁을 받았는데 실제로는 공개해야 한다.
- 진실을 밝히면 상대를 속상하게 할 수 있다는 것을 아는 상황에서 상대에게 의견을 달라는 요청을 받는다.
- 다른 사람에게 상처를 줄 수 있는 일을 하거나 말을 해달라는 협박을 받고 있다.

사소한 문제

- 좌절이나 무력감에 시달린다.
- 편을 들라는 압박을 받고 있다.
- 중립을 지키려 고군분투한다.
- 대화와 만남이 어색해 죽을 지경이다.
- 무시당한다는 느낌이나 발언권이 없다는 느낌이 든다.
- 사실을 누락시켜 거짓말을 함으로써 반쪽짜리 진실로 평화를 유지한다.

- 잘못을 저지르는 사람에게 정직하게 말했다 책망을 듣는다.
- (권력에 빌붙거나 서로 앙갚음을 하는 등의 방법으로) 관련 당사자들에게 이용당한다.
- 특정 편에게 다른 편에 대한 정보를 달라는 압력을 받는다.
- 직원이나 동료 직원을 꾸짖어야 한다.
- 캐릭터가 자신이 늘 솔직하지 못한 것 같은 느낌에 시달린다.
- 양쪽 당사자들을 만족시키려다 결국 모두 실망시킨다.

초래할 수 있는 심각한 결과

- 맡아서 갖고 있던 정보를 노출하게 된다.
- 꺼려지거나 존재감이 없는 사람으로 취급당한다.
- 부상을 초래하는 물리적 대치 상황에 연루된다.
- 불편한 상황 때문에 사랑하는 사람들과 대립해야 한다.
- 윤리 기준을 어기는 일을 하라는 압력을 받는다.
- 친구들이나 가족에게 의절이나 절연을 당한다.
- 개인적 감정으로는 봐주고 싶지만 법을 지켜야 한다.
- 특정 직원을 해고해야 한다.
- 엉뚱한 사람에게 화를 낸다.
- 상황이 너무 나빠져서 캐릭터가 자신을 이런 상황에 넣은 사람들과 연을 끊어야 한다.
- 자신의 정체성을 확인하거나 받아들이려 고군분투한다.

생길 수 있는 감정

감정의 동요, 분노, 번민, 짜증, 불안, 배신감, 갈등, 낙담, 공포, 좌절, 위협감, 억울함, 방치당한다는 느낌, 신경과민, 화, 슬픔, 제대로 평가받지 못한다는 느낌, 반신반의, 근심

생길 수 있는 내적 갈등

- 자신이 생각하는 우선순위에 의문을 품게 된다.
- 상황에 끼어들까, 중립을 지킬까, 아니면 빠져나올까 갈등한다.
- 조종당하고 있다는 것을 알겠는데 멈출 방법을 모르겠다.
- 상황에서 빠져나오고 싶은 한편 돕고 싶은 마음도 있다.
- 누군가를 사랑하거나 받아들이는 일이 거저 되는 것이 아니라는 느낌이 든다.

상황을 악화시킬 수 있는 부정적인 특성

악의적인 태도, 통제 성향, 비겁함, 약속을 어기는 태도, 남의 뒷말을 좋아하는 성향, 남을 너무 잘 믿는 성향, 무지, 우유부단, 불안정, 질투, 자신감 결여, 신경과민, 굴종적인 태도, 소심함, 의지박약, 잔걱정이 많은 성향

기본 욕구에 미치는 영향

- **자아실현 욕구** 다른 사람들 사이의 문제 한가운데에 끼어 옴짝달싹 못하는 경우, 캐릭터는 자신의 욕망을 따를 시간이나 에너지가 없다.
- **존중과 인정의 욕구** 캐릭터가 이용을 당하거나 조종당하거나 죄를 지어가면서까지 역할을 하다 보면, 자신이 더 강하게 의견을 관철시키지 못한다는 이유로 자기혐오에 빠질 수 있다.
- **애정과 소속의 욕구** 이러지도 저러지도 못하는 상황에 빠진 캐릭터는 가족이나 친구들 사이에서 자신의 위치가 조건 없이 애정을 누리는 자리가 아니라는 것, 자신이 조금만 잘못해도 중요한 관계에서 배척당하리라는 생각을 하게 된다.

대처에 도움이 되는 긍정적인 특성

과감함, 집중력, 자신감, 창의력, 외교술, 신중함, 정직함, 독립심, 객관성, 관찰력, 설득력, 분별력, 투지와 열의

긍정적인 결과

- 중재자 역할을 잘 해내 긍정적인 결과를 만들어낸다.
- 양쪽 당사자들을 불필요한 언쟁이나 상처나 위험으로부터 보호한다.
- 갈등이 심해지지 않도록 막아낸다.
- 소통 역량을 더욱 향상시킨다.
- 필요한 사람에게 이야기를 털어놓을 상대가 되어준다.
- 건강한 경계를 설정하는 법을 배운다.
- 상황을 다양한 관점으로 보는 능력을 키우게 된다.

차악을 선택해야 하다

Having to Pick the Lesser of Two Evils

사례

- 자신이 살아남으려면 상대가 다치거나 죽는다.
- 임신중단을 하지 않으면 몸이 위험해진다.
- 심각한 부작용을 일으킬 수 있는 치료법을 찾거나, 혹은 중병을 치료하지 않고 그냥 방치한다.
- 부모가 자신의 결혼이나 직장을 결정하도록 그냥 내버려두거나(그래서 부모 자식 관계를 유지하거나) 아니면 자신의 행복을 위해 부모의 선택에 저항한다(그럼으로써 의절과 고립의 위험을 자초한다).
- 미래의 성공을 위해 금전상의 희생을 지금 치르든지 아니면 원하는 것을 지금 누리고 미래에는 가난해진다.
- 비밀이 발각되느니 협박에 굴복하기로 선택한다.
- 가깝지만 유해한 관계를 끝낸다.
- 윤리적 원칙을 침해하지만 고액 연봉을 받을 수 있는 직장을 선택하거나, 수입은 불만족스럽지만 자신의 윤리적 가치를 지킬 수 있는 직장을 선택한다.
- 직원을 해고해 회사를 살리거나, 직원들을 지켜 회사를 도산시킨다.
- 추문을 (모른 척하여 안전해지는 대신) 공개해 표적이 된다.
- 다른 사람의 기본적인 욕구를 충족시키기 위해 꿈을 포기하거나(병든 부모를 돌보거나, 부족한 서비스를 받는 일부 사람들을 돕기 위해 재정을 할당함으로써) 자신의 야망을 충족한 후, 따라오는 불확실성이나 죄책감을 안고 살아간다.
- 중병에 걸린 반려동물을 보내주거나 아니면 빚을 내서라도 비싼 치료를 받게 해준다.

사소한 문제

- 결정을 내려야 하지만 만족스러운 결과는 결코 없다는 것을 알고 있다.
- 인간관계가 손상을 입는다.

- 하면 안 될 선택을 했다고 남들에게 욕을 먹는다.
- 최선을 선택했으면서도 흡족하지 못한 결과를 감당하며 살아야 한다.
- 차악의 선택을 해야 하는 상황 때문에 마음이 괴롭다.
- 캐릭터가 결정을 내리지 못하고 있는데 다른 사람이 개입해서 캐릭터가 가장 반대하는 선택을 해 버린다.
- 이해받지 못하는 느낌이 든다.
- 이해관계가 걸려 있는 사람들에게 선택을 정당화해야 한다.

초래할 수 있는 심각한 결과

- 잘못된 결정을 내린다.
- 행동을 한 후 새로운 정보가 밝혀져 상황이 바뀐다.
- 캐릭터가 했던 역할 때문에 형사 기소를 당한다.
- 가족에게 거부당한다.
- 폭행의 표적이 된다.
- 캐릭터의 선택으로 불만이 생긴 쪽에서 캐릭터에 대한 나쁜 소문을 소셜 미디어상에 퍼뜨린다.
- 결정 때문에 관계가 깨진다.
- 자신의 편을 들어줄 사람이 하나도 없어 상황을 오롯이 홀로 헤쳐 나가야 한다.
- 끔찍한 일이 벌어질 때까지 꾸물거리고 결정을 내리지 못한다.
- 차악을 선택했는데도 상대를 구하거나 도움을 줄 수가 없다.

생길 수 있는 감정

분노, 괴로움, 불안, 경악, 쓰라림, 갈등, 우울함, 체념, 결단, 상심, 의구심, 공포, 두려움, 죄책감, 히스테리, 위협당하는 느낌, 신경과민, 후회, 포기, 억울함, 반신반의, 불편함, 걱정

생길 수 있는 내적 갈등

- 자신이 왜 이런 상황에 처하게 되었는지 이해할 수가 없다.
- 고통스러운 결과를 피할 수 있는 선택지를 찾아낼 수 없어 열패감이 든다.
- 다양한 선택지를 저울질하고도 명확한 길이 보이지 않는다.
- 캐릭터가 결정을 내린 자신을 용서할 수 없어 우울증에 빠진다.

- 단기적인 결과를 낼 선택지를 알지만 장기적인 관점을 버리지 않는다.
- 옳은 것이 무엇인지 알지만 사람들을 고통과 번민에 빠뜨리고 싶지 않다.
- 후회 때문에 영원히 불행하게 산다.

상황을 악화시킬 수 있는 부정적인 특성

비겁함, 냉소적인 태도, 어리석음, 경박함, 우유부단, 불안정함, 자신감 결여, 신경과민, 편견, 강요하는 성향, 이기심, 요령 없음, 아둔함, 의지박약, 잔걱정이 많은 성향

기본 욕구에 미치는 영향

- **자아실현 욕구** 승산 없는 상황을 늘 괴로워하고 거기서 느끼는 죄책감 때문에 자신을 소진시키는 캐릭터는 스스로를 용서해야만, 만족감을 느낄 수 있는 목적을 쫓을 수 있을 것이다.
- **존중과 인정의 욕구** 차악을 선택해야 하는 상황에 처한 캐릭터는 분명 욕을 먹게 되어 있다. 캐릭터가 강한 자존감으로 이러한 비판에 직면하지 않으면, 자신의 결정을 의심할 것이고 다른 사람들이 자신에 대해 말하는 비난들을 그대로 믿어버리게 된다.
- **애정과 소속의 욕구** 차악을 선택하는 상황이 있는 종류의 각본에서는 상황 외부의 사람들이 강한 의견을 피력하는 상황이 연출된다. 이런 경우 캐릭터는 어떤 선택을 내리건 친구나 지지자를 잃을 공산이 크다.
- **안전 욕구** 어떤 선택을 해도 만족하지 못하는 이러한 딜레마에 빠진 캐릭터는 어떤 선택이건 어려운 부작용과 반발을 불러일으키는 상황에 놓였을 때 안전하지 못할 확률이 높다.

대처에 도움이 되는 긍정적인 특성

분석 능력, 차분함, 신중함, 자신감, 용기, 결단력, 외교술, 여유, 고결함, 이상주

의, 공정함, 친절함, 성숙함, 객관성, 설득력, 대응 능력, 현명함

긍정적인 결과

- 캐릭터가 결정을 내리고는 자신이 최선을 다했다 확신하고 다 잊는다.
- 캐릭터가 내린 선택이 다른 사람의 삶을 크게 향상시키는 행동을 한 셈이 된다.
- 힘든 결정을 내린 덕에 자부심과 자존감을 찾는다.
- 캐릭터의 가치와 이상이 옳은 것으로 확인된다.
- 훌륭한 판단을 내렸다고 인정받게 된다.
- 감당할 수 있는 손실을 받아들여야 하지만 비극은 피하게 된다.
- 두려움에 휘말려 하지 못했을 선택을 캐릭터가 해낸 것을 보고, 사람들이 캐릭터를 우러러본다.

작가
사전

■

The Conflict
Thesaurus
Vol. 2

The Conflict Thesaurus 2

A Writer's Guide to Obstacles,
Adversaries, and Inner Struggles

트러블 사전

트러블
사전

오수원
옮김

추천의 글

당신의 이야기가 꽉 막혀 있다면

■

이경희(SF작가)

쑥스럽지만 내가 인터넷 세상에 남긴 몇 안 되는 성취로, 닌자와 관련한 유행어가 하나 있다. "지금 쓰고 있는 장면이 갑자기 닌자가 튀어나와 등장인물들을 몰살하는 것보다 재밌지 않으면 다시 써야 한다는 것. 하지만… 아무 장면이나 갑자기 닌자가 나와서 사람들을 다 죽인다고 상상하면 갑자기 너무 흥미진진해지지 않나?" 글쓰기의 고충이 묻어 있는 이 농담은 작가들 사이에서 격언처럼 인용되곤 하는 '서프라이즈 닌자의 법칙'을 비틀어본 것이다. 인물들을 살려놓는 것보다 차라리 죽이는 편이 더 흥미롭다면, 그 이야기는 끔찍하게 재미가 없는 상태라는 것이다.

대체로 스토리가 막히면 작가들은 마피아 게임을 하듯 제일 쓸모없는 인물을 하나 골라 슬쩍 죽여보곤 한다. 하지만 안타깝게도 대부분의 이야기 장르엔 닌자가 끼어들 틈이 없고, 당신의 캐릭터들은 죽지 못해 살아남아 지루한 삶을 이어가야 한다. 자, 이렇듯 당신이 작업 중인 이야기가 어느 지점에서 더는 흘러가지 않고 꽉 막혀버렸다면? 그때는 사전을 꺼내 들 때다. 이야기 창작자들에게 매번 유용한 가이드를 제공해주는 '작가들을 위한 사전 시리즈'의 최신작 『트러블 사전』은 당신의 플롯에 새로운 활로를 열어줄 다양한 선택지를 제시한다. 이 책이 당신에게 제안하는 논리는 단순하다. 모든 사건은 '갈등'에서 출발하며, '갈등'이야말로 인물이 살아 있게 만드는 궁극적인 힘이라는 것. 당신은 막힌 부분보다 앞쪽으로 돌아가 수압을 높이듯 갈등을 끌어올리기만 하면 된다. 그럼 인물들은 그 압력에 등이 떠밀려 저절로 움직이게 될 테니.

플롯에 대해 논하는 수많은 작법서가 공통적으로 알려주는 한 가지 사실은, 이야기의 패턴이 의외로 한정되어 있다는 것이다. 분류 방식에 따라서는 세상의 플롯을 백여 가지 영웅담으로 정리하기도 하고, 스무 가지 정도의 패턴으로 압축하기도 한다. 그중에서도 나는 이렇게 정리하는 것을 가장 좋아한다. 모든 이야기는 본질적으로 상승과 하강의 조합이다. '주인공이 뭘 하려고 하는데(상승) 그게 생각만큼 잘 안 되는(하강)' 과정의 반복인 셈이다. '뭘 하려는' 주인공에 맞서는 모든 종류의 '잘 안 되는' 것들. 그것이 갈등이다. 당신의 주인공은 게을러서 가만히 놔두면 정말이지 아무것도 하지 않는다. 아무리 어르고 달래도 자꾸만 귀찮아하며 일상으로 돌아가버리고 만다. 그를 움직이게 하는 방법은 어떻게든 압박을 가하는 것이다. 당신의 주인공은 스프링과 같아서 갈등이라는 압력을 가하면 눌리고 눌리다 결국 펑 하고 튕겨 나오게 마련이다. 압력의 방향과 종류를 잘 조합하면 당신이 원하는 방향으로 멋지게 튀게끔 만들 수도 있다.

『트러블 사전』은 어떻게 갈등을 조립해 충돌시킬 것인가에 대한 레시피북이다. 설명서에 해당하는 전반부는 캐릭터의 성장과 변화를 끌어내기 위한 중심 갈등과 서브플롯들의 활용법에 관한 작법 이론을 충실히 담고 있고, 사전 형식으로 구성된 후반부에서는 인물이 안팎으로 겪을 법한 사건과 고충을 유형별로 구분하여 정리하고 있다. 당신이 쓰고 있는 장면과 비슷한 항목을 찾아가 페이지를 쭉 훑어보는 것만으로 인물을 요리할 색다른 아이디어를 얻을 수 있을 것이다.

물론 누군가는 이 책의 항목들에 대해 당연한 얘기를 정리해놓았을 뿐이라고 생각할지도 모르겠다. 어쩌면 그 정보들은 당신의 머릿속에 이미 입력되어 있을지도 모른다. 하지만 아마도 눈에 띄지 않는 깊은 그늘 속에 파묻혀 있을 가능성이 높다. 사전은 당신의 머릿속 바로 그 정보로 향하는 열쇠이자 길잡이가 되어준다. 정신없이 글을 쓰다 보면 놓치기 쉬운 디테일을 촘촘하게 붙잡아 당신의 머릿속 리스트에 올릴 수 있게끔 보조하며, 언젠가 잊어버린 삶의 고민을 되새겨준다. 그 사소한 차이가 당신의 이야기를 '진짜'로 만들어준다. 혹시 꽉 막혀 풀리지 않는 이야기가 있으신지. 그렇다면 사전을 펼쳐 당신의 파트너를 호출할 때다.

THE CONFLICT THESAURUS Vol.2

A Writer's Guide to Obstacles, Adversaries, and Inner Struggles

---

일러두기

옮긴이 주는 ◆로 표시했다.

차례

힘겨루기

유리한 고지를 잃다

자아에 관한 갈등

위험과 위협

다양한 난제

서문

갈등은 플롯을 형성한다

어느 여름날 저녁, 여러분은 정원에 있는 식물에 물을 주고 있다. 아직 가시지 않은 뜨거운 햇볕에 이마에 땀이 송골송골 맺히고 갈증이 일기 시작하는데, 맞은편에 사는 이웃이 자기 집 현관 앞에서 여유롭게 피서를 즐기고 있는 모습이 눈에 들어온다. 이내 당신을 발견한 이웃은 건너오라고 손짓을 해대고, 그의 발밑에는 빨간 낚시통과 시원한 얼음 바구니가 놓여 있다. 건너가서 자리에 앉자, 이웃은 얼음 바구니에 들어 있던 아이스티를 건넴과 동시에 낚시통을 발로 슬쩍 밀며 말을 건넨다.

"오늘 아침에 낚시를 나갔죠. 기가 막힌 하루였어요."

당신은 좋은 이웃이니까, "아하, 그래요?" 하면서 그의 곁에 바싹 다가앉는다. 하나도 빼놓지 말고 이야기해보라는 식으로. 자, 우리의 낚시꾼은 이제 본격적으로 이야기를 시작한다. 그의 이야기를 소설체로 옮겨보겠다.

> 동틀 녘에 일어나 낚시 장비를 챙겨 집을 나섰다. 이른 시간에 출발하면 사람이 덜 붐비니 호숫가에 당도한 건 순식간이었다. 하늘에는 구름 한 점 없다. 허공을 유유히 가르는 새들과 태평하게 날아다니는 잠자리 소리뿐. 그야말로 호수에서 낚시하기 딱 좋은 날씨다.
>
> 그런데 사고가 터진다. 빌어먹을 배의 모터 시동이 걸리지 않는다. 30분을 족히 허비하고 나서야 시동이 드디어 걸리기 시작했다. 하지만 그때쯤이면 이미 다른 낚시꾼들이 속속 당도할 시간이다. 명당자리를

잡기 위해 일찌감치 도착한 거였건만 더 늦기 전에 서둘러 나서야 한다.

마침내 은밀한 명당자리에 당도한 뒤, 한쪽에 낚싯줄을 던져놓는다. 햇볕이 등 뒤를 따스하게 덥혀주고 호수 물은 거울처럼 잔잔하다. 물밑 어딘가에서는 통통하게 살진 송어가 공짜 밥을 구하러 헤엄치고 있을 것이다.

몇 분이 흐른다. 그리고 또 흐른다.

그런데 한 놈도 낚싯밥을 물지 않는다. 입질조차 없다.

이쯤이 되니 허리도 아프고 따가운 햇볕에 피부가 그야말로 통닭이 될 지경이다. 설상가상으로 서두른단 핑계로 도시락과 물병은 트럭에 두고 와버렸다. 목이 말라서 입안의 침이 풀처럼 찐득해질 지경이다.

짜증이 솟구친다. 엄지손가락이 빌어먹게 쑤신다. 낚싯밥을 고리에 끼우다 찔렸기 때문이다. 머리 뒤쪽으로 먹구름이 끓어오른다. 그래, 오늘은 완전히 망한 날이다. 짐을 싸서 떠나야 할 것 같다.

그런데 바로 그때! 낚싯줄이 흔들린다. 흔들림을 감지한 지 얼마 되지 않아, 다시 휙 하고 움직인다.

돌연 의자에서 벌떡 일어난 이웃은 이 순간을 재연한다. 두 팔을 넓게 벌린다. 마치 경련하는 장대를 손에 쥔 듯한 몸짓으로, 몸을 뒤로 젖혀 낚싯대에 걸린 물고기의 저항을 버텨낸다. 그는 또한 낚시 릴이 눈앞에 있는 듯 생생하게 감아올리는 동작을 한다. 줄을 감았다 풀었다 되풀이한다.

웬일인지 녀석은 악어만큼 힘이 세 보인다. 아니, 두 마린가! 초인같이 사나운 녀석을 끙끙대며 당기느라 땀이 비 오듯 쏟아진다.

머리 위로 천둥이 쿵쾅거린다. 하늘은 이미 검다. 바람이 거세지고 파도가 배를 때려댄다. 배가 뒤집힐 것 같다. 위험하다!

낚싯줄을 놓지 않고 족히 한 시간은 괴물과 싸운 것 같다는 그의 실감나는 재연에 여러분의 눈은 어느새 커져 있다. 우리의 낚시꾼, 처음에는 이렇게 말한다. "뭐, 한 시간까지는 아니고 30분?" 그리고 정정한다. "최소한 5분은 버텼을걸요." 시간을 바로잡은 후 이웃은 다시 이야기로 돌아간다. 드디어 송어가 물 밖으로 튀어 올라 악마처럼 요동치고, 이웃은 그대로 서서 눈에 보이지 않는 물고기와 씨름하며 끙끙 욕설을 퍼붓는다. 마침내 물고기를 배 안으로 끌어들인 듯 쿵 하고 의자에 앉는다. 이겼다! 어마어마한 이야기를 끝마치고 이웃은 아이스티를 한 모금 꿀꺽 마신다. 그런 다음 낚시통 뚜껑을 툭툭 치며 얼이 빠진 여러분의 얼굴에 대고 대수롭지 않은 듯 말한다. "요 녀석 때문에 갖은 짓을 다 했죠. 뭐!"

이 이웃집의 노련한 이야기꾼은 상대나 조건, 환경에 맞서 제압당하고 밀리는 판국으로 이어지는 듯하지만, 의지와 힘으로 결국에는 주인공에게 유리한 쪽으로 저울의 방향을 바꾸는 대서사를 생생하게 펼쳐낸다. 설령 그 안에 허풍과 과장이 섞여 있을지언정 그는 분명 핵심을 알고 있다. 욕구(동기)를 갖고 그 욕구를 채우는 목표를 설정하는 것만으로는 위대한 이야기가 되지 않는다는 것. 모든 것이 내게 불리할 때 즉, 갈등이 있을 때에야 욕구의 충족과 목표의 성취가 그야말로 위대한 이야기가 된다는 것 말이다. 시선을 단숨에 사로잡는 재미있는 이야기는 일종의 낚시와 같다. 능숙한 이야기꾼은 솜씨 좋은 낚시꾼처럼 비장의 미끼로 듣는 이의 마음을 낚아채버린다. 따라서 독자를 꿰어 이야기 속으로 쥐도 새도 모르게 끌어들이기 위해서는 목표와 동기, 그리고 비장의 미끼인 흥미진진한 갈등이 필요하다. 쓸 만한 사건들을 계속 떠올리며 글을 써나가는데, 그 속에 특정한 갈등이 없다면 이야기의 플롯은 허공을 맴돌 뿐이고, 독자의 관심도 진작에 날아가버리고 만다는 걸 여러분은 기억해야 한다.

GMC 공식: 목표-동기-갈등

캐릭터와 장소, 상황에 대한 흥미진진한 아이디어들을 촘촘히 조직하지 않고 앞뒤 가릴 것 없이 무작정 쓰기만 하면 이도 저도 아닌 글이 되고 만다. 다시 말해 소재를 맹목적으로 나열만 해놓고 정작 갈등의 국면으로 진입하는 데 시간을 끌면 끌수록, 작가는 딴생각이나 새로운 아이디어에 골몰하면서 괜히 엉뚱한 길로 빠져버릴 확률이 높아진다. 그렇게 또 한 편의 원고가 빛을 보지 못하고 묻혀버리는 것이다.

다행히도 이야기의 뼈대를 갖추는 데 활용할 만한 손쉬운 방법이 있다. 저술가 데브라 딕슨Debra Dixon이 고안한 목표-동기-갈등 공식. 일명 GMC 공식이다. 딕슨의 책 『GMC: 목표와 동기와 갈등Goal, Motivation, and Conflict』에 따르면 이 공식은 이야기의 세 가지 핵심 요소에 기반을 두고 있다.

목표(Goal): 캐릭터들이 원하는 것
동기(Motivation): 캐릭터들이 그것을 원하는 이유
갈등(Conflict): 캐릭터들의 길을 방해하는 것

이야기의 중요한 기틀은 이 세 가지 요소로 이루어진다. 목표, 동기, 갈등이 없는 이야기란 있을 수 없다. 숲속의 미스테리한 살인자, 아슬아슬한 밀회, 돌이킬 수 없는 파국과 같은 소재와 아이디어가 넘쳐나는데도 정작 이야기가 짜임새 있게 갖춰졌다는 확신이 들지 않는다면 GMC 공식을 활용해보길 권한다. 소설과 영화의 사례로 살펴보자.

GMC **공식** - 캐릭터는 원하는 것이 있다(목표). 이유가 있기 때문이다(동기). 하지만 뭔가 길을 가로막는다(갈등).

- 〈오징어 게임〉
  성기훈은 돈이 필요하다(목표). 가족을 먹여 살리고 큰 빚을 갚아야 하기 때문이다(동기). 하지만 그가 참가하기로 한 게임은 지는 순간 죽어야 하는 난제들이 넘쳐나는 가학의 현장으로 돌변한다(갈등).

- 『손과 이빨의 숲The Forest of Hands and Teeth』
  메리는 해변에 가고 싶다(목표). 안전과 안정이 필요하기 때문이다(동기). 하지만 좀비들의 숲이 길을 가로막고 있다(갈등).

- 〈그린치〉
  그린치는 크리스마스를 없애버리고 싶다(목표). 평화와 고요를 원하기 때문이다(동기). 하지만 북적이는 크리스마스 분위기 때문에 후빌Whoville 사람들을 방해하기가 쉽지 않다(갈등).

이렇게 GMC 공식을 활용하면 이야기가 가장 기본적인 요소들로 축약된다는 걸 알 수 있다. 여러분의 이야기에도 GMC 공식을 적용해 주인공이 원하는 바, 주인공이 그걸 원하는 이유, 어떤 층위의 문제가 가장 큰 장애물을 제공하는지에 관한 다양한 아이디어들을 실험해볼 수 있을 것이다.

갈등의 4가지 층위

이야기를 쓸 때 가장 큰 죄악은 뭘까? 바로 갈등을 빠뜨리는 것이다. 이야기 속 난제, 장애물, 내적 갈등 같은 요소는 목표를 향해 나아가는 캐릭터의 능력을 의심하게 만들면서, 그 자체로 독자들의 시선을 사로잡는다.

한편 독자는 이야기에서 발생하는 사건들을 장면 단위로 집중해서 보는 경향이 있다. 따라서 갈등 역시 장면 단위로 일어나는 것처럼 보일 수 있는데, 실제로 갈등은 장면 단위를 넘어 이야기의 전체 구조에 걸쳐 다양하고 복잡한 층위에 존재한다. 그러므로 풍부하고 강력한 이야기를 펼치려면 다양한 장애물과 난제가 상호 작용하는 방식을 극대화하는 작업이 핵심이라 할 수 있다. 한번 살펴보자.

중심 갈등

모든 이야기에는 이야기 전체에 걸쳐 있으면서 결말에서 해결되어야 하는 매우 중요한 갈등이 있다. 자신의 세계로 들어오려는 악한 존재들을 막아야 한다거나(〈기묘한 이야기〉), 빌딩을 점수한 테러범을 저지해야 한다거나(〈다이 하드〉), 신랑을 찾아 제시간에 결혼식장으로 데려가려 하는(〈행오버〉) 등 주인공은 어떤 문제를 해결해야 한다. 어떤 이야기건 중심 갈등은 아래 6가지 형식 중 한 가지 형식을 띤다.

- 캐릭터 vs 캐릭터

주인공이 다른 캐릭터와 맞붙어 두뇌, 의지, 힘을 겨룬다.

- 캐릭터 vs 사회

주인공이 사회나 조직에 맞서 필요한 변화를 만들려 한다.

- 캐릭터 vs 자연

주인공이 악천후나 험한 지형, 동물 등 자연과 사투를 벌인다.

- 캐릭터 vs 기술

주인공이 컴퓨터나 기계, 로봇 등 인공적으로 만들어진 적과 마주한다.

- 캐릭터 vs 초자연적 존재

주인공이 이해할 수 없는 힘과 맞붙어 싸운다. 운명, 신, 마법이나 영적 상대와의 대결이 여기 포함된다.

- 캐릭터 vs 자아

상충하는 신념이나 희망, 욕구나 공포 등으로 주인공이 커다란 내적 갈등을 경험한다.

중심 갈등은 이야기라는 롤러코스터의 바퀴를 특정한 트랙으로 몰아넣는다. 작가는 거기다 크고 작은 난제를 추가해 플롯과 캐릭터의 발전을 뒷받침하게 된다.

이야기 층위의 갈등(거시적 갈등)

어떤 갈등은 캐릭터가 방편을 마련하거나 능력을 발휘할 수 없을 만큼 큰 문제다. 이야기의 전반에 어렴풋이 드리워져 있는 이 거대한 난제를 주인공은 장면 층위의 즉각적인 위험과 여러 도전을 처리하면서 해결해야 한다.

가령 영화 〈다이 하드〉에서 존 맥클레인은 나카토미 빌딩을 접수한 무장 단체와 홀로 맞선다. 중심 갈등(캐릭터 vs 캐릭터)은 맥클레인이 이 테러범들을 막아 건물 안에 있는 사람들을 구하는 것, 특히 아내인 홀리를 구하는 것이다. 그것만으로도 이미 불가능한 미션처럼 보이는데, 처리해야 하는 다른 몇 가지 문제 때문에 일은 더욱 복잡해진다. 이를테면 맥클레인은 테러범들이 아내를 무기 삼아 협박하지 못하도록 홀리의 신분을 숨겨야 하고, 악당 한스 그루버가 빌딩에 침입한 진짜 동기를 알아내야 하며, 무능하고 실수투성이인 FBI의 간섭까지 받아가면서 모든 일을 해내야 한다.

그리고 맥클레인의 마음 한구석에는 애초에 그를 캘리포니아로 오게 만든 가장 어려운 문제가 도사리고 있다. 바로 망가져가는 결혼 생활을 복구하고, 너무 늦기 전에 아내 홀리와 화해하는 것이다.

홀리와의 불화와 같이 이야기 전체에 도사리고 있는 큰 갈등은 주인공이 해결해야 할 대상이기는 하지만 즉시 풀리지는 않는다. 캐릭터는 장면마다 일단 위험을 피하고 작은 목적을 이루어나가면서 단계별로 문제를 해결해나가야 한다.

장면 층위의 갈등(미시적 갈등)

장면 층위의 갈등은 캐릭터와 목표 사이에 끼어드는 공교롭거나 우연한 충돌, 위협, 장애물, 난제 등의 형태로 들이닥친다. 캐릭터는 코앞에 닥친 문제부터 해결한 다음, 내적 갈등도 해결하고 재난을 미리 막기 위해 혼신의 힘도 다하게 된다. 이러한 노력은 성공하거나 실패하며, 실패는 과정의 일부다. 일에 차질이 생기는 건 이야기에서 필수적인 요소다. 캐릭터가 받는 압력을 키우고 복잡한 문제를 유발해 위기를 고조시키며, 캐릭터가 일이 왜 잘못됐는지 살필 수밖에 없도록 해준다. 특히 일이 잘못된 이유를 파악하는 과제는 변화호 선상에 있는 캐릭터에게 중요하다.

캐릭터가 이유를 파악해 잘못을 바로잡는 과정에서 내적으로 성장을 해야만 이야기 전체의 목적을 성공적으로 달성할 수 있기 때문이다.

〈다이 하드〉에서 존 맥클레인은 소방관들이 빌딩에 당도해 무슨 일이 벌어지고 있는지 알아채도록 하기 위해 화재경보기를 누른다. 그러나 테러범들이 화재경보가 거짓 정보라고 말하는 바람에 맥클레인의 계획은 수포로 돌아간다. 설상가상으로 존은 이 일로 테러범들의 표적이 된다. 이제 한스 그루버 일당은 건물 안 누군가가 자신들을 방해하고 있다는 것을 알게 된 것이다. 존을 추적하는 사냥이 시작된다. 존은 무기도 신발도 없지만 적들과 싸우며 한발 한발 앞으로 전진한다. 장면마다 존은 자신을 제거하기 위해 한스가 보낸 악당들보다 지략과 힘에서 이겨야 하고, 결국 그들을 처단해야 한다.

내적 갈등

캐릭터의 내면에서 벌어지는 갈등도 있다. 거시적 층위에서 볼 때 내면의 갈등은 주인공이 이야기 전체의 목적을 달성하기 위해 대처해야만 하는 중요한 싸움이다.

존 맥클레인의 결혼 생활은 파탄나기 직전이다. 존이 자신의 욕구와 경력을 우선시하며 자기에게만 몰두하고 포용력이란 없는 인간이기 때문이다. 홀리는 존의 아내로 남편의 세계에서 보잘것없는 작은 퍼즐 조각이 되는 대신, 자신의 커리어를 좇기 위해 멀리 이사를 가버린다. 존은 화해를 하려고 아내를 찾아가지만, 그가 진정 바라는 것은 따로 있다. 바로 아내가 뉴욕에서 자신과 살았을 때 더 유복하고 행복했다고 깨닫는 것이다. 그러나 아내는 행복하고 무탈하게 경력을 이어가며 독립적으로 살고 있다. '맥클레인'이라는 성도 버리고 결혼 전에 쓰던 성을 쓰고 있을 정도다.

자기중심적 자아에 큰 타격을 입은 존은 아내를 되찾기가 쉽지 않으리라는 것, 일이 잘 풀리려면 자신이 어느 정도 희생을 해야 하리라는 것을 깨닫게 된다. 이제 존의 내적 갈등을 위한 무대가 마련된 셈이다. 자신과 타인 중에 누구를 우선시할 것인가? 홀리의 목숨이 위협을 받는 상황이 되자, 우리의 주인공은 비로소 자신이 그동안 얼마나 이기적이고 자기 생각만 했는지, 아내에게 미안하다고 말할 기회를 얼마나 간절히 원하는지 깨닫는다. 이러한 각성은 존이 내적 갈등을 해결하기 위한 첫 단계다. 존은 한스 일당의 악행을 중단시키고 어떤 희생을 치르건 아내를 보호하려 혼신의 힘을 쏟아 목표를 성취한다.

내적 갈등은 개별 장면에서 발생하는 갈등과 함께 미시적 층위에서도 일어날 수 있다. 고통스러운 상황, 압력, 반대에 마주해 캐릭터들은 대개 무엇을 해야 할지, 옳고 그른 것이 무엇인지 갈등하며 심지어 자신이 무엇을 느껴야 하는지조차 몰라 괴로워한다. 상충되는 감정들, 경합을 벌이는 욕망과 욕구와 공포는 캐릭터를 마비시키고 판단을 흐리게 하며 결정과 선택을 훨씬 더 어렵게 만든다.

외적 갈등이건 내적 갈등이건, 거시적 갈등이건 미시적 갈등이건 갈등은 이야기에 권능을 부여한다. 갈등은 캐릭터를 밀어붙이고 압박을 가해 가장 큰 욕망의 성취를 방해하고 캐릭터가 자신의 한계를 직시하도록 압박하며 자포자기하고 싶게 만든다. 이때 캐릭터는 싸움, 희생, 목적을 이루기 위한 변화 의지 등으로 자신의 능력과 가치를 증명해야 한다.

갈등을 고조시키려면 대결의 불균형을 증강하라

이야기에 4가지 층위의 갈등을 전략적으로 활용하기 위해서는, 불균형이 두드러지게 만들 기회를 찾아야 한다. 이야기 요소들의 균형을 깨버리면, 주인공이 불리한 상황에 놓이게 되어 즉시 갈등이 발생하는 효과를 빚어낸다. 〈다이 하드〉에서 몇몇 의도적인 갈등의 불균형이 어떻게 녹아들어가 있는지 살펴보자.

얼핏 보기에 뉴욕의 노련한 경찰인 존은 경험상 한스 그루버 같은 자들의 위협을 상대할 기량을 충분히 갖추고 있다. 하지만 한스는 일행과 함께 있는 데 반해, 존은 무장조차 하지 못한 상태인 데다 낯선 장소에 혼자 있다. 설상가상으로 건물이 접수되자 존은 아무 지원이나 자원도 없이 덫에 갇힌 상태가 된다. 심지어 신발조차 없다. 반면 한스는 기량 좋고 무장이 잘된 용병들과 함께인 데다 건물 접근도 자유롭고 존의 아내를 포함해 인질까지 잔뜩 붙잡고 있다. 존에 비해 훨씬 유리한 고지를 점하고 있는 셈이다.

이러한 불균형으로 인해 한스의 테러를 중단시키고 홀리를 보호하는 일은 가당치 않게 보인다. 실제로 이야기가 흘러가는 내내 존의 목표는 이루기가 거의 불가능해 보인다. 장면 층위에서 갈등을 처리하는 방식(적들을 하나씩 처리하고, 시체를 차에 떨어뜨려 경찰의 관심을 끌면서 무기를 손에 넣고, 한스의 폭발물을 훔치는 것)으로 승리가 가능해질 때까지 존은 저울의 추를 자기 쪽으로 옮겨놓는다. 갈등에 대한 존의 대응 또한 독자(혹은 관객)에게 그가 진정 누구인가를 알 수 있는 기회를 제공한다. 존의 창의력과 집요함과 인내는 관객으로 하여금 6억 5000만 달러어치 채권을 훔치려는 고도로 조직적인 음모를 단 한 명이 깨부술 수 있다고 믿게끔 해주는 열쇠다.

〈다이 하드〉는 각 층위의 갈등이 전체 이야기에 추가되어 역동적인 플롯과 호를 만들어내는 방식을 보여주는 훌륭한 사례다. 외적으로 이 영화는 경찰이 범인을 추적하는 전형적인 액션 영화, 힘들게 머리 쓸 필요 없이 그저 즐기기만 하면 되는 영화처럼 보이지만, 이야기상의 내적 갈등은 영화에 깊이를 더한다. 결혼 생활의 유지를 비롯해 목표를 모두 이루고 싶다면 존이 자기 중심적인 태도에서 벗어나 타인의 욕구를 더 존중해야 한다는 사실을 일깨우는 것이다.

갈등 층위를 연계하는 법

여러분은 이제 상이한 층위의 갈등이 함께 작용하여 일련의 지속되는 난제들을 쌓아 캐릭터의 정신과 육체와 감정에 압박을 가하는 과정에 대해 알게 되었을 것이다. 그렇다면 이것을 이야기에 어떻게 적용하면 될까?

〈다이 하드〉의 기법을 마지막으로 살펴보자. 나카토미 빌딩을 여러분이 지어낸 이야기의 배경이라 생각하고, 그 건물의 한 층 한 층이 각 장면을 나타낸다고 상상해보라. 캐릭터의 목적은 옥상까지 올라가는 것이다. 누군가 옥상에서 도움을 필요로 하기 때문이다(위기). 가족이 캐릭터의 적에게 인질로 잡혀 있고 적은 폭탄을 갖고 기다리고 있다(거시적 갈등). 게다가 적은 캐릭터에게 패배하느니 차라리 건물을 날려 재로 만들어버릴 의지가 충만한 인간이다.

주인공은 다리에 부상을 입었고, 승강기는 고장이 나 35층 건물을 걸어 올라가기란 절대 쉽지 않다. 설상가상으로 각 층마다 부비트랩까지 설치되어 있어 매우 위험하다(미시적 갈등). 하지만 캐릭터는 한 층에서 다음 층으로 이동하면서 적들과 문제와 위험을 마주한다. 캐릭터가 마주하는 온갖 문제에는 진행을 방해해 다른 길로 빠뜨리고 미궁으로 밀어 넣어 헤매도록 하는 가능성이 잠복해 있다. 그뿐 아니라 주인공은 마음 깊은 곳에서 자신이 실제로는 이만한 일을 해낼 재목이 아니라는 의구심에 시달린다(내적 갈등). 구사일생으로 위기를 모면할 때마다 주인공은 이러다 죽는 거 아닌가, 도저히 불가능한 미션 아닌가 하는 의구심을 느낀다.

하지만 계단을 오를 때마다 덫을 피하는 주인공의 실력은 나아진다. 어쩌면 무기와 도구 상자를 찾아 도움을 받을지도 모른다. 힘도 점점 세지고 더 잘할 수 있다는 마음도 든다. 물론 자신에 대한 의구심은 여전히 주인공을 좀먹고 있지만, 지금 포기하기에는 너무 멀리까지 와버렸고 너무 많은 것을 견뎌냈다. 이제부터는 전진하는 수밖에 없고, 다른 길은 없다.

마침내 우리의 주인공은 옥상에 올라 적을 마주한다. 여기서 지면 악당의 폭탄이 빌딩과 사랑하는 아내와 주인공 자신까지 파괴할 것이다. 이 싸움에서 주인공은 전처럼 의구심에 압도당하기를 한사코 거부한다. 주인공은 굳건한 결의와 여기까지 오는 중에 구한 도구를 활용해 폭탄의 뇌관을 풀고, 적을 쳐부순 후, 사랑하는 아내를 구한다. 이렇게 중심 갈등은 마침내 해결되고 주인공은 목표를 이루어낸다.

이야기마다 개성은 다 다르겠지만, 갈등의 주된 역할은 목적을 이룰 역량이 없는 캐릭터를 끌고 나가 이야기가 진행되는 과정에서 그를 역량 갖춘 인물로 변모시키는 것이다. 장애물과 난제와 적을 선택해 캐릭터와 갈등을 빚도록 만들 때는 그 요소들이 갈등의 진화에 기여하는지 자문해 보라. 장면 층위의 사소한 마찰과 분쟁을 설계할 때는 상관이 덜하겠지만, 갈등에 필요한 장치를 선택할 때는 캐릭터가 자신과 세상에 관해 배워야 할 것을 배우도록, 캐릭터가 승리할 역량을 갖춘 인물로 성장해 당면한 싸움에 대비할 수 있도록 돕기 위한 것들을 주로 선택해야 한다.

갈등의 범주

상이한 갈등 층위를 보탤수록 이야기에는 깊이가 생기며, 다양한 난제를 더할수록 장면마다 참신함을 유지할 수 있다. 캐릭터가 계속해서 동일한

스트레스 요인만 만나게 될 경우 독자는 인내심의 한계를 겪으면서 책을 띄엄띄엄 읽거나, 급기야는 덮어버릴 수 있다.

이야기의 장르와 중심 갈등과 캐릭터의 인물호character arc◆는 갈등 시나리오의 일부를 결정하지만, 플롯을 원숙하게 진행하려면 훨씬 더 많은 요소가 필요하다. 선택할 것이 많은 상황에서 출발점을 도대체 어디로 잡아야 할까? 이 책은 난제의 범주를 유형별로 구성해놓았다. 각 범주마다 특정한 유형의 강력한 갈등 항목이 있으니, 여러분의 이야기에 필요한 거시적 난제 및 미시적 난제의 완벽한 조합을 구상해보길 바란다.

위험과 위협

가장 빤하면서도 다양한 목적으로 쓸 수 있는 형태의 갈등은 캐릭터에게, 혹은 캐릭터가 사랑하는(그리고 책임져야 할) 사람에게 직접적인 위해를 가하는 위험이나 위협이다.

매슬로의 인간 욕구 단계 이론에 따르면, 인간의 가장 중요한 욕구 중 하나는 안전과 안정이다. 현실 세계에서 우리는 보통 자신을 위험에 빠뜨리는 상황은 피하고 본다. 캐릭터 역시 살과 피를 지닌 현실의 인간을 반영해 기본적으로 자신에게 위해를 가할 상황을 경계한다. 그렇지만 우리는 이야기 속에서 캐릭터의 차가 빙판길에 미끄러지거나, 숲길을 지나고 있는 캐릭터 눈앞에 포식자 동물이 나타나는 상황을 어느 정도 만들어줘야 한다.

위험의 원인은 주로 타인, 환경, 특정 장소이지만 캐릭터 자신의 내면 문제일 수도 있다. 중독 증상 때문에 위험을 감지하지 못하거나, 도움을 구하지 못해 병원에 입원하거나, 심하면 사망에까지 이를 수 있다. 과

◆ 이야기가 진행되며 캐릭터, 특히 주인공이 겪는 변화를 가리키는 개념. 인물호가 있는 이야기는 캐릭터가 급격히 혹은 천천히 다른 인물로 바뀐다. 인물호가 있는 캐릭터는 평면적 인물이 아니라 입체적 인물이다.

거의 실수에 대한 죄책감에 기진맥진한 사람은 자기 파괴적인 성향을 갖게 되어 자신의 능력을 훨씬 뛰어넘는 난제나 역경에 뛰어들기도 한다. 형벌이나 희생만이 죄를 값을 유일한 방법이라 생각하기 때문이다.

위험을 유기적으로 조직해 캐릭터에게 타격을 입히려면, 캐릭터가 자리한 시공간의 범위를 넘어서지 않아야 한다. 이야기의 모든 배경에는 나름의 위험이 내재되어 있기 마련이다. 불륜을 저지르는 캐릭터의 집에 탐정이 잠복하고 있을 수도 있고, 캐릭터가 숨어 있는 공간의 바닥이 비에 흠뻑 젖어 무너져 내릴 수도 있다. 특정 장소에 내재된 위험의 규모는 작을 수도 있고(독을 품은 벌레 한 마리가 캐릭터가 자는 침낭에 후다닥 들어간다든지) 거대할 수도 있다(허리케인이 덮친다든지). 이야기에 필요한 것이 무엇이냐에 따라 이러한 위협은 불편함을 초래하거나 일이 지체되는 정도에서 일단락될 수도 있고, 캐릭터가 열심히 세운 계획을 망칠 수도 있으며, 더 큰 해악을 끼칠 수도 있다.

위험과 위협이라는 범주는 어떤 결과에 책임을 지는 캐릭터를 만들고 싶을 때 좋은 선택지이기도 하다. 캐릭터는 위험을 과소평가하거나 자기 능력을 과신하다 결국 대가를 치르게 되고, 이때 치러야 하는 대가는 더 통렬할 수 있다. 자신의 실수만 아니었다면 지금 경험하는 고통을 피했을지도 모르기 때문이다. 따라서 캐릭터가 위험을 무시하거나 보지 못하게 만드는 시나리오로 얻을 수 있는 것은, 캐릭터가 이러한 경험을 통해 다시는 되풀이하고 싶지 않은 가혹한 삶의 교훈을 배울 수 있다는 점이다.

자아에 관한 갈등

자아에 관한 갈등은 캐릭터의 신망과 위신을 깎아내릴 수 있는 문제 상황을 말한다. 위신과 신망이라는 욕구는 모두 인간의 가치에 결부되어 있다. 타인이 부여해주는 가치일 수도 있고, 캐릭터 자신이 생각하는 가치일 수도 있다.

현실에서 사람들은 창피해질 상황을 피하는 경향이 있다. 남들이 어떻게 생각할지 걱정스럽고, 함부로 재단당하고 싶지도 않기 때문이다. 이러한 불안 때문에 마음속에서 자신의 실수는 더욱 확대된다. 과거에 비슷한 실수로 욕을 먹었거나 자아를 다쳤다면 특히 더 그렇다.

구축이 잘된 캐릭터는 이러한 심리적 동인이 있어 부정적인 경험에서 오는 불안과 씨름한다. 자기 실수 때문에 정서적 내상을 입은 적이 있을 경우에 더 그렇다. 캐릭터는 배제당하거나, 불신의 대상이 되거나, 거짓말을 듣거나, 시시한 존재로 취급받으면 애써 드러내지 않으려 노력해도 결국은 상처를 입곤 한다.

자아에 관한 난제는 내적 갈등을 일으키며, 숨기기 힘든 예민함을 유발한다. 그래서 캐릭터는 뒤로 빠지거나, 스스로 고립되거나, 분노를 폭발시키거나, 상황을 오히려 악화시키는 가시 돋친 솔직함을 드러내는 등 다양한 반응을 보일 수 있다. 캐릭터가 아무런 잘못을 저지르지 않은 경우에도 자아에 관한 갈등은 부정적인 경험의 연상이나 사건 목격자의 등장만으로도 깊은 내상을 입힐 수 있다. 사례를 살펴보자.

피오나라는 여성이 있다. 그는 고향 집을 찾은 지 꽤 오래되었다. 남자친구인 드루와의 연애가 진지한 궤도에 오르자 피오나는 집으로 가는 비행기를 예약한다. 부모님의 세계관이 좀 희한해서 걱정은 되지만, 피오나는 드루가 자신의 천생연분이라는 확신이 든다. 이제 가족에게 소개할 때가 된 것 같다.

피오나의 부모가 저녁 식사 후 와인을 마시고 있을 때쯤 둘은 고향 집에 도착한다. 처음에는 모든 것이 예상대로 흘러간다. 피오나의 부모는 예상치 못한 깜짝 방문에 들떠 드루를 환대하며 그의 직장과 가족과 관심사 등을 물어댄다. 그러나 와인 한 잔이 여러 잔이 되면서 피오나의 아버지는 세상사에 대해 큰소리로 불평을 해대더니 숨소리가 들릴 만큼의 정적이 이어진 끝에 급기야는 어둡고 기이한 음모론으로 빠져들고 만다.

피오나가 얼마나 당황하고 창피했을지, 이날 저녁의 만남이 재앙으로 끝나지 않도록 얼마나 노력했을지 상상해보라. 피오나는 아버지의 황당한 음모론을 농담처럼 웃어넘기거나, 드루에게 '아빠가 네 반응을 보려고 놀린 것일 뿐'이라고 이야기해줄 수도 있다. 하지만 피오나가 수습하려 애를 쓰면 쓸수록 아버지의 말은 더욱더 험악해지면서, 결국에는 자기 딸이 너무 순진하다고 나무라기까지 한다. 피오나가 꿈의 세계에 사느라 외계인들이 인류를 꼭두각시 흔들 듯 조종하고 있다는 명백한 증거를 인정하지 않는다며 비난하는 것이다. 아버지가 노여움에 고함을 쳐대자 부끄러움이 피오나를 물밀듯 덮친다. 운명의 짝이 우리 아버지가 부리는 광기의 목격자가 되다니. 드루가 우리 가족을 뭘로 보겠는가?

굴욕, 창피함처럼 자아에 얽힌 갈등은 깊은 충격과 내상을 안긴다. 캐릭터의 가장 중요한 기본 욕구 중 하나를 공격하기 때문이다. 피오나는 대응책으로 아버지와 맞붙어 논쟁을 벌일 수도 있고(싸우기) 침묵에 돌입할 수도 있으며(얼음장 되기) 아니면 다시는 부모의 집을 방문하지 않을 수도 있다(회피하기). 어떤 것이건 이 과정은 캐릭터를 취약하게 만들 수밖에 없다. 이때 피오나의 반응에 상관없이 독자들은 그가 느끼는 고통과 닿아 있다고 느낀다. 자아와 관련된 상처에 면역력을 갖춘 사람은 아무도 없기 때문이다.

자아에 관한 갈등을 겪는 사람이 자기비난이나 자책으로 갈등을 내면화하는 대응 역시 흔하다. 피오나는 드루를 자기 부모님과 괜히 만나게 했다고, 혹은 드루가 당하게 될 일을 미리 경고하지 않았다고 자책감에 빠질 수 있다. 자신이 아버지의 광기 어린 소동에 잘못이 없다는 것, 자신의 가치는 아버지의 생각이나 습관과 하등 상관이 없다는 것을 피오나가 깨닫기까지는 시간이 걸릴 것이다.

자아에 관한 갈등은 내적 갈등을 일으키는 경향이 있으므로 변화호를 건너가는 캐릭터에게 어울리는 적절한 선택지가 될 수 있다.

통제 불능

현실에서 통제는 꼭 필요한 요소다. 우리가 매일 내리는 크고 작은 수십 가지 결정을 떠올려보면 이해하기 쉬울 것이다. 대학 학위가 안정적인 직업을 택할 수 있게 해준다면 교육비에 투자를 해야 하고, 양질의 교육이 보장되는 학군에 집을 구할 수도 있다. 한편 우리는 휘발유가 떨어지지 않게 차에 기름을 넣어야 하고, 까진 무릎을 깨끗이 씻어 감염을 막아야 하며, 상황이 막장으로 흘러가지 않도록 대체로 솔직함보다는 예의를 택해야 한다. 다시 말해 우리는 인과의 규칙에 따라 살아가는 셈이다.

그런데 삶이라는 게 항상 이렇게 시시한 인과 규칙대로 술술 굴러갈 수 있을까? 절대로 그렇지 않다. 우리는 인생이라는 녀석과 확률 게임을 벌이고, 인생은 얄궂게도 생각지도 않은 순간에 우리를 마구 흔들어댄다. 언제가 됐건 예상치 못한 일은 꼭 터져 우리가 세심하게 짜놓은 계획을 멋대로 망쳐버리고 만다. 이쯤에서 한 가지 확실하고 끔찍한 진실을 여러분은 알아챘을 것이다. '통제는 환상이다.'

현실에서 통제력을 상실하는 일이 벌어지면 사람들은 상당한 충격을 입는다. 무슨 일이 닥칠지 예견했어야 했다고 생각하는 경향이 있기 때문이다. 닥칠 일을 예상하고 피할 계획까지 짜놓았어야 한다고 생각하는데 그러지 못했기 때문에 당황하는 것이다. '자아에 관한 갈등'에서처럼 우리는 삶의 모든 측면을 통제하지 못한 자신의 무능을 실패로 간주하고 자신에게 잘못이 있다는 착각에 빠진다.

이런 종류의 일은 누구에게나 벌어질 수 있다. 그러므로 캐릭터를 멈출 수도 미리 막을 수도 없이 꼬여버린 상황 속으로 힘껏 밀어 넣어 보라. 캐릭터는 엉망진창이 될 것이고, 독자 역시 초조하지만 익숙한 방식으로 이런 상황에 끌려 들어가게 될 것이다. 통제할 수 없을 만큼 상황이 꼬여갈 때 독자는 캐릭터의 자책감과 고뇌에 감정이입을 하게 된다.

통제의 신화를 무너뜨리는 갈등은 주인공이 가장 밑바닥에 떨어진 순간의 성격을 드러내는 데도 유용하다. 캐릭터의 배우자가 심장발작을 일으켜 갑자기 사망한 상황을 상상해보라. 며칠 동안 슬픔에 빠진 주인공이 화만 내며 주위 사람들을 밀어내는 바람에 그 관계에 이미 나 있던 균열이 표면으로 드러나는 사태를 만들 것인가? 아니면 현실 부정의 늪에 빠져 일어난 일을 인정하지 않으려 몸부림칠 것인가? 그도 아니면 자신의 고통과 슬픔을 내려놓고 아이들과 다른 가족들이 사랑하는 가족을 잃은 슬픔을 극복할 수 있도록 도울 것인가?

주인공이 통제력을 상실하는 것을 얼마나 빨리 겪어낼지, 그 속도는 작가인 여러분에게 달려 있다. 다만 주인공의 회복이 지나치게 빨라서는 안 된다는 점을 기억하자. 한 가지 갈등이 다른 고통스러운 부작용으로 이어지거나, 헤쳐나가야 하는 감정의 트라우마를 남길 경우에는 회복하는 데 시간이 훨씬 더 오래 걸린다는 점에 유념해야 한다.

유리한 고지를 잃거나 결실을 박탈당하다

작가가 캐릭터에게 저지를 수 있는 최악의 짓 중 하나는 캐릭터의 희망을 빼앗는 것이다. 갈등이라는 예리한 칼은 이미 이야기 전반에 걸쳐 캐릭터에게 무참한 타격을 입혀놓았다. 캐릭터는 싸웠고, 희생했고 앞으로 나가려 발톱을 세워 장애물을 긁어대며 길을 개척했다. 마침내 고군분투가 보상을 받기 시작하려는 찰나다. 캐릭터는 이제 필요한 것을 얻고 세상이 그를 지지하기 시작한다. 캐릭터가 경쟁에서 상대를 앞서나가기 시작하는 시나리오도 있다. 하지만 작가란 사악한 종자들이기 때문에 캐릭터가 점한 유리한 고지와 어렵게 얻어낸 결실을 싹 걷어가버린다.

캐릭터가 지닌 유리한 환경이나 이점, 노력의 결실을 빼앗는 것은 다양한 상황에 쓸 수 있는 유용한 갈등이다. 다만 특정 시점에 특히 도움이 되기 때문에 매우 전략적으로 활용해야 한다. 가령, 모험으로 초대하는 나팔 소리가 울려퍼진다고 모든 캐릭터가 문밖으로 뛰어나가지는 않는다. 오히려 캐릭터는 고양이가 발톱으로 긁어놓는 바람에 다 헤져버린 집 안의 애착 의자에 더 집착할 수도 있다. 근사하진 않아도 자신에게는 인생 최고의 거실인 그 공간이야말로 캐릭터에게 친숙하고 안정감을 주기 때문이다. 자기 집 거실의 낡은 안락의자야말로 캐릭터의 안전지대인 것이다.

그렇다고 해서 작가가 캐릭터를 이러한 안전지대에 계속 방치해둔다면 이야기는 죽은 것이나 다름없다. 캐릭터가 중시하는 것, 가령 캐릭터에게서 권위 있는 자리, 신뢰하는 자기편, 소중한 관계 같은 중요한 뭔가를 뺏어갈 때 캐릭터는 이야기의 첫 관문에서부터 비틀거릴 수 있다.

캐릭터의 결실을 박탈하는 유형의 갈등은, 캐릭터의 헌신성을 평가해볼 시험대이기도 하다. 캐릭터가 스스로를 지탱하도록 동기를 부여해주던 뭔가를 잃는다면 어떤 일이 벌어질까? 만일 재판에서 주요 증인을 잃거나, 후원자의 지원이 끊기거나, 공들였던 입양이 실패로 돌아간다면? 캐릭터는 어떻게든 실패를 딛고 다시 앞으로 나갈까, 아니면 수건을 던져버리고 항복할까? 중시하던 뭔가를 잃어버리는 경험은 잘못된 목표를 좇아왔던 캐릭터를 각성시키는 계기를 제공할 수도 있다. 캐릭터들이라고 늘 이야기 첫 부분부터 올바른 목적을 올바른 순서로 설정해놓고 추구하는 것은 아니다. 이들도 현실의 우리들처럼 잘못된 꿈을 좇거나 옳지 못한 이유로 목표를 이루려 할 수 있다. 예를 들면 캐릭터가 부모에게 가급적 좋은 자식이 되고 싶어, 대도시로 나가 성공하는 꿈을 포기하고 부모의 압력에 굴복해 농장 일손을 도울 수 있다. 아니면 대장간 일이 꿈은 아니지만, 너무 오랫동안 도제로 일을 해왔기 때문에 그동안 들인 노력과 희생이 아까워 대장장이로 남을 수도 있다.

이러한 캐릭터의 인물호 가운데 어떤 것은 캐릭터 자신이 진정으로 원하는 것을 발견하는 과정을 다룬다. 캐릭터가 이룬 결실을 박탈하는 경우, 캐릭터가 결정을 내려야 하는 갈림길의 계기가 만들어진다. 캐릭터는 자신의 목적을 향해 계속 전진하기 위해 잃은 것을 되찾으려 노력하게 될까? 아니면 어차피 결실을 잃은 이상 추구하던 목표 역시 매력을 잃었다고 생각할까? 올바른 목표란 캐릭터가 전적으로 매진하는 종류의 목표일 테니, 결실이라는 이득을 잃었다고 해서 목표 추구를 중단하지는 않을 것이다.

힘겨루기

우리가 창조한 캐릭터들에 관해 아는 게 있다면, 그것은 어느 시점엔가 이들이 충돌하리라는 점이다. 이유는 하등 새로울 게 없다. 이야기의 구성원인 캐릭터들은 저마다 자신의 목적과 의제와 욕구와 신념을 갖고 있고, 그것이 타인의 목적과 의제와 욕구와 신념과 늘 맞아떨어지지는 않기 때문이다. 마찰이 지나치면 힘겨루기가 뒤따르기 마련이다.

힘겨루기는 경찰과 용의자, 상사와 직원, 교사와 학생처럼 캐릭터 사이의 관계가 동등하지 않을 때 발생한다. 힘겨루기는 힘이 적은 사람이 경쟁의 장을 평평하게 만들려 하거나 상대를 지금 있는 자리에서 몰아내려 할 때도 발생한다. 누군가 지위를 부당하게 이용한다는 사실을 인식할 때도 마찬가지다. 여러분의 캐릭터가 힘겨루기 상황의 한쪽 당사자가 된다면, 가령 불만이 있는 소비자에게 고소를 당하거나, 경쟁자에게 억울하게 비난을 받거나, 정실 인사로 승진에서 누락되거나 하는 일을 당한다면, 이러한 사태가 캐릭터의 윤리 의식을 건드려 격렬한 싸움을 일으킬 수 있다.

이러한 힘겨루기 상황은 적대적 관계뿐 아니라 긍정적 관계에서도 벌어질 수 있으며, 그런 경우 해결이 더 어려울 수 있다. 캐릭터에게 압력을 행사하는 쪽이 캐릭터가 사랑하거나 존경하는 사람이기 때문이다. 예를 들어 아버지가 아들에게 자신의 경력을 따라 군에 입대하라고 밀어붙일 때, 아들이 아버지의 바람을 자신에 대한 통제로 인식하면서 둘이 힘겨루기에 돌입할 수 있다. 물론 아버지는 아들과 싸움을 벌일 의도가 있었던 게 아니라, 단지 조직적인 생활과 훈련이 아들에게 도움이 될 거라고 믿었을 것이다. 하지만 서로의 시각 차이 때문에 이렇듯 의견의 불일치가 생기는 경우, 상황을 세심하게 다루지 않으면 소중한 부자 관계가 망가질 수 있다.

힘겨루기 요소는 힘겨루기에 연루된 캐릭터들이 서로 매우 다른 인물들일 때, 가령 올곧고 존경할 만한 인물과 남을 괴롭히고 조종하려는 인물일 때와 같이 인물의 성격을 대조시키는 데 활용할 수 있다. 흥미진진한 결전을 만들기 위해서는 캐릭터들을 갈등에 몰아넣을 재료로 무엇이 좋을지 고민해보라. 캐릭터들이 동일한 목적을 이루길 원하는가? 아니면 둘의 목적이 너무 달라 한 사람이 이기려면 나머지 사람은 져야 하는 상황인가? 과거에 일어났던 일 때문에 둘 사이에 적대감이 강한가? 이런 요소는 이야기의 무대에서 어떤 양상으로 펼쳐질까?

힘겨루기를 부각시킬 아주 좋은 형식이 있는데, 바로 목표가 다른 캐릭터들 간의 대화다. 한쪽이 다른 쪽에서 공유하고 싶어 하지 않는 정보를 원하는 경우, 상대를 향한 찬란한 욕설과 은밀한 위협과 조롱과 모욕이 넘치는 근사한 줄다리기가 펼쳐진다.

힘겨루기는 이야기의 많은 부분을 차지할 만큼 거대한 갈등이 되어 이야기 내내 지배력을 행사할 수도 있다. 이렇듯 이야기 전체를 아우르는 대치 국면은 대개 더 큰 위기를 포함하고, 캐릭터가 어떤 대가를 치르더라도 다른 캐릭터를 무찌르겠다고 결심하면서 캐릭터 개인의 문제로 급속히 치닫게 될 수 있다.

주저하지 말고 갈등이 캐릭터 개인의 문제로 비화되도록 만들라. 감정이 고조되면 캐릭터의 상식뿐 아니라 도덕성까지 위기에 몰릴 수 있다. 캐릭터는 어떻게든 이기려는 결심 때문에 상대를 일부러 곤경에 빠뜨리거나 억울한 누명을 씌우거나 고의적으로 상대의 일을 방해하는 등 개탄스러운 행동을 정당화하려는 동기를 가질지 모른다.

주인공이건, 주인공의 적이건, 둘 사이에서 악행을 저지르는 캐릭터건 이들의 행동을 유발하는 동기는 명확해야 한다. 그렇지 않으면 그 힘겨루기가 인위적으로 만든 억지스러운 갈등이라는 느낌을 주게 된다. 주인공이 상대를 헐뜯거나 나쁜 짓을 하는 경우라 해도 그로 인해 주인공이 매력을 잃는 지경까지 가서는 안 된다. 이를 방지하기 위해서는 주인공이 어떤 위기에서 나쁜 짓을 하고 있는지 명확히 제시하고, 주인공이 길을 잃고 나쁜 길로 빠졌음을 스스로 깨닫고 부끄러워하는 순간을 이야기를 전개하는 과정에 끼워 넣어야한다. 주인공이 악행에 책임을 지고 추후 대응을 바꾸는 경우, 독자들은 그의 악행을 용서할 수 있게 된다.

다양한 난제

갈등은 다면적이므로, 실질적으로 모든 시나리오를 깔끔하게 범주화하기는 어렵다. 다만, 생각지도 못한 상황으로 여러분의 캐릭터를 밀어 넣을 만한 갈등 상황을 찾고 있다면, 다양한 난제라는 항목의 아이디어들을 살펴보길 바란다. 여러분의 캐릭터는 엉뚱한 시간에 엉뚱한 장소에 있을 수도 있고, 누군가 다른 사람으로 오해를 받을 수도 있으며, 아니면 끔찍한 상황에서 어쩔 수 없이 낯선 사람을 맹목적으로 신뢰해야 할 수도 있다. 가능성은 무궁무진하다.

중심 갈등은 항상 무대 중앙에 두어야 한다

이제 이야기가 진행되는 과정에서 캐릭터가 마주할 수 있는 수많은 갈등 시나리오가 있다는 것을 실감했을 것이다. 그런데 사건이 진행되고 주인공에게 어려움이 쌓일수록, 중심 갈등은 주변 소음에 가려져 점점 존재감이 축소되거나 아예 사라질 위험이 있다. 너무 많거나 사소한 문제가 시간을 지나치게 많이 잡아먹는 경우, 갈등들이 제 속도를 잃고 우왕좌왕하거나 캐릭터가 어디로 향하는지 몰라 독자들의 혼란을 초래하는 사태가 벌어진다. 중심 갈등과 플롯에 최대한 집중할 때 여러분이 이야기에 배치해놓은 요소들이 최종 클라이맥스를 향해 착착 진행될 수 있다.

여러분의 이야기가 6가지 중심 갈등 중 어떤 갈등을 위주로 진행되는지 생각해보자. '해리 포터' 시리즈의 경우 중심 갈등은 캐릭터 vs 캐릭터 간의 갈등이다. 이야기의 주요 대립 세력은 볼드모트와 그 수하들이다. '헝거게임' 시리즈에서 캣니스와 캐피톨의 전투는 캐릭터 vs 사회라는 대립 역학에 속한다. 영화 〈터미네이터〉에서 사라 코너와 적의 관계는 캐릭터 vs 기술의 결전을 창조한 사례다.

플롯 구조를 짜기 시작하는 단계에서 갈등 문제로 여전히 고민하고 있다면, 목표-동기-갈등 공식, 즉 GMC 공식의 도움을 받아 주요 대립을 설정할 수 있다. 또 쓰고 있는 글의 내용과 중심 갈등이 잘 어우러지게 만들고 싶을 때도 GMC 공식을 활용하면 좋다.

'중심 캐릭터 vs X'라는 갈등 구도가 이야기에서 어떻게 보일지 시험해볼 때도 GMC 공식은 탁월한 도구다. 이후 문제와 갈등을 유발하는 상황 선택에 돌입하면 된다. 문제와 갈등 유발 상황은 캐릭터의 헌신과 노력을 시험에 들게 하고, 캐릭터의 성격을 드러내며, 캐릭터가 자신의 목표를 성취해가는 과정에서 어떻게 하면 더 강해질 수 있는지 생각하도록 밀어붙일 장치 역할을 해준다.

하지만 올바른 갈등을 골라 적시에 도입하지 않으면, 이야기에 포함시킨 특정 문제들이 더 커져 미리 설정한 주요 줄거리가 궤도에서 이탈하는 사태가 벌어질 수 있다. 주요 줄거리가 궤도에서 이탈할 때 특히 문제가 될 수 있는 두 가지 요소를 아래에 소개한다.

인물호

캐릭터가 자신의 주된 내적 갈등을 해결하면 마음과 생각이 잘 정리가 되는데, 이는 캐릭터가 목표를 달성하는 데 필요한 요소다. 따라서 인물호와 엮여 있는 내적 갈등이 플롯에서 부각되는 건 당연하다. 그러나 이야기상에서 중요하다는 이유만으로 내적 갈등이라는 요소가 플롯 같은 다른 모든 요소를 압도해버려도 된다는 말은 아니다.

캐릭터의 내적 갈등과 외적 갈등 간에 균형을 맞출 때는 비율을 잘 조정하면 된다. 변화를 향하는 캐릭터의 점진적 여정을 보여줄 만큼 내적 갈등을 포함시키되, 외적 플롯과 외적 갈등을 망치지 않는 선에서 조절해야 한다는 뜻이다.

이러한 비율을 아주 탁월하게 다룬 사례가 '해리 포터' 시리즈 1권이다. 도입부에서 해리 포터라는 캐릭터와 그의 세계를 소개할 때 작가 J. K. 롤링은 대개 외적 갈등에 초점을 맞춘다. 해리는 이모와 이모부인 더즐리 부부에게 사랑을 받지 못하는 아이이다. 조롱과 무시, 구박만 받고 살아왔다. 더즐리 부부는 해리를 계단 밑 벽장 속에서 자게 하고 호그와트 마법학교에서 온 편지를 감추어 아이를 고립시킨다. 하지만 해그리드가 나타나 해리의 세계를 뒤집어놓는다.

여기서 우리는 해리가 겪는 내적 갈등의 첫 단추를 보게 된다. 해리가 더즐리 부부와 살면서 배운 건 최대한 머리를 조아리고 관심을 피하는 법이다. 해리는 힘든 상황을 감내하면서 자신에게 주어진 상황은 무엇이건 받아들이는 데 익숙해져 있다. 그러나 해리는 자신이 그냥 머글이 아니라 역대 가장 무시무시한 마법사를 쳐부술 만큼 강한 힘을 지닌 마법사임을 알게 되고, 껍질을 깨고 나와 새로 알게 된 자신에 대한 사실을 과거 자신의 모습과 조화시키려 고군분투하게 된다.

외적 갈등과 내적 갈등을 적절히 섞어놓는 이러한 패턴은 해리가 내적 투쟁(갈등)을 간헐적으로 겪는 순간순간을 통해 이야기 내내 지속된다. 해리는 반 배정 모자를 쓰게 되고, 소망의 거울을 마주해 상충된 감정을 보이며, 자신의 퀴디치(스포츠) 능력을 의심한다. 그 밖에도 내적 갈등의 사례는 많다. 해리의 이야기를 고려하면 이러한 배치는 균형의 관점에서 매우 적절하다. 주인공 해리는 1권에서 내적 갈등과 변화를 겪지만, 그 정도는 이야기 전체의 목표에 비하면 크게 중요하지 않다. 볼드모트를 무찌르는 목표는 1권뿐 아니라 이 시리즈 전체의 주요 갈등이기 때문이다. 볼드모트가 마법사의 돌을 얻어 부활하지 못하도록 해리가 준비되어 있으려면 수많은 외적 갈등이 필요하다.

액션이 많지 않은 이야기를 쓰는 경우에는 내적 갈등과 외적 갈등 사이의 적절한 균형을 맞추기 위해 실험을 해야 한다. 어떤 캐릭터들은 다른 캐릭터보다 내적 장애물이 더 많을 수 있다. 캐릭터 vs 자아의 플롯라인을 세웠다면, 내적 갈등이야말로 핵심 스토리이므로 내적 갈등에 더 초점을 맞추는 것이 당연하다. 예를 들어 영화 〈뷰티풀 마인드〉에서 주인공 존 내시가 겪는 갈등은 그가 앓고 있는 정신 질환과의 싸움이다. 따라서 영화 내러티브의 많은 시간은 존이 조현병과 싸우고, 조현병이 일으키는 성격과 싸우는 데 할애된다.

내적 갈등과 외적 갈등의 균형을 맞추는 또 한 가지 방법은 속도를 적절히 조절하는 일에 집중하는 것이다. 내적 갈등에 지나치게 치중하는 경우 캐릭터가 행동을 진행하는 데 방해가 된다. 게다가 외부의 장애물과 적과 위협은 도통 쉴 시간을 주지 않는다. 이 갈등 또한 해결해야 한다. 내 외부 갈등의 올바른 균형을 유지하고 적정하게 속도 조절을 하면 독자들이 캐릭터가 이루어야 하는 목표가 무엇인지 정확히 알기 쉽다.

서브플롯

주요 줄거리상에서 적절한 비중의 갈등이 발생하는 동안 일부 거시적 갈등은 해결할 시간이 더 필요하다. 좀 더 명확히 짚기 위해 서브플롯의 개념을 알아보자. 핵심 갈등을 압도하지 않는 선에서 서브플롯의 갈등을 해결하는 좋은 방법에 관해서도 살펴보자.

서브플롯subplot이란 주요 줄거리와 관련이 있으면서 대개 주인공이나 주인공과 가까운 캐릭터가 등장하는 부차적인 이야기다. 예를 들어 『해리 포터와 마법사의 돌』에서 이야기의 목적과 중심 갈등은 다음과 같다.

이야기의 목적 … 볼드모트가 마법사의 돌을 찾아 힘을 되찾지 못하게 막아야 한다.

중심 갈등 … 해리 vs 볼드모트 (캐릭터 vs 캐릭터)

서브플롯은 아주 다양하지만, 그중 두드러지는 것 몇 가지를 소개한다.

서브플롯 1 … 해리, 론, 헤르미온느가 친구가 되다.

서브플롯 2 … 해리와 말포이 사이에 적대 관계가 형성되다.

서브플롯 3 … 스네이프 선생이 해리의 적수로 등장하다.

각 서브플롯은 자체의 이야기 호를 갖추고 있어야 한다. 중심 플롯보다는 단순하고 짧되, 시작과 중간과 끝이 명확해야 하고, 부침과 우여곡절을 갖추어야 한다. 각 서브플롯은 또한 이야기를 앞으로 밀고 나가는 기능을 수행해야 하며, 어떤 면에서는 중심 플롯에 영향을 끼친다. 가령 시리즈 1권인 『해리 포터와 마법사의 돌』에서 론, 헤르미온느와의 우정은 해리가 볼드모트를 무찌르는 데 있어 핵심적인 관계이다. 클라이맥스만 따져봐도 헤르미온느가 악마의 덫에 대해 알고 있는 지식, 마법사의 체스 게임에 대한 론의 풍부한 경험과 자기희생이 해리를 볼드모트와 최후의 결전을 치르는 데까지 도달할 수 있게 한다. 따라서 해리가 친구를 사귀게 된 일은 그 자체로도 훌륭한 동시에 이들이 구성하는 서브플롯은 주인공 해리가 주된 목표를 이루는 데 꼭 필요하다(그뿐 아니라 이 서브플롯은 캐릭터의 성격을 묘사할 수 있는 귀중한 기회도 제공한다).

말포이가 포함된 서브플롯 역시 중요하다. 왜냐하면 이야기의 특정 부분까지는 볼드모트가 물리적으로 아예 등장하지 않아, 해리가 싸워야 할 물리적 적수 역할을 말포이가 맡기 때문이다. 말포이는 장면 층위의 수많은 갈등에서도 해리가 전반적인 목표를 완수하는 쪽으로 가까이 도달하게끔 데려가는 역할도 맡는다.

하지만 가장 흥미로운 것은 단연 세 번째 서브플롯, 바로 스네이프가 포함된 서브플롯이다. 말포이와 마찬가지로 스네이프 역시 해리의 스파링 파트너 역할을 한다. 그리고 스네이프가 등장하는 장면들은 대개 마법사의 돌을 향한 경쟁과 관련이 있기 때문에 중심 플롯을 뒷받침하는 역할을 한다. 스네이프 서브플롯의 매력은 책의 결말 부분이 되어서야 서서히 드러나는데 스네이프가 등장하는 장면마다 독자의 주의를 딴 데로 돌리는 속임수가 내재되어 있었다는 것, 그 속임수는 해리와 독자들에게 어마어마한 충격을 안긴다는 것이다. (스포일러가 있다!) 스네이프는 사실 마법사의 돌을 얻기 위해 볼드모트와 협조하고 있었던 것이 아니었다. 스네이프가 한 모든 일은 볼드모트의 손에 마법사의 돌이 들어가지 않도록 해서 해리를 보호하기 위한 것이었다! 책을 본 독자라면 알겠지만, 눈속임 캐릭터로서 스네이프는 진행 중인 주제이기도 하다. 따라서 스네이프의 서브플롯은『해리 포터와 마법사의 돌』의 스토리에 기여할 뿐 아니라 이후로 이어지는 시리즈 전체의 토대 역할 또한 수행한다고 할 수 있다.

이러한 서브플롯의 갈등에는 독자를 깜짝 놀라게 하고 흥분시키는 요소가 많으며, 그런 만큼 이야기에서 벗어나 따로 놀게 되기 쉽다. 그러나 좋은 서브플롯은 이야기와 따로 놀지 않는다. 서브플롯들이 맡은 역할을 충실히 할 수 있도록 중심 플롯에 짜임새 있게 섞여 들어가 있기 때문이다. 해리 포터의 이야기에 포함된 서브플롯들은 해리와 친구들에게 더 큰 싸움에 맞서는 데 필요한 지식과 경험을 제공하는 역할을 충실히 한다는 뜻이다. 그 결과 볼드모트가 힘을 되찾지 못하게 막는 해리의 싸움은 이야기라는 무대의 중심 자리에서 벗어나지 않을 수 있었다.

갈등이라는 황금 실이 이야기에 힘을 싣는 방식

갈등에는 이야기의 다른 요소에는 없는 특별한 힘이 있다. 갈등은 플롯과 호에 영향을 끼치며 그 과정에서 이들을 한데 엮어주는 황금 실golden thread과 같은 역할을 하기 때문이다. 갈등이 없다면, 캐릭터는 자신이 처한 평범한 세계를 떠나 새로운 세계로 가도록 떠미는, 이른바 선동적 사건Inciting Incident을 얻을 수가 없다. 적들과 난제들로 가차 없이 두들겨 패고 뒤흔들어놓아야만 여러분의 캐릭터는 바닥을 친 후 맞이하는 '모든 것을 상실한 순간'을 경험할 수 있다. 모든 것을 상실한 순간은 곧 '영혼의 어두운 밤The Dark Night of the Soul'◆과 같다. 영혼의 어두운 밤, 주인공은 갈등이라는 불길을 뚫고 자신의 여정을 성찰하면서 굽히지 않고 변화의 길을 나아가게 된다. 그리고 '클라이맥스'. 클라이맥스는 캐릭터가 내적 갈등을 얼마나 잘 해결했는지에 따라 승패가 결정되는 외부의 충돌로서 이야기의 절정에 이르는 지점이다.

갈등의 인장은 도처에서 발견된다. 플롯, 호, 그 너머 어디에서든 말이다. 의미 있는 대립과 난제를 통해 이야기를 향상시킬 몇 가지 방법을 살펴보자.

◆ 중세 유럽의 신비주의자 십자가의 성 요한이 만든 개념으로, 자아와 신성의 합일이라는 목적을 이루기 위해 거쳐야 할 시련과 고난을 뜻하는 비유로 쓰인다.

갈등은 캐릭터의 성장을 돕는다

이야기의 첫 페이지에서부터 캐릭터가 목적을 이룰 수 있게 해서는 안 된다. 즉, 이야기의 도입부부터 갈등이 절정에 이르면 캐릭터는 비참한 실패를 맞이하게 될 거라는 뜻이다. 갈등은 온갖 고통을 초래하면서 그만큼 캐릭터를 담금질하는 단련의 장이다. 캐릭터는 규모가 작은 위기와 적수를 상대하는 동안, 이후에 더 크고 두려운 문제와 맞서는 데 필요한 지식과 기술, 회복탄력성을 얻게 된다.

캐릭터가 맞이하는 결전이 모조리 성공하는 것만은 아니다. 캐릭터가 성장하는 데 성공 못지않게 중요한 요소가 바로 실패다. 캐릭터의 실수와 실책으로 상황은 복잡하게 꼬여가고, 무력감, 불안, 실망 같은 불편한 감정이 캐릭터를 덮친다. 이러한 감정은 불쾌함을 유발하기 때문에 캐릭터는 이를 피하려는 동기를 갖게 된다. 따라서 캐릭터는 잘못된 점을 파악하기 위해 자신의 강점과 약점을 더욱 열심히 들여다보게 되고, 결정에 해악을 끼쳤을 법한 신념이나 욕구, 두려움, 편견을 분석하게 된다. 자신을 앞으로 나아가지 못하게 막는 요소를 찾아낸 캐릭터는 미래에 유리한 결과를 맞도록 변화를 꾀한다.

이렇듯 진화하고 발전하려는 캐릭터의 의지는 갈등이 고조되고 싸움에 걸린 판돈이 커져 실패하지 말아야 할 필요성이 커질수록 더욱 중요해진다. 다시 말해 캐릭터는 최상의 자아를 찾아야만 더욱 어려운 난제와 역경을 헤쳐나갈 수 있다. 캐릭터는 자신의 길을 방해하는 공포와 결함을 없애고 선한 자질과 역량과 지식을 얻는다. 변화와 성장을 거듭하면서 더욱 큰 성공을 구가하게 되고, 내면의 발전을 이루어 최종적인 성공을 이룬다. 내적 갈등을 온전히 해결하는 캐릭터는 이상적인 인간, 어떤 역경을 만나건 해결할 수 있는 강한 인간이 된다.

이는 변화호에 있는 캐릭터가 성장할 때 전형적으로 밟는 길이다. 그런 한편 갈등이 더 어두운 길로 이어지는 경우도 있다. 기회가 많은데도 주인공은 과거의 고통과 편견과 망가진 사고방식을 떠나보내지 못할 수 있고, 그 때문에 공포에 압도당해 실패가 누적되면 방황을 거듭하다, 승리에 필요한 자아상에서 더욱 멀어질 수 있다. 이런 경우 주인공의 태도와 관점은 점점 더 부정적으로 변하고, 좌절로 인해 윤리 기준이 바뀌거나 아예 사라져버릴 수도 있다.

갈등은 자부심을 증강시키거나 산산조각낸다

험난한 상황을 능동적으로 헤쳐나가는 캐릭터는 사건이 일어나기를 방관자처럼 기다리지 않는다. 능동적인 캐릭터가 지닌 힘은 스스로 결정을 내려야 앞으로 나아갈 수 있다는 인식에서 비롯된다. 설사 힘에 부쳐 실패한다고 해도 캐릭터는 거울을 들여다보며 자신이 옳은 일을 하고 있다는 것을 확신한다. 넘을 수 없어 보이는 난관에 맞서려면, 특히 쉽게 승리할 가망이 거의 없는 상황에 맞서려면 용기와 배짱이 필요하다. 때로는 그 정도까지도 필요 없다. 문제를 회피하지 않는 것만으로도 캐릭터가 자신의 가치를 남들과 자신에게 증명하는 경우도 있다.

갈등의 또 한 가지 역할은 자기 적성과 능력에 대한 의심의 씨앗을 캐릭터의 내면에 심어놓는 것이다. 위험이 큰 상황에서 지나치게 많은 실수를 하는 경우, 캐릭터는 자신을 믿지 못하는 상태가 되고 의심에 잠식당한다. 타인들까지 캐릭터를 더 이상 신뢰하지 못하는 듯 보인다면 설상가상이다. 험난한 난제들이 다닥다닥 붙어 캐릭터를 연달아 때려대 캐릭터는 자신에 대한 의심을 도저히 극복할 수 없는 지경에 이른다. 이 시점이 도래하면 캐릭터가 자포자기에 빠질 가능성은 높아진다. 그렇게 캐릭터는 더 이상 버티지 못하고 과거의 행동으로 돌아가 감정적 방어기제를 작동시킬 수도 있다. 더 강하고 심지 굳은 인간으로 성장하기 위해 캐릭터가 이루어나가던 발전은 이러한 방어 반응으로 인해 무산되고 만다.

갈등은 캐릭터의 가치와 믿음을 부각시킨다

모든 캐릭터에게는 결정과 행동 방향에 영향을 끼치는 신념체계가 있다. 캐릭터의 윤리와 가치와 핵심적 신념과 정서적 애착은 세계관을 결정하며, 인생을 살아가는 방식(행동과 생각과 포용적 태도)의 토대가 된다.

신념체계는 시간이 지나면서 발전하거나 퇴보하는데 그 기틀이 되는 것은 초창기의 경험이다. 인생의 중요한 순간, 캐릭터가 유대감을 느끼고 캐릭터에게 배움을 준 사람, 그리고 세상이 캐릭터를 대하는 방식 등은 캐릭터가 가장 가치 있게 여기는 것에 기여하며 영향을 끼친다.

인생의 경험이란 개인마다 고유하므로 캐릭터마다 고유한 이상, 윤리, 세계관이 있다. 가령 지원과 안정과 애정이 넘치는 환경에서 성장한 캐릭터는 신뢰, 관계, 소속감에 높은 가치를 부여할 확률이 높다. 한편 남의 집을 전전하면서 자라 성년이 된 캐릭터라면 독립과 자급자족을 중시할 것이다. 그의 경험상 무조건적인 애정과 지원은 신화에 불과하기 때문이다.

이렇듯 상반된 캐릭터 둘(A, B라고 하자)이 만난다면 이들이 관계에 어떤 접근법을 취하게 될지 생각해보라. 캐릭터 B는 관계란 일시적이며, 사람들은 힘들면 결국 떠나버린다는 것을 어릴 때부터 배웠다는 이유로 친밀한 관계를 피한다. 반면 캐릭터 A는 친밀한 유대의 가치를 잘 알고 있기 때문에 가까운 관계를 신속히 형성하고자 할 것이다. 하지만 이러한 가치에 대한 저항을 마주하면 A는 혼란을 느끼게 된다. 사랑과 애정에 상처를 받아본 경험이 없어 다른 사람의 반발을 쉽게 이해하지 못하기 때문이다.

이야기의 마력은 독자들이 다양한 신념체계를 탐색하고 경험할 지형을 제공한다는 것이며, 이러한 경험을 가능하게 하는 것이 다름 아닌 갈등이다. 캐릭터의 가치와 이상이 마찰을 빚게 될 때 그의 윤리는 곤경에 처하게 되고 이제 그가 진정 어떤 인간인지가 드러나며, 이런 종류의 도덕적 갈등이 포함된 장면은 깊이와 몰입감을 더해준다. 캐릭터가 추구하는 이야기상의 목적은 그가 버팀목으로 삼아 살아가는 가치 및 진실과 엮여 있어 독자가 그의 여정에 더욱 관심을 갖게 되기 때문이다.

갈등은 과거를 보는 창을 제공한다

어떤 상황이나 캐릭터가 주인공의 신념체계 및 관점에 도전을 가할 때 주인공이 보이는 반응은 독자에게 그가 지닌 가치관이나 윤리에 대한 통찰을 제공한다. 스트레스로 넘치는 상황이 주인공이 지닌 과거의 상처와 두려움을 휘저어놓는 경우에도 마찬가지다. 주인공은 숨은 사연이 가득한 정보를 제공하거나, 궁금증을 유발하는 행동을 보임으로써 독자의 호기심을 불러일으킨다. 갈등은 이야기의 속도를 늦추지 않으면서 주인공의 과거 중 일면을 독자와 공유할 방안을 마련해준다.

영화 〈가디언즈 오브 갤럭시〉의 캐릭터 로켓을 생각해보자. 로켓은 사이버네틱스와 유전학을 통해 종을 개선한 너구리로, 과학자들에게 학대당하고 변형되어 성격이 비뚤어졌다. 과거에 당한 학대로 세상에 대한 분노와 불신이 커진 로켓은 엄격한 윤리 따위는 개나 줘버리라는 듯 나부터 우선 살고 보자는 태도로 살아간다. 그는 기회주의적이고 적대적이며 필요한 것을 얻기 위해서라면 도둑질과 폭력도 불사한다. 관객이 보기에 로켓은 내상이 심한 캐릭터이며 실제로도 그러하다. 학대당한 과거를 생각하면 그다지 놀랄 일도 아니다.

포상금을 타기 위해 퀼(스타로드)을 잡으려던 시도가 실패한 후 로켓은 퀼과 그루트, 가모라와 감방에 갇히는 신세가 된다. 감방에서도 로켓은 다른 재소자들에게 조롱을 당한다. 분노한 로켓은 아픈 진실을 밝힌다. 자신은 스스로를 괴물로 만들어달라고 한 적이 없다는 것. 로켓이 왜 현재의 모습이 되었는지 설명하는 데는 이 진실의 순간과 주요 캐릭터 몇 명이면 충분하다.

캐릭터들 간의 마찰은 개별 캐릭터의 편견, 비뚤어진 관점, 그리고 오해를 드러내는 기능을 한다. 이러한 마찰을 통해 작가는 과거의 부정적인 사건, 특히 캐릭터의 세계관과 믿음을 형성했던 정서적 상처에 대한 힌트를 제공할 수 있다.

갈등은 캐릭터의 그릇된 믿음을 드러낸다

캐릭터의 신념체계에는 그릇된 확신이나 믿음도 포함되어 있다. 그릇된 확신이란 캐릭터가 자신과 주변 세계를 향해 갖고 있는 유해하고 파괴적인 거짓들이다. 캐릭터가 성장의 여정을 걷고 있는 경우, 그릇된 믿음은 캐릭터의 인식을 왜곡하기 때문에 성장의 여정을 완성하려면(그래서 캐릭터의 목표를 달성하려면) 반드시 해결해야 하는 난관이다.

〈가디언즈 오브 갤럭시〉로 돌아가보자. 로켓은 퀼과 가모라가 감방을 탈출하면, 큰돈을 받는 대가로 강력하고 무한한 에너지를 지닌 인피니티 스톤 '오브Orb'를 수송하는 일을 돕기로 동의한다. 이 집단은 갈등을 통해(처음에는 탈출하면서 그 후로는 상대하기 더 어려운 적들을 꾸준히 만나 대적하면서) 연대한다. 그러나 '오브'를 도난당하는 바람에 로켓은 기대했던 보상을 받지 못하게 된다. 보상이 없는 상황에서 집단이 이행해야 하는 임무는 이제 이타적인 성격의 것으로 바뀐다. 악당 로난이 '오브'로 세상을 파괴하지 못하도록 막는 과제를 대가 없이 해야 하는 상황이 된 것이다. 로켓의 의리는 금전적 보상을 통해 확보한 것이므로 이쯤 되면 로켓이 집단을 이탈하리라는 예상이 가능하다. 그러나 로켓은 이탈하지 않는다.

금전적 보상을 원하는 동기가 큰 캐릭터가 어떻게 이타적인 일을 할 수 있을까? 로켓은 외면상 까칠한 성격의 소유자로 보이지만, 사실은 따뜻한 환대를 갈망하는 버림받은 인물이다. 여기서 난관은 로켓이 믿고 있는 거짓, 즉 자신이 환대를 받을 만한 가치가 없다는 편견이다. 로켓이 자신을 괴물로 보는 이유는 세상이 그렇게 보기 때문이다. 그래서 로켓은 사람들이 자신을 보는 모습대로 밉살스럽고 부산스러운 행동을 보인다. 그러다 퀼의 등장으로 이제 이 소란스러운 부적응자 무리는 가족이 된다.

난생처음으로 로켓은 다른 눈으로 세상을 보게 된다. 이제 서로를 보호하고 사랑하는 집단의 일원이 된 것이다. 새롭고 더 이타적인 사명을 갖게 된 로켓은 괴물이라면 절대 하지 못할 일을 할 수 있다. 바로 다른 사람들을 보호하는 일이다.

로켓은 그릇된 믿음을 버리고 자신의 가치를 인정하면서 자기가 속한 집단의 가치를 자신의 신념체계에 통합시킨다. 그는 자기 잇속만 차리는 존재에서 타인들을 배려하는 존재로 변모한다. 늘 그런 것은 아니고 대체로 그렇게 변했다는 말이다. 로켓이 로켓이라는 캐릭터의 일관성을 유지하려면 어느 정도의 기회주의와 갈취는 필요하기 때문이다.

한 인물호에서는 다양한 요소들이 결합하여 이야기를 작동시킨다. 하지만 상수는 갈등이라는 황금 실이다. 갈등이 없었다면 로켓은 퀸과 다른 친구들을 만날 수 없었을 것이고 인피니티 스톤을 둘러싼 더 큰 싸움에 끌려 들어가는 일도 없었을 것이다. 갈등이 없었다면 그는 평정심을 잃고 자신을 혐오하는 내적 진실을 드러냄으로써 퀼이 그를 다루는 태도를 바꾸어놓지도 못했을 것이다. 마지막으로, 갈등이 없었다면 로켓은 자신이 함께하는 사람들을 좋아하고 배려한다는 점, 그 속에서 자신이 속할 가족을 찾아낼 수 있다는 사실 또한 깨닫지 못했을 것이다.

갈등은 독자에게 성찰할 기회를 제공한다

이야기를 통해 독자는 타인의 삶을 경험한다. 여기서 갈등은 사건에 더 큰 흡인력과 재미를 선사하는 동시에 독자에게 인생에 관한 심오한 질문을 던짐으로써 독자 자신이 세상을 어떻게 바라보고 있는지 점검하도록 이끌기도 한다.

도덕적 갈등은 흑백 논리가 아니다. 본디 도덕적 갈등은 독자들을 상이한 세계관에 노출시키는 기능을 하며, 독자 자신의 가치와 상충되는 가치와 만나게 하기도 한다. 이야기가 펼쳐질수록 각 캐릭터가 지키기 위해 싸우는 가치들은 특정 상황에서 무엇이 옳고 그른지, 인간이 자신의 삶을 어떻게 살아야 하는지, 그리고 어떤 믿음이 싸워서라도 지킬 만한 가치가 있는지 등에 관한 철학적 질문을 유발한다.

이야기의 소재와 주제에 따라, 독자는 자신이 갖고 있던 세계관이 흔들리는 경험을 할 수도 있다. 가령, 윤리 의식이 강한 선한 사람은 절대로 다른 사람을 고문할 리 없다는 관념은 현실과 다를 수 있다(영화 〈프리즈너스〉). 혹은 사랑을 위해서라면 못할 짓이 없다는 비뚤어진 가치관이 도대체 어떻게 가능해지는지를 다루는 이야기를 통해 기존의 윤리관이 도전을 받을 수도 있다(영화 〈공포의 묘지〉). 또한 독자는 자신이 캐릭터와 공유하는 신념에 어두운 측면이 있음을 인식하고 자신의 신념을 더 깊이 성찰하게 될 수도 있다.

그렇다고 독자의 가치관에 의문을 던지거나 각성을 일으킬 계기를 제공하는 갈등이 이야기마다 꼭 있어야 하는 것은 아니다. 하지만 독자의 사유를 유도하는 이야기는 다 읽거나 본 후, 다만 얼마간이라도 독자에게 더 오랜 여운을 남기는 경향이 있다.

갈등은 긴장을 배가한다

흔히들 갈등과 긴장을 혼동한다. 둘 다 대개 설상가상의 상황을 만드는 데 쓰이기 때문이다. 그러나 갈등과 긴장 사이의 차이는 미묘하지만 중요하다.

갈등conflict이 캐릭터와 그가 가장 원하는 것 사이를 방해하는 힘이라면, 긴장tension은 다음에 벌어질 일을 둘러싼 기대감이다. 로건이라는 캐릭터가 앨리스와 샤이 두 여성과 이중으로 데이트를 하고 있다고 상상해 보라. 앨리스와 샤이는 상대의 존재를 모른다. 로건이 비밀로 하고 싶어 하기 때문이다. 그런데 로건은 어처구니없는 실수를 저지른다. 같은 날, 같은 식당에서 두 여성 모두와 저녁 약속을 잡은 것이다.

두 여성이 같은 시간에 식당에 도착하면 그것이 갈등이다. 두 여성이 자신이 같은 남자를 만나리라는 것을 모른 채 식당을 가로지르면 그것이 긴장이다. 긴장은 독자들을 이야기로 끌어들여 다음과 같은 질문을 제기하게 만든다.

- 저 여자 둘이 로건이 자신 말고 다른 여자와도 데이트를 하고 있다는 것을 알게 될까?
- 로건은 곤경을 벗어날 수 있을까?
- 두 여자는 어떤 행동을 할까?
- 한바탕 난리가 벌어질까?

강한 긴장은 조였다 풀었다 하는 패턴을 따른다. 긴장이 최고조에 다다를 때까지 쌓이게 두었다가 답 없는 질문 일부에 답을 제시함으로써 긴장을 조금 풀어준다는 뜻이다.

로건이 두 여자를 만나리라 상상해볼 수 있다. 하이힐을 신은 파국이 또각또각 다가오고 있는데 로건은 어찌해야 할지 갈피를 잡지 못한다. 한 가지는 확실하다. 두 여자가 함께 자신이 앉아 있는 테이블에 당도하면 끝이라는 것.

긴장을 계속해서 쌓고 싶다면 불가피한 결말을 지연시키는 사건을 플롯에 추가하면 된다. 샤이가 테이블까지 오는 길에 장갑을 떨어뜨리고 앨리스가 그걸 본다. 앨리스가 장갑을 주워 샤이를 멈춰 세우고 장갑을 돌려준다.

두 여자가 몇 마디를 주고받는 사이 긴장이 증폭된다. 로건은 무시무시한 상황이 펼쳐지는 모습을 주시한다. '둘 중 하나가 내 이야기를 할까? 만일 나를 가리킨다면? 둘이서 무시무시한 눈으로 나를 향해 돌아설까?'

독자들은 로건에게 사망선고가 떨어졌음을 안다. 작가가 로건의 편의를 봐 주어 그를 둘러싼 긴장을 부정적 예상에서 긍정적 예상으로 확 바꿔주지 않는 이상 로건은 끝장났다. 예상의 성격을 바꾸어놓으려면 다른 사건을 끼워 넣으면 된다.

앨리스가 주워 전해준 장갑을 받은 샤이가 이번에는 화장실 쪽으로 눈길을 돌릴 수 있다. 지금 로건의 머리에서는 불이 날 지경이다. 샤이가 화장실로 들어가 시간을 벌어주는 사이, 앨리스가 자신이 앉은 테이블로 오면 몸이 아프다며 식당을 당장 나가자고 설득해야 한다. 그런 다음 샤이에게 문자를 보내 역시 몸이 아프다는 핑계로 약속을 지키지 못하겠다고 둘러대면 된다.

독자들은 새로운 국면이 전개되는 모습을 보면서 생각할 것이다. '샤이는 과연 화장실로 들어갈까? 로건은 결국 이런 식으로 곤경을 빠져나갈까?' 예상이 다시 쌓이고 독자들은 속으로 질문을 던지면서 긴장을 조였다 풀었다 한다. 샤이는 결국 화장실로 가지 않는다. 두 여성은 동시에 로건이 앉아 있는 자리에 당도한다. '안됐다 로건, 요 사악한 인간아! 이제 달아날 길은 없단다!'

잠깐, 혼동의 순간이 지난 후 로건과 독자들이 예상했던 대로 난리가 벌어진다. 샤이와 앨리스는 로건에게 고함을 지르기 시작하고 식당에서 저녁을 먹던 모든 사람이 식사를 멈추고 이 난리 통을 구경한다. 창피해 죽을 지경인 로건이 두 여성에게 제발 진정하라고 호소해보지만 오히려 둘의 화만 돋운 꼴이 된다. 급기야 앨리스는 마침 옆을 지나던 웨이터의 쟁반에서 수프 그릇을 집은 다음 로건의 머리에 쏟아버린다. 긴장은 순식간에 풀린다.

샤이는 앨리스에게 한잔 하지 않겠느냐며 의향을 묻고 둘은 같이 자리를 떠난다. 로건은 머리에서 수프를 뚝뚝 떨어뜨리며 계산서를 달라고 신호를 보낸다. 그 와중에 로건은 식당이 집에서 멀리 떨어져 있어 자신을 아는 사람은 아무도 이 꼴을 보지 못했으리라는 안도감을 느낀다.

이 사건의 마지막 부분, 로건이 안도감을 느끼는 부분은 전형적이지만 긴장 구조에 또 한 가지 도구를 활용할 기회를 제공한다. 바로 (불길한) 전조foreshadowing다.

로건은 얼굴로 흘러내리는 수프를 닦다 말고 누군가 휴대폰으로 자신의 모습을 찍고 있는 모습을 보게 된다. 누군가 올가미로 자신의 내장을 조이는 듯하다. 사진을 찍히는 상황에서 좋은 결과가 나올 리 없다는 것을 잘 알고 있기 때문이다. 독자도 마찬가지다. 독자는 다시 질문을 쏟아낸다.

◦ 저 영상이 온라인에 올라올까?
◦ 영상을 본 누군가가 수프를 뒤집어쓴 인간이 로건이라는 것을 알아볼까?

알다시피 긴장은 독자와 캐릭터 모두에게 영향을 끼친다. 새로운 상황이나 위협이나 장애물이 나타나고, 위기가 닥치면 장차 무슨 일이 벌어질 것인지 대답 없는 질문이 허공을 떠돈다. 긴장은 온갖 종류의 갈등 시나리오에 등장할 수 있다. 가령 캐릭터가 다음과 같은 상황에 처하거나 행동을 하면 긴장이 유발된다.

- 상충되는 목적이나 욕구나 욕망들로 고민할 때
- 사실을 제대로 알지 못한 채 결정을 내려야 할 때
- 문제를 해결할 수 없을 때
- 어떤 결과를 기다리는 중일 때
- 좋은 선택지가 전혀 없을 때
- 결과가 얼마나 나쁠지 종잡을 수 없을 때
- 자신의 행동에 대한 대가를 누가 치르게 될지 모를 때

- 누구를 믿어야 할지 모를 때
- 타인이 어떤 반응을 할지 예측할 수 없을 때

앞에서 제시한 갈등 상황에는 공통된 주제가 있다. 바로 정보가 없다는 것. 무지와 불확실성을 충분히 활용해 긴장을 쌓을 수 있다.

긴장은 캐릭터가 맺고 있는 관계에서도 일관되게 찾아볼 수 있다. 긴장은 힘겨루기, 자격이나 권리 의식, 경계 의식 부재, 질투나 시샘, 잘못된 충성 등에서 발생한다. 심지어 다정한 관계를 맺고 있는 캐릭터들 사이에서도 의견의 불일치가 나타나면 캐릭터들은 서로 회피하거나 상대의 호출이나 문자를 씹거나 정보를 감추거나 수동적 공격성을 보이거나 상처가 되는 말을 하는 등 다양한 방식으로 반응한다. 이러한 반응은 해결의 가능성을 감소시키고 관계의 골을 더 깊게 만듦으로써 긴장을 증폭시킨다.

캐릭터들이 서로에게 선의라고는 없는 경쟁자이거나 적일 때 각자는 상대가 무엇을 할지 예측하려 힘써야 한다. 상대는 원하는 것을 얻기 위해 어떤 짓까지 할 수 있을까? 상대에게 나를 이길 힘이 있는가? 상대는 비열한 짓을 벌이거나 속임수를 쓰거나 조종하려 들거나 내 노력을 방해할까?

모르는 상황이나 상대에 대한 두려움은 캐릭터를 불안하게 만든다. 불안이 참을 수 없는 지경이 되면 캐릭터는 충동적으로 행동하다 일을 더 그르친다. 여러분의 주인공이 팽팽한 정쟁에 연루된 정치가라고 상상해보자. 정치가는 정적이 자신을 중상 모략해 험한 꼴을 당하게 될까 불안해하며 중압감에 시달린 나머지 선제공격에 나선다. 정적이 술을 마시고 방탕하게 노는 장면이 담긴 옛 영상을 공개해버리는 것이다.

그 덕에 바랐던 언론 스캔들이 터지고, 이 일로 깨끗한 선거를 치르려 하던 정적의 태도가 변한다. 정적의 내면에 있던 뭔가가 이 스캔들로 자극을 받은 것이다. 복수의 열망이다. 우리의 주인공은 경쟁의 긴장을 견디지 못해 선제공격을 취했다. 그러나 단기적인 데 불과한 스캔들은 정적이 주인공의 옛 스캔들과 비밀을 들추어 보복할 때 나타날 결과에 비하면 그리 대단한 것이 못 된다.

긴장은 부정적인 형태를 띨 때 대개 효과가 좋지만, 긍정적 긴장 역시 그 나름의 역할이 있다. 연애를 다룬 작품의 경우 긍정적 긴장은 연애 상대 둘이 가까워질수록 흥분이나 열망의 형태를 띠고 나타난다. 이야기는 (의견의 충돌, 생각이나 목표의 불일치 등) 작은 규모의 마찰로 시작되지만 결국 두 사람은 차이를 해결하고 감정의 방어막을 해제해가며 상대를 받아들여 독자들에게 안도감과 기쁨을 준다. 성적 긴장 역시 잊으면 안 된다! 두 사람의 욕망이 충돌하고 서로를 만지지 않는 데서 오는 긴장은 견딜 수 없는 지경에 이른다.

긴장의 다른 사례로는 상황 때문에 헤어져야 했던 캐릭터들이 다시 만날 계획을 짜는 데서 오는 긴장, 혹은 주인공이 자신이 세운 목표에 가까이 다가갈 때 오는 짜릿한 긴장이 있다. 상황에서 비롯되는 이런 긴장은 긍정적이고 희망적인 예상과 기대의 형식을 띤다.

이야기 층위에서 보면, 긴장은 걸린 판돈이 크고 거시적 갈등이 아직 해결되지 않았을 때 존재하는 요소다. 장면 층위에서 보면, 미시적 갈등들은 해결하되 불확실성은 장면 끝까지 유지해야 한다. 이때 갈등은 중화되거나 지연되거나 감소된다. 특정 장면에서 새로운 문제가 제시되면서 그 장면이 끝날 때도 있다. 독자들이 소화해야 할 새로운 긴장을 요리해 내놓은 셈이다.

대체로 좋은 이야기의 경우 마지막 페이지까지 긴장이 사라지지 않는다. 마지막 장면에 가서야 마침내 세부사항들의 매듭이 지어지고 캐릭터들은 안전하게 새로운 그리고 더 나은 세계에 안착한다.

갈등은 감정을 불러일으킨다

잘 짜놓은 갈등은 캐릭터를 이상적이지 않은 상황, 원치 않는 상황에 처하게 만들어 감정적 반응을 끌어낸다. 원인이 사람이건 사건이건 환경이건 갈등은 투쟁이나 회피 혹은 얼어붙는 반응을 초래해 캐릭터를 경계 태세에 돌입시킨다.

캐릭터가 자기 집에서 이상한 소리를 들었다고 가정해보자. 캐릭터는 바로 공세를 취할 것이고 주위 소리에 세심한 주의를 기울여 위험 정도를 가늠하려 들 것이다. 긴장은 캐릭터의 내면에 질문을 일으킨다.

- 나는 저 소리를 제대로 인식하고 있는가?
- 지금 이 순간 저 소리가 나는 게 맞나?(가령 캐릭터가 낮이나 밤이나 혼자 있는 경우)
- 문은 잠겨 있고 경보기는 제대로 작동하고 있는가?

무슨 일이 일어나고 있는지 모르는 상태는 불안과 불편을 유발하기 때문에 캐릭터는 답을 찾아 자신이 (호기심, 불안, 공포, 혹은 다른) 어떤 느낌을 가져야 하는지 알려고 든다. 어떤 감정이 내면에서 끓고 있느냐에 따라 캐릭터는 자리에서 일어나 소리가 나는 곳을 살펴보거나 경찰을 부르거나 움츠러들거나 아니면 다시 잠자리에 들 것이다. 캐릭터가 일어나는 경우 그가 발견하는 것(혹은 발견하지 못한 것)은 그의 감정을 고조시키거나 변화시킬 수도 있고 아예 긴장감을 떨어뜨릴 수도 있다.

감정을 유발하는 문제에 관해 생각해보자면, 큰 감정을 일으키려면 사건도 클수록 좋다고들 생각하지만 늘 그렇지는 않다. 감정을 폭발시키는 큰 사건 한 가지보다 사소한 실망들이 이어질 때 훨씬 더 큰 감정이 유발될 수도 있기 때문이다.

굶주린 구렁이가 방을 사르륵 가로질러 당신을 향해 다가오고 있는 심장 쫄깃한 시나리오를 상상해보라. '어?' 하고 흠칫 놀란 감정은 순식간에 공포로 바뀐다. 그런 다음 도망치거나 그 자리에 얼어붙어버리는 반응이 나올 것이고 이때 겪는 감정은 다양할 여유가 없다. 당장 생존하는 일에 무조건 집중해야 하기 때문이다.

오해는 금물. 단순히 구렁이가 나오는 상황만 극단적인 감정을 불러일으키는 것은 아니다. 극적 갈등 시나리오로도 극단적인 감정을 불러일으킬 수는 있다. 그러나 연쇄적인 갈등을 활용하면 캐릭터의 열기를 점진적으로 고조시킬 수 있고, 이러한 과정들을 잘 엮어 넣으면 다채로운 스릴감과 여러 종류의 감정을 이끌어낼 수 있다.

상상해보자. 딸을 키우는 수전이라는 캐릭터가 있다. 딸 네드라가 축구 연습 중에 넘어지는 바람에 수전은 학교에서 호출을 받는다. 학교까지 운전해가면서 엄마는 딸이 심하게 다친 것이 아닐까, 도대체 딸에게 무슨 일이 닥쳤을까 걱정하면서 마음이 요동친다. 학교에 도착해보니 상황은 불안해했던 것만큼 나쁘진 않다. 그저 넘어져서 축구장 바닥에 부딪히는 바람에 머리에 상처가 난 것뿐이다. 몇 바늘 꿰매야 하지만 뇌는 전혀 문제없다.

수전은 딸을 응급실로 데려가고 네드라는 의사에게 바닥에 머리를 찧었을 때 얼마나 어지러웠는지 설명한다. 아마 너무 더워서 그랬던 것 같다는 말도 덧붙인다. 의사가 찢어진 곳을 꿰매는 동안 수전은 네드라에게 물을 충분히 마시지 그랬냐며 잔소리를 한다. 해리 포터에 관한 농담도 던진다. 너도 그렇게 멋진 흉터가 생길 거라고 딸을 달래기도 한다.

그런데 네드라가 묻는다. '해리 포터'가 누구냐고. 수전과 의사가 눈길을 주고받는다. 해리 포터를 모르는 아이는 세상에 없다. 엄마는 아무 일 없다는 듯 딸에게 미소를 짓지만 머릿속이 새하얘진다. 의사가 몇 가지 검사를 지시하면서 그저 만일을 위해서일 뿐 걱정할 건 하나도 없다고 모녀를 안심시킨다.

집으로 돌아오는 길에 수전은 네드라의 기분을 돋워주는 데 각별히 신경을 쓴다. 하지만 머릿속에서는 미친 듯 질문이 쌓여간다. '이게 정상일까? 머리에 받은 충격으로 일시적 기억 상실이 온 걸까?'

검사 결과가 나온다. 네드라에게 뇌출혈이 있다. 그리고 종양이 있다. 꽤 크단다. 즉시 병원에 입원해야 한다. 수전은 딸이 누워 있는 병원 침대 곁에 앉아 딸의 손을 꼭 잡고 옳은 말이란 말은 죄다 주워섬기고 있다. 다 잘될 것이고, 이 병원에는 최고의 의사가 잔뜩 있고, 지금이라도 종양을 발견했으니 얼마나 다행이냐고, 딸에게 위로가 될 말이라면 무엇이든 상관없다. 한없이 불안한 엄마는 입에서 나오는 대로 중얼댄다. 두려움이나 죄책감 같은 감정을 드러내면 절대로 안 된다. 과거에 딸은 샤워기를 틀어놓은 채 샤워를 깜빡 잊거나 토스트를 구워달라 부탁해놓고 자기가 언제 그랬느냐고 항변한 적이 있다. 수전의 머릿속에는 지금 한 가지 생각뿐이다. 이런 사소한 징후들을 놓치지 않고 네드라를 병원에 데려가 검사를 받게 했더라면 종양이 이토록 나빠지지는 않았으리라는, 물밀 듯 밀려드는 후회.

수전의 사례에서 보이듯, 얼핏 사소해 보이는 갈등을 천천히 전달하면 캐릭터들에게 걱정, 안도감, 불안, 낙담, 죄의식 같은 광범위한 감정을 경험할 여지를 더 많이 제공할 수 있다. 층층이 쌓인 갈등은 감정의 이행과 성장을 유도하며 아예 다른 감정을 유발하기도 한다. 갈등을 통해 감정을 쌓는 것은 접시에 놓인 매운 닭요리를 먹는 것과 같다. 먹으면 먹을수록 매운 기운이 점차 올라온다. 반면 갑작스레 벌어지는 큰 갈등은 지독하게 매운 고추를 한입에 꿀꺽 삼키는 것처럼 극도의 매운맛을 즉시 느끼게 한다. 어떤 갈등에 의지할 것인지는 작가가 목표로 하는 결과가 무엇이냐에 따라 달라진다.

갈등은 이야기를 진행시킨다

갈등이 없으면 긴장도 없다. 캐릭터와 그의 목적 사이를 방해하는 요소가 아무것도 없기 때문이다. 목표로 가는 일은 직선으로 쭉 뻗어 있어 장애물도 없고, 그러니 경쟁 따위 걱정할 필요도 없다. 캐릭터가 목표 지점에 도달할 때까지 실제적인 절박함이 하나도 없다는 뜻이다. 따라서 캐릭터는 시간이 많다. 쇼핑몰에 들르고, 친구들을 만나고 크루즈 여행을 예약하며 평화롭게 지내면 된다.

전문 작가들 사이에 돌아다니는 격언이 있다. 행복한 땅의 행복한 캐릭터들은 이야기를 죽이는 살인마라는 것. 안타깝지만 사실이다. 그러나 갈등(그리고 실패하면 망하는 내기)은 주인공의 발뒤꿈치에 불을 질러 주인공이 펄펄 뛰게 만든다. 그리고 갈등이 꼬여 점점 고조될수록 주인공에게는 상황을 조율할 여지가 적어진다. 무조건 빨리 움직인다고 능사가 아니다. 이제 주인공은 실수를 줄이기 위해 대응의 질을 개선해야 한다. 성장이 필요하다는 뜻이다. 내면의 변화를 겪는 캐릭터는 자신이 배우는 기술과 역량에 더욱더 집중하게 되고 자신이 어떤 사람이 되는가에 더욱 신경을 쓰게 되며 자신의 옛 모습에 크게 개의치 않는 쪽으로 발전해간다. 캐릭터의 이러한 변화를 통해 플롯도 앞으로 나아가고, 인물호 역시 전진한다.

갈등을 증대시키는 방법

지금쯤 여러분의 머릿속은 갈등이라는 황금 실을 활용할 방안들로 가득할 것이다. 캐릭터를 좀 더 꽉 조일 수 있는 몇 가지 아이디어를 소개한다.

결과에 불확실성을 줄 것

독자가 갈등 시나리오의 결과를 쉽게 예상하지 못하도록 몇 가지 의심할 거리를 심어두라. 주인공이 쉬운 길을 가도록 내버려두지 말라는 뜻이다. 주인공을 힘들게 하라. 지나치다는 생각이 들면 쉬운 승리를 만끽하게 해주되, 진정한 승리여서는 안 된다. 예를 들면 높은 자리에 있는 친구 덕에 캐릭터가 큰 승진을 하는데 막상 캐릭터는 '친구'라는 작자가 범죄 행동에 자신을 끌어들여 희생양으로 삼고 있다는 것을 알지 못한다. 이러한 승리는 예기치 못한 다른 결과로 이어질 수 있고, 당장은 아니지만 주인공은 결국 대가를 치러야 한다.

캐릭터가 필요로 하는 것을 선선히 내주지 말 것

캐릭터가 정보, 금전적 뒷배, 멘토, 타인의 지지 등 모든 것을 갖고 있는 경우 결승선까지 달리기는 더 쉬워진다. 하지만 모든 게 갖춰져 있다면 무슨 재미가 있겠는가? 캐릭터가 성공을 위해 가장 필요로 하는 것이 무엇인지 생각해보고, 그것을 박탈하라. 캐릭터에게 약이 필요하다면 유리병에 넣어두었다가 결정적인 순간에 깨뜨려버리라. 길을 찾기 위해 지도가 필요하다면 물속에 빠뜨려 망가뜨리라. 지식, 소통을 위한 방안,

무기 등 필요한 것을 갖지 못한 상태에서 행동할 수밖에 없는 캐릭터는 대개 일을 망쳐 더 많은 갈등을 낳는다.

캐릭터에게 위험부담을 안길 것

모든 이야기에는 위험부담이 있어야 한다. 캐릭터가 실패하면 위험에 빠지는 뭔가가 있어야 한다는 뜻이다. 이 위험부담이 지극히 사적인 성격을 띠는 경우 캐릭터는 더욱 절박하게 승리를 원하게 된다. 실패하면 뭔가 잃기 때문이다. 캐릭터, 그리고 그가 소중히 여기는 사람들과 장소들과 물건들을 파악해두라. 그런 다음 그들을 위험에 빠뜨리라. 자식의 목숨, 캐릭터의 직장, 명성, 결혼을 파탄내버리는 것이다. 대부분의 캐릭터는 자신이 사랑하는 사람이나 물건을 지키기 위해 불 속으로 걸어 들어가게 되어 있다.

승산 없는 상황을 고려할 것

캐릭터가 가장 가슴 아파할 때는 언제일까? 자신이 어떤 선택을 하건 누군가 대가를 치러야 하는 상황에서 결정을 내려야 할 때이다. 이야기 속 이런 순간은 캐릭터가 어떤 결정을 내리건 나쁜 결과가 초래되기 때문에 과감하게 밀어붙여볼 수 있다. 위험한 순간, 캐릭터는 딸을 구하면 아들을 포기해야 하는데도 딸을 구할까? 캐릭터는 붙잡히는 위험을 감수하고라도 있던 자리에 계속 남을까, 아니면 도망치다 노출되어 죽는 위험을 감수할 것인가? 승산 없는 시나리오는 캐릭터뿐 아니라 해결이 불가능한 상황을 인식하면서 캐릭터가 과연 어떤 선택을 할지 궁금해하는 독자들에게도 긴장감을 조성한다.

캐릭터를 한시도 가만히 있게 두지 말 것

상어가 헤엄치기를 멈추면 죽는다는 것을 아는가? 스토리텔링에 상어의 교훈을 적용해야 하는 이유는 캐릭터가 너무 오랜 시간 동안 가만히 있는 경우 긴장이 풀어지기 때문이다. 캐릭터를 쉴 새 없이 움직이게 만들라. 캐릭터가 쉼터를 찾으면 그곳에도 위험을 숨겨놓아 캐릭터가 떠날 수밖에 없게 만들라. 연애 관계가 일상이 되어 안정적이 될 것 같으면 방해꾼을 도입하라. 상대의 비밀이 드러나거나, 전에 사귀던 애인이 나타나 관계 회복을 바라는 등 연인들의 이별을 강제하도록 상황을 복잡하게 꼬아놓으라.

캐릭터를 시종일관 움직이게 만들라는 원칙은 내적인 측면에서도 예외가 아니다. 캐릭터가 전진해 내적 갈등을 해결하지 못하면, 그가 이루기 위해 노력해온 모든 것들이 수포로 돌아가도록 위험을 창조하라. 캐릭터가 원하는 것을 얻으려면 계속 발전해야 한다는 사실, 설사 마주하기 고통스러운 진실을 마주하거나 옛 상처를 건드려야 하는 대가를 치르게 되더라도 캐릭터의 성장은 거저 얻는 것이 아니라는 사실을 캐릭터에게 늘 일깨워주라.

팀을 뒤흔들 것

캐릭터가 남들에게 의지하고 있다면 마찰과 기능 장애를 도입할 방안을 찾으라. 의견 차이, 오해, 이기심, 경쟁심, 억울함 같은 감정은 관계의 토대를 뒤흔들고 힘겨루기 상황을 창출하며 캐릭터에게 몹시 필요한 지원을 박탈할 수 있다.

시간 압박을 가할 것

압박을 쌓는 데 시한폭탄만 한 것은 없다. 그러니 기회의 창을 줄이는 법, 데드라인의 압박을 증가시키는 법, 캐릭터에게 기다릴 수밖에 없도록 압박을 가하는 법, 캐릭터에게 최후통첩을 할 방안을 고민하라. 캐릭터는 서두르다 실수를 하기 마련이고 자연히 트러블은 더욱 심화된다.

트리거를 당길 것

캐릭터는 저마다 어느 정도 과거의 짐을 지고 있다. 캐릭터가 변화호를 거치는 경우 그에게는 해결되지 못한 상처가 있고, 그 상처를 가슴 깊이 묻어두었을 확률이 크다. 문제는 캐릭터가 앞으로 나아가려면 무엇이 됐건 앞길을 막는 장애물을 극복해야 한다는 것이다. 트리거를 잘 배치하기만 하면 상처는 다시 표면으로 떠오른다.

가령 캐릭터가 자기 사촌을 피한다. 사촌이 동생을 밤길에 차로 데려다주다 동생이 충돌 사고로 죽었기 때문이다. 하지만 이제 주인공은 가족의 사업을 성공시키기 위해 사촌과 같이 일해야만 한다. 아니면 캐릭터가 자신을 학대한 부모와 살던 아파트에서 근무를 해야 할 수도 있다. 공포스럽고 고통스러운 계획에 노출된 캐릭터는 과거가 자신을 죄수처럼 옭아매고 있었다는 사실을 새삼 깨닫게 될 수 있다.

희생을 포함시킬 것

감당할 수 없는 난제를 마주한 캐릭터는 모든 걸 잃지 않으려면 어쨌건 어려운 선택을 해야 한다. 두 가지 목표 중 한 가지 목표에 에너지를 더 투입하기 위해 다른 하나를 포기하거나, 친구의 편을 들어주기 위해 자신이 원하는 일을 포기해야 할 수도 있다. 희생은 중요한 가치이기 때문에 독자들은 캐릭터에게 애정을 품게 된다. 그러니 두려워 말고 희생을 활용하라.

자신 있는 장르를 십분 활용할 것

모든 장르에는 갈등을 키울 고유한 구체적 기회가 있다. 캐릭터가 특정 질환이 유행한 시대에 살고 있나? 인종이나 성별이나 종교 때문에 권리에 제약을 받는 곳에 살고 있나? 혹시 미래 세계에 감시받지 않고 이동할 수 있는 캐릭터의 능력을 방해하는 기술이 존재하는가? 캐릭터의 현실과 그가 마주할 난제를 고려하여 자신 있는 장르를 기반으로 유기적 갈등을 이끌어내라.

폭력이라는 해결책에 손쉽게 기대지 말 것

갈등을 키울 방안을 찾을 때는 명백한 위협 상황을 도입하기 위해 폭력을 활용하고 싶은 유혹에 빠지기 쉽다. 물론 갈등을 조장할 때 폭력은 정당한 수단이며 시나리오에 잘 맞기도 하지만, 그저 쉬운 해결책으로 작가가 기대는 방안으로 전락하기도 쉽다. 폭력이라는 극단적 선택을 하기 전에 이야기에 가장 좋은 수단이 무엇인지 더 고민하라. 폭력을 쓰더라도 그걸 여러분의 전략 주머니에 든 유일한 해결책으로 활용하는 것은 금물이다. 캐릭터 설정에 과도한 폭력을 활용하고 싶을 때는 한번 더 깊이 생각해보는 게 좋다. 특히 여성이나 아이가 그 폭력의 대상으로 설정되어 있다면 더욱더 신중을 기해야 한다.

조용한 갈등을 일으킬 힘을 활용하라

때론 작은 갈등이 겹겹이 쌓여 가장 큰 충격을 줄 수 있다는 것을 우리는 알고 있다. 미묘한 갈등의 경우에도 효과는 같다. 역사는 조용한 저항의 강력한 순간들로 가득 차 있다. 2차 대전이 벌어지는 동안 평범한 사람이 나치의 손길을 피해 유대인을 숨겨주는 일도 있었고, 누군가는 제3세계 국가의 불공정한 노동 조건에 항의하기 위해 몰래 숨겨야 하는 메시지를 옷에 꿰매는 일도 있었다. 드러낼 수 없지만 만족스러운 갈등이 필요하다면 아래의 요소들을 시도해보라.

전복

캐릭터가 설득과 조종을 이용해 경쟁자나 적의 내부 사람들을 자기 편으로 '돌려세우도록' 만들라.

공모

현 상태를 무너뜨리고자 힘 있는 자들과 싸우려는 캐릭터보다 갈등 창조에 탁월한 선택이 있을까? 물론 주인공 캐릭터와 비슷한 생각을 가진 다른 인물도 추가해야 한다. 두 캐릭터는 설사 경쟁자라 하더라도 힘을 합쳐 영향력 있는 인물이나 기관에 맞서 공모한다. 이것이 궁극의 저항이다.

방해

고요한 갈등은 늘 파괴와 방해라는 형태를 띤다. 예상치 못한 일의 지연, 일의 성사를 지연시키는 관료주의 요식 절차, 자원을 잃는 사고, 고의로 잘못된 정보를 흘리는 적수, 캐릭터를 방해하기 위해 누군가가 뒤에서 일으키는 사소한 문제 등 어떤 것이든 좋다.

정보 누설

사생활 노출을 좋아할 사람은 없다. 사생활 공개는 대개 영향력 손실로 이어지기 때문이다. 따라서 경쟁자나 적에게 정보를 누설하면 캐릭터에게 큰 피해를 일으킬 수 있다. 정보 누설은 캐릭터의 목적 달성에 방해가 될 뿐 아니라, 설상가상으로 자기 편 사람이 캐릭터에 대한 정보를 갖고 있는 경우 캐릭터가 주변 누구도 믿지 못하게 되어 깊은 불안을 전염시킬 수 있다.

영향력

영향력을 가진 자들은 본디 신뢰와 호의를 얻기 때문에 자신의 지위를 이용하여 타인들을 설득하려 한다. 선한 영향력이 있는 이들은 캐릭터가 더 나은 결정을 내리도록 돕지만 사악한 영향력을 지닌 자들은 자신의 자원을 악용하여 캐릭터의 확신을 깎아내리고 의존적으로 만들어 장기적으로 캐릭터를 약화하는 선택과 행동을 유도한다.

협박

협박은 영향력 중 가장 사악한 요소로, 영향력의 큰형님쯤 된다. 폭력이나 불쾌한 조건으로 상대를 협박하는 행동은 캐릭터로 하여금 특정 결정을 내리도록 압력을 행사한다. 협박은 신체적 공격의 형태를 띠기도 하고, 누군가의 원치 않는 존재, 심지어 의미심장한 눈길의 형태를 띨 수도 있다. 정신적인 협박도 있다. 특히 유용한 협박 수단은 대상이 협조하지 않는 경우 불리해지는 정보다.

악당과 한 방에서
: 강력한 충돌 창조하기

여러분의 주인공은 이야기 내내 수많은 갈등을 만나게 되며, 그중 많은 갈등은 다양한 적수들에게서 나온다. 연애의 경쟁자, 선의의 간섭자, 프레너미Frenemy◆, 침입자는 주인공이 공격에 대응하는 법을 배울 귀중한 기회를 제공해줄 수 있다. 이러한 대립은 이야기에 악당이 포함되어 있을 경우 특히 중요하다. 악당을 통해 주인공은 클라이맥스에서 그와 최후의 대결을 할 수 있게 자신을 단련하고 결전에 대비할 수 있기 때문이다. 부도덕한 악당 캐릭터는 많은 이야기에 고정적으로 들어가기 때문에 악당을 잘 쓰는 방법에 관해 시간을 들여 꼼꼼히 논해보자.

악당은 주인공에게 해를 끼치고 싶어 하는 잔인하거나 사악하거나 적의가 있는 존재이다. 악당은 주인공의 목표를 방해하거나 계획을 막는 정도에 그칠 것이 아니라 주인공에게 고통을 줌으로써 주인공이 그를 이기는 일을 중요하게 여길 정도의 존재여야 한다. (예를 들어 영화 〈양들의 침묵〉에서 수사관 클라리스는 자신의 과거를 극복하고 훌륭한 FBI 수사관이 되려면 버펄로 빌을 반드시 잡아들여야 한다. 또한 영화 〈죠스〉에서 경찰서장 브로디는 마을을 지키기 위해 식인 상어를 제거해야 한다.) 악당이 어떤 형태를 띠건 이들을 가공할 만하면서도 신뢰감을 주는 존재로 만들어줄 조건과 특징이 있다. 영화 〈휴 그랜트의 선택Extreme Measures〉에서 진 해크먼이 연기한 로렌스 마이릭 박사의 사례를 통해 악당의 특징들을 살펴보자.

◆ 친구이자 경쟁자를 뜻하는 말

악당이라도
고유한 도덕률이 있다

최상의 악당은 자신이 악당인줄 모르는 악당이라는 말이 있다. 악당은 자신이 이야기의 주인공이라 여긴다. 잘 만들어진 악당에게는 자신만의 도덕률이 있기 때문이다. 악당의 도덕률은 주인공의 도덕률에 비해 배배 꼬여 있고 부패한 것일망정 이야기 내내 악당을 인도하는 방호책이 되어준다. 영화 〈휴 그랜트의 선택〉에 등장하는 마이릭 박사는 탁월한 실력으로 명망이 높은 신경외과의로, 마비 환자를 치료하는 일을 필생의 업으로 삼아 매진해온 인물이다. 마비 환자 치료는 그가 무엇보다 중시하는 고귀한 명분이다. 이 명분은 자신을 위한 것이 아니라 세상의 모든 마비 환자를 위한 대의다. 그 대의가 너무 중요한 나머지 박사는 치료법을 개발하고서, 수십 년 동안 시험을 거쳐 승인을 받는 지난한 과정을 도무지 기다릴 여유가 없다. 결국 그는 동물 실험을 건너뛰고 인간을 대상으로 한 임상 실험으로 직행한다. 그런데 이런 위험을 감수할 의지가 있는 건강한 피험자를 찾기가 어려워진 박사는 집 없는 사람들을 납치해 자신의 비밀 의료 시설에 가둔 다음, 이들의 척수를 갈라 자신의 치료법을 시험한다.

세상 사람들이 보기에 이런 짓은 터무니없이 부도덕하다. 잔인하고 비인간적이며 공포스럽다. 그러나 마이릭 박사는 목적으로 수단을 정당화할 수 있다고 믿는다. 그는 아무렇지도 않게 사람들을 납치해 자유와 움직임을 빼앗고 끔찍한 의학 실험에 동원한다. 그리고 피험자들이 더 이상 연구에 쓸모가 없는 시점이 오면 아무도 이들을 찾지 않을 것이라는 이유로 태연히 제거해버린다. 그는 실제로 이들을 영웅으로 간주한다. 더 큰 선을 위해 희생했다는 이유에서다. 그의 윤리는 광기 가득하지만 절대적이며 그의 선택과 행동을 인도하는 안내자 역할을 한다. 그의 도덕률을 알게 되면 여러분은 동의하지는 않지만 적어도 그의 행동을 추진하는 힘이 무엇인지는 이해하게 되고, 이런 식으로 그의 행동은 이치에 맞는 것이 된다.

악당 캐릭터를 계획할 때는 그가 악하다는 이유만으로 아무 가치관도 없다고 생각해서는 안 된다. 옳고 그름에 대한 악당의 신념을 탐색해보라. 그의 세계관과 이상을 파악하라. 악당의 믿음이 주인공의 믿음과 구체적으로 어떻게 다른지 면밀히 살피라. 이러한 분석 작업을 통해 악당이 어느 틀 안에서 움직일 의지를 발휘하는지 분명히 파악할 수 있을 뿐 아니라 악당이 일으키는 갈등의 방향을 조정할 수 있고, 주인공과의 극명한 대조점도 명확히 포착할 수 있다.

악당에게도 이야기상의 목표가 있다

주인공처럼 악당 또한 전반적인 목표가 있고, 그것을 이루기 위해 자신의 도덕률 내에서 무엇이건 할 의지가 있다. 악당의 목표가 주인공의 목표와 대립할 때, 둘은 적이 되고 이러한 상황에서는 오직 한 사람만 성공할 수 있다.

마이릭의 목표는 명백하다. 마비를 치료하는 것. 그가 근무하는 병원의 응급실 의사 라탄이 집 없는 환자들이 사라진다는 것을 발견할 때까지 일은 착착 진행된다. 라탄이 비로소 주변 조사에 돌입하고 누군가 못된 짓을 하고 있다는 것을 알아채면서 이제 그 누군가의 악행을 멈추는 일이 라탄의 사명이 된다. 이렇게 두 사람은 대적한다. 한 사람이 성공하면 다른 사람은 실패할 수밖에 없다. 영화 〈하이랜더Highlander〉를 인용하자면, '남는 자는 하나뿐이다.'

배배꼬인 상상력으로 악당에게 영혼을 불어넣는 작가인 여러분은 악당의 목표를 알아야 한다. 악당의 목표는 주인공의 목표 못지않게 명확하고 명백해야 한다. 악당의 목표는 주인공의 목표와 정반대인가? 대립하는 두 캐릭터의 목표 때문에 서로 원하는 것과 필요로 하는 것을 얻지 못하는 상황을 만들어내면 금상첨화다.

목표를 추진하는 힘은 위험부담이다

주인공이 가진 목표가 무엇이든 간에 그 목표 때문에 아주 중요한 뭔가가 위험에 처한다. 해리 포터가 볼드모트를 쳐부수지 못하면 세상은 '이름을 말해서는 안 되는 자'(볼드모트)가 권력을 처음 잡았던 때보다 더 나쁜 생지옥이 될 것이다. 『레 미제라블』의 장발장은 자신과 아이의 삶을 꾸려가기 위해서라도 더 나은 인간이 되어 범죄자였던 과거를 감춰야 한다.

악당의 목표 역시 위험부담이 있어야 한다. 볼드모트는 해리를 죽여야만 예언을 무화시켜 자신이 과거에 가졌던 권력을 되찾을 수 있다. 자베르 경감은 장발장을 잡아들여 감옥으로 돌려보내야 한다. 장발장 같은 범죄자가 법망을 피할 경우, 자신이 평생 신념으로 지켜온 모든 이상이 위협받기 때문이다. 그 이상이 편견 덩어리여도 마찬가지다.

악당의 목적을 아는 것도 중요하지만, 그가 실패할 경우 어떤 위험이 닥치는지도 알아야 한다. 독자에게 그 점을 명확히 설명해야 독자는 악당이 행동하는 동기를 이해할 수 있다.

악당은 입체적이다

악당은 악한 존재이기 때문에, 결함만 잔뜩 안겨주고 긍정적인 특징도 있다는 점을 간과하기 쉽다. 하지만 선한 사람이라고 선한 면만 있는 것이 아니고 악한 사람이라고 해서 모조리 악하지만도 않다. 흑백논리로 성격을 설정한 캐릭터는 얇은 종잇장처럼 피상적인 존재가 되고 만다. 한편 마이릭이란 캐릭터는 잔인하고 냉정하고 부도덕하다. 하지만 그는 또한 지적이고 관대하며, 많은 사람들의 생명을 위협하는 끔찍한 질환을 치료하는 데 절대적으로 헌신하는 인물이기도 하다.

악당의 긍정적 특징은 그의 성격에 진정성을 부여하는 한편, 그를 더욱 위협적이고 쳐부수기 만만치 않은 존재로 만들기도 한다. 악당의 강점을 주인공의 강점과 대립하게 만들면 더욱 좋다. 판타지 문학인 『워터십 다운의 열한 마리 토끼』에 등장하는 악당인 운드워트 장군은 고약하고 못됐지만 엄청난 완력에다 무지막지한 의지력이라는 장점까지 있어 도저히 동물이라고는 볼 수 없을 정도다. 이에 비해 주인공 헤이즐은 토끼라는 것이 의도하는 바를 그대로 구현한다. 헤이즐은 몸이 재고 영리하다. 자신이 누구인지 정확히 알고 있으며 자신을 자신으로 만드는 특징을 포용할 줄 안다. 결국 헤이즐과 그의 토끼 무리들은 자신의 본성에 충실함으로써 천하무적으로만 보였던 적을 무찌른다.

악당을 스케치하는 단계에서 여러분은 그에게 부정적 성질과 더불어 일부 긍정적 특징을 부여하는 걸 놓쳐서는 안 된다. 잘 만든 악당은 여러분이 창조한 주인공에게 걸맞은 가치를 지닐 뿐 아니라 독자들에게도 잊지 못할 캐릭터로 다가갈 것이다.

악당에게도 사연이 있다

악당을 창조할 때 저지르는 가장 큰 실수 중 하나는 악당에게 고유한 탄생 서사를 부여하지 않는 것이다. 절박한 이유나 동기 없이 악행을 저지르는 악당은 현실성이 떨어지기 때문에 뻔하디 뻔하고 영 매력 없는 캐릭터가 되어버리고 만다.

밋밋한 악당을 만들어내지 않으려면 자신이 창조해낼 악당의 기원을 알아야 한다. 악당은 어쩌다 현재의 모습이 되었는가? 어떤 상처, 유전적 요인, 혹은 부정적 영향력이 그를 지금의 상태로 몰아갔는가? 악당이 자신의 목표를 추구하는 이유는 무엇인가? 인간의 기본 욕구 중 무엇이 부족하기에 자신의 목표를 정해 그걸 채우려 하는 것인가? 악당 캐릭터에 대한 철저한 계획과 조사는 매우 중요하므로 고생이 크겠지만, 그 고생은 도저히 잊기 힘든 악당, 유례를 찾아볼 수 없는 악당, 여러분의 주인공과 접전을 벌이며 독자의 흥미를 확 잡아끄는 악당의 형태로 보상을 받게 될 것이다.

악당은 가공할 만한 적이다

이야기란 주인공의 여정에 관한 것이면서 또한 주인공이 위험한 적을 무찌르는 서사이기도 하다. 이야기의 입체감이 떨어지는 이유 중 하나는 악당이 충분히 강하지 못하기 때문이다. 주인공이 자기 적을 쉽게 처부술 수 있다면 그 이야기는 제값을 충분히 하고 있는 것일까? 쉬운 적이나 무찌르는 주인공이 진정 영웅일까? 그런 주인공이 독자의 시간과 찬탄과 지지를 받을 가치가 과연 있을까?

절대 그렇지 않다. 영웅이 되려는 주인공은 도저히 대적할 수 없는 역경을 극복해야 한다. 여러분이 창조하는 악당에게 주인공이 갖고 있지 못한 힘을 부여해 충분히 강력한 존재로 만들라. 주인공이 무슨 수를 써서라도 갖고 싶어 할 만한 동맹과 자원을 적에게 제공하라. 적의 승부욕을 인상적이고 가공할 만한 존재, 도대체 지칠 줄 모르며, 무자비하고 자신이 원하는 것을 얻기 위해서라면 무슨 짓이든 할 수 있는 존재로 창조하라. 그리고 악당의 목표 자체가 거대한 위협이 되어야 한다. 악당이 원하는 바를 이루게 될 가능성을 생각하는 것만으로도 주인공이 공포를 느끼며 머리털이 쭈뼛 서게끔 만들어야 한다.

공포의 힘을 과소평가해서는 안 된다. 부하, 피해자, 주인공, 심지어 독자들에게서 공포를 불러일으키는 능력이야말로 악당이 지닌 힘의 핵심 요소다. 그러니 악당을 가공할 만한 존재, 불안을 조성하는 존재, 생각만 해도 괴로운 존재, 말 그대로 끔찍한 존재로 만들 방법을 알아낸 다음 그런 특성들을 더욱 부각시켜야 한다.

악당은 주인공과 인연이 있다

실생활에서 우리에게는 적수가 많다. 고속도로의 불쾌한 운전자나 바보같이 표를 줘버린, 자기 잇속만 차리는 표리부동한 정치가. 이러한 적수들은 문제를 일으킬 수 있지만 우리에게 가장 큰 피해를 주는 적수, 즉 우리가 대적하기 가장 어려워하는 적수는 매일 만나는 부모, 형제자매, 전 배우자, 이웃, 존경하면서 시샘하는 경쟁자와 같이 우리와 인연이 닿아 있는 인물들이다. 어떤 면에서 닮은 점이 있으면서도, 또 싫어하는 부분이 있는 이런 사람들과의 갈등과 트러블은 이들이 일으키는 감정의 파장 때문에 더 복잡하게 흘러간다.

이야기 속 주인공도 마찬가지다. 주인공에게 가장 의미심장한 충돌은 그가 아는 사람들과의 갈등이다. 악당과 주인공 사이에 인연을 만들어 놓음으로써 거기서 빚어지는 갈등을 주인공의 개인적인 문제로 만들어두어야 한다. 아래에 방편으로 삼을 만한 몇 가지 선택지를 소개한다.

악당과 주인공이 과거를 공유하게 만든다

주인공과 악당이 과거를 많이 공유할수록 더 많은 감정이 둘의 관계에 개입된다. 죄의식, 분노, 비탄, 공포, 질투, 후회, 욕망 같은 강력한 감정은 이들의 만남에 불꽃을 일으킨다. 감정은 주인공의 판단을 흐리게 만들고 악당이 우위를 차지할 확률을 높인다.

악당과 주인공이 서로에게서 자신의 모습을 보게 만든다

주인공이 악당에게서 자신의 모습을 본다면 어떤 일이 벌어질까? 감정이입의 씨앗이 형성된다. 주인공은 자신이 파괴해야 하는 인간과 이어져 있다는 느낌을 갖게 되고, 이로 인해 사태는 어마어마하게 꼬인다. 이 모든 것들(그리고 그 이상)은 중요한 관계에 복잡성과 깊이를 더해준다.

악당과 주인공에게 공동 목표를 제공한다

주인공과 악당이 동일한 목표를 좇고 있으면 승자는 한 사람뿐이므로 둘은 크게 부딪치게 된다. 그러나 동시에 둘은 서로를 더 잘 이해하게 될 공산이 크다. 꿈을 뒤쫓는 이유도 방법도 다르지만, 공동의 목표는 감정적 유대를 형성하기 때문이다.

악당이라고 반드시 구제불능은 아니다

꼭 그래야 하는 건 아니지만, 염두에 둘 필요는 있다. 분명 독자의 관심을 끌 만한 요소이기 때문이다. 대부분의 악당은 결코 자신의 길을 바꾸지 않는다. 게다가 악당이 강력한 이유는 그의 목표와 비뚤어진 윤리가 어찌할 수 없을 만큼 뿌리 깊기 때문이다. 주인공이 악당을 바꾸어 놓을 수 없다는 점 때문에 악당은 가공할 존재가 된다.

하지만 구제 가능한 악당에게는 취약성이라는 요소가 있다. 만일 악당이 태도를 180도 바꾼다면 그는 자신의 결함을 인정하고 바뀌기로 결심해야 한다. 취약성은 호소력이 있다. 어떤 쪽이든 선택할 수 있는 악당에게 수반되는 예측 불가능성이 매력적인 것과 마찬가지다. 우리는 또한 사람들이 바뀔 수 있다는 관념을 좋아한다. 심지어 최악의 악당이라 하더라도 구원 가능하다는 생각을 마음에 들어한다. 악당조차 마음이 바뀌어 구원을 받을 수 있다면 보통 사람은 누구나 구원을 받을 수 있다는 뜻이 되기 때문이다. 다스베이더, 월터 화이트(〈브레이킹 배드〉의 마약 제조범), 야수(〈미녀와 야수〉의 괴물)처럼 구원받는 악당들은 우리에게 자신과 세상을 향한 희망을 전하기 때문에 악당에게 구제 가능성을 주는 것도 좋은 선택일 수 있다.

현실성 있고, 충분히 걱정할 만한 존재에다 악당의 자격을 제대로 갖춘 적수를 만들려면 많은 노력이 필요하다. 주인공에게 할애하는 만큼 상당한 고민과 노력을 들여 매력적인 악당을 만들어낸다면 여러분의 이야기는 더욱 막강해질 것이다. 주인공에게 결전을 불사하겠다는 결의를 불어넣는 악당의 탄생은 독자들을 매료시키는 구석이 있기 때문이다.

클라이맥스
: 갈등의 정점

갈등의 점진적 고조는 성공하는 이야기 구조의 중요한 요소다. 도입부는 대개 핵심 캐릭터들을 소개하고 배경을 정하고 주인공의 세계에 무슨 일이 잘못되었는지 독자가 얼핏 감지하게 만드는 단계인 만큼 조용히 흘러간다. 그리고 이제 본격적으로 갈등이 도입되며, 이는 주인공이 자신의 일상을 떠나 새로운 세계로 발을 내딛는 선택으로 이어진다. 이야기의 후반부에서 주인공은 자신에게 충만함을 안겨줄 목표를 향해 나아간다. 그 와중에 자신의 방법들과 사고방식에 도전을 가하는 수많은 갈등 시나리오를 마주하게 된다. 이야기의 이러한 계기마다 위기는 고조되고 결과는 극적인 성격을 띠게 되며 충돌은 더욱 과격해져 모든 것이 최후의 결전에서 정점을 이룬다. 이 결전은 주인공이 목표를 이루었는지 여부를 결정한다.

이야기의 클라이맥스란 바로 이런 것이다. 독자는 처음부터 이 결전이 발생하리라는 것을 알고 있다. 클라이맥스는 독자들이 고대해왔던 것, 수많은 페이지를 참고 읽어왔던 이유이기도 하다. 성공적인 클라이맥스는 독자가 이야기에 얼마나 만족했는지를 결정하는 요소다. 그러므로 클라이맥스 장면은 제대로 쓰는 것이 무엇보다 중요하다.

클라이맥스란 무엇인가?

클라이맥스란 주인공과 적수 간에 벌어지는 최후의 결전이다. 주인공과 적수는 이미 이야기에서 여러 차례 충돌했을 수도 있고, 아니면 이야기가 착착 진행되면서 오래 기다렸던 대결을 향해 가다 그 한 번의 결전에서 마주할 수도 있다. 이야기에 따라 클라이맥스라는 기둥은 이곳저곳에 배치할 수 있지만, 대체로 3막짜리 이야기의 후반부에 배치할 때 가장 효과가 좋다고들 한다. 3막 구조는 클라이맥스까지 사건이 올바르게 쌓이도록 하는 동시에 나중에 사건이 해결될 시간을 벌어주는 효과도 발휘한다.

클라이맥스의 목적은 주인공이 성공을 거둬 자신의 목표를 이룰 수 있는 기회를 갖게 해주는 것이다. 수많은 갈등 시나리오는 여태껏 주인공의 결의와 능력을 시험해왔다. 주인공이 늘 성공한 것은 아니지만 갈등과 위험이 커질수록, 주인공은 자신의 외적 목표(주인공이 변화호를 겪는다면 내적 목표)를 향해 꾸준히 움직여왔다. 그리고 이제 모든 시험 가운데 가장 큰 시험이 닥친다. 적과 벌이는 최후의 결전이다. 이는 주인공이 자신을 입증할 마지막 기회다. 여기서 실패하면 영원히 실패다. 따라서 클라이맥스는 누가 이기는지 확실한 승패를 보여줘야 한다.

클라이맥스는 또한 주인공이 여정에서 배운 바를 보여주는 장 역할도 한다. 그 여정에서 주인공이 기량을 획득했건, 자신이 약점이라고 생각했던 것이 강점이라는 것을 알게 되었건, 아니면 오랫동안 믿었던 거짓을 거부하게 되건, 새로운 태도를 취하게 되건, 클라이맥스상의 저울추는 주인공이 배운 것을 통해 그에게 유리한 쪽으로 기울어야 한다. 바로 이 시점에서 내적 여정과 외적 여정이 합류하게 되는데, 주인공이 겪은 내적 변화와 자신에 관해 배운 교훈이야말로 외적 목표를 이루는 데 필요한 요건이기 때문이다. 내적 여정과 외적 여정이 기막히게 합류하는 순간 이야기 내내 맞춰 왔던 조각들이 제자리에 들어가 착착 자리를 잡으면서 독자에게 충족감을 선사할 수 있다.

마지막으로, 클라이맥스는 기폭제catalyst 혹은 기회opportunity◆를 반영해야 한다. 마이클 하우지Michael Hauge가 『잘 팔리는 극본 작법Writing Screenplays That Sell』에서 주장한 바를 살펴보자.

각본의 결과가 도입부 구조와 대조를 이루듯, 이야기의 클라이맥스는 기폭제(기회)를 거울처럼 비춰주는 역할을 해야 한다. 기폭제는 주인공을 새로운 상황으로 끌어들여 가시적인 여정을 시작하도록 만들지만, 클라이맥스는 주인공의 외적 동기(이야기상의 목표)를 해결하는 것으로 여정을 마무리한다.

3막 구조를 가진 이야기에는 중간 지점쯤에 이야기 전체를 두 부분으로 나누는 어떤 것이 존재한다. 제임스 스콧 벨James Scott Bell은 이 중간 지점을 거울에 비유한다. 한쪽의 사건(기폭제)이 다른 한쪽의 사건(클라이맥스)을 거울처럼 비춰준다는 이유에서다. 이렇게 클라이맥스는 도입부와 다시 연결되고 거기서 시작된 여정을 종결시킨다. 정리하자면 성공적인 클라이맥스의 요소는 다음과 같다.

- 클라이맥스는 주인공과 적수 간에 벌어지는 최후의 결전이며 확실한 승자가 존재하는 단계이다.
- 클라이맥스는 기폭제(기회)를 거울처럼 비춰준다.
- 주인공은 자신이 배운 것을 활용한다.
- 주인공이든 적이든 승자는 자신의 목표를 이룬다.

예를 들어, 몇 가지 인기 있는 클라이맥스 장면과 이 클라이맥스가

◆ 기폭제 혹은 기회란 이야기의 도입부에서 주인공을 여정이나 모험으로 초대하는 사건, 갈등의 실마리가 되는 사건을 의미한다.

성취한 것들을 아래에 소개한다.

• 영화 〈글래디에이터〉

막시무스는 경기장에서 코모두스를 죽여 가족의 원수를 갚고 내세에서 가족과 재회한다.

• 영화 〈콜드 마운틴〉

아이다와 인만과 루비는 티그와 그의 일당인 의용군을 무찌른다. 그 과정에서 인만은 죽지만 아이다와 루비는 블랙코브 농장에서 자신들의 힘으로 평화로운 삶을 일궈나간다.

• 영화 〈스타워즈: 새로운 희망〉

루크 스카이워커는 제다이 훈련을 이용해, 가공할 행성파괴 무기인 죽음의 별을 파괴하고 은하제국을 망가뜨려 다스 베이더를 비롯한 적을 물리친다. 그렇게 은하계에는 평화와 안전이 다시 찾아든다.

이야기의 중요한 장면인 클라이맥스를 만드는 방법은 무궁무진하다. 성공적인 클라이맥스의 요소들을 유념한다면 여러분은 독자를 만족시킬 만한 장면을 분명 쓸 수 있을 것이다. 물론 예외는 항상 존재한다. 딱히 규칙을 따르지 않거나, 따라도 예기치 않은 방식으로 따르는 이야기들이다. 이어서 몇 가지 예를 소개하겠다.

고요한 클라이맥스

대개 클라이맥스라고 하면 어마어마한 충돌이나 요란한 대립을 상상하는 경향이 있다. 스릴러나 스포츠, 법정 드라마에서는 그런 경우가 많지만, '웅장한 전투'가 이야기를 완성하는 절대적인 필요조건이라고 하긴 어렵다. 가령 『오만과 편견』의 클라이맥스는 주인공 리지와 다시가 산책을 하는 장면이다. 둘은 클라이맥스에 이르러서야 언쟁을 멈춘다. 둘은 과거에 저질렀던 과오를 인정하고, 서로에 대한 애정을 표현하며 결혼을 약속한다.

이렇듯 조용한 클라이맥스도 이야기의 목적을 달성하는 데 손색이 없다. 이 클라이맥스 장면에서 리지와 다시는 서로 으르렁거리는 적수였던 관계를 끝낸다. 이러한 변화는 3막이라는 적절한 시점에 발생한다. 리지는 자신의 치명적 결함이 오만이라는 것을 깨달음으로써 그 결함을 극복하고 다시라는 남자와 진정한 행복을 찾는다. 리지가 다시를 남편으로 선택하는 결말은 다시를 처음 만났을 때 그와는 전혀 연을 맺지 않겠다고 결심한 사건이라는 기폭제를 비춰주는 거울 역할을 수행한다.

많은 로맨스 플롯의 클라이맥스는 커플이 마침내 투닥거리던 싸움을 중단하고 함께 하게 되는 장면이다. 이러한 클라이맥스는 대화나 포옹이나 키스를 통해 일어난다. 사랑하는 상대가 영원히 떠나버리기 전에 잡으러 달려나가는 장면, 마침내 서로를 알아보고 의미 있는 눈빛을 교환하는 데서 절정을 이루는 장면도 가능하다. 물론 싸우던 커플이 맺어지는 것처럼 결정적 장면이 있는 마무리도 좋다. 갈등의 해결을 뜻하는 '클라이맥스'라는 단어에 깃든 낭만적 의미를 잘 살릴 수 있으니까 말이다. 낭만적 플롯의 결말은 대개 요란하지 않으며, 요란하지 않아도 좋다. 갈등의 해결이라는 이야기의 목표만 이루어지면 된다.

승리하지만 목표를 이루지 못한다

캐릭터가 적을 무찌르지만, 자신이 원한 바를 이루지 못하는 이야기를 보는 것은 늘 흥미롭다. 이 달콤하지만 씁쓸한 클라이맥스는 독자들에게 다양한 감정을 경험하고, 감정을 정리하기 위해 마지막 사건들을 곱씹어 보며 곰곰이 생각해보게 한다는 점에서 복잡다단한 면이 있다.

이러한 클라이맥스는 실제로 어떻게 작동할까? 주인공이 클라이맥스 장면 동안 적을 무찌르면서도 자신의 목적을 이루지 못한다는 것은 정확히 무슨 의미일까? 대부분 그것은 주인공의 목적이 틀린 목적이라는 것, 캐릭터가 자신의 목표가 실제로 자신에게 필요했거나 자신이 원했던 것이 아니었다는 것을 깨닫는다는 뜻이다.

영화 〈당신이 잠든 사이에While You Were Sleeping〉의 주인공 루시는 자신의 삶에 좌절한 젊은 여성으로 외롭게 살면서 간절히 가족을 원한다. 기기묘묘한 일련의 사건이 익살스러운 분위기에서 벌어지는 동안 루시는 어쩌다 피터라는 남자와 약혼을 하게 된다. 오랫동안 멀리서만 선망해왔던 남자다. 피터의 가족을 알아가는 동안 루시는 천천히 그의 가족과 사랑에 빠지고 자신의 약혼을 가족 찾기라는 목적을 이루기 위한 수단으로 여긴다. 그의 동생을 만날 때까지는 그랬다. 루시의 감정은 시간이 갈수록 두 남자 모두에게 향하지만, 루시는 아무런 행동도 취하지 않는다. 피터가 더 나은 삶으로 가는 티켓 같은 존재이기 때문이다. 그러다 결혼식이 닥치고 나서야 루시는 자신의 원래 목적을 버리고 피터의 동생 잭을 향한 마음을 고백한다. 자신의 새로운 목적, 옳은 목적을 선언한 것이다.

잘못된 목적이 있는 이야기의 경우, 모든 것을 바로잡기 위해 그걸 밝히는 순간이 필요하다. 루시의 경우 그 일은 클라이맥스 동안 벌어지며 루시가 이뤄야 하는 이야기상의 목표는 루시와 잭이 결혼을 약속하는 대단원에 가서야 이뤄진다.

많은 경우 캐릭터의 깨달음은 이야기 초반에서 이뤄진다. 그 시점에서 캐릭터는 목표의 초점을 바꾸고 사태는 평상시처럼 클라이맥스를 향해 진행된다. 영화 〈금발이 너무해Legally Blonde〉의 주인공 엘 우즈의 목적은 하버드대학교에 들어가 변호사가 되어 전 약혼자를 되찾는 것이다. 그러나 2막에서 자신이 남자 친구 워너의 가식적인 기준에 맞춰 살 수 없으리라는 깨달음을 얻자 엘 우즈는 남자친구를 쫓는 일을 그만두고 법대 공부에 집중해 중요한 법원 사건에서 승소하려 노력하게 된다.

잘못된 목표를 추구하느라 시간을 허비했음에도 루시와 엘 우즈는 모두 자신이 원하는 바를 이룬다. 하지만 모든 주인공이 산뜻하고 깔끔한 결실을 맺는 것은 아니다. 주인공이 새로운 목표를 정해도 주인공이 목표를 좇는 모습을 결말에서 보여줄 시간이 없을 때도 있다. 그럴 경우, 마지막 장면은 목표를 이루러 길을 떠나는 모습만 보여줄 수도 있다. 어떨 때는 캐릭터가 스스로 엉뚱한 목표를 뒤쫓고 있었다는 것을 깨닫는 데 머무르고, 결국 무엇이 올바른 길인지 알지 못한 채 이야기가 끝나기도 한다. 어떤 결말이건 목표는 달성하지 못했지만, 캐릭터는 자신에 대한 진실을 발견하고 평화를 찾는다. 이런 식으로 캐릭터는 자기 내면의 목표를 이루며, 내면의 성취를 이룬 캐릭터는 흔들림 없이 중심을 잡는다. 그리고 독자들은 캐릭터가 해결책을 알아냈으므로 괜찮으리라 확신하게 된다.

적대적인 힘을 담은 이야기

가장 흔한 갈등은 캐릭터와 캐릭터 간의 갈등이지만, 적대적인 힘과 대적하는 주인공을 다룬 이야기도 드물지 않다. 캐릭터가 사회나 기술, 자연이나 초자연적인 존재, 심지어 자기 자신과 싸우는 시나리오에서 적수는 인간의 형태를 띠지 않을 수도 있다. 조 마치 vs 변화 및 성장(『작은 아씨들』), 존 내시 vs 그의 조현병(〈뷰티풀 마인드〉), 오스카 쉰들러 vs 나치(〈쉰들러 리스트Schindler's List〉) 등이 대표적인 사례다. 그렇다면 캐릭터가 눈에 보이지 않는 세력과 싸우는 클라이맥스 장면은 어떻게 써야 할까?

눈에 보이지 않는 적을 상징하는 물리적인 존재를 만들어 주인공과 대립하게 하는 방법이 있다. 존 내시의 이야기 중 많은 부분은 그가 파처, 찰스, 그리고 마시(다른 사람들은 볼 수 없지만 내시에게는 실재하는 인물들)와 말씨름을 하는 장면에 할애된다. 쉰들러는 독일군 전체와 대적할 수 없기 때문에 아몬 괴트가 나치를 대표하는 인물로 등장해 쉰들러와 싸운다.

손에 잡히는 적이 아니라 관념으로서의 적이 등장하는 이야기를 쓰고 있다면, 그 적의 수하건 다른 인물이건 그 관념을 상징하는 인물을 정해두라. 그가 바로 주인공이 대적하고 충돌하며 결국 승리를 거둘 상대이다.

주인공과 가장 중요한 적이 마지막 회가 되어서야 끝장을 보는 싸움을 치르는 시리즈물을 쓸 때도 이러한 작전은 효력을 발휘한다. 시리즈 한 편 한 편마다 조금 약한 적을 내세워 주인공의 스파링 파트너로 삼되, 클라이맥스에서 대적할 상대는 따로 챙겨두라.

서브플롯 클라이맥스는 어떻게 만들까?

각 서브플롯에도 주요 플롯과 마찬가지로 도입부와 중심부와 결말 구조가 있지만, 규모는 더 작고, 진행 시간도 더 짧다. 각 서브플롯은 더 작은 자체 클라이맥스가 필요하다는 뜻이다. 작지만 중요한 사건들은 언제 발생해야 할까?

영화 〈양들의 침묵〉의 사례에서 작은 사건이 어떻게 이루어지는지 살펴보자.

중심 플롯 … 클라리스 스털링은 훌륭한 FBI 요원이 되어 과거를 극복하려 한다.

서브플롯 1 … 한니발 렉터가 감옥을 나가고 싶어 한다.

서브플롯 2 … 버팔로 빌이 새로운 정체성을 갖고 살고 싶어 한다.

이 이야기의 클라이맥스는 중심 갈등의 해결에 집중해야 하므로, 서브플롯의 클라이맥스가 따로따로 발생하는 편이 대개 가장 좋다. 〈양들의 침묵〉에서 중심 플롯의 클라이맥스는 클라리스와 버팔로 빌 간의 어두운 지하실 결투 장면이다. 여기서 클라리스는 버팔로 빌을 죽이고 최고의 요원이 되는 목표를 이룬다. 렉터의 서브플롯 클라이맥스는 이 장면 전에 일어난다. 유혈이 낭자하고 동요를 일으키는 살육은 렉터의 탈옥 성공으로 끝난다.

하지만 이야기의 클라이맥스로 중심 플롯과 서브플롯의 갈등을 한방에 해결하는 것도 가능하다. 꼭 두 개의 장면이 분리될 필요는 없다. 클라리스가 버팔로 빌을 죽일 때 바로 두 장면이 통합된다. 그녀는 버팔로 빌이 새로운 정체성으로 살 수 있는 능력을 박살내면서 탁월한 수사관이 되는 것이다. 이때 두 가지 플롯은 하나의 클라이맥스 순간에서 통일을 이룬다.

이제 여러분은 클라이맥스가 무엇인지, 클라이맥스에서 성취해야 할 것이 무엇인지 감을 잡게 되었을 것이다. 캐릭터의 이야기 중 최후의 가장 중요한 순간인 클라이맥스는 기억에 남는다. 따라서 가능한 한 강력하면서도 설득력 있는 클라이맥스를 써야 한다. 그러기 위해 무엇을 해야 하고 무엇을 하지 말아야 할지 논의해보자.

지나치게 빠른 해결

클라이맥스라는 중요한 장면은 독자들이 고대하던 순간이다. 독자들은 적수가 처음 등장한 이후 주인공과 적수가 벌일 최후의 대결을 이미 머릿속에 그려왔고, 이 대결에서 자신이 상상한 모든 것이 펼쳐지기를 바란다. 그러므로 지나치게 빨리 마무리되는 클라이맥스는 독자들이 기대했던 만족감을 앗아가버리면서 독자들이 끝내 불만스러운 상태로 책장을 덮게 만든다.

클라이맥스 장면이 너무 빨리 끝날 것 같다는 우려가 든다면 초고를 읽고 오류를 잡아주거나 비평을 해줄 수 있는 동료에게 의견을 구해 피드백을 얻길 바란다. 살을 더 붙여야 할 필요가 있다면, 주인공에게 긍정적인 요소가 될 만한 것들을 덜어내거나 부상을 가하거나 주인공을 감정적으로 파괴시킬 정보를 도입해야 한다. 주인공의 상황은 악화시키고 적의 상황은 개선하는 것이 관건이다. 주인공이 승리하기 위해 더 열심히 뛰어야 한다면 대립은 더 오래 지속되어야 하며, 그래야 주인공이 성공할 때 독자들의 만족감도 커진다.

끝날 줄 모르는 클라이맥스

클라이맥스를 고대해온 것은 독자뿐만이 아니라 작가도 마찬가지다. 따라서 작가들은 클라이맥스 시점에서 향수에 잠기기 쉽다. 클라이맥스는 작가인 여러분이 사랑하는 캐릭터의 발전이 결말을 맺는 아주 중요한 단계이므로, 여러분은 그 한 장면에 필요한 모든 것을 담고 싶을 것이다. 다만, 장면의 길이가 이야기의 진행 속도를 더디게 하지 않고 독자들을 실망시키지 않는다는 조건이 필요하다. 클라이맥스 장면이 끝날 줄 모르고 질질 끄는 듯한 느낌이 들면 독자들은 짜증스럽게 페이지를 넘길 것이 분명하기 때문이다.

여러분이 다른 모든 장면을 창조할 때 공을 들이는 것과 마찬가지로, 적정 길이의 클라이맥스 장면을 완성하기 위해서는 세심한 계획이 필요하다. 즉 필요한 말이 무엇인지, 어떤 일이 일어나야 하는지, 어떤 순서로 일어나야 하는지 먼저 결정한 다음에 비로소 집필을 시작해야 한다. 그리고 초고 단계에서 클라이맥스 장면에 문제의 소지가 있는지를 조언받길 바란다. 초고를 읽은 독자가 여러분의 웅장한 전투 장면이 질질 끄는 느낌이라며 불만을 제기한다면 과감히 잘라내야 한다. 실황중계 같은 장면, 불필요한 갈등, 지나친 성찰, 시간을 때우기 위해 만든 듯한 장치들을 다 들어내고, 속도와 긴장을 유지하는 선에서 해당 장면의 목표를 충족시키는 데 필요한 것만 남겨둬야 한다.

너무 뻔해 예측이 쉽다

작가인 여러분은 자신의 클라이맥스가 어떤 결말을 맞이할지 이미 알고 있다. 주인공은 이기거나 질 것이다. 그리고 이야기가 이 시점쯤에 다다르면 독자들 역시 사건이 어떻게 전개될지 어느 정도 감을 잡은 상태다. 하지만 성공이냐 실패냐가 확실해서는 안 된다. 상황이 아무리 끔찍하다 해도 독자가 무슨 일이 벌어질지 진작 안다면 긴장이라고는 없는 맥빠진 이야기로 남을 것이기 때문이다. 긴장이야말로 성공적인 클라이맥스가 꼭 채워야 할 조건이다.

사실, 여러분의 캐릭터는 이야기 내내 성장을 통해 자신의 적에게 어울리는 주인공으로 변모했다. 만일 주인공이 변화호를 거치는 중이라면 자신의 치명적인 결함을 발견했을 것이고, 적절히 해결도 했을 것이다. 그럼에도 주인공에게는 여전히 약점이 있고 불안이 상존한다. 주인공의 공포는 눌러놓은 것일 뿐, 사라진 것이 아니기 때문이다. 주인공이 결말에 있을 결전을 향해 전진하는 동안 그러한 불안과 약점들이 사라지지 않도록 챙김으로써 독자들의 긴장을 높이고 의혹을 유지해야 한다. 장소를 어떻게 활용해야 적에게 유리할지, 혹은 주인공이 어떤 심리적 싸움을 실행해야 할지에 관해서도 숙고하라. 주인공과 적의 싸움이 진행 중일 때에도 동맹을 잃는다거나, 시간이 얼마 남지 않았다거나, 위험이 높아진다거나 하는 다양한 방안을 활용해 주인공을 더 취약한 상태로 몰아넣을 수도 있다.

클라이맥스의 성공이 너무 쉽다면 그 이유는 적이 그저 너무 약해서일 수도 있다. 적은 당당하고 위협적이어야 한다. 적수는 공포를 조성해야 한다. 주인공이 이야기의 여정에서 자신을 더욱 강하게 만드는 뭔가를 배웠다 해도 그 장점이나 가치는 적수를 완전히 제압하는 수준보다는 적수에게 대적할 수준까지 맞춰주는 것이 좋다. 주인공이 클라이맥스까지 춤추듯 가볍게 들어가서 손쉽게 해치워버리는 적은 바람직하지 않다.

불명확한 결과

성공적인 클라이맥스를 실현하는 요건 중 하나는 바로, 주인공은 승자거나 패자가 되어야 한다는 것이다. 누가 이겼는지 명확하지 않으면 클라이맥스 장면은 목적에 복무하지 못한 것이다. 클라이맥스가 끝이 났는데도 주인공이 이야기상의 목적을 이룬 것인지 독자들이 확신하지 못하게 된 경우도 마찬가지다. 주인공이 이겼는지 졌는지, 주인공이 이야기상의 목적을 달성했는지 아닌지 여부를 분명히 하는 것은 매우 중요하다. 그러니 '명확한 결과'라는 문제를 미흡하게 다루는 것은 금물이다.

클라이맥스의 중요성이 충분치 않다

클라이맥스는 '가장 높은 지점'을 뜻하기도 한다. 문학의 맥락에서 보면 이러한 정의는 타당하다. 갈등과 후퇴와 대립이 이야기 내내 점증하다 가장 높아지는 정점의 순간이 클라이맥스이기 때문이다. 따라서 클라이맥스는 이야기상에 존재하는 다른 어떤 대립보다 중요성이 커야만 한다.

그렇다고 클라이맥스가 폭발력이 가장 커야 한다는 뜻은 아니다. 『오만과 편견』의 클라이맥스에서 리지와 다시가 사랑을 고백하고 결혼을 약속하는 순간은 둘이 이전에 벌였던 투닥거림만큼 전투적이진 않다. 하지만 이 순간이 강력한 클라이맥스 효과를 발휘하는 이유는 그 중요성 때문이다. 만일 두 사람이 이전에 서로를 어떤 식으로건 좋아한다고 말했거나 함께 하는 삶을 상상이라도 했다면, 클라이맥스가 이 정도로 큰 중요성을 지니지는 않았을 것이다. 그러나 제인 오스틴은 작품에서 사력을 다해 이 클라이맥스 장면을 가장 의미 있는 장면으로 창조해냈다.

데우스 엑스 마키나

주인공이 스스로를 구할 수 없을 때 작가는 데우스 엑스 마키나Deus Ex Machina를 쓰고 싶은 유혹을 느낄 수 있다. 갈등을 풀기 위해 강력한 존재가 갑자기 예상치 못한 곳에서 등장하는 것과 같은 뜬금없는 사건을 일으키는 플롯 장치로, 예를 들면 타임머신, 거대 독수리, 기이한 기상 현상, 혹은 아예 신이 등장해 확실한 해결책을 제시해주는 것이다. 하지만 캐릭터는 정작 이들에게 행동의 주도권을 빼앗길 수 있다. 독자들은 자신의 문제를 깨끗하게 해결하지 못하는 게으른 주인공을 응원하고 싶어 하지 않기 때문에 클라이맥스에서 주인공을 구출하고 싶은 유혹을 떨쳐내야 한다.

관계상의 갈등, 서둘러 해결하지 말 것

인간은 누구나 갈등을 불편해한다. 갈등을 피하기 위해서라면 어떤 일도 무릅쓰려 하는 게 인간이며, 피할 수 없이 갈등을 마주해야 할 때는 얼른 해결하고 다음 단계로 나가려 하는 것이 또 인간이다. 여러분의 캐릭터도 이런 식으로 갈등을 피하려들겠지만, 캐릭터가 갈등을 너무 빨리 극복하게 만들어버리면 이야기는 맥없이 무너져 흐지부지될 수도 있다.

갈등은 해결되지 않은 채로 둔다

앞에서 이야기 내내 긴장을 유지하는 것이 얼마나 중요한지, 그리고 갈등이 어떤 식으로 이야기를 재미있게 굴러가게 하는지에 대해 살펴보았다. 긴장을 죽이는 가장 빠른 길은 캐릭터가 자신의 인간관계 문제를 직접, 그리고 효과적으로 해결하게 만드는 것이다. 노력이나 시도를 하지 말아야 한다는 뜻이 아니라, 이들의 노력이나 시도가 실패하는 편이 이야기 측면에서는 가장 좋다는 말이다. 캐릭터가 얄밉도록 성숙해서 타인과 겪는 문제를 독자가 원하기도 전에 맞대면해 척척 해결하고 있는 상태에 머물러 있어 고심 중이라면, 주인공의 전진을 방해할 만한 다음의 몇 가지 방법들을 참고해보길 바란다.

오해

친구나 연인과의 사이가 갈 데까지 가고 나서야 단순한 오해 때문에 갈등의 골이 그토록 깊어졌다는 것을 깨달은 경험이 있는가? 있다면 얼마나 되는가? 만일 오해를 하는 당사자 둘이 애초에 간결하고 명확하게 소통을 했다면 얼마나 일이 쉬워졌을까? 오해와 부정확한 소통은 수많은 갈등과 트러블의 원인이다. 따라서 여러분의 주인공이 상대와의 문제를 해결하려 하는 중이라면, 오해를 만들어내라. 애매모호한 언어는 상대가 말의 의미를 의도와 다르게 해석하는 결과를 낳고 억측과 추측은 캐릭터를 잘못된 길로 들어서게 만들 수 있다.

책임을 꺼리는 태도

갈등이 발생하면 캐릭터는 갈등이 자신에게 어떤 영향을 끼쳤는지, 자신이 얼마나 부당한 대접을 받았는지에 주로 초점을 맞춘다. 그러나 갈등의 원인은 양측에 있는 경우가 대부분이다. 관계상의 갈등을 해결하려면 한쪽이 다른 쪽보다 잘못이 더 크다 하더라도 양쪽 당사자가 심호흡을 하고 자신의 대응이 어떻게 다를 수 있었는지, 더 배려를 했거나 열심히 노력했어야 했던 것은 아닌지 생각해보고 자신의 잘못을 인정해야 한다. 양쪽 다 그 정도 노력을 하지 않으면 평화 회담은 진전을 볼 수 없다.

감정을 추스르지 않은 상태에서의 대립

누구나 대립 상황에서 감정을 추스르지 못해본 경험이 있을 것이다. 문제가 있다는 것을 알고 뭔가 해야 한다는 것도 알지만, 상처를 입었거나 혼란을 느끼거나 아니면 그저 열을 심하게 받은 상태라 아무것도 할 수가 없는 상태에 처해본 적이 있을 것이다. 감정이 가라앉기를 기다리지 않고, 그것도 감정이 한껏 고조된 상태에서 내게 상처를 준 사람을 만나 대립하게 되면 일은 제대로 풀리지 않기 마련이다.

그러므로 캐릭터가 대화를 시작하면 상처에 불을 붙이는 방식으로 대화가 오고가게 만들어야 한다. 두 사람이 충동적으로 반응해 상황을 악화시킴으로써 어려운 대립을 또 하나 창조해내 캐릭터들이 새로운 갈등을 해결해야 하는 사태를 만들면 된다.

불쑥 나타나는 새로운 문제

아마 여러분의 캐릭터는 자기 문제를 해결하려 옳은 일이라면 뭐든 하고 있을 것이다. 명확히 소통하고 자신이 맡은 역할을 분석해 책임을 인정하며, 감정을 제쳐두고 이성적으로 해결하려 고군분투하고 있을 것이다. 이제 상황이 착착 정리되어가기 시작할 것이다. 단, 새로운 문제를 일으키는 일이 생길 때까지만.

영화 〈어 퓨 굿 맨〉의 한 장면을 보자. 새로운 문제가 등장하는 상황을 탁월하게 그려낸 장면이다. 군법무관 대니얼 캐피와 그의 법무팀은 관타나모 기지로 가서 자의식이 강한 고위직 장교들을 만난다. 이들은 캐피가 맡은 사건에 대해 불만이 있는 권력자들이지만, 사건을 해결하려면 이들의 협조가 꼭 필요하기 때문에 캐피는 불필요한 대립을 조성하지 않고 부드럽게 이야기를 풀어가야만 한다. 점심 식사는 원활히 이뤄지고 캐피는 자리를 떠나려다 제섭 대령에게 그가 제공하길 원치 않는 기록을 달라고 청한다. 그리고 이 요청 때문에 사태는 순식간에 혼란으로 치닫는다. 캐릭터의 관계는 다시 원점으로 되돌아간 것이다.

이런 기법의 이점은 캐릭터들이 원래 갈등의 뇌관을 제거할 뻔한다는 것, 그야말로 뇌관을 제거할 뻔하지만 결국에는 못한다는 것이다. 높이 고조되었던 긴장이 풀어지기 시작하려는 찰나에 모든 것이 수포로 돌아가고 다시 긴장이 고조된다. 캐릭터들에게 승리를 안겨준 다음, 예상치 못한 곳에서 다시 가격해 압박 수위를 높이고 독자들에게 추측과 짐작의 여지를 줘야 한다.

성격상의 갈등

사람은 각자 고유한 성격이 있고 자신만의 소통, 행동, 교류방식이 있다. 그러므로 모든 성격이 서로 잘 어우러지리란 법은 없다. 분위기를 가볍게 하려 했던 농담이 상대의 예민한 부분을 건드려 긴장을 유발할 수도 있고, 내향적인 캐릭터의 조용한 반응이 수동적이거나 비협조적인 태도로 비칠 수도 있다. 성격이 서로 다른 사람끼리 서로에게 끌리지 않는다면 둘은 껄끄러운 관계가 되고, 여기서부터 갈등이 시작될 수 있다.

차이

캐릭터들은 힘을 합쳐 문제를 해결할 때가 많지만, 생각이나 방법이 너무 달라 함께 할 수 없다는 것을 깨닫게 되기도 한다. 두 명의 캐릭터가 왕국의 특정 계층에 대한 차별이 심한데 해결의 기미가 보이지 않는다는 명분으로 문제 제기를 하려 한다고 상상해보자. 처음에는 변화에 대한 열의와 상호 간의 욕망이 두 사람의 연대를 가능하게 해주지만 곧이어 '방법'의 문제가 등장한다. 주인공은 생각이 비슷한 사람들을 모아 왕에게 호소하고 싶어 한다. 반면 다른 캐릭터는 이런 생각에 코웃음 치며 이제 칼을 갈아 봉기를 이끌 때라고 선포한다. 일에 연루된 양쪽의 가치관과 이상이 지나치게 다를 때 양쪽이 공유한 목표는 이들이 차이를 극복할 만큼 중요한 것이 아니게 되어버릴 수 있다.

편견과 개인사

캐릭터가 상대와 얽힌 역사가 깊을수록 상황은 복잡해진다. 둘에게는 해결해야 할 최신의 문제가 있지만, 과거의 경험들과 상대를 향해 품은 고유한 감정이 문제를 명료하게 볼 수 없도록 시야를 흐려놓기 때문이다.

개인사와 선입견 시나리오를 발전시킬 때는 독자들이 추측할 여지를 마련하는 방법을 쓰길 바란다. 캐릭터들이 과거에 겪은 중요한 폭발적 갈등을 독자가 인식하게 만들거나, 아예 캐릭터들의 갈등을 현재진행 중인 상황으로 만들어 독자로 하여금 보게 만들어야 한다. 그리고 캐릭터의 내적 대화를 이용해 상대에 대한 재단이나 편견을 독자들이 알아보게 만들어야 한다. 그런 다음 정작 두 캐릭터가 만나 상황을 해결하려 할 때가 오면 이들의 선입견과 과거사는 둘이 노력을 시작하기도 전에 공중분해되어 버릴 것이다.

심드렁한 노력

갈등에 대한 현실적 반응은 심드렁한 것일 때가 많다. 캐릭터들이 문제를 늘 해결하고 싶어 하는 것은 아니기 때문이다. 아마 캐릭터는 제3자에게 조종을 당하거나 화해를 하라고 강요당하고 있을 수도 있고, 아니면 다른 이유가 있어 갈등의 온전한 해결에 마음을 쓰지 않을 수도 있다. 이러한 상황에서 캐릭터들은 실패할 것이 빤한 피상적인 시도만 할 것이고 이로 인해 긴장이 연장될 뿐 아니라, 갈등을 가중시키는 대립까지 발생하게 된다.

회피

사람들은 대부분 대립을 싫어하기 때문에 어떻게든 피할 방법을 찾기 마련이다. 그리고 우리는 문제를 정면으로 응대하지 않을 때 벌어지는 일이 무엇인지 잘 알고 있다. 문제는 곪아가고 상황은 더욱 꼬이며 사태를 해결하기는 훨씬 더 어려워진다.

회피 행동은 그 자체만으로도 갈등을 유발할 수 있다. 캐릭터가 문제를 대면하기를 계속 피하는 지경까지 가기 때문이다. 이런 기법은 현실적이면서도, 문제를 질질 끌거나 더 많은 문제를 이끌어낼 수 있다는 점에서 활용해볼 수 있는 방안이다. 따라서 여러분이 창조한 캐릭터의 성격에 적합할 경우, '회피' 반응을 활용해보길 바란다.

일시적인 갈등 해결

화해를 미루는 또 한 가지 방법은 주인공에게 문제를 일부만 해결하게 하는 것이다. 문제는 해결된 것이 아니라 그저 미뤄진 상태가 된다. 그러는 사이 좋지 않은 감정이 자라나고 사람들은 편을 정하며 캐릭터의 목적은 정체되고 만다. 이러한 모든 상황은 이야기 전개에 있어 유익하다. 따라서 캐릭터가 일을 질질 끌 가능성이 있다면, 그런 행동을 유발할 수 있는 경로를 마련할 방안을 고려해봐도 좋다.

희극적 전환으로 숨 돌리기

유머는 사소한 긴장을 완화함으로써 사람들을 모아두기에 효과적인 기법이다. 불편한 순간을 끝내려 하는 캐릭터가 자연스럽게 도움을 청할 수 있는 수단이 유머다. 과거에 캐릭터의 유머와 매력이 잘 통했을 경우에 특히 더 그렇다. 그러나 유머는 단기적 해결책에 불과하다. 상대로 하여금 마찰을 일시적으로 잊게 해주지만 문제는 사라지지 않고, 결국 캐릭터들은 언제건 문제를 해결해야 할 테니 말이다.

시간 벌기

시간 벌기 전략을 통해 캐릭터는 일을 집중해서 처리하기 전에 시간을 더 벌 수 있게 된다. 예컨대 법정 드라마에서 주인공은 재판이나 심리를 연기하거나 휴회를 요청함으로써 증거를 모으거나 증인이 도착할 시간을 벌 수 있다. 일상적인 이야기의 경우에서도 직장인인 캐릭터가 상사에게 일을 정리할 시간을 늘려달라고 요청함으로써 스스로 상황을 해결하려고 노력하거나 불편한 대화를 미룰 수도 있다.

시간 벌기 전략은 갈등을 지속시키는 한편 또 다른 긴장 유발 요소를 추가해준다는 장점이 있다. 또 다른 긴장 유발 요소란 시한폭탄, 즉 시간제한이다. 최후의 담판이 다가오고 있고 이제 데드라인은 정해졌다. 캐릭터가 본능이나 직감에만 의존하다가는 압력이 더욱 커질 테고 결국 일이 더 틀어지기 전에 캐릭터는 어떤 계획이건 짜내야 한다.

주의를 다른 곳으로 돌리기

주의 전환은 스릴러와 액션물의 단골 기법으로, 더 급박한 위협으로 주의를 돌려 주인공에게 필요한 시간을 벌어줄 때 효과적이다.

드라마 〈브레이킹 배드〉 세 번째 시즌에서 주인공 월터 화이트는 다시 한 번 위기에 몰린다. 이번에는 처남이자 마약수사국 경찰 행크가 월트의 마약 제조 행각을 알아낼 뻔한다. 월터는 행크가 전화를 받게 만든다. 병원 직원을 사칭해 행크의 아내가 큰 사고를 당했다고 거짓말을 하는 상황을 만든 것이다. 행크는 황급히 자리를 떠나고 사이렌이 울리며 월터는 곤란한 상황을 모면한다. 둘의 대립은 다른 날로 미뤄진다.

주의 전환의 형태와 규모는 다양하다. 주인공이 일부러 만든 상황일 수도 있고, 자연히 발생하는 사건을 주인공이 자신에게 유리하게 이용하는 경우도 있다. 어떤 경우건 믿을 만하다면 이런 주의 전환은 긴장을 유지해주는 효과를 발휘한다.

거짓말로 모면하기

누군가의 의심을 살 때 캐릭터는 거짓말로 상황을 모면할 수 있다. 예컨대 캐릭터는 절차를 무시했을 수도 있고, 회사 사무실에 있는 현금을 몰래 가져가 도박을 하는 데 썼을 수도 있고 아니면 친구의 비밀을 누설했을 수도 있다. 잘못을 실토하고 그 여파를 감당하느니 거짓말로 위기를 모면하길 선택한 캐릭터는 얼마간 의심의 눈초리에서 벗어나게 된다. 그러나 거짓말이 결국 들통이 나면 그 화는 맹렬히 되돌아와 캐릭터를 곤경에 빠뜨리고 말 것이다.

캐릭터에게
주도권을 쥐여준다

중요한 법정 소송에서 승소해 명망을 얻고 싶어 하는 여성에 관한 이야기를 해보겠다. 사태는 순조롭게 돌아가지만, 그녀는 무리하게 진상 조사를 하다 발각되어 회사에서 해고당한다. 그래도 갖은 고생 끝에 회사에서 용서를 받고 다시 고용되긴 하지만, 이번에는 베이비시터가 갑자기 일을 그만둬버리는 바람에 아이를 돌봐 줄 사람이 없다. 설상가상으로 소송의 중요한 시점에 본인이 병이 나 일을 계속할 수가 없게 되어버린다.

이는 장애물 때문에 주인공이 목표를 달성할 수 없는 흥미로운 플롯에 해당된다. 하지만 단조롭다는 것이 흠이다. 캐릭터가 이야기를 주도적으로 끌어가지 못하고 있기 때문이다. 여기서 이야기를 진행시키는 것은 사건이다. 주인공은 주도권을 잡지 못한 채 그저 자신에게 던져지는 사건에 반응만 하고 있다. 주인공은 자신의 운명에 통제권이 전혀 없어 보인다. 그렇다면 이번에는 주인공에게 책임을 지우면 어떤 일이 벌어지는지 살펴보자.

영화 〈에린 브로코비치〉의 주인공 에린은 먹고 살기 위해 동네 변호사를 성가실 정도로 졸라 변호사 사무실 비서로 취직한다. 자신이 맡은 범위의 일을 처리하던 에린은 겉으론 아무 문제도 없어 보이지만 어쩐지 앞뒤가 맞지 않는 듯한 정보를 발견한다. 정보를 더 탐색해보려 허가를 구하는데 상사와 그만 오해가 생겨버린다. 상사는 에린이 일주일을 모조리 바쳐 정보를 찾아다니리라고는 생각을 못 하고 그저 게으름을 피운 것이라 지레짐작한 것이다. 상사는 에린을 해고하지만, 곧 그녀가 정보 수집 능력으로 어마어마한 인권 유린에 관해 밝혀냈음을 알게 된다. 에린이 발견한 정보는 그녀가 주도권을 갖고 찾아다녔기에 알아낸 것들이다. 에린은 곧 복직된다. 그러나 이번에는 베이비시터가 일을 그만둔다. 에린은 오래 지체하지 않는다. 재빨리 옆집 남자를 베이비시터로 들인 것이다(에린의 이야기에서 중요한 역할을 하는 연애 스토리의 시작점이기도 하다). 사건은 중요한 시점을 향해 진행되고, 그 시점이 오자 에린은 또 심하게 앓는다. 하지만 그녀는 포기하지 않고 사무실로 나가고, 자신이 조사한 사건에 대한 판결이 자기 등 뒤에서 내려졌음을 알게 된다.

맨 처음의 이야기와 그리고 지금의 이야기, 모두 에린 브로코비치의 이야기다. 하지만 첫 번째 이야기와 달리 두 번째 이야기에서 운전대를 잡고 있는 사람은 주인공 에린이다. 문제에 봉착하거나 장애물을 만날 때마다 에린은 이야기를 앞으로 전진시키고, 자신을 목표를 향해 조금씩 움직이도록 만드는 방식으로 선택하거나 행동을 이어나간다. 바로 이것이 캐릭터 주도권의 핵심이다.

정의하기가 간단하지는 않지만, 기본적으로 캐릭터 주도권이란 선택을 통해 이야기를 앞으로 밀고 나가는 캐릭터가 지닌 힘이다. 갈등이 벌어지면 주인공은 그저 반응만 하는 것이 아니라 행동을 취한다. 주인공은 선택을 하고 선택을 통해 다음에 올 일을 결정한다.

주도권이 중요한 이유는 간단하다. 주도권이 없는 이야기는 주인공의 이야기가 아니기 때문이다. 이야기 속에 주인공이 존재하면서도 정작 주인공이 사건을 일어나게 만들고 사건의 속도를 재촉하고 자신의 목표를 향해 능동적으로 움직이지 않으면 이야기에 과연 무슨 의미가 있겠는가? 주인공이 하는 일이 이야기의 결과를 조금도 바꿔놓지 않는다면, 이야기 속에 주인공이 굳이 존재할 필요가 있을까?

'캐릭터 주도권'이라는 주제로 영화 〈인디아나 존스〉 시리즈의 주인공 인디아나 존스를 놓고 인터넷에서 논쟁이 벌어진 적이 있다. 시리즈

중 하나인 〈레이더스Raiders of the Lost Ark〉의 클라이맥스와 그 이후에 성물이 사라지는 사건은, 주인공 인디가 그 자리에 있건 없건 일어났을 것이라는 문제가 제기된 것이다. 이러한 주장에 따르면, 인디의 결정은 어떤 것도 플롯에 영향을 전혀 끼치지 못했다는 것이다. 다시 말해, 인디는 많은 선택을 했지만 거대한 기획 속에서 그의 결정은 전혀 중요하지가 않았다는 말이다.

영화를 폄훼할 생각은 전혀 없다. 〈인디아나 존스〉 시리즈는 20세기에 나온 영화 중에서도 가장 인상적인 주인공을 담고 있는 놀라운 영화임에 틀림없다. 하지만 이런 경우는 아주 드물다. 주도권이 없는 주인공을 다룬 이야기는 대부분 성공하지 못한다. 여기에는 이유가 있다. 캐릭터가 자기의 이야기 속에 존재하면서도 방관자 역할밖에 못해 독자에게 큰 감흥을 주지 못하기 때문이다. 그런 이야기는 설득력도 없고 영감도 주지 못한다. 따라서 주인공을 운전대 앞에 앉혀 스스로 장애물을 헤쳐나가게 하고 이야기 플롯을 마무리하는 쪽으로 움직이게끔 조율해줘야 한다.

선택을 활용하라

캐릭터에게 갈등Conflict을 도입할 때는 선택Choice이 이뤄져야 하고 결과Consequence가 뒤따른다. 이러한 순환 구조는 이야기 내내 여러 차례 되풀이된다. 때로 캐릭터는 선택을 통해 목표로 다가가고, 자신이 내린 결정 때문에 엉뚱한 방향으로 끌려가기도 한다. 어떤 식으로건 주인공은 자신에게 일어나는 일에 주도권을 쥐고 있다.

여러분이 도입하는 갈등 시나리오, 그리고 거기서 유래되는 선택은 이야기에서 캐릭터에게 주도권을 주는 데 필요한 핵심 열쇠다. 선택에 유념해 계획을 세우고 캐릭터가 가야 할 곳으로 데려다 놓는 결정을 북돋우거나 혹은 좌절시키는 목적을 가지고 갈등을 활용하길 바란다.

장면마다 목적을 포함시킨다

변화는 하룻밤 사이에 생기지 않는다. 주인공의 성공은 그를 최종 목적으로 데려가는 수많은 작은 단계들로 이루어져 있다. 이야기에 장면이 있는 이유는 주인공을 최종 목적지로 안착시키기 위함이며, 따라서 모든 장면에는 장면 고유의 목적이 필요하다.

여러분이 쓰는 이야기의 주인공이 경찰인데 미심쩍은 방법을 써서라도 누군가를 납치범으로부터 구해내는 데 혈안이 되어 있다고 생각해 보자. 처음에 그에게는 정보가 많지 않지만 매 장면 장면에는 납치범을 찾는 쪽으로 그를 끌고 가는 목적이 포함되어 있다. 어떤 장면의 목적은 피해자를 본 적 있는 이웃과 대화를 나누는 것일 수 있다. 또 다른 장면의 목적은 핵심 용의자와의 면담일 수도 있다. 경찰은 또한 자신이 이 사건을 해결할 수 없다고 생각하는 상사를 설득해야 할 수도 있다.

캐릭터에게 주도권이 없다면 장면 층위의 목표를 충분히 설정해놓지 못했기 때문일 수 있다. 주인공이 무엇을 향해 자신이 움직이는지 알지 못하면 그가 하는 선택 역시 중요성이 떨어진다. 주인공은 결정을 내리겠지만 가야 할 방향이 없기 때문에 지도상에서 이곳저곳 헤맬 뿐이다. 목적 없이 헤매는 주인공에게는 주도권이 없다. 그러므로 장면마다 캐릭터의 목적을 정확히 파악해야 한다.

갈등이 필요하지 않은 장면은 없다

일단 캐릭터가 장면 층위에서 추구하는 목표를 알고 있고 그 목표가 주인공의 전체 목적으로 가는 로드맵에 속한다는 확신이 든다면, 주인공이 그 목적지에 가기 어렵게 만드는 갈등을 추가하라. 갈등을 추가하면 이야기가 더욱 흥미진진해진다. 하지만 갈등은 또한 대응을 필요로 한다.

경찰이 용의자를 만나 이야기를 해야 하는 장면을 생각해보자. 용의자는 변호사를 청할 수 있다. 그렇게 되면 답을 듣기란 어려워진다. 주인공은 어떻게 대응할까? 용의자에게 법적 대리가 필요 없다는 점을 납득시킬까? 용의자에게 강압을 행사할까? 용의자의 가방에 도청장치를 달아 불법으로라도 정보를 취득할까?

모든 장면에는 갈등이 필요하다. 갈등은 캐릭터가 이런저런 방향으로 나아갈 기회를 제공하기 때문이다. 경찰은 물리적인 힘이나 협박을 사용하면 용의자의 대답을 즉각 얻을 수 있겠지만, 마음을 고쳐먹고 윤리적으로 행동한다면 범인을 잡는다는 내적 목표에서 더 멀어져 나중 장면에서 문제를 해결해야 할 것이다. 어떤 대응을 하건 경찰은 선택을 하는 셈이고, 그러한 선택들이 운명을 결정하는 데 기여할 것이다.

선택은 캐릭터가 직접 해야 한다

갈등만으로는 주인공에게 주도권을 줄 수 없다. 주인공이 자신의 삶에서 벌어지는 사건을 통해 선택을 하지 않으면, 즉 주인공이 마지못해 특정한 사고방식을 채택하거나 일련의 행동에 순응한다면 결국은 다른 캐릭터가 극을 끌고 가는 셈이 된다. 만일 경찰인 캐릭터가 받은 사건이 정치적인 동기가 있고 여기에 상관이 특정한 방향으로 진행되기를 원하면서 일을 맡긴 것이라면, 따라서 캐릭터는 그저 꼭두각시에 불과한 것이라면 상관은 그의 행동에 대해 일일이 지시할 것이다. 캐릭터는 상관이 말하는 대로만 할 것이므로 닥쳐올 갈등은 무엇이건 이미 정해져 있는 셈이다. 윗선에서 하라는 대로 '네'를 연발하는 인물이나 윗선을 추종하는 하급자는 이상적인 주인공이 아니다. 그러니 뭔가 강요당하거나 속박당한 주인공이 저항하고 제멋대로 굴도록 만들 방안을 마련해둬야 한다.

초자연적인 요소가 있는 이야기에서도 동일한 문제가 생길 수 있다. 괴물, 마법을 휘두르는 세력, 반신 등의 초자연적 존재 혹은 지진이나 쓰나미 같은 대자연의 위력은 인간에 불과한 존재보다 우위에 서 있다. 기본적으로, 과도한 양의 힘이나 영향력을 지닌 적수는 주인공의 주도권을 빼앗을 가능성이 높다. 그 점에 유념해 주인공을 결정권자로 만들 방안을 찾아야 한다.

좋은 사례는 『반지의 제왕』 1권에서 찾아볼 수 있다. 반지 원정대 일행은 사우론의 반지를 파괴하러 가는 여정에서 산을 넘는 난제에 직면한다. 그러나 마법사 사루만은 이들이 산을 넘을 수 없도록 초자연적 눈보라를 보낸다. 일행은 어깨를 한 번 으쓱하고는 안전한 땅으로 내려가는 대신 눈보라 한가운데서 회의를 소집한다. 카라드라스는 산을 넘지 말자는 쪽이다. 자, 이제 일행은 어떤 선택을 해야 할까? 프로도가 모리아를 지나가자는 결정을 내리고서야 일행은 산을 떠난다.

이 장면은 캐릭터들이 이리저리 헤매는 상황으로 쉽게 변질될 수도 있었다. 그러나 작가 톨킨은 그런 일이 일어나도록 방치하지 않았다. 그는 캐릭터들에게 선택할 기회를 준 것이다. 이후의 이야기에서 확인할 수 있듯, 이러한 선택에는 대가가 따랐지만 캐릭터들은 특정 조치를 취함으로써 분명 스스로 갈 길을 택했다.

이야기의 주제를 활용하라

대부분의 이야기에는 주제가 있다. 주인공이 고민하는 문제나 생각이 바로 주제이다. 그 주제를 건드리는 갈등 시나리오는 주인공을 운전석에 앉힐 수 있는 좋은 도구이다. 주인공은 선택에 관해 주의 깊게 생각할 수밖에 없기 때문이다.

영화 〈월 스트리트〉는 탐욕이라는 주제를 탐색함으로써 주인공의 주도권 면에서 탁월한 성취를 일구어낸다. 풋내기 증권사 직원이지만 증권계 거물이 될 야심에 불타는 주인공 버드 폭스가 말했듯, 탐욕은 선한가? 아니면 탐욕은 완전히 부패할 잠재력이 있는 악인가? 영화 각본가는 탐욕이 일정 역할을 수행하는 시나리오와 선택지를 도입함으로써 버드가 이 질문에 대한 답을 구하도록 주도권을 부여한다. 버드는 자신을 이롭게 할 정보를 취득하기 위해 법을 어길 수 있을까? 그가 우상으로 여기며 무한 신뢰를 보내는 상사 고든 게코와 내부 정보를 공유해도 괜찮을까? 버드는 고든 게코가 그 정보를 이용해서 하는 짓에 일말의 책임을 져야 하는가?

주제를 이용하여 갈등 및 선택 시나리오를 만들면 결정은 아주 개인적인 문제가 된다. 이런 갈등과 선택 시나리오는 주인공이 이미 예민하게 생각하는 문제들을 건드리기 때문이다. 갈등과 선택지들을 통해 질문이 생겨나고 주인공은 답을 생각할 수밖에 없다. 이러한 질문은 주인공이 심층적으로 어떤 인물인지 결정해주는 윤리적 성격을 띤 질문들이다. 주인공은 이런 중대한 결정을 남들이 내리도록 방치할 수 없다. 잠시 동안 남에게 결정을 미룰 수 있을지 몰라도 궁극적인 결정은 자신이 내려야 한다.

캐릭터를 온전한 형태로 구축하라

캐릭터 주도권의 이점은 독자가 캐릭터를 잘 알게 된다는 것에 있다. 주인공이 내리는 모든 결정을 통해 독자는 그가 지닌 가치와 두려움과 목적과 동기를 파악하게 되고, 주인공의 반응과 대응을 통해 성격과 감정의 범위도 알게 된다. 독자가 캐릭터를 더 내밀하게 알게 될수록 독자와 캐릭터 간의 유대는 더욱 돈독해지고 독자는 캐릭터의 성공을 간절히 원하게 된다.

단, 캐릭터 주도권이 통하려면 그에게 일관성이 있어야만 한다. 주인공은 세상 모든 주도권을 쥐고 있을 수도 있지만 만일 그의 결정에 질서나 일관성이 없다면 자신이 원하는 곳으로 가지 못할 테고, 그렇게 되면 독자는 주인공과 유대감을 느끼지 못하게 된다. 작가로서 캐릭터의 내면과 외면을 샅샅이 알고 있어야만 하는 이유가 바로 이것이다. 캐릭터 구축은 힘든 작업일 수 있으나, 선택과 행동을 통해 캐릭터를 전진시켜 독자들에게 사랑을 받도록 구축하기만 한다면 고된 작업은 큰 보람으로 이어질 것이다.

갈등 요소에 관한 흔한 난제

이제 갈등이라는 스토리텔링 요소에서 자주 마주치는 난제들을 논할 차례가 된 것 같다. 일부 내용은 앞에서 심층적으로 다루었으니 여기에 소개하는 내용은 흔히 빠지기 쉬운 함정을 피하기 위한 체크리스트 정도로 참고해보길 바란다.

하품 나게 지루한 갈등

갈등이 밋밋한가? 비현실적인가? 지루한가? 독자들에게 별 감흥을 주지 못하는가? 다음과 같은 이유 때문은 아닌지 고민해보자.

위험이 없거나 적다

각 갈등 시나리오에 주인공을 이야기의 목표로 혹은 목표에서 멀리 움직이도록 만드는 선택을 포함시켜 두었다면, 이제 주인공으로 하여금 올바른 결정을 내릴 동기를 마련해줘야 한다. 그 동기란 바로 위험이다. 위험은 주인공이 시나리오를 성공적으로 헤쳐나가지 못하는 경우 초래하는 희생이자 대가이다. 여기서 문제는 장애물을 너무 낮게 설정하는 오류이다. 위험이나 장애물이 충분히 크지 않거나, 캐릭터에게 미치는 영향이 미미하거나 아예 없는 경우, 주인공은 앞으로 나갈 동기를 얻지 못하며 갈등은 무의미해진다. 주인공이 중시하는 뭔가가 반드시 위험에 빠지도록 만들어서 위험을 시시한 것으로 만드는 문제를 애초에 피해야 한다.

갈등이 억지스럽다

흥미진진한 갈등 시나리오를 쓰기만 한다면, 이야기가 더 근사하게 개선될 거라는 생각에 골몰하게 될 수 있다. 그런데 예상치 않은 임신이나 주먹다짐, 테러와 같은 사건이 상황마다 굳이 필요한 것은 아니다. 무턱대고 이런 상황을 포함시키면 이야기에 맞지 않아 억지스럽다는 느낌이 들 수 있다. 무리하고 억지스러운 갈등 대신 이치에 맞고 전체 갈등 구조에 딱 맞는 갈등 시나리오만 플롯에 보태야 한다. 뭔가 커다란 계기가 되는 사건이 일어나야 한다면, 그러한 사건이 느닷없이 발생해 독자들을 깜짝 놀라게 하지 않도록 이야기의 적재적소에 잘 배치해야 한다.

갈등이 유발하는 속도 조절 문제

이야기가 질질 늘어져 독자들을 졸음으로 몰아넣고 있지는 않은지 점검해야 한다. 속도 조절과 관련한 문제의 원인은 꽤 많지만, 그중에 하나가 갈등을 잘못 사용하는 것이다.

지나치게 많은 갈등

우리는 누구나 허구 상의 갈등에 매료된다. 작가들이 꼭두각시를 잡아맨 끈을 확 당긴다고 해도 거기서 비롯된 갈등으로 현실세계의 우리가 다칠 일도 없다. 아니, 그럴 거라 착각하기 쉽지만 사실 그렇지 않다. 갈등도 지나치면 독이다. 갈등이 지나치게 많으면 사건을 나열한 식의 글이 되고 만다. 하나의 시나리오가 반드시 다른 시나리오로 이어지는 것은 아닌 지지부진한 나열식 시나리오. 나열식 시나리오의 결과는 확실한 방향으로 나아가지 못한 채 여기저기서 방황하는 이야기가 되고 만다. 이런 이야기는 독자들에게 부담을 준다. 끝없는 긴장과 감정을 고조시켜 쉽게 지치게 만든다. 따라서 중심 갈등이나 서브플롯에 복무하는 갈등 시나리오만 선별해 독자들에게 여유를 줘야 한다. 갈등을 잘 선별해서 이야기를 헝클어뜨리고 독자를 기진맥진시키는 불필요한 이야기를 걷어내야 한다.

좁은 시야

주인공이 생각에 빠져 너무 많은 시간을 낭비하는 것도 문제다. 주인공의 내적 성찰은 그가 마주한 문제, 내려야 할 결정, 혹은 원하는 것을 알아내는 일 등 중요한 문제에 관한 내용을 담고 있을 수 있다. 하지만 생각을 하는 캐릭터는 말 그대로 생각만 할 뿐 행동을 하고 있는 것이 아니다. 생각은 수동적이기 때문에 지나치게 많은 생각은 이야기의 속도를 떨어뜨린다.

역시 중요한 것은 적정 비율이다. 이야기에서 생각이 얼마나 필요한지 교과서와 같은 정답이 있는 건 아니지만, 보통 80:20 정도의 비율을 고려하면 좋다. 행동이 80%, 생각은 20% 정도가 적당하다. 캐릭터가 생각에 빠져 많은 시간을 보내는 장면을 세심히 검토한 다음, 필요한 것만 빼고 적당히 다듬어내야 한다.

생각이 많아 장면이 단조로워지는 문제를 해결하는 또 한 가지 방법은 캐릭터에게 생각하는 시간 동안 할 수 있는 일을 안겨주는 것이다. 침대에 눕거나 탁자 앞에 앉아 있거나 창밖을 응시하며 인생을 고민하게 하지 말고 캐릭터가 움직이게 해야 한다. 생각하는 동안 반드시 중요한 일을 해야 하는 것은 아니다. 그저 출근길을 걷거나 아이들이 어지럽게 먹은 밥상을 치우는 행동 정도여도 상관없다. 이런 일상은 캐릭터를 움직이게 만들어 생각하는 장면에 생생함을 더해줄 수 있다. 생각을 하는 장면에 행동을 도입하면, 독자들은 주인공이 성찰이나 생각에 빠져 있는 장면에 대해 마냥 지루해하지 않을 수 있다.

과잉설정

과잉설정으로 악명이 높은 시나리오는 주로 연속극에 많다. 불륜, 살인, 배신과 기억 상실. 죽은 사람이 갑자기 살아나 사생아를 데리고 등장하는 것 등이다. 연속극의 과잉설정이 효력을 내는 이유는 그것이 장르이기 때문이다. 연속극 시청자들은 바로 그런 장르 장치를 기대한다. 하지만 소설은 다르다. 독자들은 캐릭터들이 공감이 갈 수 있을 정도로 현실적이기를 바란다. 일부 극적 장치는 효과가 있지만, 지나친 갈등은 원치 않는 선정적 멜로 드라마를 만들어낸다.

선정적 멜로 드라마의 덫을 피하기 위해서는 선택한 갈등, 특히 선정적인 갈등이 이야기에 매끄럽게 어울리는지 확인해봐야 한다. 어떤 갈등을 선택한 이유가 그저 흥미진진하거나 개인적으로 관심이 있어서였는가? 아니면 '현재' 진행 중이거나 시류에 잘 맞는다고 생각했기 때문인가? 충격적이기 때문이었는가? 갈등은 늘 캐릭터나 이야기에 복무해야 한다는 점을 기억하자. 주인공의 결심을 테스트하거나 윤리 의식이나 용기를 시험하는 것, 주인공에게 기량을 실천할 기회를 주는 것, 주인공으로 하여금 이야기를 특정 방향으로 끌고 갈 결정을 내리도록 하는 것 등이다. 채택해놓은 커다란 갈등이나 트러블이 캐릭터의 발전이나 주요 플롯을 뒷받침해주지 못한다면 과감히 고쳐야 한다.

갈등 자체가 문제가 아니라면, 갈등에 대한 캐릭터의 대응이 문제일 수도 있다. 큰 갈등은 큰 대응이 필요하고, 일부 캐릭터들은 다른 캐릭터보다 더 감정적이고 민감한 반응을 보이기도 한다. 이때 가장 중요한 점한 가지. 여러분이 만든 캐릭터의 감정 범위를 잘 파악해두고, 갈등에 대한 캐릭터의 반응을 그의 성격과 잘 맞도록 조율해야 한다.

그런 다음에는 장면 내내 캐릭터가 느끼는 감정의 진행을 살핀다. 캐릭터의 감정 상태는 똑같은 상태에 머물러서는 안 된다. 캐릭터가 장면의 첫 부분에서 느낀 감정은 어느 시점에선가 다른 감정으로 바뀌어야 한다. 행복감에서 충격으로, 좌절에서 흥분으로, 분노에서 체념으로 변화가 일어나야 한다는 뜻이다. 변화가 있어야 속도 조절을 유지할 수 있고, 이야기의 굴곡이 생겨 캐릭터가 길을 헤쳐나갈 수 있다.

그러나 쓰는 과정에서 아무리 천재성이 불타오르고 화려한 말이 꽃처럼 만발해도 잊기 쉬운 게 하나 있다. 이야기에 필요한 사건들을 쓰는데 골몰한 나머지 사건에 대한 캐릭터의 반응에 충분한 노력을 기울이지 못할 수 있다는 것이다. 캐릭터가 사건에 제대로 반응하지 못하는 결과는 재앙이다. 어떤 것에도 제대로 반응하지 못하는 캐릭터가 클라이맥스 장면에서 뜬금없이 감정만 고조되는 꼴을 보일 수 있기 때문이다. 이런 재앙을 피하려면 인간이 느끼는 감정의 정상적인 흐름을 파악해둬야 한다. 짜증은 좌절을 거쳐 화와 분노로 이어진다. 감정의 자연스러운 진행 과정을 파악해두면 캐릭터의 현실적인 반응을 이끌어냄으로써 두려워하던 감정 과잉의 덫을 피할 수 있다.

과도하게 복잡한 플롯

갈등의 층위를 세심하고 신중하게 쌓아가기 위해서는 기억해야 할 점들이 있다. 갈등을 제대로 만들려는 열의에 가득 차 있다 보면 도를 넘을 수 있다. 마치 재료와 양념을 대중없이 너무 많이 넣어 음식 맛을 몽땅 망치는 것과 다름없다. 이야기가 헝클어지고 혼잡하다는 느낌이 든다면, 그래서 중심 갈등과 서브플롯들을 따라가기가 어렵다면 플롯을 너무 복잡하게 만들었다는 뜻이다. 그리고 작가로서 이를 바로잡지 못한다면 독자들은 이야기에 몰입하지 못한다. 아예 가망이 없다고 봐야 한다. 이때는 플롯을 단순하게 고쳐야 한다.

먼저 여러분이 만든 서브플롯들을 객관적으로 살펴본 다음, 주요 스토리라인을 뒷받침하지 못하거나 관련이 없어보인다면 모조리 제거해야 한다. 그런 서브플롯들은 자리만 차지하면서 물을 흐려놓기만 할 뿐이다. 불필요한 서브플롯을 들어내는 작업만으로도 이야기가 쓸데없이 복잡해지는 상황을 크게 완화할 수 있다.

그리고 다음 장면에서도 같은 작업을 시행한다. 장면들 가운데 캐릭터를 스토리 전체의 목표로 전진하게 하지 못하거나 서브플롯을 전진시키지 못하는 것이 있는지 살펴보고, 만약 그런 경우에 해당하는 장면이라면 모조리 자르거나 고쳐내자. 그러한 장면들은 그저 무거운 짐일 뿐이다.

그런데 이러한 점검은 간단해 보이면서도 결코 쉬운 작업은 아니다. 중요한 장면에 끼워놓았던 부분을 들어내는 일은 생각보다 어렵다. 그리고 불필요한 부분을 찾아냈다 해도 그걸 이야기에서 싹둑 잘라내는 것은 훨씬 더 힘들다. 그러나 가장 어려운 작업이야말로 가장 만족스러운 결과를 산출하는 경우가 많다. 그러니 이 과정에서 주저하지 말자. 애지중지했던 글의 일부를 들어내는 것을 결코 두려워해서는 안 된다.

작가들을 위한 마지막 제언

이야기 속 갈등은 일인다역을 하는 재간꾼이다. 갈등은 캐릭터에게 선택지와 선택으로 인한 결과를 제공하고, 그 과정에서 캐릭터의 성장과 변화를 통한 발전을 돕는다. 그뿐 아니라 이야기 구조의 토대로서, 이야기 전체를 뒷받침하고 지지하며 긴장을 조였다 풀어주는 역할도 수행한다. 따라서 이야기 전체와 각 장면과 적절히 맞는 강도의 갈등을 선택해 배치하고, 핵심 갈등과 연결되어 있는 갈등 시나리오만 최종 명단에 포함시켜야 한다. 그리고 상이한 종류의 갈등을 장면마다 배치해 플롯을 다채롭게 짜야 한다. 여러분이 쓰는 이야기에 적절한 갈등 시나리오를 구상해볼 수 있도록 이 책에서 다양한 갈등 유형들을 목록으로 정리했다. 특정 장면이나 이야기 전체에 딱 맞는 갈등을 찾아내는 데 부디 도움이 되길 바란다.

더불어 예상치 못한 요소를 위한 여지를 남겨두는 걸 잊지 말자. 주인공 모르게 사건이 벌어지는 장면에서 실제로 일어나는 일은 무엇일까? 같은 편이었던 자가 주인공을 공격하게 될까? 갑작스러운 핸디캡이 등장할까? 주인공보다 기량이 훨씬 더 뛰어난 경쟁자가 나타날까? 예상치 못한 놀라움의 요소들을 섞어 넣어 캐릭터들이 방심하지 못하도록, 그리고 독자들이 긴장감에 좌불안석인 상태에 빠지게 하는 것이 핵심이다.

글을 쓰는 여정과 배움의 과정은 모름지기 끝이 없는 법이다. 그러니 계속해서 읽고, 질문을 던지고, 자신에게 도전장을 던져 더 나은 이야기, 더 좋은 이야기를 쓰시길 바란다. 이 책이 그 여정에 동행할 수 있다면 더 바랄 것이 없겠다. 오늘도 쓰고 있는 여러분을 진심으로 응원한다!

트러블
사전

통제
불능

Lose of Control

가족의 죽음 A Family Member Dying

사례

- 심각한 부상이나 사고로 가족을 잃는다.
- 사랑하는 사람이 자살한다.
- 가족이 살해당한다.
- 부모나 자식이 자연사한다.
- 질병으로 자식을 잃는다.
- 아내 혹은 다른 가족이 출산 중에 사망한다.

사소한 문제

- 혼자서 아이를 길러야 한다.
- 장례식, 화장이나 매장 절차를 챙겨야 한다.
- 다른 사람들에게 가족의 사망 소식을 알려야 한다.
- 예상치 못한 의료비와 빚을 갚아야 한다.
- 사망한 가족이 남긴 일들을 처리해야 한다(재산, 사회보장, 보험 등).
- 사망한 가족이 유언이나 신탁을 남기지 않았다는 것을 알게 된다.
- 가족의 사망에 관한 결정을 두고 사랑하는 사람들과 언쟁을 벌인다.
- 다른 사람들이 슬픔이나 상실감을 극복하도록 도와야 한다.
- (죽은 가족이 유명인사일 경우) 미디어가 따라다니며 괴롭힌다.
- 동의하지 않는 유언을 집행해야 한다.
- 가십, 어색한 대화와 질문을 상대해야 한다.
- 캐릭터가 자신이 유언장에서 누락되었다는 사실을 알게 된다.

초래할 수 있는 심각한 결과

- 파산 신청을 해야 한다.
- 가족을 죽게 만든 치명적 질환의 유전자(유전적 특성)에 주의를 기울이지 못한다.
- 가족의 죽음에 대해 캐릭터 스스로가 슬픔에 깊이 빠진 나머지, 자기 자식이 그 슬픔을 감당할 수 있게 적절히 돌보지 못한다.
- 캐릭터가 사랑하는 가족의 죽음에 책임이 있다며, 남들에게 비난의 대상이 된다.
- 가족의 죽음에 캐릭터가 법적 책임이 있는 것으로 밝혀진다.

- 가족이 죽은 후, 캐릭터가 인생이 바뀔 만큼 충격적인 사실을 알게 된다.
- 캐릭터가 마음 둘 곳을 잃는다.
- 중요한 기존 체제(경찰, 의료계 등)에 대한 신뢰를 잃는다.
- 욕심 많은 친지들이 사망자의 재산을 놓고 다툼을 벌인다.
- 친지가 사후에 악독한 범죄에 연루되어 그의 남은 가족이 살던 곳에서 살 수 없게 된다.
- (캐릭터가 연루되어 있을 경우) 가족의 죽음이 의혹의 대상이 된다.
- 상실의 고통을 이기려 약물이나 술과 같은 자기 파괴적인 행동에 의지한다.

생길 수 있는 감정

분노, 괴로움, 혼란, 부정, 우울함, 상심, 불신, 의심, 두려움, 비애, 죄의식, 외로움, 압도당하는 느낌, 무력감, 후회, 안도감, 회한, 자기연민, 창피함, 충격, 침울함, 놀라움, 의구심, 연민, 반신반의

생길 수 있는 내적 갈등

- 다른 사람들(자식들, 예민한 가족 등)에게 어떻게 말해야 할지 자신이 없다.
- 가족의 죽음을 믿거나 받아들일 수가 없다.
- 슬프고 우울한 감정과 씨름한다.
- 어려운 상황에 가족을 남겨두고 떠난 사람(고인)이 원망스럽다.
- 떠난 이에게 했던 말이나 하지 못한 말 때문에 후회스럽다.
- 캐릭터가 가족의 죽음을 감당할 수 있을지에 대해 자신의 능력을 의심한다.
- 가족의 죽음으로 캐릭터가 자신의 죽음에 대해 새삼 생각하게 된다.
- 가족의 죽음이 부당하거나 불공정해 보일 경우, 캐릭터는 의심이나 신념의 위기를 겪는다.
- 죽은 가족을 위해 더 많은 일을 하지 못한 것 같아 자책한다.
- 캐릭터가 죽은 가족에게 했던 행동 때문에 가책을 느낀다.
- 가족의 죽음에 안도감이 들어 부끄럽다.
- 가족의 죽음에 연루된 사람을 용서하기 힘들다.
- 사망한 가족에 대한 뭔가 어려운 비밀을 아는데 알려야 할지 말지

확신이 없다.

- 죽은 사람에게 아무 감정도 없지만, 체면을 위해 숨겨야 한다.

상황을 악화시킬 수 있는 부정적인 특성

중독 성향, 반사회적 성향, 통제 성향, 어수선함, 무례함, 탐욕, 무책임함, 질투, 순교자인 양하는 태도, 감정 과잉, 병적인 성향, 애정 결핍, 비관적인 성향, 분개, 자기 파괴적인 성향, 미신을 믿는 성향, 의혹

기본 욕구에 미치는 영향

- **자아실현 욕구** 슬픔에 빠져 있거나, 새로 맡은 책임과 씨름하다 보면 개인적 목표나 열의를 쫓을 시간과 에너지가 부족해지고 캐릭터는 당분간 그것을 접어둬야 한다.
- **존중과 인정의 욕구** 사랑하는 가족의 죽음에 책임을 느끼는 캐릭터는 (실제로 책임이 있건 없건) 자신의 가치를 의심한다.
- **애정과 소속의 욕구** 의지할 사람이 거의 없는데 사랑하는 가족을 잃을 경우, 캐릭터는 아무런 지원도 받지 못하고 떠돌 수 있다.

대처에 도움이 되는 긍정적인 특성

적응 능력, 굳은 심지, 공감 능력, 유머, 독립심, 영감을 주는 성향, 성숙함, 돌보는 성향, 객관성, 낙관적인 성향, 체계적인 성향, 인내, 지략, 책임감, 영성, 지지하는 태도, 사람을 잘 믿는 성향, 이타적인 성향

긍정적인 결과

- 친구와 가족과 공동체 구성원들의 지원을 받는다.
- 죽음이 삶의 일부라는 사실을 받아들인다.
- 캐릭터가 자립성이 커지고 자신의 회복탄력성에 자신감을 얻게 된다.
- 떠난 가족의 소원을 이뤄주는 가운데 만족감을 느낀다.
- 캐릭터가 신앙이나 신념을 다시 확인한다.

- 필요한 변화(이사, 새로운 관계, 직장 등)가 전화위복이 된다.
- 기존의 관계가 돈독해진다.
- 인생에 대한 새로운 관점 덕에 기회를 잡고 애정을 솔직하게 표현하게 된다.
- 깨달음을 위한 여행을 떠나거나, 다른 사람들이 같은 운명으로 고통받지 않도록 경제적 도움을 준다.
- 어떤 식으로건 책임을 지고 책임의 굴레를 벗어난다.
- (캐릭터와 사망한 가족 사이에 힘든 사연이 있었을 경우) 캐릭터는 종결되었다는 느낌을 갖게 된다.

고아가 되다 Being Orphaned

사례

- 캐릭터의 부모나 보호자가 사망한다.
- 부모에게 버림받는다.
- 캐릭터의 부모나 보호자가 아무 말없이 사라진다.
- 부모나 보호자가 감옥에 가게 되어 그 아이를 국가가 맡는다.
- 아이가 난민 신세가 된다.
- 나라가 아이를 관리한다.

사소한 문제

- 캐릭터를 맡아줄 형편이 되거나 의향이 있는 가족이 없다.
- 위탁 가정이나 보호 시설로 가게 된다.
- 새로운 집과 동네로 이사하고 학교도 옮겨야 한다.
- 부모나 보호자에 대한 고통스럽거나 해로운 진실을 알게 된다.
- 달라진 사회경제적 지위에 적응해야 한다.
- 새로운 가정의 규칙을 배워야 한다.
- 위탁 가정의 형제자매에게 제대로 된 대우를 받지 못한다.
- 새로운 상황에서 그동안 열의를 갖고 추구했던 활동이나 취미를 포기해야 한다.
- 친구와 연락이 끊긴다.
- 새로운 언어를 배워야 한다.
- 새로운 규칙과 기대에 적응해야 한다.

초래할 수 있는 심각한 결과

- 부와 권력을 타고난 캐릭터가 다른 사람들에게 이용당한다.
- 새로운 관계를 맺는 일을 피한다.
- 의지할 사람이나 이야기할 사람이 없다.
- 엉뚱한 사람을 믿는다.
- (십 대의 나이에) 부채, 소송, 가족의 수치심을 짊어진다.
- 아이가 문화적 정체성을 잃게 된다.
- 형제자매와 떨어져 있게 된다.

- 학대 가정에 들어간다.
- 새로 처한 상황에 대처하기 위해 약물, 알코올, 기타 해로운 행동에 의존한다.
- 캐릭터가 취약한 상태여서 (인신매매범, 갱단 등의) 표적이 된다.
- 가출해서 노숙자가 된다.
- 고아라는 이유로 불운의 상징이나 성가신 존재로 여겨져 쫓겨난다.
- 자살을 고민한다.

생길 수 있는 감정

분노, 불안, 씁쓸함, 혼란, 부정, 우울함, 불신, 두려움, 비애, 향수, 불안정한 상태, 외로움, 방치당한 느낌, 압도당하는 느낌, 편집증, 무력감, 울화, 자기연민, 창피함, 충격, 반신반의, 취약하다는 느낌, 자신이 하찮다는 느낌

생길 수 있는 내적 갈등

- 고아가 된 후 다른 관계에서도 버려지거나, 관계를 잃게 되는 일을 두려워한다.
- 다른 사람을 신뢰하는 데 어려움을 겪는다.
- 진실을 숨기기 위해 다른 사람에게 거짓말을 해야 한다는 강박감을 느낀다.
- 관계는 조건부라는 생각을 갖게 된다.
- 자신의 가치를 다른 사람에게 증명하는 일에 집착한다.
- 수치심과 자책감으로 힘들어한다.
- 버림받는 것이 흔한 일이라고 믿는다.
- 새로운 관계에서 안심시키는 말을 자꾸 들으려 한다.
- 자신이 통제할 수 있는 것이 하나도 없어 힘들다.
- 관계에서 건강한 경계를 원하면서도, 한편으로 사람들이 자신을 받아들여주기를 갈망한다.
- 부모나 보호자에 대한 분노가 생긴다.
- 혼자 생존한 경우, 생존자로서 죄책감에 시달린다.
- 거부당할 수 있는 일을 최소화하려 위험을 피한다.
- 헌신이나 책임을 두려워한다.
- 고아가 된 상황의 충격, 고통, 슬픔에 제대로 대처하지 못한다.

상황을 악화시킬 수 있는 부정적인 특성

중독 성향, 반사회적 성향, 냉소적인 태도, 남을 잘 믿는 성향, 불안정한 상태, 순교자인 양하는 태도, 병적인 성향, 애정 결핍, 신경과민, 편집증적 성향, 비관적인 성향, 분개, 자기 파괴적인 성향, 제멋대로인 성향, 폭력성, 변덕, 의지박약, 내성적인 성향, 잔걱정이 많은 성향

기본 욕구에 미치는 영향

- **존중과 인정의 욕구** 자신에게 결함이 있거나 자신이 무가치하다고 보는 캐릭터는 건강하지 못한 방식으로 다른 사람의 사랑을 얻으려 하는 상황에 내몰릴 수 있다.
- **애정과 소속의 욕구** 또다시 혼자 남겨지지 않을까 하는 두려움에 사로잡힌 캐릭터는 관계를 구축하고 유지하는 일을 어려워하게 될 수 있다. 고아가 된 여파로 해로운 사람들에게 둘러싸이는 경우, 캐릭터는 사람들을 차단하고 거리를 두는 것을 대처 전략으로 삼을 수 있다.
- **안전 욕구** 고아가 된 캐릭터의 세계는 급격히 변할 테고, 따라서 캐릭터의 안정감과 안전도 흔들릴 것이다.
- **생리적 욕구** 부모나 보호자를 잃었는데 아무도 돕지 않는 경우 캐릭터는 음식, 물, 잘 곳이 없는 곳에 남게 될 수 있다. 학대하거나 불안정한 사람에게 맡겨진다면 캐릭터는 생명까지 위험해질 수 있다.

대처에 도움이 되는 긍정적인 특성

적응 능력, 경각심, 굳은 심지, 용기, 공감 능력, 독립심, 성숙함, 자애로움, 통찰력, 낙관적인 성향, 보호하려는 성향, 상황을 주도하는 성향, 지략, 책임감, 분별력, 사회의식, 영성

긍정적인 결과

- 실종된 부모를 찾아 재회한다.
- 실종된 부모에게 무슨 일이 일어났는지 알아내고 어느 정도 상황이 종결

된다.

- 다른 사람에게 충실한 친구나 가족이 된다.
- 위탁 가정에서 의미 있고 보람 있는 관계를 찾는다.
- (같은 집으로 가게 됨, 함께 입양되는 경우 등) 형제자매와 재결합한다.
- 부당한 죄책감을 더 이상 느끼지 않게 된다(자기에게 책임이 없다는 사실을 인식한다).
- 독립적이고 자립적인 사람이 된다.
- 긍정적인 관계의 가치를 인식한다.
- 부모나 보호자의 실수를 반복하지 않는다.
- 캐릭터가 성인이 된 후 부모가 없는 아이의 멘토 혹은 양부모나 후원자가 된다.

공공장소에서 아이를 잃어버리다

Losing a Child in a Public Place

놀이공원, 식료품점, 쇼핑몰, 수영장, 해변, 복잡한 도심과 같은 혼잡한 장소에서 아이를 잃어버리는 일은 모든 부모, 보호자에게 끔찍한 악몽이나 다름없다. 최악의 시나리오를 생각하면서 느끼는 공포감은 그 누구도 경험하고 싶지 않을 것이다. 이 경우 잃어버린 아이는 캐릭터의 아이일 수도 있고, 캐릭터가 맡아서 돌보고 있던 아이일 수도 있다.

사소한 문제

- 모든 일을 제쳐놓고 아이를 찾는 일에 집중한다.
- 방관하던 사람들이 캐릭터의 잘못이라고 함부로 재단한다.
- 잃어버린 아이를 찾을 때, 다른 아이들까지 데리고 다녀야 한다.
- 들고 있는 짐들이 거추장스럽다.
- 낯선 곳에서 아이를 찾아야 한다.
- 안내방송을 하기 위해 경비원이나 매장 관리자를 급히 찾아야 한다.
- 현지 언어를 모른다.
- 창피할 정도로 과민반응을 보인다.
- (산만한 생각, 현기증 등) 불안 증상으로 아이를 찾는 일이 더 어려워진다.
- 다른 사람들도 아이를 찾는 일을 도울 수 있도록 신속하게 상황을 설명해줘야 한다.
- 같이 있는 사람들에게 화를 내고 쏘아붙인다.
- 순간적으로 빠른 선택을 해야 하는 바람에 오히려 판단력이 떨어진다.

초래할 수 있는 심각한 결과

- (약물, 다음날로 예정된 수술 등) 특정 약이나 의학적 처치가 꼭 필요한 아이를 잃어버렸다.
- 감정적으로 무너지는 바람에 아이를 찾는 일을 계속할 수가 없다.
- 캐릭터가 극단적인 반응을 보이면서 다른 아이들에게 상처를 준다.

- (악천후, 관계 기관과 연락하기 어렵게 만드는 재난 등) 외부 상황 때문에 아이를 찾기가 더욱 어려워진다.
- 아이를 찾는 중에도 캐릭터의 일행 중 누군가를 특별히 주의해 돌봐줘야 한다.
- 관계 당국이나 도움을 주려는 다른 사람에게 폭언을 한다.
- (배우자, 동생을 보고 있어야 했던 십 대 자녀 등) 다른 사람을 가혹하게 비난해 치유되기 힘든 균열을 만든다.
- (아이를 바로 찾지 못하는 경우) 장기간의 아드레날린 분비로 인해 신경이 예민해져 병이 생기는 등 신체적 문제를 겪는다.
- 아이가 행방불명된 상황에서 캐릭터가 이상한 반응을 보여 당국의 의심을 산다.
- 세부사항을 잘못 기억하는 바람에 아이를 찾는 일이 더 어려워진다.
- 아이를 유괴했다는 혐의로 엉뚱한 사람을 고발한다.
- 공황 발작, 뇌졸중 또는 기타 심각한 정신적 반응이나 신체적 반응을 보인다.
- 아이가 납치당한다.
- 아이의 시신을 수습 중이다.
- 영원히 아이를 찾지 못한다.

생길 수 있는 감정

괴로움, 짜증, 불안, 절망, 좌절, 각오, 상심, 당혹감, 두려움, 좌절감, 죄의식, 공포, 히스테리, 신경과민, 압도당하는 느낌, 공황, 창피함, 충격, 경악, 고통스러움, 근심, 취약하다는 느낌

생길 수 있는 내적 갈등

- 자신의 잘못으로 아이가 없어진 것이 아닌데도 비난을 받는다.
- 옳지 못한 일이라는 것을 알면서도 사라진 아이에게 분개한다.
- 긍정적인 마음가짐을 유지하면서 최악의 상황을 상상하지 않으려 애쓴다.
- 다른 사람들을 위해 침착한 태도를 유지해야 하지만 내면은 공황 상태로 힘들다.
- 몸이 얼어붙는다(그 순간 무엇을 해야 할지 알 수 없다).
- 복잡한 여러 감정이 빠르게 교차하는데 어떻게 처리해야 할지 모

르겠다.
- 자신의 기억과 발생한 사건의 세세한 부분에 대해 확신이 없다.
- 뭔가 해야 한다는 생각에 사로잡혀 있지만, 아이를 찾는 일은 경찰이 할 일이라는 사실을 모르지 않는다.

상황을 악화시킬 수 있는 부정적인 특성

반사회적 성향, 냉담함, 통제 성향, 무례함, 회피 성향, 인내심 부족, 충동적 성향, 부주의함, 합리적이지 않은 성향, 감정 과잉, 신경과민, 편집증적 성향, 소유욕, 산만함, 자기 파괴적인 성향, 비협조적인 성향, 변덕, 잔걱정이 많은 성향

기본 욕구에 미치는 영향

- **자아실현 욕구** 아이가 장기간 실종된 경우, 캐릭터는 자신이 좋은 부모(조부모, 누나 등)라는 인식이 무너지고 마는 경험을 하게 될 것이다. 또한 캐릭터는 아이를 되찾는 일 외에 어떤 일에도 집중할 수 없을 것이므로 의미 있는 다른 목표와 열정은 모조리 보류된다.
- **존중과 인정의 욕구** 아이를 잃은 상황에 처한 캐릭터는 적어도 부분적으로나마 자신에게 책임이 있다고 늘 자책할 것이고, 이는 자신의 능력과 신뢰성에 대한 의심을 불러일으킬 것이다. 캐릭터가 잘못했다고 생각하는 타인들도 캐릭터를 얕잡아보게 될 것이다.
- **애정과 소속의 욕구** 캐릭터의 배우자(혹은 캐릭터가 어머니나 아버지가 아닌 경우, 그 아이의 부모)가 보이는 반응에 따라 중요한 관계가 회복할 수 없을 만큼 손상되어 캐릭터는 자신이 지원도 사랑도 받지 못한다는 상실감에 시달릴 수 있다.
- **안전 욕구** 아이를 안전하고 건강한 상태로 되찾게 되더라도, 그 경험 자체는 캐릭터가 이제껏 누렸던 안정감을 없애버릴 수 있다.

대처에 도움이 되는 긍정적인 특성

분석력, 과감함, 차분함, 협조적인 성향, 예의, 효율성, 집중력, 통찰력, 낙관적인 성향, 끈기, 지략

긍정적인 결과

- 아이가 다치지 않은 상태로 신속히 발견된다.
- 납치범으로부터 아이를 구출한다.
- 다시는 아이를 잃어버리지 않도록 대비를 철저히 하게 된다.
- 함께 아이를 찾던 사람들과 동지애가 생긴다.
- 범인이 잡혀서 더 이상 다른 사람에게 피해를 입히지 못하게 된다.
- 아이와 보내는 단 한순간도 당연한 것으로 흘려보내지 않겠다고 다짐한다.
- 다른 부모를 재단하던 태도가 줄어든다.

공황 발작을 겪다 Having a Panic Attack

일러두기

공황 발작은 갑작스럽게 극도의 두려움을 느끼는 증상으로 캐릭터가 처한 환경에서 상처가 되는 사건, 스트레스를 주는 삶의 변화, 과거의 트라우마를 상기시키는 일 등이 도화선이 되어 발생한다. 공황 발작은 또한 명백한 위험이나 원인 없이도 나타날 수 있다. 실제 일어난 일 때문이건 상상의 산물이건 공황 발작이 일으키는 반응은 강력하다. 공황 발작은 (특정 상황으로부터) 고립되어 발생할 수도 있고, 공황 장애의 일환으로 재발할 수도 있으며 본능적으로 제어하기 어려운 극단적 신체 반응을 보인다. 공황 발작은 재발에 대한 공포를 유발하는데 특히 캐릭터가 사람들에게 노출되는 공공장소에서 더욱 그렇다.

사소한 문제

- 또렷하게 생각을 할 수가 없다.
- 현실과 단절된 느낌이 든다.
- 혼자 있을 수 있는 장소로 빨리 몸을 피해야 한다.
- 심장 박동이 빨라지고, 땀이 나며, 몸이 떨리고, 구역질이 나고, 숨이 차는 등 불편한 신체 반응이 일어난다.
- 현기증 때문에 걷거나 길을 찾는 것이 힘들어진다.
- 다른 사람들에게 자신의 두려움을 숨겨야 한다.
- 자신이 공황 발작을 일으켰다는 사실을 다른 사람들이 알게 되면 어떻게 생각할지 걱정한다.
- 나약한 모습이나 두려워하는 모습을 보이고 싶지 않다.
- 공공장소에서 발작이 일어나 당황한다.
- 자신에게 심장 마비가 일어났다고 생각해 구급차를 부른다.
- 심장 마비로 간주되어 치료를 받은 후, 값비싼 의료비가 발생한다.

초래할 수 있는 심각한 결과

- 두려움에 압도된 느낌이다.
- 부끄러워 도움을 청하지도 못하겠다.
- 다음 발작이 언제 일어날지 모른다.
- 사랑하는 사람들이 기꺼이 도와줄 용의가 있음에도 불구하고 혼

자 발작을 감당한다.

- 발작이 재발할까 두려운 마음에 멀쩡한 기회를 놓친다.
- 정신 건강 문제에 경험이 없는 다른 사람들로부터 비난을 받는다.
- 직장이나 학교에서 맡은 일이나 공부를 똑바로 해나가느라 고군분투한다.
- 책임지고 있는 일을 제대로 하기가 어렵다.
- 치료비가 없다(특히 치료비가 보험으로 보장되지 않는 경우).
- 자율성을 잃고 다른 사람에게 의존하게 된다.
- (취업 면접 중, 시험 직전, 데이트를 하는 도중 등) 캐릭터가 최상의 상태에 있어야 할 때 하필 발작이 일어난다.
- 캐릭터가 발작을 일으키는 것을 기회로 이용하려는 적이 있는 장소에서 발작이 일어난다.
- (운전 공포증, 집에서 멀어지는 것에 대한 공포 등) 공포증으로 이어지는 또 다른 발작이 두렵다.
- 공황 발작의 빈도나 심각성이 증가한다.
- 발작이 자주 일어나면서 공황 장애로 발전한다.
- 탈출 수단으로 약물이나 알코올을 남용한다.
- 우울해진다.
- 자살 생각을 한다.

생길 수 있는 감정

괴로움, 불안, 근심, 씁쓸함, 우울함, 절망, 좌절, 두려움, 무력감, 당혹감, 두려움, 공포, 수치심, 히스테리, 압도당하는 느낌, 공황, 편집증, 무력감, 창피함, 고통스러움, 근심, 취약하다는 느낌

생길 수 있는 내적 갈등

- 다른 사람들이 자신의 공황 발작을 목격하는 게 싫지만 혼자 감당하고 싶지도 않다.
- 발작에 대한 공포가 불합리하다는 사실을 알고 있지만 멈출 수가 없다.
- 자신의 머리를 신뢰할 수 없다(두려워할 것이 전혀 없는데도 극도의 공포 반응이 일어나기 때문에).
- 정신을 잃게 될까 봐 두렵다.

- 자신의 책임을 다할 수 없다는 사실에 대한 죄책감과 수치심으로 괴롭다.
- (심장 마비가 일어났다고 믿고 있는 경우) 병원 침대에 묶여 있어 죄책감이나 수치심을 느낀다.
- 자신의 상태가 비정상이 아니라는 것을 알리기 위해 아이들에게 솔직하게 이야기하고 싶지만 아이들을 겁나게 하고 싶지 않다.
- 관심 있는 일을 하고 싶지만 발작이 두렵다.
- 방문하고 싶은 곳이 있지만 발작이 재발할 수 있다는 두려움 때문에 가는 것을 피한다.
- 적극적으로 친구를 사귀고 싶지만 다른 사람들이 자신의 정신 상태를 알게 될까 두렵다.

상황을 악화시킬 수 있는 부정적인 특성

중독 성향, 통제 성향, 유연성 부족, 감정표현을 꺼리는 성향, 불안정한 상태, 마초적인 성향, 신경과민, 완벽주의, 자기 파괴적인 성향, 소통 부족, 비협조적인 성향, 내성적인 성향, 잔걱정이 많은 성향

기본 욕구에 미치는 영향

- **자아실현 욕구** 공황 발작으로 중요한 순간을 망치는 경험을 한 캐릭터는 모험을 하는 쪽보다는 늘 안전한 길만 선택하게 될 수 있다. 그리고 이루지 못한 꿈에 미련이 남는 반쪽짜리 인생을 살아갈 수 있다.
- **존중과 인정의 욕구** 다른 사람들 앞에서, 특히 캐릭터가 좋은 인상을 남기고 싶은 사람들 앞에서 공황 발작을 일으키는 것은 당혹스러운 일이라 캐릭터의 존중과 인정 욕구에 부정적인 영향을 끼칠 수 있다.
- **애정과 소속의 욕구** 공황 발작이 잦은 사람은 다른 사람들과 함께 있는 것보다 혼자 있는 편을 선호할 수 있다. 이렇듯 고독을 강요당하는 캐릭터는 주위의 모든 사람들과 떨어져 깊은 단절감과 고독감을 느낄 수 있다.
- **안전 욕구** 두려움이 실제이건 상상한 것이건, 공황 발작의 고통 속에서 지내는 캐릭터는 근원적으로 자신이 안전하지 않다고 느낀다.

대처에 도움이 되는 긍정적인 특성

경각심, 분석력, 객관성, 낙관적인 성향, 직관력, 끈기, 상황을 주도하는 성향, 지략, 영성, 사람을 잘 믿는 성향, 거리낌 없음

긍정적인 결과

- 발작의 징후를 인식해 발작이 일어나기 전에 적절한 조치를 취할 수 있게 된다.
- 발작을 견뎌낸 경험으로 새로운 힘이 생겨 어려움을 극복한다.
- 도움을 청함으로써 발작에 대비하거나 발작 빈도를 줄이거나 아예 중단시킬 수 있게 된다.
- 공황 발작으로 어려움을 겪는 다른 사람들에 대한 공감 능력이 커진다.
- 공황 장애가 있어도 충만한 삶을 사는 법을 배운다.

교통사고를 당하다

Getting in a Car Accident

교통사고는 사소한 불편, 엄청난 인명 손실, 그리고 그 사이의 온갖 결과를 초래할 수 있다. 캐릭터에게 사고의 책임이 있는 경우라면, 상황이 더욱 복잡해진다. 이에 대해서는 『딜레마 사전』의 '자동차 사고를 내다' 항목에서 살펴본 바 있다. 교통사고가 어떻게 문제를 일으킬 수 있는지에 관한 아이디어는 아래를 살펴보길 바란다.

사례

- (홍수, 폭설 등) 악천후로 인해 사고가 발생한다.
- (후드가 위로 올라오면서 운전자의 시야를 가림, 브레이크가 작동하지 않음, 전기 합선으로 인한 화재 등) 최악의 상황에서 차량이 오작동을 일으킨다.
- (폭풍우에 떨어진 나뭇가지, 트럭에서 떨어진 장비 등) 파편이 차에 부딪친다.
- 타이어에 펑크가 나면서 캐릭터의 자동차가 제어 불능 상태로 회전한다.
- 보행자나 동물과 충돌하지 않기 위해 방향을 틀다 도로를 벗어난다.
- 난폭한 운전자, 부주의한 운전자, 음주 운전자의 차에 치인다.

사소한 문제

- 사고 때문에 지각한다.
- 캐릭터가 지각하면서 그동안 불편했던 사람과 마찰이 생긴다.
- 경찰이나 견인차가 올 때까지 기다려야 한다.
- 사고에 대한 책임을 인정하지 않는 사람을 상대해야 한다.
- 공격적이거나 참을성 없는 동승자가 캐릭터와 상대편 운전자의 일을 더 꼬이게 만든다.
- 편견이 있거나 무능하거나 동정심이 없는 경찰관이 사고 처리를 맡는다.
- 보험료가 인상된다.
- 당장 이용할 다른 교통수단을 찾아야 한다.

- 자동차 수리비를 지불해야 한다.
- 사고로 겁을 먹은 아이들을 안심시켜줘야 한다.
- 타박상, 자상, 찰과상 등 경미한 부상으로 불편해진다.
- 캐릭터의 자동차가 사고 때문에 손상을 입어 안정성이나 편안함이 떨어진다.
- 사건에 대한 캐릭터의 관점을 뒷받침할 수 있는 목격자를 찾아야 한다.
- 부모나 배우자가 캐릭터에게 책임이 있으리라 지레 짐작해 캐릭터를 비난한다.

초래할 수 있는 심각한 결과

- (영장 발부, 불법 입국 관련 강제 추방에 대한 두려움 등) 경찰을 피해 현장에서 도주한다.
- 상대편 운전자와 동승자가 비난을 피하기 위해 벌어진 일에 관해 거짓말을 한다.
- 캐릭터의 잘못이 아닌데 책임을 지게 된다.
- 사고 때문에 중요한 회의를 놓친다.
- 무보험 운전자에게 사고를 당한다.
- 상대편 운전자에게 고소를 당한다.
- 보험사가 법의 허점을 이용해 사고 보상을 회피한다.
- 캐릭터의 차가 완전히 파손되어 교통수단이 없어진다.
- 캐릭터가 일을 빼먹을 상황이 아닌 시기에 장기간 입원하게 된다.
- 부상 때문에 현재 하던 일을 계속할 수 없게 된다.
- 막대한 치료비가 발생한다.
- 만성적인 통증이 생긴다.
- 평생 동안 이어지거나 인생을 바꿔놓을 만큼 심각한 부상을 입는다.
- 누군가 사고로 사망한다.

생길 수 있는 감정

분노, 괴로움, 짜증, 예감, 불안, 섬뜩함, 근심, 상심, 실망, 낙담, 의심, 두려움, 허둥거림, 좌절감, 공포, 안달, 위협감, 공황, 무력감, 체념, 충격

생길 수 있는 내적 갈등

- 자기 잘못이 아닌데도 죄책감이 든다.
- 일어난 사건의 진실이 의심스럽다.
- (이동성 저하, 차량 파손으로 인해 대중교통을 이용해야 하는 일 등) 사고로 발생한 변화를 받아들이기 어렵다.
- 사고에 책임이 있는 사람에 대한 분노와 울분이 생긴다.
- 보험업계에 실망감을 느끼지만 대처할 방법을 모르겠다.
- 발이 묶인다(사고를 당한 자리에서 움직일 수 없게 된다).
- 사고가 일어나지 않았으면 가능했을 것들에 집착하게 된다.
- 사고의 여파로 외상 후 스트레스 장애나 운전 공포증으로 고생한다.

상황을 악화시킬 수 있는 부정적인 특성

중독 성향, 대립하는 성향, 무례함, 인내심 부족, 충동적 성향, 자기가 다 안다는 태도, 순교자인 양하는 태도, 병적인 성향, 강박적인 성향, 예민한 성향, 편집증적 성향, 무모함, 분개, 비협조적인 성향, 앙심

기본 욕구에 미치는 영향

- **자아실현 욕구** 심각한 교통사고로 인한 부상이나 정신적 어려움은 캐릭터의 꿈을 끝장낼 수 있다. 따라서 캐릭터는 다른 목표를 세울 수밖에 없어지면서 이러한 상황을 받아들이기 힘들어할 수 있다.
- **존중과 인정의 욕구** 사고 이후 신체에 문제가 생기거나 불구가 된 캐릭터는 다른 사람들이 자신을 어떻게 생각하는지 걱정할 수 있다.
- **안전 욕구** 심각한 사고 후에 캐릭터는 자신이 안전하지 않다고, 특히 운전 중에는 취약하다고 느낄 수 있다. 교통사고로 인한 경제적 어려움은 생활환경의 변화를 유발해 캐릭터의 안정감에 영향을 끼칠 수 있다.

대처에 도움이 되는 긍정적인 특성

적응 능력, 감사하는 태도, 과감함, 차분함, 굳은 심지, 외교술, 객관성, 통찰력, 낙관적인 성향, 지혜로움

긍정적인 결과

- 사고를 두고 비난을 받았던 캐릭터가 블랙박스 증거 덕분에 누명을 벗는다.
- 사고 후 삶에 꼭 필요한 것들을 당연시하는 경향이 줄어든다.
- 물질 소유가 그리 중요하지 않다는 것을 깨닫는다.
- 새 차를 구입해야 하는 상황 덕분에 원했던 더 좋은 차를 구입하게 된다.
- 사고 이후 받은 검사에서 심각한 질병이나 몸 상태를 발견하게 된다.
- 자동차 제조업체를 상대로 낸 소송에서 큰돈을 배상받는다.

나쁜 소식을 알게 되다

Being Given Bad News

사례

- 사랑하는 사람이 사고를 당했다는 소식을 듣는다.
- 캐릭터가 암이나 다른 질병에 걸린다.
- 승진이 다른 사람에게 돌아간다.
- 캐릭터가 제시한 계약 입찰가가 너무 높아 계약을 따지 못했다.
- 예정된 여행이 취소된다.
- 중요한 서류를 너무 늦게 받는다.
- 집을 팔지 못한다.
- 중요한 자금을 확보할 수 없다.
- 캐릭터가 일하고 있는 회사에서 직원이 모두 해고된다.
- (새로운 디자인, 프로젝트, 책 등의) 제안을 거절당한다.
- 약이나 치료법이 효과가 없다.
- 아이가 대학에 불합격한다.
- 사랑하는 사람이 피해를 입는다.
- 가족이나 가까운 친구가 살해당한다.

사소한 문제

- 일정을 다시 짜야 한다.
- 우선순위를 다시 조정하기 위해 하던 일을 중단한다.
- 계획이 취소된다.
- 슬퍼하느라 시간을 빼앗긴다.
- 누군가를 믿은 일, 주의를 더 기울이지 않은 일, 더 빨리 무언가를 하지 않은 일을 후회한다.
- 기회를 놓친다.
- 마감일이나 약속을 지키지 못한다.
- 스트레스와 불안 때문에 잘못된 결정을 내린다.
- 집중할 수 없어서 시간을 낭비한다.
- 안전하게 일을 처리할 수 있을 때까지 감정을 절제해야 한다.
- 상황을 악화시키는 그 순간의 스트레스 속에서 무언가를 말하거

나 행동한다(예를 들면 부적절하게 분노를 표시하는 일, 다른 사람에게 어떤 영향을 미칠지 생각하지 않고 그 소식을 알리는 일 등).
- 영향을 받게 될 다른 사람들에게 나쁜 소식을 어떻게 전해야 할지 모르겠다.

초래할 수 있는 심각한 결과

- 다른 사람에게 거짓말을 하고 이 일을 부정하며 살기로 마음먹는 바람에 모든 일이 악화된다.
- 돈이 부족해 대출 이자를 갚거나 채무를 이행하지 못하게 된다.
- 나쁜 소식이 최후의 원인이 되어 결국 결혼 생활이 파탄난다.
- 화를 내며 직장을 그만둔 뒤 후회한다.
- (사랑하는 사람, 안정된 직장, 살 곳, 목숨을 구하는 수술 등) 잃어버린 것 없이는 대처할 수 없는 상황이다.
- 들은 소식이 너무 큰 차질을 빚은 데다 실망스러워 삶의 방향을 잃고 포기해버린다.
- 잠재적 결과를 고려하지 않은 채 두려움 때문에, 혹은 안전 때문에 잘못된 기회를 무모하게 잡는다.
- 사람들을 밀어내는 바람에 고립되거나 우울해진다.
- 소식을 들은 여파로 자멸한다.
- 약물 과다 복용으로 결국 병원에 입원한다.

생길 수 있는 감정

동요, 배신감, 씁쓸함, 혼란, 부정, 우울함, 절망, 실망, 불신, 환멸, 비애, 죄의식, 수치심, 상처, 자격지심, 압도당하는 느낌, 후회, 회한, 울화, 체념, 슬픔, 자기연민, 창피함, 충격, 인정받지 못한다는 느낌, 걱정

생길 수 있는 내적 갈등

- 지나치게 충성하거나 너무 많은 희생을 한 후 환멸감에 시달린다.
- 죄책감, 후회, 실패감으로 계속 괴로워한다.
- 우울증이나 불안에 시달린다.
- (재난, 사망, 피해 등을 막지 못한 일에 대해) 불합리하지만 책임감을 느낀다.
- 비탄이나 슬픔에 굴복하고 싶지만 다른 사람들을 위해 강해져야 한다.

- (일련의 좌절감을 계속 맛본 후 이번 일까지 겹친 경우) 짐을 짊어지는 일에 지쳐버린다.
- 캐릭터가 부양가족, 배우자 혹은 자신이 이끄는 사람들을 어떻게 보호할 수 있을지 걱정한다.
- 조용히 진실을 숨기는 것이 나은 일인지 다른 사람들에게 고통을 안겨주더라도 알리는 것이 나은 일인지 결정하려 애쓴다.
- 미래에 대해, 그리고 이 소식이 가져올 여파가 두렵다.
- 필요한 온갖 수단을 동원해 통제권을 되찾는 일에 집착한다.
- 지나치게 불공평하거나 부당해 보이는 상황에서 믿음 문제로 괴로워한다

상황을 악화시킬 수 있는 부정적인 특성

남의 속을 긁는 성향, 중독 성향, 반사회적 성향, 방어적 성향, 무례함, 충동적 성향, 감정 과잉, 병적인 성향, 예민한 성향, 비관적인 성향, 소유욕, 무모함, 분개, 자기 파괴적인 성향, 요령 없음, 배은망덕, 허영심, 앙심, 폭력성, 내성적인 성향

기본 욕구에 미치는 영향

- **자아실현 욕구** 나쁜 소식 때문에 꿈을 실현할 계기가 되었을 중요한 기회를 잃는 경우, 캐릭터는 삶의 방향을 재고해야 한다.
- **존중과 인정의 욕구** 캐릭터가 승진을 하지 못하거나 상을 받지 못할 경우, 다른 사람보다 무능하거나 숙련도가 낮은 사람으로 보일 수 있다.
- **애정과 소속의 욕구** 나쁜 소식이 사랑하는 사람의 죽음과 관련된 경우, 중요한 관계를 상실한 캐릭터의 삶은 공허해질 것이다.
- **안전 욕구** 캐릭터의 안전을 위협하는 소식은 무엇이건 캐릭터의 안정을 해칠 수 있고, 결국 캐릭터는 위험에 취약해질 수 있다.

대처에 도움이 되는 긍정적인 특성

적응 능력, 차분함, 외교술, 온화함, 친절함, 돌보는 성향, 객관성, 상황을 주도하

는 성향, 보호하려는 성향, 감상적인 성향, 지혜로움

긍정적인 결과

- 인생에서 정말로 중요한 것이 무엇인지에 관한 시야를 얻는다.
- 결과가 더 나빠지지 않았다는 사실에 안도한다.
- 비상 계획이 필요하다는 사실을 깨닫고 계획을 세운다.
- (비상계좌에 돈을 저축하는 것, 보장이 더 좋은 의료 보험에 가입하는 것, 더 안정적인 직장으로 이직하는 것 등) 위험에 덜 취약하게 해주는 변화를 일군다.

누군가를 남겨두고 떠나야 하다

Having to Leave Someone Behind

인생에는 캐릭터가 누군가를 뒤에 남겨두고 떠나는 선택을 할 수밖에 없도록 강요하는 불행한 상황이 많다. 이 시나리오의 여파는 여러 요인에 따라 달라진다. 아래 항목들은 누군가를 두고 떠나는 캐릭터에게 다른 선택의 여지가 없는 상황에 초점을 맞춘 것들이다.

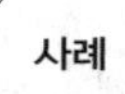

- 생사가 걸린 상황에서 부상당한 사람을 두고 떠나야 한다.
- 다른 피해자들을 남겨둔 채 사이비종교 단체나 유괴범에게서 탈출한다.
- 가족을 모두 데려갈 돈이 없어 혼자 위험한 조국을 탈출한다.
- 떠나고 싶어 하지 않는 친구를 남겨둔 채 자연재해를 피해 도망친다.
- 사랑하는 사람 중 한 명만 선택하는 고통스러운 결정을 내려야 한다.
- 마지막 운송수단을 타고 위험한 지역을 떠나는 상황인데 모든 사람을 태울 수가 없다.
- 어린 동생들이나 다른 아이들을 그대로 둔 채 학대 가정에서 도망친다.
- 부상당한 아군이 (짐이 된다는 이유로) 캐릭터에게 자신을 두고 떠나라고 강력히 요구한다.
- 병사들이 부상병들을 남겨두고 후퇴한다.
- 군에 징집되어 배우자와 자녀들을 남겨두고 전쟁터로 나간다.

사소한 문제

- 남겨진 사람이 캐릭터가 하던 일을 책임져야 하는 바람에 어려움이 생긴다(불 피우기, 별을 보면서 해야 하는 항해, 사냥, 물물교환, 문제 해결 협상 등).
- 남겨진 사람이 그립다.
- 남겨진 사람의 금융 자산을 잃는다.

- 남겨진 사람의 인맥을 활용할 수 없어 조언, 재정 지원, 정보 등을 얻을 수 없다.
- 경계, 업무량 분담, 식량 탐색 등을 할 사람이 없다.
- 남겨두고 온 사람이 더 이상 없는 상황에서 계획을 변경해야 한다.
- 남겨두고 온 사람에게 조언을 구하거나 전략을 세워달라고 할 수가 없다.
- 잠을 자거나 먹는 일이 어려워진다.

초래할 수 있는 심각한 결과

- 두고 온 사람의 가족에게 사정을 해명해야 한다.
- 누군가를 두고 가는 결정을 슬퍼하는 일행을 설득해야 한다.
- 누군가를 두고 가는 결정에 동의하지 않는 다른 사람들에게 비난을 받는다.
- 누군가를 두고 떠난 것이 잘못된 선택이었다는 사실을 알게 되지만 감내하고 살아가야 한다.
- 누군가를 두고 왔다는 죄책감과 수치심과 싸우면서도 계속 일행을 이끌어야 한다.
- 누군가를 두고 떠나면서 야간 공포증과 외상 후 스트레스 장애 증상으로 고통받는다.
- 남겨진 사람이 살아남아, 자신을 두고 떠난 캐릭터를 용서하지 않는다.
- 버림받은 일행이 (적에게 붙잡혀 고문을 당하고 홀로 중병을 앓는 등) 끔찍한 고통을 겪었다는 사실을 알게 된다.
- 버림받은 일행이 죽는다.
- 자신이 살기 위해 누군가를 버렸는데 캐릭터도 살아남지 못한다.

생길 수 있는 감정

분노, 괴로움, 자기방어, 우울함, 절망, 상심, 낙담, 의심, 두려움, 비애, 죄의식, 공포, 외로움, 압도당하는 느낌, 공황, 무력감, 후회, 회한, 체념, 슬픔, 자기혐오, 창피함, 고통스러움

생길 수 있는 내적 갈등

- 후회와 회한에 휩싸인다.
- 다른 결정을 할 수도 있지 않았을까 하는 생각을 떨칠 수 없다.
- 자신만 생존했다는 죄책감으로 고통받는다.
- 돌아가고 싶은 유혹과 씨름한다, 분명 옳은 일이 아닌데도 마찬가지다.
- 탈출이 가능해 안도감을 느끼면서도 안도감을 느끼는 자신이 수치스럽다.
- 자신을 용서할 수 없다.
- 자신의 본능과 결정을 의심한다.
- 상대를 두고 온 자신의 동기를 곱씹는다(특히 남겨진 사람과 사이가 좋지 않은 경우).
- 슬퍼해야 하지만 그럴 여유가 없다.
- 다른 사람들 앞에서 힘든 티를 내지 않기 위해 애쓴다.
- 자신의 선택을 의심하면서도 다른 사람들에게는 확신을 표명해야 한다.
- 사람들을 이끄는 일이 두렵다.
- 어차피 불가능한 구조 임무를 시작조차 못하도록 다른 사람들에게 거짓말을 해야 한다(가령 두고 온 사람이 이미 죽었다고 말해버린다).

상황을 악화시킬 수 있는 부정적인 특성

중독 성향, 냉담함, 비겁함, 냉소적인 태도, 방어적 성향, 우유부단함, 불안정한 상태, 병적인 성향, 무모함, 자기 파괴적인 성향, 내성적인 성향, 잔걱정이 많은 성향

기본 욕구에 미치는 영향

- **자아실현 욕구** 죄의식, 의심, 자기혐오 등으로 만신창이가 되는 경우 캐릭터는 꿈과 열정을 추구하지 못한다.
- **존중과 인정의 욕구** 끔찍한 결정을 내려야 하는 캐릭터는 자신의 가치를 의심하게 되고 자신이 용서받을 가치가 없다는 자책감에 괴로워할 수 있다.

- **안전 욕구** 일의 여파로 발생하는 정신 건강 문제는 캐릭터의 안정감을 악화시킬 수 있다.

대처에 도움이 되는 긍정적인 특성

분석력, 굳은 심지, 결단력, 집중력, 객관성, 상황을 주도하는 성향, 책임감, 지혜로움

긍정적인 결과

- 희생 덕분에 캐릭터나 다른 사람들이 구조된다.
- 어려웠던 결정을 돌이켜보면서 어렵지만 옳은 선택이었다는 사실을 깨닫는다.
- 버려진 일행의 친지들에게 용서받는다.
- 자신을 용서할 수 있게 된다.
- 상대방의 희생에 보답하는 가치 있는 삶을 살기로 결심한다.
- 상대방의 희생이 알려져 희생을 기리도록 한다.
- 이 경험을 통해 다른 사람들에게 '커다란 갈등이나 전쟁이 인간의 생명을 희생시킬 수 있다'는 교훈을 알려 같은 상황이 되풀이되지 않게 한다.

누명을 쓰다 Being Framed

사례

- 민간인이 저지르지도 않은 범죄의 용의자가 된다.
- 다른 사람의 잘못 때문에 고용주에게 고발을 당한다.
- 정치인이 경쟁자에게 모함을 받는다.
- 행동강령 위반, 윤리 위반, 부정 거래로 유죄 판결을 받은 고용주가 캐릭터를 희생양으로 삼는다.

사소한 문제

- 수사를 받는다.
- 고용주가 캐릭터에게 휴직을 강요한다.
- 법적 대리인의 비용을 지불해야 한다.
- 보석금을 마련해야 한다.
- (변호사, 형사, 고용주 등과의) 만남이나 회의에 참석하기 위해 결근해야 한다.
- 자신의 결백을 증명할 증거를 찾아야 한다.
- 친구나 가족에게 자신의 결백을 납득시켜야 한다.
- 벌금을 내야 한다.
- 알리바이를 가지고 있지 않다.
- 과거 범죄 기록 때문에 자신의 결백을 사람들에게 납득시키기가 어렵다.
- 체포당한다.
- 유죄 판결을 받게 되고 이 때문에 분노 관리 교육을 들어야 하는 등 불필요하거나 당혹스러운 결과를 맞게 된다.

초래할 수 있는 심각한 결과

- 필요한 기술이나 경험이 없음에도 불구하고 변호사 없이 법정에서 자신을 변호하기로 한다.
- 형량을 줄이기 위해 거짓 자백을 한다.
- 법 집행기관에서 도망치거나 법정에 출두하지 않는다.
- 무능한 변호사가 캐릭터의 사건을 맡는다.
- 해고당하거나 학교에서 쫓겨난다.

- 친구와 가족이 캐릭터를 믿어주지 않는다.
- 캐릭터의 평판이 망가진다.
- 문제가 있는 결혼 생활 중에 누명을 쓴 상황과 관련된 오해까지 덮쳐 결혼 생활이 결국 파경을 맞는다.
- 파산 신청을 해야 한다.
- 특정 경력을 추구할 수 없다.
- 편견을 피하기 위해 거주지를 옮기거나 자신의 정체성을 바꿔야 한다.
- 누명에 책임이 있는 사람에게 복수하려고 한다.
- 감옥에 간다.
- 캐릭터의 가족과 친구들도 표적이 된다.

생길 수 있는 감정

분노, 불안, 배신감, 혼란, 자기방어, 부정, 우울함, 좌절, 불신, 두려움, 수치심, 안달, 위협감, 편집증, 무력감, 울화, 충격, 의구심, 고통스러움, 반신반의, 복수심, 취약하다는 느낌

생길 수 있는 내적 갈등

- 무죄를 받을 수 있을지 걱정된다.
- 누명을 쓰게 만든 자신의 여러 선택을 후회한다.
- 자신이 약하기 때문에 표적이 되었다는 엉뚱한 생각이 굳어진다.
- 친구나 가족이 자신 때문에 감당할 일에 죄책감을 느낀다.
- 시스템을 신뢰할지 아니면 자신이 직접 문제를 해결할지 고민한다.
- 누명을 써서 벌어질 수도 있었던 일을 받아들이려 애쓴다.
- 캐릭터의 운명을 결정하는 사람에게 아부하거나 뇌물을 주고 싶은 유혹을 받는다.
- 누군가 자신의 삶을 쉽게 망칠 수 있다는 사실 때문에 취약하고 무력하다는 느낌이 든다.
- 자신에게 누명을 씌운 사람을 보면서 분노와 울분으로 힘들어한다.
- 인류의 선에 대한 믿음을 잃고 상실감에 빠진다.

상황을 악화시킬 수 있는 부정적인 특성

반사회적 성향, 무관심, 우쭐대는 성향, 통제 성향, 부정직함, 남을 잘 믿는 성향, 충동적 성향, 남을 조종하려는 성향, 비관적인 성향, 소통부족, 비협조적인 성향, 부도덕함, 식견 부족, 앙심, 변덕, 의지박약

기본 욕구에 미치는 영향

- **자아실현 욕구** 꿈을 추구하려는 캐릭터의 계획은 억울한 기소로 인해 궤도를 벗어날 가능성이 높아진다.
- **존중과 인정의 욕구** 누명을 쓰는 상황은 타인들의 인식에 직접적인 영향을 미칠 것이며 캐릭터의 자아상과 평판에도 문제를 일으킬 수 있다. 심지어 캐릭터가 혐의를 벗는 경우에도 어떤 피해는 돌이킬 수 없을 가능성이 높다.
- **애정과 소속의 욕구** 사랑하는 사람과 가족이 캐릭터의 무고함을 믿지 않는 경우 이들과의 중요한 관계가 약화될 것이다.
- **안전 욕구** 자유를 잃을 위협을 받는 경우(유죄 판결을 받는 경우) 캐릭터는 신변의 안전을 걱정해야 할 수 있다.

대처에 도움이 되는 긍정적인 특성

차분함, 굳은 심지, 협조적인 성향, 공감 능력, 집중력, 정직성, 고결함, 근면함, 영감을 주는 성향, 공정함, 남의 말을 잘 듣는 성향, 낙관적인 성향, 인내, 끈기, 설득력, 상황을 주도하는 성향, 지략, 책임감, 사회의식, 영성, 지혜로움

긍정적인 결과

- 누명을 쓰거나 억울하게 유죄 판결을 받는 사람을 옹호하고 돕게 된다.
- 비판적으로 생각하는 방법과 정보를 액면 그대로 받아들이지 않는 방법을 배운다.
- 무죄 판결을 받으면서 사법제도에 대한 믿음이 굳건해진다.
- 곁에 있어준 사람들과의 관계가 견고해진다.
- 승소해 배상금을 받게 된다.

- 사회적 인식과 상황에 대한 인식 수준이 높아진다.
- 누명을 쓰지 않았다면 얻을 수 없었던 취업 기회를 얻게 된다.
- 누구를 믿어야 하고 어떻게 하면 이용당하지 않을지에 관해 귀중한 교훈을 배운다.
- 사람들이 보내는 특정 위험 신호를 인식하는 법을 배운다.
- 이메일 계정, 개인정보, 파일링시스템 등 혹여 자신에게 불리하게 이용될 수 있는 온갖 위험을 예방할 보호책을 새로 개발한다.

무단 침입

A Break-In

사례

- 집에 강도가 든다.
- 캐릭터의 자동차에 누군가 침입한다.
- 캐릭터의 직장이 침입당한다.
- 창고나 별채에 강도가 든다.

사소한 문제

- 귀중품을 잃어버린다.
- 불안하고, 사생활을 침해받았다는 느낌이 든다.
- 침입으로 인한 손상을 수리해야 한다(문, 창문, 자물쇠나 잠금장치 등).
- 침입으로 인해 난장판이 된 걸 치워야 한다(깨진 유리, 부서진 가구, 낙서 등).
- 안전장치를 다시 살펴 개선해야 한다.
- 경찰에 보고를 하거나 보험양식 서류를 작성해야 한다.
- 침입당한 곳을 수리하고 안전해질 때까지 다른 곳에서 지내야 한다.
- 도난당한 물건을 대신해 새 물건을 사야 한다.
- 아이들을 달래야 한다.
- 가족들이 장기적으로 걱정을 하거나 스트레스를 겪지 않도록 태연한 척해야 한다.
- 선의로 걱정해주는 것 같지만 실은 같은 일을 당하지 않으려고 정보를 캐는 데 관심이 많은 이웃을 상대해야 한다.
- 잠을 자기 어렵다.

초래할 수 있는 심각한 결과

- (캐릭터가 침입 현장에 있었던 경우) 심각한 부상을 입는다.
- 대체 불가하거나 아주 귀중한 물품을 도난당한다.
- 안전에 집착하게 되어 캐릭터가 (그리고 가족이) 삶을 제대로 영위할 수 없게 된다.
- 파산 신청을 해야 한다.
- 사업이 망한다.

- 범죄현장의 목격자로 표적이 된다.
- 개인 정보를 도난당해 캐릭터나 사랑하는 친지가 위험에 처한다.
- 강도가 협박의 형태로 이용할 수 있는 비밀을 발견한다.
- 캐릭터가 아직 잡히지 않은 범죄자가 노리는 표적이 자신임을 알게 된다(가령 범죄자가 원하는 보복 관련 개인 정보 때문에).
- 친척에게 원인이나 책임이 있는 증거를 발견한다.
- 가족이나 룸메이트가 살해당한다.
- 정당방위로 범죄자를 살해한다.

생길 수 있는 감정

분노, 불안, 근심, 배신감, 상심, 불신, 환멸, 두려움, 무력감, 두려움, 죄의식, 증오, 불안정한 상태, 압도당하는 느낌, 공황, 편집증, 무력감, 후회, 꺼리는 마음, 울화, 충격, 경악, 복수심, 취약하다는 느낌, 걱정

생길 수 있는 내적 갈등

- 남들을 믿지 못한다.
- 침입을 초래했을 선택들을 한 것이 수치스럽다(범죄자들과 어울린 것, 돈을 빌리지 말아야 할 사람들에게 빌린 것, 약한 자물쇠나 고장 난 걸쇠를 미리 고쳐놓지 않은 일 등).
- 침입을 가능하게 만든 잘못을 한 사람이 용서가 안 된다.
- 침입 동안 현장에 없었던 것 때문에 죄책감이 든다.
- 외상 후 스트레스 장애에 시달린다.
- 작은 일만 생겨도 침입당한 기억이 떠오른다.
- 건물의 안전을 보장하기 위해 뭔가 더 했어야 했다는 질문이 떠오른다.
- 범인을 알고 있는데 고발을 해야 할지 고민이다.
- 불법적이더라도 보복을 하거나 정의를 구현하고 싶다.
- 침입 당시에 다른 행동을 했어야 하는 것이 아닌가 후회와 의구심이 든다.
- 똑같은 일이 일어날 것 같다는 피해망상이나 공포에 시달린다.
- 침입 동안 다른 사람의 심각한 부상이나 사망을 초래하는 선택을 한다.
- (범죄자가 굶주렸거나 음식이 절박했거나 정신 문제로 고통을 받는다

는 이유로) 범죄자에게 감정을 이입하게 되어 정의를 구현하거나 안전을 도모해야 하는데 잘 되지 않는다.

- 침입으로 인한 상처를 극복하라는 말을 듣지만 잘 되지 않는다.

상황을 악화시킬 수 있는 부정적인 특성

남의 속을 긁는 성향, 충동성, 대립하는 성향, 낭비벽, 망각, 남을 잘 믿는 성향, 부주의함, 무책임함, 마초적인 성향, 물질만능주의, 감정 과잉, 편집증적 성향, 비협조적인 성향, 앙심, 폭력성, 변덕, 내성적인 성향, 잔걱정이 많은 성향

기본 욕구에 미치는 영향

- **자아실현 욕구** 부모나 리더나 보호자인 캐릭터의 경우, 자신이 보는 곳에서 침입이 일어난 뒤에 스스로 보호자 역할을 할 자격이 있는지 의구심을 갖게 된다.
- **존중과 인정의 욕구** 침입으로 피해를 입은 캐릭터는 확신이 흔들리는 경험을 하게 된다. 특히 자신의 행동 때문에 침입이 일어났거나 사랑하는 사람들이 위험에 처하게 되었을 경우 더욱 그러하다.
- **애정과 소속의 욕구** 캐릭터가 아는 사람이 범인일 경우, 자신이 믿지 말아야 할 사람을 믿었다는 충격을 받게 되고 그 때문에 신뢰할 만한 사람을 삶에 들이는 자신의 능력을 의심하게 된다. 그리고 캐릭터는 다른 의미 있는 관계를 찾지 못하게 될 수 있다.
- **안전 욕구** 사적 공간을 침해받는 경험은 캐릭터의 안정감을 망가뜨린다.

대처에 도움이 되는 긍정적인 특성

적응 능력, 조심성, 협조적인 성향, 용기, 독립심, 공정함, 성숙함, 자애로움, 세심함, 객관성, 통찰력, 인내, 상황을 주도하는 성향, 보호하려는 성향, 지략, 책임감, 분별력

긍정적인 결과

- 상황에 대한 인식과 경계심이 더욱 커진다.

- 바람직하지 못한 결과에 대비하는 법을 배운다.
- 캐릭터가 자신의 경험을 이용해 다른 사람들이 같은 일을 당하지 않도록 돕는다.
- 더 안전한 집이나 직장으로 옮긴다.
- 힘든 시기에 사랑하는 사람을 지원하고 그 경험을 통해 사이가 더욱 돈독해진다.
- 물질에 집착하지 않는 건전한 사고방식을 얻게 된다.
- 트라우마에 대한 도움을 받는 법을 배우게 된다.
- 범인이 잡혀 정의의 심판을 받게 된다.

반려동물이 죽다 The Death of a Pet

반려동물은 대단한 격려와 사랑, 위안을 전해준다. 따라서 반려동물을 잃는 일은 엄청난 타격이 될 수 있고, 무엇보다 반려동물의 죽음이 예상하지 못했거나 죄책감을 수반하는 종류일 경우에는 상실감이 더욱 커진다. 이렇듯 캐릭터를 힘들게 하는 사건을 여러 사소한 갈등이 이어지는 끝에 덧붙이면, 캐릭터를 마치 낭떠러지로 몰아가는 것과 같은 최후의 한방이 될 수 있다.

사소한 문제

- 반려동물의 죽음을 아이에게 조심스레 알려야 한다.
- 상실을 경험한 적 없는 어린 아이에게 죽음의 의미를 설명해줘야 한다.
- 슬퍼하는 가족을 도와야 한다.
- 집에 남은 반려동물용 물건을 보는 것만으로도 큰 고통으로 다가오기 때문에 뭐라도 해야 한다.
- 반려동물을 보낼 마지막 채비를 해야 한다(반려동물을 화장하거나 박제 등의 방법을 통해 보존하는 경우).
- 매장하기 위해 유골을 회수하면서 반려동물을 잃었다는 사실을 다시 실감한다.
- 반려동물이 죽은 뒤에도 슬픈 사실을 자꾸 언급해야 한다(전에 했던 예약을 취소하려고 동물병원에 전화를 걸 때, 반려동물이 어디에 있는지 물어보는 이웃에게 대답하는 등).
- 비슷하게 생긴 다른 동물을 보면 죽은 반려동물이 다시 떠오른다.
- 반려동물이 없는 새로운 일상에 익숙해져야 한다(혼자 산책하기, 홀로 잠자기 등).
- 반려동물이 떠난 후에 슬픔을 빨리 극복하지 못했다며 다른 사람들에게 비난을 받는다.

초래할 수 있는 심각한 결과

- 미처 준비가 되어 있지 않은데도 새 반려동물을 들인다.
- 반려동물을 잃은 후 가족들이 마음의 준비가 아직 되지 않은 상태인데, 친척이 떠난 동물을 대신할 다른 동물을 선의로 데려온다.
- 반려동물의 죽음에 캐릭터가 일부 책임이 있기 때문에 다른 동물을 들일 수 없다.
- 반려동물을 잃은 후 치유를 위해 가족들에게 필요한 것이 다 다르다(가령 한 사람은 새 반려동물을 들여오길 원하고 다른 가족은 싫다고 한다).
- 캐릭터의 아이들이 반려동물의 죽음으로 힘들어한다.
- 안내견 같은 보조견이 죽어서 생활에 문제가 생긴다.
- 슬픔에 잠긴 가족에게 억울한 비난을 받는다.
- 수술비와 검사 때문에 엄청난 빚을 진다.
- 반려동물의 죽음이 범죄 수사와 관련되었다는 이유로 세세한 사항을 다시 떠올려야 한다.
- 부모의 죽음, 유산, 이혼 결정 같은 슬픈 일이 일어난 시기에 반려동물까지 죽는다.
- 캐릭터에게 소중한 사람이 떠난 것과 같은 방식으로 반려동물이 죽는다.
- 반려동물이 끔찍하거나 폭력적인 방식으로 죽어 도저히 잊히지 않는다.
- 남은 반려동물들이 죽은 친구를 그리워한다.
- 반려동물의 죽음으로 캐릭터에게 있던 정신 건강 문제가 악화되어 정서적으로 불안해지고 자해 위험이 커진다.

생길 수 있는 감정

분노, 괴로움, 씁쓸함, 부정, 우울함, 절망, 상심, 불신, 낙담, 두려움, 비애, 죄의식, 외로움, 갈망, 향수, 압도당하는 느낌, 회한, 슬픔, 충격

생길 수 있는 내적 갈등

- 반려동물을 살리기 위해 더 노력을 기울이지 않았던 일을 후회한다.
- 반려동물의 죽음에 대해 (책임이 있는지 여부와 상관없이) 스스로를 탓한다.
- 반려동물을 더 오래 살게 했을 수도 있는 치료를 감당할 경제적 여

유가 없었던 사실에 수치심이나 죄책감을 느낀다.

- 결국 실패로 돌아간 고통스러운 치료를 반려동물에게 받게 했던 자신의 결정을 곱씹는다.
- 아이들에게 고통을 주지 않기 위해 반려동물의 죽음을 두고 (개가 도망갔다거나 농장으로 갔다고) 거짓말을 할까 말까 고민한다.
- 다른 반려동물을 키우고 싶지만 또다시 헤어지는 슬픔을 겪는 일이 두렵다.
- 반려동물이 죽었는데 마음의 정리가 되지 않는다(캐릭터가 작별인사를 할 기회가 없었던 경우).
- 슬픔으로 무너질 것 같은데 힘들어하는 아이들이나 다른 가족을 위해 꿋꿋하게 버텨야 한다.
- 반려동물의 죽음에 가족이 일조했던 일(실수였다고 해도)을 용서할 수 없다.
- 다른 반려동물을 기르고 싶지만 키울 경제적 여력이 없다.
- 슬픔의 악순환에 갇힌다.

상황을 악화시킬 수 있는 부정적인 특성

불안정한 상태, 합리적이지 않은 성향, 순교자인 양하는 태도, 감정 과잉, 애정 결핍, 신경과민, 내성적인 성향

기본 욕구에 미치는 영향

- **존중과 인정의 욕구** 반려동물이 살아 있는 동안 충분한 시간을 함께 보내지 못했거나 값비싼 치료를 해주지 못했던 일 등을 후회하는 경우, 캐릭터의 자존감은 악화될 것이다.
- **애정과 소속의 욕구** 캐릭터가 다른 사람과 단절되어 지내면서도 반려동물과는 유대감이 강했던 경우, 반려동물을 잃게 되면 자신에게 남은 사람이 아무도 없다고 느껴 고통이 더 클 수 있다.
- **안전 욕구** 위험한 지역에서 안전을 제공해주던 반려동물을 잃으면 가족이 안전하지 않다는 느낌을 받을 수 있다.

대처에 도움이 되는 긍정적인 특성

적응 능력, 애정, 감사하는 태도, 여유, 공감 능력, 외향성, 환대, 독립심, 돌보는 성향, 객관성, 낙관적인 성향, 감상적인 성향, 사회의식

긍정적인 결과

- 반려동물과 즐거웠던 시간을 추억한다.
- 자신이 반려동물을 잘 키우고 돌보았다고 인정한다.
- 떠나간 반려동물을 추억하며 동물구호 단체에 기부를 결심한다.
- 사랑하는 가족이 필요로 하는 새 반려동물을 입양한다.
- 반려동물의 사랑과 우정이 상실의 위험을 감수할 가치가 있다는 사실을 인정한다.
- 반려동물의 죽음을 슬퍼하는 일이 정상이라는 사실을 받아들인다(애도 과정을 거치며 마음의 평화를 얻는다).
- 두려움과 슬픔을 한 편에 제쳐둔 뒤 도움이 필요한 동물을 새로 받아들여 치유를 체험한다.

발이 묶이다 Being Stranded

사례

- 외딴 지역에서 자동차가 고장난다.
- 가야 할 곳이 있는데 교통수단이나 교통비가 없다.
- 비행기 결항으로 공항에 발이 묶인다.
- 적진에서 탈출하는 도중 안내인이 캐릭터를 버리고 가버린다.
- 불완전하거나 기한이 지난 서류 때문에 타국에서 발이 묶인다.
- 함께 있던 사람들이 캐릭터를 낯선 장소에 남겨두고 떠난다.
- 안정적이었던 기반시설을 무너뜨리는 재해가 발생하는 동안 캐릭터는 집에서 멀리 떨어져 있다.
- 어린 나이의 캐릭터가 집에 갈 수 없다(운전을 맡은 사람이 술에 취해 그냥 가버리거나, 전화기가 고장 나 집에 전화를 할 수 없는 등).

사소한 문제

- 불안한 여행자가 되어 무엇을 해야 할지 모른다.
- 기다리는 동안 아이들을 즐겁게 해줘야 한다.
- 낯선 사람의 친절에 의존해야 한다.
- 새로 준비를 해야 하는 데에 따른 불편함이 생긴다.
- 새로운 교통수단이 올 때까지 기다려야 한다.
- 지연된 일로 인해 시간을 낭비하게 되었다는 좌절감에 대처해야 한다.
- (더위, 추위, 배고픔, 혼잡한 상황 등으로 인해) 신체적 불편함을 겪는다.
- 사이가 좋지 않았던 사람들과 함께 발이 묶인다.
- 해당 지역의 언어나 관습을 모른다.
- (여권, 충분한 현금, 날씨에 적합한 옷 등) 필요한 자원을 확보해야 한다.
- 새로 준비를 하기 위해 엄청난 비용을 지불해야 한다.
- 발이 묶이도록 원인을 제공한 사람과 함께 있어야 한다.

초래할 수 있는 심각한 결과

- 중요한 업무 관련 회의나 가족 행사를 놓친다.
- 위험한 지역에서 발이 묶인다.
- 특별히 취약한 상태(부상, 질병, 만취, 임신 등)인 중에 발이 묶여 있다.
- 발이 묶인 곳을 벗어날 방법을 찾을 수 없다(계속 그곳에 남아 있어야 한다).
- 기다리는 동안 음식, 물, 돈, 의약품, 기타 중요한 자원이 부족해진다.
- 친구나 가족들과 함께 발이 묶여 있는 중에 서로 헤어지게 된다.
- 불안한 지역에서 발이 묶여 있다가 인종, 종교, 피부색 등으로 인해 표적이 된다.
- 의도치 않게 원치 않은 관심을 불러일으키는 행동을 하면서 표적이 된다.
- 몸이 마비될 정도로 어쩔 줄 모른다.
- 도움이 되지 않는 사람을 믿는다.
- 강도를 당하거나 사기를 당한다(교통수단만 막힌 것이 아니라 돈, 전화기 등도 잃어버린다).
- 극단적인 행동(절도 등)을 하다 적발된다.

생길 수 있는 감정

동요, 분노, 불안, 근심, 배신감, 좌절, 각오, 실망, 불신, 낙담, 의심, 두려움, 공포, 허둥거림, 죄의식, 향수, 안달, 외로움, 갈망, 압도당하는 느낌, 공황, 무력감

생길 수 있는 내적 갈등

- 조바심 때문에 힘들어진다.
- 준비되지 않은 상태에서 발이 묶인 스스로를 자책한다(책임 여부와 상관없이).
- 사랑하는 사람과 헤어지게 되어 걱정한다.
- 더 나은 대처를 위해 자신감이 떨어져도 극복하려 애쓴다.
- 자신이 견지하던 도덕적 잣대를 바꾸고 싶다는 유혹을 받는다.
- 발이 묶인 상황을 일으킨 사람에 대한 분노나 증오에 사로잡혀 있다.

- 도움이 절실히 필요한 상태임에도 불구하고 다른 사람을 신뢰하기가 어렵다.
- 무슨 일이 일어날지 몰라 불안하다.
- 부정적인 생각을 애써 참으며 낙관적인 생각을 해보려 노력한다.

상황을 악화시킬 수 있는 부정적인 특성

남의 속을 긁는 성향, 유치함, 냉소적인 태도, 신의를 저버리는 성향, 어수선함, 무례함, 어리석음, 남을 잘 믿는 성향, 무지, 인내심 부족, 충동적 성향, 강박적인 성향, 굴종적인 성향, 소심함, 비협조적인 성향, 투덜대는 성향, 잔걱정이 많은 성향

기본 욕구에 미치는 영향

- **자아실현 욕구** 발이 묶인다는 것은 집, 가족, 생계 수단과 떨어져 있어야 한다는 것을 의미한다. 성공적으로 집으로 돌아가려면 일시적으로 자아실현을 희생해야 할 것이다.
- **존중과 인정의 욕구** 발이 묶인 일에 원인을 제공한 캐릭터는 자신을 의심하게 되고 자신감이 부족해진다. 캐릭터가 계획을 잘못 세웠거나 짜임새가 없어 같은 상황에 휘말린 다른 사람들도 캐릭터에 대한 존경심을 잃을 수 있다.
- **애정과 소속의 욕구** 사랑하는 사람과 오랜 기간 멀리 떨어져 있는 캐릭터는 집과 가족을 그리워할 수 있다.
- **안전 욕구** 위험한 상황에 처한 캐릭터에게 안전은 완전히 사라질 수 있다.
- **생리적 욕구** 캐릭터가 부상을 입거나 병에 걸리거나 생존에 필요한 것들을 갖고 있지 못한 경우, 상황이 악화되어 생명까지 위험해질 수 있다.

대처에 도움이 되는 긍정적인 특성

적응 능력, 모험심, 경각심, 차분함, 협조적인 성향, 외교술, 근면함, 통찰력, 낙관적인 성향, 인내, 끈기, 설득력, 보호하려는 성향, 지략, 사회의식, 거리낌 없음

긍정적인 결과

- 함께 발이 묶인 사람들과 예상치 않게 생긴 휴식 시간을 최대한 활용한다.
- 이런 상황으로 끌어들인 사람들로부터 캐릭터가 귀중한 교훈을 얻는다.
- 발이 묶인 곳의 문화를 배우게 된다.
- 낯선 사람의 친절 덕분에 변화를 겪는다.
- 집의 중요성을 새롭게 인식하게 된다.
- 더 적은 돈으로 어떻게든 해나가는 법을 배운다.
- 새로운 생존 기술을 습득한다.
- (인내, 관용, 재치 등) 도움이 되는 성격을 개발한다.

부상을 입다 Being Injured

사례

- 젖어 있는 바닥에서 미끄러진다.
- 계단에서 넘어진다.
- 공구를 잘못 사용한 탓에 부상을 입는다.
- 운동 중에 무리한다.
- 스포츠 경기 중 부상을 입는다.
- 동물이나 다른 사람에게 공격을 당한다.
- 과음한 상태에서 다친다.
- 안전 수칙을 따르지 않아 상해를 입는다.
- 교통사고로 다친다.

사소한 문제

- (캐릭터에게 잘못이 있는 경우) 스스로 바보 같다는 기분이 든다.
- 여러 의사와 물리치료사에게 치료를 받아야 한다.
- 치료받는 동안 결근이나 결석을 해야 한다.
- 의료 보험이나 법률 관련 문서를 제출해야 한다.
- 회복하는 동안 다른 사람에게 의지해야 한다.
- 합병증 때문에 회복 시간이 일반적인 경우보다 길어진다.
- 자신의 부상과 치료 방법에 관해 알아야 한다.
- 아이를 봐줄 사람을 구해야 한다.
- 저렴한 의료 서비스를 찾아야 한다.
- 경찰(불법행위에 연루된 경우), 안전 검사관, 인사부(직장에서 부상이 발생한 경우)의 조사를 받는다.
- 전에 세웠던 계획을 실행하지 못한다.
- 몸이 회복되는 동안 가족을 돌볼 수 없다.
- 병원에 다녀야 한다.

초래할 수 있는 심각한 결과

- 다른 사람의 잘못임에도 불구하고 비난을 받는다.
- 부상당한 일과 관련된 범죄 혐의로 기소될 상황이다.
- 누군가가 간병해줘야 하는데 도와줄 사람이 없다.
- 고립된 장소에서 부상을 입는다.
- 사랑하는 사람들이 있는 곳이나 병원과 더 가까운 곳으로 거주지를 옮겨야 한다.
- 부상 때문에 일을 계속할 수 없다.
- 적절한 의료 서비스를 받지 못한다.
- 감당할 수 없는 의료비가 발생한다.
- 외모가 변하거나 장애가 생겨 삶이 바뀐다.
- 부상이 치명적인 합병증으로 이어진다.
- 아이를 유산한다.
- 만성 통증에 시달린다.
- 진통제에 중독된다.
- 캐릭터가 부상당한 상황에 가족도 함께 있어 같이 부상을 입거나 사망한다.

생길 수 있는 감정

불안, 씁쓸함, 패배감, 부정, 우울함, 상심, 불신, 무력감, 당혹감, 두려움, 좌절감, 비애, 죄의식, 초라함, 안달, 무능하다는 느낌, 불안정한 상태, 무력감, 후회, 자기연민, 충격, 반신반의, 자신이 하찮다는 느낌

생길 수 있는 내적 갈등

- 다른 사람에게 의존하게 되어 죄책감을 느낀다.
- 부상 상황과 관련된 트라우마로 힘들어한다.
- 부상 상황을 초래한 선택에 부끄러움을 느낀다.
- 독립성과 자립성을 상실해 고통스럽다.
- 자존감이 흔들린다.
- 부상을 당한 뒤 사람들이 자신을 다르게 대하는 것이 싫다.
- 사고로 생긴 불안 때문에 캐릭터의 능력이 영향을 받는다.
- 부상에 대한 두려움이나 공포증이 생긴다.
- 부상이 자신의 삶에 미치는 영향을 받아들이기 어렵다.
- 생존자로서 죄책감을 겪는다.

상황을 악화시킬 수 있는 부정적인 특성

중독 성향, 통제 성향, 비겁함, 인내심 부족, 충동적 성향, 유연성 부족, 불안정한 상태, 마초적인 성향, 감정 과잉, 병적인 성향, 애정 결핍, 완벽주의, 비관적인 성향, 무모함, 분개, 자기 파괴적인 성향, 허영심, 의지박약, 내성적인 성향

기본 욕구에 미치는 영향

- **자아실현 욕구** 캐릭터는 부상으로 더 높은 수준의 욕구에 초점을 맞출 수 없게 된다. 전에 즐겼던 활동을 부상 때문에 할 수 없는 경우에는 특히 더 그렇다. 또한 부상 때문에 꿈을 포기하게 되는 경우, 캐릭터는 비관적인 태도를 갖게 되고 억울함을 느낄 수도 있다.
- **존중과 인정의 욕구** 부상 때문에 캐릭터가 예전에 지녔던 능력을 잃는 경우, 캐릭터의 자아상은 손상된다.
- **안전 욕구** 부상을 당해 자신이나 사랑하는 사람들을 돌볼 수 없게 되면 캐릭터의 안정감이 위태로워진다.
- **생리적 욕구** 특정 상황에서는 고립된 장소에서 당한 부상이 생명을 위협할 수 있다.

대처에 도움이 되는 긍정적인 특성

적응 능력, 야심, 분석력, 감사하는 태도, 굳은 심지, 용기, 절제력, 근면함, 영감을 주는 성향, 객관성, 낙관적인 성향, 인내, 끈기, 상황을 주도하는 성향, 지략, 책임감, 분별력, 영성

긍정적인 결과

- 인내하는 법과 장애물을 극복하는 법을 배운다.
- 부상 덕분에 더 나은 진로를 찾게 된다.
- 부상을 통해 깨달은 바가 있어 남들을 돕거나 자선활동을 시작한다.
- 부상이나 부상과 관련된 상황에 대해 다른 사람들에게 알려준다.
- 다른 사람의 도움을 받아들이는 법을 배운다.

- 더욱 신중해지고 책임감이 커진다.
- 삶의 어려운 상황 속에서 믿음을 찾는다.
- 생존자 모임을 발견한다.
- 인생에 대한 새로운 시야를 얻게 된다.

불황이나 경기 폭락

A Recession or Economy Crash

사례

- 정치 환경의 불안, 혹은 자연재해나 유행병 발발 같은 위험 때문에 관광객이 많은 지역에 경제 불황이 닥친다.
- 전 세계를 덮친 팬데믹이 불황을 일으킨다.
- 주식시장이 폭락해 국민들의 투자금을 위험에 빠뜨린다.
- 전면전으로 인해 경제 불안이 닥친다.
- 지역의 대규모 자동차 공장이나 어장 등이 노동 감축을 단행해 많은 사람이 실업자가 되어 일자리를 찾아 떠나야 한다.

사소한 문제

- 일자리를 잃었는데 선택할 일자리에 제약이 있다.
- 새로운 직장이나 생활환경에 적응하기 위해 새로운 기술을 배워야 한다.
- 부업을 해야 해서 가족과 개인적 관심사를 챙길 시간이 줄어든다.
- 경제 상황을 놓고 사랑하는 사람들과 자주 다툰다.
- 친구나 가족에게 돈을 빌려 달라 부탁해야 한다.
- 필수품이 아닌 물건을 살 수 없게 되어 전자기기나 인기 있는 장난감, 다른 사치재가 부족해진다.
- 예산을 검토하고 (자식의 과외비나 약속했던 휴가 등) 사정상 지출하기 힘든 항목에 대한 비용을 줄여야 한다.
- 캐릭터가 힘든 시기를 극복하는 데 도움을 받기 위해 가족이나 친구들에게 의지해야 한다.
- 캐릭터가 인생 계획이나 미래를 위해 예상하고 대비한 일들을 바꿀 수밖에 없게 된다.
- 캐릭터가 자신이나 가족의 건강, 안전을 두려워한다.

초래할 수 있는 심각한 결과

- 최악의 시기에 비용이 더 들어간다(입원이나 자동차 사고 등으로).
- 캐릭터의 집값이 대출금에도 못 미칠 만큼 떨어진다.
- 깨끗한 물이나 식품이나 연료 등 꼭 필요한 생활재가 부족하다.
- 물가상승률이 캐릭터의 가용 소득보다 높다.
- 지역의 회사들이 문을 닫는다.
- 캐릭터가 저금이 바닥 난 상태에서 파산을 겪는다.
- 상황이 더 나빠진 다른 가족을 책임지게 된다.
- 캐릭터가 수년간 근면과 희생으로 일군 사업을 접어야 한다.
- 사랑하는 사람이 치료가 필요한데 의료비를 댈 수가 없다.
- 대중의 좌절 때문에 캐릭터가 강도를 당한다.
- 캐릭터의 건강이 나빠진다.
- 상황이 바뀐 후 무력감 때문에 우울증이 찾아온다.
- 타인들의 절망에서 이득을 취하는 자들(인신 매매범, 신용사기꾼 등)에게 이용당한다.
- 캐릭터가 금전 압박을 피하기 위해 자살을 생각한다.
- 만연한 폭력이 전쟁으로 비화한다.

생길 수 있는 감정

분노, 불안, 근심, 씁쓸함, 우려, 좌절, 불신, 낙담, 환멸, 두려움, 분개, 압도당하는 느낌, 무력감, 체념, 자기연민, 충격, 반신반의, 근심, 걱정

생길 수 있는 내적 갈등

- 캐릭터가 세상이 바뀌었다는 사실을 받아들이려 애쓰는데 잘 되지 않는다.
- (실직으로 가족의 생계를 책임질 수 없는 경우) 수치심에 괴롭다.
- 상황에 압도되어 매일매일 할 일조차 버겁다.
- 경제 상황을 개선하기 위해 불법행위에 가담하거나 도덕률을 위반하는 직업을 택하려는 유혹을 느낀다.
- 캐릭터가 무력감과 절망을 다른 사람들에게 숨긴다.
- 다른 사람들의 고통이 더 심한데 자신의 상황에만 신경 쓰는 게 죄스럽다.
- 책임의 짐을 벗어나고 싶은데 그런 생각을 하는 게 비겁하다는 느낌이 든다.

- 연줄이 있거나 부자거나 운이 좋아 상황을 쉽게 헤쳐나갈 수 있는 사람들에게 화가 난다.

상황을 악화시킬 수 있는 부정적인 특성

중독 성향, 낭비벽, 경박함, 충동적 성향, 무책임함, 물질만능주의, 비관적인 성향, 방종, 제멋대로인 성향, 잔걱정이 많은 성향

기본 욕구에 미치는 영향

- **자아실현 욕구** 어려운 상황에 처한 캐릭터는 생계 때문에 자아실현을 포기하고 좋아하지 않는 직장에 가야 한다.
- **존중과 인정의 욕구** 캐릭터의 자존감이 잃고 만 직장이나 직위와 관련이 깊을 경우, 자존감이 떨어지고 남들도 자신을 우습게볼까 봐 두려워진다.
- **애정과 소속의 욕구** 상황 때문에 어쩔 수 없이 선택한 생활방식의 변화로 가족 간에 불화가 생기고 캐릭터의 애정과 소속감도 부정적인 영향을 받게 된다.
- **안전 욕구** 생필품 부족이나 치안 불안 상황은 폭력이 일반화되는 상황으로 이어지고, 그렇게 되면 캐릭터의 안전과 안정감에 문제가 생길 수 있다.
- **생리적 욕구** 특정 상황에서는 고립된 장소에서 당한 부상이 생명을 위협할 수 있다.

대처에 도움이 되는 긍정적인 특성

적응 능력, 모험심, 차분함, 절제력, 효율성, 세심함, 낙관적인 성향, 체계적인 성향, 지략, 재능, 검약

긍정적인 결과

- 캐릭터가 어려운 시절의 경험을 통해 개인적으로 교훈을 배워 경제가 안정될 때 더 충만한 삶을 살게 된다.
- 캐릭터의 사업이 불황기에 생필품을 제공하며 성공을 경험한다.
- 캐릭터가 가진 기술이나 재능이 불황기에 특히 유용해져 다른 사람들은 쉽

게 취하기 어려운 방식으로 불안한 시기를 헤쳐나갈 수 있게 된다.

- 캐릭터가 소박한 생활방식을 택해 기쁨을 얻게 된다.
- 영리한 투자가 성공해 경제 상황이 회복되고 캐릭터는 부유해진다.
- 불황의 타격을 입은 가족들을 도우면서 보람을 느끼게 된다.
- 경제적 타격으로 캐릭터는 중심축이 필요하다는 것을 깨닫고 새로운 직장이나 살 곳을 정해 다시는 같은 일을 겪지 않게 된다.
- 생활방식을 경기 불황에 타격을 덜 받는 방향으로 바꾼다.

사기를 당하다 Being Scammed

사기는 누군가를 속이려는 고의적인 시도이다. 일반적으로는 사람들을 속여 돈을 빼앗는 것을 의미하지만, 돈뿐 아니라 귀중한 물건도 사기 대상이 될 수 있다. 아래에 캐릭터가 피해를 입게 되는 몇 가지 사기 사례를 소개한다.

사례

- 아이디와 비밀번호, 은행 계좌 정보를 알려달라는 이메일에 회신한다.
- 사기를 치는 사람에게 돈을 갖다바칠 기회에 투자한다.
- 가짜 인구조사 직원으로 둔갑한 사람에 의해 전화로 개인정보를 수집당한다.
- 대학 등록금 같은 고액 지출에 대해 허위로 정부 보조금을 약속받는다.
- 다단계 금융 사기를 당한다.
- 특정 행사에 참석하는 가짜 표를 산다.
- 존재하지 않는 유령 자선단체에 돈을 기부한다.
- 비용을 지불할 필요가 없는 약속된 서비스에 거금을 들인다.
- 곤경에 처한 친척을 사칭하는 사람에게 돈을 보내준다.
- 캐릭터가 받지도 못할 서비스나 제품에 돈을 쓴다(가령 경품 추첨에 '당첨'되어 당첨금을 수령하기 위해 은행계좌 정보를 제공했는데, 해당 회사가 '영업을 중단했음'을 알게 된다).

사소한 문제

- 신용카드, 은행계좌 등을 새로 발급받아야 해서 번거롭다.
- 비밀번호를 변경하고 이메일 계정을 없애야 한다.
- 벌어진 일을 사람들에게 알리는 일이 당혹스럽다.
- 손실을 메우기 위해 지출을 줄여야 한다.
- 물건 구매나 휴가를 미뤄야 한다.
- 사기를 신고하거나 고발할 때 굴욕감이 되살아난다.
- 손실을 벌충하기 위해 투자한 돈을 조기에 현금화해야 한다.

- 자신의 신원을 되풀이해 증명해야 한다(신원 도용 위험 때문에).

초래할 수 있는 심각한 결과

- 시스템에 염증이 난다(정의가 지켜지지 않는 경우).
- 캐릭터가 사기를 당한 사실을 사람들이 알게 되면서 체면이나 존경받는 지위를 잃는다.
- 캐릭터의 신용 등급이 떨어진다.
- 캐릭터의 금전 문제를 해결해줘야 하는 친지들과 캐릭터 사이의 관계에 마찰이 생긴다.
- 노후 대비금을 잃는다.
- 학교 등록금이나 결혼식 비용처럼 특수 목적을 위해 떼어놓은 돈을 잃는다.
- 캐릭터의 개인정보가 악한 사람들에게 팔리면서 문제가 더욱 복잡해진다.
- 불안정한 재정 상황 때문에 급격한 생활의 변화를 감수해야 한다(부업을 찾는 것, 아이들이 학교와 친구들과 헤어져 떠나야 하는 것, 이사를 해야 하는 것 등).
- 다시는 사기를 당하지 않도록 기술 자체를 거부해버린다.
- 사기로 돈을 잃어 은퇴를 번복하고 직장으로 돌아가야 한다.
- 캐릭터가 갖고 있는 세상에 대한 관점과 사람들의 선에 대한 관점이 부정적으로 바뀐다.
- 다른 사람의 동기, 심지어 도움이 필요한 사랑하는 사람의 동기까지 의심하게 되고 인색해진다.
- 사기 과정에서 다른 사람이 캐릭터를 이용한 꼴이라 캐릭터가 꿈을 포기한다.
- 또다시 사기를 당하는 일을 피하기 위해 외딴 곳으로 거주지를 옮긴다.
- 우울감에 빠져 새 출발을 할 수 없게 된다.

생길 수 있는 감정

분노, 괴로움, 불안, 배신감, 씁쓸함, 혼란, 패배감, 자기방어, 반항심, 우울함, 절망, 좌절, 상심, 불신, 증오, 공포, 수치심, 압도당하는 느낌, 공황, 무력감, 격노, 후회, 자기혐오, 자기연민

생길 수 있는 내적 갈등

- 사람들을 신뢰하기 위해 애쓰지만 잘 되지 않는다.
- 미래를 걱정하게 되고 전과 달리 시간이 부족하다는 느낌이 든다.
- 사기당한 일이 머릿속에서 계속 떠오르면서 패배감과 수치심을 떨칠 수가 없다.
- 자신이 현명한 결정을 내릴 수 있다는 믿음을 잃게 된다.
- 매사 신랄해지고 냉소적이 된다.
- 확신이 사라지고 결정 장애에 시달린다.
- 모든 것을 과하게 분석하고 숨겨진 동기나 의도를 찾으려 한다.
- 위험은 모조리 회피하게 된다(매사에 안전만 따지게 된다).

상황을 악화시킬 수 있는 부정적인 특성

중독 성향, 남을 잘 믿는 성향, 충동적 성향, 부주의함, 무책임함, 자기가 다 안다는 태도, 물질만능주의, 편집증적 성향, 비관적인 성향, 자기 파괴적인 성향, 방종, 이기심, 제멋대로인 성향, 소심함, 허영심, 폭력성, 변덕, 의지박약, 투덜대는 성향

기본 욕구에 미치는 영향

- **자아실현 욕구** 캐릭터가 내면으로만 파고들어 매사를 두려워하고 위험을 감수하지 않게 되는 경우, 자신의 행복과 만족감을 증가시킬 기회를 놓칠 수 있다.
- **존중과 인정의 욕구** 남들은 알아차렸을 징후를 자신이 어떻게 그리 쉽게 놓쳤는지 믿을 수 없다는 생각에 빠지는 캐릭터는 자존감에 타격을 입을 가능성이 높다.
- **애정과 소속의 욕구** 사기 때문에 캐릭터의 재정 상태가 악화되는 경우, 캐릭터에게 개입해 재정적인 지원을 해야 하는 친지가 분노를 표하면서 관계가 악화될 수 있다.
- **안전 욕구** 사기는 캐릭터의 재정을 고갈시키고 미래의 안전을 위태롭게 할 뿐 아니라 현재의 안전 역시 훼손할 수 있다. 무해한 상황조차 캐릭터에게는 속임수와 부정처럼 보이기 때문이다.

대처에 도움이 되는 긍정적인 특성

적응 능력, 조심성, 절제력, 근면함, 인내, 보호하려는 성향, 지략, 책임감, 분별력, 검약

긍정적인 결과

- 사기의 징후를 인식하고 앞으로 사기를 피할 수 있게 된다.
- 다른 사람을 교육시켜 사기를 당할 운명에서 벗어나게 돕는다.
- 사법 시스템을 통해 사기꾼들을 법정에 세운다.
- 특정 기술(소프트웨어 설계)을 이용해 사기꾼을 방지하고 사기 탐지율을 높이는 도구와 자원을 개발한다.
- 후회와 자책을 극복하고 삶의 긍정적인 면에 집중하기로 마음먹는다.

심문을 받다 Being Taken in for Questioning

사례

- 사고나 범죄를 목격한 캐릭터가 보고서를 작성해야 한다.
- 살해당한 친구나 친척과 마지막으로 만난 날에 관해 질문을 받는다.
- 범죄 현장에 얼마나 가까이 있었는지 심문을 받는다.
- 일상적인 교통 검문 때 경찰관이 캐릭터에게 질문을 한다.
- 전에 진술했던 정보가 분명치 않아 캐릭터가 다시 소환된다.
- 친한 친구나 동업자가 저지른 범죄에 관해 심문을 받는다.
- 범죄가 성립될 가능성이 있는 사건에 대한 질문을 받는다(가령 캐릭터의 교수가 성적 학대로 조사를 받고 있는 경우).

사소한 문제

- 심문 때문에 회사에 지각한다.
- 심문을 받는 중에 아이를 봐줄 사람을 구하고 비용을 지불해야 한다.
- 친구와의 약속을 지키지 못하게 되거나 예정 중이었던 외출을 못하게 된다.
- 친지의 유죄를 입증하는 증거를 제공해야 한다.
- 법 집행기관에 대한 신뢰를 잃는다.
- 자신이 범죄 수사에 관여되어 있다고 다른 사람에게 설명해야 한다.
- 가십거리가 된다.
- 심문의 긴장감 때문에 캐릭터가 유죄인 것처럼 보이거나 증언이 불확실한 것처럼 비친다.
- 심문으로 나쁜 기억이 되살아난다(과거에 경찰과 나쁜 경험이 있는 경우).
- 교통문제가 발생해 캐릭터가 약속을 지키지 못한다.

초래할 수 있는 심각한 결과

- 캐릭터가 피로감이나 계속된 위협으로 인해 세부사항을 뒤섞어 말하는 통에 의심을 사게 된다.
- 캐릭터가 자신이 목격한 것을 두고 거짓말을 하다 발각된다.
- 무고한 캐릭터가 다른 불법 행위에 대해 뭔가 실언을 해버린다.

- 수사관이 캐릭터의 말을 이용해 (캐릭터에게 불리한 쪽으로) 이야기를 조작한다.
- 위험한 재판의 핵심 증인으로 증언하라는 압력을 받는다.
- 캐릭터가 이미 자신에 대해 결론을 내린 수사관을 상대한다.
- 사건에 연루된 누군가로부터 캐릭터나 캐릭터의 가족이 위협을 받는다.
- 변호사가 무능하거나 부도덕하다.
- 누군가 캐릭터의 신뢰성을 떨어뜨리려 캐릭터의 과거를 언론에 공개한다.
- 캐릭터의 과거 행동을 알고 있는 친지들이 캐릭터와 사건의 연관성에 대해 최악의 상황이 닥치리라 생각한다.
- 캐릭터의 판단력 부족으로 상황이 악화된다(경찰본부에서 눈에 크게 띄거나 경찰을 뇌물로 매수하려 하는 등).
- 체포되어 기소당한다.
- 범죄 혐의가 있는데 혐의를 벗자 앞으로 범죄 행위를 계속할 용기가 생긴다.

생길 수 있는 감정

동요, 분노, 불안, 혼란, 반항심, 좌절, 두려움, 당혹감, 두려움, 허둥거림, 죄의식, 위협감, 신경과민, 무력감, 울화, 경멸, 의기양양함, 망연자실, 반신반의, 근심, 취약하다는 느낌, 걱정

생길 수 있는 내적 갈등

- 잘못한 일이 전혀 없는데도 불구하고 겁을 먹는다.
- 일어난 일에 대한 자신의 기억이 의심스럽다.
- 자신이 내린 결정이나 관여한 일을 후회한다.
- 범죄를 막지 못한 것에 죄책감을 느낀다.
- 변호사에게 도움을 청하고 싶지만 그러면 유죄로 보이지 않을까 두렵다.
- 심문을 받는 일이 자신의 평판에 미칠 영향이 걱정스럽다.
- 심문을 받는 이유를 알아내기 위해 애쓴다.
- 사실을 말하고 싶지만 특정 정보는 숨겨야 한다.
- 증언을 바꾸라는 위협이나 요구에 굴복하고 싶은 유혹을 받는다.

- 피해망상에 시달린다(항상 감시당하는 느낌이다).
- 자신이 목격한 사항에 대해 거짓말을 해야 하는 상황에서 설득력 있는 거짓말을 지어내기 위해 필사적으로 노력한다.
- 유죄인 캐릭터가 자신의 흔적을 충분히 숨겼는지 우려한다.
- 자신이 진실을 말하고 있는지 미덥지 않다.
- 자신의 증언이 다른 사람의 인생을 망칠 것이라는 사실 때문에 부담스럽다.

상황을 악화시킬 수 있는 부정적인 특성

남의 속을 긁는 성향, 무관심, 대립하는 성향, 통제 성향, 부정직함, 무례함, 회피 성향, 망각, 충동적 성향, 부주의함, 감정 과잉, 편견, 요령 없음, 소통부족, 비협조적인 성향, 폭력성

기본 욕구에 미치는 영향

- **자아실현 욕구** 심문 상황에서 도덕적 규범을 따랐는데 정의가 실현되지 않는 것을 본 캐릭터는 자신이 지켜왔던 가치관과 신념 체계에 의문을 품기 시작할 수 있다.
- **존중과 인정의 욕구** 친구나 사랑하는 사람이 캐릭터의 유죄 여부를 놓고 성급한 판단을 내리는 경우, 캐릭터를 하찮게 여기기 시작할 것이다. 다른 유죄 당사자(가령 사기 혐의로 조사를 받고 있는 회사의 직원)와 가까이 있다는 사실만으로도 캐릭터의 평판이 손상을 입을 수 있다.
- **애정과 소속의 욕구** 친구나 가족이 캐릭터의 행동 방침에 동의하지 않거나 캐릭터가 특정 정보를 비밀로 유지하고 싶어 하는 경우, 이들과의 관계에 긴장이 감돌 수 있다.
- **안전 욕구** 비밀을 지키기 위해 무슨 짓이라도 할 폭력적이거나 절박한 가해자가 사건에 연루된 경우, 캐릭터와 캐릭터의 가족이 위험에 처할 수 있다.

대처에 도움이 되는 긍정적인 특성

분석력, 차분함, 조심성, 자신감, 협조적인 성향, 예의, 외교술, 겸손, 남의 말을 잘 듣는 성향, 통찰력, 낙관적인 성향, 직관력, 끈기, 설득력, 책임감, 지혜로움

긍정적인 결과

- 모든 혐의를 벗는다.
- 정보를 제공해 범죄자가 체포된다.
- 캐릭터의 증언으로 더 이상의 피해가 발생하지 않게 된다.
- 경찰력, 그리고 정의에 대한 이들의 헌신에 새삼 존경심을 느끼게 된다.
- 시스템의 불평등이나 불공정함을 목격하고 변화를 위해 노력한다.
- 목격한 범죄 관련 위험으로부터 스스로를 보호하기 위한 조치를 취한다.

악천후 Bad Weather

사례

- 예상치 못한 폭풍우를 만났는데 피할 곳이 없다.
- 결혼식과 같이 중요한 행사가 있는 날에 날씨가 나쁘다.
- 산사태로 진흙더미가 도로를 쓸어버렸다.
- 폭우가 그치지 않아 강물이 범람해 건너기가 위험해졌다.
- 안개가 고속도로를 가려 통행이 위험하다.
- 토네이도나 허리케인 등을 만나 꼼짝도 못한다.
- 눈보라가 닥치는데 연료나 식료품이 떨어졌다.
- 빙판길이라 여행이 불가능해진다.

사소한 문제

- 악천후로 인한 피해를 막기 위해 재빨리 물품을 덮거나 밖으로 옮겨야 한다.
- (창문을 닫고, 연료용 장작을 모아두고, 양초나 랜턴을 준비하는 등) 집에서 악천후를 대비해야 한다.
- 좌절과 불안과 근심을 겪는다.
- 음식이 부족하다거나 뭔가를 말리기도 어려울 만큼 너무 습해서 불편하다.
- 교통편이나 여행 일정이 지연되어 이동이 늦어진다.
- 경쟁에서 선점했던 고지 등 이득을 잃게 된다.
- 자동차나 배를 타고 이동하다 악천후로 가려진 장애물에 부딪친다.
- 계획을 취소하거나 다시 세워야 한다.
- 악천후로 여행이 더욱 위험해진다.
- 정치 집회나 스포츠 행사 등 행사 시작 시간을 조정해야 한다.
- 날씨가 좋아지기를 기다리느라 가던 길을 멈추고, 고립된 장소에 머물러야 한다.
- 라디오를 듣지 못하거나 인터넷을 할 수 없어 날씨 상황 추이를 알 수가 없다.
- 날씨 때문에 해야 할 일을 하지 못하거나 약속을 지킬 수 없다.
- 날씨가 풀려 여행을 재개할 수 있을 때까지 음식과 숙박비를 내야

한다.

- 악천후를 피해 낯선 곳에서 낯선 사람들과 함께 있어야 한다.
- 결혼식이 연기된다.

초래할 수 있는 심각한 결과

- 도움을 받을 수 없는 외딴 곳에서 부상을 당한다.
- 폭풍에 길을 잃는다.
- 위험한 것과 가까운 곳으로 피신한다(토네이도, 산불, 분출하는 화산 등).
- 도로 상황이 악화되어 자동차 사고가 난다.
- 필요한 물품이 충분치 못한 상태에서 폭설을 만난다.
- 위태로운 상황에 갇힌다(홍수지대에 갇히거나 물에 쓸려 내려갈 수 있는 다리에서 연료가 떨어지거나 산불에 갇히는 것 등).
- 위기 상황을 탈출하다 친지들과 떨어지게 된다.
- 집이나 자산에 손상을 입는다. 가령 폭풍에 나무가 쓰러져 캐릭터의 자동차를 덮친다.
- 폭풍 피해로 지역사회에 새 고아원을 건립하는 일 같은 중요한 프로젝트가 차질을 빚는다.
- 악천후가 지나가고 사랑하는 사람이 행방불명되었다는 사실을 알게 된다.

생길 수 있는 감정

동요, 근심, 패배감, 좌절, 각오, 실망, 좌절감, 향수, 희망, 안달, 신경과민, 압도당하는 느낌, 공황, 무력감, 체념, 자기연민, 반신반의, 근심, 걱정

생길 수 있는 내적 갈등

- 상황을 통제하고 싶지만 무기력하다.
- 다른 사람들의 불안을 없애주고자 비관적인 생각과 공포를 숨긴다.
- 날씨를 읽어내고 당장 결정을 내려야 한다.
- 앞으로 나가는 것이 위험할지 지금 있는 곳에 머무는 것이 더 위험할지 판단을 내려야 한다.
- 위험하다는 것을 알면서도 계속 리더 역할을 하고 싶은 유혹, 혹은 이득을 보고 싶다는 유혹이 든다.

- 위험을 피해 달아나고 싶지만 다른 사람들도 구해야 한다.
- 자신부터 보호해야 한다는 생각과 옳은 일을 하고 남을 도와야 한다는 생각이 갈등을 빚는다.
- 남들에게도 필요한 물건을 자기 혼자만 확보해 쓰고 싶다.
- 희생을 해야 한다는 것을 알지만 쉽지 않다. 가령 캐릭터가 불을 끄려는 시도를 포기하면 집이 망가지겠지만 안전한 곳으로 대피하려면 집을 포기해야 한다.

상황을 악화시킬 수 있는 부정적인 특성

통제 성향, 비겁함, 인내심 부족, 충동적 성향, 물질만능주의, 감정 과잉, 애정 결핍, 신경과민, 완벽주의, 비관적인 성향, 무모함, 잔걱정이 많은 성향

기본 욕구에 미치는 영향

- **애정과 소속의 욕구** 위험천만한 악천후 동안 불행한 일이 생기면 남은 가족들은 캐릭터가 사랑하는 가족을 더 잘 지키지 못했다고 원망할 수 있다. 이 경우 캐릭터는 더욱 깊은 내상을 입고 고립의 고통을 겪게 된다.
- **안전 욕구** 극단적 악천후는 캐릭터에게 안정감을 주는 것들(집, 일터, 가업, 자동차와 자산 등)을 파괴할 수 있다. 그 때문에 캐릭터의 안정감도 무너지지만 사라진 것들을 복구하느라 경제적 어려움까지 겪을 수 있다.
- **생리적 욕구** 특정 악천후의 위험 때문에 캐릭터의 목숨이 위험해지거나 살아가는 데 필요한 자원을 모조리 잃을 수도 있다.

대처에 도움이 되는 긍정적인 특성

적응 능력, 차분함, 조심성, 결단력, 절제력, 여유, 환대, 근면함, 영감을 주는 성향, 지적 능력, 내향적인 성향, 돌보는 성향, 끈기, 설득력, 철학적으로 사유하는 능력, 상황을 주도하는 성향, 보호하려는 성향, 지략, 책임감, 분별력, 검약

긍정적인 결과

- 악천후를 한번 겪은 덕에 이후에 악천후를 다시 겪게 되면 더욱 능동적으로 대비할 수 있게 된다.
- 악천후로 일이 지연된 덕에 캐릭터가 위험이나 재난을 벗어난다. 가령 홍수로 물이 갑자기 불어난 탓에 캐릭터가 전투에 나가지 못하게 되어 목숨을 건진다.
- 캐릭터가 악천후 경험을 통해 갈등을 치유하거나, 함께 악천후를 대피했던 사람과 친밀한 관계가 되거나 공통 분모를 찾게 된다.
- 악천후를 이용하여 적의 계획을 아수라장으로 만든다.
- 악천후로 인한 지연 덕에 캐릭터가 중요한 일을 두고 상대의 마음을 바꿀 시간을 벌게 된다.
- 캐릭터가 악천후 때 뭔가 기여를 한 덕에 인정을 받는다.

어떤 운명에 내몰리다

Being Pushed Toward a Specific Destiny

사례

- 가업을 이어받으리라는 기대를 받는다.
- 특정 학교로 가거나 특정 진로를 선택하라는 부모의 압력을 받는다.
- 통치자의 집안에서 태어난다.
- 다른 사람들이 캐릭터에게 특정인과 결혼하라고 강요한다.
- 예언을 실현해줄 사람이라는 기대를 받는다.

사소한 문제

- 자신이 원하는 것을 포기해야 한다.
- 지나친 간섭을 받고 간섭에 따라 결정을 내려야 한다.
- 누군가 지켜보고 감시한다.
- 정해진 운명을 받아들이기를 기대하는 사람들에게 맞서야 한다.
- 기대를 따르기를 거부하다 다른 사람들의 (정서적, 재정적) 지원을 잃는다.
- 미래의 일을 두고 사랑하는 사람들과 싸우고 언쟁한다.
- 죄책감 때문에 힘들어 한다.
- 자신만의 길을 선택한 캐릭터의 결정을 두고 다른 중요한 사람이 비난을 받는다.
- 대중의 경멸이나 비판을 받는다.
- 이해 당사자들이 불쾌해한다.
- 자신의 운명을 다른 누군가에게 넘겨줘야 한다.

초래할 수 있는 심각한 결과

- 대인관계를 마음대로 선택할 수 없다.
- 부모의 요구에 따라 이루어진 연애 관계에서 힘들어한다.
- 캐릭터가 압력에 굴복하기를 거부하면서 관계에 균열이 생긴다.
- 요구를 따르지 않은 벌로 재정 지원이 아예 끊긴다.
- 수용하기로 되어 있는 운명을 캐릭터가 공개적으로 비난하거나 포기하면서 위험이 발생한다.
- 이해관계자들이 캐릭터를 비방한다.

- 캐릭터가 운명을 거부한 탓에 가문이 사업을 잃거나 대를 잇지 못하게 된다.
- 사랑하는 사람과 멀어지거나 버림받는다.
- 신체적 위협을 받거나 피해를 입는다.
- 굴복하기보다는 집을 떠나 용감하게 노숙 생활을 한다.
- 자신이 부적합하다는 사실을 증명하기 위해 의도적으로 자기 파괴적 행동을 한다.
- 갇혀 있다는 느낌이 들고 우울증이 생긴다.
- 압력을 감당하려 불량한 행동에 빠진다.
- 자살한다.

생길 수 있는 감정

불안, 씁쓸함, 갈등, 반항심, 부정, 우울함, 절망, 불만, 무력감, 두려움, 좌절감, 죄의식, 외로움, 압도당하는 느낌, 무력감, 꺼리는 마음, 울화, 체념, 자기혐오, 창피함, 고통스러움

생길 수 있는 내적 갈등

- 선택할 자유를 원하면서도 그런 생각이 이기적인 게 아닐까 걱정한다.
- 자신이 원하는 것과 다른 사람이 원하는 것 사이에서 갈등한다.
- 이 상황에서 벗어날 방법이 보이지 않는다.
- 조건부인 사랑이라도 받기 위해 애쓴다.
- 자유로워지고 싶지만 다른 사람에게 자신의 결정이 옳다는 것을 입증해야 할 것 같다.
- 아무 말도 할 수 없고 무력하다는 생각이 든다.
- 의무에 대해, 그리고 개인의 선택이 그 때문에 어느 정도나 좌우될 수 있는지를 두고 고민한다.
- 자존감 저하, 그리고 자신이 대상화된다는 사실이 괴롭다.
- 자신에게 솔직하고 싶지만 진짜 감정이나 생각을 숨겨야 한다.
- 혈통이든 예언이든 다른 무엇 때문이든 이런 운명을 강요하는 사람이나 세력이 원망스럽다.
- 캐릭터가 자신의 상황에 아이들이나 다른 중요한 사람을 끌어넣는 게 두려워 애초에 아이를 갖거나 결혼 등의 의미 있는 관계를

원하지 않는다.

상황을 악화시킬 수 있는 부정적인 특성

통제 성향, 부정직함, 신의를 저버리는 성향, 남을 잘 믿는 성향, 적대감, 위선, 충동적 성향, 우유부단함, 게으름, 순교자인 양하는 태도, 반항심, 분개, 완고함, 굴종적인 성향, 소심함, 소통부족, 부도덕함, 의지박약

기본 욕구에 미치는 영향

- **자아실현 욕구** 자신이 원하지 않는 길을 강요당한다면 캐릭터가 성취 욕구를 실현하는 일은 불가능해진다.
- **존중과 인정의 욕구** 요구받는 운명에서 벗어날 수 없는 캐릭터는 스스로 길을 개척할 수 없는 나약한 존재로 자신을 보게 되고 남의 말에 끌려다니게 된다.
- **애정과 소속의 욕구** 운명을 강요당하는 상황에 처한 캐릭터는 사람들과 친밀한 관계를 유지하는 데 어려움을 겪을 수도 있다. 자신과 인연을 맺는 사람들까지 자신처럼 암울하거나 위험한 미래로 끌어들이는 것이 두렵기 때문이다. 또한 순응하라는 압력은 애정 관계에 대한 불건전한 생각을 불러일으킬 수 있고, 사랑은 조건을 전제로 하는 게 아니라는 진실을 캐릭터가 바로 보기 어렵게 만들 수 있다.
- **안전 욕구** 캐릭터가 자신의 운명에서 벗어나기로 선택한다면 다른 사람들이 캐릭터를 표적으로 삼거나 해를 입힐 수 있다.

대처에 도움이 되는 긍정적인 특성

적응 능력, 모험심, 굳은 심지, 자신감, 용기, 창의성, 결단력, 외교술, 정직성, 독립심, 근면함, 영감을 주는 성향, 낙관적인 성향, 사색적 성향, 설득력, 혼자 조용히 있는 성향, 상황을 주도하는 성향, 지략

긍정적인 결과

- 다른 사람도 스스로를 위해 일어설 수 있도록 캐릭터가 영감을 전하게 된다.

- 남이 강요한 운명을 따랐을 때보다 자신이 선택한 길에서 더 많은 성공을 거둔다.
- 기대의 악순환을 깬다.
- 동일한 압력을 받고 있는 다른 사람을 보호해준다.
- 진정으로 열의를 쏟을 일을 찾고 그 일에 자신이 탁월하다는 사실을 발견한다.
- 개인의 자유를 제한하는 시스템을 사람들이 알도록 해준다.
- 캐릭터의 자기옹호로 인해 캐릭터의 부모는 자신들이 너무 통제가 심했다는 사실을 깨닫고, 관계가 깨지기 전에 복구된다.
- 캐릭터가 외부 압력이 아닌 자신의 선택으로 운명을 받아들인다.

억류되다 Being Captured

사례

- 납치당한다.
- 인질이 된다.
- 적군에게 포로로 붙잡힌다.
- 법 집행기관에 체포된다.
- 누군가에게서 탈출했지만 다시 붙잡힌다.

사소한 문제

- 가족, 친구, 일상의 편안함이 그립다.
- 사랑하는 사람에게 현재 상황을 알릴 방법이 없다.
- 신체적, 정신적, 정서적 피해가 지속된다.
- 자신이 어디 있는지 알지 못한다.
- 잠을 잘 수 없다.
- 사랑하는 사람들이 캐릭터가 어디 있는지 무슨 일을 겪고 있는지 알지 못한다.
- 납치범의 심기를 거스르지 말아야 한다.
- 납치범이 누구이고 동기가 무엇인지 알아내려 애쓴다.
- 납치범이 얻으려는 정보를 보호해야 한다.
- 붙잡힌 상태에서 벗어날 방법을 찾아야 한다.
- 다른 사람들의 사기를 떨어뜨릴 선동을 하라는 강요를 받는다.
- 안전하게 석방되기 위해서는 납치범에게 몸값을 지불해야 한다.
- 납치범에 대한 정보를 알아냈지만 활용할 수 있는 사람에게 전달할 수 없다.

초래할 수 있는 심각한 결과

- 맞서 싸우다 부상당한다.
- 풀려나는 데 필요한 자원이 부족하다(몸값, 영향력 등).
- 친구나 사랑하는 사람도 잡혀왔다는 사실을 알게 된다.
- 안전하게 탈출하기 위해서나 사랑하는 사람을 보호하기 위해 민감한 정보를 포기한다.
- 구조대가 찾아올 수 없는 숨겨진 장소로 이동하게 된다.

- 중요한 의료적 처치를 거부당한다.
- 외상 후 스트레스 장애가 발생한다.
- 성공 가능성이 희박한데 탈출을 시도한다.
- 음식, 물, 의류, 잘 곳 같은 필수 자원을 공급받지 않는다.
- 정보 때문에 고문을 당한다.
- 실험을 당한다.
- 성폭행을 당한다.
- 살해당한다.

생길 수 있는 감정

불안, 배신감, 씁쓸함, 갈등, 혼란, 패배감, 자기방어, 반항심, 우울함, 절망, 좌절, 의심, 두려움, 향수, 안달, 위협감, 외로움, 공황, 무력감, 고통스러움, 반신반의, 취약하다는 느낌, 경계심

생길 수 있는 내적 갈등

- 납치범에 대한 두려움을 숨기려고 애쓴다.
- 고립감에 몸부림친다.
- 정신 건강이 악화되거나 정신이 무너진다.
- 희망이 흔들리면서 힘들어한다.
- 자원이나 자유를 얻기 위해 도덕성이나 안전을 희생시킬지 고민한다.
- 살아남기 위해 도덕률을 어겨야 한다는 사실에 죄책감을 느낀다.
- 무력감을 느끼면서도 다른 포로들의 기운을 북돋아주기 위해 숨겨야 한다.
- 자신의 석방을 위해 희생할 것(몸값 지불, 사악한 정치범 석방 등)이 있다는 사실에 괴로워한다.
- 캐릭터에게 전해지는 정보(사랑하는 사람, 조국의 상황 등)가 정확한지 알 수 없다.
- 절망감 때문에 굴복하고 싶은 마음이 든다.
- 심문을 받는 중에 거짓말을 하고 싶지만, 납치범이 사실을 얼마나 알고 있는지 모른다.
- 외상 후 스트레스 장애 증상을 홀로 참아내야 한다.
- 다른 포로와 친구가 되고 싶지만 죽거나 끌려갈 수 있는 사람과 가

까워지고 싶지 않다.

상황을 악화시킬 수 있는 부정적인 특성

대립하는 성향, 통제 성향, 비겁함, 신의를 저버리는 성향, 어리석음, 남을 잘 믿는 성향, 적대감, 충동적 성향, 부주의함, 편집증적 성향, 비관적인 성향, 지나치게 밀어붙이는 성향, 반항심, 무모함, 이기심, 부도덕함, 장황함, 변덕, 의지박약

기본 욕구에 미치는 영향

- **존중과 인정의 욕구** 캐릭터가 갇혀 있으면서 마치 물건인 양 취급을 받는 경우, 캐릭터는 자신감뿐 아니라 자신의 가치를 인식하는 방식에 있어서도 부정적인 영향을 받게 된다.
- **애정과 소속의 욕구** 동료 포로가 살해되는 경우, 캐릭터는 자신이 아끼는 사람들을 잃는 트라우마를 다시는 겪지 않기 위해 새로운 관계를 맺는 일을 피할 수 있다.
- **안전 욕구** 억류 경험은 캐릭터에게 안전하고 예측 가능한 환경을 잃는 상황으로 이어질 수 있다. 스트레스가 많고 위험이 큰 상황에서 캐릭터의 정신 건강 역시 고통을 겪을 수 있다.
- **생리적 욕구** 억류한 자가 협조를 강요하느라 음식과 물과 쉼터를 제공하지 않으면 캐릭터는 기본 욕구를 채우지 못할 수 있다.

대처에 도움이 되는 긍정적인 특성

경각심, 조심성, 굳은 심지, 매력, 협조적인 성향, 용기, 외교술, 절제력, 신중함, 집중력, 고결함, 통찰력, 인내, 애국심, 직관력, 끈기, 설득력, 지략, 영성, 이타적인 성향

긍정적인 결과

- 가까스로 탈출한다.
- 구출된다.

- 신앙을 쇄신하거나 새로 발견한다.
- 스트레스가 엄청난 환경 속에서 우정을 발견한다.
- 자신의 강점을 발견한다.
- 미래에 유사한 결과로 이어질 수 있는 상황을 방지한다.
- 간과되거나 잊힌 사람에 대한 공감 능력이 커진다.
- 트라우마를 경험한 다른 사람들에게 영감을 주고 그들을 도와준다.
- 그동안 자신에게 있는 줄 몰랐던 신중함과 회복력을 발견한다.

예상치 못한 임신

An Unexpected Pregnancy

부모가 되는 일은 한 사람의 인생을 근본적으로 바꾸어놓는 엄청난 책임이 따르는 사건이다. 따라서 원하지 않거나 계획하지 않았던 임신은 훨씬 더 큰 혼란으로 부모와 조부모, 그리고 이야기에 등장하는 다른 사람들에게까지 온갖 현실적인 문제를 유발한다. 이야기상에서 예상치 못한 임신이라는 종류의 갈등을 더할 생각을 하고 있다면 다음의 사례를 참고하길 바란다.

사례

- 십 대의 임신
- 장성한 자식을 내보낸 후의 뒤늦은 임신
- 성폭력 생존자의 임신
- 이미 대가족과 사는 상황에서의 임신
- 빈곤 가정의 임신
- 이제 막 꿈에 그리던 직장에 들어간 여성의 임신
- 남편이 방금 해고당한 상황에서 아내의 임신
- 아이의 아버지가 누군지 모르는 임신

사소한 문제

- 불편함을 초래하는 신체적 증상.
- 아이를 낳을지 말지 결정을 내릴 때까지 임신 사실을 숨겨야 한다.
- 사람들에게 임신 사실을 알려 가십거리가 된다.
- (고등학교 졸업이나 여행 등) 중요한 계획을 미뤄야 한다.
- 독립했던 캐릭터가 다시 부모와 한집에 살아야 한다.
- 미래의 불확실성 때문에 승진 같은 좋은 기회를 거절해야 한다.
- 친구나 지인들에게 재단을 당하거나 비난 받는다.
- 가족의 생각과 달리 임신 중절을 고려한다.
- 임신 중절을 고려하지만 터놓고 말할 사람이 아무도 없다.

초래할 수 있는 심각한 결과

- 지원해줄 사람들이나 체계가 아예 없다.
- 산모가 입원을 해야 하거나 직장을 그만둬야 할 만큼 임신 관련 증상이 심하다.
- 임신한 캐릭터가 부모나 파트너에게 거절당한다.
- 태아의 안전 때문에 필요한 약 복용을 중단해야 한다.
- 암 진단을 받았는데 아이를 낳을 때까지 치료를 시작할 수가 없다.
- 임신이 성폭력으로 인한 것이라 상담을 받아야 하는데 받을 수가 없다.
- 캐릭터가 유명인사인데 임신 중단을 결정하는 바람에 대중의 분노를 산다.
- 캐릭터가 임신 중단을 결정했다는 이유로 가족이나 교회 등 집단에서 회피 대상이 된다.
- 임신 중단으로 패혈증이나 생명을 위협하는 다른 위급한 상태가 유발된다.
- 태아나 산모의 생명을 위협하는 합병증이 생긴다.
- 임신 중단을 했는데 평생 가책에 시달린다.
- 캐릭터가 자신의 의지에 반해 임신을 지속해야 한다.

생길 수 있는 감정

불안, 근심, 부정, 우울함, 좌절, 각오, 상심, 두려움, 당혹감, 두려움, 죄의식, 수치심, 외로움, 쓸쓸함, 압도당하는 느낌, 공황, 후회, 꺼리는 마음, 슬픔, 자기연민, 창피함, 충격, 취약하다는 느낌, 걱정

생길 수 있는 내적 갈등

- (임신 중단, 임신 지속, 입양 등) 해야 할 일을 놓고 윤리적 딜레마가 생긴다.
- 아이를 키울 경제적 형편이 되는지 걱정스럽다.
- 다른 사람들이 사실을 알게 되면 어떻게 생각할지 우려가 된다.
- 불안과 공황 장애 때문에 괴롭다.
- 호르몬 변화로 인한 기분 변화 때문에 힘들다.
- 임신 사실을 숨겨야 하지만 털어놓고 싶다.
- 아무에게도 말하지 못하고 혼자 지고 가야 한다.
- 캐릭터가 도덕적으로 옳지 못하다고 느끼거나 하고 싶지 않은 일

을 해야만 한다.

- 예상치 못한 임신이라는 힘든 상황 때문에 태아에게 복잡한 감정이 든다.

상황을 악화시킬 수 있는 부정적인 특성

무관심, 유치함, 회피 성향, 경박함, 무지, 충동적 성향, 우유부단함, 무책임함, 감정 과잉, 애정 결핍, 신경과민, 비관적인 성향, 제멋대로인 성향, 신경질적인 성향, 비협조적인 성향, 앙심, 의지박약

기본 욕구에 미치는 영향

- **자아실현 욕구** 캐릭터에게 원대한 꿈이 있는데 갑자기 임신을 하게 되면 계획에 차질이 생긴다. 영원히 꿈을 좇지 못할 수도 있다. 임신과 출산으로 인해 전문가나 창작자가 되는 꿈을 이루지 못하는 경우, 캐릭터는 인생 전반에서 결핍감을 느낄 수 있다.
- **존중과 인정의 욕구** 타인들이 캐릭터의 임신 관련 선택을 창피해하거나 지지하지 않는다고 말하는 경우, 캐릭터의 존중 및 인정 욕구가 타격을 입는다.
- **애정과 소속의 욕구** 캐릭터의 파트너나 부모나 다른 중요한 친지가 캐릭터를 버리거나 임신 문제를 회피하면 지원과 지지가 절실할 때 캐릭터가 고립된다.
- **안전 욕구** 산모의 안전을 위협하는 상황은 매우 다양하다. 몸져눕거나 입원이 필요한 것과 같은 임신과 관련한 심각한 증상 혹은 태아의 건강을 위협하는 합병증, 임신 중 집에서 쫓겨나거나 직장을 잃거나, 심지어 아기 아빠가 엄마와 아기를 위험에 빠뜨릴 만큼 강력한 적을 두고 있을 수도 있다.
- **생리적 욕구** 의료 기술의 발전으로 현대에 와서 임신과 출산은 과거에 비해 상대적으로 크게 위험하진 않지만, 아직도 특정 상황에서는 위험이 따르기도 한다. 산모가 신체적, 정신적으로 특정한 질환이 있을 때, 특정 지역에 살 때, 혹은 심각한 합병증이 생기거나 의료 혜택을 받을 수 없는 경우에 더욱 그렇다.

대처에 도움이 되는 긍정적인 특성

야심, 차분함, 독립심, 신의, 돌보는 성향, 사색적 성향

긍정적인 결과

- 부모로서 역할을 하고 시련을 거치면서 성숙해지고 성장한다.
- 자립을 배운다.
- 캐릭터가 자신의 신념을 지킨다.
- 타인의 필요를 우선시하는 법을 배운다.
- 캐릭터가 자신이 생각보다 역량이 있다는 사실을 발견한다.

원하는 목표를 이루지 못하다

Not Achieving a Coveted Goal

사례

- 프로 스포츠 팀에 들어가지 못한다.
- 꿈꾸던 일자리를 얻지 못한다.
- 아이를 가질 수 없다.
- 꿈꾸던 대학에 합격하지 못한다.
- 선거에서 진다.
- 관계가 제대로 이어지지 못하게 된다.
- 엘리트 대회나 시합에서 1등을 놓치고 2등을 차지한다.
- 초청을 받아야 가입할 수 있는 모임에 들어가지 못한다.
- 학위를 취득하기 전에 대학을 중퇴한다.
- 사업에 실패한다.
- 과거의 잘못을 고치거나 화해를 할 수가 없다.

사소한 문제

- 계획과 기대치를 조정해야 한다.
- 관련된 재정 투자가 손실을 입는다.
- 다음에 올 일이 무엇이건 만족하지 못한다.
- 당혹감을 느낀다.
- 다른 사람에게 실패에 대해 설명해야 한다.
- 목표를 추구하는 데 소요된 시간이 낭비라는 생각이 든다.
- 다른 사람들의 실망이 부담스럽다.
- 목표를 달성할 수 있었던 다른 사람들이 부럽다.
- 캐릭터가 이루고 싶었던 것을 이룬 친구들이 주위에 있어 어색하고 껄끄럽다.
- 자신이 추구했던 목표와 관련된 사람들 혹은 일을 피하기 위해 습관을 바꾼다.
- 호의는 갖고 있지만 도움이 되지 않는 다른 사람들의 위로를 감당해야 한다.

초래할 수 있는 심각한 결과

- 열정을 쏟았던 취미나 활동을 하면서 느꼈던 기쁨을 잃는다.
- 큰 꿈을 꾸거나 위험을 감수하는 일을 꺼리게 된다.
- 하던 일에 심드렁해져 성취도도 떨어진다.
- 목표에 너무 매여 있어 정체성을 상실한다.
- 신을 원망하고 신앙을 잃는다.
- 미래의 목표를 무너뜨리는 파괴적인 자기 의심과 가치관 손상이 생긴다.
- 캐릭터에게 진심어린 애정이 없는 파트너가 캐릭터가 유명해지거나 부자가 될 수 없다는 사실을 깨닫고 결별한다.
- 달성 불가능한 성공에 대한 비현실적 몽상을 버리지 못한다.
- 강요에 의해 목표를 달성하기로 한다.
- 다른 활동으로 옮겨갈 수가 없다.
- 실패에 대처하기 위해 자기 파괴적이 되어 중독이나 건강하지 못한 관계를 수용하게 된다.
- 정서적 상처를 입는다.
- 공황이나 불안 장애가 생긴다.
- 우울증에 빠진다.

생길 수 있는 감정

수용, 분노, 괴로움, 배신감, 씁쓸함, 혼란, 패배감, 자기방어, 부정, 우울함, 절망, 각오, 상심, 환멸, 불만, 의심, 당혹감, 비애, 죄의식, 불안정한 상태, 갈망, 공황

생길 수 있는 내적 갈등

- 자기 의심과 불안감으로 힘겨워한다.
- 다른 결과가 나올 수도 있지 않았을까, 다르게 행동할 수도 있지 않았을까 하는 생각에서 벗어나지 못한다.
- 괴로움과 싸운다.
- 다른 사람을 실망시켰다는 사실에 책임감을 느낀다.
- 결과를 인정하지 못해 괴롭다(결과를 인정하고 새로 시작해야 하는데 그러지 못한다).
- 꿈을 놓지 못한다.
- 슬퍼해야 하는데 별로 그럴 필요를 느끼지 못하겠고 그다지 큰일

이라는 생각도 들지 않는다.
- 타인의 희생을 헛된 것으로 만든 게 아닐까 하는 죄책감이 든다.
- 단 한 번뿐인 기회를 놓쳐 다시는 행복을 얻을 수 없을 것이라 믿는다.
- 새 출발을 하고 싶지만 어떻게 해야 할지 모르겠다.

상황을 악화시킬 수 있는 부정적인 특성

무관심, 냉소적인 태도, 어리석음, 불안정한 상태, 합리적이지 않은 성향, 질투, 강박적인 성향, 완벽주의, 분개, 자기 파괴적인 성향, 앙심, 내성적인 성향

기본 욕구에 미치는 영향

- **자아실현 욕구** 행복과 정체성이 실패로 돌아간 목표에 묶여 있는 캐릭터는 그보다 낮은 목표로는 만족하기 어려울 것이다.
- **존중과 인정의 욕구** 어느 정도의 적성이나 재능이 필요한 목표인 경우, 실패는 캐릭터로 하여금 자신의 능력을 의심하게 만들어 자존감에 영향을 미칠 것이다. 다른 사람들이 캐릭터의 재능을 그의 가치를 평가하는 기준으로 여기는 경우, 그들 역시 캐릭터를 얕보게 될 수 있다.
- **애정과 소속의 욕구** 캐릭터가 목표를 달성할 수 없다는 이유로 친구나 가족이 캐릭터를 비난하거나 등을 돌리는 경우, 캐릭터의 소속감은 위협받게 될 것이다.
- **안전 욕구** 이루어야 했던 목표가 경제적 안정성이나 건강이나 안전을 확보하는 능력에 관한 것일 경우, 목표를 달성할 수 있는 새 방법을 찾을 때까지 안전 욕구는 충족되지 않을 것이다.

대처에 도움이 되는 긍정적인 특성

적응 능력, 야심, 감사하는 태도, 굳은 심지, 자신감, 절제력, 겸손, 근면함, 낙관적인 성향, 끈기, 재능, 거리낌 없음

긍정적인 결과

- 자신의 약한 지점을 인식하고 없앨 방법을 찾는다.
- 성공의 정의를 다시 생각하게 된다.
- 최고가 되지 못했어도 원하는 활동에 참여할 수 있는 다른 방법을 찾는다.
- 속도를 늦추고 일을 줄이면서 성취감을 얻는다.
- 자신의 가치가 재능으로 측정되지 않는다는 사실을 깨닫는다.
- 자신을 흥분시키는 또 다른 목표에 집중할 수 있게 된다.
- 성공이 인간 가치의 척도가 아니라는 사실을 깨닫는다.

유산하다 Having a Miscarriage

사례

- 임신 사실을 알게 되자마자 아이를 유산한다.
- 뱃속에 있던 쌍둥이 혹은 세쌍둥이를 잃는다.
- 아이를 유산해 유도분만을 해야 한다.
- 오랜 불임 끝에 얻은 아이를 유산한다.

사소한 문제

- 아이를 유산한 사실을 사람들에게 말해야 한다.
- 사람들이 꼬치꼬치 캐묻거나 어색한 질문을 한다.
- (아무도 임신 사실을 모르고 있던 경우) 아무 일도 없었던 것처럼 살아가야 한다.
- 유산했는데 형제자매나 가장 친한 친구는 임신 중이다.
- 좋은 뜻이지만 도움이 되지 않는 말을 듣는다(다음에는 잘 될 거야, 모든 일에는 다 이유가 있어 등).
- 몸을 추스르기 위해 일을 쉬어야 한다.
- 이런저런 일을 처리하기 위해 직장이나 학교를 쉬어야 하지만 그렇게 하기가 쉽지 않다.
- 당분간은 임신한 친구들을 피해야 한다.
- 준비가 되기도 전에 임신을 또 시도해야 한다는 부담을 느낀다.
- 파트너가 준비가 되기도 전에 캐릭터가 다시 임신을 시도하고 싶어 한다.
- 아기 선물을 잘 싸놓거나 반품해야 한다.
- 아이를 가지려는 시도가 실패해 돈을 낭비한 꼴이 된다.
- 공공장소에서 유산한다.

초래할 수 있는 심각한 결과

- 도와주는 사람 없이 혼자 유산한다.
- 유산이 캐릭터 탓이라고 비난받는다.
- 가족을 갖는 일을 포기한다.
- 유산 때문에 장기간 입원을 해야 하거나 엄청난 의료비가 발생하게 된다.

- 유산의 여파로 배우자나 파트너와 헤어진다.
- 불임 치료를 다시 받을만한 돈이 없다.
- 나이가 있는 캐릭터가 이제 더 이상 아이를 가질 수 없다고 절망한다.
- 유산된 아기의 어머니 혹은 아버지가 우울증에 빠진다.
- 유산 때문에 산모의 생명이 위험해진다.
- 유산이 캐릭터에게 있어서 해결되지 않는 감정의 상처가 된다.

생길 수 있는 감정

분노, 괴로움, 씁쓸함, 패배감, 부정, 우울함, 절망, 좌절, 각오, 상심, 실망, 불신, 낙담, 의심, 당혹감, 비애, 죄의식, 질투, 외로움, 갈망, 무력감, 안도감, 체념, 자기연민, 취약하다는 느낌

생길 수 있는 내적 갈등

- 자신이 이 유산에 책임이 있는 것 같다는 죄책감이 든다.
- 친구가 임신한 사실에 대해 질투하거나 화를 내고 싶지 않지만 멈출 방법을 모르겠다.
- 신앙의 위기를 겪는다.
- 다른 사람들이 유산을 한 사실에 대해 만족하리라는 것을 알게 되어 마음이 괴롭다.
- 유산에 대해 모르는 어린 자녀의 질문에 어떻게 대답해야 할지 모르겠다.
- 다시 시도하고 싶지만 두렵다.
- 캐릭터가 유산을 부모가 되어서는 안 된다는 신호로 받아들이고 의심하게 된다.
- 슬픔에 갇혀 있는 느낌이 든다.
- 끊임없이 고통을 상기하게 된다(육아 관련 TV 광고, 친구의 임신 소식, 텅 빈 아기방 등).
- 유산에 별다른 감정의 동요를 보이지 않는 파트너나 배우자를 원망한다.
- 임신 상황이 끝나 안도감을 느끼면서도 죄책감을 느낀다.
- 내심 원치 않은 임신이었기 때문에 유산이 된 게 아닌가 하는 책임감을 느낀다.

- (베이비샤워를 계획했던 날, 출산 예정일, 매년 생일이 되었을 때) 유산한 사실이 계속 떠올라서 고통스럽다.

상황을 악화시킬 수 있는 부정적인 특성

통제 성향, 냉소적인 태도, 충동적 성향, 합리적이지 않은 성향, 질투, 순교자인 양하는 태도, 신경과민, 강박적인 성향, 비관적인 성향, 자기 파괴적인 성향, 미신을 믿는 성향, 잔걱정이 많은 성향

기본 욕구에 미치는 영향

- **자아실현 욕구** 항상 가족을 원했지만, 가족을 만드는 데 어려움을 겪는 캐릭터는 자신의 꿈이 불가능한 것이라 느끼기 시작할 수 있다.
- **존중과 인정의 욕구** 부모의 역할에 자신의 가치와 자존감이 묶여 있는 캐릭터는 이러한 이정표를 달성한 사람들과 자신을 비교하면서 자신이 부족하다고 생각할 수 있다.
- **애정과 소속의 욕구** 파트너와 캐릭터의 관계가 이미 정서적 어려움을 겪고 있는 상황에서 유산과 불임을 겪을 경우, 이는 둘의 관계에 쐐기를 박는 엄청난 스트레스 요인이 될 수 있다.
- **안전 욕구** 유산으로 인해 부모 중 한 사람에게 정신 건강 문제가 발생하는 경우, 안전 욕구에 부정적 영향이 생길 수 있다.

대처에 도움이 되는 긍정적인 특성

적응 능력, 굳은 심지, 자신감, 여유, 객관성, 낙관적인 성향, 끈기, 영성

긍정적인 결과

- 유산을 겪은 후 자신을 돌보는 일이 얼마나 중요한지 깨닫게 된다.
- 치료 과정에서 캐릭터와 파트너의 사이가 더욱 돈독해진다.
- 고통을 겪는 중 자신이 혼자가 아니라는 사실을 알게 된다.
- 치료 과정 중 심리상담의 장점을 인식한다.

- 멋대로 재단당할 것이라고 예상한 순간 도움이나 지원을 받는다.
- 유산이라는 일반적 문제에 대한 지원이나 인식을 높이기 위해 노력한다.
- 원치 않은 임신이 끝나면서 캐릭터가 인생의 기회를 다시 얻게 된다.
- 입양을 통해 꿈을 이룬다.

이사를 가야 하다 Having to Move

사례

- 전근을 가게 된다.
- 재정적인 문제로 이사를 가게 된다.
- 별거나 이혼 때문에 이사를 가게 된다.
- 지역 사회의 구성원이 바뀌면서 더 안전한 곳으로 이사를 가야 한다.
- 양로원이나 의료시설 등 전문적인 관리를 제공하는 곳으로 거주지를 옮긴다.
- 캐릭터가 살고 있는 건물에 법적 문제가 생기거나 안전에 관한 우려가 일어난다.
- 집을 잃게 된다.
- 어려움을 겪고 있는 가족을 더욱 잘 돌볼 수 있도록 이사를 간다.
- 도망쳐야 한다(적으로부터 탈출하기 위해, 경찰에 붙잡히지 않기 위해, 폭력적인 전 배우자나 애인에게서 벗어나기 위해).

사소한 문제

- 짐을 싸기 위해 여가 시간을 사용해야 한다.
- 이사가 맘에 들지 않아 화를 내는 아이들을 진정시켜야 한다.
- 은행 잔고 문제 때문에 이사하는 데 필요한 예산이 부족하다.
- 집을 팔 준비를 하다 대대적인 수리가 필요하다는 사실을 알게 된다.
- 새로 이사올 사람들에게 집을 보여주기 위해 불편한 시기에 집을 떠나야 한다.
- 소지한 귀중품을 줄이고 팔아야 한다.
- 약속, 휴일, 기타 맡은 일의 일정을 다시 잡아야 한다.
- 친구와 이웃에게 작별인사를 하기가 쉽지 않다.
- 전학을 가야 한다.
- 통근 시간이 늘어난다.
- 직장을 옮겨야 한다.
- 급히 이사를 가는 바람에 다른 사람들에게 폐를 끼친다(가령 미리

알리지 않고 직장을 그만두는 것 등).

초래할 수 있는 심각한 결과

- 불안정한 관계를 회복하기 위해 이사를 갔지만 관계가 결국 파탄 난다.
- 아이들이 새로 전학 간 학교를 싫어하거나 그곳 아이들에게 괴롭힘을 당한다.
- 새로 얻은 직업이 마음에 들지 않는다(혹은 직업을 구할 수 없다).
- 새로 가게 된 집에 문제가 많다는 사실을 발견한다(배관 누수, 많은 해충 등).
- 새로운 동네가 안전하지 않거나 어떤 식으로든 바람직하지 않다는 사실을 깨닫는다(근처에 마약상이 있거나 공장을 건설 중인 경우).
- 양로원이 안전하지 않고 제대로 보살핌을 받을 만한 곳도 아니라는 사실을 발견한다(열악한 음식, 일에 지쳐 있거나 양면적인 태도를 지닌 간병인, 부족한 활동 시간, 잦은 약물 투여 실수 등).
- 옆집에 범죄자가 산다는 사실을 알게 된다.
- 새 주택담보 대출금을 계속 갚을 여력이 없다.
- 병 때문에 큰 어려움이 생기지만 주위에 기댈만한 사람이 없다.
- 새로 간 곳에서 만난 싫은 사람과 한 동네에 살 수 없어 다시 이사를 가야 한다.

생길 수 있는 감정

근심, 갈등, 패배감, 각오, 실망, 좌절감, 죄의식, 향수, 희망, 외로움, 향수, 반신반의, 취약하다는 느낌, 걱정

생길 수 있는 내적 갈등

- 이사가 자포자기 같아 인생의 실패자가 된 느낌이 든다.
- 사랑하는 사람들이나 자신을 필요로 하는 사람들과 멀어지게 되어 죄책감을 느낀다.
- 거주지를 옮긴 결정을 곱씹는다.
- 자존감이 낮아져 힘들다(이사 때문에 거주 환경이 전보다 열악해진 경우).
- 변화에 불안감을 느낀다.
- 아이들이 이사에 어떻게 대처하고 있는지 걱정된다.

- 향수병과 씨름한다.
- 새집이나 새 동네가 불만스럽다.
- 가족이나 친구로부터 멀어져 고립된 느낌이다.
- 미래가 걱정스럽다.
- 과거 문제가 자신의 발목을 잡을 것이라는 생각을 떨쳐버릴 수 없다.

상황을 악화시킬 수 있는 부정적인 특성

통제 성향, 어수선함, 망각, 까다로움, 인내심 부족, 물질만능주의, 감정 과잉, 예민한 성향, 비관적인 성향, 소유욕, 편견, 산만함, 신경질적인 성향, 비협조적인 성향, 변덕

기본 욕구에 미치는 영향

- **존중과 인정의 욕구** 어쩔 수 없이 이사를 가야 하는 바람에 상황이 악화되거나 새로운 환경이 캐릭터를 해치는 경우, 캐릭터는 새로 이사 간 곳에서 고통을 겪을 것이다.
- **애정과 소속의 욕구** 새로운 장소에 적응하는 일이 항상 쉬운 것은 아니며, 특정 부류의 사람들은 다른 사람들과 인연을 맺는 일이 특히 더 어렵다. 캐릭터가 사랑하는 사람들과 떨어져 외로움을 겪는 경우, 자신은 어디에도 소속되지 못하며 앞으로도 그럴 것이라고 느낄 수 있다.
- **안전 욕구** 캐릭터가 안전을 담보할 수 없는 동네로 이사를 가야 하거나, 보호해주는 대가로 돈을 요구하는 범죄단체의 두목이 장악한 건물로 들어가는 등의 특수한 상황에 처했을 때 안전을 위협받을 수 있다.
- **생리적 욕구** 캐릭터가 위험한 자에게서 도망치고 있거나 증인 보호 프로그램에 들어가 있는 중에 캐릭터를 보면 안 될 사람이 캐릭터가 사는 곳을 알게 될 경우, 이러한 상황은 자칫 캐릭터의 사망을 초래하게 될 수도 있다.

대처에 도움이 되는 긍정적인 특성

적응 능력, 조심성, 집중력, 외향성, 자연 친화적 성향, 돌보는 성향, 통찰력, 책임감, 감상적인 성향, 검약

긍정적인 결과

- 이사 같은 변화와 역경을 극복하는 것이 인생의 일부라는 사실을 인식한다.
- 새로운 곳에서 새로운 우정과 기회를 발견한다.
- 예전의 집, 상황과 관련된 고통을 벗어버린다.
- 인생을 새롭게 보게 된다.
- 더욱 독립적이고 유능한 삶을 꾸릴 자신감이 생긴다.
- 새로운 상황에 놀라게 되는 것이 기분 좋다(더 친절한 이웃, 더 좋은 기후, 아이들이 찾은 새로운 활동 때문에).
- 선입견이 없고 멋대로 재단하지 않는 사람들과 새롭게 출발한다.
- 캐릭터가 특정 친구들이 곁에 있어 자신의 삶이 온전치 못했다는 것, 그들이 곁에 없어 오히려 더 나은 삶을 살 수 있다는 사실을 깨닫는다.

임대료가 오르다 Rent Being Raised

사례

- 얼마 안 있어 임대료가 인상될 예정이다.
- 예상치 못한 임대료 인상 통지를 받는다.
- 룸메이트가 이사를 가는 바람에 더 이상 함께 집세를 내지 못하게 된다.
- 임대료가 아주 높은 곳으로 이사를 가야 한다.
- 이제껏 임대료 없이 지내다가 (부모, 조부모, 이웃 등에게) 집세를 내라는 말을 듣는다.

사소한 문제

- 집주인과 충돌한다.
- 재정 문제로 파트너와 마찰이 생긴다.
- 인상된 만큼의 돈을 구할 시간을 벌기 위해 변명을 하거나 거짓말을 해야 한다.
- 새 집을 구해야 한다.
- 더 많은 돈을 벌기 위해 초과근무를 한다.
- 지출을 줄여야 한다(아침에 마시는 라테를 포기함, 자동차 대신 자전거 타기 등).
- 혼자 사는 생활을 포기하고 룸메이트를 구해야 한다.
- 적당한 룸메이트를 찾기 위해 고군분투한다.
- 친구 집에서 잠시 신세를 져야 한다.
- 급히 현금을 구하기 위해 갖고 있던 물건을 팔아야 한다.
- 사랑하는 사람에게 돈을 빌려달라고 부탁해야 한다.
- 이사를 해야만 한다는 사실에 낙담한 가족을 상대해야 한다.
- 투 잡 혹은 쓰리 잡을 해야 한다.
- 회사나 아이들의 학교에서 먼 곳으로 이사를 가야 해서 전보다 생활이 불편해진다.

초래할 수 있는 심각한 결과

- 부모가 청구서를 내지 못하거나 집을 지킬 수 없는 상황에 아이들이 스트레스를 받는다.
- 근무 시간이 줄어들어 상황이 더 악화된다.
- 잘 맞지 않는 룸메이트를 받아들이면서 함께 사는 일이 악몽이라는 사실을 알게 된다.
- 파트너와 동거할 때가 아직 아닌데 서둘러 동거를 하게 된다.
- 생계를 유지하기 위해 자신의 꿈이나 평생의 목표를 희생해야 한다(가령 장학금을 받아 대학 진학하기를 포기하고 가정 형편을 돕기 위해 집에 남는 것 등).
- 경제적 어려움으로 인해 부부 사이가 악화되어 이혼한다.
- 무력감을 보충하기 위해 삶의 다른 영역을 더욱 통제하게 된다.
- 전보다 집세는 저렴하지만 치안이 더 나쁜 동네로 이사한다.
- 집세가 인상되었지만 경제적 도움을 보태기를 거부하는 사람들(직장을 얻어 캐릭터를 돕지 않는 가족, 캐릭터에게 돈을 빌려주지 않는 부모 등)과 캐릭터의 관계가 나빠진다.
- 실직, 임금 삭감, 예상치 못한 비용 등의 문제 때문에 상황이 악화된다.
- 돈을 모으기 위해 도박이나 범죄로 눈을 돌린다.
- 퇴거당한다.
- 노숙자가 된다.

생길 수 있는 감정

분노, 괴로움, 짜증, 불안, 근심, 우울함, 절망, 좌절, 각오, 불신, 두려움, 당혹감, 두려움, 좌절감, 수치심, 압도당하는 느낌, 공황, 무력감, 자기연민, 창피함, 충격, 걱정, 자신이 하찮다는 느낌

생길 수 있는 내적 갈등

- 새 집이 마음에 들지 않아 제대로 자리를 잡지 못한다.
- 가족을 부양하고 자신을 돌볼 수 없다는 사실 때문에 자존감에 상처를 입는다.
- 돈이 없는 형제자매를 원망하고는 그런 생각을 했던 일을 부끄러워한다.
- 무력감을 느낀다.

- 집세 인상에 책임이 있는 사람에 대한 분노와 씨름한다.
- 자신의 삶이 바뀌어 불만족스럽다.
- 패배주의와 씨름한다(상황이 결코 나아지지 않을 것 같은 느낌이 든다).
- 자신이나 사랑하는 사람들에게 무슨 일이 닥칠지 끊임없이 걱정한다.
- 수입을 늘리기 위해 도덕적인 선을 넘고 싶다는 유혹을 받는다.
- 경제적으로 도움을 주지 않거나 줄 수 없는 가족에게 화가 난다.

상황을 악화시킬 수 있는 부정적인 특성

남의 속을 긁는 성향, 충동성, 대립하는 성향, 어수선함, 무례함, 회피 성향, 까다로움, 적대감, 인내심 부족, 부주의함, 무책임함, 물질만능주의, 감정 과잉, 강박적인 성향, 분개, 제멋대로인 성향, 잔걱정이 많은 성향

기본 욕구에 미치는 영향

- **존중과 인정의 욕구** 살림의 규모를 줄이거나 원치 않는 동네로 이사하는 경우, 캐릭터는 삶이 한 단계 후퇴한 것으로 여겨 남들이 어떻게 생각할지 걱정할 수 있다.
- **애정과 소속의 욕구** 친구 없이 새로운 지역에서 다시 시작하는 일은 소속감 부족으로 인한 고립감과 외로움을 초래할 수 있다. 경제적 어려움 또한 캐릭터와 파트너 사이에 갈등을 일으키고 유대감을 약화시킬 수 있다.
- **안전 욕구** 열악한 동네로 이사하는 경우, 캐릭터와 가족에게 보안과 안전 문제가 생길 수 있다.
- **생리적 욕구** 집을 잃은 캐릭터는 기본 욕구를 충족시키기 위해 고군분투할 것이다. 결과적으로 직장에서까지 일을 제대로 못하게 되면 캐릭터의 생계마저 위협받을 수 있다.

대처에 도움이 되는 긍정적인 특성

적응 능력, 모험심, 분석력, 조심성, 굳은 심지, 용기, 절제력, 여유, 근면함, 성숙함, 낙관적인 성향, 체계적인 성향, 상황을 주도하는 성향, 지략, 책임감, 분별력

긍정적인 결과

- 집주인과 타협해 나가지 않을 수 있게 된다.
- 새로 만난 룸메이트와 사랑에 빠진다.
- 새로 구한 집이나 동네에서 성공을 거둔다.
- 재정 계획을 미리 세우는 법을 배운다.
- 소박한 삶, 물질을 덜 소비하는 삶에 만족한다.
- 재정적으로 미리 계획하는 것에 있어 빠삭해진다.
- 생활 규모를 줄이면 비상시에 필요한 돈을 비축할 수 있게 된다는 뜻이므로 캐릭터가 느끼는 스트레스가 줄어든다.
- 혼자가 아니라 다른 사람들과 같이 사는 일의 장점을 발견한다.
- 부모가 집세를 내라고 한 것을 계기로 캐릭터는 집을 나가 스스로 독립적인 미래를 도모하게 된다.

자식이 있다는 사실을 알게 되다

Discovering One Has a Child

이 항목에서는 캐릭터가 자신도 모르게 태어난 아이가 있다는 사실을 알게 되는 상황을 소개한다. 아직 태어나지 않은 아기에 대한 시나리오는 '예상치 못한 임신' 편을 참조할 것.

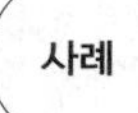

- 전 여자 친구와의 관계가 거의 끝나갈 때 아이를 임신했었다는 이야기를 뒤늦게 듣는다.
- 캐릭터에게 예기치 않은 사람이 방문해 자신이 캐릭터의 아들이나 딸이라고 소개한다.
- 족보를 연구하다 그동안 몰랐던 후손을 발견한다.
- 친자확인 검사를 해달라는 요청을 받았는데 양성 결과가 나온다.
- 태어나면서 죽었다고 알고 있던 자식이 살아 있었다는 사실을 알게 된다.
- 도움이 필요한 상태인 전 애인이 몇 년 만에 연락을 해온다(캐릭터의 병력을 확인하기 위해, 금전적인 지원을 부탁하기 위해).
- 아이의 어머니가 사망한 후, 정부 당국에서 아이 아버지에게 연락한다.

사소한 문제

- 사실 여부를 확인하기 위해 당시 상황을 조사해야 한다.
- 미래에 대한 걱정으로 잠을 자지 못한다.
- 직장이나 학교에서 집중하기가 어렵다.
- (복통, 체중 감소, 불안 등) 경미한 스트레스 관련 질환을 겪는다.
- 어떻게 해야 할지 생각을 정할 때까지 아이가 있다는 사실을 비밀로 유지해야 한다.
- 아이와의 만남이 어색하다.
- 아이를 위한 공간을 마련하기 위해 삶의 우선순위를 다시 정해야 한다.
- 상황에 대한 헛소문과 잘못된 정보를 듣는다.

- 친자확인 검사를 받는다.
- 전 애인과 난감한 대화를 나눈다.
- 친구와 가족이 캐릭터를 시시하게 본다.

초래할 수 있는 심각한 결과

- 캐릭터가 감당할 수 없는 새로운 경제적 의무를 짊어지게 된다.
- 아이가 생긴 상황에 대해 캐릭터와 캐릭터의 현 배우자 사이에 마찰이 일어난다.
- 아이와 관계를 쌓기 위해 큰 변화를 줘야 한다(이사, 이직 등).
- 아이가 나타나면서 불륜이 드러난다.
- 전 애인과 이로울 것 없는 관계를 다시 이어가야 한다.
- 캐릭터의 자식이 새로 오게 된 아이를 원망한다.
- 나타난 아이가 자신의 자식이 아니라는 사실을 알지만 증명할 길이 없다.
- 아이에게 장애가 있어서 캐릭터가 스스로 감당할 수 없다는 생각이 든다.
- 아이가 복수심에 캐릭터에게 폭탄 선언을 한다.
- 아이의 용서를 얻지 못하거나 아이와 의미 있는 관계를 맺지 못한다.
- 캐릭터가 아이를 반기는데 아이의 어머니가 아이를 다시 데려가 버린다.
- 캐릭터가 아이와 애착 관계를 형성했는데 아이가 자신의 자식이 아니라는 사실을 발견한다.
- 캐릭터가 (그리고 아이가) 교활한 전 애인의 계략에 휘말린다.

생길 수 있는 감정

분노, 불안, 배신감, 씁쓸함, 혼란, 멸시, 부정, 우울함, 불신, 수치심, 상처, 히스테리, 불안정한 상태, 위협감, 압도당하는 느낌, 후회, 회한, 울화, 충격, 회의감, 취약하다는 느낌

생길 수 있는 내적 갈등

- 이런저런 딴 생각, 부정적인 생각과 씨름한다.
- 아이가 갑자기 등장하는 상황을 만든 자신의 선택을 후회한다.
- 아이를 양육할 능력이 자신에게 있는지 믿지 못하겠다.

- 현 배우자에게 아이에 관해 말해야 한다는 사실을 알면서도 말하기가 두렵다.
- 아이가 정말 자기 자식인지 의심스럽다.
- 무엇을 해야 할지 모르겠다(결정을 내리지 못해 마비가 올 지경이다).
- 아이가 자기 자식이라는 증거가 충분한데도 계속 부정한다.
- 부모가 되고 싶은 마음이 없진 않지만, 제대로 된 부모의 보살핌을 받지 못한 자신의 과거를 반복할까 봐 두렵다.
- 아이의 인생에 관여하지 않겠다는 결정을 정당화하려는 유혹을 받는다.
- 아이와 관계를 맺지 못했다는 사실로 인한 부끄러움이나 자기혐오에 휩싸인다.

상황을 악화시킬 수 있는 부정적인 특성

냉담함, 유치함, 대립하는 성향, 통제 성향, 잔인함, 냉소적인 태도, 방어적 성향, 부정직함, 적대감, 무책임함, 남을 함부로 재단하는 성향, 게으름, 편견, 분개, 이기심, 지저분한 행실, 요령 없음, 앙심, 변덕

기본 욕구에 미치는 영향

- **자아실현 욕구** 육아를 담당해야 하는 상황 때문에 캐릭터는 자신의 꿈을 희생하는 등 삶을 크게 바꿀 수밖에 없게 된다.
- **존중과 인정의 욕구** 여러분이 묘사하는 캐릭터가 도덕적으로 완전무결해 타인의 존경을 받는 인물일 경우, 외도나 하룻밤 정사로 태어난 아이가 있다는 사실이 알려지면 캐릭터는 다른 사람들과의 관계에 있어 크게 손상을 입을 수 있다.
- **애정과 소속의 욕구** 상황에 따라 캐릭터는 아이가 나타난 일로 친지들에게 재단을 당하거나 거부당하거나 욕을 먹게 될 수도 있다. 그뿐 아니라 그동안 모르고 있던 아이를 가족으로 들이는 일은 현재 같이 살고 있는 다른 가족들과의 관계에 마찰과 갈등을 초래할 수 있다.
- **안전 욕구** 아이가 나타나 급격히 바뀐 삶에 대처할 준비가 되어 있지 않은 경

우, 캐릭터는 경제적, 정서적으로 불안정해질 수 있다.

대처에 도움이 되는 긍정적인 특성

적응 능력, 차분함, 굳은 심지, 자신감, 공감 능력, 유머, 관대함, 온화함, 고결함, 환대, 겸손, 성숙함, 돌보는 성향, 낙관적인 성향, 보호하려는 성향, 지략, 책임감, 영성, 지지하는 태도, 검약

긍정적인 결과

- 아이와 건강한 관계를 맺는다.
- 전 배우자와 관계를 회복한다.
- 부모 노릇을 할 기회를 갖게 된다.
- 가족을 얻게 된다(전에 가족이 없었던 경우).
- 캐릭터가 새로 나타난 아이 덕분에 성숙해지고 책임감이 커지고 다른 사람을 먼저 배려하게 된다.
- (사재기 행동 극복, 중독 치료, 양극성 장애에 대한 도움 요청 등) 삶을 개선하고 좋은 부모가 되겠다고 결심한다.
- 아이의 삶을 극적으로 개선할 수 있게 된다.

퇴거당하다 Being Evicted

- 거주지를 잃는다.
- 사업장에서 쫓겨난다.

사소한 문제

- 공개적인 퇴거로 당혹감을 느낀다.
- 친구나 가족과 함께 지내야 한다.
- 캐릭터의 신용이 망가진다.
- 집을 잃는 일을 막기 위해 서류를 제출하고 법적 자문을 구해야 한다.
- (변호사 고용, 창고 임대료 지불 등) 예상치 못한 비용이 발생한다.
- 자신의 물건이 친구 집이나 창고에 보관되어 있어 접근이 불가능하다.
- 새로 살 곳을 구하러 다녀야 한다.
- 보증금을 잃는다.
- 집에 있던 물건을 압수당한다.
- 캐릭터 개인의 평판이나 사업 관련 평판이 손상된다.
- 다른 직장을 구해야 한다(새로 살게 된 곳이 이전의 직장과 멀리 떨어져 있는 경우).
- 캐릭터의 자녀가 전학을 해야 한다.
- 가까웠던 이웃과 멀리 떨어져 살게 되고, 지역 사회에서 차지하던 지위를 잃는다.
- 집에 있던 물건을 옮길 방법을 찾아야 한다.
- 새 집으로 이사하기 위해서 반려동물을 포기해야 한다.
- 이전보다 열악한 새로운 거주지에 적응해야 한다.
- 새로운 사업장을 찾는 데 어려움을 겪는다.

초래할 수 있는 심각한 결과

- 집주인이나 관리 회사와 몸싸움을 벌인다.
- 가족에게 외면당한다.
- 누군가의 숨은 의도로 퇴거를 당하게 되었음을 알게 된다.
- 직원을 해고해야 한다.

- 사업이 실패한다.
- 파산신청을 해야 한다.
- 고소당한다.
- 캐릭터와 가족에게 위험한 새 동네로 이사한다.
- 자동차에서 살아야 한다.
- 불안이나 공황 장애가 생긴다.
- 중독이 더욱 심해진다.
- 안전한 생활공간을 마련할 수 없어 자녀를 양육할 자격을 상실한다.
- 노숙자가 된다.
- 예전 거주지나 사업장의 위험한 환경 때문에 심각한 부상을 당하거나, 질병을 겪거나 사망한다.

생길 수 있는 감정

씁쓸함, 자기방어, 반항심, 부정, 우울함, 당혹감, 좌절감, 죄의식, 증오, 수치심, 불안정한 상태, 위협감, 압도당하는 느낌, 무력감, 후회, 울화, 반신반의, 복수심, 취약하다는 느낌, 걱정, 자신이 하찮다는 느낌

생길 수 있는 내적 갈등

- 가족에게 집을 마련해주지 못해 부끄러움을 느낀다.
- 집을 잃게 한 원인이 되었을 재정적 선택이 후회스럽다.
- 앞으로 어떤 일이 벌어질지 몰라 두렵다.
- 집을 잃게 만든 상황에 대해 분개한다.
- 퇴거에 책임이 있는 사람이나 회사에 복수를 하고 싶다.
- 집주인이 퇴거를 번복하게 만들기 위해 설득할 방법에 집착한다.
- 잘못이 있는 사람이 누구든 용서하기 위해 애쓴다.
- 자신이 다르게 행동할 수도 있지 않았을까 되풀이해 곱씹는다.
- 부당한 퇴거 상황에서 무력감이나 절망감을 느낀다.
- 절망감 끝에 다 포기하고 싶은 유혹을 받는다(이번 퇴거가 계속된 타격 속에서 자신이 잡을 수 있는 마지막 지푸라기였던 경우).

상황을 악화시킬 수 있는 부정적인 특성

중독 성향, 부정직함, 어수선함, 경박함, 적대감, 무지, 유연성 부족, 불안정한 상

태, 합리적이지 않은 성향, 무책임함, 분개, 소통부족, 비협조적인 성향, 부도덕함, 앙심, 폭력성, 변덕

기본 욕구에 미치는 영향

- **자아실현 욕구** 캐릭터가 집이나 재정적 안정을 잃으면 안정을 되찾는 일이 최우선 순위가 될 것이며, 캐릭터의 꿈과 열정은 뒷전으로 밀려난다.
- **존중과 인정의 욕구** 집이나 사업체를 잃으면 캐릭터의 평판, 자존감, 공동체 내의 위치에 부정적인 여파가 미칠 수 있다.
- **애정과 소속의 욕구** 누군가 퇴거에 분명한 책임이 있는 경우, 그와 캐릭터의 관계는 악화될 것이다. 이 일의 여파로 친구나 가족과 함께 거주해야 하는 상황도 문제를 일으킬 수 있다.
- **안전 욕구** 거주지가 없으면 캐릭터는 신체적으로 취약해지고 불안해진다. 캐릭터의 경제적 상황도 타격을 입을 가능성이 커진다.

대처에 도움이 되는 긍정적인 특성

적응 능력, 굳은 심지, 자신감, 협조적인 성향, 용기, 창의성, 외교술, 여유, 근면함, 낙관적인 성향, 체계적인 성향, 끈기, 설득력, 상황을 주도하는 성향, 지략, 책임감

긍정적인 결과

- 더 나은 거주지나 사업장을 찾는다.
- 더욱 신중하게 계약을 따르는 법을 배운다.
- 재정이나 행동에 더 큰 책임감을 갖게 된다.
- 어려운 시기에 친구, 가족, 지역 사회의 도움을 실감한다.
- 비윤리적인 집주인을 법정에 세운다.
- 더욱 큰 만족감을 주는 새 직업을 찾는다.
- 캐릭터의 자녀가 새 거주지에서 더 나은 보살핌이나 학교 교육을 받게 된다.
- 출퇴근 시간이 단축된다.
- 사랑하는 사람과 함께 지내거나 집세가 낮아지면서 돈을 절약하게 된다.
- 중독이나 정신 건강 문제에 대한 도움을 구한다.

파트너가 빚을 지다

A Partner Racking Up Debt

사례

- 학자금 대출을 받는다.
- 개인 신용대출을 최대한도로 받는다.
- 돈 먹는 하마가 될 임대 자산을 구입한다.
- 친척의 파산할 사업에 투자한다.
- 파트너가 악덕 사채업자에게 돈을 빌린다.
- 배우자가 법적 곤경에서 벗어나기 위해 변호사가 필요하다.
- 파트너가 담보대출을 지나치게 많이 받아서 망해가는 사업을 떠받친다.
- 파트너가 잘못된 선택을 한 성인인 자식을 돕느라 없는 돈까지 끌어다 쓴다.
- 파트너가 가족의 신용카드로 자신의 반려동물의 비싼 수술비나 치료비를 지불한다.
- 파트너의 중독 치료 센터 비용을 대느라 담보대출을 또 받아야 한다.
- 파트너가 실수를 해서 가족의 이름에 먹칠을 할 수 있는 협박을 당하고 있다.
- 사업 파트너가 회사 자금을 잘못 운영했다는 것을 알게 된다.

사소한 문제

- 물건을 구입하는데 예기치 않게 카드 지불이 안 된다.
- 물건 구매를 하지 못해 망신당한다.
- 파트너의 경제적 결정을 탓하느라 언쟁을 벌인다.
- 상황이 실제로 얼마나 나쁜지 은행에 알아봐야 한다.
- 계산이 맞지 않는 다른 사항이 있는지 과거 계산서를 뒤져야 한다.
- 숨겨진 빚이 또 있는지 알아보기 위해 컴퓨터나 파일을 뒤진다.
- 예산을 조정한다.
- 신용카드를 차단한다.
- 비용 절감 때문에 정기구독이나 회원권을 취소한다.

- 안경을 새로 맞추는 등 계획했던 일을 비용이 부담스러워 미룬다.
- 곤경을 벗어날 방법을 찾기 위해 신용 상담을 받아야 한다.

초래할 수 있는 심각한 결과

- 빚 문제를 제일 늦게 알게 되어 상대와 마찰이 생기고 신뢰 문제가 발생한다.
- 이차적 배신 때문에 빚 문제가 악화된다(가령 파트너가 온라인상에서 바람을 피우다 사기를 당하는 것 등).
- 불법 금융 거래가 법률문제로 비화한다.
- 은퇴용으로 저축한 돈이나 대학 등록금까지 가져다 썼다는 것을 발견한다.
- 파트너에게 (마약, 도박이나 다른 위험 활동 등) 해결해야 할 중독 문제가 있다.
- 캐릭터의 자산이 압류당한다.
- 집을 팔아 셋집으로 옮겨야 한다.
- 캐릭터가 조기 은퇴 계획을 변경해야 한다.
- 결혼이 파탄난다.
- 사채업자에게 협박을 당한다.
- 가족에게 돈을 빌리러 가서 더욱 수치스럽다.
- 가족이 이미 파트너에게 돈을 빌려주어 빚 문제에 연루되었음을 알게 된다.
- 전 재산을 잃고 새로 시작해야 한다.
- 사업장을 닫고 파산 신청을 해야 한다.

생길 수 있는 감정

분노, 섬뜩함, 배신감, 씁쓸함, 혼란, 멸시, 상심, 불신, 두려움, 비애, 죄의식, 수치심, 상처, 압도당하는 느낌, 공황, 격노, 꺼리는 마음, 울화, 체념, 경멸, 자기혐오, 자기연민, 창피함, 충격, 인정받지 못한다는 느낌, 취약하다는 느낌, 걱정

생길 수 있는 내적 갈등

- 캐릭터가 이 문제에 관해 놓친 것이 무엇인지 알아내려 과거의 대화들을 복기하고 자책한다.
- 수치스럽다.

- 이제 자신의 파트너가 낯설다. 도대체 어떤 사람인지 잘 모르겠다.
- 누가 상황을 알고 있는지, 자신이 무슨 생각을 해야 하는지 모르겠다.
- 안정을 얻기 위해 했던 모든 희생과 노력이 수포로 돌아갔다는 느낌이 든다.
- 무턱대고 상대를 믿었던 것, 상황을 제대로 통제하지 못했던 것 때문에 스스로를 탓한다.
- 도움을 청하고 싶지만, 누구에게 가야 할지 모르겠다.
- 시간을 되돌리고 싶지만, 이런 생각을 하는 것 자체가 약해빠진 짓이라는 느낌이 든다.
- 배신에 대한 분노가 커, 극복하고 앞으로 나아갈 수 있을지 확신이 없다.

상황을 악화시킬 수 있는 부정적인 특성

중독 성향, 냉담함, 대립하는 성향, 통제 성향, 신의를 저버리는 성향, 어수선함, 경박함, 탐욕, 위선, 유연성 부족, 무책임함, 남을 함부로 재단하는 성향, 물질만능주의, 완벽주의, 방종, 이기심, 제멋대로인 성향, 허영심, 폭력성

기본 욕구에 미치는 영향

- **자아실현 욕구** 경제적 불안 때문에 핵심적인 생존 관련 비용을 모두 재조정해야 한다. 캐릭터가 갖고 있는 의미 있는 목표는 시간과 돈이 필요하지만, 상황이 개선될 때까지는 목표를 이루는 데 필요한 것들을 얻지 못한다.
- **존중과 인정의 욕구** 파트너의 빚 문제가 알려지면 캐릭터는 남들이 자신을 재단한다는 느낌을 받을 테고 자존감에 상처를 입는다.
- **애정과 소속의 욕구** 숨겨진 빚 문제는 아주 강한 유대 관계도 불안하게 만들 수 있다. 두 사람 사이의 신뢰가 부족하다는 사실이 드러났기 때문이다.
- **안전 욕구** 부채, 특히 청산하는 데 시간이 걸리는 빚은 두 사람의 자금 사정을 압박해 경제적으로 취약한 상태를 만들 것이다.
- **생리적 욕구** 빚의 구렁텅이가 너무 깊어 빠져나갈 수 없을 정도일 경우, 캐릭터

는 집을 비롯해 모든 것을 잃을 수 있다.

대처에 도움이 되는 긍정적인 특성

적응 능력, 야심, 조심성, 절제력, 근면함, 신의, 자애로움, 낙관적인 성향, 체계적인 성향, 끈기, 상황을 주도하는 성향, 검약, 이타적인 성향

긍정적인 결과

- 빚을 줄여 부채 상황을 신속히 벗어난다.
- 중독 문제에 대해 도움을 청한다.
- 신용 상담사가 빚을 감당할 수 있는 정도로 통합해준다.
- 빚을 대부분 갚을 정도의 유산을 받는다.
- 습관을 고쳐 소통을 강화해 다시는 같은 상황이 되풀이되지 않도록 한다.

트러블
사전

힘겨루기

Power Struggles

가족에게 압력을 받다

Being Pressured by Family

사례

- 결혼을 하거나 친구 관계를 끝내는 등 현재의 관계를 바꾸라는 압력을 받는다.
- 부모나 조부모가 아이를 가지라고 잔소리를 한다.
- 가족이 캐릭터에게 어떤 학교를 다니라거나 특정 경력을 쌓으라고 강요한다.
- 재정적인 압박(물건 구입, 저축, 형제자매가 하는 벤처 사업에 대한 투자 등)을 받는다.
- 가족이라는 이유로 사교모임이나 종교 행사에 당연히 참석할 것이라는 기대를 받는다.
- 가족을 보호하기 위해 비밀을 지키거나 거짓말을 하라는 말을 듣는다.
- 가족이 캐릭터의 삶에 간섭한다.
- 가족이 하는 불법적인 사업에 동참하거나 은폐하는 일을 도와달라는 강요를 받는다.
- 캐릭터가 사랑하는 사람들이 캐릭터에게 사회에서 받아들여지기가 어려우니 진정한 본모습을 숨겨야 한다고 조언한다.
- 특정한 장소(가족과 가까운 곳이나 가족 소유지 근처)에 거주하라는 압력을 받는다.
- 가업(목장, 마피아 등)을 이어받으라는 강요를 받는다.

사소한 문제

- 좋아하는 사람과 헤어지게 된다.
- 맺고 있는 관계를 가족에게 숨겨야 한다.
- 가족이 미리 알아보고 허락한 사람하고만 데이트를 한다.
- 가족이 원한다는 이유로 어떤 모임에 가입하거나 특정 활동을 해야 한다.
- 아무 관심도 없는 학교나 직장에 지원한다.
- (캐릭터는 가족과 거리를 두고 싶어 하지만) 항상 가족들에게 둘러싸

여 있다.

- 독립적으로 결정을 내릴 수 없고 항상 허락을 받아야 한다.
- 가족이 문제로 삼을 수 있는 모든 것에 대해 언쟁할 준비를 해야 한다.
- 자신이 무슨 말을 하고 누구와 말하는지 가족들의 감시망을 피할 수 없다.
- 갈등을 피하기 위해 언제나 양보만 한다.
- 가족의 요구에 따라 치료, 상담, 재활을 받아야 한다.

초래할 수 있는 심각한 결과

- 제대로 준비되기도 전에 결혼을 하거나 아이를 낳는다.
- 사랑하지도 않는 사람과 결혼한다.
- 이사를 해야 한다.
- 의미 있는 관계가 억울한 이유로 끝나게 된다.
- (학교를 중퇴하거나 가족이 싫어할 만한 사람과 데이트를 하는 등) 바람직하지 않은 방식으로 반항한다.
- 가족이 하는 불법적인 사업에 참여한다.
- 믿을 수 없는 외부인에게 가족의 비밀을 공유한다.
- 자신의 진짜 모습을 숨겨야 한다.
- 체포된다.
- 자신을 통제하는 가족의 명성에 해를 입히기 위해 사람들 앞에서 일부러 자기 파괴적인 행동을 한다.
- 스트레스를 풀기 위해 해로운 약물에 빠져들거나 자해를 한다.

생길 수 있는 감정

분노, 괴로움, 불안, 배신감, 씁쓸함, 갈등, 혼란, 멸시, 패배감, 우울함, 의심, 감정이입, 좌절감, 죄의식, 증오, 상처, 무능하다는 느낌, 불안정한 상태, 갈망, 무력감, 울화, 인정받지 못한다는 느낌, 자신이 하찮다는 느낌

생길 수 있는 내적 갈등

- 자신이 가족을 배신했다는 생각에 괴로워한다.
- 불의와 타협하게 되면서 옳고 그름의 문제로 괴로워한다.
- 중요한 두 가지 일 가운데 하나만 선택해야 한다.

- 자신의 판단을 믿지 못하게 된다.
- 가족에게 자신의 일을 비밀로 하는 것은 힘들지만 이런 식으로 자율성을 지키는 것이 필요하다는 사실도 알고 있다.
- 자신의 욕구를 충족시켜야 할지 아니면 가족의 이익에 보탬이 되는 일을 해야 할지 갈등한다.
- 자신과 자신의 욕망 중 어느 것을 우선해야 하는지 고민한다.
- 가족에게서 받는 사랑이 조건적인 것 같다는 생각이 든다.
- 가족을 배신하거나 가족의 믿음을 저버리는 일에 대해 죄책감을 느낀다.
- 자신의 진짜 모습을 지키기 위해 싸운다.
- 우울감과 불안감에 시달린다.
- 가족을 원망한다.

상황을 악화시킬 수 있는 부정적인 특성

비겁함, 부정직함, 신의를 저버리는 성향, 무례함, 어리석음, 남을 잘 믿는 성향, 우유부단함, 불안정한 상태, 반항심, 분개, 이기심, 완고함, 굴종적인 성향, 소통 부족, 비협조적인 성향, 의지박약

기본 욕구에 미치는 영향

- **자아실현 욕구** 가족을 기쁘게 해주기 위해 자신이 정말로 하고 싶었던 일을 희생하는 경우, 캐릭터는 결국 온전한 성취를 이루지 못하게 될 것이다.
- **존중과 인정의 욕구** 가족이 캐릭터의 선택을 반대하는 경우, 캐릭터는 자신이 부족하다고 느낄 수 있다. 캐릭터가 사랑하는 사람들이 캐릭터가 이룬 인상적인 성취에 대해 자신들이 바라던 길이 아니라는 이유로 이를 쳐다보지도 않는 경우, 캐릭터는 인정을 받지 못한다.
- **애정과 소속의 욕구** 캐릭터는 가족이 간섭하는 일을 가끔씩은 그냥 넘길 수 있다. 그러나 이러한 개입이 통제적인 성격을 띠고 잦아지면 캐릭터는 최후통첩을 하거나 가족과의 관계를 끊고 자신만의 길을 가야할 수 있다.
- **안전 욕구** 가족이 불법적인 일에 연루되어 있는 경우 캐릭터가 위험에 직면하

게 될 수 있다.

대처에 도움이 되는 긍정적인 특성

애정, 야심, 조심성, 굳은 심지, 자신감, 예의, 결단력, 외교술, 공감 능력, 집중력, 온화함, 정직성, 고결함, 독립심, 근면함, 공정함, 친절함, 신의, 성숙함, 객관성, 책임감

긍정적인 결과

- 다른 사람의 간섭에 굴하지 않고 자신의 신념을 지키는 법을 배운다.
- 다른 사람들도 압력에 저항하도록 영감을 준다.
- 가족애라는 것은 존중을 통해 얻어지는 것이지 혈연, 전통 등의 것으로 저절로 생기는 것이 아니라는 사실을 가족들이 깨달을 수 있게 돕는다.
- 건강하지 못한 가족 내 힘의 관계를 깨버린다.
- 사랑하는 사람의 생각을 변화시킨다.
- 가족의 행동 뒤에는 사랑이 있다는 사실을 깨닫는다.
- 가족의 긍정적인 압력 덕분에 캐릭터가 술을 끊거나 건강을 되찾는다.

괴롭힘을 당하다 Being Bullied

괴롭힘의 행동과 반응은 청소년과 성인에게 다르게 나타난다. 이 항목에서는 두 가지 경우를 모두 다룬다.

사례

- 학교나 직장 혹은 캐릭터가 자주 다니는 장소에서 괴롭힘을 당한다.
- 아는 사람이나 낯선 사람에 의해 온라인상의 표적이 된다.
- 집에 있는 가족이 캐릭터를 학대한다.
- 어떤 조직이나 그곳에 있는 사람들이 캐릭터에게 자신들이 시키는 대로 하거나 그 결과를 받아들이라는 위협을 한다.
- (간수와 재소자 사이의 경우처럼) 힘의 불균형 때문에 괴롭힘을 당한다.

사소한 문제

- 괴롭힘을 당해도 아무렇지 않은 척해야 한다.
- 괴롭힘을 피하기 위해 매일 하는 일정이나 일과를 바꾼다.
- 가까운 친구나 캐릭터를 신뢰했던 윗사람이 캐릭터의 말을 믿지 않는다.
- 학교 화장실에 가기가 무서워 바지에 오줌을 싼다.
- 친구나 가족이 캐릭터가 괴롭힘을 당하고 있다는 사실을 알고 있지만 이를 막기 위한 일을 하지 않는다.
- 괴롭히는 사람에게 맞서야 한다.
- 스트레스 때문에 체중이 변하거나 병이 생긴다.
- 학교, 직장, 중요한 활동에 집중할 수 없다.
- 낮은 성적이나 나쁜 업무 평가를 받게 된다.
- 괴롭히는 사람을 피하기 위해서는 자신의 진짜 모습을 드러내지 말아야 한다.
- 캐릭터는 완전히 혼자가 되고 아무도 캐릭터와 얽히고 싶어 하지 않는다.

초래할 수 있는 심각한 결과

- 괴롭힘을 피하기 위해 중요한 것(학교, 놀이, 직장 등)을 포기해야 한다.
- 수업, 학교, 직장 등을 옮겨야 한다.
- 괴롭힘을 당하다가 다치게 된다.
- 괴롭히는 사람이 공격의 강도를 높인다.
- 괴롭히는 사람이 다른 사람들을 같은 편으로 끌어들여 캐릭터의 삶을 더욱 비참하게 만든다.
- 캐릭터의 평판이 망가진다.
- 가해자에게 반격하다가 정학이나 퇴학을 당하거나 체포되는 일이 생긴다.
- 분노가 커지면서 다른 관계도 망가진다.
- 괴롭힘을 당하는 일을 참아내기 위해 약물이나 술에 빠져든다.
- 자신이 받았던 괴롭힘을 다른 사람에게 그대로 반복한다.
- 심각한 불안장애가 생긴다.
- 신경쇠약에 시달린다.
- 고통에서 벗어나기 위해 자살을 시도한다.

생길 수 있는 감정

불안, 갈등, 멸시, 패배감, 우울함, 절망, 좌절, 두려움, 공포, 증오, 수치심, 상처, 불안정한 상태, 위협감, 외로움, 무력감, 자기혐오, 창피함, 고통스러움, 복수심, 취약하다는 느낌, 자신이 하찮다는 느낌

생길 수 있는 내적 갈등

- 자존감과 자긍심이 낮아져 고통받는다.
- 사태의 심각성을 부정한다.
- 누군가에게 괴롭힘을 당하고 있다는 것을 말할지 말지 고민한다.
- 학교, 직장 등 괴롭힘이 일어나는 곳에 가는 일이 불안해진다.
- 자신이 괴롭힘을 당할 만해서 그런 일이 일어나지는 않았는지 생각하게 된다.
- 괴롭히는 사람이나 실세에게 보복을 당하지 않을지 두렵다.
- 우울감과 불안감에 시달린다.
- 복수에 집착하게 된다.
- 도움을 청하고는 싶지만 자신이 나약한 존재로 인식되지는 않을

지 두려워한다.

- 괴롭힘을 방관한 사람들에게 배신감을 느낀다.
- 환멸을 느낀다(힘 있는 실세가 괴롭힘을 묵인하는 경우).
- 상황이 절대 나아지지 않을 것 같다는 생각이 든다.
- 가족이나 선생님에게 괴롭힘을 당하는 경우 피할 수 없는 덫에 빠진 것 같다는 생각이 든다.
- 학교, 좋은 직장, 좋아하는 활동과 같이 중요한 무언가를 그만둬야 하는 것은 아닌지 고민한다.

상황을 악화시킬 수 있는 부정적인 특성

중독 성향, 대립하는 성향, 비겁함, 회피 성향, 남을 잘 믿는 성향, 충동적 성향, 불안정한 상태, 합리적이지 않은 성향, 강박적인 성향, 편집증적 성향, 소통부족, 앙심, 폭력성, 변덕, 의지박약, 내성적인 성향

기본 욕구에 미치는 영향

- **자아실현 욕구** 괴롭힘이 목표의 달성을 방해하거나 목표 추구의 가치에 의문을 갖게 하는 경우, 캐릭터는 자신의 꿈을 포기할 수 있다.
- **존중과 인정의 욕구** 괴롭힘은 정서적, 심리적으로 나쁜 영향을 끼칠 수 있고 신체적으로도 영향을 줄 수 있기 때문에 캐릭터는 자존감이 망가질 수 있고 자신이 나약하고 무력하다고 느끼게 될 수 있다. 이를 멈출 수 없는 경우 다른 사람들도 동일한 관점으로 캐릭터를 보게 될 수 있다.
- **애정과 소속의 욕구** 괴롭힘은 고립과 불신으로 이어질 수 있기에 캐릭터가 다른 사람에게 마음을 열고 의미 있는 관계를 구축하는 일은 어려워지게 된다.
- **안전 욕구** 항상 뒤를 돌아보며 안전하게 있을 곳이 없는 캐릭터의 안전 욕구는 위협받는다.

대처에 도움이 되는 긍정적인 특성

차분함, 굳은 심지, 자신감, 용기, 결단력, 외교술, 공감 능력, 친근감, 온화함, 행

복감, 공정함, 친절함, 자애로움, 객관성, 낙관적인 성향, 직관력, 끈기, 상황을 주도하는 성향, 지략, 사회의식, 영성

긍정적인 결과

- 괴롭힘을 헤쳐나갈 수 있도록 도와주는 동료, 친구, 심리상담사를 만나게 된다.
- 괴롭힘을 피하지 않고 맞서 상황이 악화되는 일을 피한다.
- 침묵하지 않고 말할 때 문제가 해결된다는 사실을 깨닫는다.
- 친구들이 나서서 괴롭힘(그리고 가해자)을 막아주고 이러한 행동이 용납될 수 없다는 사실을 분명히 밝혀준다.
- 해로운 행동의 악순환을 끊어내고 앞으로 나아간다.
- 괴롭힘을 당하는 다른 사람들의 멘토가 되어 그들도 다시 힘을 얻을 수 있게 도와준다.
- 괴롭히는 사람을 막아서서 자신에게 상처를 주는 일을 더 이상 하지 못하게 하거나 다른 사람을 괴롭히지 못하게 한다.
- 괴롭힘을 끝내준 당국을 다시 믿게 된다.
- 괴롭히는 사람이 자신의 행동에 대해 반성을 하게 된다.

목표가 엇갈리다 Misaligned Goals

사례

- 아기를 갖고 싶지만 파트너는 생각이 다르다.
- 청혼이 계획대로 이루어지지 않는다.
- 한 캐릭터는 잘못을 바로잡고 싶어 하지만 다른 캐릭터는 현상 유지를 원한다.
- 한 캐릭터는 성장과 개선을 추구하지만 다른 캐릭터는 관성대로 움직이려고만 한다.
- 캐릭터는 로맨틱한 감정을 갖고 있지만 상대방은 같은 감정이 아니다.
- 회사에서 임원들이 서로 다른 목표를 갖고 있다.
- 한 동업자는 이타적인 목표를 갖고 있고 다른 동업자는 이익만을 추구한다.
- 안면이 있는 두 사람이 서로 다른 목적으로 대화를 시작한다(가령 한 사람은 상대방이 자신의 말을 경청하고 공감해주기를 원하지만 다른 한 사람은 자신이 대화를 주도하기를 원한다).
- 부모는 아이를 보호하거나 통제하고 싶어 하지만 아이는 간섭받고 싶어 하지 않는다.
- 십 대 청소년인 캐릭터가 다른 친구의 인기와 인맥을 이용해 돈을 벌고 싶은 마음으로 친해지려고 한다.

사소한 문제

- 마음대로 넘겨짚다가 오해가 생긴다.
- 기대치를 조정해야 한다.
- 관계에 긴장이 생긴다.
- 마찰이 생기면서 서로를 피하게 된다.
- 문제를 해결하기 위해 조금 양보를 한다.
- 상대방을 목표에서 멀어지도록 하기 위해 주의를 분산시키려고 한다.
- 갈등이 생길 수 있는 말을 하지 않기 위해 부드럽게 사실(혹은 거짓)을 말한다.

- 상대방도 자신과 같은 목표를 갖고 있다고 생각하며 멋대로 넘겨짚는다('저 사람들은 이기적이라서 아이를 갖지 않는다', '그들의 적극적인 비즈니스 전술은 공격적이고 위압적인 것에 불과하다' 등).
- 더 나아질 수 있는 선택을 미룬다(미래지향적인 사업상의 결정, 자기실현 등).
- 사소한 문제 때문에 시간을 낭비한다(캐릭터가 더 큰 문제를 보지 못하는 바람에).

초래할 수 있는 심각한 결과

- 자신의 목표가 옳았음에도 불구하고 뒤로 물러난다.
- 양쪽 당사자가 자신들의 입장만 고집하다가 교착상태에 빠진다.
- 갈등을 피하려고 문제를 외면하다가 그 문제가 곪아서 커지게 된다.
- 캐릭터가 자신의 의제를 밀어붙이다가 평판을 망치고 사람을 내쫓는다.
- 다른 사람이 옳거나 최선인 일을 하지 못하도록 막는다.
- 어떤 대가를 치르더라도 자기가 생각한 길을 가겠다고 결심한다.
- 상대편이 자신의 목표를 달성하기 위해 캐릭터를 조정하고 훼손하고 방해한다.
- 갈등이 사적인 문제가 되면서 관계가 돌이킬 수 없을 정도로 망가진다.
- 관계가 마찰과 갈등으로 치닫는다.
- 자신도 모르게 성장을 방해하는 일을 한다(지나치게 돈을 아끼는 경영진, 자녀를 통제하는 부모 등).
- 목표가 어긋나 있다는 사실을 알아차리지 못하고 이와 관련된 갈등에 빠진다.
- (아이를 갖는 일과 같은) 중요한 무언가를 양보하고 평생 동안 후회한다.

생길 수 있는 감정

분노, 짜증, 씁쓸함, 갈등, 혼란, 멸시, 자기방어, 각오, 실망, 불신, 불만, 의심, 좌절감, 상처, 안달, 위협감, 무력감, 꺼리는 마음, 회한, 울화

생길 수 있는 내적 갈등

- 좌절감이 커진다.
- 무시당하거나 없는 사람 취급을 당한다고 느낀다.
- 상대방을 원망한다.
- 제약을 받고 있거나 잠재력을 최대한 발휘할 수 없다는 느낌이 든다.
- 다른 견해를 받아들이기보다는 자신의 생각이 옳기만을 바란다.
- 관계가 적절한지 의구심이 든다.
- 마찰을 끝내기 위해 그만두거나 떠나고 싶지만 그게 답이 아니라는 사실을 알고 있다.
- 포기한 후 자신감의 위기로 힘들어한다.
- 앞으로 나아갈 올바른 길이 무엇인지 고민한다(두 가지 목표 모두 가능해 보이기 때문에).
- 둘 다 원하지만 하나는 희생해야 한다는 것을 안다.

상황을 악화시킬 수 있는 부정적인 특성

대립하는 성향, 통제 성향, 탐욕, 남을 잘 믿는 성향, 우유부단함, 자기가 다 안다는 태도, 남을 조종하려는 성향, 감정 과잉, 분개, 이기심, 완고함

기본 욕구에 미치는 영향

- **자아실현 욕구** 캐릭터는 두 가지 의미 있는 목표를 가지고 있을 수 있으며 하나(가령 아이를 원하지 않는 파트너와의 결혼)를 위해 다른 하나(아이를 낳는 것)를 희생해야 하는 상황에 처할 수 있다. 무엇을 선택하든 운명의 조각 하나가 빠져있거나 평생 어딘가 부족하다는 느낌을 받을 수 있다.
- **애정과 소속의 욕구** 부모와 자녀 사이에 존재하는 힘의 불균형으로 관계에 마찰이 생기고 유대감이 약화될 수 있다. 또한 부부가 특정 목표(나라 반대쪽으로 이사 가는 것, 아이를 낳지 않는 것, 널리 여행하는 것 등)에 관해 의견이 다른 경우 관계의 안정성이 깨질 수 있다.

대처에 도움이 되는 긍정적인 특성

애정, 열의, 고결함, 이상주의, 내향적인 성향, 남의 말을 잘 듣는 성향, 철학적으로 사유하는 능력, 혼자 조용히 있는 성향, 사람을 잘 믿는 성향

긍정적인 결과

- 새롭거나 도전적인 아이디어에 더욱 열려 있는 사람이 된다.
- 건강한 방식으로 타협하는 법을 배운다.
- 중요한 것이 무엇이고 싸울 필요가 없는 것이 무엇인지 분간하게 된다.
- 자기 의견을 고수하는 데 익숙해 있던 캐릭터가 포기하는 법을 배우게 된다.
- 계획이나 과정보다는 사람에 더 가치를 두게 된다.
- 자신의 약점을 상대방이 보완해준다는 인식을 갖게 된다.
- 상대방과 협력하고 갈등을 완화하는 방법을 배운다.
- 다른 사람이 정말로 필요로 하는 것과 갖고 있는 동기를 캐릭터가 알게 된다.
- (심리상담사 같은) 제3자를 통해 타협점에 이른다.
- 관계가 더 이상 의미없다는 사실을 인식하고 갈등 없이 잘 끝내기 위한 조치를 취한다.

방해 공작을 당하다

Being Sabotaged

사례

- 캐릭터가 숨겼던 과거의 비밀을 경쟁자가 공개한다.
- 직장이나 학교의 프로젝트가 엎어지거나 변경된다.
- 물리적인 공격을 받아 대회에 참가하지 못하게 된다.
- 작업이나 아이디어가 도용당한다.
- 사회운동 단체가 기계, 시설, 시스템을 파괴한다.
- 거짓말이나 조작 때문에 캐릭터에 대한 사람들의 생각이 바뀌게 된다.
- 동료나 직원이 고의적으로 태업을 하며 저조한 성과를 낸다.
- 누군가가 중요한 공급품을 엉뚱한 곳으로 보내 분실을 초래한다.
- 공문서가 파기된다.
- 언론이 캐릭터, 조직, 이슈에 대해 부정적인 기사만 내보낸다(긍정적인 기사는 내지 않는다).
- 위조된 서신이 퍼지면서 발신자로 여겨지는 사람의 평판이 망가진다.
- 딥페이크 기술로 피해를 입는다.
- 아군이 적에게 설득당하거나 완전히 제압당한다.
- 누군가의 함정에 빠져 실패한다.
- 캐릭터와 같은 편(동맹)이 적의 쪽(상대편)으로 넘어가거나 게임에서 완전히 빠진다.

사소한 문제

- 여론이 캐릭터에게 불리한 쪽으로 돌아선다.
- 공급품을 새로 마련하고 수리비, 인건비 등을 지불하는 바람에 수입이 줄어든다.
- 차질이 생겨 조직을 재정비해야 한다.
- 다시 시작해야 한다.
- 새롭게 생긴 문제를 해결하기 위해 창의적인 생각을 해야 한다(새로운 공급업체 물색, 다른 전략의 시도, 증거 수집, 여론 장악 등).

- 중요한 일 대신 소문을 불식시키는 일에 에너지와 시간을 쓰게 된다.
- 프로젝트에서 하급 직위를 맡게 되거나 빠지게 되는 등 책임과 기회가 줄어든다.
- 방해 공작에 흔들려 신경질적인 반응을 보이는 이해관계자들을 진정시켜야 한다.

초래할 수 있는 심각한 결과

- 캐릭터의 평판이 돌이킬 수 없이 망가진다.
- 중요한 자산이나 자원을 잃는다.
- 중요한 우군, 영향력 있는 사람, 거래처를 잃는다.
- 해고당한다.
- 처음에 생각했던 목표를 달성하지 못한다(부패한 조직의 붕괴, 사회악 개선 등).
- 캐릭터나 캐릭터의 회사를 상대로 집단 소송이 제기된다.
- 사랑하는 사람들이 이런 소란에 지쳐 캐릭터에게서 등을 돌린다.
- 가족이 괴롭힘이나 공격을 당한다.
- 독창적인 아이디어, 레시피나 제조법, 누군가의 생명 등 대체할 수 없는 것을 상대편에게 빼앗기거나 망쳐버리게 된다.
- 방해꾼에게 신체적인 피해를 입는다.
- 캐릭터의 편에 있는 누군가가 적을 돕고 있다는 사실을 발견한다.
- 하지도 않은 일로 체포된다.

생길 수 있는 감정

분노, 불안, 근심, 배신감, 씁쓸함, 패배감, 자기방어, 절망, 좌절, 각오, 상심, 불신, 낙담, 환멸, 두려움, 수치심, 상처, 분개, 불안정한 상태, 위협감, 편집증

생길 수 있는 내적 갈등

- 누군가가 그렇게나 비굴해질 수 있다는 사실에 충격을 받고, 환멸을 느낀다.
- 앞으로 무슨 일이 생길지 그 일로 누가 상처를 받게 될지 걱정한다.
- 캐릭터가 다른 사람들이 소문을 믿고 자기를 나쁘게 생각할까 봐 걱정한다.

- 분노 때문에 판단력이 흐려진다.
- 누구를 믿어야 할지 모르겠다.
- 상황이 달라지면서 무너진 느낌이 든다.
- 무력감에 시달린다.
- 이런 일을 일으킨 사람에게 피해를 입히고 싶지만, 그렇게 하는 것이 옳지 않다는 사실을 알고 있다.
- 자신이 두려움 때문에 망설이게 된다는 사실을 알고 있고, 이런 자신의 모습이 겁쟁이 같다는 생각이 든다.
- 이 일의 여파를 피하려고 거리를 두는 사람들에게 실망한다.
- 방해꾼을 물리치기 위해 도덕적인 선을 넘고 싶다는 유혹이 생긴다.

상황을 악화시킬 수 있는 부정적인 특성

비겁함, 냉소적인 태도, 남을 잘 믿는 성향, 순교자인 양하는 태도, 감정 과잉, 신경과민, 예민한 성향, 편집증적 성향, 무모함, 분개, 지저분한 행실, 소심함, 허영심, 앙심

기본 욕구에 미치는 영향

- **자아실현 욕구** 방해 공작이 캐릭터의 삶과 관련된 무언가를 손상시키는 경우(특히 무언가를 쌓아나가고 설계하고 만들어내는 데 오랜 시간이 걸린 경우) 그 충격은 파괴적일 수 있다. 캐릭터는 처음부터 다시 시작하기보다 차라리 포기를 선택할 수 있다.
- **존중과 인정의 욕구** 방해 공작이 수면에 드러난 형태가 아닌 경우, 오로지 캐릭터의 잘못 때문에 실패한 것으로 보일 수 있다. 이러한 오해는 사람들이 캐릭터를 무능하고 비윤리적이고 무책임하다고 생각하면서 존경심을 거두는 결과를 낳을 수 있다.
- **애정과 소속의 욕구** 연애관계가 방해 공작을 받는 경우, 가령 어떤 '친구'가 거짓말을 해서 캐릭터가 연인과 이별하도록 조장하면 캐릭터는 연인과 친구를 모두 잃어버린 일로 상실에 빠지게 될 수 있다. 즉 자신이 믿었던 사람에 의해 벌어진 사실이라는 걸 알게 되면, 캐릭터는 보호막을 치고 사람들과 다시 가까

워지는 게 어려워진다.

- **안전 욕구** 세간의 이목을 끌거나 사람들에게 많은 영향을 끼친 실패로 인해 비난을 받는 경우, 캐릭터는 분노한 대중 때문에 위험에 처하게 될 수 있다.
- **생리적 욕구** 방해 공작 중에는 의도적인 것이든 실수로 이루어진 것이든 인명의 손실로 이어지는 경우도 있다.

대처에 도움이 되는 긍정적인 특성

지성(지적 능력), 공정성, 객관성, 관찰 능력, 체계성, 인내, 설득력, 선제적 행동 능력, 창의력, 불굴의 의지

긍정적인 결과

- 회복력이 커진다.
- 캐릭터가 삶에서 믿으면 안 될 사람들을 분간할 수 있게 된다.
- 처음에 의도했던 것을 이루기 위해 새로운 결심을 한다.
- 자신이 너무 믿었거나 순진하게 굴었던 부분을 돌아보고 미래를 위해 변화를 도모한다.
- 독창적인 사고를 하게 되면서 더 나은 아이디어나 방법을 찾게 된다.
- 방해 공작이 있는 것에 대해 자신이 올바른 길로 가고 있다는 사실을 확인한다.

소송을 당하다 Being Sued

사례

- 미지급된 송장 때문에 소송을 당한다.
- 캐릭터의 잘못이 아닌데도 피해자의 사망에 대한 손해배상 청구를 받는다.
- 손해배상 소송을 당한다.
- 이혼이나 양육권 분쟁에 휘말린다.
- 계약 위반이나 보증 위반으로 소송을 당한다.
- 명예훼손, 비방, 차별, 괴롭힘으로 소송을 당한다.
- 재산 분쟁에 휘말린다.
- 제조물 책임 소송을 당한다.
- 업무상 과실로 소송을 당한다.

사소한 문제

- 자신의 말이 불리하게 사용되지 않게 조심해서 말해야 한다.
- 문제를 해결하기 위해 공식 발표를 한다(사람들의 주목을 받는 소송인 경우).
- 자신에게 유리한 증거나 증인을 확보해야 한다.
- 변호사를 선임하고 관련 서류를 제출해야 한다.
- 고소인과 사건의 타당성을 조사할 사람을 고용한다.
- 소송에 대해 친구나 가족이 묻는 말에 대답한다.
- 법정 출석으로 인해 비용이 발생한다(그동안 일을 하지 못한다거나 아이를 맡겨야 하는 등).
- 평판이 무너져 내리는 것을 막기 위한 대책을 세워야 한다.
- 소송비용을 내기 위해 생활방식을 바꾼다.
- 다친 사람에 대한 의료비나 기타 손해배상금을 지불해야 한다.
- 합의를 하기 위해 타협해야 한다.
- 공개적으로 사과해야 한다.

초래할 수 있는 심각한 결과

- 고소 사실과 소환장을 무시하다가 법적인 문제가 커진다.
- 고소인이 부상으로 사망하면서 문제가 커진다.
- 원고와의 협상이 실패하고 사건이 법정으로 넘어간다.
- 또 다른 여러 원고가 나타나 개별 소송을 제기한다.
- 집단 소송이 제기된다.
- 무능한 변호사가 변호를 맡는다.
- 사건에 악영향을 끼치는 불리한 증거가 발견된다.
- 선서를 한 뒤에 거짓 증언을 하거나 증거를 위조하다가 발각된다.
- 무죄임에도 불구하고 소송에서 패소한다.
- 임금이 압류되고 벌금을 내지 못하는 상황이 된다.
- 면허가 취소된다.
- 사업을 접거나 매각해야 한다.
- 배우자나 애인을 잃게 되거나 자녀의 양육권을 빼앗긴다.
- 재산이 압류당한다.
- 징역형을 받고 수감된다.
- 탈출구를 삼을 목적으로 나쁜 행동에 눈을 돌린다.

생길 수 있는 감정

분노, 불안, 배신감, 멸시, 패배감, 자기방어, 반항심, 부정, 우울함, 좌절, 당혹감, 두려움, 안달, 위협감, 압도당하는 느낌, 무력감, 후회, 울화, 반신반의, 복수심, 취약하다는 느낌

생길 수 있는 내적 갈등

- 법정 공방의 결과에 대해 불안해한다.
- 소송당할 상황을 만든 자신의 선택을 후회한다.
- 원고를 맞고소할지 고민한다.
- 최선을 다한 일 때문에 고소당한 사실에 좌절한다(가령 교통사고 환자를 치료하다가 부상으로 사망하자 환자의 가족들이 의사를 고소하는 경우).
- 소송의 결과로 남에게 함부로 재단당하고 공격당했다고 느낀다.
- 혼란스러운 상황에서 벗어날 방법을 찾기 위해 애쓴다.
- 재정 상황은 어떤지 어떻게 하면 파산을 피할 수 있을지 걱정한다.
- 해당된 일에 함께 관여했지만 소송 대상에서 빠진 사람들에게 분

노한다.

- 소송의 배후에 정치적인 이유가 있다고 확신하지만 이를 입증할 수 없다.
- 가족이 힘든 시간을 보내게 한 일에 대해 죄책감을 갖는다.

상황을 악화시킬 수 있는 부정적인 특성

남의 속을 긁는 성향, 무관심, 우쭐대는 성향, 어수선함, 적대감, 인내심 부족, 무책임함, 남을 조종하려는 성향, 편견, 인색함, 완고함, 소통부족, 비협조적인 성향, 부도덕함, 식견 부족, 장황함, 앙심

기본 욕구에 미치는 영향

- **자아실현 욕구** 소송을 당한 캐릭터는 자신의 수중에 있는 자원을 자아실현이 아니라 자기보존에 써야 한다.
- **존중과 인정의 욕구** 소송을 당하면 캐릭터의 이름이 언급되면서 캐릭터의 평판이 영향을 받을 수밖에 없다. 특히 재판이 끝없이 계속되거나 언론의 주목을 받는 경우 더욱 그렇다.
- **애정과 소속의 욕구** 소송 내용이 무엇이냐에 따라 친구나 가족이 캐릭터를 버리면서 혼자서 사법 시스템과 싸워야 할 수도 있다. 이때 생긴 배신감은 쉽게 잊어버릴 수 없을 것이다.
- **안전 욕구** 캐릭터의 경제 상황이 법률 비용과 법원 판결에 따라 위태로워질 수 있다.

대처에 도움이 되는 긍정적인 특성

차분함, 조심성, 굳은 심지, 협조적인 성향, 예의, 외교술, 공감 능력, 정직성, 고결함, 공정함, 남의 말을 잘 듣는 성향, 객관성, 낙관적인 성향, 체계적인 성향, 인내, 설득력, 상황을 주도하는 성향, 지략, 책임감, 분별력, 지혜로움

긍정적인 결과

- 무죄가 밝혀지면서 소송이 기각된다.
- 자신과 자신의 재산을 더 잘 지키는 법을 배운다.
- 향후에 소송이 발생하지 않도록 예방책을 세운다.
- 맞고소에서 이긴다.
- 더 큰 소송이나 다른 여러 소송을 피하게 된다.
- 타협하는 법을 배운다.
- 자신의 행동에 책임을 진다.

순응 압력을 받다

Being Pressured to Conform

사례

- 무리에 맞추기 위해 특정한 방식으로 보여야 한다는 압력을 받는다.
- 정치적 신념을 조롱당한다.
- 타고난 성별을 따르라는 압력을 받는다.
- 종교적 견해에 대해 공격을 받는다.
- 영향력 있는 사람의 눈에 들기 위해서는 특정한 방식으로 행동하거나 특정한 생각을 가져야 한다.
- 특정한 관행과 의례를 준수하라는 압력을 받는다.
- 사이코패스나 소시오패스 성향이 있는 사람이 자유를 지키기 위해 보통 사람과 비슷한 척해야 한다.

사소한 문제

- 거짓말을 해야 한다.
- 내키지 않아도 예의 바르게 행동한다.
- 특정한 사람들에게 맞춰주면서 그들이 중요한 사람이라고 느끼게 해줘야 한다.
- 자신에게 부당한 기대를 하는 사람과 언쟁한다.
- 남에게 조롱당한다.
- 기대에 미치지 못했다는 비판을 받는다.
- 자신의 관점이 위협적이지 않다는 사실을 납득시켜야 한다.
- 다른 사람들과 어울리기 위해 돈을 쓴다(회원권, 적당한 종류의 차량, 좋은 집 등).
- 남들이 기대하는 행동을 해야 한다.
- 자신이 갖고 있는 관심을 내보일 수 없고, 재능을 발휘할 수도 없다.
- 자신이 어떤 일에 열의를 보이지 않는 것, 참여하지 않는 것, 노력을 기울이지 않는 것 등에 대해 변명해야 한다.
- 하지 말아야 할 일을 하다가 들키는 바람에 적당히 둘러대야 한다.

초래할 수 있는 심각한 결과	• 자제력을 잃고 폭발하는 바람에 자신의 진짜 생각과 우군을 드러내게 된다. • 이중생활이 밝혀진다. • 가족에게 버림받아 지지와 도움을 받지 못하게 된다. • 친구들에게 따돌림을 당하게 된다. • 무책임한 지출로 파산하게 된다. • 위협을 받는다. • 협박을 당한다. • 따돌림, 괴롭힘, 차별을 겪는다. • 직장을 잃게 된다. • 사랑하는 사람들이 위협을 받는다. • 비밀이 밝혀지게 된다. • 자신의 진짜 모습을 숨기거나 억눌러야 한다. • 해로운 약물이나 자기 파괴적인 행동에 의존한다. • 가출한다. • 강제로 세뇌당한다. • 자살한다.
생길 수 있는 감정	괴로움, 불안, 배신감, 씁쓸함, 갈등, 자기방어, 우울함, 절망, 불만, 시기, 죄의식, 무능하다는 느낌, 위협감, 외로움, 갈망, 편집증, 무력감, 울화, 자기혐오, 창피함, 취약하다는 느낌, 자신이 하찮다는 느낌
생길 수 있는 내적 갈등	• 남들과 다르다는 느낌이 든다. • 자신의 진정한 모습과 다른 사람들이 자신을 보는 모습 사이에서 혼란스럽다. • 자신을 인정해주지 않아 상처받는다(특히 캐릭터와 가까운 사람들이). • 자존감이 없어지면서 자기혐오와 증오심이 생긴다. • 자신의 안전을 걱정한다(위험하다고 여겨지는 비밀스러운 신념을 가진 경우). • 가족과 친구를 사랑하지만 그들의 마음이 닫혀 있다는 사실이 싫다.

- 자신을 남에게 맞추거나 변화시키는 일에 집착하게 된다.
- 사랑하는 사람을 다치게 하고 싶지는 않지만 언젠가는 나만의 길을 가야 한다는 사실을 알고 있다.
- 개인적인 신념을 억누르면 자신의 건강과 행복에 문제가 생긴다는 사실을 알고 있다.
- 사랑에 조건이 따르는 것 같은 느낌이 든다.
- 경건함을 내세우면서도 편견에 가득 차 남을 재단하는 종교에 환멸을 느낀다.

상황을 악화시킬 수 있는 부정적인 특성

남의 속을 긁는 성향, 반사회적 성향, 부정직함, 신의를 저버리는 성향, 회피 성향, 남을 잘 믿는 성향, 무지, 불안정한 상태, 애정 결핍, 예민한 성향, 편견, 분개, 자기 파괴적인 성향, 굴종적인 성향, 소심함, 소통부족, 의지박약

기본 욕구에 미치는 영향

- **자아실현 욕구** 캐릭터의 진정한 정체성이 재능과 연결되어 있는데도 사람들의 조롱을 피하기 위해 강점을 숨겨야 하는 경우, 캐릭터는 결국 자신의 정체성에 따라 살아갈 수 없게 된다.
- **존중과 인정의 욕구** 캐릭터는 다른 사람들이 자신을 반대한다는 말을 들으면서 자존감을 잃게 될 것이다.
- **애정과 소속의 욕구** 자신이 아닌 다른 사람이 되라는 압력을 받는다면, 이러한 관계에서 친밀감을 찾는 일은 거의 불가능할 것이다.
- **안전 욕구** 사회적 규범에 맞지 않는 캐릭터는 타인에게 위협을 받거나 표적이 될 수 있으며 신변의 안전도 위협받을 수 있다.

대처에 도움이 되는 긍정적인 특성

굳은 심지, 자신감, 용기, 예의, 결단력, 외교술, 공감 능력, 정직성, 고결함, 독립심, 성숙함, 객관성, 직관력, 분별력, 사회의식, 지지하는 태도, 너그러움

긍정적인 결과

- 남이 어떻게 생각하든 자신을 사랑하겠다고 다짐한다.
- 긍정적인 자아상을 드러낸다.
- 캐릭터의 진정한 자아를 다른 사람들이 받아들일 수 있게 영감을 전한다.
- 처음에는 캐릭터를 비판했던 사람들의 시야가 결국에는 넓어진다.
- 자신의 목소리를 찾는다.
- 순응하라는 압력을 받고 있는 사람들을 도와주는 사람이 된다.
- 꽉 막힌 신념에 맞서 필요한 변화와 포용을 이끌어낸다.

신념이 충돌하다 Clashing Beliefs

사례

- 다른 사람과 반대되는 정치적 견해를 갖고 있다.
- 다른 사람과 종교 때문에 의견 충돌을 빚는다.
- 캐릭터와 배우자가 서로 다른 양육 방식을 갖고 있다.
- 직업윤리가 서로 다른 사람과 한 팀이 된다.
- 캐릭터의 도덕률이 다른 사람의 도덕률과 충돌한다.
- 일, 여가, 가족 등의 우선순위를 다르게 두는 사람과 함께 산다.
- 시민의 자유에 대한 캐릭터의 생각이 통치 당국의 행위와 충돌한다.
- 예방접종과 의료개입에 대한 캐릭터의 관점이 캐릭터가 속한 문화권의 관점과 다르다.
- 완전히 다른 관점을 지닌 누군가와 함께 일하려 애쓴다.
- 부모와 자녀가 생각하는 교육의 우선순위가 서로 다르다.
- 국가에 대한 책임과 도덕적 책임이 충돌한다.

사소한 문제

- 남들에게 함부로 재단을 당한다(양육방식, 정치적 견해, 교회에 가지 않는 일 등).
- 틀렸다는 말을 듣는다.
- 놀림을 당한다.
- 특정 사람들에 대한 대화를 회피한다.
- 사람들이 자신의 의견에 대해 빈정거려도 논쟁을 피하기 위해 참아야 한다.
- 다른 사람들이 자신의 생각을 캐릭터에게 강요하려고 한다.
- 신념을 바꾸라는 압력을 받는다.
- 평화롭게 지내기 위해 특정 견해에 대해 거짓말을 해야 한다.
- 갈등을 피하기 위해 타협해야 한다.
- 싸움이나 논쟁에 휘말린다.
- 본의 아니게 누군가의 기분을 상하게 한다.
- 자신의 믿음 때문에 어떤 기회나 정보에 접근할 수 없다.
- 사교 모임에 초대받지 못한다.

초래할 수 있는 심각한 결과

- 의사 결정권자와 같은 신념을 갖고 있는, 자격 없는 사람에게 밀려난다.
- 직장을 잃는다.
- 특정 주제에 대한 생각이 너무나 달라 결혼 생활이 실패한다.
- 캐릭터가 편협하고 남을 혐오하는 사람이라는 비난을 받는다.
- 공동체 밖으로 쫓아내려는 사람들에게 괴롭힘을 당한다(물건 파손, 계속되는 짓궂은 장난, 방해 공작 등).
- 자신이 어디에 갔는지 무엇을 했는지 숨겨야 한다.
- 친구나 가족과 소원해진다.
- 신념을 바꾸라는 강요를 받는다.
- 극단주의적 견해를 가진 파트너가 캐릭터의 자녀에게 자기 생각을 물려준다.
- 신념의 충돌이 폭력으로 확대된다.
- 신념 때문에 살해당한다.

생길 수 있는 감정

괴로움, 불안, 배신감, 씁쓸함, 갈등, 멸시, 자기방어, 각오, 실망, 불신, 두려움, 허둥거림, 좌절감, 증오, 위협감, 거슬림, 강박, 울화, 창피함, 의기양양함

생길 수 있는 내적 갈등

- 자신의 신념을 숨기면서 겉치레를 하는 일에 괴로워한다.
- 자신의 굳은 신념에 의문을 갖게 된다.
- 고립되고 외면당하는 것 같고 우울한 기분이 든다.
- 정체성의 위기를 겪는다.
- 자신이 틀렸거나 평가절하된 느낌이 든다.
- 생각이 다르다는 이유로 관계가 깨지는 일에 대해 죄책감을 느낀다.
- 함께 하거나 도와주는 사람이 없어 외로움을 느낀다.
- 자신이 안전하지 못한 것은 아닌지 두려워한다.
- 위험한 신념을 지지하는 사람과 관계를 끊어야 할지 고민한다.

상황을 악화시킬 수 있는 부정적인 특성

대립하는 성향, 통제 성향, 방어적 성향, 무례함, 광신적인 열의, 적대감, 위선, 무지, 유연성 부족, 남을 함부로 재단하는 성향, 자기가 다 안다는 태도, 남을 조종하려는 성향, 예민한 성향, 편견, 지나치게 밀어붙이는 성향, 비협조적인 성향

기본 욕구에 미치는 영향

- **자아실현 욕구** 캐릭터에게 가장 핵심적인 신념이 위협받는 경우, 그 신념을 보호하기 위해 캐릭터는 다른 의미 있는 생각과 목표를 희생하게 된다.
- **존중과 인정의 욕구** 신념이 도전받는 경우, 캐릭터는 자기 의심에 빠질 수 있다. 조롱당하고 가혹한 대우를 받는 캐릭터는 자존감이 떨어질 수 있다.
- **애정과 소속의 욕구** 캐릭터가 (이미 약해진 것이라고 해도) 관계를 유지하기 위해 자신의 입장을 양보하는 경우나, 좁힐 수 없는 차이 때문에 관계를 끊는 경우에는 사람들과의 소속감이 위협받게 될 것이다.
- **안전 욕구** 논쟁의 여지가 있는 견해가 열띤 언쟁과 물리적 충돌로 확대되는 경우, 캐릭터는 자신의 의견에 반대하는 사람들과 함께 있을 때 안전을 보장받지 못한다는 느낌을 받을 수 있다.
- **생리적 욕구** 극단적인 경우, 서로 다른 신념 체계는 전쟁, 폭력, 죽음으로 이어질 수 있다.

대처에 도움이 되는 긍정적인 특성

적응 능력, 조심성, 굳은 심지, 협조적인 성향, 예의, 외교술, 신중함, 공감 능력, 고결함, 독립심, 공정함, 친절함, 신의, 성숙함, 자애로움, 객관성, 설득력, 사회의식, 지지하는 태도, 너그러움

긍정적인 결과

- 자제하는 법과 사회의식을 배우게 된다.
- 반대되는 신념을 가진 사람과의 공통점을 발견한다.
- 다른 믿음에 대해 배우고 시야를 넓히게 된다.

- 자신의 신념 체계를 더 잘 이해하게 된다.
- 자원봉사나 자선활동에 더 많이 참여하게 된다.
- 자신의 신념을 검증하고 더욱 확고한 기반을 갖게 된다.
- 자신의 신념을 긍정적으로 발휘해 더 나은 사람이 된다.
- 캐릭터의 가치관에 더 잘 맞는 새로운 직업이나 사회적 관계에서 만족감을 얻는다.

억울하게 비난받다

Being Falsely Accused

일러두기

가해자의 조작으로 이루어지는 '누명을 쓰다'의 경우와 달리 이 항목에서 캐릭터는 피해자, 목격자, 경쟁자, 가족 등 누구에게나 억울한 비난을 받게 될 수 있다. 캐릭터가 억울하게 비난을 받게 되는 몇 가지 사례를 소개한다.

사례

- 다른 사람을 괴롭힌다는 비난
- 거짓말을 한다는 비난
- 신체적 폭력이나 성폭행을 한다는 비난
- 바람을 피운다는 비난
- 누군가를 스토킹하거나 사생활을 침해한다는 비난
- (시험, 대회 등에서) 부정행위를 한다는 비난
- 범죄를 저지른다는 비난
- 인종차별, 여성차별 혹은 다른 차별적인 신념을 갖고 행동한다는 비난
- 갈등이 생겼을 때 한쪽 편만 들거나 자신이 좋아하는 대로만 행동한다는 비난

사소한 문제

- 변론 준비(증거 수집, 증인 확보, 변호사 선임 등)를 해야 한다.
- 다른 사람의 질문에 시달린다.
- 친구나 가족의 추궁을 받는다.
- 자신의 행동을 변호하고 혐의를 단호하게 부정해야 한다.
- 직장을 휴직하게 된다.
- 사이가 좋았다고 생각했던 친구들에게 외면당한다.
- 배우자나 애인이 캐릭터에게 거리를 두거나 집에서 나가거나 헤어지자고 한다.
- 공공연한 조롱에 대응해야 한다.
- 남들이 캐릭터를 감시하듯 지켜보고 멋대로 평가한다.

- 자유나 출입이 제한된다.
- 기자들에게 쫓긴다.
- 스트레스로 불면증이 생긴다.

초래할 수 있는 심각한 결과

- 해고당하거나 일자리를 얻을 수 없게 된다.
- 가족에게 따돌림을 당한다.
- 결혼 생활이 무너진다.
- 비난하는 사람을 피해 아무도 자신을 알아보지 못하는 곳으로 이사를 가거나 직장을 옮겨야 한다.
- 사람들이 자신이 유죄라고 생각한다는 사실을 알게 되었는데, 심지어 무죄가 선고된 후에도 자신을 유죄라고 생각한다는 것을 알게 된다.
- 범죄 혐의를 받게 되면서 가까운 사람들과의 관계가 끊어진다.
- 비난한 사람을 스토킹한다.
- 고발한 사람에게 보복한다.
- 자신의 이름을 지우기 위해 증거를 위조하거나 인멸한다.
- (자해, 약물 남용, 알코올 중독 등) 해로운 행동에 빠져든다.
- 자신이 저지르지도 않은 범죄로 유죄 판결을 받는다.
- 심한 우울증에 빠진다.
- 낙심하고 절망한 나머지 스스로 목숨을 끊는다.

생길 수 있는 감정

분노, 불안, 배신감, 씁쓸함, 자기방어, 반항심, 우울함, 환멸, 당혹감, 두려움, 증오, 수치심, 위협감, 외로움, 편집증, 무력감, 꺼리는 마음, 의구심, 반신반의, 복수심, 정당성을 입증 받은 느낌, 취약하다는 느낌

생길 수 있는 내적 갈등

- 결백을 증명해야 한다는 사실에 분개한다.
- 보복할지의 여부를 고민한다.
- 자신을 진정으로 아는 사람이 아무도 없다고 느낀다.
- 자신을 비난한 사람에게 사실을 밝히라고 말하고는 싶지만, 그의 손에 놀아나게 되지는 않을까 두려운 마음이 든다.
- 자신의 이름을 지우는 일에 온 힘을 쏟는다.

- 억울하게 비난받은 일의 원인이 아니었을까 싶은 자신의 선택을 곱씹는다.
- 어떤 결과가 나올지 몰라 불안하고 걱정스러운 마음이 든다.
- 자신의 판단에 의문이 생기고 누구를 믿어야 할지도 모른다.
- 이러한 상황에 대해 무력감을 느낀다.
- 무죄가 입증될 때까지는 자신이 유죄로 인식된다는 사실에 환멸을 느낀다.
- 비난한 사람의 말만 듣고 사람들이 자신을 오해한다는 사실에 분노한다.

상황을 악화시킬 수 있는 부정적인 특성

남의 속을 긁는 성향, 우쭐대는 성향, 대립하는 성향, 통제 성향, 부정직함, 적대감, 충동적 성향, 합리적이지 않은 성향, 남을 조종하려는 성향, 강박적인 성향, 편집증적 성향, 비관적인 성향, 분개, 의혹, 비협조적인 성향, 부도덕함, 앙심, 폭력성

기본 욕구에 미치는 영향

- **자아실현 욕구** 캐릭터는 사법제도, 사회, 인류에 커다란 환멸을 느껴 의미 있는 목표를 추구하려는 욕구가 사라질 수 있다.
- **존중과 인정의 욕구** 캐릭터는 자신에 대한 비난을 믿는 친구들을 보고, 친구들도 저런데 누가 자신의 진정한 모습을 알지 의구심을 갖게 될 수 있다. 혹은 친구들이 캐릭터가 부당한 의심을 받고 있다는 것을 알아줄 수도 있다.
- **애정과 소속의 욕구** 사회적으로 단절되거나 다른 사람들이 자신과 거리를 두는 모습을 보는 캐릭터는 자신을 지지하는 사람들이 빠르게 줄어드는 것을 발견할 수 있다.
- **안전 욕구** 억울한 비난은 불안으로 이어질 수 있는데, 비난에는 협박, 공격, 기타 공포스러운 일이 수반될 수 있기 때문이다.

대처에 도움이 되는 긍정적인 특성

조심성, 굳은 심지, 협조적인 성향, 외교술, 공감 능력, 정직성, 고결함, 공정함, 신의, 객관성, 통찰력, 낙관적인 성향, 인내, 설득력, 전문성, 지략, 책임감, 분별력, 영성

긍정적인 결과

- 적절하게 선을 긋는 법과 사람을 함부로 믿어서는 안 된다는 사실을 배운다.
- 자신을 고발한 사람이 거짓말을 하고 있다는 사실을 밝혀낸다.
- 손해에 대한 배상을 받는다.
- 사법제도가 제대로 작동하고 있다는 사실을 경험한다.
- 새로운 직업, 관계, 자리에서 더 큰 만족감을 얻는다.
- 섣불리 판단하지 않는 법을 배운다.
- 억울한 누명을 쓴 이들을 도와주는 사람이 된다.

억지로 참석하다

Forced Attendance

사례

- 다른 사람들의 기대 때문에 장례식, 결혼식, 종교 행사에 참석한다.
- 회의, 교육, 명절 모임, 직장 행사에 참석해야 한다.
- 분노관리 프로그램, 재활 프로그램, 법원에서 명령하는 프로그램에 참석해야 한다.
- 학교에 다니거나 직업훈련을 받아야 한다.
- 의무로 해야 하는 심리상담, 결혼상담, 기타 정신 건강 관련 모임에 참석한다.
- 육아수업에 참석해야 한다.
- 운전자 교육을 이수해야 한다.
- 학부모 총회나 학교 행정과 관련된 회의에 참석해야 한다.
- 가족 모임이나 동창회에 참석해야 한다.
- 배심원 소환에 응해야 한다.
- 가석방 담당관에게 계속 연락해야 한다.
- 소환을 받거나 법원 출두 날짜가 정해진다.
- 예배에 참석해야 한다.

사소한 문제

- 아이나 반려동물을 맡아줄 사람을 구해야 한다.
- 행사 참석 때문에 교통비, 숙박비, 기타 비용이 발생한다.
- 식단과 관련 있는 어려움을 겪는다(캐릭터가 특이한 알레르기나 과민증이 있는 경우).
- 일을 하지 못해 수입이 줄어든다.
- 다른 계획을 미뤄야 하거나 중요한 행사를 놓치게 된다.
- 긴 연설, 팀워크 활동, 가족 생일잔치에서 날뛰는 아이들의 경우와 같이 짜증나거나 싫어하는 일들을 참아야 한다.
- 행사가 갖고 있는 문화적 규범을 따라야 한다.
- 정치, 종교 등에 대해 논쟁을 하게 된다.
- 공격적으로 굴었다가 질책을 받는다.

- 행사장에서 만취한다.
- 누군가를 모욕한다.
- 누군가를 험담하거나 쓸데없는 소리를 하는 모습을 보게 된다.
- 적절한 복장을 갖추지 못했다.
- 참석해야 하는 행사에서 요구하는 수수료나 수업료를 지불해야 한다.
- 만나고 싶지 않은 사람과 마주친다.
- 마음에 들지 않는 참가자나 트레이너를 상대해야 한다.

초래할 수 있는 심각한 결과

- 행사장에 있고 싶지 않아 그곳에서 못되게 행동한다.
- 참석은 하지만 공격적이고 거칠고 폭력적으로 군다.
- 술에 취해 잘못된 행동을 하게 된다(외도, 불법약물 사용 등).
- 자신을 억지로 참석하게 만든 사람과 싸운다.
- 행사를 방해하기 위해 의도적으로 무언가를 한다.
- 가석방 조건을 위반하게 되거나 같은 시간에 하기로 되어 있었던 중요한 약속을 어기게 된다.
- 긴급 상황이나 재난이 발생했을 때 집에 없는 상태다.

생길 수 있는 감정

동요, 짜증, 예감, 불안, 근심, 멸시, 반항심, 두려움, 당혹감, 죄의식, 증오, 수치심, 불안정한 상태, 압도당하는 느낌, 편집증, 무력감, 회한, 울화, 자기연민, 의기양양함, 취약하다는 느낌

생길 수 있는 내적 갈등

- 강제로 참석하게 만든 사람을 원망한다.
- 솔직한 감정을 드러내거나 이 일에 책임이 있는 측에 앙갚음을 하고 싶다는 생각이 든다.
- 가족이나 다른 참석자의 행동에 당혹스러워한다.
- 자신의 진짜 모습이나 그 밖의 비밀을 숨겨야만 할 것 같은 느낌이 든다.
- 부정적인 과거의 감정이 떠오른다.
- 방어적인 느낌이나 곤혹스러운 느낌이 든다.
- 행사에 참석한 일로 불안한 마음이 든다.

- 참석한 상황에 대한 반감을 숨길 수밖에 없다.
- 행사의 결과와 관련한 부정적인 감정에 시달린다.
- 행사장에서 불법 약물, 연애 감정 등의 유혹에 대처해야 한다.
- 오해를 받고 있거나 자신의 감정이 인정받지 못한 것 같은 느낌이 든다.
- 조바심을 느끼게 된다(행사가 얼마나 오래 이어질지, 싫지만 아는 척해야 하는 사람 등).

상황을 악화시킬 수 있는 부정적인 특성

남의 속을 긁는 성향, 중독 성향, 반사회적 성향, 유치함, 대립하는 성향, 통제 성향, 무례함, 남의 뒷말을 좋아하는 성향, 충동적 성향, 불안정한 상태, 신경과민, 반항심, 무모함, 분개, 이기심, 요령 없음, 비협조적인 성향, 장황함, 일중독

기본 욕구에 미치는 영향

- **자아실현 욕구** 법적으로 감시당하고 자유를 억압당한 경우, 캐릭터는 그 파장이 두려워 특정 목표를 추구하지 못할 수 있다.
- **애정과 소속의 욕구** 참석을 강요당하는 일이 가족들 사이에 자주 일어나는 경우, 캐릭터는 자신이 바라는 바와 다른 사람의 기대 중 하나를 선택해야 한다는 사실에 분개할 수 있다. 이러한 상황에서 억울한 마음이 점점 커지면서 가족과 관계가 악화될 수 있다.

대처에 도움이 되는 긍정적인 특성

모험심, 협조적인 성향, 예의, 여유, 열의, 외향성, 친근감, 유머, 행복감, 성숙함, 남의 말을 잘 듣는 성향, 인내, 적절한 판단 능력, 책임감, 분별력, 사회의식, 지지하는 태도, 이타적인 성향

긍정적인 결과

- 참석한 행사의 장점을 발견한다(가령 새로운 거래처를 만난다든지).

- 개인적인 성장을 이룬다.
- 새로운 것을 시도하고 그 경험을 즐긴다.
- 지식, 기술, 자원을 얻게 된다.
- 캐릭터가 편안하게 여기는 영역이 넓어진다.

정실 인사 혹은 편애

Nepotism or Favoritism

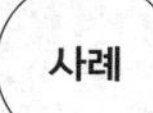

- 부모가 특정 자식을 다른 자식보다 편애한다.
- 스포츠팀에서 코치의 조카가 경기에 더 자주 출전한다.
- 중요한 인물이나 돈벌이가 되는 고객에게 아첨한다.
- 교사가 선택받은 일부 학생에게만 관심을 보이며 그들에게 특별한 의무와 역할을 맡긴다.
- 한 자녀가 다른 자녀보다 유산을 더 많이 받는다.
- 일을 제대로 하지 않는 동료가 상사의 골프 친구라는 이유로 잘못을 책임지지 않는다.
- 우대고객에게는 특정 문제를 으레 눈감아준다.
- 부모가 의붓자식보다 친자식의 말을 믿는다.
- 다른 선수와는 달리 스타급 선수에게만 지각한 일에 대해 뭐라 하지 않는다.
- 대학의 모든 학과가 감원을 하고 있는 와중에 특정 학과만 면제받는다.
- 아무 경험도 없는 사람이 친인척이라는 이유로 누구나 탐내는 정치적 지위를 갖게 된다.
- 고객과 가까운 사이인 사람이 계약을 따 낸다.

사소한 문제

- 분란만 일으키게 될 것이 분명한 반대 입장을 속으로 삼켜야만 한다.
- 사안에 목소리를 높이다가 말썽꾼으로 낙인이 찍힌다.
- 직장 내 사기가 서서히 떨어진다.
- 대학 내 정치에 휘말린다.
- 분란이 생겨 가족의 정상 기능을 누릴 수 없다.
- 상사의 총애를 받는 직원이 무능하거나 게을러서 캐릭터가 해야 할 일이 늘어난다.
- 편애 때문에 상처받은 아이의 감정을 다독여줘야 한다.

- 경쟁이 사적 충돌로 확대된다.
- 캐릭터가 자신의 가치를 증명하기 위해 총애를 받는 팀원보다 앞서가고자 노력한다.
- 서로 다른 대접을 받는 형제자매 사이에 마찰이 생긴다.

초래할 수 있는 심각한 결과

- 능력 없는 가족 구성원이 책임을 맡으면서 가업이 파산한다.
- 가족 모임에 가서 그동안 자신이 차별을 받았다는 사실을 말해 모임을 망친다.
- 편애를 받았던 측에 반대의 목소리를 높였다가 방해 공작을 당한다.
- 혜택을 받는 당사자가 눈치도 없이 정실 인사 이야기를 했다가 난감한 상황이 된다.
- 부당한 대우에 항의했는데 부당한 대우의 이득을 누리는 자들 가운데 영향력 있는 인물들이 항의하는 캐릭터를 방해한다.
- 작업 환경이 열악해져 직장을 그만둔다.
- 전문성을 발휘할 기회가 막혀 발전이 불가능하다.
- 재혼으로 이루어진 가족인데 편애 문제로 한 가족처럼 지내지 못한다.
- 형제자매가 평생 서로 경쟁한다.
- 가족 관계가 깨진다.
- 부당한 체재와 맞설 수 없다 믿고, 의미 있는 목표를 포기한다.
- 자신의 윤리 기준을 버리는 대응을 한다(편애하는 사람들에게 복수하거나 소문을 퍼뜨리는 행동 등).
- 모든 일에 무감각해지고 성취도도 떨어져 노력해도 소용없다고 생각하게 된다.
- 삶을 부정적으로 바라보게 된다.
- 조건 없는 사랑이란 없으며, 성취를 해야만 얻는 것이라 믿게 된다.
- 상대방을 방해하는 방식으로 저울의 균형을 맞춘 탓에 결국 모두가 손해를 보게 된다.

생길 수 있는 감정	동요, 분노, 배신감, 씁쓸함, 멸시, 저항감, 좌절, 각오, 실망, 환멸, 좌절감, 분개, 불안정한 상태, 질투, 방치당한 느낌, 편집증, 무력감, 격노, 울화, 체념, 남의 불행을 기뻐하는 마음, 인정받지 못한다는 느낌, 반신반의
생길 수 있는 내적 갈등	• 불공정한 대접을 심하게 받아 강박관념을 갖게 된다. • 질투, 원망, 심지어 분노에 시달린다. • 편애나 정실 인사가 정말 존재한 것인지 아니면 자신의 상상인지 자신이 없다. • 다른 사람과 같은 혜택을 받기 위해 상사의 비위를 맞추고 싶다는 유혹이 든다. • 발전하지 못하는 것이 자신의 잘못이 아닐까 스스로를 의심한다. • 낮은 자존감과 씨름한다. • 우려하는 목소리를 내면 질투하는 것으로 보이지는 않을까 걱정한다. • 편애에 완전히 질려 편애가 없는 곳에서도 편애가 있다고 착각할 지경이다.

상황을 악화시킬 수 있는 부정적인 특성

심술궂음, 유치함, 통제 성향, 기만하는 성향, 위선, 감정표현을 꺼리는 성향, 불안정한 상태, 순교자인 양하는 태도, 애정 결핍, 편집증적 성향

기본 욕구에 미치는 영향

- **자아실현 욕구** 캐릭터는 정실 인사가 발전을 막고 자신의 큰 꿈을 절대 이루지 못하게 한다고 느낄 수 있다.
- **존중과 인정의 욕구** 편애에 대해 알지 못하는 사람들은 캐릭터의 기술이 부족하고, 열심히 일하지 않아서 발전하지 못한 것이라고 오해할 수 있다.
- **애정과 소속의 욕구** 편애가 가장 파괴적으로 나타나는 관계가 가족 관계다. 계속 무시당하고 폄하되는 캐릭터는 자신이 도움을 받지 못했다고 느낄 수 있고,

이렇게 취약해진 자신의 상태를 불편해한다.

- **안전 욕구** 공정하지 못한 공동체에 갇힌 캐릭터는 마음이 지쳐 건강에도 영향을 받을 수 있다.

대처에 도움이 되는 긍정적인 특성

야심, 과감함, 이상주의, 독립심, 공정함, 인내, 상황을 주도하는 성향

긍정적인 결과

- 공정해야 하는 상황에서 푸대접받는 느낌이 어떤 것인지를 가해자가 이해할 수 있게 도와준다.
- 잘못된 관행에 목소리를 높이다가 자신과 비슷한 생각을 하는 사람을 발견해 지지를 얻는다.
- 정실 인사가 자극이 되어 도움이나 편애 없이 자신의 능력을 발전시킨다.
- 정실 인사의 부당함을 인식하고 자신은 절대 그런 일을 하지 않겠다고 결심한다.
- 공정하다는 것이 무엇인지 그 누구보다 잘 알게 되어 이를 모든 상황과 관계에 적용하게 된다.

차별을 겪다 Experiencing Discrimination

차별은 캐릭터의 정체성이 지닌 특정 요소, 그리고 특정 집단의 일원으로서 지닌 특성 때문에 발생하는 일종의 괴롭힘이라고 정의할 수 있다. 차별은 나이, 인종, 지적 능력, 가족 상황, 젠더, 섹슈얼리티, 종교, 신체적 능력 등의 다양한 요인을 기반으로 한다.

차별과 괴롭힘 사이의 경계는 모호한 편이고 구체적인 상황의 맥락에 따라 결정되는 경우가 많다. 여기서 말하는 차별이란 캐릭터가 지니고 있는 어떤 특성 때문에 특정한 방식으로 '취급당하는 것'을 의미한다. 캐릭터가 어떤 특성으로 인해 개인적으로 표적이 되는 경우(반복적으로 이루어지는 경우가 많다)에 대해서는 '차별이나 희롱 등의 괴롭힘을 당하다' 편을 참조할 것.

사례

- 종교 의식을 진행할 장소가 마련되어 있지 않다.
- 차별적 요소 때문에 일자리를 얻지 못한다.
- 직장에서 더 낮은 급여를 받고 불평등한 대우를 받는다.
- 직장에서 제대로 대해주지 않는다.
- 주거, 교육, 직업훈련, 기타 혜택에 있어서 동등한 기회를 제공받지 못한다.
- 물건을 살 때 다른 고객이라면 받지 않을 질문을 받는다.
- 결혼을 할 수 없거나 아이를 입양할 수 없다.
- 사람들이나 관계기관이 캐릭터를 예의주시한다.
- 모임, 회원 가입, 특정 직업군에서 배제된다.
- 누구에게나 열려 있는 재정지원(대출, 장학금, 후원 등)을 거부당한다.

사소한 문제

- 삶의 여러 측면을 숨겨야 한다.
- 자신의 가치를 굳이 타인에게 납득시켜야 한다.
- 차별 요인 때문에 사는 곳이나 직업 선택에 제한을 받는다.
- 다른 교통수단을 찾아야 한다.

- 다른 사람의 비판적 시선이나 의견에 대처해야 한다.
- 차별을 당해도 알아차리지 못한 척해야 한다.
- 직장에서 다른 사람과 동일한 책임을 맡거나 혜택을 받지 못한다.
- 으레 그럴 것이라는 취급을 당한다.
- 무지한 질문에 대처해야 한다.
- 다른 사람들에게 인종, 섹슈얼리티, 젠더 등이 무엇인지 가르쳐줘야 한다.
- 상대방이 갖고 있는 이중 잣대를 지적하고 평등한 지위를 얻기 위해 싸워야 한다.
- 경제적 안정을 이루기 위해 애쓴다.

초래할 수 있는 심각한 결과

- 누군가를 고소해야 한다.
- 차별을 가한 개인이나 단체를 공개적으로 고발했다가 증거가 없다고 묵살당하고 처벌받게 된다.
- 사적이고 애써 감추고 있었던 차별적 요소가 드러난다.
- 언쟁이나 싸움에 휘말린다.
- 차별한 사람에 대한 복수를 계획한다.
- 따돌림, 위협, 폭력을 경험한다.
- 결혼하거나 아이를 입양하거나 가족을 늘리는 능력을 부정당한다.
- 필요한 진료나 정신 건강 상담을 거부당한다.
- 이렇다 할 이유나 재판 없이 구금된다.
- 불안이나 우울에 대처하기 위해 자가 치료를 하다가 약물에 중독된다.
- 자살을 시도하거나 성공한다.

생길 수 있는 감정

분노, 괴로움, 불안, 씁쓸함, 패배감, 자기방어, 우울함, 좌절, 불신, 낙담, 환멸, 좌절감, 수치심, 상처, 무능하다는 느낌, 불안정한 상태, 위협감, 무력감, 울화, 취약하다는 느낌, 자신이 하찮다는 느낌

생길 수 있는 내적 갈등

- 고립감과 우울감을 느낀다.
- 자부심에 의문을 품는다.
- 공개적으로 말하고는 싶지만 망설인다(공개적으로 말하고 싶은데 상황만 악화되는 것이 아닐까하는 두려운 마음이 든다).
- 사랑하는 사람이 차별받지 않게 보호해주지 못한다는 사실에 무력감을 느낀다.
- 남들이 자신을 있는 그대로 받아들여줄 수 있을지 의구심이 든다.
- 적응해야 한다는 압박감을 느낀다.
- 차별을 겪어보지 않은 사람들을 원망한다.
- 같은 편이면서도 나서서 도와주지 않은 사람들을 원망한다.
- 다른 이가 차별받는다는 사실을 가벼이 생각하거나 무시하는 사람들에게 분노를 느낀다.

상황을 악화시킬 수 있는 부정적인 특성

남의 속을 긁는 성향, 반사회적 성향, 비겁함, 부정직함, 무례함, 적대감, 감정표현을 꺼리는 성향, 불안정한 상태, 신경과민, 편견, 분개, 굴종적인 성향, 소심함, 소통부족, 앙심, 폭력성, 변덕, 의지박약, 내성적인 성향

기본 욕구에 미치는 영향

- **자아실현 욕구** 캐릭터가 다른 사람과 동일한 기회를 갖지 못한 경우, 자신의 잠재능력에 미치지 못하는 삶을 살게 될 수 있다.
- **존중과 인정의 욕구** 선택한 것이 아니라 우연히 갖게 된 어떤 요인 때문에 사회에서 받아들여지지 않는 경우, 캐릭터는 자신의 가치에 의문을 품게 될 수 있다.
- **애정과 소속의 욕구** 캐릭터는 자기 삶의 경험과 접점이 없는 사람들과 관계를 맺는 데 어려움을 겪을 수 있다. 뿐만 아니라 다른 사람들도 자신이 캐릭터와 같은 사람으로 취급받고 부당한 대우를 받을까 봐 캐릭터와 더 깊은 관계를 맺지 않으려 할 수 있다.
- **안전 욕구** 차별 때문에 일자리와 안전한 주거 환경을 얻지 못하거나, 의료 접근성도 떨어지게 될 수 있다. 이러한 차별은 캐릭터의 취약성을 증가시켜 특정

사람들이 캐릭터 주위에 있을 때나 캐릭터가 특정 상황에 있을 때 안전하지 않다고 느끼게 만든다.

대처에 도움이 되는 긍정적인 특성

굳은 심지, 용기, 예의, 외교술, 친근감, 고결함, 끈기, 전문성, 지략, 책임감, 사회의식

긍정적인 결과

- 개인 간의 차이를 사람들에게 알려주면서 문화에 영향을 미친다.
- 다른 사람들도 더욱 안전한 환경을 갖게 해준다(직장, 학교, 공공장소 등).
- 해로운 관행을 폭로하거나 영향력 있는 사람의 나쁜 행동을 밝혀 변화를 가져온다.
- 자신의 권리를 주장하여 평등한 혜택과 기회를 얻는다.

차별이나 희롱 등의 괴롭힘을 당하다

Experiencing Harassment

차별이나 희롱과 같은 괴롭힘은 캐릭터의 인종, 성별, 종교, 정치적 견해, 기타 요소로 인해 개인적이고 반복적으로 표적이 될 때 발생한다. 단순한 차별이 어떤 요소를 지니고 있는 사람 모두를 부당하게 대우하는 것이라면, 괴롭힘으로 이어지는 차별은 여기서 한 걸음 더 나아가 어떤 요소를 구실로 캐릭터 개인을 표적으로 삼는 것이다. 학대는 일회성으로 이루어질 수도 있고, 같은 사람이 반복해서 일으킬 수도 있다.

사례

- 누군가가 캐릭터를 부적절하게 만지거나 신체적인 폭행을 한다.
- 캐릭터에 대한 위협, 소문, 개인정보가 온라인에 퍼진다.
- 또래, 동료, 코치, 감독자에게서 위협이나 협박을 당한다.
- 반복적으로 놀림을 당하거나 조롱을 당한다(억양, 지능, 재정상태 등).
- 모욕적인 농담, 경멸적인 발언, 별명 부르기, 욕설, 비방의 대상이 된다.
- 누군가가 캐릭터의 동의도 없이 불쾌한 그림이나 물건을 보여준다.
- 권력을 지닌 사람이 캐릭터에게 부당한 요구나 기대를 한다.
- 말하기 불편한 사생활에 대한 질문을 받는다.
- 스토킹을 당한다.
- 모두가 받는 혜택이지만 캐릭터에게는 어떤 일을 해야만 받을 수 있다는 조건이 붙는다(캐릭터가 이에 동의하지 않을 경우, 혜택을 받을 수 없다).

사소한 문제

- 증거를 모으고 소송을 제기하기 위해 괴롭힘을 견딘다.
- 불만 사항을 문서로 남기거나 고발해야 한다.
- 괴롭히는 사람과 맞서야 한다.
- 괴롭힘을 피할 방법을 찾아야 한다.

- 소문이나 대중의 이목에 대처해야 한다.
- 괴롭힌다는 혐의를 받을까 봐 캐릭터와 어울리는 것을 지레 겁내는 사람들과 캐릭터와의 관계가 어색해진다.
- 괴롭히는 사람이나 괴롭힘을 보고도 방관하는 사람들에게 위협당한다.
- 괴롭히는 사람과 친해지려고 노력한다.
- 가해자와 가까운 사람에게 알려야 한다.
- 괴롭힘에 대한 조사가 이루어지는 동안 업무를 보지 못하게 된다.
- 다른 일자리, 학교, 활동 장소를 찾아야 한다.

초래할 수 있는 심각한 결과

- 학교를 떠나거나, 좋아했던 활동을 하지 못하게 된다.
- 일자리를 잃는다.
- 사람들의 믿음을 잃거나 근거 없는 비난을 받게 된다.
- 캐릭터가 관심을 돌리기 위해 부정적인 행동을 하는 것이라고 가해자가 비난한다.
- 괴롭힘이 있었다는 사실을 믿지 않는 친구나 가족을 잃는다.
- 소송을 제기해야 한다.
- 캐릭터의 평판이 억울하게 망가진다.
- 상황이 알려지게 되면서 캐릭터가 원치 않는 주목을 받게 된다.
- 가해자가 권력이나 영향력 덕에 빠져 나간다.
- 폭행의 대상이 된다.

생길 수 있는 감정

불안, 섬뜩함, 갈등, 멸시, 자기방어, 불신, 환멸, 두려움, 당혹감, 허둥거림, 증오, 불안정한 상태, 위협감, 편집증, 무력감, 울화, 창피함, 고통스러움, 취약하다는 느낌, 자신이 하찮다는 느낌

생길 수 있는 내적 갈등

- 괴롭힘을 당하고 있는지 아니면 자신이 지나치게 민감한 것인지 의문을 품는다.
- 가스라이팅을 당하면서 자신이 혹시 오해한 것은 아닌지 의심하게 된다.
- 보복을 두려워한다.

- 수치심, 낮은 자존감, 우울증을 겪게 된다.
- (교사, 상사, 코치, 트레이너 등) 가해자가 힘을 가지고 있는 인물이라 캐릭터가 무력감을 느낀다.
- 다른 사람들로부터 입을 다물라는 압력을 받는다.
- 끝이 보이지 않는다.

상황을 악화시킬 수 있는 부정적인 특성

남의 속을 긁는 성향, 중독 성향, 무관심, 비겁함, 부정직함, 어리석음, 남의 뒷말을 좋아하는 성향, 남을 잘 믿는 성향, 위선, 감정표현을 꺼리는 성향, 불안정한 상태, 신경과민, 예민한 성향, 편집증적 성향, 지저분한 행실, 굴종적인 성향, 소통부족, 허영심, 의지박약

기본 욕구에 미치는 영향

- **자아실현 욕구** 괴롭힘을 당하면서 캐릭터는 직장이나 학교에서 활동의 제약을 받을 수 있다. 표적이 되지 않도록 조심한 나머지 성공할 기회를 거부할 수도 있다.
- **존중과 인정의 욕구** 반복되는 위협과 협박은 캐릭터의 자존감에 부정적인 영향을 미친다. 시간이 지나면서 괴롭힘 때문에 캐릭터의 힘은 고갈되고 스스로를 바라보는 방식도 부정적인 영향을 받는다.
- **애정과 소속의 욕구** 자신이 누구를 믿을 수 있을지 혹은 이 상황에 대해 이야기하면 어떤 결과를 초래할지 모르는 캐릭터는 적대적인 환경에서 친밀한 관계를 맺는 일을 포기하게 될 수 있다.
- **안전 욕구** 괴롭힘은 반복적이고 위협적이기 때문에 캐릭터는 일상생활에서도 안전하다는 느낌을 받지 못할 수 있다. 학교나 직장에서 고립감과 두려움을 느끼면서 이런 곳들도 캐릭터에게 공포를 느끼게 하는 장소가 될 수 있다.

대처에 도움이 되는 긍정적인 특성

적응 능력, 차분함, 조심성, 굳은 심지, 용기, 예의, 외교술, 친근감, 정직성, 고결

함, 공정함, 객관성, 끈기, 상황을 주도하는 성향, 전문성, 보호하려는 성향, 지략, 책임감, 분별력, 사회의식

긍정적인 결과

- 괴롭힘을 당하는 다른 사람을 보호해준다.
- 피해자를 변호해주거나 괴롭힘을 증언해줄 같은 편을 발견한다.
- 주도권을 쥐겠다는 태도가 강화된다.
- 가해자를 뉘우치게 한다.
- 자신과 타인 사이에 명확한 경계를 세운다.
- 괴롭힘을 당하는 일에 대해 문제 의식을 갖고 목소리를 높일 수 있도록 다른 사람에게 영감을 준다.
- 괴롭힘이 벌어지고 있음을 알고 개입해 돕는다.

체포되다 Being Arrested

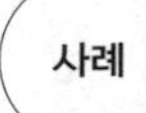

- 법 집행기관에 구금당한다.
- 민간인이 캐릭터를 법 집행기관에 넘긴다.

사소한 문제

- 변호사나 가족에게 바로 연락이 안 된다.
- 사람들 앞에서 체포되면서 당혹감이나 굴욕감을 느낀다.
- 체포 당시 술에 취해 있었다.
- 심문을 받게 된다.
- 차를 압수당한다.
- 이런저런 소문과 억측에 시달린다.
- 체포된 사실과 그 뒤에 일어난 일로 사람들과의 관계가 망가진다.
- 법적대리인 비용을 지불해야 한다.
- 사랑하는 사람과 떨어져 있게 된다.
- 변호사 비용을 감당할 수 없다.
- 수감 중에 금단 증세를 겪는다.
- 운전면허가 취소된다.
- 언론 취재와 보도에 시달린다.
- 직장을 휴직하게 된다.
- 보석이 기각된다.
- 보석금을 내줄 여유가 있는 사람이 주위에 없거나 내주는 사람이 없다.

초래할 수 있는 심각한 결과

- 체포에 저항한다.
- 변호사 없이 범죄를 자백한다.
- 체포 전이나 체포 중에 누군가를 다치게 하거나 죽게 만든다.
- 법 집행기관이 캐릭터에게 심각한 부상을 입힌다.
- 전과가 생긴다.
- 학교나 직업훈련원에서 쫓겨난다.
- 체포당한 일로 평판이 무너진다.

- 직장에서 쫓겨나거나 일자리를 구할 수 없게 된다.
- 자녀의 양육권을 빼앗긴다.
- 친구와 가족들에게 외면당한다.
- 입을 다물길 원하는 사람들의 표적이 된다.
- 병원이나 심리상담기관에 갈 수 없게 된다.
- 누명을 쓴다.
- 유죄 판결을 받고 징역을 선고받는다.
- 감옥에서 폭행당한다.
- 재판을 기다리는 도중 살해된다.

생길 수 있는 감정

동요, 불안, 배신감, 패배감, 자기방어, 반항심, 우울함, 무력감, 두려움, 죄의식, 향수, 안달, 외로움, 무력감, 후회, 울화, 자기혐오, 자기연민, 창피함, 반신반의, 복수심, 취약하다는 느낌, 자신이 하찮다는 느낌

생길 수 있는 내적 갈등

- 체포된 일로 외상 후 스트레스 장애를 겪는다.
- 재판을 기다리는 동안 고립감과 외로움으로 괴로워한다.
- 체포당하게 만든 자신의 선택에 대해 자책한다.
- 원망과 원한을 품으며 괴로워한다.
- 무력하고 무기력한 느낌이 든다.
- 아무리 그만하려고 해도 체포당하는 순간이 머릿속에서 떠나지 않는다.
- 자신의 결백을 입증할 수 없다.
- 사랑하는 사람을 실망시킨 일에 대해 죄책감을 느낀다.
- 자신의 판단에 의구심이 생긴다.
- 부정적인 행동에서 벗어날 수 없다는 느낌이 든다.
- 정보를 제공하고 형량을 줄이고 싶지만 그러면 위험해진다는 사실을 알고 있다.
- 진짜 감정을 표현하고 싶지만 자신이 약하다는 사실을 드러내고 싶지는 않다.
- 감방에 있는 사람들에게 일어나는 일을 전해 들어 괴롭다.

상황을 악화시킬 수 있는 부정적인 특성

남의 속을 긁는 성향, 우쭐대는 성향, 대립하는 성향, 통제 성향, 무례함, 회피 성향, 적대감, 충동적 성향, 합리적이지 않은 성향, 남을 조종하려는 성향, 편견, 가식, 반항심, 무모함, 비협조적인 성향, 장황함, 폭력성, 변덕

기본 욕구에 미치는 영향

- **자아실현 욕구** 자유를 빼앗기면 성취를 이룰 기회나 꿈을 좇을 기회가 사라진다. 자아실현 욕구는 의미 있는 새로운 목표가 세워진 뒤에만 충족될 수 있다.
- **존중과 인정의 욕구** 후회하고 있는 캐릭터는 자신이 용서, 신뢰, 새로운 기회 같은 것을 받을 자격이 없다고 느끼게 된다.
- **애정과 소속의 욕구** 캐릭터가 체포되면 친구와 가족이 그를 피하거나 지지를 접을 수 있다. 투옥된 상태에서는 깊고 건강한 관계를 유지하는 데에 어려움을 겪을 수 있기 때문에 애정과 소속 욕구를 충족하지 못하게 된다.
- **안전 욕구** 체포되는 순간 캐릭터의 자율성이 사라진다. 자신의 의지에 반해 붙잡혀 있는 상태에 내포된 예측불가능성은 불안과 두려움을 증폭시킬 수 있다.

대처에 도움이 되는 긍정적인 특성

적응 능력, 차분함, 조심성, 매력, 협조적인 성향, 예의, 외교술, 절제력, 신중함, 여유, 친근감, 정직성, 공정함, 남의 말을 잘 듣는 성향, 낙관적인 성향, 인내, 애국심, 설득력, 지략, 사람을 잘 믿는 성향

긍정적인 결과

- 기소 없이 석방된다.
- 진짜 가해자를 법정에 세우는 데 성공한다.
- 자신의 삶을 더 나은 방향으로 이끈다.
- 캐릭터가 해왔던 삶의 선택을 재평가하게 된다.
- 위험에 처한 이들을 도와주는 사람이 된다.
- 교도소에 있는 동안 갖게 된 직업훈련과 교육의 기회를 활용한다.
- 시련을 겪는 동안 자신을 지지해준 사람들을 새로운 눈으로 보게 된다.

트러블
사전

유리한 고지를 잃다

Losing an Advantage

같은 편을 잃다 Losing an Ally

사례

- 캐릭터가 이웃과 함께 소송 명단을 제기했는데 이웃이 이제 와 자기 이름을 지워달라고 한다.
- 까다로운 상사를 막아주던 동료가 퇴사한다.
- 캐릭터가 공부하는 대학에서 자금 지원에 영향력을 행사해주던 인물을 잃는다.
- 캐릭터가 소속되어 있는 위원회가 특정 사건에서 발을 뺀다.
- 영향력 있는 신문사나 법 집행기관 사무실에 있던 인맥을 잃는다.
- 중요한 정보를 전해주던 형사가 사건에서 손을 뗀다.
- 동업자나 공동 창업자가 회사를 떠나기로 결심한다.
- 언제나 응원과 격려를 보내주던 친구가 세상을 떠난다.
- 배우자가 육아에 대한 입장을 뒤집고 캐릭터와 충돌한다.
- 형제자매가 캐릭터와의 결의를 깨고 가족의 압력에 굴복한다.
- 정치적 동지가 변절해 다른 정당으로 들어간다.
- 팀 동료가 다른 스포츠 팀으로 이적한다.
- 조직 개편으로 유능한 부하를 잃는다.
- 동료가 다른 회사에서 거절하기에는 너무 좋은 자리를 제안받는다.
- 캐릭터가 학교에서 인기가 떨어지자 이전에는 사이가 좋았던 친구가 다른 친구들과 어울리기 시작한다.

사소한 문제

- 한 사람이 감당할 수 있는 것보다 더 많은 일을 하게 된다.
- 새로운 책임을 떠맡는다.
- 다른 곳에서 정보를 얻어야 한다.
- 핵심적인 위치에서 멀어진다.
- 임무나 목표를 이룰 자신감을 상실한다.
- 어떤 문제나 도전에 대해 함께 이야기할 사람이 없다.
- 나간 사람과 관련된 연줄과 기술을 잃는다.
- 우정을 그리워한다.
- 남은 사람들의 기운을 북돋아줘야 한다.

- 강한 것처럼 보이기 위해 자신감 있게 행동해야 한다.
- 불안과 의심을 허심탄회하게 털어놓을 사람이 없다.
- 같은 편이었던 사람이 새로운 기회를 갖게 된 데 실망했지만, 내색하지 않고 기쁜 척해야 한다.
- 새로운 동맹을 구축해야 한다.

초래할 수 있는 심각한 결과

- 기술이나 경험이 떨어지는 사람이 대신 온다.
- 근무 환경이 견디기가 어려운 쪽으로 변화한다.
- 친구와 가족이 힘을 모아 캐릭터의 생각을 바꾸려 한다.
- 중요한 관계가 회복할 수 없을 정도로 손상된다.
- 특정 지역에서 최후까지 팔지 않고 버티는 집에 대해 지역 당국이 집주인에게 접근해서 가혹한 위협을 가한다.
- 반란군이 지도부의 내분으로 무너진다.
- 중요한 정부 동맹이 관련 당사자들의 의견 차이로 실패한다.
- 배우자가 상대의 지지를 받지 못해 외로워하는 문제로, 결혼 생활이 끝난다.
- 상대 법무팀의 혼란으로 범죄자가 풀려난다.
- 변화에 충분히 대비하지 못해 고결한 대의가 무너진다.

생길 수 있는 감정

분노, 불안, 근심, 갈등, 패배감, 반항심, 우울함, 각오, 상심, 실망, 비애, 초라함, 무능하다는 느낌, 외로움, 방치당한 느낌, 향수, 압도당하는 느낌, 무력감, 회한, 울화

생길 수 있는 내적 갈등

- 절망감을 느끼지만 내색할 수 없다.
- 관계의 결속력이란 걸 믿을 수 있는 것인지 의구심이 생긴다(같은 편이 떠나기로 선택했기 때문이다).
- 같은 편이었던 사람에게 새로운 기회가 생긴 것은 기쁘지만 이제는 그 사람을 잃게 되어 슬프다.
- 같은 편 없이 어떻게 해나갈 수 있을지 걱정스럽다.
- 포기하거나 굴복하고 싶은 유혹을 받는다(그리고 그러한 감정이 들어 수치심이 든다).

- 떠난 사람을 대신할 사람을 구해야 하지만 왠지 배신하는 느낌이 든다.
- 같은 편이 떠난 게 원망스럽고 배신감까지 든다.
- 같은 편이 떠난 이유가 의심스럽다(혹시 자신에게 문제가 있어서 그런 것은 아닌지 의구심이 든다).

상황을 악화시킬 수 있는 부정적인 특성

무관심, 냉담함, 심술궂음, 대립하는 성향, 통제 성향, 신의를 저버리는 성향, 어수선함, 적대감, 불안정한 상태, 남을 조종하려는 성향, 애정 결핍, 완벽주의, 비관적인 성향, 소유욕, 무모함, 분개, 요령 없음, 배은망덕, 장황함

기본 욕구에 미치는 영향

- **존중과 인정의 욕구** 같은 편이 캐릭터의 자신감과 자기 신념을 지탱해준 사람인 경우, 그를 잃는 일로 캐릭터에게는 자기 의심이 촉발될 수 있다.
- **애정과 소속의 욕구** 가족 내에서 같은 편을 잃는 일은 특히 치명적일 수 있으며 배신감을 불러일으킬 수 있다. 배신당한 느낌 때문에 캐릭터는 용서가 힘들어지고 관계는 결코 예전으로 돌아갈 수 없게 된다.
- **안전 욕구** 보호하고 지켜줬던 같은 편을 잃으면 캐릭터는 위험에 무방비로 노출된 느낌을 갖게 될 수 있다.

대처에 도움이 되는 긍정적인 특성

적응 능력, 감사하는 태도, 차분함, 매력, 자신감, 외향성, 고결함, 이상주의, 독립심, 영감을 주는 성향, 지적 능력, 신의, 낙관적인 성향, 체계적인 성향, 열정, 인내, 끈기, 설득력, 지략

긍정적인 결과

- 같은 편이 없어졌다 해도 캐릭터는 계속해서 옳은 일을 해나간다.
- 캐릭터가 하는 일을 믿어주는 같은 편을 새롭게 발견한다.

- 포기하지 않은 덕분에 다른 사람에게 영감을 주게 된다.
- 새로운 관계를 만들어 서로 도와주고 조언하고 지원해준다.
- 자신이 일을 주도하고 인내하는 능력이 있다는 사실을 발견한다.
- 떠나간 사람의 선택이 자신의 탓이라는 생각을 극복한다.
- 가족의 특정 구성원과 선을 그음으로써 그에게 지나치게 의존하지 않게 된다.

경쟁자가 등장하다

A Competitor Showing Up

일러두기

경쟁은 삶의 모든 측면에 자주 등장하지만 연애와 관련이 있는 경쟁은 다른 경쟁과 달리 특수한 면이 있다. 이에 관해서는 『딜레마 사전』에 있는 '연애에 경쟁자가 등장하다' 편을 참조하길 바란다.

사례

- 유능한 동료가 팀에 합류한다.
- 떠오르는 업체가 시장에 진입해 캐릭터의 업체와 경쟁하게 된다.
- 새로운 누군가가 캐릭터의 친구들과 어울리기 시작한다.
- 자원을 두고 누군가와 경쟁한다(근처 지역의 소유권을 주장하는 금광 개발업자, 강에서 많은 양의 물을 끌어오는 공장, 사냥꾼의 유입으로 인한 사냥감 부족 등).
- 누군가가 나타나면서(별거 중인 배우자, 파산한 아들, 성공해서 관심을 얻게 된 사촌 등) 가족의 시간, 에너지, 관심을 빼앗는다.
- 정치적으로 반대편에 있는 사람이 캐릭터와 경쟁한다(시장 선거, 구직 경쟁, 위원장 선거 등).
- 소중하게 생각했던 자리를 놓고 재능 있는 신인과 경쟁하게 된다(연극의 주인공, 팀장 자리, 승진 등).
- 대학의 종신 재직권 자리에 다른 후보가 이름을 올린다.
- 정부의 재정 지원을 놓고 다른 그룹이나 조직과 경쟁한다.
- 캐릭터가 가고 싶어 하는 대학의 얼마 남지 않은 자리에 여러 학생들이 지원한다.
- 캐릭터가 입찰경쟁을 하게 된다(주택, 영업권, 사업, 영업권 등).

사소한 문제

- 새로운 인물이 주목을 받는 동안 캐릭터는 잠시 무시당하거나 잊혀진다.
- 경쟁에서 승산을 높이려면 이제까지 없던 난관을 뛰어넘어야 한다.
- 경쟁자를 부정적으로 바라보는 사람이 캐릭터뿐이다.
- 경쟁에 부담을 느껴 감정적으로 혼란스러운 모습을 보여 경쟁에

서 탈락한다.

- (캐릭터가 당연하다고 생각했던) 사람이나 자원을 이전만큼 활용할 수 없게 된다.
- 경쟁에서 우위를 차지하기 위해 다른 사람의 신세를 져야 한다.
- 누군가에게 장소를 안내하고 규칙을 설명해주는 일을 어쩔 수 없이 해야 한다.
- 상대에게 허를 찔려 뒤처지는 바람에 허둥지둥 따라잡아야 한다.
- 원하지 않는 상황에서도 반가운 모습을 보이며 즐거운 척해야 한다.
- 사람들에게 나쁘게 비춰질 수 있는 분노, 좌절, 상처의 경험 등을 숨겨야 한다.

초래할 수 있는 심각한 결과

- 경쟁자에게 캐릭터가 따라갈 수 없는 장점이 있다는 사실을 알게 된다.
- 경쟁 절차가 규칙을 무시하거나 피해를 입힌다는 사실을 알게 되지만 입증이 불가능하다.
- 비열한 행동을 하는 경쟁자와 맞선다.
- 경쟁자에게 패배한다.
- 경쟁자에게 싸움을 걸었다가 평판이 무너진다.
- 중상모략 때문에 명망, 영향력, 지지를 잃는다.
- 일자리를 잃거나 임금 인상, 승진 등을 하지 못하게 된다.
- 경쟁자가 쳐놓은 함정에 빠진다.
- 상대편의 협박을 받아 경쟁에서 물러나게 된다.
- 도덕적인 선을 넘어서고 후회한다.
- 지나친 경쟁심과 성급한 행동 때문에 (가족, 모임, 조직에서) 추궁을 받거나 쫓겨난다.
- 경쟁자가 심리적으로 불안정하다는 사실을 발견하고 자신의 안전에 위험이 생기는 것은 아닐까 두려워한다.

생길 수 있는 감정	감탄, 동요, 불안, 씁쓸함, 갈등, 멸시, 자기방어, 각오, 초라함, 자격지심, 위협감, 질투, 신경과민, 공황, 울화, 남의 불행을 기뻐하는 마음, 자기연민, 망연자실, 반신반의, 취약하다는 느낌, 걱정
생길 수 있는 내적 갈등	• 반칙을 저지르고 경쟁이란 원래 그런 것이라고 정당화하고 싶다. • 자본주의 체제의 경쟁 논리는 신뢰하지만, 새롭게 등장한 사람 때문에 경쟁을 하게 된 상황은 원망스럽다. • 캐릭터는 자신에게 충성심이 있고 헌신하는 사람이기 때문에 이겨야 한다고 생각하지만 경쟁자가 더 능숙하거나 적합하다는 사실을 알고 있다. • 다른 사람들이 자신과 같은 압박감 없이 경쟁한다는 사실에 분노를 느낀다. • 경쟁자를 제거하겠다는 생각이 계속 떠오른다. • 경쟁자가 다른 사람을 조종하고 있다는 사실을 알면서도 증명할 수 없다. • 경쟁자에게 감탄하며 그가 자기 편이었으면 좋겠다는 생각이 든다. • 질투심에 몸부림친다. • 사랑하는 가족이 자신 아닌 경쟁자를 지지하는 모습에 분개한다.

상황을 악화시킬 수 있는 부정적인 특성

심술궂음, 유치함, 우쭐대는 성향, 마초적인 성향, 애정 결핍, 예민한 성향, 소유욕, 무모함, 분개, 자기 파괴적인 성향, 제멋대로인 성향, 허영심, 앙심, 폭력성, 변덕

기본 욕구에 미치는 영향

- **자아실현 욕구** 목표 전체를 보지 못하고 경쟁자를 이기는 데만 초점을 맞추는 경우, 캐릭터는 자신의 정체성과 신념을 돌아보지 못하게 될 수 있다.
- **존중과 인정의 욕구** 경쟁 상황에서는 캐릭터가 동료의 존경을 잃게 되는 경우가 많다. 결국 지게 되거나 의심스러운 방법을 사용하거나 경쟁자에게 의도적으로 비방을 당하는 경우 등이 해당된다.

- **애정과 소속의 욕구** 어떤 대가를 치르더라도 이겨야 한다고 마음먹은 캐릭터는 삶에서 중요했던 관계를 외면하다가 사람들과 갈등을 일으켜 멀어질 수 있다.
- **안전 욕구** 원하는 것을 얻을 때 누구나 규칙을 따르는 것은 아니다. 승리에 많은 것이 걸려 있는 상황에 처한 상대를 만나는 경우, 그가 어떤 대가를 치르더라도 이기겠다고 나선다면, 결국 캐릭터는 상처를 입을 수 있다.

대처에 도움이 되는 긍정적인 특성

야심, 굳은 심지, 자신감, 절제력, 객관성, 인내, 끈기, 설득력, 상황을 주도하는 성향, 재능

긍정적인 결과

- (선발되거나 이기는 것이 왜 중요한지 등에 관한) 깨달음을 얻어 옛 상처를 극복하거나 더 건강한 목표를 추구하는 쪽으로 관심을 옮기게 된다.
- 경쟁에서 이기려 더욱 노력할 수밖에 없는 상황이 되어 캐릭터가 자신의 가장 깊은 강점을 발견하게 된다.
- 경쟁을 하는 과정에서 캐릭터의 창의성이나 독창성을 적임자가 알아본다.
- 자신을 진정으로 지지하는 사람이 누구인지 알게 되고, 부정적이거나 방해가 되는 사람들과 관계를 끊는다.

규칙이 불리하게 바뀌다

Rules Changing to One's Disadvantage

사례

- (체중, 신장, 약물검사 등) 스포츠 경기의 참가 조건이 변경된다.
- 대출금리가 오른다.
- 전문직 승인 요건이 바뀐다.
- 계약이나 임대에서 비용 요건이 새로 정해지거나 갱신 조건이 더욱 엄격해진다.
- 회원 자격 요건이 더욱 엄격해진다.
- 업무 방침이 변경된다(승진 요건, 일정 등).
- 캐릭터의 의사와 다르게 자녀양육권이 변경된다.
- 채점 기준이 바뀐다.
- 배우자나 애인이 캐릭터와 결별하고 싶어 한다.
- 사랑하는 사람이 다른 수혜자를 추가해 법적 유언이나 신탁을 갱신한다.
- 학교 입학 조건이 더 어려워진다.
- 캐릭터의 결혼, 투표권, 이주, 시민권 획득, 자신의 몸에 대한 자율권 등을 제한하는 새로운 법이 통과된다.
- 규칙이 완화되어 새로운 경쟁자가 시장에 넘쳐나는 상황이 된다.

사소한 문제

- 새로운 프로세스를 살펴보거나 문서 작성이 늘어 시간을 낭비한다.
- 이전 규정을 따를 때보다 돈이 더 든다.
- 특별 수당이 없어진다.
- 혜택이 줄어드는 상황에서도 그 일을 계속 해야 할 가치가 있는지 결정해야 한다.
- 승진 기회가 줄어든다.
- 경기 참가 자격이 없어진다.
- 세금이나 수수료가 인상되면서 전체 급여가 줄어든다.
- 특정 사항을 위반할 위험이 증가한다.
- 시험, 진로, 입학에 대한 대비 과정을 변경해야 한다.

- 최근 바뀐 규칙을 따르지 않아 벌금이 부과된다.
- 여가를 보내거나 종교 의식을 거행할 장소를 새로 찾아야 한다.
- 다른 수입원을 찾아야 한다.
- 기존에 참여하던 사교 모임이나 사람들과의 관계를 잃는다.
- 변경 사항에 이의를 제기하느라 골치 아프다.

초래할 수 있는 심각한 결과

- 규칙이 변경된 사실을 미처 알지 못해 대체할 수 없는 경험을 놓친다.
- 새로운 상황 때문에 중요한 사람과 만나는 일이 힘들어진다.
- 전문가 자격을 잃게 되거나 프로그램 참여가 거부된다.
- 추방당한다.
- 이사를 해야 한다.
- 직장이나 학교를 옮겨야 한다.
- 일자리 제안이 취소된다.
- 유언장에서 이름이 빠진다.
- 타협 불가능한 차이 때문에 별거하거나 이혼한다.
- 채무 불이행이나 파산 신청이 불가피해진다.
- 캐릭터의 신용이 망가진다.
- 위험할 정도의 높은 금리로 돈을 빌려야 한다.
- 새로운 규칙을 따르지 않아 투옥된다.

생길 수 있는 감정

분노, 짜증, 불안, 패배감, 부정, 실망, 불신, 낙담, 환멸, 두려움, 허둥거림, 좌절감, 무능하다는 느낌, 불안정한 상태, 거슬림, 압도당하는 느낌, 무력감, 울화, 인정받지 못한다는 느낌, 반신반의, 취약하다는 느낌

생길 수 있는 내적 갈등

- 더 나은 혜택을 제공하는 새로운 회사로 옮겨야 할 때가 바로 지금인지 고민한다.
- 자신의 자격을 조작하고 싶다는 유혹이 든다.
- 제대로 된 대접이나 존중을 받지 못하고 있다고 느낀다.
- 솔직해지고 싶지만 그렇게 하면 자신이 원하는 것을 얻지 못한다

는 사실을 알고 있다.

- 승산이 없는 것 같다는 느낌이 든다.
- 희생은 캐릭터가 했는데, 그걸로 이익을 얻은 집단에 화가 난다.
- 변경된 일에 이의를 제기할지 고민한다.
- 캐릭터 개인을 겨냥한 일이 아니라는 것을 알면서도 자신을 표적으로 해 변화가 생긴 것 같다는 느낌이 든다.

상황을 악화시킬 수 있는 부정적인 특성

우쭐대는 성향, 통제 성향, 부정직함, 어수선함, 무례함, 부주의함, 우유부단함, 유연성 부족, 게으름, 남을 조종하려는 성향, 완벽주의, 가식, 지나치게 밀어붙이는 성향, 분개, 제멋대로인 성향, 비협조적인 성향, 부도덕함, 일중독

기본 욕구에 미치는 영향

- **자아실현 욕구** 직장이나 학교에서 규칙이 변경되면 캐릭터가 극복해야 하는 새로운 문제가 발생할 수 있다. 이는 캐릭터의 의미 있는 목표 달성을 지연시키거나 완전히 포기하도록 만들 수 있다.
- **존중과 인정의 욕구** 요구사항이 완화되면 자격이 부족한 경쟁자들이 참여할 장이 열릴 것이고, 캐릭터는 자신이 전에 쌓은 업적과 명성이 무의미해졌다고 느낄 수 있다.
- **애정과 소속의 욕구** 캐릭터가 바뀐 요건을 맞추지 못하면 어떤 사회적 환경에서 건 지위를 잃을 수 있다.
- **안전 욕구** 규칙이 변경되면 캐릭터는 직업, 재산, 의료 접근성처럼 귀중한 것을 잃게 될 수 있다.

대처에 도움이 되는 긍정적인 특성

적응 능력, 야심, 협조적인 성향, 결단력, 효율성, 집중력, 정직성, 고결함, 근면함, 공정함, 세심함, 남의 말을 잘 듣는 성향, 체계적인 성향, 끈기, 상황을 주도하는 성향, 전문성, 지략, 책임감, 학구적인 성향

긍정적인 결과

- 더 열심히 노력할 수밖에 없게 되어 열심히 해내고 결국 성장한다.
- 새로운 활동, 직업, 학교 등을 찾는다.
- 훈련이나 학교 교육을 받고 나서 전에는 발견하지 못했을 관심사에 눈을 뜨게 된다.
- 이전의 규칙으로 되돌리는 일을 성공적으로 이루어낸다.
- 더 높은 수준을 달성하는 데에 도움을 줄 수 있는 멘토를 찾는다.
- 더욱 치열해진 경쟁을 직장, 스포츠 등에서 더 큰 성취의 동기로 활용한다.
- 변경된 조건이나 규칙이 스트레스를 일으키는 요인이 되지 않도록 적응 능력과 능동성을 키운다.

안전한 공간이 위험해지다

A Place of Safety Being Compromised

사례

- 캐릭터를 위협하던 사람이나 단체가 캐릭터의 집 주소를 알게 된다.
- 아이에게 안전했던 장소(나무 위 집, 놀이터, 공원, 학교)가 파손된다.
- 악당이 안전가옥의 위치를 발견한다.
- 교전의 중립 공간이 훼손된다.
- 폭도가 도로와 공공장소를 점거한다.
- 집, 자동차, 사무실이 도청당하고 있었다는 사실을 발견한다.
- 자신의 집에서 위협적이거나 폭력적인 일을 겪는다.
- 아동 범죄자가 자녀의 학교에서 일하고 있다는 사실을 알게 된다.
- 총기를 소지한 사람이 교회나 기타 공공장소에 침입한다.
- 직장이나 집에서 위협이 되는 자에게 감시당한다.
- 집단 심리치료 모임에 캐릭터의 지인이 가입한다.

사소한 문제

- 위협이 커지는 걸 막기 위해 아무 일 없는 척해야 한다.
- 안전한 장소를 새로 찾아봐야 한다.
- 법 집행기관이나 법률대리인에게 서류를 제출해야 한다.
- 위험해진 공간을 다시 안전하게 만들어야 한다.
- 당국의 심문을 받는다.
- 하는 말이나 행동에 항상 신경 써야 한다.
- 예전에 했던 약속을 지킬 수 없게 된다.
- 집 주변의 보안을 강화해야 한다.
- 대가를 바라는 누군가에게 도움을 청해야 한다.
- 위협받고 있다는 사실을 아무에게도 말할 수가 없다(위험이 여전히 존재하거나 커지고 있기 때문에).
- 경상을 입는다.

초래할 수 있는 심각한 결과

- 도청 중인 장소에서 무심코 민감한 정보를 말한다.
- 안전했던 장소에서 위협이나 폭력을 당한다.
- 위험을 무시하고 위험이 도사리는 곳으로 돌아간다.
- 위험한 곳으로 꼭 돌아가야만 하는 상황이다.
- 이사를 가고 싶지만 새로 살 집을 마련할 여유가 없다.
- 당국에 보호를 요청하지만, 당국이 부패하고 무능하다는 사실이 밝혀진다.
- 누구도 믿을 수 없어 어디를 가도 안전을 위협받는다는 느낌에 시달린다.
- 안전을 위협받게 된 상황에 책임이 있는 사람에게 복수하려 한다.
- 자구책으로 무기를 구입했다가 사랑하는 사람이 다친다(안전장치가 풀려 있거나 캐릭터가 무기 사용법을 잘 모르는 경우 등).
- 위험을 무시하다가 (혹은 자신이 처리할 수 있다고 생각했다가) 사랑하는 사람이 다친다.
- 공황 장애가 생긴다.

생길 수 있는 감정

동요, 분노, 불안, 우려, 반항심, 상심, 실망, 불신, 환멸, 두려움, 좌절감, 향수, 불안정한 상태, 위협감, 편집증, 무력감, 꺼리는 마음, 울화, 의구심, 근심, 복수심, 취약하다는 느낌

생길 수 있는 내적 갈등

- 위험이 있는 곳으로 돌아가기가 두렵다.
- 사랑하는 사람에게 어디까지 말을 해야 할지 고민한다.
- 안전을 위협받은 일이 우연히 생긴 것인지 캐릭터가 표적이 된 것인지 몰라 고민한다.
- 항상 감시를 받고 있는 듯한 생각에서 벗어나지 못하겠다.
- 안전을 위협받은 일 때문에 외상 후 스트레스 장애를 겪는다.
- 자신이 가해자에게 맞설 수 있을지 의구심이 든다.
- 캐릭터의 도덕률이 흔들린다.
- 타인들을 불신하게 된다.
- 가해자가 누구인지 알고 있는데 법적으로 고발할지 고민한다.
- 공간의 안전에 별다른 조치를 취하지 않는 듯한 당국에 분노한다.

- 아이를 안전하게 보호하고는 싶지만, 과잉보호로 아이의 활동을 제약하고 싶지는 않다.
- 안전에 대한 결정과 조치를 뒤늦게 곱씹는다.
- 직감을 따라야 할지 아니면 그저 자신의 편집증적 반응인지 갈등한다.

상황을 악화시킬 수 있는 부정적인 특성

무관심, 우쭐대는 성향, 대립하는 성향, 통제 성향, 부정직함, 신의를 저버리는 성향, 어리석음, 무지, 충동적 성향, 부주의함, 유연성 부족, 합리적이지 않은 성향, 신경과민, 강박적인 성향, 편집증적 성향, 무모함, 의혹, 장황함, 앙심

기본 욕구에 미치는 영향

- **존중과 인정의 욕구** 자신이나 타인을 위해 공간을 안전하게 지키지 못한 캐릭터는 자신을 실패자처럼 느끼게 될 수 있다.
- **애정과 소속의 욕구** 신뢰를 잃어버린 캐릭터는 친밀했던 사람들과 멀어질 수 있다.
- **안전 욕구** 안전했던 장소에서 일어난 공격 때문에 캐릭터는 자신이 신체적, 심리적, 정서적으로 안전하지 못하다고 느낄 수 있다.
- **생리적 욕구** 원래 있던 장소를 떠나게 되는 경우, 캐릭터가 기본 욕구를 충족시키지 못할 수 있다.

대처에 도움이 되는 긍정적인 특성

적응 능력, 경각심, 분석력, 조심성, 용기, 외교술, 신중함, 여유, 효율성, 근면함, 지적 능력, 공정함, 객관성, 통찰력, 인내, 애국심, 직관력, 혼자 조용히 있는 성향, 지략, 사회의식

긍정적인 결과

- 더 안전한 공간을 찾는다.

- 자신과 타인을 더 잘 보호하는 법을 배운다.
- 사전에 위험 징후를 더 잘 인지하게 된다.
- 유연해지는 법을 배운다.
- 두려움을 마주하고 극복한다.
- 자신의 삶에 누구를 받아들일지 더욱 신중하게 선택하게 된다.
- 학교, 동네, 직장 등을 선택하기 전에 안전을 더 꼼꼼히 따지게 된다.
- 가해자를 추적해 법정에 세운다.

재정 손실을 입다

Losing One's Funding

사례

- 비영리 단체가 중요한 기부자를 잃는다.
- 장학금이나 지원금 지급이 중단된다.
- 사업 자금 조달이 고갈되거나 중단된다.
- 가족의 지원이 중단된다.
- 복지 수당, 위자료, 자녀 양육비의 지급이 중단된다.
- 강요로 어쩔 수 없이 후견인이 된다.
- 연구비나 프로젝트 기금을 잃는다.
- 자금 부족으로 건설 프로젝트가 중단된다.
- 자선 사업을 계속할 수 있을 만큼 기부금이 모이지 않는다.
- 선교단체의 기금이 떨어진다.
- 경기 침체 때문에 지역사회의 지원금이 중단된다.
- 거액의 기부자가 선거운동 지원을 중단한다.

사소한 문제

- 예산을 삭감해야 한다.
- 가족에게 돈을 빌려야 한다.
- 독립생활을 접고 집으로 다시 들어가야 한다.
- 대출을 받아야 한다.
- 학업이나 프로젝트 진행이 늦어진다.
- 기금을 마련하거나 새로운 기부자를 찾아야 한다.
- 새로운 사업 개발이나 프로젝트가 연기된다.
- 주택 건설 프로젝트가 진행 도중에 중단된다.
- 어려운 경제 상황 때문에 사업 확장과 고용이 불가능해진다.
- 자선 사업의 범위를 축소하거나 프로젝트를 취소해야 한다.
- 기업의 주가가 하락한다.
- 손실에 대해 비난받는다.

초래할 수 있는 심각한 결과

- 직원을 해고해야 한다.
- 친구나 가족에게서 받던 재정 지원이 중단된다.
- 신용 기록이 나빠진다.
- 대출을 갚지 않거나 관련 의무를 이행하지 않아 다른 사람을 힘들게 한다.
- 자선 사업을 접어야 한다.
- 대학에서 자퇴할 수밖에 없다.
- 임대료를 내지 못해 쫓겨난다.
- 특정 의무를 이행하지 못해 소송을 당한다.
- 회사가 파산한다.
- 돈을 잃어 캐릭터가 꿈을 포기한다.
- 비용을 절감하면서 프로젝트를 지속하기 위해 안전기준을 낮추어야 한다.
- 도덕적으로 문제가 있는 현금 조달 수단에 눈을 돌린다.
- 약물이나 다른 중독 행동으로 눈을 돌린다.

생길 수 있는 감정

괴로움, 불안, 배신감, 패배감, 부정, 우울함, 절망, 좌절, 상심, 실망, 좌절감, 비애, 초라함, 무능하다는 느낌, 압도당하는 느낌, 공황, 무력감, 체념, 창피함, 반신반의, 자신이 하찮다는 느낌

생길 수 있는 내적 갈등

- 경제적으로 어려운 상황을 초래한 선택에 의문을 품는다.
- 끝까지 노력하지 못했던 사실 때문에 실패자가 된 것 같다.
- 금전적 손실을 만회하기 위해 (수상한 구석이 있는 후원자에게 기부를 받거나 범죄자로 알려진 사람과 동업 관계를 맺는 등) 도덕적 타협을 고민한다.
- 남에게 의존하게 되어, 혹은 사람들을 실망시켜 부끄럽다.
- 자신이 부족하다는 느낌이 든다.
- 다른 사람들이 자신을 어떻게 생각할지 걱정한다.
- 프로젝트, 사업, 장학금 등에서 손실을 입어 우울해진다.
- 앞으로 어떻게 할지 자신이 없다.
- 스스로를 과신해 위험을 감수했던 일이 후회막급이다.

상황을 악화시킬 수 있는 부정적인 특성

중독 성향, 통제 성향, 낭비벽, 경박함, 무지, 인내심 부족, 충동적 성향, 우유부단함, 유연성 부족, 무책임함, 자기가 다 안다는 태도, 완벽주의, 소유욕, 지나치게 밀어붙이는 성향, 분개, 자기 파괴적인 성향, 일중독

기본 욕구에 미치는 영향

- **자아실현 욕구** 학업, 프로젝트, 혹은 캐릭터의 꿈을 좇는 일에 쓰일 돈을 잃으면 자아실현을 추구하던 일을 중단하게 될 수 있다.
- **존중과 인정의 욕구** 캐릭터가 자금 손실 문제로 가던 길을 갑자기 갈 수 없게 되면 스스로 패배자가 된 것 같다고 느낄 수 있다. 캐릭터의 평판 또한 경제적 차질로 인해 낮아질 수 있다.
- **애정과 소속의 욕구** 캐릭터가 경제적 어려움에서 벗어나기 위해 가족에게 의지하게 되면 가족관계에 긴장과 갈등의 여지가 생길 수 있다. 특히 사랑하는 사람들이 캐릭터의 과거 무책임했던 행동이나 혹은 현재의 상황에 분노하는 경우 더욱 그렇다.
- **안전 욕구** 자금이 고갈되는 경우 개인, 기업, 자선단체가 재정적으로 불안정해질 수 있다.

대처에 도움이 되는 긍정적인 특성

적응 능력, 야심, 과감함, 굳은 심지, 자신감, 결단력, 절제력, 집중력, 상상력, 독립심, 근면함, 지적 능력, 낙관적인 성향, 열정, 인내, 끈기, 설득력, 상황을 주도하는 성향, 지략

긍정적인 결과

- 예상치 못한 방법으로 같은 편을 찾게 된다.
- 창의적인 수단으로 대체 자금을 마련한다.
- 프로젝트의 안정성을 검증하고 다시 확인하는 일에 매진하게 된다.
- 새로운 직업, 학교, 프로젝트에서 더욱 큰 행복감을 느낀다.

- (크라우드 펀딩 같은) 기꺼이 도와줄 사람들이 있는 곳을 발견한다.
- 선제적인 조치를 취해 재정 파탄을 막는다.
- 미래에 필요할 때를 대비해 재정 관련 내용을 습득해 적용한다.

중요한 것에 접근할 수 없게 되다

Losing Access to Something Important

사례

- 리소스, 데이터베이스, 암호가 걸려 있는 응용 프로그램에 접근할 수 없다.
- 계좌가 동결된다.
- 통신 채널에 접속할 수 없다.
- 금고나 귀중품 보관실을 열 수 없다.
- 키, 암호, 변환 코드의 접근 권한이 상실된다.
- 도로나 중요 이동 경로에 진입할 수 없다.
- 캐릭터가 수도나 전기를 쓸 수 없게 된다.
- 자동차나 보트를 압류당한다.
- 카메라 영상이나 중요한 증거에 접근할 권한이 없어진다.
- SNS 계정이 잠긴다.
- 범죄 현장이라는 이유로 집이나 사무실에 들어갈 수 없다.
- 신용카드를 정지당한다.
- 백업 파일이 손상되어 작업한 내용이나 정보가 손실된다.

사소한 문제

- 중요한 비밀번호를 누군가가 바꾼 사실을 발견한다.
- 고객지원 서비스나 연락처 정보를 찾기 위해 인터넷 사이트를 검색해야 한다.
- 인터넷 사이트에 접속하기 위해 관리자에게 문의해야 한다.
- 인터넷으로 자신의 재무 상태를 확인하거나 청구 대금을 지불할 수 없다.
- 백업 계획을 세워야 한다.
- 신용카드가 정지되어 밥값을 낼 수 없다.
- 대체 경로나 다른 교통수단을 찾아야 한다.
- 누군가에게 도움을 요청해야 한다.
- 대체할 것을 누군가에게 빌려야 한다.
- 개인 물품을 찾으러 가지 못하게 되었다.

- 비밀번호, 키, 신분증 등을 새로 만들어야 한다.
- 관리자나 권한 있는 사람을 만나겠다고 요청해야 한다.
- 암호, 번역 코드, 키 등을 다시 만들어야 한다.
- 전보다 통신이 불편해졌다.
- 접속이 다시 이루어질 때까지 기다리느라 시간을 낭비한다.

초래할 수 있는 심각한 결과

- 자물쇠 상자, 보관함, 건물에 다시 접근하게 되었는데 없어진 물건이 있다는 사실을 발견한다.
- 수도나 전기가 다시 들어오지 않는다.
- 중요한 정보나 기밀 사항에 대한 접근 권한이 없어진다.
- 계정에 접속해보고 개인정보가 빠져나갔다는 사실을 알게 된다.
- 은행 계좌의 잔액이 사라진다.
- 신원을 도용당한다.
- 관리자가 응답하지 않아 SNS 계정에 다시 접속할 수 없게 된다.
- 봉쇄된 곳을 몰래 지나가다 붙잡힌다.
- 일반인의 출입이 금지된 구역에 침입한 혐의로 체포된다.
- 시스템을 해킹하려고 시도하다 적발된다.
- 협박이나 위협으로 문제를 해결하려다 상황이 악화된다.
- 잃어버린 물건을 되찾기 위해 사유지에 무단으로 침입한다.
- 긴급하게 필요한 일을 해결하기 위한 비용을 지불할 수 없게 된다.
- 통신의 경계를 위반한다.
- 접근 권한 상실로 보안 문제가 발생하거나, 문제 대응이 무책임했다는 이유로 해고당한다.
- 다른 누군가 캐릭터를 돕기 위해 규칙을 어겼다 적발되어 해고당한다.

생길 수 있는 감정

동요, 불안, 배신감, 갈등, 패배감, 반항심, 좌절, 불신, 낙담, 허둥거림, 좌절감, 안달, 신경과민, 강박, 압도당하는 느낌, 공황, 편집증, 무력감, 의구심, 복수심, 취약하다는 느낌, 걱정

생길 수 있는 내적 갈등

- 자신의 실패가 누군가 파놓은 함정 같다는 느낌이 든다.
- 접근권 상실로 득을 본 사람에게 화가 난다.
- 자신에게 삶의 기복에 대처하는 역량이 과연 있는지 의구심이 든다.
- 불의와 타협하고 싶다는 유혹이 든다.
- 잃어버린 것을 다시 찾기 위해 문제가 있는 방법을 사용한 후 심사가 복잡하다.
- 무력함을 느끼고 자기통제를 하지 못하게 된다.
- 도움을 요청해야 할지 말아야 할지 모르겠다.
- 중요한 것을 잃은 후, 세상사에 염증이 나 냉소적으로 변한다.

상황을 악화시킬 수 있는 부정적인 특성

우쭐대는 성향, 대립하는 성향, 통제 성향, 기만하는 성향, 어수선함, 적대감, 인내심 부족, 충동적 성향, 유연성 부족, 합리적이지 않은 성향, 무책임함, 남을 조종하려는 성향, 강박적인 성향, 편집증적 성향, 완벽주의, 신경질적인 성향

기본 욕구에 미치는 영향

- **자아실현 욕구** 잃어버린 자원이 목표를 달성하기 위해 필요한 것인 경우, 캐릭터는 성공을 거두지 못할 수 있다.
- **존중과 인정의 욕구** 접근권 상실이 자신의 책임이라고 느끼는 캐릭터는 이를 개인적인 실패로 볼 수 있다. 향후 캐릭터가 다시 중요한 임무를 맡았을 때 다른 사람들이 하나같이 캐릭터를 불신하게 될 수 있다.
- **안전 욕구** 정말 중요한 것을 쉽게 잃어버리거나 빼앗길 수 있는 경험 때문에 캐릭터는 무력하다는 느낌에 빠진다. 이런 느낌은 좀처럼 없어지지 않는다.

대처에 도움이 되는 긍정적인 특성

적응 능력, 야심, 차분함, 자신감, 협조적인 성향, 창의성, 외교술, 외향성, 집중력, 친근감, 근면함, 지적 능력, 세심함, 체계적인 성향, 인내, 끈기, 설득력, 상황을 주도하는 성향, 지략

긍정적인 결과

- 접근 권한을 되찾고 아무런 피해가 발생하지 않았다는 사실을 확인한다.
- 중요한 자원 없이도 임무를 완수하고 거기에 자부심을 느낀다.
- 앞으로는 자기 물건을 더 잘 보호할 수 있게 된다.
- 적응력이 향상된다.
- 자신을 위해 애써준 사람에게 감사하고 자신도 남에게 같은 도움을 주기로 결심한다.

중요한 것을 도난당하다

Something Important Being Stolen

사례

- 누군가 캐릭터의 신분을 도용한다.
- 도둑이 캐릭터의 돈(현금, 신용카드, 은행 계좌 등)을 노린다.
- 수첩이나 일기가 사라진다.
- 누군가가 캐릭터의 약을 훔친다.
- 보석, 예술품, 자동차 같은 귀중품을 도둑맞는다.
- 정서적 가치가 있는 물건(사진, 선물, 가보, 유품 등)을 도난당한다.
- 중요한 전자기기를 빼앗긴다(전화, 컴퓨터, 카메라 등).
- 캐릭터가 책임을 맡고 있는 민감한 정보를 누군가가 훔친다.
- 지갑을 소매치기 당한다.
- 도둑이 캐릭터의 출입카드로 건물의 보안 구역에 들어간다.
- 법적인 허점이나 수상한 은행 거래로 인해 가족의 재산(토지, 자원, 광물 자산)이 다른 사람의 손으로 넘어간다.
- 아이의 순진무구함을 빼앗긴다.

사소한 문제

- 경찰에 신고해야 한다.
- 도난당한 물품이 있던 자리에 새 물품을 마련해놓아야 한다.
- 신용카드를 정지시키거나 암호를 변경해야 한다.
- 보험회사나 금융기관에 서류를 제출해야 한다.
- 도난당한 사실을 친구, 가족, 고용주에게 알려야 한다.
- 결백을 증명하거나 신용 기록을 원래대로 돌려놓아야 한다.
- 법정에서 증언해야 한다.
- 보안 대책을 개선해야 한다.
- 보안 영상을 확인해봐야 한다.
- 알고 지내는데 범인으로 의심이 가는 사람과 맞서야 한다.
- 경찰서로 가서 용의자를 확인해야 한다.
- 여행 계획을 취소해야 한다.
- 예상되는 피해를 회사나 상사에게 보고해야 한다.

초래할 수 있는 심각한 결과

- 물건이 도난당하면서 중요한 법률 증거가 없어진다.
- 중요한 물건을 지키지 못했다는 이유로 대중의 신뢰를 잃는다.
- 사랑하는 사람의 믿음을 잃는다.
- 이용당했다는 이유로 가족에게 버림당한다.
- 파산 신청을 해야 한다.
- 또다시 도둑의 표적이 된다.
- 민감한 정보가 드러나는 바람에 난처한 상황에 처한다.
- 해고당한다(도난품이 캐릭터의 업무와 관련 있는 경우).
- 잘못된 판단을 했거나 도난을 막지 못했다는 이유로 보호관찰을 받는다.
- 회사에서 일어난 도난 사건 때문에 전략에 차질이 생긴다.
- 절도나 범죄 혐의로 억울하게 고발당한다.
- 도난당한 일 때문에 트라우마가 생긴다.
- 도둑을 쫓다가 형사책임을 지게 된다.
- 엉뚱한 사람을 고발했다가 그와의 관계를 완전히 망치게 된다.
- 엉뚱한 사람이 절도죄로 유죄 판결을 받는다.
- 목격자가 사는 곳이나 비밀요원의 이름 같은 핵심 정보가 악한의 손에 들어가는 바람에 사람들이 다치거나 죽게 된다.

생길 수 있는 감정

분노, 예감, 불안, 배신감, 우울함, 좌절, 상심, 불신, 환멸, 당혹감, 두려움, 비애, 불안정한 상태, 갈망, 강박, 편집증, 무력감, 자기연민, 충격, 의구심, 근심, 복수심, 취약하다는 느낌

생길 수 있는 내적 갈등

- 자신이 물건, 정보, 사람을 지킬 능력이 있는지 불안하다.
- 가까운 동료를 의심하거나 편집증적으로 반응하게 된다.
- 비합리적이거나 비정상적인 불안감이 생긴다.
- 속은 일이나 주의를 더 기울이지 않은 일에 대해 자신에게 화가 난다.
- 고용주, 이해당사자 등으로부터 도난당한 사실을 숨기라는 요구를 받는다.
- 가까운 사람이 연루되어 있기 때문에 도난 신고를 망설인다.

- 도둑맞은 것을 되찾기 위해 터무니없는 방법을 고민한다.
- 도난에 대한 책임이 스스로에게 있건 없건 책임을 진다.

상황을 악화시킬 수 있는 부정적인 특성

대립하는 성향, 통제 성향, 냉소적인 태도, 부정직함, 어리석음, 망각, 남을 잘 믿는 성향, 부주의함, 합리적이지 않은 성향, 물질만능주의, 강박적인 성향, 편집증적 성향, 편견, 분개, 산만함, 의혹, 부도덕함, 앙심

기본 욕구에 미치는 영향

- **존중과 인정의 욕구** 도둑의 표적이 된 캐릭터는 그 여파로 자신을 나약하거나 실패한 사람처럼 느낄 수 있다.
- **애정과 소속의 욕구** 가해자가 유명인사인 경우, 캐릭터가 누군가를 신뢰하는 데 문제가 생길 수 있다. 이 경우 캐릭터는 자신과 자신에게 중요한 것을 보호하기 위해 차라리 다른 사람들과 멀어지는 편을 선택할 수 있다.
- **안전 욕구** 캐릭터가 표적이 되었기 때문에 캐릭터와 캐릭터가 사랑하는 사람의 안전뿐만 아니라 갖고 있는 물건의 안전에도 문제가 생길 수 있다.

대처에 도움이 되는 긍정적인 특성

적응 능력, 경각심, 차분함, 조심성, 굳은 심지, 신중함, 겸손, 근면함, 공정함, 자애로움, 객관성, 통찰력, 낙관적인 성향, 체계적인 성향, 인내, 직관력, 끈기, 보호하려는 성향, 지략, 책임감

긍정적인 결과

- 도난당한 물건을 되찾고, 범인 수사도 성공적으로 마무리된다.
- 캐릭터가 자기 주변 환경의 안전 관련 문제를 개선한다.
- 다른 사람들이 도난 경험을 통해 능동적으로 행동하게 된다.
- 낡은 것을 더 나은 것으로 교체한다.
- 절도 수사를 하다 훨씬 더 심각한 범죄와 관련이 있는 자를 발견한다.

중요한 물건을 잃어버리다

Losing a Vital Item

사례

- 야외 활동에 나섰는데 지도나 나침반을 가지고 오지 않았다.
- 휴대전화나 노트북을 잃어버린다.
- 집안의 가보가 보이지 않는다.
- 여권, 출생증명서, 친척의 유언장, 기타 서류를 분실한다.
- 필요한 약, 의료기기, 보철물을 잃어버린다.
- 해외여행에 필요한 플러그 어댑터를 가지고 있지 않다.
- 자동차 열쇠나 업무용 보안카드를 분실한다.
- 사물함에 있던 경찰 배지와 총을 도난당한다.
- 항공사에서 캐릭터의 짐을 잃어버린다.
- 야외 활동 중에 중요한 도구를 잃어버린다(정수장치, 부싯돌, 칼 등).
- 범죄 수사 중에 핵심적인 증거가 엉뚱한 곳으로 가서 찾을 수 없게 된다.
- 지갑, 신용카드를 도둑맞는다.
- 휴대용 에너지원을 분실한다.

사소한 문제

- 잃어버린 물건을 찾아야 한다.
- 보안 담당자에게 알리는 데 시간을 낭비한다.
- 보험금을 청구하기 위해 서류를 제출해야 한다.
- 잃어버린 사실에 대해 친구, 가족, 고용주에게 알려야 한다.
- 은행과 채권자에게 통지해야 한다.
- 다른 사람에게 물건을 빌려야 한다.
- 여행 계획이 변경되거나 취소된다.
- 대체할 물건을 찾거나 분실된 일을 해결하기 위해 서둘러야 한다.
- 도와줄 사람을 불러야 한다(자물쇠 수리공, 기술자 등).
- 전화, 컴퓨터, 기타 전자장치를 사용할 수 없다.
- 무책임하다는 말을 듣게 된다.
- 무슨 일이 있었는지 거짓말을 한다.

- 물건을 잃어버린 일로 질책을 받는다.

초래할 수 있는 심각한 결과

- 야외 활동을 하던 곳이나 모르는 지역에서 길을 잃는다.
- 분실에 책임을 져야 한다.
- 서류 미비로 법 집행기관에 구금당한다.
- 잃어버린 일을 해결하기 위해 중요한 무언가와 물물교환을 해야 한다.
- 비상 상황이 닥쳤을 때 다른 사람과 연락이 안 된다.
- 물건의 행방에 대해 거짓말을 하다 들킨다.
- 상황을 해결하기 위해 서두르다 결국 기준에 미달하거나 결함이 있는 물건으로 대체하게 된다.
- 도둑이 훔친 물건을 사용해 민감한 정보나 보안 구역에 접근한다.
- 누군가가 범죄에 사용한 물건이 캐릭터의 것으로 밝혀진다.
- 잃어버린 물건을 꼭 되찾아오라는 협박을 당한다.
- 잃어버린 물건이 꼭 필요한 것이라서 부상을 당하거나 죽게 된다.

생길 수 있는 감정

동요, 짜증, 불안, 자기방어, 부정, 절망, 좌절, 상심, 불신, 두려움, 당혹감, 두려움, 허둥거림, 좌절감, 죄의식, 초라함, 강박, 압도당하는 느낌, 공황, 무력감, 회한, 반신반의, 취약하다는 느낌

생길 수 있는 내적 갈등

- 매 순간 도둑맞은 물건이 수중에 없다는 사실을 걱정하며 공황 상태에 빠진다.
- 물건을 찾는 일에 집착한다.
- 분실한 일로 다른 사람을 비난한다.
- 분실로 인한 최악의 상황을 상상한다.
- 잃어버린 일로 심하게 자책한다.
- 물건을 되찾거나 다른 것으로 대체하기 위해 윤리를 저버리고 싶다는 유혹을 받는다.
- 당혹감과 수치심으로 괴로워한다.
- 물건을 잃어버린 일에 대해 다른 사람에게 알릴지 고민한다.
- 물건이 부도덕한 자의 손에 넘어가면 벌어질 수 있는 일에 책임감

을 느낀다.

- 물건을 잃어버린 일로 다른 사람들이 고통을 받아 죄책감을 느낀다.

상황을 악화시킬 수 있는 부정적인 특성

통제 성향, 방어적 성향, 부정직함, 어수선함, 회피 성향, 망각, 부주의함, 무책임함, 물질만능주의, 강박적인 성향, 편집증적 성향, 완벽주의, 소유욕, 무모함, 산만함, 인색함, 의혹, 부도덕함

기본 욕구에 미치는 영향

- **존중과 인정의 욕구** 중요한 물건을 잃어버린 캐릭터의 자존감은 줄어들 것이다. 캐릭터가 (실제로 분실에 책임이 있는지 없는지에 상관없이) 책임감을 느낄 뿐 아니라 다른 사람들이 자신을 무능하다 여기리라 생각하기 때문이다.
- **애정과 소속의 욕구** 분실로 동료들이 캐릭터와 관계를 끊고 싶어할 수 있고, 사랑하는 사람들이 실망하거나 화를 내며 캐릭터와 거리를 둘 수 있다.
- **안전 욕구** 캐릭터의 안전에 영향을 미치는 중요한 자원의 손실은 캐릭터를 취약하게 만들고 안전을 보장할 수 없는 상황을 초래할 것이다.
- **생리적 욕구** 잃어버린 물건이 생존에 직접적인 영향을 미치는 종류일 경우, 캐릭터는 기본욕구를 충족시키지 못해 위험한 상황에 처할 수 있다.

대처에 도움이 되는 긍정적인 특성

적응 능력, 차분함, 협조적인 성향, 집중력, 정직성, 겸손, 근면함, 결백함, 공정함, 신의, 성숙함, 세심함, 자연 친화적 성향, 낙관적인 성향, 체계적인 성향, 인내, 끈기, 상황을 주도하는 성향, 지략, 책임감

긍정적인 결과

- 협상이나 제삼자의 개입을 통해 잃어버린 물건을 되찾는다.
- 낯선 사람이 물건을 발견해 주인에게 돌려줄 수 있도록 당국에 넘겨준다.
- 물건을 짜임새 있게 간수하는 습관을 키운다.

- 만일의 사태에 대비한 계획을 세운다.
- 캐릭터가 의지해왔던 물건을 분실하는 경험을 통해 그동안 의지해왔던 물건과 관련해 해결해야 할 문제가 무엇인지 식별할 수 있게 된다.
- 도움을 요청하고 받을 수 있게 된다.
- 실수에 책임을 지는 법과 정직성을 배운다.
- 용서를 받고 남에게도 용서를 베풀 줄 알게 된다.

중요한 물자가 부족해지다

Running Out of Critical Supplies

사례

- 깨끗한 물을 구할 수 없다.
- 아무도 없는 곳에서 휘발유가 떨어진다.
- 의약품이 부족하다.
- 전투 중에 탄환이 떨어진다.
- 위기 상황에서 식량이 부족해진다.
- 긴급 보급품이 남아 있지 않다(담요, 휴대 식량, 백신 등).
- 야전병원에서 수술 용품이 부족하다.
- 심을 씨앗이 없다.
- 기르는 동물에게 줄 먹이가 없다.
- 장작, 석탄, 석유, 기타 연료가 다 떨어졌다.

사소한 문제

- 굶주림, 탈진, 갈증으로 고통을 겪는다.
- 상처를 치료하지 못한다.
- 치료를 받지 못해 통증이 심해진다.
- 불안, 공포, 두려움 같은 심리적 고통을 겪는다.
- 당장 필요한 것을 얻기 위해 석연치 않은 뭔가를 하겠다고 동의를 해 버린다.
- 완전하진 못해도 임시적인 해결책이나마 당장 생각해내야 한다.
- 사람들이 당황해하지 않도록 거짓말을 하거나 사실을 숨겨야 한다.
- 필요한 물건을 다른 사람에게 양보한다.
- 도움을 구걸해야 한다.

초래할 수 있는 심각한 결과

- 주요 물품 공급자가 무리를 버리고 독립해버린다.
- 살아남기 위해 중요한 것(권력, 안전, 자유 등)을 포기해야 한다.
- 도움을 구하려다 길을 잃거나 발이 묶이거나 다친다.
- 잘 알지 못하거나 해보지 않은 일을 해야 한다(가령 의사가 아닌 사람이 응급수술을 하는 경우).

- 몸 상태가 악화된다.
- 방향감각을 상실하고 탈진하면서 심각한 부상을 입거나 실수를 저지른다.
- 경솔하거나 위험한 행동을 한다(오염된 물을 마시는 일, 도둑질을 하다 발각되는 일 등).
- 전투 중에 포로로 잡힌다.
- 항복할 수밖에 없게 된다.
- 남은 물건을 지키려고 약자를 죽이거나 식인을 하는 등 생존을 위해 도덕성을 저버린다.
- 가족을 부양하기 위해 암시장에서 장기를 팔아야 한다.
- 동상을 입거나 상처가 괴사되어 신체부위를 잃게 된다.
- 죽는다.

생길 수 있는 감정

괴로움, 불안, 패배감, 절망, 좌절, 각오, 두려움, 좌절감, 감정이입, 고마움, 죄의식, 압도당하는 느낌, 무력감, 후회, 울화, 자기연민

생길 수 있는 내적 갈등

- 누군가를 구하지 못해 자신이 실패자처럼 느껴진다.
- 모두가 고통스러운데 자신에게 필요한 물품 걱정을 하는 게 죄스럽다.
- 다른 사람이 물품을 얻지 못하는 상황이 오더라도 자신에게 필요한 물건을 확보할 수 있는 방법을 고민한다.
- 다른 사람들이 공황 상태에 빠지는 것을 막기 위해 거짓말을 하면서도 그들이 진실을 알 자격이 있다고 생각한다.
- 도움이 필요한 무리를 떠나면 자신이 살아남을 확률이 높아지는 상황인데, 떠나는 행동으로 어떤 도덕적 대가를 치를지 저울질한다.
- 가진 것이 풍족한 사람들을 질투한다.
- 생존이 위태로운 경우에 법을 어겨도 되는지 고민한다.
- 규칙을 지키고 싶지만, 규칙을 만든 자들에게 버림받았다는 생각이 든다.
- 필요한 것을 확보하기 위해 구걸을 하거나 학대를 받아야 하는 상황에 수치심과 자기혐오를 느낀다.

상황을 악화시킬 수 있는 부정적인 특성

중독 성향, 대립하는 성향, 통제 성향, 냉소적인 태도, 신의를 저버리는 성향, 낭비벽, 경박함, 남을 잘 믿는 성향, 거만함, 비관적인 성향, 소유욕, 분개, 이기심, 제멋대로인 성향, 배은망덕, 투덜대는 성향, 잔걱정이 많은 성향

기본 욕구에 미치는 영향

- **자아실현 욕구** 물자를 조달하고 유지하는 데 집중해서 캐릭터가 지치게 되면, 보람 있고 만족스러운 목표를 추구할 에너지를 다른 곳으로 빼앗길 수밖에 없어진다.
- **존중과 인정의 욕구** 자신과 자신이 사랑하는 사람들에게 필요한 물건을 공급하지 못할 경우, 캐릭터는 스스로 '하찮다'는 느낌을 받을 수 있다.
- **애정과 소속의 욕구** 캐릭터는 생존이 걸려 있는 상황에서 물자를 받을 사람과 받지 못할 사람을 선택해야만 하는 상황에 처할 수 있다. 사람들을 가장 중요한 집단과 없어도 될 집단으로 나누는 상황(가령 가족을 먼저 챙기고, 이웃과 친구는 후순위로 미룬다든지)을 마주하는 바람에 사람들과의 관계가 시험에 들 수 있다.
- **안전 욕구** 물자가 부족하면 캐릭터가 여러 가지 면에서 위험에 처할 수 있다. 장작이나 연료 같은 기본적인 자원이 고갈되는 것도 분명 문제지만, 물자에 다른 조건 따위가 수반되는 경우 또 다른 안전 문제가 생길 수 있다. 가령 캐릭터의 자원 덕에 영향력 있는 누군가와 동맹이 유지되는 상태라면 자원이 고갈될 때 그와의 관계도, 그가 제공하던 이점도 사라지는 식이다.
- **생리적 욕구** 인슐린이 떨어진 당뇨병 환자의 경우처럼 꼭 필요한 자원이 부족해지거나 없어지면 생명이 위태로워질 수도 있다.

대처에 도움이 되는 긍정적인 특성

절제력, 여유, 관대함, 환대, 이상주의, 친절함, 신의, 남의 말을 잘 듣는 성향, 사람을 잘 믿는 성향

긍정적인 결과

- 필요로 하는 것을 다른 것과 기꺼이 교환해줄 사람을 찾게 된다.
- 장차 자원관리 문제를 더 잘 대처하게 된다.
- 어려운 일을 헤쳐나가기 위해 지역사회 사람들이 함께 모인다.
- 문제를 피해갈 수 있는 창의적인 해결책이나 혁신적인 방법을 생각해낸다.

중요한 사람과의 관계가 끊어지다

Losing Access to Someone Important

사례

- 정보원이 살해당한다.
- 중요한 사람(변호사, 의사, 심리상담사 등)이 먼 곳으로 떠난다.
- 이해가 상충되는 사람과의 관계를 끝내야 한다.
- 자녀의 양육권을 잃는다.
- 중요한 누군가가 감옥에 갇힌다.
- 절교한다.
- 중요한 정보를 가지고 있는 누군가와 연락이 안 된다(배를 타고 바다에 나가 있거나 혼수상태인 경우 등).
- 캐릭터와 연락하는 사람과의 연락 상황을 제삼자가 좌우한다.
- 인기 있는 직원이나 많은 수익을 내게 해준 직원이 캐릭터의 사업장을 떠나 자기 사업을 시작한다.
- 캐릭터가 존경하거나 우상으로 여기던 사람이 캐릭터를 상대로 접근금지 명령을 받아낸다.
- 사랑하는 사람이 실종된다.
- 캐릭터의 전 배우자가 아이를 납치해 사라진다.
- 캐릭터가 멘토의 조언과 지도를 절실히 필요로 할 때 그 멘토가 병에 걸린다.
- 같은 편이 되어주던 사람을 잃는다.

사소한 문제

- 표류하는 느낌, 방향을 잃은 느낌이 든다.
- 독립적으로 결정을 내리는 데 어려움을 겪는다.
- 차선책이나 대안을 생각해야 한다.
- 건물, 문서 등에 접근할 때 다른 쪽의 허가가 필요하다.
- 정보를 찾기 위해서 상대편의 소지품을 뒤져야 한다.
- 새로운 전문가(변호사, 의사, 심리상담사 등)를 구해야 한다.
- 관계가 끊긴 사람에 대한 최신 정보를 찾아야 한다.
- 상대편을 보기 위해 몰래 움직여야 한다.

- 교도소에 갇힌 사람을 면회하러 가야 한다.
- 서비스를 받지 못하게 되거나 일을 할 수 없게 된다.
- 관계가 끊어진 사람이 제공해주던 자원을 잃게 된다.
- 조언을 구할 사람이 없다.
- 캐릭터와 어중간하게 관계가 끝난 사람과 일은 계속해야 한다.

초래할 수 있는 심각한 결과

- 캐릭터가 상대와 험악하게 헤어졌다.
- 정서적 지원이나 중요한 의료 서비스를 받지 못하게 된다.
- 다른 사람에게 조언을 구하다가 잘못된 방향으로 가게 된다.
- 정보원이 고문당하거나 체포되거나 살해당한다.
- 헤어진 사람에 대한 중요한 정보를 잃어버린다(유언장이 있는 곳, 가족이 사는 곳 등).
- 헤어진 사람의 마지막 소원을 알지 못한다.
- 아무런 길잡이 없이 독자적인 결정을 내리다가 끔찍한 일이 일어난다.
- 헤어진 사람에게 접근하기 위해 통제된 구역에 침입해 들어간다.
- 헤어진 상대에 대해 사이버스토킹을 하다가 붙잡힌다.
- 접근금지 명령을 위반한다.
- 자포자기 행동을 한다(전 배우자에게서 아이를 납치하거나 폭력적으로 대응하는 등).
- 자식을 다시는 볼 수 없다.
- 관계가 끊어진 사람을 만나지 못해, 혹은 그가 갖고 있던 정보에 접근하지 못해 누군가 죽는다.

생길 수 있는 감정

분노, 짜증, 불안, 배신감, 씁쓸함, 갈등, 혼란, 반항심, 부정, 우울함, 좌절, 상심, 실망, 불신, 좌절감, 상처, 강박, 무력감, 후회, 울화, 인정받지 못한다는 느낌, 복수심

생길 수 있는 내적 갈등

- 헤어진 사람의 행복이나 안전이 걱정스럽다.
- 헤어진 사람과 만날 수 없게 만든 사람들이나 조직을 원망한다.
- 이해가 상충되는 두 가지 이익 가운데 하나를 선택해야 한다.

- 독립적으로 결정을 내리는 것이 어렵다는 사실을 알게 된다.
- 실수하지는 않을까 걱정한다.
- 불안과 우울을 겪는다.
- 헤어진 상대와의 일이 마무리되지 않아 다음 단계로 나아가지 못한다.
- 짝사랑으로 괴로워한다(캐릭터가 그 사람에게 미련을 갖고 있는 경우).
- 자신이 멋대로 재단당하고 있거나 부당하게 벌을 받는다고 느낀다.

상황을 악화시킬 수 있는 부정적인 특성

남의 속을 긁는 성향, 중독 성향, 반사회적 성향, 통제 성향, 신의를 저버리는 성향, 적대감, 무지, 충동적 성향, 합리적이지 않은 성향, 애정 결핍, 강박적인 성향, 소유욕, 지나치게 밀어붙이는 성향, 반항심, 무모함, 분개, 비협조적인 성향, 부도덕함, 앙심, 폭력성

기본 욕구에 미치는 영향

- **자아실현 욕구** 전문적인 멘토나 핵심 지식을 지닌 사람과 관계가 끊어진 캐릭터는 혼자 힘으로 어떻게 해나가야할지 몰라 무력감을 느낄 수 있다.
- **존중과 인정의 욕구** 실패와 상실을 내면화한 캐릭터는 자신에게 재능이 더 있거나 충분히 똑똑했다면 승리할 수 있었을 것이라는 불합리한 생각에 빠질 수 있다.
- **애정과 소속의 욕구** 캐릭터가 누군가와 정서적으로 연결되어 있는 경우, 그 사람이 없는 상태에서는 단절되고 고립되고 오해를 받는 듯한 느낌이 들 수 있다.
- **안전 욕구** 의미 있고 신뢰하는 관계를 구축하는 것은 시간과 용기가 필요한 일인데 신뢰하던 상대가 떠난 후 캐릭터는 새로운 관계를 다시 맺어야 한다. 따라서 캐릭터는 불안과 불확실성을 크게 느낄 수 있고, 특히 신뢰가 깨졌을 경우 더욱 그렇다.

대처에 도움이 되는 긍정적인 특성

적응 능력, 야심, 매력, 자신감, 창의성, 외교술, 절제력, 여유, 외향성, 가벼운 바람기, 친근감, 근면함, 인내, 끈기, 설득력, 상황을 주도하는 성향, 지략, 사회의식

긍정적인 결과

- 잃어버린 관계보다 더 좋은 관계를 찾는다.
- 변화에 적응하는 법을 배운다(자립성이 커진다).
- 현재 맺고 있는 관계를 전보다 더 값지게 여기게 된다.
- 다른 이들에게 더욱 신뢰할 수 있는 사람으로 거듭난다.
- 만약의 경우를 대비해 계획을 세우는 법을 배운다.
- 사람들과의 관계에 머뭇거리지 않기로 결심한다. 생각하고 느낀 바를 솔직하게 표현하게 된다.
- 상대와 관계를 회복한다.
- 헤어진 사람에게 다시 연락해, 하지 못했지만 꼭 해야 할 말을 하거나 사과하거나 감정을 솔직하게 표현하거나 자신의 생각을 명확하게 밝히면서 관계를 제대로 마무리한다.

중요한 자원이 부족하다

Lacking an Important Resource

사례

- 음식이나 물이 없다.
- 피난처나 보호처 없이 지낸다.
- 중요한 약이나 의약품이 없다.
- 현지에서 사용할 돈이 부족하다.
- 교통수단이 없다.
- 다른 사람과 소통할 방법이 없다.
- 해독제가 없다.
- 영향력이나 협상할 만한 것이 없다.
- 집세를 낼 돈이 없다.
- 안전한 장소에 들어가기 위한 열쇠, 출입증, 암호가 필요하다.
- 위기를 극복하기 위해 특별한 기술을 가진 사람(해커, 무기 전문가)이 필요하다.
- 캐릭터가 누구인지 확인해주거나 보장해주는 중요한 문서를 잃어버렸다.

사소한 문제

- 필요한 자원이나 적절한 대체품을 찾아야 한다.
- 다른 사람에게 필요한 것을 빌려야 한다.
- 필요한 물건을 얻기 위해 다른 것을 포기해야 한다.
- 자원을 두고 다른 사람과 경쟁한다.
- 살아남기 위해서는 다른 사람의 몫을 빼앗아야 한다.
- 필요한 자원 없이 지내다가 쇠약해지거나 병에 걸리게 된다.
- 자원을 찾기 위해 다른 곳으로 가야 한다.
- 잠을 자지 못한다.
- 도와달라고 사정해야 한다.
- 위험이 증가한다.
- 기회가 사라진다.
- 자원 부족으로 인해 벌어진 착취에 대처해야 한다.

초래할 수 있는 심각한 결과

- 이용만 당하다가 결국 더 나쁜 상황에 빠지게 된다.
- 자원을 얻기 위해 다른 것을 내줘야 한다.
- 개인적인 희생을 치르고 자원을 얻는다(가령 자유의 희생, 조국을 떠난다는 약속, 사랑하는 사람과의 이별 등).
- 안전하지 않거나 해로운 대체물을 사용한다.
- 자원을 찾다 길을 잃는다.
- 필수품을 더 이상 구할 수 없다.
- 사랑하는 사람의 희생으로 자원을 얻는다.
- 현실에서 도피하기 위해 해로운 것에 눈을 돌린다.
- 자원을 얻는 대가로 무언가를 바치라는 강요를 당한다(인신매매를 당하거나 노예가 되는 것, 강제 노역 등).
- 자원을 훔치다 쫓기고 붙잡혀 감방에 갇힌다.
- 자원을 얻기 위해 누군가를 공격하거나 죽인다.
- 심각한 병에 걸리거나 죽게 된다.

생길 수 있는 감정

불안, 우려, 패배감, 절망, 좌절, 낙담, 무력감, 당혹감, 시기, 두려움, 향수, 초라함, 수치심, 무능하다는 느낌, 불안정한 상태, 강박, 압도당하는 느낌, 공황, 무력감, 자기연민, 반신반의, 취약하다는 느낌

생길 수 있는 내적 갈등

- 사랑하는 사람들 곁에 있고 싶지만, 자원을 찾기 위해서 떠나야 한다.
- 중요한 물자를 얻지 못해 패배자가 된 듯한 느낌이 든다.
- 필요한 물건을 확보하는 일에 집착한다.
- 자원을 얻기 위해 도덕성을 포기해야 할지 고민한다.
- 일어날 수도 있는 결과 때문에 공포에 사로잡힌다.
- 다른 사람의 필요를 못 본 척해야 한다는 사실에 괴로워한다.
- 절박한 상황 때문에 캐릭터는 자신이 싫어했던 누군가처럼 변하게 된다.
- 도움을 받기 위해서는 비굴해져야 하지만 그러고 싶지 않다.
- 생필품을 얻기 위해 정서적 가치가 있는 뭔가를 포기해야 한다.
- 자신처럼 어려운 처지가 아닌 남들에게 함부로 재단당한다는 느

낌이 들어 억울하다.

상황을 악화시킬 수 있는 부정적인 특성

중독 성향, 반사회적 성향, 기만하는 성향, 부정직함, 신의를 저버리는 성향, 어리석음, 남을 잘 믿는 성향, 인내심 부족, 충동적 성향, 감정표현을 꺼리는 성향, 불안정한 상태, 게으름, 강박적인 성향, 비관적인 성향, 무모함, 제멋대로인 성향, 소심함, 소통 부족, 부도덕함, 의지박약

기본 욕구에 미치는 영향

- **존중과 인정의 욕구** 자신이나 타인을 부양할 수 없는 상황에서 캐릭터는 (자신의 잘못이 아니더라도) 자신이 실패자 같다고 느낄 수 있고 자존감도 심하게 떨어질 수 있다.
- **애정과 소속의 욕구** 캐릭터는 수치심 때문에 혹은 자신의 상황을 비밀로 유지해야 할 필요성 때문에 스스로를 고립시키게 될 수 있다.
- **안전 욕구** 필요한 자원이 없으면 캐릭터의 개인 건강과 안전은 확보할 수 없게 된다. 캐릭터는 이러한 필요를 충족시키기 위해 위험한 행동에 의지하다 스스로를 결국 위험에 빠뜨릴 수 있다.
- **생리적 욕구** 기본적인 자원이 없으면 심각한 병에 걸리거나 사망할 수 있다.

대처에 도움이 되는 긍정적인 특성

적응 능력, 경각심, 차분함, 굳은 심지, 절제력, 집중력, 독립심, 근면함, 통찰력, 낙관적인 성향, 인내, 끈기, 상황을 주도하는 성향, 지략, 책임감, 분별력, 소박함, 사회의식, 영성, 검약

긍정적인 결과

- 더 철저히 준비하는 법을 배운다.
- 창의력과 근면을 키운다.
- 새로운 집단에서 의미 있는 관계를 쌓는다.

- 다른 사람에게 도움을 청하고 받아들이는 법을 배운다.
- 도움이 필요한 사람들에게 더욱 관대해진다.
- 자신의 경험을 통해 자선 활동에 나선다.
- 물질적인 것에 대한 집착이 줄어든다.
- 새로운 곳에서 더 나은 삶을 찾아 나아가야 할 때임을 깨닫는다.
- 헤어지기로 한 결정이 옳았다는 사실을 나중에 깨닫게 된다.

집단에서 쫓겨나다

Being Cast Out of a Group

사례

- 교회나 종교 단체에서 쫓겨난다.
- 사랑하는 사람과 소원해진다.
- 전문 자격이나 지위를 잃게 된다.
- SNS에서 차단당한다.
- 사교 모임에서 쫓겨난다.
- 조직 활동에서 배제된다.
- 스포츠 팀에서 자리를 잃는다.
- 위원회나 이사회 자리에서 해임된다.
- 공동체나 커뮤니티를 나가달라는 말을 듣는다.

사소한 문제

- 전용 주차장 같은 혜택이나 특전을 포기해야 한다.
- 떠나야 할 집단과 관련 있는 물건을 반납해야 한다(출입카드, 열쇠 등).
- 수치심, 굴욕감, 분노 등과 같은 다양한 감정을 숨겨야 한다.
- 자신을 쫓아낸 조직과 맞서야 한다.
- 단체의 대표자가 캐릭터와의 관계를 완전히 끊어내려 하면서 캐릭터가 조직 내의 친한 사람들을 잃는다.
- 집단에 속한 사람들과 마주치는 일을 피하기 위해 매일 해온 일과를 바꾼다.
- 가족, 친구, 소문을 좋아하는 사람들이 질문 공세를 퍼붓는다.
- 자신이 쫓겨난 사태에 관해 집단 내에서 돌아다니는 소문을 지켜볼 수밖에 없다.
- 새로운 사람들을 만나고 직업 관계도 새로 맺어야 한다.
- 벌어진 일에 관해 떠도는 소문에 대처해야 한다.
- 자신이 쫓겨난 일을 두고 거짓말을 한다.

초래할 수 있는 심각한 결과

- 쫓겨나면서 저질렀던 잘못(정보를 빼내거나 기물을 파손하는 일 등)으로 고발당한다.
- 캐릭터의 평판이 망가진다.
- 민감한 비밀이 알려진다.
- 자신을 쫓아낸 조직을 공개적으로 비난하다가 더 많은 이목을 끌게 된다.
- 법적 다툼에 휘말린다.
- 직장을 잃거나 학교에서 쫓겨난다.
- 조직에 남아 있는 사랑하는 사람들과 멀어진다.
- 자신을 쫓아낸 단체를 위협하고 협박하고 공격한다.
- 캐릭터를 쫓아낸 조직이 캐릭터를 망치기로 마음먹는다.
- 위협, 협박, 폭력의 표적이 된다.
- 조직이 캐릭터가 사랑하는 사람들에게도 적의를 품는다.
- 쫓겨나는 바람에 더 큰 위협에 무방비 상태가 된다.

생길 수 있는 감정

분노, 불안, 배신감, 씁쓸함, 혼란, 패배감, 우울함, 상심, 불신, 당혹감, 증오, 수치심, 상처, 무능하다는 느낌, 위협감, 외로움, 무력감, 망연자실, 인정받지 못한다는 느낌, 복수심, 취약하다는 느낌

생길 수 있는 내적 갈등

- 이미 벌어진 일을 받아들이지 못해 계속 곱씹는다.
- 배신감을 느낀다.
- 자신을 쫓아낸 단체를 무너뜨리는 일에 집착하게 된다.
- 나온 단체에서 사람들과 맺었던 우정을 그리워한다.
- 방향감을 상실한다(어디로 가야 할지 무엇을 해야 할지 알 수 없다).
- 나온 집단으로 다시 들어가기 위해 자신의 도덕률을 위반할까 고민한다.
- 집단을 나오고도 여전히 그곳 소속이기를 원하는 자신이 싫다.
- 아직도 집단의 주문에 걸려 있는 가족이나 친구가 걱정스럽다.
- 쫓겨난 원인이 된 문제에 계속 집착한다.
- 피해망상과 무력함에 시달린다.
- 집단 밖에서도 자신의 능력이 여전한지 의구심이 든다.

- 자신의 믿음에 의문을 품는다.
- 자신을 쫓아낸 집단을 위해 했던 희생을 돌이켜보며 환멸을 느낀다.

상황을 악화시킬 수 있는 부정적인 특성

유치함, 우쭐대는 성향, 대립하는 성향, 통제 성향, 신의를 저버리는 성향, 남의 뒷말을 좋아하는 성향, 적대감, 유머 감각이 없는 성향, 위선, 무지, 불안정한 상태, 남을 조종하려는 성향, 잔소리가 심한 성향, 애정 결핍, 강박적인 성향, 분개, 의혹, 부도덕함, 앙심

기본 욕구에 미치는 영향

- **자아실현 욕구** 종교 단체에서 외면을 받은 캐릭터는 환멸을 느끼고 자신의 목적, 이 세상에서의 위치, 신과의 관계에 의문을 가질 수 있다.
- **존중과 인정의 욕구** 공동체에서 쫓겨난 캐릭터는 한때 속해 있던 공동체를 떠난 뒤에도 자신의 능력이 여전한지 의구심을 품을 수 있다.
- **애정과 소속의 욕구** 다른 사람들과의 관계가 끊어진 캐릭터는 자신이 집단의 일부가 아니라 혼자라는 사실을 빠르게 실감하면서 감정적으로나 심리적으로 흔들릴 수 있다.
- **안전 욕구** 집단과의 관계로 캐릭터가 보호를 받았던 경우(신체적 안전, 면책 특권, 독보적인 사회적 지위 등), 쫓겨난 뒤부터는 이러한 보호를 더 이상 받을 수 없어 위협과 위험에 노출될 것이다.
- **생리적 욕구** 집단이 캐릭터의 기본적인 필요를 제공하는 데 도움을 준 경우, 캐릭터는 해당 지원 시스템의 외부에서 필요를 충족시키는 데 있어서 어려움을 겪을 수 있다.

대처에 도움이 되는 긍정적인 특성

적응 능력, 모험심, 굳은 심지, 자신감, 협조적인 성향, 창의성, 외교술, 친근감, 독립심, 근면함, 객관성, 낙관적인 성향, 인내, 끈기, 상황을 주도하는 성향, 지략, 사회의식, 영성

긍정적인 결과

- 자신을 다르게 보는 법, 다른 사람의 관점을 존중하는 법을 배운다.
- 해로운 환경을 더욱 건강한 환경으로 바꾼다.
- 행동에는 결과가 따른다는 사실을 깨닫는다.
- 집단에서 벗어나 독립하는 법을 찾아 나서고 성장한다.
- 어느 정도로 주고받아야 적당한 것인지에 관해 균형감을 얻게 된다.
- 용서하고 용서받는 법을 배운다.
- 더 자유로운 사고와 열린 태도를 갖추게 된다.
- 기존의 집단을 대체할 새로운 집단으로 들어가 더 큰 성취감을 얻는다.

집이나 고향을 떠나야 하다

Having to Leave One's Home or Homeland

사례

- 정치, 인도주의, 경제 관련 위기 관련 문제로 안전과 안정을 도모하기 위해 살고 있던 곳을 떠난다.
- 먼 곳에 사는 사람과 결혼한다.
- 팔려가거나 납치되거나 인신매매를 당한다.
- 집에서 멀리 떨어진 곳에 있는 학교를 다니게 된다.
- 먼 곳에 있는 일자리를 구한다.
- 외교 업무나 선교 활동에 나선다.
- 자연재해 때문에 집이나 고향이 살 수 없는 곳이 된다.
- 큰 병에 걸리거나 부상을 입어 다른 지역으로 가서 치료를 받아야 한다.
- 심각하고 확실한 위협을 받아 어쩔 수 없이 다른 곳에서 다시 시작해야 한다.
- 아픈 가족을 돌보기 위해 거주지를 옮긴다.

사소한 문제

- 새로운 일상에 익숙해져야 한다.
- 새로운 언어를 배워야 한다.
- 새로운 관계를 구축해야 한다.
- 낯선 일자리라도 구해야 한다.
- 길을 잃는다.
- 이전과는 다른 사회경제적 지위나 사회적 지위를 갖게 된다.
- 캐릭터의 자식들이 학교를 옮겨야 한다.
- 갖고 있던 물건을 두고 떠나야 한다.
- 새로 가게 된 곳의 문화적 규범을 알지 못한다.
- 새로운 상황에서는 학교에 다닐 수 없다.
- 본의 아니게 누군가를 화나게 한다.
- 집을 구해야 한다.
- 반려동물을 두고 가야 한다.

- 가지고 있는 자격증이 새로 가게 된 곳에서는 인정받지 못한다.
- 새 일자리를 구하거나 서비스 제공자를 구해야 한다.
- 그동안 받던 지원을 받지 못하게 된다.
- 아직은 누구를 믿어야 할지 모른다(또는 아무도 믿을 사람이 없다고 느끼게 된다).
- 남겨두고 온 사람들과 연락할 수 없다.

초래할 수 있는 심각한 결과

- 합법적인 이주를 거부당해 불법적으로 새로운 나라에 가야 한다.
- 성별이나 성적지향 때문에 전과 다른 취급을 당한다.
- 일자리를 구할 수 없다.
- 어리숙하게 나쁜 사람을 믿는다.
- 착한 척하는 사람에게 사기를 당한다.
- 사랑하는 사람을 만나러 돌아갈 수가 없다.
- 중요한 의료 서비스에 대한 접근성이 떨어진다.
- 사랑하는 사람을 남겨두고 떠나야 한다.
- 새로 가게 된 곳에서는 캐릭터의 종교 때문에 죽음을 당할 수도 있다.
- 전에 있었던 곳에서 악당들이 캐릭터를 추격한다.
- 위험이 실재하므로 불안과 공포에 떨게 된다.
- 인신매매의 피해자가 된다.

생길 수 있는 감정

불안, 씁쓸함, 갈등, 우울함, 실망, 낙담, 두려움, 두려움, 좌절감, 죄의식, 향수, 불안정한 상태, 위협감, 외로움, 갈망, 압도당하는 느낌, 후회, 울화, 자기연민, 충격, 의기양양함, 근심, 취약하다는 느낌

생길 수 있는 내적 갈등

- 다시 돌아가야 한다는 편집증에 시달린다(전에 있던 곳이 위험하기 때문에 떠난 경우).
- 문화충격으로 괴로워한다.
- 향수병에 걸린다.
- 사랑하는 상대가 이주를 원했거나 필요로 했기에 이동을 결정했지만, 그가 원망스럽기도 하다.

- 어쩔 수 없는 이유였지만, 다른 사람들을 남겨두고 떠난 데 죄책감을 느낀다.
- 새로 살게 된 곳에서는 밖으로 나가 사람들과 교류하기가 두렵다.
- 행복하고 안전하게 지낼 수 있을지 확신이 없어 겁이 난다.
- 자신의 정체성과 새로운 곳의 문화 사이에서 갈등한다.
- 살던 곳에서 쫓겨났다는 고립감에 괴로워한다.

상황을 악화시킬 수 있는 부정적인 특성

남의 속을 긁는 성향, 반사회적 성향, 통제 성향, 무례함, 어리석음, 남을 잘 믿는 성향, 적대감, 무지, 인내심 부족, 유연성 부족, 감정표현을 꺼리는 성향, 편견, 제멋대로인 성향, 요령 없음, 소심함, 소통 부족, 의지박약, 내성적인 성향, 잔걱정이 많은 성향

기본 욕구에 미치는 영향

- **존중과 인정의 욕구** 지위나 인지도는 지리적이거나 문화적인 요소에 의존하는 것이기 때문에 캐릭터는 살고 있던 곳을 떠난 뒤 자존감에 상처를 입을 수 있다.
- **애정과 소속의 욕구** 집이나 고향을 떠나는 것은 가족을 남겨두고 떠나는 것을 의미하는 경우가 많다. 이러한 상황에서 캐릭터는 새로운 관계를 구축하려 애쓰면서도 사랑하는 사람들을 그리워할 수 있다.
- **안전 욕구** 익숙했던 집이나 고향을 떠난 캐릭터는 안전과 보안을 확보하기 위해 새로운 자원을 알아보는 능력을 키워야 한다. 건강, 개인의 안전, 직업이 이러한 변화 때문에 어려움을 겪게 될 수 있다.
- **생리적 욕구** 낯선 곳으로 쫓겨가게 되면 기본적인 욕구를 충족시키는 능력을 발휘할 수 없게 되어 오랜 기간 음식, 물, 쉼터, 휴식 없이 지내다가 치명적인 위험에 처할 수 있다.

대처에 도움이 되는 긍정적인 특성

적응 능력, 모험심, 굳은 심지, 자신감, 호기심, 외교술, 여유, 공감 능력, 열의, 외

향성, 친근감, 근면함, 통찰력, 인내, 지략, 사회의식, 즉흥성, 너그러움

긍정적인 결과

- 갑작스러운 변화를 견딜 수 있는 자신의 강점과 역량을 발견한다.
- 자신의 필요에 더 잘 맞는 집을 찾는다.
- 문화와 사회에 대한 시야를 넓히게 된다.
- 교육, 음식, 직업 등 더 나은 자원에 접근할 수 있는 기회를 얻는다.
- 새로운 관계를 맺는다.
- 자신의 문화에 관해 새로운 깨달음을 얻는다.

핵심 증인을 잃다

Losing a Key Witness

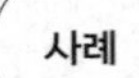

- 범죄를 목격한 사람이 말을 하지 못하는 상태가 되거나 사망한다.
- 결정적인 증인이라고 생각했던 사람이 문제가 있다는 사실을 알게 된다(범죄 기록, 거짓말하는 성향, 증언의 신뢰를 떨어뜨릴 편견을 갖고 있는 경우 등).
- 증인이 자신의 배우자나 부모가 곤란을 겪을 수 있다는 이유로 법정 증언을 거부한다.
- 캐릭터의 형제자매가 자신의 평판을 지키려 캐릭터의 사건에 개입하기를 거부한다.
- 사고를 우연히 목격한 사람의 연락처를 구하지 못한다.
- 증인이 사건에서 손을 떼라는 협박을 받는다.
- 정상 참작 정황이 드러나 배심원이 증인을 신뢰하기 어렵다고 생각한다.
- 증인의 나이가 지나치게 어려 증언을 인정할 수 없다는 판사의 결정이 내려진다.
- 증인이 법정에 설 정신 상태가 아니라고 여겨진다.
- 증인이 갑자기 증언을 바꾼다.
- 증인이 아무 말 없이 사라진다.
- 개입하지 말라는 상사의 말을 듣고 직장 동료가 증언을 거부한다.

사소한 문제

- 누군가에게 무슨 말이라도 해달라고 간청해야 한다.
- 도움을 꼭 받겠다고 약속을 해놓았다.
- 잘못된 행동이라는 증거를 찾아내야 한다.
- 무언가를 봤을지도 모르는 사람이라면 누구라도 상관없이 이야기해본다.
- 증거를 모아야 하기 때문에 직장이나 학교에 가지 못한다.
- 일어난 일을 휴대전화로 녹음한 사람을 찾아 나선다.
- 주변 사업장에 보안 감시 영상이 있는지 묻고 다녀야 한다.

- 특정 인물이나 장소를 조사해달라고 경찰에 탄원한다.
- 다른 증인을 찾아야 한다.
- 변론을 보강해야 한다.
- 캐릭터가 스스로를 지키기 위해 증언대에 서야 한다.
- 항소를 제기해야 한다.
- 재판 연기를 신청해야 한다.

초래할 수 있는 심각한 결과

- 새 증인을 찾았는데 신뢰가 가지 않는다.
- 잘못된 혐의인데 반박할 수가 없다.
- 형편이 안 될 만큼 비싼 변호사를 법적 대리인으로 고용해야 한다.
- 사건과 관련된 수리비나 기타 비용을 지불해야 한다.
- 부정적인 평판이 쌓인다.
- 직장에서 강등당한다.
- 캐릭터의 가족이 상대편이 말하는 사건 내용을 믿으면서 캐릭터가 고립된다.
- 억울한 혐의로 평판이 망가지는 바람에 직장을 옮겨야 한다.
- 혐의가 취하되자 범죄자가 보복으로 캐릭터나 가족을 노린다.
- 캐릭터에 대한 거짓말을 믿는 동료들이 적대적인 모습을 보인다.
- 재판에서 져서 징역형이나 다른 벌을 받게 된다.
- 위협이나 학대를 당한다.
- 살인범이 풀려나 더 많은 사람이 다친다.

생길 수 있는 감정

분노, 불안, 배신감, 씁쓸함, 우려, 절망, 좌절, 상심, 불신, 낙담, 좌절감, 비애, 죄의식, 증오, 위협감, 공황, 편집증, 무력감, 회의감, 의구심, 반신반의, 복수심, 취약하다는 느낌

생길 수 있는 내적 갈등

- 믿을 수 있다고 생각했던 사람들에게 지지받지 못한다고 느낀다.
- 자신의 진실성이 의심받았다는 모욕감을 느낀다.
- 재판이나 조사 결과에 불안감을 느낀다.
- 다른 증인 혹은 자신이 사랑하는 사람들을 위험에 빠뜨리지는 않을까 걱정된다.

- 피해망상에 시달린다(표적이 되었다고 느낀다).
- 무력감과 패배감으로 괴로워한다.
- 자신을 지지한다고 생각했던 사람에게 배신감을 느낀다.
- 재판에 참석해달라고 증인에게 압력을 가한 일에 죄책감을 느낀다.
- 범인이 석방되어 더 많은 사람이 다치게 되지 않을까 노심초사한다.
- 회사, 교회, 단체의 도움이 부족했다는 사실에 환멸을 느낀다.
- 사람들이 시스템을 조종해 빠져나갈 수 있다는 사실에 좌절한다.
- 강력하고 부패한 시스템 앞에서 속수무책이다.

상황을 악화시킬 수 있는 부정적인 특성

남의 속을 긁는 성향, 무관심, 우쭐대는 성향, 통제 성향, 신의를 저버리는 성향, 인내심 부족, 충동적 성향, 합리적이지 않은 성향, 남을 조종하려는 성향, 신경과민, 강박적인 성향, 편집증적 성향, 비관적인 성향, 분개, 의혹, 부도덕함, 앙심

기본 욕구에 미치는 영향

- **존중과 인정의 욕구** 핵심적인 증인을 얻지 못하는 경우 (특히 증인을 확보하기 위해 많은 노력을 기울였을 때) 캐릭터는 긍정적인 결과를 얻어내지 못한 자신의 능력에 의문을 제기할 수 있다.
- **애정과 소속의 욕구** 핵심적인 증인이 친구나 가족인데 나서기를 거부하는 경우, 캐릭터는 그가 할 수 있는 일의 한계를 확인하면서 그와의 관계가 나빠지리라는 것을 알게 된다.
- **안전 욕구** 위협, 협박, 폭력으로 핵심 증언을 잃은 경우, 캐릭터는 자신과 자신이 사랑하는 사람의 안전이 위험하다고 느낄 수 있다.

대처에 도움이 되는 긍정적인 특성

적응 능력, 차분함, 굳은 심지, 매력, 자신감, 외교술, 집중력, 공정함, 성숙함, 객관성, 통찰력, 낙관적인 성향, 인내, 끈기, 설득력, 상황을 주도하는 성향, 지략, 책임감, 영성, 사람을 잘 믿는 성향

긍정적인 결과

- 신뢰할 수 있고 사건의 흐름을 뒤집을 만한 새로운 증인을 찾게 된다.
- 핵심 증인 없이도 성공적인 수사 및 법적 결과를 얻는다.
- 어려운 시기에 옳은 일을 했다는 사실 때문에 캐릭터의 자부심이 커진다.
- 자신을 진정으로 지지해주는 사람이 누구인지 알게 된다.
- 법적인 문제에 처한 사람들을 돕는 자선 활동에 참여한다.

트러블
사전

자아에 관한 갈등

Ego-Related Conflicts

공개 망신을 당하다

Public Humiliation

사례

- 불륜이 알려진다(표지판, 광고판, 소셜미디어를 통해).
- 사적인 편지, 사진, 영상이 온라인에 공유된다.
- 또래들 앞에서 지목을 당해 야단을 맞는다.
- 모임 자리에서 가족이나 친구들에게 조롱을 당한다.
- 비밀이 대중에게 밝혀진다.
- 엄청난 비밀(마약 복용, 성적인 페티시, 범죄행위)이 폭로된다.
- 준비되어 있지 않거나 불리한 입장에 처해 있을 때 곤혹스러운 일이 일어난다.
- 평판을 떨어뜨리려는 적에게 부당한 표적으로 몰려 모욕을 당한다.
- 자신의 지위나 나이 등에 걸맞지 않다고 생각했던 일을 해야 한다.
- 자신의 잘못을 공개하는 벌을 받는다(가령 아이인 캐릭터가 친구를 괴롭혔는데 부모가 '나는 친구를 괴롭혔습니다'와 같이 잘못한 내용을 적은 표지판을 길모퉁이에서 강제로 들고 있게 하는 벌을 준 경우).

사소한 문제

- 친구와 지인이 캐릭터에게 거리를 두고 캐릭터는 혼자 뒷감당을 해야 한다.
- 소문이 소문을 낳아 상황이 심각해진다.
- 누구를 믿어야 할지 모르겠다.
- 무슨 일이 일어났는지 반복해 설명해야 한다.
- 괴롭힘이나 조롱을 피하기 위해 평소의 일과를 바꾼다.
- 좋아했던 활동이나 취미를 사생활 보호 차원에서 포기해야 한다.
- 기자들이나 시위대 때문에 밖으로 나가지 못해 집에 갇힌 느낌이 든다.
- 캐릭터의 가족이 불편을 겪거나 괴롭힘을 당한다.
- 법률적인 조언을 받기 위한 비용을 지불해야 한다.
- 캐릭터가 한 말을 언론에서 뉴스가 될 만한 내용으로 왜곡한다.
- 감시받는 느낌이 든다.

- 과거의 행동이 조명되어 샅샅이 파헤쳐진다.
- 회원 자격을 잃거나 수상을 취소당한다.
- 주위에 있는 사람들이 멋대로 재단해 불편하다.
- 클럽, 행사, 시설에서 환영받지 못한다.
- 위협이나 괴롭힘을 당한다.
- 온라인에서 괴롭힘을 당하거나 표적이 된다.

초래할 수 있는 심각한 결과

- 모든 행적이 파헤쳐지면서 다른 비밀도 밝혀진다.
- 결혼 생활이 파탄난다.
- 가족, 친구, 고용주에게 버림받는다.
- 중요한 동맹을 잃는다.
- 억울하게 비난받거나 희생양이 된다.
- 범죄 혐의로 기소된다.
- 중요한 지원이나 자금을 잃는다.
- 직장을 잃는다.
- 사업을 접게 된다.
- 조사를 피하기 위해 신분을 바꾸거나 가족과 함께 이사를 가야 한다.
- 가족들이 함께 십자포화를 맞으면서 생활이 무너진다.
- 무죄인데 입증할 증거가 없다.
- 꿈을 포기해야 한다.
- 투옥되거나 감시 목록에 올라간다.
- 외상 후 스트레스 장애, 불안장애, 기타 질환에 걸린다.
- 벌어진 일을 모두 감당하기 힘들어 마약이나 알코올에 눈을 돌린다.

생길 수 있는 감정

괴로움, 불안, 배신감, 씁쓸함, 자기방어, 절망, 상심, 불신, 환멸, 두려움, 무력감, 두려움, 비애, 죄의식, 후회, 회한, 울화, 자기연민, 창피함, 고통스러움, 인정받지 못한다는 느낌, 취약하다는 느낌, 자신이 하찮다는 느낌

생길 수 있는 내적 갈등

- 스스로를 탓하는 마음과 폭로한 사람을 탓하는 마음이 왔다갔다 한다.
- 자기연민에 빠진다.
- 진실이 밝혀진 데 대해 아쉬움과 안도감을 동시에 느낀다.
- 진실한 사람이 되고 싶지만, 복수하고 싶은 마음도 든다.
- 자리를 피하는 것(그리고 자유와 사생활을 되찾는 것)과 진실을 밝히기 위해 싸우는 것 사이에서 결정을 내리지 못한다.
- 폭로한 친구에게 배신감을 느끼면서도 그의 본모습을 알게 된 것을 다행이라 생각한다.
- 당혹감, 죄책감, 수치심에 시달린다.
- 사람들이 뭐라 생각해도 별일 아닌 척하고 싶은 마음이 간절하지만 계속 신경이 크게 쓰인다.

상황을 악화시킬 수 있는 부정적인 특성

남의 속을 긁는 성향, 중독 성향, 충동성, 대립하는 성향, 잔인함, 사악함, 남을 잘 믿는 성향, 감정표현을 꺼리는 성향, 불안정한 상태, 순교자인 양하는 태도, 애정결핍, 예민한 성향, 편집증적 성향, 완벽주의, 반항심, 무모함, 자기 파괴적인 성향, 앙심, 폭력성

기본 욕구에 미치는 영향

- **존중과 인정의 욕구** 공개적인 굴욕은 캐릭터의 자존감과 캐릭터에 대한 타인들의 태도를 완전히 붕괴시킨다.
- **애정과 소속의 욕구** 캐릭터와 가까운 사람들이라고 해서 폭로가 일어난 후에 모두 캐릭터를 지지하지는 않는다. 지지하는 사람이 없어졌다는 사실은 캐릭터에게 또 다른 충격으로 다가와 캐릭터는 상황에 대처하기 더욱 어려워질 수 있다.
- **안전 욕구** 인터넷 문화의 특성상 흥미진진한 이야기는 온라인에서 확대되는 경우가 많다. 캐릭터의 잘못이 아주 심각하거나 그동안 캐릭터에게 칼을 갈고 있던 사람들이 캐릭터의 이야기를 알게 되면, 캐릭터와 캐릭터의 가족은 인터

넷 밖에서도 표적이 될 수 있다.

대처에 도움이 되는 긍정적인 특성

적응 능력, 굳은 심지, 외교술, 정직성, 고결함, 인내, 끈기, 설득력, 상황을 주도하는 성향, 지혜로움

긍정적인 결과

- 오랫동안 숨겨온 비밀의 이면에 있는 진실을 인정하고 책임을 짐으로써 속죄한다.
- 캐릭터가 자신의 삶에서 독이 되는 세력들을 잘라낸다.
- 바닥을 친 경험을 통해 변화하고 성장할 수 있는 힘을 끌어낸다.
- 다른 사람의 생각에 전보다 덜 신경 쓰게 된다.
- 다른 사람의 인생을 망칠 목적으로 부당하게 표적을 삼는 사람들을 쓰러뜨리기 위해 노력한다.

권위를 위협받다

One's Authority Being Threatened

사례

- 수감자가 경찰관에게 침을 뱉는다.
- 국가 원수가 쿠데타 소문을 듣는다.
- 고집이 세거나 말을 듣지 않는 아이가 끊임없이 부모에게 도전한다.
- 스포츠 팀의 주장이 재능과 인기가 많은 팀원에게 위협을 느낀다.
- 직원들이 자신의 생각으로는 이해가 안 되는 상사에 관해 불평한다.
- 종교 지도자의 행동이나 신념에 교인들이 이의를 제기한다.
- 장교의 명령을 병사들이 따르지 않고 무시한다.
- 심판이 경기의 통제권을 잃는다.
- 교사가 학생들에게 끊임없이 무시당한다.

사소한 문제

- 곤란하고 당황스러운 마음과 굴욕감을 숨길 수가 없다.
- 자신의 권위를 누가 인정하고, 누가 인정하지 않는지 확신할 수 없다.
- 통제권을 되찾기 위해 소리를 지르거나 위협을 가한다.
- 말을 듣지 않는 아이나 10대 청소년을 야단쳐야 한다.
- 뒷말과 비꼬는 말과 비아냥을 감내해야 한다.
- 캐릭터가 주재하는 회의에 아무도 참석하지 않는다.
- 문제가 커지는 것을 막기 위해 양보해야만 한다.
- 일을 성사시키기 위해서 복잡하게 얽힌 사내정치를 헤쳐나가야 한다.
- 반대 측의 선동에 대응해야 한다(SNS를 통한 공격, 허위사실 유포 등).
- 자신의 행동을 계속 방어하고 정당성을 주장해야 한다.
- 정보와 규칙에 각별히 유의하여 자신에게 불리하게 사용되지 못하게 해야 한다.
- 루머와 거짓 정보에 대처하느라 시간을 낭비한다.
- 규칙이 시행되도록 영향력을 행사할 수가 없다.

- 스스로 내리는 모든 결정을 지나치게 고민한다.

초래할 수 있는 심각한 결과

- 전문가답지 않게 분노를 폭발시킨 탓에 캐릭터가 문제의 일부가 되어버린다.
- 지나치게 방어적인 태도를 보이다가 다른 사람의 좋은 제안을 받아들이지 않는다.
- 자신을 따르는 사람을 확보하기 위해 뇌물이나 기타 비윤리적인 방법에 의존한다.
- 논쟁이 폭력으로 확대된다(팀원, 시설의 수용자, 교인들 사이에서).
- 부하 직원을 함부로 대한다.
- 자신을 따르는 사람들에게서 받았던 금전적 지원을 잃게 된다.
- 긴급 상황이 발생했을 때 지속적인 마찰로 캐릭터의 지휘 능력이 제대로 발휘되지 못해 누군가 사망한다.
- 리더의 직함이나 지위를 잃는다.
- 지원 부족으로 앞으로 있을 기회를 놓친다.
- 해고당한다.
- 하던 일을 그만두고 중요한 조직을 떠나 조직의 리더가 없는 상태가 된다.
- 자신의 지위를 지키려 과감한 행동을 취한다(군사적 행동, 직원의 해고 등).
- 자신을 지지하지 않는 사람을 조직에서 내치거나, 벌금을 매기거나, 징역형으로 처벌한다.
- 포기하고 무심한 듯 굴면서 자신의 역할을 제대로 수행하지 않는다.
- 일을 잘하지 못하거나 사람들을 이끌 능력이 없는 강탈자에게 굴복한다.
- 무기나 무력으로 자신의 권위를 보호한다.
- 국가 지도부의 약점이 노출되면서 전쟁이 발발한다.

생길 수 있는 감정

분노, 불안, 배신감, 씁쓸함, 자기방어, 부정, 우울함, 좌절, 무력감, 당혹감, 두려움, 좌절감, 초라함, 수치심, 무능하다는 느낌, 신경과민, 편집증, 무력감, 자부심, 인정받지 못한다는 느낌, 자신이 하찮다는 느낌

생길 수 있는 내적 갈등	
	• 책임지고 싶은 생각과 스트레스를 받고 싶지 않은 생각 사이에서 방황한다. • 스스로에게 질문한다(자리를 지키기 위해 필요한 것을 자신이 갖고 있는지 아닌지). • 옳은 일과 사람들이 좋아하는 일 중 무엇을 할지 고민한다. • 예전에 했던 방식으로 돌아가고 싶은 마음이 든다. • 자신의 결정과 통솔 방식을 곱씹는다. • 상대방의 주장이 정당한 것인지 아니면 단순히 경쟁자의 힘겨루기인지 알 수 없다. • 자신의 자아가 결정에 영향을 끼친다는 것을 알면서도 변화를 초래할 힘이 없다고 느낀다.

상황을 악화시킬 수 있는 부정적인 특성

남의 속을 긁는 성향, 냉담함, 심술궂음, 유치함, 우쭐대는 성향, 통제 성향, 잔인함, 부정직함, 사악함, 탐욕, 적대감, 인내심 부족, 유연성 부족, 불안정한 상태, 합리적이지 않은 성향, 마초적인 성향, 남을 조종하려는 성향, 순교자인 양하는 태도, 편집증적 성향, 편견, 반항심, 무모함

기본 욕구에 미치는 영향

- **존중과 인정의 욕구** 권위를 의심받는 캐릭터는 자신에게 보고하는 사람들에게 존경심을 어느 정도 잃은 상태다. 자아에 대한 이러한 종류의 타격은 받아들이기 어려울 수 있으며, 캐릭터는 이를 계기로 자신의 내면을 들여다보고 자신의 가치에 의문을 제기하게 된다.
- **애정과 소속의 욕구** 캐릭터가 자신이 통솔하는 사람들을 위해 희생했는데도, 사람들이 충성심을 보이지 않고 고마워하지도 않는 모습을 보이는 경우 캐릭터의 책임감은 쓰라린 회한으로 뒤덮여 무력화될 수 있다.
- **안전 욕구** 아랫사람에게 권위가 먹히지 않는 상황에서 (정부 수반으로서의) 정치적 위치에서 강제로 쫓겨난 캐릭터는 신체적인 위협을 받아 안전을 도모하지 못하게 될 수 있다.

대처에 도움이 되는 긍정적인 특성

적응 능력, 차분함, 조심성, 굳은 심지, 매력, 자신감, 외교술, 친근감, 고결함, 겸손, 영감을 주는 성향, 지적 능력, 공정함, 친절함, 자애로움, 열정, 애국심, 설득력, 사회의식, 이타적인 성향, 지혜로움

긍정적인 결과

- 무기력해지거나 스트레스를 받거나 부담을 느끼던 자리에서 물러난다.
- 새로운 기술을 개발해 리더로 성장한다.
- 전체 시스템의 결함을 드러내는 대화를 통해 문제를 해결할 수 있게 된다.
- 대처가 필요한 경쟁자나 말썽꾼을 알아보는 눈을 갖게 된다.
- 캐릭터를 변호해주기 위해 뜻밖의 지지자들이 찾아온다.
- 권위에 대한 저항을 어느 정도 감수할 생각이 있는지, 아니면 이제 떠날 때가 된 것인지를 결정한다.
- 캐릭터가 해로운 상황을 벗어나 자신의 기여가 정당한 평가를 받을 수 있는 곳으로 간다.

다른 사람들에게 의존해야 하다

Having to Rely on Others

사례

- 건강 문제(뇌졸중이나 치매 등)가 생긴 부모가 성인인 자녀와 함께 살기 위해 집을 옮겨야 한다.
- 교통사고로 뇌손상을 입어 배우자에게 의존하게 된다.
- 뇌성마비, 근위축증, 다운증후군 같은 신체적, 정신적인 건강 문제 때문에 간병인이 상주해서 돌봐줘야 한다.
- 취업 허가를 받지 못한 불법 이민자가 친구와 가족의 지원에 의존한다.
- 부모가 없는 캐릭터를 나이 많은 형제나 친척이 돌본다.
- 실직한 캐릭터가 가족에게 자주 돈을 빌려야 한다.
- 도망 중이거나 박해받는 캐릭터를 위험이 사라질 때까지 친구들이 숨겨준다.
- 모든 것을 잃은 뒤 다른 사람의 친절에 의지해야 한다.
- 병이 나는 바람에 자신을 지원해주는 가족이나 지역사회에 기여할 수 없게 된다.

사소한 문제

- 다른 사람의 규칙을 따라야 하는 것이 부담스럽다.
- 간병인의 일정에 맞춰야 한다.
- 하지 못하게 된 일 때문에 어려움을 겪는다(필수적인 일일 수도 있고 필수적이지 않은 일일 수도 있음).
- 자신을 맡게 된 간병인과 잘 맞지 않는다.
- 장애를 가지고도 할 수 있는 일을 찾아야 한다.
- 의사 결정 과정에 더 이상 참여할 수 없게 된다.
- 병원에 가거나 치료받아야 하는 일이 자주 생긴다.
- 돌봐주는 사람의 집에서는 캐릭터의 애인을 달갑게 여기지 않는다.
- 어떻게 하면 캐릭터를 가장 잘 돌볼 수 있을지 가족들의 의견이 충돌한다.
- 캐릭터가 고집을 부리거나 막무가내로 행동하면서 힘겨루기가 발

생한다.

- 사생활이 없어진다.
- 이런저런 일을 알기 위해서 다른 사람에게 의존해야 한다.
- 누군가가 지켜보거나 감시한다(캐릭터가 도망갈 위험이 있거나 혼자 지내는 일에 익숙한 경우).
- 새로 있게 된 집에서 기억력 문제가 생겨 혼란스러워한다.
- 추가 비용이 생기면서 캐릭터와 캐릭터를 돌봐주는 사람 사이에 마찰이 생긴다.

초래할 수 있는 심각한 결과

- 간병인이 캐릭터를 돌보기 위해 여행 계획을 연기하거나 휴학하거나 구직을 미뤄야 한다.
- 캐릭터의 특권의식이 커진다(간병인이 자신에게 모든 것을 맞춰줘야 한다고 생각한다).
- 제대로 된 돌봄을 받지 못하고 방치되어, 활동을 하거나 사람들과 교류할 수 있는 기회가 제한된다.
- 아무 권리도 없는 죄수 취급을 당한다.
- 캐릭터의 상태가 악화된다.
- 간병인의 결정이 옳다는 사실을 믿지 않는다.
- 떠나고 싶지만 어쩔 수 없이 발이 묶인다.
- 추방을 앞두고 있다.
- 캐릭터가 생사에 대한 결정을 대답할 수 없는 상황에서 간병인이 캐릭터의 생사를 결정하게 된다.
- 비윤리적인 간병인이 캐릭터의 돈, 관심, 재산을 완전히 통제한다.
- 가족이 캐릭터의 위임장을 무기 삼아 캐릭터가 노후대비로 저축해놓은 돈을 마구 쓴다.
- 새로운 환경에서 신체적 혹은 정서적인 학대를 당한다.

생길 수 있는 감정

분노, 괴로움, 불안, 배신감, 씁쓸함, 혼란, 패배감, 반항심, 부정, 우울함, 절망, 두려움, 좌절감, 죄의식, 초라함, 수치심, 외로움, 방치당한 느낌, 공황, 무력감, 자부심, 자기연민, 창피함, 취약하다는 느낌, 자신이 하찮다는 느낌

생길 수 있는 내적 갈등

- 독립성과 통제력을 잃어버린 일로 괴로워한다.
- 변해버린 모든 것과 새로운 상황에 극심한 불안감을 느낀다.
- 집주인이나 간병인에게 고맙지만 한편으로는 또 씁쓸하다.
- 다른 사람들의 꿈을 희생시킨 데 죄책감이 든다.
- 남에게 의지해야 하고, 사람들이 다 하는 일도 자신은 못 한다는 사실 때문에 스스로를 남보다 못하다고 느낀다.
- 간병 방법에 대해 뭔가 말하고 싶지만, 죄책감 때문에 아무 말도 하지 못한다.
- 캐릭터가 돌봐주는 사람에게 학대를 당하고 있는데도 오히려 그 사람에게 충분히 감사하지 못했다며 죄의식을 느낀다.
- 자신도 뭐든 하고 싶지만 할 수 없거나 허락받지 못한다.
- 가정이나 지역사회에서 제 몫을 하지 못하는 상황이 수치스럽다.
- 아무도 자신을 보지 않고 무시하는 것 같다는 느낌을 받는다.

상황을 악화시킬 수 있는 부정적인 특성

남의 속을 긁는 성향, 유치함, 대립하는 성향, 통제 성향, 야단스러움, 까다로움, 유연성 부족, 순교자인 양하는 태도, 참견하기 좋아하는 성향, 예민한 성향, 편집증적 성향, 신경질적인 성향, 소통 부족, 비협조적인 성향, 배은망덕, 폭력성, 변덕, 투덜대는 성향

기본 욕구에 미치는 영향

- **자아실현 욕구** 남에게 기대야 하는 상황에 처한 캐릭터는 간병인을 두는 일이나 기본 생계 이상을 필요로 하는 자신에 대해 죄책감을 느낄 수 있다. 죄책감 때문에 캐릭터는 인생에서 진정으로 원하는 것을 추구하는 능력을 기르지 못하게 된다.
- **존중과 인정의 욕구** 캐릭터가 신체적, 정서적, 재정적 보살핌을 받기 위해 다른 사람에게 의존해야 하는 경우, 자아가 타격을 입고 자신감을 잃거나 자신을 보는 방식에 영향을 받을 수 있다.
- **애정과 소속의 욕구** 맞지 않는 사람들과 함께 살아야 하는 캐릭터는 사랑받는다

는 느낌과 소속감이 줄어드는 경험을 하게 된다.

- **안전 욕구** 안전과 기초적인 공급 물자를 타인에게 의지해야 하는 캐릭터는 자신의 욕구를 충족시킬 수 있는지 여부를 늘 확신하지 못하면서 살게 될 수 있다.

대처에 도움이 되는 긍정적인 특성

적응 능력, 애정, 경각심, 감사하는 태도, 차분함, 협조적인 성향, 용기, 여유, 겸손, 영감을 주는 성향, 영성, 너그러움, 사람을 잘 믿는 성향, 이타적인 성향, 재치

긍정적인 결과

- 캐릭터가 상황에 도움을 주는 자선단체를 만나 충족감을 얻는다.
- 간병인과 지속적인 정을 쌓는다.
- 병이 낫거나 회복 이후의 계획을 짤 여유가 생겨 성공할 수 있는 더 나은 기회를 만난다.
- 고립되어 있었던 캐릭터가 가족의 일원이 된다.
- 도움을 받는 것은 부끄러운 일도, 나약함 때문에 생긴 일도 아니라는 사실을 배운다.
- 타인을 돕는 데 기여하는 의미 있는 방법을 찾는다.

돈을 빌려야 하다 Needing to Borrow Money

사례

- 신용카드를 잃어버렸다는 사실을 깨닫고, 데이트 상대에게 결제를 요청해야 한다.
- 직장을 잃은 캐릭터가 매달 나가는 돈 때문에 도움을 받아야 한다.
- 예상치 못한 비용이 생겨 생활비가 모자란다(새 차 구입, 응급의료 상황 등).
- 감옥에서 풀려날 보석금을 낼 돈이 없어 남의 도움이 필요하다.
- 젊은 캐릭터가 집을 사거나 사업을 시작하려 부모에게 돈을 빌린다.
- 돈 관리를 잘못한 캐릭터가 가족에게 돈을 빌려달라고 한다.
- 중독자가 술이나 마약을 사기 위해 거짓말을 하고 돈을 빌린다.
- 캐릭터가 분수에 맞지 않는 호화생활을 하느라 가족에게 돈을 빌린다.
- (비밀 은폐 따위 문제로) 누군가를 매수하기 위해 급히 돈을 구해야 한다.

사소한 문제

- 자금 부족으로 불편함이 생긴다.
- 창피를 당한다.
- 돈을 빌리는 문제에서 배우자나 애인이 캐릭터와 생각이 다르다.
- 자신이 돈에 쪼들리는 상황에 처해 있다는 사실을 다른 사람들에게 인정해야 한다.
- 돈을 빌려달라는 말을 어떻게 할지 고민하며 시간을 보낸다.
- 돈을 빌려야 하는 이유를 솔직하게 말할 수 없다.
- 아는 사람에게 접근해 돈을 빌려달라고 부탁하는 게 어려울 것 같아 고민이다.
- 자신에게 해로워서 관계를 끊었던 사람에게 어쩔 수 없이 접근해 돈을 빌려야 한다.
- 돈을 빌려주는 사람과 사이가 어색해진다.
- 빌린 돈에 조건이 있다는 사실을 알고 있다.
- 서류를 작성해야 한다(은행에서 돈을 빌리는 경우).

- 좋아하지 않거나 존경하지 않는 사람의 비위를 맞춰야 한다.

초래할 수 있는 심각한 결과

- 돈을 빌린 쪽과 빌려준 쪽 중 한쪽이 나쁜 감정을 갖게 되면서 두 사람의 관계가 끊어진다.
- 고리대금업자 같은 악질적인 자에게 돈을 빌린다.
- 캐릭터가 잃으면 안 되는 뭔가를 담보로 잡힌다.
- 예상치 못한 일이 발생해 돈을 갚을 수 없게 된다.
- 돈을 빌려주는 사람이 상황을 이용해 캐릭터에게 영향력을 발휘할 수 있게 된다.
- 심하게 절박한 상황이라 나쁜 조건에 동의할 수밖에 없다(과도한 이자를 내야 하거나 돈을 대가로 부도덕한 일을 해야 하는 등).
- 돈을 빌리기 위해 문제가 있는 방법을 사용한다(조작, 협박, 폭력 등).
- 돈을 빌리는 대가로 중요한 것을 포기한다(병원 진료, 아이의 교육 등).

생길 수 있는 감정

불안, 근심, 씁쓸함, 우려, 갈등, 자기방어, 좌절, 각오, 실망, 환멸, 두려움, 무력감, 당혹감, 허둥거림, 불안정한 상태, 질투, 꺼리는 마음, 자기연민, 창피함

생길 수 있는 내적 갈등

- 돈이 필요하다는 사실을 알고 있으면서도 자존심 때문에 다른 사람에게 부탁하지 못한다.
- 돈을 구하지 못해 생겨날 일을 걱정한다.
- 경제적인 문제가 없는 사람을 질투한다.
- 잘못된 결정으로 돈을 빌려야 하는 상황을 만들었다는 죄책감에 시달린다.
- 돈을 가진 상대가 자신에게 빚이 있기 때문에 떳떳하게 돈을 요구할 자격이 있다는 생각이 든다(가령 돈이 많은 상대가 과거에 캐릭터를 학대한 적이 있기 때문에).
- 재무상황에 대한 책임이 자신에게 있다는 사실을 인정하지 않고, 그 문제를 누군가 언급할 때마다 방어적인 태도를 취한다.

- 상대를 장악하기 위해 교묘한 수를 쓸까 고민한다.
- 돈을 구하기 위해 도덕적으로 어느 선까지 갈 생각이 있는지 하는 문제로 씨름한다.

상황을 악화시킬 수 있는 부정적인 특성

남의 속을 긁는 성향, 우쭐대는 성향, 통제 성향, 방어적 성향, 어수선함, 무례함, 경박함, 거만함, 무책임함, 남을 조종하려는 성향, 지나치게 밀어붙이는 성향, 방종, 이기심, 인색함, 비협조적인 성향, 부도덕함

기본 욕구에 미치는 영향

- **자아실현 욕구** 캐릭터가 꿈을 이루는 데 필요한 돈이 없는 경우, 충만한 삶을 살 수 있는가의 여부는 다른 사람에게 그 돈을 빌려달라고 부탁할 생각이 있는지에 따라 달라진다.
- **존중과 인정의 욕구** 자신과 가족을 부양하기 위해 누군가에게 도움을 청해야 하는 캐릭터는 자신이 부족하다고 느껴 자존감이 낮아지는 경험을 할 수 있다.
- **애정과 소속의 욕구** 돈을 빌리고 빌려주는 것은 친구나 사랑하는 사람들 사이에서도 곤란한 일일 수 있으며, 이들과의 중요한 관계에 긴장이나 갈등을 초래할 수 있다. 특히 캐릭터가 금전적인 도움을 요청하는 것이 처음이 아니라면 더욱 그렇다.
- **안전 욕구** 돈이 안전에 필요한 경비일 경우(캐릭터가 아파트에서 계속 지낼 수 있게 해주는 집세, 더 안전한 지역으로 이사를 가기 위한 경비, 가족을 안전하게 지켜주는 개에게 드는 병원비 등), 이러한 경비를 확보하지 못하면 안전에 나쁜 영향을 줄 수 있다.

대처에 도움이 되는 긍정적인 특성

분석력, 감사하는 태도, 매력, 협조적인 성향, 예의, 외교술, 절제력, 고결함, 친절함, 설득력, 책임감, 분별력, 검약, 이타적인 성향, 지혜로움

긍정적인 결과

- 친구와의 관계를 해치지 않고 돈을 빌린다.
- 논쟁이나 제안을 할 때 성공 가능성을 극대화하는 방법을 알게 된다.
- 앞으로는 돈을 빌리지 않을 수 있도록 재정을 더 잘 관리하는 방법을 배운다.
- 돈은 빌리지 못했지만 빌린 돈이 없어도 어떻게든 해결할 수 있는 독창적인 방안이 떠오른다.

뒤에 남겨지다 Having to Stay Behind

이 항목은 다른 사람이 앞으로 나아가는 동안 뒤에 남아있어야 하는 캐릭터에 관한 것으로, 자발적인 경우와 비자발적인 경우를 모두 다룬다. 앞으로 나아가는 사람의 입장에서 본 경우의 사례는 '누군가를 남겨두고 떠나야 하다' 편을 참조할 것.

사례

- 갑자기 집에서 물이 새는 바람에 혼자만 가족여행을 가지 못하게 된다.
- 병에 걸리는 바람에 명절에 다 같이 모이는 자리에 가지 못한다.
- 캐릭터가 하이킹 중에 부상을 당해서 다른 사람들이 도움을 청하러 간 동안 혼자 남아 있게 된다.
- 배우자가 다른 도시에서 일자리를 얻게 되어, 캐릭터는 집이 팔릴 때까지 배우자와 떨어져 지내게 된다.
- 한 해 중 가장 큰 행사(파티, 경축 행사, 연주회 등)가 있는 동안에도 일을 해야 한다.
- 아프고 연로한 부모를 돌보기 위해 해외여행을 가지 못한다.
- 학생이 학업에 뒤처져서 낙제한다.
- 친구들이 모두 대학에 합격할 때 혼자만 합격하지 못한다.
- 자신은 절대 들어갈 수 없는 엘리트 모임에 친구들이 가입하는 것을 지켜만 본다.
- 모두가 선망하는 스포츠 팀에 가입하지 못한 사람은 친구들 중 자신뿐이다.

사소한 문제

- 익숙하지 않은 상황을 혼자 헤쳐나가야 한다.
- 상황적 한계로 인한 지루함에 대처해야 한다.
- 가지 못하게 된 행사에 이미 지불했던 돈을 되돌려 받지 못한다.
- 장거리 연애나 결혼 생활을 하는 동안 상대와 마찰이 생긴다.
- 침대에 누워만 있거나 집에 틀어박혀 있으면서 미칠 지경이 된다.
- 가버린 친구나 가족을 그리워한다.

- 자기연민에 사로잡힌다.
- 자신이 놓친 것을 살펴보기 위해 SNS를 뒤진다.
- 전화나 문자로 연락을 주고받아야 한다.
- 혼자서 하는 활동을 익힌다(채집, 요리, 사냥, 안전한지 살펴보는 일 등).
- 다른 사람이 언제 돌아올지 몰라 계획을 세울 수 없다.
- 무슨 소리만 들려도 사랑하는 사람이 집에 돌아온 것이라 신경을 곤두세운다.
- 걱정만 하고 지내지 않기 위해 바쁘게 지낼 방법을 찾아야 한다.

초래할 수 있는 심각한 결과

- 기다림이 몇 주나 몇 개월로 길어진다.
- 떠난 사람들에게 아무 연락도 받지 못한다.
- 장거리 문제로 연애나 결혼 생활이 끝난다.
- 친구들이 정서적으로나 관계 면에서 발전하는데 캐릭터는 모든 면에서 뒤쳐진다.
- 갖고 있는 자원이 다 떨어진다.
- 자신을 순교자로 여기며 뒤에 남은 결정에 대해 칭찬과 관심을 기대한다.
- 건강에 해로운 방법(과음, 과식 등)으로 지루함을 달랜다.
- 자신의 불행을 남 탓으로 돌린다.
- 혼자 지내는 동안 무책임하게 행동하거나 잘못된 결정을 내린다(난잡한 파티를 열거나 늦게까지 자지 않고 깨어있거나 학교나 직장에 가지 않는 것 등).
- 가족과 떨어져 있는 동안 자연재해나 정치적 위기가 발생한다.
- 기다리는 동안 위험한 일을 겪는다.

생길 수 있는 감정

괴로움, 짜증, 불안, 배신감, 씁쓸함, 혼란, 멸시, 호기심, 우울함, 욕망, 절망, 실망, 당혹감, 좌절감, 상처, 안달, 질투, 외로움, 갈망, 방치당한 느낌, 자기연민, 인정받지 못한다는 느낌, 아쉬움

생길 수 있는 내적 갈등

- 자발적으로 뒤에 남겠다고 했으면서도 강렬한 질투와 원망으로 몸부림친다.
- 뒤에 남지 않았더라면 누릴 수 있었던 재미있는 일을 상상하면서 힘들어 한다.
- 뒤에 남지 않았더라면 얼마나 좋았을까 후회한다.
- 자기연민, 무관심, 우울증과 싸운다.
- 떠난 사람을 걱정하다 최악의 시나리오가 계속 떠오른다.
- 자신이 남겠다고 약속했음에도 불구하고 떠난 사람이나 일행을 따라가고 싶은 마음이 든다.
- 자신이 남게 된 일에 책임이 있는 사람에 대한 원망과 그를 탓했다는 죄책감 사이에서 갈등한다.
- 책임을 회피하고 다른 사람들을 따라가고 싶은 유혹에 빠진다.

상황을 악화시킬 수 있는 부정적인 특성

중독 성향, 유치함, 냉소적인 태도, 적대감, 유머 감각이 없는 성향, 인내심 부족, 유연성 부족, 무책임함, 질투, 순교자인 양하는 태도, 감정 과잉, 애정 결핍, 신경과민, 무모함, 분개, 소란스러움, 방종, 제멋대로인 성향, 내성적인 성향, 일중독

기본 욕구에 미치는 영향

- **자아실현 욕구** 뒤에 남기로 한 캐릭터의 결정이 누군가의 유일한 간병인이 되는 것 같은 장기적인 상황으로 바뀌는 경우, 캐릭터는 교육을 받거나 직업을 얻을 기회를 쫓지 못하게 될 수 있다.
- **존중과 인정의 욕구** 자발적인 결정이라 하더라도 남겨졌다는 생각 때문에 캐릭터는 자신과 자신의 기여가 대수롭지 않은 취급을 받았다는 생각이 들어, 버려진 느낌이 들 수 있다.
- **애정과 소속의 욕구** 뒤에 남은 것이 가족이나 사랑하는 사람과의 헤어짐에 해당하는 경우, 캐릭터는 고통을 겪을 수 있다. 특히 도와줄 다른 사람이 없는 경우에 더욱 그렇다.
- **안전 욕구** 뒤에 남겨진 이유가 정신 건강 문제인데 해결되지 않은 경우, 캐릭터

의 안정감이 위험에 처할 수 있다.

대처에 도움이 되는 긍정적인 특성

적응 능력, 차분함, 굳은 심지, 자신감, 협조적인 성향, 여유, 공감 능력, 대담함, 고결함, 겸손, 독립심, 내향적인 성향, 신의, 성숙함, 인내, 사색적 성향, 혼자 조용히 있는 성향, 지략, 책임감, 이타적인 성향

긍정적인 결과

- 평소라면 할 수 없었던 일을 해보는 혼자만의 시간을 갖게 된다.
- 주위에 방해할 사람이 없어 혼자 많은 일을 해치울 수 있다.
- 사랑하는 사람과 멀리 떨어져 있어도 연락을 유지하고 관계를 돈독히 할 수 있는 방법을 찾는다.
- 뒤에 남는 희생을 통해 의미 있는 뭔가를 이루어낸다.
- 지루함, 불확실성, 두려움을 딛고 일어나면서 회복력이 커진다.
- 전보다 더 독립적이고 자족적인 사람이 된다.
- 타인들의 그늘을 벗어나 자신만의 길을 찾을 수 있는 기회를 얻는다.

명망이나 부를 갑자기 잃다

An Unexpected Loss of Prestige or Wealth

사례

- 선출직을 잃는다.
- 무일푼이 된다(주식시장 폭락, 잘못된 투자, 강도 등으로).
- 사업주가 파산 선언을 하고 회사를 닫는다.
- 상위 직급 직원이 강등된다.
- 왕실의 직함이나 고위 신분을 박탈당한다.
- 존경받는 사회 구성원이 자신의 특권을 인정받지 못하는 새로운 문화권으로 이주한다.
- 온라인에서 사기꾼에게 돈을 잃는다.
- 부유하거나 유명한 캐릭터가 유죄 판결을 받는다.
- 잘못된 행동이 드러나거나 스캔들에 휘말려 고위 신분을 박탈당한다.
- 사교 모임에서 쫓겨나 모임에서 누렸던 혜택(연줄, A급 이벤트 초대 등)을 잃게 된다.

사소한 문제

- 당혹감과 굴욕감을 느낀다.
- 상황이 변했다는 사실을 친구와 가족에게 말해야 한다.
- 운전, 청소, 요리 같은 일상생활을 도와주는 사람이나 직원을 더 이상 둘 수 없게 된다.
- 친구들에게 외면당한다.
- 새로 지낼 집을 구해야 한다.
- 갖고 있는 능력이나 지위보다 못한 일자리를 갖게 된다.
- 새로운 친구를 사귀어야 한다.
- 좋아하는 행사나 클럽의 입장을 거부당한다.
- 특별회원 자격을 박탈당한다.
- 가십거리가 된다.
- 쓰는 돈을 가늠하고 계획을 세우는 일을 새로 배우느라 고생한다.
- 캐릭터의 옷이 새로운 생활방식에 적합하지 않다.

- 사람들에게 거짓말을 하고 아무것도 변하지 않은 척한다.
- 사치스러운 낭비벽을 포기하기가 어렵다.
- 새로운 환경에 어울리는 사회적 규범과 문화적 규범을 배워야 한다.
- 사이가 좋았다고 생각했던 친구들이 캐릭터와 거리를 둔다.
- 더 이상 캐릭터와 공통점이 없어진 사람들과 자연스럽게 멀어진다.

초래할 수 있는 심각한 결과

- 가족에게 정서적 지원이나 재정적 지원을 받지 못하게 된다.
- 더 이상 감당할 수 없는 생활방식을 어떻게든 유지하기 위해 빚을 진다.
- 캐릭터의 아이들이 새로운 학교나 친구와 적응하느라 힘들어한다.
- 일어난 일을 설명하기 위해 정교한 음모론에 빠져든다.
- 캐릭터의 평판을 더욱 망가뜨리기 위해 적이 중상모략을 시작한다.
- 언론 마녀사냥의 표적이 된다.
- 파산 선언을 한다.
- 일자리를 구할 수가 없다.
- 복수하기 위해 맹렬한 공격을 퍼붓고 예전 동료들의 비밀을 흘린다.
- 자신의 것을 빼앗아간 사람에 대한 복수를 꾀한다.
- 스트레스 때문에 정신 건강을 해친다.
- 자녀, 배우자, 친척들에게 소외된다.
- (캐릭터가 불법 행위에 연루된 경우) 교도소에 수감된다.
- 술이나 약물에 의존한다.
- 잃어버린 재산을 되찾기 위해 의심스럽거나 불법적인 행위(도박, 절도 등)를 한다.
- 자살 충동을 느낀다.

생길 수 있는 감정

분노, 불안, 혼란, 우울함, 절망, 상심, 실망, 무력감, 당혹감, 두려움, 비애, 초라함, 수치심, 무능하다는 느낌, 공황, 무력감, 후회, 울화, 체념, 자기연민, 창피함, 충격, 자신이 하찮다는 느낌

생길 수 있는 내적 갈등

- 우울감에 빠지고 자책하며 자신이 쓸모없다고 느낀다.
- 부유한 친구와 동료의 삶을 부러워하고 집착한다.
- 새로운 상황을 받아들이느라 힘이 든다.
- 일이 이렇게 된 것이 누군가의 책임이라는 사실을 알지만 증명할 수 없다.
- 원하는 만큼 지지해주지 않는 친구들에게 복잡다단한 감정이 든다.
- 생각이 점점 부정적으로 변한다.
- 새로운 상황에 맞는 정체성을 찾기 위해 몸부림친다.

상황을 악화시킬 수 있는 부정적인 특성

남의 속을 긁는 성향, 중독 성향, 유치함, 우쭐대는 성향, 낭비벽, 경박함, 야단스러움, 탐욕, 까다로움, 거만함, 무지, 인내심 부족, 게으름, 마초적인 성향, 편집증적 성향, 가식, 방종, 이기심, 제멋대로인 성향, 의혹, 허영심, 투덜대는 성향

기본 욕구에 미치는 영향

- **자아실현 욕구** 캐릭터는 어려운 전환기 동안 재정 상황을 안정시키고 사랑하는 사람들을 부양하기 위해 시간과 에너지를 투자해야 하기 때문에, 자신이 원하는 일을 추구할 시간이 거의 남아 있지 않게 된다. 게다가 상실로 인한 슬픔의 단계를 헤쳐나오기 전까지는 더 높은 목표에 집중하지도 못한다.
- **존중과 인정의 욕구** 갑자기 어려워진 상황에서 캐릭터의 자아는 고통받게 될 것이며, 지위가 바뀌면 주위에 있었던 많은 사람의 선망과 존경도 잃을 수 있다.
- **애정과 소속의 욕구** 갑작스러운 손실을 겪은 캐릭터는 사교계나 동료 집단에서 쫓겨나게 될 수 있어 소속감을 상실한다.
- **안전 욕구** 재산을 잃은 캐릭터는 이제까지 안전과 편의를 제공해주었던 보안 시스템과 고용인 없이 살아가야 한다.

대처에 도움이 되는 긍정적인 특성

적응 능력, 야심, 감사하는 태도, 차분함, 굳은 심지, 용기, 창의성, 여유, 행복감,

상상력, 근면함, 지적 능력, 성숙함, 낙관적인 성향, 인내, 끈기, 지략, 책임감, 영성, 검약

긍정적인 결과

- 전보다 소박해진 생활방식에서 위안을 찾는다.
- 가족과 더 많은 시간을 보내고 사랑하는 사람과 더욱 가까워진다.
- 믿을 수 없을 만큼 성취감을 주는 새로운 직업을 발견한다.
- 돈이 없는 사람에 대한 자신의 편견에 근거가 없었음을 알게 된다.
- 신분의 변화가 없었다면 결코 만나지 못했을 사람과 우정을 맺게 된다.

배제당하다 Being Excluded

사례

- 예정된 행사(생일잔치, 경축행사, 결혼식 등)에 초대받지 못한다.
- 가장 친한 친구가 새 애인과 만나느라 캐릭터와 시간을 보내지 않는다.
- 전 애인의 친구들이 전 애인 편을 들며 캐릭터와 관계를 끊는다.
- (야외활동 마니아, 채식주의자, 종말론자, 나체주의자, 특정 종교의 신자 등) 다른 생활방식을 추구하는 사람들 사이에서 외부인 취급을 당한다.
- 자신이 속해 있다고 생각했던 종교 단체에서 쫓겨난다.
- 사교 모임이나 친목 단체에 들어가지 못한다(경제적 지위, 인종, 교육 수준 때문에).
- 협회, 갱단, 비밀결사, 기타 조직의 가입이 거부된다.
- 결혼했지만 배우자의 집안에서 외부인 취급을 받는다.
- 새로운 학교나 친목 단체에 들어갔지만 어울리지 못한다.
- 캐릭터 모르게 다른 팀원이나 동료들이 결정을 내린다.

사소한 문제

- 동료들에게 불필요한 사람으로 간주된다.
- 캐릭터가 무리에 잘 어울리기 위해 무리수를 둔다.
- 자신을 배제하는 사람들과 마주칠 때마다 어색한 대화를 나눈다.
- 전에 누리던 지위를 잃는다.
- 자신이 특정 행사에서 다른 사람들만큼 대접받지 못한다는 것을 알면서도 참석해야 한다.
- 자신을 배제시킨 모임이나 행사 대신 새로운 모임이나 행사를 만들어야 한다.
- 상처받은 감정 때문에 집중하기가 어렵다는 사실을 깨닫는다.
- 특별한 계획을 같이 세울 사람이 없다.
- 시간이 남아돌 만큼 많다.
- 빈자리를 채우기 위해 새로운 사회 집단, 공동체, 종교를 찾아나서는 데 시간을 소비한다.

- 건강하지 못한 대처(가령 외로울 때마다 뭔가를 먹음, 무리에 끼워주려 하는 좋은 사람들을 거부함)로 새로운 문제를 만든다.
- 모임에 들어가기 위해 남의 비위를 맞춰야 한다.
- 자신을 배제시키는 이유를 알아내느라 시간을 낭비한다.

초래할 수 있는 심각한 결과

- 자신을 지지하고 환영하는 모임을 찾지 못한다.
- 캐릭터의 아이들까지 배제당해 힘들어한다.
- 우울증에 빠져서 어떤 사회 활동도 참여하고 싶지 않아진다.
- 자존감을 상실한다(배제의 내면화).
- 캐릭터를 소외시켰던 사람들이 서로 편을 이루어 갈라지면서 배제의 강도가 높아진다.
- 캐릭터가 들어가지 못한 모임에 다니는 친구들을 잃는다.
- 들어가지 못한 모임과 경쟁할 수 있는 다른 모임을 만들려고 애쓰지만 뜻을 이루지 못하면서 실패만 커진다.
- 모임에 들어가기 위해 성격이나 가치관을 바꾼다.
- 사람들이 있는 곳에서 소란을 피우다 자신뿐 아니라 다른 사람들을 당혹스럽게 만든다.
- 모임을 무너뜨리기 위해 극단으로 치닫는다.
- 모임에 들어가는 일에 지나치게 집착해 기존에 있던 친구들을 소외시킨다.
- 모임에 속한 사람들에게 지나치게 집착한다.
- 모임에서 배제당한 일이 심해져 따돌림이나 폭력으로 커진다.

생길 수 있는 감정

괴로움, 불안, 배신감, 씁쓸함, 우울함, 절망, 상심, 실망, 환멸, 무력감, 당혹감, 시기, 좌절감, 울화, 체념, 슬픔, 경멸, 자기혐오, 자기연민, 창피함, 인정받지 못한다는 느낌

생길 수 있는 내적 갈등

- 모임의 구성원에게 시기심과 질투심을 강하게 느낀다.
- 자신이 그 모임에 들 자격이 없는 것은 아닐까 하는 의구심이 든다.
- 그 모임이 자신에게 좋지 않을 것임을 알면서도 들어가고 싶어한다.

- 모임에 들어가려면 도를 넘어야 한다는 것을 알지만 그렇게 해서라도 꼭 들어가야 할 것만 같다.
- 캐릭터가 자기 인생의 목적에 의문을 갖는다.
- 다른 사람도 배제되었다는 사실에 몰래 기뻐하면서도 그런 느낌이 드는 것이 좋지 않다.

상황을 악화시킬 수 있는 부정적인 특성

남의 속을 긁는 성향, 중독 성향, 대립하는 성향, 비겁함, 잔인함, 냉소적인 태도, 방어적 성향, 남의 뒷말을 좋아하는 성향, 인내심 부족, 질투, 마초적인 성향, 순교자인 양하는 태도, 감정 과잉, 예민한 성향, 분개, 잔걱정이 많은 성향

기본 욕구에 미치는 영향

- **자아실현 욕구** 캐릭터가 특정 집단에 들어가는 일에 집착하는 경우, 자신의 욕망과 열정, 즉 자신이 진정으로 좋아하는 일을 희생시키는 결과를 초래할 수 있다.
- **존중과 인정의 욕구** 다른 사람들에게 배제당한 캐릭터는 자신의 문제가 무엇이고 자신이 왜 '받아들여질 만큼 뛰어나지' 않은지에 대해 자연스레 의문을 품는다. 캐릭터의 자존감은 곤두박질치고 캐릭터는 결국 자신의 가치를 불신하는 지경에 처할 수 있다.
- **애정과 소속의 욕구** 돌보고 지지할 사람이 없어진 캐릭터는 인생을 함께 헤쳐나갈 사람이 없어 힘들 것이다.
- **안전 욕구** 법을 어기는 캐릭터는 권위자에게 맞서게 되고, 그 결과 자유를 빼앗기거나 신변이 위험해질 수 있다.

대처에 도움이 되는 긍정적인 특성

모험심, 대담함, 차분함, 굳은 심지, 용맹함, 결단력, 외교술, 단련과 수양, 신중함, 고결함, 이상주의, 영감을 주는 능력, 자애로움, 열정, 설득력, 사회적 자각, 자유로움, 이타심

긍정적인 결과

- 혼자 보내는 시간을 통해 캐릭터는 자신을 더 잘 알게 되고, 자신의 장점을 깨닫게 된다.
- 배제당하는 원인이었던 자신의 결함(훈련 부족, 지식의 부족, 교활한 성향 등)을 고쳐 결국에는 성장을 이룬다.
- 캐릭터는 자기 삶에서 자기를 사랑해주는 사람들에게 더 큰 고마움을 느끼게 된다.
- 자신과 더 잘 맞는 다른 친구들을 발견한다.
- 자신에게 문제가 있는 것이 아니라 모임에 문제가 있다는 사실을 알게 된다.
- 자신을 푸대접하는 사람들과 함께 있느니 혼자 있는 편이 낫다는 사실을 깨닫는다.
- 배제당한 사람들을 이해하게 되어 그들이 배제당하지 않도록 마음을 쓰고 조치를 취하게 된다.

사실을 말해도 믿어주지 않다

Telling the Truth But Not Being Believed

사례

- 형제자매가 한 일로 대신 야단을 맞는다.
- 저지르지도 않은 범죄로 무고한 사람이 유죄 판결을 받는다.
- 친구의 이야기나 알리바이를 믿었다가 범인을 은폐했다는 혐의를 받는다.
- 심각한 범죄(강도, 폭행, 살인 등)를 신고했지만 제대로 된 수사가 이루어지지 않는다.
- 경찰에 너무 자주 전화를 했다가 정말로 위급한 순간에는 무시당한다.
- 캐릭터가 괴롭힘을 당한 것에 대해 상대에게 이야기를 했지만 도리어 오해한 것 아니냐는 말을 듣는다.
- 불륜을 저질렀다고 비난을 받은 캐릭터가 이를 부인했지만 믿어주지 않는다.
- 폭행을 당했지만, 보호는커녕 오히려 가해자가 되어 처벌을 받는다.
- 책임을 져야 할 자들이 캐릭터를 희생양으로 삼는 바람에, 캐릭터가 규칙을 위반했다고 비난당하는 상황에서 아무도 캐릭터의 말을 믿어주지 않는다.
- 대중의 정서에 반하는 사실을 말했다가 허위사실 유포로 고소당한다.

사소한 문제

- 자신의 사건을 변호해야 한다.
- 사건을 목격한 사람을 찾으려 애쓴다.
- 관여하고 싶어 하지 않는 사람들에게 부탁해 아는 것을 말해달라고 부탁해야 한다.
- 사람들과 함께 하던 무리에서 쫓겨난다.
- 거짓말을 한 혐의로 공개적으로 비난받는다.
- 뒷말과 험담에 대처해야 한다.
- 조사와 증거 수집에 시간을 들여야 한다.

- 당연히 이겼어야 하는 대회나 게임에서 진다.
- 친구나 가족에게 자신이 믿을 만한 사람임을 보증해달라고 부탁해야 한다.
- 점점 더 냉소적이 된다.
- 친구나 동료가 캐릭터의 편을 들다가 역풍을 맞는다.
- 자신이 옳아도 언쟁이나 토론에 서투르다.
- 억울한 상황에 대해 캐릭터가 쏟아내는 이야기에 친구나 가족이 지쳐간다.
- 단순한 오해를 마음에 오래 담아두게 된다.

초래할 수 있는 심각한 결과

- 양치기 소년처럼 별것 아닌 일에 소란을 떨다 정작 필요할 때 도움을 받지 못한다.
- 캐릭터의 자아상이 손상된다.
- 친구나 가족에게 누구 편을 들지 선택하라고 강요한다.
- 배우자나 애인과의 사이에 심각한 분열이 생긴다.
- 자신이 옳다는 사실을 증명하는 데 집착한다.
- 자신을 비난한 사람에게 원한을 품는다.
- 사람들이 다시는 자신을 믿지 않을까 두려워 누구에게건 아무 말도 하지 않는다.
- 믿을 수 없는 사람이라는 평판이 생긴다.
- 캐릭터가 화를 내며 폭발하는 바람에 다른 사람들이 캐릭터에 대해 갖고 있던 편견만 더욱 커진다.
- 범죄 사실이 영구적으로 기록에 남는다.
- 자신에게 향하는 의심을 없애기 위해 남 탓을 한다.
- 전문가 자격을 잃는다(의사, 변호사, 공무원 등).
- 보상을 해야 한다(잃어버린 돈을 다시 채워 넣음, 파손된 물건의 교체 등).
- 감옥에 간다.
- 캐릭터는 포기해버리고, 끔찍한 불의는 끝내 처벌받지 않게 된다.

생길 수 있는 감정 동요, 분노, 불안, 배신감, 씁쓸함, 멸시, 자기방어, 좌절, 환멸, 무력감, 당혹감, 좌절감, 비애, 수치심, 상처, 불안정한 상태, 거슬림, 강박, 무력감, 자기연민, 충격, 근심

생길 수 있는 내적 갈등

- 부당한 대접을 받고 배신당했다는 생각 때문에 캐릭터가 극복할 수 없는 깊은 분노가 일어난다.
- 마음속에서 논쟁을 반복한다.
- 자신을 공격한 사람을 비난하고 싶지만 그러면 상황이 악화될 것임을 안다.
- 캐릭터가 자신을 의심하기 시작한다.
- 위험한 상황에서 벗어나고 싶지만, 평지풍파는 일으키고 싶지 않다.
- 복수하고 싶다.

상황을 악화시킬 수 있는 부정적인 특성

우쭐대는 성향, 대립하는 성향, 부정직함, 까다로움, 거만함, 적대감, 합리적이지 않은 성향, 마초적인 성향, 순교자인 양하는 태도, 감정 과잉, 예민한 성향, 편집증적 성향, 완벽주의, 이기심, 제멋대로인 성향, 완고함, 부도덕함, 투덜대는 성향, 잔걱정이 많은 성향

기본 욕구에 미치는 영향

- **자아실현 욕구** 이러한 위치에 있는 캐릭터는 소속의 욕구, 존경의 욕구, 그리고 아마 안전의 욕구 같은 여러 필수적인 욕구가 공격당하게 될 것이다. 이들 욕구의 실현은 다른 더 중요한 문제가 해결될 때까지 뒤로 밀려나 있게 될 것이다.
- **존중과 인정의 욕구** 사람들이 캐릭터에 대해 최악의 것을 생각하는 경우 캐릭터의 신뢰성, 평판, 자아는 타격을 받는다.
- **애정과 소속의 욕구** 캐릭터를 믿어주지 않는 사람들이 캐릭터가 사랑하는 사람이거나 당연히 캐릭터를 지지해줘야 할 가까운 친구인 경우에 애정과 소속 욕구는 특히 치명적인 타격을 입는다.
- **안전 욕구** 영향력 있고 이기적이고 변덕스러운 사람들에게 진실이 위협이 되

는 경우, 캐릭터는 단순히 정직하고자 애쓰는 것만으로도 이들에게 표적이 될 수 있다.

대처에 도움이 되는 긍정적인 특성

차분함, 조심성, 굳은 심지, 매력, 자신감, 용기, 외교술, 정직성, 고결함, 겸손, 이상주의, 성숙함, 객관성, 통찰력, 낙관적인 성향, 설득력, 지략, 영성, 너그러움, 이타적인 성향

긍정적인 결과

- 예상치 못한 곳에서 같은 편을 발견한다.
- 자신을 믿어주는 경험을 통해 성숙한 시각을 얻게 되어, 견고한 관계와 그렇지 않은 관계를 식별하게 된다.
- 자신을 공격하는 사람이 어떤 인물인지 명확히 알게 되어 그와의 관계를 끊는다.
- 끈기를 갖고 어려움을 이겨내어 진실을 밝힌다.
- 수많은 어려움에도 불구하고 옳은 일을 했다는 사실에서 힘을 얻는다.
- 공개적인 지지에 새롭게 열의를 갖게 되어 다른 사람들이 자기 목소리를 낼 수 있도록 돕는다.
- 신뢰의 가치를 깨닫게 되어 더 정직한 사람이 되기 위해 노력한다.

상대에게 속다 Being Lied To

사례

- 데이트 상대가 자신을 속였다는 사실을 알게 된다(직업, 결혼 여부, 종교, 전과, 재정 상황 등).
- 십 대인 자식이 캐릭터에게 자신이 어디 있는지에 대해 거짓말을 한다.
- 직원에게서 아프다는 전화가 오는데 사실 멀쩡하다는 것을 알고 있다.
- 누군가와 친구가 되었는데 그가 자신에 대해 거짓말을 했다는 사실을 알게 된다.
- 배우자가 자신의 소비 습관에 관해 거짓말을 한다.
- 친구가 캐릭터와의 계획을 취소하면서 취소하는 이유를 거짓말로 둘러댄다.
- 학생이 숙제를 하지 못한 이유를 꾸며낸다.
- 가족이 귀중한 물건을 망가뜨린 게 자신이 아니라고 우긴다.
- 경쟁자가 잘못된 정보를 전달해주어 캐릭터를 불리한 상황에 빠뜨린다.
- 정치인이나 공무원이 자신의 과거나 신념, 의도를 숨긴다.
- 부모가 캐릭터에게 거짓말을 한다(입양 사실, 숨겨놓은 이복형제자매 혹은 이부형제자매 등).

사소한 문제

- 상대방이 거짓말을 하고 있는 것 같지만, 아무 증거가 없다.
- 속고 있었다는 사실을 알게 되었지만 내색할 수 없다.
- 거짓말한 사람에게 책임을 물어야 한다.
- 진실을 밝히기 위해 주위를 샅샅이 살펴야 한다.
- 상처받거나 당혹감을 느낀다.
- 관계가 어그러진다.
- 캐릭터와 거짓말을 한 사람 둘 다와 친구인 사람이 거짓말 한 사람을 감싸준다.
- 회사나 조직에서 누구를 믿어야 할지 알 수 없다.

- 자신이 아무것도 몰랐다는 사실에 좌절감을 느낀다.
- 거짓말이라는 것을 알았는데 즉시 대응할 수가 없다(그래서 일이 늦어진다).
- 거짓말이라는 것을 알면서도 싸우고 싶지 않아 대응하지 않다가 다시 똑같은 일을 마주하게 된다.
- 캐릭터가 자신이 들은 거짓말을 믿는다.
- 거짓말을 하는 사람이 언제 진실을 말하는지 알 수가 없다.
- 다른 사람에게 상황을 알리다가 캐릭터가 속한 사회 집단에 불화가 생긴다.

초래할 수 있는 심각한 결과

- 거짓말이 이번이 처음이 아니라 과거 얼마간 계속해서 일어나고 있었다는 사실을 알게 된다.
- 진실을 부인하며 살아간다(거짓말한 사람을 맹목적으로 믿는다).
- 상대방이 거짓말을 하고 있지 않을 때도 항상 거짓말을 한다고 생각한다.
- 소중한 관계가 돌이킬 수 없을 만큼 망가진다.
- 거짓말에 과민반응을 보이다 회복이 불가능할 만큼 우정을 상하게 하는 말을 한다.
- 거짓말 때문에 어마어마한 대가를 치르게 된다(사기를 당하고 상대방의 불법 행위에 연루되는 등).
- 다른 사람이 했던 거짓말을 그대로 믿고 무심코 옮기다가 캐릭터 자신의 신뢰까지 잃는다.
- 사실을 모른 채 거짓말에 따라 행동하다가 누군가를 다치게 한다.
- 상대의 거짓말을 요란스레 폭로해 상대를 구경거리로 만들어 보복한다.
- 잘못된 정보를 바탕으로 중요한 결정을 내린다.
- 자신에게 거짓말을 했던 친구나 가족을 용서할 수 없다.
- 거짓말을 한 상대에게 거짓말을 비밀로 하라고 협박한다.
- 거짓말 한 상대를 고소하거나 고발해야 한다(본질적으로 그 거짓말이 범죄이기 때문에).
- 사랑하는 사람이 거짓말한 사람의 편을 들어 언쟁을 벌인다.

- 사람들은 모두 거짓말을 하고 정직하지 못하다는 생각이 든다.
- 지나치게 대립을 일삼게 된다.

생길 수 있는 감정	동요, 즐거움, 분노, 괴로움, 배신감, 씁쓸함, 멸시, 패배감, 부정, 상심, 실망, 역겨움, 환멸, 좌절감, 수치심, 상처, 무력감, 자부심, 격노, 울화, 자기연민, 창피함, 충격, 경계심

생길 수 있는 내적 갈등	• 상대가 왜 거짓말을 해야 했는지 고민스럽다. • 거짓말을 폭로할지, 아무 대응도 하지 않을지 망설인다. • 사람들이 언제 거짓말을 하고 언제 진실을 말하는지 알 수가 없다. • 스스로를 의심한다(정말 그런 말을 한 것일까? 내가 오해한 것은 아닐까?). • 거짓말을 한 상대에게 맞서지 못하는 자신이 호구처럼 느껴지고 나약하다는 느낌이 든다. • 우정, 일자리, 혹은 임무가 거짓말보다 더 중요하기 때문에 상대가 자신을 속인 일을 용서해보려 애쓴다. • 위험 신호를 알아채지 못하고 상대에게 속아 넘어간 자신이 바보 같다는 생각이 든다.

상황을 악화시킬 수 있는 부정적인 특성

대립하는 성향, 통제 성향, 광신적인 열의, 어리석음, 남의 뒷말을 좋아하는 성향, 까다로움, 남을 잘 믿는 성향, 유머 감각이 없는 성향, 위선, 무지, 부주의함, 남을 함부로 재단하는 성향, 자기가 다 안다는 태도, 감정 과잉, 예민한 성향, 편집증적 성향, 식견 부족

기본 욕구에 미치는 영향

- **존중과 인정의 욕구** 남에게 속은 캐릭터는 자신이 귀가 얇고 나약하고 존중받지 못하는 존재라고 느끼게 되어 스스로를 의심하게 될 수 있다. 마찬가지로 캐릭터가 속은 사실을 아는 사람들은 캐릭터를 하찮게 보게 될 수 있는데, 그 거

짓말이 너무 뻔한 것이고 캐릭터가 당연히 알아차렸어야 했다고 믿는 경우에는 더욱 그렇다.

- **애정과 소속의 욕구** 부정직함은 신뢰를 깨뜨리고 근본적으로는 사람들 사이의 유대를 약화시킨다. 깊이 존경했던 사람에게 속는 경우, 캐릭터는 타인을 신뢰하기 어려워져 결국 누구에게도 자신의 비밀을 털어놓을 수 없게 된다.
- **안전 욕구** 사기를 당하거나 폭행을 당하거나 성병에 걸리는 등 거짓말로 인해 안전하지 못하다고 느끼게 되는 여러 경우가 있다.

대처에 도움이 되는 긍정적인 특성

적응 능력, 경각심, 분석력, 과감함, 차분함, 조심성, 굳은 심지, 자신감, 용기, 호기심, 외교술, 정직성, 지적 능력, 공정함, 성숙함, 직관력, 전문성, 분별력, 너그러움, 지혜로움

긍정적인 결과

- 거짓말을 한 친구가 실제로는 어떤 사람인지 알게 되고 더 이상의 피해가 생기기 전에 관계를 끊는다.
- 누가 거짓말을 하고 있는지 알아내고 그 사람으로부터 다른 사람들을 보호할 수 있게 된다.
- 이 일의 여파로 더욱 정직한 사람이 된다.
- 거짓말을 알려 다른 사람이 정확한 정보를 얻을 수 있게 해준다.
- 다른 사람의 거짓도 알아볼 수 있게 된다.
- 거짓말하는 사람과 맞서는 올바른 방법을 배워 유사한 상황에 효과적으로 대응할 수 있게 된다.
- 자신이 사실을 알아보거나 진실을 찾아내는 능력이 있다는 것을 발견한다.
- 사기나 배신행위를 발견하고 경찰에 증거를 제출해 범죄자가 기소될 수 있도록 조치한다.

소소한 일까지 간섭당하다

Being Micromanaged

사례

- 캐릭터가 하는 모든 일을 상사가 점검한다.
- 권한 있는 사람이 모든 결정에 의문을 제기한다.
- 배우자가 캐릭터의 일정을 일일이 통제한다.
- 주거개선 자원봉사를 갔는데 누군가 모든 것을 감독하려고 한다.
- 전문가와 결혼했는데 배우자가 집에서도 캐릭터를 심하게 간섭한다(부엌에서 폭군처럼 구는 셰프, 사사건건 캐릭터의 정신분석을 하는 심리상담사 등).
- 캐릭터가 스스로 결정할 수 있는 일도 일일이 허락을 받아야 한다.
- 캐릭터가 업무를 맡았는데 일을 넘긴 사람은 자신이 더 잘한다고 생각한다.
- 부모가 자녀에게 특정 나이 또래면 으레 할 수 있는 결정을 스스로 내리지 못하게 한다.
- 자신에게 가장 적합한 방법을 사용하는 것이 금지되어 있다.

사소한 문제

- 흠잡을 데 없이 훌륭한 프로젝트를 최종적으로 승인받을 때까지 계속 다시 해내야 한다.
- 일을 하는 방법을 놓고 언쟁이 잦아진다.
- 지나친 간섭을 하는 관리자에게서 벗어나고 싶다.
- 캐릭터와 동료 사이의 경계를 지킬 수가 없다.
- 작업 진행이 느려진다.
- 업무 만족도가 떨어진다.
- 지나친 간섭을 했던 사람이 캐릭터의 공로를 빼앗으려고 하거나 나눠 가지려고 한다.
- 지나치게 간섭하는 사람을 피하기 위해 평소보다 무리를 한다.
- 지나친 간섭 때문에 일을 미루게 된다.
- 스트레스와 두려움 때문에 오히려 실수를 더 많이 하게 된다.
- 친구의 간섭을 피해 일이나 물건을 숨겨놓아야 한다.

- 모든 일에 대한 답을 항상 준비해둬야 한다.
- 상사가 만족할 정도로 일을 마무리하기 위해 장시간 일해야 한다.
- 상사에게 거세게 항의했다가 호된 질책을 받는다.
- 배우자가 자신을 신뢰하지 않거나 사생활을 인정하지 않아 결혼 생활에서 스트레스를 받는다.

초래할 수 있는 심각한 결과

- 현실에 안주하거나 일에 심드렁해져 아예 모든 결정을 상사에게 맡긴다.
- 비판을 피하기 위해 완벽주의자가 된다.
- 반복되는 일로 비효율성이 커지면서 비용이 급증한다.
- 자기 집에서도 편안하지 못한 지경에 이른다.
- 부모와 자식 사이에 팽팽한 긴장감이 조성된다.
- 유해한 작업 환경에서 벗어나지 못한다.
- 대안을 알아보지도 않은 채 직장을 그만두거나 계약을 포기한다.
- 일에 대한 흥미를 잃고 나쁜 습관에 빠져든다(병가 신청, 점심시간에 오래 자리 비우기, 근무 시간에 게으름 피우기 등).
- 간섭이 심한 상사가 관련되어 있다는 이유로 유망한 기회를 거절한다.
- 결혼 생활이 파탄난다.
- 아무것도 하지 않고 있다가 스트레스가 폭발할 지경이 되어서야 해로운 방식으로 반응하게 된다.
- 우유부단해지고 무력해진다.
- 다른 사람을 지나치게 간섭하게 된다.
- 즐거움을 잃는다(직장에서, 배우자와 있을 때 등).

생길 수 있는 감정

동요, 짜증, 불안, 씁쓸함, 자기방어, 낙담, 불만, 의심, 두려움, 공포, 허둥거림, 좌절감, 초라함, 거슬림, 울화, 체념, 자기연민, 인정받지 못한다는 느낌, 반신반의, 근심, 자신이 하찮다는 느낌

생길 수 있는 내적 갈등

- 자신의 능력을 의심한다.
- 갈등을 피하고는 싶지만 그러면 문제가 폭발할 지경이 되어버릴 것 같다.
- 시시콜콜 간섭하는 배우자의 가족에게 질식당하는 느낌이지만 그렇다고 결혼 생활을 망가뜨리고 싶지는 않다.
- 간섭이 심한 상사에게 맞서고 싶지만 결과가 두렵다.
- 속으로는 이런저런 선택을 해보지만 정작 무엇을 해야 할지는 모른다.
- 평지풍파를 일으키지는 않기로 결심했지만 원망과 씁쓸함이 커진다.
- 아무리 해도 변하지 않을 사람과의 관계를 끊어야 할지 고민한다.
- 간섭이 심한 상사에게 화가 나지만 상사의 방법이 더 나은 결과를 만들어낸다는 사실은 알겠다.

상황을 악화시킬 수 있는 부정적인 특성

남의 속을 긁는 성향, 무관심, 유치함, 우쭐대는 성향, 대립하는 성향, 비겁함, 방어적 성향, 까다로움, 거만함, 유연성 부족, 자기가 다 안다는 태도, 게으름, 마초적인 성향, 신경과민, 예민한 성향, 완벽주의, 분개, 완고함, 일중독

기본 욕구에 미치는 영향

- **자아실현 욕구** 직장에서 받는 심한 간섭은 낮은 업무 만족도로 이어질 수 있다. 캐릭터가 열심히 일해서 얻은 자리에서는 이런 변화가 특히 문제가 된다.
- **존중과 인정의 욕구** 끊임없이 비판을 받으면 자기 의심이 생기고 캐릭터는 자신이 저평가되고 인정받지 못한다고 느끼게 된다.
- **애정과 소속의 욕구** 사랑하는 사람에게 받는 지나친 간섭은 캐릭터를 중요한 관계에서 물러나게 만들어 중요한 관계에 거리감이 생긴다.

대처에 도움이 되는 긍정적인 특성

적응 능력, 야심, 분석력, 감사하는 태도, 과감함, 자신감, 협조적인 성향, 절제력, 여유, 열의, 행복감, 겸손, 근면함, 세심함, 남의 말을 잘 듣는 성향, 인내, 설득력, 전문성

긍정적인 결과

- 지나치게 간섭하던 상급자의 개입 덕분에 치명적인 오류를 너무 늦기 전에 발견하게 된다.
- 자신을 비판하던 사람이 쓰는 방식의 특정 측면이 유익하다는 사실을 알게 되어, 그 방법을 활용하게 된다.
- 남에게 휘둘리지 않는 모습을 보이면서 자율권과 존중을 더 얻게 된다.
- 간섭에 저항하여 상대와 건강하게 지킬 선을 만들어낸다.
- 상사가 간섭이 심하다는 사실을 사람들에게 알려 전보다 행복한 환경을 만든다.
- 심한 간섭 방식을 민감하게 포착하게 되어 다른 사람들에게는 그런 방법을 쓰지 않겠다고 결심한다.
- 자신의 재능과 가치를 인식하여 비판이 내면화되지 않도록 한다.
- 다른 일자리를 알아보고 신뢰와 자율성이 더 많은 직장을 찾는다.

신임을 잃다

Being Discredited

사례

- 코치나 책임자가 자신이 맡았던 미성년자를 학대한 일이 드러난다.
- 변호사 자격을 박탈당한다.
- 성직자가 신도들의 존경을 잃는다.
- 정치적이거나 종교적인 신념 때문에 제명당한다.
- 중상모략으로 캐릭터의 평판이 무너진다.
- 의사가 의료 과실로 유죄 판결을 받는다.
- 기업주나 저명한 정치인이 사기죄로 교도소에 가게 된다.
- 유명인의 행동이나 신념에 대한 대중의 반발이 일어난다.
- 거짓말을 하거나 유언비어를 퍼뜨리다 적발된다.

사소한 문제

- 친구, 가족, 팬들의 지지를 잃는다.
- 동료나 이전 지지자와 마주치는 상황이 불편하다.
- 끝없이 이어지는 회의나 조사발표회에서 자신의 평판을 지켜야 한다.
- 공식 발표를 해야 한다.
- 동료나 낯선 사람의 비방이나 비판에 대처한다.
- 자신의 행동에 책임을 지지 않는다.
- 캐릭터의 행동으로 상처받은 사람들에게 사과해야 한다.
- 자신의 행동을 다른 사람의 탓으로 돌리려 한다.
- 징계를 당한다(벌금, 정학, 정직 등).
- 피해를 수습하기 위해 SNS 계정을 닫아야 한다.
- 변론을 준비하지 않은 채 사건에 도움이 되지 않을 말을 한다.

초래할 수 있는 심각한 결과

- 직장과 생계 수단을 잃는다.
- 신분의 변화를 받아들이지 못한다.
- 배우자나 자녀까지 언론의 표적이 된다.
- 몇 년씩 이어지는 시련을 견뎌야 한다.
- 결백하다는 주장을 아무도 믿어주지 않는다.

- 결혼 생활이 파탄난다.
- 엄청난 액수의 벌금을 내야 한다.
- 논란에서 벗어나기 위해 다른 이름과 신분을 사용해야 한다.
- SNS상에서 공격이나 대규모 시위의 표적이 된다.
- 새로운 직장에 지원하거나 진술서에 서명할 때 자신이 겪은 일에 대해 거짓말을 했다가 사실이 들통난다.
- 법적으로 금지되어 있는 상황에서도 계속 업무를 본다(면허가 취소된 뒤에도 진료를 보는 의사, 자격을 잃은 뒤에도 사건을 맡는 변호사 등).
- 자신을 괴롭힌 사람에게 복수를 계획한다.
- 캐릭터의 식구라는 이유로 가족들까지 죄인 취급을 당한다.
- 캐릭터의 잘못된 행동이나 실력 부족 때문에 누군가가 엄청난 영향을 받게 된다(환자가 죽거나 누군가가 희생되는 등).
- 죄책감을 달래기 위해 약물로 눈을 돌린다.
- 성인이 된 자녀가 캐릭터에게 등을 돌린다.
- 결백한 상황임에도 불구하고 유죄 판결을 받는다(법정이나 여론재판에서).
- 교도소에 간다.

생길 수 있는 감정

분노, 괴로움, 불안, 씁쓸함, 자기방어, 불신, 무력감, 당혹감, 죄의식, 초라함, 수치심, 상처, 외로움, 무력감, 격노, 후회, 회한, 체념, 슬픔, 자기연민, 창피함, 복수심, 자신이 하찮다는 느낌

생길 수 있는 내적 갈등

- 당혹감이나 수치심을 느낀다.
- 자신의 행동에 대한 죄책감으로 폐인이 된다.
- 자신의 행동이 정당했다고 믿기 때문에 징계를 받아들이기 힘들다.
- 마음속으로 사건을 계속 떠올리며 새로운 기회를 꿈꾼다.
- 결백하지만 증명할 수 없다.
- 이 일에 책임이 있는 사람에게 복수하고 싶다.
- 한 번의 실수 때문에 사람들이 자신의 잘한 일을 전부 잊어버린다는 사실에 환멸을 느낀다.

- 자신이 함정에 빠졌다고 생각하지만 누가 왜 그랬는지는 알지 못한다.
- 닥친 시련 때문에 자아상, 믿음, 신념이 흔들린다.

상황을 악화시킬 수 있는 부정적인 특성

남의 속을 긁는 성향, 중독 성향, 냉담함, 우쭐대는 성향, 대립하는 성향, 비겁함, 방어적 성향, 사악함, 거만함, 합리적이지 않은 성향, 무책임함, 순교자인 양하는 태도, 편집증적 성향, 비관적인 성향, 편견, 가식, 분개, 비협조적인 성향, 부도덕함

기본 욕구에 미치는 영향

- **자아실현 욕구** 잃어버리게 된 자리에 도달하기까지 캐릭터가 많은 시간과 노력을 들인 경우, 신임을 잃은 상황에서 당장 무엇을 해야 할지 몰라 자아실현을 추구하는 일이 정체될 수 있다.
- **존중과 인정의 욕구** 명예를 잃은 캐릭터는 지위뿐만 아니라 이에 따른 존경과 인정도 잃게 될 것이다.
- **애정과 소속의 욕구** 캐릭터가 신임을 잃은 상황에서 친구, 가족, 동료의 지지를 잃게 되는 경우 자신의 행동이 가져온 결과를 홀로 마주보면서 버림받았다는 느낌을 받게 된다.
- **안전 욕구** 친구가 위험하거나 불법적인 일을 저질렀을 경우, 그걸 알고 있는 것만으로도 캐릭터의 안전에 위협이 될 수 있다. 이러한 위험은 캐릭터가 불법을 공개하기로 선택한다면 더욱 커질 수 있다.

대처에 도움이 되는 긍정적인 특성

적응 능력, 차분함, 매력, 자신감, 협조적인 성향, 용기, 예의, 정직성, 고결함, 겸손, 결백함, 공정함, 친절함, 신의, 성숙함, 열정, 전문성, 적절한 판단 능력, 책임감, 영성

긍정적인 결과

- 캐릭터의 무죄를 입증하는 증거가 발견된다.
- 힘든 일을 겪는 과정에서 새로운 친구나 같은 편을 발견한다.
- 생각을 바꿔 자신의 행동에 대한 모든 책임을 진다.
- 캐릭터의 행동 덕분에 대중을 보호하기 위한 새로운 법률이나 규칙이 생겨난다.
- 자신의 행동에 대해 크게 각성하고 속죄한다.
- 캐릭터가 자신의 분야에서 윤리적으로 옳은 행동을 적극 옹호하게 된다.

입양되었다는 사실을 알게 되다

Learning that One Was Adopted

사례

- 건망증이 심한 고령의 가족이 대화 중 캐릭터의 입양 사실을 언급한다.
- 어른이 된 자식에게 부모가 화를 내다 비밀로 해뒀던 입양 사실을 말한다.
- 친부모가 갑자기 연락해 만나고 싶다고 한다.
- 자신과 닮은 사람을 만났는데 그 사람이 한 번도 만난 적 없는 형제 혹은 자매라는 사실을 알게 된다.
- 온라인에 DNA 검사를 올렸다가 가족과 유전자가 다르다는 결과가 나온다.
- 세상을 떠난 부모의 짐을 정리하다 입양서류를 발견한다.
- 캐릭터가 어린 나이였을 때 어른들이 입양에 관해 이야기하는 것을 우연히 엿듣는다.
- 입양기관을 상대로 집단 소송을 진행 중인 변호사에게서 연락을 받는다.

사소한 문제

- 상처받은 감정과 배신감 때문에 엇나간다.
- 복잡한 결정들을 내려야 한다.
- 자신을 입양한 부모와 말다툼을 한다.
- 자신이 무엇을 해야 할지 알 때까지는 가까운 사람들에게 이 소식을 비밀로 해야 한다.
- 자신의 성장 배경에 대한 이미지가 산산조각이 난다.
- 자세한 정보를 얻기 위해 조사를 하고 서류작업을 해야 한다.
- 자신의 병력에 대해 아무것도 모른다는 사실을 깨닫는다.
- 자신을 입양해준 가족들과 단절된 느낌이 든다.
- 친부모를 만났지만 호감이 가지 않는다.
- 친부모나 형제자매가 이제부터 연락하며 지내고 싶다고 하지만 캐릭터는 그럴 생각이 없다(혹은 그 반대의 경우).

- 양부모와 가족들에게서 친부모를 찾지 말라는 압력을 받는다.
- 양부모와 친부모가 만나면서 어색한 상황이 벌어진다.
- 변호사나 사립탐정을 고용하는 데 비용이 든다.

초래할 수 있는 심각한 결과

- 사이가 별로 좋지 않았던 형제들과의 관계가 더욱 악화된다.
- 자신의 뿌리가 지금까지 가지고 있었던 믿음과는 상충되는 문화권이나 종교권에 속해 있다는 사실을 알게 된다.
- 입양을 숨기고 거짓말을 했던 양부모에게 섭섭한 마음이 든다.
- 입양해준 가족이 혈액이나 장기가 필요하지만, 자신은 줄 수 없다.
- 친부모와 형제자매를 찾다가 가족과 갈등을 일으킨다.
- 섭섭한 감정 때문에 캐릭터가 친가족과 거리를 둔다.
- 어린 나이의 캐릭터가 양부모의 규칙과 권위에 반항한다.
- 어디에도 속하지 않은 듯한 감정이 든다.
- 친구나 가족이 입양 사실을 알게 된 뒤 캐릭터를 다르게 대한다.
- 친부모를 찾는 과정에서 극단적인 행동을 한다(과도한 빚을 지게 됨, 잦은 결근으로 해고됨, 가족과의 관계를 끊음 등).
- 친부모를 찾아서 연락했지만 또다시 거절당한다.
- 핏줄이 아니라는 이유로 조부모의 유산을 받지 못한다.
- 가족사를 살펴보다가 수치스럽거나 끔찍한 일을 발견한다.
- 어린 나이의 캐릭터가 혼란스러움, 불확실성, 감정적 동요 때문에 반항적인 행동을 한다.

생길 수 있는 감정

분노, 불안, 근심, 배신감, 혼란, 호기심, 절망, 상심, 불신, 환멸, 비애, 수치심, 상처, 불안정한 상태, 질투, 외로움, 충격, 망연자실, 놀라움, 의구심, 반신반의, 근심, 취약하다는 느낌

생길 수 있는 내적 갈등

- 안정적이라고 생각했던 자신의 상태가 갑자기 불안해지고 모든 것을 다시 조정해야 할 것 같은 기분이 든다.
- 친부모에게 연락할지 말지 고민한다.
- 양부모의 거짓말이 원망스럽고 그 때문에 힘들다.
- 다른 가족과 살았다면 자신의 삶이 어땠을지 상상해본다.

- 그동안 자신이 속아왔고 너무 어리숙했다는 느낌이 든다(몇 년 동안 놓치고 있었던 단서를 이제야 분명히 보게 된 것).
- 친부모에게 연락하고 싶지만, 또다시 거절당하지는 않을까 두렵다.
- 친부모를 생각하지 않고 싶지만 그럴 수가 없다.
- 일어난 모든 변화와 새롭게 닥친 일에 적응하기 위해 고군분투한다.
- 양부모가 또 다른 정보를 숨기고 있지는 않은지 의구심이 든다.
- 친부모의 문화를 포용하고 싶은 생각이 들면서도 양부모에게 배은망덕한 행동으로 보이지 않을까 고민한다.

상황을 악화시킬 수 있는 부정적인 특성

중독 성향, 유치함, 대립하는 성향, 신의를 저버리는 성향, 무례함, 불안정한 상태, 합리적이지 않은 성향, 질투, 순교자인 양하는 태도, 감정 과잉, 애정 결핍, 예민한 성향, 분개, 이기심, 제멋대로인 성향, 의혹, 배은망덕, 내성적인 성향

기본 욕구에 미치는 영향

- **자아실현 욕구** 뿌리, 문화, 역사는 캐릭터가 지닌 정체성의 일부이다. 정체성의 근본적인 측면이 바뀌면 캐릭터도 바뀌어 그동안 품어왔던 꿈과 열정이 무너져 더 이상 캐릭터를 흥분시키지 못하게 될 수 있다.
- **존중과 인정의 욕구** 조상이나 가문의 이름에 큰 자부심을 갖고 있던 캐릭터는 자신이 그 가문의 일원이 아니라는 사실을 알게 되면서 어려움을 겪을 수 있다. 자신의 진짜 가문이 전보다 못한 경우에 더욱 그렇다.
- **애정과 소속의 욕구** 자신의 출생에 얽힌 거짓말을 알게 된 캐릭터는 부모나 형제자매를 신뢰하는 일이 힘들어질 수 있다. 캐릭터가 맺고 있던 다른 관계도 이 사실 때문에 불신으로 얼룩질 수 있다.
- **안전 욕구** 자신의 친부모를 찾거나 받아들여지는 일에 집착하게 된 캐릭터는 자신의 목표를 달성하기 위해 위험한 길로 들어갈 수도 있다(파산, 사랑하는 양부모, 형제자매와의 단절, 실직 등).

대처에 도움이 되는 긍정적인 특성

적응 능력, 감사하는 태도, 차분함, 굳은 심지, 자신감, 용기, 여유, 행복감, 신의, 성숙함, 낙관적인 성향, 영성, 너그러움, 전통을 중시하는 태도, 사람을 잘 믿는 성향, 이타적인 성향

긍정적인 결과

- 자신이 입양 가족과 어딘가 어울리지 않는 것 같다고 생각했던 캐릭터가 입양 사실에 오히려 안도감을 느낀다.
- 새롭게 만나게 된 가족과 만족스러운 관계를 맺는다.
- 세상에 혼자 있는 것만 같다고 느꼈던 캐릭터에게 친가족이 소속감을 준다.
- 방임이나 학대를 경험했던 캐릭터가 사랑하는 친가족과 관계를 맺게 된다.
- 친가족을 찾아 나설지 여부를 결정하고 결정을 흡족해한다.
- 자신이 입양된 사정을 알게 되면서 뭔가 일이 제대로 마무리되었다는 느낌이 든다.

자기 의심이라는 위기를 겪다

Experiencing a Crisis of Self-Doubt

캐릭터가 가장 좋은 상황에 있을 때조차도 자기 의심에 대처하기는 쉽지 않다. 하물며 스트레스가 심한 일, 혹은 결단력과 빠른 판단이 필요한 순간이 닥치면 자기 의심의 위험은 극적으로 높아진다. 문제를 복잡하게 만들려면 아래의 시나리오에 적절한 수준의 불안을 추가할 것을 고려하라.

사례

- 캐릭터가 청혼을 준비할 때
- (연극 오디션을 보거나, 인턴 생활을 시작하는 것 등) 새로운 일을 시도할 때
- 예상치 못한 상황이나 마지못한 상황에서 사람들의 리더가 되었을 때
- 비행기에서 뛰어내리거나 불타는 건물에 뛰어드는 등 위험한 행동을 하기 전
- 강도, 납치, 암살에 가담하는 동안
- 중요한 연설을 하고 있을 때
- 상황을 모면하기 위해 거짓말을 할 때
- 다른 사람들이 캐릭터에게 의존하고 있을 때
- (팀장을 맡게 되었을 때, 조짐이 좋은 관계에 돌입할 때 등) 캐릭터가 처음으로 큰 도전을 하기 전
- 목소리를 높이거나 행동을 취하는 것이 중요할 때(가령 잘못된 일을 바로잡는 경우)
- 누군가에게 감동을 주는 것이 중요한 순간
- 눈 깜짝할 사이에 결정을 내려야 하는 상황
- 누군가의 목숨이 위태로울 때

사소한 문제

- 미루거나 우유부단하게 행동하는 바람에 귀중한 시간을 허비한다.
- 불안한 마음이 커져 집중하기 어려워진다.
- 편안하게 마음을 진정시킬 공간을 찾아야 한다.
- 일을 진행하기 전에 다른 사람에게 확인받으려고 한다.
- 행동을 미루다가 기회를 잃는다.
- 다른 누군가가 일을 맡으려고 나선다.
- 경쟁자가 우위를 점하고 있다.
- 완벽한 순간을 놓친다.
- 사람들이 캐릭터를 의심하기 시작한다(캐릭터의 능력, 리더십, 헌신 등).
- 중요한 사람에게 말할 기회를 얻지 못한다.
- 다른 사람을 실망시킨다.

초래할 수 있는 심각한 결과

- 거짓말이 탄로난다.
- 누군가의 목숨을 구하는 데에 실패한다.
- 중요한 순간 잘못된 결정을 내린다.
- 의심에 굴복해 잘 활용할 수 있는 기회를 포기한다.
- 캐릭터가 자신의 직감을 무시한 채 옳은 것에서 벗어나 다른 데 휘둘린다.
- 경쟁자에게 진다.
- 캐릭터가 행동하지 않아 잘못된 일이 계속 일어난다.
- 위대한 일을 이룰 수 있는 문턱에서 포기한다.
- 지도자가 되는 대신 추종자가 된다.
- 미래의 상황에 대한 두려움에 좌우당한다.
- 상황을 벗어나기 위해 무의식적으로 자기 파괴 행위에 빠져든다.

생길 수 있는 감정

괴로움, 불안, 갈등, 패배감, 절망, 좌절, 상심, 실망, 낙담, 환멸, 의심, 두려움, 공포, 좌절감, 자격지심, 갈망, 압도당하는 느낌, 공황, 무력감, 자기혐오

생길 수 있는 내적 갈등

- 과거의 실패로 무력감을 느낀다.
- 포기하고 싶지만 다른 사람들이 자신을 의지하고 있다는 사실을 알고 있다.
- 옳고 그름의 문제로 씨름한다.
- 자신이 무능하거나 결점이 있다고 믿는다.
- 내면의 나약함이 위대한 목표로 나아가는 길목을 늘 막을까 걱정한다.
- 다른 사람의 관점에 너무 쉽게 영향을 받는다(캐릭터가 자신의 관점을 의심하고 있기 때문에).
- 다양한 관점을 듣고 모든 관점의 가치를 살펴보는 통에 정작 결정하기 어려워진다.
- 다른 사람의 방식으로 일을 해야 한다는 압박감을 느낀다.
- 위험이 너무 커서 일에 헌신하거나 일을 진전시킬 수 없다.
- 자신감 있고 과감한 사람들을 보면 화가 난다.

상황을 악화시킬 수 있는 부정적인 특성

무관심, 유치함, 비겁함, 방어적 성향, 회피 성향, 별종 성향, 남을 잘 믿는 성향, 인내심 부족, 충동적 성향, 우유부단함, 감정표현을 꺼리는 성향, 불안정한 상태, 신경과민, 예민한 성향, 완벽주의, 소심함, 의지박약

기본 욕구에 미치는 영향

- **자아실현 욕구** 의심 때문에 미루거나 그만두거나 차선책에 안주하게 되는 경우, 캐릭터는 진정으로 행복해지는 일을 성취할 수 없을 것이다.
- **존중과 인정의 욕구** 자기 의심은 음흉한 씨앗과 같아서 뿌리를 뽑지 않는 경우, 변화한 자신의 모습을 더 이상 좋아하지 않거나 존중하지 않을 정도로 심각해진다.
- **애정과 소속의 욕구** 자기 의심은 자신이 누구인지에 관한 확신을 잃게 만든다. 자신이 다른 사람을 실망시키고 있다고 믿는 경우, 나약하다는 이유로 거절당하리라는 두려움 때문에 타인과 행복하고 만족스러운 관계를 쌓을 기회를 잡

지 못할 수 있다.

대처에 도움이 되는 긍정적인 특성

적응 능력, 야심, 과감함, 자신감, 결단력, 외교술, 절제력, 열의, 고결함, 객관성, 열정, 인내, 끈기, 책임감, 거리낌 없음, 지혜로움

긍정적인 결과

- 자기 안에 있는 내면의 힘을 끝까지 추적해 찾아낸다.
- 자기 의심을 극복하고 해야 할 일을 명확히 찾아낸다.
- 다시는 의심과 두려움에 휘둘리지 않겠다고 결심한다.
- 상황을 충분히 검토하기 위해 오래 고민한 덕에 끔찍한 실수를 피하게 된다.
- 자기 의심을 극복하고 어마어마하게 긍정적인 결과를 초래하는 결정을 내린다.

자신의 기술이나 지식을 뛰어넘는 도전에 직면하다

Facing a Challenge Beyond One's Skill or Knowledge

사례

- 생사가 걸린 상황을 이끌어야 한다.
- 의사의 도움 없이 아기를 분만한다.
- 자연재해에서 살아남는다.
- 상처를 치료하거나 응급 수술을 한다.
- 길을 잃고 황야를 헤맨다.
- 차량이 고장 난 상황을 해결한다.
- 납치범이나 추적자에게서 벗어난다.
- 누군가 정신적 위기를 겪을 때 이를 극복하도록 도움을 주려고 함께 이야기를 나눈다.
- 부득이하게 차를 훔치거나 건물에 침입한다.
- 목표를 달성하는 데 필요한 기술이 부족하다(열쇠 없이 철사로 자동차 시동을 거는 기술, 폭발물 관련 지식, 음악성, 자기방어 능력, 달리기 실력, 글쓰기 재주 등).
- 혼자서 아이를 키운다.
- 특별한 도움이 필요한 사람을 혼자서 간병한다.
- 외지의 위험한 곳을 횡단한다.
- 심각한 학습 장애가 있는 사람이 뭔가를 배운다.
- 자격 없이 업무 프로젝트를 맡는다.
- 누군가의 함정에 빠져 실패한다.

사소한 문제

- 다른 계획이나 필요한 일을 미뤄야 한다.
- 필요한 것이 수중에 없다.
- 필요한 도구, 의료용품, 목격자, 정보 등을 찾기 위해 허둥댄다.
- 신경이 곤두서거나 아드레날린이 솟구친다.
- 생각할 시간이 필요하지만 여유가 없다.
- 친구나 동료가 캐릭터에 대한 믿음이 없다는 사실을 알게 된다.
- 당면한 일이 불편하다.

- 상황을 살펴보려고 하던 도중에 부상을 입는다.
- 정치적인 실책을 저지른다.
- 자신의 능력을 과대평가하다 사람들에게 멍청이로 비친다.

초래할 수 있는 심각한 결과

- 자신의 능력을 넘는 일 앞에서 얼어붙는 바람에 도전에 실패해 재앙이 초래된다.
- 너무 늦게까지 위험을 알아보지 못해 고통스러운 여파가 생긴다.
- 자신의 능력을 과대평가하거나 문제를 과소평가하다가 실패한다.
- 스스로를 의심하다가 아무 일도 하지 못해 부정적인 결과를 초래한다.
- 두려운 마음에 잘못된 충고를 받아들였다가 상황이 점점 더 나빠진다.
- 자신에게 그 일을 할 능력이 없다는 사실을 알면서도 잘못된 이유로 일을 밀어붙인다(상대를 감동시키기 위해, 경쟁자보다 앞서기 위해, 자신의 무능함을 인정하지 않기 위해 등).
- 책임을 회피하다가 뒤늦게 후회한다.
- 지식이 부족한 상태임에도 그 일을 하는 바람에 예상치 못한 결과를 초래한다.
- 피해를 입은 사람의 가족에게 고소당하거나 복수의 표적이 된다.
- 캐릭터의 능력을 의심하는 한편인 사람들에게 캐릭터가 버림받는다.
- 실수로 누군가를 다치게 하거나 죽게 만든다.

생길 수 있는 감정

불안, 근심, 좌절, 각오, 의심, 두려움, 허둥거림, 좌절감, 자격지심, 신경과민, 압도당하는 느낌, 공황, 반신반의, 취약하다는 느낌

생길 수 있는 내적 갈등

- 옳은 이유로 법을 어기는 경우와 같은 윤리적인 문제로 고민한다.
- 본능적으로 일어난 투쟁-도피 반응, 혹은 경직 반응과 싸운다.
- 미리 예상했어야 하거나, 말해야 했거나, 행동했어야 하지 않았나 뒤늦게 생각하며 괴로워한다.
- 필요한 지식이나 기술이 부족하다는 사실을 자책한다.

- 실패를 두려워하고, 사랑하는 사람들에게 상처와 실망을 줄 걸 알면서도 포기하고 싶다.
- 자신의 능력을 넘어서는 일을 해야 하는 긴장으로 인해 나타나는 PTSD 증상을 감당한다.

상황을 악화시킬 수 있는 부정적인 특성

무관심, 어수선함, 별종 성향, 우유부단함, 불안정한 상태, 무책임함, 신경과민, 완벽주의, 산만함, 소심함, 의지박약, 투덜대는 성향

기본 욕구에 미치는 영향

- **자아실현 욕구** 완벽주의에 시달리거나 실패에 제대로 대처하지 못하는 캐릭터는 미래에 더 많은 스트레스를 감내하기보다는 차라리 꿈을 포기할 수도 있다.
- **존중과 인정의 욕구** 압박감을 받아 일을 제대로 해낼 수 없는 사람은 평판의 손상을 입을 수 있다.
- **애정과 소속의 욕구** 생사가 걸린 상황에서 실패한 캐릭터는 자신을 용서하는 데 어려움을 겪을 수 있다. 자신을 용서하지 못하면 스스로 가치 없다는 느낌을 쉽게 받게 되고 그 결과 사람들과 거리를 두려 할 수 있다.
- **안전 욕구** 캐릭터의 무능으로 인해 다른 사람에게 피해나 부상을 입히는 경우 캐릭터의 안전과 안정감은 분명히 훼손된다.
- **생리적 욕구** 여러 시나리오에서 캐릭터의 능력 부족으로 특정 분야에서 실패하는 경우 죽음이라는 결말이 실제 나타날 수 있다.

대처에 도움이 되는 긍정적인 특성

야심, 분석력, 과감함, 차분함, 자신감, 용기, 창의성, 결단력, 집중력, 고결함, 근면함, 세심함, 통찰력, 끈기, 지략, 책임감, 학구적인 성향, 재능

긍정적인 결과

- 자신이 전에 생각했던 것 이상으로 능력이 있다는 사실을 알게 된다.

- 가장 필요할 순간에 앞으로 나서거나 도움을 주게 되어 기쁘다.
- 자신이 다른 사람을 이끌 수 있다는 사실을 깨닫는다.
- 실수를 배움의 기회로 보게 된다.
- 필요할 때 기꺼이 도움을 청하려는 의지의 증거로 어려운 상황을 바라보게 된다.
- 살아 있다는 것, 살아 있음의 장점, 그리고 삶 속에서 함께 있는 사람들에 대해 더욱 감사하게 된다.

중요한 행사를 앞두고 몸에 문제가 생기다

Being Physically Marred Before an Important Event

신체적인 단점이 두드러지게 드러나는 상황을 원하는 사람은 없다. 다른 사람들 앞에 서야 하거나 좋은 인상을 줘야 할 때 특히 그렇다.

사례

- 졸업파티 날 여드름이 난다.
- 가족사진 촬영 전날에 머리를 잘못 잘랐다.
- 기자회견을 앞두고 알레르기 반응 때문에 얼굴이 붓는다.
- 애인의 부모를 만나기 전날 눈에 멍이 든다.
- 친구 결혼식에서 들러리를 서기 며칠 전 다리가 부러진다.
- 꼭 붙고 싶은 면접을 앞두고 결막염에 걸린다.
- 사회복지사나 가석방 담당관을 만나러 가는 길에 교통사고로 찰과상을 입는다.
- 첫 데이트를 앞두고 이가 빠진다.

사소한 문제

- 행사 일정을 다시 잡아야 한다.
- 평소보다 준비하는 시간이 오래 걸려 약속에 늦는다.
- 친구들에게 놀림을 당한다.
- 결점을 숨길 방법을 생각해야 한다(화장을 하거나, 새 옷을 입거나, 선글라스를 쓰거나).
- 다친 상처 때문에 병원에 가야 한다.
- 무슨 일이 있었는지 계속 설명해야 한다(당황스러운 순간을 또 겪어야 할 수 있다).
- 신체적 문제가 생긴 원인을 놓고 거짓말을 한다.
- 다 정상인 것처럼 행동하려 애쓴다.
- 사람들이 쳐다봐 불편하다.
- 신체적 문제를 지나치게 의식해 집중하기가 힘들다.
- 신체적 문제로 인한 긴장 때문에 행동이 서투르고 어색해진다.
- 큰 행사에서 사람들의 곤란한 질문에 대처해야 한다.

- 사람들의 가십과 비난에 대처해야 한다(공개적인 행사인 경우).
- 신체적인 불편이 따른다.
- 이런저런 소문이 난다.
- 잘 할 수 있는 일을 부상 때문에 제대로 못하게 된다.
- 약 때문에 멍해진다.
- 사고를 당하거나 그로 인한 부상 때문에 중요한 행사를 준비할 시간이 부족해진다.

초래할 수 있는 심각한 결과

- 민간요법을 시도했다 상처가 악화된다.
- 캐릭터의 망가진 외모 사진이 사람들 사이에 퍼진다.
- 일정을 변경할 수 없어 행사가 취소된다.
- 사람들이 캐릭터에게 일어난 일을 멋대로 넘겨짚는다.
- 약물 치료로 인해 심각한 부작용을 겪는다.
- 신체적 문제 때문에 불리한 결과가 생긴다(일자리를 얻지 못함, 결혼 승낙을 얻지 못하는 등).
- 통증 때문에 행사 자리에 끝까지 있을 수 없다.
- 무슨 일이 일어났는지 거짓말을 했다가 사실이 들통난다.
- 나쁜 결과를 아무 상관없는 신체 문제 탓으로 돌린다.
- 행사 중에 공황이나 불안발작이 일어난다.
- 흉터가 평생 남는다.

생길 수 있는 감정

분노, 괴로움, 불안, 근심, 우울함, 절망, 좌절, 상심, 실망, 당혹감, 좌절감, 비애, 초라함, 수치심, 갈망, 방치당한 느낌, 공황, 편집증, 격노, 자기혐오, 자기연민, 창피함, 근심

생길 수 있는 내적 갈등

- 신체적 문제가 일어난 탓을 자신에게 돌린다.
- 행사에 가지 않을 만한 핑계를 대고 싶지만 그런 자신이 얄팍하게 느껴진다.
- 끔찍한 일이 벌어질 것이라는 생각이 들고 최악의 시나리오가 머릿속에서 떠나지 않는다.
- 행사에 참석하는 일은 두렵지만 선택의 여지가 없다고 느낀다.

- 행사에 가기로 하건 가지 않기로 하건 자꾸 곱씹게 된다.
- 자기연민 때문에 행사장 가운데로 나서지 못한다.
- 즐거웠어야 할 행사가 두렵기만 하다(그런 생각을 하고 싶지는 않지만 잘 되지 않는다).

상황을 악화시킬 수 있는 부정적인 특성

유치함, 우쭐대는 성향, 비겁함, 까다로움, 유머 감각이 없는 성향, 불안정한 상태, 질투, 마초적인 성향, 순교자인 양하는 태도, 물질만능주의, 감정 과잉, 애정 결핍, 신경과민, 편집증적 성향, 완벽주의, 편견, 가식, 자기 파괴적인 성향, 허영심

기본 욕구에 미치는 영향

- **자아실현 욕구** 캐릭터가 열정을 가지고 있었거나 오랫동안 노력을 기울여 준비해온 행사인 경우, 취소되거나 연기되거나 중단되면 캐릭터가 완전히 자포자기해버릴 수 있다.
- **존중과 인정의 욕구** 신체적 문제가 생긴 후, 전과 다른 대접을 받거나 안타까워하는 시선을 받게 되면 캐릭터는 자기연민에 빠지게 될 수 있다. 캐릭터의 외모가 자존감과 연결되어 있는 경우, 외모의 변화는 특히 더 치명적일 수 있다.
- **애정과 소속의 욕구** 캐릭터가 자신의 외모를 부끄러워하는 사람을 피하면서 스스로 고립될 수 있다.

대처에 도움이 되는 긍정적인 특성

적응 능력, 차분함, 굳은 심지, 매력, 자신감, 용기, 창의성, 여유, 외향성, 대담함, 유머, 행복감, 겸손, 영감을 주는 성향, 성숙함, 낙관적인 성향, 기발함, 지략, 영성, 투지, 재치

긍정적인 결과

- 신체적 문제에도 불구하고 성공을 통해 자신감이 커진다.
- 행사를 충분히 즐기면서 자신의 순전한 의지와 인내 덕분에 불확실한 시간

을 헤쳐나갈 수 있었다는 사실을 깨닫는다.

- 진정한 친구가 누구인지 알게 된다.
- 앞으로는 중요한 행사를 앞두고 불상사가 없도록 더더욱 주의하기로 결심 한다.

진지한 고려대상이 되지 못하다

Not Being Taken Seriously

사례

- 나이나 경험 부족 같은 이유로 특정 자리에서 제외된다.
- 외모, 옷차림, 신분, 장애 등의 이유로 수습직을 받지 못한다.
- 회의에서 아이디어를 냈지만 무시당한다.
- 데이트 신청을 받은 상대방이 농담이라 여기며 웃어넘긴다.
- 부모가 캐릭터의 꿈이 전망이 없다 생각해 반대한다.
- 캐릭터가 자기 사업을 해보려 하지만 배우자가 지지해주지 않는다.
- 캐릭터가 열정을 갖고 있는 일(글쓰기, 미술, 반려동물 기르기 등)을 가족들은 바보 같다고 생각한다.
- 어떤 경력, 자격, 기회를 절대 얻지 못할 것이라는 말을 듣는다.
- 리더 자리에 지원하지만 받아주지 않는다.
- 대화에 참여하려 하는데 아랫사람 취급을 당하거나 무시당한다.

사소한 문제

- 다른 사람들 앞에서 망신당한다.
- (수단이 어떻건 목적이 중요하기 때문에) 자존심을 누르고 다시 시도해야 한다.
- 자기가 더 잘 안다고 생각하는 사람들에게 "이건 되고 저건 안 되고" 따위의 말을 들어야 한다.
- 사랑하는 사람들에게 실망감을 느끼지만 드러낼 수 없다(그렇게 하지 않으면 가족들 사이에 분란이 일어나기 때문이다).
- 자신이 그다지 열의가 없는 일을 진지하게 파고들면서 사람들의 신뢰를 더 받으려 애써야 한다.
- 책임자에게 아첨해야 한다.
- 냉소적이거나 무시하는 가족 혹은 친구와 말다툼이 잦아진다.
- 진지한 대접을 받기 위해 (나이, 경험, 재능, 재력 등에 관해) 거짓말을 해야 한다.
- 자신의 능력을 증명하기 위해 더 많은 노력을 기울여야 한다.
- 남들보다 더 열심히 오래 일해야 한다.

- 사람들이 자신의 아이디어를 받아들이도록 하기 위해 자기 대신 말해줄 사람을 찾아야 한다.
- 고용주가 거들먹거리는 모습을 견뎌야 한다.
- 자신의 능력에 못 미치는 일을 맡게 된다.
- 외모가 더 나아보이게 하기 위해 금전적인 투자를 해야 한다(새 옷 구입, 강의 수강 등).
- 친구, 가족, 동료와 동일한 기회를 받지 못한다.
- 고용주에게 아첨을 해야 한다.

초래할 수 있는 심각한 결과

- 자신의 능력에 대한 믿음을 잃는다.
- 꿈을 포기한다.
- 위험을 피하려다 기회를 놓친다.
- 지나치게 열심히 일하다가 탈진해버린다.
- 성취감 없는 삶을 살게 된다.
- 다른 사람들이 하는 말이나 생각을 자신도 믿게 된다.
- 사는데 진저리가 나 무심해진다(현재 상황에 영원히 갇혀 벗어나지 못하리라 믿게 된다).
- 무례한 대접이나 마찰 때문에 관계가 어긋나거나 제대로 기능하지 못하게 된다.
- 가까웠던 친구들과 소원해진다.
- 캐릭터보다 무능한 사람이 팀을 이끌고 있기 때문에 중요한 프로젝트가 어려움에 빠진다.
- 무감각해진다(개선을 위해 말하는 것을 포기한다).
- 받은 기회까지 망쳐버린다.
- 사람들이 자신을 환영해준다고 생각했지만 얼마 지나지 않아 선을 넘지 말라는 경고와 함께 방해를 받는다.
- 자신을 공격한 사람들에게 보복하거나 방해할 계획을 몰래 세운다.
- (거짓말, 속임수, 문서위조 등) 편법을 시도했다 발각된다.

생길 수 있는 감정	불안, 패배감, 자기방어, 욕망, 실망, 낙담, 의심, 무력감, 당혹감, 좌절감, 상처, 무능하다는 느낌, 무심함, 불안정한 상태, 갈망, 울화, 자기연민, 창피함, 인정받지 못한다는 느낌, 자신이 하찮다는 느낌

생길 수 있는 내적 갈등

- 자신이 무시당하고 있는지 아닌지 확실히 알 수 없다(상대방이 의도적으로 모호하게 굴거나 수동적 공격을 가하고 있기 때문이다).
- 거절당한 일을 끊임없이 생각하며 스스로를 학대한다.
- 누군가 새로 만날 때마다 자신이 어떤 평가를 받을지 걱정한다.
- 우울감이나 불안감으로 힘들다.
- 사람들이 하는 말이 사실인지 고민한다.
- 억압당한 일이나 불공정하게 재단당한 일에서 비롯된 깊은 분노를 참아보려 애쓴다.
- 유망한 기회를 잡고 싶지만 거절당하지 않을까 두려워한다.
- 힘든 길(생각을 바꾸기)과 쉬운 길(다른 곳으로 옮기기) 중에서 하나를 선택해야 한다.

상황을 악화시킬 수 있는 부정적인 특성

남의 속을 긁는 성향, 반사회적 성향, 유치함, 대립하는 성향, 잔인함, 냉소적인 태도, 방어적 성향, 무례함, 광신적인 열의, 별종 성향, 어리석음, 망각, 무책임함, 질투, 자기가 다 안다는 태도, 마초적인 성향, 물질만능주의, 감정 과잉, 지나치게 밀어붙이는 성향

기본 욕구에 미치는 영향

- **자아실현 욕구** 제대로 된 대접을 받기 위한 힘든 싸움을 시작한 캐릭터는 역경을 견뎌낼 내적 동인이 필요하다. 이것이 부족하다면 결국 캐릭터는 더 높은 소명이나 꿈을 포기하게 될 것이다.
- **존중과 인정의 욕구** 이러한 상황에 놓인 캐릭터는 동료들에게 무능하거나 신뢰할 수 없거나 비현실적이거나 어리석은 사람으로 인식된다. 이들의 판단이 캐릭터의 자존감 수준에 영향을 미치도록 내버려둔다면 캐릭터가 자신을 보는

방식은 바뀌게 될 것이다.

- **애정과 소속의 욕구** 캐릭터가 사랑하는 사람이나 가족이 캐릭터가 추구하는 것에 대해 진지하게 받아들이지 않는 경우, 관계에 균열이 생겨 바로잡기 어렵게 될 것이다.

대처에 도움이 되는 긍정적인 특성

과감함, 조심성, 굳은 심지, 매력, 자신감, 협조적인 성향, 용기, 유머, 행복감, 정직성, 겸손, 상상력, 독립심, 성숙함, 세심함, 열정, 인내, 끈기, 전문성, 너그러움, 재치

긍정적인 결과

- 자기 믿음을 강화하고 다른 사람이 이를 약화시키지 못하게 한다.
- 자신만의 노력을 시작해 성공한다.
- 성장의 기회를 붙잡고 더 균형 잡힌 환경을 구축한다.
- 해로운 친구나 가족과의 관계를 끊는다.
- 상대방을 불러 대화를 시작해 긍정적인 변화를 이끌어낸다.
- 자신이 폄하당한 이유가 자신에게 있음을 깨닫고 행동을 바꾼다.
- 더 많은 지식과 경험을 쌓아 득을 보게 된다.
- 사람들이 틀렸다는 것을 증명하기 위해 싸워 결국 성공한다.

팀에서 제외되다 Being Cut from a Team

이 항목에서는 경합을 나가야 하는 팀에서 제외되는 경우를 살펴본다. 비슷한 다른 경우에 대해서는 '집단에서 쫓겨나다' 편을 참조할 것.

사례

- 토론 대회에서 학교 대표 팀에 선발되지 못한다.
- 중학생 선수가 학교 팀에 들어가지 못한다(배구, 레슬링, 농구 등).
- 프로팀 계약 갱신에 실패한다.
- 프로 골프 선수가 치명적인 부상을 입고 선수 생활을 마감한다.
- 체조 선수가 제 기량을 발휘하지 못해 올림픽 출전 자격을 얻지 못한다.
- 운동선수가 약물 복용으로 출전 자격을 박탈당한다.
- 부정을 저지르거나 스포츠맨십에 어긋나는 행동으로 팀에서 쫓겨난다.
- 동료와 격한 싸움을 벌이다가 팀에서 쫓겨난다.

사소한 문제

- 자신이 제외되거나 팀에 들어가지 못한 이유를 이해하지 못하겠다.
- 팀 동료들과의 친분을 잃게 된다.
- 전의 팀 동료나 팬에게 놀림 혹은 조롱을 받는다.
- 해명을 요구하기 위해 코치를 만나야 한다.
- 경쟁력도 떨어지고 캐릭터가 지닌 수준에도 미치지 못하는 새로운 팀에 들어간다.
- 복귀하기 위해 팀에게 공식적으로 항의를 제기한다.
- 연습이나 경기가 없어서 남아도는 시간에 무엇을 해야 할지 몰라 빈둥거린다.
- 후원이나 홍보로 받았던 수입을 잃는다.
- 선수 선발 테스트가 미뤄지면서 한 해 동안 발전할 기회를 잃어버린다.
- 캐릭터의 자존심이 꺾이게 된다.
- 팀 구성원에게 제공되었던 여행이나 큰 대회에 나갈 기회를 잃는다.

- 속했던 팀과 관련 있는 의류나 기타 용품을 더 이상 사용할 수 없게 된다.
- 팀의 구성원이 아니라 관중으로 시합을 지켜보아야 한다.

초래할 수 있는 심각한 결과

- 자신이 잘린 사실을 알리지 않고 친구와 가족에게 거짓말을 한다.
- 팀에게 사과하거나 용서를 구하지만 거절당한다.
- 코치의 개인적인 원한이나 편견 때문에 자신이 잘렸다는 사실을 알게 된다.
- 다음 선수 선발 테스트에 대비해 운동과 근력 단련을 두 배로 늘리다가 부상을 당한다.
- (프로 선수인 경우) 주요 수입원을 잃게 된다.
- 예전의 팀을 대체할 새로운 팀을 찾아 나서다가 나쁜 패거리와 어울리게 된다.
- 캐릭터가 열정을 잃고 자신에게는 열정적으로 뭔가를 이루는 데 필요한 자질이 없다고 믿게 된다.
- 스카우트나 에이전트를 만날 기회를 잃게 된다.
- 대학 장학금을 받지 못하게 되어 자퇴해야 한다.
- 경기력을 향상시키기 위해 불법 약물로 눈을 돌린다.
- 실수를 통해 배우지 못하고 실수를 반복할 운명이다.

생길 수 있는 감정

분노, 씁쓸함, 멸시, 패배감, 우울함, 상심, 실망, 낙담, 의심, 무력감, 당혹감, 두려움, 좌절감, 비애, 초라함, 수치심, 무능하다는 느낌, 질투, 자기연민, 창피함, 충격, 복수심, 자신이 하찮다는 느낌

생길 수 있는 내적 갈등

- 일어난 일에 분노를 품으면서도 팀에서 가졌던 관계를 그리워한다.
- 자신이 퇴출당한 일과 관련이 있는 팀 동료들에게 화가 난다.
- 그동안 해왔던 희생과 노력이 시간낭비였던 것 같은 느낌이 든다.
- 낮은 수준을 가진 사람들과 한 팀이 되어 어려움을 겪는다.
- 우울감, 부족하다는 느낌, 자신이 무가치하다는 생각과 씨름한다.
- 코치에게 품은 불만이 쓰라린 억울함으로 바뀐다.
- 팀에 남아 있는 선수들에게 질투심을 느끼게 된다.

- 다시 한번 기회를 갖고 싶지만, 요구하기가 두렵다.
- 자신이 퇴출된 상황이 불공정하다는 느낌을 떨칠 수가 없다.
- 팀의 일원이기 때문에 생겼던 정체성을 기반으로 한 자아감을 잃는다.

상황을 악화시킬 수 있는 부정적인 특성

중독 성향, 심술궂음, 유치함, 우쭐대는 성향, 대립하는 성향, 방어적 성향, 부정직함, 무례함, 적대감, 질투, 마초적인 성향, 감정 과잉, 분개, 이기심, 제멋대로인 성향, 허영심, 내성적인 성향

기본 욕구에 미치는 영향

- **자아실현 욕구** 팀의 일원이라는 사실이 캐릭터에게 큰 성취감을 준 경우, 팀에서 퇴출당했다는 사실은 캐릭터가 자신의 잠재력을 온전히 실현하지 못하게 방해할 수 있다.
- **존중과 인정의 욕구** 팀에서 퇴출된 캐릭터는 자신이 부족하다는 느낌과 굴욕감을 느낄 수 있다. 또한 다른 사람들이 캐릭터가 본인 주장처럼 탁월하지 않았다고 캐릭터를 무시할 수 있다.
- **애정과 소속의 욕구** 팀의 일원이 되는 것은 친분과 소속감을 제공해주는데 캐릭터는 팀에서 퇴출됨으로써 이러한 친분과 소속감이 사라졌음을 절감할 수 있다.

대처에 도움이 되는 긍정적인 특성

적응 능력, 차분함, 굳은 심지, 자신감, 용기, 창의성, 여유, 행복감, 겸손, 성숙함, 낙관적인 성향, 끈기, 분별력, 재능, 너그러움

긍정적인 결과

- 젊고 유망한 선수들로 구성된 팀의 코치가 된다.
- 이전보다 성취감을 주는 새로운 스포츠 혹은 예술 분야를 발견한다.

- 공격적이거나 경쟁적이지 않은 새로운 팀에 들어가 이전보다 즐겁게 지내게 된다.
- 자신이 시합에서 받는 스트레스를 그리워하지 않는다는 사실을 발견한다.
- 종목을 바꾸고 새로운 기술을 익힌다.
- 자신의 행동에 책임을 진 뒤 그것이 올바른 선택이라는 사실을 깨닫는다.
- 사람들과 어울리고 학교 친구와 우정을 쌓고 새로운 활동을 하는 데 더 많은 시간을 할애한다.
- 어쩔 수 없이 해야 했던 스포츠 활동에서 해방된다.
- 해로운 팀이나 코치에게서 벗어나면서 오히려 자부심과 자긍심이 더욱 높아진다.

트러블
사전

위험과
위협

Dangers and Threats

갇히다 Being Trapped

사례

- 적에게서 도망치다 막다른 골목에 다다른다.
- 야생 동물을 피해 나무 위에 올라가거나 바위 사이로 들어가야 한다.
- 집에 침입한 자를 피하기 위해 욕실에 몸을 숨긴다.
- 적군에게 포위된다.
- 험한 날씨나 위험한 환경에 휘말린다.
- 진실을 말하는 것 말고는 빠져나갈 수 없는 거짓말로 궁지에 몰린다.
- 도저히 불가능하거나 혐오스러운 삶의 방식을 따르라는 강요를 받는다.
- 폭력적인 결혼 생활을 그만둘 수 없다(가령 아이들을 두고 떠날 수 없기 때문에).
- 이길 수 있는 선택지가 없는 상황에서 선택을 요구받는다.
- 가난에서 헤어나오지 못한다.
- 중독의 굴레에 갇혀 있다(벗어날 수 없다는 느낌이 든다).
- 인지 문제가 전혀 없는 캐릭터가 몸을 움직일 수 없다.

사소한 문제

- 견딜 수 없이 싫은 사람들과 함께 곤경을 겪어야 한다.
- 탈출 계획을 세워야 한다.
- 탈출에 필요한 자원이 거의 없다.
- 캐릭터의 이동이 제한된다(묶여 있거나 병원 침대에 갇혀 있는 상태여서).
- 갇혀 있어 경미한 부상을 당한다.
- 도움을 청할 데가 없다.
- 캐릭터가 책임을 느끼는 더 약한 사람들과 함께 갇혀 있다.
- 다른 사람이 캐릭터의 고민이나 걱정을 별것 아닌 것으로 치부한다.
- 걱정 때문에 불면증과 가벼운 신체 질환이 생긴다.
- 언어 장벽이나 부상 때문에 다른 생존자와 의사소통이 힘들다.

- 자신의 좌절감을 공유할 수 없다.
- (부상, 자원 손실 등) 예상치 못하게 갇히는 바람에 캐릭터의 탈출 계획에 차질이 생긴다.
- 혼자 갇혀 있어 함께 탈출 계획을 세울 사람이 없다.

초래할 수 있는 심각한 결과

- 상황을 악화시키는 결정을 내린다.
- 자원을 낭비하는 무능한 리더 때문에 상황이 더 끔찍해진다.
- 캐릭터가 붕괴된 현장에 갇혀 있는 다른 사람들에게서 떨어져 고립된다.
- 위협이 되는 존재와 함께 갇혀 있다는 것을 발견한다(위험한 동물, 언제 터질지 모르는 다이너마이트, 살인을 저지를 수 있는 사람 등).
- 갇혀 있는 곳에 곧 위험이 닥치는데 시간이 촉박해 빠져나가기 어렵다는 사실을 알게 된다.
- 믿었던 상대가 결국 캐릭터를 배신한다.
- 캐릭터의 몸 상태가 악화된다(자원 부족, 감염, 탈수, 이동 불가, 방치 등으로 인해).
- 부정적이고 자기패배적인 생각에 빠져든다.
- 같은 편인 사람이나 위로가 될 만한 것이 사라진다.
- (PTSD, 불안, 우울 등) 트라우마로 인해 정신 건강에 문제가 생긴다.
- 포기한다(갇힌 상황이나 상황을 책임진 자에게 순순히 따른다).

생길 수 있는 감정

동요, 분노, 불안, 씁쓸함, 패배감, 우울함, 좌절, 각오, 낙담, 시기, 위협감, 압도당하는 느낌, 공황, 무력감, 체념, 자기연민, 창피함, 고통스러움, 취약하다는 느낌, 걱정, 자신이 하찮다는 느낌

생길 수 있는 내적 갈등

- 자신이 과연 탈출할 수 있는지 혹은 처해 있는 상황을 개선할 수 있는지 의구심이 생긴다.
- 여러 번의 탈출 시도를 실패한 후, 희망을 붙들고 있기가 힘들다.
- 긍정적인 생각을 하고 싶지만, 부정적인 생각에 사로잡힌다.
- 위험이 너무 커 결단을 내리지 못해 무력하다는 느낌이 든다.
- 상황을 피하거나 벗어날 수 없다는 이유로 자책한다.

- 갇히지 않은 사람들이 부럽다.
- 상황을 바로잡을 수 있는 사람들이 자신을 버렸다는 느낌이 든다.
- 살면서 후회되는 일들을 곱씹는다.
- 고통에서 벗어날 최후 수단으로 자살을 고민한다.

상황을 악화시킬 수 있는 부정적인 특성

통제 성향, 야단스러움, 남을 잘 믿는 성향, 인내심 부족, 충동적 성향, 게으름, 마초적인 성향, 자기 파괴적인 성향, 굴종적인 성향, 소심함, 소통부족, 비협조적인 성향, 식견 부족, 의지박약, 투덜대는 성향

기본 욕구에 미치는 영향

- **자아실현 욕구** 바람직하지 않거나 위험한 상황에 갇힌 캐릭터는 개인적인 노력을 추구할 시간이나 에너지가 없다. 캐릭터가 탈출하는 것에 노력을 모두 쏟아야 하거나, 갇힌 느낌에 압도되는 경우, 꿈을 추구하는 일은 헛된 짓으로 보일 것이다.
- **존중과 인정의 욕구** 무력감은 갇힌 상황에 처한 사람에게 흔히 생기는 감정으로, 자신의 능력에 대한 확신과 믿음을 잠식한다.
- **애정과 소속의 욕구** 혼자 갇혀 있는(예를 들어 화학무기 공격이 일어난 후, 벙커에 갇힌 경우) 캐릭터는 고립되어 있어 유대감을 형성할 사람이 없다.
- **안전 욕구** 갇힌 상태에서 지내는 캐릭터는 취약한 상태에 처해 시간이 지날수록 정신 및 신체적 안정감은 악화된다.
- **생리적 욕구** 생사가 걸린 상황에 갇혀 있는 사람은 탈출이 불가능한 경우나 아무도 개입하지 않는 경우, 치명적인 위험에 쉽게 빠질 수 있다.

대처에 도움이 되는 긍정적인 특성

경각심, 야심, 분석력, 과감함, 결단력, 절제력, 신중함, 집중력, 근면함, 낙관적인 성향, 인내, 끈기, 설득력, 상황을 주도하는 성향, 지략

긍정적인 결과

- 캐릭터가 인내, 설득, 완벽한 탐색을 통해 자신을 가둔 사람의 마음을 변화시켜 삶의 경로를 바꾼다.
- 캐릭터가 자신에게 있는지조차 몰랐던 힘을 발견한다.
- 의외의 장소에서 같은 편을 발견한다.
- 상황을 바꿀 수는 없지만 만족하며 평화롭게 사는 법을 배운다.

괴물이나 초자연력의 표적이 되다

Being Targeted by a Monster or Supernatural Force

사례

- 귀신에게 시달린다.
- 악령에게 사로잡힌다.
- 질투심이 많거나 장난이 심한 마녀에게 저주를 받는다.
- 캐릭터가 신과 연결되어 있어 위협이 되기 때문에 불멸의 존재에게 표적이 된다.
- 캐릭터가 강력한 예언과 연관이 있다는 이유로 표적이 된다.
- 캐릭터가 괴수 사냥꾼이라는 이유로 무시무시한 괴수의 표적이 된다.
- 다른 차원에서 온 괴물에게 쫓긴다.
- 미래에서 온 사이보그가 앞으로 벌어질 사건을 종결시키려 캐릭터를 노린다.
- 공룡, 크라켄(바다괴물), 드래곤에게서 탈출해야 한다.
- 늑대인간이나 뱀파이어에게 공격당한다.

사소한 문제

- 정확히 무슨 일이 벌어지고 있는지 모르겠다.
- 보이지 않는 힘이 물건을 움직여서 찾을 수가 없다.
- 집 안에서 일어나는 소음 때문에 잠을 잘 수가 없다.
- 아이들이 겁에 질려 진정시켜야 한다.
- 시간이 사라지는 경험을 한다.
- 공격 중에 무슨 일이 일어났는지 명확히 기억이 나지 않는다(마법이 관련되어 있거나 캐릭터의 기억이 조작되었기 때문이다).
- 캐릭터가 겪은 일을 아무도 믿어주지 않아 누구에게도 말할 수 없다.
- 캐릭터가 어떤 대상의 조종을 당하는 동안 일어난 일 때문에 곤경에 처한다.
- 저주 때문에 생긴 사소한 불편을 감내해야 한다(다른 사람을 만지지 않기 위해 장갑을 껴야 하거나, 햇빛을 피해야 하는 등).

- 공격을 받아 캐릭터의 물건이 망가진다.
- 새로운 기술, 언어, 지식을 배우느라 시간을 써야 한다.
- 특별한 자원, 무기, 전문가를 찾아나서야 한다.

초래할 수 있는 심각한 결과

- 두려움 속에 산다.
- 극심한 육체적 고통을 겪는다.
- 언제 공격이 올지 모른다.
- 공격한 대상 때문에 정체성의 변화를 겪는다(늑대인간으로 변하거나 불멸의 존재가 되는 등).
- 몸과 마음이 마음대로 되지 않는다.
- 자신의 운명이나 미래에 대해 아무런 발언권도 갖지 못하게 된다.
- 사랑하는 사람이나 가족이 위험에 처한다.
- 혐오스러운 행동(살인, 피를 마시는 일 등)을 해야 한다.
- 다른 사람을 안전하게 지키기 위해 깊은 관계를 맺지 않으려 한다.
- 어두운 비밀의 무게를 홀로 짊어져야 한다.
- 물리칠 수 없을 만큼 강력한 적과 마주해야 한다.
- 죽음이 임박했다는 사실을 알고 있다.
- 캐릭터의 행동을 이해하지 못하는 가족과 친구를 잃는다.
- 어디서 도움을 받을 수 있을지(혹은 기꺼이 도와줄 사람을 어디서 찾을 수 있을지) 알지 못한다.
- 두려움 때문에 얼어붙는다.

생길 수 있는 감정

분노, 괴로움, 불안, 섬뜩함, 근심, 혼란, 패배감, 반항심, 부정, 우울함, 절망, 좌절, 당혹감, 증오, 공포, 히스테리, 외로움, 공황, 무력감, 자부심, 격노, 자기혐오

생길 수 있는 내적 갈등

- 보통 사람처럼 되고 싶고 자신을 남다르게 만드는 뭔가가 혐오스럽다.
- 자신이 미쳐버린 것은 아닐까 걱정한다.
- 무엇이 진짜로 일어난 일이고 가짜로 일어난 일인지 알아보기 위해 애쓴다.

- 죽음 뒤에 오는 것이 무엇일지 불안해한다.
- 죽고 싶지는 않지만 죽음이 유일한 탈출구라는 사실을 알고 있다.
- 자살 충동과 씨름한다.
- 맞서고 싶지만 이에 따르는 결과가 두렵다.
- 무력감과 절망감에 시달린다.

상황을 악화시킬 수 있는 부정적인 특성

중독 성향, 우쭐대는 성향, 냉소적인 태도, 감정 과잉, 병적인 성향, 신경과민, 편집증적 성향, 비관적인 성향, 자기 파괴적인 성향, 굴종적인 성향, 미신을 믿는 성향, 신경질적인 성향, 소심함, 내성적인 성향, 잔걱정이 많은 성향

기본 욕구에 미치는 영향

- **자아실현 욕구** 캐릭터가 자신의 운명을 주도하지 못하는 경우, 잠재력을 최대한 발휘할 수 없다. 적으로부터 치명적인 위험에 처하게 되는 경우, 하고 싶은 일을 추구하는 것 자체가 가치 없는 일이라고 생각할 수 있다.
- **존중과 인정의 욕구** 초자연적인 상황에 몰린 캐릭터는 자신과 자신의 정신 상태를 의심하게 되어 자존감이 낮아진다.
- **애정과 소속의 욕구** 지켜야 하는 비밀이 있거나, 남들에게 사실을 말해도 믿어주지 않기 때문에 캐릭터는 의미 있는 관계를 맺거나 유지하기 어려워진다.
- **안전 욕구** 캐릭터가 이런 식으로 가공할 적의 표적으로 남아 있는 한 안전하지 못할 것이다.
- **생리적 욕구** 캐릭터가 초자연적인 일에 연루된 상황에서 죽을 가능성은 매우 높다.

대처에 도움이 되는 긍정적인 특성

적응 능력, 모험심, 분석력, 용기, 호기심, 절제력, 신중함, 근면함, 지적 능력, 끈기, 지략, 분별력, 영성, 학구적인 성향, 거리낌 없음

긍정적인 결과

- 전에는 믿지 않았던 것에 더 열린 태도를 갖게 된다.
- 상황을 객관적으로 보게 되어 사소한 일에 연연하지 않게 된다.
- 초자연적인 일에 연루되어 살아남는다면, 무슨 일에서건 살아남을 수 있다는 사실을 깨닫는다.
- 미래에 자신에게 도움이 될 중요한 기술을 배운다.
- 자신의 지식과 기술을 사용하여 같은 힘의 표적이 된 타인들을 돕는다.

기계가 오작동하다

A Mechanical Malfunction

사례

- 차량이 고장난다.
- 휴대전화 배터리가 폭발하는 바람에 무용지물이 된다(혹은 위험해진다).
- 가장 필요한 순간에 도구가 고장난다.
- (전기나 배관에 접근하는) 액세스 패널이 고장난다.
- 응급상황이 일어났는데 구명장비가 고장난 상태다.
- 보트의 모터가 가다가 서버리거나 연료가 바닥난다.
- 낙하산이 펼쳐지지 않는다.
- 산을 오르는 도중 클립이 부러진다.
- 비행기 착륙 중에 랜딩기어가 내려오지 않는다.
- 총알이 걸려 총이 발사되지 않는다.
- 타고 있던 승강기가 멈춰버린다.
- 지하철이 선로에 멈춰선다.
- 전력망이 작동하지 않는다.
- 회사의 컴퓨터 시스템이 고장난다.

사소한 문제

- 프로젝트나 임무가 지연되거나 보류된다.
- 목적지에 늦게 도착한다.
- 캐릭터가 지각하면서 다른 사람들이 불편을 겪는다.
- 누군가에게 도움을 요청해야 한다.
- 일이 실패해 당황한다(책임이 캐릭터에게 있기 때문에).
- 목표를 달성하기 위해서는 우회하거나 다른 방법을 찾아야 한다.
- 신속히 생각해야 한다.
- 대체할 물건을 확보하는 데 시간을 낭비한다.
- 수리비를 지출한다.
- 임시로 해결책을 찾거나, 제대로 작동하지 못하는 대체품이라도 찾아야 한다.

- 도와줄 사람이 올 때까지 아무것도 하지 못한다.
- 낯선 사람과 갇혀 있게 된다.

초래할 수 있는 심각한 결과

- 비상 상황에 처해 있을 때 오작동을 해결할 도구나 자원이 없다.
- 서둘러 수리하다 더 큰 고장이 발생한다.
- 수리를 하기 위해서 의미 있고 대체 불가능한 뭔가를 희생해야 한다.
- (비행기, 잠수함, 지하철 등) 고장 때문에 많은 사람이 위험에 빠진다.
- 누군가의 생명을 구할 수 없게 된다.
- 캐릭터의 운명을 바꿀 수 있는 기회를 놓친다.
- 교통수단, 의사소통의 방법, 지렛대의 일부를 잃게 되어 구조하는 일이 어려워지거나 누군가가 죽는다.
- 위험이 커져 목표를 달성하는 데 실패한다.
- 딱히 좋지도 않고 위험도 더 높은 선택을 따를 수밖에 없다.
- 기계가 고장 나면서 제압당하거나 추월당한다.
- 캐릭터가 취약한 상황에 있을 때 위험한 상황이 발생한다.
- (고소당하거나 해고당하거나 공격을 당하는 등) 책임을 져야 한다.
- 고장 때문에 누군가 다치거나 사망한다.

생길 수 있는 감정

분노, 짜증, 혼란, 좌절, 좌절감, 공황, 무력감, 망연자실, 반신반의, 근심, 걱정

생길 수 있는 내적 갈등

- 상황을 예측하지 못한 데 대해 자신이 부족하다는 느낌과 수치심이 든다.
- 비용이 많이 들면서 무거운 책임감으로 괴로워한다.
- 문제를 해결하지 못해 실패한 것처럼 느껴진다(자신의 잘못이 아닌 경우에도).
- 고장 때문에 곤란한 선택을 할 수밖에 없다(여러 목표, 필요한 것들, 구조할 수 있는 사람들, 자신이나 다른 사람의 생명 등 중에서).
- 누군가 일부러 고장을 낸 것인지 의심하면서 누구를 믿어야 할지 확신하지 못한다.

- 문제를 해결하기 위해 신속하게 행동하고 싶지만, 주의 깊고 참을성 있게 일을 진행해야 한다는 사실을 알고 있다.

상황을 악화시킬 수 있는 부정적인 특성

적대감, 인내심 부족, 충동적 성향, 자기가 다 안다는 태도, 감정 과잉, 완벽주의, 산만함

기본 욕구에 미치는 영향

- **자아실현 욕구** 때로 인생의 목표를 달성하기 위해서는 모든 일이 제자리에서 완벽하게 합을 맞춰야 한다. 캐릭터가 목표를 이루기 위해 거쳐야 하는 특정 사건(가령 혜성 통과나 한 세기에 한 번 일어나는 포털이 열리는 일 같은 사건 등)이 일어나는 도중에 기계의 심각한 오작동이 일어난다면, 캐릭터의 꿈이 끝장나버릴 수 있다.
- **존중과 인정의 욕구** 캐릭터가 지켜보고 있는 곳에서 무언가 잘못되면 캐릭터는 (사실이든 아니든) 다른 사람들이 자신을 낮게 평가한다고 지레 믿어버릴 수 있다.
- **안전 욕구** 고장이 엉뚱한 장소나 시각에 벌어지면 부상을 입을 수 있다.
- **생리적 욕구** 꼭 위험한 장비가 아니라도 인명 사고를 불러일으킬 수 있다. 흡입기나 휴대전화 같은 단순한 물건도 고장이 나면 가장 필요한 순간, 누군가에게 재앙이 될 수도 있다.

대처에 도움이 되는 긍정적인 특성

적응 능력, 분석력, 창의성, 절제력, 근면함, 끈기, 상황을 주도하는 성향, 지략, 재능, 검약, 지혜로움

긍정적인 결과

- 서로 의견이 다른 집단이 차이를 제쳐두고 함께 문제를 해결해나간다.
- 문제를 해결하는 독창적인 방법을 생각해낸다.

- 오작동을 해결해줄 올바른 지식이나 기술을 가진 사람을 찾는다.
- 계속 진행되었다면 재앙으로 이어졌을 계획을 일이 지연된 덕분에 막게 된다.
- 상황을 살펴보고 준비해야 할 필요성을 깨달아 앞으로 더 위험한 상황이 닥칠 때 도움을 얻게 된다.
- 기계의 오작동 덕분에 캐릭터가 과거의 실수를 바로잡을 수 있는 기회가 생겨 명예와 가치를 되찾는다.

기존의 삶이 위태로워지다

A Way of Life Being Threatened

사례

- 기술의 발전으로 캐릭터의 경력이 쓸모없어진다.
- 영토를 확장하려는 이웃 나라에게 국경 도시가 위협을 받는다.
- 활화산이나 원자로 같이 위험이 증가하거나 악화되는 곳 근처에 거주한다.
- 기업이 토지를 매입해 자신들의 용도에 맞게 바꾼다.
- 자녀나 손주가 오랫동안 이어온 가업을 맡고 싶어 하지 않는다.
- 은행에서 진 빚 때문에 가족의 재산이 손실을 입는다.
- 새로운 땅에 정착한 사람들이 원주민 소유의 땅을 잠식해 들어간다.
- 정복자나 지주에게 쫓겨난다.
- 대중문화가 캐릭터의 개인적 이상이나 신념과 충돌해 변화를 초래한다.
- 정부가 국민의 자유와 자주성을 지나치게 침해한다.
- 농촌 생활이 점점 어려워진다(약탈자의 위협, 생계의 독립성을 훼손하는 자연재해, 기후변화, 경기 침체 등).

사소한 문제

- 캐릭터의 일상이 방해받는다.
- (소음 공해, 주변 인구의 증가 등) 주위 환경이 변한다.
- 적응하기 위해서 변해야 한다.
- 물가가 상승하거나 다른 사람들을 돕느라 지출이 늘어난다.
- 사생활의 여유가 줄어든다.
- 다른 사람들과 자원을 공유해야 한다.
- 캐릭터의 생활을 제한하는 여러 가지 새로운 규칙이나 규정이 만들어진다.
- 하던 일을 계속하거나 재산을 유지하거나 가족을 부양하기 위해 새로운 것(언어, 기술, 새로운 방법 등)을 배워야 한다.
- 주둔 부대가 늘어나는 상황에 대처해야 한다.
- 의식주 자원이 줄어든 상태에서 생활한다.

- 자신이 어디에 진정으로 충성하고 있는지 숨겨야 한다.
- 무엇을 해야 할지, 어떻게 위협에 대응할지 가족과 의견 충돌을 빚는다.
- 사랑하는 사람에게 충동적으로 성급한 말을 했다가 해악만 늘어난다.

초래할 수 있는 심각한 결과

- 필수 자원이 고갈된다.
- 무력 충돌 한가운데에 갇히다.
- 과도한 규제 하에 비논리적이거나 불공정한 법이나 조건을 따르라는 강요를 받는다.
- 캐릭터의 제품과 기술을 낡은 것으로 만들어버리는 다른 대형 기업에서 고안한 기술로 인해, 캐릭터의 사업이 사양길을 걷는다.
- 적대적 인수를 당한다.
- 캐릭터와 캐릭터가 사랑하는 사람들이 폭력을 피해 도망쳐야 한다.
- 학대나 차별을 당한다.
- 적을 만나 당국이 적의 위협을 조장했다는 사실을 알게 되지만 다른 사람들이 믿어주지 않는다.
- 책임자에 의해 강제이주를 당하거나 투옥된다.
- 위협을 과소평가했다가 파국을 맞는다.
- 교전 중에 사랑하는 사람을 잃는다.

생길 수 있는 감정

분노, 배신감, 씁쓸함, 갈등, 멸시, 패배감, 반항심, 환멸, 두려움, 좌절감, 상처, 무능하다는 느낌, 향수, 무력감, 회한, 인정받지 못한다는 느낌, 반신반의, 걱정, 자신이 하찮다는 느낌

생길 수 있는 내적 갈등

- 존중받지 못하면서 자신의 가치에 의문을 갖게 된다.
- 회사, 정부, 같은 편에게 배신당한 느낌이 든다.
- (이주한 경우) 문화적 정체성을 갑작스레 상실하면서 동요한다.
- 온갖 단계의 슬픔에 허덕인다.
- 변화는 두렵지만 좋은 일로 이어질 수 있다는 사실을 알고 있다.
- 가족에게 새로운 기회가 될 수 있음을 알면서도 변화가 강요로 인

한 것이라는 사실에 화가 난다.
• (다른 사람이 고생하는 모습을 보고 싶은 것, 복수의 필요성 등) 캐릭터가 중시하는 가치에 맞지 않는 나쁜 욕망과 씨름한다.

상황을 악화시킬 수 있는 부정적인 특성

대립하는 성향, 통제 성향, 사악함, 충동적 성향, 불안정한 상태, 합리적이지 않은 성향, 순교자인 양하는 태도, 물질만능주의, 감정 과잉, 반항심

기본 욕구에 미치는 영향

- **자아실현 욕구** 거주지나 삶의 방식이 바뀌면 캐릭터는 자신의 정체성과, 세상에서 자신이 차지하고 있는 위치에 대해 의문을 품을 수 있다.
- **존중과 인정의 욕구** 캐릭터가 열심히 일하고 거래에 더 능숙해진다 해도 기계가 그보다 더 빠르고 일을 더 잘하게 되면, 캐릭터는 자아에 엄청난 타격을 입는다.
- **애정과 소속의 욕구** 서로 다른 집단이 같은 땅이나 상품을 놓고 싸우게 되면, 분노와 편견이 생길 수 있다. 누가 혹은 무엇이 위협이 되는지를 놓고 가족들의 의견이 일치하지 않는다면 관계의 긴장이 발생할 수 있다.
- **안전 욕구** (정당하건 그렇지 않건) 삶의 방식이 위험에 처해 있다고 느끼는 캐릭터는 위협에 달려들어 해결하려 들 수 있다. 이러한 상황이 갈등이나 폭력으로 확대되는 경우, 캐릭터나 캐릭터가 사랑하는 사람들이 상처를 입을 수 있다.
- **생리적 욕구** 캐릭터가 쫓겨나는 경우 집, 땅 등 모든 것을 잃을 수 있다.

대처에 도움이 되는 긍정적인 특성

적응 능력, 굳은 심지, 창의성, 독립심, 근면함, 자연 친화적 성향, 돌보는 성향, 객관성, 상황을 주도하는 성향, 전문성, 보호하려는 성향, 지략, 분별력, 영성, 검약, 너그러움, 거리낌 없음

긍정적인 결과

- 자신의 의견을 분명히 밝힌 뒤 원치 않은 개발, 경쟁자, 위협을 물리친다.
- 이주에 대한 두려움에 근거가 없다는 사실을 발견한다.
- 위태롭다고 생각했던 집단이 캐릭터에게 악의를 품은 것이 아니라 조화롭게 공존하기를 원한다는 사실을 알게 된다.
- 삶을 더 쉽게 만드는 새로운 기술이나 작업 방식을 채택한다.
- 같은 상황에 있는 사람들과 함께 모여 집단의 강점을 활용한다.
- 캐릭터가 원했지만 불가능하리라 생각했던 새로운 일(경력, 이주 등) 쪽으로 방향을 바꾼다.

낯선 사람에게 폭행당하다

Being Assaulted by a Stranger

일러두기 폭행은 캐릭터의 안전과 통제력을 무너뜨려 신체적, 정신적인 고통을 초래한다. 폭행은 그 자체도 힘들지만 후유증까지 발생하기 때문에 폭행이라는 갈등을 사용할 때는 후유증을 염두에 두어야 한다.

사례

- 강도를 당한다.
- 망상에 빠져 있거나 마약에 취한 사람에게 폭행을 당한다.
- 다른 사람으로 오인되어 공격당하고 고문을 당한다.
- 성폭행을 당한다.
- 증오범죄의 표적이 된다.
- 강도나 주거침입을 막으려는 시도가 폭력으로 확대된다.
- 가학적인 납치범이 납치당한 사람들끼리 싸우라고 강요한다.
- 신고식이나 가입식에서 신참이라는 이유로 학대의 표적이 된다.
- 학대당하는 사람의 편을 들다 가해자의 새로운 표적이 된다.

사소한 문제

- 갑작스러운 공격과 후유증으로 정신이 혼미해진다.
- (멍든 눈, 타박상, 근육통, 찰과상 등) 가벼운 부상을 입는다.
- 무슨 일이 일어났는지 다른 사람에게 설명해야 한다.
- 취약하게 노출되어 있다는 느낌이 들어도 들키면 안 된다.
- 자신이 폭행당하는 모습을 친구나 사랑하는 사람이 보는 바람에 굴욕감을 느낀다.
- (대학 장학금 인터뷰, 캐릭터의 결혼식 등) 중요한 일 직전에 폭행을 당해 다친 상처를 제대로 감출 수가 없다.
- 몸싸움 중에 갖고 있던 물건이 부서진다.
- 옷이 찢어진다.
- 지갑이나 손가방을 빼앗긴다.
- 경찰에 신고해야 한다.
- 폭행의 여파로 자세한 일을 기억하기 힘들다.

초래할 수 있는 심각한 결과

- 공황 발작을 겪는다.
- 심각한 부상을 입는다.
- 성추행을 당한다.
- 잡혀간다(그리고 학대가 이어진다).
- 공격받을 일을 했다고 억울한 비난을 받는다(피해자에게 책임을 전가한다).
- 후유증에 대한 도움을 받을 수 없다.
- 범인이 풀려나거나 잡히지 않는다.
- 폭행 장면이 녹화되어 온라인에 퍼진다.
- 가해자가 공격하면서 훔친 정보를 사용하는 바람에 심각한 문제가 일어난다(캐릭터의 신원 도용, 신용카드를 이용한 물건 구입, 거주지 파악 등).
- 공격자는 잡혔지만 권력과 연줄로 처벌을 받지 않는다.
- 캐릭터의 삶에 중대한 영향을 미치는 정신적 고통을 겪는다(가령 집밖에 나서기를 두려워하는 것, 자녀 과잉보호).
- 자신을 폭행한 낯선 사람을 추적하고 복수하는 일에 집착한다.

생길 수 있는 감정

혼란, 멸시, 불신, 역겨움, 무력감, 두려움, 증오, 수치심, 상처, 불안정한 상태, 공황, 무력감, 격노, 충격, 경악, 복수심

생길 수 있는 내적 갈등

- 사는 것이 불안하고 두렵다.
- 폭행을 당한 순간 혼란스럽다가 그 후에는 정신적인 충격을 줄이려 고군분투한다.
- 공황 상태에 빠진다.
- 폭행을 당하고 있다는 사실을 믿지 못한다.
- 맞서고 싶지만 그래봐야 효과도 없고, 오히려 상황만 악화된다는 것을 알고 있다.
- 무력하다는 느낌이 든다.
- 폭행을 당한 후, 자신이 사랑하는 사람의 안전이 걱정스럽다.
- 폭행 당시가 자꾸 떠오르고 외상 후 스트레스 장애로 힘들다.
- 정의가 구현되기를 바라면서도 괴로운 기억을 다시 살리고 싶지

는 않다.

- 폭행을 잊으려 애쓰지만 되지 않는다.

상황을 악화시킬 수 있는 부정적인 특성

남의 속을 긁는 성향, 무례함, 어리석음, 적대감, 마초적인 성향, 무모함, 자기 파괴적인 성향

기본 욕구에 미치는 영향

- **자아실현 욕구** 심각한 공격을 받은 캐릭터는 회복의 여정이 길어질 수 있다. 의미 있는 목표를 추구하고 인생을 충만하게 살면서 발견했던 기쁨을 내면의 상처에 빼앗길 수 있다. 증오범죄로 폭행을 당한 경우, 정체성에 대한 공격 때문에 캐릭터는 극복하기가 더 어려워질 수 있다.
- **존중과 인정의 욕구** 캐릭터는 폭행 때문에 생긴 무력감을 떨쳐내기 어려울 수 있다. 또한 폭행이라는 결과에 대해 불합리하지만 자신을 탓할 수도 있다. 이러한 정서적 상처는 캐릭터의 자존감을 낮춘다.
- **애정과 소속의 욕구** 폭행(특히 성폭행)을 당한 뒤 캐릭터는 자신이 다른 사람에게 취약한 상태에 있다는 사실 때문에 힘들 수 있다. 이는 인간관계에 영향을 미칠 수 있다.
- **안전 욕구** 폭행은 캐릭터의 안정감을 없앤다. 폭행의 심각성(그리고 무작위성) 정도에 따라 안전 욕구의 회복이 어려워질 수 있다.
- **생리적 욕구** 신체적 공격은 캐릭터의 생명을 절대적으로 위협할 수 있다.

대처에 도움이 되는 긍정적인 특성

굳은 심지, 자신감, 외교술, 절제력, 결백함, 남의 말을 잘 듣는 성향, 객관성, 설득력, 상황을 주도하는 성향, 너그러움, 재치

긍정적인 결과

- 미래의 위협에 더 잘 대처할 수 있도록 호신술을 배우기 시작한다.

- 공격을 경험한 다른 사람들에 대한 공감이 커지고 이들에게 도움을 준다.
- 맞서 싸운 뒤 승리한 후 자신감을 갖게 된다.
- 다치지 않고 공격에서 벗어난다.
- 친구들이 찾아와 같은 편이 되어주면서 상호 신뢰와 친밀감이 높아진다.
- 범인이 체포되어 유죄 판결을 받는다.

도움을 차단당하다

Being Cut Off from Help

사례

- 외진 곳에 고립된다.
- 음식, 물, 약 등을 쉽게 조달할 방편이 없다.
- 다른 사람에게 도움을 청할 방법이 없는 상황에서 부상을 입거나 병에 걸린다.
- 화재, 홍수, 적 때문에 같은 편과 연락이 끊어진다.
- 다른 사람과 연락할 방법이 없다(인터넷 서비스 끊김, 전화 고장, 전력이 나가서 기기의 충전이 불가능한 이유로).
- 엘리베이터나 붕괴 현장에 갇힌다.
- 적군에게 붙잡혀 포로가 되고 구출될 가망이 없다.
- 외딴 곳에서 꼼짝 못하게 된다(가령 비행기가 추락하여 섬에 고립되거나 산에 갇힌 경우).
- 적진에서 붙잡힌다.
- 도와줄 사람들과 떨어져 있다(가령 가정폭력범이 배우자가 친구를 못 보게 하는 경우, 왕위 계승이나 쿠데타가 벌어지는 동안 왕실 가족이 소위 '안전을 이유로' 격리당하는 경우).

사소한 문제

- 불편하다(너무 덥거나 춥거나 습하거나 노출되어 있는 상태 등).
- 물자가 한정되어 있다.
- 앞이 잘 보이지 않는다(조명에 문제가 있는 경우).
- 부상을 치료하거나 통증을 줄여주는 의약품이 부족하다.
- 필수 자원을 조달해야 한다.
- 도보로 이동할 수밖에 없다.
- 잔해와 위험물을 지나가야 한다.
- 해당 지역에 어떤 위험이 있는지 알지 못한다.
- 배를 타고 항해하기 어려운 조건이다(GPS 접속 불가, 안개 때문에 별을 보지 못함, 국경을 감시 중인 저격수 등).
- 다른 사람들이 동요하지 않도록 해야 한다(캐릭터가 다른 사람들과

함께 갇힌 경우).

- 무엇을 해야 하고 어떻게 도움을 받을지를 두고 언쟁을 벌인다.

초래할 수 있는 심각한 결과

- 자원이 부족한데 보충할 방법이 없다.
- 부상이 회복되지 않아 쇠약해진다.
- 캐릭터가 어디 있는지 아는 사람이 없다(그래서 어디부터 수색해야 할지 모른다).
- 상황도 어려운데 도움을 얻기 위해 먼 거리를 이동해야 한다.
- 산소량이 부족해진다.
- 옷차림이 상황에 맞지 않는다(영하의 온도에 외투가 없음, 이동에 부적합한 신발 등).
- 포식자가 나타나거나 캐릭터가 은신하고 있는 곳이 불안정해지는 등 캐릭터가 있는 곳을 위태롭게 만드는 위험이 발생한다.
- 추적당하고 쫓긴다.
- 건강 상태가 심각해 계속 살펴봐야 한다(캐릭터가 임신 중이거나 정해진 시간에 약을 복용해야 하거나 발작이 일어나기 쉬운 상태 등).
- (부상이나 수면 부족 때문에) 생각을 또렷이 할 수가 없다.
- 같은 무리의 구성원이 모든 사람의 안전을 위협하고 있다는 사실을 발견한다.

생길 수 있는 감정

수용, 불안, 근심, 씁쓸함, 우려, 신뢰, 절망, 좌절, 각오, 향수, 희망, 초라함, 무능하다는 느낌, 영감, 외로움, 신경과민, 압도당하는 느낌, 무력감, 체념

생길 수 있는 내적 갈등

- 지도자의 계획에 대해 의구심을 갖고 있지만, 더 좋은 생각이 없다.
- 생존 가능성이 불확실하지만 다른 사람들의 사기를 북돋아줘야 한다.
- 곤경에 빠진 일에 대해 자책한다(캐릭터가 할 수 있었던 일이 아무것도 없었다고 해도 그렇다).
- 실패를 자책한다(비상사태에 대비하지 않은 것, 어디로 가는지 아무에게도 말하지 않은 것, 중요한 의료물품을 가지고 가지 않은 것 등).

- 자리를 지킬지 다른 곳으로 갈지 마음을 정할 수가 없다.
- 스스로를 지키는 일과 집단을 위해 최선을 다하는 일 사이에서 망설인다.
- 공포가 밀려온다(폐쇄된 공간, 버려진 일 등).
- 포기하고 싶은 유혹에 빠진다.

상황을 악화시킬 수 있는 부정적인 특성

어수선함, 낭비벽, 별종 성향, 경박함, 무책임함, 애정 결핍, 무모함, 산만함, 자기파괴적인 성향

기본 욕구에 미치는 영향

- **존중과 인정의 욕구** 자신을 나쁘게 생각하는 캐릭터는 압박감 속에서 제대로 행동하지 못할 수 있다. 가장 중요한 순간 실패하게 되면(특히 캐릭터의 행동이 다른 사람에게 영향을 미치는 경우) 자존감에 손상을 입을 수 있다.
- **안전 욕구** 고립된 캐릭터는 안전한 곳으로 가는 경로가 위험한 경우나 부상을 입어 의료 지원이 필요한 경우, 큰 어려움에 처할 수 있다.
- **생리적 욕구** 살아남아야 하는 상황에서 이용할 수 있는 환경과 자원이 무엇이냐에 따라 캐릭터의 생존 여부가 결정된다.

대처에 도움이 되는 긍정적인 특성

적응 능력, 차분함, 조심성, 자신감, 절제력, 독립심, 근면함, 세심함, 상황을 주도하는 성향, 보호하려는 성향, 지략, 책임감, 분별력, 소박함, 영성, 지지하는 태도, 검약, 너그러움, 이타적인 성향, 지혜로움

긍정적인 결과

- 구조된다.
- 앞장서서 도움을 청해 시련에서 살아남는다.
- 자신에게 회복력과 투지가 있었다는 것을 발견한다.

- 집단이 생존하는 데 도움이 되는 유서 깊은 기술, 지식, 능력에 접근할 수 있다.
- 시련 상황을 내면의 힘을 얻는 기회로 본다.
- 자신의 노력만으로 살아남을 수 있었던 체험을 통해 자신감을 얻는다.
- 시련을 극복하는 과정에서 남들을 도울 수 있게 된다.

독에 중독되다 Being Poisoned

독에 중독되는 것은 누가 의도적으로 벌인 일일 수도 있고, 우연히 일어날 수도 있다. 어떤 경우건 자신이 중독되었다는 사실을 모르는 캐릭터는 증상을 잘못 진단해 적절한 치료를 제때 받지 못해 상황을 더 악화시킬 수 있다.

사례

- 뮌하우젠 증후군(독극물과 독소를 고의로 섭취해 병에 걸려 관심을 끌려는 경우)에 걸려 있다.
- 대리인에 의한 뮌하우젠 증후군 상태이다(캐릭터를 통제하는 누군가가 치료를 계속 이어가기 위해 캐릭터를 독극물에 중독시키는 경우).
- 캐릭터가 중요한 시기에 병에 걸리게 만들기 위해서 적이나 경쟁 상대가 캐릭터에게 무언가(음식, 뭔가 넣은 음료 등)를 건넨다.
- 캐릭터가 자신을 아프게 만드는 뭔가를 우연히 섭취한다.
- 덜 익은 음식을 먹어 병에 걸린다.
- 주위에 있는 독소에 노출된다.
- 납이나 석면 같은 물질에 고농도로 노출되어 고통받는다.
- 방사능 물질에 노출된다.
- 독성이 있는 약물, 마약, 알코올을 과다 복용한다.

사소한 문제

- 불편한 증상(현기증, 두통, 정신의 혼란, 발한, 메스꺼움, 떨림 등)을 겪는다.
- 직장에 병가를 신청해야 한다.
- 업무, 약속, 책임 있는 자리에서 물러나야 한다.
- 병원에 계속 다녀야 한다.
- 무슨 병인지 알아내기 위해 여러 가지 검사를 받아야 한다.
- 스트레스와 불안으로 잠을 자지 못한다.
- 피로에 시달린다.
- 집과 직장에서의 책임감으로 괴로워한다.
- 인지과제 수행에 어려움을 겪는다.

- 근력이 약해져 몸놀림이 둔해진다.
- 회복 시간이 예상보다 길어진다.

초래할 수 있는 심각한 결과

- 자신이 독을 먹었다는 사실을 깨닫지 못한다.
- 피를 토한다.
- 내출혈이 생긴다.
- 극심한 통증을 느낀다.
- 독을 먹었다는 사실을 알고 있지만, 의사에게 미처 말하기 전에 의식을 잃는다.
- 입원해야 한다.
- 장기 입원으로 의료비 부담이 커진다.
- 캐릭터의 상황이나 증상에 대해 간병인이 솔직하게 말하지 않고 캐릭터를 돌보는 역할을 고집한다(대리인에 의한 뮌하우젠 증후군).
- 진단이 늦어져 독으로 인한 피해가 더욱 커진다.
- 어떤 독이 원인인지 알 수 없다.
- 어떤 독인지 알아내지만 치료법이 없다는 사실을 알게 된다.
- 사망한다.

생길 수 있는 감정

불안, 섬뜩함, 배신감, 우려, 좌절, 상심, 불신, 환멸, 두려움, 공포, 히스테리, 공황, 편집증, 평화로움, 무력감, 격노, 충격, 망연자실, 의구심, 경악, 고통스러움, 복수심, 걱정

생길 수 있는 내적 갈등

- 독을 먹었다는 사실을 알게 되었지만 누가 그런 일을 했는지(또는 누구를 믿어야 하는지) 모른다.
- 독을 먹인 사람이 누구인지 알고 있지만 다른 사람에게 알릴 수 없다.
- 죽음이 두렵다.
- 가족까지 이런 일로 괴롭게 만들어 마음이 힘들다.
- 무슨 조치를 취하기엔 너무 늦었을 때 그동안의 삶을 후회한다.
- 믿고 있었던 누군가가 자신에게 독을 먹였다는 사실을 알고 극심한 배신감에 상처를 입는다.

- 캐릭터가 실수로 독을 먹고는 자책하며 자신에게 분노를 터뜨린다.
- 고통은 싫지만 사람들의 관심을 끌고 싶다(뮌하우젠 증후군 양상).

상황을 악화시킬 수 있는 부정적인 특성

어수선함, 충동적 성향, 불안정한 상태, 자기가 다 안다는 태도, 감정 과잉, 병적인 성향, 산만함, 의지박약

기본 욕구에 미치는 영향

- **자아실현 욕구** 독을 섭취해 장기적이거나 심각한 부작용을 겪고 있는 캐릭터는 자신에게 가장 큰 기쁨을 가져다주는 활동에 참여하기 어려울 수 있다.
- **존중과 인정의 욕구** 피할 수도 있었던 독으로 장기간 피해를 입은 캐릭터는 자신을 혐오하게 되고 자기연민에 휩싸일 수 있다.
- **애정과 소속의 욕구** 대리인에 의한 뮌하우젠 증후군의 피해자는 심각한 신뢰 문제를 겪어 더 이상 사람들과 친밀한 관계를 맺기 어렵게 될 수 있다.
- **안전 욕구** 독을 먹은 캐릭터는 자신이 죽을지 살지 알 수 없을지도 모른다. 캐릭터는 누구를 믿을 수 있을지 확신하지 못하게 되며 이런 불신으로 안전의 욕구를 위협받을 것이다.
- **생리적 욕구** 캐릭터가 뮌하우젠 증후군에 지나치게 빠져드는 경우, 스스로 죽음을 초래할 수 있다.

대처에 도움이 되는 긍정적인 특성

차분함, 조심성, 용기, 세심함, 통찰력, 체계적인 성향, 끈기, 설득력, 상황을 주도하는 성향, 지략, 책임감

긍정적인 결과

- 어떤 독인지 제때 발견하고 해독제를 구한다.
- 병원에 도착한 뒤 피해를 최소화하기 위해 위세척을 받는다.
- 학대하는 간병인에게서 도망친 뒤 병에서 회복해 건강하고 온전한 삶을 시

작할 수 있게 된다.

- 자신에게 독을 먹인 사람이 감옥에 가게 되면, 캐릭터는 사태를 종결짓고 치료를 받으며 새 삶을 살게 된다.
- 전문가가 캐릭터의 뮌하우젠 증후군을 진단하고 적절한 도움을 준다.

목격자가 협박당하다

Witness Intimidation

사례

- 범죄를 목격한 뒤 누군지 모르는 사람에게서 입을 다물라는 경고를 받는다.
- 범죄자인 전 배우자나 혹은 파트너와 연관되어 있던 폭력배들이 캐릭터를 입막음하기 위해 협박한다.
- 내부고발자가 입을 다물라는 경고의 의미로, 자신에게 문제가 될 만한 성행위 사진을 받는 협박을 당한다.
- 십 대인 캐릭터가 괴롭힘을 목격했는데, 상대에게서 사실을 발설하면 똑같은 일을 당하게 될 거라는 말을 듣는다.
- 학생인 캐릭터가 교사의 의심스러운 행동을 우연히 보았는데, 교사가 캐릭터의 낙제 여부는 자신에게 달려 있다고 협박한다.
- 검찰 측 유력 증인이 자신의 노모의 집에 사악하고 불길한 자가 있다는 사실을 알게 된다.
- 배심원에게 누군가 사진과 협박 글을 보내 그의 자녀를 지켜보고 있다고 협박한다.

사소한 문제

- 온전히 생각하고 판단을 내리기 어렵다.
- 집에서도 두렵고 위험하다는 느낌에 시달린다.
- 누군가 자신을 지켜보고 감시하는 것만 같다.
- 유죄를 시사하는 증거를 숨겨야 한다(증거가 영향력 행사에 사용되는 경우).
- 친구나 사랑하는 사람에게 연락해 자세한 사정은 숨긴 채 별일 없는지 확인한다.
- 평소와 달리 왜 그렇게 말이 없는지 혹은 전에 없이 산만하게 구는지에 관한 질문을 받아넘겨야 한다.
- 수상한 우편물이나 소포가 배달되는 경우, 가족이 캐릭터의 비밀을 알아차리기 전에 숨길 수 있도록 대비해야 한다.
- 위협받은 사실을 경찰에게 알릴 것인지 숨길 것인지 결정해야 한다.

- 사실대로 증언할 것인지 '다르게 기억해' 사건을 덮을 것인지 결정해야 한다.
- 모두가 캐릭터에게 증언해야 한다고 말한다.
- 일을 미루다 상황을 악화시킨다.
- 사랑하는 사람들이 캐릭터에게 결정을 내리라고 압력을 가한다.
- 불면증, 궤양, 고혈압, 기타 건강 문제로 고통받는다.
- 직장이나 학교에서 일이나 공부에 집중할 수가 없다.
- 캐릭터가 보이는 산만함과 짜증 때문에 배우자와 자녀까지 힘들어진다.

초래할 수 있는 심각한 결과

- 위협을 대수롭지 않게 생각하다 더욱 심한 경고를 받는다(신체적 공격, 사랑하는 사람이 뺑소니 사고를 당함, 캐릭터의 집에 누군가 침입하는 것 등).
- 목격한 것을 다른 사람들에게 이야기한 후 그들까지 표적이 된다.
- 캐릭터를 위협한 사람이 다른 증인을 살해한다.
- 그동안 믿었던 사람(경찰, 상사 등)이 사건과 연루되어 있다는 사실을 알게 된다.
- 가해자가 가족을 납치해 붙잡아놓고 목격자인 캐릭터에게 협조를 강요한다.
- 캐릭터의 자녀가 겁에 질리고 무서워한다.
- 숨어 있어야 한다.
- 가족을 다른 곳에 보냈지만, 목적지에 도착하지 못했다는 사실을 알게 된다.
- 증언을 거부하거나 진술을 철회하라는 압력이 고강도로 가해진다(은행의 대출 상환 요구, 사업을 접어야 할 정도의 강력한 제재).
- 압력에 굴복해 증언을 바꾼다.
- 캐릭터가 입을 다물자 가해자가 계속 더 많은 사람들을 다치게 한다.
- 캐릭터가 요구에 응하지 않자, 아무 상관없는 범죄 용의자로 몰린다.
- 암살 시도가 일어난다.

• 붙잡혀 살해되면서 영원히 침묵하게 된다.

생길 수 있는 감정	분노, 괴로움, 불안, 배신감, 반항심, 절망, 좌절, 불신, 환멸, 의심, 두려움, 무력감, 당혹감, 두려움, 허둥거림, 불안정한 상태, 위협감, 공황, 편집증, 무력감, 후회, 자기연민, 고통스러움
생길 수 있는 내적 갈등	• 무엇을 해야 할지 확신하지 못한다. • 여러 선택지를 놓고 망설인다. • '해야만 한다'와 '만약 그렇게 한다면'을 놓고 강박관념에 사로잡힌다. • 옳은 일을 하기가 너무 두렵다. • 무슨 일이 일어났는지 누군가에게 말하고 싶지만 그를 위험에 빠뜨리고 싶지는 않다. • 자신을 겁박하는 자들의 말을 따르는 것이 옳지 않다는 사실을 알면서도 그럴 이유를 찾고 있다. • 말을 해서 자신의 일생을 헛되이 망쳐버리지 않을까 걱정한다. • 협박하는 사람들의 요구에 굴복한다 해도 자신의 안전과 자유를 보장받지 못할까 봐 두렵다.

상황을 악화시킬 수 있는 부정적인 특성

남의 속을 긁는 성향, 무관심, 대립하는 성향, 비겁함, 냉소적인 태도, 어리석음, 망각, 남을 잘 믿는 성향, 애정 결핍, 신경과민, 편집증적 성향, 비관적인 성향, 자기 파괴적인 성향, 굴종적인 성향, 요령 없음, 변덕, 의지박약, 잔걱정이 많은 성향

기본 욕구에 미치는 영향

- **자아실현 욕구** 협박을 당한 캐릭터는 시야가 좁아져, 지금 일어나고 있는 일과 자신의 행동에 따르는 즉각적인 결과만 보게 된다. 그렇게 되면 미래를 바라보며 의미 있는 관심사를 좇을 시간이나 에너지가 남아 있지 않게 될 것이다.
- **존중과 인정의 욕구** 캐릭터가 무엇이 옳은지 알면서도 두려움이 커 옳은 일을

실행하지 못하는 경우 스스로에 대한 이미지가 손상될 것이다. 다른 사람들 역시 캐릭터가 '올바른' 결정을 내리지 않는다며 그를 하찮은 존재로 생각할 수 있다.

- **애정과 소속의 욕구** 협박 상황에 놓인 대부분의 캐릭터는 부끄러움을 느끼거나, 사랑하는 사람이 연루되지 않기를 바라기 때문에 겪고 있는 일에 관해 누구에게도 말하지 않는다. 이런 결정으로 캐릭터는 자신에게 절실히 필요한 정서적 지원을 받지 못한다.
- **안전 욕구** 협박을 받고 있는 상황에서 안전은 늘 위협받는다. 협박이 사라질 때까지 캐릭터는 위험이 자신을 따라다닌다고 느끼게 된다.
- **생리적 욕구** 극단적인 경우, 부도덕하고 힘이 있는 자들은 비밀을 지키기 위해서라면 자신에게 불리한 정보를 알고 있는 사람을 살해하는 것을 비롯해 온갖 수단을 동원할 것이다.

대처에 도움이 되는 긍정적인 특성

과감함, 차분함, 조심성, 자신감, 협조적인 성향, 용기, 결단력, 외교술, 신중함, 집중력, 고결함, 독립심, 영감을 주는 성향, 공정함, 열정, 인내, 끈기, 책임감, 거리낌 없음

긍정적인 결과

- 불가능해 보이는 상황에서도 옳은 일을 하면서 자신감을 얻는다.
- 잘못된 일을 바로잡을 수 있게 된다.
- 자신이 혼자가 아니라는 사실을 깨닫고 다른 사람과 힘을 합쳐 위협을 중단시킨다.
- 다른 사람들이 본받을 수 있는 역할 모델이 된다.

복수의 표적이 되다

Being Targeted for Revenge

사례

- 세간의 이목을 끄는 사건의 배심원이나 변호사를 범인의 가족이 스토킹한다.
- 요구를 들어주지 않는다는 이유로 폭도들의 표적이 된다.
- 신념이나 정치적 강령을 이유로 정치인 암살을 시도한다.
- 어린 시절 상처를 준 사람 때문에 캐릭터의 삶이 파괴된다.
- 운동선수가 경기에서 자신에게 진 상대에게 공격당한다.
- 학생이 낮은 성적을 받았다는 이유로 교사에게 앙심을 품고 교사의 차에 열쇠로 흠집을 낸다.
- 경찰관이 용의자를 사살했다는 이유로 경찰관 가족이 표적이 된다.
- 범인일 때 저지른 범죄(아동학대, 유괴 등) 때문에 수감 후 교도소에서 폭행을 당한다.
- 파트너가 바람을 피웠다는 이유로, 파트너에게 고의로 성병을 옮긴다.
- 인기 있는 여학생이 앙심을 품은 다른 학생의 표적이 된다.
- 괴롭힘을 당하는 피해자가 가해자의 표적이 되어 자신에게 창피를 주는 행사에 가게 된다.
- 피해자가 사람들에게 자신이 당한 학대와 가해자에 관해 말한 후, 가해자가 더 심한 학대로 앙갚음한다.

사소한 문제

- 공격이 언제 일어날지 어떤 형태를 취할지 알 수 없다.
- 행사나 외출을 연기해야 한다.
- 걱정하거나 안전을 기하는 일을 하느라 시간을 낭비한다.
- 자신이나 가족을 노출시킬 수 있는 활동 혹은 이동을 제한해야 한다.
- 상대방이 미리 예상하기 어렵도록 평소의 일과를 바꿔야 한다.
- 무슨 일이 일어나고 있는지 자녀에게 설명해줘야 한다.
- 친구와 동료가 안전상의 위험 때문에 캐릭터 주변에 있지 않으려

한다.

- 지켜야 할 규칙과 하지 말아야 할 일이 늘어난 것 때문에 캐릭터의 자식들이 불편해한다.
- 다른 사람들이 캐릭터가 과민반응을 하고 있다고 생각한다.
- 복수를 하려는 상대를 고소하고 위협받은 일을 신고한 후, 접근금지 명령을 신청한다.
- 온라인에서 자신을 두고 불쾌한 내용이 적힌 글을 읽는다.
- 처음에는 복수 의도를 반신반의해 자신에게 해를 끼치려는 의도가 없었던 것이 아닐까 생각한다(복수가 의도적으로 미묘하고 은밀하게 이루어진 경우).
- 자신의 무죄를 입증해야 한다(무고죄가 연관된 경우).
- 변호사, 경찰, 기타 관계자와 만나야 한다.

초래할 수 있는 심각한 결과

- 공격자와 직접 맞서면서 상황이 악화된다.
- 외출이 안전하지 못하다는 생각 때문에 집 안에 틀어박힌다.
- 직장 복귀의 위험이 너무 커 일을 할 수 없다.
- 캐릭터가 하는 일을 모조리 망쳐버리겠다는 위협 때문에 중요한 프로젝트가 보류된다.
- 공격을 당해 신체적 부상을 입는다.
- 캐릭터에 대한 거짓 주장을 믿는 친구나 가족을 잃는다.
- 캐릭터의 평판이 영구적인 피해를 입는다.
- 새로운 삶을 시작하기 위해 이름을 바꾸거나 마을을 떠나야 한다.
- 캐릭터의 오랜 비밀(복수의 이유)이 밝혀진다.
- 소송비용 때문에 재정적으로 재앙이 닥친다.
- 캐릭터의 아이들이 트라우마를 겪는다.
- 외상 후 스트레스 장애나 심각한 불안감에 시달린다.
- 누군가 죽는다.

생길 수 있는 감정

분노, 괴로움, 불안, 자기방어, 불신, 두려움, 공포, 히스테리, 불안정한 상태, 위협감, 신경과민, 압도당하는 느낌, 공황, 편집증, 무력감, 격노, 후회, 자기연민, 충격, 고통스러움, 근심, 취약하다는 느낌, 경계

심, 걱정

생길 수 있는 내적 갈등

- 어떻게 대응해야 할지 모르겠다.
- 무슨 일이 일어나고 있는지 말하고 싶지만 그랬다가 상황이 더 악화될까 두렵다.
- 불안감이 계속된다.
- 복수의 표적이 된 원인을 제공한 자신의 행동을 곱씹는다.
- 자신이 나약하다는 생각이 들면서 자존감이 낮아져 고통스럽다.
- 자신이 피해자라고 생각하면서 또 한편으로는 그래도 싸다는 생각도 든다(복수가 캐릭터의 나쁜 행동 때문에 일어난 경우).
- 도움을 받고 싶지만 그랬다가는 죄를 인정하는 꼴이 되거나, 철저하게 숨겨놓은 비밀이 드러나리라는 것을 알고 있다.

상황을 악화시킬 수 있는 부정적인 특성

남의 속을 긁는 성향, 대립하는 성향, 통제 성향, 무례함, 충동적 성향, 부주의함, 감정 과잉, 병적인 성향, 신경과민, 강박적인 성향, 편집증적 성향, 무모함, 잔걱정이 많은 성향

기본 욕구에 미치는 영향

- **자아실현 욕구** 복수가 캐릭터의 기술을 손상시키거나 열정을 방해하는 데 초점이 맞추어져 있고 그것이 성공하는 경우, 캐릭터는 타격을 입고 자신을 진정으로 행복하게 만드는 목표를 더 이상 추구하지 못할 수 있다.
- **존중과 인정의 욕구** 평판에 손상을 입은 캐릭터는 신망을 잃을 수 있다.
- **애정과 소속의 욕구** 캐릭터가 복수의 대상이 되면, 캐릭터가 사랑하는 사람도 쉽게 위험에 빠질 수 있다. 누군가 난리통을 겪거나 위험에 노출되는 경우 그와 캐릭터와의 관계에 긴장감이 감돌 것이다.
- **안전 욕구** 누군가 특별히 표적이 될 때마다 신체적, 정서적, 정신적인 측면에서 취약한 상태가 된다.
- **생리적 욕구** 캐릭터가 공격을 받아 심각한 신체적 외상을 입는 경우, 생명까지

위태로워질 수 있다.

대처에 도움이 되는 긍정적인 특성

경각심, 과감함, 차분함, 조심성, 자신감, 용기, 결단력, 외교술, 신중함, 독립심, 통찰력, 낙관적인 성향, 설득력, 상황을 주도하는 성향, 지략, 분별력, 거리낌 없음

긍정적인 결과

- 자신을 위협하던 자가 친구가 아닌 적이라는 사실을 분명히 알게 된다.
- 위협하던 상대방에게서 빠져나온 후 다른 사람들에게도 상대의 본모습을 알리게 된다.
- 함께 나눈 고통의 경험을 통해 가족 간의 유대감이 강화된다.
- 예상치 못했던 곳에서 지지를 받게 된다.
- 위협하던 상대방이 재판정에 서게 된다.
- 자극적인 행동으로 표적이 되는 일이 다시는 없도록 더욱 주의한다(행방을 숨기는 것).

비무장 상태에서 위협을 마주하다

Facing a Threat While Unarmed

사례

- 경찰이 용의자와 싸우다 총을 놓친다.
- 무기 없이 납치범과 싸워야 한다.
- 등산 중에 곰의 공격을 받는다.
- 물속에서 상어의 공격을 받는다.
- 후미진 골목에서 폭행당한다.
- 총을 들고 집에 침입한 사람과 맞서야 하는데 캐릭터에겐 맨손뿐이다.
- 강도가 총을 겨눈다.
- 취약한 상태에 있을 때 폭행을 당한다(수술을 받은 뒤 병원에서, 다리가 부러진 상태로 집에 있을 때, 술에 취해 있을 때 등).
- 상대방이 칼이나 총을 뽑으면서 가벼운 충돌이 폭력 상황으로 돌변한다.

사소한 문제

- 경계를 풀었다가 더욱 위험한 상태에 빠진다.
- 불편한 옷차림을 하고 있다(슬리퍼를 신고 뛰어야 하는 상황, 잠옷이나 벌거벗은 상태에서 공격이 발생하는 경우 등).
- 공격하는 사람의 위치를 정확히 파악할 수 없다(어둡거나 공격자가 숨어 있는 상황 등).
- 몸을 숨길 곳을 찾아야 한다.
- 위치가 발각되지 않도록 헐떡이는 숨을 멈추려 애쓴다.
- 불편한 자세로 침묵을 지켜야 한다.
- 상황을 악화시킬 가능성이 있는 이와 함께 있다(충동적이거나 공격적이거나 마초적이거나 어리석은 사람).
- 감정이 격해지는 상황임에도 침착한 상태를 유지해야 한다.
- 누군가(자녀나 나이 많은 부모)를 책임지는 중이라 그들까지 보호해야 한다.
- 다른 사람이 도와줄 것이라는 희망 없이 혼자 있다.

- 공격을 당하다 경미한 부상을 입는다(자상, 찰과상, 눈에 든 멍 등).

초래할 수 있는 심각한 결과

- 다른 사람들을 위험에 빠뜨리는 행동을 했다고 비난받는다.
- 전에는 안전했던 장소가 더 이상 안전하다는 느낌이 들지 않는다.
- 공격에서 일단 살아남았지만 여전히 남은 어려움(영하의 기온, 사막 횡단 등)과 싸워야 한다.
- 공격하는 사람에게 하지 말아야 할 말을 하면서 상황이 악화된다.
- 최악의 순간에 캐릭터를 얼어붙게 만드는 공포(개, 육체적 고통, 고문 등)가 떠오르면서 취약한 상태에 놓이게 된다.
- 캐릭터를 약하게 만드는 요인 때문에 스스로를 방어할 수 없게 된다(약물 효과를 떨쳐내지 못함, 수술로 인한 심신 약화 등).
- 도망가다 붙잡힌다.
- 오랜 기간 동안 음식, 물을 섭취하지 못하거나 수면이 부족해 고통받는다.
- 강도를 당하는 바람에 돈 한푼 없이 발이 묶인다.
- 납치당한다.
- 고립된 장소에서 방치되다 죽음에 이른다.
- 평생 남을 부상을 입는다.
- 사건 이후 외상 후 스트레스 장애로 고통받는다.
- 다른 사람이 살해당하는 모습을 보게 된다.

생길 수 있는 감정

불안, 근심, 좌절, 각오, 두려움, 무력감, 당혹감, 두려움, 허둥거림, 공포, 히스테리, 위협감, 신경과민, 압도당하는 느낌, 공황, 무력감, 충격, 망연자실, 근심, 취약하다는 느낌, 경계심, 걱정

생길 수 있는 내적 갈등

- 공황 발작을 일으킬 정도로 극심한 스트레스를 받는다.
- 맞서서 싸울지 도망쳐야 할지 판단을 내릴 수 없다.
- 이 상황에 대처할 능력이 없다고 느낀다.
- 위험이 똑같이 큰 여러 선택지 사이에서 망설인다.
- 취약한 상태에 있는 다른 사람 때문에 산만해져 집중하기 어렵다.
- 명확한 생각을 하거나 독창적인 해결책을 찾기 힘들다.

- 자신이 왜 이런 일이 일어난 곳에 있었는지 자책감에 시달린다.
- 자신이나 다른 사람을 보호하지 못해 자존감이 무너진다.

상황을 악화시킬 수 있는 부정적인 특성

남의 속을 긁는 성향, 대립하는 성향, 무례함, 어리석음, 충동적 성향, 우유부단함, 감정 과잉, 신경과민, 무모함, 완고함, 요령 없음, 변덕

기본 욕구에 미치는 영향

- **자아실현 욕구** 위협 사건 이후에 장기적인 여파가 남을 경우, 캐릭터는 두려움과 걱정에 휩싸여 삶을 즐길 수 없게 되고 온전한 삶을 누릴 수도 없게 된다.
- **존중과 인정의 욕구** 공격당한 일이나 공격 결과를 놓고 자신을 탓하는 캐릭터는 자기연민이나 자기혐오의 위험한 악순환에 빠질 수 있다.
- **애정과 소속의 욕구** 사랑하는 사람이 공격으로 죽거나 결과에 대해 캐릭터를 비난하는 경우, 캐릭터는 앞으로 가장 필요한 순간 자신을 지지해주는 관계를 잃고 말았다는 것을 알게 될 것이다.
- **안전 욕구** 공격의 여파 때문에 캐릭터는 안정감을 되찾지 못할 수 있다.
- **생리적 욕구** 위협이 따르는 사건은 상황에 따라 인명 손실을 유발할 수 있다.

대처에 도움이 되는 긍정적인 특성

경각심, 차분함, 조심성, 굳은 심지, 협조적인 성향, 용기, 결단력, 외교술, 절제력, 신중함, 통찰력, 설득력, 상황을 주도하는 성향, 지략, 거리낌 없음, 이타적인 성향, 지혜로움

긍정적인 결과

- 위협을 무력화하거나 극복하거나 탈출할 수 있게 된다.
- 장기적인 영향이 없는 방식으로 위협을 헤쳐나간다.
- 이성적 판단으로 상황에서 살아남아 자신감을 얻게 된다.
- 공격에 함께 연루된 사람과 캐릭터 사이에 유대감이 생긴다.

- 공격한 자가 법의 심판을 받게 된다.
- 유사한 상황이 되풀이되지 않도록 변화를 이끌어낸다.
- 앞으로 더욱 대비를 잘 할 수 있도록 스스로를 방어하는 법을 배운다.
- 자신의 시련을 공유해 남들에게 스스로를 안전하게 지킬 수 있는 법을 알려 준다.

사람들이 알아보다

Being Recognized

사례

- 유명인사가 공개석상에서 팬들에게 둘러싸인다.
- 유명인사의 모습이 보기 민망한 영상물에 목격된다.
- 캐릭터가 범죄를 저지르고, 목격자나 온라인 탐정에 의해 신원이 밝혀진다.
- 교통사고를 일으키고 달아나는 캐릭터 차량의 번호판을 누군가 적는다.
- 경찰이 캐릭터의 차를 세우는 모습을 옆에서 차를 몰고 가던 친척이나 고용주가 보게 된다.
- 캐릭터가 자신의 소재에 대해 거짓말을 하고 있는데 그때 뉴스 보도 화면에 캐릭터의 얼굴이 등장한다.
- 폭행을 저지른 사람의 얼굴을 피해자가 알아본다.
- 비밀요원이 현실에서 알고 지내는 사람에게 정체를 들킨다.
- 증인보호 프로그램으로 신분을 숨기고 있던 캐릭터가 휴가 중에 옛 지인과 마주친다.
- 캐릭터가 군중 속에 섞여 사라지려다 친구의 눈에 띈다.

사소한 문제

- 팬이 처음 생겨 익숙지 않은 캐릭터는 상황을 어떻게 감당해야 할지 모른다.
- 캐릭터의 자식들까지 사람들의 이목을 끌게 된다.
- 팬들과 자주 접촉해 만족감을 줘야 한다.
- 자신의 소재에 대해 변명해야 한다.
- 다른 사람들이 알아차리기 전에 있던 자리를 떠나야 한다.
- 마주친 일에 대해 언급하지 말아달라고 부탁해야(혹은 애원해야) 한다.
- 사람들이 알아보기 때문에 방문이나 외출을 중단해야 한다.
- 다른 사람인 척한다(아, 헨리 카빌로 오해 자주 받아요).
- 자신이 아닌 척한다.

- 가족들의 난처한 질문에 답해야 한다.
- 카메라와 전화기를 가진 사람들을 피해야 한다.
- 눈에 띄지 않도록 해야 한다.
- 들키지 않고 자신을 본 사람의 입을 다물게 해야 한다.
- 자신을 알아본 사람이 어느 정도까지 보고 뭘 아는지 확인해야 한다.

초래할 수 있는 심각한 결과

- 정체가 드러나는 통에 경찰의 작전이 실패한다.
- (기혼인 캐릭터가 다른 사람과) 데이트를 하고 있을 때 남들이 알아본다.
- 캐릭터의 평판을 망칠 사람에게 발각된다.
- 불법 행위(마약 구입, 성매매 알선 등)를 하고 있는 캐릭터의 영상이 온라인에 올라온다.
- 캐릭터와 애인의 모습이 함께 담긴 영상이 캐릭터의 배우자에게 전송되어 결혼 생활이 파탄난다.
- 위장근무, 국가기밀을 팔아넘기는 행위, 적과의 공모 등이 드러나면서 캐릭터가 타격을 입는다.
- 거짓말을 했다 직장을 잃는다(가령 아프다고 병가를 냈다 카지노에 있는 모습을 발각당하는 경우).
- 캐릭터가 많은 사람의 신뢰를 저버리는 상황에 연루되는 바람에 (정치인, 리더, CEO 등의) 경력을 망친다.
- 경찰의 보호를 받아야 한다.
- 잘못된 행동이 드러난 뒤 가족과 소원해진다.
- 범죄 혐의로 기소된다.

생길 수 있는 감정

즐거움, 짜증, 불안, 근심, 갈등, 두려움, 당혹감, 희열, 허둥거림, 고마움, 죄의식, 행복, 안달, 거슬림, 씁쓸함, 당황, 공황, 기쁨, 자부심, 울화, 체념, 검증된 느낌, 진가를 인정받은 느낌, 아쉬움

생길 수 있는 내적 갈등

- 괜찮지 않은데도 다 괜찮은 것처럼 행동하려 애쓴다.
- (기자, 열혈 팬, 경찰관 등에게) 욕설을 퍼붓고 싶지만 억지로 참는다.
- 자신이 왜 이곳에 있는지 누구와 있는 것인지 말이 되는 설명을 하기 위해 허둥댄다.
- 상대방에게 지금 본 것을 다른 사람들에게 말하지 말라고 부탁하되 의심은 사지 말아야 한다.
- 자신이 감춘 것에 죄책감을 느끼면서도 들킨 일에 화가 나거나 실망감을 느낀다.
- 자신의 영향력을 이용해 상대방의 입을 다물게 하는 것이 잘못이라는 사실을 알면서도 어쩔 수 없이 그렇게 한다.
- 말이 새나가면 무슨 일이 일어날지 생각하다 공황 상태에 빠진다.
- 평범한 삶을 사는 건 어떨지 공상에 빠진다.

상황을 악화시킬 수 있는 부정적인 특성

남의 속을 긁는 성향, 냉담함, 신의를 저버리는 성향, 무례함, 거만함, 적대감, 예민한 성향, 방종, 신경질적인 성향, 투덜대는 성향

기본 욕구에 미치는 영향

- **자아실현 욕구** 유명해지면 처음엔 각광받는 일을 즐길 수 있지만, 시간이 지나면서 희생할 게 있다는 것을 깨닫는다. 그 탓에 캐릭터는 자신이 꿈에 그리던 경력이 그만한 가치가 있는지 의문을 품을 수 있다. 캐릭터가 여러 해 동안 자신의 사생활과 직업 생활을 양립시키기 위해 별개의 인격을 유지해왔다면 자신이 정말로 누구인지 의문을 품다 정체성 위기에 빠질 수도 있다.
- **존중과 인정의 욕구** 수치스러운 일에 휘말린 캐릭터는 경력과 명성을 망칠 수 있다.
- **애정과 소속의 욕구** 캐릭터가 가문의 이름에 먹칠을 하는 짓을 한 경우, 사랑하는 사람들은 캐릭터가 스스로 만든 파국에 그를 버려둘 수 있다.
- **안전 욕구** 누군가에게 잘못을 저지른 캐릭터는 보복의 대상이 될 수 있고 그렇게 되면 캐릭터의 안전이 위험에 처한다.

- **생리적 욕구** 캐릭터가 수치스럽거나 불법적인 일을 하다 들키는 경우, 삶 전체를 망치고 따돌림당할 수 있다. 캐릭터는 그러다 기본적인 생존 욕구조차 채우지 못하게 될 수 있다.

대처에 도움이 되는 긍정적인 특성

감사하는 태도, 매력, 자신감, 예의, 절제력, 신중함, 가벼운 바람기, 친근감, 유머, 관대함, 인내

긍정적인 결과

- 더 이상 비밀을 유지하거나 이중생활을 할 필요가 없어진다.
- 발각된 덕분에 그동안 용기가 없어 하지 못했던 일(가령 이혼 같은)을 오히려 하게 된다.
- 자신이 누구인지 받아들이고 다른 사람들의 생각에 일일이 걱정하지 않기로 결심한다.
- 주목받는 일을 떠나 평범하고 평화로운 무명의 삶을 사는 데 초점을 맞춘다.
- 들킨 덕분에 도움을 요청하고 더 건강한 방식으로 문제에 대처할 수 있게 된다.

사랑하는 사람이 위험에 처하다

A Loved One Being Put in Harm's Way

사례

- 가족이 집에 있을 때 가택침입이 일어나거나 강도가 든다.
- 사랑하는 사람이 위험한 임무를 맡는다(얼음에 빠진 사람 구조, 화재 진압, 오지 의료용품 전달 등).
- 캐릭터의 파트너가 통제적인 성향에다 복수심에 불타는 전 배우자의 표적이 된다.
- 화재, 총기난사, 기타 위협이 일어난 건물에 아이들이 있다.
- 사랑하는 사람이 인간 방패로 사용된다.
- 가족이 인질로 잡혀 있다.
- 가족과 외출했다 폭력적인 사람과 마주친다.
- 아이의 학교에 성범죄자가 일하고 있다는 사실을 알게 된다.
- 캐릭터가 아끼는 누군가가 범죄자와 만나기로 한다(몸값 지불, 밀수품을 받아 전달하는 일, 뇌물을 주는 것 등).
- 캐릭터의 가족이 증언을 막으려 하는 범죄자의 표적이 된다.
- 직장에서 바이러스에 노출되었지만 알지 못한 채 집으로 간다.
- 가족이 사는 지역에 전쟁이 발발한다.
- 어른이 된 자녀가 사는 지역에 쓰나미, 지진, 기타 자연재해가 일어난다.

사소한 문제

- 걱정 때문에 아무 일에도 집중할 수 없다.
- 모든 일을 제치고 닥친 위협만 생각한다.
- 경찰이 개입한다(서류를 제출하거나 심문을 당하는 등).
- 자세한 소식을 알고 싶지만 불가능하다.
- 사랑하는 사람이 연락을 해주기를 기다리며 전화, 컴퓨터, 특정 장소 근처를 떠나지 못한다.
- 걱정해주는 가족과 친구의 전화가 걸려온다.
- 가족 앞에서는 의연한 표정을 지어야 한다(특히 아이가 있는 경우).
- 집 앞에 진을 친 기자들을 상대해야 한다.

- 위험에 처한 사람과 연락이 되지 않는다.
- 어떻게 이 상황을 처리해야 하는지 배우자나 부모와 의견이 일치하지 않는다.
- 변호사, 경호원, 그 밖의 다른 사람들에게 비용을 지불해야 한다.

초래할 수 있는 심각한 결과

- 당국이 위험을 심각하게 받아들이지 않는다.
- 허둥대고 집중하지 못하고 불안해하다 교통사고에 휘말린다.
- 사랑하는 사람이 지목되면서 위험이 커졌다는 사실을 알게 된다(테러리스트가 요구사항을 이끌어내기 위해 인질들 중에서 캐릭터의 배우자를 끌어내 협박하는 경우).
- 사랑하는 사람을 안전하게 집으로 데려오기 위해 모든 돈을 다 써버렸지만 결국 실패한다.
- 위험과 관련된 자가 정치적 연줄 때문에 보호받고 있다는 사실을 발견한다.
- 은폐된 뭔가 있다는 사실을 알게 된다.
- 구조하려고 시도하다 같이 위험에 빠진다.
- 교착상태에 빠졌거나 범죄자가 탈출했거나 사랑하는 사람이 실종되었다는 등의 이유로 경찰이 수사를 멈춘다.
- 사랑하는 사람이 불길에 휩싸인다.
- 사랑하는 사람이 다치거나 사망한다.

생길 수 있는 감정

괴로움, 불안, 우려, 좌절, 불신, 두려움, 죄의식, 공포, 히스테리, 공황, 무력감, 격노, 후회, 안도감, 고통스러움, 근심, 걱정

생길 수 있는 내적 갈등

- 극도의 불안 때문에 최악의 시나리오까지 생각하게 된다.
- 무력하고 무기력한 기분이 든다(특히 해결 방법이 여전히 보이지 않는 상태인 경우).
- 자신이 히스테리에 빠져 혼란스러운 소리를 하고 있다는 것을 알면서도 감정을 제어할 수 없다.
- 신앙의 위기가 다가온다(이런 일이 일어나도록 신이 그냥 내버려둔 것은 아닌지 의문이 든다).

- (합리적이든 아니든) 위험을 예방하지 못한 일에 대해 자책한다.
- 사랑하는 사람과의 마지막 대화를 되새기며 어떤 말을 했거나 하지 않았던 것을 후회한다.
- 자신이 모르는 다른 사람이 표적이 되거나 잡혀갔으면 좋았을 것이라는 생각을 하고 그런 생각에 죄책감을 느낀다.
- 스트레스를 줄이기 위해 약물에 의존하고 싶다는 생각을 하고 또 그 때문에 죄책감을 느낀다.
- 폭력이 도덕적으로 잘못된 것이라 믿으면서도 이 일에 책임이 있는 사람에게 고통과 시련을 주고 싶다는 생각을 한다.

상황을 악화시킬 수 있는 부정적인 특성

중독 성향, 대립하는 성향, 충동적 성향, 병적인 성향, 비관적인 성향, 이기심, 배은망덕, 폭력성, 잔걱정이 많은 성향

기본 욕구에 미치는 영향

- **자아실현 욕구** 위험 상황에 놓인 캐릭터는 자신의 욕망과 이익을 제쳐두고 이 위협에 대처하는 데에 모든 시간, 에너지, 감정을 바칠 것이다.
- **존중과 인정의 욕구** 사랑하는 사람에게 닥친 위협에 대해 캐릭터가 책임을 느끼는 경우, 자존감이 조금씩 손상될 수 있다.
- **애정과 소속의 욕구** 사랑하는 사람이 위험에 처했을 때 가족이 항상 친절한 것만은 아니다. 캐릭터의 잘못이 아닌 경우에도 가족이 캐릭터를 비난하며 관계를 깨뜨릴 수 있다.
- **안전 욕구** 캐릭터는 사랑하는 사람이 안전한지 확인하기 위해 필사적인 노력을 할 테고 그러다 심지어는 자신을 위험에 빠뜨릴 수 있다.
- **생리적 욕구** 사랑하는 사람을 구하기 위한 노력에 캐릭터가 너무 깊이 관여하는 경우, 붙잡혀 죽음을 초래할 수 있다.

대처에 도움이 되는 긍정적인 특성

차분함, 협조적인 성향, 용기, 절제력, 세심함, 객관성, 통찰력, 낙관적인 성향, 보호하려는 성향, 지략

긍정적인 결과

- 사랑하는 사람이 구조되어 무사히 집으로 돌아온다.
- 사랑하는 사람이 다치지 않는 평화적인 해결책이 나온다.
- 사랑하는 사람이 위기 동안 다른 곳에 있었고, 전혀 위험하지 않았다는 사실을 알게 된다.
- 시련을 겪으면서 관계의 유대가 강화된다.
- 정말로 중요한 것이 아닌 일을 내려놓게 된 캐릭터는 무사히 돌아온 사랑하는 사람에게 아무 조건 없이 헌신할 수 있게 된다.

숨거나 발각을 피해야 하다

Having to Hide or Escape Detection

위협을 피해 숨어 있어야 하는 상황에서 캐릭터가 직면하게 되는 갈등 시나리오가 여럿 있다. 아래는 캐릭터가 눈에 띄지 않아야 할 때 극도의 긴장 속에서 아슬아슬하게 위기를 모면하는 다양한 상황을 제시한 것이다.

사례

- 포식자(동물 또는 인간)에게 쫓긴다.
- 전쟁이나 점령 기간 중 적의 영토에 잠입해야 한다.
- 집에 침입자가 든 상황에서 몸을 숨겨야 한다.
- 포획이나 처형 대상이 된다(캐릭터가 마법을 가지고 있기 때문에, 특정한 신체적 특징을 가지고 있기 때문에, 특정 인종이기 때문에, 다른 생각을 가지고 있기 때문에).
- 예언 속 캐릭터의 역할이 위험하다는 이유로 캐릭터를 표적으로 삼은 사람을 피한다.
- 무서운 적을 피해 몸을 숨기려 증인보호 프로그램에 들어가야 한다.
- 경비원의 눈을 피해 침입, 탈출, 기타 금지된 행동을 한다.
- 적의 보안요원이 감시 중인 행사에서 접선자와 만난다.
- 경찰의 눈을 피해야 한다(캐릭터가 무단이탈 중이거나 수배 중이기 때문에).
- 통금시간이 지난 뒤 몰래 들어간다(혹은 나간다).
- 연인의 호텔 방이나 아파트에 들키지 않고 들어가야 한다.

사소한 문제

- 불편한 자세로 혹은 좁은 공간에 갇혀 있다.
- 아주 조용히 꼼짝하지 않고 있어야 한다.
- 충분히 기다렸다 은신처에서 떠나야 한다(교대 시간, 잠들었다는 표시 등).
- 사랑하는 사람과 떨어져 있다.
- 의지할 사람이 없다.

- 원래 몸이 둔하고 움직일 때 소리가 많이 나는 편이라 숨기가 어렵다.
- 불편한 변장을 해야 한다.
- 변장을 지속하기 위해 희한한 재료를 계속 공급받아야 한다.
- 항상 적을 경계해야 한다(긴장을 풀 수 없다).
- 안전하게 이동할 수 있을 때까지 자유롭게 지내지 못한다(방, 집, 특정 장소를 벗어날 수 없다).
- 발각되기 직전 상황에서 잡히지 않기 위해 거짓말을 하거나 상대를 교묘히 조종하거나 협박해야 한다.

초래할 수 있는 심각한 결과

- 보안카메라에 찍혀 쫓긴다.
- 적에게 부상을 입거나 공격을 받는다.
- 적이 사랑하는 사람을 붙잡은 뒤 미끼 삼아 캐릭터를 제거하려 한다.
- 물자가 부족하거나 없어져 계속 숨기가 어려워지는 통에 힘들다(자금 부족, 피난처 상실 등).
- 발각되기 쉬운 누군가와 같이 숨어 있어야 한다(인지적 한계가 있는 사람이거나 목발을 쓰는 사람 등).
- 같은 편이 냉정을 잃는 바람에 캐릭터가 원치 않는 주목을 받게 된다.
- 나쁜 인간을 믿었다 배신당한다.
- 장기간 숨어 지내는 상황에서 스트레스와 아드레날린 과부하로 고통받는다.
- (절도, 유부남이나 유부녀와의 밀회, 스파이 활동 등으로) 현장에서 붙잡힌다.
- 캐릭터와 같이 있던 사람이 다치거나 죽는다.

생길 수 있는 감정

분노, 괴로움, 불안, 근심, 좌절, 각오, 낙담, 두려움, 두려움, 안달, 위협감, 갈망, 신경과민, 향수, 공황, 편집증, 무력감, 근심, 취약하다는 느낌, 걱정

생길 수 있는 내적 갈등

- 편집증적인 행동을 하게 된다.
- 탈진을 겪을 뿐 아니라 자유를 누리지 못하는 생활이 계속되어 고통스럽다(해를 끼치려는 사람으로부터 도망치고 숨는 것이 삶의 패턴이 된 경우).
- 임무나 더 높은 목적에 충실하려 애쓰지만 대처하기가 점점 어려워진다.
- 살기 위해 취약한 동료를 남겨둔 채 떠나고 싶은 유혹을 받는다.
- 사랑하는 사람이 캐릭터와 만나려 하다가 피해를 입었거나 조종당한 일 때문에 죄책감에 시달린다.
- 남에게 의존해 그를 위험에 빠뜨리고 싶지 않지만 어쩔 수 없이 그래야 한다는 사실을 알고 있다.
- 항복해버리고 이제까지의 고통스러운 시간을 끝내고 싶은 유혹에 빠진다.
- 누구를 믿어야 할지 모르겠다.

상황을 악화시킬 수 있는 부정적인 특성

대립하는 성향, 통제 성향, 낭비벽, 야단스러움, 인내심 부족, 충동적 성향, 마초적인 성향, 물질만능주의, 신경과민, 편집증적 성향, 무모함, 방종, 이기심

기본 욕구에 미치는 영향

- **자아실현 욕구** 숨는 일은 최상의 진실한 삶을 사는 데 도움이 되지 않기 때문에, 위협이 사라지고 캐릭터가 평범한 세상으로 돌아갈 때까지 자아실현과 관련된 꿈이나 목표는 대부분 중단되어야 한다.
- **존중과 인정의 욕구** 사랑하는 사람과 친구는 일어나 싸우지 않고 그저 숨어버리는 캐릭터를 하찮게 생각할 수 있다. 캐릭터 또한 자신을 드러내기보다는 숨어 지내는 것으로 다른 사람들을 위험에 빠뜨리게 되는 스스로를 탓할 수 있다.
- **애정과 소속의 욕구** 오랫동안 도망 중이거나 숨어 지내야 하는 캐릭터는 긴 시간 혼자서 지낸 통에 다른 사람들의 관심과 공동체를 그리워하게 된다.
- **안전 욕구** 위협이 지속되는 한 안전 욕구는 늘 위태롭다.

- **생리적 욕구** 캐릭터가 붙잡혀 부상을 입거나 죽음을 초래해 결국 대가를 치르게 될 수도 있다.

대처에 도움이 되는 긍정적인 특성

적응 능력, 모험심, 경각심, 차분함, 조심성, 절제력, 신중함, 여유, 상상력, 독립심, 세심함, 인내, 끈기, 지략, 이타적인 성향

긍정적인 결과

- 싸우는 것을 선택할 수도 있지만 때로는 후퇴했다 다시 뭉쳐야 할 필요가 있다는 사실을 알게 된다.
- 같은 편이 합류하거나 자원을 얻을 수 있는 시간을 번다.
- 작은 것에 감사하고 소박함에 만족하는 법을 배운다.
- 들키지 않고 움직이는 데 도움이 되는 새로운 기술을 배운다.
- 모든 사람이 적은 아니며 세상에는 좋은 사람도 있다는 사실을 알게 된다.
- 힘든 상황에서 옳은 결정을 순식간에 내리면서 자신감이 커진다.
- 극기심을 터득한 덕에 아무리 힘들어도 더 높은 대의에 충실한다.

안전을 위해 흩어져야 하다

Having to Split Up for Safety

사례

- 부상당한 사람을 위한 도움을 구하러 흩어진다.
- 한 사람은 재난이나 긴급 현장을 탈출하고 다른 사람은 남을 돕기 위해 남는다.
- 추격을 어렵게 하기 위해 흩어진다.
- 한 사람은 위험한 장소를 떠나고 다른 사람은 임무 때문에 남아야 한다.
- 수사 인력을 나누어 범인을 찾는다.
- 질병 때문에 격리되거나 자가격리한다.
- 매우 위험한 활동 중에 핵심 인력을 따로 떼어놓는다.
- 임무의 성공 가능성을 높이기 위해 흩어진다.

사소한 문제

- 의사소통이 제한된다.
- 흩어진 각 집단에 할당할 자원을 더 만들어야 한다.
- 흩어진 후 남은 자원이 각 집단이 사용할 만큼 충분치 않다.
- 도보로 이동해야 한다.
- 현지 언어를 모른다.
- 그럴듯한 변명을 생각해둬야 한다(캐릭터가 붙잡히거나 질문을 받는 경우).
- 헤어진 다른 사람이나 집단의 행방을 모른다.
- 흩어지는 것이 최선이라는 사실을 사람들에게 납득시켜야 한다.
- 당면한 임무에 캐릭터가 적합하지 않지만 선택의 여지가 없다.
- 어쩔 수 없이 도피하는 중 뭔가 잃어버린다(칼, 비상 약품, 지도 등).

초래할 수 있는 심각한 결과

- 연락할 방법이 완전히 없어진다.
- 다시 모일 수도 없고 다른 대안도 없다.
- 한 사람이 붙잡힌다.
- 임무나 안전에 위협이 되는 부상을 입는다.

- 길을 잃는다.
- 공급물자가 부족하다.
- 캐릭터가 자신의 능력을 과대평가한다.
- 자연재해나 기상악화에 대비해두지 못했다.
- 대안이 필요하지만 없다.
- 자신이 쫓기고 있다는 사실을 깨닫는다.
- 검문소를 통과할 수 없다.
- 예상치 못한 위험에 직면한다.
- 만나기로 했던 곳에 갔는데 충돌이나 전투 흔적을 발견한다.
- 흩어지기를 거부했다 대가를 치른다.
- 함께 다니던 사람이 죽음을 당한다.

생길 수 있는 감정

괴로움, 근심, 갈등, 좌절, 불신, 낙담, 의심, 두려움, 히스테리, 무능하다는 느낌, 위협감, 외로움, 압도당하는 느낌, 공황, 편집증, 무력감, 후회, 꺼리는 마음, 회한, 반신반의, 근심, 취약하다는 느낌, 걱정

생길 수 있는 내적 갈등

- 모든 것이 절망적으로 보일 때 극복하려는 의지를 유지하려 애쓴다.
- 자신이 혼자서 해낼 능력이 있는지 고민한다.
- 흩어지기로 한 결정을 후회한다.
- 자신이나 다른 사람의 판단이 틀린 것은 아니었는지 의구심이 든다.
- 흩어진 사람들은 무사한지 불안하다.
- 누군가를 남겨두고 온 죄책감에 시달린다.
- 다른 사람을 실망시키는 것이 두렵다.
- 흩어질 수밖에 없게 만든 결정이 후회스럽다.
- 해야 할 일에 집중하기 위해 일단 감정은 접어두려 애쓴다.
- 매우 위험한 상황에서 올바른 선택을 해야 한다는 압박감이 심하다.

상황을 악화시킬 수 있는 부정적인 특성

우쭐대는 성향, 통제 성향, 비겁함, 신의를 저버리는 성향, 인내심 부족, 충동적 성향, 부주의함, 우유부단함, 유연성 부족, 합리적이지 않은 성향, 무책임함, 게으름,

애정 결핍, 신경과민, 비관적인 성향, 무모함, 이기심, 비협조적인 성향, 의지박약

기본 욕구에 미치는 영향

- **존중과 인정의 욕구** 캐릭터는 다른 사람과 떨어져서 일을 성공시킬 수 있는 자신의 능력을 의심할 수 있고, 특히 이제까지 자신을 돌봐주었거나 특정 임무를 수행하는 사람과 분리된 경우 더욱 그런 생각에 빠지게 된다.
- **애정과 소속의 욕구** 자신을 가장 지지하고 격려해주는 사람들과 떨어져 있게 된 캐릭터는 외로움과 고립감을 느낄 수 있고, 심지어 다른 사람들과 같이 있을 때도 그럴 수 있다.
- **안전 욕구** 혼자 있다 보면 캐릭터가 내적으로 외적으로 더 취약해질 수 있다.
- **생리적 욕구** 흩어진 상황 때문에 캐릭터에게 기초적인 자원이 부족해지거나 고갈될 수 있다. 생존이 필요한 상황에서 캐릭터가 적절한 자원을 공급받지 못하는 경우, 심한 악천후나 다른 위험에 노출될 수 있다.

대처에 도움이 되는 긍정적인 특성

적응 능력, 경각심, 차분함, 조심성, 협조적인 성향, 용기, 독립심, 근면함, 자연 친화적 성향, 통찰력, 낙관적인 성향, 인내, 끈기, 상황을 주도하는 성향, 보호하려는 성향, 지략, 책임감, 분별력

긍정적인 결과

- 흩어진 사람들이 다시 모인다.
- 보살핌이 필요한 사람을 위해 도울 길을 발견한다.
- 쫓아오는 사람을 따돌리게 된다.
- 남을 위해 힘든 일을 맡은 사람을 지원한다.
- 용의자를 체포한다.
- 위험 지역을 몰래 탈출하는 데 성공하거나 적군을 피한다.
- 구출된다.
- 전에 생각했던 것보다 자신이 더 강하다는 사실을 발견한다.
- 경험을 통한 배움으로 앞으로 같은 상황을 당하지 않을 수 있게 된다.

- 자신의 기술이나 능력을 과대평가하지 않는 법을 배운다.
- 전보다 위험과 사전 예방에 민감해지고 선제적인 행동을 취하게 된다.

알레르기 유발 물질에 노출되다

Being Exposed to an Allergen

사례

- 알레르기 유발 물질을 섭취한다(조개류, 땅콩, 딸기, 글루텐 등).
- 알레르기 유발 물질(라텍스, 특정 직물, 화장품 성분 등)을 만진다.
- 화학 독소에 노출된다.
- 말벌에게 쏘인다.
- 루푸스를 앓는 캐릭터가 햇볕을 쬐게 된다.
- 무언가에 물려서 독이 주입된다.
- 알레르기가 있는지 몰랐던 약을 투여받는다.
- 식물성 기름과 접촉하거나 꽃가루 혹은 포자를 흡입해 심각한 식물 알레르기가 일어난다.

사소한 문제

- 가렵고 불편하다.
- 목이 따끔거린다.
- 덥고 현기증이 난다.
- 몸에 힘이 없어지고 열이 난다.
- 호흡이 힘들어진다.
- 메스꺼워진다.
- 두드러기가 나고 몸이 붓는다.
- 무슨 일이 일어나고 있는지 알아보기 위해 자가 진단을 해야 한다.
- 걱정되고 정신적 스트레스가 생긴다.
- 증상을 완화하기 위해 약을 구입해야 한다.
- 알레르기 유발 물질의 영향으로 외모가 일시적으로 변한다.
- 병원에 이송된다.
- 직장이나 학교에 가지 못한다.
- 콘서트나 생일 파티 등 예정되어 있던 행사에 참석할 수 없다.

초래할 수 있는 심각한 결과

- 호흡 상태가 악화된다.
- 알레르기 유발 물질에 노출되어 반응이 일어나는데 주위에 아무도 없다.
- 알레르기 반응이 일어나면서 의식을 잃는다.
- 전화, 차량, 도움을 받을 다른 방법이 없다.
- 말하는 데 문제가 생겨 다른 사람과 의사소통을 제대로 할 수 없다.
- 하필 위험한 때 반응이 일어난다(운전 중일 때, 어린아이들하고만 집에 있을 때 등).
- 도움이 될 흡입기나 약이 가까이에 없다.
- 상을 받는 자리에 나가지 못하거나 몇 년간 저축해서 계획한 여행과 같이 일생의 중요한 기회를 놓친다.
- 심각한 과민증을 겪는다.
- 발작을 일으킨다.
- 병원에서 멀리 있다.
- 의식을 잃는다.
- 심장이 멈춘다.

생길 수 있는 감정

불안, 부정, 절망, 좌절, 두려움, 히스테리, 안달, 압도당하는 느낌, 공황, 무력감, 망연자실, 경악, 고통스러움, 취약하다는 느낌

생길 수 있는 내적 갈등

- 공황 상태를 억제하려고 애쓴다(그러다 실패한다).
- 어느 정도로 심각한지 판단하기 위해 전에 일으켰던 반응과 비교해 생각해본다.
- 극도로 괴롭고 죽음이 두렵다.
- (이미 알고 있던 위험인 경우) 미리 대비하지 않았던 일을 자책한다.
- 도움을 받고 싶지만 괜한 걱정을 끼치고 싶지 않다.
- 다른 사람이 어떻게 생각할지 걱정스러워 도움받기를 미룬다.

상황을 악화시킬 수 있는 부정적인 특성

어수선함, 어리석음, 망각, 충동적 성향, 부주의함, 무책임함, 감정 과잉, 병적인 성

향, 편집증적 성향, 무모함, 소통부족, 배은망덕, 투덜대는 성향, 잔걱정이 많은 성향

기본 욕구에 미치는 영향

- **자아실현 욕구** 새로 알게 된 알레르기 증상 때문에 열의가 있거나 꿈꾸던 직업을 추구하지 못하는 경우, 캐릭터의 성취감이 위협받을 수 있다.
- **존중과 인정의 욕구** 알레르기를 대수롭지 않게 생각하다가 심각한 반응을 겪는 경우, 캐릭터는 다른 사람들이 자신을 무책임하고 침착하지 못하며 어리석다고 생각하지 않을까 걱정할 수 있으며 스스로 똑같은 생각을 할 수 있다.
- **애정과 소속의 욕구** 알레르기에 대해 잘 알지 못하는 가까운 친구는, 캐릭터가 관심을 끌려고 과장된 행동을 하고 있다고 비난할 수 있다. 나중에 진실이 밝혀지면 캐릭터는 친구의 냉담했던 태도를 용서하기 어려워할 수 있다.
- **안전 욕구** 알레르기 반응은 심각할 수 있기 때문에 의사의 처치가 필요하다.
- **생리적 욕구** 심각한 알레르기 반응으로 사망하는 사람이 많으며 이러한 사실은 캐릭터에게 치명적인 갈등으로 기능할 수 있다.

대처에 도움이 되는 긍정적인 특성

차분함, 협조적인 성향, 절제력, 남의 말을 잘 듣는 성향, 통찰력, 낙관적인 성향, 체계적인 성향, 인내, 상황을 주도하는 성향, 지략

긍정적인 결과

- 알레르기 상황을 무사히 극복한다.
- 필요한 약을 가지고 있는 사람이 마침 근처에 있어 알레르기 증상을 완화시켜준다.
- 무슨 일이 일어난 것인지 무엇을 해야 하는지 알고 있는 사람을 발견한다.
- 제시간에 병원에 도착한다.
- 살아남은 후 앞으로는 더 충분한 대비를 하겠다는 결심을 한다.
- 시련 상황 덕분에 그동안 몰랐던 알레르기를 알게 되고 앞으로의 일에 예방조치를 취할 수 있게 된다.
- 자신이 살고 있는 공간에서 독소를 발견해 제거한다.

위험한 곳을 건너다

A Dangerous Crossing

사례

- 끊어지기 직전의 밧줄로 된 다리를 건넌다.
- (산사태, 금방 떨어질 것 같은 바위, 급경사 등으로 인한) 불안정한 지반을 지나간다.
- 물살이 센 강을 다리 위로 건너가거나 헤엄쳐 간다.
- 부분적으로 침수된 도로를 주행한다.
- 보이지 않는 위험이 있는 곳을 지나간다(지뢰밭, 눈이 덮인 빙하의 갈라진 틈, 방사능 오염 지역 등).
- 경비원이 지키고 있거나 순찰 중인 지역을 몰래 가로지른다.
- 포식자의 영역을 지나 이동한다.
- 거친 바다와 폭풍우를 뚫고 항해를 한다.
- 자원이 부족한 사막이나 황량한 곳을 횡단한다.
- 부비트랩이 설치된 방을 지나 이동한다.
- 어둠 속에서 위험한 길을 걷는다.
- 떠나는 것이 금지되어 있는 억압적이고 위험한 지역에서 탈출한다.

사소한 문제

- 최소한의 짐으로 이동해야 하므로 불필요한 물건은 두고 가야 한다.
- 계획을 잘못 세운 탓에 이동이 예상보다 오래 걸린다.
- 신속하게 움직여야 한다(휴식이 필요한 상태에서도 계속 전진해야 한다).
- 사랑하는 사람들의 안전을 위해 그들을 두고 떠난다.
- 위험 때문에 신경이 곤두서 있다.
- 빠르게 이동하다가 찰과상과 타박상을 입는다.
- 캐릭터의 리더십에 사람들이 의문을 품는다.
- 다른 사람들과 잘 지내야 하지만 그러기 힘들다.
- 이동에 필요한 장비를 사용할 수 없다(야간 이동, 전조등 없이 운전하기 등).
- 안전할 때까지 기다려야 한다(경비원이 이동하거나 위험물이 해체될

때까지 등).

- 지나가는 중에 뭔가 잃어버렸는데 다시 돌아갈 수 없다.
- 이동 중에 들키기 쉬운 사람과 같이 움직인다(아기, 환자 등).
- 중간에 더 많은 사람들이 합류한다.
- 함께 있는 사람들의 사이가 좋지 않다.

초래할 수 있는 심각한 결과

- 지나가는 것이 실수라는 사실을 깨닫지만 되돌아갈 수 없다.
- 예상도 대비도 못했던 새로운 위험을 발견한다.
- 부상을 입었지만 치료가 힘든 상황이다.
- 장기간의 스트레스로 정신적인 질환과 육체적인 질병이 발생한다(불면증, 불안, 심장의 두근거림 등).
- 집단의 구성원들이 함께 있는 것이 중요한 순간에 서로 헤어져야 한다.
- 부상당한 일행을 남겨두고 떠나야 한다.
- 배신자를 발견한다(무리의 이익에 반하는 일을 한 사람).
- 사고 때문에 이동이 거의 불가능해진다.
- 누구를 구할지 결정해야 한다(모든 사람들을 구할 수는 없는 상황에서).
- 발각되어 쫓기게 된다.
- 숨을 곳이 없는데 오도가도 못하게 발이 묶인다.
- 자신의 선택 때문에 누군가 죽는다.
- 일행이 포로로 잡힌다.
- 잡히거나 죽음을 당한다.

생길 수 있는 감정

동요, 괴로움, 불안, 근심, 우려, 갈등, 혼란, 유대감, 패배감, 반항심, 좌절, 각오, 두려움, 공포, 좌절감, 죄의식, 희망, 공포, 안달, 무능하다는 느낌, 압도당하는 느낌, 후회, 안도감

생길 수 있는 내적 갈등

- 모두가 건너갈 수 없다는 사실은 알지만 어떻게 해야 할지 모르겠다.
- 일행의 사기를 북돋우기 위해 고민과 두려움을 숨겨야 한다.

- 리더의 결정에 동의하지는 않지만 아무도 리더 역할을 맡고 싶지도 않다.
- 다수에게 필요한 것과 소수에게 필요한 것을 고통스레 저울질한다.
- 살아남았다는 죄책감으로 괴로워한다(누군가 목숨을 잃은 경우).
- 자신의 선택을 곱씹는다(특히 일이 잘 풀리지 않거나 많은 것이 위태로울 때).
- 혼자 움직이는 편이 낫기 때문에 무리를 떠나고 싶은 유혹이 든다.

상황을 악화시킬 수 있는 부정적인 특성

대립하는 성향, 비겁함, 신의를 저버리는 성향, 어리석음, 남을 잘 믿는 성향, 적대감, 인내심 부족, 충동적 성향, 부주의함, 우유부단함, 신경과민, 완벽주의, 비관적인 성향, 무모함, 소심함, 소통부족, 비협조적인 성향

기본 욕구에 미치는 영향

- **존중과 인정의 욕구** 캐릭터가 책임을 맡고 있을 때 실수를 하는 경우, 판단력과 통솔력이 의심을 사게 되어 캐릭터에 대한 존경심이 손상될 수 있다.
- **애정과 소속의 욕구** 어느 시점에 캐릭터는 개인적인 관계보다 집단 전체에 유리한 부분을 우선시해야 할 수 있다. 이는 주요 관계를 손상시킬 수 있다. 관련자들이 상황을 보는 시각이 서로 다른 경우 더욱 그렇다.
- **안전 욕구** 위험한 곳을 지나가는 일은 본질적으로 안전과 보안을 위험에 빠뜨린다.
- **생리적 욕구** 캐릭터가 기본적인 음식, 물, 쉼터에 대한 욕구를 충족시킬 수 없는 경우, 위험한 곳을 지나가는 일은 치명적인 결과로 이어질 수 있다.

대처에 도움이 되는 긍정적인 특성

적응 능력, 경각심, 과감함, 차분함, 조심성, 결단력, 절제력, 지적 능력, 통찰력, 인내, 상황을 주도하는 성향, 지혜로움

긍정적인 결과

- 절실히 필요로 했던 것을 얻는다.
- 자신과 타인의 안전을 확보한다.
- 집단에 대한 충성심을 증명한다(전에 충성심 문제로 의심을 사던 경우).
- 위험한 곳을 지나가는 일로 과거의 실수를 만회해 고통에서 벗어날 수 있게 된다.
- 앞으로 만날 도전을 헤쳐나가는 데 도움이 되는 내면의 힘과 희망을 발견한다.
- 어려움을 헤쳐나가는 동안 신뢰가 쌓이고 동맹이 강화된다.
- (자신이나 타인들이) 버렸던 존경을 되찾는다.

위험한 범죄자가 풀려나다

A Threatening Criminal Being Set Free

사례

- 누군가 세부적인 법조항과 관련해 풀려난다.
- 범죄자가 재판을 기다리는 동안 보석으로 풀려난다.
- 수감자가 가석방된다.
- 죄수가 탈옥한다.
- 폭력적인 사람이 증언을 하는 대가로 면책특권을 받는다.
- 증거불충분으로 용의자가 풀려난다.
- 권력을 가진 누군가에게 범죄자가 사면을 받는다.
- 범죄자가 새로운 신분을 얻어 당국의 추적을 피한다.

사소한 문제

- 변호사나 형사로부터 세세한 정보를 좇아 다 알아내야 한다.
- 접근금지 명령을 신청해야 한다.
- 상대방이 미리 예상하기 어렵도록 평소의 일과를 바꿔야 한다.
- 사소한 일에도 민감하게 반응한다(캐릭터를 괴롭히는 스트레스 때문에).
- 보안이 강화되고 자유가 제한된 상황 때문에 사랑하는 사람들이 화를 내며 캐릭터와 언쟁한다.
- 불면증과 불안에 시달린다.
- 일이나 기타 책임에 집중할 수 없다.
- 그동안 즐겼던 일을 못하게 되지는 않을까 걱정한다.
- 안전을 위한 경비를 지출해야 한다(개 키우기, 자물쇠 교체, 조명과 경보기 설치, 경호원 고용, 테이저건 구입 등).
- 위험을 최소화하기 위해 가족에게 이 일을 비밀로 한다.
- 일정 기간 동안 집을 비워야 한다.
- 경찰의 감시를 받는다.
- 신변보호를 받는다.

초래할 수 있는 심각한 결과

- 특정 방식으로 위협을 당한다(불길한 내용이나 자녀가 담겨 있는 영상을 첨부한 이메일 수신, 협박하듯 말없이 끊는 전화 등).
- 범죄자가 자신의 집에 침입했다는 사실을 발견한다.
- 사랑하는 사람이 공포에 떨거나 신경을 곤두세우게 된다.
- 사건의 다른 증인이 사라지거나 사고를 당한다.
- 캐릭터가 있는 안전가옥이 암살자에게 발각된다.
- 이제까지의 삶을 버리고 가짜 신분을 얻어야 한다.
- 사랑하는 사람에게 피해를 입힐 것이라는 협박을 당한다(가령 캐릭터가 어떤 증언을 할 경우 그의 형제를 납치해 죽일 것이라고 하거나 경찰 진술을 철회하지 않으면 부모의 가게에 불을 지를 것이라고 협박하는 것 등).
- 공황 장애나 기타 불안 관련 질환이 생긴다.
- 캐릭터를 전에 괴롭혔던 범죄자가 다시 괴롭힌다.
- 범죄자에게 붙잡히거나 살해된다.

생길 수 있는 감정

불안, 배신감, 패배감, 좌절, 각오, 실망, 불신, 환멸, 두려움, 공포, 좌절감, 히스테리, 압도당하는 느낌, 무력감, 격노, 울화, 충격, 의구심, 고통스러움, 복수심, 걱정

생길 수 있는 내적 갈등

- 위협이 정말로 심각한 것인지 확신할 수 없다(자신이 편집증에 시달리는 것은 아닌지 의심한다).
- 닥칠지도 모르는 위험에 대해 다른 사람들(동료, 친척 등)에게 경고하고 싶지만, 불필요한 걱정을 끼치고 싶지도 않다.
- 사랑하는 사람의 안전에 책임감을 느끼지만, 위협에서 보호할 준비는 되어 있지 않다.
- 다른 사람의 생명을 보호하기 위해 누군가 죽여도 되는지 윤리적 문제로 고민한다.
- 범인을 풀어주는 사법제도에 분노와 원망이 생긴다.
- 협박에 굴복해 증언을 하지 말까 싶은 생각이 들면서도 그런 생각을 하는 자신이 비겁하다고 느낀다.
- 분노, 두려움, 불안으로 인해 성격이 변하면서 자신의 상태가 이전

과 다르다는 사실이 괴롭다.

- 도덕적 분노로 괴롭다(가해자가 권력이나 돈이 있어서 자유를 얻은 경우).
- 불안을 느끼는데, 범인이 영원히 격리될 때까지 이러한 불안이 나아지지 않으리라는 것을 안다.
- 경찰이나 FBI가 범인을 잡기 위해 자신을 미끼로 삼으려는 것은 아닌지 걱정한다.
- 어떤 위협이 진짜이고 어떤 것이 가짜인지 모르겠다.

상황을 악화시킬 수 있는 부정적인 특성

대립하는 성향, 별종 성향, 어리석음, 충동적 성향, 마초적인 성향, 순교자인 양하는 태도, 강박적인 성향, 무모함, 자기 파괴적인 성향, 폭력성, 변덕

기본 욕구에 미치는 영향

- **존중과 인정의 욕구** 캐릭터가 범죄자를 감옥에 가두기 위해 노력했던 경우, 범죄자의 자유는 캐릭터 개인의 실패로 볼 수 있다. 자신이나 사랑하는 사람의 위험이 초래되는 경우에 이 실패는 더욱 두드러진다.
- **애정과 소속의 욕구** 범죄자가 복수를 원하거나 캐릭터의 증언을 막기 위해 협박과 폭력을 행사할 정도로 필사적인 경우, 사랑하는 사람들이 범죄의 표적이 될 수 있다.
- **안전 욕구** 범죄자는 자신의 자유를 지키기 위해서라면 자신의 행동이 다른 사람의 안정감을 파괴한다고 해도 무슨 일이건 저지를지도 모른다.
- **생리적 욕구** 캐릭터 제거가 범인의 최종 목표인 경우, 경찰의 개입 여부와 관계없이 캐릭터의 생명은 위태로워진다.

대처에 도움이 되는 긍정적인 특성

차분함, 조심성, 예의, 신중함, 통찰력, 혼자 조용히 있는 성향, 상황을 주도하는 성향, 보호하려는 성향, 지략, 지혜로움

긍정적인 결과

- 새로운 증거가 나타나 범죄자가 체포된다.
- 새로운 증인이나 증거가 나와 캐릭터가 굳이 증언을 할 필요가 없어지고 그간의 위험도 사라지게 된다.
- 정의에 대한 갈망과 불의를 향한 분노를 통해 결의를 다진다.
- 시간이 지나면서 안전을 향상시키는 새로운 기술과 전략을 배우게 된다.
- 범죄자가 잡힐 때까지 경찰의 보호를 받는다.
- 범죄자가 죽으면서 캐릭터가 일을 마무리하고 치유를 향한 문을 열게 된다.

위험한 임무를 맡다

Being Assigned a Dangerous Task

사례

- 체액, 유독성 폐기물, 방사성 물질 등을 제거해야 한다.
- (범죄자, 폭력배 등) 위험한 사람들 간의 다툼을 중재한다.
- 상처 입은 동물을 구조해야 한다.
- 물자를 전달하기 위해 위험 지역을 지나간다.
- 적에게서 유죄를 입증하는 정보를 수집한다.
- 위험한 군사 임무에 투입된다.
- 매수나 협박 가능성이 있는 재판에서 배심원 의무를 수행한다.
- 강력범을 체포하거나 호송해야 한다.
- 재난이 일어난 직후 위험한 현장에서 생존자나 유해를 수색한다.
- 누군가를 처형하거나 암살한다.
- 위험한 의료행위를 수행한다.
- 감정의 변화가 심하고 폭력적인 직원의 잘못을 지적해야 한다.
- 무자비한 사람들의 표적이 된 가족을 보호해야 한다.

사소한 문제

- 일을 미루는 사이에 상황이 악화된다.
- 사태를 심각하게 받아들이지 않다가 위험이 커진다.
- 캐릭터가 책임을 회피하는 바람에 다른 사람이 대신해야 한다.
- 일이 잘못될 경우를 대비해 사랑하는 사람들을 위한 준비를 해야 한다.
- 캐릭터가 위험에 빠지지 않기를 바라는 가족들과 마찰을 겪게 된다.
- 두려움, 불안, 압박감에 직면한다.
- 중요한 정보가 누락되어 임무 수행이 더 어려워진다.
- 임무를 제대로 수행하는 데 필요한 물자나 장비가 없다.
- 스트레스로 생긴 질병에 대처한다(메스꺼움, 복통, 식욕부진 등).
- 임무를 맡을 준비는 되었지만 일이 자꾸 미뤄진다.
- 무슨 말을 해야 할지 모르거나 적당한 대답이 없어서 걱정한다.

초래할 수 있는 심각한 결과

- 임무를 맡지 않겠다고 하다가 불이익을 당한다.
- 객관성을 유지하지 못한다(감정적으로 연루된다).
- 서둘러 끝내려다 일을 망쳐놓는다.
- 불쾌한 일이 끝없이 이어진다.
- 모르는 사이에 캐릭터는 권력자가 두는 장기판의 말이 된다.
- 윗사람이 캐릭터의 뒤를 봐주기는커녕 아무 도움 없이 방치한다.
- 캐릭터가 감당하기에는 지나치게 힘든 일이라 성공하지 못한다.
- 캐릭터가 임무에서 실패한 탓에 다른 사람들이 고통받는다.
- 실패로 강등되거나 해고를 당하거나 미래의 기회를 박탈당한다.
- 트라우마를 유발하는 작업 때문에 외상 후 스트레스 장애가 생긴다.
- 무고한 사람들이 십자포화를 맞게 된다.
- 누군가 심각한 부상을 입거나 사망한다.

생길 수 있는 감정

분노, 괴로움, 짜증, 불안, 저항감, 실망, 두려움, 공포, 좌절감, 거슬림, 자격지심, 압도당하는 느낌, 공황, 꺼리는 마음, 울화, 체념, 자기연민, 의구심, 걱정

생길 수 있는 내적 갈등

- 임무를 거부하고 싶지만 그로 인한 결과를 감당하고 싶지도 않다.
- 임무를 처리하는 자신의 능력에 의구심이 생긴다.
- 임무 때문에 감정의 동요가 있지만 준비하는 동안 인내심을 유지하려고 애쓴다.
- 의무를 수행할 때 감정을 절제하기가 어렵다는 사실을 알게 된다.
- 도덕적 신념에 어긋나는 행동을 하도록 요구받는다.
- 보이는 것이 전부가 아니라고 의심하지만 증명할 수 없다.
- 관련된 사람을 무례하게 대하거나 불필요한 완력을 써서 대하고 싶은 유혹을 받는다.
- 자신의 결정을 후에 자꾸 곱씹는다.
- 명령에 의문을 제기하면 안 된다는 사실을 알면서도 명령에 확신이 들지 않아 힘들다.
- (일이 잘못될 경우를 대비해) 사랑하는 사람들을 위한 대비책을 세워야 하지만 그들을 놀라게 하고 싶지 않다.

- 자신이 처한 상황에 대한 진실을 부정한다.

상황을 악화시킬 수 있는 부정적인 특성

남의 속을 긁는 성향, 유치함, 대립하는 성향, 잔인함, 무례함, 거만함, 무책임함, 인내심 부족, 게으름, 신경과민, 비관적인 성향, 반항심, 이기심, 제멋대로인 성향, 완고함, 요령 없음, 신경질적인 성향, 비협조적인 성향

기본 욕구에 미치는 영향

- **자아실현 욕구** 두려움 때문에 옳은 일을 하지 못하게 되거나, 임무를 완수하기 위해 혐오스러운 방법을 사용한 캐릭터는 자신의 정체성과 가치에 의문을 품게 될 수 있다.
- **존중과 인정의 욕구** 의무를 수행하는 자신의 능력에 대해 의문을 품고 불안감을 경험하는 캐릭터는 임무를 수행하기가 훨씬 더 어렵다고 느낀다.
- **애정과 소속의 욕구** 도덕적으로 의심스러운 일을 하도록 요청받는 캐릭터는 이를 거부할 수 있고, 그러다 요청한 사람과의 관계에 긴장과 갈등을 유발할 수 있다.
- **안전 욕구** 위험한 임무는 본디 캐릭터의 안정감을 약화시킨다. 일을 수행하는 동안뿐 아니라 그 여파의 측면에서도 그러하다. 벌어진 일에 대처해야 하고 자신의 안전에 대해서도 걱정을 계속해야 하기 때문이다.
- **생리적 욕구** 위험한 임무로 생명을 잃을 수 있다.

대처에 도움이 되는 긍정적인 특성

적응 능력, 야심, 감사하는 태도, 과감함, 자신감, 여유, 열의, 협조적인 성향, 외교술, 집중력, 고결함, 겸손, 근면함, 남의 말을 잘 듣는 성향, 책임감, 분별력, 소박함, 이타적인 성향

긍정적인 결과

- 제때 개입하여 다른 사람의 생명을 구한다.

- 임무를 완수하여 귀중한 정보나 자원을 확보한다.
- 다른 사람은 감당하기 힘든 역할을 충실히 수행한다.
- 큰 혼란을 일으키거나 다른 사람을 다치게 할 자를 무력화시킨다.
- 역경을 헤치고 옳은 일을 했다는 사실을 알게 되어 자부심을 느낀다.
- 불굴의 의지가 커져 앞으로 올바른 결정을 내리기가 더 쉬워진다.

자연재해가 발생하다

A Natural Disaster

사례

- 홍수가 일어난다.
- 쓰나미가 일어난다.
- 심한 뇌우가 몰아친다.
- 지진이 일어난다.
- 토네이도가 일어난다.
- 허리케인이나 열대성 폭풍이 발생한다.
- 혹독한 겨울 폭풍이 몰려온다.
- 산사태가 일어난다.
- 눈사태가 일어난다.
- 캐릭터의 안전을 위협하는 산불이 일어난다.
- 싱크홀이 생긴다.
- 화산이 폭발한다.
- 소행성 충돌이 임박한 상태다.

사소한 문제

- 홍수에 대비해 모래주머니를 쌓고 폭풍을 막기 위한 덧창을 달고 가스를 끄는 등의 준비로 집이 버티도록 만들어야 한다.
- 대피 행렬로 도로가 막힌다.
- 바캉스(휴양, 휴가)가 중단된다.
- 해당 지역에서 대피해야 한다.
- 소지품을 두고 서둘러 탈출해야 한다.
- 비행기가 연착되고 이륙하지 못하게 된다.
- 대피소로 이동한다.
- 고집 센 가족이 위험을 무시하거나 일축한다.
- 동물들이 폭풍을 견딜만한 장소를 찾아야 한다.
- 자연재해에 대비하면서 수요와 공급 문제가 발생한다(연료 부족, 텅 빈 식료품 상점 등).

초래할 수 있는 심각한 결과

- 대피를 거부하는 사람을 버리고 가야 한다.
- 대피소가 꽉 차서 갈 곳이 없다.
- 재해를 틈타 범죄를 저지르는 사람에게 피해를 입는다.
- 미처 대비할 시간도 없이 대재난이 닥친다.
- 당장 도망쳐야 한다.
- 자신을 지키기 위해서는 동물을 버리고 가야 한다.
- 가족과 헤어지게 된다.
- 대피할 수 없는 상태다(중환자실, 유람선, 석유시추 시설 등에 있는 경우).
- 정부가 원조를 거부한다.
- 자연재해를 헤쳐나가기 위해 필요한 원조, 자원, 피난처가 없다.
- 정전과 고장이 일어나 비상상황 자체보다 그로 인한 여파가 더 위험하다.
- 자연재해로 인해 집, 생계, 사업을 잃는다.
- 부상을 당하거나 위독해진다.
- 가족이나 친구를 잃는다.

생길 수 있는 감정

불안, 혼란, 좌절, 각오, 상심, 불신, 두려움, 공포, 대담무쌍, 불안정한 상태, 무력감, 충격, 취약하다는 느낌

생길 수 있는 내적 갈등

- 생존이 위태로운 상황에서 무엇이 옳고 그른지 하는 문제로 갈등한다.
- 가족과의 이별로 괴로워하면서 자신이 부모나 배우자로서 실패한 것은 아닌지 고민한다.
- 위험한 상황에 놓이게 된 책임을 놓고 합리적이지 않은 생각을 한다(가령 자신이 가족 여행을 고집해서 토네이도가 있는 곳으로 가게 되었기 때문에 재난이 벌어졌다는 생각 등).
- 사람들과 함께 있을지 혼자 떠날지 망설인다(혼자 움직이는 것이 캐릭터에게 더 유리할 가능성이 있기 때문에).
- 누군가의 목숨을 구하지 못한 일에 대한 정서적 트라우마와 씨름한다.

- 마주친 상황이 두렵지만, 아이들을 위해 침착한 모습을 보여야 한다.

상황을 악화시킬 수 있는 부정적인 특성

어수선함, 인내심 부족, 무책임함, 물질만능주의, 감정 과잉, 무모함, 산만함, 의지 박약

기본 욕구에 미치는 영향

- **존중과 인정의 욕구** 비상사태에서는 캐릭터의 대처 능력과 리더십이 부각될 수 있으며, 캐릭터가 이를 감당할 수 없는 경우에는 문제가 초래된다. 위기 상황에서 캐릭터의 능력이 부족한 경우 사람들이 캐릭터를 보는 방식과 캐릭터가 자신을 보는 방식이 달라질 수 있다.
- **애정과 소속의 욕구** 사랑하는 사람을 캐릭터가 구하거나 보호할 수 없는 경우, 다른 사람들이 캐릭터를 비난할 수 있고 관계에 금이 갈 수도 있다.
- **안전 욕구** 피할 수 없는 자연재해는 캐릭터의 안전을 위태롭게 할 수 있는 힘이 있다.
- **생리적 욕구** 자연재해는 캐릭터의 생명을 위험에 빠뜨릴 수 있을 뿐 아니라 그 여파 때문에 생존을 위협받게 될 수도 있다.

대처에 도움이 되는 긍정적인 특성

적응 능력, 차분함, 조심성, 협조적인 성향, 집중력, 통찰력, 끈기, 설득력, 상황을 주도하는 성향, 보호하려는 성향, 지략, 책임감, 분별력, 영성, 검약, 이타적인 성향, 지혜로움

긍정적인 결과

- 자연재해가 예상했던 것만큼 심각하지 않다.
- 캐릭터와 가족을 안전하게 보호해줄 피난처, 자원, 원조를 찾는다.
- 자연재해 중에도 가족의 집, 회사, 재산이 기적적으로 해를 입지 않는다.

- 분열되어 있었던 가족이 역경을 함께 헤쳐나가는 과정에서 뭉치게 된다.
- 재난을 미리 주도적으로 대비해 캐릭터와 캐릭터가 사랑하는 사람들이 생존에 필요한 것을 준비한다.
- 더 큰 피해를 줄 수 있었던 적이나 위협이 자연재해로 사라진다.
- 무엇이 중요한 것인지에 관해 새로운 관점을 얻어 미래에 더 큰 성취로 이어질 변화를 이룬다.

전쟁이 발발하다

War Breaking Out

전쟁은 가장 비참하고 파괴적인 갈등 시나리오 중 하나로서 그 여파가 넓고 광범위하다. 침략당한 나라에 있는 캐릭터는 있던 곳에 머물거나 다른 곳으로 도망치려 하는 것과는 관계없이 온갖 난제를 만난다. 적극적으로 전투에 참여하는 사람들은 훨씬 더 즉각적인 위험을 만난다. 전쟁은 여러 필수적이고 중요한 영역에 영향을 끼치며 선택지가 다양한 수많은 갈등 상황을 초래한다.

사소한 문제

- 정치적 상황에 대해 캐릭터가 생각이 다른 친구나 가족과 언쟁을 벌인다.
- 연료와 식료품 가격이 상승한다.
- 특정 지역에 갇힌다(다른 곳으로 이동할 수 없다).
- 전쟁으로 여러 행정 절차가 복잡해져 가장 기본적인 일(이동, 특정 물품의 구매 등)이 힘들어진다.
- 쉽게 구할 수 있던 물건을 구하기 어려워진다.
- 악화된 상황에서 아이들을 키워야 한다.
- 보복이 두려워 남들과 다른 신념을 숨겨야 한다.
- 전쟁터 밖에 있는 사랑하는 사람과 떨어져 있게 된다.
- 다른 사람들 앞에서 긍정적인 모습을 보여야 한다.
- 안전을 위해 집을 떠나야 한다.
- 맞서 싸울 것인지 떠날 것인지 가족과 의견이 다르다.
- 다른 사람들과 같은 곳에서 지내는 불편함을 감수한다(대피소에 있거나 집에 피난민을 받아들이거나 다른 집에 피난민으로 지내야 하는 등).
- 빠듯한 생계를 유지하느라 고군분투한다.

초래할 수 있는 심각한 결과

- 공습이나 침공에 휘말려 꼼짝 못하게 된다.
- 캐릭터나 캐릭터가 사랑하는 사람이 심각한 부상을 입는다.
- 끔찍한 일에서 자녀를 보호할 수 없다.
- 자식이 거짓선전에 속아 캐릭터가 혐오스러워하는 신념을 갖게 된다.
- 집이 파손된다.
- 적군이 침입해 캐릭터를 집에서 쫓아낸다.
- 거동이 힘든 가족과 함께 위험한 지역을 이동해야 한다.
- 식료품이나 필수 의약품 같은 중요한 자원을 구할 수 없다.
- 압도적인 힘을 가진 적과 맞서 싸운다.
- 탄약이 떨어지거나 도움이 필요한 상황에 있는 군인이 부대에 연락할 수 없다.
- 사회구조의 근간이 무너져 혼란이 일어난다(구조대나 의료 시스템 이용 불가, 통신 중단, 전력망 붕괴 등).
- 적군의 표적이 된다(캐릭터의 인종, 직업, 정치적 신념 등으로 인해).
- 적군을 위해 전문 기술을 제공하라는 강요를 받는다.
- 박해나 죽음을 피하려 은신해 있어야 한다.
- 믿었던 사람이 캐릭터를 배신하고 적의 편에 선다.
- 전쟁포로가 된다.
- 전쟁에서 가족을 잃는다.

생길 수 있는 감정

분노, 불안, 섬뜩함, 근심, 우려, 갈등, 부정, 우울함, 절망, 좌절, 상심, 실망, 환멸, 두려움, 흥분, 두려움, 좌절감, 공포, 압도당하는 느낌, 무력감, 충격, 반신반의, 걱정

생길 수 있는 내적 갈등

- 뉴스를 듣고도 무엇을 믿어야 할지 모르겠다.
- 아이들에게 무슨 말을 해야 할지 모른다.
- 불편한 상황에 화가 나지만 다른 사람들은 더 나쁜 상황에 있다는 사실을 생각하며 죄책감을 느낀다.
- 긍정적인 태도를 유지하기 위해 애쓴다.
- 미래가 불안하고 걱정스럽다.

- 불의가 일어나는 것을 보면서도 개입하기 두렵다.
- 다른 사람을 돕고 싶지만 어떻게 해야 할지 모른다.
- 우울증이나 외상 후 스트레스 장애 같은 트라우마로 정신 건강에 문제가 생긴다.
- 무엇이 옳고 무엇이 그른지에 관한 이제까지의 생각을 위협하는 질문에 직면한다.
- 살아남기 위해 어쩔 수 없이 했던 결정에 수치심이나 자기혐오감을 느낀다.
- 지속적인 트라우마를 겪는 상황에서 떠오르는 온갖 감정과 씨름한다.
- 불의가 일어나도 아무도 신경 쓰지 않는 듯 보이는 상황에 대한 분노와 절망에 지지 않으려 애쓴다.

상황을 악화시킬 수 있는 부정적인 특성

반사회적 성향, 유치함, 통제 성향, 비겁함, 냉소적인 태도, 광신적인 열의, 어리석음, 무지, 우유부단함, 유연성 부족, 물질만능주의, 병적인 성향, 신경과민, 무모함, 자기 파괴적인 성향, 잔걱정이 많은 성향

기본 욕구에 미치는 영향

- **존중과 인정의 욕구** 전쟁은 사람들에게 최악의 면을 이끌어내는 양극화 상황이다. 캐릭터의 견해나 행동이 비겁하거나 선동적으로 보이거나 아니면 그저 잘못된 것으로 보이게 되기만 해도 다른 사람들의 존경을 잃을 수 있다(그리고 절대 되찾을 수 없다).
- **애정과 소속의 욕구** 자신의 진심과 진짜 의견을 표현하는 일에 대한 두려움 때문에 캐릭터는 고립감을 느끼게 되고, 사랑하는 사람과 친구들에게 둘러싸여 있을 때조차도 고립감은 사라지지 않는다.
- **안전 욕구** 전쟁은 본질적으로 위험 상황이다. 전쟁이 계속되는 캐릭터가 안전하다고 느낄 가능성은 거의 없다.
- **생리적 욕구** 전쟁터에서 싸우거나 생활을 해야 하는 캐릭터는 목숨을 잃을 위

험이 있다.

대처에 도움이 되는 긍정적인 특성

적응 능력, 모험심, 감사하는 태도, 과감함, 차분함, 조심성, 협조적인 성향, 결단력, 외교술, 절제력, 신중함, 고결함, 환대, 공정함, 낙관적인 성향, 애국심, 사색적 성향, 끈기, 상황을 주도하는 성향, 지략

긍정적인 결과

- 절망적인 상황에 처한 누군가를 도와줄 수 있다.
- 더 큰 선을 이루기 위해서 때때로 희생이 필요하다는 사실을 깨닫는다.
- 낯선 사람에게 도움을 받은 뒤 선한 사람은 어디에나 있다는 사실을 깨닫는다.
- 캐릭터가 용기를 가질 수 있게 영감을 주는 용감한 행동을 목격하게 된다.
- 자신이 처한 상황은 마음대로 통제할 수 없지만, 자신의 반응과 태도는 통제할 수 있다는 사실을 인식한다.
- 암울한 시절이지만 용기와 희망을 잃지 않는다.

집에 화재가 나다

A House Fire

화재 상황은 아파트, 주택, 별장, 이동주택, 캠핑카 같은 다양한 유형의 주거 공간에 맞춰 적용할 수 있다.

사소한 문제

- 앞이 보이지 않는다.
- 호흡이 가빠진다.
- 어린이, 반려동물, 다른 사람을 찾기 위해 서두른다.
- 불을 끌 것인지 도망칠 것인지 망설이다 귀중한 시간을 낭비한다.
- 119에 신고할 전화기를 찾느라 시간을 허비한다.
- 연기 피해를 입는다(화재가 심하지 않거나 빠르게 진압되더라도).
- 2차적 조건 때문에 화재 진압이 어려워진다(소방서에서 멀리 떨어진 곳에 거주, 대응을 지연시키는 극단적인 날씨, 현장에 폭발물이 있는 경우 등).
- 화재는 진압했지만 소중한 물건을 잃었다.
- 서두르다 다치게 된다(계단에서의 낙상, 타박상, 찰과상 등).
- 화상을 입거나 물집이 생긴다.

초래할 수 있는 심각한 결과

- 집에 있는 아이나 반려동물을 찾을 수 없다.
- 빠져나왔지만 누군가가 나오지 못했다는 사실을 알게 된다.
- 집과 아끼던 물건을 잃는다.
- 역사적인 가치나 개인적 가치가 있어 무엇과도 바꿀 수 없는 물건이 손상을 입는다.
- 주택보험이나 화재보험을 들지 않아 피해를 복구할 수 없다.
- 보험금을 내지 않은 사실, 혹은 보험회사가 얼마 전에 파산했다는 사실을 알게 된다.
- 캐릭터가 범죄와 무관하다는 사실을 입증할 중요 증거가 없어진다.
- 화재가 다른 주택이나 건물로 번진다.
- 강한 바람 때문에 큰 화재로 번져 불길이 닿는 것마다 다 타버린다.

- 사랑하는 반려동물을 화재로 잃는다.
- 만성적인 건강 문제와 트라우마를 유발하는 부상을 입는다.
- 화재가 일어난 책임이 자신에게 있다는 사실을 알게 된다.
- 소방관이 진화작업 중에 사망한다.
- 누군가 불타는 건물로 다시 들어갔다가 나오지 못한다.
- 누군가 불 속에서 끔찍하게 죽는다.

생길 수 있는 감정

괴로움, 절망, 좌절, 상심, 고마움, 비애, 죄의식, 압도당하는 느낌, 공황, 무력감, 후회, 안도감, 체념, 충격, 반신반의

생길 수 있는 내적 갈등

- 불에 맞서 싸울 것인지 도망갈 것인지 망설인다.
- 반려동물을 찾지 못해 동물의 생사를 운에 맡긴 채 나가야 할지 고민한다.
- 혼자서 안전한 곳으로 대피했지만 다른 사람들을 도와주기 위해 위험을 감수했어야 옳았다는 가책이 든다.
- 누구를 구할지 선택해야 한다.
- 화재 진압 후 생존자라는 죄책감에 시달린다.
- 화재에 부분적으로나 전적으로 책임이 있는 캐릭터가 죄책감에 시달린다.
- 왜 미리 대비하지 않았을까 자책에 빠진다(자기 전에 아이 방의 히터가 꺼져 있는지 확인하는 일, 대피하는 중에 귀중한 가보를 가지고 나오지 않은 일 등).
- 화재에 책임이 있는 사람을 용서할 수 없어 관계에 금이 간다.
- 화재 사건에 대한 분노와 울분으로 괴로워한다.

상황을 악화시킬 수 있는 부정적인 특성

중독 성향, 우쭐대는 성향, 비겁함, 별종 성향, 경박함, 충동적 성향, 부주의함, 무책임함, 마초적인 성향, 물질만능주의, 무모함, 자기 파괴적인 성향

기본 욕구에 미치는 영향

- **자아실현 욕구** 일생의 작업 성과나 대체 불가능한 자료가 불에 타버린 경우, 캐릭터가 꿈을 실현하는 데 지장이 생길 수 있다.
- **존중과 인정의 욕구** 캐릭터가 화재에 책임이 있다면(특히 인명손실이 일어난 경우), 스스로를 탓하면서 자기연민, 수치심, 자기혐오와 씨름하게 될 것이다.
- **애정과 소속의 욕구** 사랑하는 사람을 화재로 잃은 경우, 캐릭터는 공허감에 빠져 고통받게 될 것이다. 사랑하는 반려동물이나 가족의 집을 잃은 일로 비난을 받는다면 살아남은 친지들과의 관계도 불편해질 것이다.
- **안전 욕구** 화재라는 위협은 캐릭터의 안전(그리고 잠재적으로 캐릭터가 좋아하는 다른 사람들의 안전)을 위태롭게 만든다.
- **생리적 욕구** 화재는 피해자들의 생명을 위태롭게 만든다. 설령 살아남는다 해도 쉼터를 구하지 못해 계속 위험에 노출될 수 있다.

대처에 도움이 되는 긍정적인 특성

감사하는 태도, 용기, 결단력, 통찰력, 상황을 주도하는 성향, 보호하려는 성향, 지략, 책임감, 이타적인 성향, 재치

긍정적인 결과

- 모두가 무사히 탈출했다.
- 화재가 진압됐고 집은 무사하다.
- 지역 사회가 함께 모여 집을 잃은 사람들을 돕고 지원한다.
- 무엇이 중요하고 무엇이 중요하지 않은지에 관해 새로운 관점을 얻게 된다.
- 화재 경험을 통해 물질만능주의 성향을 버리게 된다.
- 다른 사람들이 화재 경험을 통해 배우고 자신들의 집에서 위험을 줄일 수 있는 조치를 한다.
- 인명을 구조하는 데 중요한 역할을 하면서 그동안 잃어버렸던 자부심을 회복한다.
- 그동안 트라우마로 가득했던 집이 불길에 휩싸이면서 카타르시스적인 상황이 발생해, 캐릭터는 다시 시작할 수 있는 기회를 얻게 된다.

- 보험금이 나온 덕분에 캐릭터가 더 큰 집을 사거나 다른 동네로 이사하는 꿈을 이룰 수 있게 된다.

최후까지 버텨야 하다

Having to Make a Final Stand

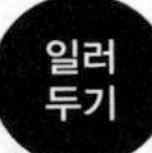

'갇히다'(캐릭터가 처해 있는 상황을 피하거나 바꾸는 데 집중하는 경우) 항목과 비슷하게 이 항목에서도 캐릭터가 뒤로 물러날 수 없고 심지어 도저히 성공할 수 없더라도 저항해야 하는 상황에 관해 살펴본다.

사례

- 어떤 희생을 치르더라도 병사들은 적군이 방어선을 넘지 못하게 막아야 한다.
- 도덕적 신념이 위협받고 있는 상황에서 어떤 대가를 치르더라도 옳은 일을 고수해야 할 필요가 촉발된다.
- 약자들(캐릭터의 자녀, 신체적으로나 정신적으로 약한 사람들, 권리를 박탈당한 집단 등)을 지키기 위해 자신보다 힘센 세력에 맞선다.
- 물리적 장벽(벽, 절벽, 바다 등)까지 다다른 캐릭터에게는 싸우는 것만이 유일하게 남은 선택지다.
- 싸우지 않으면 죽을 수밖에 없는 상황에 내몰린다(가령 원형경기장에 선 검투사 같은 상황).
- 다른 선택지가 없어 최후까지 저항한다.

사소한 문제

- 당면한 과제에 집중하기 위해 감정을 접어야 한다.
- 자원을 신속히 파악해야 한다(돈, 전투용 팩, 주변 환경 등).
- 고지대나 방어진지를 찾으려 노력한다.
- 맹공을 늦추기 위한 장애물을 설치해야 한다(시간이 있는 경우).
- 시간이 허락하는 경우, 무기를 노획하고 함정을 만들고 바리케이드를 세워야 한다.
- 자원을 분류하고 나눠줄 사람을 모아야 한다.
- 무기가 없거나 위협에 맞서는 데 거의 도움이 되지 않는 것들만 있다.
- 직면하게 될 임무에 자신이 적임자가 아니다.
- 도움, 자원, 지침이 필요하지만 하나도 없다.

• 맞서야 할 위협이나 적이 여럿이다.
• 피로로 부상을 입거나 기력이 고갈된다.
• 슬픔과 두려움을 제쳐두고 당면한 문제에 집중해야 한다.
• 중요한 사람에게 중요한 사실을 말할 시간이 거의 없다(혹은 말해 주고 싶은 사람에게 접근할 수 없다).

초래할 수 있는 심각한 결과

• 자신이 보호하고 있는 사람들만큼은 살려달라고 적에게 자비를 구했지만 거절당한다.
• 설득력과 용기로 부대를 결집시켜야 하지만 그러지 못한다.
• 두려움에 마비되어 행동에 나서지 못한다.
• 숨겨져 있던 진실을 적의 추종자들에게 밝혀 동요하게 만들려 했지만 그럴 기회를 잡기도 전에 붙잡혀 재갈이 물린다.
• 캐릭터가 불명예스러운 상황에 처해있을 때 붙잡힌다.
• 의도적으로 잔인하게 굴어 캐릭터의 고통을 연장시키고 싶어 하는 적과 마주친다.
• 붙잡혀 더 비참한 운명을 맞는다(빨리 죽지도 못하게 된다).
• 도덕적 신념을 깨는 일을 거부하다 죽음을 맞는다.
• 마지막까지 남아 있는 사람이 된다(전우나 사랑하는 사람의 죽음을 겪는다).
• 죽기 전에 최대한 많은 피해를 입히고 싶었지만 곧바로 전사한다.
• 결심했던 일을 포기하고 항복한다.

생길 수 있는 감정

괴로움, 배신감, 씁쓸함, 확신, 패배감, 반항심, 절망, 좌절, 각오, 상심, 역겨움, 두려움, 무력감, 공포, 창피함, 침울함, 경악, 고통스러움, 반신반의, 정당성을 입증받은 느낌, 취약하다는 느낌

생길 수 있는 내적 갈등

• 패배감을 느끼지만 힘을 보여줘야 한다.
• 캐릭터가 함께 서 있는 사람들에 대한 애정과 존중, 존경심을 갖고 있기 때문에 그들의 삶이 곧 끝나리라는 사실이 증오스럽다.
• 무슨 일이 일어나더라도 자신의 신념을 고수하고 자신의 존재에 충실했으며, 그것이 의미가 있다는 열렬한 확신으로 두려움과 공

포를 물리치려 애쓴다.

- 두려움을 억누르고 임무에 집중하려 노력한다.
- 슬픔과 결의가 뒤섞인 가운데 자신이 지키는 것을 생각한다(삶의 방식, 신념, 탈출할 시간이 필요한 사람들 등).
- 끝나지 않는 임무(캐릭터에게 임무가 있는)에 고통을 느끼지만 수용하려 노력한다.
- 무슨 일이 일어날지 두려워 어서 끝이 오기를 바란다.
- 항복하고 싶지만, 선택지에 항복은 없다는 사실을 알고 있다.
- 포로가 된 후 고통이 다가오고 있다는 사실과 탈출할 희망이 없지 않다는 사실 사이에서 고뇌한다.

상황을 악화시킬 수 있는 부정적인 특성

남의 속을 긁는 성향, 우쭐대는 성향, 비겁함, 부정직함, 신의를 저버리는 성향, 별종 성향, 어리석음, 남을 잘 믿는 성향, 인내심 부족, 우유부단함, 감정표현을 꺼리는 성향, 애정 결핍, 비관적인 성향, 자기 파괴적인 성향, 굴종적인 성향, 소심함, 식견 부족, 의지박약, 투덜대는 성향

기본 욕구에 미치는 영향

- **애정과 소속의 욕구** 캐릭터가 붙잡힌 경우, 사랑하는 사람과 멀어지게 되고 캐릭터는 외로워진다. 캐릭터가 자신이 속해 있는 집단의 유일한 생존자인 경우, 집단이 더 이상 존재하지 않기 때문에 표류하는 느낌이 닥칠 수 있다.
- **안전 욕구** 캐릭터가 처한 상황에서 잡히건 죽건 안전과 안정은 지킬 수 없다.
- **생리적 욕구** 불행하게도, '최후의 결사 항전' 상황은 대부분 캐릭터가 목숨을 잃으면서 끝난다.
- **생리적 욕구** 화재는 피해자들의 생명을 위태롭게 만든다. 설령 살아남는다 해도 쉼터를 구하지 못해 계속 위험에 노출될 수 있다.

대처에 도움이 되는 긍정적인 특성

적응 능력, 과감함, 차분함, 조심성, 굳은 심지, 절제력, 집중력, 고결함, 영감을 주는 성향, 신의, 낙관적인 성향, 체계적인 성향, 상황을 주도하는 성향, 사회의식, 재능, 너그러움, 거리낌 없음, 이타적인 성향

긍정적인 결과

- 제때에 지원군이 오면서 결과가 바뀐다.
- 캐릭터가 보호하고 있는 사람들이 탈출할 수 있을 정도로 충분히 오래 버틸 수 있다.
- 다른 곳에서 벌어지고 있던 더 큰 전투가 승리를 거두면서 휴전이 성립되어 캐릭터가 살아남는다.
- 캐릭터의 행동이나 말 덕분에 적군이 자기 지도자에게 등을 돌린다.
- 전사한 것으로 오인되어 내버려졌다가 나중에 아군에게 구출되어 회복에 도움을 받는다.
- 사살되지 않고 포로로 잡혔다가 나중에 탈출한다.

트러블
사전

다양한
난제

Miscellaneous Challenges

거짓말을 상대가 믿게 해야 하다

Needing to Lie Convincingly

사례

- 체포당하지 않기 위해 알리바이를 만든다.
- 어린 캐릭터가 책임을 피하기 위해 부모, 교사, 코치에게 거짓말을 한다.
- 자신의 경솔한 행동을 숨기기 위해 배우자에게 거짓말을 한다.
- 평판을 망칠 수 있는 비밀을 숨긴다.
- 해고당하지 않기 위해 동료나 상사에게 정보를 숨긴다.
- 자녀를 보호하려 거짓말을 한다.
- 다른 사람이 문제 삼을 만한 자신의 이상이나 의견에 대해 거짓말을 한다.
- 도움이 필요한 사람 행세를 하며 다른 사람에게 돈을 받아낸다.
- 술을 사기 위해 나이를 속인다.
- 도망칠 기회를 얻기 위해 납치범에게 거짓말을 한다.
- 가짜 신분으로 여행한다(다른 사람 이름에 대답하거나, 믿을 만한 과거 이야기를 지어내 그것을 고수하는 일).
- 교통편을 제공받거나 명망 있는 단체에 들어가려 경제적인 어려움을 과장한다.
- 다른 사람들에게 접근해 친분을 쌓거나 돈을 얻어내기 위해 자신의 진짜 감정과 의도를 속인다.
- 친구의 기분을 상하게 하지 않으려 사소한 거짓말을 한다.
- 정치인이나 사이비종교의 지도자가 자신의 진짜 동기와 목적을 사람들에게 숨긴다.

사소한 문제

- 미리 생각할 시간도 없이 즉석에서 거짓말을 해야 한다.
- 말실수를 한다.
- 누군가의 의심을 사기 시작한다.
- 누구에게 어떤 거짓말을 했는지 일일이 기억하기 어렵다.
- 캐릭터가 한 이야기의 허점이 드러난다.

- 처음에 했던 거짓말을 숨기기 위해 사랑하는 사람에게 거짓말을 해야 한다.
- 사랑하는 사람의 신뢰를 일시적으로 잃는다.
- 거짓말하는 모습을 사람들에게 보이면서 캐릭터의 평판이 나빠진다.
- 자신의 거짓말이 드러나지 않게 말을 보태달라고 친구를 설득해야 한다.
- 걱정 때문에 잠을 이루지 못한다.
- 복통이나 식욕부진 같은 가벼운 질환으로 고생한다.

초래할 수 있는 심각한 결과

- 캐릭터의 행동이나 몸짓 때문에 거짓말이 드러난다.
- 발각되는 바람에 사적 이득을 얻을 기회를 놓친다.
- 사실을 말하지 않았다는 질책을 받는다.
- 진실이 밝혀지면서 중요한 관계가 파탄난다.
- 경찰에게 한 거짓말이나 다른 범죄 활동에 가담한 혐의로 체포된다.
- 고소당한다.
- 거짓말을 한 상대에게 오히려 속아 넘어간다.
- 거짓말에 심취한 캐릭터가 거짓말과 관련된 일과 상관없는 다른 사람에게까지 거짓말을 하게 된다.
- 진실을 말하지 않아 끔찍한 결과를 겪으면서 굳이 거짓말을 할 필요도 없는 상황이었다는 사실을 알게 된다.
- 정직하지 못했던 일 때문에 배척당하게 된다(다른 직업을 갖지 못함, 후원자와 팬을 잃게 됨).

생길 수 있는 감정

불안, 섬뜩함, 우려, 갈등, 혼란, 멸시, 자기방어, 부정, 좌절, 낙담, 환멸, 의심, 두려움, 시기, 허둥거림, 좌절감, 죄의식, 상처, 신경과민, 공황, 후회, 회한, 자기혐오, 창피함

생길 수 있는 내적 갈등

- 거짓말이 정말 비윤리적인지 갈등한다(가령, 거짓말 덕분에 누군가 다치지 않게 된 경우).
- 옳은 일을 하고 싶지만 결과가 두렵다.

- 거짓말에 죄책감을 느끼지만 필요악이었다고 믿는다.
- 잘못인 걸 알면서 거짓말을 하는 데 죄책감이 들지만 어쨌거나 한다.
- 자신의 거짓말 능력을 과시하고 싶지만 몸을 낮춘다.
- 거짓말을 또 해서 운을 시험해볼까 고민한다.

상황을 악화시킬 수 있는 부정적인 특성

남의 속을 긁는 성향, 심술궂음, 유치함, 우쭐대는 성향, 충동성, 비겁함, 방어적 성향, 어수선함, 망각, 탐욕, 남을 잘 믿는 성향, 위선, 합리적이지 않은 성향, 질투, 게으름, 신경과민, 편집증적 성향, 비관적인 성향, 의혹, 식견 부족

기본 욕구에 미치는 영향

- **자아실현 욕구** 캐릭터가 정직함에 높은 가치를 두는 경우, 자신의 정체성과 가치에 의문을 갖기 시작할 테고 자아 정체성에 위협을 받는다.
- **존중과 인정의 욕구** 캐릭터의 거짓말이 발각되는 경우, 평판과 자존심 모두 타격을 입을 수 있다.
- **애정과 소속의 욕구** 캐릭터가 중요하게 여기는 상대에게 거짓말을 하고 그가 알게 되는 경우, 관계는 회복할 수 없을 정도로 망가질 수 있다.
- **안전 욕구** 캐릭터가 엉뚱한 사람에게 거짓말을 하는 경우, 결국 자신의 안전이나 자신에게 중요한 사람의 안전을 위태롭게 만들 수 있다.

대처에 도움이 되는 긍정적인 특성

과감함, 차분함, 매력, 자신감, 신중함, 효율성, 집중력, 유머, 상상력, 지적 능력, 세심함, 통찰력, 인내, 직관력, 설득력, 지략, 사회의식, 정교함, 학구적인 성향, 재치

긍정적인 결과

- 자신의 설득력과 영향력에 대한 자신감을 얻는다.
- 엄청난 성과를 거둔다.

- 원하는 바를 성취한다.
- 끔찍한 상황에서 벗어난다.
- 발각되거나 결과에 시달리는 법 없이 신뢰가 가는 거짓말을 하는 법을 배운다.
- 거짓말을 하기보다 설득력을 키우기로 결심한다.

건강 문제가 생기다

A Health Issue Cropping Up

이 항목은 급성이나 만성 질병, 신체적 상태, 적절하지 않을 때 생긴 기타 건강 문제와 관련된 정보를 다루고 있다. 상처를 입었거나 부상으로 인한 건강 문제는 '부상을 입다' 편을 참조할 것.

사례

- 동료가 캐릭터에게 감기나 다른 경미한 바이러스를 감염시킨다.
- 캐릭터의 아이들이 학교에서 병이 옮아 집으로 돌아온다.
- 사랑하는 사람이 병에 걸려 돌봐주다가 캐릭터까지 감염된다.
- 만성 질환이 갑자기 재발한다.
- 병이 낫지 않는 가운데 새로운 합병증이 생긴다.
- 예방접종을 받지 않았거나 최신 버전이 아닌 예방접종을 받아 병에 걸린다.
- 가족력으로 유전 질환이 있다는 사실을 알게 된다.

사소한 문제

- 행사나 가족 모임에 가지 못한다.
- 짧은 기간 동안 일상생활을 할 수 없다.
- 병가 일수를 다 써버린다.
- 다른 사람을 감염시킨다.
- 병 때문에 몸 상태가 안 좋아 보인다.
- 다른 사람을 걱정하게 만든다.
- 다른 사람의 보살핌을 받아야 한다.
- 진찰에 필요한 보험 혜택을 받을 수 없거나 재정적 여유가 없다.
- 오랜 시간 피로를 느낀다.
- 자주 쉬어야 한다.
- 아프기 때문에 생기는 취약함과 나약함이 싫다.
- 질병 때문에 생기는 멍한 느낌과 씨름한다.
- 끔찍한 몸 상태인데도 일을 해야 한다.
- 아픈데 출근했다는 이유로 질책을 받고 귀가조치를 당한다.

- 격리되어 있는 동안 외로움을 느낀다.
- 사람들이 캐릭터를 나약하거나 비실댄다고 여긴다(캐릭터가 자주 아픈 경우).
- 사람들이 캐릭터를 과장된 행동을 하는 사람이나 건강염려증 환자로 본다.

초래할 수 있는 심각한 결과

- 작은 건강 문제가 더 심각한 문제로 변한다.
- 병이 뭔가 더 심각한 징후라는 사실을 알게 된다.
- 알려져 있는 치료법이 캐릭터에게는 효과가 없다.
- 입원해야 한다.
- 막대한 의료비 때문에 파산 신청을 해야 한다.
- 일을 계속할 수 없는 상태가 된다.
- 합병증 때문에 영구적으로 장애를 갖게 된다.
- 학생이 학교를 너무 많이 빠지는 바람에 낙제하거나 장학금을 받지 못하게 되거나 유급한다.
- 세균이나 병에 두려움이 생긴다.
- 사랑하는 사람이 면역력이 약한데 캐릭터에게 병이 옮는다.
- 불치병이라는 진단을 듣는다.

생길 수 있는 감정

동요, 불안, 우려, 패배감, 부정, 실망, 낙담, 시기, 좌절감, 안달, 외로움, 쓸쓸함, 방치당한 느낌, 압도당하는 느낌, 무력감, 체념, 슬픔, 자기연민, 침울함, 취약하다는 느낌, 방랑벽, 걱정

생길 수 있는 내적 갈등

- 병이 걸렸다고 자책한다.
- 일이나 학업을 제대로 이어갈 수 없게 된 상황에 좌절감을 느낀다.
- 병에 걸려 다른 아픈 가족을 돌볼 수 없게 되었다는 사실에 죄책감을 느낀다.
- 계속 최악의 시나리오만 떠오른다.
- 진단보다 더 나쁜 병은 아닌지 두려워한다.
- 다른 사람들과 같이 있고 싶지만 격리가 필요하다는 사실을 안다.
- 자신의 책임을 다하지 못하고 다른 사람을 실망시킨 일에 죄책감

을 느낀다.

- 해야 할 일이 늘어나 스트레스를 받는다.
- 앞으로 걸릴 수도 있는 병에 대해 편집증적으로 군다.
- 병의 심각성에 대해 거짓말을 하고 싶은 유혹을 받는다(어떤 행사에 참가하고 싶거나, 사람들이 법석을 떠는 것을 원하지 않는다는 이유 등으로).

상황을 악화시킬 수 있는 부정적인 특성

통제 성향, 방어적 성향, 까다로움, 유머 감각이 없는 성향, 인내심 부족, 합리적이지 않은 성향, 무책임함, 감정 과잉, 애정 결핍, 편집증적 성향, 비관적인 성향, 완고함, 비협조적인 성향, 배은망덕, 허영심, 투덜대는 성향, 일중독, 잔걱정이 많은 성향

기본 욕구에 미치는 영향

- **자아실현 욕구** 캐릭터의 완전한 잠재력은 아픈 기간 동안 실현될 수 없고, 그 때문에 캐릭터는 자신이 불완전하거나 불행하다고 느낀다.
- **애정과 소속의 욕구** 가족이 캐릭터를 보살피는 의무에 분개하거나 캐릭터를 원망하는 경우, 캐릭터는 자신이 원치 않은 사람이 되었다거나 사랑받지 못한다고 느끼기 시작할 수 있다.
- **생리적 욕구** 질병은 수면 부족, 불충분한 영양과 수분 섭취, 그리고 캐릭터가 스스로를 돌보지 못하게 만드는 원인이 될 수 있다.

대처에 도움이 되는 긍정적인 특성

적응 능력, 감사하는 태도, 굳은 심지, 협조적인 성향, 유머, 온화함, 행복감, 겸손, 내향적인 성향, 남의 말을 잘 듣는 성향, 낙관적인 성향, 인내, 끈기, 상황을 주도하는 성향, 지략, 책임감, 분별력, 영성, 거리낌 없음

긍정적인 결과

- 자신의 건강 문제를 파악해 앞으로의 발병을 예측하고 방지할 수 있다.
- 일에서 벗어나 휴식을 취할 수 있다.
- 건강 상태와 치료법을 더 잘 알게 된다.
- 집안일과 다른 책임에 대해 잠시 도움을 받는다.
- 내성적인 캐릭터가 이 힘든 상황을 최대한 활용해 혼자만의 시간을 즐긴다.
- 캐릭터와 간병인의 관계가 개선된다.
- 독서나 비디오 게임같은 그동안 원했던 활동에 몰두할 수 있다.

기억력 저하를 겪다

Experiencing Memory Loss

사례

- 만성 질환이 생기면서 단기 기억 상실이 생긴다.
- 뇌진탕으로 기억에 문제가 생긴다.
- 트라우마를 일으키는 경험 때문에 기억이 억압된다.
- 나이가 들면서 과거의 일을 떠올리는 데 어려움을 겪는다.
- 급성 질환 때문에 기억력에 일시적으로 문제가 생긴다.
- 약물 때문에 인지적 능력에 제약을 받는다.
- 무언가 잊게 만드는 약을 자신도 모르게 먹는다.
- 며칠 동안 잠을 자지 못해 세세한 일을 분명히 기억할 수 없다.
- 정확한 기억을 떠올리는 능력에 영향을 미치는 정신 건강 문제에 시달린다.
- 스트레스가 많은 상황으로 기억력이 흐트러지고 세세한 일을 또렷이 떠올릴 수 없다.

사소한 문제

- 다른 사람의 신뢰를 잃는다.
- 다른 사람에게 동정을 받는다.
- 불가피하게 혼자 할 수 있는 일이 줄어든다.
- 캐릭터가 기억하는 것과는 다르게 일이 벌어졌다는 사람들의 주장에 답답함을 느낀다.
- 물건을 엉뚱한 곳에 두는 일이 잦아진다.
- 요리나 신발 끈 묶기 같은 일상적인 일을 하는 법을 잊어버려 도움을 받아야 한다.
- 규칙이 기억나지 않아 예전에 좋아했던 취미를 포기해야 한다.
- 문제가 있다는 사실을 인식하지 못한다.
- 전에 했던 질문이나 대화를 되풀이하고 있다는 사실을 깨달으면서 소름이 끼친다.
- 말을 하는 도중에 자신이 무슨 말을 하고 있는지 기억나지 않는다.
- 마감일이나 약속을 잊는다.

- 한동안 다른 사람이 운전을 대신 해줘야 한다.
- 자신의 이름이나 기타 중요한 개인 정보가 기억나지 않는다.
- 사랑하는 사람이나 친구를 알아보지 못한다.

초래할 수 있는 심각한 결과

- 자신이 누구인지에 관한 기억을 영원히 잃어버린다.
- 상실감과 혼란을 끊임없이 느낀다.
- 혼자서는 더 이상 안전하게 살 수 없게 된다.
- 하던 일을 더 이상 하지 못하게 된다.
- 학교에서 낙제한다.
- 살면서 필요한 세세한 일들(건강 문제에 대한 판단, 재정에 대한 정보, 컴퓨터 암호 등)을 다른 사람에게 맡겨야 한다.
- 운전면허가 취소된다.
- 기억력에는 도움이 되지만 끔찍한 기분이 들게 하는 약을 복용한다.
- 집에만 있게 되거나 사랑하는 사람이 찾아온 일을 기억하지 못하게 되어 버려진 듯한 느낌이 든다.
- 캐릭터가 악화되는 모습을 보는 일이 너무나 고통스러워 사랑하는 사람들이 떠나간다.

생길 수 있는 감정

동요, 분노, 씁쓸함, 혼란, 자기방어, 부정, 우울함, 좌절, 불신, 낙담, 환멸, 당혹감, 좌절감, 비애, 외로움, 무력감, 자기연민, 창피함, 인정받지 못한다는 느낌, 걱정, 자신이 하찮다는 느낌

생길 수 있는 내적 갈등

- 무언가를 기억하려 애쓰지만 기억나지 않는다.
- 자신의 기억력 문제가 어느 정도까지 정상이고 비정상인지 판단하기 위해 애쓴다.
- 증거가 분명함에도 불구하고 자신은 기억력 문제가 없다고 애써 자신한다.
- 좋아했던 일을 계속하고 싶지만 새로 나타난 기억 상실 문제로 좌절한다.
- 화를 내는 모습을 다른 사람에게 보이지 않으려 애쓴다.
- 자신의 상태에 부끄러움을 느낀다.

- 기억력 문제가 계속될까 걱정한다.
- 자신이 정말 잘했던 일을 더 이상 할 수 없게 되어 자존감이 떨어진다.
- 가족이 자신을 아이처럼 취급하거나 온갖 일을 간섭하는 상황에 화가 나지만 도움이 필요하다는 사실을 알고 있다.

상황을 악화시킬 수 있는 부정적인 특성

남의 속을 긁는 성향, 심술궂음, 유치함, 통제 성향, 방어적 성향, 어수선함, 망각, 야단스러움, 까다로움, 유연성 부족, 합리적이지 않은 성향, 예민한 성향, 비관적인 성향, 무모함, 완고함, 신경질적인 성향, 비협조적인 성향, 배은망덕

기본 욕구에 미치는 영향

- **자아실현 욕구** 자신을 행복하게 해주는 일을 할 수 없고, 자신이 누구이고 자신에게 중요한 것이 무엇인지에 해당하는 중요한 내용들을 기억하지 못할 때 캐릭터는 자아를 온전히 실현하기 어렵다.
- **존중과 인정의 욕구** 아직 진단받지 못한 기억력 문제로 씨름하는 경우, 캐릭터는 통제할 수 없는 일들로 비난을 받을 수 있고 이러한 비난을 내면화할 수 있다.
- **애정과 소속의 욕구** 캐릭터를 자주 보살펴야 한다는 좌절감 때문에 가족이 캐릭터를 잘 대하지 못하는 경우, 결국 캐릭터는 자신이 버림받았고 사랑받지 못하고 있다고 느낄 수 있다.
- **안전 욕구** 기억 상실로 인해 캐릭터가 다른 사람의 보살핌 없이는 기초적인 활동조차 할 수 없게 되는 경우, 자신과 다른 사람에게 위험한 환경이 조성될 수 있다.

대처에 도움이 되는 긍정적인 특성

적응 능력, 감사하는 태도, 차분함, 자신감, 협조적인 성향, 결단력, 절제력, 유머, 행복감, 정직성, 겸손, 친절함, 성숙함, 낙관적인 성향, 체계적인 성향, 끈기, 지략, 책임감, 분별력, 기발함, 지혜로움

긍정적인 결과

- 기억 상실로 고통받는 다른 사람들에게 좋은 영향을 끼친다.
- 고통스러운 경험을 잊는다.
- 삶을 더욱 긍정적으로 바라보고 작은 것에도 감사한다.
- 간병인과 점점 더 가까운 사이가 된다.
- 캐릭터와 더 자주 함께 지낼 수 있도록 가족이 가까운 곳으로 이사를 온다.
- 발병 초기에 도움을 구하고 기억 상실을 되돌리거나 멈출 수 있는 치료법을 찾는다.
- 신약 실험의 대상자가 되어 기억력이 개선된다.

다른 사람으로 오해받다

Being Mistaken for Someone Else

사례

- 유명인사나 공직자로 오해받는다.
- 누군가가 캐릭터를 매춘을 하는 사람으로 오해해 잠자리를 요구한다.
- 누군가가 캐릭터를 자신에게 상처를 준 사람이라고 오해해 복수의 표적이 된다.
- 누군가가 캐릭터와 대화하다 자신이 생각했던 사람이 아니라는 것을 알아차린다.
- 캐릭터가 범인, 성범죄자 혹은 전쟁범죄자와 모습이 아주 닮았다.
- 형제나 자매로 오인된다.
- 캐릭터와 아주 많이 닮은 사람이 있어 그 사람이라는 오해를 끊임없이 받는다.
- 다른 사람과 이름이 같아서 그 사람으로 오인된다.
- 신원 도용이 일어나는 바람에 누가 캐릭터인지 정체가 혼란스러워진다.

사소한 문제

- 누군가가 빤히 쳐다본다.
- 사람들이 주위를 서성거리고 손으로 가리키고 쑥덕거린다.
- 프라이버시를 침해당한다.
- 무단으로 사진이 찍힌다.
- 어색한 대화를 계속 하게 된다.
- 사실이 밝혀질 때까지 불신의 대상이 된다.
- 팬들에게 둘러싸인다.
- 혹시 아무개 아니냐고 묻는 사람들에게 끊임없이 정중하게 대답해줘야 한다.
- 아니라는 대답을 들어도 거짓말을 하고 있다고 생각하며 가만히 내버려두지 않는 사람들을 상대해야 한다.
- 성가시게 구는 사람들을 피해 그 자리를 떠나야 한다.

- 자신의 신분을 증명하기 위해 공식적인 경로를 밟아야 한다.
- 바람직하지 않은 누군가로 오인당하는 일이 불쾌하고 당혹스럽다.
- 경찰의 조사를 받는다(범죄자로 오인되는 경우).

초래할 수 있는 심각한 결과

- 울분이 쌓여 폭발하는 바람에 상황이 악화된다.
- 범죄 혐의로 억울하게 기소된다.
- 결백을 입증할 증거나 알리바이가 없다.
- 캐릭터와 아주 많이 닮은 사람이 누군가와 데이트를 하는 모습이 사람들 눈에 띄면서 외도를 저지른다는 오해를 받는다.
- 위협을 받는다(누군가가 캐릭터를 어떤 사람이라고 믿기 때문에).
- 닮은 사람이 저지른 행동 때문에 폭행을 당한다.
- 신원을 도용당하면서 캐릭터의 신용이 손상된다.
- 가족과 친구들이 잘못된 사실을 믿으며 캐릭터를 외면한다.
- 나쁜 일을 저지른 사람이 비슷하다는 이유로 캐릭터에게 죄를 뒤집어씌운다.
- 친구와 사랑하는 사람이 캐릭터와 가깝다는 이유로 유죄가 된다.
- 캐릭터의 신용이 훼손되어 사업이나 생계에 영향을 받는다.
- 위험한 사람들에게 붙잡혀 고문을 당한다.
- 사랑하는 사람들이 캐릭터와 닮은 사람들 사이에서 샌드위치 신세가 되어 사망한다.
- 체포된다.
- 무고한 사람에게 유죄를 선고하는 사법 제도에 신뢰를 잃는다.

생길 수 있는 감정

놀라움, 분노, 괴로움, 불안, 배신감, 씁쓸함, 갈등, 자기방어, 좌절, 각오, 불신, 좌절감, 공포, 신경과민, 압도당하는 느낌, 편집증, 무력감, 자기연민, 망연자실, 근심, 경계심

생길 수 있는 내적 갈등

- (긍정적인 경험을 하게 될 것 같아) 이참에 다른 사람인 척하고 싶은 유혹을 받지만 잘못이라는 사실을 알고 있다.
- 신분을 오해받고는 맞다고 대답했다 일이 복잡해지면서 후회하게 된다.

- 매력적이거나 인기 있는 사람으로 오인받는 긍정적인 측면은 마음에 들지만 부정적인 측면은 싫다.
- 사랑하는 사람들이 캐릭터의 말을 의심해 배신감을 느낀다.
- 친구들이 캐릭터를 오해해 공격하는데 화가 나지만 상황이 바뀌었다면 자신도 같은 행동을 했을 것 같다.
- 자신이 남과 닮았다고 여겨지는 것이 이상하다. 남들이 자신을 보는 방식이 자신이 보는 방식과 달라 의아하다.
- 매력적이지 않은 사람으로 오인되면서 자신의 외모에 대해 자신감이 없어진다.

상황을 악화시킬 수 있는 부정적인 특성

남의 속을 긁는 성향, 대립하는 성향, 통제 성향, 부정직함, 회피 성향, 남을 잘 믿는 성향, 충동적 성향, 무책임함, 편집증적 성향, 자기 파괴적인 성향, 비협조적인 성향, 변덕

기본 욕구에 미치는 영향

- **자아실현 욕구** 유명인과 닮았다는 사실이 캐릭터의 평판에 영향을 미치거나 꿈을 추구하는 능력에 지장을 주는 경우, 캐릭터는 옴짝달싹 못하게 되어 성공을 추구하지 못할 수 있다.
- **존중과 인정의 욕구** 악하거나 혐오스러운 인물과 캐릭터가 매우 닮았다고 여겨지는 경우, 사람들이 이들을 내심 연관시키게 되면서 캐릭터를 하찮게 볼 수 있다.
- **안전 욕구** 캐릭터가 다른 사람으로 오인될 때 그 사람에게 강력한 적이 있는 경우, 캐릭터와 캐릭터가 사랑하는 사람들이 엉뚱하게 위험에 처할 수 있다.

대처에 도움이 되는 긍정적인 특성

차분함, 외교술, 낙관적인 성향, 설득력, 지략

긍정적인 결과

- 짜증나는 상황을 최대한 활용하는 방법을 찾는다.
- 오인된 신원으로 이익을 얻는다(콘서트에서 줄을 서지 않거나 귀빈 대접을 받는 일 등).
- 단순하고 평범한 삶이 중요하다는 진리를 새삼 깨닫는다.
- 부당한 일과 싸우고 억울하게 비난받는 사람을 돕게 된다.
- 다른 사람으로 오해받는 시련을 겪는 동안 캐릭터를 믿어주던 사람들과 긴밀한 유대감을 쌓는다.
- 진정한 친구가 누구인지 알게 된다(그리고 무거운 짐을 덜어낸다).
- 사회적 불평등에 대해, 그리고 일부 사람들이 (편견이나 인종차별 등으로) 어떻게 부당하게 표적이 되는지 알게 되어 변화를 가져오기 위해 노력한다.
- 유명인과 닮은 부분을 줄일 수 있도록 외모를 바꿀 방법을 찾아내어 이후에는 오해를 떨치게 된다.

두려움이나 공포증이 고개를 들다

A Fear or Phobia Rearing Its Head

사례

- 전에는 문제가 되지 않았던 새로운 공포증이 생긴다.
- 누군가 우연히 캐릭터의 두려움을 촉발시킨다.
- 두려움에 맞서지 않으면 다른 사람이 고통받을 상황에 처한다.
- 이미 극복했다고 생각한 두려움이 다시 나타나 퇴행을 겪는다.
- 적이나 경쟁자가 캐릭터가 지닌 공포증을 이용한다.
- 최상의 상태에 있어야 할 때 공포증이 캐릭터를 위협한다.

사소한 문제

- 갑작스러운 반응에 혼란스러워하면서 무슨 일이 일어난 것인지 확신하지 못한다(특히 캐릭터의 공포증이 특이한 종류일 경우).
- 순간적으로 몸이 굳어 앞으로 나아갈 수 없다.
- 자신이 무언가를 두려워하고 있다는 사실을 숨기려 애쓴다.
- 체면을 유지하기 위해 처한 상황에 대해 거짓말을 한다.
- 놀림당한다.
- 두려움 때문에 실수를 하거나 잘못된 결정을 내린다.
- 배우자나 파트너가 캐릭터의 용기가 부족하다고 생각하며 상대를 하찮게 본다.
- 악몽이나 불면증에 시달린다.
- 두려움을 일으키는 대상이나 일을 피하기 위해 불편한 예방 조치를 취해야 한다.
- 약을 먹지 않으면 두려움이 불쑥 나타난다.
- 당혹감을 피하기 위해 사람들과 거리를 둔다.
- 다른 사람들에게 분노를 표출한다(감정이 엉뚱한 방향으로 흐르는 것).

초래할 수 있는 심각한 결과

- (놀라서 계단에서 넘어지거나 도망가다가 차에 치이는 등) 캐릭터의 반응으로 인해 신체적 부상이 생긴다.
- 평판을 망가뜨리는 극도의 조롱에 시달린다.
- 실적 부진, 결근 과다 등의 이유로 실직한다.

- 소중하게 생각했던 취미나 여가생활을 포기해야 한다.
- 좋은 기회를 거절하면서 일에 제약을 받는다.
- 캐릭터의 두려움이 사랑하는 사람들에게 부정적인 영향을 미친다(친밀감에 대한 두려움이 결혼에 문제를 일으킴, 군중에 대한 두려움으로 가족의 외출이 불가능해지는 등).
- 상대방의 이해 부족으로 우정이나 로맨스가 깨진다.
- 한 가지 두려움이 다른 두려움으로 이어진다.
- 불건전한 대처 방법에 의존한다.
- 두려움에 굴복한다(두려움이 자신을 지배하도록 허용한다).
- 트라우마를 심하게 겪어 외상 후 스트레스 장애, 심각한 불안, 편집증으로 이어진다.

생길 수 있는 감정

괴로움, 불안, 근심, 우려, 혼란, 패배감, 좌절, 역겨움, 두려움, 무력감, 허둥거림, 공포, 수치심, 히스테리, 위협감, 압도당하는 느낌, 공황, 편집증, 무력감, 경악, 취약하다는 느낌

생길 수 있는 내적 갈등

- 두려움에 지배되길 원하지 않으면서도 두려움이 자신을 제약하도록 방치하게 된다.
- 자신에게 공포증에 다시 맞설 힘이 있는지 의심스럽다.
- 절망감에 시달린다.
- 바람직하지 않은 반응에 책임감을 느낀다. 캐릭터가 통제할 수 없는 경우도 예외가 아니다.
- 자신이 온전한 정신인지 의심스럽다(두려움이 편집증으로 이어지는 경우).
- 공포반응이 올바르지 않다는 사실을 알고 있지만, 대처법을 모르겠다.
- 두려워하고 있는 자신을 탓한다.
- 두려워하고 있는 것에 다른 사람들이 별다른 반응을 보이지 않는다는 이유로, 자신이 '남보다 못하다'는 열등감에 시달린다.
- 건강한 방식이 아니라는 사실을 알면서도 속으로만 움츠러들어 사람들과의 관계를 끊는다.

상황을 악화시킬 수 있는 부정적인 특성

비겁함, 남을 잘 믿는 성향, 불안정한 상태, 합리적이지 않은 성향, 마초적인 성향, 감정 과잉, 신경과민, 편집증적 성향, 비관적인 성향, 자기 파괴적인 성향, 미신을 믿는 성향, 의지박약, 잔걱정이 많은 성향

기본 욕구에 미치는 영향

- **자아실현 욕구** 공포증에 대처하는 캐릭터는 억압당하는 느낌을 받을 가능성이 커 자신의 모든 잠재력을 발휘할 수 없다. 두려움에 오랜 시간 노출되면서 대처할 능력이 없어지면 심각한 피해를 입을 수 있다.
- **존중과 인정의 욕구** 두려움을 극복하지 못하거나 건강한 방식으로 대처하지 못하면 캐릭터의 자존감에 부정적인 영향이 생길 수 있다.
- **애정과 소속의 욕구** 두려움과 공포증이 캐릭터와 사람들의 상호작용에 직접적인 영향을 미치고 캐릭터의 삶에 있는 사람들이 이해심과 동정심이 없는 경우, 유대감이 깨질 수 있다.
- **안전 욕구** 공포증에 노출되면 실제건 상상의 산물이건 캐릭터의 안정감이 위태로워질 수 있다.

대처에 도움이 되는 긍정적인 특성

적응 능력, 모험심, 분석력, 과감함, 차분함, 조심성, 자신감, 용기, 창의성, 지적 능력, 통찰력, 낙관적인 성향, 직관력, 상황을 주도하는 성향, 지략, 영성

긍정적인 결과

- 공포증을 다시 한번 극복한다.
- 공포증이나 두려움이 다시 나타나는 원인을 파악해 생활방식을 바꾸고, 재발하지 않도록 자기 관리에 우선순위를 둔다.
- 두려움에 대처하는 새롭고 효과적인 방법을 찾는다.
- 두려움을 극복해 다른 사람들에게 좋은 영향을 끼친다.
- 공포증을 가진 이들에 대한 사람들의 인식을 바꾼다.

- 같은 어려움을 겪고 있는 사람들을 찾아 연대한다.
- 공포증이 있다 해도 충만하고 행복한 삶을 살 수 있다는 사실을 깨닫는다.
- 두려움에도 불구하고 어려운 상황을 이겨내 전과는 다른 용기와 회복력을 보여준다.
- 같은 두려움을 공유하고 있는 사람들과 만나 자신이 혼자가 아니라는 사실을 깨닫는다.

리더가 되어야 하다 Being Forced to Lead

사례

- 사장이 사망하면 회사를 대신 맡아야 하는 자리에 있다.
- 누군가가 나서서 책임져야 하는 중대한 비상사태가 발생한다.
- 아무도 이끌고 싶어 하지 않는 그룹 프로젝트에 참여한다.
- 괴롭힘을 당하는 일의 일환으로 아무도 원하지 않는 자리를 맡게 된다.
- 적진의 배후에서 부대를 이끌어야 한다.
- 맡을 사람이 아무도 없어 캐릭터가 저항군을 통솔해야 한다.
- 의료 재해가 발생하는 동안 책임을 맡아야 한다.
- 직장에서 프로젝트 책임자로 임명된다.
- 누구라도 맡지 않으면 스포츠 팀이 해체되기 때문에 캐릭터가 팀을 이끌어야 한다.
- 특정 분야의 리더를 맡을 자격을 갖고 있는 사람이 캐릭터뿐이다.
- 캐릭터가 빚을 지고 있는 상황에서 일을 이끌고 성공시키면 금전적 보상을 해주겠다는 약속을 받는다.

사소한 문제

- 다른 사람에게 비판받는다.
- 필요한 물품이나 자원이 부족하다.
- 훈련되어 있지 않거나 경험이 없거나 무관심한 그룹이나 팀과 함께 일한다.
- 캐릭터가 원하는 것을 할 시간이 부족해진다.
- 책임을 맡았다는 사실 때문에 스트레스를 받는다.
- 캐릭터가 리더를 맡아 무척 애쓰지만 사람들은 오히려 캐릭터에 대한 믿음을 잃는다.
- 리더가 되는 데 필수적인 능력(규율, 요령, 순발력 등)이 부족하다.
- 친구들이 캐릭터의 방식에 동의하지 않아 마찰을 겪는다.
- 성격 차이로 리더십을 발휘하기 어려워진다.
- 부당한 이유(나이, 성별, 인종 등)로 사람들이 캐릭터의 리더십에 저

항한다.

- 실패에 대한 무관심이나 두려움 때문에 리더를 맡고 있는 동안 최소한만 행동하게 된다.
- 무리 중 누군가가 캐릭터의 리더십에 도전한다.

초래할 수 있는 심각한 결과

- 결정적인 순간 얼어붙는다.
- 굴욕적인 패배를 맛본다.
- 캐릭터는 강등당하고 자신보다 능력이 부족한 사람이 그 자리를 대신 맡는다.
- 잘못된 결정을 내려 다른 사람들에게 부정적인 영향을 미친다.
- 캐릭터의 잘못된 리더십으로 평판이 망가진다.
- 리더 자리를 맡지 않으면 생명을 위협받는다.
- 리더를 맡아야 하는 상황에서 외부의 도움이나 구호를 찾을 수 없다.
- 캐릭터의 노력을 방해하려는 자를 발견한다.
- 누군가의 함정에 빠졌다는 사실을 깨닫는다.
- 캐릭터가 비윤리적인 결정을 하면서 다른 사람의 존경을 잃는다 (족벌주의, 회사의 자산을 자신에게 유리하게 사용함, 차별 등).
- 성공이 불가능한 상황에서 캐릭터에게 리더를 맡기려고 한다.
- 팀원들 중 누군가 죽어가고 있다.
- 완벽주의와 씨름하며 불가능한 기준을 고수한다.
- 승산이 없는 상황을 만난다.

생길 수 있는 감정

불안, 근심, 우려, 혼란, 부정, 좌절, 불신, 의심, 두려움, 공포, 무능하다는 느낌, 불안정한 상태, 위협감, 신경과민, 향수, 압도당하는 느낌, 꺼리는 마음, 경악, 반신반의, 취약하다는 느낌, 걱정

생길 수 있는 내적 갈등

- 자신이 성공할 능력이 있는지 의구심이 생긴다.
- 모든 결정을 곱씹는다.
- 리더를 맡아야 하는 상황에서 벗어날 방법을 찾기 위해 애쓴다.
- 자신이 리더를 맡지 않으면 어떻게 될지 궁금해진다.

- 프로젝트를 중단시키기 위해 방해공작을 해보면 어떨까 생각해 본다.
- 공황 상태에 빠져 명확한 생각이 떠오르지 않는다.
- 결정적인 순간 우유부단해진다.
- 자신에 대한 믿음을 잃어버린다.
- 스스로에게 지나치게 엄격해진다.

상황을 악화시킬 수 있는 부정적인 특성

냉담함, 비겁함, 잔인함, 부정직함, 신의를 저버리는 성향, 어수선함, 회피 성향, 어리석음, 탐욕, 인내심 부족, 충동적 성향, 우유부단함, 합리적이지 않은 성향, 자기가 다 안다는 태도, 게으름, 가식, 무모함, 부도덕함, 의지박약

기본 욕구에 미치는 영향

- **자아실현 욕구** 캐릭터의 주된 책임이 다른 사람들의 욕구를 충족시키는 일일 경우, 캐릭터는 앞으로 자신과 자신의 욕망에 집중하는 기회가 다시는 없으리라 느낄 수 있다.
- **존중과 인정의 욕구** 캐릭터가 형편없는 리더십을 보이는 경우, 평판이 위태로워질 수 있고 팀의 존경도 잃을 수 있다.
- **안전 욕구** 성공 여부에 따라 일자리가 좌우되는 리더 역할을 억지로 맡게 된 캐릭터는 자신이 취약하다고 느낄 수 있으며, 일을 제대로 수행하지 못하면 생계가 위협받게 될 것이라는 사실을 두려워할 수 있다.

대처에 도움이 되는 긍정적인 특성

적응 능력, 분석력, 과감함, 자신감, 용기, 창의성, 결단력, 외교술, 절제력, 정직성, 겸손, 영감을 주는 성향, 지적 능력, 공정함, 친절함, 신의, 객관성, 체계적인 성향, 전문성, 책임감, 지혜로움

긍정적인 결과

- 다른 상황에서 사용할 수 있는 리더십 기술을 습득한다.
- 다른 사람의 강점을 활용해 자신의 약점을 보완하고 강한 팀을 만든다.
- 다른 사람들을 안전이나 성공으로 이끈다.
- 다른 사람을 효과적으로 이끌기 위해서 어떤 기술이 효과가 있고 없는지를 배운다.
- 자신의 행동에 대해 칭찬을 받거나 영웅으로 추앙받게 된다.
- 누군가의 생명을 구한다.
- 일을 멋지게 해내고 승진한다.
- 리더십에 익숙해진다.

마법에 걸리다 Being Placed Under a Spell

이 항목은 일시적이거나 사소한 괴로움을 초래하는 비교적 경미한 마법에 대한 내용을 담고 있다. 심각한 영향을 미치는 강력한 마법에 대해서는 '저주에 걸리다' 편을 참조할 것.

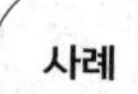

- 무용수가 발을 삐끗하게 되는 일 등 재능이나 기술이 잠시 사라진다.
- 마시는 물에 사랑의 묘약이 몇 방울 들어간다.
- 주문에 걸려 당나귀 소리를 내게 되거나 갑자기 노래가 튀어나오게 되거나 잠이 들어버리는 것 같은 장난스러운 주문에 걸린다.
- 특정한 사람 앞에서는 항상 발을 헛디디게 된다.
- 동물의 말을 알아듣거나 죽은 사람과 이야기할 수 있게 되어 동물이나 죽은 사람이 따라다니게 된다.
- 특정한 물건을 찾지 못하거나 사용할 수 없게 된다.
- 특정한 장소에 가지 못하게 된다.
- 기분에 따라 모습이 바뀌게 된다(머리색이 변하거나 피부에 반점이 생기는 등).
- 재채기를 할 때마다 이상한 일이 일어난다.
- 예언, 주문, 저주와 관련된 것이라면 어떤 것도 말할 수 없게 된다.
- 일시적으로 동물이나 무생물로 변한다.
- 질문으로만 말을 할 수 있게 된다.
- 투명인간이 된다.
- 미리 정해둔 시간 동안 다른 사람과 몸을 바꾼다.
- 처음에는 멋진 듯한 주문에 걸리지만 마이더스의 손처럼 큰 곤란을 일으킨다.

사소한 문제

- 주문이 효과를 발휘하는 동안 자신이 했던 일로 당혹감을 느낀다.
- 마법에 걸린 동안 무슨 일을 했는지 기억이 나지 않는다.
- 굴욕적인 모습이 녹화되어 사람들에게 퍼진다.

- 주문에 걸리면서 사랑하는 사람과의 관계가 어색해진다.
- 주문 때문에 이상한 말과 행동을 한 것이라 해명해도 사람들이 믿어주지 않는다.
- 캐릭터의 외모가 일시적으로 바뀐다.
- 주위 사람들이 놀리는 상황을 감당해야 한다.
- 주문을 깨는 방법을 찾아야 한다.
- 누가 왜 마법을 걸었는지 모른다.
- 자신이 걸린 주문이 어떤 효과를 발휘하게 될지, 언제 주문의 효과가 나타날지 알지 못한다.
- 자신에 대한 통제력을 상실해 힘들어한다.
- 주문 때문에 신체적인 불편함을 느낀다.

초래할 수 있는 심각한 결과

- 무력해지고 표적이 된 듯한 느낌이 든다.
- 캐릭터의 행동이 변하면서 사랑하는 사람과의 관계가 파탄난다.
- 무슨 일이 일어나고 있는지 사랑하는 사람에게 설명해줄 수 없다 (설명해줄 수 없는 주문에 걸렸기 때문에).
- 그 누구도 자신과 같은 방식으로 고통받고 있지 않기 때문에 완전히 혼자라는 느낌이 든다.
- 주문을 건 사람과 캐릭터가 마법을 둘러싼 불화로 사이가 벌어지면서 다른 사람들이 위험에 빠지게 된다.
- 마법의 힘이 없는 캐릭터가 주문을 건 사람에게 억울하게 표적이 되면서 힘의 불균형이 생긴다.
- 주문 때문에 다른 사람들에게 취약한 상태에 놓이게 된다.
- 다시 얻거나 대체 불가한 기회나 중요한 관계를 잃는다.
- 주문이 잘못되어 효과에서 영원히 벗어날 수 없게 된다.
- 정서적 상처가 생겨 신뢰 문제와 불안이 심각해진다.
- 용서받을 수 없는 일을 하게 만드는 주문에 걸린다.

생길 수 있는 감정

동요, 분노, 불안, 우려, 혼란, 부정, 욕망, 좌절, 각오, 환멸, 당혹감, 불안정한 상태, 욕정, 강박, 무력감, 후회, 회한, 울화, 복수심, 취약하다는 느낌, 경계심

생길 수 있는 내적 갈등

- 주문에 걸린 것을 모르고 자신의 행동을 자책한다.
- 새로운 모습에 대한 어색함으로 힘들다.
- 자신이 미쳤다고 생각한다.
- 도움을 받고 싶지만 무슨 일이 일어나고 있는지 다른 사람에게 말하기 꺼려진다.
- 상황이 절대 나아지지 않을까 봐 걱정한다.
- 표적이 될 만큼 약하고, 상황을 바로잡을 만큼 강하지 않다는 이유로 자신을 혐오하게 된다.
- 복수를 하고 싶지만 결과가 어떨지 두렵다.

상황을 악화시킬 수 있는 부정적인 특성

우쭐대는 성향, 충동성, 부정직함, 무례함, 어리석음, 유머 감각이 없는 성향, 인내심 부족, 합리적이지 않은 성향, 비관적인 성향, 무모함, 분개, 자기 파괴적인 성향, 신경질적인 성향, 소심함, 비협조적인 성향, 앙심, 의지박약

기본 욕구에 미치는 영향

- **존중과 인정의 욕구** 주문에 걸렸을 때 당혹감이나 굴욕감을 어느 정도라도 느끼게 되면 캐릭터의 자신감이 부정적인 영향을 받을 수 있고, 다른 사람들의 신망도 잃을 수 있다.
- **애정과 소속의 욕구** 캐릭터가 완벽하게 정직할 수 없거나 그러고 싶지 않을 때 건강한 관계를 유지하는 것은 매우 어려운 일이다. 주문이 캐릭터를 솔직하지 못하게 만드는 효과를 지속적으로 발휘하는 경우, 캐릭터는 가장 아끼는 사람들을 잃을 수 있다.
- **안전 욕구** 주문의 효과가 그리 강력하지 않다 해도 효과가 언제 일어날지 모르고 강력한 존재에 희생되고 있다는 점 때문에 캐릭터는 정신적인 고통을 겪을 수 있다. 이 모든 상황 때문에 캐릭터의 안전과 안정감은 훼손된다.

대처에 도움이 되는 긍정적인 특성

적응 능력, 모험심, 분석력, 조심성, 창의성, 효율성, 겸손, 상상력, 독립심, 지적 능력, 통찰력, 낙관적인 성향, 인내, 직관력, 상황을 주도하는 성향, 지략, 분별력, 영성, 지혜로움

긍정적인 결과

- 주문의 효과가 사라지면서 그 상황이 유머를 초래했다는 것을 알게 된다.
- 주문을 깨고 적을 무찌른다.
- 주문의 효과에 적응하고 주문이 걸린 채로 사는 법을 배운다.
- 다행히 주문의 효과를 목격한 사람이 아무도 없다.

보안을 피해야 하다

Needing to Circumvent Security

사례

- 은행 내부로 들어가기 위해 경비원의 눈을 피해야 한다.
- 교도소를 탈출하고 싶다.
- 호텔에서 몰래 연인을 만나기 위해 보안카메라를 피해야 한다.
- 정보를 얻기 위해 컴퓨터 시스템을 해킹해야 한다.
- 보안 시스템의 취약점을 알아보기 위해 화이트 해커가 보안 시스템을 뚫어본다.
- 누군가를 납치하거나 구출하기 위해 건물에 몰래 들어간다.
- 불법으로 국경을 넘는다.
- 암살자가 정치인이나 유명인사의 보안 관련 세부사항을 확인해야 한다.
- 보안을 뚫고 박물관에 들어가 유물을 훔친다.
- 집밖에 배치된 경찰의 눈을 피해 집을 나간다.
- 적지에 있는 군인이 적군을 피해야 한다.
- 불법 물건을 소지한 채 공항 보안대를 지나야 한다.
- 학생이 교사 모르게 학교를 빠져나간다.
- 함께 쓰는 계정에서 돈이 사라진 뒤 온라인 뱅킹 이력을 조사하기 위해 파트너의 비밀번호를 알아내야 한다.
- 미성년자라는 사실을 들키지 않고 술집이나 나이트클럽에 들어간다.

사소한 문제

- 세세한 것까지 신경 써서 계획을 짠다.
- 일정과 청사진을 확보한다.
- 일어날 수 있는 모든 상황을 고려하려고 애쓴다.
- 작업을 완료할 때까지 남의 눈을 피할 충분한 시간이 있는지 확인한다.
- 의심스럽거나 얻기 어려운 정보를 문서상의 흔적 없이 확보해야 한다.

- 도와줄 사람을 신뢰해야 한다.
- 부모, 배우자 혹은 다른 사람에게 전할 그럴듯한 변명을 마련해놓아야 한다.
- 누군가를 고용했는데 신뢰할 수 없거나 일에 서투르다는 사실을 뒤늦게 알게 된다.
- 마지막 순간에 변경이 생겨 계획을 망치게 된다.
- 눈에 띄지 않게 작업을 진행하다 발각된다.
- 경보장치를 끈다.
- 방에 들어가기 전 보안 카메라 제거를 잊는다.
- 책임자에게 제지당한 후 설득력 있는 거짓말로 상대를 속여넘겨야 한다.

초래할 수 있는 심각한 결과

- 발각된 뒤 직장에서 해고된다.
- 캐릭터가 뭔가 계획하고 있다는 사실을 사람들이 알게 되면서 캐릭터에 대한 보안과 조사가 강화된다.
- 잡히지 않기 위해 숨어 있어야 한다.
- 마감일이나 일정이 앞당겨져 서둘러야 한다.
- 작업을 하던 중 막판에 중요한 사람을 잃는다.
- 머뭇거리다 의심을 산다.
- 귀중한 의지처를 잃거나 상대를 놀래켜 속여넘길 수단을 잃는다.
- 붙잡힌다.
- 체포된다.
- 감옥에 들어가게 된다.
- 공범에게 배신당한다.
- 실패하는 바람에 무시무시한 적의 눈에 띄게 된다.

생길 수 있는 감정

짜증, 불안, 근심, 우려, 갈등, 혼란, 좌절, 낙담, 의심, 두려움, 허둥거림, 좌절감, 공포, 안달, 위협감, 거슬림, 압도당하는 느낌, 공황, 꺼리는 마음, 반신반의, 취약하다는 느낌

생길 수 있는 내적 갈등

- 자신이나 가족을 보호한다는 명분으로 범죄를 저질러도 되는지 갈등한다.
- 자신이 하고 있는 일에 죄책감을 느낀다(그래도 하고 있다).
- 도덕적인 선을 넘어야 하는 상황에서 이 일에 그만한 가치가 있는지 고민한다.
- 두려움에 굴복하지 않으려고 애쓴다. 위험이 큰 경우 더더욱 두려움을 경계한다.
- 자신의 가치에 의문을 제기하고 자신이 변하는 모습에 번민한다.
- 자신에게 일을 해내는 데 필요한 기술이 있는지 의구심이 생긴다.
- 해야 하는 일이 싫지만 하지 않으면 불의가 계속되리라는 사실을 잘 알고 있다.

상황을 악화시킬 수 있는 부정적인 특성

우쭐대는 성향, 대립하는 성향, 비겁함, 어수선함, 별종 성향, 어리석음, 망각, 탐욕, 인내심 부족, 충동적 성향, 부주의함, 우유부단함, 무모함, 완고함, 식견 부족

기본 욕구에 미치는 영향

- **자아실현 욕구** 꿈을 이루거나 어려운 도전을 해내기 위해 보안을 피해야 하는 경우, 실패한다면 캐릭터는 꿈을 충족하지 못하게 되어 자신이 되고 싶은 모습에서 멀어질 수 있다.
- **존중과 인정의 욕구** 붙잡히는 경우 캐릭터는 스스로를 나쁘게 여길 뿐더러 이는 평판과 미래를 위태롭게 할 수 있다.
- **애정과 소속의 욕구** 캐릭터가 목표와 동기를 놓고 사랑하는 사람과 마찰을 겪는 경우, 긴장과 갈등이 생겨 관계가 결국 깨질 수 있다.
- **안전 욕구** 발각되어 잡히는 바람에 신체적 학대를 당하고 평판이 손상되며 자유를 박탈당할 뿐 아니라 사랑하는 사람들에게 버림까지 받게 되는 경우, 캐릭터는 일이 마무리될 때까지 안정감을 느끼지 못할 것이다.
- **생리적 욕구** 필요한 준비를 얼마나 했느냐에 따라 결과가 달라지는 일을 하는 경우, 캐릭터는 목표를 달성하기 위해 수면, 음식, 적당한 쉼터를 포기해야 할

수 있다.

대처에 도움이 되는 긍정적인 특성

경각심, 분석력, 과감함, 차분함, 조심성, 매력, 자신감, 용기, 창의성, 결단력, 신중함, 효율성, 집중력, 지적 능력, 세심함, 통찰력, 체계적인 성향, 인내, 직관력, 끈기, 지략

긍정적인 결과

- 원했던 것을 얻는다(돈, 정보, 자유, 만족 등).
- 자신의 실력에 자신감을 얻는다.
- 앞으로 같이 일할 수 있는 유능한 사람들과 인맥을 쌓게 된다.
- 성공에 대한 인정이나 보상을 받는다.
- 다음번에 하지 말아야 할 일이 무엇인지 배운다.
- 목표를 달성하기 위해 할 수 있고, 할 수 없는 일의 범위가 어디까지인지 알게 된다.

불청객이 들이닥치다

An Unwanted Intrusion

즐거운 활동 중에 누군가 갑자기 찾아오면 불만스럽기 마련이다. 보고 싶지 않았던 사람이 쳐들어온다면 여러분의 캐릭터는 짜증이 솟구칠 것이다. 이러한 상황을 더욱 복잡하게 연출하고 싶다면 원치 않았던 방문객이 하루 종일 머무르는 경우를 고려해보라.

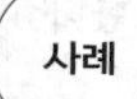

- 전도하는 사람이 초인종을 누른다.
- 곤란한 시간에 손님이 찾아온다(가령, 캐릭터의 감정이 한창 고조되어 있을 때나 중요한 상대와 잠시 로맨틱한 시간을 보내려고 할 때).
- 데이트를 하고 있는 중에 예전 애인이 다가온다.
- 집요하고 혐오스러운 상대가 잠자리를 고집한다.
- 예전에 캐릭터를 학대하고 상처를 주었던 사람이 문자를 보낸다.
- (예전에 두 사람 사이의 일이 나쁘게 끝난 적이 있기 때문에) 이제는 말도 주고받지 않는 사람과 마주친다.
- 접근금지 명령을 받은 사람이 캐릭터의 집에 나타난다.
- 배우자의 가족이 캐릭터의 직장에 찾아온다.
- 일을 막 하려던 순간에 친구가 캐릭터의 아파트에 들른다.
- 모처럼 쉬는 날 잔소리 심한 가족에게서 전화가 온다.
- 사람들에게 늘 자원봉사를 요청하는 자선단체 사람이 캐릭터를 난감하게 만든다.
- 먼 친척이 캐릭터에게 돈을 청하는 전화를 걸어온다.

사소한 문제

- 원치 않아도 예의를 갖춰야 한다.
- 대화가 어색하다.
- 성가신 사람이지만 꾹 참아야 한다.
- 자기감정을 숨기려 애쓴다.
- 최대한 빨리 대화를 끝내기 위해 좋은 핑계를 생각해내야 한다.
- 적당한 거짓말로 방문객을 내보냈지만 나중에 사실을 들킨다.

- 그만 돌아가 달라고 눈치를 줬지만 알아듣지 못한다.
- 찾아온 사람을 들일 수밖에 없다.
- 근무시간 중 외부인이 찾아왔다며 상사가 질책을 한다.
- 예정된 활동이 방문객 때문에 중단된다.
- 일이 중단되어 생산성이 떨어진다.
- 예정되었던 일이 늦어진다(회의, 아이 데리러 가는 일, 데이트 등).
- 나중에 다시 볼 수밖에 없는 사람인데 지나치게 무뚝뚝하게 대한다.
- 상대방이 내 말을 들으려고도 하지 않고 눈치도 채지 못하기 때문에 무례하게 굴 수밖에 없다.
- 친구, 데이트 상대, 배우자 앞에서 불청객 때문에 창피를 당한다.

초래할 수 있는 심각한 결과

- 원치 않았던 만남에 대해 불평하다 당사자가 그 말을 듣는다.
- 친절하게 대해주고 편의를 봐주려 노력했지만 이용당한다.
- 지금 맺고 있는 관계가 불청객 때문에 위태로워진다.
- 공공장소에서 상대방에게 폭언을 하다 상황이 악화된다.
- 학대를 저질렀던 사람이 캐릭터의 삶으로 다시 들어오면서 안정감이 사라진다.
- 집 안으로 들였다가 그가 거짓말을 했다는 사실을 알게 된다(캐릭터를 학대함, 가택침입으로 캐릭터를 괴롭힘).
- 거절당한 사람이 캐릭터에게 복수를 하거나 스토킹을 한다.
- 해로운 사람을 다시 삶으로 들이게 된다.

생길 수 있는 감정

동요, 짜증, 불안, 씁쓸함, 멸시, 불신, 두려움, 허둥거림, 좌절감, 죄의식, 증오, 수치심, 불안정한 상태, 위협감, 거슬림, 신경과민, 압도당하는 느낌, 공황, 편집증, 울화, 의구심, 근심, 취약하다는 느낌

생길 수 있는 내적 갈등

- 차분하고 침착한 모습을 보이기 위해 애쓴다.
- 나중에 후회할 것이 분명한 말을 하고 싶어진다.
- 친절하게 맞아주기는 하지만 나중에 또 올 생각을 하게 될 정도로 친절하게 대하지는 않으려 애쓴다.
- 상대방에게 갖고 있던 과거의 원한을 극복하기 위해 애쓴다.

- 상대방을 돌려보내기 위해 뭐라 말해야 할지, 무엇을 해야 할지 모르겠다.
- 불청객을 내보낸 일에 대해 죄책감을 느낀다.
- 자기 집에 있는 것인데도 불청객 때문에 자신이 취약한 위치에 있고, 안전하지 않다고 느끼게 된다.
- 좌절과 분노가 예의 바르게 대하려는 마음과 충돌한다.

상황을 악화시킬 수 있는 부정적인 특성

남의 속을 긁는 성향, 무관심, 심술궂음, 대립하는 성향, 방어적 성향, 부정직함, 무례함, 회피 성향, 적대감, 위선, 불안정한 상태, 남을 함부로 재단하는 성향, 남을 조종하려는 성향, 감정 과잉, 비관적인 성향, 분개, 요령 없음, 앙심

기본 욕구에 미치는 영향

- **자아실현 욕구** 불청객이 캐릭터의 공간을 특히 불편한 시간에 침범한다면 캐릭터는 상대방을 대접하며 괜한 갈등을 만들지 않으려는 마음과 개인적인 욕구 사이에서 균형을 맞추려 애쓰게 되고, 그러는 가운데 내적 마찰이 생길 수 있다.
- **존중과 인정의 욕구** 캐릭터를 나쁘게 대했거나 캐릭터가 스스로를 나쁘다고 느끼게 만들었던 사람과 다시 만나게 되면, 캐릭터는 자존감이 낮았던 예전의 상태로 돌아갈 수 있다.
- **애정과 소속의 욕구** 방문객이 가족이거나 가족의 친구인 경우, 캐릭터가 보인 불친절한 반응으로 인해 사랑하는 사람과 긴장이 생길 수 있다.
- **안전 욕구** 방문객이 위협적인 모습을 보이거나 과거에 폭력을 행사한 적이 있던 경우, 캐릭터는 안전이 위태롭다고 느낄 수 있다.

대처에 도움이 되는 긍정적인 특성

적응 능력, 감사하는 태도, 굳은 심지, 매력, 자신감, 용기, 외교술, 온화함, 정직성, 환대, 겸손, 독립심, 친절함, 성숙함, 객관성, 낙관적인 성향, 사색적 성향, 직관력, 분별력, 너그러움

긍정적인 결과

- 긍정적인 관계를 회복한다.
- 이 기회를 활용해 관계를 개선한다.
- 자신의 개인적 욕망을 희생하고 다른 사람에게 봉사함으로써 근본적인 보람을 느낀다.
- 자제력을 익히고 건강한 방식으로 상대에게 대응하는 법을 배운다.
- 건강한 방식으로 선을 긋게 된다.

상대를 맹목적으로 믿어야 하다

Having to Blindly Trust Someone

사례

- 급하게 출장을 가게 되어 경험 없는 사람에게 반려동물을 맡겨야 한다.
- 위독한 환자를 살리기 위해 위험한 수술을 맡을 의사가 필요하다.
- 휴가를 맞은 캐릭터가 낯선 도시를 안내해줄 현지인을 구한다.
- 새로운 팀과 함께 중요한 프로젝트를 진행한다.
- 이제까지 캐릭터를 도와주던 사람이 그만두면서 새로운 전문가가 오게 된다(재정 상담사, 입주 간호사, 보모 등).
- 납치되었거나 인신매매를 당한 캐릭터가 낯선 사람에게 도움을 받는다.
- 외국에서 병에 걸려 낯선 사람의 치료에 의지해야 한다.
- (마약 구매, 암살자 고용, 장물 판매 등) 불법행위에 가담하면서 상대편을 경찰로 의심하지 말아야 한다.
- 감옥에 갇힌 다음, 교도관들이 자신을 공정하게 대하고 보호해줄 것을 기대한다.
- 위험한 지역에서 몰래 벗어나는 일이나 숨어 있는 일을 낯선 사람에게 의지해야 한다.

사소한 문제

- 트라우마나 두려움 때문에 판단력이 흐려져 무엇을 해야 할지 결정하기 어렵다.
- 독립적이었던 캐릭터가 다른 사람의 도움을 받아들여야 한다.
- 캐릭터가 믿기로 선택한 사람을 사랑하는 사람이나 협력자가 믿어주지 않는다.
- 다른 사람에게 통제권을 넘겨주어야 한다.
- 믿었던 사람이 무능하거나 게으르거나 캐릭터의 일에 적합하지 않다는 사실이 드러난다.
- 믿었던 사람이 일을 제대로 처리하지 못해 수습하는 데 더 많은 시간과 돈을 써야 한다.

- 상대방의 결정에 동의하지 않는데 입을 다물고 있어야 한다.
- 정보를 다 가지고 있지 않은 상황에서도 불안해하지 않아야 한다.
- 상대가 절대 대답하지 않을 질문을 한다(자신감을 유지하려고, 진실을 알아봤자 겁만 날 테니까, 차라리 모르는 편이 더 낫기 때문에).
- 상대방에게 비용을 지불해야 하는데 성과를 거둘 수 있을지 확신이 없다.

초래할 수 있는 심각한 결과

- 자신의 신뢰가 배반당했다는 사실을 알게 된다.
- 상대방이 자신에 대해 전적으로 솔직하지 않았다는 사실을 알게 된다.
- 다른 사람의 손에 자신을 완전히 의탁하면서 뭔가 잘못되었다는 명백한 징후를 놓치게 된다.
- 캐릭터가 다른 사람의 도움을 받기 위해 가진 모든 것을 도박하듯 걸었는데 성과를 거두지 못한다.
- 나쁜 상황이 더욱 악화된다.
- 배신당하거나 함정에 빠진다.
- 피하려 했던 사람에게 발각된다.
- 체포된다.
- 신체적 학대를 받거나 피해를 입는다.
- 캐릭터가 엉뚱한 사람을 믿는 바람에 다른 사람들이 피해를 입는다.

생길 수 있는 감정

동요, 불안, 근심, 배신감, 씁쓸함, 우려, 갈등, 패배감, 반항심, 좌절, 환멸, 의심, 두려움, 무력감, 두려움, 수치심, 불안정한 상태, 위협감, 꺼리는 마음, 반신반의, 근심, 취약하다는 느낌

생길 수 있는 내적 갈등

- 통제권을 포기하는 게 앞으로 나아가는 유일한 길인데도 포기하기가 힘들다.
- 자존심 강한 캐릭터가 다른 사람에게 도움을 청하느라 고군분투한다.
- 상대가 의심스럽지만 의심이 정당한 것인지 확신이 없다.
- 대부분의 사람들은 선하다고 믿으며 마음을 편히 먹고 다른 것에

주의를 집중하려 애쓴다.

- 다른 사람을 신뢰하기로 마음먹었지만 일이 잘못될 수도 있어 계속 걱정한다.
- 자신의 판단도 직관도 문제가 있어 믿을 수 없다고 느낀다.
- 상대가 신뢰할 수 없는 사람이었다는 사실이 드러나면서 캐릭터가 수치심과 자책감에 시달린다.

상황을 악화시킬 수 있는 부정적인 특성

남의 속을 긁는 성향, 유치함, 통제 성향, 방어적 성향, 부정직함, 어리석음, 까다로움, 인내심 부족, 불안정한 상태, 잔소리가 심한 성향, 애정 결핍, 지나치게 밀어붙이는 성향, 무모함, 분개, 이기심, 완고함, 비협조적인 성향, 배은망덕, 폭력성, 투덜대는 성향

기본 욕구에 미치는 영향

- **존중과 인정의 욕구** 자유를 중시하는 자립심 강한 캐릭터는 역시 자신이 스스로를 돌볼 수 있었어야 했다고 후회하며 남에게 의탁하는 상황을 불안해 할 수 있다.
- **애정과 소속의 욕구** 무능하거나 불성실한 사람을 신뢰했다가 심각한 여파에 시달리는 경우, 사랑하는 사람들이 캐릭터가 자기들 말을 듣지 않고 엉뚱한 사람을 끌어들였다고 비난하면서 관계에 갈등이 생길 수 있다.
- **안전 욕구** 캐릭터의 신체적 안전, 정신적 안정, 자유가 위태로운 상황에서 안전 욕구는 급속히 위협받을 수 있다.
- **생리적 욕구** 캐릭터가 낯선 사람에게 자신의 삶을 맡기는 선택을 하고 그게 잘못되는 경우 끔찍한 결과가 초래될 수 있다.

대처에 도움이 되는 긍정적인 특성

적응 능력, 모험심, 경각심, 감사하는 태도, 차분함, 자신감, 용기, 창의성, 여유, 집중력, 정직성, 겸손, 결백함, 지적 능력, 통찰력, 직관력, 지략, 사람을 잘 믿는 성

향, 거리낌 없음, 지혜로움

긍정적인 결과

- 믿었던 사람이 정말 (앞으로도 오랫동안 함께 할 수 있는) 근사한 사람인 것으로 밝혀진다.
- 믿었던 사람 덕에 인류에 대한 캐릭터의 희망이 새롭게 되살아난다.
- 목숨이 위태로운 상황에서 의탁했던 사람 덕에 살아남는다.
- 통제권을 포기하고 다른 사람을 신뢰하는 법을 배운다.
- 자신의 직감을 믿는 법을 배운다.
- 믿을 수 있는 사람과 믿을 수 없는 사람을 구별하는 법을 배운다.
- 자신이 믿었던 상대에게 크게 고마운 마음이 들어 다른 사람들에게 자신도 똑같이 해줘야겠다는 마음을 먹게 된다.

시체를 발견하다 Discovering a Dead Body

사례

- 숲에서 하이킹을 하다 덤불 속에 있는 시체를 우연히 발견한다.
- 집을 수리하다 벽 속에 숨겨져 있던 유해를 발견한다.
- 호수의 물을 빼내다 바닥에 있던 유골을 발견한다.
- 청소업체에서 청소를 하다 냉동실에 있는 신체 부위를 발견한다.
- 친구의 차 트렁크에서 시체를 발견한다.
- 밤에 집으로 걸어가다 골목에서 죽은 사람을 본다.
- 한동안 소식이 없던 친구를 찾아보다 사망했다는 사실을 알게 된다.
- 이웃집에 살던 노인을 찾아갔다가 집 안에서 죽어 있는 모습을 보게 된다.
- 폭격, 지진, 총기난사 사건이 일어난 뒤 현장에서 유해를 수습한다.
- 치명적인 교통사고 현장을 난생 처음 보게 된다.
- 외딴곳에서 행해진 소름끼치는 의식에 사용된 시체를 발견한다.
- 부상당한 전우를 안전한 곳으로 옮겼지만 이미 전사한 상태였다는 사실을 알게 된다.
- 살인사건 현장에 맨 먼저 도착한다.
- 표류하던 배를 발견했지만, 배에 있던 사람들 모두가 죽어 있었다.

사소한 문제

- 시체와 접촉이 없었는데도 뭔가 오염된 듯한 느낌이 든다.
- 시체를 발견하면서 구토를 한다.
- 실수로 범죄 현장을 훼손시킨다.
- 무슨 일이 있었는지 경찰에게 말해야 한다.
- 시체를 발견하면서 하루 종일 관련된 일을 처리하느라 계획했던 일을 망치게 된다.
- 시체가 발견된 장소나 지역이 더 이상 안전하다는 생각이 들지 않는다.
- 병적으로 호기심 많은 사람들의 질문에 대답해줘야 한다.
- 상황에 제대로 대처하지 못했다는 이유로 질책을 받는다.
- 불면증에 시달린다.

- 불안감을 느낀다.
- 고인과 가까웠던 사람들에게 질문을 받는다.
- 기자들에게 쫓긴다.
- 겪었던 일 때문에 자녀들이 겁을 먹는다.
- 캐릭터의 집이 범죄 현장이 되는 바람에(가령 캐릭터의 집에서 유골이 발견된 경우) 임시로 묵을 곳을 찾아야 한다.

초래할 수 있는 심각한 결과

- (무고한 상황임에도 불구하고) 범죄에 연루된다.
- 외상 후 스트레스 장애나 다른 장기 질환에 시달린다.
- 죽음에 병적으로 집착하게 된다.
- 캐릭터가 시체를 발견하면서 누군가 필사적으로 지키려 했던 비밀을 폭로한 꼴이 된다.
- 담당자가 시체를 발견한 과정을 거짓으로 이야기한 건 없는지, 특정 부분을 은폐하는 것이 아닌지 협박한다.
- 피해자에게 집착하게 된다.
- 범죄 현장에 대한 캐릭터의 기억이 경찰 보고서와 일치하지 않아 캐릭터가 거짓말을 했거나 은폐했다는 의심을 산다.
- 캐릭터가 너무 어려 자신이 본 상황에 제대로 대처할 수 없다.
- 죽은 사람이 지인이라는 사실을 알게 된다.

생길 수 있는 감정

괴로움, 불안, 섬뜩함, 우려, 혼란, 호기심, 부정, 좌절, 상심, 불신, 역겨움, 두려움, 공포, 허둥거림, 히스테리, 불안정한 상태, 압도당하는 느낌, 공황, 편집증, 충격, 망연자실, 경악, 취약하다는 느낌

생길 수 있는 내적 갈등

- 순간적으로 마비되어 걸음조차 옮길 수가 없어진다.
- 눈에 보이는 것을 그대로 받아들이기 어렵다.
- 공황 상태에 빠질 것만 같다.
- 자신이 본 것을 어떻게 이야기해야 할지 알 수 없다.
- 고인을 도와줄 수 없었음에도 불구하고 고인에게 책임감을 느낀다.
- 발견한 것을 보고해야 한다는 것을 알면서도 연루되고 싶지 않다.
- 시신과 관련된 이미지에서 벗어날 수 없다.

- 희생자의 마지막 순간과 죽은 방식이 계속 떠오른다.
- 자신도 언젠가 죽을 것이라는 생각에 사로잡힌다.
- 자신이 본 이미지와 그 이후로 꾸게 된 꿈 때문에 잠자기가 두렵다.
- 감정, 두려움, 질문에 압도된다.
- 자신의 삶이 돌이킬 수 없을 정도로 바뀌었다는 느낌이 든다.

상황을 악화시킬 수 있는 부정적인 특성

무관심, 냉담함, 비겁함, 잔인함, 부정직함, 무례함, 사악함, 어리석음, 남의 뒷말을 좋아하는 성향, 불안정한 상태, 무책임함, 남을 함부로 재단하는 성향, 병적인 성향, 편집증적 성향, 산만함, 의혹, 비협조적인 성향, 부도덕함

기본 욕구에 미치는 영향

- **존중과 인정의 욕구** 사람들이 캐릭터의 설명을 믿지 않거나 캐릭터가 이 끔찍한 사건과 분리할 수 없을 정도로 엮이는 경우, 지역 사회 사람들이 캐릭터를 전과 다르게 볼 수 있다.
- **안전 욕구** 살인자가 캐릭터를 뒤쫓아 오거나 시체 때문에 전염병이 일어나는 등 캐릭터가 발견한 죽음과 관련된 사건이 위험을 초래하는 경우, 캐릭터의 안전도 위협받을 수 있다.

대처에 도움이 되는 긍정적인 특성

경각심, 분석력, 차분함, 조심성, 협조적인 성향, 용기, 공감 능력, 고결함, 결백함, 공정함, 친절함, 성숙함, 자애로움, 세심함, 객관성, 통찰력, 직관력, 책임감, 영성, 거리낌 없음, 지혜로움

긍정적인 결과

- 고인의 사랑하는 사람들이 일을 마무리할 수 있도록 캐릭터가 도와준다.
- 캐릭터가 시체를 발견하면서 미결사건의 증거가 나온다.
- 범죄자가 또다시 살인을 저지르기 전에 체포할 수 있게 된다.

- 생명의 소중함을 새롭게 깨닫는다.
- 지역 사회의 영웅이 된다.
- 실종자를 발견해 보상금을 받는다.
- 비상 상황에서 침착하게 행동했다는 찬사를 받는다.

신앙의 위기를 겪다

Having a Crisis of Faith

사례

- 예배 장소에서 일어나는 기만적인 행위를 발견한다.
- 자신이 믿는 종교에 대한 반론을 듣고 믿음에 의문을 품게 된다.
- 성장과 성숙을 거치면서 자신이 이제껏 배운 것들에 의문을 품기 시작한다.
- 종교 관련 죄를 저질러 공동체에서 파문당한다.
- 멘토가 지니고 있던 숨은 동기나 용서할 수 없는 결점을 발견한다.
- 뭐라 형언할 수 없는 세상의 고통을 목격한다.
- 절대 극복할 수 없을 것 같은 중독에 시달린다.
- 간절하게 기도하지만 이루어질 것 같지 않다.
- 사랑하는 사람이 갑자기 죽는다.
- 따라야 하는 종교의 이상이 캐릭터의 신념 체계와 양립할 수 없다.
- 종교적 가르침의 불일치, 즉 어떤 것은 무시되고 어떤 것은 절대적인 사실로 여겨진다는 점에 의문이 생긴다.
- 불치병에 걸려 모든 희망을 잃는다.
- 폭력 범죄의 피해자가 된다.
- 여러 차례 유산한다.
- 최대한 노력을 기울였음에도 불구하고 결혼 생활이 무너진다.
- 진행성 트라우마를 차례로 겪는다.

사소한 문제

- 질문을 하지만 입을 다물라는 말만 듣는다.
- 여전히 믿음을 갖고 있는 가족 및 친구들과 언쟁한다.
- 캐릭터가 속한 종교 공동체에서 캐릭터를 멋대로 평가한다.
- 자신의 믿음에 대해 특정한 결정을 내리라고 다른 사람들에게서 압력을 받는다.
- 믿음의 위기를 일으킨 어려움에 대처하기 위해 부정적인 행동에 빠져든다.
- 무엇이 중요하고 무엇을 우선으로 해야 하는지 다시 생각해봐야

한다.

- 답을 찾아보면서 편향되지 않는 정보를 찾기 위해 애쓴다.

초래할 수 있는 심각한 결과

- 세상 속에서 자신이 설 자리를 잃는다.
- 캐릭터와 캐릭터가 사랑하는 사람들 사이의 불화로 균열이 생긴다.
- 자신을 전적으로 지원해주던 시스템을 잃는다.
- 더 이상 공동체에서 환영받지 못한다는 느낌을 받는다.
- 공허함을 채울 뭔가를 찾다 사이비종교에 빠진다.
- 잘못된 이유로 신앙을 거부한다(부모에게 반항해, 해당 종교가 인정하지 않는 불건전한 뭔가를 부모가 수용하게 하려는 이유 등).
- 성급한 결정을 내렸다 나중에 후회한다.
- 자신이 알고 있던 모든 것이 거짓말이었다는 두려움으로 공황 발작이 생긴다.

생길 수 있는 감정

분노, 배신감, 씁쓸함, 갈등, 혼란, 패배감, 우울함, 좌절, 상심, 낙담, 환멸, 의심, 당혹감, 좌절감, 비애, 상처, 불안정한 상태, 외로움, 후회, 울화, 자신이 하찮다는 느낌

생길 수 있는 내적 갈등

- 자기 정체성의 일부를 다시 생각해보고 삶의 선택에 의문을 제기한다.
- 새롭게 시작해야 한다는 사실을 알고 있지만 용기가 부족하다.
- 자신의 나쁜 선택으로 과거의 좋은 선택이 무익해지지는 않을까 혹은 더 나쁜 영향을 끼치게 되지는 않을까 고민한다.
- 위기를 극복할 힘을 찾기 위해 노력한다.
- 자신이 힘들었던 부분을 다른 사람에게 이야기하고 싶지만 사람들이 제멋대로 평가할까 두렵다.
- 자신의 결점을 다른 사람 탓으로 돌린다.
- 신앙에 의심을 품어 자신이 실패자라는 느낌이 든다.
- 누구와 이야기해야 할지 알 수 없다.
- 자신의 모든 정체성과 자신이 알고 있던 모든 것이 무너지는 기분이 든다.

- 영혼불멸이 두렵다.

상황을 악화시킬 수 있는 부정적인 특성

무관심, 냉소적인 태도, 위선, 무지, 인내심 부족, 충동적 성향, 불안정한 상태, 자기가 다 안다는 태도, 물질만능주의, 비관적인 성향, 편견, 무모함, 자기 파괴적인 성향, 완고함, 부도덕함, 허영심, 의지박약

기본 욕구에 미치는 영향

- **자아실현 욕구** 신앙이 캐릭터의 정체성과 삶의 목적을 규정하는 경우, 신앙의 상실은 캐릭터의 토대를 뒤흔들어 그동안 믿었던 모든 것을 의심하게 만들 수 있다.
- **존중과 인정의 욕구** 신앙에 의문을 제기한다는 죄책감으로 인해 캐릭터가 자신을 나쁜 인간이라고 생각할 수 있다. 종교 공동체 내의 다른 구성원들도 캐릭터가 의심을 갖고 있다는 이유로 캐릭터를 경시할 수 있다.
- **애정과 소속의 욕구** 종교 공동체의 필수 요소인 신앙을 거부하는 캐릭터는 우정과 지지를 잃게 될 수 있으며 소속감 역시 잃어버릴 수 있다.

대처에 도움이 되는 긍정적인 특성

적응 능력, 감사하는 태도, 굳은 심지, 자신감, 창의성, 절제력, 외향성, 친근감, 유머, 관대함, 겸손, 독립심, 지적 능력, 성숙함, 객관성, 낙관적인 성향, 인내, 사색적 성향, 영성, 지혜로움

긍정적인 결과

- 새로운 관점과 세계관을 얻는다.
- 믿음을 잃었다 새로 되찾는다.
- 새로운 우정을 맺는다.
- 인생을 새로 시작한다.
- 믿음을 강화하는 방식으로 신앙의 위기를 풀어나간다.

- 같은 일을 겪고 있는 다른 사람들에게 영감을 준다.
- 믿는 과정에서 자연스럽게 생기는 일이라며 의심을 수용하고 탐색한다.
- 문제는 신앙이 아니라, 악한 종교 공동체나 공동체를 대표하는 사람들에게 있다는 사실을 인식하고 변화를 끌어내기 위해 노력한다.

억압된 기억이 다시 떠오르다

A Repressed Memory Resurfacing

사례

- 주위에 있는 뭔가 때문에 기억이 되살아난다.
- 우연히 들은 대화가 그동안 잊어버리고 있던 기억으로 이어진다.
- 최면 치료 중 예상치 못한 사실이 드러난다.
- 충격적인 상황을 경험하면서 과거의 기억이 깨어난다.
- 과거의 물건을 발견하면서 원치 않는 기억이 홍수처럼 밀려든다.

사소한 문제

- 감정적이고 불안한 상태가 된다.
- 갑작스러운 기억으로 혼란스러워한다.
- 직장이나 학교에서 주의가 산만한 행동을 보인다.
- 잠을 이루거나 먹는 일이 힘들어진다.
- 투쟁-도피 반응, 혹은 투쟁-도피-경직 반응이 일어나면서 소란을 피우게 된다.
- 트라우마가 기억나면서 다른 사람에게 영향을 주게 된다.
- 과거의 사건과 관련된 사람들이 아직 연락이 닿는 중이고 교류를 해야 한다.
- 이유를 알게 되면서 기저 행동이 악화된다(공포 반응).
- 기억에 공백이 생긴 데 좌절감을 느낀다.
- 자세히 알아보고 싶은 충동을 느낀다(뉴스 검색, 가족 앨범 살펴보기 등).
- 의심을 사지 않고 가족에게 관련 질문을 해야 한다.
- 심리상담사에게 상담을 받거나 약을 복용하면서 경제적 부담이 늘어난다.

초래할 수 있는 심각한 결과

- 떠오른 기억이 너무 충격적이라 캐릭터가 그대로 얼어붙는다(하던 일을 멈춤, 학교에서 아이들을 데려오는 것을 잊어버림, 아무 반응도 보이지 않게 됨 등).
- 기존의 신뢰가 무너지면서 고립되고 편집증적이 된다.

- 사랑하는 사람에게 진실을 말하지만 거짓말이라거나 오해라는 질책을 받는다.
- 캐릭터가 신뢰하는 사람과의 관계가 그 기억으로 망가진다.
- 과거의 사건에 가족 중 누군가가 관여한 사실이 밝혀지면서 가족이 분열된다.
- 과거의 행동 때문에 가족이 체포되거나 투옥된다.
- 책임이 있는 사람과 섣불리 만나는 바람에 일을 마무리하지 못하게 된다.
- 사랑하는 사람이 진실을 알게 되고 복수에 나서면서 더 많은 문제가 생긴다.
- 기억에 책임이 있는 사람이 이미 사망했기 때문에 일을 마무리하지 못한다.
- 기억을 부정하며 살아간다(믿지 않기로 마음먹거나 아무 일도 없었던 척한다).
- 아픔을 달래기 위해 약물이나 알코올에 의존한다.
- 외상 후 스트레스 장애로 생활이 엉망이 된다.
- 우울해진다.
- 자살 충동에 시달린다.

생길 수 있는 감정

분노, 괴로움, 불안, 배신감, 씁쓸함, 혼란, 우울함, 역겨움, 환멸, 두려움, 비애, 죄의식, 증오, 수치심, 불안정한 상태, 방치당한 느낌, 압도당하는 느낌, 공황, 편집증, 자기혐오, 창피함, 경악, 고통스러움

생길 수 있는 내적 갈등

- 기억을 숨기면서 변한 게 하나도 없는 듯 행동하려 애쓴다.
- 자신의 기억과 실제 일어난 일을 모두 의심하게 된다.
- 자기혐오와 자기비난에 빠진다(자신에게 책임이 없는 경우에도).
- 자신이 안전하지 않다는 느낌이 들고 어떻게 대처할지 모른다.
- 삶이 제 궤도에서 벗어난 것처럼, 더 이상 자신에게 맞지 않는 것처럼 느껴진다.
- 일어난 일을 그대로 묻어버리고 싶지만 그럴 수 없다.
- 다른 사람에게 뭐라고 말해야 할지 고민스럽다.

- 다른 사람들과 부담을 나눠야 하지만 이러한 비밀 때문에 그들이 자신을 다르게 보게 될까 봐 두렵다.
- 과거 사건의 전모를 알고 싶지만 더 많은 것을 알기가 두렵기도 하다.
- 과거의 사건을 알게 되어 다행이라 생각하면서도 아예 떠오르지 않았다면 더 좋았을 것 같다는 생각도 든다.
- 캐릭터를 보호했어야 하거나 다른 선택을 했어야만 했던 사람들이 그러지 못했던 일에 대해 분노와 원망이 든다.
- 믿고 있던 종교에 환멸을 느낀다.

상황을 악화시킬 수 있는 부정적인 특성

중독 성향, 무관심, 비겁함, 부정직함, 충동적 성향, 불안정한 상태, 합리적이지 않은 성향, 애정 결핍, 신경과민, 편집증적 성향, 무모함, 소통부족, 앙심, 폭력성, 변덕

기본 욕구에 미치는 영향

- **자아실현 욕구** 고통스러운 기억이 떠오르면서 자아의 위기가 일어날 수 있으며, 자신이 정말로 누구인지, 혹은 기억이 떠오르지 않았다면 자신이 누구였을지 고민하게 될 수 있다.
- **존중과 인정의 욕구** 기억이 다시 떠오르고 이를 인식하게 되면 캐릭터가 제어할 수 없는 취약성이 드러난다. 무슨 일이 일어났는지 자신만 모르고 다른 사람들은 알고 있었다는 사실을 알게 되는 경우, 캐릭터는 스스로에게 연민을 느끼고 약해지거나 불안해할 수 있다.
- **애정과 소속의 욕구** 사랑하는 사람들이 기억에 관련되어 있는 경우(해를 입히게 되거나 진실을 침묵시키려고 애쓰는 경우) 캐릭터는 그들과의 관계를 끊고, 신뢰 문제를 안고 새로운 길로 나아가야 하는 문제에 당면할 수 있다.
- **안전 욕구** 특정 기억은 다른 기억보다 위험하며 진실을 파묻고 싶어 하는 기득권과 관련되어 있을 수 있다. 여러분이 묘사하고 있는 캐릭터가 불법적이거나 부도덕한 짓을 목격한 경우, 알고 있는 것을 밝히면 위험에 처할 수 있다.

대처에 도움이 되는 긍정적인 특성

적응 능력, 분석력, 굳은 심지, 협조적인 성향, 용기, 호기심, 공감 능력, 정직성, 공정함, 성숙함, 객관성, 낙관적인 성향, 직관력, 끈기, 책임감, 분별력, 소박함, 지혜로움

긍정적인 결과

- 과거의 트라우마를 인정하고 극복하기 위해 도움을 청한다.
- 자신이 그동안 왜 (특정 장소에 있을 때, 어떤 사람과 함께 있을 때, 어떤 활동을 할 때) 특정한 방식의 느낌을 받았는지 이유를 찾게 된다.
- 과거의 사건이나 상황에 대한 답을 찾았다는 사실에 안도감을 느낀다.
- 특정한 기능 장애 행동에 이유가 있었음을 인식하고 해결한다.
- 이제껏 희망 없이 지냈던 시기를 종결할 수 있게 된다.

엉뚱한 시간에 엉뚱한 곳에 있다

Being in the Wrong Place at the Wrong Time

사례

- 낚시를 하러 갔다 누군가가 강에 시체를 버리는 광경을 보게 된다.
- 범죄 현장에 있었다.
- 휴가를 보내는 곳에 자연재해가 일어난다.
- 눈에 띄지 않으려 했지만 캐릭터의 신원을 아는 사람과 마주친다.
- 술집에서 싸움에 휘말리는 바람에 자기방어를 하다 실수로 누군가 죽인다.
- 기차를 타고 가다가 뜻밖의 사고를 당해 선로로 뛰어내린다.
- 친척집에서 밤을 보내던 중 화재가 발생한다.
- 교차로를 지나고 있는데 다른 차가 빨간불에 달려온다.
- 히치하이킹을 하던 중 연쇄살인범에게 붙잡힌다.
- 타고 있던 비행기가 납치된다.
- 편의점으로 가는 도중 강도를 당한다.
- 감옥에서 책을 반납하러 도서관에 갔다 때마침 동료 죄수가 맞고 있는 모습을 본다.
- 일하던 중 기계가 오작동한다.
- 트럭 뒤에서 차를 몰고 있는데 트럭에서 손수레나 다른 공구가 날아온다.
- 벼락을 맞는다.

사소한 문제

- 깜짝 놀라게 된다.
- 잠깐 사이 결정을 내려야 한다.
- 무슨 일이 일어나고 있는지 생각할 수 없거나 대응할 수 없다.
- 상황을 잘못 이해한다.
- 어떻게 대응해야 할지 몰라 다른 사람들을 지켜보기만 하면서 귀중한 시간을 낭비한다.
- 위험을 과소평가한다.
- 누군가의 신뢰를 신속히 얻어야 한다.

- 곤경에서 벗어나기 위해 적당히 변명해야 한다.
- 경미한 부상을 입는다.
- 다른 사람이 다치는 모습을 목격한다.
- 자신은 아무것도 보지 못했고 문제를 일으키고 싶지 않다고 가해자를 설득해야 한다.
- 캐릭터의 동기나 말이 의심받는다.
- 캐릭터가 어떤 식으로든 사건과 관련이 있거나 책임이 있는 것이 아닌지 의심받는다.

초래할 수 있는 심각한 결과

- 겁에 질려 온몸이 굳는다.
- 범죄 혐의로 억울하게 기소된다.
- 강도를 당하거나 공격당하거나 이용당한다.
- 끔찍한 고통이나 불의를 지켜봐야 한다.
- 위기 상황에서 캐릭터의 일을 더 힘들게 만드는 사람들과 협력해야 한다(비현실적인 사람들, 협력하기를 거부하는 사람들, 움직이지 못하는 사람들 등).
- 생사를 좌우하는 결정을 신속하게 내려야 한다.
- 알아서는 안 되는 것을 보거나 들었기 때문에 목숨이 위협받게 된다.
- 변호사 선임, 자동차 수리비 등 막대한 재정적 부담을 지게 된다.
- 통제력의 부족으로 쇠약해져 불안과 걱정이 생긴다.
- 사건으로 인한 트라우마로 고통받는다.
- 심각한 부상을 입는다.
- 누군가 살해당한다.
- 입을 다물게 만들려는 사람에게 살해당한다.

생길 수 있는 감정

불안, 섬뜩함, 우려, 부정, 좌절, 불신, 두려움, 당혹감, 두려움, 허둥거림, 죄의식, 공포, 수치심, 히스테리, 압도당하는 느낌, 공황, 무력감, 창피함, 망연자실, 경악, 취약하다는 느낌, 경계심

생길 수 있는 내적 갈등

- 그 순간 다르게 행동할 수도 있지 않았을까 후회한다.
- 상황에서 벗어날 수 있는 최선의 방법을 고민한다.
- 극심한 공포에 시달린다.
- 다른 사람에게 부정적인 영향을 줄 수 있는 정보를 공유할지 여부를 고민한다.
- 자신이 상황을 이끌고 통제할 수 없다.
- 자신이 상황을 헤쳐나갈 능력이 있는지 의심한다.
- 이런 일이 왜 하필 자신에게 일어났는지 분노와 울분이 치밀어올라 사라지지 않는다.
- 누구의 잘못도 아닌 상황이지만 비난할 사람을 찾는다.
- 심각한 여파나 의도하지 않은 결과를 초래한 반응에 대해 스스로를 용서하지 못해 힘들다.
- 신앙의 위기를 겪는다(신이 왜 이런 일이 일어나도록 했는지 의구심을 갖는다).

상황을 악화시킬 수 있는 부정적인 특성

대립하는 성향, 비겁함, 어리석음, 적대감, 무지, 우유부단함, 무책임함, 남을 함부로 재단하는 성향, 지나치게 밀어붙이는 성향, 반항심, 무모함, 자기 파괴적인 성향, 이기심, 완고함, 비협조적인 성향, 의지박약, 투덜대는 성향

기본 욕구에 미치는 영향

- **존중과 인정의 욕구** 이러한 상황에서 캐릭터의 반응 방식은 자신에 대한 시각, 즉 압박감 속에서 작용하는 수용력과 능력에 대한 의식에 영향을 미칠 것이다.
- **안전 욕구** 위험한 상황에 처한 캐릭터는 안전하다고 느끼지 못하고 미래에도 불안감을 느낄 수 있다. 그 때문에 캐릭터는 자신이 취약하며 위험에 처해 있다고 생각할 수 있다.
- **생리적 욕구** 캐릭터가 통제력을 갖지 못하는 아주 위험한 상황에서 늘 벗어날 수 있는 것은 아니며, 따라서 캐릭터가 목숨을 잃을 가능성도 무시할 수 없다. 캐릭터가 통제력을 갖지 못했을 때는 위험이 아주 큰 상황을 늘 벗어날 수 있

는 것은 아니기 때문에 목숨을 잃을 공산이 매우 크다.

대처에 도움이 되는 긍정적인 특성

경각심, 분석력, 차분함, 굳은 심지, 용기, 결단력, 집중력, 지적 능력, 내향적인 성향, 세심함, 통찰력, 낙관적인 성향, 직관력, 끈기, 상황을 주도하는 성향, 보호하려는 성향, 지략, 사회의식, 영성

긍정적인 결과

- 자신이 다르게 행동할 수 있지 않았나 생각하며 미래를 위해 변화해나간다.
- 두려움을 극복하고 위험한 상황을 안전하게 헤쳐나간다.
- 당시의 상황을 피하거나 결과를 더 낫게 바꾸기 위해 할 수 있는 일이 실은 아무것도 없었다는 사실을 깨닫고 새출발한다.
- 자신의 직감을 신뢰하는 법을 배운다.

예기치 않은 계획 변경

An Unexpected Change of Plans

사례

- 비행기가 연착된다.
- 아이가 아파서 누군가 돌봐줘야 한다.
- 악천후 때문에 휴가 계획을 연기해야 한다.
- 부모에게 심장 마비가 닥쳤다는 사실을 알게 된다.
- 캐릭터와 만나기로 한 상대가 약속을 취소하는 전화를 걸어온다.
- 길가에서 주인 잃은 동물을 보게 되어 돌봐줘야 한다.
- 조깅을 하다 길가에 쓰러진 사람을 발견한다.
- 일정에 맞춰 출발하려는데 자동차 배터리가 방전되어 있다는 사실을 발견한다.
- 자동차 여행에서 공사 중인 도로 때문에 우회해야 한다.
- 여행 중에 병에 걸린다.
- 친구를 만나러 갔다 범죄를 목격하는 바람에 경찰에 신고하고 진술해야 한다.
- 직장에서 일하던 중 다쳐서 병원에 가야 한다.
- 예정일보다 진통이 빨리 찾아왔다.
- 정기적으로 다니던 병원에 왔다가 갑자기 응급수술을 받게 된다.
- 회사가 합병되면서 캐릭터가 하는 업무가 달라지고 원래 맡았던 직책이 없어진다.
- 퇴직자가 노후 자금을 사기당해 다시 일자리를 구해야 한다.
- 예기치 않게 이혼하면서 미래의 계획이 모조리 달라진다.

사소한 문제

- 중요한 회의나 약속을 놓친다.
- 계획 변경을 하는 데 필요한 방법을 알아볼 수단이 막혀 있다(인터넷에 접속할 수 없음, 누군가의 연락처를 찾아볼 수 없음, 휴대전화 충전기나 여분의 옷이 없음).
- 일정이 미뤄지면서 사람들이 캐릭터를 기다리게 된다.
- 일정을 다시 잡아야 한다.

- 식사 시간을 놓친다.
- 약속을 지키지 못한다.
- 일정을 마치지 못한 일에 사과해야 한다.
- 사랑하지만 불편한 면도 있는 사람과의 계획이었던 터라, 일정 변경으로 관계에 긴장이 감돈다.
- 서류를 작성하거나 보고서를 제출하거나 정부기관에 문의해야 한다.
- 기진맥진하거나 흐트러진 모습을 보인다.
- 계획이 변경된 데 대한 좌절감으로 다른 사람에게 분풀이를 하고 소란을 피운다.
- 공황 상태에 빠져 나중에 후회할 말이나 행동을 한다.
- 예약금이 환불되지 않아 손해를 보게 된다.
- 아이들에게 나쁜 소식(여행 취소 등)을 알려야 한다.

초래할 수 있는 심각한 결과

- 고객을 잃는다.
- 시간이 촉박해 도움을 받지 못한다.
- 예상치 못했던 일이 캐릭터에게 있어 마지막 결정타가 된다(가령 근태 불량으로 여러 번 경고를 받았다가 이번 지각으로 해고되는 경우).
- 예상치 못한 계획 변경으로 대체불가능한 일을 놓치게 된다(가령 항공편 지연으로 인한 장례식 불참).
- 사랑하는 사람에게 부정적인 영향을 끼치게 된다.
- 어쩔 수 없이 계획을 바꾸게 만든 사랑하는 사람(아픈 아이, 캐릭터가 돌봐야 하는 부모 등)에게 화를 낸다.
- 계획 변경으로 인한 혼란으로 스트레스를 받아 완전히 무너져버린다.
- 경솔한 반응을 보인다(직장을 그만둠, 배우자에게 이혼하고 싶다고 말함, 항상 돌봐줘야 하는 형제자매를 떠남 등).

생길 수 있는 감정

동요, 분노, 짜증, 씁쓸함, 실망, 불신, 불만, 허둥거림, 좌절감, 안달, 거슬림, 쓸쓸함, 압도당하는 느낌, 격노, 울화, 슬픔, 자기연민, 충격, 복수심, 취약하다는 느낌, 경계심, 걱정

생길 수 있는 내적 갈등

- 좌절감을 억누르고 다른 사람에게 화풀이를 하지 않으려 애쓴다.
- 격한 감정에 압도되어 어찌할 바를 모른다.
- 다른 사람에게 나쁜 소식을 어떻게 전해야 할지 고민한다.
- 다음에 일어날 일에 대해 어떻게 마음을 추스려야 할지 모른다.
- 자신의 잘못이 아닌 경우에도 이 변화가 다른 사람에게 어떤 영향을 끼칠지에 대해 죄책감을 느낀다.
- 다르게 행동할 수도 있지 않았을까 생각하느라 시간을 낭비한다.
- 완전히 탈진하기 직전이라 모든 일에 무감각해진다.

상황을 악화시킬 수 있는 부정적인 특성

남의 속을 긁는 성향, 무관심, 대립하는 성향, 통제 성향, 부정직함, 유머 감각이 없는 성향, 인내심 부족, 합리적이지 않은 성향, 무책임함, 남을 함부로 재단하는 성향, 남을 조종하려는 성향, 감정 과잉, 이기심, 신경질적인 성향, 비협조적인 성향, 앙심, 폭력성

기본 욕구에 미치는 영향

- **자아실현 욕구** 꿈을 이루거나 중요한 무언가를 하는 데 필수적인 계획이 좌절된 경우, 캐릭터는 불행하고 불만스러울 수 있다.
- **존중과 인정의 욕구** 캐릭터가 계획 변경에 책임이 있는 경우, 다른 사람들은 캐릭터를 전과 달리 무책임하고 가볍고 이기적이라고 평가할 수 있다.
- **애정과 소속의 욕구** 계획 변경 상황은 다른 사람들과 캐릭터의 관계를 갈등으로 몰고 갈 수 있다. 과거에 이미 긴장감이 있던 경우에는 더욱 그렇다.

대처에 도움이 되는 긍정적인 특성

적응 능력, 모험심, 차분함, 자신감, 용기, 창의성, 결단력, 외교술, 여유, 공감 능력, 온화함, 행복감, 독립심, 친절함, 돌보는 성향, 낙관적인 성향, 인내, 지략, 즉흥성, 너그러움

긍정적인 결과

- 긴장을 풀 수 있는 시간을 갖게 된다.
- 캐릭터가 가기로 했던 곳에서 때마침 재난이 발생하지만, 계획 변경으로 그 곳에 가지 못한 덕에 오히려 목숨을 구한다.
- 미래에 찾아들 실망에 대처하는 데 도움이 되는 인내심과 회복력을 배운다.
- 계획 변경으로 새로운 일을 시도할 수밖에 없었고, 그 덕분에 계획 변경으로 잃어버린 것보다 더 좋은 기회를 얻게 된다.
- 누군가 구하거나 도울 수 있게 된다.
- 앞으로는 예기치 못한 돌발 상황에 더 잘 대비해야 한다는 필요성을 인식한다.

예정된 행사의 취소

An Anticipated Event Being Canceled

사례

- 악천후 때문에 스포츠 행사가 취소된다.
- 행사장에서 이중으로 예약을 받아 착오가 생기는 바람에, 콘퍼런스 일정을 다시 잡아야 한다.
- 신혼여행을 가기로 한 곳에 천재지변이 일어나 가지 못하게 된다.
- 가족 구성원이 사망하면서 휴가 때 계획한 여행을 가지 못하게 된다.
- 행사장 보수 공사로 추후 공지가 있을 때까지 행사가 연기된다.
- 보안상의 문제로 콘서트나 집회가 취소된다.
- 감염병의 유행으로 졸업식이 열리지 못한다.
- 가장이 병에 걸리거나 예기치 않게 세상을 떠나면서 받고 있던 혜택을 받지 못하게 된다.
- 마지막 순간 결혼식이 취소된다.
- 경제적 어려움으로 은퇴를 무기한 연기해야 한다.
- 부부 중 한 사람이 병에 걸리면서 금혼식이 취소된다.

사소한 문제

- 실망한다.
- 행사 일정이 다시 잡힐 때까지 기다려야 한다.
- 행사 준비로 낭비한 시간이 아깝다.
- 좌절감을 다른 사람에게 털어놓는다.
- 파티에 참석한 사람들에게 취소 사실을 알리기 위해 분주히 움직여야 한다.
- 항공편이나 숙박에 쓴 비용을 돌려받지 못한다.
- 그동안 돈을 쓴 곳을 알아보고 환불이 가능한지 확인하는 데 시간을 낭비하게 된다.
- 행사 장소에 도착할 때까지 취소 사실을 연락받지 못한다.
- 시간을 보낼 다른 방법을 찾아야 한다.
- 흥분해 있는 아이들에게 실망할 소식을 전해야 한다.

- 화를 내며 투덜거리는 동행과 함께 여행하면서 긍정적인 모습을 유지하려 애쓴다.
- 일정을 조정하고 새로운 계획을 세워야 한다.
- 구체적인 정보가 부족해 일정을 변경하기 어렵다.
- 먼 친구나 지인에게 잘 곳을 신세져야 한다.

초래할 수 있는 심각한 결과

- 특정 사건이 발생해 행사가 취소되고 더 나아가 캐릭터를 치명적인 위험에 빠뜨리기까지 한다(테러 공격, 건물 붕괴, 기이한 얼음폭풍 등).
- 숙박 대비를 하지 않은 상태로 도착해 잘 곳을 물색하지만 찾지 못한다.
- 캐릭터나 사랑하는 사람에게 이번 행사가 마지막 기회라는 사실을 알고 있다(말기 질환, 곧 감옥에 가게 될 상황 등).
- 자선행사가 취소되면서 수혜자들이 돈을 받지 못하게 된다.
- 캐릭터가 소셜미디어에서 비웃음거리가 되어 평판이 무너진다.
- 행사의 취소에 책임이 있는 사람이나 단체에게 고함을 지르고 화를 내다 앞으로 있을 행사에 참석하지 못하게 된다.
- 일생에 한 번뿐인 기회를 놓친다.

생길 수 있는 감정

동요, 분노, 불안, 배신감, 씁쓸함, 혼란, 부정, 좌절, 실망, 불신, 불만, 좌절감, 안달, 거슬림, 쓸쓸함, 방치당한 느낌, 무력감, 격노, 후회, 회한, 울화, 자기연민

생길 수 있는 내적 갈등

- (캐릭터가 낯선 곳에서 꼼짝 못하게 된 경우) 어디로 가야 할지 무엇을 해야 할지 막막하다.
- 실망감을 이겨내고 앞으로 나아가기가 어렵다.
- 행사가 취소된 이유 때문에 마음에 큰 동요가 일어 취소 자체에 대해서는 아무 느낌도 없다(가령 누군가 사망해 행사가 취소된 경우).
- 실망감과 안도감을 동시에 느낀다(행사에 가는 일에 감정이 복잡했거나 다른 참석자와 말다툼을 했거나 호텔에서 혼자 조용히 저녁 시간을 보내고 싶었기 때문).

- 취소된 일이 단순한 우연은 아니지 않을까 궁금해한다(가령 원치 않았던 사람과 결혼할 뻔했기 때문에).

상황을 악화시킬 수 있는 부정적인 특성

남의 속을 긁는 성향, 유치함, 대립하는 성향, 통제 성향, 냉소적인 태도, 무례함, 거만함, 적대감, 유연성 부족, 합리적이지 않은 성향, 남을 함부로 재단하는 성향, 물질만능주의, 감정 과잉, 분개, 제멋대로인 성향, 신경질적인 성향, 앙심

기본 욕구에 미치는 영향

- **자아실현 욕구** 행사가 캐릭터의 목표와 밀접하게 연결되어 있거나 꿈을 이루기 위한 디딤돌인 경우, 행사 취소는 캐릭터의 성취를 지연시킬 것이다.
- **애정과 소속의 욕구** 행사 취소가 장기화되고 해당 행사가 캐릭터에게 사랑하는 사람과 있을 수 있는 유일한 기회인 경우, 함께하지 못하는 고통을 겪을 수 있다.
- **안전 욕구** 필요한 자원 없이 집에서 멀리 떨어진 곳에서 꼼짝하지 못하게 되거나 취소를 초래한 위험 상황에 휘말리는 경우, 캐릭터의 안전이 위협받을 수 있다.

대처에 도움이 되는 긍정적인 특성

적응 능력, 모험심, 차분함, 매력, 창의성, 외교술, 여유, 외향성, 유머, 상상력, 독립심, 친절함, 성숙함, 낙관적인 성향, 인내, 지략, 분별력, 즉흥성, 검약

긍정적인 결과

- 새로운 환경을 돌아보며 하루를 보낸다.
- 혼자만의 하루를 보낸다.
- 현지에 있는 사람을 만나 새로운 친구를 사귄다.
- 행사를 준비할 여유가 늘어난다(캐릭터가 행사에서 중요한 역할을 맡은 경우).
- 일정이 다시 정해진 행사를 참을성 있게 기다리고 만족 지연에 따른 이득을

얻는다.

- 긴급 상황이 일어나지만, 여행에서 환불받은 돈 덕분에 상황에 대처할 수 있게 된다.
- 행사장에 있었다면 휘말렸을지 모르는 재난을 다행히 피하게 된다.
- 행사 취소로 여유로운 시간을 보내게 된 덕분에 캐릭터와 가족 혹은 친구들의 유대감이 오히려 깊어진다.

원치 않는 힘이 생기다

Having Unwanted Powers

사례

- 다른 사람의 생각을 들을 수 있게 된다.
- 캐릭터가 만지는 모든 것이 재로 변한다.
- 죽은 사람의 영혼을 본다.
- 청각이 극도로 예민해져 듣고 싶지 않은 것도 안 들을 수가 없게 된다.
- 다른 사람의 고통을 똑같이 느낀다.
- 다른 사람의 소원이 이루어지게 할 수 있다(자신의 소원은 해당되지 않는다).
- 투명인간이 된다.
- 환상적인 노래 실력을 가지게 되지만, 캐릭터가 혼자일 때만 가능하다.
- 죽지 않게 되지만 중상을 입었을 때도 마찬가지다.
- 일반적인 경우보다 훨씬 더 예민하게 냄새를 맡게 된다.
- 미래를 보게 된다.
- 사람들이 어떻게 죽을지 알게 된다.
- 자신도 모르게 시간이 왜곡되어 어딘지도 모르는 곳으로 순간이동을 하게 된다.
- 감정이 흔들릴 때마다 날씨가 변한다.
- 사람들의 감정을 그대로 느끼게 된다.
- 다른 사람들이 하고 싶어 하는 일을 자신이 할 수 있게 된다.

사소한 문제

- 갖게 된 능력을 조절할 수 없다.
- 다른 사람과 소통하기 힘들다.
- 사람들이 무신경한 질문을 한다.
- 능력을 보여달라는 요구를 계속 받는다.
- 무언가를 부수고 망가뜨리게 된다.
- 능력을 사용할 때마다 신체적 문제가 생긴다(두통, 이명, 메스꺼움

등).

- 잠을 잘 자지 못한다.
- 따돌림을 받는 것 같은 느낌이 들거나 실제로 따돌림을 당한다.
- 감각에 과부하가 걸린다.
- 남들에게 구경거리 취급을 당한다.
- 친구나 지인들이 캐릭터를 무서워한다.
- 사람들이 험담을 한다.
- 갖게 된 능력 때문에 사람들이 캐릭터를 두고 멋대로 억측한다.
- 능력이 제멋대로 발휘되지 않게 하기 위해 불편하거나 곤란한 조치를 취해야 한다(귀마개 착용, 다른 사람을 만지지 못함, 냄새가 강한 장소를 피해야 하는 것 등).
- 능력을 촉발시키는 대상을 항상 신경 써서 피해야 한다.

초래할 수 있는 심각한 결과

- 능력을 사용하면서 뭔가 끔찍한 일이 벌어지는데 전으로 되돌릴 수 없다.
- 실수로 친구를 다치게 한다.
- 모두들 캐릭터를 피한다.
- 배우자나 애인이 캐릭터의 능력에 어떻게 대처해야 하는지 알지 못해 결국 헤어진다.
- 적에 대한 분노로 능력을 사용하다 끔찍한 일이 일어난다.
- 친구나 지지해주는 사람 없이 완전히 고립된다.
- 캐릭터가 불행해지기를 바라는 사람들에게 쫓긴다.
- 능력을 없앨 방법이 없다.
- 실수로 세상을 파괴한다.

생길 수 있는 감정

괴로움, 불안, 섬뜩함, 씁쓸함, 우려, 패배감, 절망, 좌절, 상심, 시기, 좌절감, 비애, 죄의식, 초라함, 히스테리, 외로움, 갈망, 압도당하는 느낌, 편집증, 자기혐오, 자기연민, 창피함, 고통스러움

생길 수 있는 내적 갈등

- 누군가와 이야기하고 싶지만 거절당하거나 자신을 믿지 않을까 두렵다.
- 능력을 멈추고 싶지만 어떻게 해야 하는지 모른다.
- 친구를 사귀려 하지만 사람들이 어떻게 생각할지 걱정된다.
- 다른 사람과 관계를 맺으려 애쓴다.
- 절망감과 부정적인 생각에 빠진다.
- 좌절감을 누르고 다른 사람에게 화풀이하지 않기 위해 애쓴다.
- 신이 불쾌한 존재라는 생각이 든다.
- 갖게 된 능력 때문에 자신이 난처해지거나 다른 사람들이 곤란을 겪을 가능성을 지나치게 의식하게 된다.

상황을 악화시킬 수 있는 부정적인 특성

통제 성향, 잔인함, 냉소적인 태도, 기만하는 성향, 탐욕, 적대감, 유머 감각이 없는 성향, 인내심 부족, 충동적 성향, 자기가 다 안다는 태도, 남을 조종하려는 성향, 짓궂음, 참견하기 좋아하는 성향, 무모함, 방종, 신경질적인 성향, 부도덕함, 허영심, 앙심

기본 욕구에 미치는 영향

- **자아실현 욕구** 원치 않는 능력 탓에 목표를 달성하기 어려워지면서 캐릭터는 자신의 잠재력을 최대한 발휘하는 데 방해를 받게 된다.
- **존중과 인정의 욕구** 캐릭터가 가진 능력이 해롭거나 당황스러운 종류일 경우, 그 때문에 사람들이 캐릭터를 재단하거나 피하게 되어 캐릭터의 자존감이 손상될 수 있다.
- **애정과 소속의 욕구** 달갑지 않은 능력 때문에 캐릭터가 남다른 존재가 되는 경우, 캐릭터의 위치와 소속감이 위태로워질 수 있다. 또 다른 한편으로 캐릭터가 남들이 갖고 싶어하거나 마음대로 하고 싶은 뭔가가 되는 경우, 그들이 자신의 이익을 얻으려 캐릭터와 관계를 맺으려 하게 될 수도 있다.
- **안전 욕구** 원치 않게 갖게 된 능력이 무엇이냐에 따라 캐릭터가 의도치 않게 자신을 위험에 빠뜨릴 수 있다.

대처에 도움이 되는 긍정적인 특성

적응 능력, 과감함, 매력, 자신감, 창의성, 절제력, 신중함, 친근감, 유머, 관대함, 상상력, 근면함, 영감을 주는 성향, 낙관적인 성향, 체계적인 성향, 기발함, 지략, 재능, 거리낌 없음, 기발함

긍정적인 결과

- 능력 자체나 능력으로 인한 고통을 없앨 방법을 발견한다.
- 남을 돕기 위해 능력을 사용하는 법을 배운다.
- 다른 사람을 즐겁게 해주거나 돈을 벌기 위해 새로 생긴 능력을 사용한다.
- 능력을 갖게 된 이유나 목적을 발견한다.
- 캐릭터의 능력에 개의치 않고 조건 없이 캐릭터를 사랑해줄 수 있는 상대를 찾게 된다.

자살을 고민하다 Contemplating Suicide

일러두기

자살 충동은 엄청난 손실, 억압, 고통스러운 삶의 문제 및 다양한 유형의 트라우마, 정신 건강 문제로 인해 발생할 수 있다. 자살 충동이 진행될 때는 심각한 갈등이 일어나는데 주로 내적 갈등의 형태를 띤다. 자살을 생각할 때 사람들은 자신이 지닌 고통의 무게를 절대 극복할 수 없다고 느끼게 된다. 따라서 이 유형을 활용할 때는, 캐릭터가 처한 상황과 캐릭터가 자신을 보는 태도가 어떠한지 신중하게 생각해야 한다. (주의!) 아래 항목들은 자살 충동과 관련된 예민한 징후와 사례들을 다루고 있으므로 유의해서 살펴보길 권한다.

외적으로 보이는 모습

- 사람들과 멀어지고 가족과 하는 일에서 손을 뗀다.
- 평소보다 훨씬 많이 자거나 지나치게 적게 잔다.
- 슬픔과 우울감이 오랫동안 지속된다.
- 개인위생이나 자기관리에 신경을 덜 쓰게 된다.
- 갇혀 있는 기분, 남에게 짐이 되고 있다는 느낌, 죽고 싶다는 마음을 이야기한다.
- 더 이상 상처를 숨길 수 없어 겉으로 드러낸다.
- 예전에 좋아했던 활동이나 취미를 중단한다.
- (마약, 무분별한 성관계, 난폭운전 등) 무모하거나 해로운 행동을 한다.
- 자살하는 방법을 찾아본다.
- 가지고 있던 물건을 다른 사람에게 나눠준다.
- 자살 계획을 세운다.
- 도움, 치료, 기타 예방법을 찾아본다.
- 자살을 시도했다 실패한다(실제로 자살을 시도했을 수도 있고, 도움을 청하는 것이었을 수도 있다).
- 갑자기 차분해보이거나 행복해 보인다(참을 수 없는 부담에서 벗어날 결심을 했기 때문에).

사소한 문제

- 다른 사람들을 위해 행복한 표정을 지어야 한다.
- 가족의 질문과 걱정을 피한다.
- 강렬한 감정(분노, 절망 등)을 숨겨야 한다.
- 신체적 고통으로 불편하다(정서적 고통의 표현).
- 세워놓은 계획, 갖고 있는 물건, 인터넷 검색 기록을 다른 사람에게 숨긴다.
- 다른 사람들이 캐릭터의 정신 상태에 걱정을 표하면서 곤란한 처지에 놓인다.
- 뭘 해도 즐거움을 느끼기 어렵다.
- 상담을 받거나 약을 복용하거나 자살을 예방하는 다른 방법을 써야 한다.

초래할 수 있는 심각한 결과

- 심리적이거나 신체적인 고통에 압도당하는 느낌이 든다.
- 다른 사람에게 자신의 마음을 이야기했지만 진지하게 받아주지 않는다.
- 상황을 악화시키는 충고를 듣는다(과민반응을 하고 있다, 자살은 답이 아니다 등).
- 캐릭터를 벼랑 끝으로 내모는 크고 작은 일이 생긴다.
- 캐릭터와 가까운 누군가가 자살하는 바람에 캐릭터 스스로도 자살이 더 현실적이고 실현 가능한 일이 되어버린다.
- 우울증이 악화된다.
- 자살하고 싶다는 생각이 머릿속에 계속 떠오르면서 사라지지를 않는다.
- 자살을 시도하거나 성공한다.

생길 수 있는 감정

분노, 불안, 갈등, 패배감, 절망, 의심, 두려움, 상처, 외로움, 압도당하는 느낌, 무력감, 자기혐오, 창피함, 고통스러움, 자신이 하찮다는 느낌

생길 수 있는 내적 갈등

- 삶이 결코 나아지지 않을 것 같아 두렵다.
- 도움과 지원이 필요하다는 사실이 짐처럼 느껴진다.
- 자신에게는 아무 희망도 없고 무가치하다는 마음속 생각이 멈추지 않는다.
- 자살 생각을 하지 않고 싶지만 어떻게 멈출 수 있는 것인지 모른다.
- 삶에 긍정적인 부분이 있다는 것을 알면서도 눈에 보이지 않는다.
- 크고 작은 일에 대처할 수 없다는 느낌이 든다.
- 자신이 자살을 한다면 누군가 상처받을지 모른다는 죄책감에 시달린다.
- 도움을 받고 싶지만 자신이 약하거나 결함이 있는 사람으로 보이는 것이 싫다.
- 자살을 생각하는 것이 문제라는 사실을 인정하지 않는다.
- 자살이 답이 아님을 알면서도 정말 삶에서 벗어나고 싶다.

상황을 악화시킬 수 있는 부정적인 특성

중독 성향, 충동성, 회피 성향, 병적인 성향, 비관적인 성향, 무모함, 자기 파괴적인 성향, 소통부족, 내성적인 성향

기본 욕구에 미치는 영향

- **자아실현 욕구** 자살을 고민하고 있는 캐릭터는 자신에게 아무런 목적도 희망도 없다는 느낌을 받을 수 있다. 따라서 캐릭터는 자신의 에너지를 하루하루 살아가느라 소진할 수밖에 없다.
- **존중과 인정의 욕구** 자살을 생각하는 상황에 놓인 캐릭터는 자신이 아무런 가치가 없다고 느낄 수 있고 자신이 사라진 세상이 더 낫다는 거짓말을 믿을 정도로 악화된다.
- **애정과 소속의 욕구** 자살 생각에 시달리는 캐릭터는 다른 사람들로부터 멀어져 스스로를 고립시키면서 절실히 필요한 지원 없이 남겨질 때가 많다.
- **안전 욕구** 자살 충동은 캐릭터를 취약하게 만들 수 있고, 취약한 상태에 대처 능력이 떨어드는 경우 스스로를 위험에 빠뜨릴 수 있다.

- **생리적 욕구** 상황이 바뀌지 않고 캐릭터가 필요한 도움을 받지 못하게 되는 경우, 목숨을 끊을 가능성이 높아질 수 있다.

대처에 도움이 되는 긍정적인 특성

감사하는 태도, 굳은 심지, 협조적인 성향, 용기, 창의성, 관대함, 정직성, 객관성, 낙관적인 성향, 사회의식

긍정적인 결과

- 자살 생각이 지나치게 커졌을 때 자문 역할을 해줄 사람을 찾는다.
- 어두운 생각을 밀어내는 데 도움이 되는 대응기제를 찾는다.
- 원인(정신 건강 문제, 정서적 상처, 억압 등)을 파악해 도움을 청한다.
- 재능, 이념, 자선활동, 영성의 영역에서 삶의 목적을 찾는다.
- 다른 사람의 자살 징후를 알아보고, 그의 말을 귀 기울여 듣고 현명한 조언을 해주는 사람이 될 수 있다.

자신을 용서할 수 없다

Being Unable to Forgive Oneself

사례

- 교통사고로 누군가를 다치게 한다.
- 소중한 관계를 파탄내는 데 일조한다.
- 자신이 돌보는 누군가를 학대하거나 무시한다.
- 잘못된 결정을 내리는 바람에 일생 한 번뿐인 기회를 놓친다.
- 가족이 노후를 대비해 저축한 돈이 캐릭터의 결정으로 손실을 본다.
- 유혹에 넘어가 비참한 결과를 낳는다(불륜 때문에 결혼 생활이 끝나거나 마약 때문에 꿈을 이루지 못하는 등).
- 자신의 양육법 때문에 자녀가 돌이킬 수 없는 피해를 입었다는 사실을 깨닫는다.
- 어려운 일이 생겼는데 연락할 친구가 없다.
- 살아남기 위해 도덕적인 선을 넘는다(전쟁이 일어났을 때, 노숙자가 되었을 때, 어린 시절 등).
- 정당방위로 누군가를 죽인다.
- 사랑하는 사람이 자살했는데 그가 그전에 보였던 우울증의 징후를 알아차리지 못했다.
- 수상한 사람을 보고도 별다른 말을 하지 않았는데 나중에 그가 살인을 저지른다.
- 자신이 벌을 받아야 한다고 생각하기 때문에 나쁜 관계를 끝내지 못한다.

사소한 문제

- 사과를 해야 하지만 사과로 충분하지 않다는 사실도 알고 있다.
- 자신이 저질렀던 것을 다시 겪어야 한다 해도 가족들에게 진실을 이야기해야만 한다.
- 관계자에게 상황에 대해 이야기해야 한다.
- 일상에 집중할 수 없다.
- 치료를 받아야 하기 때문에 일을 할 시간이 없어진다.
- 상황을 바로잡거나 고칠 방법을 생각해내려 애쓴다.

- 자신을 심하게 나무라게 되고 일상에서도 자책을 멈출 수 없다.
- 캐릭터의 행동 때문에 사람들이 캐릭터를 하찮게 보게 된다.
- 자신의 행동으로 상처받은 사람과 마주쳤는데 무슨 말을 해야 할지 모르겠다.
- 불안감에 시달리고 악몽을 꾼다.
- 사랑하는 사람들이 상황을 오해해 캐릭터가 풀이 죽었다고 생각한다.

초래할 수 있는 심각한 결과

- 정신 상태 때문에 일상에 집중하기 힘들어진다.
- 가까운 사람이 캐릭터를 용서하는 것을 거부한다.
- 잘못을 바로잡을 방법을 찾지 못한다.
- 처음에 생각했던 것보다 다른 사람에게 미치는 여파가 더 크다.
- 남의 눈치를 심하게 보거나 당황한 나머지 집을 떠나기를 거부한다.
- 스스로를 무가치하다고 느끼기 때문에 사랑하는 사람들과 거리를 둔다.
- 결혼 생활이 무너진다.
- 고소당한다.
- 범죄 행위로 유죄 판결을 받는다.
- 사람들을 곁에 두지 않는 방식으로, 과거에 저지른 짓에 대해 과도한 속죄를 한다(집착 행동, 지속적인 확인, 지나친 경계 등).
- 자신이 속한 집단에서 왕따 취급을 받는다.
- 자기 파괴적인 대처 방식을 택한다.
- 극단적인 방법으로 자신을 벌한다(굶주림, 자해 등).
- 사건에서 완전히 벗어나지 못한다.
- 자기혐오나 우울증에 빠진다.

생길 수 있는 감정

괴로움, 불안, 섬뜩함, 패배감, 우울함, 절망, 좌절, 상심, 역겨움, 의심, 무력감, 당혹감, 시기, 좌절감, 비애, 죄의식, 무능하다는 느낌, 외로움, 회한, 자기혐오, 창피함, 고통스러움, 자신이 하찮다는 느낌

생길 수 있는 내적 갈등

- 새출발을 하고 싶지만 못하겠다.
- 다른 사람들이 용서해줬는데도 스스로를 꾸짖는다.
- 다르게 행동할 수 있지 않았을까 번민한다.
- 죄의 유무에 상관없이 사건에 책임감을 느낀다.
- 사과해야 한다는 것을 알면서도 용기가 없다.
- 모든 사람이 자신을 비난하고 멋대로 판단한다고 믿는다.
- 어떤 면에서 자신이 무능하거나 신뢰할 수 없거나 결함이 있다고 느낀다.

상황을 악화시킬 수 있는 부정적인 특성

중독 성향, 비겁함, 잔인함, 냉소적인 태도, 방어적 성향, 부정직함, 회피 성향, 어리석음, 위선, 무지, 충동적 성향, 부주의함, 유연성 부족, 합리적이지 않은 성향, 질투, 남을 함부로 재단하는 성향, 가식, 무모함, 자기 파괴적인 성향

기본 욕구에 미치는 영향

- **자아실현 욕구** 자책감으로 몸부림치는 캐릭터는 자신에게는 꿈을 좇을 자격이 없다고 생각해 꿈을 좇기를 거부할 수 있다.
- **존중과 인정의 욕구** 자신을 용서하지 못하는 상황에 처한 캐릭터는 자존감이 낮아져 어려움을 겪을 뿐 아니라 자기혐오까지 느낄 수 있다. 다른 사람들이 캐릭터를 비난하거나 쉽게 용서하지 않는 경우, 캐릭터는 극심한 공허감을 느낄 수 있다.
- **애정과 소속의 욕구** 캐릭터가 한 행동의 결과로 자신을 용서하지 못하는 경우, 캐릭터는 자신이 타인들로부터 더 이상 사랑받을 가치가 없다는 느낌을 갖게 될 수 있다.
- **안전 욕구** 자책으로 자신에게 해롭거나 위험한 행동을 하게 되는 경우, 캐릭터는 안전하지 못하다.
- **생리적 욕구** 캐릭터의 자기혐오가 심해지는 경우, 캐릭터는 자살을 고려하기에 이를 수 있다.

대처에 도움이 되는 긍정적인 특성

적응 능력, 감사하는 태도, 굳은 심지, 자신감, 절제력, 온화함, 행복감, 겸손, 자연 친화적 성향, 객관성, 낙관적인 성향, 사색적 성향, 철학적으로 사유하는 능력, 책임감, 분별력, 영성, 거리낌 없음, 지혜로움

긍정적인 결과

- 다른 사람의 용서를 받으면서 캐릭터도 스스로를 용서하게 된다.
- 모든 사람이(심지어 캐릭터 자신도) 용서받을 자격이 있다는 사실을 인식한다.
- 억압된 감정을 다루는 법을 배운다.
- 강력하게 지지해주는 사람들을 얻게 된다.
- 다른 사람들과 소통을 강화하는 법을 배운다.
- 봉사를 통해 평안을 찾고 도움이 필요한 사람들에게 도움을 베풀게 된다.
- 스트레스와 부정적인 생각을 관리하는 데 도움이 되는 취미를 찾게 된다.

자신이 원하는 바를 알지 못하다

Not Knowing What One Wants

사례

- 진로를 정하지 못해 대학 전공을 자주 바꾼다.
- 연애 관계가 만족스럽지 않지만 이유는 모른다.
- CEO가 직원에게 새 아이디어를 제출하라고 되풀이해 요구하면서 그렇게 하면 자기가 뭘 원하는지 알 것이라 말한다.
- 연애 상대에게 전념하지 못해 관계가 늘 깨진다.
- 임신부가 임신 중절 여부를 놓고 고민한다.
- 주력 분야를 정하지 못해 지나치게 많은 방향으로 사업을 진행한다.
- 중요한 인생의 선택을 놓고 미적거린다.

사소한 문제

- 결정을 내려야 한다는 압박감에 시달린다(임박한 마감 날짜, 사랑하는 사람의 재촉, 경쟁 등으로 인해).
- 충분한 정보 없이 결정을 내려야 한다.
- 제대로 진행되지도 않는 일을 하느라 시간을 허비한다.
- 밤잠을 설치거나 뒤숭숭한 꿈을 꾼다.
- 추구하는 분야가 자주 바뀌면서 많은 비용이 든다.
- 특별히 잘 하는 분야 없이 잡다한 일만 잘 하는 사람이 된다.
- 새로운 기술이나 정보를 배우기 위해 계속 재교육을 받아야 한다.
- 앞으로의 계획을 끝없이 묻는 친척들의 선의를 감당해야 한다.
- 캐릭터를 사랑하는 사람들이 자신들만의 확고한 생각으로 캐릭터의 미래에 대해 왈가왈부하는 상황에서 캐릭터가 좌절감을 느낀다.
- 기회가 올 때마다 그저 좋다고 말한다.
- 하루 종일 얄팍한 생각들 때문에 주의가 산만한 상태다.
- 생계를 유지하기 위해 특정 프로젝트에 관심이 있다고 고용주에게 거짓말한다.
- 자기가 하는 일에 만족하지 못한다.
- 자신의 길을 확신하는, 집중력과 결단력을 갖춘 사람들과 대화를 하며 좌절감을 느낀다.

초래할 수 있는 심각한 결과

- 압도될 정도로 선택지가 많아 결국 아무것도 선택하지 못한다.
- 앞으로 나아갈 계획 없이 가로막힌 느낌이다.
- 자신에 대한 결정을 다른 사람에게 미룬다.
- 캐릭터의 결정이 배우자나 애인에게 상처를 준다.
- 자신의 결정을 후회한다.
- 달리 무엇을 해야 할지 몰라 미래 없는 관계나 직업에 머물러 있다.
- 일에 전념하는 모습을 보이지 못해 승진이나 진급을 놓친다.
- 익숙한 일만 고수하다 좋은 기회를 놓친다.
- 너무 오래 버티기만 하다 최악의 상황이 닥친다(재정적인 손실이 회복 불능이 됨, 배우자가 이혼을 요구함, 다른 사람에게 기회가 넘어감 등).
- 사업이나 가족이 해체된다.
- 다른 사람이 하라는 대로 해놓고 결과에 비참해한다.
- 방향성과 동기부여가 없어 사람들이 캐릭터를 떠난다.
- 열정 없는 삶을 산다.
- 자신의 삶이 변해가는 모습에 우울해한다.

생길 수 있는 감정

수용, 괴로움, 불안, 근심, 갈등, 혼란, 호기심, 우울함, 절망, 불만, 무력감, 당혹감, 시기, 죄의식, 안달, 질투, 압도당하는 느낌, 자기혐오, 창피함, 반신반의, 방랑벽

생길 수 있는 내적 갈등

- 결정을 내리지 못하는 자신에게 무슨 문제가 있는 것은 아닌지 고민한다.
- 롤 모델과 비교하면서 자신이 부족하다고 생각한다.
- 장점과 단점이 똑같아 보이는 선택지들을 저울질하며 힘들어한다.
- 원하는 것을 정확히 알고 있는 다른 사람들에게 분노하다가 그러는 자신이 어리석게 느껴진다.
- 자신이 원하는 것이 무엇인지 알기도 전에 생긴 가족에게 부담을 느낀다.
- 자신이 원하는 것이 무엇인지 알면서도 뒤쫓기가 두렵다.
- 진실을 감추기 위해 시시한 사람인 척하면서 그러는 자신의 모습

이 싫다.

상황을 악화시킬 수 있는 부정적인 특성

중독 성향, 반사회적 성향, 무관심, 비겁함, 부정직함, 신의를 저버리는 성향, 어수선함, 위선, 무지, 인내심 부족, 충동적 성향, 우유부단함, 감정표현을 꺼리는 성향, 불안정한 상태, 합리적이지 않은 성향, 무책임함, 질투, 게으름, 완벽주의

기본 욕구에 미치는 영향

- **자아실현 욕구** 완전히 안다는 것은 자신의 성취에 필요한 것을 안다는 뜻이다. 자신이 무엇을 원하는지 모르는 캐릭터가 성취에 필요한 것을 알기란 어렵다.
- **존중과 인정의 욕구** 캐릭터가 변덕스럽거나 우유부단하다고 보는 친구나 가족은 캐릭터를 시시하다 생각할 것이다. 캐릭터를 하찮게 보는 시선은 캐릭터가 스스로를 보는 방식에도 영향을 줄 수 있다.
- **애정과 소속의 욕구** 친구나 가족은 캐릭터에게 명확한 방향성이 없다는 사실에 조급해할 수 있고 어느 순간 자신들의 미래까지 방해받고 있다고 느끼면서 캐릭터를 포기할 수 있다.

대처에 도움이 되는 긍정적인 특성

적응 능력, 모험심, 야심, 과감함, 굳은 심지, 자신감, 용기, 창의성, 결단력, 절제력, 온화함, 행복감, 상상력, 독립심, 근면함, 자연 친화적 성향, 낙관적인 성향, 열정

긍정적인 결과

- 삶의 많은 가능성을 탐색하다 자신의 소명을 발견한다.
- 중요한 결정을 미룬 다음 충분히 준비가 되었다고 느낄때 결정한다.
- 기다리며 만족하는 법을 배운다.
- 현명한 친구나 멘토와 문제를 의논하는 가운데 값진 통찰을 얻는다.
- 많은 것을 시도해보고 그 과정에서 자신이 하고 싶지 않은 것이 무엇인지

알게 된다.

- 특정 기회를 잃더라도 자신이 진정으로 원한 것이 아니라면 잃어도 상관없다는 사실을 깨닫는다.
- 외부의 압력과 기대에서 벗어나 자신이 진정으로 원하는 바를 발견한다.

저주에 걸리다 Being Cursed

이 항목은 캐릭터가 오랫동안 이어지는 매우 나쁜 저주에 걸린 상황을 보여준다. 이보다 지속 기간이 짧고 심각하지 않은 마법에 걸린 상황에 대해서는 '마법에 걸리다' 편을 참조할 것.

사례

- 얼마 안 있어 죽는다는 저주를 받는다.
- 만지는 것이 모두 녹아버린다.
- 영원히 마녀나 마법사의 노예가 된다.
- 모든 사랑이 실패할 운명에 처한다.
- 동물로 변해 인간성을 잃게 된다.
- 악마와 거래한다(캐릭터에게 이로운 무언가와 영혼을 교환한다).
- 저주받은 물건을 훔쳐 평생 동안 불운이 따른다.
- 화난 영혼이 캐릭터를 평생 괴롭힌다.
- 성역을 침범한 탓에 극심한 질병으로 고통받거나 죽음에 이르게 된다.
- 성별이 영구적으로 바뀌는 저주를 받는다.

사소한 문제

- 나 자신이 아닌 것 같은 기분이 든다.
- 식욕을 잃어버린다.
- 기억에 공백이 생기고 특정 시간대가 생각나지 않는다.
- 저주를 풀 방법을 찾아야 한다.
- 부상당하거나 흉터가 남는다.
- 다른 사람에게 저주를 숨겨야 한다.
- 저주가 나타나는 상황을 피해야 한다.
- 저주에 걸리면서 일시적으로 병에 걸리거나 고통을 겪는다.
- 악몽을 꾼다.
- 악마, 귀신, 저주를 건 사람이 언제 다시 나타날지 모른다.
- 귀중한 가보가 저주받거나 파괴된다.

초래할 수 있는 심각한 결과

- 마법 때문에 특정 장소에 발이 묶여 떠날 수 없다.
- 사랑하는 사람을 보호하기 위해 거리를 둬야 한다.
- 해를 입힐 수 있기 때문에 상대를 만질 수 없다.
- 예전처럼 일을 할 수가 없어 직장을 잃는다.
- 외모가 영구적으로 변한다.
- 정체성이 영향을 받는다.
- 하나 이상의 감각을 영구적으로 잃는다.
- 살날이 얼마 남지 않았다는 사실을 알게 된다.
- 다른 존재에게 조종당한다.
- 가까운 사람에게도 캐릭터의 불운이 영향을 끼친다.
- 빠져나갈 길이 보이지 않는다.
- 공감 능력을 모조리 잃는다(모든 일에 무관심하게 된다).
- 저주를 건 사람이 캐릭터의 저주를 풀어주지 않겠다고 한다.
- 이번 생뿐 아니라 다음 생에서도 저주를 받게 된다.
- 저주를 받으면서 스스로 도저히 용납할 수 없는 짓을 하게 된다.
- 누군가를 다치게 하거나 죽게 만든다.

생길 수 있는 감정

괴로움, 불안, 섬뜩함, 배신감, 씁쓸함, 패배감, 우울함, 절망, 좌절, 상심, 불신, 낙담, 비애, 죄의식, 공포, 수치심, 히스테리, 외로움, 압도당하는 느낌, 무력감, 격노, 후회, 울화, 자기연민

생길 수 있는 내적 갈등

- 이러한 벌을 받은 것이 당연하다는 생각이 든다.
- 낙관적으로 생각하기 위해 애쓴다.
- 절망감이 든다.
- 버림받은 기분이 든다.
- 슬픔이나 심한 공포로 인해 감정을 주체할 수가 없다.
- 다른 사람을 구하기 위해 자신의 목숨을 버릴 생각을 한다.
- 누군가에게 저주를 대신 돌리고 그 선택을 감수하며 살아야 한다.

상황을 악화시킬 수 있는 부정적인 특성

부정직함, 신의를 저버리는 성향, 무례함, 어리석음, 탐욕, 적대감, 충동적 성향, 합리적이지 않은 성향, 질투, 비관적인 성향, 소유욕, 무모함, 분개, 자기 파괴적인 성향, 이기심, 부도덕함, 배은망덕, 앙심, 폭력성

기본 욕구에 미치는 영향

- **자아실현 욕구** 쇠약하게 만드는 저주는 캐릭터의 자유를 사라지게 만들고 정체성에도 영향을 미치게 된다. 자유와 정체성을 빼앗긴 캐릭터가 온전히 자아를 실현하는 일은 거의 불가능해진다.
- **존중과 인정의 욕구** 다른 사람들이 저주에 대해 알게 되면 캐릭터의 평판과 자존감이 위태로워진다.
- **애정과 소속의 욕구** 저주를 받은 캐릭터는 사람들에게 배척당해 지속적인 관계를 발전시키는 데 어려움을 겪을 수 있다.
- **안전 욕구** 그동안 편안하게 여겼던 곳에 더 이상 머무르지 못하게 되면 캐릭터와 캐릭터가 사랑하는 사람들의 안전이 위험해질 수 있다.
- **생리적 욕구** 저주가 캐릭터에게 트라우마를 일으키고 고립시키면서 심리적으로 불안감을 준다면 수면, 성관계, 삶의 항상성 같은 측면에 좋지 않은 영향을 끼칠 수 있다.

대처에 도움이 되는 긍정적인 특성

적응 능력, 감사하는 태도, 차분함, 굳은 심지, 협조적인 성향, 절제력, 신중함, 관대함, 온화함, 행복감, 고결함, 겸손, 독립심, 공정함, 친절함, 신의, 낙관적인 성향, 인내, 지략, 영성, 지혜로움

긍정적인 결과

- 저주를 푸는 방법을 발견한다.
- 저주를 내린 자를 파멸시켜 저주를 푼다.
- 불멸을 얻게 된다(캐릭터가 불멸을 추구하던 경우).

- 상황을 최대한 활용하는 법을 익힌다.
- 자신에게서 만족감과 평화로움을 발견한다.

체력 소모 Physical Exhaustion

사례

- 지나치게 무리한 탓에 체력이 한계를 넘어선다.
- 영양부족이나 굶주림으로 체력이 고갈된다.
- 병에 걸려 아무 힘도 남아 있지 않게 된다.
- 불면으로 몸이 쇠약해진다.

사소한 문제

- 행동이 둔해진다.
- 몸의 반응이 지나치게 둔해져 상처가 나거나 화상을 입는다.
- 값진 물건을 떨어뜨려 망가뜨린다.
- 맡은 일을 끝내지 못한다.
- 피로 때문에 다른 사람들을 위험에 빠뜨린다.
- 잘못된 결정으로 일을 망친다.
- 실수를 만회하기 위해 다른 노력을 더 해야 한다(가령 언덕 아래로 굴러 떨어져 다시 올라가야 한다).
- 휴식을 취하거나 다른 사람에게 일을 넘기라는 말을 사랑하는 사람이 할 때 과민반응을 보인다.
- 힘이 모두 소진된 뒤에야 다른 사람에게 일을 대신 맡아달라고 부탁한다.
- 부족한 부분을 채우기 위해 다른 사람에게 의존해야 한다.
- 일을 제대로 처리하지 못해 곤경에 빠진다.
- 좋아하는 일인데도 할 여력이 없다.
- 일을 마무리할 수 없어 친구나 가족들과의 계획을 취소해야 한다.
- 오랫동안 몸을 추스려야 하기 때문에 일을 처리할 시간이 촉박해진다.

초래할 수 있는 심각한 결과

- 마감 날짜를 놓쳐 생긴 문제를 처리하느라 더 오랜 시간을 써야 한다.
- 피로 때문에 면역력이 떨어져 심각한 병에 걸린다.
- 심각한 낙상이나 부상을 당한다.

- 누군가의 신체를 손상시키거나 사망하게 만드는 사고를 일으킨다(가령, 톱질을 하다가 판자를 든 사람의 손을 다치게 한다).
- 몸을 한계까지 밀어붙이다 영구적인 부상이나 평생 동안 지속되는 만성 통증이 생긴다.
- 힘이 빠진 그 순간 누군가를 다치게 한다.
- 실적 부진으로 유망한 리더 자리에서 물러나게 된다.
- 다른 사람에게 임시로 일을 맡겼다가 캐릭터가 할 일만 늘어난다.
- 누군가가 캐릭터의 자리를 대신 맡게 되지만 실패할 것이 분명하다.
- 위험이 코앞에 닥친 누군가를 돕거나 구해줄 수 없다.
- 캐릭터를 아끼고 사랑하는 사람이 쉬엄쉬엄 하라는 충고를 듣지 않는 캐릭터에게 인내심과 신뢰를 잃는다.
- 캐릭터를 구하느라 다른 사람이 위험에 처한다.

생길 수 있는 감정

분노, 괴로움, 패배감, 저항감, 절망, 좌절, 각오, 두려움, 무력감, 당혹감, 죄의식, 수치심, 자격지심, 무력감, 후회, 울화, 체념, 자기혐오, 자기연민, 창피함, 고통스러움, 인정받지 못한다는 느낌, 반신반의, 취약하다는 느낌, 자신이 하찮다는 느낌

생길 수 있는 내적 갈등

- 탈진해버릴 것 같은 느낌이 들지만 무시한다.
- 몸을 살피고 싶지만 남들이 실망하지 않을까 걱정한다.
- 계속 해나갈 수 있을지 확신이 들지 않는다.
- 중요한 사람들이 자신을 약하거나 무가치한 존재로 인식하지는 않을까 불안하다.
- 힘겹게 애쓰지 않아도 되는 남들과 비교하며 자신이 부족하다고 느낀다.
- 자기혐오와 수치심에 몸부림친다(캐릭터가 자신을 돌보지 않아 체력이 고갈된 경우, 건강이 망가진 경우 등).
- 도움이 필요하다는 사실을 알면서도 자존심 때문에 도움을 받아들이지 못한다.
- 도움을 원하지만 도움이 필요하다는 사실에 화가 난다.

상황을 악화시킬 수 있는 부정적인 특성

남의 속을 긁는 성향, 우쭐대는 성향, 까다로움, 거만함, 적대감, 합리적이지 않은 성향, 감정 과잉, 완벽주의, 비관적인 성향, 편견, 분개, 자기 파괴적인 성향, 비협조적인 성향, 배은망덕, 투덜대는 성향

기본 욕구에 미치는 영향

- **자아실현 욕구** 수면은 생존의 필수 조건이다. 필수적이지 않은 다른 어떤 요소보다 수면이 중요하다는 뜻이다. 잠을 자지 못하는 상황에서는 휴식 욕구가 충족될 때까지 꿈, 열정, 취미는 일시적으로 보류될 수밖에 없다.
- **존중과 인정의 욕구** 피로는 캐릭터를 신체적, 정신적으로 약화시켜 캐릭터가 할 수 있는 일에 제약을 가한다. 다른 사람들은 이를 약점으로 보고 캐릭터를 시시하다고 여길 수 있다. 캐릭터가 다른 사람들의 이러한 평가에 동의하는 경우 자존감이 떨어질 수 있다.
- **애정과 소속의 욕구** 사랑하는 사람이 해주는 현명하고 배려 가득한 충고에 귀를 기울이지 않고 건강을 계속 위태롭게 만드는 캐릭터는 그와의 관계에 갈등을 유발할 수 있다.
- **안전 욕구** 피로는 서투른 일처리, 작업 시간 연장, 정신적 흐릿함을 유발할 수 있고, 부상을 초래하는 경우도 많다. 장기간의 피로는 병도 유발할 수 있다. 따라서 체력 고갈이 캐릭터의 안전과 안정에 영향을 미칠 수 있는 경우의 수는 많다.

대처에 도움이 되는 긍정적인 특성

모험심, 야심, 용기, 절제력, 열의, 고결함, 근면함, 성숙함, 끈기, 분별력

긍정적인 결과

- 피로가 쌓이기 시작하는 시점을 알게 되면서 너무 무리하기 전에 일을 멈출 수 있게 된다.
- 몸이 힘들어 고생하는 것은 자신의 잘못이 아니며 수치스럽거나 부끄러운

일도 아니라는 사실을 알게 된다.

- 비슷한 상황에 있는 다른 사람들에 대한 공감 능력이 커진다.
- 도움받는 일을 꺼렸던 근본적인 원인을 파악해 해결한다.
- 자신이 잘난 척해왔다는 사실을 알게 되면서 누구나 약한 면이 있다는 사실을 깨닫는다.
- 캐릭터에게 사람들이 이런저런 경고를 했던 이유가 자신을 함부로 재단해서가 아니라 걱정해서였다는 것을 알게 된다.

특정 집단에 잠입해야 하다

Needing to Infiltrate a Group

사례

- 범죄자 관련 증거를 수집하기 위해 잠입 수사를 한다.
- 병원에 있는 약이나 의료용품을 구하기 위해 병에 걸린 척한다.
- 보육시설 종사자 행세를 하며 아이들에게 접근한다.
- 스포츠 경기의 상대 팀을 방해하기 위해 그쪽 팀으로 들어간다.
- 경쟁사의 데이터베이스를 해킹해 제품 정보를 빼낸다.
- 정적의 선거 캠프에 들어가 선거 전략을 알아낸다.
- 정보를 빼낼 목적으로 다른 회사에 위장취업한다.
- 유명해지기 위해 유명인사와 함께 일한다.
- 자신의 사회적 지위를 높이기 위해 비밀 클럽에 들어간다.
- 가족을 빼내오기 위해 사이비종교에 입교한다.

사소한 문제

- 공격 계획을 세워야 한다.
- 단체에 들어가기 전에 자신의 새로운 모습을 세심하게 설계해둬야 한다.
- 발각되지 않기 위해 특정 종교단체의 신앙과 의례를 공부해야 한다.
- 단체에 있는 사람들이 불친절하게 대하며 환영해주지 않는다.
- 단체에 들어가는 일을 거절당해 다시 시도해야 한다.
- 쉽게 들어가긴 했지만 필요한 것을 얻을 수 없다.
- 자신의 동기, 욕망, 가치관, 과거 등에 관해 거짓말을 해야 한다.
- 발각되어 쫓겨난다.
- 자신의 모습과 다르게 행동해야 한다.
- 작전을 변경해야 한다.
- 단체 사람이 캐릭터를 의심하기 시작한다.
- 단체의 언어, 문화, 관행 등에 관한 지식이 부족하다.
- 캐릭터가 갖고 있는 증거를 잠입한 집단 사람들에게 들키면 캐릭터의 정체도 들통난다.
- 단체의 일원으로 남아 있기 위해 필요한 기술이 캐릭터에게 없다.

- 단체에 들어간 진짜 목표와 동기를 가까운 친구나 사랑하는 사람들에게까지 밝힐 수 없다.
- 캐릭터가 자신의 가치를 저버렸다고 생각하는 가족과 긴장이 생긴다(캐릭터가 진실을 말할 수 없기 때문이다).

초래할 수 있는 심각한 결과

- 거짓말이 발각된다.
- 붙잡혀 고소당한다.
- 캐릭터의 원래 모습을 알고 있어, 캐릭터가 단체에 들어간 일을 의심스러워하는 사람에게 발각된다.
- 잠입에 실패해 직업을 잃는다.
- 캐릭터와 같은 팀의 누군가가 정보를 누설해 캐릭터의 정체를 밝힌다.
- 단체에 소속된 이와 사랑에 빠진다.
- 세뇌당해 잠입한 단체의 가치관을 받아들인다.
- 캐릭터가 사랑하는 이가 캐릭터의 위장 행동을 받아들이지 못해 캐릭터를 거부한다.
- 단체에 소속된 친구가 잠입 사실을 알게 되어 캐릭터가 어떻게 대응할지 결정해야 한다.
- 살해당한다.

생길 수 있는 감정

불안, 근심, 우려, 갈등, 반항심, 환멸, 의심, 두려움, 공포, 무능하다는 느낌, 불안정한 상태, 위협감, 신경과민, 압도당하는 느낌, 공황, 꺼리는 마음, 자기연민, 의구심, 근심, 취약하다는 느낌, 경계심, 걱정

생길 수 있는 내적 갈등

- 발각되면 어떻게 될지 생각하지 않으려 애쓴다.
- 자신이 잠입한 집단에 잘 어울릴 수 있을지 고민한다.
- 발각되지 않기 위해 비윤리적인 일을 하고 싶다는 유혹을 받는다.
- 집단에 있는 사람들을 경멸하면서도 좋아하는 척한다.
- 시간이 지나면서 잠입한 단체의 이념과 신념에 저항하려 고군분투하게 된다.
- 자신이 가장한 모습에 너무 깊이 빠져드는 바람에 원래의 정체성

을 잃는다.

- 상황이 너무 길어져 자신이 한 잠입 활동이 그만한 가치가 있는지 고민한다.

상황을 악화시킬 수 있는 부정적인 특성

반사회적 성향, 우쭐대는 성향, 통제 성향, 비겁함, 어수선함, 별종 성향, 어리석음, 남을 잘 믿는 성향, 충동적 성향, 우유부단함, 신경과민, 편집증적 성향, 반항심, 무모함, 산만함, 신경질적인 성향, 식견 부족, 의지박약

기본 욕구에 미치는 영향

- **자아실현 욕구** 캐릭터가 부도덕한 행위를 해야 하거나 단체에 어울리기 위해 자신의 재능과 개성을 거부해야 하는 경우, 진정한 자신으로 살 수 없다는 사실에 좌절할 수 있다.
- **존중과 인정의 욕구** 원하는 것을 얻기 위해 바람직하지 않은 수준까지 비굴해져야 하는 캐릭터는 자신이 설 곳을 잃었다고 생각해 스스로 부도덕하다고 생각할 수 있다.
- **애정과 소속의 욕구** 캐릭터가 비밀리에 일하느라 사람들에게 자신을 설명할 수 없는 경우, 가까운 친구와 사랑하는 사람들은 캐릭터의 선택에 반대해 이들과의 관계에 긴장이 생길 수 있다.
- **안전 욕구** 자신이 발각되지 않았는지 확인하기 위해 항상 뒤를 돌아보는 캐릭터는 안전하기 힘들다.

대처에 도움이 되는 긍정적인 특성

경각심, 분석력, 과감함, 차분함, 굳은 심지, 매력, 자신감, 창의성, 결단력, 절제력, 신중함, 효율성, 집중력, 지적 능력, 세심함, 통찰력, 체계적인 성향, 인내, 직관력, 끈기, 지략

긍정적인 결과

- 비극적인 일이 일어나지 않게 막는다.
- 성공을 거두어 승진한다.
- 잠입한 집단을 새롭게 이해하게 된다.
- 예상치 못한 우정을 맺는다.
- 성공적으로 살아남는다.
- 미래의 임무에 필요한 새로운 기술이나 전략을 배운다.

작가
사전

■

The Occupation Thesaurus

The Occupation Thesaurus

A Writer's Guide to Jobs, Vocations, and Careers

캐릭터 직업 사전

캐릭터 직업 사전

최세민
김흥준
박규원
서연주
이두경
이학미
최윤영
옮김

추천의 글

당신의 캐릭터에 생명을 불어넣자

■

김보영(소설가)

소설에 인물이 한 명만 등장하는 일은 거의 없다. 비슷비슷한 인물만 등장하는 소설 또한 거의 없다. 소설은 기본적으로 서로 다른 인물 간의 갈등으로 이루어지며, 흔히 닮은 점이라고는 조금도 없는 인물 간의 갈등으로 전개된다. 혹여 작가가 인물 중 하나를 자신과 비슷한 사람으로 만든다고 해도, 최소한 한 명 이상은 자신과 닮지 않은 사람이어야 한다는 뜻이다. 그러므로 소설 쓰기란, 자신과 몹시 다른 인물을 최소한 한 명 이상 온전히 살아 있게 하는 작업이라 하겠다. 스토리텔링이 여타의 글쓰기와 다른 점이다.

소설 쓰기란, 작가가 한 번도 살아본 적이 없는 인생을 살았고, 작가가 일생 상상해본 적도 없는 동기를 갖고, 작가가 공감할 수 없는 가치관을 가진 인물을 온전히 이해하는 작업이다. 실상 하나의 소설에는 그런 다른 인물이 한둘이 아니라 수없이 많이 등장한다. 소설 쓰기란, 그렇게 나와 다르고, 어쩌면 결코 이해할 수 없을 법한 무수한 사람들의 삶을 골고루 이해하는 작업이다. 사람이 살면서 한 명의 타인이라도 온전히 이해하는 일이 많은가 생각해보면, 소설 쓰기는 참으로 경이로운 작업이다.

더해서 그 각기 다른 인물들을, 독자가 살아 있는 인물이라 믿어 마지않을 만치 선명하게 구현해야 한다. 더해서 작가는 보통 일생 소설을 한 권이 아니라 여러 권 쓴다. 얼마나 많은 사람이 그 손끝에서 태어나는가? 간단한 일이 아니다. 간단한 일이 아닌데 소설가라는 직업을 가진 인간들은 놀랍게도 대부분 그런 일을 해낸다. 그 직업을 가진 사람들의 특성이다. 그래도 간단한 일은 아니다.

사람이 일생 살 수 있는 인생은 자신의 인생뿐이며, 소설가가 주로 체험하는 직업은 결국 소설가라는 평범한 직업이다. 제법 다양한 인물을 만들어내는 작가도 작품을 많이 쓰다 보면 결국은 비슷비슷한 인물을 그리기 쉽다. 물론 그런 것은 신경 쓰지 않아도 좋다고 말할 수도 있다…. 하지만 그렇게 따지면 거의 모든 것을 신경 쓰지 않아도 된다. 소설은 아무것도 신경 쓰지 않아도 좋고 동시에 모든 것을 신경 써야 한다. 소설은 무한히 나아질 수 있으나 작가마다 시간과 여력의 한계로 집중할 부분을 정할 뿐이다.

하지만 살아 있는 캐릭터를 창조하는 일은 즐겁다. 세상에 존재한 적 없는 허구의 인물이 종이 위에서 생명을 갖고 살아 움직이는 순간은, 소설 쓰기의 가장 즐거운 순간 중 하나다. 그 순간은 신비롭고 신나고 유쾌하다. 소설의 완성도나 독자의 반응을 고려하지 않더라도 그 자체로 즐겁다. 즐거움 없이 소설 쓰기라는 지난한 작업을 어찌 꾸려갈까.

여기 『트라우마 사전』, 『디테일 사전』에 이어, 작가를 위한 사전이 선물처럼 또 왔다. 이번에는 『캐릭터 직업 사전』이다. 직업은 한 인간이 일생을 고민하여 정하는 것이며, 또한 일생을 두고 함께하는 것이다. 그러므로 직업은 한 인간의 가장 중요한 동기이자, 욕구이며, 취향이자, 성향이다. 또한 전문성이며, 능력이자 지식이다. 때로는 어린 날 상처의 반영이며, 많은 경우 일상의 고민과 갈등의 근원이다. 직업은 캐릭터를 가장 쉽고 간단히 설명하는 도구다. 만약 캐릭터가 그 직업과 어울리지 않는다면, 그럼에도 그 직업에 남은 이유를 통해 다시 캐릭터를 설명한다.

혹여 자신의 캐릭터가 다 비슷비슷해 보이고 심심해 보이지는 않았는지? 그러면 그간 자신의 인물들에게 비슷비슷한 직업만 부여해주지 않았는지 돌이켜보자. 사전을 펼쳐 지금까지 당신이 주지 않았던 색다른 직업의 인물을 주인공 주변에 배치해보자. 혹여 조연이나 엑스트라라는 이유로 아무 직업이나 던져주고, 그 직업에 맞는 특성은 주지 않고 나 몰라라 하지는 않았는지? 사전을 펼쳐 그의 직업에 해당하는 페이지를 펼쳐 보자. 그가 어떤 어린 날을 보냈고, 무엇을 바라는지, 어떤 성격이며, 어떤 친구를 만나는지, 일상에서 어떤 문제와 부딪히며 지내는지 떠올려 보자. 이 책은 페이지마다 작가의 상상을 자극하는 풍요로운 키워드로 가득하다. 자, 사전을 펼치고 캐릭터에 생명을 불어넣자.

일러두기

본문의 [ ]는 원문의 이해를 돕기 위해 옮긴이가 보충한 내용입니다.

차례

서문

모든 것은 디테일에 숨어 있다

창작이라는 길을 걷다 보면 언제부터인가 한 가지 의문이 머릿속에 떡하니 자리 잡아 떠나지 않는다. 훌륭한 이야기꾼이 되려면 대체 무엇이 필요할까?

답이 될 만한 것은 너무나 많다. 하루 종일 의자에 앉아 이야기를 다듬고, 제대로 된 작품이 나올 때까지 끊임없이 초고를 고치는 끈기? 수천 시간을 투자해서 자료를 읽고, 연구하고, 각종 기술을 동원하여 힘들게 얻은 지식? 독자가 허구 속 인물을 욕망이나 두려움, 약점을 지니고 있는 현실 속 사람처럼 느끼도록 캐릭터의 내면 가장 깊숙한 곳까지 파헤치는 열정?

훌륭한 이야기꾼이 되는 데 필요한 요소를 전부 나열하는 일은 간단하지 않다. 하지만 한 가지는 확실하다. 노련한 작가는 의욕을 가지고 한 번 시작한 일은 끝까지 해낸다. 자료를 연구하든, 계획을 짜든, 초고를 쓰든, 원고를 수정하든, 무엇이 중대한 의미를 지니는지, 그리고 디테일에 특별히 신경 써야 하는 부분이 어디인지 찾아내려 애쓴다.

그리고 디테일은 직업에서, 삶에서, 스토리텔링에서 중요하다. 어떤 종류의 픽션에서든 중심에 놓이는 요소, 즉 주인공을 살펴보자. 독자들은 공감이 가고 흥미로우며 이야기 속에서 그 언행이 이해되는 캐릭터에게 반응하게 마련이다. 작가가 그런 캐릭터를 만들어내려면 그 사람에 대해 많은 것을 알아야 한다. 성격의 특성, 감정적 상처, 열정, 취미, 별난 점과 같은 세세한 정보는 주인공의 욕망과 목표 혹은 주인공이 두려워하는 것과 필요한 것이 무엇인지 뚜렷하게 보여주고, 따라서 이야기 속에서 주인공의 호弧, arc[이야기가 진행되는 동안 일어나는 캐릭터의 변화]를 정의하고 행동을 결정하기 때문이다.

캐릭터의 직업은 작가들이 곧잘 간과하는 세세한 정보 중 하나다. 직업은 이야기에 힘을 불어넣는다기보다는 그저 캐릭터가 어떤 사람인지 보여주는 요소로 간주되기도 한다. 만약 그렇다면 작가는 자신이 직접 경험했던 직업이나 흥미롭다고 생각하는 직업 중에 아무거나 골라서 캐릭터에게 주고 이야기를 써나가면 그만이다. 하지만 직업은, 제대로 활용되기만 한다면 이야기를 끌어가는 강력한 추진력을 발휘한다. 캐릭터의 성격을 묘사하고, 플롯을 진행하고, 갈등을 만들어내고, 역기능을 드러내고, 캐릭터의 호가 나아가는 길을 제시한다. 게다가 이는 시작일 뿐이다.

직업은 대강 넘어가도 되는 요소가 절대 아니다. 직업은 이야기의 여러 요소에 영향을 미치기 때문에 캐릭터의 직업을 고를 때는 더없이 신중해져야 한다.

자신의 입장에서 생각해보자. 현재의 직업, 또는 과거에 가졌던 직업을 별다른 고민 없이 아무렇게나 선택했는가? 그렇지 않을 것이다. 관심이 있는 분야였거나, 그 일에 재능이 있었거나, 가족을 부양할 만큼 수익이 보장되거나, 사회 변화에 기여하는 등 그 직업이 내가 원하는 바를 충족시켜줄 수 있었기 때문에 택했을 것이다. 물론 그저 일거리를 구하기 쉽고 빨리 취직할 수 있었기 때문에 그 직업을 택했을 수도 있다. 어느 쪽이든, 어떤 직업을 선택하는 결정에는 숨은 이유가 있다.

작가가 만드는 캐릭터도 마찬가지다. 작가가 많은 고민을 거듭한 끝에 캐릭터의 직업을 선택하면, 독자는 그 캐릭터가 어떤 사람인지, 어떤 재능을 지녔는지, 동기는 무엇이고 중요하게 생각하는 게 무엇인지 더 잘 이해할 수 있다. 직업은 성격을 묘사하는 중요한 요인일 뿐 아니라, 플롯 자체와 맞물려서 캐릭터가 성공하는 데 필요한 능력과 지식을 부여하거나, 반대로 이를 방해하는 장애물이 될 수 있다.

캐릭터의 직업을 잘 선택하면 이야기가 여러 측면에서 탄탄해진다. 그런데 우리가 선택할 수 있는 직업은 너무나 많다. 그러니 직업을 선택하는 숨은 이유부터 파고들어 가보자. 그 이유는 캐릭터의 동기로 곧장 이어질 것이다.

직업을 선택하는 숨은 동기를 찾는다

한 사람의 일생에서 직업에 쏟는 시간이 워낙 많다 보니 직업을 선택할 때는 신중하게 고민을 거듭하게 된다. 성격과 취미가 직업 선택에 영향을 미치기도 하지만, 인생의 많은 시간을 투자해야 하고 평생을 좌우할 수도 있는 선택을 촉발할 정도로 중대하지는 않다. 직업 선택과 같은 일생일대의 결정을 내리려면 여러 가지 사항을 고려해야 한다. 그리고 이때 저울의 추를 기울게 하는 것은 대부분 동기다.

간단하게 정의하자면 동기는 어떤 선택이나 행동 뒤에 숨은 이유다. 어떤 선택이든 그 뒤에 숨은 동기는 여러 가지일 수 있다. 예를 들어 부모는 아이가 말썽을 부릴 때 숨은 이유, 즉 동기가 무엇인지 알아내려 한다. 아이가 왜 그런 행동을 하는지 알 수 있다면 좋은 쪽으로 행동을 바꾸도록 인도할 수도 있기 때문이다. "내 아이가 왜 거짓말을 할까?" 부모들이 흔히 품는 의문에 대한 답은 주변 환경과 아이가 생각하는 다음과 같은 이유에 따라 천차만별이다.

- 문제가 생기는 것이 싫었다.
- 부모님을 실망시키기 싫었다.
- 다른 누군가를 지켜주고 싶었다.
- 거짓말에 사람들이 반응해주기를 바랐다.
- 칭찬을 받으려고 사실이 아닌 것을 사실이라고 말했다.
- 거짓말이 나쁘다는 것을 몰랐다.

- 세부 사항을 잊어버리고 있다가 나중에 기억해냈다. 하지만 그 때문에 거짓말을 한 것처럼 되어버렸다.

우리 모두가 그렇듯, 작가가 창조한 캐릭터가 내리는 선택에는 여러 가지 이유가 있을 것이고, 직업을 선택할 때도 마찬가지다. 하지만 선택의 동기는 대체로 두 가지 중 하나, 즉 '기본적 욕구' 아니면 '낫지 않은 상처' 때문이다.

기본적 욕구

심리학자 에이브러햄 매슬로Abraham Maslow에 따르면 모든 사람은 다섯 가지 기본적 욕구가 있고, 이 욕구가 채워지면 충족감을 느낀다. 이 욕구 중 한 가지 이상이 만족되지 않으면 불편을 느끼고, 이 불편은 잔물결처럼 퍼져 나가 조용하던 수면에까지 파문을 일으킨다. 파문이 너무 커지거나 너무 오래 지속되면, 가장 필수적인 욕구를 충족해서 안정을 찾아야 한다는 압박에 시달리게 된다.

생리적 욕구가 피라미드의 맨 아래를 차지하는 이유는 그것이 인간에게 가장 중요하기 때문이다. 음식·물·공기 등이 없으면 인간은 생존할 수 없다. 인간은 생리적 욕구를 위협받으면 이를 충족하려고 기를 쓰게 된다. 그다음으로 중요한 것이 안전 욕구이고, 애정과 소속의 욕구, 존중과 인정의 욕구, 자아실현의 욕구가 뒤를 따른다.

욕구가 작동하는 방식은 이렇다. 무기를 든 강도가 집 안으로 들어오면 안전 욕구가 위협을 받는다. 식구들이 모두 무사히 탈출한 뒤에도 집 안이 안전하지 않다고 느낄 수 있다. 그래서 보안 시스템을 설치하거나, 호신술을 배우거나, (미국이라면) 총을 구입한다. 아이들에게도 좀더

| 매슬로의 욕구 단계

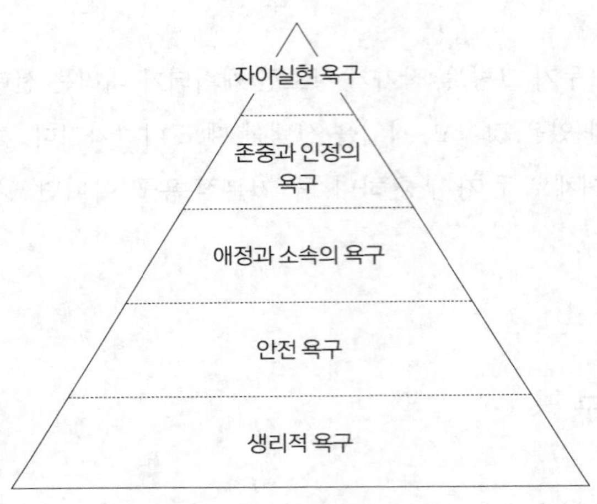

- **생리적 욕구** 음식, 물, 주거, 수면, 생식 행위 같은 기본적·원시적 욕구
- **안전 욕구** 자신과 사랑하는 사람들이 안전하고, 건강하고, 안정된 상태를 유지하기를 바라는 욕구
- **애정과 소속의 욕구** 다른 사람들과 의미 있는 관계를 경험하고, 지속적인 유대감을 형성하며, 친밀감과 사랑을 느끼며, 그에 대한 보답으로 자신도 다른 사람을 사랑하고픈 욕구
- **존중과 인정의 욕구** 자신의 공헌에 대해 다른 사람들에게 가치 평가·이해·인정을 받으며 높은 수준의 자부심·자존감·자기 확신을 성취하려는 욕구
- **자아실현 욕구** 의미 있는 목표를 성취하고, 지식을 추구하며, 정신적 깨달음을 얻거나, 핵심적 가치와 믿음과 정체성을 받아들이며 진정한 자아로 살아가면서 자신의 잠재력을 실현하는 데서 오는 충족감을 느끼고 싶은 욕구

엄격해져서 집에 일찍 들어오라고 하거나 밖에 나가 있을 때는 전화를 자주 하라고 당부하기도 한다. 이런 행동은 모두 안전을 바라는 욕구에서 비롯된 것이다.

기본적인 욕구는 인간 행동의 중요한 동기다. 픽션은 실제 생활을 반영하기 때문에, 인간의 기본 욕구는 우리가 만드는 캐릭터에도 활력을 불어넣고 특정한 행동과 선택을 하게 만든다. 그런 행동과 선택에 직업 선택이라는 중대한 결정도 포함된다. 그러니 이제부터는 욕구와 직업의 관계를 좀더 깊이 들여다보자.

생리적 욕구

음식·물·주거지·수면은 가장 기본적인 욕구이다. 생존을 걱정해야 하는 캐릭터는 당장 필요한 돈을 벌 수 있는 일거리를 찾는다. 그런 일은 늘상 꿈꾸던 일이 아니고, 자신의 능력과 가장 잘 들어맞는 일도 아니고, 심지어 만족감을 주는 일도 아닐 가능성이 높다. 아주 절박한 상황이라면 다른 욕구가 위협받을 수 있는, 건강에 해롭거나 환경이 나쁜 일자리를 택할지도 모른다. 현실에서도 생활고로 인해 매춘을 하거나 범죄에 빠지는 사람이 있다. 이런 일을 하다 보면 신변이 위태로워지고, 대인 관계가 나빠지고, 자존감도 꺾인다. 하지만 가장 기본적인 욕구인 생존 앞에서 그런 것들은 중요하지 않게 된다.

대부분의 직업은 이렇게까지 고통스럽지 않지만, 많은 사람이 눈앞의 문제를 해결하려고 직업을 택한다. 이런 직업은 임시방편이어서 생리적 욕구가 해결되면 그만두거나, 그렇지 않더라도 순전히 타성 때문에 유지한다. 어느 쪽이든 생리적 욕구가 위협을 받으면 캐릭터는 이런 상황을 얼른 해결해야 한다는 생각에 느긋하게 일자리를 고를 여유를 잃게 된다.

안전 욕구

생존이 위협받는 단계를 벗어나면, 다음으로 중요한 욕구는 자신과 자신이 사랑하는 사람들의 안전과 건강이다. 예를 들어 동네 불량배들이 자꾸 자녀를 범죄 조직에 들어오라고 꼬드기고 있다면 부모는 더 안전한 동네로 이사하기 위해 부업을 해야겠다고 결심할 수 있다. 건물 청소부나 택시 기사가 되고 싶지 않더라도 가족이 위협을 받고 있다면 어쩔 수 없다. 이런 상황에서는 어려운 결정을 내려야 하고, 직업 선택은 그런 결정 중 하나다.

애정과 소속의 욕구

안전 욕구 다음은 연대감을 맺고 싶은 욕구다. 다른 사람을 사랑하고 다른 사람에게 사랑받으며 진정한 친밀감을 느끼는 것이다. '그런 욕구가 중요하다는 것은 알겠지만, 그게 직업과 무슨 상관이지?'라고 생각할 수 있다. 하지만 우리는 직업을 택할 때 알게 모르게 나 자신보다 다른 사람을 먼저 생각하기도 한다.

화목하고 끈끈한 가정에서 자란 캐릭터는 월급은 적더라도 집과 가까운 직장을 택할 수 있다. 가족 중 응급 구조사, 간호사, 교사가 있어서 같은 직업을 택하는 것으로 소속감을 느끼려는 캐릭터도 있을 수 있다. 어떤 캐릭터는 아버지가 사망한 뒤 물려받은 부동산을 아버지의 이름을 기리며 유지를 잇는 방식으로 운영하려 한다. 이런 경우 애정이나 소속감이 캐릭터의 직업 선택을 이끄는 동기가 된다.

존중과 인정의 욕구

모든 인간, 모든 캐릭터는 다른 사람에게 가치를 인정받고 존중받는 동시에 자기 자신에 대해서도 존경을 품고자 하는 욕구가 있다. 존중과 인정을 받고 싶어 하는 어떤 캐릭터가 있다면 그런 욕구 때문에 특정한 직업을 선택할 수도 있다. 다음과 같은 예를 고려해보자.

- 다른 이에게 존경받고 싶다면 의사나 헤지펀드 매니저를 직업으로 택할 수 있다. 이런 직업은 명망과 지위가 높기 때문이다.
- 어떤 캐릭터는 경쟁이 심한 직업을 원할 수 있다. 경쟁에서 승리를 거두면 인정과 찬사를 받는다는 사실을 알고 있기 때문이다.
- 특정 직업이 다른 직업보다 존경받는 문화에 속해 있다면(예를 들면 생산직보다 사무직을, 직원보다 사업주를 높이 평가하는), 인정을 많이 받을 수 있는 직업을 추구할 수 있다.
- 자신의 능력을 입증하고 싶은 사람이라면 도전 과제가 많은 직업을 택할 수 있다. 다른 사람들이 해내지 못하는 일을 완수하면서 기쁨을 느끼기 때문이다.
- 자존감 역시 존중과 인정 욕구의 일부다. 자신이 잘해내서 자신감을 느낄 수 있는 분야를 직업으로 택하는 사람도 많다.

앞의 피라미드에서 존중과 인정 욕구가 차지하는 부분은 작아 보이지만, 그 중요성을 과소평가해서는 안 된다. 자신의 미래를 직접 개척하고 싶거나, 자존감을 깎이고 싶지 않거나, 다른 사람에게 능력을 입증하고 싶은 캐릭터라면 찬탄을 이끌어내고 만족감이 높은 직업을 택할 가능성이 높다.

자아실현 욕구

자아실현 욕구는 가장 덜 중요한 것처럼 보일 수도 있지만, 실제로는 거의 모든 사람이 충족하고 싶어 하는 욕구다. 인간은 자신의 잠재력을 최대한 발휘해 충족감과 만족감을 느끼고자 한다. 이는 많은 경우 자신의 신념, 가치관, 정체성에 따라 사는 인생을 뜻한다. 자아실현 욕구를 충족하려는 캐릭터는 다음 중 하나를 성취할 수 있는 직업을 택할 것이다.

- **자유와 자립**

  그다지 좋은 조건이 아닌데도 어떤 직장을 계속 다니고 있다면, 그 일자리가 여행이나 공부처럼 자신을 행복하게 하는 활동이나 가족과 더 많은 시간을 보낼 수 있는 자유 시간을 보장해주기 때문일 것이다.

- **가치관과 도덕적 신념**

  자기 자신보다 더 큰 가치에 몰두하는 캐릭터는 자신의 이상을 실현하는 직업을 선택할 가능성이 높다. 이런 캐릭터는 상처 입은 동물을 재활시키거나 제3세계에서 의료 봉사를 하며 보람을 느낄 수 있다. 또는 사회복지사나 간호사처럼 다른 사람에게 봉사하는 직업, 혹은 발명가나 과학자가 되어 전 세계적인 문제를 해결하는 일에서 큰 만족감을 느낄 수 있다.

- **목적의식**

  자신이 받은 사명에 따라 직업을 택했다는 캐릭터도 있을 수 있다. 그런 사명은 때로는 아주 어린 시절부터 시작된다. 이런 캐릭터가 자신이 원하는 분야에서 일하게 되면 확고한 목적의식에 따라 삶에 의미를 부여하고 만족과 희열을 느낄 수 있다. 자신이 해야 하는 일을 하고 있다고 확신하기 때문이다.

- **자선 활동에서 오는 성취**

  때로는 목적이 수단을 정당화한다. 다른 사람을 도울 수 있다는 이유로 직업을 선택하는 캐릭터도 있을 것이다. 물론 장시간 노동에 스트레스는 많고 따분한 일일 수도 있다. 하지만 사람들을 도울 시간이 보장되거나 돈을 마련할 수 있다면, 또는 대의를 실현할 수 있는 일이라면 기꺼이 감수할 만하다.

◦ **행복**

행복은 자아실현 욕구에서 중요한 부분을 차지한다. 행복이야말로 사람이 일을 하게 만드는 원동력이다. 사람은 할 수만 있다면 자신을 기쁘게 하는 직업을 택하고자 한다.

낫지 않은 상처

충족되지 않은 욕구도 큰 동기지만, 캐릭터가 어떤 직업을 택하거나 피하는 또 다른 중요한 요소는 바로 감정적 상처다. 고통스러운 트라우마로 인해 자신의 약점이 온 세상에 드러났다고 느낀다면, 그런 고통을 다시는 겪지 않도록 뭐든 하겠다고 마음 먹게 된다. 그 여파로 두려움과 공포가 마음속에 깊숙이 자리 잡고, 자신이나 세계에 대해 잘못된 믿음("나는 쓸모없는 인간이야", "어차피 타인은 이해할 수 없는 존재라고", "이 세상엔 믿을 놈이 하나도 없어")이 생긴다. 그러면 자존감이 깎이는 것은 물론, 자신에게 상처를 줄 것 같은 사람과 상황을 피하려고 비정상적인 태도를 보이기도 한다.

마음의 상처를 입은 후 캐릭터가 하게 될 선택은 상처가 없었던 과거의 선택과는 사뭇 다를 것이다. 위험한 상황을 피하려고 능력을 충분히 발휘하지 않거나, 열정을 쏟아붓던 활동이나 취미에서 손을 떼거나, 변화를 거부하거나, 좋은 기회가 생겨도 잡으려 하지 않을 수 있다. 그러면 결국 비참함에 빠지고 욕구가 충족되지 않는다.

영화 〈굿 윌 헌팅〉의 주인공 윌이 좋은 예다. 윌은 한 번 본 것은 모두 기억하고 아무리 어려운 수학 문제라도 척척 풀어내는 천재다. 이런 캐릭터라면 정부 기관에서 암호 해독가로 일하거나 일류 대학에서 고등수학을 가르치는 교수여야 마땅하다. 하지만 영화의 첫 장면에서 윌은 대걸레를 밀며 복도를 걸어간다. 미국에서 가장 똑똑한 젊은이 중 하나일 윌이 대체 왜 학교 청소부로 일하고 있을까? 답은 윌이 겪은 트라우마에 있다.

윌은 부모에게 버림받고 위탁 가정에서 학대를 받고 자라면서 다른 사람을 믿지 못하는 신뢰 문제를 겪게 되었다. 이는 믿을 수 있는 사람을 만나면 그 사람에게는 더없이 충실해진다는 의미이기도 하다. 그래서 윌은 친구들과 가까이 지낼 수 있는 직업을 택했다. 또한 윌은 자기 자신을 의심하기 때문에 남의 기대치를 충족해야 하는 일이나 다른 사람을 책임지는 일은 피하게 되었다.

〈굿 윌 헌팅〉은 픽션이지만 윌이 겪은 과거가 현재에 어떻게 작용하는지 잘 보여주는 영화여서 사실처럼 느껴진다. 마음의 상처는 행동과 선택에 영향을 미친다. 캐릭터의 트라우마와 직업을 연결시키면 스토리가 풍부해지고 실제처럼 와닿아서 독자의 마음을 사로잡을 수 있다.

마음의 상처는 경미한 것에서 심한 트라우마까지 각양각색이고, 사람이 마음의 상처에 대응하는 방법은 저마다 다르다. 캐릭터가 직업을 고를 때 마음의 상처가 작용하는 방식은 둘 중 하나다. 어떤 직업을 갖도록 밀어붙이거나, 정말로 원하는 직업으로부터 캐릭터를 밀어내거나.

마음에 상처를 준 사건 때문에 직업을 택하는 경우

케이시라는 이름의 주인공을 만들어보자. 케이시의 아버지는 범죄자다. 당국의 눈을 교묘하게 피해서 처벌받은 적은 거의 없지만, 케이시에게는 창피하기 짝이 없는 존재다. 케이시는 아버지가 자신이 저지르는 범죄를 자랑스럽게 생각하는 것도 혐오스럽다. 케이시 자신은 아무 잘못도 하지 않았지만 계속해서 수치심을 느낀다. 아버지의 범죄 조직에는 가족과 친한 친구가 많기 때문에 케이시도 아버지처럼 범죄에 발을 들이는 것이 손쉬운 선택이겠지만, 케이시는 경찰이 된다는 다른 길을 택한다.

케이시는 경찰 일을 잘해낸다. 어떤 범법자도 케이시의 손을 빠져나

가지 못한다. 아무리 힘든 상황에서도 냉철하게 해야 할 일을 한다. 하지만 지나치게 엄격한 태도는 오히려 그녀가 훌륭한 경찰이 되지 못하도록 방해한다. 케이시의 태도는 집에서도 문제가 된다. 아이들이 사소한 규칙이라도 어기면 케이시는 아이들이 자신의 아버지처럼 될 것이라는 공포에 빠진다. '안 돼, 절대 그렇게 되어서는 안 돼….'

케이시가 왜 경찰이 되었는지는 이해하기 쉽다. 케이시는 아버지를 싫어했기에 아버지와 반대되는 일을 하고 싶었다. 아버지가 법을 무시했기에 케이시는 법을 수호하게 되었다. 범죄자를 추적하여 법을 집행하는 일을 택한 것이다. 케이시에게 경찰 일은 의무이자 속죄이고, 범죄자 아버지 때문에 느꼈던 수치심을 떨쳐내는 방법이다. 또한 케이시의 행동은 낫지 않은 마음의 상처가 현재의 그녀에게 얼마나 큰 영향을 미치고 있는지 보여준다. 케이시의 태도와 습관은 케이시가 인물호를 성공적으로 따라가고 있음을 보여줘야 한다.

마음에 상처를 준 사건 때문에 직업을 회피하는 경우

마음의 상처는 특정한 직업을 갖도록 캐릭터를 이끌기도 하지만, 캐릭터가 너무나 원하는 직업을 포기하게 만들기도 한다.

심한 언어 장애 때문에 평생 고통받아온 캐릭터를 상상해보자. 마이크는 지능이 아주 높고 과학에 재능이 있지만, 언어 장애 때문에 지옥 같은 학교생활을 해야 했다. '일진'들이 마이크를 괴롭힐 때 다른 학생들도 그를 등 뒤에서 비웃고, 교사들은 기껏해야 안쓰러워할 뿐이다. 누구와도 어울리지 못하는 마이크는 유일하게 관심 가는 분야인 법의학을 파고들며 시간을 보냈다. 법의학을 전공하여 검시관이 되고 싶다고 생각했지만, 그러려면 대학에 진학해야 한다. 마이크는 고등학교를 졸업하는 동시에 어떤 유형의 학교에도 발을 들이지 않을 작정이었다.

그래서 마이크는 스무 살 남짓의 젊은 나이에 범죄 현장 청소부가 되었다. 뒤에서 조용히 일하면서, 몇 안 되는 동료들과 말 몇 마디 말만 주고받으면 되는 직업이다. 게다가 검시관이 된다면 자신이 담당할 수도 있었을 범죄 현장에 접근할 수 있다. 마이크는 매일 범죄 현장이나 자연사한 시신이 있었던 곳을 청소하면서 단서를 눈여겨보고 조각을 맞춰 전체 퍼즐을 완성하려고 애쓴다. 하지만 마이크가 맞추는 퍼즐은 언제나 불완전하다. 그의 직업은 가려운 곳을 잠깐 긁어주기는 하지만 가려움을 낫게 하지는 못한다. 그리고 그 가려움은 시간이 지날수록 더욱 심해진다.

마이크는 마음에 상처를 준 요인(언어 장애) 때문에 꿈꾸는 직업에서 멀어진다. 아쉬운 대로 차선책을 택했지만, 자신의 잠재력을 발휘하지 못하고 있기에 만족할 수가 없다. 마이크의 이야기를 따라가다 보면 그가 점점 커져가는 불만족과 언젠가 직면하는 순간을 보게 될 것이다. 마이크는 자신이 외면해온 마음의 상처가 서서히 곪다 못해 자신의 존재 자체를 오염시키는 악성 종양이 되어버렸다는 사실을 깨달아야 한다. 그리고 결정을 내려야 한다. 안전하지만 비참하고 우울한 삶을 이어갈 것인가, 아니면 두려움과 정면으로 맞서고 또다시 상처를 입을지도 모르는 상황에 뛰어들어 꿈꾸던 삶을 쟁취할 것인가.

....

이 두 가지 시나리오에서 배경을 지우면 독자는 케이시와 마이크가 왜 그 직업을 택했는지 알 수 없다. 하지만 두 사람의 내력을 알고 나면 그들의 선택을 이해할 수 있다. 게다가 케이시와 마이크라는 캐릭터가 실제 존재하는 듯 느껴지고, 자신의 취약한 부분을 내보이고 있기에 훨씬 흥미롭다고 느낀다. 두 사람의 과거를 알면, 두 사람이 앞으로 나아갈 길도 짐작할 수 있게 된다. 이들 앞에는 직업상으로는 물론이고 개인적으로도 쟁취해야 할 깨달음과 변화가 놓여 있다.

직업은 캐릭터를 나타낸다

어느 모임에 가서 처음 본 사람과 대화를 나누게 되었다고 가정하자. 가장 흔하게 건네는 질문은 바로 직업에 관한 것이다. "혹시 무슨 일 하시는지 여쭤봐도 될까요?"

처음 보는 사람에게 직업을 물어보는 이유는 직업을 알면 그 사람이 어떤 사람인지 알 수 있기 때문이다. 좋든 싫든 우리는 다른 사람들을 평가하고 라벨을 붙여서 분류한다. 누가 어떤 직업을 택했는지는 그 사람에 관해 많은 정보를 제공한다.

물론 고정관념은 틀리게 마련이고, 작가라면 진부한 캐릭터는 피하고 싶은 게 당연하다. 차별화와 개성은 캐릭터를 만들 때 중요한 요소다. 이에 대해서는 나중에 좀더 깊이 있게 파고들 것이다. 하지만 캐릭터의 직업은 독자에게 그 캐릭터에 대한 기준을 제시하므로 위에서 말한 '서로를 알아가는' 과정이 단축된다. 직업을 아는 것만으로도 독자는 캐릭터에 대해 다음과 같은 몇 가지 사항을 추론할 수 있다.

성격 특징

어떤 성격 특징이 있으면 특정한 직업에서 성공하기 쉽다. 사람은 대부분 자신의 성격과 어울리는 직업에 끌리게 마련이다. 어떤 캐릭터가 특정 분야에서 일한다고 하면 독자는 그 캐릭터의 성격에 대해 몇 가지 판단을 내리게 된다. 캐릭터를 만드는 입장에서는 캐릭터의 직업만 정해주면 독자에게 캐릭터의 성격을 보여주는 셈이니 묘사가 한결 수월해진다.

이 이론이 맞는지 시험해보자. 유치원 교사라고 하면 어떤 긍정적인 특징이 떠오르는가? 연민, 다정함, 인내심 같은 성격이 맨 먼저 떠오를 것이다. 반면 응급실에서 일하는 응급의학과 전문의라고 하면 지적이고, 결단력 있고, 급박한 상황에서도 냉정함을 잃지 않는 특징이 떠오를 것이다. 물론 예외는 있지만, 특정한 성격은 좋은 교사나 의사, 아니면 농부가 되는 데 도움이 된다.

배경 정보를 한꺼번에 주절주절 늘어놓거나 묘사를 끝도 없이 이어가지 않으면서 캐릭터의 성격을 독자에게 전달하기란 쉽지 않다. 하지만 직업을 활용하면 최소한의 단어만으로 캐릭터를 그려낼 수 있다.

기술과 재능

어떤 직업이든 성격 특징보다 필요한 것은 기술과 재능이다. 기술과 재능은 특별한 소질이며 남보다 일을 잘 해낼 수 있게 해주는 특출한 능력이다. 셰프는 요리나 제빵 기술에 뛰어날 것이고, 클럽 경호원은 호신술을 능숙하게 구사할 가능성이 크다. 이야기에 프로 포커 선수가 등장한다면, 독자는 그 캐릭터가 남의 마음을 읽을 줄 안다고 추측할 것이다.

충족되지 않은 욕구나 더 높은 차원의 동기가 없다면, 캐릭터는 (현실의 우리처럼) 자신이 잘 할 수 있고 즐길 수 있는 일을 찾게 마련이다. 이때 자신이 발견한 재능과 기술이 특정 직업으로 이어지는 경우가 많다. 독자는 캐릭터가 업계에서 성공을 거둔다면 어떤 재능이 있을 거라고 짐작할 수 있다. 따라서 캐릭터가 직업에 관해 어떤 선택을 내리는지 보여주면 이러쿵저러쿵 정보를 늘어놓지 않고도 캐릭터의 소질과 적성을 자연스럽게 드러낼 수 있다.

취미와 열정

취미로 즐기던 일을 직업으로 삼기도 한다. 취미로 고대 문명을 파고들다가 다른 사람과 지식을 나누고 싶다는 생각에 박물관 도슨트가 된 사람도 있을 수 있다. 여가 시간에 지질학을 공부하다가 돈을 받으면서 좋아하는 연구를 마음껏 할 수 있는 지질학자가 되기로 결심할 수도 있다. 이런 식으로 창의력이 필요한 분야나 예술 분야의 직업을 선택하는 사람이 꽤 많다. 이럴 경우 직업은 그 캐릭터의 관심사와 좋아하는 활동을 선명하게 보여주고, 그 캐릭터가 다른 사람들과 어떤 점에서 다른지 짐작하게 해준다.

신체 특징

독자가 캐릭터의 외양을 짐작할 수 있는 직업도 있다. 모델이라면 그 사회가 정해놓은 기준에 맞추어서 매력적인 외모를 지녔을 것이다. 실험실 연구원이라면 가운을 입고 있을 테고, 프로 운동선수라면 신체가 탄탄할 것이다. 제복을 입거나 복장 규정이 있는 직업이라면 캐릭터의 외양과 직장에서의 행동에 대해 무언의 힌트를 제공한다.

선호

어떤 직업을 강제로, 혹은 달리 선택의 여지가 없어서 택한 캐릭터도 있을 수 있다. 하지만 자신의 직업을 자유롭게 선택할 수 있다면 직업은 그 캐릭터가 무엇을 선호하는지 알려준다. 산행 가이드 같은 아웃도어 가이드라면 원래부터 사무실 책상에 가만히 앉아 있는 것보다 밖에서 몸을 움직이는 일을 좋아할 것이다. 퍼스널 쇼퍼는 쇼핑을 좋아할 테고, 보모라면 아이들과 함께할 수 있는 일을 원했을 것이다. 같은 직업을 가졌어도 열정을 쏟는 대상은 각각 다르겠지만, 그 직업을 택했다는 사실을 통해 캐릭터가 기본적으로 무엇을 선호하는지 드러난다.

이상과 신념

직업을 선택하는 또 다른 이유는 그 직업이 자신의 신념과 일치하기 때문이다. 성직자는 사람들이 신을 믿도록 돕는 일이야말로 가장 훌륭한 소명이라고 생각하기 때문에 그 길을 걷는 것이다. 직업 군인이라면 애국심이 강하고 조국에 봉사하고 싶어 하는 사람일 수 있다. 때로 직업은 그 캐릭터의 이상과 신념을 직접적으로 드러낸다.

경제적 상황

직업을 이야깃거리로 삼을 때 경제적인 부분을 주의해야 한다. 어떤 직업을 가졌는지는 그 사람의 경제적 상황과 관련이 있기 때문이다. 성공한 변호사, 의사, 업계의 거물이 나온다면 독자는 그 캐릭터가 부자라고 짐작하겠지만, 이제 막 일을 시작한 사람이나 마트 계산원, 운전기사, 베이비시터 같은 블루칼라 노동자가 나온다면 경제적으로 윤택하지 않을 것이라고 추측하게 된다.

....

캐릭터의 디테일한 부분까지 설정하거나 특별한 개성을 부여하지 않아도 직업만으로 상투적이거나 전형적인 캐릭터가 되는 것을 막을 수 있다. 직업은 캐릭터에 관해 많은 정보를 암시해준다. 스토리에 꼭 필요한 이유(그런 이유에 대해서는 뒤에서 다룰 예정이다)가 있지 않다면 캐릭터의 성격, 신념, 기술과 맞지 않는 직업을 선택하는 것은 그 캐릭터를 약화시키는 결과를 낳는다. 캐릭터와 맞지 않는 직업은 서로 다른 퍼즐에서 가져온 조각처럼 어긋나기 때문이다. 이야기 안에서 그 캐릭터에게 딱 들어맞는 직업을 정해주자. 살아 있는 캐릭터를 만드는 일은 이제 다 된 것이나 마찬가지다.

직업은 긴장과 갈등을 유발한다

갈등은 이야기의 필수 요소로, 목표를 향해 나아가는 캐릭터의 앞을 가로막는다. 갈등의 공식은 간단하다. 캐릭터는 무언가를 원하고, 그 앞을 가로막는 장애물이 나타난다. 한계나 문제, 위기, 반대 등 갈등의 형태는 다양하며, 제대로 쓰인다면 복잡한 상황을 유발하여 캐릭터를 다방면에서 공격할 것이다.

갈등은 사소할 수 있다. 어떤 미시적인 갈등은 장면의 긴장감을 높이면서 캐릭터가 목표를 향해 나아가는 길을 더 어렵게 만든다. 물론 중대한 갈등도 있다. 캐릭터는 만만찮은 장애물을 통과하려 싸우다가 좌절하기도 하고 위험한 상황에 맞닥뜨리기도 한다. 이런 거시적 갈등은 이야기 전체에 광범위한 영향을 미친다. 캐릭터가 개인적인 위기를 맞는 바람에 위험이 커졌다면, 캐릭터와 그 주변 사람 모두 무언가를 잃게 되기 때문이다. 갈등은 캐릭터가 다시 목표를 추구하고, 최선을 다하며, (인물호에 놓여 있다면) 성공을 향해 나아가는 성장의 여정을 계속하게 한다.

특정 장면에 필요한 갈등이 거시적인지 혹은 미시적인지와 상관없이, 직업은 드넓은 지뢰밭이 될 수 있다. 사람들은 갖가지 이유로 일한다. 먹고살기 위해서나 사랑하는 사람을 부양하기 위해서, 자신의 존재 가치를 느끼고 싶어서, 삶의 의미를 찾기 위해서 등등. 직업은 캐릭터의 삶과 완전히 겹쳐지기 때문에 직업으로 캐릭터의 허술한 지점과 민감한 부분을 자연스럽게 조명하고 쿡쿡 찔러볼 수 있다. 작가는 무엇을 흔들고 얼마나 세게 흔들 것인지만 결정하면 된다. 갈등이 생길지 모른다는 가능성만으로도 불안감이 조성된다. 캐릭터의 직업이 삶의 다양한 영역에서 문제를 일으키는 몇 가지 상황을 살펴보자.

관계 갈등

누군가와 가깝다는 것은 그 사람의 생각과 아이디어, 신념, 정서에 긴밀하게 접근할 수 있다는 뜻이다. 이는 결코 사소한 일이 아니다. 대부분의 경우 캐릭터가 자신의 삶으로 누군가를 데려온 것이다. 따라서 그 관계는 개인적이면서 중요하다.

하지만 직장에서는 인간관계를 선택할 여지가 별로 없다. 직장이라는 환경에서는 다른 경우라면 가까이하지 않았을 사람들(인종차별주의자 동료나 까탈스러운 상사 같은)과 한 공간에서 지내야 한다. 캐릭터가 누구를 삶 속으로 데려올 것인지, 또 누구와 일정 거리를 유지할 것인지 결정하는 일은 이야기 전체에 갈등을 촉발하는 요소가 된다.

직장에서 과한 기대, 촉박한 마감, 적은 급여, 막중한 책임이 계속되면 감정이 쌓이고 마찰이 생기면서 사무실 내에 갈등의 회오리가 불 수 있다. 동료들 사이에서 여러 문제가 불쑥 발생해서 주인공의 계획이 어긋나버리기도 한다. 예를 들어, 생산성이 무엇보다 중요한 시기에 상사가 버르장머리 없는 아이를 사무실에 데려와서 멋대로 돌아다니게 내버려 둔다면 주인공의 상여금은 위기에 처할 수도 있다. 이 상황만으로도 충분히 나쁘지만 주인공에게 몇천만 원에 달하는 도박 빚까지 있다면 그에게는 악몽과도 같을 것이다. 아니면 주인공이 승진을 놓고 동료와 경쟁 중인데, 그 동료가 자신의 이익을 위해서라면 다른 사람을 방해하거나 배신하는 것도 마다하지 않는 인물이라면? 주인공은 이 동료를 제치고 최후의 승자가 될 수 있을까?

직장에서 같이 일하는 사람들은 저마다 관점, 의견, 태도, 성격이 다르므로 항상 관계가 좋을 수만은 없다. 그리고 대부분의 직업은 각각의 차이점은 제쳐두고 한 팀으로 일하기를 요구한다. 다만 기술의 발전에 따라 요즘은 상황이 달라졌다. 옛날에는 자판기 앞이나 화장실에서 뒷담화를 했다면, 이제는 사무실에서 다른 동료 모르게 온라인으로 메시지를 주고받을 수 있다. 달라지지 않는 것이 있다면, 사무실은 웃는 얼굴 뒤에 칼을 숨기고 있는 사람으로 가득하다는 것이다.

직업과 인간관계가 엮이면 대개는 결과가 그다지 좋지 않다는 사실을 다음과 같은 상황을 통해 확인할 수 있다.

힘의 불균형

어떤 조직이든 지위가 높거나, 나이가 많거나, 연공서열이 높거나, 아는 사람이 높은 자리에 있다는 이유로 권력을 누리는 사람이 있다. 우리가 만든 캐릭터는 조직의 먹이사슬 중 어느 곳에 위치하든 윗사람이 부르면 달려가야 한다. 게다가 다들 알다시피 상사 위에는 또 상사가 있다.

불공평한 일이지만, 아무리 합당한 자격이 있어도 원하는 지위를 얻지 못할 수 있다. 특히 그 지위가 관리자의 자리라면 더욱 그렇다. 간부급 인물이 인사이동으로 감당하기 힘든 역할을 맡거나, 편견 때문에 혹은 낙하산에 밀려 원하지 않는 자리에 배치되기도 한다.

상사가 비도덕적이거나, 게으르거나, 이기적이거나, 무능하더라도 캐릭터는 어떻게든 상사와 잘 지낼 방법을 찾아야 한다. 그러려면 상사의 비위를 맞추거나, 말도 안 되는 지시를 따르거나, 위선을 못 본 척하거나, 자아도취에 맞장구를 쳐주어야 한다. 캐릭터가 줄을 잘 섰다면 승진이 눈앞에 보일 것이고, 줄을 잘못 섰다면 해고당할지도 모른다.

캐릭터를 편하게 또는 힘들게 하는 존재는 상사만이 아니다. 직장에는 예산을 조절하는 사람, 사내 연수 참가자를 결정하는 사람, 근무 일정을 지시하는 사람 등이 있다. 자질구레한 사항을 포함한 온갖 요소가 직장에서 의사 결정을 하는 데 영향을 미친다. 대형 마트에서는 대부분 매니저가 계산원이 어디에서 일할지를 결정한다. 우리의 캐릭터가 매니저의 눈 밖에 난다면, 제일 느린 계산대에서 하루 종일 혼자서 고생해야 할 수도 있다.

고위 간부가 나이, 성별, 인종, 종교에 대한 편견이 있다면 이 역시 캐릭터의 승진을 방해하는 요인이 될 수 있다. 직장에서 괴롭힘을 받거나 소외를 당한다면 그 자체로도 심각한 문제를 일으킬 수 있을뿐더러 과거에 받았던 정신적 상처가 되살아나 캐릭터를 무너뜨릴 수도 있다.

힘의 불균형은 색다른 원인으로 생길 수도 있다. 주인공의 직장에 주인공의 과거를 아는 신입 사원이 들어왔는데 둘 사이에 불화가 심각한 상황을 가정해보자. 이 신입 사원이 주인공의 어두운 과거를 모조리 알고 있거나, 폭로되면 주인공이 감옥에 갈 수도 있는 비밀을 알고 있다면, 그 힘으로 무엇을 할 수 있겠는가? 갈등 끝에 주인공이 통제력을 잃기라도 한다면 그야말로 짜릿한 전개가 펼쳐질 것이다. 독자는 책을 손에서 놓지 못하고 다음 페이지가 어떻게 전개될지 알고 싶어 안달할 것이다.

사내 연애: 그릇된 판단의 땅

사적인 관계와 업무적인 관계의 경계가 흐릿해지는 지점으로 픽션에서 흔히 사용되는 것이 바로 사내 연애다. 밤늦게까지 같이 일하거나 회식 자리에서 신나게 술을 마시다 보면 그릇된 결정을 내리기 쉽다. 동료 직원과 즉흥적인 밀회를 즐기거나, 회의실에서 사장의 매력적인 비서와 회의가 아닌 무언가를 하게 된다. 사내 연애는 달갑지 않은 사건을 일으키기 십상이기 때문에 회사에서는 대부분 금지되어 있다. 혹시라도 사내 연애의 낌새가 보인다면 다른 사람들이 달려들어 불을 꺼버리려 할 수도 있다. 사내 연애는 직장에서 필요한 팀워크와 화합을 해칠 수 있기 때문이다.

사내 연애의 또 다른 문제는 연애 당사자들이 같은 직장에 있다고 항상 같은 생각을 하는 것은 아니라는 점이다. 한쪽은 탕비실에서 간식 좀 슬쩍하는 일쯤이야 별 문제 아니라고 생각하지만, 다른 한쪽은 엄연한 도둑질이라고 여길 수 있다. 잡담을 나누다가 무심결에 "사랑해"라거나 "그래서 언제 이혼할 거야?"라는 말이 나와버리면 삽시간에 분위기가 얼어붙을 수도 있다. 사랑에 들뜬 속삭임이 "우리 이젠 그만하죠" 또는 "그동안 즐거웠지만, 지금부턴 그냥 직장 동료로 지내는 게 더 좋을 것 같아"로 바뀐다. 어떤 이별이든 가슴이 찢어지지만, 나를 찬 상대와 계속 마주하고 같이 일해야 한다면 감정이 원망, 분노, 복수로 발전할 수도 있지 않을까?

안 좋게 끝난 사내 연애는 작가 입장에서 쓸만한 갈등이 끊임없이 나오는 화수분과 같다. 상대방의 경력을 망치려는 행위, 협박, 배우자에게 말하겠다고 을러대는 수법이 뻔하지만 자주 사용되는 것은 그만큼 효과가 있기 때문이다. 그런데 이런 뻔한 행위에 어디에서도 본 적 없는 반전을 슬쩍 넣는다면 어떨까? 상사와 연애를 하다 차인 캐릭터가 상사의 아내가 아니라 불안감에 시달리는 상사의 십 대 자녀에게 아버지의 불륜을 폭로해버리면 어떻게 될까? 아니면 불륜의 증거를 상대의 가족이 아니라 상대와 친한 교회 교인들에게 넘겨버린다면? 상상력을 갈고닦아서 상대에게 앙갚음하는 창의적인 방법을 생각해보자. 때로는 작은 상처가 가장 큰 피해를 입힐 수 있다.

가정에서의 문제

직장에서의 모습과 가정에서의 정체성이 충돌할 때 관계 문제가 생긴다. 퇴근했다고 해서 직장과 관련된 문제를 머릿속에서 완전히 지워버리기는 쉽지 않다. 늦게 퇴근해서 지쳐 있는데 아이들이 방방 뛰면서 놀아달라고 조르거나, 배우자가 배가 고프다며 저녁을 재촉하거나, 고양이가 마룻바닥에 구토를 해놓았다면, 참지 못하고 짜증을 냈다가 후회와 사과로 그날 밤을 보내게 될 수도 있다.

고된 업무는 인간관계에 다양한 방식으로 영향을 준다. 예를 들어 타지로 발령이 나면 친구 관계, 인생 계획, 소속감이 흔들린다. 교대 근무를 하면 부모나 배우자에게 육아를 떠넘길 수밖에 없다. 마지못해 직장을 다니고 있는데 출장이나 야근이 잦아서 자녀가 참가한 대회나 경기를 보러 가지 못한다면 갈수록 스트레스가 쌓일 것이다. 캐릭터는 가족과 시간을 보내지 못해서 죄책감을 느낄 터이고, 캐릭터의 배우자는 혼자 집안일을 떠맡는 상황을 부당하다고 여기거나 캐릭터가 가정을 등한시한다고 생각할 것이다. 부부가 서로 상대방이 들어줄 수 없는 요구를 하게 되면 갈등은 커진다. 마침내는 직장과 집안일에 지쳐서 결혼 생활을 제대로 꾸려가지 못하고 애초에 왜 결혼을 한 것인지 후회하게 된다.

돈만큼 가정을 뒤흔드는 갈등 요소도 없으며, 작가는 이를 유리하게 활용할 수 있다. 아내가 어떤 직업을 갖기 위해 준비가 필요한데, 남편이 그럴만한 가치가 없다는 이유로 아내의 커리어를 지원하려 하지 않는다면 어떻게 될까? 아내는 자신의 능력과 가치를 의심하다가 결국 그런 생각을 하게 만든 남편에게 분노하게 될 지도 모른다. 남편은 왜 아내를 지원하지 않으려 했을까? 아내가 자신보다 돈을 많이 벌게 되면 자존심이 상할 것 같다는 이유도 있을 수 있다.

현실에서는 배우자나 애인의 일이 자신의 일보다 중요해지는 순간 갈등이 발생하곤 한다. 신체장애가 있는 아들을 둔 스티브와 얼리샤라는 부부를 가정해보자. 스티브는 개인 트레이너로 자신의 피트니스 센터를 차리려고 열심히 노력하는 중이다. 얼리샤는 거리 공연가로 낮에는 집에서 아들을 돌보고 밤에 공연을 한다. 부부는 서로 일정을 조율하며 별문제 없이 살아왔다. 그런데 어느 날, 얼리샤의 공연을 찍은 동영상이 온라인에서 입소문을 타고 유명해진다. 갑자기 공연을 해달라는 전화가 끊임없이 걸려오고 여러 기획사에서 계약을 하자고 매달린다.

이렇게 삶이 급격히 바뀌자 얼리샤는 더 많은 시간을 공연에 투자하게 되었고, 그 결과 낮에 아들을 돌봐줄 사람이 필요해졌다. 얼리샤는 스티브에게 일생에 다시 없을 기회고, 앞으로 엄청난 가능성이 펼쳐질 수 있으니 당신이 일을 그만두고 아들을 돌봐줬으면 좋겠다고 속마음을 털어놓는다.

스티브는 일을 그만두고 싶지 않을 것이다. 특히 피트니스 센터를 차리겠다는 목표에 거의 다 도달한 시점이라면 말이다. 아내에게 정말 중요한 순간이라는 것을 알기 때문에 마지못해 얼리샤의 부탁을 받아들인다 하더라도, 이 결정은 스티브의 커리어에 큰 영향을 미치게 될 것이다. 더구나 아내가 자신의 꿈을 남편의 꿈보다 더 중요하게 생각한다는 사실이 밝혀졌으니, 이 부부의 관계는 앞으로 어떻게 변할까?

일과 가정 사이의 갈등은 가장 해결하기 힘든 상황 중 하나다. 이런 갈등은 캐릭터가 자신의 욕구, 정체성, 의무를 두고 힘든 선택을 하게 하므로 캐릭터의 마음속 깊은 감정을 탐색할 수 있는 아주 훌륭한 방법이기도 하다. 가정과 일을 두고 캐릭터가 내리는 선택은 다음에 일어날 일을 결정하기 때문에 이야기 전개에서 굉장히 중요하다. 일에 쏟았던 에너지를 자신이 옳다고 생각하는 일에 쏟게 된다면, 캐릭터는 성취감을 느낄 수 있는 방향으로 삶의 목표를 재설정하게 될 것이다. 하지만 사랑하는 가족이나 연인 때문에 자신이 좋아하는 일을 희생해야 한다면, 캐릭터는 인생의 불공평함에 분개하고 불만을 품다가 지쳐버릴지도 모른다.

독자는 일, 가족, 인간관계의 균형을 맞추는 것이 얼마나 어려운지 잘 안다. 누구나 현실에서 겪을 법한 이런 갈등을 이야기에 포함하면 이야기에 현실감을 더하고 독자를 캐릭터에 더욱 끌어들일 수 있다.

도덕적 갈등

캐릭터는 어떻게 어린 시절을 보냈고, 누구에게 영향을 받았으며, 무엇을 배웠는지 등 과거의 경험을 한데 섞은 반죽에서 탄생한다. 캐릭터가 겪은 모든 경험은 사회와 사람들과 세상이 돌아가는 방식에 대한 캐릭터의 태도, 다시 말해 캐릭터의 세계관을 만들어낸다. 이런 세계관에는 도덕적 신념이 내재되어 있다. 도덕적 신념은 옳고 그름을 식별하는 기준이 되고 일상적인 행동에 강력한 영향을 미친다. 이런 신념은 각종 감정과 밀접하기 때문에 캐릭터가 가진 정체성의 일부가 되고, 캐릭터는 그 신념을 지키기 위해 무엇이든 하게 된다. 하지만 현실 세계가 그렇듯, 옳고 그름은 명확하게 판단하기 어려울 때가 많다.

다양한 도덕적 신념의 충돌

직장에는 저마다 살아온 배경, 문화, 경험이 다른 사람들이 모인다. 사람들마다 세계관, 도덕 규범, 삶의 목표가 제각각이다. 모두의 가치관이 동일하지 않고, 옳고 그름을 구별하는 기준도 다르기 마련이다. 이런 사람들이 모여서 일하다 보면 업무에 방해가 되거나 도덕적 위기를 초래하는 행동이 나올 수 있다.

골동품상에서 일하는 게리라는 캐릭터를 만들어보자. 어느 날 게리는 우연히 사장이 고객에게 골동품의 내력에 대해 거짓말하는 것을 듣게 된다. 게리가 문제를 제기하자 사장은 어차피 그 고객은 봐도 모를 거라며 무시해버린다.

게리는 고민에 빠진다. 손님에게 사기를 치는 것은 자신의 도덕적 신념에 어긋나기 때문이다. 하지만 아내가 얼마 전에 심장 수술을 받아서 엄청난 수술비를 내야 하기 때문에 직장을 그만둘 수 없다. 이럴 때 도덕적 갈등은 해소하기 어렵다. 아니면 게리는 사장에게 지켜야 할 의리가 있을 수도 있다. 게리가 출소 후 직장을 구하지 못했을 때 사장이 고맙게도 그를 고용해주었기 때문이다.

다른 사람이 엮인 도덕적 갈등은 골치가 아프기 때문에 아무 대처도 하지 않는 식으로 회피하고 싶을 수 있다. 하지만 "선택을 하지 않는 것도 선택"이라는 말이 있듯이, 아무 일도 하지 않는 것은 사장의 행동을 용납하겠다는 뜻이 된다. 게리는 어떻게든 선택을 해야 할 상황에 놓인 셈이다. 캐릭터가 자신의 신념과 반대되는 비도덕적인 행동을 한다면, 그 결과 자부심을 잃거나 평판에 금이 갈 수 있다. 자신이 옳다고 믿는 것을 고집한다면 그 결과로 직장이나 자유, 영향력, 힘 따위를 잃을 수 있다.

게리의 경우로 돌아가보자. 게리는 사장의 거짓말을 못 본 척하기로 했다. 하지만 이 선택은 시간이 지날수록 게리를 죄책감에 빠뜨릴 것이다. 게리는 자신이 직접 거짓말을 하지는 않았지만, 그런 일이 일어나도록 내버려두었으므로 자신도 공범이라는 사실을 내심 알고 있기 때문이다.

도덕적 갈등으로 인한 캐릭터의 선택과 행동은 독자에게 그 캐릭터 심리의 다양한 층위를 드러낸다. 캐릭터의 마음속에서 벌어지는 옳고 그름 사이의 줄다리기는 캐릭터의 성장을 보여주는 데도 효과적이다. 알코올의존자가 변화를 위해 술을 거부하는 것처럼, 캐릭터는 직업에서도 성공을 보장하지만 결국에는 자신을 망가뜨릴 유혹을 거부해야 한다. 갈등이 내면의 가장 깊숙한 도덕적 신념과 가치관을 건드릴 정도로 심각해지면, 캐릭터는 문제를 회피할 수 없다. 의미 있는 변화를 가져오게 될, 힘든 결정을 내리지 않을 수 없게 된다.

'이번 한 번만'이라는 함정

다른 종류의 갈등과 마찬가지로, 도덕적 문제는 캐릭터가 다양한 어려움을 겪게 한다. 도덕의 영역에서는 사소한 딜레마도 위험하다. 아무리 사소하더라도 사람의 도덕성을 서서히 파괴할 수 있기 때문이다. 수당도

받지 못하고 추가 근무를 해야 하는 점원이라면, 어느 날 잔돈을 슬쩍 빼돌려서 점심값으로 써도 괜찮다고 생각할 수 있다. 얼마 되지 않는 돈이고, 추가로 받아야 했던 수당 대신이라고 정당화하면서 말이다. 그러다가 다음 날 또, 그 다음 날도 같은 행동을 하고, 마침내 잔돈을 슬쩍하는 것이 습관이 된다. 이렇게 선을 넘는 행동은 어디까지 가게 될까? 점심값 정도의 푼돈이 아니라 전기요금을 내려고 좀더 많은 돈에 손을 대다가 들켰을 때야 비로소 자신이 한 일의 의미를 깨닫게 될까?

사소한 갈등 상황에서 규칙을 조금 어긴 행동이 어느 순간 심각한 상황으로 번질 수 있다. 우리의 캐릭터가 조금 일찍 퇴근하고 싶어 하는 회사 동료를 한 시간쯤이야 괜찮겠지 싶어서 아무에게도 알리지 않고 보내주었다고 하자. 그런데 바로 그날 그 동료의 전 애인이 행방불명되고, 며칠 후에 토막 난 시체로 발견된다면? 캐릭터가 살인 사건 조사 과정에서 주요 인물로 지목된다면 그야말로 인생이 송두리째 달라질 것이다. 그리고 자신이 살인을 방조한 것일지도 모른다는 죄책감에 시달릴 수도 있다.

의무와 도덕이 충돌할 때

의무와 도덕적 신념이 충돌할 때 캐릭터의 충성심이 흔들린다. 독재 군주를 섬기는 군인이 본보기로 죄 없는 마을 주민들을 죽이라는 명령을 받았다면, 명령을 따를 것인가 아니면 거부할 것인가? 협박을 받는다면, 굴복할 것인가?

캐릭터가 욕구 또는 바람, 목표 때문에 갈등을 겪게 되면 문제가 발생할 수 있다. 영화 〈슬리퍼스Sleepers〉에서는 뉴욕 뒷골목에서 같이 자란 친구 네 명이 어린 시절 자신들을 학대한 교도관에게 복수를 다짐한다. 자신들을 괴롭힌 교도관을 살해한 혐의로 두 명이 체포되자, 친구들은 신부에게 거짓 알리바이를 만들어달라고 부탁한다. 어릴 때 복사를 서던 순진한 아이들이자 끔찍한 범죄의 희생자였던 소년들이 이제 자신을 위해 법정에서 위증을 해달라고 부탁하는 것이다. 신부는 고민 끝에 결심하고, 그 결과는 어마어마한 상실로 이어진다.

개인적인 갈등

개인적인 문제가 업무에 영향을 미치기 시작하면 직장이나 사회생활이 불안정해지고 삶의 다른 부분도 혼란스러워진다. 스트레스를 음주로 푸는 캐릭터를 생각해보자. 하루는 겨우겨우 술을 참아도 다음 날에 또 퍼마시고, 그 결과 직장에서 생산성과 성과가 나빠지게 된다. 이런 상황이 계속되면 결국 추천서를 받지 못하고 직장에서 쫓겨날지도 모른다[미국에서는 새 직장을 구할 때 전 직장에서 받는 추천서가 중요하다. 추천서가 없으면 경력이 좋아도 직장을 구하기 어려울 수 있다]. 같은 업계에 있는 친한 친구들조차 자신의 평판이 손상될까 봐 직장을 소개해주기 꺼릴 것이다. 동료들과 마찰이 있는 와중에 구직에도 어려움을 겪는다면 캐릭터에게 훨씬 더 많은 문제가 생기게 될 것이다.

개인의 희생을 강요하는 직업

어떤 직업은 다른 직업보다 부담이 크고, 잘 해내려면 업무에만 매달려야 하기 때문에 다른 곳에 쓸 시간과 에너지가 남아나지 않게 된다. 처음에는 그럭저럭 버티더라도 이런 상황이 계속되다 보면 위기로 이어질 수 있다. 리디아라는 캐릭터를 만들어보자. 리디아의 직업은 무용수이고, 최고의 무용수가 되려고 다른 개인적인 목표와 인간관계를 희생한다. 그래서 호평을 얻고 성공을 거두지만, 세월이 흐르자 그녀보다 젊은 무용수들과 경쟁해야 하고 좋은 역할을 맡는 것이 예전만큼 쉽지 않아진다.

어느 날, 리디아의 소속사가 그녀와 재계약을 하지 않기로 하면서 결국 일이 터진다. 리디아의 무용수 경력이 느닷없이 끝나버렸다.

직장에서 갑자기 내쳐진 여파가 그녀의 삶 전반으로 퍼져나가고 리디아의 삶은 중심부터 흔들린다. 리디아는 지금껏 소속사 외의 사람들과 관계를 맺는 일에 관심이 없었기 때문에 누구와도 소통하는 일이 어렵다(애정과 소속의 욕구). 자신이 이제 무용수로서 쓸모가 없어졌다고 여기기 때문에 다른 무용수들과 어울리는 것도 거부하고 그들이 보내는 연민의 시선도 외면한다(존중과 인정의 욕구). 무엇보다 최악인 부분은 정체성을 빼앗겼다는 기분이다. 리디아는 무용수였고, 무용수는 그녀의 꿈이었다. 그 정체성이 사라지니 그녀는 이제 자신이 어떤 사람인지 알지 못한다(자아실현의 욕구).

미래는 암울하기만 하다. 무엇으로 먹고살 것인가? 리디아가 받은 교육은 모두 무용에 대한 것이었기에 무용 강사, 무용 학원 원장, 안무가 같은 무용 관련 직업 말고는 생계를 유지하기 힘들다. 학교로 돌아가서 다른 분야로 취직하기 위한 기술을 배울 수도 있겠지만, 교육을 받는 동안에는 돈을 벌지 못한다. 저축해 둔 돈이 바닥나면 집세나 관리비를 내기 힘들어지고 음식을 비롯한 생활필수품을 살 방도가 없어진다(생리적 욕구).

개인의 희생과 헌신을 요구했던 분야에서 경력이 끝나버리면 자신이 이용당했다고 느끼는 것은 당연하다. 리디아 같은 캐릭터는 자신을 이용하고 버린 업계에 적의를 품고, 자신이 받은 부당한 대우를 무시하는 사회에 분개하고, 가족과 친구들이 자신을 잘 보듬어주지 않았다고 화를 낼 수 있다. 어떤 직업이든 경력이 끊긴 새로운 현실에서 마음을 다잡고 헤쳐나가기란 쉽지 않다.

리디아의 시나리오에서 좋은 점은, 작가와 독자 모두 소중한 무언가가 갑자기 사라져버린 상황에서 느끼는 두통과 환멸을 잘 알고 있다는 것이다. 캐릭터가 겪는 고통스러운 상황을 활용한다면, 독자는 자신의 힘들었던 시기를 떠올리고 캐릭터에게 공감할 수 있게 된다.

사악해지고 싶은가?

매슬로의 욕구 단계를 활용하여 갈등을 복잡하게 만들어보자

앞에서 매슬로의 욕구 단계를 살펴보았다. 충족되지 못한 욕구는 캐릭터의 직업 선택에 영향을 미친다. 하지만 우리 모두 알다시피 삶은 복잡해서 예전에는 만족스러웠던 것이 이제는 지루하게 느껴지거나, 짜증스러워지거나, 위험해지기도 한다. 직장에서 발생하는 갈등이 캐릭터의 욕구를 조금씩 갉아먹거나 동료와의 사이를 나쁘게 해서 직장이 전쟁터가 되어버릴 수도 있다.

다라는 힙합 가수의 매니저로 일한다. 가수가 투어를 하면 이동할 차편을 마련하고, 호텔을 알아보고, 그 밖의 세세한 사항을 관리한다. 인터뷰와 방송 출연 일정을 조율하고, 가수가 요구하는 조건이 갖추어졌는지 확인하고, 자질구레한 심부름도 해준다. 다라는 이 일을 통해 유명한 사람들의 화려한 생활을 가까이에서 접할 수 있어서 만족하고 있다. 해야 할 일이 너무 많아 잠도 제대로 못 잘 정도지만, 그만큼 성취감도 있고 보수도 두둑하다. 그 무엇을 주더라도 이 일을 그만둘 생각은 없다.

어느 날 밤, 공연이 끝난 후 다라는 가수를 호텔에 데려다주고 프론트로 내려와 우편물을 챙겼다. 대부분 팬들이 보낸 카드와 편지다. 작년에 스토커가 가수를 괴롭힌 일이 있었기 때문에(다행히도 그 스토커는 결국 붙잡혀서 감옥에 갔다), 다라는 우편물을 신중하게 살펴보고 꺼림칙한 것은 걸러낸다.

공연 후에 있을 파티에 참석하려고 가수가 옷을 갈아입는 동안, 다라는 옆방에 대기하고 있다가 무심코 우편물 더미에서 빨간색 카드 봉투를 꺼내 든다. 봉투를 여는 순간 하얀 가루가 다라의 양손에 쏟아진다. 다라는 놀라서 봉투를 떨어뜨리지만 이미 가루는 그녀가 숨을 들이킬 때 폐로 들어가버렸다.

가수가 있는 방으로 통하는 문의 손잡이가 달그락거린다. 다라는 몸을 날려 문을 막고는, 가수에게 경찰에 신고하고 어서 호텔에서 나가라고 소리친다. 경찰이 오기를 기다리는 동안, 펜을 이용해 카드를 펼쳐 보니 사진 한 장이 나왔다. 가수가 누군가에게 사인해주는 모습을 어깨너머에서 찍은 것이다. 작년의 그 스토커가 항상 보내던 사진이다. 다라는 망연자실한 채 덜덜 떨리는 몸으로 의자에 무너지듯 주저앉는다. 대체 스토커는 어떻게 감옥에서 나온 것일까? 경호원들은 왜 그자를 알아보지 못했을까? 감옥에 있다 나왔으니 이전보다 정신이 불안정해졌을 테고, 감옥에 간 것이 가수 탓이라며 그에게 앙갚음하겠다고 더 심하게 나올 수도 있다.

다라는 하얀 가루가 뒤덮인 양손을 내려다본다. 탄저균 가루일까? 에볼라 바이러스? 다라는 욕실로 뛰어들어 손을 박박 문질러 씻는다. 호흡이 점점 가빠지고, 가슴이 죄어든다. 경찰이 도착했을 즈음 다라는 땀을 비 오듯 흘리고 있었다.

며칠 후, 다라는 특수 병실에 격리되어 여러 의사에게 검사받은 끝에 이상이 없다는 확진을 받았다. 가루는 단순한 전분 가루였고, 처음에 느꼈던 증상은 갑작스러운 상황 때문이었다.

퇴원 후 다라가 물건을 챙기러 호텔 방에 돌아가니, 사고 소식을 들은 같은 업계 매니저들이 보내준 꽃다발과 카드가 방 안에 가득하다. 가수는 자신의 팬이 이런 짓을 했다는 사실에 몹시 당황해하면서, 눈물을 흘리며 다라에게 사과한다. 가수는 다라가 얼마나 힘들지 이해한다면서 사흘 정도의 휴가를 주겠다고 한다. 다라는 미소를 짓고 좋은 말로 답을 하지만, 마음속 깊은 곳에서는 자신이 이 일을 그만둘 것임을 알고 있다. 호텔 앞에서는 기자들이 얼굴 앞에서 플래시를 터뜨리고, 언론의 주목을 받으려고 조작한 사건이 아니냐고 질문을 퍼붓는다. 낯선 사람들이 바짝 다가오고… 이미 다라는 마음속으로 사직서를 쓰고 있다.

인간의 기본 욕구는 강력하다. 필요한 것을 다 갖추고, 완벽한 충족감을 느끼며, 자신의 일을 사랑한다고 해도 어떤 이유로든 안정감이 크게 위협받으면 모든 것이 흔들린다. 다라는 그동안 충족되었던 안전 욕구가 흔들리자, 갑자기 자신의 삶이 얼마나 취약한지 깨닫는다. 다라는 더는 화려한 삶에 가까울수록 커지는 위험을 감수하면서까지 자아실현 욕구를 채우려 하지 않을 것이다.

기본적인 욕구가 위협받는 상황은 스토리텔링에서 커다란 문제를 일으킨다. 경찰관이라는 직업에 만족하고 직장에서도 애정과 소속감을 느끼던 캐릭터가 총에 맞은 후 안전 욕구를 채우기 위해 퇴직을 할 수 있다. 기계를 다루는 엔지니어로 자기 일에 더없이 만족하는 캐릭터가 일을 독하게 시키면서 직원을 과소평가하는 상사를 만나는 바람에 존중과 인정의 욕구를 충족하려고 다른 직장을 알아볼 수도 있다. 인간의 기본 욕구와 캐릭터의 직업이 상호작용하는 상황은 무수히 많고, 그런 상황에서 캐릭터는 다른 때라면 하지 않았을 선택을 내리게 된다.

꿈의 직장에 다니고 있다면?

자신이 완벽하게 만족할 것이라고 확신하는 직업을 향해 혼신의 노력을 기울이는 캐릭터도 있다. 하지만 현실은 꿈과 다르다. 그토록 원하는 직업을 갖게 되어도 결국 실망해서 중도에 그만두고, 이 직업을 택한 것이 실수였다고 생각할 수 있다.

원하는 직업을 가지려고 많은 노력과 투자를 했다면 그 직업을 그만두기가 두려울 수 있다. 게다가 그 직업을 잘 해내고 있고, 상당한 돈을 벌고 있으며, 주변 사람에게 인정받고 있다면 일을 그만두는 것은 어리석은 결정이기까지 할 것이다. 이럴 때 캐릭터의 내면은 혼란스러워진다.

직업을 그만두는 것도 물론 겁이 나지만, 마음속 깊은 곳에서는 그만두지 않으면 만족감도 느끼지 못하면서 계속 혹사당할 것임을 알기 때문이다.

일을 그만두든 계속하든 미래는 불확실하기에, 캐릭터는 오도 가도 못하는 상황에 빠질 수 있다. 일을 그만두지 않는다는 것은 새로운 삶을 시작할 용기가 없다는 뜻이기에 후회할지도 모른다. 하지만 다른 직업을 찾아 나서는 것 역시 감당해야 할 비용이 크다. 새로운 기술을 배우느라 빚을 내거나, 기술을 익히는 데 시간이 걸리는 등 신경 쓸 것이 많다. 그리고 만약 새로운 직업을 얻는 데 실패한다면, 또는 몇 년이 흐른 후에 원래 직업이 더 좋았다는 것을 깨닫고 돌아가고 싶어진다면?

생애 첫 직업이든 아니든, 직업을 택할 때는 믿음과 무모함이 모두 필요하다. 주변 사람과 환경에 짓눌리는 캐릭터는 대체로 신념이 부족하다. 부정적인 상황을 겪을 때마다 결정을 내리는 일은 점점 힘들어진다. 인간이 먼 옛날부터 품어온 의문인 "이게 과연 내가 정말로 원하는 일인가?"에 대한 답을 찾으려고 고군분투하는 캐릭터를 묘사하는 것은, 작가에게는 현실 세계의 독자에게 캐릭터를 인간답게 보여주는 아주 좋은 방법이다.

캐릭터가 통제할 수 없는 시나리오

갖가지 직업에서 발생할 법한 보편적인 갈등을 찾고 있다면, 다음과 같은 상황을 고려해보자.

기술의 변화

기술의 혁신과 발전은 일자리를 사라지게 만들기도 한다. 기술로 인해 절차가 단축되고 로봇이 인간을 대체하면서, 많은 사람이 자신이 이제 쓸모없는 존재가 될까 봐 걱정하게 된다.

기업 합병

경쟁이 치열한 업계에 있는 회사는 끊임없이 힘을 키워야 한다. 그렇지 않으면 더 크고 공격적인 경쟁 업체에 밀려날지도 모른다. 힘을 키우려면 회사끼리 합병하는 것도 방법이다. 합병할 때 맨 처음으로 하는 일은 수익성을 높이기 위해 합병하는 회사끼리 중복되는 부분을 확인하여 부서, 제품, 직원을 잘라내는 것이다.

경기 불황

시장이 어려워지면 업계도 어려워진다. 업계에 속한 수많은 회사는 힘겨운 시기에 들이닥치는 충격을 견디지 못한다. 불경기, 팬데믹, 전쟁, 자연재해, 정치적 격변은 모두 특정 지역뿐 아니라 전 세계의 경제를 뒤흔들 수 있고, 그러면 사업주는 비용을 절감해야 한다. 실적이 저조한 서비스나 제품을 없애고, 새로운 제품 개발에 들이는 예산을 줄이고, 비용이 제일 많이 들고 위험도가 높은 부문이 어디인지 확인한다. 이는 대량 해고로 이어질 수 있다. 많은 사람이 한꺼번에 해고를 당하면 같은 일을 하려는 사람은 많은데 고용하려는 회사는 적기 때문에 캐릭터가 새 직장을 찾는 일이 더 어려워진다.

한 업계가 어려워지면 그 업계에서 일하는 사람들만 영향을 받는 것이 아니다. 사람들은 해고당하거나, 근무 시간이 단축되거나, 무급 휴가를 받게 되면 지출을 줄이기 마련이다. 이는 다른 업계에도 영향을 미친다. 고객이 줄어든 사업주들은 돈에 쪼들리게 되고, 허리띠를 졸라맨다. 여러 업계에 광범위한 경제 위기가 닥치는 것이다.

새로 온 사장

회사의 사장이 바뀌면 직원들은 숨을 죽인다. 회사의 무엇이 바뀌고 무엇이 그대로 남을지 누구도 알 수 없기 때문이다. 당분간은 지금의 상태를 유지하더라도 결국은 더 큰 변화가 있을 것이 뻔하다. 새로 온 사장은 기존의 서비스나 제품을 없애버리거나, 회사가 나아가는 방향을 바꾸거나, 틈새시장을 개척하거나, 시장을 확장하거나, 사내 문화를 바꾸기도 할 것이다. 어떻게 바뀌든 달라진 회사에 맞지 않는 직원은 나가라는 권고를 받게 된다.

회사 홍보 문제

때로 회사는 어처구니없는 실수를 저지른다. 제대로 검증되지 않은 제품을 내놓아서 리콜이 발생하거나, 마케팅 행사를 엉망으로 기획하여 지역사회의 반발을 산다. 연구·조사를 소홀히 하거나, 파트너십을 맺은 업체가 비윤리적인 행위를 저지르는 바람에 싸잡아서 비난을 듣기도 한다. 어떤 이유든 회사의 평판이 손상을 입으면 재정적 손실로 이어지게 된다. 대중의 신뢰를 되찾으려면 회사는 어떻게든 상황을 바로잡아야 하므로, 직원에게 책임을 떠넘기는 일이 다반사로 일어난다. 우리의 캐릭터가 이런 상황에 연루되었다면 해고나 좌천을 당할 수 있다. 설령 캐릭터는 잘못이 없더라도 회사는 비난받을 사람이 필요하므로 캐릭터를 희생양으로 만들어버릴 수도 있다.

사회의 변화

여러분이 쓰고 있는 이야기의 배경이 현실 세계라면(또는 현실 세계와 유사하다면), 사회운동이나 대중의 요구가 경제 상황에 영향을 미칠 수 있다. 성난 여론이 업계를 단박에 뒤흔들기도 한다. 회사는 이러한 여론을 받아들이지 않으면 문을 닫게 될 지도 모른다.

멀리 갈 것도 없이, 기후 변화의 심각성을 인식하는 사람들이 많아지면서 일회용품을 대하는 소비자의 태도가 바뀌는 것만 봐도 그렇다. 소셜 미디어 인플루언서나 정치인이 플라스틱 빨대를 쓰지 말자고 사람들을 설득하면, 플라스틱 빨대 재고를 잔뜩 쌓아둔 회사는 순식간에 곤경에 처할 수 있다. 제품 라인을 빠르게 바꾸지 못한다면 이 회사는 결국 파산할 것이다.

재택근무에서 겪는 문제

집에서 근무하는 사람이 늘어나면서, 집과 직장이라는 두 세계가 서로 충돌하는 시대가 되었다. 업무적인 또는 사적인 온갖 갈등이 한공간에서 펼쳐지면서 생산성이 떨어지고, 중요한 업무에 집중하지 못하고, 업계의 영향력 있는 사람들에게 전문성이 떨어지는 사람으로 비칠 수 있다. 재택근무에서 겪는 갈등을 이야기에 넣고 싶다면 다음 몇 가지 아이디어를 잘 참고해보자.

업무를 제대로 할 수 없는 환경

한창 중요한 업무에 몰두해 있을 때 방해받는 것보다 나쁜 상황이 있을까? 등기 우편에 서명해달라는 우편집배원, 형제의 잘못을 일러바치는 아이들, 갑자기 먹통이 된 인터넷, 욕실 벽을 무슨 색으로 칠할지 물어보는 배우자, 에어컨을 수리하러 몇 시에 가면 되겠냐고 전화를 걸어오는 서비스 센터 직원… 예를 들자면 끝도 없다.

우리의 캐릭터가 현실 세계의 사람과 비슷하다면 자기 자신이 업무를 방해하는 요인이 되기도 한다. 일하다 말고 메시지를 확인하고 소셜 미디어를 들락날락거리거나, 배고파서 집중을 못하기도 한다. 밖에서 사이렌 소리가 요란하게 들리는 바람에 집중력이 날아가버렸다고 핑계를 댈 수도 있다. 일을 제대로 해내지 못하면 스트레스가 쌓이고 감정이 불안정해져서 조급한 마음에 실수를 저지르기도 한다.

일정의 충돌

캐릭터가 혼자 살지 않는다면 재택근무할 때 다른 사람과 함께 공간을 써야 한다. 집에 아이들, 손님, 배우자의 사업 파트너들이 왔다 갔다 한다면 업무에 집중하기가 어렵다. 중학생 아들이 숙제 때문에 컴퓨터를 쓰거나, 배우자가 온라인 회의 때문에 서재를 독점하는 식으로 업무에 필요한 자원을 같이 써야 할 수도 있다.

캐릭터가 다른 나라 사람들과 협업해서 일을 해야 한다면 시차가 흥미로운 갈등 소재가 될 수 있다. 자녀의 등교 시간처럼 시끌벅적하고 어수선한 시간대에 전화나 영상으로 회의를 해야 하는 경우도 있다. 아이들과 놀아주다가, 또는 가족 모임을 하다가 업무를 처리한다면 상대방에게 전문성이 떨어진다는 인상을 주어서 상사가 못마땅해할 수 있다.

원치 않는 비밀 공개

사생활과 업무를 철저히 분리하는 것을 중요하게 생각하는 사람이 있다. 하지만 병에 걸렸거나, 부상을 당했거나, 회사 방침 때문에 갑자기 재택근무를 하게 되면 숨기고 싶었던 비밀이 드러날 수도 있다. 강박적인 수집벽이 있는 사람이 집에서 화상 회의를 한다면 그 성향을 숨기기 쉽지 않을 것이다. 또는 재택근무를 하게 된 주인공이 좁은 집에서 여러 명의 가족과 산다면 이런저런 사생활이 문제가 될 수 있다. 한창 회의 중인데 주인공의 뒤에서 술 취한 배우자가 욕설을 중얼거린다거나, 치매에 걸린 부모님이 옷을 반쯤 벗은 채로 왔다 갔다 한다면 어떻게 될까?

그 외의 사소한 문제

자택에서 손님을 받으며 사업을 꾸려가는 사람들이 있다. 우리의 캐릭터가 이런 사업을 하고 있다면 고객이 방문하는 시간에는 집을 깔끔하게 유지해야 한다. 그런데 고객이 데려온 개가 세탁 바구니에 담긴 더러운 속옷을 꺼내서 마룻바닥에 늘어놓거나, 식기세척기가 고장 나서 세제 거품이 흘러넘친다면? 아니면 현관에 심하게 흘린 코피 때문에 마치 살인 사건 현장 같은 분위기가 연출되었다면? 때마침 찾아온 고객은 당혹해하며 온갖 상상을 떠올릴 것이다.

....

사소한 갈등이든 커다란 갈등이든, 최대한 효과를 내려면 그 갈등이 그 장면에 쓰인 목적을 정확히 알아야 한다. 갈등은 단순히 캐릭터를 괴롭히는 것 이상의 역할을 해야 한다. 갈등은 장애물을 넘어 본질을 깨닫게 하는 촉매제가 될 수 있다. 지금까지 못 보던 부분을 인식하게 하거나 정말 중요한 무언가를 놓치고 있었다는 사실을 알아차리게 하는 데에 갈등만 한 것이 없다. 갈등은 제아무리 고집 센 캐릭터라도 이번만큼은 자신을 돌아보게 한다.

직업은 이야기 구조와 인물호를 뒷받침한다

이야기 속 캐릭터의 디테일은 스토리텔링을 단단하게 뒷받침해줘야 한다. 디테일이 너무 빈약하거나 너무 장대해도 곤란하다. 소설을 읽을 만큼 문화생활을 즐기기는 하지만 신경 쓸 일이 많아서 소설을 자세하게 기억하지 못하는 독자도 고려해야 한다. 이럴 때 다시 한번, 캐릭터의 직업이 아낌없이 주는 나무처럼 여러분을 도와줄 것이다. 캐릭터의 직업은 그 캐릭터의 인간성과 신념, 흥미를 드러낼 뿐만 아니라, 이야기의 구조를 강화하고 인물호를 구성하는 층위를 보여준다.

이야기의 도입부만 봐도 알 수 있다. 작가에게 이야기 도입 부분을 쓰는 것은 엄청난 부담이다. 주인공을 소개하고, 주인공에게 무엇이 가장 중요한지 보여주고, 주인공의 현재 상황과 욕구를 반영한 세계를 묘사하고, 앞으로 무엇이 잘못될지 넌지시 암시도 줘야 한다. 물론, 독자가 계속 읽어나가도록 이 모든 것을 재미있게 써야 한다! 어떤 작가라도 쉽지 않은 무리한 요구지만, 그래도 해내야만 한다.

스토리의 토대를 구성할 때 직업을 활용할 수 있는 핵심적인 방법 몇 가지를 소개해보겠다.

직업을 이야기의 배경으로 삼는다

주인공이 변호사인 이야기의 도입부를 상상해보자. 우리 주인공은 대형 로펌 소속이 아니어서 비싼 가죽 가구도 없고, 매끄러운 책상에 앉아 예약 고객만 받는다고 말해줄 비서도 없다. 주인공의 사무실은 네일 숍 뒤편에 있는 좁은 창고다. 사무실은 값비싼 예술품이나 카펫 대신 낡은 온수기와 여기저기 찌그러진 파일 캐비닛이 들어차 있다. 얼룩지고 낡은 책상에는 전화기 한 대가 놓여 있고, 주인공은 전화가 울리기만 기다리며 손가락으로 책상을 똑똑 두들기고 있다.

이런 장면이 펼쳐지면 독자는 무엇을 추측할 수 있을까? 일단 주인공이 변호사라면 지적이고, 열심히 일하며, 법을 잘 이용할 것이다. 즉, 판세를 읽고 자신에게 유리한 방향을 선택하는 데 능한 사람일 것이 분명하다. 하지만 로펌에서 일하지 않는 것을 보니 햇병아리거나, 조직 생활을 싫어하는 독불장군이거나, 실력이 그리 뛰어나지 않은 변호사일지도 모른다.

이쯤에서 슬슬 의문이 생긴다. 주인공은 왜 이런 곳을 사무실로 선택했을까? 법적 조언이 필요한 사람들은 승소 확률이 높아 보이는 전문가를 선호한다. 그래서 변호사들은 그렇게 보이려고 노력한다. 심지어 로스쿨을 졸업한 지 얼마 안 된 신참 변호사도 최대한 좋은 위치에 있는 사무실을 임대해서 화려하게 꾸민다. 외양의 중요성을 잘 알기 때문이다. 하지만 우리 주인공은 그런 것에는 관심이 없어 보인다. 그렇다면 또 다른 의문이 든다. 왜 관심이 없을까? 그리고 이렇게 숨어 있다시피 하면 고객들이 그를 어떻게 찾아온단 말인가? 말이 나왔으니 말인데, 이렇게 우중충한 창고에서 일하는 변호사에게 사건을 의뢰하는 고객은 대체 어떤 사람이란 말인가?

드라마 〈베터 콜 사울Better Call Saul〉의 팬이라면 사울 굿맨이 누구인지 알 것이다. 사울은 미국 뉴멕시코주 앨버커키에 사는 변호사로, 입체적이고 흥미로운 인물이다. 도덕성은 미심쩍고, 변호사로 일하는 동기도 복잡하다. 이 캐릭터를 모른다고 해도, 이 설정이 독자에게 무엇을 암시하는지 한번 살펴보자. 주인공을 소개하고 주인공의 성격을 상세하게 묘사하면 그가 속한 세계의 일면이 드러난다. 그리고 뭔가 잘못 돌아가고 있다는 암시가 나온다. 독자는 의문을 품고 낚싯바늘에 걸린 고기처럼 이야기에 끌려 들어간다. 이 모든 것이 사울의 직업이라는 소재로 전달되면서 강력한 도입부를 구성한다.

직업은 캐릭터의 삶에서 큰 부분을 차지한다. 캐릭터의 일상을 파악하고 그 안에서 무엇이 문제인지 들여다볼 수 있는 커다란 창이다. 직업 활동에서 보이는 캐릭터의 언행은 앞으로 전개될 이야기를 넌지시 드러내며 다음과 같은 궁금증을 불러일으킨다.

- 지켜야 할 규칙이 너무 많다고 투덜거리는데, 이 사람은 자기 일에 열의는 있는 걸까?
- 하는 일에 비해 인정을 못 받고 있는 걸까? 자기가 조직에 얼마나 공헌하고 있는지 다른 사람들이 알아봐주기를 바라는 걸까?
- 편견 때문에 승진을 못 하고 있는 걸까? 그렇다면 뚫어야 하는 유리 천장이 있는 걸까?
- 이 사람은 자신을 리더보다는 조력자라고 생각하는 걸까? 그래서 시키는 일만 온순하게 하는 걸까?

캐릭터가 원하지 않거나 적성에 맞지 않는 업무를 맡았다는 이유로 불행한 직업 활동을 이어가는 모습을 보여주는 것은, 이야기가 본격적으로 전개되어 모든 것이 뒤바뀌기 전에 캐릭터의 인생을 짤막하게 보여주는 아주 좋은 방법이다. 하지만 이 기법을 최대한 활용하려면 애초에 그 캐릭터가 그 직업을 선택한 이유를 알려주는 단서를 제공해야 한다.

- 부모님의 압력에 마지못해 이 직업을 택하게 된 걸까?

- 일에서 아무런 만족을 느끼지 못하지만 책임감 때문에 그만두지 못하는 걸까?
- 이 직업은 '안전한' 선택이었을까? 그래서 그가 더 나은 선택지를 찾아나서려고 위험을 감수하는 대신 이 직업에 정착한 걸까?
- 적성에 맞는 다른 일이 없어서 이 직업을 택할 수밖에 없었던 걸까?

좋든 싫든 직업은 우리 정체성의 일부다. 대부분의 사람은 자신의 직업을 직접 선택한다. 물론 선택의 폭이 좁아서 어쩔 수 없이 그 일을 하게 됐다는 사람도 있다. 우연히 어떤 직업을 가지게 됐다고 해도 그 사람은 그 일을 계속하기로 선택한 것이다. 그렇게 선택한 이유는 그 사람의 삶에서, 그리고 이야기 속에서 매우 중요할 수밖에 없다. 독자는 그 이유를 따라가면서, 특히 그 이유가 캐릭터가 숨기는 비밀 또는 고통스러운 과거, 캐릭터의 속마음을 암시할 때 이야기에 점점 더 빠져들게 된다. 그러니 이야기를 전개하면서 반드시 '왜?'에 대한 해답을 제시해야 한다.

그렇다고 첫 페이지부터 무조건 절망의 블랙홀에 빠진 캐릭터를 등장시키라는 말은 아니다. 반대로 인생이 무지갯빛이라고 느끼며 살아가는 캐릭터도 있다. 하지만 이런 캐릭터의 직업을 묘사하는 것으로도 독자에게 다음 전개를 예고해줄 수 있다. 첫 페이지부터 자기 직업을 사랑하는 데다 잘나가고 있는 캐릭터도 독자가 흥미진진하게 지켜보게 할 수 있다. 독자는 태어나서 처음으로 소설을 읽는 사람이 아니다. 독자는 이미 소설을 많이 읽어봤기 때문에 행복한 캐릭터의 삶이 그대로 지속되지 못한다는 사실을 잘 안다. 주인공은 곧 겪어본 적 없는 곤경을 정통으로 맞고, 완벽하던 일상이 무너지게 될 것임을 알고 있다는 말이다.

직업을 통해 캐릭터가 성장하는 법

직업은 캐릭터의 삶에서 중요한 비중을 차지하기 때문에 캐릭터를 변화시키는 수단으로 활용할 수 있다. 주인공은 이야기 초반과 마지막이 달라야 한다. 주요 캐릭터는 (이왕이면 다른 캐릭터들도) 숨겨진 잠재력을 이끌어내고, 잃어버린 자신감을 되찾고, 과거의 두려움과 상처를 극복하는 법을 배우면서 내면이 달라지는 인물호를 그려야 한다. 캐릭터가 이런 변화를 겪으려면 우선 자신의 인생에 무언가가 어긋나 있어서 자신이 불행하고 공허하며 성취감을 느끼지 못한다는 사실을 깨달아야 한다.

욕구가 충족되지 않는다는 느낌은 약간 모호할 수 있다. 캐릭터는 자신이 무언가를 갈망한다는 사실은 알지만 그것이 무엇인지는 모른다. 원인을 찾으려면 한참을 파고들어야 한다. 직업은 삶에서 큰 비중을 차지하므로 일을 하다가 이런 발견을 할 수 있는 기회는 무궁무진하다. 자신의 직업에 만족하지 못하는 캐릭터는 이런 기회들을 빠르게 포착할 가능성이 높다. 하지만 중요한 것은 기저에 깔린 이유다.

애덤이라는 캐릭터를 설정해보자. 애덤은 가족이 운영하는 목장에서 일한다. 나이 든 아버지의 뒤를 이으려고 목장 운영에 관한 일을 배우고 있다. 애덤의 세상은 가축뿐이다. 동물을 돌보고, 울타리를 수리하고, 소 떼를 이끌고 목초지로 나가 조용히 반추하는 시간을 보내다가 집으로 돌아온다. 애덤은 일몰과 일출을 사랑하고, 말을 타고 사방이 탁 트인 자연을 배회하기를 좋아한다. 하지만 그의 마음 한구석에는 무언가 아쉬운 것이 있다. 이제부터 애덤이 만족하지 못하는 원인을 직업에서 찾을 수 있을지 살펴보자.

애덤에게 목장 일은 꿈이 아니라 그저 의무라면? 지금은 소 떼를 몰고 있지만 마음속으로는 다른 삶을 상상하고 있다면? 상점이 줄지어 늘어선 거리, 고층 빌딩과 노란 택시, 번쩍이는 조명과 요란스러운 소리로 가득한 분주한 세계에서 일하는 자신을 그려보고 있다면? 어쩌면 애덤은 대학에 진학해서 다른 가능성을 찾아보고 싶을지도 모른다. 혹은 건물의 형태와 흐름, 유리와 강철이 이루는 아름다움에 매혹되었을 수도 있다. 애덤에게 건물은 예술 작품이다. 애덤은 그런 건물을 만드는 법을 공부하고 싶다는 열정이 자신에게 있다는 것을 서서히 깨닫는다.

시간이 갈수록 목장 일은 고되고 단조롭기만 하다. 이전에는 좋아했던 일도 이제는 억지로 해야 하는 의무가 되었다. 학교 친구 대부분은 도시로 나가 학교를 다니면서 자기만의 삶을 사는데 자신은 목장에 발목을 잡힌 것만 같다. 자신도 새로운 경험을 해보고 싶다는 생각이 든다.

이 상황에서 애덤이 변화가 필요하다고 각성하게 만드는 요인은 두 가지다. 지금 하는 일에 느끼는 불만, 그리고 세상을 내다보는 시야가 점점 좁아지고 있다는 느낌이다. 애덤은 친구들이 앞으로 나아가고 있으니 자신도 그렇게 해야 한다고, 그것도 빠르게 해야 한다고 생각한다. 이런 절박함은 애덤에게 무엇이 중요한지 우선순위를 따져보게 한다. 건축가가 되어서 다른 미래를 맞이하는 것이 무엇보다 중요하다면 용기를 내어 아버지와 깊은 대화를 나눠야 할 것이다.

이번에는 애덤이 도시의 건축가를 꿈꾸지 않는 시나리오를 만들어 보자. 사실 애덤은 목장 일을 더없이 사랑한다. 문제는 아버지와 사사건건 부딪친다는 점이다. 아버지는 사소한 부분까지 모든 일을 자기 방식대로 하려고 한다. 애덤이 잘 하는 것을 칭찬하기보다는 애덤이 놓친 부분을 지적하기 일쑤다. 애덤이 사전에 철저히 대비한 것이나 성실하게 목장을 돌보고 있는 것은 아버지에게 중요하지 않은 듯하다. 항상 더 잘할 수 있었을 거라고 핀잔만 준다.

애덤의 불만은 점점 커진다. 대학에 진학한 친구들이 방학 때 돌아와서 대학 생활이 얼마나 신나는지 이야기를 늘어놓으면 목장 일이 과연 자신에게 맞는지 의심할 수밖에 없다. 애덤은 끊임없이 잔소리를 퍼붓는 아버지에게서 벗어나고 싶은 마음이 간절하다. 하지만 어느 날 술집에서 친구들과 한잔하면서 서로의 인생에 대해 이야기를 나누었는데, 어떤 친구는 대학 공부에 흠뻑 빠져 있지만 또 다른 친구는 낯선 환경에 기가 죽어서 애덤을 부러워하는 것 같기도 하다. 집으로 돌아오는 길, 애덤은 자신이 느끼는 감정이 무엇인지 확신이 서지 않는다. 어쩌면 목장 울타리 너머의 삶은 자신이 처음 상상했던 것만큼 멋지지 않을 수도 있다.

캐릭터에게 상반되는 정보를 알려주면 복잡한 감정을 불러일으킬 수 있다. 캐릭터는 자신의 내면으로 시선을 돌려 현재 상황과 자신을 괴롭히는 것이 무엇인지 곰곰이 돌이켜보게 된다. 애덤은 목장에서의 삶이 아니라 아버지가 자신을 힘들게 한다는 것을 깨닫는다. 애덤이 아버지에게 이 문제를 솔직하게 털어놓으면 아버지의 잔소리가 사실은 애덤을 위한 것이었음을 알게 될 수도 있다. 무턱대고 비난하는 것이 아니라 장차 애덤이 직접 목장을 꾸려나가면서 겪게 될 어려움을 대비시키는 것이다. 이 사실을 깨달으면 애덤은 성장할 수 있다. 아니면 아버지와 대화가 잘 풀리지 않아서 아버지가 오히려 애덤을 더 다그쳐야겠다고 생각할 수도 있다. 이 방법도 효과가 없으면 한 번 더 어려운 대화를 나눠야 한다. 이번에는 아버지의 품에서 독립하여 혼자서 목장을 운영하겠다는 결심을 밝힐 것이다.

애덤과 아버지 모두에게 쉽지 않은 결정이다. 아버지는 애덤에게 실망하여 화를 낼 수도 있다. 아들의 떠나겠다는 결심을 납득하고 이해하려면 시간이 걸릴 것이다. 애덤 역시 별다른 문제 없고 수익도 좋은 아버지의 목장을 떠나는 위험을 감수해야 한다. 하지만 애덤이 독립을 쟁취할 준비가 되어 있다면, 자신이 원하는 바를 좇는 일은 쉽지 않고 위험이 따른다는 중요한 교훈을 깨달을 것이다. 아버지와의 갈등을 해결하기는 쉽지 않겠지만, 이 상황을 극복하면 애덤은 더 큰 자신감과 주체성을 가지고 미래를 개척하는 데 필요한 성장을 이룰 것이다.

직업을 통해 성장하는 또 다른 방법

자신에게 맞지 않는 일을 꾸역꾸역 계속하든, 새로운 일에 도전하든, 캐릭터는 자신이 맡은 일과 주변 사람들을 통해 직관적으로 깨달음을 얻곤 한다.

타산지석

캐릭터는 직장에서 벌어지는 일을 지켜보다가 문득 자신의 문제를 떠올리기도 한다. 주인공의 직장 동료가 늘 업무 주도권을 두고 상사와 갈등을 빚는다고 가정해보자. 주인공은 옆에서 그런 다툼이 업무 능률을 점점 떨어뜨리는 모습을 바라볼 수밖에 없다. 마침내 상사는 한계점에 도달해 동료를 해고한다. 이런 상황은 주인공에게 깨달음을 줄 수 있다. 주인공은 집에서 배우자와 주도권 다툼을 벌이고 있기 때문이다. 주인공이 배우자와 계속 갈등을 벌인다면, 두 사람의 관계도 이렇게 파탄이 날지 모른다.

선망의 대상

본받을만한 동료도 그렇지 못한 동료만큼 깨달음을 준다. 그런 동료는 자신이 현재 상태에 만족하지 못하고 있다는 것을 새삼 깨닫게 한다. 우리의 주인공을 기자로 설정해보자. 옆자리 동료는 어느 기사를 내보낼지 자신이 결정할 수 없다는 사실에 불만을 품다가 직접 언론사를 세우기로 하고 사표를 낸다.

주인공 또한 기자 업무에 만족을 못 하고 있지만 꼬박꼬박 월급이 나온다는 사실 때문에 일을 계속하고 있다. 안정감은 예측 가능한 미래에서 오는 것이니까. 하지만 퇴사한 동료의 빈 책상을 볼 때마다 주인공은 소설가가 되고 싶다는 꿈을 떠올린다. 주인공은 소설을 쓰고 싶다는 열망과 예측 가능한 미래를 맞바꿀 수 있을까?

강렬한 경험

직장에서 겪은 강렬한 경험이 세상을 보는 방식을 바꾸기도 한다. 사회복지사인 샌드라는 어릴 때 문제가 많은 가정에서 자라 깊은 트라우마를 안고 살아간다. 샌드라는 오래전에 아이를 낳지 않겠다고 결심했다. 사회복지사라는 직업상 학대받는 어린이들을 상대하다 보니 그 결심은 더더욱 굳어졌다. 하지만 담당 업무가 바뀌어 위기를 겪고 해체되었던 가정을 돌보게 되자 생각이 달라진다. 진심으로 서로를 사랑하는 가족을 지켜보며 그들의 아름다운 재결합을 함께하는 경험을 통해 그녀는 자신의 삶에서 무엇이 빠져 있는지 깨닫는다. 샌드라가 아이를 낳지 않겠다는 결심을 바꾼다면, 항상 아이를 바라던 남편과의 갈등도 해결될 수 있다.

....

현실 세계의 우리처럼 이야기 속 캐릭터 역시 혼자서는 자신의 갈등, 결점, 실패를 알아차리지 못한다. 하지만 주변을 관찰하면서 자연스럽게 배울 수 있다. 자신을 돌아보게 하는 사건이나 상황에 캐릭터를 노출시키면, 우리의 캐릭터는 자신이 놓치고 있는 무언가를 깨달을 것이다.

직업은 캐릭터를 도울 수도, 방해할 수도 있다

캐릭터의 직업은 그 캐릭터의 재능·관심사와 관련이 있으므로 캐릭터가 목표를 달성하는 데 중요한 역할을 한다. 인디아나 존스의 직업이 타투 아티스트나 오케스트라 지휘자였다면 그가 성궤를 찾을 수 있었을까?

불가능하지는 않았을 테고, 그렇게 설정했더라도 영화는 나름 재밌었겠지만, 인디아나 존스가 고고학자라는 기존 설정이 훨씬 더 잘 먹힌다는 것은 누구나 인정하는 사실이다. 그 직업이 인디아나 존스가 달성하려는 목표를 직접적으로 돕기 때문이다. 캐릭터가 이야기 전반에 걸쳐 이루고자 하는 바가 무엇인가? 그것을 안다면, 캐릭터가 그 목표를 성취하는 데 필요한 지식과 경험을 쌓을 수 있는 직업을 마련해주는 것이 좋다.

반대로 캐릭터에게 목표 달성을 방해하는 직업을 설정해주는 것도 갈등을 만들어낼 기회가 된다. 가장 아끼는 발명품을 파괴해야 하는 발명가, 책을 태워버리라고 강요받는 제2차 세계대전 당시의 도서관 사서, 누군가를 죽여서 그 시신을 처리해야 하는데 파파라치 때문에 사생활이라고는 없는 유명 인사는 어떨까?

때로는 과거에 저지른 실수 때문에 자신에게 벌을 주는 의미로 아무 직업을 택하거나, 노력해봤자 실망할 뿐이라며 자신에게 맞지 않는 직업을 고수하기도 한다. 드라마 〈브레이킹 배드〉의 월터 화이트는 재능 있는 화학자였으나 공동으로 창업했던 회사가 잘되기 전에 그만둬버렸다. 성공이 눈앞에 있었으나 차버린 것이었고, 이 일은 그가 평생 동안 가장 후회하는 순간이 되었다. 그는 자신의 재능을 살려 다시 한번 성공을 노리는 대신 고등학교 화학 교사라는 안정적인 직업에 안착한다.

그래서 월터가 메스암페타민[흔히 필로폰이라고 부르는 마약] 제조에 손을 대고, 하이젠버그라는 가명으로 거물급 마약상이 되자 드라마 팬들은 환호했다. 월터가 결국 자신이 갈망했던, 세간의 인정과 권력을 차지하는 일을 택했기 때문이다. 모든 일은 월터의 옛 제자이자 시시한 마약상이었던 제시 핑크먼이 월터에게 마약 거래 현장을 연결해주지 않았다면 일어나지 않았을지도 모른다. 그러니 역설적으로 월터가 교사라는 직업을 택한 것이 그를 범죄로 이끌어준 원인이 되었다.

갈등은 선택과 그 선택에 따른 결과다. 우리의 캐릭터는 바람직하지 않은 상황 때문에 코너에 몰려서 코앞의 문제에 대응하거나, 모르는 척하거나, 피해야 한다. 어떤 결정을 내릴 때마다 무엇을 잃거나 얻는다. 혹은 양쪽 다 경험하기도 한다.

여러분이 긍정적인 인물호를 그리는 중이고 캐릭터에게 직업과 관련된 장애물을 안겨주기로 했다면, 그 장애물이 캐릭터를 어떻게 자극하여 성장과 변화를 이끌어내고 긍정적인 결말로 나아가게 할 수 있을지 연구해보자. 캐릭터는 인물호를 그리며 이야기의 목표를 달성하는 데 한 발짝 가까워질 것이다. 실패로 끝나는 이야기를 구상 중이라면, 갈등을 잘 활용하여 캐릭터가 낡고 비효율적인 습관과 방어 기제에 매여 있다는 것을 보여주자. 이는 그 캐릭터가 왜 성장하지 못하고 결국 실패했는지 설명해주는 숨은 이유가 될 것이다.

직업은 주제를
보여주는 장치다

작가만의 세계관은 마치 각인처럼 이야기에 독특한 흔적을 남긴다. 이 각인은 흔히 '주제'라고 부르는 중심 아이디어와 그 주제를 보여주는 '주제 진술'로 구성된다. 예를 들어 이야기가 가족에 관한 것이라면 "진정한 가족은 태어날 때부터 혈연에 따라 정해지는 것이 아니라 스스로 선택하는 것이다"를 주제 진술로 삼을 수 있다(주제 진술은 작가가 독자에게 전하고 싶은 메시지에 따라 달라진다). 주제 진술은 씨실과 날실처럼 이야기 속에 엮어들어가고, 캐릭터의 행동을 통해 드러난다.

"진정한 가족은 태어날 때부터 혈연에 따라 정해지는 것이 아니라 스스로 선택하는 것이다"가 주제 진술이라고 가정해보자. 이 이야기에는 주인공에게 잘해줄 기회를 걷어차버리는 가족 구성원들의 시나리오가 포함될 것이다. 주인공은 사랑하는 가족에게 배신당하거나 가족의 기대를 저버렸다는 이유로 고립되고, 배척당하며, 쫓겨날 것이다. 그때 대조적으로 친구 또는 이웃, 동료, 낯선 사람이 나타나서 주인공에게 관심을 기울이고 지지를 보낸다. 이들은 주인공의 결정을 존중하고, 어려운 상황을 함께 헤쳐나가고, 그럴 의무가 없는데도 도움의 손길을 내민다. 주인공은 이들이 보여주는 의리와 연대 덕분에 혈연이 앗아간 자존감을 되찾고, 진정한 가족은 스스로 선택한 사람들로 구성된다는 깨달음을 얻는다.

어떤 작가들은 상징주의를 적용할 수 있는 주제와 주제 진술을 구성한다. 그들의 관점은 그들이 작품을 써나가는 과정에서 이야기를 통해 강화된다. 또 다른 작가들은 초안을 완성한 후에야 자신이 쓰려던 주제를 명확히 인식하고, 원고를 수정하면서 상징과 모티프를 원고 곳곳에 심어두기도 한다.

사람, 장소, 물건 등 무엇이든 상징이 될 수 있다. 상징의 힘은 독자가 연관 지어 떠올리는 것에서 나온다. 하트는 보편적으로 사랑을 상징하고, 흰색은 순수함을 상징한다고 연결시키는 식이다.

가장 널리 활용되는 상징 중 하나가 캐릭터의 직업이다. 신중하게 선택한 직업은 이야기의 주제와 딱 들어맞는다. 또한 캐릭터가 직업과 관련된 갈등·책임·시련에 보이는 반응은 주제 진술을 구체화할 수 있다.

'희생'이라는 주제를 생각해보자. 희생은 더 고귀한 목적을 위해 자신에게 의미 있는 무언가를 포기하는 행위다. 작가는 캐릭터의 직업으로 '희생'이라는 주제를 드러낼 수 있다. 아내가 임신했고 아기가 태어나면 안정된 수입이 필요할 것이라는 사실을 깨달은 캐릭터는 프로 사진작가가 되겠다는 꿈을 포기하고 일정한 월급이 나오는 교사직으로 돌아간다. 또 어떤 캐릭터는 청춘을 공부에 바친 끝에 유능한 이식수술 전문의가 된다. 어린 시절 자신의 쌍둥이 동생이 이식수술로 새 생명을 얻었기 때문이다. 해병대원은 임무를 다하기 위해 안전 욕구를 희생하고, 간호사는 환자를 돌보기 위해 개인 생활을 포기한다. 작가가 희생이라는 주제를 명확히 보여주려고 의도적으로 캐릭터의 직업을 설정한 것이다.

'두려움'이라는 주제 역시 직업으로 보여줄 수 있다. 심해 전문 잠수부가 익사할 고비를 넘긴 후 위험이 적은 직업을 찾아 우편집배원이 되었다고 해보자. 이 캐릭터가 직업을 바꾼 행위로 그의 두려움을 엿볼 수 있다. 이런 두려움은 직업 자체보다도 직업을 대하는 캐릭터의 행동을 통해 적나라하게 드러난다. 프로 포커 선수지만 소심해서 판돈이 큰 경기에서는 실수를 저지르기 일쑤라면, 이 캐릭터는 판돈이 적은 경기에만 출전할 것이다. 유권자에게 외면당할까 봐 두려워서 어떤 이슈에서든 중립을 유지하는 정치인 캐릭터는 그 결과 의미 있는 변화를 일으키지 못한다. 어떤 캐릭터가 자신의 직업에서 성과를 내지 못하거나 요령만 피우고 있다면, 독자는 그 캐릭터가 실패를 두려워한다는 사실을 알 수 있다.

직업, 주제, 감정적 상처

이야기에서 캐릭터의 두려움이 부각된다면 그 두려움은 치유되지 않은 마음의 상처에서 온 것일 가능성이 크다. 이런 상처는 캐릭터의 문제 행동으로 표현된다. 실패할까 봐 두려워하고 실패를 피하려 하는 행동과 마찬가지로, 스스로의 경력을 망치는 행위도 마음의 상처와 두려움을 드러낸다. 포커 선수 캐릭터가 재산을 얼마나 잃든 상관하지 않고 판돈이 어마어마한 경기에 뛰어들거나, 정치인 캐릭터가 극단적이고 괴상한 변화를 일으키려고 선을 넘는다면, 독자는 무언가 잘못되었다는 걸 깨닫는다. 이런 무모함은 캐릭터가 자신이 과거에 저지른 실수에 대해 내리는 형벌일 수도 있다. 결과적으로 "누구든 과거에서 도망칠 수 없다"라거나 "배신은 배신한 사람에게도 상처가 된다"라는 주제 진술을 뒷받침한다. 캐릭터가 이야기 속에서 이런 행위를 하면 독자는 왜 캐릭터가 스스로 경력을 망치려 하는지 알고 싶어 안달하게 된다.

직업으로 캐릭터의 집착이나 강박을 보여주는 것도 과거에 입은 상처를 드러내는 한 방법이다. 어릴 때 가까운 이웃으로 지내던 농장에서 유기 동물을 학대했다는 사실을 커서야 알게 된 캐릭터를 상상해보자. 캐릭터는 바로 옆집에서 그런 끔찍한 일이 일어났다는 사실을 몰랐던 자신을 용서할 수 없다. 과거의 잘못을 속죄하고자 그는 동물 구조 요원이 되었다. 학대받은 농장 동물을 돌보고, 주인이 잃어버린 반려동물도 끝까지 포기하지 않고 찾아준다. 그가 동물 복지에 집착하는 이유는 단순한 열정 때문이 아니다. 어떻게든 동물을 구해야 한다고 그의 과거가 그를 밀어붙이고 있기 때문이다. 캐릭터가 선택한 직업과 직업에 쏟는 열의는 독자에게 그가 과거에 있었던 일을 떨쳐버리지 못한다는 것을 암시한다.

주제의 충돌을 보여준다

직업으로 서로 모순되는 주제가 충돌하는 모습을 보여줄 수도 있다. 영화 〈미스터 브룩스Mr. Brooks〉의 주인공 얼 브룩스는 유명한 사업가이자 자선가이지만 연쇄 살인마이기도 하다. 신중하고 빈틈없는 성격으로 증거를 남기지 않으면서 자신의 어두운 욕망을 실현하기 때문에 가족조차도 그의 실체를 알지 못한다.

어느 날 대학에 다니는 딸이 충격적인 비밀을 간직한 채 집으로 돌아온다. 딸은 얼이 살인마라는 사실을 모르지만 얼의 기질을 물려받았는지 부지중에 살인자가 되어버렸다. 하지만 얼의 교묘함과 냉정함은 물려받지 못했는지 아수라장이 된 범죄 현장에 자신이 범인이라는 흔적을 남겨버렸다. 얼은 딸이 경찰에 붙잡힐까 봐 자신의 정체가 노출될 위험을 무릅쓰고 딸이 다니는 대학 근처로 가서 똑같은 방법으로 살인을 하는 와중에 딸에게 확실한 알리바이를 만들어주기까지 한다. 경찰 수사는 혼란에 빠져든다.

이 영화에서 나타나는 주제의 충돌을 살펴보자. 얼은 유명 인사지만 살인자이기도 하다. 가족에게 헌신하지만 자신의 비밀이 발각되면 사랑하는 가족의 삶은 엉망이 될 것이다. 얼은 자기 보호 본능에서 살인자라는 정체성을 숨기지만, 딸을 사랑하는 마음이 그 정체성을 들킬 위험을 무릅쓰고 딸을 돕게 만든다. 모순된 정체성을 잘 보여주는 인물이다.

재미있게 활용할 수 있는 또 다른 기법은 '의도적인 대조'다. 주제 진술이 "권력은 부패한다"라면, 영향력이 있고 그다지 도덕적이지 않은 캐릭터(권력을 쥐기 위해서라면 무슨 짓이든 할 정치인이나 사업가)를 만들고 싶어질 것이다. 하지만 그런 주제 진술을 보여줄 주인공의 직업으로 사서나 교사, 특히 어린이를 돌보는 교사를 선택하면 독자에게 훨씬 큰 충격을 줄 수 있지 않을까?

이런 직업을 가진 캐릭터를 현미경으로 관찰하듯 세세히 분석하면 흥미로운 대조를 보여줄 수 있다. 겹겹이 덮여 있는 이들의 욕망과 도덕성을 하나하나 벗겨내면 이들이 왜 정체성을 희생하면서까지 권력을 탐하는지 충분히 설명할 수 있다. 낯선 직업을 선택하는 것은 창의적인 스토리를 만드는 데도 도움이 된다. 사서나 교사가 왜 권력의 부패한 유혹에 끌리는지 보여줄 신선한 플롯과 이해관계를 고민하게 되기 때문이다.

충돌과 대조를 보여주는 또 다른 기법은 과거에 좋아하던 직업을 그만두고 이야기의 주제에 맞는 새 직업을 가지려는 캐릭터를 만드는 것이다. '평등'이 주제인 이야기에 유명한 쇼콜라티에를 캐릭터로 등장시켜보자. 조지가 만드는 초콜릿은 하나의 예술 작품으로서 전 세계의 부유층에게 인정받고 있다. 조지는 사람들이 자신이 만든 초콜릿을 즐기는 것이 기쁘지만, 부자들만을 위해서 일한다는 사실에 서서히 환멸을 느끼고 있다. 처음에는 사소한 감정이 조금씩 쌓이는 정도였으나, 최고급 재료를 조달하려고 카카오 농장을 찾아다니면서 환멸감은 감당할 수 없을 만큼 커진다. 더는 빈곤에 시달리고 핍박받는 카카오 농장 일꾼과 부유한 고객 사이의 빈부 격차를 모르는 척하기 힘들다. 조지는 자꾸만 농장 일꾼들이 신경 쓰이고, 초콜릿에 관한 지식을 활용하여 비참한 상황에 놓인 그들을 도울 방법은 없는지 찾아본다.

캐릭터에게 잘 맞는 직업을 정해준다

여기까지 읽었다면 직업을 신중하게 선택하는 일이 얼마나 중요한지 알았을 것이다. 이제부터는 이야기에 등장시킬 캐릭터에게 어떤 직업이 어울릴지 찾아내는 법을 소개하려 한다. 직업 선택에 영향을 주는 요소는 다음과 같이 여러 가지가 있다.

이야기에 적합한가?

캐릭터에 대해 많이 알수록 그 캐릭터에 어울리는 직업을 찾기 쉽다. 하지만 아직 그 캐릭터를 잘 모르겠다면? 캐릭터를 설정하기 전에 플롯을 짜는 것을 선호한다면, 이야기에 어울리는 직업이 무엇인지 파악한 후 그에 맞는 캐릭터를 만드는 편이 쉬울 것이다.

예를 들면 특정한 직업이 반드시 필요한 이야기가 있다. 〈쥬라기 공원〉의 주인공 중 한 명은 반드시 고생물학자여야 했다. '007 시리즈'에는 제임스 본드라는 스파이 캐릭터가 나오지 않을 수 없다. 플롯 전개에 어떤 직업이 필요한지 파악하면, 캐릭터가 그 직업을 갖도록 플롯을 짤 수 있다.

이야기에서 주제가 큰 비중을 차지한다면 캐릭터보다 주제 전개 방식을 먼저 고민해도 좋다. 영화 〈기생충〉은 사회적 지위와 불평등을 다룬다. 김씨 가족은 가난에서 벗어나려고 부자에게 접근할 수 있는 직업을 찾는다. 김씨 가족의 사회적 위치는 감독이 관객에게 메시지를 전달하는 데 핵심적인 역할을 한다. 이야기의 주제를 결정했다면, 어떤 직업이 그 주제에 어울릴지, 또는 어떤 직업으로 이야기 속 장면에서 상징을 그려낼지 고민해보자.

•

동기

동기 부여가 직업 선택에 미치는 영향에 대해서는 앞에서 다루었다. 캐릭터에게 직업을 정해줄 때가 되었다면 앞서 논의한 정보를 활용해보자. 캐릭터에게 동기를 부여하는 요소는 무엇인가? 매슬로의 다섯 가지 욕구 단계 중 캐릭터가 충족하지 못하는 욕구가 있는가? 그 욕구가 충족되지 않은 것은 감정적 상처 때문인가? 채워지지 않은 욕구 때문에 캐릭터는 특정한 직업을 택하거나 회피할 것인가? 채워지지 않는 욕구가 없다면, 중요하다고 여기는 욕구를 더 충족하거나 불안정한 욕구를 보완하려고 특정 직업을 택할 것인가?

직업에는 시간과 에너지뿐만 아니라 자아의 일부도 쏟아부어야 한다. 그렇기에 캐릭터가 직업을 선택하는 이유는 캐릭터의 정체성과도 연관된다. 캐릭터의 직업은 캐릭터의 본성을 드러낼 뿐 아니라, 그가 어떤 사람이 되려고 하는지도 보여준다.

캐릭터의 가장 깊숙한 내면과 캐릭터가 원하는 성취감이 어떻게 직업 선택으로 이어질지 고심해야 한다. 캐릭터의 직업은 '목적을 위한 수단'이 되기도 한다. 직업에서 얻는 수입으로 자아 실현을 위한 다른 활동을 하거나 가족을 부양할 수 있다. 혹은 이 세상에 소속감을 느끼려고 일을 할 수도 있다. 직업은 또한 지적 욕구를 충족하거나 자신과 타인의 삶을 개선하는 수단이 되기도 하며, 자신의 소중한 신념과 가치에 충실할 수 있는 길을 열어주기도 한다.

개인의 성격이나 재능, 기술, 관심사

캐릭터가 직업을 선택하는 과정에서 그 캐릭터의 성격이 많이 드러나므로, 작가는 캐릭터에게 직업을 정해주기에 앞서 캐릭터의 성격을 어느 정도 파악해두고 싶을 것이다. 캐릭터의 긍정적인 특징은 무엇인가? 직업을 택할 때 장애가 되거나 갈등을 빚을 만한 결점이 있는가? 남다른 재능·기술·관심사가 있는가? 성격의 모든 측면은 캐릭터가 직업을 택할 때 영향을 주게 마련이니 미리 고려해두어야 한다.

기회

개인적인 동기를 따라 직업을 택하기도 하지만, 어떤 사람은 그저 편해 보여서 그 직업을 택하기도 한다. 단순히 편의 때문에 직업을 택했다면 불만족·무감각·분노로 이어질 가능성이 높다. 다음과 같은 요소가 캐릭터가 직업을 선택하는 데 영향을 미칠 것인지 고려해보자.

거리 집이나 아이들의 학교와 가깝다거나 대중교통을 이용하기 편하다는 이유로 직장을 선택한다.

가족의 압력 가족이 기뻐할 직업을 택하거나, 가업을 물려받는다.

노출 캐릭터의 부모가 배우 또는 모델이나 업계의 거물이어서 그 업계를 잘 알고 친숙함을 느낀다.

인맥 캐릭터의 인척이 이 업계의 유명 인사다. 예를 들어 친척이 영화계 유명 인사라 캐릭터에게 일자리를 소개해줬다. 만약 그 자리가 누구나 부러워하는 자리라면, 캐릭터는 그 일이 별로 내키지 않아도 거부할 수 없을 것이다.

장애물 캐릭터에 따라 특정 직업을 택할 수밖에 없거나 택하지 못하게 막는 장애물이 있다. 문화적 편견, 필수 교육의 부재, 전과 기록, 신체나 정신 장애, 업무를 방해하는 개인적인 의무나 책임 등 캐릭터의 직업 선택 범위를 좁힐 요소는 아주 많다.

이런 요소를 조합하면 이야기와 캐릭터에 가장 잘 맞는 직업을 찾을 수 있다. 그러니 이야기를 기획하기에 앞서 소개한 영역을 탐색하고 정보를 충분히 모은 다음, 이 책의 목차를 참고하여 필요를 충족하는 직업이 있는지 살펴보라. 한 가지 좋은 소식은, 직업을 선택할 때는 옳고 그름이 없다는 점이다. 이야기의 목적을 달성할 수 있는 직업은 많고도 많다. 일단 한 가지 직업을 선택하여 이야기 속에서 잘 굴러가는지 시험해보고, 제대로 작동하지 않거든 바꾸면 그만이다. 현실 세계에서 직업을 바꾸는 것보다는 훨씬 쉬운 작업이다.

직업끼리 대결을 시킨다

캐릭터에게 알맞은 직업을 고르는 일이 힘들다면 상반되는 목록 두 개를 만들어서 대조해보는 방식도 좋다. 첫 번째 목록에는 캐릭터가 만족하고 캐릭터의 장점·관심사·성격에 잘 들어맞는, 거의 완벽하다고 할 수 있는 직업을 나열한다. 그중에서 캐릭터가 일과 삶의 균형을 맞출 수 있거나(캐릭터에게 중요하다면), 보상이 따르는 직업(캐릭터가 보상을 목표한다면)을 선택한다.

두 번째 목록에는 이와 반대되는 직업을 나열한다. 즉, 캐릭터가 원하지 않거나, 캐릭터와 어울리지 않는 직업을 적는다. 캐릭터의 성격·윤리 의식·관심사·능력과 맞지 않는 직업은 무엇일까? 가족을 위해 어쩔 수 없이 택했고, 의미 있는 목표를 이루지 못하게 방해하고, 궁극적으로 캐릭터를 불행하게 하는, 악몽과 같은 직업은 무엇이 있을까?

이제 만들어놓은 목록을 신중하게 살펴본다. 인물호, 캐릭터가 겪길 바라는 상황, 작가로서 탐구하고 싶은 주제, 이야기의 전반적인 목표를 고려한다. 쓰고자 하는 이야기에 가장 잘 들어맞는 직업은 무엇인가? 캐릭터가 목표를 달성하는 데 도움이 되거나, 목표를 달성하지 못하게 방해하는 직업은 무엇인가? 이야기가 시작할 때 캐릭터가 충족되지 않은 욕구나 마음의 상처 때문에 좋아하지 않는 직업을 택했다면, 불만이 점점 쌓이다가 결국 자신이 진정으로 원하는 직업을 찾게 될 것이다. 그렇다면 그 직업은 무엇일까?

그 외 직업 묘사에 유용한 조언

캐릭터에게 가장 적합한 직업을 찾았다면, 그다음 할 일은 그 직업에 대한 정보를 이야기에 포함시키는 것이다. 지금까지는 직업에 대한 상세한 정보를 대강 훑고 넘겼다면, 이제부터는 달라져야 한다. 입체적이고 현실에 있을 법한 흥미로운 캐릭터를 만드는 것이 중요하므로, 캐릭터의 인생에서 큰 비중을 차지하는 직업을 대충 얼버무리면 곤란하다.

캐릭터의 다른 측면을 묘사할 때도 마찬가지지만, 캐릭터의 직업을 최대한 활용하려면 피해야 할 실수와 고려해야 할 사항이 있다.

설명하지 말고 묘사하라

이야기를 쓸 때 캐릭터의 직업만큼 강조할 점은 '설명'이 아닌 '묘사'를 해야 한다는 것이다. 우리가 쓴 다른 책에서도 분명히 밝혔지만 묘사, 즉 '보여주기'는 작가라면 당연히 갖춰야 할 기술이다. 작가가 이야기를 말로 설명하는 것이 아니라 묘사로 보여주어야만 독자는 수동적으로 받아들이지 않고 적극적으로 동참하기 때문이다. 작가도 설명이 아니라 묘사를 해야만 의미 있는 디테일에 초점을 맞추면서도 큰 줄기를 놓치지 않고 글을 써나갈 수 있다. 다음의 예를 한번 살펴보자.

저넷은 여름방학 때 호텔 컨시어지로 일하는 것이 싫다. 하지만 그 일을 하는 이유가 있다. 저넷은 그 호텔 소유주를 자신의 아버지라고 믿기에 그에게 접근하려는 것이다. 호텔 고객에게 멋진 레스트랑이나 쇼와 같은 서비스를 제공하는 일은 재미있을 법도 하지만, 사소한 부분까지 간섭하려 드는 매니저가 사사건건 트집을 잡아서 저넷에게는 별다른 재미가 없다. 저넷은 필요한 정보를 얻는 즉시 일을 그만두겠다고 결심한다.

저넷의 직업과 그 일에 대한 태도를 설명하는 글이지만 그뿐이다. 저넷이라는 캐릭터를 제대로 보여주지 못하고 지루한 세부 정보만 늘어놓아서 '친아버지를 확인하려는 젊은 여성'이라는 흥미로운 소재를 썼음에도 독자를 이야기로 끌어들이지 못한다. 그러나 호텔에서 일하는 저넷의 모습을 묘사하면 완전히 달라진다.

레미 로라도 — 저넷이 친아버지라고 의심하는 남자 — 의 목소리가 텅 빈 로비에 쩌렁쩌렁 울려 퍼졌다. 총지배인과 점심을 먹고 돌아온 모양이다. 레미가 근처에 있을 때면 늘 그렇듯, 저넷의 심장이 출발선을 막 뛰쳐나간 경주마처럼 격렬하게 뛰었다. 저넷은 레미를 관찰하는 한편 그런 시선을 들키지 않으려고 제자리에 반듯이 놓인 안내 책자를 정리하는 척 만지작거리고 먼지 한 톨 없는 컨시어지 데스크를 닦았다. 레미의 머리칼은 그녀의 머리칼과 똑같이 새카만 색이다. 염색을 했는지도 모르지만. 레미의 속눈썹도 저넷처럼 짧고 숱이 많지만, 그런 속눈썹이야 흔하다. 눈에 잘 띄지도 않는 얼룩을 문질러 닦으면서, 저넷은 마음속으로 총지배인이 레미에게 뭔가 재미있는 말을 건네기를 바랐다. 전에 레미가 웃을 때 보조개가 패인 것 같았는데, 너무 순식간이어서 제대로 못 봤기 때문이다. 이번에는 볼 수 있었으면….

"이쪽은 별 문제 없나요?"

저넷은 얼른 상체를 바로 세우고 미소를 지었다. 젠장, '꼬마 독재자'께서 또 납시었네. 점심을 왜 이리 빨리 먹고 오는 거야?

"네, 아무 문제 없습니다."

저넷의 매니저는 호텔 카운터 위로 머리가 나올락 말락할 정도로 키가 작았지만 눈을 가늘게 뜨고 쏘아보는 시선은 호텔 안의 무엇도 놓치는 법이 없었다. 저넷은 제복 스카프가 비뚤어지지 않았는지 확인했다. 복장 규정에 대해서는 이미 한 차례 설교를 들었다. 레미가 보는 앞에서 지적을 당한다면 이 일은 끝이다.

"디너 고객님이 많을 텐데, 준비는 되었겠죠?" 매니저가 말을 이었다. "디너 시간 한참 전이라도 찾아보면 할 일이 있을 거예요. 이제 주말이 되면 손님들이 공연이나 오락 시설을 찾을 테니 그 준비도 해야죠. 개장과 폐점 시간, 입장료는 다 숙지했죠? 가족 할인 제도도?"

"네, 매니저님. 모두 숙지했습니다." 아, 제발. 확인한답시고 문제를 내지는 말아줘요.

독재자 매니저는 몇 가지 사항을 더 지껄였다. 저넷은 듣는 둥 마는 둥하면서 레미가 엘리베이터 쪽으로 걸어가는 모습을 지켜보았다. 틀림없어. 내 아버지가 확실해. 레미가 목을 이리저리 돌리는 모습은 저넷이 시험공부를 하다가 목을 돌리는 모습과 똑같았다. 레미가 웃음을 터뜨릴 때 울려퍼지는 낮은 음도 저넷과 똑같았다. 하지만 레미 앞에 나서려면 확실한 증거가 있어야 했다. DNA 검사 키트는 구입할 엄두가 나지 않을 정도로 비싸기도 하지만, 대체 어떻게 레미에게 다가가서 면봉으로 그의 입 안쪽을 닦을 수 있겠는가? 게다가 만약, 레미가 친부가 아니라면? 저넷의 어머니는 죽기 전에 정신이 혼미한 상태였다. 만약 어머니가 이름을 잘못 말했다면…?

"내 말 듣고 있어요?" 매니저의 목소리가 한 옥타브 높아졌다.

"네, 매니저님." 저넷은 황급히 확인했던 사항을 되풀이했다. "펠리페

레스토랑에서요. 어, 채식 메뉴를 추가했다고 합니다."

매니저는 차갑게 고개를 까딱했다. "거긴 볶음 요리가 꽤 괜찮죠. 중간급 레스토랑 리스트에 추가하세요."

저넷은 수첩을 집어 들고 메모를 하다가 그만 떨어뜨리고 말았다. 레미가 로비에 있는 음수대에서 물을 따르고 있었던 것이다. 그는 물을 단숨에 비우고는 플라스틱 컵을 쓰레기통에 버렸다.

"감사합니다, 매니저님." 저넷은 잠깐 생각하는 척 말을 멈췄다. "참, 아까 매니저님한테 전화가 왔습니다. 사무실 문이 잠겨 있어서 제가 받을 수 없었어요. 태양의 서커스에서 연락이 올 거라고 말씀하셨던 것 같은데, 그 전화 아닐까요? 그쪽에서 메시지를 남겼을지도 모르고요."

매니저가 자리를 뜨자마자 저넷은 쓰레기통으로 달려갔다. 저 컵을 찾아야 해.

이번에는 저넷과 저넷의 직업에 대한 정보가 훨씬 많다. 노골적인 설명 없이도 독자에게 다음과 같은 디테일을 보여주는 글이다.

- 저넷이 생계를 위해 하는 일
- 저넷이 직장에서 수행하는 책임과 의무
- 저넷이 직장에 대해 어떻게 생각하는지
- 캐릭터의 몇 가지 특징(대학에 다니는 나이, 어머니가 돌아가셨음, 한 가지 생각에 몰두하면서도 기발한 아이디어를 떠올릴 수 있음)
- 저넷이 해당 직업을 택한 이유(그 업계에 열정이나 재능이 있어서가 아니라 자신의 친부일지도 모르는 남자에게 접근하려고)
- 갈등과 직장 내 역학 관계(외부적으로는 상사와의 불화, 내부적으로는 캐릭터를 괴롭히는 의문에 대한 답을 찾으려는 긴장감)
- 행동과 생각에서 분명히 드러나는 저넷의 감정

- 최근에 입은 상처(어머니의 죽음) 때문에 아버지가 없다는 치유되지 않은 상처가 더욱 고통스럽게 느껴짐
- 이 이야기에서 저넷의 목표(친아버지를 찾는 것)

이렇게 몇 단락만으로 이야기 속 상당히 많은 정보를 독자에게 하품 나올 때까지 설명하지 않고도 보여줄 수 있다. 캐릭터가 하루를 보내는 동안 모든 정보가 공유되고, 독자는 자연스럽게 저넷의 여정에 동참하게 된다.

묘사할 때는 디테일을 선택하는 일이 중요하다. 일정, 상세한 주변 환경, 업무에 관한 책임 등 저넷의 직업에 관해 독자에게 보여줄 수 있는 것은 많다. 하지만 앞서 예로 든 장면에서 그런 정보는 필요하지 않다. 이 장면에서 달성하려는 목적이 무엇인지 생각한 다음, 그 정보를 전달하는 디테일을 선택하고 그 외의 정보는 버려라. 캐릭터의 직업만큼 우리가 사용하는 모든 단어에는 목적이 있고, 따라서 독자에게 알리고 싶은 부분만 남겨야 한다.

고정관념을 해체한다

때로는 실제 모습을 있는 그대로 묘사하면 진부한 표현이 되기도 한다. 특정 직업에는 특정 성격의 사람들이 주로 종사한다는 세간의 고정관념이 있다. 하지만 그런 성격-직업 조합은 픽션에서 과장되기 십상이다. 특정한 직업에 어떤 성격이 어울리는지 파악하는 것도 중요하지만, 캐릭터가 진부하거나 단순하게 보이지 않도록 하는 것도 작가가 할 일이다.

캐릭터가 주연이든 조연이든, 평범한 특성을 나열하기보다는 참신한 세부 정보를 전달해야 한다. 인정이 많고 판단력이 뛰어난 상담심리

사나 차분하고 몸매가 탄탄한 요가 강사처럼, 입체적 묘사가 뒤따르지 않는 캐릭터는 그 분야에서 흔하디흔한 인물이 되어버린다. 픽션에서 눈에 띄지 않는다는 것은 곧 없어져도 상관없는 인물이라는 뜻이다.

작가는 어떤 식으로든 캐릭터를 기존의 틀에서 벗어난 모습으로 표현해야 한다. 해당 분야의 종사자들에게서 좀처럼 찾아보기 힘든 특성을 부여하는 것도 방법이다(하지만 동시에 이치에도 맞아야 한다). 상담심리사지만 만사가 자기 뜻대로 되어야만 직성이 풀리는 성격이라 사람들에게 이런저런 진단을 내리고 자기 치료법을 강요하는 캐릭터는 어떤가? 요가 강사로 차분하지만 염세적인 분위기를 풍기는 캐릭터라면? 그런 특성 때문에 캐릭터가 일 또는 삶, 혹은 양쪽 다에서 어려움을 겪고 있다면 인물호에 반영하여 이야기 속에서 갖가지 갈등과 마찰을 끌어낼 수 있다.

또 다른 방법은 직업에 어울리지 않는 취미 · 재능 · 특이한 버릇을 부여하는 것이다. 하지만 이런 설정을 쓸 때는 주의해야 한다. 비빔밥은 여러 가지 재료를 한데 섞을수록 더 맛있어지지만, 이야기에서는 여러 요소를 무작정 섞는다고 반드시 좋은 결과가 나오지는 않는다. 각 특성은 캐릭터에 나름의 역할을 해야 하므로, 모든 디테일이 캐릭터와 이야기에 들어맞아야 한다.

캐릭터에게 직업을 정해줄 때 남다른 특성을 부여하고 싶다면 기존의 성별 관념을 비트는 것도 좋은 방법이다. 특정 성별이 다수를 차지하는 직업이 있지만 그런 고정관념을 따라야 할 이유는 없다. 여성 캐릭터가 안내 데스크 직원이나 비행기 승무원일 수 있지만, 스카이다이빙 강사나 교도관, 현상금 사냥꾼일 수도 있다.

캐릭터가 단역이 아닌 조연이나 주연이라면 더욱더 통념을 따를 필요가 없다. 성별 고정관념을 비튼 직업을 가진 캐릭터는 더욱 돋보인다. 캐릭터가 성 고정관념에서 탈피하여 직업을 선택하면 일반적인 경우에 비해 흥미로운 갈등이 일어날 가능성도 크다.

구체적으로 설정한다

독자의 관심을 끄는 캐릭터와 그저 그런 캐릭터의 차이는 언제나 디테일이 결정한다. 캐릭터의 직업은 두루뭉술하지 않고 구체적이어야 한다. '교사'라고만 하지 말고 특수교육을 전공했다거나 중학교에서 컴퓨터를 가르친다는 등 어떤 유형의 교사인지 분명히 밝히자. 또한 외국에서 원어민 교사로 근무한다거나, 소년원 또는 사립 기숙학교 교사라는 등 특이한 환경을 설정해주는 것도 좋다. 어떤 직업을 택하든, 캐릭터를 특징짓고 참신한 관점이나 반전을 드러낼 수 있는 디테일은 무수히 많다.

캐릭터가 고정형인가 개방형인가?

직업은 크게 '고정형'과 '개방형'으로 나눌 수 있다. 고정형 직업은 정해진 진로를 따른다. 간호사라는 직업은 간호학과에 들어가서 학위를 취득한 다음 간호사의 길을 걷는다. 간호사가 되면 환자를 돌보고, 의료 시설을 관리하고, 연차와 전문 지식이 쌓이면 승진한다. 건설 노동자, 버스 운전기사, 변호사, 전기 기술자도 이런 고정형 직업으로 볼 수 있다. 비교적 안정적이고 꾸준한 직업으로 지식·기술·직업윤리를 갖추면 그럭저럭 생계를 꾸려나갈 수 있다(캐릭터가 속한 세계가 격변하지 않고 평소의 상태를 그대로 유지한다면). 고정형 직업은 진로가 상세하게 정해져 있으므로 그 길만 따라가면 된다.

개방형 직업은 겉으로 보이는 모습과 성공 수준이 여러 요인에 의해 좌우되기 때문에 위험하고 쉽게 예측할 수 없다. 개방형 직업에서 가장 중요한 요인은 캐릭터 자신이다. 프리랜서 카피라이터, 영세 자영업자, 화가, 와인 양조업자, 홍보 기획자 같은 직업을 생각해보자. 캐릭터의 성공 여부는 캐릭터가 얼마나 열심히 일하는지, 재능이 있는지, 캐릭터의 상품이나 서비스를 구매하는 시장이 있는지, 경쟁은 얼마나 치열한지에 따라 천차만별로 달라진다.

어떤 사람은 출발점에서도 커리어의 최후가 보이는, 예측 가능한 직업을 편하게 느낀다. 하지만 또 다른 사람은 독창적인 아이디어를 낼 수 있고 남들이 잘 모르는 관심사에 집중할 수 있는 직업을 선택하거나 (없으면 만드는) 편을 선호한다.

직업 유형을 선택할 때, 내가 창조한 캐릭터가 예측 가능성과 안전성을 좋아하며 규칙을 따르는 사람인지 자문해보자. 그런 캐릭터라고 판단되면 고정형 직업을 골라준다. 반면 개척 정신이 충만하고, 닭장 같은 실내에 갇혀 있는 것을 혐오하고, 반복 작업은 질색이고, 매일 똑같은 일상을 못 견디는 캐릭터라면 개방형 직업이 안성맞춤일 것이다.

마지막 당부의 말

이 책을 쓰면서 가장 어려웠던 부분은 포괄적인 직업 목록을 만들 수 없었다는 점이다. 이 세상에 직업이 너무나 많기 때문이다. 그래서 우리는 '본선에 진출할' 직업들을 골라내야만 했고, 이 책을 읽는 독자 여러분이 브레인스토밍을 할 수 있도록 종사하는 사람이 많은 직업과 특이한 직업을 고루 섞었다.

독자 여러분이 원하는 직업을 쉽게 찾을 수 있도록 목차에서 가나다순으로 직업 목록을 정렬해놓았다. 원하는 직업이 없다면 같은 분야의 다른 직업이나 책무·위험성·주제가 유사한 직업을 찾아보면 된다. 또한 웹사이트 'One Stop for Writers(https://onestopforwriters.com)'의 'Occupation Thesaurus(직업 분류 어휘집)'는 페이지 수에 제한이 없으니 더 많은 항목을 찾아볼 수 있다.

이 책에 없는 직업 항목을 찾아보고 싶다면 'Writers Helping Writers' 사이트에 팬들이 정리해놓은 비공식 직업 목록을 읽어보는 것도 좋다(주의: 비공식이라는 의미는 저자들이 검증하지 않았다는 뜻이다. 하지만 그 많고 많은 직업 목록을 살피다보면 좋은 영감이 떠오를지도 모른다).

이 책을 참고하면서 캐릭터에게 맞는 직업을 고를 때는, 직업에 관련된 교육이나 훈련, 직무, 용어는 나라마다 다를 뿐 아니라 미국 내에서도 주州나 시에 따라 사뭇 다르다는 사실을 염두에 두어야 한다. 그런 이유에서 이 책은 특정 직업에 필요한 교육이나 훈련에 대해서는 일반적인 정보를 설명하는 데서 그쳤다. 여러분이 쓰려는 이야기가 특정 지역을 배경으로 하고 직업 교육이나 훈련을 중요하게 다루어야 한다면, 배경에 맞는 추가 조사가 필요하다.

책에 수록한 직업에는 갈등이 발생하는 시나리오를 많이 포함시켰다. 갈등은 특정 장면은 물론 스토리 전체에 강력하게 작용하는 요소이므로, 현실에서 일어날 법한 상황과 기발한 장면을 되도록 많이 넣었다.

이 책에 수록한 정보는 다양한 출처에서 가져왔으며, 실제로 해당 분야에서 일하거나 일했던 사람들에게서 얻은 정보도 많다. 이 책에 실린 직업을 더 파고들고 싶거나 그 외에 조사해보고 싶은 직업이 있다면 해당 분야에서 일하는 친구, 가족, 지인에게 자문을 구해볼 것을 권한다. 사람들은 대개 자기가 아는 것을 설명해주는 일을 좋아하므로 기쁘게 정보를 알려줄 것이다.

독자 여러분이 이 책을 통해 이야기에 가장 적합한 배우를 무사히 캐스팅할 수 있기를 바란다. 이전에는 미처 고려해보지 않았던 분야를 탐구하여 캐릭터에게 가장 알맞는 직업을 골라주면 스토리가 더 흥미진진해질 것이다. 캐릭터가 자신의 목표를 달성하려고 애쓰면서 성장하거나 생계나 다른 이유 때문에 방황하기를 원한다면 어떤 직업을 정해줄지 신중하게 고민해야 한다. 이야기 전체의 주제를 강화하려면 어떤 직업이 좋을까? 무엇보다도, 캐릭터의 직업이 그저 "무슨 일 하세요?"에 대한 답으로 끝나서는 안 된다. 여러 요소와 접목되어 이야기를 전개시킬 수 있는 직업이어야 한다.

캐릭터
직업
사전

The Occupation Thesaurus

가석방 담당자 Parole Officer

개요

수감 중이던 범죄자가 보호관찰 조건으로 가석방되면, 가석방 담당자가 이들을 감시한다. 가석방 담당자들은 이들이 지역 경찰서에 등록했는지 확인한 후 약물 검사를 받고 약속된 시간에 담당자에게 보고하는 등 가석방 조건을 따르도록 안내한다. 가석방 담당자는 가석방자에게 관련 규정을 설명하고 이들이 지정받은 사회 복귀 프로그램이나 직업 훈련 교육에 등록했는지도 확인한다. 가석방 담당자와 보호관찰관은 감시 대상이 다르다는 점에서 업무에 약간의 차이가 있다. 보호관찰관은 실형을 선고받지 않고 보호관찰 처분만 받은 사람을 감시한다.

가석방 담당자는 다수의 가석방자를 감시하면서 이들의 거주지, 친구와 가족 연락처, 고용 기록, 가석방 진행 상황 등을 세세하게 기록한다. 또한 가석방자의 집을 방문하고 가석방자의 가족·이웃·직장 동료·고용주와 면담하기도 한다. 경우에 따라 지역 자치회나 종교 단체와 접촉해 가석방자의 행실이 어떤지, 가석방 규정을 따르고 있는지도 확인한다. 최종적으로 가석방 담당자는 가석방 중인 범죄자가 사회에 융화될 수 있는지, 아니면 다시 구금되어야 하는지 여부를 선택하는 가석방 심의 위원회의 개최를 결정한다.

사무실과 현장, 우범지대까지 다양한 장소를 오가며 일해야 하고, 사법기관 직원을 꺼리는 사람과도 우호적인 관계를 맺어야 한다는 점에서, 가석방 담당자 업무는 결코 쉽지 않다.

필요한 훈련·교육

일반적으로 가석방 담당자는 학사 학위를 소지하고 형사법, 사회복지, 심리학 분야의 교육 프로그램을 이수하기도 한다. 정부가 주관하는 교육 프로그램을 수강하거나 자격시험을 치러야 할 수도 있다. 또한 총기 소지를 허가받고, 신원 조사를 통과해야 하며, 약물 검사를 실시할 수 있도록 교육도 받아야 하는 경우가 대부분이다. 가석방 담당자의 업무와 교육 프로그램은 지역에 따라 다르기 때문에 이야기의 배경이 되는 지역을 충분히 조사해야 한다.

이 직업에 유용한 기술·재능

친화력, 상황 예측 능력, 공감 능력, 뛰어난 청력, 뛰어난 후각, 탁월한 기억력, 신뢰를 주는 능력, 직관력, 사람들을 웃게 하는 능력, 상대의 심리를 파악하여 행동이나 사고를 예측하는 능력, 외국어 구사 능력, 멀티태스킹, 중재 능력, 정확한 기억력, 상대의 마음을 읽는 능력, 호신술, 정확한 사격, 전략적 사고, 글쓰기

이 직업에 도움이 되는 성격 특성

적응을 잘하는, 기민한, 신중한, 주변을 잘 통제하는, 용기 있는, 수완이 좋은, 규율을 준수하는, 진중한, 효율적으로 일을 처리하는, 정직한, 고결한, 직업윤리를 준수하는, 융통성 없는, 공정한, 세심한, 관찰력 있는, 체계적인, 끈질긴, 설득력 있는, 책임감 있는, 분별력 있는, 고집이 센, 남을 잘 돕는, 의심이 많은, 관대한

갈등이 벌어지는 상황

- (가석방되지 말았어야 할) 불안정한 범죄자를 담당해야 할 때
- 가석방자가 동료를 밀고한 대가로 감형을 받아서 보복을 두려워할 때
- 중범죄가 많이 발생하는 지역을 담당해야 할 때
- 업무 스트레스가 극심하고 업무량이 늘어서 번아웃을 겪을 때
- 캐릭터에게 앙심을 품은 가석방자가 근거 없이 비난할 때
- 가석방자가 개인 정보를 이용해 협박하거나 돈을 뜯어내려 할 때
- 담당하는 가석방자가 너무 많아서 그들 모두를 제대로 감시할 수 없을 때
- 경기 침체와 정부의 예산 삭감으로 가석방자 사회 적응 프로그램이 종료되거나 줄어들 때
- 긴 노동시간과 업무 스트레스로 가정생활에 문제가 생길 때

주로 접하는 사람들

범죄자, 지역 사회 구성원과 종교 단체, 경찰관, 위장한 형사, 심리학자, 가석방자의 직장 동료·고용주·친구·가족, 사법기관 직원

직업이 캐릭터의 욕구에 미치는 영향

- **자아실현 욕구**

  한때 나쁜 길에 들어섰다가 주변의 도움으로 사회로 돌아올 수 있었던 캐릭터는 자기가 받은 도움을 다른 사람에게도 주고 싶어서 이 직업을 선택한다. 그러나 자신이 담당하는 가석방자가 계속 범죄를 저지른다면, 캐릭터는 이 직업을 선택한 것에 의문을 품으며 괴로워할 수 있다.

- **존중과 인정의 욕구**

  가석방 담당자를 무시하는 사회의 시선도 있고, 때로는 도움을 받는 가석방자들이 담당자를 우습게 여기기도 한다. 이러한 무시가 계속되고 분노가 쌓이면, 캐릭터는 스스로를 부정적으로 생각할 수도 있다.

- **애정과 소속의 욕구**

  길고 불규칙한 노동시간과 업무 스트레스 때문에 인간관계에 문제가 생기고 기혼자는 이혼에 이를 수도 있다.

- **안전 욕구**

  가석방자의 집을 방문하려면 우범지대에 들어가야 할 때도 있고, 가석방자를 감시하려고 다른 범죄자와 접촉해야 할 때도 있다. 이때 캐릭터가 위험에 처할 수 있다.

- **생리적 욕구**

  살해 협박을 받거나 가석방자와 심한 언쟁을 벌이면 생명의 위협을 느낄 수 있다. 특히 가석방자 주변에 법을 두려워하지 않고 그를 다시 범죄로 끌어들이려는 사람들이 있다면 더욱 위험하다.

캐릭터가 이 직업을 택한 이유

- 범죄를 저지른 후 새롭게 출발할 기회를 얻었기에 다른 범죄자에게도 같은 기회를 주고 싶어서
- 가족이나 친구가 출소 후 도움을 받지 못해서 다시 범죄의 길로 돌아갔다가 비극적인 죽음을 맞이했기에
- 사법제도를 존중하고 그 안에 속하고 싶어서
- 이 사회가 안전해지기를 바라는 마음에서
- 범죄자를 견제하면서 도와줄 제도가 필요하다고 믿으며, 그러한 제도에 일정한 역할을 하고 싶어서

가정 요양 보호사 Home Health Aide

개요

가정 요양 보호사(간병인)는 병에 걸렸거나, 부상을 입었거나, 혼자 거동할 수 없는 사람을 돕는다. 입주하여 24시간 대기하기도 하고, 특정 시간에만 근무하기도 한다. 근무 일정은 주로 환자의 예산과 보험 적용 범위에 따라 결정된다.

가정 요양 보호사는 간호사나 의료진의 감독 하에 환자에게 다음과 같은 서비스를 제공한다.

- 목욕과 몸치장 등 개인위생 관리
- 청소와 빨래, 식료품 쇼핑이나 식단 준비 같은 집안일
- 병원 동행
- 외부 모임에 동행
- 병원 방문 일정 조율
- 적절한 운동 수행 확인
- 의약품 복용과 붕대 교체 확인 등 의료 업무 보조
- 의료 서비스 내용 기록
- 다른 의료 전문가와 협업

가정 요양 보호사는 개인으로 일하기도 하고 대행사에 소속되어 일하기도 한다. 행정 담당 직원이 가정 요양 보호사의 업무 시간을 조정한다.

필요한 훈련·교육

근무지에 따라 필요한 교육이 다르다. 간병 대행사에서 일하는 가정 요양 보호사는 일반적으로 고등학교 졸업장이 필요하고 필수 자격증을 취득해야 한다. 직업학교나 전문 대학을 다녀서 기술을 습득할 수도 있다. 가정 요양 보호사는 보통 신원 조회를 거쳐야 한다.

이 직업에 유용한 기술·재능

기본적인 응급처치, 꼼꼼함, 공감 능력, 탁월한 기억력, 신뢰를 주는 능력, 경청하는 능력, 환대하는 능력, 중재 능력, 상대의 마음을 읽는 능력, 체력, 완력

이 직업에 도움이 되는 성격 특성

적응을 잘하는, 애정이 많은, 기민한, 차분한, 협조적인, 정중한, 진중한, 효율적인, 공감을 잘하는, 호감을 주는, 온화한, 고결한, 친절한, 겸손한, 상냥한, 남을 보살피기 좋아하는, 체계적인, 남을 보호하려 하는, 책임감 있는, 분별력 있는, 남을 잘 돕는, 이타적인

갈등이 벌어지는 상황

- 비협조적인 환자
- 업무 이상의 서비스를 요구하는 환자
- 가정 요양 보호사의 도움이 더 필요하지만 형편이 어려운 환자
- 보험사와의 갈등
- 요구가 많거나 터무니없이 구는 환자 가족
- 가정 요양 보호사에게 불건전한 애착이나 의존성을 보이는 환자
- 환자에게 가족이나 친구가 없을 때
- 까다로운 환자를 떠맡음
- 일하던 중에 부상을 당해서 일을 계속할 수 없음
- 오래 일하거나 부담스러운 시간대에 일해야 함
- 다른 의료 전문가와 함께 일하다가 환자가 제대로 된 치료를 받지 못하고 있음을 눈치챘을 때
- 환자를 학대하거나 방치하는 증거를 발견함
- 비위생적이거나 안전하지 않은 집에서 일할 때
- 환자나 그 가족이 비윤리적인 행동을 했다며 몰아세울 때
- 치안이 좋지 않은 동네에 사는 환자를 돌봐야 할 때
- 환자와 함께 사는 사람 때문에 간병 업무가 안전하지 않을 때

주로 접하는 사람들

환자, 환자의 가족이나 동거인, 의사, 간호사, 물리치료사, 보험사 직원, 다른 요양 보호사, (간병 대행사 소속인 경우) 행정 직원, 경찰, 사회복지사

직업이 캐릭터의 욕구에 미치는 영향

- **자아실현 욕구**

  (간호사가 되려고 하는 등) 의료계에서 더 중요한 역할을 하고 싶은 캐릭터라면, 요양 보호사로 오래 일하는 경우 숨이 막히고 경력이 제한된다고 느낄 수 있다.

- **존중과 인정의 욕구**

  가정 요양 보호사를 하찮게 취급하는 사람도 있다. 이런 사람은 요양 보호사를 깔보고 과소평가하거나 이용하려고 한다.

- **애정과 소속의 욕구**

  여러 환자와 가볍게 관계 맺는 것이 좋아 가정 요양 보호사가 되는 경우도 있다. 오랫동안 친구로 지내거나 서로의 삶에 크게 관여하지 않고도 소속감을 채울 수 있는 방법 중 하나로 가정 요양 보호사를 택한 것이다.

- **안전 욕구**

  가정 요양 보호사는 환자를 차에 태우거나 직접 부축해서 이동시키는 도중에 부상을 입을 수 있다. 또한 예방 조치를 소홀히 했다가 병에 옮을 수도 있다.

고정관념 비틀기

우리가 주로 접하는 것은 저소득층 환자를 돌보는 요양 보호사지만, 소득에 관계없이 누구나 도움이 필요한 순간이 생긴다. 부유한 고객에게 돌봄 서비스를 제공하는 회사에 소속된 가정 요양 보호사는 어떨까? 아니면 정신적 문제가 있는 사람을 전문으로 맡는 가정 요양 보호사는 어떤가?

캐릭터가 이 직업을 택한 이유

- 구직 중이었는데 아는 사람이 가정 요양 보호사 자리를 구해줌
- 누군가를 돕고 감사하다는 말을 들을 수 있는 직업을 원했음
- 과거에 오랫동안 노부모나 나이 든 친척을 돌본 적이 있음
- 혼자 외로웠을 때 아무도 자신을 도와주지 않았던 경험이 있기에, 같은 처지에 있는 사람들을 도와주고 싶어서
- 돌봄 노동을 한 경험이 많아서
- 동정심이 많고 공감을 잘함
- 가족과 사이가 나빠서 남을 돌보는 일로 그 공허감을 채우려고

간호사

Nurse, RN

개요

간호사는 환자를 돌보고, 증상을 관찰하여 기록하고, 환자 가족과 간병인에게 지침을 준다. 간호 인력을 교육하거나 조직을 구성하는 일을 하기도 한다. 병원, 클리닉, 요양 보호 시설, 보건소, 학교, 심지어 감옥에서도 일할 수 있다. 가정간호 전문 회사에서 일하면 환자의 집이나 시설을 방문해 환자를 보살핀다. 소아과, 중환자실, 성형외과, 피부과 등 하위 분야를 전문적으로 담당하는 간호사도 있다.

필요한 훈련·교육

간호학 학사 학위를 따고 국가 자격시험에 통과해야 간호사가 될 수 있다. 대학원에 진학해 전문 능력을 쌓을 수도 있다.

이 직업에 유용한 기술·재능

기본적인 응급처치, 공감 능력, 평정심, 신뢰를 주는 능력, 경청하는 능력, 환대하는 능력, 리더십, 외국어 구사 능력, 멀티태스킹, 중재 능력, 상대의 마음을 읽는 능력, 연구 조사, 체력, 가르치는 능력

이 직업에 도움이 되는 성격 특성

적응을 잘하는, 애정이 넘치는, 기민한, 차분한, 휘둘리지 않는, 협조적인, 정중한, 과단성 있는, 수완이 좋은, 진중한, 효율적인, 호감을 주는, 사소한 것도 지나치지 않는, 친절한, 근면 성실한, 지적인, 상냥한, 인정이 많은, 세심한, 남을 보살펴주는, 객관적인, 관찰력 있는, 낙관적인, 체계적인, 참을성 있는, 통찰력 있는, 설득력 있는, 전문성을 갖춘, 추진력 있는, 책임감 있는, 분별력 있는, 탐구적인, 남을 잘 돕는, 이타적인

갈등이 벌어지는 상황

- 화를 잘 내거나 비협조적인 환자
- 자신의 상태나 습관에 대해 거짓말하는 환자
- 환자의 중요한 증세를 놓쳤을 때
- 노인 또는 미성년 환자가 학대당하고 있다는 의심이 들 때
- 환자를 도울 수 없을 때
- 좋아하는 환자의 생애 마지막을 돌보아야 할 때

- 경제적 여유가 없어 치료받지 못하는 환자를 볼 때
- (갑자기 이사를 가거나, 멀리 떨어진 시설로 보내지는 등의 이유로) 중증 환자와 연락이 끊겼을 때
- 마약성 진통제나 다른 약물에 중독되어버림
- 시한부 환자의 보호자가 마지막 순간을 함께해달라고 부탁할 때
- 열악한 근무 조건
- 지시를 어기면서 같은 문제를 반복해서 일으키는 환자를 돌보아야 할 때
- 고압적이거나 거들먹거리는 의사와 일할 때
- 일터에서 벌어지는 차별 대우
- 예산 삭감으로 인력이나 장비가 부족해질 때
- (노숙, 파괴적인 관계, 영양 결핍 등) 간호사가 처리하지 못하는 문제를 안고 있는 환자
- 환자를 치료하다가 그가 위험하고 전염되는 질병을 앓고 있다는 사실을 알게 되었을 때
- 담당의가 의료 사고를 냈거나 무능하다는 의심이 들 때
- 직장 내 괴롭힘

주로 접하는 사람들

의사, 다른 간호사, (물리치료사나 상담사 같은) 의료계 종사자, 환자, 병원 관리자, 행정 담당 직원, 환자 가족, 돌봄 서비스 제공자, 제약 회사 영업사원

직업이 캐릭터의 욕구에 미치는 영향

- **자아실현 욕구**

  간호사는 보람 있는 직업이지만 장시간을 근무해야 하고 감정 소모가 심하다. 승진할 수 없거나, 분야를 바꾸지 못하는 어려운 환경에서 근무하는 캐릭터라면 답답하거나 불만족스러울 수 있다.
- **존중과 인정의 욕구**

  거들먹거리는 의사나 못마땅해하는 동료와 일하면 자존감이 떨어질 수 있다.
- **애정과 소속의 욕구**

  자신이 돌보던 환자에게 너무 애착을 느끼면 다른 환자와 유대감

을 형성하기 어려울 수 있다. 혹은 환자들과 심리적 거리를 유지하면서 관계 맺기를 좋아하는 캐릭터라면 결국 공허감을 느낄 수 있다.

- **안전 욕구**

  우범지대에서 근무하거나, 변덕스러운 환자를 치료하거나, 자신을 돌보는 일에는 소홀하다면 안전 욕구가 채워지지 않을 수 있다.

고정관념 비틀기

과거에 비해 남성 간호사가 늘어나고 있지만, 여전히 간호사라고 하면 여성을 먼저 떠올린다. 간호사 캐릭터는 성별과 상관없이 흥미로운 인물일 수 있으며, 의미 있는 성격을 지닐 수 있다. 정신과 병동이나 기숙학교처럼 평범하지 않은 장소에 캐릭터를 배치하면 변화를 줄 수 있다.

캐릭터가 이 직업을 택한 이유

- 과거에 누군가를 죽음에서 구해내지 못한 경험 때문에 간호사가 되어서 그때 일을 보상하려 함
- 의사가 되고 싶었지만 그럴 여유가 없어서
- 돌보는 일을 좋아하고 공감 능력이 뛰어나서
- 의료계 종사자가 많은 집안 출신
- 주변 사람들과 유대감을 형성하는 데 어려움을 겪어서 환자에게서 그 욕구를 충족하고 싶어 함
- 사람들의 생명을 구해서 이 세상을 바꾸고 싶음
- 마약성 약물을 구하기 위해
- 부유한 의사와 결혼하려고

개인 매니저 Personal Assistant to a Celebrity

개요

연예인의 개인 매니저는 항시 대기 상태여야 한다. 담당 연예인의 방송 일정 짜기, 행사 기획하기, 소셜 미디어 관리하기, 연예인과 관련된 자료 수집하기, 여행 일정 관리하기, 민감한 정보가 있는 개인 문서나 중요한 물품 전달하기, 연예인의 사생활과 업무 시간을 효율적으로 조정하기, 보모 · 개인 트레이너 · 헤어 디자이너 · 메이크업 아티스트 · 스타일리스트 · 소속사 관계자 등 중요한 사람들과 협업하기를 비롯한 다양한 업무를 수행해야 한다.

단순한 심부름도 개인 매니저의 몫이다. 반려견 산책, 자녀의 등하교, 세탁물 수령처럼 일상적인 일도 있지만 기상천외하고 어처구지 없는 일도 해야 한다. 예를 들어 다른 사람 전화번호 알아내기, 외국에서 파는 간식 구해오기, 레스토랑 주인에게 영업 종료 후에 레스토랑 열어 달라고 부탁하기, 최고급 물품 구해오기 등이다.

개인 매니저는 자신을 고용한 연예인에게 맞춰서 자기 시간을 다 써버리므로, 개인적인 삶을 영위하기 어렵다. 개인 매니저의 일정은 연예인과 동일하다. 행사에 같이 참석하고, 여행에도 동행한다.

개인 매니저는 연예인이 비밀을 털어놓고 의지할 수 있는 친구로 발전하는 경우가 많으므로, 잘나갈 때는 물론이고 힘든 시기도 같이 보내게 된다. 때로는 연예인이 저지른 사고를 수습해야 하고, 위법한 행위를 요청받기도 한다. 자신의 도덕적 기준을 어겨야 할 때도 있고, 심지어 말썽을 잠재우려고 뇌물을 건네야 할 수도 있다. 그래서 개인 매니저는 채용될 때 고용주인 연예인과의 관계에 대해 발설하지 않겠다는 비공개 서약에 동의하라는 요구를 받을 때가 많다.

필요한 훈련 · 교육

연예인의 개인 매니저가 되기 위해 학위가 필요하지는 않지만, 해당 업계에 연줄이 있다면 보다 쉽게 일자리를 구할 수 있다. 연줄이 큰 영향력을 발휘하는 업계이기 때문에 인맥이 될 사람들을 알아두거나 빠른 시간 내에 인맥을 쌓으려는 의지가 있어야 한다.

이 직업에 유용한 기술·재능

친화력, 인간적인 매력, 상황 예측 능력, 꼼꼼함, 공감 능력, 뛰어난 청력, 탁월한 기억력, 신뢰를 주는 능력, 경청하는 능력, 홍정 솜씨, 환대하는 능력, 독순술, 거짓말, 사람들을 웃게 하는 능력, 상대의 심리를 파악하여 행동이나 사고를 예측하는 능력, 외국어 구사 능력, 멀티태스킹, 인맥, 중재 능력, 정확한 기억력, 날씨 예측 능력, 홍보 능력, 상대의 마음을 읽는 능력, 재봉, 전략적 사고, 빠른 발, 글쓰기

이 직업에 도움이 되는 성격 특성

적응을 잘하는, 기민한, 과감한, 차분한, 매력적인, 협조적인, 정중한, 창의적인, 과단성 있는, 수완이 좋은, 규율을 준수하는, 진중한, 효율적인, 친절한, 충실한, 성숙한, 세심한, 유순한, 관찰력이 뛰어난, 체계적인, 미리 대비하는, 전문성을 갖춘, 남을 보호하려 하는, 임기응변에 능한, 책임감 있는, 교양 있는, 마음이 넓은

갈등이 벌어지는 상황

- 불가능한 요구에 대처해야 할 때
- 불쾌한 일을 해달라는 요구를 받을 때
- 화가 난 연예인이 부당하게 대우할 때
- 연예인이 선을 넘고 부적절하게 접근하려 할 때
- 연예인의 평판을 위해 잘못을 대신 뒤집어써야 할 때
- 다른 연예인의 스카우트 제의를 받음
- 병이나 부상 때문에 업무 수행이 힘들어짐
- 연예인의 친구들에 대해 꺼림칙한 사실을 알게 되었으나 비밀을 지켜달라는 요청을 받음
- 이기적인 연예인의 요구를 들어주느라 사생활을 희생해야 할 때
- 일 때문에 개인적으로 중요한 일을 취소해야 할 때
- 연예인이 충직함을 확인하겠다면서 불법 행위에 가담할 것을 요구할 때
- 연예인의 정보를 캐내려는 파파라치의 표적이 됨
- 자신도 모르게 연예인의 사치스러운 생활에 물들어버려서 과소비를 한 나머지 돈에 쪼들리게 될 때

주로 접하는 사람들

연예인의 가족이나 친구, 소속사 관계자, 개인 트레이너, 영양사, 치료사, 의사, 보모, 코치, 가정교사, 운전기사, 여행사 직원, 호텔 경영진과 직원, 행사장 직원, 출연자 대기실 관리자, 업계 임원, 다른 연예인과 그들의 매니저, 팬, 클럽 사장, 패션 디자이너, 사진작가, 파파라치, 예술가, 연예계의 중요 인물들

직업이 캐릭터의 욕구에 미치는 영향

- **자아실현 욕구**

  직업 특성상 자신의 열정과 꿈을 좇을 시간이 전혀 없을 수 있다.

- **애정과 소속의 욕구**

  캐릭터가 연예인의 개인 매니저라는 직업에 헌신하는 것을 가족이 싫어하거나 이해하지 못한다면, 머지않아 캐릭터의 삶에서 자신들이 뒷전으로 밀려났다는 사실에 질려버릴 수 있다. 또한 개인적인 관계에 쏟을 시간과 에너지가 없기 때문에 완벽하지 않은 자신이어도 사랑하고 소중히 여겨줄 애정 관계를 갈망할 수도 있다.

- **안전 욕구**

  개인 매니저는 연예인과 긴밀한 관계이므로 광적인 팬들의 표적이 될 수 있다. 스토킹으로 악명 높은 팬은 연예인에게 접근하고 정보를 캐내기 위해서라면 무슨 짓이든 서슴지 않는다.

고정관념 비틀기

개인 매니저는 연예인의 친척이나 친구인 경우가 많다. 그렇다면 과거에는 연예인과 라이벌이었으나 지금은 그의 개인 매니저로 성공한 캐릭터를 설정하는 것은 어떨까?

과거에는 잘나갔지만 인기가 떨어지자 연예계로 복귀할 방법을 찾아서 개인 매니저가 된 캐릭터도 생각해볼 수 있다. 또는, 자신을 몰락시킨 인물을 찾아 복수하려고 개인 매니저가 된 캐릭터도 가능하다.

캐릭터가 이 직업을 택한 이유

- 재능을 타고난 형제자매가 있어서 어릴 때부터 옆에서 도와주는 역할에 익숙함
- 자신의 재능을 의심하기 때문에 연예인으로 살아가기가 어려워서
- 할리우드 스타처럼 살고 싶지만 연예계에서 명성을 쌓을 만한 재능은 없음

- 어떤 문제나 결점이 있어서 주목받는 직업을 택할 수 없음
- 친척이 연예인이고, 그 친척의 열렬한 팬인 나머지 그가 남들에게 이용당하는 일을 막아주고 싶어서

개인 트레이너 Personal Trainer

개요

개인 트레이너는 고객과 일대일로, 또는 소규모 그룹을 구성해서 신체 단련을 도와준다. 고객이 원하는 몸을 만들 수 있도록 운동 프로그램을 짜주고 식단 조언을 해주는 것이 주요 업무다. 개인 트레이너는 요가, 에어로빅, 웨이트 트레이닝 같이 특정 분야를 전문으로 할 수도 있다. 주로 대중을 상대로 하는 피트니스 센터에서 일하지만, 최근에는 기업에서 임직원 전용의 피트니스 센터를 만들어서 트레이너를 고용하기도 한다. 자택으로 개인 트레이너를 불러서 트레이닝을 받는 고객도 있다.

필요한 훈련·교육

건강이나 피트니스 관련 학위가 있는 사람을 선호하기는 하지만, 특정 자격증만 갖추면 채용하기도 한다. 운동 수행 능력 향상, 재활 훈련, 노인 운동 같은 전문 분야의 자격증을 취득하면 취업에 도움이 된다. 기초적인 심폐 소생술과 응급처치 훈련 교육 이수도 필요하다.

이 직업에 유용한 기술·재능

기본적인 응급처치, 고통에 대한 인내, 파쿠르parkour[도심 속 건물 같은 각종 장애물을 맨몸으로 우아하게 타고 오르거나 뛰어넘으면서 이동하는 것], 영업 능력, 체력, 완력, 호흡 조절, 가르치는 능력

이 직업에 도움이 되는 성격 특성

과감한, 자신감 있는, 협조적인, 정중한, 규율을 준수하는, 공감을 잘하는, 열성적인, 영감을 주는, 관찰력이 좋은, 낙관적인, 꾸준한, 설득을 잘하는, 남을 잘 돕는

갈등이 벌어지는 상황

- 고객이 트레이닝을 받다가 다쳤을 때
- 필요한 장비나 물품을 구입할 여건이 안 될 때
- 자기 사업을 시작하고 싶지만 방법이 없음
- 병이나 부상으로 계속 일하기가 어려울 때
- 고객을 도울 수 없을 때
- 고객이 거짓말을 하는 바람에 운동 목표 달성이 어려워질 때

- 고객에게 연애 감정을 느낌
- 같이 근무하는 다른 트레이너에게 불필요한 경쟁의식이 생김
- 성희롱
- (약물 복용, 이뇨제 남용, 보형물 시술처럼) 미심쩍은 수단을 사용해 몸매를 유지한다는 의심을 받을 때
- 트레이너로 일하느라 (프로 보디빌더나 역도 선수 같은) 자신이 진정으로 원하는 꿈을 좇을 시간이 없음
- 개인 운동을 할 시간이나 가족과 함께할 시간이 부족할 때
- 피트니스 센터에 고용되어서 다른 트레이너들의 일정에 맞추어 일해야 함
- 새로운 기구나 트레이닝 방법에 매료되었으나 피트니스 센터 관장은 투자할 계획이 없음
- 영양 보조제를 홍보했는데 생각했던 것과 다른 상품임을 알게 됨 (생산자가 건강한 상품이라고 장담했는데 사실 화학물질투성이라든가, 검증이 제대로 되지 않았다든가)
- 고객의 사생활에 너무 깊이 관여하게 됨
- 개인 고객의 일정에 맞추다보니 저녁이나 주말에 일해야 함
- 자격증 갱신 비용이 부담스러울 때

주로 접하는 사람들

고객, 피트니스 중독자, 다른 개인 트레이너, 운동 파트너, 피트니스 센터 매니저와 관장, 행정 담당 직원, 개인 운동 중에 마주치는 사람들(스피닝 수업 참가자, 요가 강사, 동네 운동장에 뛰러 오는 사람 등)

직업이 캐릭터의 욕구에 미치는 영향

- **자아실현 욕구**

  프로 운동선수가 되기 위한 돈을 마련하려고 이 직업을 택했으나 업무에 쏟아야 하는 시간이 너무 많아 꿈을 실현할 엄두가 나지 않는다면, 개인 트레이너가 된 것을 후회할지도 모른다.

- **존중과 인정의 욕구**

  개인 트레이너로서 다른 사람의 신체에 시선이 가는 것은 자연스러운 일이다. 그러나 다른 사람의 몸과 자신의 몸을 비교하면서 부족한 점만 찾다가는 자존감이 떨어질 수 있다.

- **애정과 소속의 욕구**

  상대가 자신의 외모에만 관심이 있거나 지금의 몸매를 유지해야만 관심을 받을 수 있겠다는 생각이 든다면, 진실한 관계를 형성하기가 어려워진다.

- **생리적 욕구**

  건강에 관한 많은 욕구가 그렇듯, 힘들게 가꾼 몸매를 유지하고 싶다는 욕망은 자칫 극단적이고 건강하지 못한 수준까지 이르러 캐릭터의 건강이나 생명을 위협할 수 있다.

고정관념 비틀기

냉정하고 단호하며 선을 아슬아슬하게 넘나드는 트레이너가 힘들어하는 고객의 얼굴에 대고 침을 튀기며 고함을 지르는 모습은 식상하기 짝이 없다. 섹시하고 젊은 미녀 트레이너도 마찬가지다. 고정관념을 깨려면 다른 설정이 필요하다.

캐릭터가 이 직업을 택한 이유

- 체중을 줄여서 찾게 된 건강한 생활을 이어가고 싶어서
- 섭식 장애를 극복한 뒤 건강하고 긍정적인 이미지를 유지하고 싶어서
- 운동선수가 되지는 못했지만 스포츠와 관련된 일을 하고 싶어서
- 프로 보디빌더를 은퇴한 후 제2의 직업이 필요해서
- 신체 단련 · 건강 · 영양 관리에 흥미가 있어서
- 비만, 심장 질환, 외상, 다발성 경화증 등 건강 문제로 고통받는 사람을 돕고 싶어서

거리 공연 예술가 Street Performer

개요

흔히 '버스커'라고도 하는 거리 공연 예술가는 공공장소에서 자신의 재능이나 기술을 선보인다. 공연 장소는 길모퉁이나 쇼핑몰, 지하철 역사 등 다양하다. 대부분의 거리 공연 예술가는 음악가이지만 춤을 추거나 그림을 그리기도 하고 마술, 서커스, 시 낭독을 하는 사람도 있다. 장소와 상황(가령 물건을 판다거나)에 따라서는 당국의 허가를 받아야 할 수 있다.

필요한 훈련·교육

거리 공연 예술가가 되기 위해 특별한 훈련이나 교육과정이 필요한 것은 아니지만, 성공하려면 자신의 전문 분야가 있어야 한다. 음악이라면 확고한 레퍼토리가, 체조라면 감탄을 자아내는 동작이, 미술이라면 예비 구매자의 이목을 끌 만한 기술이 있어야 한다.

이 직업에 유용한 기술·재능

인간적인 매력, 창의성, 춤, 마술, 손재주, 평정심, 사람들을 웃게 하는 능력, 음악성, 파쿠르, 연기력, 홍보 능력, 화술, 상대의 마음을 읽는 능력, 판매 능력, 체력

이 직업에 도움이 되는 성격 특성

적응을 잘하는, 기민한, 과감한, 자신감 있는, 대립을 두려워하지 않는, 창의적인, 수완이 좋은, 규율을 준수하는, 열성적인, 외향적인, 호감을 주는, 재미있는, 충동적인, 독립적인, 근면 성실한, 언행이 화려한, 짓궂은, 관찰력이 좋은, 끈질긴, 설득력 있는, 장난기 있고 쾌활한, 변덕스러운, 임기응변에 능한, 책임감 있는, 즉흥적인, 용감한, 타고난 재능, 거리낌 없는

갈등이 벌어지는 상황

- 무대 공포증
- 날씨가 갑자기 나빠져서 관중들이 떠날 때
- 무례하거나 모욕적인 말을 던지는 관중
- 위조지폐를 받았을 때
- 다른 거리 공연 예술가에게 가려서 주목받지 못할 때

- 창작한 노래나 춤을 표절당했을 때
- 공연하기 좋은 장소에서 공연 허가를 받지 못함
- 관객이 들어주기 어려운 요청을 할 때
- 몸이 아파서 공연을 할 수 없을 때
- 거리 공연으로 번 돈을 행인이 훔쳐감
- 공연을 하다가 다쳤을 때
- 누가 공연을 녹화하거나 녹음해서 허락 없이 소셜 미디어에 올렸을 때
- 공연 장소로 가거나 돌아오는 중에 강도를 만남
- 팬에게 스토킹을 당할 때
- 악천후에도 공연해야 할 때
- 가족이 '제대로 된' 직업을 가지라며 잔소리할 때
- 비성수기나 불경기 때 수입이 없어서 어려움을 겪음
- 늘 공연하던 자리를 다른 버스커가 차지하려 할 때

주로 접하는 사람들

(다른 사람들과 함께 공연하는 경우) 같은 그룹의 멤버들, 쇼핑객·여행객·관광객 등 지나가는 행인이나 관중, 보안 요원이나 가게 직원, 다른 공연가, 행상인

직업이 캐릭터의 욕구에 미치는 영향

- **자아실현 욕구**

  언젠가 프로로 성공하기 위해 경험을 쌓고 재능을 갈고닦으려고 거리 공연을 하는 사람도 있다. 이런 캐릭터는 거리에서 공연하는 기간이 길어지면 점차 불만이 쌓이면서 내가 부족한 것이 아닌가 생각할 수 있다.

- **존중과 인정의 욕구**

  거리 공연은 어느 정도 비난을 감수해야 한다. 공연자의 능력에 불만을 갖는 사람이 언제나 있을 것이고, 그중 일부는 무례하고 모욕적인 언사를 할 수도 있다. 어떤 날은 관객은 고사하고 잠깐 멈춰서서 공연을 봐주는 사람조차 없을 때도 있다. 이 모든 요소가 거리 공연 예술가의 자신감을 해치는 독이 될 수 있다.

- **안전 욕구**

  안전한 장소에서만 거리 공연을 할 수는 없다. 많은 거리 공연 예술가가 이것저것 가리지 않고 장소만 있다면 어디에서든 공연을 한다. 때로는 공연하기 좋은 장소로 가기 위해 우범지대를 지나야 하므로 위험에 노출될 수 있다.

고정관념 비틀기

거리 공연 예술가는 대개 어쿠스틱 기타를 든 솔로 뮤지션으로 묘사된다. 물론 그런 사람도 많지만, 그룹으로 활동하는 예술가도 적지 않다. 기타가 아닌 다른 악기를 연주하기도 하고 마술이나 춤 등 독특한 기술을 선보이는 사람들도 있다. 음악 공연가는 너무 흔하므로, 다른 분야에 특화된 거리 공연 예술가 캐릭터도 고려해보자. 아이들이 좋아하는 마술을 보여주거나, 동상처럼 분장하여 가만히 있다가 사람들을 놀래키거나, 코미디 공연을 할 수도 있다.

캐릭터가 이 직업을 택한 이유

- 예술적 재능과 넘치는 열정 때문에
- 거리 공연으로 경력을 쌓아서 성공하려고
- 사람들에게 깜짝 공연을 선보이는 일이 즐거워서
- 생계에 보태거나 자선단체에 기부할 돈을 벌려고
- 재능은 있지만 자신감이 없거나, 공포증이 있거나, 발목을 잡는 마음의 상처가 있거나, 프로로 활동하기에는 기술이 부족해서
- 한 장소에 묶여 있는 것보다 여행하며 떠도는 삶을 좋아해서
- 군중 앞에서 공연하는 일이 좋아서

건설업자 General Contractor

개요

건설업자는 건설 프로젝트를 책임지는 사람이다. 주거용이든, 상업용이든, 고속도로를 건설하든 공사의 시작부터 끝까지 감독을 맡는다. 즉, 건설업자의 업무는 실제로 현장에서 공사가 진행되기 전부터 시작되는 것이다.

건설업자는 인건비나 자재 값을 정하고 해당 프로젝트의 예산과 일정을 짜는 등 전반적인 공사 계획을 수립한다. 공사가 시작되면 배관공, 전기 기사, 기타 도급업체를 고용하는 일뿐만 아니라 공사가 진행되는 동안 이들을 관리하는 일도 맡는다. 또한 공사 인부들을 감독하고, 고객과 건축가 또는 엔지니어 사이에서 연락을 담당한다.

목공이나 석고보드 시공 기술 등 특정 건설 분야의 기술이 있거나 어떤 분야든 두루두루 잘하는 사람이라면 공사장에서 다른 사람들과 함께 공사 일을 하기도 한다. 반면 모든 작업을 외주에 맡기고 진행 과정만 감독하는 건설업자도 있다.

필요한 훈련·교육

건설업자가 되기 위해 공식적인 교육과정을 밟을 필요는 없지만, 건설 회사에서는 충분한 경력과 더불어 준학사[전문학사라고도 하며, 2~3년제 전문대학을 졸업하면 취득]나 학사 학위를 요구하기도 한다. 특정 자격증이 필요할 수도 있다.

이 직업에 유용한 기술·재능

기본적인 응급처치, 꼼꼼함, 손재주, 숫자 감각, 흥정 솜씨, 폭약에 대한 지식, 리더십, 기계를 다루는 기술, 멀티태스킹, 인맥, 날씨 예측, 상황에 맞게 응용하는 능력, 영업력, 완력, 목공 기술

이 직업에 도움이 되는 성격 특성

적응을 잘하는, 기민한, 포부가 큰, 분석적인, 주변을 잘 통제하는, 협조적인, 정중한, 과단성 있는, 수완이 좋은, 규율을 준수하는, 효율적인, 정직한, 고결한, 직업윤리를 준수하는, 유머가 없는, 근면 성실한, 지적인, 공정한, 아는체하는, 충실한, 세심한, 관찰력 있는, 강박관념이 있는, 체계적인, 인내심 있는, 완벽주의적인, 끈질긴, 설득력 있는,

미리 대비하는, 전문성을 갖춘, 추진력 있는, 임기응변에 능한

갈등이 벌어지는 상황

- 유망한 프로젝트 입찰에 실패함
- 가격 변동이 심해서 비용이 올라갈 때
- 마감일을 지키지 못함
- 잘못되거나 훼손된 자재가 배송되었을 때
- 현장에서 부상자가 나옴
- 직원이 현장에 나타나지 않을 때
- 특정 공사 일에 적합한 사람을 구하지 못할 때
- 불합리한 노동법 때문에 일정을 정하기 어려울 때
- 까다롭거나 우유부단한 고객
- 작업 현장에서 성적 괴롭힘이 발생함
- 인부들이 절차를 무시하는 바람에 구조물의 질이 떨어지거나 안전을 보장할 수 없을 때
- 예상치 못한 상황 때문에 비용이 많이 들어갈 때
- 비윤리적이거나 트집잡는 감리사
- 마감에 쫓겨 일하다가 중요한 가족 행사를 놓치게 되었을 때
- 날씨가 좋지 않아서 공사를 하기 어려울 때
- 자신의 능력으로는 제대로 감독할 수 없는 일을 맡았다는 사실을 깨달았을 때
- 자금 부족으로 공사가 중단됨
- 경쟁 업체에 능력 있는 직원을 빼앗길 때
- 높은 곳, 지하, 폐쇄된 공간 등에 공포증이 있어서 직무를 제대로 해내기 어려울 때
- 업계 변동이 심해서 공사 계획을 수립하기 어려울 때

주로 접하는 사람들

건설 인부, 숙련공(전기 기사, 지붕 수리업자, 페인트공 등), 건축가와 엔지니어, 고객, 사무실 직원, (건설업자가 회사 소속이라면) 임원급 경영진, 감리사, 유통업자와 도매업자, 배송 기사, 공급업자, 규제 위원회 구성원, 컨설턴트

직업이 캐릭터의 욕구에 미치는 영향

- **자아실현 욕구**
  성장하고 발전하고 싶지만 자신이 잘할 수 있는 프로젝트를 찾지 못하거나 승진에 실패한다면, 좌절감을 느끼고 자신에게 창의력이 모자라다고 생각할 것이다.
- **존중과 인정의 욕구**
  건설업자는 블루칼라 노동자를 무시하는 사람들의 편협한 시각에 짜증이 날 수도 있다.
- **안전 욕구**
  공사 현장에서는 많은 숙련공들이 동시에 일하기 때문에 위험한 일이 발생할 가능성이 높다. 예를 들어, 전기 기사가 전력을 차단하고 배선 작업을 하는 중인데 그것도 모르고 석고보드 시공자가 전동 공구를 사용하려고 전력을 켜버릴 수 있다. 이런 상황에 대비하여 건설업자는 안전 조치가 제대로 지켜지는지 늘 확인해야 하지만, 인간이기에 실수는 어쩔 수 없다.

고정관념 비틀기

공사 현장을 바꾸면 캐릭터에 변화를 줄 수 있다. 역사적인 건축물을 복구하거나, 놀이동산이나 독특한 교량을 건설하거나, 외딴 시골 지역의 프로젝트만 감독하는 건설업자도 있을 수 있다.

캐릭터가 이 직업을 택한 이유

- 어린 시절 독성 곰팡이나 석면 등이 있어서 건강을 해치는 건물에서 살았기에 다른 사람은 그런 처지에서 벗어나게 해주고 싶음
- 건설 회사를 경영하는 가족이 회사에 들어오라고 종용해서
- 현장 인부보다 높은 지위로 올라가고 싶어서
- 대형 프로젝트를 구성하여 감독하는 도전을 즐기므로
- 가만히 있는 것을 못 견디는 성격이라

건축가

Architect

개요

건축가[건축가는 건축에 대한 전문 지식이나 기술을 지닌 사람이고, 건축사는 건축가 중 건축사 자격증이 있는 사람이다]는 주택, 사무용 빌딩, 쇼핑센터, 종교 시설, 공장, 교량 등의 물리적 구조를 설계한다. 기능과 안전은 물론 디자인도 고려해서 설계해야 한다.

필요한 훈련·교육

건축가가 되려면 건축학 학사 학위가 필요하다. (미국의 경우) 인턴십을 수료하고 시험에 합격하여 주 정부나 지방 자치 당국에서 발행하는 영업 면허를 취득해야 한다. 다른 나라의 경우는 요건이 다를 수 있으므로, 이야기의 배경에 따라 요건을 확인해야 한다.

이 직업에 유용한 기술·재능

창의성, 숫자를 잘 다룸, 멀티태스킹, 발상을 전환하는 능력, 전략적 사고, 선견지명

이 직업에 도움이 되는 성격 특성

야심만만한, 분석적인, 자신감이 넘치는, 협력을 잘하는, 창의적인, 수완이 좋은, 규율을 잘 지키는, 집중력 있는, 고결한, 직업윤리를 준수하는, 세심한, 강박관념이 있는, 체계적인, 열정적인, 참을성 있는, 완벽주의적인, 설득력 있는, 전문성을 갖춘, 책임감 있는, 학구적인, 재능이 있는

갈등이 벌어지는 상황

- 고객이 마음을 계속 바꾸면서 좀처럼 결정을 내리지 못할 때
- 면허와 인허가를 얻기 위해 번거로운 절차를 밟아야 함
- 건물을 감리하는 측에서 사소한 일로 트집을 잡을 때
- 현장에서 일하던 인부가 다치거나 사망함
- 완공된 건축물에 하자가 생겨서 입주자가 다침
- (스트립쇼 클럽을 짓거나 경주견 레이스 트랙 도면을 그려야 하는 등) 도덕적 신념에 어긋나는 업무를 맡게 될 때
- 직원들이 일을 수월하게 진행하려고 안전 문제를 소홀히 할 때
- 승진에서 누락되었을 때

- 특정 프로젝트를 놓고 경쟁했는데 자신보다 능력이 못한 동료에게 일이 넘어갔을 때
- 건축을 보는 심미안이나 선호하는 요소가 너무나 다른 고객
- 고객에게 건축 비용을 충당할만한 액수의 돈을 받지 못할 때
- 감리사나 담당 공무원 등 사이가 나빠지면 업무에 지장을 줄 수 있는 사람과 연인 관계로 발전함
- 프로젝트 예산을 초과하거나 마감일이 지나버림
- 불완전한 정보 탓에 고객의 요구 사항을 충족하지 못했을 때
- 프로젝트를 추진하려면 뇌물을 줘야 하는 곳에서 일할 때
- 건축 현장에서 일하는 게 어려워지는 퇴행성 질환(지적 능력 퇴화, 또는 관절에 문제가 생겨 계단이나 비계를 오르내리기 힘들어짐)이나 장애가 생김
- 도면 작성에 필요한 첨단 기술을 따라잡으려면 계속 공부해야 함
- 단골 의뢰인을 놓침
- 창의력 고갈(특히 캐릭터가 아주 독창적인 건축가로 유명한 경우)
- 엔젤 투자자[신생 기업이나 벤처기업에 투자하는 개인]가 중요한 시기에 투자를 중단함
- 기후변화, 부식, 그 외에 설계를 어렵게 만드는 환경 요인

주로 접하는 사람들

다른 건축가, 건설 노동자, 건설업자, 의뢰인, 감리사, 인허가 담당 공무원, 실내 디자이너, 조경 디자이너

직업이 캐릭터의 욕구에 미치는 영향

- **자아실현 욕구**

  많은 건축가가 특정 분야에서 일하고 싶어서 이 직업을 택하지만 항상 자신이 원하는 일만 할 수는 없다. 이런 경우 돈은 벌 수 있어도 꿈꿔왔던 일을 한다는 만족은 누리기 힘들다.

- **존중과 인정의 욕구**

  따분하고 시시한 프로젝트만 맡아서, 재능이나 창의력이 뛰어난 건축가들에게 둘러싸여서, 또는 자신의 능력을 의심해서 불안해하기 때문에 유명해지지 못한 건축가는 동료나 업계의 인정을 갈망할 것이다.

- **안전 욕구**

  건축 현장은 매우 위험한 장소로, 세심한 주의를 기울이지 않으면 언제든 사고가 발생할 수 있다. 근무 중에 다친 경험이 있는 건축가는 현장에 복귀했을 때 트라우마로 인해 제대로 일을 하기 어려울 수도 있다.

고정관념 비틀기

건축가는 지금껏 남자의 직업이었지만 이런 통념이 바뀌고 있는 흐름을 염두에 두고 여자 건축가 캐릭터를 만들어보는 것도 좋다.

건축가는 대개 특정 양식이나 건물에 집중하게 마련이다. 놀이공원, 예술 구조물, 중세풍 디자인 같은 독특한 프로젝트를 도맡는 캐릭터는 어떤가?

캐릭터가 이 직업을 택한 이유

- 유명한 건축물을 지은 건축가로 기억되고 싶어서
- 건물을 짓고 설계하는 일을 사랑해서
- 전략적 사고에 능해서
- 예술적인 건축물을 남기고 싶어서
- 어릴 때 자주 이사를 다니거나 노숙 생활을 했기에 영속하는 건축물을 만들어서 어린 시절을 보상받고 싶음
- (가족끼리의 유대감, 결혼 생활, 망해버린 가족 사업 등) 산산이 파괴되어버린 중요한 것들을 보상받고 싶어서
- 수학적 재능과 디자인 감각이 있어서
- 고향에 대한 애정이 깊어서 건축으로 그곳을 발전시키고 싶음

검시관 Coroner

개요

검시관은 선출직이나 임명직 공무원으로, 시신을 조사하여 사망 원인을 밝혀내는 직업이다. 시신을 부검하는 일 외에도 범죄 현장에서 증거를 수집하고, 수사하고, 목격자와 대화하고, 법정에서 증언하고, 의료 기록을 조사하고, 신원을 확인하고, 사망 증명서를 작성하고, 가족에게 조사 결과를 알린다. 검시관의 임무는 어느 관할권에 속하는지, 어떤 훈련을 받았는지에 따라 다르다[한국의 검시관은 경찰청에 채용되어 활동하는 공무원이다. 선출되지도 않으며 수사를 직접 담당하기보다는 수사의 단서를 제공하는 일을 맡으므로 미국의 검시관과는 사뭇 다르다].

필요한 훈련·교육

검시관은 대개 의학이나 과학 분야 학사 학위를 보유하지만, 미국 내 모든 관할권에서 학사 학위가 필요한 것은 아니다. 필요한 지식을 갖췄는지 증명하는 시험을 통과해야 하는 경우가 많고, 의학이나 범죄 조사 관련 경력이 있으면 도움이 된다. 받은 교육과 경력 등에 따라 검시관의 공식 직함이 달라진다. 가령 의사라면 법의관 또는 부검의medical examiner라고 불릴 것이다. 검시관은 대개 부검시관deputy coroner으로 시작하여 일종의 수습 기간을 거친 다음 공식 검시관이 된다. 쓰려는 이야기가 실제 존재하는 지역을 배경으로 하고 캐릭터가 검시관이 되려고 교육받는 대목을 넣으려 한다면, 그 지역에서 검시관이 되기 위해 필요한 요건이 무엇인지 확인해야 한다.

이 직업에 유용한 기술·재능

손재주, 공감 능력, 탁월한 기억력, 신뢰를 주는 능력, 경청하는 능력, 상대의 마음을 읽는 능력, 연구 조사 능력, 전략적 사고방식, 망자와의 교감(이야기에 초자연적 요소가 있는 경우)

이 직업에 도움이 되는 성격 특성

모험을 좋아하는, 분석적인, 차분한, 조심스러운, 자신감이 있는, 협력을 잘하는, 정중한, 호기심이 많은, 과단성 있는, 수완이 좋은, 진중한, 효율적인, 집중력 있는, 정직한, 고결한, 직업윤리를 준수하는, 지적인, 공정한, 세심한, (특히 죽음에) 병적인 호기심이 있는, 꼬치꼬치 캐묻는, 객관적인, 관찰력이 탁월한, 강박관념이 있는, 체계적인, 열정적인, 참을성 있는, 끈질긴, 전문성을 갖춘, 추진력 있는, 책임감 있는, 분별력 있는, 학구적인, 의심이 많은, 일중독

갈등이 벌어지는 상황

- 24시간 내내 비상 대기 상태이므로 가족과 갈등이 생김
- 증거 수집 기술이 서툴러서 증거가 오염되어 버렸을 때
- 누군가가 의도적으로 증거를 조작했을 때
- 영향력 있는 사람이 사건을 특정한 방향으로 종결하라고 압박을 가할 때
- 부정 행위가 있다고 의심이 가지만 입증할 수 없을 때
- 범죄 현장에 도착했더니 시신이 아는 사람일 때
- 결정적인 사망 원인을 알아낼 수가 없을 때
- 규모가 작은 지역에서 근무하는 캐릭터가 자신의 능력으로는 해결할 수 없는 사건에 직면함
- 검시관을 뽑는 선거에서 논쟁이 벌어짐
- 경쟁 상대에게 비방을 당함
- 선거에서 본인보다 자질이 떨어지는 후보에게 패했을 때
- 증거를 조작하거나 직업윤리에 어긋나는 일을 해서라도 정의를 실현하고 싶다는 유혹을 느낄 때
- 감정을 심하게 자극하거나 혼란을 느끼게 하는 사건에 관한 증언을 해야 할 때
- 기억력 감퇴나 손가락 신경 손상처럼 정신이나 신체에 문제가 생겨서 직무를 수행하기가 어려워졌을 때
- 시신의 사망 원인이 곧 대유행하게 될 전염병임을 알았을 때
- 검시관이 하는 일을 혐오스럽게 여기는 사람들을 상대해야 할 때
- 캐묻기 좋아하는 사람이나 죽음에 병적인 호기심을 가진 사람이 비밀을 유지해야 하는 사건에 대해 물어볼 때
- 경찰이 은폐하고 있는 연쇄살인의 흔적을 알아차렸을 때

주로 접하는 사람들

경찰관, 형사, 다른 검시관이나 부검의, 부검시관, 변호사, 판사, 공중보건 담당 공무원

직업이 캐릭터의 욕구에 미치는 영향

- **자아실현 욕구**

  교육을 제대로 받지 못했거나 경력이 많지 않은 검시관이라면 일을 제대로 처리하지 못했을 때, 자신의 능력이 모자란다거나 원하는 만큼 사람들을 돕지 못한다고 생각할 수 있다.

- **존중과 인정의 욕구**

  자격을 충분히 갖추지 못했거나 책무가 많지 않은 검시관은 업무가 더 많은 부검의나 법의병리학자에게 열등감을 느낄 수 있다.

- **애정과 소속의 욕구**

  시신을 다루는 직업이 역겹다거나 불쾌하다고 낮춰보는 사람이 많다. 사귀고 싶은 사람이 이런 생각 때문에 검시관을 거부한다면, 검시관 캐릭터는 그 사람과 가까워지고 싶어도 선뜻 다가가지 못할 수 있다.

- **안전 욕구**

  항상 예방 조치를 철저히 해야 하지만, 주의가 산만하거나 절차를 제대로 따르지 않는 검시관은 특정한 상황에서 전염병에 걸릴 수도 있다.

고정관념 비틀기

검시관은 유머 감각이라고는 없거나, 장난이나 농담을 용납하지 않거나, 정도가 지나칠 정도로 별난 사람으로 그려지는 경우가 많다. 캐릭터의 성격을 온전히 그려내려면 그 캐릭터가 검시관이 된 이유를 확실히 정해야 한다. 이를 통해 캐릭터의 본모습에 대한 통찰을 얻을 수 있다.

캐릭터가 이 직업을 택한 이유

- 죽음과 관련된 트라우마가 있어서 범죄 희생자들의 억울함을 밝혀주고 싶어 함
- 법을 집행하는 직업을 갖고 싶었지만 체격 요건 혹은 장애(키가 작아서 경찰 시험에 통과하지 못했다는 등) 때문에 특정한 직무는 수행할 수 없어서
- 조사 능력이 뛰어나고 시신에 얽힌 미스터리를 푸는 일에 관심이 많아서
- 범죄에 호기심이 많으나 그런 관심을 건전한 쪽으로 돌리고 싶어서

- 유령, 사후 세계 등 죽음과 관련된 초자연 현상에 집착하기 때문에
- 퍼즐이나 미스터리처럼 자료를 모으고 조각을 맞춰 결론에 도달하는 문제 풀이를 좋아해서
- 음험한 목적 때문에 시신에 가까이 접근할 핑계가 필요해서

경찰 Police Officer

개요

경찰은 시민에게 봉사하고 그들을 보호하며, 평화를 유지하기 위해 위험한 상황을 감수하는 직업이다. 경찰관의 업무에는 범법자 수사·체포, 용의자 및 증인 심문, 응급 상황 대처 등이 포함된다. 경찰관의 일이란 연민과 공감, 지식과 자원을 활용하여 피해자가 어려운 상황을 헤쳐나갈 수 있도록 돕는 것이다. 경찰관은 마약 중독자, 도둑, 조직폭력배처럼 어두운 밑바닥 인생을 사는 사람들을 상대하면서, 너무 늦기 전에 새 출발을 하도록 격려하기도 한다.

경찰관은 보통 2인 1조로 구역을 할당받아 순찰을 돌며, 관할 구역에 따라 마주치는 사람과 상황이 달라진다.

필요한 훈련·교육

교육과 훈련의 세부 사항은 이야기의 배경에 따라 달라질 수 있으나, 기본적으로 경찰관은 고등학교를 졸업해야 하며 범죄 이력 조회를 통과하고, 우수한 신체 조건을 갖춰야 하며, 경찰학교를 졸업해야 한다. 경찰학교에서는 법, 지방 조례, 시민권, 사건 조사는 물론이고 교통 통제, 구급 요법, 긴급 대응, 화기 사용, 호신술도 배운다. 이후 경찰관이 되려면 필기시험, 신체검사, 심리검사, 거짓말 탐지기 조사를 통과해야 한다.

이 직업에 유용한 기술·재능

기본적인 응급처치, 친화력, 상황 예측 능력, 뛰어난 청력, 평정심, 탁월한 기억력, 신뢰를 주는 능력, 경청하는 능력, 고통에 대한 인내, 폭발물에 대한 지식, 독순술, 거짓말, 사람들을 웃게 하는 능력, 외국어 구사 능력, 중재 능력, 정확한 기억력, 상대의 마음을 읽는 능력, 호신술, 정확한 사격, 체력, 전략적 사고, 완력, 호흡 조절, 생존 기술, 빠른 발, 방향을 찾는 능력

이 직업에 도움이 되는 성격 특성

적응을 잘하는, 기민한, 분석적인, 침착한, 조심스러운, 매력적인, 자신감 있는, 용기 있는, 과단성 있는, 수완이 좋은, 규율을 준수하는, 느긋한, 효율적인, 공감을 잘하는, 집중력 있는, 호감을 주는, 정직한, 고

결한, 직업윤리를 준수하는, 독립적인, 공정한, 충실한, 객관적인, 관찰력이 뛰어난, 체계적인, 인내심 있는, 통찰력 있는, 끈질긴, 설득력 있는, 미리 대비하는, 전문성을 갖춘, 반듯한, 남을 보호하려 하는, 임기응변에 능한, 책임감 있는, 사회 이슈에 관심이 많은, 마음이 넓은, 현명한, 일중독

갈등이 벌어지는 상황

- 자신이 보호하려는 시민에게 되레 무시당하는 경찰관
- 근무 중 동료를 잃었을 때
- 근무 중 사람을 죽여야 할 때
- 내리는 판단마다 사사건건 조사 대상이 될 때
- 사내 정치 싸움에 대처해야 할 때
- 경찰 전체를 욕 먹이는 부패한 경찰관이 있을 때
- 트라우마가 생길 만한 상황에 반복적으로 노출되고, 그 상황을 처리해야 할 때
- 경찰관에게 이래라저래라 하는 탁상공론형 관리자를 대할 때
- 총기 난사, 테러, 마약 밀매, 화학 테러 등 위험한 현장에 투입될 때
- 일과 사생활을 분리하려고 노력할 때
- 근무 중에 위험했던 곳은 쉴 때 가도 마음이 놓이지 않음(휴일에 쇼핑하면서 좁은 거리를 누빌 때, 인파가 붐비는 곳에 갈 때 등)
- 경찰관이라는 직업에 대한 오해와 편견에 대처해야 할 때
- 일이 아닌 상황에서도 경찰 업무를 하듯 상대의 마음을 조종하거나 설득해야 할 때
- 가족이나 친구가 거짓말하고 있다는 것을 금방 알아차렸지만, 갈등을 일으키고 싶지 않을 때
- 가족이 법을 어겨서 평판에 금이 갈 때
- 자녀가 엄격한 훈육에 반발하며 법을 위반하다 걸렸을 때
- 지나가던 구경꾼을 체포하거나 아이에게 총을 쏘는 등의 실수를 저질렀을 때

주로 접하는 사람들

용의자, 범인, 언론인, 소방관, 검시관, 형사, FBI나 다른 정부 요원들, 대중, 피해자와 가족, 의료 기관 종사자, 목격자, 동료 경찰관, 시의원,

판사, 변호사

직업이 캐릭터의 욕구에 미치는 영향

- **자아실현 욕구**

  사회를 바꾸기 위해 경찰이 되었으나 자신의 힘으로 변화를 이끌어내는 것이 어려우면, 이 길을 선택한 것에 환멸을 느낄 수 있다.
- **존중과 인정의 욕구**

  다른 경찰관이 저지른 실수 때문에 같이 매도당할 경우, 자긍심에 타격을 입을 수 있다.
- **애정과 소속의 욕구**

  일이 많고, 정서적으로 스트레스를 받으며, 기밀 유지 의무 때문에 집에서 업무 이야기를 못하면 배우자는 소외감을 느낄 수 있다.
- **안전 욕구**

  복수하겠다는 협박이나 위협을 받을 경우, 가족에게도 위험이 미칠 수 있다.
- **생리적 욕구**

  경찰관은 다른 사람을 대신해 위험을 무릅쓰거나 우범 지역에서 일하기 때문에 목숨을 잃을 수 있는 상황이 자주 발생한다.

고정관념 비틀기

게으르고, 무능하고, 잘 속는 경찰관 캐릭터는 식상하니 이제 그만 등장시키자. 거만하고 권력에 굶주린 경찰관도 너무 남발되었다. 게다가 이런 캐릭터는 그저 줄거리를 이어가기 위한 도구로 쓰일 뿐이다. 경찰관 중에는 유사 직종(의료 기관 종사자 등)에 종사하다가 경찰관이 된 경우도 있다. 캐릭터가 과거에 응급 구조사였기에 의료 기술이 있다면, 흥미로운 플롯을 전개시킬 수 있다. 이 캐릭터가 응급 구조사에서 경찰관이 된 이유도 설정해보자.

캐릭터가 이 직업을 택한 이유

- 어릴 때 가족 중에 법을 집행하는 사람이 있었음
- 과거에 자신을 해친 사람들에게 벌을 주고 싶어서
- 투철한 윤리 의식과 책임감 때문에
- 사람들을 보호하고 그들이 안전하게 살도록 돕고 싶어서
- 범죄 조직의 일원으로 경찰 조직에 잠입한 스파이임

경호원 Bouncer

개요

여기서 말하는 경호원(가드)은 클럽이나 유흥 주점 등 술을 제공하는 장소에 고용되어 문 앞을 지키고 유사시 완력을 사용하는 이들이다. 주로 입구에서 고객의 나이와 위험할 정도로 취한 것은 아닌지 확인하여 입장을 허락한다. 가게 안에서 술이나 약에 취해 심각한 상황이 발생하지는 않는지, 법적 문제가 될 만한 상황은 없는지도 살핀다.

경호원은 대개 덩치가 크고 위압적이다. 상황을 수습하기 위해 위협적인 행동을 하기도 하지만, 고객과의 물리적 충돌은 최후의 수단으로 남겨둔다. 신속한 판단, 유머 감각, 긴장되는 상황에서 차분함을 유지하는 편이 말썽을 피하기에 더 낫기 때문이다. 물리적 충돌이 발생해서 누군가가 위험에 처하게 되면, 경찰을 불러 상황 통제권을 넘긴다.

미국은 주州나 지역마다 법이 다르기 때문에, 경호원이 할 수 있는 일의 범위도 달라진다. 그러니 경호원 캐릭터를 현실적으로 묘사하려면 이야기의 배경이 되는 지역의 법규를 조사해야 한다. 경호원이라고 일반 시민보다 법적 권한이 많은 것은 아니기에, 자신이나 영업장을 법적 문제에 휘말리게 하는 행동은 되도록 피하려 한다. 자신을 보호하려고 물리력을 행사하더라도 어디까지나 합리적인 수준이어야 한다. 무기 소지가 허용되는 지역이라도 대부분은 무기를 소지하지 않는다. 복장은 일하는 곳의 특성에 따라 청바지와 업소 로고가 그려진 셔츠를 입기도 하고, 정장을 갖춰 입기도 한다.

필요한 훈련·교육

일을 더 잘하기 위해 교육 프로그램에 참가하거나 영업장에서 주관하는 훈련을 받기도 한다. 경호원으로 고용되려면 약물 검사를 통과하고, 신원 조회를 받아야 하며, 고등학교 학력이 필요할 수도 있다.

경호원이 일하는 곳은 클럽, 콘서트장, 노천 호프집, 유명 인사들이 오는 행사, 축하 파티, 스트립 클럽, 초대받은 사람만 입장 가능한 행사, 카지노, 레스토랑, 바 등 다양하다. 일하는 곳의 특성이나 행사의 목적에 따라 역할이 달라진다.

이 직업에 유용한 기술·재능

기본적인 응급처치, 친화력, 인간적인 매력, 상황 예측 능력, 공감 능력, 뛰어난 청력, 뛰어난 후각, 탁월한 기억력, 신뢰를 주는 능력, 홍정 솜씨, 고통에 대한 인내, 환대하는 능력, 독순술, 사람들을 웃게 하는 능력, 외국어 구사 능력, 중재 능력, 상대의 마음을 읽는 능력, 호신술, 완력, 크고 호소력 있는 목소리

이 직업에 도움이 되는 성격 특성

적응을 잘하는, 기민한, 분석적인, 차분한, 조심스러운, 휘둘리지 않는, 매력적인, 자신감 있는, 용감한, 정중한, 수완이 좋은, 규율을 준수하는, 진중한, 느긋한, 효율적인, 난처한 상황을 잘 빠져나가는, 진지한, 조급한, 융통성 없는, 마초적인, 관찰력 있는, 끈질긴, 설득력 있는, 미리 대비하는, 전문성을 갖춘, 남을 보호하려 하는, 책임감 있는, 분별력 있는, 의심이 많은, 신경질적인, 마음이 넓은, 재기발랄한

갈등이 벌어지는 상황

- 미성년자가 가짜 신분증으로 입장하려 할 때
- 영업소 내에 마약 거래상이 들어왔을 때
- 고객이 술, 약물, 무기를 몰래 들여왔을 때
- 남성 경호원이 여성들끼리의 싸움을 말려야 할 때
- 바텐더나 종업원이 위협을 당하거나 얻어맞을 때
- 행사장에서 소매치기 사건이 발생했을 때
- 경호 인력이 충분하지 않은 대규모 행사장에서 근무할 때
- 먼저 주먹을 날린 고객을 방어하다가 힘을 과도하게 사용함
- 성범죄자가 범행 대상을 찾고 있을 때
- 화장실, 내부 통로, 기타 출입 금지 구역을 감시해야 할 때
- 위험할 정도로 취했는데 일행이 버리고 간 손님이 있을 때
- 서로 경쟁 관계에 있는 사람들이나 헤어진 연인들이 마주친 상황
- (시야를 방해하는 장식, 화려한 의상, 유명 인사 손님, 취재진이 와 있는 행사장 등) 관리하기 까다로운 장소를 경호할 때

주로 접하는 사람들

고객, 바텐더, 업소 경영진, 주류 판매업체 직원, 연예인, 연예인의 경호원, 사회 주요 인사, 웨이터·웨이트리스, 택시 기사, 경찰, 행사를 취재하러 온 언론 매체

직업이 캐릭터의 욕구에 미치는 영향

- **존중과 인정의 욕구**

  힘을 과시하다 보면 우쭐해지기 쉽고, 이는 업무 중 실수로 이어질 수 있다.

- **안전 욕구**

  술이나 마약에 취한 사람과 대치하다 보면 부상을 당할 위험이 커진다.

고정관념 비틀기

모든 경호원이 덩치가 크고 상대를 겁먹게 만드는 남성인 것은 아니다. 여성도 경호원이 될 수 있으며, 신체적인 위압감이 남성에 비해 덜하기 때문에 분위기를 누그러뜨리기에 더 유리할 수 있다. 일부 클럽은 항시 여성 경호원을 고용한다. 여성 경호원은 여자 화장실 같은 여성 전용 공간에 들어갈 수 있고, 여성 손님에게 발생하는 상황을 다루는 데 유리하며, 남성이 과도한 자존심과 충동적인 남성 호르몬 때문에 벌이는 소동을 진정시키는 데도 도움을 줄 수 있기 때문이다.

캐릭터가 이 직업을 택한 이유

- 프로 운동선수나 군인처럼 신체 조건이 중요한 직업을 꿈꿨으나 부상으로 포기함
- 상대를 겁먹게 할만한 체격을 활용하고 싶어서
- 프로 보디빌더가 되려고 준비 중인데 안정적인 수입이 필요해서
- 원하는 일이 따로 있지만 실패할까 봐 두려워서
- 주변에서 '거친' 직업만 진정한 직업으로 인정하기 때문에
- 다른 사람을 돕고 중재자 역할을 하고 싶어서

계산원 Cashier

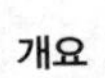

계산원은 물건을 구매하고 돈을 지불하는 고객들을 상대하는 직업으로, 한가할 때는 계산대 정리, 카운터 청소, 기타 잡무를 하기도 한다. 물건을 봉투에 담거나 태그를 떼는 일도 할 수 있다. 계산원은 고객 응대의 최전선에서 있기 때문에, 성격이 원만해야 하고 문제를 해결하거나 고객의 불만을 가라앉힐 수 있어야 한다.

대형 상점에서 잔뼈가 굵은 계산원은 고객 지원을 책임지고, 경영진과 협업하는 업무가 많아지면서 돈을 직접 다루는 일은 줄어들 수 있다. 다른 계산원과 직원들의 일정을 짜고, 프런트에서 일하는 직원들에게 휴식 시간을 배정하고, 계산대 근처 가판대에 상품을 채워 넣고, 가격을 체크하고, 상점 컴퓨터에 가격을 기록하는 일을 하게 된다. 또한 고객 문의에 대응하고 문서 작업을 하기도 한다.

계산원의 일터는 식료품점, 주유소, 편의점, 소매점, 식당, 매점, 영화관, 철물점, 카페, 패스트푸드점, 테이크아웃 전문점, 휴게소 매점 등 사람들이 항상 오가는 곳에 있다.

필요한 훈련·교육

공식적인 교육과정은 필요하지 않지만, 포스기를 다루고 관련 업무를 수행해야 하기 때문에 현장에서의 훈련은 필요하다. 초반 며칠 동안은 경력 많은 계산원이 일하는 모습을 지켜보면서 업무를 배우기도 한다. 계산원은 돈을 다루기 때문에 신뢰가 매우 중요하다. 이 때문에 전과가 있으면 고용되기 어렵다.

이 직업에 유용한 기술·재능

인간적인 매력, 정확한 기억력, 공감 능력, 뛰어난 청력, 탁월한 기억력, 신뢰를 주는 능력, 경청하는 능력, 환대하는 능력, 사람들을 웃게 하는 능력, 기계를 다루는 기술, 외국어 구사 능력, 멀티태스킹, 홍보 능력, 상대의 마음을 읽는 능력

이 직업에 도움이 되는 성격 특성

차분한, 전문성을 갖춘, 매력적인, 협조적인, 정중한, 수완이 좋은, 규율을 준수하는, 진중한, 느긋한, 효율적인, 호감을 주는, 정직한, 재기발랄한, 친절한, 독립적인, 충실한, 유순한, 관찰력이 뛰어난, 체계적인, 미리 대비하는

갈등이 벌어지는 상황

- 바가지를 씌웠다고 생각하거나 원하는 물건을 찾을 수 없어서 화난 고객을 상대할 때
- 허가 없이 가게 밖에서 호객 행위를 하는 사람이 있을 때
- 술이나 담배를 사려는 미성년자가 있을 때
- 직원이 업무 시간에 나타나지 않아 피크 타임에 일손이 부족함
- 나이가 많다는 핑계로 힘든 일은 안 하려는 동료들
- 계산대에서 돈이 자꾸 사라질 때
- 고객이 술에 취하거나 공격적으로 굴 때
- 폭력을 행사하는 고객을 상대할 때
- 좀도둑이나 강도가 있을 때
- 형편이 어려워 월급이 줄어들면 곤란한데 업무 시간이 줄어들 때
- 경영진이 책임을 회피하려고 누명을 씌울 때
- 승진할 가능성이 없을 때
- 선임 계산원과 개인적으로 마찰이 생겨서 일상이 힘들어짐(원치 않는 시간에 배정되거나, 업무 시간이 줄어들거나, 문제가 많이 생기는 계산대에 배치됨)
- 근무하는 일터에서 퇴사와 이직이 잦아 계속 신입을 훈련시켜야 할 때
- 매상을 올릴 수 있는 아이디어가 있으나 경영주가 진지하게 받아들이지 않을 때
- 정전이 생겨서 일일이 손으로 계산해야 할 때
- 매장이 위생 점검에 걸려서 문을 닫아야 할 때
- 고객이 자신의 무리한 요구가 받아들여지지 않았다고 불만을 제기할 때

주로 접하는 사람들 고객, 다른 가게 직원, 경영진, 택배 기사

직업이 캐릭터의 욕구에 미치는 영향

- **자아실현 욕구**
  일자리가 부족해서 다른 곳에 취직하지 못하면 캐릭터는 자신이 능력 이하의 일을 하고 있다는 생각에 불만을 품을 수 있다.
- **존중과 인정의 욕구**
  계산원이 되려면 학력이 높을 필요는 없다는 이유 때문에 경시를 당하면, 계산원 캐릭터의 자존감이 낮아질 수 있다.
- **안전 욕구**
  계산원은 돈을 다루는 직업이므로 강도의 대상이 될 수 있다.
- **생리적 욕구**
  보수가 매우 적기 때문에 다른 일로는 돈을 벌지 않는다면 계산원 직업만으로 음식이나 주거와 같은 기본적 욕구를 충족할 수 없을지도 모른다.

고정관념 비틀기 계산원은 대개 심신이 지친 여성으로, 자신의 일을 지긋지긋해하는 모습으로 그려진다. 자신의 일을 진심으로 사랑하고 사람들과 교류하는 캐릭터를 만들어보자.

캐릭터가 이 직업을 택한 이유

- 부수입이 필요해서
- 집과 가까운 곳에서 일해야 해서
- (학력이 낮거나 가족을 부양해야 하는 등의 이유로) 고임금 일자리를 가질 수 없어서
- 육아나 돌봄 때문에 노동시간이 유연한 직업이 필요해서
- 가정생활에 영향을 끼치지 않는, 스트레스가 적은 직업을 원해서
- 자신이 복잡하거나 기술이 필요한 직업에는 적합하지 않다고 과소평가함
- 사회생활이 어려워서 다른 사람들과 교류할 방법을 찾음
- 계산원 외의 직업을 갖기 어려운 한계가 있어서
- 나중에 자신의 가게를 운영하려고

고생물학자 Paleontologist

개요

고생물학자는 공룡의 뼈·알·배설물·발자국, 화석화된 나무 등 다양한 화석을 찾아다니는 직업이다. 고생물학자의 작업은 화석을 찾아내려고 여러 지층의 흙과 돌을 몇 시간씩 체로 걸러내고, 그렇게 찾아낸 화석의 연대와 서식지를 파악하는 등 매우 느리고 고되며 시간이 많이 걸린다.

관심이 가는 장소를 직접 찾아가는 고생물학자도 많다. 현장에서 발견한 동물의 잔해를 분석하느라 많은 시간을 보내므로 일상은 단조로운 편이다. 고생물학자가 추론한 내용은 고고학자들이 고대 문명의 식생활을 이해하는 데 도움을 주기도 한다. 현장 발굴을 하지 않을 때는 후학을 양성하거나, 연구 결과를 집필하여 출판하거나, 각종 교육 프로그램을 진행하거나, 수집품을 정리해서 전시회를 개최하거나, 박물관에서 일하거나, 기업이 의뢰하는 조사 업무를 수행한다. 노동시간은 길고 급여도 항상 높은 것은 아니지만 이론을 검증하고, 과거의 수수께끼를 밝혀내고, 새로운 사실을 발견하는 것을 좋아하는 사람이라면 보람을 느낄 직업이다.

필요한 훈련·교육

고생물학자가 되려면 (고생물학 강의를 수강하고) 지질학 학사 학위, 석사 학위, 또는 고생물학 박사 학위가 필요하다. 고생물학 학위 과정이 있는 대학은 그리 많지 않으므로, 이야기에 실제로 존재하는 고생물학 교육과정을 포함시키려면 캐릭터가 다닐 법한 학교를 찾아서 자료 조사를 해야 한다.

이 직업에 유용한 기술·재능

돈을 버는 요령, 기본적인 응급처치, 꼼꼼함, 탁월한 기억력, 낚시, 수렵 채집 기술, 신뢰를 주는 능력, 외국어 구사 능력, 정확한 기억력, 날씨 예측, 홍보 능력, 연구 조사, 조각 솜씨, 전략적 사고, 다른 사람을 가르치는 능력, 자연에서 방향을 찾는 능력, 목공 기술, 글쓰기

이 직업에 도움이 되는 성격 특성

적응을 잘하는, 모험심이 강한, 야망 있는, 분석적인, 조심스러운, 협조적인, 호기심이 많은, 수완이 좋은, 규율을 준수하는, 효율적인, 집중력 있는, 사소한 것도 지나치지 않는, 독립적인, 지적인, 세심한, 자연을 아끼는, 꼬치꼬치 캐묻는, 객관적인, 관찰력이 좋은, 강박관념이 있는, 낙관적인, 체계적인, 열정적인, 인내심 있는, 완벽주의적인, 끈질긴, 임기응변에 능한, 책임감 있는, 소탈한, 학구적인, 일중독

갈등이 벌어지는 상황

- 발굴 지원금을 받지 못하게 되었을 때
- 성과를 내지 못해 지원금을 놓칠지도 몰라서 스트레스를 받음
- 궂은 날씨
- 발굴 현장에서 일어난 절도 사건
- 외로움
- 오지에서 여러 사람과 일하다 성격 차이로 갈등이 생길 때
- 문명사회와 떨어진 곳에서 말라리아, 기생충 등으로 질병에 걸림
- 적절한 의학 치료를 받기 힘든 오지에서 부상이나 상해로 고통을 받을 때
- 실수로 발굴물이 손상됨
- 오랫동안 집을 떠나 발굴 현장에 머무느라 대인 관계에서 마찰이 생김
- 직업윤리가 다르거나 규칙과 절차를 제대로 지키지 않는 동료
- 발굴물이 운송 중에 손상되거나 없어졌을 때
- 장비나 차량이 고장 났을 때
- 느릿하게 진행되던 발굴을 끝내고 다음 발굴을 하기까지, 바쁜 현실로 돌아왔는데 적응하기 어려울 때
- 한 지역에서 오랫동안 발굴 작업을 했지만 아무것도 못 찾아냄
- 동료들과 학문적인 논쟁을 벌일 때
- 거짓 경보false alarm, 즉 중요한 화석으로 보이는 발굴물을 찾아냈는데 알고 보니 아무런 가치가 없을 때
- 문명사회에서 누렸던 안락한 의식주가 그리워질 때

주로 접하는 사람들

고고학자, 학생, 현장 인턴, 인부, 운전기사, 대학 교직원, 편집자, 연구자, (자료 · 정보 · 숙소 · 안내를 제공하는) 현지 주민

직업이 캐릭터의 욕구에 미치는 영향

- **자아실현 욕구**

  새로운 화석을 발견하거나 이론을 입증하기를 꿈꾸는 고생물학자라면 매일같이 반복되는 작업에 점점 의욕이 떨어질 수 있다.
- **존중과 인정의 욕구**

  동료나 라이벌이 흥미로운 발굴을 해서 세간의 인정을 받는 반면에 자신은 아니라면, 자신의 능력이나 적성에 의문을 품을 수 있다.
- **애정과 소속의 욕구**

  자녀나 가족 등 인생에서 중요한 사람들과 함께하기보다 그들과 멀리 떨어진 곳에서 발굴 작업을 하는 데 시간을 쏟게 되므로, 소중한 이들과의 관계가 어려워질 수 있다.
- **안전 욕구**

  지원금이 제대로 조달되지 않아서 수입이 불안정할 수 있다.
- **생리적 욕구**

  외국의 오지는 위험하다. 무장 집단, 야생동물, 바이러스 등 캐릭터의 목숨을 위협하는 요소가 한두 가지가 아니다. 문명과 거리가 먼 외딴 곳에서는 사소한 질병이나 사고도 치명적일 수 있다.

캐릭터가 이 직업을 택한 이유

- 유년 시절에 이곳저곳 떠돌아다니며 살았기에, 한적한 야생이나 오지가 편하게 느껴짐
- 과거의 생명체와 인류의 기원에 매료되어서
- 인류의 과거에 대해 지금까지의 통념을 뒤집을 정도로 새로운 발견을 하고 싶어서
- 학자가 적성에 맞아서
- 과학과 역사에 열정이 있어서
- 현대사회에 적응하지 못했기에 되도록 과거에 파묻혀 시간을 보내고 싶어서

골동품 매매상 Antiques Dealer

개요

간단히 말하면 골동품 매매상은 오래된 물건을 매입해서 되파는 직업이다. 골동품 매매상이 되려면 위조품과 진품을 가려내는 방법을 알아야 하고, 물건의 값어치를 파악할 수 있어야 하며, 매입한 물건을 팔 수 있는 능력이 있어야 한다. 분야 전반에 대한 폭넓은 지식도 필요하다. 골동품 매매상은 흔히 개인 매장을 내거나 같은 업계 사람들과 동업한다. 골동품 매매상은 골동품 전반을 다룰 수도 있고 특정 물건(예술품, 가구, 주화, 귀금속 등)만을 취급하기도 한다. 특정한 시대나 지역의 물건(이집트 골동품, 빅토리아 시대의 물건, 고전 할리우드 물건) 또는 특정한 취미나 관심사를 전문으로 할 수도 있다(카 레이싱, 우표 수집, 특이한 물건 등).

필요한 훈련·교육

대부분의 지망생은 이름이 알려진 거래상의 조수나 경매장의 인턴으로 경력을 시작한다. 고등교육이 필요하지는 않지만 미술품 감정, 역사, 경영 기초 등을 배우기도 한다.

이 직업에 유용한 기술·재능

돈을 버는 요령, 인간적인 매력, 뛰어난 기억력, 신뢰를 주는 능력, 흥정 솜씨, 외국어 구사 능력, 홍보 능력, 상대의 마음을 읽는 능력, 연구 조사 능력, 판매 수완, 전략적 사고

이 직업에 도움이 되는 성격 특성

야심이 큰, 인간적인 매력이 있는, 자신감 있는, 협동심이 있는, 용감한, 정중한, 호기심이 많은, 과단성 있는, 약삭빠른, 수완이 좋은, 규율을 잘 지키는, 열성적인, 외향적인, 호감을 주는, 탐욕스러운, 근면 성실한, 지적인, 열정적인, 인내심 있는, 끈질긴, 설득력 있는, 전문성을 갖춘, 책임감 있는, 학구적인

갈등이 벌어지는 상황

- 판매자가 위작을 팔아넘기려 할 때
- 야심 넘치는 경쟁자가 고객을 빼앗고 장사를 방해할 때
- 특정 분야에 대한 자신의 지식을 의심하게 됨

- 골동품을 감정하려면 전문가의 의견을 들어야 하는데, 해당 전문가의 능력을 믿어도 될지 확신이 서지 않음
- 수요가 많은 골동품을 매장에 갖춰놓을 자금이 부족함
- 값비싼 골동품을 사들였는데 구매자를 찾기가 어려움
- 화재, 수도관 파열, 해충, 곰팡이 등 가게에 문제가 생겨서 물건이 훼손됨
- 서툴거나 지식이 부족한 동업자가 과한 돈을 주고 물건을 사들임
- 판매한 물건이 위조품으로 밝혀짐
- 사들인 골동품을 복원할 능력이 없음
- 사들인 골동품에 애착이 생겨서 차마 팔지 못함
- 물건을 팔고 싶지만 그 물건이 어떻게 쓰일지 걱정될 때(다른 물건으로 대체되거나 훼손될 가능성이 있을 때)

주로 접하는 사람들

다른 매매상, 고객, 경매인, 역사학자나 고고학자 같은 다양한 분야의 전문가, 박물관 도슨트, 박물관장, 영업사원, 가게에서 일하는 잡역부, 택배 기사, 건물주, 가게 주인

직업이 캐릭터의 욕구에 미치는 영향

- **자아실현 욕구**

  골동품을 다루는 사람은 대개 자신의 일에 열정적이다. 직업이 곧 열정을 쏟는 대상인 것이다. 그런 열정이 위협받을 경우(예를 들어 비도덕적인 사장이 매매상 캐릭터에게 골동품의 가치를 낮게 책정하거나 고의로 위조품을 팔라고 지시하는 경우) 캐릭터의 자아가 손상될 수 있다.

- **존중과 인정의 욕구**

  골동품 매매상이라는 직업은 담당하는 분야에 대한 지식이 성공과 실패 여부를 결정짓는다. 캐릭터가 어떤 분야에서 전문성이 부족하거나, 캐릭터가 담당하는 분야에서 신뢰를 얻지 못한다면 존중과 인정 욕구에 영향을 미칠 수 있다.

- **안전 욕구**

  골동품은 값비싼 물건이므로 귀중품이다. 따라서 골동품 매매상은 도난이나 강도 같은 위험을 겪을 수 있다.

고정관념 비틀기

골동품은 비싼 물건이므로 골동품을 취급하는 매매상도 보통 세련되고 패션에 관심이 많으며 점잖은 인물로 묘사된다. 그렇다면 외양은 꾀죄죄하지만 예리한 안목과 사업 감각을 지닌 캐릭터에게 이 직업을 맡겨보자.

미국의 골동품 마니아는 대개 러그, 가구, 남북전쟁 시기의 물건을 수집한다. 이보다 훨씬 독특한 물건을 수집하는, 가령 고대의 고문 기구, 연쇄살인과 관련된 물건, 귀신이 들린 골동품을 찾아다니는 캐릭터를 만들어보자.

특이한 방법으로 골동품에 관한 지식을 쌓은 캐릭터를 스토리에 넣는 것도 재미있는 효과를 낼 수 있다. 영화 〈하이랜더〉에 나오는 코너 매클라우드가 좋은 예다. 불로불사의 초인인 매클라우드는 오랜 세월 살아오며 모은 물건으로 골동품 가게를 운영한다.

캐릭터가 이 직업을 택한 이유

- 어린 시절 캐릭터를 키워준 친척이 창고 세일garage sale[집 마당에서 중고 가정용품을 파는 것], 벼룩시장, 골동품 가게 방문을 좋아했다. 친척에게 귀중한 골동품을 가려내는 방법을 전수받았음
- 역사에 대한 열정
- 아름답고 오래된 물건을 지키고 싶어서
- 특정한 물건의 열렬한 수집가이며 그 열정을 표출할 직업을 원함
- 사회적으로 금기시되거나 지니기 어려운 물건을 수집하고 싶어서 (나치의 선동 포스터, 밀수품, 장물 등)
- 물건을 모으기만 하고 버리지 않는 습관을 고치고 싶어서. 매매상이 되면 물건을 수집해서 다른 사람에게 다시 팔아야 하니까
- 과거에 매료되어 있어서 모든 것이 보다 단순했던 시대를 살고 싶음
- 희귀한 물건을 찾아다니는 과정에서 보물 사냥의 재미를 느낌
- 골동품을 보는 예리한 안목이 있고 위조품을 가려내는 데 능숙하기 때문에

공인중개사

Real Estate Agent

개요

공인중개사는 각종 부동산의 매입과 매각을 맡는다. 판매자를 위해 매물로 나온 주택을 조사해서 작성한 목록을 제공하며, 구매자와 함께 매물로 나온 집을 방문하고 질문에 답해준다. 그 외에도 서류 작업과 협상 진행 등 다양한 업무를 수행한다.

필요한 훈련·교육

(국가나 지역에 따라 기간은 다르지만) 자격증을 따기 위한 교육 과정을 수료해야 한다. 부동산 실무, 대출 규정, 금융 절차와 평가, 주택 가치를 평가하는 방법, 중재와 협상 기술을 배운다. 교육이 끝나면 자격증 시험을 통과해야 하며, 돈을 내고 면허증을 발급받아야 한다.

(미국의 경우) 공인중개사 일을 처음 시작할 때는 대개 회사에 들어가 회사가 가진 네트워크를 활용한다. 경력을 쌓은 후에는 자신의 사업체를 운영할 수 있다. 인구가 많은 지역에서는 특정 구역만 담당하기도 하고 상업용 건물이나 목장, 농장 등 특수한 매물만 담당하기도 한다. 특정 가격대만 전문으로 다룰 수도 있다. 하지만 소도시나 인구가 적은 지역이라면 다양한 고객과 매물 목록을 보유해야만 생계를 유지할 수 있다.

이 직업에 유용한 기술·재능

돈을 버는 요령, 인간적인 매력, 뛰어난 기억력, 신뢰를 주는 능력, 경청하는 능력, 흥정 솜씨, 환대하는 능력, 독순술, 거짓말, 사람들을 웃게 하는 능력, 외국어 구사 능력, 멀티태스킹, 인맥, 정확한 기억력, 날씨 예측, 홍보 능력, 상대의 마음을 읽는 능력, 연구 조사, 영업 능력, 글쓰기

이 직업에 도움이 되는 성격 특성

적응을 잘하는, 야심만만한, 분석적인, 과감한, 차분한, 매력적인, 자신감 있는, 과단성 있는, 수완이 좋은, 규율을 준수하는, 효율적인, 외향적인, 꼼꼼한, 체계적인, 통찰력 있는, 설득력 있는, 전문성을 갖춘

갈등이 벌어지는 상황

- 구매할 의사도 없으면서 어떤 매물이 있는지 보기만 하려는 고객 때문에 시간을 낭비할 때
- 매물은 적은데 중개사만 많은 지역에서 경쟁 상대와 같은 매물을 두고 다툴 때
- 약속 시간에 늦거나 비위를 맞추기 까다로운 고객을 상대할 때
- 고객과 함께 매물로 나온 집을 보러 갔는데 집주인이 집을 엉망으로 해뒀을 때
- 매물로 나온 집을 개방하는 동안 절도 사건이 발생했을 때
- 재정과 관련된 사전 승인을 미루던 고객이 매물을 놓치자 화를 냄
- 고객이 자신의 집 가치에 대해 비현실적인 견해를 지니고 있을 때
- 예산은 적은데 기대치가 높은 고객에게 집을 소개해야 할 때
- 매물을 보여주는 동안 고객의 부적절한 언행을 참아야 할 때
- 화가 난 고객이 평판에 해를 가하려 할 때
- 거래를 성사시키지 못했을 때
- 서류를 작성하다가 실수로 고객의 정보를 노출시켰을 때
- (은행 담보가 잡힌 집, 인근에 기피 시설이 있는 곳, 자살 현장 등) 문제가 있는 집을 팔아야 할 때
- 소속된 회사의 다른 중개사가 고객을 가로챔
- 경기 침체로 집값이 하락하고, 따라서 중개 수수료도 하락함
- 허술한 잠금 장치 때문에 누군가 주택에 침입함
- 매물로 나온 주택이 개방되어 있는 동안 자산이 파손됨
- 고객과 단둘이 있을 때 위협을 느낌
- 가족 행사를 포기하고 고객을 만나러 가야 할 때

주로 접하는 사람들

행정 직원, 은행 직원, 주택 담보 대출 담당자, 사진작가, 카피라이터, 다른 공인중개사, 주택 안전 검사관, 주택 소유주, 주택 구매자, 고객의 가족, 건물 단장을 위해 고용된 도급업자(도장공, 조경사, 고압 세척자 등)

직업이 캐릭터의 욕구에 미치는 영향

- **자아실현 욕구**

  업무 시간이 길고 불규칙하기 때문에 삶에 의미 있는 목표를 추구하거나 다른 분야의 지식과 기술을 향상시키기 어려울 수 있다.

- **존중과 인정의 욕구**

  이 업계에서는 분기별·연간 판매량을 기준으로 공인중개사의 능력을 끊임없이 평가하기 때문에 경쟁이 치열하다. 한두 달만 실적이 좋지 않아도 한 해가 힘들어질 수 있으며, 동료들 사이에서 평가가 나빠지면 자긍심과 자존감이 저하될 수 있다.

- **애정과 소속의 욕구**

  업무 시간이 불규칙하고 항상 열성을 다해야 하는 직무이기 때문에 가족과 인간관계를 소홀히 하기 쉽고 그 결과 가정불화가 일어날 수 있다.

- **안전 욕구**

  공인중개사라고 해서 집을 보러 갈 고객이 누구인지 항상 알고 있는 것은 아니므로, 나쁜 의도가 있는 사람과 단둘이 매물로 나온 집에 남겨질 수 있다.

고정관념 비틀기

각종 영화나 소설에 나오는 공인중개사들은 다소 뻔뻔하고 지나치게 사근사근한 성격이며, (실적을 올리려고) 부동산의 좋은 점만 부각시키는 경향이 있다. 윤리 의식과 가치관 때문에 지나치게 정직한 탓에, 부동산을 팔지 못하게 되더라도 사실대로만 말하는 캐릭터를 설정해보자.

공인중개사 캐릭터는 대개 겉모습이 말쑥하다. 그러니 이와 반대로, 외모에는 신경 쓰지 않지만 실적은 탁월한 캐릭터를 구상해보자. 구겨진 옷이나 퉁명스러운 말투는 눈감아줄 정도로 유능한 캐릭터 말이다.

캐릭터가 이 직업을 택한 이유

- 다른 사람이 집을 구하도록 도우면서 기쁨을 느끼기 때문에
- 가정과 집이라는 개념 자체를 열렬히 사랑해서
- 집 꾸미는 일을 즐기지만 그럴 만한 돈은 없어서
- 살면서 진정한 '내 집'을 가져보지 못해서 채워지지 않는 욕구를

우회적으로 충족하고자 함

- 중개 요령이 뛰어나서 집과 구매자를 잘 연결해주므로
- 동네 사람들을 잘 알기 때문에 이 일을 잘 할 수 있다고 믿어서
- 부동산 중개로 별 노력 없이 큰돈을 벌 수 있다는 잘못된 믿음을 가지고 있음

관광 가이드 Tour Guide

개요

관광 가이드는 이런저런 지식을 익히면서 관광 명소를 안전하게 둘러보기 원하는 관광객들에게 풍부한 정보를 갖춘 동행인이 되어준다. 단체 관광 일정은 몇 시간부터 몇 주에 이르기까지 다양하다. 관광 가이드는 자신이 인솔하는 그룹과 함께 여행하며 랜드마크, 유적지 등을 보여주고 관광객들이 여행지의 문화를 체험할 수 있도록 장려한다. 장기 여행일 경우에는 관광객을 대신해서 호텔과 교통수단, 식당을 예약해주거나 문제를 해결해주고 여행 프로그램을 소개·예약해주기도 한다. 언어 문제가 발생할 때는 고객을 위해 통역사 노릇을 하기도 한다.

관광 가이드는 인솔하는 여행객에게 현지에서 물건을 구입하는 법과 자유 시간에 가보면 좋을 장소를 추천하고, 현지의 법률과 관습을 알려주고, 혹시 일어날 수 있는 위험을 경고하기도 한다. 관광 가이드는 도시 하나를 둘러보는 투어를 이끌기도 하고, 특정 지역 내 여러 장소로 인솔하기도 한다. 다양한 지방이나 여러 국가를 여행하는 투어를 맡을 수도 있다.

필요한 훈련·교육

관광 가이드가 되기 위해 학위가 필요하지는 않지만, 대부분 관광 가이드는 이력서에 덧붙이려고 4년제 학사 학위를 취득한다. 고용된 후에는 주로 맡게 될 지역에 관한 교육을 받아야 한다. 예를 들어 박물관이나 역사 유적지처럼 특정 명소를 전문으로 하는 가이드라면 해당 장소를 속속들이 알고 있어야 하며 미술사 등 관련 학위가 필요할 수도 있다. 특정한 마을이나 도시를 위주로 안내하는 관광 가이드라면 그곳의 역사, 랜드마크, 문화, 예술, 언어에 대해 상당한 지식을 쌓아야 한다. 그래야 관광객들의 다양한 질문에 매끄럽게 대답할 수 있다.

장기 여행을 인솔하는 관광 가이드라면 방문할 각각의 장소를 잘 알고 있어야 하므로 더 다양한 능력이 필요할 것이다. 여러 국가를 이동하는 여행일 경우 국경을 넘고 세관 심사를 받는 방법을 잘 안내해주어야 한다. 출입국 절차가 관광객들이 거주하는 국가와는 매우 다를 수 있기 때문이다. 관광 가이드는 인솔하는 고객들의 안전을 책임지므로 적절한 안전 교육을 받을 필요가 있다.

이 직업에 유용한 기술·재능

기본적인 응급처치, 인간적인 매력, 탁월한 기억력, 뛰어난 방향감각, 흥정 능력, 환대하는 능력, 사람들을 웃게 하는 능력, 외국어 구사 능력, 멀티태스킹, 중재 능력, 날씨 예측, 홍보 능력, 화술, 상대의 마음을 읽는 능력, 연구 조사, 지치지 않는 체력, 크고 호소력 있는 목소리, 방향을 찾는 능력

이 직업에 도움이 되는 성격 특성

적응을 잘하는, 모험심이 강한, 차분한, 매력적인, 자신감 있는, 공손한, 수완이 좋은, 규율을 준수하는, 진중한, 느긋한, 효율적인, 열성적인, 외향적인, 호감을 주는, 재미있는, 수다를 잘 떠는, 친절한, 지적인, 참견하기 좋아하는, 관찰력이 좋은, 낙관적인, 체계적인, 열정적인, 인내심이 강한, 사회 이슈에 관심이 많은, 익살맞은, 알뜰살뜰한, 마음이 넓은, 건전한, 현명한, 재기발랄한

갈등이 벌어지는 상황

- 인솔하는 관광객이 출입 금지 장소에 들어가거나 기물을 파손함
- 멋대로 혼자 돌아다니는 관광객
- 호텔에 방이 충분하지 않거나, 객실이 기대 이하여서 숙박에 혼선이 생김
- 관광객들 사이에 다툼이 벌어짐
- 교통수단에 문제가 생겨서 일정이 지체될 때
- 고객이 소매치기를 당함
- 고객이 자신의 고향에서는 별 일 아니라며 현지 법규를 어길 때
- 고객이 다치거나 병에 걸려서 병원에 가야 할 때
- (차가 제때 도착하지 않거나 예약한 툭툭[동남아시아에 흔한 삼륜 택시]이 나타나지 않는 등) 이동 수단에 말썽이 생김
- 관광객 몇 명이 늦는 바람에 다른 사람들이 기다려야 할 때
- 언어 장벽
- (제시간에 나타나지 않고, 인솔을 따르지 않고, 공동 사용 구역을 정리

하지 않는 등) 자신이 특별한 사람이라도 되는 양 행동하는 고객
- 개인적인 취향과 바람까지 채워주기를 기대하는 고객
- 인솔하는 그룹에 몰래 끼어들어서 엿듣는 무임승차 관광객

주로 접하는 사람들

관광객, 버스 기사, 택시 기사, 다른 단체 여행 인솔자, 세관 공무원, 박물관 학예사와 직원, 경비원, 호텔 직원, 공항 직원, 식당 직원, 상점 직원

직업이 캐릭터의 욕구에 미치는 영향

- **애정과 소속의 욕구**

  관광 가이드는 자주 집에서 먼 곳으로 출장 가서 오랫동안 (혹은 일반적이지 않은) 장시간 근무를 한다. 관광객들을 돌보거나 시차에 시달리다 보면 기력이 떨어지기도 한다. 이 때문에 개인적인 인간관계를 유지하기 힘들 수 있다.
- **안전 욕구**

  인솔하는 관광객 중 몇 명이 여행지에서 닥칠 수 있는 문제를 진지하게 받아들이지 않으면 모두가 위험에 처할 수도 있다.

캐릭터가 이 직업을 택한 이유

- 어렸을 때 이사를 자주 다녀서 여러 장소를 돌아다니는 삶이 편하게 느껴짐
- 여행을 사랑하고 세계를 두루 보고 싶어서
- 다른 사람들이 새로운 문화에 관심을 갖도록 도와주고 싶어서
- 돌아다니는 직업이라는 점이 좋아서(자신의 과거에서 도망치거나, 추적자를 피할 수 있음)
- 새로운 사람들을 만나면서도 깊은 관계를 맺는 것은 피할 수 있으므로
- 특정한 지역이나 역사에 열정이 있어서
- 특정 지역, 전설 등과 개인적으로 관련이 있으며 그 주변에 있고 싶어서

교도관 Corrections Officer

개요

교도관(교정직 공무원)은 형을 살고 있는 재소자들이 법과 시설의 규칙을 따르는지 감독하고 한편으로는 그들이 법적 권리를 보장받는지 확인한다. 교도관은 정문 관리실, 감시탑, 수용 공간, 의무실, 휴게실 등 다양한 곳에 순환 배치된다. 순찰, 재소자 인원 확인, 금지 물품 수색, 서류 작업 등이 주로 하는 업무이다. 품이 많이 들어가는 일도 있지만 그렇지 않은 일도 있다. 재소자들에게 직업 훈련을 시키기도 하고 저지른 범행과 관련된 행동 문제를 해소하도록 돕기도 한다.

교도관은 동료 교도관과 재소자의 안전과 인권을 지킬 책임이 있다. 시설 내에서 벌어지는 다툼, 의료 처치가 필요한 응급 상황, 그 외 각종 사고에 대처해야 하며, 그런 상황이 발생했을 때 대응 방법을 알아야 하고 확실한 권위를 보여야 한다. 재소자들은 특히 새로 부임한 교도관을 끊임없이 시험하여 약점을 캐내려 한다. 교도관은 전문성을 갖추고, 절차를 준수하고, 자신의 말에 책임지고, 모두를 공평하게 대우하면서 기강을 유지시키는 것이 중요하다. 나라와 지역에 따라 교도관의 책임 범위는 다양하므로, 교도관 캐릭터를 구상할 때는 이야기가 벌어지는 배경과 캐릭터의 업무가 들어맞는지 확인해야 한다.

필요한 훈련·교육

(미국의) 주 교도소의 교도관이 되려면 고등학교 졸업 또는 이에 준하는 졸업장이 필수이고, 연방 정부 교도소의 교도관은 학사 학위 또는 3년 이상의 상담 및 관리 감독 경력이 있어야 한다. 또한 교도관은 신원 조사를 통과하고 정신적 · 신체적 건강 검진을 받아야 한다.

신입 교도관은 보통 연수 기관에 배치된 다음 현장 교육을 이어나간다. 시설 규정, 제도 · 정책, 법적 제한에 대한 교육과 더불어 총기 사용, 호신술, 재소자를 무력화하고 위험한 상황을 안정시키는 법도 배운다. 교도관이 전략 대응반 소속일 경우 재소자의 폭동, 인질극, 그 외 발생할 수 있는 위험한 상황에 대응하는 법을 훈련받는다. 기술을 연마하고 새로운 규정과 정책이 발효되면 그에 대한 지식을 업데이트하는 등, 교육은 업무 기간 내내 이어진다.

이 직업에 유용한 기술·재능

기본적인 응급처치, 친화력, 상황 예측 능력, 뛰어난 청력, 뛰어난 후각, 평정심, 탁월한 기억력, 신뢰를 주는 능력, 경청하는 능력, 흥정 솜씨, 고통에 대한 인내, 독순술, 사람들을 웃게 하는 능력, 외국어 구사 능력, 중재 능력, 정확한 기억력, 상대의 마음을 읽는 능력, 호신술, 격투 기술, 사격하는 능력, 전략적 사고, 완력, 생존 기술, 빠른 발

이 직업에 도움이 되는 성격 특성

기민한, 분석적인, 대담한, 휘둘리지 않는, 자신감 있는, 대립을 두려워하지 않는, 주변을 잘 통제하는, 협조적인, 용감한, 정중한, 수완이 좋은, 규율을 준수하는, 집중력 있는, 고결한, 직업윤리를 준수하는, 공정한, 관찰력이 뛰어난, 체계적인, 인내심 있는, 설득력 있는, 미리 대비하는, 전문성을 갖춘, 책임감 있는, 단호한, 마음이 넓은

갈등이 벌어지는 상황

- 재소자 간 다툼을 말려야 할 때
- 교도소에 수감된 갱단 사이의 알력을 해결하려고 애쓸 때
- 교도소의 수용 인원 초과
- 생활의 질이 낮아서 재소자들의 불만이 커짐
- 교도소 내 강간이나 폭행, 폭동, 살인
- 교도관과 재소자 간 불법 행위 발견
- 신뢰할 수 없는 교도관
- 교대 근무 등 일이 많아서 가족과 갈등을 빚음
- 동료 교도관이 재소자를 다루는 방식에 동의하지 못할 때
- 뇌물을 주고받는 장면을 목격했을 때
- 직권 남용 등 부당 행위로 기소됨
- (정신 질환이 있는 재소자가 치료를 받지 못하고 다른 재소자와 함께 수감되어 방치되는 등) 불의를 목격

주로 접하는 사람들

재소자, 교도소 직원, 행정 담당 공무원, 교도소장, 심리학자, 의사, 간호사, 경찰관, 조사관, FBI 요원, 면회객, 변호사, 배송 기사

직업이 캐릭터의 욕구에 미치는 영향

- **자아실현 욕구**

  정신적으로 힘들고 지치는 일이므로 부정적인 세계관을 가지기 쉽다. 그래서 교도관 캐릭터는 삶의 목표를 포기하거나, 더 좋은 사회를 만들겠다는 사명감이 사라질 수도 있다.

- **애정과 소속의 욕구**

  교대 근무와 초과 근무 때문에 가족과의 관계를 돈독히 쌓거나 사랑하는 사람과 보낼 시간을 내기 어려울 수 있다.

- **안전 욕구**

  재소자는 사기꾼, 폭력배 등 잃을 것이 없어 막 나가는 사람이 많다. 그러므로 이들을 다루는 교도관은 항상 위험에 처해 있는 셈이며, 좁은 공간에서 수많은 재소자를 관리할 책임이 있다면 더욱 그러하다.

- **생리적 욕구**

  교도소 내에서 폭동이 일어나거나 재소자에게 인질로 잡힌다면 교도관의 생명이 위험해질 수 있다.

고정관념 비틀기

교도관은 흔히 자신의 지위를 무기 삼아 잔인하고 가학적인 인물로 표현된다. 이런 고정관념을 비튼 좋은 예로는 스티븐 킹의 『그린 마일』이 있다. 이 소설 속 교도관인 폴 에지콤은 따뜻하고 열린 마음의 인물로, 모두가 존중받아야 한다는 신념을 갖고 있다. 이 직업군의 고정관념에서 벗어나려면 캐릭터의 도덕관념을 검토해보는 방법이 있다. 캐릭터의 내면 가장 깊숙이 자리한 신념이 교도관으로 일할 때 어떤 모습으로 나타날까?

캐릭터가 이 직업을 택한 이유

- 가족 구성원이 툭 하면 범죄를 저지르는 데 반감을 느껴서
- 살고 있는 도시에서 교도관이 가장 보수가 좋은 직업이라서
- (기소되지는 않았지만) 과거에 범죄를 저질렀고, 개과천선한 후에 다른 사람도 자신처럼 되기를 바라는 마음에서
- 타인을 지배하며 자신이 힘 있는 존재라고 느끼는 게 좋아서
- 남을 보호하고자 하는 강렬한 본능이 있어서

교사

Teacher

개요

교육에 관심이 있다면 다양한 직업을 택할 수 있다. 교사는 어린이집에서 대학까지 다양한 단계의 교육 시설에서 일한다. 미국의 경우 카운티, 주, 연방 정부에 따라 교사 자격 요건이 정해져 있고, 공립학교는 대체로 이 요건을 적용한다. 사립학교는 좀더 다양하다. 공립학교 모델을 따르기도 하고, 몬테소리 같은 특정한 교육 방법을 채택하기도 하며, 종교 단체와 연계되기도 한다.

교사의 의무와 자격 요건은 무엇을 담당하는지에 따라 다르다. 초등학교 교사는 대부분 반 학생들을 1년 동안 책임지며 수학, 언어, 과학, 사회 등 핵심 교육 분야를 가르친다. 체육, 미술, 음악, 컴퓨터 기술 같은 특정 분야는 교과 교사가 맡는다. 미국의 경우 이 모델은 중학교와 고등학교까지 적용된다. 교사는 특정 과목에 대한 자격증이 있고, 다양한 학생들에게 그 과목을 가르친다. 대학에서는 교수가 같은 방식으로 학생들을 지도한다.

교사의 업무는 확립된 교육과정을 바탕으로 수업 계획을 짜고, 다양한 학생의 수준에 맞춰 수업을 하고, 학생을 평가하고, 교무 회의에 참석하고, 학부모와 상담하고, 워크숍과 기타 심화 교육을 받는 것이 포함된다. 점심시간 및 쉬는 시간에 생활지도를 하고, 운동부 · 동아리 · 학생회 · 방과 후 수업 등을 추가로 맡기도 한다.

필요한 훈련 · 교육

교사 자격 기준은 다양하다. 미국에서는 어린이집 교사에게 정규교육을 요구하는 경우가 흔하지 않다. 초 · 중등 교사는 학사 학위가 필요하며, 월급을 더 받거나 관리직으로 승진하려고 석 · 박사 학위를 따기도 한다. 비인가 사립학교는 자격 요건이 좀더 느슨할 수 있다. 대학교수가 되려면 대체로 석 · 박사 학위가 필요하다.

이 직업에 유용한 기술 · 재능

공감 능력, 뛰어난 청력, 신뢰를 주는 능력, 경청하는 능력, 환대하는 능력, 리더십, 멀티태스킹, 발상을 전환하는 능력, 중재 능력, 연구 조사, 다른 사람을 가르치는 능력

이 직업에 도움이 되는 성격 특성

적응을 잘하는, 애정이 많은, 기민한, 차분한, 협조적인, 과단성 있는, 수완이 좋은, 규율을 준수하는, 진중한, 열성적인, 온화한, 고결한, 직업윤리를 준수하는, 근면 성실한, 영감을 주는, 지적인, 남을 보살피기 좋아하는, 객관적인, 관찰력 있는, 낙관적인, 체계적인, 열정적인, 인내심 있는, 남을 보호하려 하는, 임기응변에 능한, 책임감 있는, 학구적인, 마음이 넓은, 현명한, 일중독

갈등이 벌어지는 상황

- 학교 관리자 측(교장이나 교감 등)이 불합리한 기대를 할 때
- 교육과정과 교수법이 자주 바뀔 때
- 학생들이 시험에서 좋은 성적을 받아야 한다는 부담이 심해질 때
- 자신과 교수법이나 교육철학이 다른 교사와 협력해야 할 때
- 학교 재정이 빈약해서 자비로 수업 재료를 사야 할 정도일 때
- 교사에게 협조적이지 않거나, 자기 아이만 잘 봐주길 바라는 학부모와의 갈등
- 최선을 다했는데도 낙제하는 학생
- 학생들끼리의 다툼
- 부적절한 행위를 했다고 학생에게 비난받을 때
- 학생이 학대를 받는 듯한 정황을 포착함
- 학생과 유대감을 형성하지 못하거나 신뢰를 얻지 못할 때
- 학생이 따돌림을 당하고 있다고 의심은 가지만 가해자를 잡을 수 없을 때
- (생활지도를 자주 해야 하거나, 학교에서 다른 과목만 중시하거나, 필요한 교구가 없다는 문제로) 담당 과목을 제대로 가르치지 못할 때
- 문제를 겪는 학생을 도와줄 수 없을 때
- 실력 차가 있는 학생들에게 수준별 수업을 제공하려고 노력할 때

주로 접하는 사람들

학교 관리자(교장, 교감 등), 학생, 학부모, 동료 교사, 학습 자료 지원 교사, 멘토

직업이 캐릭터의 욕구에 미치는 영향

- **자아실현 욕구**

  많은 직업이 그렇지만, 이상과 현실이 항상 일치하는 것은 아니다. 교사는 많은 시간을 수업 외의 업무에 쏟아야 한다. 자신이 사랑하는, 가르치는 일을 거의 하지 못한다는 사실을 깨닫고 자신의 직업에 불만을 느낄 수 있다.

- **존중과 인정의 욕구**

  교사는 시간이 지나면 존경을 받게 되지만, 정작 교사의 가족은 급여나 위세가 더 높은 직업을 선택하기 바라는 경우가 있다. 부모나 배우자가 조건이 더 좋은 직업으로 바꾸라고 강권한다면, 교사는 자신이 생각했던 것만큼 교사라는 직업이 중요하지는 않다고 생각할지도 모른다.

- **생리적 욕구**

  학교 폭력이 발생하면 교사가 학교에서 목숨을 잃는 상황이 현실이 될 수도 있다.

캐릭터가 이 직업을 택한 이유

- 존경받을 만한 직업을 가져서 부모님을 기쁘게 해드리려고
- 어린 시절 학대를 받았던 경험 때문에 학대받는 아이들을 보호하고 싶어서
- (소아 성애자, 아동 인신매매 등) 사악한 의도를 가지고 아이들에게 접근하려고
- 학창 시절 선생님 덕에 긍정적인 경험을 했기에 다른 사람들에게도 그런 경험을 안겨주고 싶어서
- 어떤 아이들에게는 학교가 꼭 필요한 안식처가 될 수 있다는 것을 경험으로 알기에 아이들에게 안식을 주는 역할을 하고 싶어서
- 배우는 것을 좋아하고 자신의 지식을 나누고 싶어서

교수 Professor

개요

교수는 전문대학이나 종합대학에서 학생을 가르치는 사람이다. 다른 강사와 협동 수업co-teaching을 하기도 하고, 강의실에서 가르치거나 온라인으로 강의를 하기도 한다. 온라인 강의는 교수가 좀더 유연하게 강의 일정을 잡고 재택근무를 할 수 있어서 편리하다.

어디에서 강의를 하든 교수는 수업을 계획하고, 학생을 가르치며, 시험과 보고서로 학생을 평가하고, 학생들과 교류하며, 자신이 속한 학교의 행동 강령과 책무를 이행해야 한다. 종신교수가 되려면 전공 분야 연구와 논문 발행에 주력하는 한편 학생 단체와 대학 프로그램을 지원하고 각종 위원회에도 참여해야 한다. 저명한 교수는 학교 행사에서 연설을 해달라는 요청을 받거나 학교를 대표하여 세계 곳곳에서 개최되는 콘퍼런스나 워크숍에 참가하기도 한다.

필요한 훈련·교육

교수가 되려면 보통 박사 학위가 필요하지만, 석사 학위만 있어도 교수로 임용하는 대학이나 커뮤니티 칼리지도 있다. 학과에 따라서는 자리 경쟁이 치열하기 때문에 추가 교육, 경력, 수상 내역, 정치적 영향력이 교수직을 따내는 데 도움이 되기도 한다.

이 직업에 유용한 기술·재능

리더십, 멀티태스킹, 화술, 조사 연구, 다른 사람을 가르치는 능력, 크고 호소력 있는 목소리, 글쓰기

이 직업에 도움이 되는 성격 특성

자신감 있는, 창의적인, 호기심이 많은, 집중력이 뛰어난, 호감을 주는, 고결한, 직업윤리를 준수하는, 영감을 주는, 지적인, 공정한, 객관적인, 체계적인, 참을성 있는, 설득력 있는, 철학적인, 전문성을 갖춘, 반듯한, 현명한, 재기발랄한

갈등이 벌어지는 상황

- 힘든 시기를 겪는 학생을 보고도 도울 방법이 없을 때
- 동료 교수들에게 비난받을 때
- 학생이 무례하게 굴거나 갈등을 일으킬 때

- 연구 분야의 경쟁이 매우 치열할 때
- 대규모 강의를 맡아서 학생 개개인을 알기 어려울 때
- 학습 장애가 있거나, 공부하기 어려운 환경에 있는 학생
- 수업에 들어오지 않으려는 학생들
- 동료들이 연구 성과를 무시할 때
- 캠퍼스 안에서 심각한 위협이 발생하여 봉쇄 조치됨
- 논문 표절이나 부적절한 행동으로 비난을 받거나 고소를 당할 때
- 인종·종교·성별에 따른 차별을 겪을 때
- 종신직을 받으려고 다른 교수와 경쟁할 때
- 대학이 담당하는 강의를 폐지하려 할 때
- 대학의 재정 위기 때문에 해고당했을 때
- 조교와 잘 지내지 못할 때
- 중요한 강의 직전에 강의에 써야 하는 기기가 고장 남
- 사고방식이 보수적이어서 (온라인 행정 서비스나 학생과 이메일로 연락하는 등의) 업무와 관련된 기술 진보를 따라가기 어려울 때
- 학생 또는 조교와 부적절한 관계를 맺고 싶다는 유혹을 느낄 때

주로 접하는 사람들

학생, 다른 교수, 학과장, 교직원, 졸업생, 학교 경비원, IT 기술자, 예비 입학생과 학부모

직업이 캐릭터의 욕구에 미치는 영향

- **자아실현 욕구**

  대학생은 보통 원하든 원하지 않든 특정 교양과목을 이수해야 한다. 원하지 않는 교양과목을 듣게 된 학생들이 교수의 강의를 가치 있다고 생각하지 않는다면 힘들 수 있다.

- **존중과 인정의 욕구**

  교수 캐릭터는 논문을 게재하지 못하거나 상을 받지 못하면 자신이 부족하다고 느낄 수 있다.

- **애정과 소속의 욕구**

  교수는 업무량이 많다. 일과 결혼을 했다고 할 정도로 업무에 치여 가족과 보낼 시간이 없는 교수도 많다.

- **안전 욕구**

작은 학교는 규모가 큰 대학들만큼 보수가 많지 않으므로, 교수라 해도 부수입이 필요할 수도 있다.

고정관념 비틀기

교수는 종종 너무 진지하거나 유머가 없는 인물로 묘사된다. 여러분의 캐릭터에게는 좀더 편안한 성격을 부여해주자. 좋아하는 영화와 관련한 농담을 즐기거나, 책상에 걸터앉아서 강의하는 캐릭터는 어떨까?

교수가 자신이 강의하는 과목에 삶 전체를 쏟아부을 필요는 없다. 여가 시간에 판타지 소설을 쓰는 교수, 주말이면 스카이다이빙을 즐기는 교수도 있을 수 있다.

캐릭터가 이 직업을 택한 이유

- 사실은 초등학교 교사가 되고 싶었으나, 고상한 척하는 가족들이 반대할 것 같아서
- 교육자 집안에서 자람
- 자신이 선택한 학문에 열정이 있어서
- 가르치는 일을 좋아해서
- 교육에 높은 가치가 있다고 여기기 때문에
- 청소년에서 어른이 되어 가는 대학생들이 정체성을 형성하는 데 조언과 도움을 주고 싶어서
- 대학에 다닐 때 좋았던 추억이 있어서 대학과 이어진 삶을 살고 싶어함

군 장교

Military Officer

[부사관, 장교, 준위를 포함하므로 '장교'가 아니라 '군 장교'로 번역했다]

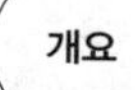

군 장교는 지휘권을 가진 군대 간부다. 부대원을 감독할 의무가 있으며, 임무를 계획하고 수행하며 하급자 관리, 회의 참석, 훈련 준비, 안전 훈련, 장비 정비, 서류 정리 등의 업무를 담당한다. 국가마다 군대를 구성하는 방식이 다르지만 일반적으로 군대는 공군, 육군, 해안경비대, 해병대, 해군으로 구성된다. 군 장교 지위에 있는 군대 간부는 부사관, 장교, 준위 직급이 있다.

필요한 훈련·교육

부사관은 군 생활에 잘 적응하기 위해 신체·정신·감정을 단련시키는 기본 교육을 받는다. 그 이후에는 리더십과 자신의 전문 분야에 대한 교육을 거친다.

장교는 일반 병사와 부사관보다 지위가 높다. 일반적으로 4년제 대학 학위를 취득하고 장교로 입대하지만, 모든 국가에서 학사 학위를 요구하는 것은 아니며 다양한 경로로 임관될 수 있다. 몇 가지 예를 들자면 사관학교, 상급 군사학교, 학군단(학생군사교육단), 장교 후보생 학교를 거쳐 장교로 임관되거나, 대학 졸업 후 곧바로 임관되기도 하며, 부사관에서 장교로 진급할 수도 있다.

준위는 특수 병과의 전문가다. 계급은 장교보다 낮지만, 부사관보다는 높다.

군 장교는 군 복무를 수행하는 내내 전문 군사교육을 통해 추가적인 훈련을 받는다. 각 계급은 필요한 훈련과 과정을 이수해야만 다음 계급으로 진급할 자격을 갖추게 된다.

이 직업에 유용한 기술·재능

기본적인 응급처치, 뛰어난 청력, 탁월한 기억력, 고통에 대한 인내, 단검 투척술, 폭발물에 대한 지식, 리더십, 독순술, 거짓말, 외국어 구사 능력, 상대의 마음을 읽는 능력, 회복력, 호신술, 정확한 사격, 체력, 전략적 사고, 완력, 호흡 조절, 생존 기술, 빠른 발, 야외에서 방향을 찾는 능력

이 직업에 도움이 되는 성격 특성

기민한, 야심 있는, 분석적인, 과감한, 차분한, 조심스러운, 휘둘리지 않는, 자신감 있는, 협조적인, 규율을 준수하는, 효율성을 추구하는, 융통성 없는, 충직한, 유순한, 애국심이 강한, 미리 대비하는, 전문성을 갖춘, 상명하복을 따르는, 일중독

갈등이 벌어지는 상황

- 부적절한 지침을 내리는 상관 밑에서 일할 때
- 개인의 신념과 임무의 목표가 상충할 때
- 불복종 행위
- 근무지가 자주 바뀌어서 늘 옮겨 다녀야 함
- 낯선 지역에서 고립감을 느낌
- 전우를 잃었을 때
- 일과 관련된 트라우마로 고통받을 때
- 신체적 · 정신적으로 힘든 훈련을 받을 때
- 항상 대기하면서 시간을 보내야 할 때
- 군 내부의 인간관계에 대해 엄격한 규칙이 있을 때
- 위험한 근무 환경
- (특히 외딴 곳에서) 임무를 수행하다가 부상을 입거나 병이 악화됨
- 군 생활 방식이 가족 · 친구 · 연인에게 영향을 주어서 이들과의 관계가 어려워짐
- 자녀에게 지나치게 엄격하거나 비현실적인 기대를 하게 될 때
- 해외 복무 중에 저지른 불륜이 배우자에게 발각됨
- 집에 돌아왔을 때 배우자가 외도 중이라는 것을 알아차림
- 제대 후 민간인으로 살아가기 어려움
- (합당하든 부당하든) 업무 수행 평가 결과가 부정적일 때
- 군대 내 정치 싸움에 끼어들어야 할 때
- 신체검사를 통과하지 못함
- 정치나 인간관계 때문에 경력에 차질이 생겼을 때

주로 접하는 사람들

부하 장교, 부사관, 인사 담당 고문, 정치인, 부대 간부

직업이 캐릭터의 욕구에 미치는 영향

- **존중과 인정의 욕구**

  부사관은 군의 근간이라고 하지만 이들이 받는 존경과 급여는 그 업무량에 미치지 못한다. 장교 또한 변호사 · 의사 · 엔지니어 등 다른 전문직과 비교하면 존경을 덜 받는 것으로 보인다.

- **애정과 소속의 욕구**

  군 장교는 근무지 이동이 잦기 때문에 지속적인 관계를 형성하기 힘들며 지역 공동체에 소속되어 있다는 느낌도 받기 어렵다. 가족 · 친구 · 연인과 소통할 시간이 부족한데, 특히 거주지가 아닌 지역으로 배치될 때 더욱 그러하다.

- **안전 욕구**

  복무하는 지역에 따라 질병 · 감염 · 부상 위험이 커질 수 있다.

- **생리적 욕구**

  위험한 지역에서 복무하는 장병은 미사일 · 지뢰 · 국지전의 목표물이 되어 사망할 수 있다.

고정관념 비틀기

군 장교는 일반적으로 남성이며, 공격적이고, 신체 조건이 좋으며, 정치 성향은 보수적이라는 통념이 있다. 이런 특성 중 한 가지만 뒤집어도 많은 것이 바뀐다. 어떤 비밀, 조건, 문제를 감춰야 하기 때문에 캐릭터가 이 직업을 택했다는 설정도 스토리를 입체적으로 만들어줄 것이다.

캐릭터가 이 직업을 택한 이유

- 군인 집안 출신이어서
- 대학 등록금이 필요해서
- 다른 사람을 격려하고 이끄는 직업을 원해서
- 체계와 규율을 원함
- 애국심이 깊음
- 다른 곳에서는 배우기 힘든 전문화된 훈련을 받고 싶어서

그래픽디자이너 **Graphic Designer**

개요

그래픽디자이너는 인쇄물 또는 디지털 이미지 작업으로 의미를 전달하고 영감을 주며 예비 고객의 구매욕을 자극한다. 레이아웃, 폰트, 색상, 형태, 동영상, 로고 등을 다루며 주로 소책자, 웹사이트, 제품 포장, 소셜 미디어, 광고, 책 표지, 잡지 등을 맡는다.

그래픽디자이너는 디자인 회사에 고용되기도 하지만 일반 회사에 들어가거나 프리랜서로 일하기도 한다. 혼자 일하는 그래픽디자이너는 업계 관행에 정통해야 하며 자신을 홍보할 줄도 알아야 한다.

필요한 훈련·교육

보통 그래픽디자인이나 관련 분야의 학사 학위를 취득한다. 업계 흐름에 뒤처지지 않으려면 소프트웨어, 업계 최신 동향, 새로운 마케팅 플랫폼을 계속 공부해야 한다.

이 직업에 유용한 기술·재능

돈을 버는 요령, 창의력, 꼼꼼함, 탁월한 기억력, 경청하는 능력, 홍정 솜씨, 멀티태스킹, 인맥, 발상을 전환하는 능력, 홍보 능력, 전략적 사고, 글쓰기

이 직업에 도움이 되는 성격 특성

분석적인, 창의적인, 효율적인, 집중력 있는, 정직한, 상상력이 풍부한, 독립적인, 근면 성실한, 세심한, 체계적인, 설득력 있는, 전문성을 갖춘, 책임감 있는, 타고난 재능, 알뜰한, 일중독

갈등이 벌어지는 상황

- 도무지 만족하지 않는 의뢰인
- 자신의 아이디어가 의뢰인이나 동료 디자이너의 생각과 달라서 마찰이 일어날 때
- 결과물을 수정해달라고 계속 요구하는 의뢰인
- 빠듯한 마감 기한
- 결과물에 대한 가혹한 피드백
- 업계에서 필요한 기술이 달라져서 공부를 계속해야 할 때
- 모호하게 주문을 해놓고는 결과물을 비판하는 의뢰인

- 창의적인 아이디어가 떠오르지 않을 때
- 독창적인 아이디어를 내야 한다는 압박감
- 그래픽디자인이 쉽고 단순한 일이라고 믿는 사람들
- 디자인 비용이나 계약 조건(수정 횟수 제한 등)에 난색을 표하는 고객
- 친구나 가족이 공짜로 디자인을 해달라고 부탁할 때
- 누군가 자신의 작업물을 표절했을 때
- 의도치 않게 남의 디자인을 참조하거나 베낀 것처럼 되었을 때
- 소프트웨어나 하드웨어가 말썽을 일으켜서 작업물이 날아가버림
- 단가를 낮게 받는 아마추어가 시장에 넘쳐날 때
- 참여하고 싶은 프로젝트의 스타일이 자신과 맞지 않을 때
- 회사 내 다른 디자이너와 경쟁 관계가 될 때
- 편집이나 테스트를 제대로 못 하고 넘긴 결과물이 비판받을 때
- 감당할 수 없는 규모의 프로젝트를 맡았을 때
- 마감이 얼마 남지 않았는데 응급 상황(교통사고가 나서 입원해야 한다든가)이 발생해 기한을 맞추지 못할 때

주로 접하는 사람들

고객, 미술 감독, 프로젝트 관리자, 그래픽아티스트, 미술 감독, 웹 디자이너

직업이 캐릭터의 욕구에 미치는 영향

- **자아실현 욕구**

  그래픽디자이너는 고객이나 동료의 요구를 들어주느라 자신의 창의력을 마음껏 발휘하지 못하기도 한다. 이들은 주로 마케팅 분야에서 일하기 때문에, 회사나 클라이언트가 원하는 방식이 아닌 자신만의 방식으로 의미 있는 작업을 할 수 있는지에 대해 의문을 가질 수 있다.

- **존중과 인정의 욕구**

  그래픽디자이너가 많은 시간을 투자해 제대로 된 결과물을 만들었더라도, 사람들은 그 결과물을 디자이너의 작품이라기보다는 의뢰인의 것으로 여긴다. 자신의 노력이 인정받기를 원하는 그래픽디자이너는 이런 상황이 달갑지 않을 수 있다.

- **애정과 소속의 욕구**

  디자이너는 완벽한 작품을 만들려고 많은 시간을 투자해야 한다. 마감 기한이 넉넉하지 않다면, 대인 관계를 형성하고 유지하기도 버거울 수 있다.

고정관념 비틀기

사람들은 보통 그래픽디자이너가 창의적이고 분석적이며 전문 기술을 가지고 있다고 생각한다. 재능이나 기술이 부족한 캐릭터라면 어떤 어려움을 겪을까?

그래픽디자이너는 의뢰인이나 동료와 긴밀히 협조하며 일하기 때문에 대인 관계 기술이 매우 중요하다. 남의 말을 경청하는 능력이나 팀워크, 동기부여, 공감, 인내심이 부족해서 대인 관계가 형편없는 캐릭터를 만들어보면 어떨까?

캐릭터가 이 직업을 택한 이유

- 멋진 디자인을 알아보는 안목을 타고나서
- 의뢰인이나 고객과 함께 일하는 것이 즐거워서
- 그래픽디자인을 하면 비디오 게임을 만들거나 소설을 쓰는 등 다른 일도 무난히 할 수 있을 거라고 생각해서
- 컴퓨터를 다루는 데 능하고, 업무 일정을 직접 정할 수 있는 직종에서 일하고 싶어서
- 예술가가 되고 싶으나 자신만의 작품을 만들기에는 자신감이 없어서
- 내향적인 성격이라 다른 사람과 직접 대면하는 것보다 온라인으로 연락을 주고받으며 일하는 것을 선호해서

기계공학자

Mechanical Engineer

개요

기계공학은 공학의 한 분야로 기계와 기계에 관련된 내용을 연구하는 분야다. 기계의 설계, 제작, 성능, 운전 등에 관한 기초 또는 응용 분야를 연구한다. 기계공학자는 엔진·공구·기계·대형 공장과 시설 등을 연구·설계·제작·유지하는 데 필요한 지식을 갖고 있다. 기계공학자가 만들고 개발한 제품과 시스템은 에스컬레이터에서 우주왕복선, 생체 의학 장치, 발전소에 이르기까지 매우 다양하다.
기계공학에서 비롯된 기술은 항공 우주 산업, 자동차, 약학, 로봇공학, 건축, 정유, 농경 등 다양한 산업에 필요하다. 즉, 기계공학자는 다양한 분야에 취업할 수 있다.

필요한 훈련·교육

기계공학 학사 학위 이상이 필요하다. 학사 과정은 재료·통계학·역학·열역학·수치해석·화학·고등 수학 등을 배운다. 혁신과 문제 해결 능력도 필수적이다.

이 직업에 유용한 기술·재능

꼼꼼함, 손재주, 숫자 감각, 기계를 다루는 기술, 재료나 물건을 상황에 맞게 응용하는 능력, 연구 조사

이 직업에 도움이 되는 성격 특성

분석적인, 협조적인, 창의적인, 호기심이 많은, 과단성 있는, 효율적인, 열성적인, 집중력 있는, 근면 성실한, 지적인, 세심한, 관찰력이 뛰어난, 체계적인, 미리 대비하는, 임기응변에 능한, 책임감 있는, 분별력 있는, 학구적인

갈등이 벌어지는 상황

- 비협조적이고 게으른 사람들과 함께 팀으로 일할 때
- 인종이나 성별에 관한 편견
- 수행 중인 프로젝트의 해결책을 찾을 수 없음
- 충분한 지식이나 경험이 없는 상사 밑에서 일해야 할 때
- 일에 방해가 되는 서류 작업과 형식적인 절차
- 비현실적인 마감일에 맞추어야 할 때

- 프로젝트 도중에 자금이 떨어졌을 때
- 부품의 품질이 좋지 않은 것을 모르고 사용하다가 기계가 망가졌을 때
- 기계가 오작동하여 상해를 입었을 때
- 정말 진행하고 싶었던 프로젝트에 퇴짜를 맞았을 때
- 특정 프로젝트에만 참여하는 사람으로 인식될 때
- 기계는 잘 다루지만 대인 관계는 서툴 때
- 상사, 팀원, 고객이 아이디어를 훔쳤을 때
- 질투나 경쟁심이 많은 동료가 프로젝트를 은밀히 방해함
- 뇌 부상, 또는 손이나 손가락에 영향을 미친 사고 때문에 일을 제대로 할 수 없을 때
- 프로젝트가 실패하자 희생양이 되어 비난을 뒤집어써야 할 때

주로 접하는 사람들

고객, 프로젝트 관리자, 사무실 직원, 팀 구성원과 동료들, 공사장 감독과 건설업자, 다른 분야의 공학자들, (변호사, 회계 담당자, 인적자원부 직원 등) 회사 다른 부서 사람들

직업이 캐릭터의 욕구에 미치는 영향

- **자아실현 욕구**

  기계공학은 응용 범위가 방대하므로 기계공학자들은 직업에서 이루고자 하는 목표가 다양할 것이다. 캐릭터가 자신이 열정 있는 분야가 아닌 관심 없는 분야에 묶여서 원하는 일을 할 수 없다면 불만이 커질 수밖에 없다.
- **존중과 인정의 욕구**

  자신보다 성과가 뛰어난 동료들과 일하거나 승진에서 번번이 누락된다면 자신감이 없어지거나 스스로에게 회의를 느낄 수 있다.
- **안전 욕구**

  기계가 오작동하거나 안전 수칙을 제대로 따르지 않을 경우, 제작과 검증을 담당하는 기계공학자가 상해를 입을 수 있다.

고정관념 비틀기

기계공학자를 사무실에만 처박아두지 말고, 캐릭터에게 중요한 장소로 가야 하는 프로젝트를 설정해주자.

기계공학이 분석적이고 구조적이므로 기계공학자들은 고지식하고 어리숙하며 따분한 인물로 묘사되고는 한다. 이런 모습을 바꾸려면, 캐릭터가 지닌 성격의 여러 측면을 고려하여 어떻게 평범하지 않은 모습을 이끌어낼지 고민해야 한다. 취미, 특성, 비밀, 공포증, 기벽에 변화를 주면 기계공학자의 전형적인 틀을 벗어날 수 있을 것이다. 또한 워낙 재능이 특출하여 모두가 실패하는 일에도 성공하는 캐릭터라서 상사가 못 본 척하고 넘어가주는 부정적인 성격이나 특징이 있어도 이야기에 흥미를 더해준다.

캐릭터가 이 직업을 택한 이유

- 기계공학 분야에서 일하는 가족에게 등 떠밀려서
- 자식에게 기대가 크거나 사랑받을 자격을 요구하는 부모에게 인정받고 싶어서
- 남들보다 특출나게 똑똑함
- 이 세상에 지대한 영향을 주는 무언가를 창조하고 싶어서
- 과학과 혁신에 열정이 있어서
- 사물이 어떻게 작동하는지에 매료되었으며 작동 원리를 이해하는 능력을 타고났기에
- 특정 산업에 열정이 있고, 그 산업을 발전시킬 제품과 시스템을 만들고 싶어서

기금 모금자 Fundraiser

개요

기금 모금자는 각종 기업, 단체, 비영리 조직에서 사업 기금을 마련하고 관리하는 일을 한다. 기금 마련 캠페인과 각종 행사를 조직하고, 자원봉사자를 교육하고, 소셜 미디어를 관리하고 예비 기부자나 후원자와 접촉하고, 기부금 신청서를 작성하고, 홍보 자료를 만들고, 기부자 정보를 관리한다.

기금 모금자는 자신을 고용한 이들에게 가장 잘 맞는 방법으로 돈을 모금하고 그를 위한 행사를 개최해야 하므로, 다양한 모금 방법을 숙지해야 하며 어떤 방식이 효과적인지 파악해야 한다.

사람을 다루는 기술에 성공 여부가 달려 있기 때문에 사교술이 뛰어나고 인맥을 효과적으로 활용할 수 있는 사람에게 알맞은 직업이다. 프리랜서로 일할 수도 있고, 컨설팅 회사에 고용되기도 한다.

필요한 훈련·교육

의뢰인이나 회사 모두 학사 학위 소지자, 이왕이면 경영·홍보·행정 등의 학위 소지자를 선호한다. 물론 학위보다 실무 경험을 중시하는 의뢰인이나 회사도 있다. 인턴십이나 자원봉사로 필요한 실무 경험을 익힐 수 있다.

이 직업에 유용한 기술·재능

수익을 창출하는 능력, 인간적인 매력, 창의성, 공감 능력, 탁월한 기억력, 신뢰를 주는 능력, 경청하는 능력, 환대하는 능력, 멀티태스킹, 인맥, 홍보 능력, 상대의 마음을 읽는 능력, 영업 능력, 글쓰기

이 직업에 도움이 되는 성격 특성

적응을 잘하는, 분석적인, 차분한, 매력적인, 협조적인, 정중한, 창의적인, 수완이 좋은, 효율적인, 공감을 잘하는, 열성적인, 외향적인, 너그러운, 친절한, 이상주의, 상상력이 풍부한, 근면 성실한, 세심한, 낙관적인, 체계적인, 열정적인, 인내심 있는, 끈질긴, 설득력 있는, 전문성을 갖춘, 임기응변에 능한, 책임감 있는

갈등이 벌어지는 상황

- 중요한 행사가 실패로 끝났을 때
- 돈을 기부하겠다고 한 사람이 약속을 어길 때
- 모금 목표액을 채우지 못함
- 의뢰인이 터무니없는 모금액을 기대할 때
- 의뢰인이 세세한 부분까지 간섭할 때
- 사회적으로 용납하기 힘든 명분이나 목표를 내세운 캠페인을 의뢰받았을 때
- 캠페인을 펼치는 중에 모금을 의뢰한 회사의 치부가 드러남
- 예정된 행사 장소가 행사 직전에 취소되거나 공급업체가 행사 직전에 참가를 철회할 때
- 컴퓨터 문제로 저장해놓은 정보가 사라졌을 때
- 개인적으로 불미스러운 일이 발생해서 사람들을 만나고 인맥을 쌓기가 어려워짐
- 자선 행사를 후원할 큰손을 찾지 못해 행사 규모를 줄여야 할 때
- 부상이나 질병으로 기금 모금 일을 수행하기 어려울 때
- 까다롭거나 무능한 자원봉사자와 일해야 할 때
- 지침을 따르지 않는 자원봉사자에게 중요한 업무를 맡겨야 할 때
- 모금한 돈 대부분이 정말로 필요한 사람이 아니라 회사 사장에게 가고 있다는 사실을 알게 되었을 때
- 업무 때문에 저녁 시간이나 주말을 가족과 함께하지 못할 때
- 출장이 잦아 가정생활에 충실하기 힘들 때
- 중요한 행사 직전에 위급 상황이 발생함
- 모금 의뢰인이 평판이 나쁘거나 오명을 쓰고 있어서 사람들의 반응이 냉담함
- 전화 상담이나 문서 작업 등 지원 업무를 맡고 싶지만, 행사를 진행하고 기부자를 즐겁게 하는 등 앞에 나서는 일을 해야 할 때

주로 접하는 사람들

비영리 기관이나 기업의 대표, 행정 담당 직원, 자원봉사자, 다른 기금 모금자, 컨설팅 회사 상사, 공급업체, 행사 진행 요원, 예비 기부자, 유명인이나 백만장자 같은 상류층 기부자, 자선가, 기자 등 언론인

직업이 캐릭터의 욕구에 미치는 영향

- **자아실현 욕구**

  기금 모금자는 보통 열정적으로 일하고 선善을 행하는 데 관심이 많다. 하고 싶지 않은 일을 맡았다거나, 의뢰인이 존경할만한 사람이 아니라면 회의감이 들 수 있다.

- **존중과 인정의 욕구**

  자신의 실수나 단점 때문에 명망 있는 단체에 꼭 필요한 돈을 모으지 못했다면 자신의 능력을 의심하게 될 것이다.

- **안전 욕구**

  대중의 관심을 많이 받는 사람이나 과격한 성향의 단체가 기금 모금을 방해한다면, 기금 모금자가 난처해질 수 있다.

고정관념 비틀기

이야기 속에 나오는 기금 모금자는 주로 부유한 의뢰인을 위해 화려한 행사를 주최한다. 하지만 소기업과 비영리 단체도 자금이 필요하고, 기금 모금자도 처음에는 작은 일부터 시작해야 할 것이다. 안락사를 하지 않는 동물 보호소, 가난한 이들을 위한 진료소, 방과 후 학교 등을 위해 모금 활동을 시작하는 캐릭터를 만들어보자.

캐릭터가 이 직업을 택한 이유

- 어릴 때부터 손아래 형제자매를 돌보거나, 재능이 뛰어난 형제자매를 격려하는 등 남을 보살피고 지원하는 역할을 하며 자랐음
- 외향적인 성격이고 도전을 즐김
- 대의를 이루기 위해 사람들의 관심을 끌어서 세상을 바꾸는 데 기여하고 싶어서
- 명분을 세우거나 행사를 기획해서 실천하는 일을 좋아함
- 누구와도 금방 친해질 수 있는 성격이고 남을 설득하는 것을 좋아해서
- 자신의 매력과 설득력을 선을 실천하는 데 사용하고 싶어서

기자 Reporter

개요

기자는 방송사, 신문사, 잡지사, 인터넷 신문사 등 다양한 매체에서 일한다. 많은 기자가 스포츠, 정치, 법조, 보건 의료, 사회, 연예계 등 특정 분야를 집중적으로 다루므로 탐사와 조사는 필수다. 기자가 수집하는 정보는 기사, 인터뷰, 영상, 생방송 뉴스로 공유된다.

'기자'와 '저널리스트'는 혼용되기도 하지만 약간의 차이가 있다. 저널리스트는 공공의 문제에 관한 정보를 수집하여 전달하는 사람을 아우르는 용어로 기자, 뉴스 앵커, 칼럼니스트 등이 포함된다. 기자는 인터뷰나 기자 회견으로 정보를 직접 입수하고 전달하는 특정 부류의 저널리스트를 칭한다.

필요한 훈련·교육

커뮤니케이션이나 저널리즘 분야 학위를 취득한 기자가 많기는 하지만, 학위가 반드시 필요한 것은 아니다. 더 중요한 것은 경험이다. 기자 지망생은 언론사의 인턴십으로 경험을 쌓을 수 있다. 다른 직업도 대부분 그렇듯, 기자 역시 일반적으로 뉴스 원고 편집자 또는 블로거로 시작해 원하는 직위까지 올라간다.

이 직업에 유용한 기술·재능

친화력, 인간적인 매력, 꼼꼼함, 평정심, 신뢰를 주는 능력, 경청하는 능력, 외국어 구사 능력, 멀티태스킹, 인맥, 체계적으로 정리 정돈하는 능력, 정확한 기억력, 화술, 상대의 마음을 읽는 능력, 조사 능력, 전략적 사고

이 직업에 도움이 되는 성격 특성

기민한, 야심 있는, 분석적인, 과감한, 매력적인, 자신감 있는, 대립을 두려워하지 않는, 협조적인, 정중한, 호기심이 많은, 수완이 좋은, 외향적인, 수다를 잘 떠는, 근면 성실한, 상대를 조종할 줄 아는, 세심한, 꼬치꼬치 캐묻는, 객관적인, 관찰력 있는, 체계적인, 열정적인, 인내심 있는, 끈질긴, 설득력 있는, 전문성을 갖춘, 추진력 있는, 임기응변에 능한, 사회 이슈에 관심이 많은, 원기 왕성한, 학구적인, 윤리에 얽매이지 않는, 거리낌 없는

갈등이 벌어지는 상황

- 다른 기자들과의 치열한 경쟁
- 기자로서의 관점이나 보도 방식에 대해 비판받을 때
- 다른 뉴스 채널, 잡지 등과 경쟁해야 할 때
- 기사를 서둘러 수정해야 할 때
- 사건을 보도하다 감정이 북받칠 때
- 인터뷰 대상자가 대답을 교묘히 피할 때
- 불이 난 집, 폭동 현장, 자연재해가 발생한 지역 등 위험한 장소에서 보도를 하거나 상황을 지켜보아야 할 때
- 표절, 허술한 사실 확인, 정치 공작 등을 했다며 비난받을 때
- 마감을 맞추기 힘들 때
- 자기 의견만 고집하는 성격인데 사실만 보도해야 함(또는 그 반대)
- 실제로는 그렇지 않은데 자신감 넘치고 준비된 모습을 보여야 할 때
- 담당하는 취재원이나 사건에 따라 일하는 시간이 달라질 때
- 일이 너무 많아서 배우자나 자녀와 불화가 생길 때
- 힘 있는 사람이 어떤 사실을 은폐하라고 협박함
- 자신이 쓴 기사가 회사의 정치적 견해와 맞지 않다는 이유로 삭제당함
- 상사가 갑자기 출장을 가야 하는 업무를 지시해서 당장 자녀를 돌봐줄 사람을 찾는 게 어려울 때
- 고통스럽거나 트라우마를 유발하는 상황을 자주 접하다보니 연민 피로를 겪게 됨

주로 접하는 사람들

뉴스 앵커, 저널리스트, 사진작가 혹은 촬영 기사, 동료 기자, 목격자, 인터뷰 대상자, 구경꾼, 경찰관, 응급 구조대원, 프로 스포츠 선수와 코치·감독, 정치인, 편집장, 범죄자, 범죄 피해자

직업이 캐릭터의 욕구에 미치는 영향

- **자아실현 욕구**

  경력 많은 기자는 세간이 주목하는 사건을 다루지만, 신참 기자는 자신의 관심사가 아닌 분야의 사건을 맡아야 하는 경우가 많다. 신참 기자가 자신이 밀려난다고 계속해서 느끼면 이 직업을 계속해야 할지 의문이 생길 수 있다.

- **존중과 인정의 욕구**

  규모가 작거나 신뢰도가 떨어지는 언론사에서 근무하는 기자는 남에게 무시당한다고 느낄 수 있다.

- **안전 욕구**

  재해 현장이나 전쟁터처럼 위기 상황을 취재하러 간 기자는 위험에 처할 수 있다.

- **생리적 욕구**

  현실 세계에서 기자가 취재 중에 사망하는 일은 그리 드물지 않다. 기자 캐릭터 역시 어떤 사건을 담당하느냐에 따라 근무 중에 사망할 가능성이 매우 높아질 수 있다.

고정관념 비틀기

카메라 앞에 서는 기자는 전문적이고 준비성이 철저해 보이므로, 이야기 속 기자도 대개 그렇게 묘사된다. 대중 앞에 나서는 일 없이 흐트러진 모습으로 지면 기사나 웹 기사를 작성한 다음 남몰래 반응을 주시하는 기자는 어떨까?

기자는 대부분 젊은 편이다. 나이 많은 기자가 크게 성공한다는 이야기로 이 고정관념을 비틀어보자. 기자에게 타인의 신뢰를 얻고 마음을 열게 하는 능력이 있다고 설정하면 충분히 가능한 일이다.

캐릭터가 이 직업을 택한 이유

- 대중에게 진실을 알리고 싶어서
- 선거, 자연재해, 공개 토론회 이면에서 벌어지는 사건에 관심이 있어서
- 다른 사람의 말을 믿기보다 직접 진실을 밝히고 싶음
- 정부와 언론을 신뢰하지 않아 직접 정보를 입수하고 싶어서

꿈 해석가 Dream Interpreter

개요

꿈 해석가(해몽가)는 꿈을 분석하고 해석해 의미를 찾아내는 사람이다. 꿈 해석가가 알아낸 정보는 고객의 성장과 발전에 도움이 된다. 꿈 해석은 과거를 들여다보는 창문이라고 할 수 있다. 꿈 해석가는 상징과 단서에 집중하여 고객의 숨겨진 감정과 트라우마, 그 때문에 생기는 정신 건강 문제를 밝혀낸다.

꿈 해석가는 개인 사무실을 차릴 수도 있고 집에서 일할 수도 있다. 온라인 채팅이나 동영상으로 꿈을 해석하기도 한다.

필요한 훈련·교육

정규교육이 필요하지는 않지만, 꿈 해석에 관한 강좌를 수강하기도 한다. 임상 치료에 꿈을 활용하는 심리학자라면 꿈 해석 교육을 받을 수도 있다.

이 직업에 유용한 기술·재능

상황 예측 능력, 공감 능력, 신뢰를 주는 능력, 경청하는 능력, 환대하는 능력, 직관력, 발상을 전환하는 능력, 홍보 능력, 상대의 마음을 읽는 능력, 연구 조사

이 직업에 도움이 되는 성격 특성

분석적인, 자신감 있는, 정중한, 호기심이 많은, 진중한, 느긋한, 공감을 잘하는, 호감을 주는, 온화한, 친절한, 영감을 주는, 관찰력 있는, 통찰력 있는, 설득력 있는, 철학적인, 전문성을 갖춘, 남을 잘 돕는, 마음이 넓은, 거리낌 없는, 현명한

갈등이 벌어지는 상황

- 고객이 꿈 해석에 회의적일 때
- 고객이 자주 연락하고 성가시게 굴 때
- 꿈 해석가를 정식 직업으로 여기지 않는 친구나 가족
- 고객의 꿈에서 얻은 정보가 상충하거나 혼란스러울 때
- 고객이 별로 없을 때
- 비용을 제때 지불하지 않는 고객
- 고객에게 알맞은 답을 제시할 수 없을 때

- 꿈에 지나치게 집착하거나 과하게 고민하다보니 기진맥진해짐
- 꿈 해석이 틀린 것으로 판명되거나, 자신의 꿈 해석 때문에 고객이 현명하지 못한 결정을 내릴 때
- 부정적인 후기가 올라와서 홍보에 악영향을 미칠 때
- 고정 수입이 없음
- 꿈 해석을 미심쩍게 보는 누군가가 돈을 벌려고 이상한 짓하는 사람 취급할 때
- 재택근무를 해서 고객에게 자신이 사는 곳이 노출됨
- 업무 시간이 일정하지 않음
- 고객이 비현실적인 기대를 할 때
- 과학계의 지지를 받지 못함
- 규모가 작거나 전통을 중시하는 지역에 살고 있는데, 이 동네는 꿈 해석가를 직업으로 받아들이지 않거나 존중하지 않는 분위기임
- 자신의 꿈속에서 불안한 느낌을 받음

주로 접하는 사람들

고객, 고객의 친구나 가족, 심리학자, 캐릭터의 고객을 담당하는 다른 상담가나 치료사

직업이 캐릭터의 욕구에 미치는 영향

- **자아실현 욕구**

  건강·보건 분야의 다른 직업에 종사하는 사람들과 마찬가지로, 꿈 해석가는 다른 사람들을 돕고 싶다는 욕구가 크다. 고객이 해석에 반감을 드러내거나 긍정적 변화를 위한 조언을 거부한다면, 해석가는 자신의 일을 시간 낭비라고 여길 수 있다.
- **존중과 인정의 욕구**

  꿈 해석을 회의적으로 바라보고 심지어 경멸하는 사람이 많다. 꿈 해석가 캐릭터는 자신의 직업이 인정받기를 바라지만 얼마 안 가 그 욕구가 충족되기 힘들다는 사실을 깨달을 것이다.
- **애정과 소속의 욕구**

  보수적인 곳에 사는 꿈 해석가는 지역 주민과 교류하기 어려울 수도 있다.

고정관념 비틀기

꿈 해석가는 종종 초자연적 현상에 관심이 많은 괴짜로 여겨진다. 꿈 해석가이지만 세상 물정에 매우 밝고 현실적이며 사실에 기반해 판단을 내리는 캐릭터를 만들면 이런 고정관념에 맞설 수 있다. 꿈 해석가가 과학계에 종사하는 사람이라면 더욱 흥미로운 전개가 펼쳐질 것이다.

또한 꿈 해석가는 사기꾼이라거나 돈 버는 데만 혈안이라는 편견이 있다. 이런 편견을 지닌 회의론자라면 꿈 해석가는 혼자 쇼를 하거나 의뢰인이 듣고 싶은 말만 늘어놓는 사람이라고 생각할 것이다. 꿈 해석에 열정을 갖고 타인을 염려하는 꿈 해석가 캐릭터를 만들어보자. 이런 캐릭터는 고객이 행복해지기를 바라는 마음으로 해몽이 끝난 후에도 고객을 좀더 알아보려는 노력을 게을리하지 않을 것이다.

캐릭터가 이 직업을 택한 이유

- 어릴 때 초자연적 경험을 했음
- 꿈을 해석하는 특별한 능력을 타고났기에
- 사람의 마음이 작동하는 방식에 흥미를 느껴서
- 꿈에 매료되었고, 꿈 해석가가 되어야 한다는 소명을 받았다고 생각해서
- 다른 사람이 자신의 감정과 욕구를 알도록 도와주는 것이 좋아서
- 사람들이 다른 가능성에 마음을 열기를 바라서
- 외향적이고 사람들과 함께하는 일을 좋아해서
- 다른 사람을 통제하고 싶어서
- 꿈에 나타난 경고를 무시하지 않은 덕에 사고를 피할 수 있었던 자신의 경험을 다른 사람에게도 알려주고 싶어서

농부·축산업자 Farmer

개요

농부는 작물을 심고 기르고 추수하는 사람이다. 축산업자는 식용 목적으로 동물을 기르고 번식시킨다.

필요한 훈련·교육

농부가 되기 위해 공식적인 교육이 필요한 것은 아니지만, 경험이 있다면 성공하는 데 도움이 된다. 또한 농부는 자신이 기르는 작물의 전문가다. 곡물, 채소, 과일, 견과류, 종자 등 어떤 것을 기르든 마찬가지다. 각각의 작물에 무엇이 필요하고 가장 잘 자라는 환경이 어떤지 알고 있어야 하며 병충해도 대비해야 한다. 작물을 수확하고 저장하는 법, 판매하고 운송하는 법도 알아야 한다. 식량 생산 과정에는 굉장히 많은 연결 고리가 얽혀 있으므로 사소한 부분도 소홀히 할 수 없다.

축산업자는 기르는 동물에 관한 지식을 갖추어야 하고, 가축에게 알맞은 환경을 유지해야 하며, 적절한 영양을 공급하고 보살펴야 한다. 또한 산업 안전법과 보건 기준을 준수하며 위생 검사를 통과해야 한다. 가축을 매매할 준비가 되었다면, (운송을 포함해서) 필요한 절차를 마련해야 한다.

농축산업은 하나의 엄연한 사업이다. 따라서 농부와 축산업자는 회계 관리, 대금 납부, 일꾼 감독, 부채 처리, 장부 작성, 장비 구매 및 보수, 건물과 시설 관리, 상품 출하하는 법 등을 숙지해야 한다. 농사는 이윤을 내기 빠듯하고 시장 변동이 큰 데다가 수익에 기후·정책·가격 변동이 영향을 미친다.

이 직업에 유용한 기술·재능

수익을 창출하는 능력, 동물을 다루는 능력, 기본적인 응급처치, 뛰어난 청력, 뛰어난 후각, 뛰어난 미각, 탁월한 기억력, 농사 기술, 원예 기술, 숫자를 잘 다룸, 흥정 솜씨, 기계를 다루는 기술, 멀티태스킹, 날씨 예측, 재료나 물건을 상황에 맞게 응용하는 능력, 체력, 선견지명, 목공 기술

이 직업에 도움이 되는 성격 특성

적응을 잘하는, 야망이 큰, 분석적인, 차분한, 한번 시작하면 끝장을 보는, 규율을 준수하는, 효율적인, 독립적인, 근면 성실한, 아는체하는, 세심한, 자연을 중심으로 생각하는, 동식물을 잘 돌보는, 관찰력이 좋은, 끈질긴, 미리 대비하는, 임기응변에 능한, 책임감 있는, 사회 이슈에 관심이 많은, 알뜰한, 건전한, 일중독, 잔걱정이 많은, 현명한

갈등이 벌어지는 상황

- 곡식이나 가축을 전멸시키는 질병
- 기후 변화나 때 이른 서리, 오래 지속되는 가뭄이나 홍수 등 극한의 날씨
- 쌓여가는 빚
- 정책이나 시장에 변동이 생겨서 소비자에게 상품을 판매하기가 어려워짐
- 가격 변동
- 포화 상태의 시장
- 야생동물이 가축을 습격함
- 질환이나 부상으로 일을 제대로 할 수가 없을 때
- 해야 할 일은 많은데 시간이 부족할 때
- 시장 수요에 맞게 작물 종류를 바꿔야 한다는 압박을 느낄 때
- 작물이나 가축 무리를 전멸시키는 병충해
- 정부 지원 부족
- 지나친 과세와 규제
- 가족 중에 농촌을 벗어나 도시 생활을 하고 싶어 하는 사람이 있어서 마찰이 생김
- 제일 힘든 시기에 장비까지 고장 날 때
- 어떤 작물을 심을지를 두고 가족끼리 의견이 맞지 않을 때
- (공장식 축산으로 바꾸면 이윤이 높아지겠지만, 가축의 활동 공간을 좁히고 이동을 제한하는 일은 옳지 않다고 느끼는 등) 도덕적 갈등
- 십 대 자녀가 농촌 생활에 불만을 품을 때
- 정직하고 믿을 만한 일꾼을 찾기가 어려울 때
- 농장 시설을 돌보고 각종 책임에 묶여서 자유를 누리지 못할 때

주로 접하는 사람들

다른 농부, 이웃, 기계 정비공, 부품 공급업자, 고객, 위생 검사관, 수의사, 가족, 지역 주민

직업이 캐릭터의 욕구에 미치는 영향

- **자아실현 욕구**

  시골에 살면서 일하는 것을 좋아하는 캐릭터라도, 이윤은 고사하고 손해라도 보지 않으려고 끊임없이 아등바등 노력해야 하는 나날이 이어진다면 농부라는 직업에 의문을 품을 수 있다.

- **애정과 소속의 욕구**

  어떻게 농장을 경영할지, 얼마나 대출을 받을지, 어떤 작물을 키워야 할지와 같은 문제가 가족 구성원 간에 갈등을 일으키기도 한다. 자녀가 농사 말고 다른 일을 하고 싶어 하는데, 부모는 농사일을 이어받기 원할 때도 갈등이 생긴다.

- **생리적 욕구**

  농·축산업자는 자신이 통제할 수 없는 변수 때문에 빚을 지곤 한다. 이 위기를 극복하지 못하면, 생활필수품을 사는 것도 힘들어질 수 있다.

고정관념 비틀기

농부 캐릭터는 대개 남성이며, 여성은 농사를 짓는 가족의 일원인 경우가 많다. 여성 농부 캐릭터를 만들되, 직접 농장을 운영하거나 위기에 처한 여성들끼리 서로 돕는 농장의 책임자로 설정해보자. 라벤더, 크리스마스트리용 나무, 대마초 같은 특이한 작물을 재배하는 여성 농부 캐릭터도 만들 수 있다. 특별할 것 없는 직업이라도 관점을 조금만 바꾸면 깊이와 흥미가 생긴다.

캐릭터가 이 직업을 택한 이유

- 농사를 짓는 가정에서 자랐음
- 주변에서 가업을 잇기를 바라서
- 시골에 살며 자급자족하고 싶어서
- 자연과 탁 트인 공간을 사랑함
- 밭일을 할 때 창조주와 더 가까이 이어진다고 느껴서
- 동물과 가축을 돌보는 일을 사랑해서
- 식품 생산 산업의 현실이 걱정스럽고, 이를 어떻게든 개선하고 싶

어서

- 보다 전통적이고 단순한 생활 방식으로 돌아가고 싶어서
- 생존주의자[전쟁 등 재난이 벌어졌을 때 살아남으려고 대비하는 사람들. 대피 시설을 만들거나 식량을 비축해둔다]거나 종말 대비론자여서 생존에 필요한 준비를 해놓고자 함

대필 작가

Ghostwriter

개요

대필 작가는 프리랜서 작가로 혼자 또는 팀을 이루어서 회사나 고용주를 위한 콘텐츠(연설, 트위터, 블로그 게시물, 동영상 대본, 웹사이트 콘텐츠 등)를 작성한다. 계약에 따라 소설이나 논픽션을 집필할 때도 있고, 콘텐츠 마케팅 에이전시에서 일하기도 한다. 대부분은 해당 작업을 마치면 정해진 임금을 받지만 중간중간 분할 지급받는 경우도 있고, 계약금을 적게 받는 대신 저작권 수익 일부를 받기도 한다.

대부분은 대필 작가를 고용한 사람이나 단체가 해당 글을 집필한 것으로 발표되지만, 협의를 거쳐 대필 작가가 공동 저자나 기고자로 이름을 올리기도 한다. 대필 작가에게 기밀 유지 계약에 서명하도록 요구하는 경우도 있다.

필요한 훈련·교육

대필 작가는 정식으로 기록을 남기지 못해도 많은 글을 쓴다. 따라서 대필 작가가 되려면 비공식적으로라도 글쓰기 경력이 많아야 한다. 논픽션 대필 작가가 해당 업계나 특정 분야에 대한 교육을 받았다면, 글을 작성하는 데 필요한 배경지식을 갖춘 셈이 되므로 고용주에게 믿음을 줄 수 있다.

이 직업에 유용한 기술·재능

창의력, 탁월한 기억력, 경청하는 능력, 인맥, 연구 조사, 타이핑, 선견지명, 글쓰기

이 직업에 도움이 되는 성격 특성

적응을 잘하는, 협조적인, 정중한, 창의적인, 호기심이 많은, 규율을 준수하는, 진중한, 열성적인, 집중력이 강한, 정직한, 근면 성실한, 세심한, 체계적인, 열정적인, 끈질긴, 전문성을 갖춘, 책임감 있는, 학구적인, 재기발랄한

갈등이 벌어지는 상황

- 자신이 쓴 글이 자신의 작품으로 인정받지 못해서 좌절함
- 고객이 무엇을 원하며 어떤 글을 써주기를 바라는지 명확히 밝히지 않을 때

- 고객이 최종 결과물에 만족하지 않음
- 고객이 완벽주의자이거나 프로젝트의 자잘한 부분까지 관리함
- 의욕이 생기지 않는 프로젝트를 맡아야 할 때
- 일정 관리를 못 해서 마감을 넘겨버림
- 가족들이 대필 작가라는 직업을 취미 정도로만 여길 때
- 대필이 비윤리적이라고 생각하는 사람들
- 이해하기 어려운 내용을 대필해야 할 때
- 새 일거리를 찾기가 어려울 때
- 계약이 끝난 고객이 다른 고객을 추천하거나 소개해주지 않을 때
- 손목 터널 증후군이나 만성 피로 등으로 일을 하기 힘들 때
- 아픈 아이를 돌보거나 노부모를 모셔야 하는 등, 글을 쓰는 데 지장을 주는 예기치 못한 상황
- (에어컨 고장, 리모델링 소음, 이웃집 개가 짖는 소리 등) 주변 환경 때문에 집중할 수가 없을 때
- 전업 작가가 되고 싶지만 필요한 만큼 돈을 벌지 못할 때
- (성행위 장면, 동물 학대, 폭행이나 욕설 등) 불편한 내용을 글로 써야 할 때
- 대필을 하다 보니 자신의 책을 쓸 시간이 없음
- 자신이 대필한 작품에 대한 후기가 좋지 않을 때
- 문제가 생길 수도 있는 수정을 강요하는 고객
- 파일 백업을 제대로 하지 않은 상태에서 컴퓨터가 고장 나는 바람에 그동안 쓴 글이 날아가버림
- 유명 인사의 책을 대필했는데, 그 유명 인사가 자기가 직접 쓴 책이라며 떠벌리고 다님

주로 접하는 사람들

고객, 고용주, 구직 게시판 회원, 다른 작가

직업이 캐릭터의 욕구에 미치는 영향

- **자아실현 욕구**

자신이 책을 쓰는 동안 필요한 돈을 벌려고 대필 작가를 선택하는 사람이 많다. 대필을 하다 보니 정작 자신의 책을 쓸 시간이 없어진다면, 이 직업에 불만을 갖게 될 수 있다.

- **존중과 인정의 욕구**

  다른 사람의 인정이 있어야 자신을 존중하고 자긍심을 갖는 캐릭터라면, 대필 작가라는 직업이 점점 공허하게 느껴질 것이다.

고정관념 비틀기

대필 작가는 흔히 내성적이고, 남들과 교류가 없고, 자신만의 세계에 빠져 있는 사람으로 묘사된다. 캐릭터에 활기를 불어넣으려면 남다른 성격이나 취미를 부여하거나, 인맥을 넓히고 새로운 고객을 확보하는 데 도움이 되는 외향적인 특성을 만들어주자.

대필 작가는 글쓰기 외에도 다른 일을 하는 경우가 많다. 대필 작가 캐릭터의 본업, 또는 부업이 무엇인지 정한 다음 거기에 다양한 면을 추가해보자.

캐릭터가 이 직업을 택한 이유

- 글에 매료되었고 남의 이야기를 기록하는 일이 좋아서
- 수입이 필요해서(특히 자신의 책이나 글을 쓰고 있는 중이라면)
- (과거에 받은 상처 때문에 자신은 아직 모자란다거나 미흡하다고 생각해서) 자신의 이야기보다 남의 이야기를 쓰는 일이 쉽다고 생각하므로
- 글쓰기를 좋아하지만 본명으로 활동하고 싶지 않아서
- (마케팅, 인맥 쌓기, 에이전트 찾기 등) 소설가로 성공하려면 해야 하는 일은 하고 싶지 않고 그저 글만 쓰고 싶어서

도슨트 Docent

개요

도슨트는 박물관이나 미술관 등에서 관람객에게 전시 해설을 하거나, 시연을 선보이고, 운영되는 체험활동에 대한 정보를 전달한다. 박물관 소장품과 배경에 대한 교육을 받으며, 해당 기관의 연구 프로젝트에 참여하기도 한다. 대부분의 도슨트가 자원봉사자지만, 유급 도슨트도 많다[한국에서는 도슨트가 유급 직무인 경우가 드물다].

필요한 훈련·교육

정규교육이 필요하지는 않지만, 많은 기관에서 고등학교 졸업장이나 그에 상응하는 학력을 지닌 사람을 선호한다. 교직 경력이 있으면 좋지만 필수 요건은 아니다. 일반적으로 도슨트는 근무를 시작하기 앞서 해당 기관에서 실시하는 연수를 받는다.

이 직업에 유용한 기술·재능

꼼꼼함, 환대하는 능력, 사람들을 웃게 하는 능력, 진행 능력, 정확한 기억력, 화술, 상대의 마음을 읽는 능력, 연구 조사, 체력, 가르치는 능력

이 직업에 도움이 되는 성격 특성

자신감 있는, 정중한, 호기심이 많은, 능률적인, 열성적인, 말을 잘 꾸며내는, 집중력 있는, 호감을 주는, 웃기는, 정직한, 영감을 주는, 언행이 화려한, 객관적인, 체계적인, 열정적인, 설득력 있는, 사회 이슈에 관심이 많은, 학구적인, 마음이 넓은, 거리낌 없는, 재기발랄한

갈등이 벌어지는 상황

- 박물관 규칙을 따르지 않으려는 관람객
- 도슨트를 얕잡아 보는 학예사나 박물관 직원
- 체계가 잡히지 않은 기관에서 근무할 때
- 편향된 관점을 내세우는 기관에서 근무할 때
- 한번에 인솔해야 할 관람객이 너무 많을 때
- 소란스러운 단체 관람객을 인솔해야 할 때
- 지루해하거나 정신이 다른 곳에 팔린 관람객을 인솔하여 투어를 진행해야 할 때

- 어수선하고 전시에 관심을 기울이지 않는 관람객
- 언어 장벽이나 문화 차이가 있는 관람객을 대할 때
- 업무에 관한 교육을 제대로 받지 못했을 때
- 전시 물품이 부서지거나 고장 났을 때
- 박물관 공사 또는 주변 공사
- 실수로 유물을 망가뜨렸을 때
- 관람객이 질문을 던졌는데 그에 대한 답을 모를 때
- 제대로 준비하지 못해서 투어 중 관람객에게 해줄 이야기가 떨어졌을 때
- 똑같은 질문에 계속 답변해야 할 때
- 전시와는 아무 관련 없는, 자기 의견을 개진하려고 질문을 던지는 사람("요즘 모든 남성들이 여성을 혐오한다는 의견에 동의하시나요?" 같은 질문)
- 목소리가 안 나오거나 목이 쉬었을 때
- 소음이나 다른 방해 요소 때문에 설명을 제대로 할 수 없을 때
- 적절한 의상이 없을 때
- 원하지 않는 단체 관람객을 맡거나 원하지 않는 부서에 배치되었을 때
- 신체장애가 있는데 필요한 시설이 제대로 갖추어지지 않은 기관에서 일해야 할 때
- 너무 큰 소리로 떠드는 학생들을 인솔하는데 학부모들은 자녀에게 무관심할 때
- 인솔하던 단체의 관람객이 대열에서 벗어남
- 몸이 아파도 하루 종일 일해야 할 때

주로 접하는 사람들

관람객, 학예사, 기록 관리사, 보존 전문가, 교사, 학생, 전시 디자이너, 역사가, 박물관 에듀케이터, 보안 요원, 표본 담당자, 홍보 담당자, 소장품 관리 전문가

직업이 캐릭터의 욕구에 미치는 영향

- **자아실현 욕구**

  일상에서 다양한 일을 경험하길 원하고 규칙이나 정해진 일과를 싫어하는 캐릭터라면 도슨트라는 직업이 숨 막힌다고 느낄 수 있다.

- **존중과 인정의 욕구**

  도슨트는 인정이나 칭찬을 받는 일이 드물다. 인정이나 칭찬에 크게 영향받는 사람이라면 이 욕구가 제대로 채워지지 않을 것이다.

고정관념 비틀기

도슨트는 주로 나이 든 은퇴자로 그려진다. 아르바이트로 도슨트를 하는 캐릭터를 설정해보자. 역사를 좋아하는 대학생, 또는 자녀가 학교에 가 있는 동안 전시 해설을 하는 전업주부 아버지는 어떤가?

도슨트는 역사에 빠져 사느라 최근의 사건은 잘 모른다는 편견도 있다. 이 고정관념을 뒤집으려면 과거만큼이나 현재에도 관심이 많은 캐릭터를 만들어보자. 이런 캐릭터는 전시 해설을 진행하면서 역사적 사건과 현재를 연결하여 최신 뉴스를 소개할 수도 있다.

캐릭터가 이 직업을 택한 이유

- 집 근처에 있는 박물관에서 모집 공고를 내서
- 의사소통 능력이 탁월하고 다른 사람들을 이끄는 것을 좋아해서
- 관련 분야를 공부 중이라 경험을 쌓고 싶어서
- 박물관 관람객에게 환영받는다는 느낌을 선사하고 싶어서
- 어린 시절 박물관에 대한 좋은 추억이 있어서 다른 사람에게도 같은 경험을 안겨주고 싶음
- 다른 사람에게 자신이 아는 것을 알려줄 때 성취감과 만족감을 느껴서
- 역사적 사실에 대한 오해를 바로잡아야 한다는 책임감
- 지역 공동체에 기여하고 연대감을 느끼고 싶어서
- 특정 문화나 시대에 관심이 있으며 그 지식을 다른 사람에게도 전해주고 싶어서

동물 구조 활동가 Animal Rescue Worker

개요

동물 구조와 관련된 작업은 아주 다양하다. 동물 보호소 소장이나 관리자, 수의사, 수의 테크니션, 동물 훈련사, 입양 봉사자, 유기 동물 담당 공무원, 야생동물 재활 센터 직원 등이 있다. 여기서는 구조와 입양을 담당하는 활동가를 중심으로 설명한다. 이런 활동가들은 위험한 동물이 있다는 호출을 받으면 현장에 나가 상황을 판단하고 필요하다면 동물을 구조한다. 동물을 위험에 빠뜨리는 상황으로는 애니멀 호딩hoarding[키울 능력 이상으로 과도하게 많은 동물을 들이면서 제대로 돌보지 않고 방치하는 행위], 유기, 투견장, 강아지 공장, 자연재해 등이 있다.

동물 구조 활동가는 종종 기금을 모금하고 대중의 인식을 개선하려고 힘쓰며 구조 활동을 영상으로 남기기도 한다. 소셜 미디어를 통한 소통, 정보 공유를 위한 지역 주민과의 교류도 필요한 업무 중 하나다.

필요한 훈련·교육

동물 구조 팀에 참여하려면 고등학교 졸업장만으로도 충분하다. 반드시 받아야 하는 훈련은 대개 구조 기관에서 제공한다. 훈련 내용은 동물의 상태와 나이를 가늠하고 부상이나 질병, 학대가 있었는지 파악하고 발생 가능한 위험 요소를 살피는 것 등이다. 또한 동물을 안전하게 다루는 법, 위험 상황에 대비하는 법, 기본적인 치료법, 재활에 대한 교육도 받는다.

더 높은 직급으로 올라가기를 원한다면, 해당 분야에서 준학사를 취득할 필요가 있다. 심리학을 공부했거나 대인 기술 교육을 받은 활동가들도 있다. 이런 교육은 동물 관련자들과 마찰이 생길 때 도움이 된다.

자연재해로 집을 잃은 반려동물을 구조하는 활동가들은 작전 기지를 세우고, 안전 조항을 준수하고, 자원봉사자를 모집·관리하고, 다른 구호 단체와 협력하고, 공급품을 모으고, 구조한 동물이 진료를 받게 하고, 반려인을 찾아준다. 이런 활동을 하려면 추가 훈련을 받는 것이 좋다.

이 직업에 유용한 기술·재능

수익을 창출하는 능력, 동물을 잘 다룸, 기본적인 응급처치, 뛰어난 기억력, 신뢰를 주는 능력, 외국어 구사 능력, 멀티태스킹, 정확한 기억력, 홍보 능력, 빠른 발, 방향을 찾는 능력

이 직업에 도움이 되는 성격 특성

적응을 잘하는, 모험심이 있는, 애정이 넘치는, 기민한, 차분한, 조심스러운, 협력을 잘하는, 용감한, 규율을 준수하는, 열성적인, 상냥한, 인정이 많은, 자연을 아끼는, 동물을 좋아하는, 체계적인, 열정적인, 인내심 있는, 설득력이 뛰어난, 보호하고 돌보려는, 추진력 있는, 사회 이슈에 관심이 많은

갈등이 벌어지는 상황

- 반려인이 동물을 학대하거나 방치하면서도 소유권을 포기하지 않으려 할 때
- 동물이 학대받는다는 사실을 입증할 수가 없을 때
- 구조한 동물을 심각한 부상이나 질병 때문에 안락사시켜야 할 때
- 동물 학대 현장을 찾아냈지만 범인을 알 수 없을 때
- 호딩이나 학대 행위를 반복하는 범죄자를 상대해야 할 때
- 후원금 모금 문제로 항상 골머리를 앓음
- 구조해야 할 동물은 많은데 보호소 공간이 부족할 때
- 연민 피로[비참한 상황에 장기간 노출되어 무감각해지는 상태]를 느낌
- 우울증이나 자살 충동으로 힘들어함
- 학대당하거나 병에 걸린 동물에게 물림
- 애니멀 호더가 동물을 뺏기지 않으려고 숨기거나 다른 곳으로 보냈을 때
- 자신이 감당할 수 있는 한계보다 많은 동물을 집으로 데려와 보살피고 싶다는 충동을 느낌
- 동물 학대 범죄를 너무 많이 접하다 보니 의심이 많아져서 학대 정황이 없는데도 학대가 발생했다고 생각함
- 오랜 시간 야외에서 대기하며 기다려야 할 때
- 겁먹은 동물에게 오줌 세례를 받음
- 필요한 봉사 활동을 다 끝내지도 않은 자원봉사자가 동물과 놀고 싶어 함

주로 접하는 사람들

다른 동물 구조 활동가, 반려인, 농장주, 경찰, 다른 구호 단체, 수의사, 수의 테크니션, 동물 병원 직원, 동물 보호소 직원, 반려견 미용사, 동물 재활 전문가, 임시 보호 봉사자, 동물권 단체

직업이 캐릭터의 욕구에 미치는 영향

- **자아실현 욕구**

  이 직업군에 속한 캐릭터는 사람이 저지른 잔인한 행동을 접하고 인간성에 대한 믿음을 잃어버릴 수 있다.

- **존중과 인정의 욕구**

  제때 동물을 구하지 못한 활동가는 구조되지 못한 동물의 고통을 자신의 고통처럼 느끼고, 뼈저린 실패감을 맛보고, 자신의 가치나 능력에 의문을 품을 수 있다.

- **애정과 소속의 욕구**

  이동이 많고 오랜 시간 일해야 하기 때문에 다른 사람을 위한 시간을 내기가 어렵다. 특히 단체에 소속되지 않고 개인적으로 동물을 돌보는 활동가라면 더더욱 그렇다.

- **안전 욕구**

  폭력을 휘두르는 반려인이나 돈벌이로 동물을 이용하는 범죄자를 상대할 때가 있다. 그 외에도 광견병에 걸린 동물이나 학대를 받아 난폭해진 동물을 다루어야 하는 등 위험한 상황에 처할 수 있다.

캐릭터가 이 직업을 택한 이유

- 방임이나 학대가 있는 가정에서 자라면서 돌봄과 관련된 직업을 선택하기로 함
- 생존을 위해 스스로 싸울 수 없는 존재를 대변하고 싶어서
- 동물을 사랑해서
- 동물과 관련한 과거의 잘못(가족 중에 애니멀 호더가 있었다는 등)을 반성하는 차원에서
- (폭력 등의 이유로 타인을 불신하고 두려워하게 되면서) 인간보다 동물이 안전하다고 느낌
- 과거 위기에 처한 사람을 돕지 못한 것에 대한 책임감을 느끼고 있어서 속죄하는 의미로 봉사를 함
- 모든 생명은 소중하고 보호받아야 한다는 뿌리 깊은 믿음에서

동물 훈련사 Animal Trainer

개요

동물 훈련사는 반려동물의 행동을 교정하거나, 동물 공연을 준비하거나, 동물이 인간을 도와서 일을 하도록 훈련시키는 일을 한다. 개, 말, 해양 동물, 희귀 동물 등 특정한 동물을 전문적으로 맡기도 한다.

훈련시키는 동물에 따라 훈련사의 근무 환경이 달라진다. 해양 동물 훈련사는 동물원이나 수족관에 고용될 것이고, 말 조련사는 주로 농장·경마장 등에서 일하며, 개 훈련사는 동물병원, 강아지 유치원, 동물 보호소에서 일하거나 직접 고객의 집을 방문하기도 한다.

훈련사는 경찰이나 수색 구조 단체에 고용될 수도 있고, 동물원이나 보호소 같은 동물 관련 기관에서 근무하기도 하며, 프리랜서로 일하기도 한다.

필요한 훈련·교육

해양 동물 훈련사는 해양생물학, 수의학, 동물학 등의 동물 관련 학위가 필요하다. 다른 동물 훈련사는 일반적으로 고등학교 졸업만으로도 충분하지만, 추가로 자격증이나 경력을 갖춰야 할 수도 있다.

이 직업에 유용한 기술·재능

동물을 잘 다룸, 동물의 마음을 읽을 수 있음, 기본적인 응급처치, 공감 능력, 신뢰를 주는 능력, 리더십, 발상을 전환하는 능력

이 직업에 도움이 되는 성격 특성

애정이 넘치는, 기민한, 차분한, 휘둘리지 않는, 규율을 준수하는, 공감을 잘하는, 열성적인, 온화한, 친절한, 충직한, 동물을 보살피기 좋아하는, 관찰력이 뛰어난, 열정적인, 참을성 있는, 끈기 있는, 설득력 있는, 장난기 있고 쾌활한, 임기응변에 능한, 사회 이슈에 관심이 많은, 남을 잘 믿는

갈등이 벌어지는 상황

- 동물에게 부상을 당함
- 지능이 낮거나 고집이 세거나 기질이 예민해서 훈련시키기 어려운 동물을 다룰 때
- 방치되거나 학대당한 동물을 다루면서 마음이 아플 때

- 반려인이 동물을 학대한다는 의심이 들 때
- 반려인이 동물에게 비현실적인 기대를 할 때
- 반려인이 일관성 없게 행동하거나 해야 할 일을 하지 않아서 훈련사의 노력이 수포로 돌아감
- 공격성이 있거나 서열이 우세하다고 믿는 동물을 조련해야 할 때
- 훈련 불가능한 동물이라는 사실을 깨닫고 반려인에게 이를 알릴 때
- 훈련 후 이젠 안전하다고 확실하게 판단한 동물이 누군가를 공격하거나 부상을 입혔을 때
- 훈련을 맡은 동물이 갑자기 죽음
- 공연을 위해 동물을 훈련하는 일에 도덕적 갈등을 느낌
- 부적절한 공간에 갇혀 있거나 관리를 제대로 받지 못하는 동물(서커스단의 좁은 우리에서 사육되는 코끼리처럼)을 훈련시켜 달라는 요청을 받았을 때
- 부상이나 만성 질환 때문에 훈련사 일을 제대로 할 수가 없을 때
- 사회생활을 잘하지 못해서 고객과 소통하는 일이 어려움
- 동물이 하면 안 되는 행동(훈련사의 허락 없이 훈련장을 벗어나면 안 된다고 훈련받았던 동물이 차도로 뛰어드는 등)을 해서 부상을 입거나 죽음
- 친구가 자기 반려동물을 공짜로 훈련시켜 달라고 부탁할 때
- 훈련을 맡은 동물에게 알레르기가 있을 때
- 훈련을 맡은 동물과 강한 유대감을 형성했으나 훈련이 종료되어 반려인에게 돌려보내야 할 때

주로 접하는 사람들

반려인, 수의사, 동물 보호소 직원, (훈련사가 시설에서 일할 경우) 시설의 다른 직원, 다른 훈련사, 경찰, 구조 활동가

직업이 캐릭터의 욕구에 미치는 영향

- **자아실현 욕구**

  공연에 내보내려고 동물을 조련하던 사람이 부실한 사육 환경과 비윤리적인 대우를 목격한다면, 자신이 하는 일에 대한 관점이 달라질 수 있다.

- **존중과 인정의 욕구**

  이 직업군은 소득이 많지 않으므로, 재정 상태가 좋지 않다는 이유로 다른 사람들에게 업신여김을 당한다면 자존감이 상할 것이다.

- **애정과 소속의 욕구**

  동물 훈련사는 동물을 사랑하는 사람이다. 만약 동물을 싫어하는 사람과 연인이나 부부가 된다면 관계에 문제가 생길 수 있다.

- **안전 욕구**

  훈련사는 항상 부상이나 감염의 위험에 노출되어 있다.

- **생리적 욕구**

  드물지만 훈련사가 사망할 가능성은 항상 존재한다.

고정관념 비틀기

동물 훈련사는 보살피는 일을 좋아하면서도 정해진 규율은 잘 지키는 성향이 있다. 즉 온화하면서 동시에 엄격하다. 일반적인 동물 훈련사와는 다른 캐릭터를 만들려면 특이한 성격, 가령 변덕스러움이나 엉뚱함, 산만함, 반사회적 특성을 섞어준다.

사람들과 잘 어울리지 못하고 동물과 지내는 것이 더 편한 훈련사도 흔하다. 이런 캐릭터를 만들었다면 왜 그런 특성을 지니게 되었는지 이유를 보여줘야 한다. 흔히 접할 수 없거나 독자를 깜짝 놀라게 할만한 이유를 생각해보자.

캐릭터가 이 직업을 택한 이유

- 동물을 키우는 환경에서 자랐기에 동물과 함께하는 직업을 원했음
- 어릴 때부터 동물을 사랑해서
- 아이를 가질 수 없는데 동물이 아이의 역할을 해줌
- 사람은 믿을 수 없을 때도 있지만 동물은 항상 믿을 수 있다고 생각해서
- 신체적·정신적·사회적 결함 때문에 다른 사람과 함께 일하는 직업을 가지기 어려움
- 다른 사람과 연대감을 맺기 힘들어서 애정과 소속감 결핍을 동물에게서 채우고자 함
- 장애가 있는 사람을 사랑하게 되어 그 사람을 도와줄 동물을 훈련시키고자 함

- 동물과 유대감을 형성하거나 의사소통을 할 수 있는 특수한 능력이 있음

라디오 디제이 Radio DJ

개요

미국의 경우 라디오 디스크자키(라디오 디제이)는 지역사회나 대학의 라디오 방송국에서 일한다. 대개는 음악 방송을 하지만 스포츠, 뉴스, 정치, 대중문화 등에 관한 쇼를 진행하기도 한다. 무엇을 다루든 노래나 콘텐츠 중간중간 말을 하며 쇼를 이어간다. 소규모 음악 방송이라면 대부분 디제이가 어떤 음악을 틀지 결정하거나 의견을 낼 수 있지만, 정해진 대로만 진행해야 하는 디제이도 있다. 디제이는 대부분 방송국에서 일하지만, 직접 쇼를 녹음해서 방송국에 보내면 방송국이 송출하는 방식으로 일하는 프리랜서도 있다.

예산이 줄고 방송계에도 자동화 바람이 불면서, 디제이가 음악을 틀거나 방송을 진행하는 일에 그치지 않고 소셜 미디어 홍보를 하거나, 생방송 이벤트를 하거나, 콘텐츠를 직접 만드는 등 추가적인 일을 해야 하는 경우도 늘고 있다.

필요한 훈련·교육

고등학교만 졸업한 디제이도 있지만, 방송국에서는 커뮤니케이션이나 신문방송 등의 관련 학위가 있는 사람을 선호한다. 대학교나 고등학교 방송국에서 경험을 쌓는 것이 일반적이다. 방송 제작 관련 기술을 익히거나 전문 지식을 쌓는 것도 도움이 된다.

이 직업에 유용한 기술·재능

안정감을 주는 목소리, 인간적인 매력, 경청하는 능력, 사람들을 웃게 하는 능력, 기계를 다루는 기술, 멀티태스킹, 인맥, 연기력, 홍보 능력, 상대의 마음을 읽는 능력, 글쓰기

이 직업에 도움이 되는 성격 특성

적응을 잘하는, 매력적인, 자신감 있는, 대립을 두려워하지 않는, 협조적인, 창의적인, 호기심이 많은, 수완이 좋은, 효율적인, 열성적인, 호감을 주는, 재미있는, 수다를 잘 떠는, 언행이 화려한, 짓궂은, 꼬치꼬치 캐묻는, 관찰력 있는, 낙관적인, 체계적인, 열정적인, 설득력 있는, 쾌활한, 추진력 있는, 사회 이슈에 관심이 많은, 즉흥적인, 변덕스러운, 학구적인, 거리낌 없는, 현명한, 재기발랄한, 일중독

갈등이 벌어지는 상황

- 시대 흐름을 못 읽는 경영진이 라디오 쇼를 잘못된 방향으로 밀어붙이려 할 때
- 예산 삭감
- 낙후된 장비
- 고위 간부와 마찰을 빚을 만한 내용을 생방송 중에 말해버렸을 때
- 마이크가 꺼진 줄 알고 문제 될 말을 해버렸을 때
- 판매 · 홍보 · 행사 진행 등 내키지 않는 일을 해야 할 때
- 인터뷰 대상자가 논쟁을 벌어거나 싸우려 들 때
- 인터뷰나 방송을 완전히 망쳐버렸을 때
- 캐릭터가 내놓은 아이디어를 방송국 경영진이 관심 없어 할 때
- (특히 디제이를 시작한 지 얼마 되지 않았을 때) 노동시간이 일정하지 않아 다른 사람을 만나고 친분을 쌓을 시간이 없음
- 방송에서 개인적인 신념을 말하는 바람에 방송국 평판에 악영향을 끼치게 되었을 때
- (성대결절, 인후암, 구강암, 또는 만성 질환 때문에 목소리가 달라져) 디제이 일을 하지 못하게 됨
- 스토커와 지나치게 열광적인 팬들
- 인터뷰 준비를 제대로 하지 않아서 상대에게 바보스럽거나 모욕적인 발언을 해버림

주로 접하는 사람들

방송국 매니저와 임직원, 다른 디제이, 프로듀서, (대면 또는 전화로 인터뷰하는) 게스트, 유명 인사나 정치인들

직업이 캐릭터의 욕구에 미치는 영향

- **자아실현 욕구**

  방송업계가 변하면서 일자리가 부족해지면 원하는 일을 구하기 어렵게 된다. 열정이 생기지 않는 쇼를 억지로 진행해야 한다면 만족감을 느끼기 어렵다.

- **존중과 인정의 욕구**

  지금의 일에서 얻을 수 있는 것보다 더 크게 인정받고 싶다면 문제가 생길 수 있다.

- **안전 욕구**

  이름을 알릴 수 있는 직업에 종사한다면 소규모라도 팬이 생기기 마련이다. 그런 팬 가운데 정신적으로 불안한 사람이 있다면 디제이에게 위협이 될 수 있다.

고정관념 비틀기

청취자들은 라디오에서 목소리만 듣던 사람을 실제로 만나면 자기 마음속 이미지와 전혀 다른 외모 때문에 놀라는 경우가 왕왕 있다. 직접 보지 않으면 도저히 알 수 없을, 외모가 독특한 라디오 디제이 캐릭터를 만들어보자. 어떤 특이점을 부여하고 싶은가?

디제이 캐릭터에게 일반 대중과 확연히 구분되는 특성이나 성격을 부여하면 독자의 기억에 남는 캐릭터를 만들 수 있다. 하워드 스턴Howard Stern[〈하워드 스턴 쇼〉의 디제이]의 거침없는 욕설과 음담패설, 프레이저 크레인Frasier Crane[시트콤 〈프레이저〉에 나오는 가상의 인물로 라디오 상담 프로그램을 진행하는 정신과 의사]의 오만하고 야심만만한 성격이 좋은 예다.

캐릭터가 이 직업을 택한 이유

- 목소리가 라디오에 맞는다는 소리를 계속 들으면서 자랐음
- 특정 음악 장르에 열정이 있거나 음악가들과 교류하고 싶은 열망에서
- 말하기를 좋아하고 디제이가 되면 자신의 생각을 널리 알릴 수 있다고 생각해서
- 사회성이 부족하거나, 인간관계에서 상처를 받았거나, 스토킹을 당한 적이 있어서 직접 사람을 대하는 것보다 라디오로 교류하는 것이 안전하다고 느낌

레이키 마스터 Reiki Master

개요

레이키Reiki, 靈氣는 신체 · 정신 · 영적 건강을 위해 기를 이용하는 대체 의학의 한 종류로, 일본에서 시작되어 서양에서 인기를 끌고 있다. 종교는 아니지만 영성과 관련되는 경우가 많다.

일반적으로 레이키 요법은 마스터가 시술한다. 레이키 마스터는 어튠먼트attunement 과정으로 피시술자에게 치유 에너지를 전달할 수 있는 사람이다. 레이키 요법으로 특정 부상이나 질병을 완화할 수도 있고, 스트레스 같이 건강을 해치는 요인을 해소할 수도 있다.

레이키 요법을 시술하는 이들은 대부분 레이키 마스터가 되고 싶어 하므로, 마스터 수준에 오른 사람들은 시술뿐 아니라 레이키에 대한 교육을 하기도 한다. 레이키 마스터는 수련원, 생활 보조 시설, 스파 같은 시설에서 일할 수 있다.

필요한 훈련 · 교육

레이키 마스터는 우선 시술자에서 출발해야 한다. 마스터에게서 어튠먼트를 받으면 레이키 에너지를 다른 사람에게 전달할 수 있는 시술자가 된다. 그런 다음 능력을 향상시켜주는 다양한 상징에 자신을 조율하는 일련의 단계를 거쳐야 한다. 세 번째 단계에 도달하면 마스터가 되어 다른 사람을 가르칠 수 있다. 일부 시술자는 수습 자격으로 이 과정의 일부를 수행하기도 한다.

이 직업에 유용한 기술 · 재능

유체 이탈, 기본적인 응급처치, 인간적인 매력, 신통력, 손재주, 공감 능력, 신뢰를 얻는 능력, 허브에 대한 지식, 직관력, 발상을 전환하는 능력, 상대의 마음을 읽는 능력, 회복력, 체력

이 직업에 도움이 되는 성격 특성

차분한, 휘둘리지 않는, 자신감 있는, 공손한, 규율을 준수하는, 공감을 잘하는, 집중력 있는, 온화한, 고결한, 직업윤리를 준수하는, 상냥한, 자연을 아끼는, 남을 보살피기 좋아하는, 열정적인, 통찰력 있는, 반듯한, 남을 보호하려 하는, 영적인, 재능이 있는, 마음이 넓은, 현명한

갈등이 벌어지는 상황

- 다른 사람이 자기 몸에 손대는 것을 싫어하는 피시술자
- 가족 중에 종교인이 있어서 에너지 치료 개념을 받아들이지 않음
- 피시술자가 어려서 좀처럼 가만히 있지 못함
- 시술을 하고 난 후 힘이 빠지거나 기진맥진해질 때
- 레이키를 전혀 모르는 회의론자들의 무례함과 편견
- 부작용이 생긴다고 불평하는 피시술자
- 가족이 치료를 거부하다가 상태가 나빠짐
- 수련원을 운영하면서 재무 관리에 익숙하지 않아 애를 먹음
- 열성적이지만 가난해서 수련비를 내지 못하는 수련생
- 레이키의 영적인 면을 불편해하는 피시술자
- 법적 책임 문제가 발생할 때
- 시술 비용을 내지 않으려는 피시술자
- 같은 수련원에서 일하는 시술자가 캐릭터의 사업 모델이나 윤리 의식에 동의하지 않을 때
- 피시술자가 레이키 요법의 효과를 처음만큼 느낄 수 없다고 할 때
- 노력을 쏟아부었는데도 마스터 수준에 도달하지 못할 때
- 수련원에 도둑이 들었을 때
- 치료 과정의 특성(피시술자의 몸에 손을 댐) 때문에 피시술자가 캐릭터에게 과도하게 애착을 느낌
- 상해나 뇌진탕 같은 질환 때문에 시술하는 데 지장이 생길 때
- 고객을 확보하고 수련원을 확장하기 힘들 때

주로 접하는 사람들

피시술자, 피시술자의 가족, 다른 레이키 마스터, 레이키 시술자, 레이키 수련생, 의사, 간호사, 병원 직원

직업이 캐릭터의 욕구에 미치는 영향

- **자아실현 욕구**

  레이키 마스터는 신이나 영적 존재와 지속적으로 연결되기를 바란다. 하지만 깨달음을 얻었다는 확신이 없거나 피시술자를 돕는 일에 시간과 노력을 쏟다 보면 그런 영적인 바람이 좌절될 수 있다.

- **존중과 인정의 욕구**

  레이키를 강하게 부정하는 사람이 많고, 레이키의 효과에 대해 많

은 증언이 있어도 그런 증언을 입증하는 과학적 연구는 거의 없다. 따라서 레이키 마스터는 존중받지 못한다고 느낄 수 있다.

- **애정과 소속의 욕구**

마음이 드는 사람이 나타나더라도 레이키 시술을 우선순위로 둔다면 연애 상대를 찾기 어려울 수 있다.

고정관념 비틀기

많은 레이키 마스터가 영적이고 신비로운 존재이지만 모두가 그런 것은 아니다. 의사나 카운슬러와 협업하는 레이키 마스터 캐릭터를 만들어보자. 아니면 치유와 긴장 완화에 특이한 음악 장르를 도입하는 캐릭터는 어떤가?

레이키 마스터는 대부분 사람에게 레이키를 사용한다. 동물 치료에 레이키를 활용하는 캐릭터로 고정관념에 도전해보자.

캐릭터가 이 직업을 택한 이유

- 레이키 요법으로 병을 치료한 적이 있어서
- 영성과 건강관리가 연결되어 있다고 믿으므로
- 영성, 대체 의학, 치유에 관심이 있어서
- 초자연적 능력이나 신통력을 지니고 있으며, 자신의 통찰력으로 남을 돕고 싶음
- 타인을 돌보기 좋아하고, 자연과 이어져 있다고 느끼기 때문에
- 영적으로 성장하고 싶어서

로봇공학자 Robotics Engineer

개요

로봇공학자는 제조업, 영화와 엔터테인먼트, 광업, 우주 탐사 등 다양한 업계에 종사한다. 연구와 설계를 거듭하며 로봇을 구상하고 제작한 뒤 의도한 대로 작동하는지 검사한다. 이미 존재하는 로봇에 대해서는 새로운 응용 프로그램이나 소프트웨어를 개발한다. 로봇공학자는 혼자 일하는 것보다 협업을 하는 경우가 훨씬 많다.

필요한 훈련·교육

로봇공학 과정이 있는 대학도 있으나, 일반적으로는 기계공학 같은 관련 분야의 학사 학위면 충분하다. 독자적으로 일하고 싶거나 더 높은 수준의 직업을 구한다면 인가나 허가가 필요하고, 로봇공학을 가르치고 싶다면 석·박사 학위가 필요하다. 계속해서 새로운 연구가 나오는 분야이기 때문에 로봇공학자는 공부를 게을리해서는 안 된다.

이 직업에 유용한 기술·재능

창의력, 섬세함, 손재주, 숫자 감각, 기계를 다루는 기술, 체계적으로 정리 정돈하는 능력, 발상을 전환하는 능력, 재료나 물건을 상황에 맞게 응용하는 능력, 연구 조사, 다른 사람을 가르치는 능력, 선견지명

이 직업에 도움이 되는 성격 특성

적응을 잘하는, 분석적인, 협조적인, 창의적인, 호기심이 많은, 집중력 있는, 근면 성실한, 지적인, 꼼꼼한, 짓궂은, 체계적인, 완벽주의적인, 끈질긴, 미리 대비하는, 임기응변에 능한, 책임감 있는, 학구적인

갈등이 벌어지는 상황

- 군사 기밀 프로젝트를 맡아서 기밀을 유지해야 할 때
- 로봇이 제대로 작동하지 않는 이유를 알아낼 수 없을 때
- 컴퓨터 장애로 데이터가 손실되었을 때
- 좋은 아이디어가 있으나 실현할 방법을 찾을 수 없을 때
- 로봇이나 테크놀로지에 대해 피해망상이 있는 가족
- 배우자의 직업이 점차 로봇으로 대체되는 분야임
- 로봇을 제작하던 중에 사고가 나서 다쳤을 때
- 편두통이나 우울증 등 정신·신체 질환 때문에 집중하기 어려움

- 프로토콜이나 예산 삭감 때문에 설계한 대로 로봇을 구현할 수 없을 때
- 하루라도 빨리 취직하여 학자금 대출을 갚아야 함
- 한 프로젝트를 놓고 동료와 경쟁하게 되었을 때
- 로봇 분야의 새로운 연구 결과를 놓치지 않고 따라잡아야 함
- 윤리적 갈등을 일으킬 수 있는 로봇을 설계해야 할 때
- 프로젝트 심의가 보류되어 그동안 들인 시간과 노력이 헛수고가 될까 봐 초조해짐
- 인공지능을 둘러싼 음모론이 유행함
- 소비자가 구매한 직후에 오작동을 일으킨 로봇
- 예산 한도를 초과하거나 마감 기한을 넘긴 프로젝트
- 새 로봇을 구상했으나 제작 지원을 받을 수가 없을 때
- 경쟁자가 돈을 줄 테니 그 대가로 윤리적인 선을 넘으라고 접근해서 유혹할 때

주로 접하는 사람들

인턴, 다른 로봇공학자, 프로젝트 감독, 과학자, 영화감독, 자동차 제조업자, 군인, 의료인

직업이 캐릭터의 욕구에 미치는 영향

- **자아실현 욕구**

  강박신경증이나 ADHD 같은 몇몇 정신 질환이 있으면 집중하거나 일을 끝까지 해내기 어렵다. 캐릭터에게 이런 질환이 있다면 로봇공학자로서 능력을 발휘하기 어려울 수 있다.

- **존중과 인정의 욕구**

  로봇과 테크놀로지가 위험하다거나 인간을 위협할 것이라는 음모론이 팽배하다. 로봇공학자는 비난이나 무시를 받거나 악당으로 취급당한다고 느낄 수 있다.

- **생리적 욕구**

  직업 특성상 로봇공학자 대부분은 장시간 일하기 때문에 육체적으로나 정신적으로 피로가 극에 달해 건강이 악화될 수 있다.

고정관념 비틀기

소설이나 영화에서 로봇공학자는 필요할 때만 등장하는 배경 같은 인물에 불과한 경우가 많다. 로봇공학자를 주인공으로 만들거나 주목받을 만한 특성을 부여해보자.

로봇공학자 캐릭터는 대개 제조업이나 자동차 산업에 쓰이는 산업용 로봇을 제작하는 것으로 묘사된다. 놀이공원이나 영화에 사용될 새로운 애니매트로닉스[동물이나 사람을 닮은 모형에 기계장치를 넣어 실제처럼 움직이게 하는 기법] 같이, 특이한 창작품을 만드는 로봇공학자 캐릭터를 만들어보자.

로봇공학자 캐릭터는 흔히 괴짜, 책벌레, 인간보다 기계를 잘 이해하는 인물로 그려진다. 캐릭터의 성격·외양·관심사를 다양하게 바꿔보면 이런 고정된 틀에서 벗어날 수 있다.

캐릭터가 이 직업을 택한 이유

- 학교 로봇 동아리에 가입하면서
- 테크놀로지는 해롭다는 말을 듣고 그렇지 않다는 사실을 증명하고 싶어서
- 혁신적인 방법으로 무언가를 만드는 일을 좋아해서
- 인류가 접근할 수 없는 장소를 탐험할 수단을 개발하고 싶어서
- 인공지능 분야에서 의미 있는 발전을 이루고 싶어서
- 과학적으로 사고하고 기계를 다루는 일을 좋아해서
- 첨단 테크놀로지에 관심이 많음

로비스트 Lobbyist

개요

로비스트는 특정 개인, 집단, 조직을 대신하여 정치인에게 영향력을 행사하는 사람이다. 정치인이 법을 제안하고 통과시키도록, 또는 파기하거나 수정하도록 설득한다. 정치인을 설득하려고 각종 조사를 하고 이를 보고서 등의 형식으로 정리하여 정치인에게 제공한다. (미국의 경우) 로비스트가 돈을 써서 목적을 이루는 것은 금지되어 있으나, 지지를 얻는 수단으로 모금 행사를 개최하는 것은 허용된다.

정치인의 이익을 대변하는 로비스트는 지역사회의 각종 활동에 참여하여 유권자들이 중요하게 여기는 이슈를 파악하고 이를 선거운동에 포함시킨다. 또한 보도자료와 각종 자료 등을 작성하여 유권자의 관심사에 대응하고 여론에 영향을 미치는 일도 한다.

필요한 훈련·교육

로비스트를 양성하는 공식적인 교육은 없지만, 많은 로비스트가 변호사 자격증이 있거나 정치인 혹은 공무원으로 일했던 경험이 있다. 대부분 학사 학위 이상의 학력을 보유한다.

이 직업에 유용한 기술·재능

수익을 창출하는 능력, 인간적인 매력, 공감 능력, 뛰어난 청력, 탁월한 기억력, 신뢰를 주는 능력, 환대하는 능력, 연기력, 홍보 능력, 화술, 연구 조사, 글쓰기

이 직업에 도움이 되는 성격 특성

야심만만한, 대담한, 매력적인, 자신감 있는, 대립을 두려워하지 않는, 수완이 좋은, 고결한, 직업윤리를 준수하는, 친절한, 이상주의, 근면 성실한, 충직한, 상대를 조종할 줄 아는, 유물론적인, 강박관념이 있는, 체계적인, 인내심 있는, 애국심이 강한, 끈질긴, 설득력이 뛰어난, 남을 보호하려 하는, 추진력 있는, 임기응변에 능한, 교양 있는, 완고한, 윤리에 얽매이지 않는, 일중독

갈등이 벌어지는 상황

- 정치인을 위해 효율적으로 자금을 모아야 한다는 중압감
- 법안을 작성해야 한다는 책임감
- 로비 시스템에서 발생하는 윤리적·도덕적 딜레마와 싸워야 할 때
- 정치인들을 접대하거나 유명인들과 어울리느라 노동시간이 일정하지 않을 때
- 현금 흐름이 원활하지 않을 때
- 성격·윤리관·목표가 맞지 않는 다른 로비스트와 일해야 할 때
- 입수한 정보가 이미 효력이 사라졌거나 시대에 뒤떨어졌다는 사실을 모르고 이용했을 때
- 로비스트에 대한 대중의 회의적 시각과 불신
- 로비스트의 도덕적 규범에 의문을 제기하는 가족과 친구
- 가족이나 친구가 사람을 좌지우지하는 로비 기술을 자신에게 사용한 것은 아닌지 캐릭터를 의심할 때
- 의견 차이 때문에 대인 관계에서 갈등이 생길 때
- (총기 난사 사건, 그 회사 제품의 유해성 논란, 중역의 범죄 등) 캐릭터가 담당하는 고객과 관련된 문제가 발생해 대중이 반발할 때
- 공공의 안전을 위협하는 사항이 발견되었는데 고객이 이를 은폐해달라고 요청할 때

주로 접하는 사람들

정치인, 정치 후원자, 정책 전문가, 다른 로비스트, 시민운동가, 기자

직업이 캐릭터의 욕구에 미치는 영향

- **자아실현 욕구**

로비스트는 법의 허점을 이용해 목표를 달성하고, 정치인에게 접근해 퇴임 후 일자리를 제안하기도 하면서 호감을 산다[미국은 로비활동이 합법이므로 의원이나 정부 고위 관리가 퇴임 후 로비스트가 되는 경우가 많다]. 또한 로비스트는 자신의 고객인 정치인이 목표를 달성하도록 모금 행사를 통해 자금을 확보해야 하는데, 이 과정에서 비도덕적이라는 평판을 얻기도 한다. 그러다 보면 로비스트로서의 업무와 자신의 정체성을 조화시키는 것이 어려워질 수 있다. 이와는 반대로, 자신이 올바른 쪽에 서서 싸우고 있다고 굳게 믿는 로비스트는 변화하려는 시도가 실패했을 때 크게 좌절할 수 있다.

• **존중과 인정의 욕구**

로비스트 캐릭터가 문제가 많은 정치인이나 사회적 소요를 일으킨 기업 같은 까다로운 고객을 맡는다면, 대리인으로서 설득력을 발휘하기 어렵다는 생각이 들고 자존감에 영향을 줄 수 있다.

• **애정과 소속의 욕구**

로비스트는 비정상적인 일정과 계산적인 사고방식 때문에 대인관계를 형성하기 어려울 수 있다. 로비스트 캐릭터와 연인 관계인 사람은 로비스트가 사람을 체스의 말처럼 여기고 자기 마음대로 조종해가며 목표를 성취하려 할 때 반감을 품을 수 있다.

고정관념 비틀기

로비스트는 영향력 있는 사람들과 어울리며, 이들을 접대하고 친해져야 한다. 그런데 로비스트에게 사회 불안 장애가 있다면? 캐릭터가 겪는 어려움은 이야기에 긴장감을 더해줄 것이다.

이야기 속 로비스트는 대개 비윤리적이고 권력에 굶주린 사람으로 묘사된다. 이런 고정관념을 깨뜨리려면, 윤리적이고 도덕적이며 세상을 바꾸고 싶다는 마음에서 로비스트가 된 캐릭터를 만들어보자.

캐릭터가 이 직업을 택한 이유

- 법이 달랐다면 피할 수 있었을 트라우마를 겪었기 때문에
- 설득과 조종에 능함
- 정치, 대의명분, 정당, 지역 공동체에 열정이 있으므로
- 로비 과정의 전율과 흥분을 즐기기 때문에
- 정치판에서 확고한 위치를 굳히고 싶어서
- 능숙한 전략가라서
- 세상의 관심을 받지 않고(그런 관심에 따르는 대가를 감당할 필요 없이) 변화를 일으키고 싶어서

리크루터 Recruiter

개요

리크루터는 인적자원 전문가로, 기업을 대신하여 구직자를 심사하고 면접을 본 다음 구인 중인 자리에 적합한지 가려내어 추천한다. 취업 알선 회사에 소속되어 일하거나, 채용을 진행하는 회사에 제삼자로 고용되어 일하기도 한다.

잠재 지원자(현재 다른 기업에 근무하고 있는 중으로 적극적인 이직 노력을 하지 않는 사람)를 찾아내는 것 또한 리크루터의 업무이다. 헤드헌터라고 불리기도 하는 리크루터는 인맥이 탄탄하고 최신 기술을 잘 다루어야 한다. 소셜 미디어나 데이터베이스를 기반으로 소극적인 지원자를 찾아내 접촉해야 하기 때문이다.

리크루터는 사업체에 고용되어 대형 프로젝트(새롭게 건설 중인 콘도나 사무 빌딩 직원 전체를 뽑는 일 등)를 단독으로 담당하거나, 고위 경영진 자리에 맞는 사람을 찾거나, 스포츠 에이전시나 대학의 요청으로 유망한 운동선수를 연결해주거나, 신병을 모집하는 일을 하기도 한다. 또는 시간과 자본 등 자신의 자원을 동원하여 지원자를 기업과 연결시켜주기도 한다.

구직자가 더 빨리 직장을 구하려고 리크루터를 찾는 경우도 있다. 리크루터는 흔히 사업체와 계약을 맺고 구직자와 일자리를 연결하여 취업을 성사시키면 보수를 받기 때문에, 구직자가 리크루터에게 수수료를 지불할 필요는 없다.

필요한 훈련·교육

대부분의 리크루터는 인적자원 또는 경영학 학사 학위를 취득하고 필요한 프로그램을 수료해 인증을 받아야 한다. 또한 자신이 채용을 담당하는 분야의 전문가가 되어야 하는데, 그래야만 어떤 사람이 적합한 직원일지 판단할 수 있기 때문이다.

사소한 부분을 그냥 넘기지 않고 면접 요령을 잘 아는 리크루터는 자신의 능력을 발휘하여 지원자가 일자리를 얻을 수 있게 도와준다. 예를 들어 채용을 의뢰한 고용주의 취미가 지원자와 같다면, 지원자에게 면접 때 취미 이야기를 하라고 제안할 수 있다. 하지만 이런 조언은 상황을 잘 따져서 해야 한다. 고용주가 취미 때문에 지원자의 시원찮은 결함이나 단점을 간과하게 만들면 안 된다.

이 직업에 유용한 기술·재능

수익을 창출하는 능력, 인간적인 매력, 상황 예측 능력, 꼼꼼함, 공감 능력, 뛰어난 청력, 탁월한 기억력, 신뢰를 주는 능력, 경청하는 능력, 흥정 솜씨, 환대하는 능력, 사람들을 웃게 하는 능력, 외국어 구사 능력, 멀티태스킹, 인맥, 설득력, 홍보 능력, 상대의 마음을 읽는 능력, 영업력

이 직업에 도움이 되는 성격 특성

적응을 잘하는, 야심만만한, 분석적인, 매력적인, 자신감 있는, 협조적인, 정중한, 수완이 좋은, 진중한, 느긋한, 효율적인, 외향적인, 호감을 주는, 정직한, 고결한, 직업윤리를 준수하는, 친절한, 근면 성실한, 지적인, 충실한, 관찰력 있는, 강박관념이 있는, 체계적인, 참을성 있는, 통찰력 있는, 완벽주의적인, 설득력 있는, 미리 대비하는, 전문성을 갖춘, 임기응변에 능한, 일중독

갈등이 벌어지는 상황

- 고객사에서 고용 조건을 제대로 알려주지 않아서 적합한 지원자를 찾는 데 시간을 낭비했을 때
- 새로 고용된 직원이 경력이나 자격에 대해 거짓말을 했음을 알게 되었을 때
- 구직자의 이력서는 인상적이지만 업무 능력은 평균 이하일 때
- 채용 기준을 완화하거나 인력을 빠르게 공급해서 실적을 올리라는 요구를 받을 때
- 지원자를 특정 회사에 추천했으나, 비윤리적인 개입 때문에 지원자가 다른 회사로 이직했다는 사실을 알게 됨
- 친구에게 어떤 자리에 지원하라고 권유했는데, 나중에 알고 보니 친구의 자격이 부족해서 그 자리에 추천할 수 없을 때
- 편파적이라고 비난받을 때
- 같은 회사에서 일하는 라이벌에게 대형 고객사를 뺏김
- 완벽한 지원자를 찾았지만, 연락처에 오류가 있어서 연락이 되지 않을 때

- 경영진이 특정 인물에게 자리를 주라고 은근히 압박할 때
- 능숙하게 사람을 조종하거나 허언증이 있는 지원자에게 이리저리 휘둘릴 때
- (업무가 너무 많거나, 딱 맞는 지원자를 찾을 수 없거나, 기진맥진한 상태여서 등의 이유로) 대충 지원자를 추천하고 일을 끝내고 싶다는 유혹에 빠질 때

주로 접하는 사람들

최고경영자CEO, 최고정보책임자CIO, 업무집행최고책임자COO, 예비 구직자, 소셜 미디어 관리자, 기술 전문가, 다른 리크루터, 임원 비서나 보좌관

직업이 캐릭터의 욕구에 미치는 영향

- **존중과 인정의 욕구**
  다른 사람에게 '꿈의 직장'을 찾아주는 일을 계속하다 보면, 정작 자신의 경력은 정체된 것이 아닌지 의문을 품게 될 수 있다.
- **안전 욕구**
  캐릭터가 소속된 회사가 부정한 고용 관행으로 윤리 심의를 받게 되면, 캐릭터는 그 관행에 연루되었는지 여부와 관계없이 일자리를 잃거나 재취업 기회를 찾기 어려워질 수 있다.

고정관념 비틀기

리크루터는 흔히 비윤리적이거나 수수료를 받기 위해서라면 무엇이든 하는 인물로 묘사된다. 하지만 평판이 모든 것을 좌우하는 업계에서 자리에 걸맞지 않은 사람을 추천한다면 고객사에 실망을 안길 것이고 결국 리크루터의 평판에도 흠집이 잡힐 것이다. 유능한 리크루터라면 진정으로 고객사가 요구하는 게 무엇인지 파악하는 데 시간을 들이고 고객사가 원하는 인물을 찾아내려고 고군분투할 것이다.

캐릭터가 이 직업을 택한 이유

- 리크루터의 도움으로 이직에 성공한 친구를 보고, 자신도 다른 사람들을 그렇게 도와주고 싶어서
- 사람들이 만족하고 자존감을 높일 수 있는 일자리를 연결해주는 일이 좋아서
- 직감적으로 상대의 마음을 읽고 재능이나 전문성을 찾아내는 일

에 능숙함

- 어떤 사람이 정말로 원하는 바가 무엇인지 판단하는 일에 만족감을 느끼기 때문에
- 흥정과 거래에 능한 롤 모델에게 영향을 받아 설득과 협상 기술을 중시하기 때문에

마사지사 Massage Therapist

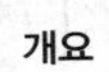

개요

마사지사는 고객의 몸 상태를 살피고 마사지로 회복을 돕는 사람이다. 근육과 연조직을 움직여서 고통을 덜어주고, 부상에서 회복되도록 돕고, 순환이 잘 되게 하고, 스트레스를 완화하고, 긴장을 풀어준다. 다양한 치료법(스웨덴 치료법, 뜨거운 돌 마사지, 아로마세러피, 심부 조직 마사지, 시아추指圧 요법, 반사 요법, 스포츠 마사지, 임산부 마사지)을 전문으로 익힌 치료사도 있다. 주로 스파, 병원, 스포츠 클리닉, 호텔, 카이로프랙틱 치료소, 헬스장 등에서 일한다. 고객의 집이나 회사로 찾아가기도 하고, 개인 사업장을 열어 운영하기도 하며 집에서 일하는 마사지사도 있다.

마사지사는 체력과 힘, 능숙한 기술이 필요하다. 손, 손가락, 팔꿈치 등으로 압력을 주는 기술을 60~90분 정도 소요되는 세션 내내 사용해야 하기 때문이다. 고객의 상태를 적절하게 진단하고 치료하려면 의사소통 기술도 뛰어나야 한다.

한 세션이 끝나면, 치료사는 후속 처방(스트레칭, 운동, 자세 교정, 피해야 할 활동)과 증상을 관리하는 방법을 알려준다. 때로는 더 자세한 진단을 위해 병원에 가볼 것을 권한다.

필요한 훈련·교육

대개는 고등학교 졸업 후에 이론과 실습으로 구성된 프로그램을 이수하며, 500시간의 실습을 거친 후 시험에 합격해야 한다. 특수한 치료법은 별도로 교육을 받아야 한다. 국가나 지역에 따라 면허증이 필요하고, 신원 조사를 거쳐야 하며, 심폐 소생술 교육도 받아야 한다.

이 직업에 유용한 기술·재능

기본적인 응급처치, 인간적인 매력, 상황 예측 능력, 공감 능력, 뛰어난 청력, 탁월한 기억력, 신뢰를 주는 능력, 경청하는 능력, 고통에 대한 인내, 환대하는 능력, 외국어 구사 능력, 상대의 마음을 읽는 능력, 회복력, 체력, 전략적 사고, 완력, 호흡 조절

이 직업에 도움이 되는 성격 특성

적응을 잘하는, 분석적인, 조심스러운, 호기심이 많은, 주변을 잘 통제하는, 규율을 준수하는, 진중한, 공감을 잘하는, 집중력 있는, 호감을 주는, 수다를 잘 떠는, 근면 성실한, 세심한, 관찰력 있는, 체계적인, 인내심 있는, 통찰력 있는, 완벽주의적인, 끈질긴, 전문성을 갖춘, 분별력 있는, 남을 잘 돕는, 마음이 넓은, 일중독

갈등이 벌어지는 상황

- 부끄럽거나 당혹스러워서 증상을 제대로 말하지 않고 얼버무리는 고객
- 임신 같은 몸의 상태를 솔직하게 말하지 않는 고객
- 약을 너무 많이 복용해서 얼마나 아픈지 정확하게 말할 수 없는 고객을 치료해야 할 때
- 몸을 만지는 것을 좋아하지 않는 고객
- 마사지를 성적인 의미로 받아들이는 고객
- 지인에 대한 흉을 보거나 비밀을 누설하는 고객
- 마사지를 이렇게 저렇게 해달라고 많은 요청을 하는 고객
- 마사지를 받은 후 돈을 내지 않으려는 고객
- 팁 주는 것을 잊어버리는 고객
- 신용카드 결제 승인이 되지 않을 때
- 일하는 곳의 위생 상태가 형편없을 때
- 손님이 너무 많은 클리닉에서 일함
- 직장의 근무 조건이나 복리 후생이 열악할 때
- 마사지를 하다가 부상을 입거나 염좌가 생김
- 고객이 지나치게 과체중이라 힘이 많이 들 때
- 돈에 집착하는 고객이 마시지 때문에 상해를 입었다면서 고소를 할 때

주로 접하는 사람들

고객, 의사, 카이로프랙터(척추 지압사), 행정 담당 직원, 공급 업체

직업이 캐릭터의 욕구에 미치는 영향

- **존중과 인정의 욕구**
  자신의 가치를 느끼지 못하던 캐릭터가 타인을 건강하고 행복하게 해줄 수 있다는 이유로 이 직업을 택했다면, 불만에 찬 고객이 비난을 퍼부을 때 자존감이 다시 낮아질 수 있다.
- **애정과 소속의 욕구**
  캐릭터가 교통사고나 산업재해로 마사지가 필요한 사람과 연인 관계가 되었다면, 파트너가 자신을 진정으로 사랑하는지 아니면 자신을 이용하고 있는지 의문이 들 수 있다.

고정관념 비틀기

마사지사는 종종 섹시한 젊은 남자나 아름답고 왜소한 체격의 여자로 묘사되지만, 현실에서 마사지는 근육을 다루는 일이므로 코어 근육이 강해야만 한다. 그러니 캐릭터의 체형을 직업에 알맞게 설정하고, '섹시함'은 마사지사와 아무 관련이 없음을 명심하자.

캐릭터가 이 직업을 택한 이유

- 마사지로 만성 통증이 완화된 적이 있어서
- 마사지가 흔한 문화권에서 자랐거나 마사지가 주요 생계 수단이었던 가정에서 자랐음
- 잘못된 약 처방으로 가까운 사람을 잃었기에, 자연적인 방법으로 다른 사람들을 돕는 직업을 원했음
- 약이나 수술보다 자연적인 방법이 몸에 좋다고 믿어서
- 돈을 많이 벌거나 사람들에게 존경받는 직업을 가지라고 압박하는 부모에게 반항하려고

맥주 양조업자 Master Brewer

개요

맥주 양조업자는 맥주 양조에 관한 포괄적인 지식과 경험을 지닌 사람이다. 양조 과정을 감독하여 배치batch[한 번에 양조하는 맥주 양]가 완벽하고 효율적으로 제조되도록 확인한다. 새로운 레시피와 브랜드를 개발하려고 다른 사람과 협업할 수도 있지만, 최종 결정권은 양조업자에게 있으며 상품의 질에 대한 책임도 이들이 진다. 맥주 양조업자는 양조장에서 일하는 직원들을 관리하고 양조장을 경영한다.

필요한 훈련·교육

맥주 양조업자가 되는 길은 여러 가지다. 맥주 양조업자, 또는 마스터 브루어라는 직함은 맥주 양조업에 대해 광범위한 지식과 경험을 지닌 사람에게 부여된다. 이 직함을 추구하는 사람은 대부분 수제 맥주를 판매하는 펍, 양조 공장, 소규모 양조장에서 경력을 시작해서 차근차근 나아간다. 입문자 대부분은 취미로 맥주를 빚어본 경험이 있다. (미국의 경우) 지식을 더욱 넓히고 싶다면 4년 과정의 양조업 프로그램을 수강할 수 있지만, 이 과정을 마친다고 공식적인 직함이 부여되는 것은 아니다. 맥주 양조업자가 되는 절차는 명확하게 정해져 있지 않지만, 다년간의 경험과 더 많은 양조 지식을 향한 갈망은 꼭 필요하다고 볼 수 있다.

이 직업에 유용한 기술·재능

창의적인, 호기심이 많은, 규율을 준수하는, 열성적인, 겸손한, 상상력이 풍부한, 근면 성실한, 관찰력이 좋은, 체계적인, 열정적인, 인내심 있는, 끈질긴, 변덕스러운, 학구적인, 재능을 타고난, 일중독

이 직업에 도움이 되는 성격 특성

수익을 창출하는 능력, 상당한 주량, 창의력, 뛰어난 후각, 뛰어난 미각, 탁월한 기억력, 환대하는 능력, 기계를 다루는 기술, 홍보 능력

갈등이 벌어지는 상황

- 양조 중이던 통이 망가짐
- 시장 침체로 재정이 악화됨
- 양조 과정을 모니터링하던 중에 데이터 수집에 오류가 생겼을 때

- 조수가 (시시한 업무라는 이유로) 자기 역할을 하려 하지 않음
- 장비가 고장 났는데 수리비가 비쌀 때
- 새로운 제조법을 개발하기가 어려울 때
- 여성 캐릭터가 남성이 절대적으로 많은 작업장에서 일해야 할 때
- 양조장 소유주가 바뀌었을 때
- 양조장 소유주가 사소한 일까지 간섭할 때
- 다른 양조장과의 경쟁
- 한심한 수준의 사업 계획
- 화학물질이나 열기에 노출되어 상해를 입었을 때
- 배송 중인 맥주에 질 낮은 재료가 사용되었다는 것을 뒤늦게 알았을 때
- 위생 검사를 통과하지 못했을 때
- 제조법이 경쟁 업체에 새어나감
- (임대계약을 갱신하지 못한다는 등의 이유로) 양조장을 옮겨야 하는 상황
- 돈이 없어서 고품질 재료를 사거나 최상급 장비에 투자하는 것이 불가능할 때
- 열정적이고 아는 것이 많은 양조업자가 아니라 그저 취미로 맥주를 만들려는 아마추어와 일을 할 때
- 맥주에 대해 잘 알지도 못하고 관심도 없는 고용주 밑에서 일해야 할 때
- 새 맥주를 출시했는데 소비자 반응이 심드렁할 때

주로 접하는 사람들

양조장 소유주, 수석 양조업자, 연구 개발 담당자, 교대근무 양조업자, 보조 양조업자, 숙성 창고 관리자, 위생 검사관, 배송 기사, 행정 담당 직원, 수리 기술자, 고객, 유통업자·공급업자

직업이 캐릭터의 욕구에 미치는 영향

- **존중과 인정의 욕구**

  양조업 자체는 인정받는 추세지만, 양조업자가 수행하는 고된 노동은 간과된다. 맥주 회사의 성공이 양조업자가 끊임없이 공부하고 개발한 노력 덕분이라면, 이런 과소평가는 더욱 좌절스럽게 느

껴질 수 있다.

- **안전 욕구**

  맥주 양조업자는 위험한 화학물질과 고온에 노출되고, 중장비 등 각종 설비를 다루어야 한다. 방심하거나 안전 수칙을 따르지 않으면 상해를 입을 수 있다.

고정관념 비틀기

맥주 양조업자라는 직업은 원래 남성 전용이었고, 지금도 문학에서는 그렇게 묘사된다. 하지만 21세기다. 재능이 뛰어나고 맥주를 제대로 감식할 줄 아는 여성 양조업자 캐릭터를 만들어보자.

맥주 양조업자는 대체로 양조업과 관련된 고급 교육을 받고 경험도 풍부한 사람이다. 아주 색다른 배경을 지닌 양조업자 캐릭터로 독자들의 예상을 뒤엎어보자.

캐릭터가 이 직업을 택한 이유

- 맥주와 맥주의 역사를 사랑해서
- 화학과 생명공학을 맥주에 적용한다는 도전에 마음이 끌려서
- 화학을 일종의 예술로 보기 때문에
- 사람들과 어울리는 것을 좋아하고, 사람들에게 기억에 남을 만한 미식 경험을 선사하고 싶어서
- 열정과 취미를 이윤을 남기는 직업에 쏟고 싶어서

메이크업 아티스트 Makeup Artist

개요

메이크업 아티스트는 화장품으로 다른 사람의 외모를 꾸미고 변화시킨다. 화장품 가게 점원, 미용실 직원, 연예인의 개인 메이크업 아티스트 등으로 일할 수 있다. 사진 촬영, 패션쇼, 결혼식 같은 특별한 행사를 위해 일하거나 연예 기획사에 소속되어 근무하기도 한다. (미국의 경우) 영안실이나 장례식장에서 고인의 시신을 공개하기 전에 화장하는 일을 할 수도 있다. 특히 영화의 특수 분장은 메이크업 아티스트의 역량을 한껏 발휘할 수 있는 분야다. 메이크업 아티스트는 프리랜서로 일할 수도 있고, 정규직으로 고용되기도 한다.

필요한 훈련·교육

메이크업 아티스트는 대개 위에서 언급한 분야에서 자원봉사자로 일하기 시작하면서 전문가에게 필요한 기술을 배운다. 메이크업 아티스트 자격증이 반드시 필요하지는 않으나 업계에 따라서는 요구하기도 한다. 그래서 많은 메이크업 아티스트가 미용학 과정을 수강하여 자격증을 딴다.

이 직업에 유용한 기술·재능

창의성, 꼼꼼함, 손재주, 경청하는 능력, 멀티태스킹, 홍보 능력, 재료나 물건을 상황에 맞게 응용하는 능력, 선견지명

이 직업에 도움이 되는 성격 특성

모험심이 있는, 차분한, 협조적인, 정중한, 창의력 있는, 열성적인, 화려한 것을 좋아하는, 온화한, 상상력이 풍부한, 근면 성실한, 완벽주의적인, 책임감 있는, 학구적인, 재능을 타고난, 허영심이 있는, 말수가 많은, 엉뚱한

갈등이 벌어지는 상황

- 능력 밖의 사항을 요구하는 고객
- 만족시키기가 불가능한 완벽주의자 고객
- 고객이 특정 상품에 알레르기 반응이 있을 때
- 돈이 없어서 질 낮은 화장품과 도구를 사용해야 할 때
- 자신의 외모에 불만이 있거나 자신감을 잃음

- 질투심이 많거나 쩨쩨한 동료
- 원하는 업계에 좀처럼 발을 들여놓기 힘들 때
- 캐릭터가 근무하는 살롱이나 스파에 불건전한 관행이 있고, 이 때문에 부정적인 보도가 나와서 고객이 줄어들 때
- 기술이나 아이디어를 도용당했을 때
- 고객이 피부가 민감하다며 비싼 제품을 사용해달라고 요구하는 바람에 수익은커녕 손해를 보게 생겼을 때
- 성별이나 종교적 신념 등의 이유로 가족이 이 직업을 반대할 때
- 연예인과 인플루언서가 즐비한 소셜 미디어에서 어떻게든 눈에 띄어야 할 때
- 연예 기획사나 행사 업체와 일을 할 경우, 언제나 대기 상태여야 하며 너무 이르거나 늦은 시간에 근무해야 함
- 유명한 고객의 약점을 알려달라는 파파라치에게 쫓겨 다닐 때

주로 접하는 사람들

다른 메이크업 아티스트, 고객과 그 일행(신부 어머니, 친구, 들러리 등), 화장품 판매점이나 상점의 관리자, 미용사, 패션 컨설턴트, 사진사, 공급업자, 모델, 연예인과 매니저

직업이 캐릭터의 욕구에 미치는 영향

- **자아실현 욕구**

  전문적이고 예술적인 메이크업이나 창의력을 발휘할 수 있는 영화 특수 분장을 하고 싶지만 그런 분야에 진입하지 못했다면, 어쩔 수 없이 상업적인 메이크업을 해야 할 수도 있다. 이런 캐릭터는 자기 일에 불만을 느끼거나 자신의 잠재력을 제대로 펼치지 못한다고 생각할 수 있다.
- **존중과 인정의 욕구**

  이 업계에서 일하는 캐릭터는 외모가 뛰어난 고객이나 더 잘나가는 동료와 자신을 비교하다 보면 자존감에 문제가 생길 수 있다.
- **애정과 소속의 욕구**

  캐릭터에게 중요한 인물이 메이크업 아티스트라는 직업을 인정하지 않거나, 캐릭터가 더 존경받는 직업을 갖기 원한다면, 캐릭터는 그 사람과의 관계에서 상처를 받을 수 있다.

고정관념 비틀기

메이크업이나 패션 업계에서 일하는 캐릭터는 종종 지적 수준이 높지 않거나, 겉치레를 중시하거나, 똑똑하지 않은 인물로 그려진다. 캐릭터에 다양하고 의미 있는 특징이나 관심사를 부여하고 살을 붙여서 이런 고정관념을 벗어나보자. 캐릭터가 일하는 장소를 바꾸는 것도 묘안이다. 미용실이나 영화 촬영장이 아니라 유튜버의 스튜디오, 할로윈 테마 공원, 리얼리티 쇼 촬영장에서 일하는 메이크업 아티스트는 어떤가?

메이크업 아티스트는 고객과 친구가 되어 비밀스러운 이야기도 들을 수 있는 직업이다. 여러분의 메이크업 아티스트 캐릭터가 고객과 앙숙인 유명인이나 권력자가 누설한 비밀을 알게 되었고, 그 바람에 중간에 끼이는 입장이 되었다는 설정은 어떤가?

여러분의 캐릭터가 전신 메이크업이나 착시 메이크업 같은, 특이한 기술을 지닌 메이크업 아티스트여도 재미있을 것이다.

캐릭터가 이 직업을 택한 이유

- 어릴 때 외모가 뛰어난 형제자매가 있어서 자신의 외모가 '떨어진다'고 생각했고, 메이크업 기술로 그런 콤플렉스를 보상받을 수 있어서
- 패션과 미용을 사랑해서
- 외모를 꾸며주는 기술로 다른 사람을 행복하게 해주고 싶어서
- 메이크업을 진행하는 일련의 과정에 끌려서
- 자신의 기술로 유명해지고 싶고, 모델이나 연예인과 함께 일하는 것이 좋아서
- 메이크업으로 감추어야 하는 신체적 결함이 있는데 메이크업 아티스트가 되면 그 신체적 결함에서 비롯되는 감정적 상처를 겪지 않아도 되기 때문에(또는 타인에게 '결함이 있는 사람'으로만 인식되지 않을 것이기 때문에)

모델 Model

개요

여기서 말하는 모델은 두 가지 범주로 나뉜다. 패션쇼에 서고 패션 잡지와 고급 화장품 광고에 등장하는 에디토리얼 모델과 카탈로그, 패션 외 상품의 지면 광고, 상업광고에서 활약하는 커머셜 모델이다. 에디토리얼 모델은 대체로 외모가 개성이 넘치거나 굉장히 매력적이며, 키가 상당히 크고, 특정 체중이나 나이대에 고정되어 있다. 에이전트와 고객에게 외모로 자신의 개성을 드러내지만 유연함과 자기 주관도 확실히 보여줄 수 있어야 한다. 커머셜 모델은 모델 자체보다 전시되는 상품이 중요하므로 외모 조건이 덜 엄격한 편이다. 나이대와 키도 좀더 다양하고, '옆집에 사는 이웃' 같은 외양을 지닌다.

에디토리얼 모델의 경력은 10대에서 시작하여 20대 초반으로 이어지지만, 커머셜 모델은 더 다양한 연령대를 포괄한다. 신체의 한 부분만 활용하는 모델도 있다. 주얼리, 스킨케어 제품, 액세서리 광고에는 손 전문 모델의 촬영이 들어가고 신발, 양말, 발 액세서리를 광고할 때는 발을 촬영하는 식이다.

모델은 카메라 앞에 서지 않을 때는 인터뷰를 준비하고, 캐스팅 미팅이나 오디션을 보러 다니고, 운동으로 신체를 가꾸고, 헤어와 메이크업에 정성을 쏟고, 다음 촬영 장소로 이동한다.

필요한 훈련·교육

캐스팅 과정의 이해, 피팅의 원리, 비판에 대한 대처, 에이전트의 역할, 평판 쌓기의 중요성, 강렬한 포트폴리오 만들기, 사진작가와의 협업과 같이 이쪽 업계의 다양한 면모를 이해하려고 강의나 교육을 받을 수도 있다. 물론 이는 필수 사항은 아니다. 모델로 성공하려면 위생과 건강을 철저히 챙기고, 체중을 조절하는 것이 필수적이다.

이 직업에 유용한 기술·재능

수익을 창출하는 능력, 동물과 어울리는 능력, 인간적인 매력, 창의성, 탁월한 기억력, 신뢰를 주는 능력, 경청하는 능력, 사람들을 웃게 하는 능력, 모방하기, 외국어 구사 능력, 멀티태스킹, 인맥, 연기력, 정확한 기억력, 홍보 능력, 완력, 호흡 조절, 빠른 발

이 직업에 도움이 되는 성격 특성

적응을 잘하는, 과감한, 매력적인, 자신감 있는, 협조적인, 창의적인, 진중한, 느긋한, 미사여구를 잘 구사하는, 집중력 있는, 호감을 주는, 재미있는, 세심한, 유순한, 열정적인, 참을성 있는, 완벽주의적인, 설득력 있는, 전문성을 갖춘, 관능적인, 교양 있는, 재능이 뛰어난, 알뜰살뜰한, 마음이 넓은, 거리낌 없는

갈등이 벌어지는 상황

- 신뢰할 수 없는 에이전트
- 미성년자라서 착취를 당할 때
- 모델업계에서 힘 있는 사람들이 캐릭터를 위협할 때
- 생계가 어려울 때
- 피부가 민감해서 트러블이 생기기 쉬움
- 건강하지 못한 저체중을 유지해야 해서 섭식 장애가 생김
- 비판에 지쳐서 불안과 우울감에 시달림
- 건강 때문에 응급실에 가야 할 상황인데 의료보험이 없음
- 과도한 탈색이나 염색으로 모발이 상함
- 변덕스럽고 불안정한 모델 업계에서 일거리를 얻으려고 이곳저곳 전전해야 함
- 흥분제, 진정제, 수면제 등 약물중독
- 모델끼리의 경쟁
- 뒤통수를 맞는 일이 많아 남을 믿지 못하게 되어 고립감과 외로움에 시달림
- 제대로 걸을 수 없을 정도로 굽이 높은 신발이나 아방가르드한 디자인의 옷 때문에 앞이 잘 보이지 않아 런웨이에서 넘어졌을 때
- 걸핏하면 화를 내거나 언어폭력을 일삼는 디자이너와의 작업할 때
- 자신이 원하는 것은 항상 뒷전으로 밀려나다 보니 자신을 제대로 추스르지 못함

주로 접하는 사람들

에이전트, 다른 모델, (미성년 모델일 경우) 대리인이나 부모, 사진작가, 디자이너, 다른 회사의 고위 임원, 유명 인사, 언론인, 예술가, 배송 기사, 헤어 · 메이크업 아티스트, 스타일리스트

직업이 캐릭터의 욕구에 미치는 영향

- **존중과 인정의 욕구**

  외모를 지나치게 강조하고, 전문가들이 비판하며, 모델끼리는 서로 비교하는 분위기 때문에 모델이라면 누구나 자존감 문제를 겪을 수 있다.

- **애정과 소속의 욕구**

  외모가 아주 매력적인 사람은 다른 사람들이 자신의 외모에만 관심 있을 거라고 우려한다. 때문에 남을 믿지 못하게 되거나, 마음을 여는 게 어렵거나, 환멸을 느껴서 애정이나 사랑을 조건 없는 감정이 아닌 거래로 여기게 될 수 있다.

- **안전 욕구**

  모델은 외모가 눈에 잘 띄기 때문에 스토커나 정신이 불안정한 사람의 표적이 될 수 있다.

- **생리적 욕구**

  모델 업계에서 이상적으로 여기는 몸매에 집착하여 폭식증·거식증 같은 정신질환이 생기면 생명이 위태로워질 수 있다.

고정관념 비틀기

모델은 외모만 가꿀 뿐 일차원적이고 지적이지 않다는 고정관념은 오래되다 못해 이제는 관용적인 표현으로 굳어져버렸다. 다른 모든 캐릭터가 그렇지만, 여러분의 모델 캐릭터는 다양한 면모를 갖춘 입체적인 인물이어야 한다.

현실 세계에서는 여성 모델이 남성 모델보다 많지만, 남성 캐릭터의 직업을 모델로 설정하는 것도 충분히 가능하다.

영화나 소설에 등장하는 모델은 자존감이 낮은 경우가 많다. 오만하지 않으면서도 자신의 가치를 잘 알고 있는 모델 캐릭터를 만들어보면 어떨까?

캐릭터가 이 직업을 택한 이유

- 어릴 때부터 모델이 되라는 소리를 많이 들어옴
- 대학교 학비가 필요했고, 모델 일이 돈벌이가 되는 직업이라
- 외모로 돈을 벌 수 있다는 사실을 깨달아서
- 특별한 사람이 될 수 있는 유일한 방법이 모델 일이라고 생각해서
- 패션·디자인 업계에 열정이 있어서

목수 Carpenter

개요

목수는 목재로 된 세간이나 설비를 만들고 수리하며 주택, 상업용 건물, 교량 건설과 같은 대규모 사업에 참여하기도 한다. 취향에 따라 소규모 작업에 집중할 수도 있다. 맞춤 제작 수납장, 크라운 몰딩, 문, 선반 등을 전문으로 만드는 목수라는 자부심을 가지기도 한다. 콘크리트나 석조 공사를 위한 틀을 만드는 작업도 목수가 하는 일이다. 다양한 분야의 목공 기술을 갖춘 목수도 있지만, 몇 가지 영역만 전문으로 하는 경우도 있다.

필요한 훈련·교육

최소한 고등학교를 졸업해야 하며, 준학사 학위가 있거나 직업 프로그램을 이수한 경우가 많다. 수습생 같은 경험도 유리한 경력이 된다.

이 직업에 유용한 기술·재능

경청하는 능력, 기계를 다루는 기술, 멀티태스킹, 체계적으로 정리 정돈하는 능력, 재료나 물건을 상황에 맞게 응용하는 능력, 완력, 목공예, 목공 기술

이 직업에 도움이 되는 성격 특성

야심 있는, 분석적인, 협력을 잘하는, 창조적인, 수완이 좋은, 규율을 준수하는, 효율적인, 열성적인, 정직한, 고결한, 직업윤리를 준수하는, 겸손한, 근면 성실한, 지적인, 세심한, 체계적인, 열정적인, 완벽주의적인, 임기응변에 능한

갈등이 벌어지는 상황

- 경쟁자에게 일거리를 빼앗김
- 조수가 경력이 짧거나 적절한 도구를 쓸 줄 모를 때
- 자재값 상승
- 도저히 맞출 수 없는 제작 기한
- 잘못된 자재나 망가진 부품을 수령했을 때
- 결정을 못 내리거나 비현실적인 요구를 하는 의뢰인
- 성차별을 겪을 때
- 감리자가 너무 엄격할 때

- 까다로운 동료, 또는 고압적인 상사
- 배관공, 전기공 등 다른 기술공이 목수가 해놓은 작업을 훼손했을 때
- 목공 작업을 하려면 다른 기술공들이 일을 마칠 때까지 기다려야 할 때
- 건설 공사에 항의하는 사람들이 시위를 함
- 악천후에도 일해야 할 때
- 자재를 구입할 자금이 부족하거나, 자재값 변동이 심할 때
- (고소공포증, 폐소 공포증 등) 업무 수행에 지장을 주는 공포증
- (자영업 목수인 경우) 여러 역할을 소화하기가 벅참
- 너무 무거운 짐을 들다 허리를 다쳤을 때
- 밀폐되거나 환기가 잘 안 되는 공간에서 작업해야 할 때
- (손목 터널 증후군 등) 세밀한 기술에 영향을 미치는 질환
- 조명이 흐릿해서 눈이 피로할 때
- 소모품이 떨어졌을 때

주로 접하는 사람들

엔지니어, 건축가, 석공 · 철공 · 지붕공 등 다른 기술공, 의뢰인, 각종 회사의 접수 담당자, 사업주, 현장 관리자, 감리사, 유통업자, 택배 기사

직업이 캐릭터의 욕구에 미치는 영향

- **자아실현 욕구**

  캐릭터가 목수 일을 하면서 자신의 비전을 실현할 자유나 기회를 얻지 못한다면 답답함을 느낄 것이다. 목수 재능은 있지만 사업을 경영하는 데 필요한 노하우가 부족한 사람도 비슷하게 느낄 수 있다.

- **존중과 인정의 욕구**

  공사 현장에서 눈에 띄고 업계에서 인정을 받으려면 입소문이 중요하기 때문에, 평가가 나쁘면 경력에 문제가 될 수 있다. 창의력이 뛰어난 목수라도 악평을 받으면 자신의 능력을 의심할 수 있다.

- **안전 욕구**

  목수들은 위험한 도구로 작업하기 때문에 부상을 입을 위험이 크다. 교각이나 고속도로 같은 작업 현장은 교통량, 높이, 협소한 공간 때문에 그런 위험이 더 커진다.

고정관념 비틀기

목수는 대학에 진학하지 못해 선택하는 기술직이라고 오해하는 사람이 많다. 이런 고정관념을 뒤집으려면, 대학을 졸업했으나 목공예와 예술성 높은 디자인에 열정을 품고 목수가 된 캐릭터를 만들어보자. 아니면 기술직이지만 고등교육을 받은 사람만큼이나 일을 잘 해내는 캐릭터도 가능하다. 기술직 종사자 다수가 재능이 뛰어나고, 많은 고객을 확보하고 있으며, 사업 수완이 좋아서 만족스러운 삶을 누린다.

캐릭터가 이 직업을 택한 이유

- 부모 중 한쪽이 숙련된 목수여서
- 어렸을 때 위탁 가정을 전전하며 자랐거나 이사가 잦았기에 노력의 결과가 그 자리에 남는 일을 선호함. 그런 직업에서 만족감을 얻고 치유되는 기분을 느낌
- 목수가 되어보라고 격려하는 멘토가 있었음
- 목공일을 유년 시절의 문제에서 벗어나는 도피처로 삼아서
- 낡은 집에서 어린 시절을 보냈기에 가족에게 더 좋은 집을 만들어 주고 싶어서
- 손으로 하는 일을 즐겨서
- 다종다양한 현장에서 일하는 것이 즐거워서
- 무無에서 유有를 창조하는 일에 성취감을 느낌
- 다른 사람을 위해 질 좋은 제품을 만들어야겠다고 생각해서
- 나무라는 재료와 그 재료로 만들 수 있는 것들을 좋아해서

목장주

Rancher

개요

목장주는 목장을 운영하는 사람이다. 어떤 가축을 기를지 결정하고, 번식, 먹이와 물 챙겨주기, 가축의 건강 상태 관리, 일꾼 고용과 감독, 가축 매매, 시설물 유지 · 보수 등의 일을 한다. 경우에 따라 가축에게 먹일 사료로 작물을 기르기도 한다.

필요한 훈련·교육

목장 대다수가 가족 사업이므로 대개 부모 세대가 자녀 세대에게 필요한 기술을 전수해준다. 목장업에 발을 들이려는 외부인이라면 기존 목장에 피고용인으로 들어가 경험을 쌓거나, 목장을 인수한 다음 숙련된 직원을 고용하는 방법이 있다.

이 직업에 유용한 기술·재능

수익을 창출하는 능력, 동물을 잘 다룸, 기본적인 응급처치, 탁월한 기억력, 사육업, 흥정 솜씨, 기계를 다루는 기술, 멀티태스킹, 날씨 예측, 재료나 물건을 상황에 맞게 응용하는 능력, 판매 능력, 정확한 사격, 체력, 완력, 생존 기술, 목공예 기술, 자연에서 방향을 찾는 능력, 목공 기술

이 직업에 도움이 되는 성격 특성

적응을 잘하는, 모험심이 강한, 기민한, 야심 있는, 차분한, 협조적인, 용감한, 규율을 준수하는, 집중력 있는, 온화한, 독립적인, 아는체하는, 마초적인, 성숙한, 자연을 중심으로 생각하는, 동물을 좋아하는, 관찰력이 뛰어난, 체계적인, 인내심 있는, 끈질긴, 임기응변에 능한, 분별력 있는, 완고한, 일중독

갈등이 벌어지는 상황

- 조류독감이나 돼지 열병 같은 유행병이 목장을 덮쳤을 때
- 야생 동물이 가축을 사냥할 때
- 밀렵꾼이 있을 때
- (정부에, 또는 소송에 패하는 등의 이유로) 목장 부지를 빼앗김
- 부주의한 일꾼이 사고를 당함
- 일꾼들이 가축을 제대로 돌보지 않거나 학대할 때

- 재정난
- 가뭄이나 기근
- 목장 운영을 두고 가족 간에 이견이 있을 때
- (사람들이 몰려와 동물을 제대로 돌보지 않는다며 시위를 벌이는 등) 목장 평판이 좋지 않음
- 여행을 떠나고 싶지만 목장을 매일 보살펴야 하기 때문에 그러지 못함
- 질환이 있거나 건강이 좋지 않아서 자주 도시에 가서 치료를 받아야 하는데 그 결과 목장 일을 할 시간이 줄어들 때
- 동네 아이들이 목장에 몰래 들어와 불건전하거나 위험한 행동을 저지름
- 가축의 난산으로 수의사를 부르는 바람에 예상치 못한 지출이 발생함
- (채식주의가 유행하면서 소고기 소비가 줄어들거나, 목장에서 생산하는 제품이 건강에 좋지 않다는 연구가 나오는 등) 사회나 문화가 변하면서 특정 가축이나 가축 부산물의 인기가 떨어질 때

주로 접하는 사람들

목장 일꾼, 가족, 수의사, 편자공(말의 편자를 만드는 사람), 위생 검사관, 배송 기사, 교배 전문가, 가축이나 부산물을 사려고 방문한 손님

직업이 캐릭터의 욕구에 미치는 영향

- **자아실현 욕구**

  정말로 목장 일이 좋아서가 아니라 의무감 때문에 목장을 경영한다면, 일이 싫어지고 만족을 느끼지 못할 수 있다.
- **존중과 인정의 욕구**

  목장주 캐릭터가 목장 일 중에 특정 업무를 잘 못하는데 그 사실을 일꾼들에게 들킨다면, 캐릭터의 자존심에 타격을 입을 수 있다. 목장주 캐릭터가 성장 지향적이라면 일꾼에게 그 일을 배우려 하겠지만, 사고가 경직된 캐릭터라면 이를 실패로 받아들이고 자신의 능력을 의심할지도 모른다.
- **안전 욕구**

  목장 경영이 항상 높은 이윤을 내는 것은 아니다. 가축 사이에서

빠르게 퍼지는 전염병, 경기 침체, 수출입 제한, 기후 변화 외에도 캐릭터의 재정 상태를 위협하는 요소는 많다.

고정관념 비틀기

목장 경영인은 대개 남성으로 묘사된다. 여성 목장주 캐릭터를 만들면 이런 고정관념을 비틀 수 있다.

목장은 가족이 소유하여 경영하는 경우가 많고 목장을 경영하는 사람들은 보통 해당 지역에서 오래 산 주민이다. 외지에서 온 사람이 목장을 인수하거나, 협동조합이 목장 여러 개를 운영한다는 설정은 어떨까?

캐릭터가 이 직업을 택한 이유

- 농장이나 목장에서 자랐기 때문에
- 어렸을 때 카우보이나 카우걸을 동경해서
- 도시보다는 시골에서 살고 싶어서
- 어릴 때 조부모나 친척이 운영하던 목장에 놀러갔던 추억이 인상 깊어서
- 방대한 땅을 마음껏 누비는 자유와 카우보이 문화가 자신의 정체성이라고 생각해서
- 외상 후 스트레스 장애, 신체장애, 언어장애 등이 있는데, 동물과 자연에 둘러싸여 있으면 장애를 견디는 데 도움이 되기 때문에
- (정부를 불신한다거나, 종말론자라서 다가올 종말을 대비한다는 등의 이유로) 자율성을 원해서
- 도시 생활이 자녀에게 미치는 영향을 목격한 뒤, 아이들에게 다른 방식의 삶을 누리게 해주고 싶어서
- 식품 생산과 유통 과정에서 발생하는 문제를 해결하고 싶어서

무용수 Dancer

개요

무용수는 몸으로 이야기를 전달하는 전문 공연자로, 안무 동작으로 관객을 즐겁게 한다. 극장에서 공연을 하고, 텔레비전 프로그램이나 영화 제작에 참여하기도 한다. 공연을 하지 않을 때는 춤을 연습하고 무용 수업에 참여하여 기술을 연마하는 데 많은 시간을 투자한다.

필요한 훈련·교육

학위는 필요하지 않지만, 무용수를 고용하는 회사들은 인가된 학교를 졸업하거나 일정 기간 동안 경험이 있는 무용수를 선호한다. 취업을 원하는 무용수는 동영상을 제출하거나 직접 오디션을 봐야 한다.

이 직업에 유용한 기술·재능

창의력, 손재주, 뛰어난 청력, 탁월한 기억력, 고통에 대한 인내, 흉내내기, 음악성, 인맥, 파쿠르, 연기력, 체력, 완력, 호흡 조절

이 직업에 도움이 되는 성격 특성

야심이 있는, 창의적인, 규율을 준수하는, 집중력 있는, 근면 성실한, 영감을 주는, 성숙한, 유순한, 강박관념이 있는, 열정적인, 끈질긴, 관능적인, 타고난 재능, 알뜰한, 거리낌 없는, 일중독

갈등이 벌어지는 상황

- 작품의 역할을 두고 경쟁이 벌어짐
- 무용수가 되겠다고 하자 가족이 지지해주지 않음
- 수업을 듣거나 의상을 구입할 돈이 없을 때
- 회사가 계약을 취소하거나 재계약을 하려 하지 않음
- 더 높은 직급으로 올라가지 못할 때
- 다른 무용수와 자신을 끊임없이 비교하면서 그릇된 신체 이미지를 갖거나 자존감이 훼손될 때
- 비현실적인 기대 때문에 잘해야 한다는 압박감이 심해짐
- 부업 시간이 무용 수업이나 공연 시간과 겹칠 때
- 체중이 증가하여 외모나 균형 감각에 영향을 미칠 때
- 일에 쏟는 시간이 너무 길어서 대인 관계가 힘들어지고 다른 취미를 즐기지 못함

- 무대에서 긴장한 나머지 자신의 기량을 최대한 발휘하지 못하는 등 불안증
- 신체, 특히 발에 무리가 가는 힘든 동작들
- 공연 중에 안무를 잊어버렸을 때
- 공연에 참가하느라 중요한 가족 행사에 가지 못할 때
- 언제라도 교체될 수 있는 소모품 취급을 받을 때
- 불공평한 대우를 받거나 차별에 시달림
- 실력·체중·외모·기여도 등으로 비판을 받을 때

주로 접하는 사람들

다른 무용수, 강사, 소속사 직원, 영화 또는 텔레비전 프로그램 제작자, 배우, 관객, 비평가

직업이 캐릭터의 욕구에 미치는 영향

- **자아실현 욕구**

  실력이 뒤처지면 경력이 끝날 수도 있으므로, 무용수는 성공을 위해 자신의 모든 것을 투자한다. 그러나 아무리 실력이 있어도 나이가 들면 한계에 부딪힐 수 있다. 특히 야심이 큰 무용수라면 나이를 먹는 것이 큰 타격으로 다가올 수 있다.

- **존중과 인정의 욕구**

  무용 강사나 공연 제작자가 캐릭터를 끊임없이 밀어붙이거나 비판하면, 캐릭터는 자신의 신체와 능력을 부정적으로 바라보게 되면서 자존감이 떨어진다.

- **애정과 소속의 욕구**

  무용수들은 늘 비교당하고 실력에 등급이 매겨지기 때문에, 애정과 소속의 욕구를 채우기 힘들다. 소속사에서 해고된다면 버림받은 기분이 들 것이다.

- **안전 욕구**

  무용수는 피로 골절[심한 훈련 등 반복되는 자극으로 뼈에 스트레스가 쌓이면서 발생하는 골절. 스트레스 골절이라고도 하며, 뼈에 가느다란 실금이 간다]을 비롯하여 다양한 부상에 시달린다. 체중 관리가 필요하다 보니 섭식 장애도 흔하다. 이런 어려움에 더해 무용수로 경력을 쌓으려면 많은 비용이 들기 때문에, 무용수는 건강 문제뿐 아니라 재

정 문제도 겪을 수 있다.

고정관념 비틀기

소설이나 영화에 나오는 남성 무용수는 운동선수와 달리 남성적이지 않은 모습으로 그려진다. 남성 무용수 캐릭터를 설정할 때 이런 고정관념을 별생각 없이 적용해서는 안 된다. 남성적인 특성과 여성적인 특성은 범위가 아주 넓고 사람마다 다르다. 어떤 캐릭터든 실제로 존재하는 인물처럼 보이려면 개인의 성격과 행동이 어떻게 서로 영향을 주고받는지 파악해야 한다. 무용수는 여성이 훨씬 많은 분야이므로, 남성 무용수가 주인공인 이야기는 독자에게 신선하게 다가갈 수 있다.

무용수에 대한 또 다른 고정관념은 춤으로 돈을 벌려면 스트립쇼가 유일한 방법이라는 생각이다. 이런 낙인을 없애려면 발레, 사교댄스, 현대무용, 또는 전통 무용에서 승승장구하는 무용수 캐릭터를 만들어보자.

캐릭터가 이 직업을 택한 이유

- 어릴 적부터 무용수가 꿈이어서
- 춤을 추면서 트라우마와 고통을 이겨내는 법을 배웠음
- 자신의 몸을 긍정적으로 인식하며, 음악을 동작으로 표현하는 타고난 능력이 있음
- 다양한 공연 예술을 접할 수 있는 곳에서 살고 있어서
- 가족 중에 운동선수나 무용수가 있음
- 춤을 추면서 자유롭다고 느껴서(춤을 출 때는 모든 것을 내려놓고 무방비 상태로 있어도 괜찮다고 생각해서)
- 춤에 뛰어난 재능이 있고, 경쟁심이 강하고, 규율을 잘 따르는 성격이어서

문서 복원가 Book Conservator

개요

문서 복원가는 책이나 문서의 상태를 평가하고, 더 손상되지 않고 최상의 상태로 보존할 수 있는 방법을 찾은 뒤, 자료에 맞춰서 섬세한 손길로 복원한다. 복원 과정과 재료, 복원 대상의 내력에 대한 지식을 갖추어야 한다.

필요한 훈련·교육

다양한 기술과 여러 분야의 전문 지식이 필요하기 때문에, 고용주 입장에서는 보존 분야에서 석사 학위를 취득한 문서 복원가를 선호한다. 인턴이나 실습으로 미리 경험을 쌓는 것이 좋고, 여러 가지 복원 기술을 능숙하게 구사해야 한다. 여러 언어를 읽고 말할 수 있는 능력도 갖출 필요가 있다.

이 직업에 유용한 기술·재능

꼼꼼함, 손재주, 뛰어난 기억력, 외국어 구사 능력, 발상을 전환하는 능력, 연구 조사, 가르치는 능력, 글쓰기

이 직업에 도움이 되는 성격 특성

분석적인, 휘둘리지 않는, 호기심 강한, 효율적인, 집중력 있는, 사소한 것도 지나치지 않는, 온화한, 독립적인, 근면 성실한, 지적인, 내향적인, 세심한, 관찰력 있는, 참을성 있는, 끈질긴, 보호·보존하는, 임기응변에 능한, 책임감 있는

갈등이 벌어지는 상황

- 복원에 사용하는 화학물질 때문에 건강이 나빠질 때
- 한자리에 오래 앉아 있어야 해서 몸이 쑤시거나 아픔
- 일터가 지저분하거나, 자료 복원에 도움이 되지 않는 환경일 때
- 대체 불가능한 원본을 가지고 작업하느라 스트레스를 받을 때
- 복원 작업을 할 기회가 많지 않은 곳으로 가야 할 때
- 업무 때문에 출장이 잦을 때
- 퉁명스럽고 사교성이 없거나 거들먹거리는 동료와 일할 때
- 불만이 많거나 비현실적인 기대를 하는 고객
- 일하는 데 필요한 자금이나 도구가 부족할 때

- 강도 높은 집중력과 숙련된 손재주를 요구하는 지루한 작업
- 복원 과정 중 실수로 물건을 망가뜨렸을 때
- 다른 문서 복원가가 망쳐놓은 것을 떠맡았을 때
- 여러 프로젝트를 한꺼번에 해내야 할 때
- 복원 작업에 필요한 기술이 없을 때
- 아주 민감한 복원 작업 중 방해를 받았을 때
- 고객이 원래 요청보다 섬세한 복원을 원할 때
- 예상했던 시간보다 지체되어 마감 시간을 넘겼을 때
- 복원을 위해 들인 노력을 알아주지 않고 세세한 부분까지 간섭하거나 복원에 관한 지식이 없는 상사
- 위조문서를 발견함

주로 접하는 사람들

다른 문서 복원가, 도서관이나 박물관 직원, 개인적으로 복원을 의뢰하는 사람, 각종 역사학회 회원, 세척 제품 및 도구 공급업자

직업이 캐릭터의 욕구에 미치는 영향

- **존중과 인정의 욕구**

  복원 작업을 제대로 하면 비전문가는 복원 작업을 거쳤는지도 모를 수 있다. 캐릭터가 인정과 칭찬에 목마른 사람이라면 이런 상황이 힘들 것이다.

- **애정과 소속의 욕구**

  문서 복원가는 주로 혼자서 일하므로, 외향적이거나 사교적인 사람은 복원 작업이 고립되고 외롭다고 느낄 수 있다.

- **안전 욕구**

  오래된 책의 곰팡이는 문서 복원가의 건강에 영향을 미칠 수 있다. 캐릭터가 적절한 환기 시설이 없는 곳에서 일하거나, 천식이나 알레르기 증상을 앓는다면 큰 문제가 될 수 있다.

고정관념 비틀기

흔히 문서 복원가는 어떤 자료든 원상 복구할 것이라 생각하지만, 도저히 복원이 불가능한 경우도 있다. 유능한 문서 복원가가 자료를 복원하지 못한다면 고정관념이 깨질 뿐 아니라 실감나는 갈등 상황을 연출할 수 있다.

문서 복원가가 역사적으로 중요한 자료만 다룬다고 생각하기 쉽다. 물론 그런 문서나 책을 다루기도 하지만, 오히려 일상적인 문서 복원 작업이 더 많다. 주로 개인이나 소규모 기관의 의뢰를 받는 문서 복원가 캐릭터를 만들면 신선하고 현실적인 느낌을 줄 수 있을 것이다.

캐릭터가 이 직업을 택한 이유

- 역사·지식·책을 중시하는 가정에서 성장해서
- 중요한 역사적 자료를 복원한다는 소명 의식이 있어서
- 복원 작업을 하면 마음이 편해지기에
- 특정한 자료나 정보를 접하고 싶어서
- 역사·지식·문학을 사랑해서
- 애국심이 강해 본인 나라의 역사 자료를 보존해야 한다고 생각해서
- 다른 사람의 주목을 받지 않으면서 특정 종류의 정보를 손에 넣고 싶어서
- 낯선 곳으로 가서 다른 문화를 깊이 이해하는 것을 좋아함
- 사회성이 없어서 혼자 하는 일을 좋아함
- 문서 위조에 필요한 지식과 도구가 필요해서
- 책을 접하고 연구·조사하는 과정을 사랑해서
- 역사적 의의가 있는 물품을 파손의 위험으로부터 보호하는 기관이나 단체에서 일함
- 현재보다 과거에 애착을 느끼고 과거의 것을 더 좋아하기 때문에

물리치료사 Physical Therapist

개요

물리치료사는 부상을 당했거나 수술을 받은 뒤 몸이 불편한 환자가 회복하는 것을 돕는다. 물리치료는 근조직을 안전하게 재건하고, 노화나 영양 불균형 때문에 생긴 신체적인 제약을 완화하며, 증상 악화를 방지하는 데 도움이 된다.

물리치료사는 환자의 증상이 무엇인지 경청하고 문제 원인을 찾아내며 상해를 입은 부위를 어떻게 치료할지 계획을 세운다. 치료 계획을 수립하고 나면 마사지, 근육 조작과 가동, 초음파, 탄성 밴드를 비롯한 물리치료 기구, 얼음과 온열 치료법, 전기 근육 자극 요법EMS, 운동용 짐볼이나 바이크, 그 외 다양한 운동기구를 사용해 치료한다.

또한 물리치료사는 필요한 경우 치료 방법을 기록하고 수정하며, 의사나 다른 보건 의료 전문가에게 조언을 구한다. 무엇보다도 환자의 말을 경청하고 격려하며 정서적으로 지지하여 환자가 최선의 상태로 회복하고 혼자서도 재부상을 예방하는 습관을 갖추도록 장려하는 것이 중요하다.

필요한 훈련·교육

물리치료사가 되려면 대학에서 과학 관련 학사 학위를 취득해야 한다. 개업하려면 물리치료 박사 학위, 1년간의 임상 지원, 레지던트나 인턴 경력이 필요하다. 이후에 스포츠, 부상 관리, 종양학과, 소아과 같은 전문 분야의 교육을 추가로 이수할 수 있다.

이 직업에 유용한 기술·재능

기본적인 응급처치, 인간적인 매력, 공감 능력, 뛰어난 청력, 뛰어난 후각, 탁월한 기억력, 신뢰를 주는 능력, 경청하는 능력, 고통에 대한 인내, 환대하는 능력, 직관력, 사람들을 웃게 하는 능력, 외국어 구사 능력, 멀티태스킹, 상대의 마음을 읽는 능력, 회복력, 전략적 사고, 완력, 호흡 조절, 다른 사람을 가르치는 능력

이 직업에 도움이 되는 성격 특성

적응을 잘하는, 조심스러운, 매력적인, 자신감 넘치는, 호기심이 많은, 규율을 준수하는, 진중한, 느긋한, 효율적인, 공감 능력, 호감을 주는, 근면 성실한, 아는체하는, 관찰력 좋은, 강박관념이 있는, 낙관적인, 체계적인, 인내심 있는, 완벽주의적인, 끈질긴, 설득을 잘하는, 미리 대비하는, 전문성을 갖춘, 일중독

갈등이 벌어지는 상황

- 의사소통에 비협조적이어서 진단을 어렵게 만드는 환자
- (민망함 때문에) 어쩌다 상해를 입었는지에 대해 거짓말하는 환자
- 회복하려는 노력을 하지 않는 환자
- 개인적인 이야기를 너무 많이 하는 환자
- 담당하는 환자가 너무 많음
- 보험 회사마다 보장 범위가 다를 때
- 장비가 제대로 관리되지 않을 때
- 클리닉을 운영하면서 물리치료사 일도 해내야 할 때
- 직장 동료와 치열한 갈등이 생길 때
- 환자가 물리치료에 대해 불평하는 말을 엿들었을 때
- 예약이나 다른 의료인의 의뢰 없이 무작정 치료를 받겠다고 우기는 사람을 상대할 때
- 고객을 치료하다가 물리치료사 본인이 다치게 되었을 때
- 밀려드는 고객을 어떻게든 감당하는 동시에 새로운 치료법을 익히느라 정신없이 바쁠 때
- 의사, 카이로프랙터(척추 지압사), 침술사 같은 의료계 종사자와 마찰을 겪음
- 동료 물리치료사가 병가를 내는 바람에 그 동료의 환자까지 치료해야 할 때
- 꼭 필요한 장비나 자원이 없는 클리닉에서 일할 때

주로 접하는 사람들

다른 물리치료사, 클리닉 직원, 의사, (미국의) 전문간호사, 환자, 보험회사 직원, 운동 코치, 운동선수, 개인 트레이너, 마사지사, 침술사, 자연의학 의사naturopathic doctor, 의료 기기 영업 사원

직업이 캐릭터의 욕구에 미치는 영향

- **자아실현 욕구**
  유명 운동선수를 담당하기를 꿈꾸는 물리치료사라면 일반 클리닉에서 근무하는 것으로는 만족을 느끼지 못할 수 있다.
- **존중과 인정의 욕구**
  만약 환자가 바라는 정도까지 회복하지 못하거나 의료 과실로 인한 소송에 휘말린다면, 캐릭터는 자신의 능력에 의문을 품고 자존감이 낮아질 수 있다.
- **애정과 소속의 욕구**
  물리치료는 노동시간이 길고 힘을 많이 쓰는 일이므로 근무를 마치고 나면 가족이나 친구에게 신경 쓸 여력이 없을 수 있다. 이는 배우자나 자녀와의 불화로 이어질 수 있다.
- **안전 욕구**
  환자를 치료하다가 도리어 물리치료사가 부상을 당하면, 낫는 동안에는 일을 할 수 없기에 그 결과 재정적 어려움을 겪게 될 수 있다.

캐릭터가 이 직업을 택한 이유

- 본인이 물리치료 요법으로 사고 후 회복한 경험이 있어서 다른 이들에게도 같은 도움을 주고자 함
- 물리치료를 받으면 됐는데 그러지 못해서 수술을 받아야 했던 경험이 있기에 다른 사람들은 그런 일을 겪지 않도록 도와주고 싶음
- 과거에 가족을 간병할 때 물리치료사가 크게 도와주었던 경험이 있어서
- (부모가 진통제에 중독되었던 과거가 있어서) 상해를 입은 사람이 약물에 과하게 의존하지 않고 회복하도록 도와주고 싶어서
- 스포츠에 관심이 많고, 운동선수들이 최상의 컨디션을 유지할 수 있도록 돕고 싶어서

바리스타

Barista

개요

바리스타는 카페나 커피 체인점에서 커피와 기타 음료를 만드는 사람이다. 커피 기계를 다룰 줄 알아야 하고 고객에게 서비스 정신을 발휘해야 한다. 커피 전문점에서 일하는 바리스타는 원두의 원산지, 커피나무의 특성, 로스팅에 따라 달라지는 맛 같은 지식을 추가로 갖추고 있기도 한다. 원두를 갈거나 커피 아트를 익혀서 자신만의 전문성을 지닌 바리스타도 많다.

바리스타는 어디에서 일하든 고객과 교류하고, 재료를 채워 넣고, 카운터에서 계산을 하고, 가게 위생을 유지해야 한다. 바리스타는 (평생 직업이라기보다는) 다른 일을 하기 위한 발판으로 여겨지는 경우가 많으므로, 십 대 청소년과 이직을 준비 중인 사람들이 선호하는 직업이기도 하다[이 항목에서 바리스타는 단순히 커피 전문점에서 커피 만드는 일을 담당하는 직원을 가리킨다].

필요한 훈련·교육

필수적으로 이수해야 할 정규교육 과정이 있는 것은 아니며, 대부분 현장에서 경험을 쌓는다.

이 직업에 유용한 기술·재능

인간적인 매력, 창의력, 뛰어난 후각, 뛰어난 미각, 경청하는 능력, 환대하는 능력, 멀티태스킹, 홍보 능력, 영업력

이 직업에 도움이 되는 성격 특성

적응을 잘하는, 차분한, 매력적인, 협조적인, 공손한, 효율적인, 열성적인, 평정심, 재미있는, 정직한, 친절한, 상냥한, 관찰력이 뛰어난, 열정적인, 책임감 있는, 분별력 있는

갈등이 벌어지는 상황

- 일터의 장비가 제대로 작동하지 않을 때
- 재료가 다 소진되었을 때
- 다른 직원이 사전에 알리지 않고 갑자기 병가를 내거나 일터에 나타나지 않을 때
- 정직하지 않거나, 게으르거나, 비협조적인 동료와 일해야 할 때

- 점장이나 매니저가 소소한 것까지 참견하거나, 아예 매장에 나타나지 않음
- 요구 사항이 많거나, 안달복달하거나, 까다로운 손님
- 위생 점검을 통과하지 못함
- 특정 식재료에 알레르기가 있는 고객에게 그 재료가 포함된 음료를 팔았을 때
- 매장 내에서 고객이 미끄러져 넘어졌을 때
- 매장에 배치할 식기류를 골라보라거나, 음식값을 올리라거나, 재고를 빨리 소진하라는 요구를 받을 때
- 비좁은 공간에서 일해야 할 때
- 가게에 대해 나쁜 소문이 퍼졌을 때
- 캐릭터는 커피에 대한 열정이 가득하지만 캐릭터를 고용한 사장이나 매장 측이 그런 열정을 알아주지 않을 때
- 알레르기나 (임신해서 커피 향을 맡을 수 없게 되는 등) 과민 증상으로 커피를 다루는 매장에서 일하기가 어려울 때
- 비윤리적인 방식으로 원두를 구매하는 등, 일하는 매장에서 석연치 않은 일이 벌어진다는 사실을 알게 되었을 때
- 아는 사람들이 매장에 찾아와 무료로 음료를 달라고 강요할 때
- 친구를 바리스타 자리에 소개해주었으나 (게으르거나, 갑자기 그만두거나, 비협조적이거나, 매장 물품을 훔치는 등) 잘못된 선택임이 드러남

주로 접하는 사람들

다른 바리스타와 매장 직원, 매니저, 카페 주인, 배달 기사, 고객, 위생 검사관

직업이 캐릭터의 욕구에 미치는 영향

- **자아실현 욕구**

  커피에 대한 열정이 넘치는데 고용한 매장 측에서는 오래된 방식을 반복하기만 바랄 경우, 열정이 사그라들고 성취감을 느끼지 못하게 될 수 있다.

- **존중과 인정의 욕구**

  바리스타는 임시 일자리라는 인식이 지배적이다. 바리스타라는

직업에 행복을 느끼고 오랫동안 일하고 싶은 사람은 가족이나 친구들에게 좀더 안정적이고 좋은 직업을 가지라는 잔소리를 들을 수 있다.

- **안전 욕구**

판매업은 대개 안전한 편이지만, 카페에 강도가 침입하거나 근무하는 곳이 범죄율이 높은 지역에 있다면 안전이 위협받을 것이다.

고정관념 비틀기

바리스타는 대개 임시직이다. 여러분이 만든 캐릭터는 어떤 동기에서 바리스타를 오래 할 직업으로 생각하게 되었는가?

바리스타 캐릭터에게 활기를 불어넣으려면 카페에 어떤 변화를 주어야 할까? 독자의 흥미를 유발할만한 장소는 어디일까? 캐릭터가 근무하거나 운영하는 카페 때문에 폐업을 하게 되는 업종(예: 빵집)이나 협력이 가능한 업종(예: 문구점)은 무엇이 있을까? 카페 주인이 관심을 갖고 지원할만한 자선단체는 무엇이 있을까(예: 고양이 입양 지원 단체)?

캐릭터가 이 직업을 택한 이유

- 고임금을 받는 직업에 필요한 교육을 받지 못했음
- 매우 사교적인 성격이라
- 커피에 관심이 있어서
- 특정 매장에서 일하는 사람이나 단골에게 접근하려는 마음에서
- 근무 시간을 조절할 수 있다는 점이 좋아서
- 일터가 집에서 가까워서
- 나이가 어려서 할 수 있는 직업이 많지 않음
- (크리스마스 시즌 전에, 여름방학 스포츠 캠프나 각종 프로그램의 참가 비용을 충당하려고) 단기간에 돈을 벌어야 해서

바텐더 Bartender

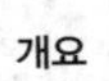

바텐더는 바나 클럽, 술집, 식당, 결혼식, 파티에서 사람들에게 술을 제공하는 일을 한다. 술을 다루는 직업이기 때문에 해당 국가나 지역에서 허가하는 연령을 넘겨야 하고 일하고자 하는 장소에 맞는 요건을 갖추어야 한다.

필요한 훈련·교육

바텐터 학교에서 공부하는 경우도 있지만, 혼자 배워서 바텐더가 되는 사람도 있다. 인기 있는 술에 대한 광범위한 지식, 칵테일을 제조하는 법, 다양한 종류의 맥주(라거, 에일, IPA 등)를 알고 고객에게 추천할 수 있는 능력이 바텐더에게 가장 중요하다. 와인 바 같은 곳에서 일하는 바텐더라면 와인에 대한 특별한 지식을 가지고 있어야 할 것이다.

바텐더 캐릭터는 이야기가 전개되는 장소와 그 배경에 따라, (주류 취급에 필요한 자격 등) 다양한 자격증이 필요하거나 주류 관련 교육을 받아야 할 수도 있다. 음식을 제공하는 술집이나 식당에서 근무한다면 식품 취급 관련 허가가 필요할 수도 있다. 고위층 고객을 상대하는 바에서 일하면 보안 점검을 받아야 할 것이다.

이 직업에 유용한 기술·재능

인간적인 매력, 뛰어난 미각, 평정심, 탁월한 기억력, 신뢰를 주는 능력, 경청하는 능력, 환대하는 능력, 사람들을 웃게 하는 능력, 중재 능력, 상대의 마음을 읽는 능력, 호신술

이 직업에 도움이 되는 성격 특성

적응을 잘하는, 기민한, 차분한, 매력적인, 창의적인, 수완이 좋은, 진중한, 효율적인, 잘 노는, 호감을 주는, 재미있는, 친절한, 근면 성실한, 체계적인

갈등이 벌어지는 상황

- 술 취한 고객을 상대해야 할 때
- (부부끼리 손찌검을 하는 등) 바 안에서 가정 폭력 상황이 발생함
- 바에서 성적 환상을 실현하려 하거나 섹시한 바텐더에게 집적대

는 고객

- 술값을 내지 않는 고객
- 술값으로 언쟁이 벌어짐
- 술을 더 취하게 하는 약을 복용한 고객
- 대리 기사를 부르지 않고 음주 운전을 하겠다고 고집부리는 고객
- 직원이 다른 직원의 팁을 슬쩍한 경우
- 파티 참석자끼리의 다툼이 몸싸움으로 번짐
- 너무 취했으니 술을 더 주지 않겠다고 하자 고객이 화를 내며 난폭하게 굴 때
- 누군가가 다른 사람의 술에 약을 타는 장면을 목격했을 때
- 미성년자가 위조 신분증을 내밀고 술을 달라고 할 때
- 가게에 강도가 침입함
- 바텐더나 다른 직원들끼리 시비가 붙거나 싸움이 벌어져서 내부에 갈등이 생겼을 때
- 근무 중에 술을 마시는 동료들
- 물품 배송이 지연되거나, 인기 많은 주류를 구할 수가 없을 때
- 무질서하고 사람들이 붐비는 행사여서 주문을 받거나 계산을 하기 벅찰 때
- (고객이 몸을 더듬거나 불쾌한 말을 하는 등) 성적인 문제

주로 접하는 사람들

서빙 담당 직원, 가게 경영자, (술에 취했거나, 취하지 않았거나, 흥분했거나, 추파를 던지는 등) 각양각색의 고객들, 택배 기사, 요리사, 경찰, 경호원, 주류 판매업자, (주류, 보건 및 안전, 식품 등의) 검사관

직업이 캐릭터의 욕구에 미치는 영향

- **자아실현 욕구**

  용모가 매력적인 여자 바텐더가 매상을 올려줄 것이라고 생각하는 사람들이 있다. 이러한 성별이나 외모에 대한 편견 때문에 그런 요건을 갖추지 못한 사람은 바텐더 직업을 구하지 못할 수 있고, 바텐더가 꿈이었다면 미래가 암울하다고 느낄 것이다.

- **존중과 인정의 욕구**

  바텐더가 되고 싶으나 자신의 외모가 떨어진다고 생각하는 이들

은 외모에 대한 편견 때문에 열등감을 느낄 수 있다.

- **애정과 소속의 욕구**

  바텐더는 급여가 적고 팁을 받아서 생계를 꾸려야 하기 때문에 고객에게 알랑거리거나 추파를 던지는 경우가 많다. 바텐더인 연인이 그러고 있는 모습을 보면 바텐더 캐릭터의 저의를 의심하며 질투할 수 있다.

- **안전 욕구**

  술집 안에서 싸움이 벌어지거나, 고객이 난폭해지거나, 불법 행위가 일어난다면 바텐더의 안전이 위협받을 수 있다.

고정관념 비틀기

잘생긴 외모만으로 잘나가는 바텐더가 아닌, 언변이 화려하거나 창의력이 뛰어나 새로운 음료를 잘 만들어내는 등, 다른 성공의 비결이 있는 바텐더 캐릭터를 만들어보자. 까다로운 고객을 다루는 법을 잘 안다거나, 고객의 마음을 정확히 읽는다거나, 칵테일을 만들 때 멋진 퍼포먼스를 선보이는 바텐더도 있을 것이다. 발상을 전환해보면 독창적이고 재미있는 바텐더 캐릭터를 만들어낼 수 있다.

캐릭터가 이 직업을 택한 이유

- 팁을 짭짤하게 받아 수입을 보충하고 싶어서
- 클럽을 좋아하기 때문에
- 새로운 사람들을 만나는 것을 좋아해서
- 업무 시간을 조절할 수 있는 부업이 필요해서
- 나중에 바 또는 클럽, 술집, 식당을 경영하고 싶어서
- 책임감이나 부담 없이 가볍게 연애 상대를 만나고 싶어서
- 신분을 숨겨야 하거나, 세간의 눈에 띄지 않고 살아야 하는 상황이어서
- 알코올의존증이어서 쉽게 술을 접할 수 있는 직업을 원함
- 잠이 들면 위험한 상황이나 질환이 있어서, 항상 깨어 있을 수 있는 시끌벅적한 환경이 필요함

박제사 Taxidermist

개요

박제사는 동물의 사체를 복원하여 살아 있는 것처럼 보이도록 보존하는 기술자다. 박제사는 반려동물, 어류, 파충류, 조류, 소동물, (사냥 대상인) 대형 동물 중에 전문 영역이 있는 경우가 많다. 때문에 박제사가 일하는 매장 역시 상황에 따라 반려동물, 해당 지역의 야생동물, 사냥한 동물 등을 중점적으로 다룰 수 있으며 무엇을 다루느냐에 따라 분위기와 업무가 크게 달라질 수 있다.

기술이 뛰어난 박제사는 자연사 박물관에서 일하며 교육 목적의 전시품을 만들거나 수집한 박제품을 보수하는 작업을 한다.

박제사는 자신의 일을 예술로 여기며 자신이 직접 생명의 숨결을 재현한다는 것에 열정이 있으므로 일에 대한 자부심이 큰 편이다. 박제 일이 드물게 들어오거나 사냥 시즌에만 몰릴 수 있으므로 할 수 있는 일은 다 하는 박제사도 있지만, 멸종 위기종이나 재미로 사냥한 동물을 박제하는 일은 비윤리적이라는 이유로 기피하는 박제사도 있다.

발견한 동물 사체를 아름다운 모습으로 보존하고 싶어 하는 사람, 애정을 쏟았던 반려동물을 놓아주기 힘든 보호자, 사냥으로 잡은 동물을 기념으로 남기길 원하는 사냥꾼 등이 고객으로 찾아온다.

필요한 훈련·교육

박제술 자격증과 교육 프로그램이 존재하지만, 학위가 반드시 필요한 것은 아니다. 교육과정에서는 동물의 껍질이나 가죽을 무두질하고 털을 관리하는 방법, 동물이 살던 서식지 모형 만들기, 형태를 잡는 방법, 에어브러시를 이용한 착색과 다양한 마감 방법을 습득한다.

박제사가 영업을 하려면 영업 면허가 필요하며, 철새나 멸종 위기종을 박제하는 일은 특별 허가가 필요할 수도 있다. (미국에서 일하는) 박제사는 반드시 어류 및 야생동물 관리국FWS 규정을 준수해야 한다.

동물 몸의 구조와 움직임을 이해하고 생전 모습과 흡사한 박제를 만들려면 철저한 연구가 필요하다. 박제사는 일반적으로 동물 형태를 잡을 때 참조하려고 참고 문헌, 사진, 영상 등 방대한 자료를 소장하고 있다.

이 직업에 유용한 기술·재능

동물을 잘 다룸, 창의력, 손재주, 공감 능력, 멀티태스킹, 정확한 기억력, 재료나 물건을 상황에 맞게 응용하는 능력, 조각 능력, 봉합술, 전략적 사고, 목공 기술

이 직업에 도움이 되는 성격 특성

차분한, 조심스러운, 휘둘리지 않는, 창의적인, 집중력 있는, 상상력이 풍부한, 남에게 의지하지 않는, 죽음에 대해 호기심이 있는, 자연을 아끼는, 관찰력 있는, 임기응변에 능한, 재능이 있는, 알뜰한, 내성적인

갈등이 벌어지는 상황

- 돈을 내지 않거나 불가능한 요구를 하는 고객
- 불법으로 사냥한 동물을 박제해달라는 고객
- 박제사를 함부로 낮추어 대하는 사람들
- 박제는 계절을 타기 때문에 일이 들어오지 않을 때는 생계를 유지하기 어려움
- 비윤리적인 일을 맡아달라는 요청
- 자신의 실수로 박제 중인 동물의 형태가 변형되거나 망가졌을 때
- 작업장에 도둑이 들었을 때
- 경기 침체로 박제 일이 뜸해졌을 때
- 사회적 인식이 바뀌면서 박제를 부정적으로 보는 경향이 생김
- 완성된 반려동물 박제를 보고 위안을 받기보다는 슬퍼하는 고객
- 새로 거래하게 된 공급업체가 질 낮은 화학물질을 판매했을 때
- 화학물질을 잘못 사용해서 병에 걸렸을 때

주로 접하는 사람들

이웃, 사냥꾼, 야생동물 보호관, 신용조사 기관 직원, 배송 기사, 지역 주민

직업이 캐릭터의 욕구에 미치는 영향

- **자아실현 욕구**

  박제란 죽은 동물의 아름다움을 복원하여 동물을 존중하는 마음을 표현하는 일이라고 생각하는 캐릭터라면, 화학물질에 노출되어 생긴 합병증으로 은퇴해야 하는 상황이 엄청난 충격일 수 있다.

- **존중과 인정의 욕구**

  박제를 소름 끼치는 일이라고 생각하는 사람이 많기 때문에 박제

사는 오해를 받기 쉽다. 다른 사람의 인정을 받고 싶어 한다면 인정 욕구가 채워지지 않아서 고민할 수 있다.

고정관념 비틀기

유머가 깃든 박제품을 만드는 박제사는 수집가들이 좋아할만한 작품을 만들어낼 수 있다. 이런 박제사는 박제에 대한 대중의 인식을 누그러뜨리고, 박제술을 창의적이고 예술적인 관점에서 바라보게 해준다. 이와는 반대로 동물에 대한 연민이 아니라 잔혹함을 표현하는 방법으로 동물을 전시하거나, 심지어 금기를 어기고 인체를 박제하는 박제사를 등장시키는 것도 흥미로운 대안이 될 수 있다.

캐릭터가 이 직업을 택한 이유

- 어릴 때 가까운 친척이 박제사였음
- 어린 시절 사랑했던 반려동물이 세상을 떠난 후 선물받은 반려동물 박제품으로 느꼈던 위로를 다른 사람에게도 전하고 싶어서
- 동물이 죽은 후에도 그 아름다움을 보존하고 싶어서
- 죽음에 대해 건전한 (또는 건전하지 않은) 매혹을 느껴서
- 동물을 사냥하고, 사냥한 동물의 모든 부분을 남김없이 활용하는 일에 열정이 있어서
- 독특한 수단을 사용한 예술 작업을 하고 싶어서

반려견 미용사 Dog Groomer

개요

반려견 미용사는 개를 목욕시키고 털을 말린 다음 견주의 요청에 맞추어 가위, 미용기, 빗 등으로 털을 다듬어준다. 양치질, 발톱 손질, 귀 청소 등도 해주고 질환이나 상처, 진드기, 부어오른 곳, 기생충 여부 등의 문제를 살피기도 한다. 염색이나 모양을 내는 커트와 같은 추가 서비스를 제공하기도 한다.

주로 동물병원, 보호소, 펫 숍 등에서 일하지만 자택에서 일하는 사람도 있고 개조한 트럭이나 트레일러에서 일하기도 한다.

필요한 훈련·교육

대부분 고등학교 졸업 학력이 필요하다. 실습 교육이나 수습생 프로그램으로 일을 시작하기도 한다.

이 직업에 유용한 기술·재능

돈을 버는 요령, 동물을 잘 다룸, 기본적인 응급처치, 인간적인 매력, 공감 능력, 뛰어난 청력, 뛰어난 후각, 탁월한 기억력, 신뢰를 주는 능력, 멀티태스킹

이 직업에 도움이 되는 성격 특성

적응을 잘하는, 애정이 많은, 차분한, 휘둘리지 않는, 매력적인, 느긋한, 효율적인, 공감을 잘하는, 집중력 있는, 호감을 주는, 사소한 것도 지나치지 않는, 온화한, 근면 성실한, 동물을 좋아하는, 관찰력 있는, 전문성을 갖춘, 책임감 있는, 완고한, 타고난 재능, 알뜰한, 마음이 넓은, 일중독

갈등이 벌어지는 상황

- 개나 미용 제품에 알레르기 반응이 생김
- 동료 미용사가 갑자기 그만두는 바람에 많은 고객을 떠맡게 될 때
- (완벽하기를 기대하거나 어려운 커트를 요청하는 등) 견주의 요구사항이 많을 때
- 불필요하거나 위험할 수 있는데도 털을 완전히 밀어달라고 요청하는 견주
- 예방접종 증명서를 보여주려 하지 않는 견주

- 개의 상태나 알레르기 여부를 알려주지 않는 견주
- 미용 가격이 비싸다고 불평하거나 팁을 주지 않는 인색한 견주
- 예약 시간보다 너무 일찍 또는 너무 늦게 나타나는 견주
- 낯을 가려서 미용하기 어려운 개
- 특정 제품에 알레르기 반응이 있는 개
- 학대받은 적이 있는 개가 미용사를 물고 할큄
- 미용을 받던 개가 영업장 문이 열리는 순간 달아나버림
- 실수로 개에게 상처를 냄
- 개가 학대받은 증거를 발견해서 경찰에 신고해야 할 때
- 창의적인 커트를 하고 싶지만 엄격한 가이드라인을 따라야 할 때
- 진열대 관리, 화장실 청소 등 지루하거나 유쾌하지 않은 업무를 해야 할 때

주로 접하는 사람들

견주, 펫시터[주인 대신 반려견을 돌봐주는 사람], 반려견 미용실이 입점해 있는 동물병원이나 펫 숍 직원, 다른 반려견 미용사, 택배 기사

직업이 캐릭터의 욕구에 미치는 영향

- **존중과 인정의 욕구**

  이 직업군에 속하는 캐릭터는 자신이 사회에서 존중받지 못한다고 느낄 수 있다. 일부 고객은 미용 가격만 따지고 미용사가 반려동물을 관리하려고 쏟은 시간과 노력에는 고마워하지 않는다.
- **애정과 소속의 욕구**

  예약을 많이 받으면 장시간 고단한 일에 시달리게 되므로, 사랑하는 사람을 챙길 에너지가 고갈될 수 있다.
- **안전 욕구**

  반려견 미용사는 돈을 잘 버는 업종이 아니기 때문에, 다른 가족이 돈을 벌지 않는다면 재정 상태가 어려워질 수 있다.

고정관념 비틀기

동물과 관련된 일을 하는 사람은 남을 돌보기 좋아하고, 마음이 따뜻하고, 약간은 유별나다고 묘사되는 경향이 있다. 쌀쌀맞거나 반사회적인 사람이 대인 관계를 피하고 싶어서 반려견 미용사가 되었다는 설정은 어떤가? 또는 잔인무도한 캐릭터가 범죄를 저지르려고 이 직

업을 선택한다면? 직업은 캐릭터의 특징을 보여주고, 배경이 되는 이야기에 대한 힌트를 주고, 행동의 동기를 드러내는 데 유용하다. 이런 점을 활용하여 고정관념에서 벗어난 캐릭터를 만들어보자.

캐릭터가 이 직업을 택한 이유

- 동물(특히 개)을 사랑해서
- 부정적인 과거의 경험 때문에 인간과 함께 하는 것보다 동물의 곁에 있는 것이 더 편해서
- 사람을 믿지 못하며, 천성적으로 인간을 신뢰하는 개와 유대 관계를 맺는 것이 더 쉬워서
- 동물과 관련된 트라우마(개에게 물린 기억 때문에 개를 무서워하는 등)에서 벗어나고 싶어서
- 학대받는 개를 찾아내어 도움을 주고 싶어서
- 고통스럽거나 비참한 상황에 처해 있지만 동물에게서 위안을 얻을 수 있어서
- 더는 수의사나 훈련사로 일할 수 없지만 동물과 관련된 일을 계속하고 싶어서

발명가 Inventor

개요

발명가는 새로운 기기나 프로세스를 창안하며, 문제를 해결하거나 기존 발명품을 개선하기도 한다. 자신의 발명품을 특허출원하여 다른 사람들이 똑같은 제품을 만들거나 프로세스를 표절하지 못하게 보호한 다음, 자신의 제품이나 라이선스를 이용 또는 판매한다.
발명가가 법인 소속이라면, 특허는 발명가가 아닌 회사 이름으로 출원된다. 이런 경우 고용 계약서 조항에는 회사가 특허권을 가진다고 명시되어 있을 것이다.

필요한 훈련·교육

발명가가 되기 위한 정규교육은 없지만, 과학·수학·공학·기술·소비 시장에 대한 배경지식이 탄탄하면 도움이 될 것이다. 발명가가 특정 분야에 집중한다면, 그 분야와 연관된 교육과 경험이 있어야 핵심 니즈를 파악하거나 개선점을 찾을 수 있는 가능성이 높아진다.

이 직업에 유용한 기술·재능

수익을 창출하는 능력, 창의력, 기계를 다루는 기술, 멀티태스킹, 인맥, 발상을 전환하는 능력, 정확한 기억력, 홍보 능력, 재료나 물건을 상황에 맞게 응용하는 능력, 연구 조사, 전략적 사고, 비전, 글쓰기

이 직업에 도움이 되는 성격 특성

야심 있는, 분석적인, 창의적인, 호기심이 많은, 집중력이 뛰어난, 이상주의, 상상력이 뛰어난, 근면 성실한, 세심한, 관찰력이 뛰어난, 낙천적인, 체계적인, 끈질긴, 임기응변에 능한, 타고난 재능, 알뜰한

갈등이 벌어지는 상황

- 계속해서 실패와 거부를 경험함
- 세부적인 기술 때문에 다른 사람에게 자신의 발명품을 만들어달라고 맡기는 것이 내키지 않음
- 재정적 부담. 특히 발명 초기에 투자자를 찾을 수 없을 때
- 다른 발명가와의 경쟁
- 발명가를 회의적인 시각으로 보고 '진짜 직업'을 가져야 한다고 생각하는 가족과 친구들

- 자신의 발명이 의도치 않게 나쁜 결과를 초래할 때
- 성과가 좋지 않아 자신의 능력을 의심하게 될 때
- 투자자에게 발표나 홍보를 해야 할 때(특히 프레젠테이션이나 홍보에 재능이 없는 경우)
- 새로운 아이디어를 떠올려야 한다는 압박감을 느낄 때
- 특허 침해로 인한 소송
- 특허출원이 늦어지는 바람에 경쟁자가 이득을 가져갈 때
- 아이디어를 도난당함
- 발명품을 팔고 나서야 그 가치만큼의 돈을 받지 못했다는 사실을 깨달았을 때
- 비윤리적인 투자자 또는 사업 파트너, 도와주겠다던 친척에게 사기를 당했을 때
- 프로세스의 중요한 부분을 제대로 이해하지 못해서 (잘못된 재료를 사용하거나, 잘못된 기준을 바탕으로 협력 업체를 선택하는 바람에) 시간과 돈을 낭비함
- 발명품으로 시장 진출을 준비했으나 전문가가 좋지 않은 피드백을 줘서 처음부터 다시 시작해야 할 때
- (마음이 바뀌거나 경제 상황의 변화 등으로) 발을 빼는 투자자

주로 접하는 사람들

다른 발명가, 특허 변호사(변리사), 특허 사무실 직원, 시장조사 회사, 소비자, 고용주

직업이 캐릭터의 욕구에 미치는 영향

- **자아실현 욕구**

창의적이고 실현 가능한 아이디어를 떠올린다면 다른 사람들의 삶을 나아지게 할 수 있겠지만, 그렇게 하지 못한다면 중압감을 느끼고 자신의 능력에 의문을 품게 될 것이다.

- **존중과 인정의 욕구**

발명은 실패와 거부로 점철된 일이므로, 발명가는 자존감이 낮아질 위험이 크다. 그래서 발명가는 정서·재정 면에서 취약해지기 쉬우며, 성공한다는 보장도 없다. 기술이 더 좋은 회사나 사람에게 일을 맡겨야 한다면, 존중과 인정 욕구가 위협받을 수 있다.

- **생리적 욕구**

  가치가 아주 크거나 중요한 발명 혹은 발견을 했다면 기회주의자들이 달려들어서 뺏으려 할 것이고, 심지어 발명가를 죽일 수도 있다.

고정관념 비틀기

발명가는 흔히 도전 정신이 넘치는 사람으로 그려진다. 도전을 주저하는 발명가 캐릭터는 어떨까? 훌륭한 아이디어가 있으나 실제로 구현하기가 어렵다면? 망설임 끝에 제작을 포기하거나, 실패할까 두려워서 아무 일도 못할 수 있다.

발명가는 문제의 해결책을 찾아서 우리 삶을 개선하는 존재로 보인다. 하지만 여러분의 캐릭터가 음험하고 사악한 목적으로 발명을 하는 사람이라면?

독창적인 사고방식은 나이나 성숙함에 구애받지 않는다. 학교에서 이공계 과목 수업이 늘어나면서 지금의 아이들은 과거 그 어느 때보다도 자신만의 아이디어를 떠올릴 기회가 많다. 이야기에서 중요한 역할을 하는 발명을 아동이나 청소년이 했다는 반전을 넣으면 이야기가 더욱 흥미로워질 것이다.

캐릭터가 이 직업을 택한 이유

- 발명으로 성공한 적이 있어서
- 문제를 해결하는 과정을 좋아하고, 기존 제품이나 프로세스의 결함을 잘 찾아내서
- 새로운 트렌드를 찾고 싶어서
- 실험과 시행착오를 통해 새로운 발견을 하는 과정이 좋아서
- 세상을 더 나은 곳으로 만들고 싶은 이상주의자라
- 사랑하는 사람(가족, 친구, 연인)이 어떤 이유로 삶을 온전히 즐길 수 없게 되자, 그 사람의 운명을 바꾸어주고 싶어서
- 참신한 아이디어가 많고, 발상을 전환하는 능력을 타고나서

배우 Actor

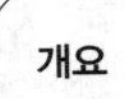

개요

배우는 사람들이 너무나 잘 알기에 굳이 정의를 내릴 필요가 없는 몇 안 되는 직업 중 하나다. 배우는 다양한 인물을 연기하여 관객을 즐겁게 하거나, 흥미를 유발하거나, 보는 이의 마음을 움직인다. 드라마, 영화, 연극 무대 등에서 활약한다.

필요한 훈련·교육

배우가 되려고 공교육을 받을 필요까지는 없지만, 연예계는 워낙 경쟁이 살벌하고 과포화 상태이므로 연기 수업을 받거나 연극 학교(드라마 스쿨)에 다니면서 필요한 기술을 습득하는 사람이 많다.

배우가 되는 데는 재능이 필요한 만큼 연줄도 중요하다. 그래서 인맥(으로 기획사의 눈에 드는 것)은 배우라는 직업의 일부나 마찬가지다. 신인 배우는 대개 광고 조연, 목소리 해설, 엑스트라 같은 일을 하며 경력을 쌓아간다.

배우는 화면에 등장하지 않을 때도 대사를 연습하고, 배역을 연구하고, 연기 기술을 갈고닦아야 한다. 게다가 방송·연예 업계에서 성공하려면 보기 좋은 몸매를 유지하는 게 필수적이기 때문에 운동도 해야 한다.

다재다능한 배우는 경쟁에서 우위에 설 수 있다. 그래서 많은 신인 배우가 춤과 노래를 연습하고 대본을 쓰는 능력을 키우려 노력한다.

이 직업에 유용한 기술·재능

매력, 창의성, 남의 말을 잘 들어주는 기술, 사람들을 웃게 하는 능력, 멀티태스킹, 연기력, 기억력, 홍보 능력, 화술, 연구 조사, 글쓰기

이 직업에 도움이 되는 성격 특성

적응을 잘하는, 모험심 강한, 야망 있는, 대담한, 매력적인, 자신감 있는, 협조적인, 창의성 있는, 호기심 강한, 열정적인, 외향적인, 말을 잘 꾸며내는, 집중력 있는, 호감을 주는, 웃긴, 유물론적인, 언행이 과장되고 화려한, 강박관념이 있는, 열정적인, 인내심 있는, 완벽주의적인, 끈기 있는, 설득력 있는, 변덕스러운, 책임감 있는, 관능적인, 자발적인, 용감한, 학구적인, 남을 잘 돕는, 타고난 재능, 거리낌 없는, 재치 있는

갈등이 벌어지는 상황

- 허세가 심하거나 자기중심적인 동료와 일할 때
- 몇 안 되는 배역을 두고 너무 많은 배우가 달려들거나 경쟁자에게 배역을 빼앗길 때
- 중요한 오디션을 망쳐버렸을 때
- 창의성을 발휘해야 하는 부분에서 동료 배우와 의견이 다를 때
- 까탈스럽거나 현실 감각이 없는 감독과 일할 때
- 고정된 역할만 맡을 때
- 성적인 것을 포함한 괴롭힘
- 자신이 받을만하다고 생각했던 상을 받지 못함
- 기획사와 불공정 계약을 하거나 사기를 당함
- 쏟아지는 관심에 압박감을 느끼고 중독이나 불륜 같은 비행을 저지름
- 같은 작품에 출연하는 배우에게 호감 이상의 감정을 느끼게 됨
- 연예계에 막강한 영향력을 미치는 사람에게 미움을 받음
- 자신의 도덕관념에 반하는 배역을 맡아달라는 요청을 받음
- 사생활이 없거나, 파파라치와 충돌하거나, 스토킹을 당함
- 개인적인 신념 때문에 매도당할 때
- 묻어두었던 잘못이 발각되어 배우로 계속 일하기 힘들어짐
- 촬영 일정이 너무나 빡빡해서 가족과 문제가 생길 때
- 일과 가정 중 하나를 선택해야 할 때
- 유명해지면서 오랜 친구들과 거리감이 생길 때

주로 접하는 사람들

다른 배우, 감독, 프로듀서, 기획사 직원, 메이크업 아티스트, 스타일리스트, 개인 수행원, 개인 트레이너, (카메라 감독, 작가, 세트 디자이너 등) 촬영 현장 담당자

직업이 캐릭터의 욕구에 미치는 영향

- **자아실현 욕구**

  특정한 역할만 맡거나 특정한 장르에만 출연하게 된 배우는 자신의 잠재력을 충분히 발휘하지 못해서 답답하다고 느낀다.

- **존중과 인정의 욕구**

  경력이 순탄하게 진행되지 않으면, 배우는 자기 자신이나 자신의

능력에 의구심을 가질 수 있다.

- **애정과 소속의 욕구**

  배우는 일이 힘들고 이동하는 데 많은 시간을 보내므로 의심과 시기, 질투가 쌓이다가 곪아 터지기 쉽다. 성공한 배우들은 누군가 애정 어린 관심을 표현하면 그 사람이 진심인지, 의도는 무엇인지 의심하게 된다.

- **안전 욕구**

  배우는 중독과 약물 남용에 빠지기 쉽고, 그로 인해 신체 · 정신 건강을 망칠 수 있다.

- **생리적 욕구**

  배우에게는 불안정하고 폭력적인 스토커가 따라붙을 수 있다.

고정관념 비틀기

많은 이야기 속에서 배우는 고정관념을 그대로 답습한다. 섹시하기만 하고 머리는 텅 빈 금발 미녀, 배역과 혼연일체가 된 나머지 현실 세계는 완전히 무시해버리는 메소드 배우, 아무 배역이라도 맡아서 이 바닥에 붙어 있으려고 혈안이 된 한물간 배우 등….

이런 진부한 고정관념을 피하려면 다양한 측면이 있는 독특한 캐릭터를 설정해야 한다. 그 캐릭터의 장점과 단점은 무엇인가? 도덕 기준은 어떠한가? 어디서부터 비도덕적인 행위라고 여기고 선을 긋는가? 배우라는 직업을 선택한 동기는 무엇인가? 그 캐릭터에게 과장된 성격 묘사 대신 남과 다른 무언가를 불어넣어주자.

캐릭터가 이 직업을 택한 이유

- 집안에서 유명한 스타를 많이 배출했음
- 학대를 받으며 자라서 자존감이 낮기에, 내가 아닌 다른 누군가가 되어 자신의 감정에서 벗어나고자 함
- 언행이 연극을 하듯 과장되고 화려함
- 유명해지면 부모님에게 인정받을 수 있을 것 같아서
- 할리우드 배우들과 유명인들에게 흠뻑 빠져서 그 사람들처럼 되고 싶어 함

범죄 현장 청소부 Crime Scene Cleaner

개요

범죄 현장 청소부는 범죄가 발생한 현장을 차단하고 청소와 소독을 하는 사람이다. 혈액 등으로 오염된 침구·가구·카펫 등을 폐기 처분하는 것이나 바닥 교체·벽에 난 구멍 보수·페인트칠 같은 소규모 수리도 업무에 포함된다. 범죄 현장 청소부는 개인의 의뢰를 받기도 한다. 비극적인 상황이 벌어진 장소를 직접 청소하지 못하는 가정이나 사업체가 범죄 현장 청소부에게 청소를 의뢰하는 것이다.

필요한 훈련·교육

범죄 현장 청소부는 처음부터 현장에서 광범위한 실습 경험을 쌓을 수 있으므로, 고등학교 졸업 정도의 학력으로도 일을 시작할 수 있다. 하지만 고용 기관에서는 대개 혈액을 매개로 하는 병원균, 위험 물질 관리, 대형 장비나 도구 작동, 기타 안전에 관한 지식이나 자격증을 요구한다. 국가나 지역에 따라 다른 자격증이나 허가증이 필요할 수 있다. 경력은 필수적이지는 않지만, 공공 보건이나 과학 수사 분야에서 일했던 경험이 있다면 취직에 유리할 것이다.

범죄 현장 청소는 에너지 소모가 큰 일이다. 특히 업무량이 늘어나거나 급한 일이 생기면 더욱 힘들어질 수 있다. 따라서 이 직업을 오래 해나가려면 신체와 정신 모두 꿋꿋하고 의연해야 한다.

이 직업에 유용한 기술·재능

친화력, 공감 능력, 평정심, 멀티태스킹, 체계적으로 정리 정돈하는 능력, 체력

이 직업에 도움이 되는 성격 특성

모험심 있는, 조심스러운, 자신감 있는, 협조적인, 용감한, 정중한, 규율을 준수하는, 진중한, 느긋한, 효율적인, 열성적인, 집중력 있는, 사소한 것도 지나치지 않는, 근면 성실한, 인정이 많은, 세심한, 죽음에 강한 호기심이 있는, 체계적인, 완벽주의적인, 전문성을 갖춘, 책임감 있는, 남을 잘 돕는, 마음이 넓은

갈등이 벌어지는 상황

- 가족이나 친구와 떨어져 있는 시간이 길어질 때
- 정신적 충격이 크게 남는 끔찍한 현장을 청소할 때
- 중대한 범죄가 발생한 현장에서 일할 때
- 불쾌한 환경에서 일할 때
- 시신의 체액이 몸에 닿는 바람에 건강 문제가 발생할 가능성이 커질 때
- 날카롭거나 위험한 물건에 노출됐을 때
- 범죄 현장 청소부의 일을 하찮게 여기는 경찰
- 의뢰인이 비현실적인 기대를 할 때
- 희생자의 가족이나 친구가 청소 일에 이것저것 간섭할 때
- 부적합한 보호복이나 장비로 일을 해야 할 때
- 청소용품이 바닥났을 때
- 청소용품 용기가 불량이어서 내용물이 흐르거나 쏟아졌을 때
- 실수로 증거를 훼손하거나 파괴했을 때
- 청소하기 어려운 자동차, 환기 시스템, 기계 등을 청소해야 할 때
- 일에 들인 노력에 비해 덜 인정받을 때
- 업무를 빨리 끝내야 한다는 압박이 있을 때

주로 접하는 사람들

경찰, 범죄 조사관, 소방관, 의료인, 위생 관리국·미국 국립 직업안전건강연구소NIOSH·교통부·환경 보호국 등 관련 기관에서 나온 사람들, 고인의 가족이나 직장 동료, 청소를 의뢰한 회사의 직원, 시설이나 사업체의 관리자

직업이 캐릭터의 욕구에 미치는 영향

- **자아실현 욕구**

  범죄 현장 청소는 정밀하면서도 절차를 철저히 따르는 일이기 때문에, 창의력이 뛰어나거나 규칙에 얽매이기 싫어하는 캐릭터는 이 직업에서 만족을 느끼기 어려울 수 있다.

- **존중과 인정의 욕구**

  범죄 현장 청소부는 사람들 뒤에서 조용히 일하고 사람들의 관심을 받지 못하기 때문에, 범죄 청소 자체가 중요하지 않은 일이나 절차 같은 것으로 비춰지기 쉽다. 범죄 현장 청소부 캐릭터가 인정

과 칭찬을 받을수록 성장한다면 좌절감을 느낄 것이다.

- **애정과 소속의 욕구**

  범죄 현장 청소부는 일을 할 때 감정을 잘 추슬러야 한다. 범죄 현장을 많이 접해서 감정을 억누르고 무감각해지는 것이 습관이 된다면, 대인 관계에 문제가 생길 수 있다.

- **안전 욕구**

  범죄 현장 청소부는 건강을 해칠 수 있는 위험 물질을 취급해야 한다. 폭력 범죄가 휩쓸고 지나간 현장에 장기간 노출되면 트라우마가 생길 수 있다.

고정관념 비틀기

범죄 현장 청소부는 범죄 현장에서만 일한다는 오해가 있지만, 실제로 이들은 자연사한 시신이 있는 가정이나 시설을 더 자주 청소한다. 공감 능력이 뛰어난 캐릭터나 초자연적 능력을 가진 캐릭터를 설정하면 흥미로운 반전을 만들 수 있다. 이런 캐릭터는 사망한 당사자의 감정을 이해하고 유가족에게 위안을 줄 수 있다.

범죄 현장 청소는 매우 역겨운 상황을 마주한다는 특성이 있으므로, 범죄 현장 청소부는 냉담하고 무감각할 것이라는 선입견이 있다. 트라우마를 입은 사람들에게 연민과 공감을 느끼는 캐릭터를 만들어서 냉담한 청소부라는 고정관념을 비틀어보자.

캐릭터가 이 직업을 택한 이유

- 사랑하는 사람을 잃은 가족에게 위로를 전하고 싶어서
- 사랑하는 사람을 잃은 상실감을 받아들이는 법을 배우고 싶어서
- 청소를 좋아하고 비위가 강해서
- 더럽거나 망가진 것을 깨끗하게 정리하고 싶다는 열정이 있어서
- 법 집행에 관여하고 있다는 느낌을 원해서
- 범죄 현장에서 범죄에 관한 지식을 얻고 싶어서
- 살인 사건을 은폐하는 방법을 알고 싶어서

법률 보조인

Paralegal

개요

법률 보조인은 일정한 자격을 갖추고 변호사를 돕는 보조인으로, 사건 조사와 재판 준비 등 다양한 업무를 수행한다. 의뢰인 면담, 회의 준비, 목격자·전문가 인터뷰를 위한 사전 조사와 인터뷰 지원, 법률 서류 준비, 증거 정리, 기록, 서류 작성, 법원 공무원이나 관련된 이들과 연락, 일정 관리 등이 법률 보조인의 업무에 포함된다. 하지만 법률 보조인은 사건을 수임하거나, 법률 자문을 하거나, 의뢰인을 대리하거나, 수임료를 결정하는 등 변호사 고유의 업무를 수행할 수 없다.

필요한 훈련·교육

(미국의 경우) 법률 보조인은 2년의 자격 과정을 이수하거나 학위를 취득하는 것이 일반적이다. 법률 보조인이 맡는 업무가 매우 다양하기 때문에 컴퓨터 능력, 글쓰기, 자료·정보 체계화, 소통 기술 등이 필요하다. 또한 법률 사무소를 대표하는 직원으로서 전문성을 갖춘 모습을 보여주기 위한 교육을 받기도 한다. 아무리 사소한 실수라도 사건 해결에 치명적일 수 있기 때문에, 세부적인 사항을 꼼꼼하게 확인하며 일을 체계적으로 처리할 수 있어야 한다.

이 직업에 유용한 기술·재능

친화력, 인간적인 매력, 꼼꼼함, 뛰어난 청력, 탁월한 기억력, 신뢰를 주는 능력, 경청하는 능력, 외국어 구사 능력, 멀티태스킹, 정확한 기억력, 상대의 마음을 읽는 능력, 연구 조사, 전략적 사고, 글쓰기

이 직업에 도움이 되는 성격 특성

적응을 잘하는, 기민한, 분석적인, 자신감 있는, 협조적인, 과단성 있는, 수완이 좋은, 규율을 준수하는, 진중한, 유능한, 공감 능력, 집중력 있는, 정직한, 고결한, 직업윤리를 준수하는, 겸손한, 독립적인, 근면 성실한, 지적인, 충실한, 세심한, 유순한, 강박관념이 있는, 체계적인, 완벽주의적인, 인내심 있는, 설득력 있는, 미리 대비하는, 전문성을 갖춘, 남을 보호하려는, 임기응변에 능한, 책임감 있는, 완고한, 일 중독

갈등이 벌어지는 상황

- 회사가 직원을 더 채용하지 않아서 업무량이 많아짐
- 업무 능력을 과소평가당할 때
- 일이 잘 되지 않으면 자신감과 자존심이 떨어져서 괴로움
- 변호사가 체계적으로 일을 처리하지 않아서 조사 자료, 전문가 인터뷰, 문서 등을 준비할 시간도 주지 않고 갑자기 요구함
- 긴 업무 시간이나 주말 근무
- 일에 너무 많은 시간을 쏟아서 가족과 문제가 생길 때
- 규정과 관료적 형식주의를 뚫고 일을 진행해야 할 때
- 같이 일하는 사람들의 허술한 직업윤리 때문에 분노하게 됨
- 어떤 변호사의 불륜, 마약, 도박 중독을 알게 되었으나 비밀로 해달라는 요구를 받을 때
- 윤리 기준이 오락가락하는 변호사와 일하면서 도덕적 갈등이 생길 때
- 법원에서 서류를 잘못 정리하거나 오류를 저질러서 일이 지연되거나 시간을 낭비함
- 열심히 일하는 사람보다 상사와 친한 사람에게 더 많은 혜택이 돌아갈 때
- 사기꾼 느낌을 풍기거나, 증언을 꺼리는 목격자와 접촉해야 할 때
- 무능하거나 게으른 변호사가 일을 그르치는 바람에 법률 보조인의 노력이 물거품으로 돌아갈 때
- 영수증을 잃어버려서 업무 과정 중 지출한 돈을 돌려받지 못할 때

주로 접하는 사람들

변호사, 다른 법률 보조인, 비서, 의뢰인과 목격자, 법원 경비(법원 보안 관리), 판사, 문서 정리원, 법정 속기사, 범죄자, (형사, 심리학자, 회계사 등) 전문가 증인, 배송 기사, 법원 도서관 사서, 로펌 직원, 의뢰인의 가족

직업이 캐릭터의 욕구에 미치는 영향

- **자아실현 욕구**

법률 보조인은 아무리 경력이 많고 지식과 기술이 늘어나도 한정적인 업무를 맡는다. 캐릭터가 일을 사랑하더라도 전망이 불투명한 상황에서는 자아실현 욕구를 실현하기 어렵다.

- **존중과 인정의 욕구**

  법률 보조인은 중요한 일을 처리하면서도 인정받지 못하는 경우가 많으므로, 자존감이 낮아질 수 있다.

- **애정과 소속의 욕구**

  법률 보조인은 항상 변호사가 업무 지시를 내릴 때까지 대기해야 하므로 인간관계에 어려움을 겪을 수 있다. 일이 많아서 중요한 가족 행사에 가지 못하거나 휴일에도 기운 없이 축 늘어져 있다면 배우자나 가족과 갈등이 생길 수 있다.

캐릭터가 이 직업을 택한 이유

- 법적으로 부당한 일을 겪은 적이 있어서
- 변호사가 되고 싶었지만, 변호사를 준비할 여유가 없거나 로스쿨에서 낙제해서 꿈을 이루지 못했음
- 법적으로 대변해줄 사람이 없어서 가족이나 친구가 고생하는 모습을 지켜볼 수밖에 없었기에
- 변호사나 검사 등 법조인을 롤 모델로 생각하거나 가족 중에 법조인이 있음
- 사법제도를 존중하기 때문에
- 놀라울 정도로 체계적이고, 사전에 준비하는 습관이 있으며, 조사하는 일에 재능이 있음
- 법에 흥미는 있으나 주목을 받는 것은 바라지 않아서
- 누군가를 지원하는 역할이 적성에 맞아서

베이비시터

Babysitter

개요

베이비시터(아이돌보미)는 부모가 집을 비운 사이 아이들을 돌봐주는 사람이다. 대개는 낮에 아이들과 놀아주고(게임하기, 영화 보여주기, 동네 공원에 데려가기 등), 간단한 식사를 준비하고, 책을 읽어주고, 재울 준비를 한다. 아이들이 잠들면 저녁 설거지를 하거나 놀이방을 정돈하는 등 요청받은 몇 가지 집안일을 하기도 한다. 학교에 다니면서 모자란 용돈을 충당하거나 돈을 벌고 싶어 하는 십 대 또는 대학생이 주로 하는 일이다.

필요한 훈련·교육

돌봄 기술을 향상시킬 수 있는 특정 프로그램이 있기는 하지만, 베이비시터는 훈련·교육이나 자격증 없이도 할 수 있다. 하지만 부모들은 심폐 소생술이나 기본적인 응급처치법을 배운 특정 연령층에 속하는 베이비시터를 선호하는 경향이 있다. 베이비시터를 고용하려는 부모는 면담을 통해 베이비시터가 어떤 사람인지, 경험은 얼마나 쌓았는지, 아이들을 어떻게 대하는지, 어떤 기술을 배웠으며 응급처치는 할 수 있는지 알아보려 할 것이다. 어떤 업무를 맡고 보수는 얼마나 받을지 협의하고 나면 베이비시터로 일할 수 있다.

이 직업에 유용한 기술·재능

기본적인 응급처치, 인간적인 매력, 창의력, 공감 능력, 뛰어난 청력, 뛰어난 후각, 평정심, 신뢰를 주는 능력, 흥정 솜씨, 직관력, 친구를 사귀는 능력, 사람들을 웃게 하는 능력, 중재 능력, 상대의 마음을 읽는 능력, 체력, 빠른 발, 크고 호소력 있는 목소리

이 직업에 도움이 되는 성격 특성

적응을 잘하는, 모험을 즐기는, 애정이 많은, 기민한, 침착한, 인간적인 매력이 있는, 자신감이 있는, 주변을 잘 통제하는, 창의력이 있는, 수완이 좋은, 느긋한, 이야기를 잘 하는, 호감을 주는, 상상력이 있는, 독립적인, 아는체하는, 어른스러운, 아이를 좋아하는, 유순한, 관찰력이 뛰어난, 편집증 기질이 있는, 설득력이 뛰어난, 장난을 좋아하는, 책임감 있는, 자발적인, 변덕스러운, 마음이 넓은, 엉뚱한, 현명한

갈등이 벌어지는 상황

- 아이들이 베이비시터의 규칙이나 권위를 존중하지 않을 때
- 부모가 응석받이로 떠받들며 키운 아이를 돌봐야 할 때
- 베이비시터로 간 집에서 불법 행위가 벌어지고 있거나 마약을 하는 것 같은 낌새가 느껴질 때
- 아이가 하는 말을 통해 가족의 비밀을 알았을 때
- 온다는 말도 없이 손님들이 불쑥 찾아왔을 때
- 긴급한 일 때문에 부모에게 연락하려 하지만 연락이 안 될 때
- 아이 중 하나가 점점 난폭해질 때
- 아이들이 몰래 빠져나가거나 도망치려 할 때
- 아이들이 성냥이나 부엌칼 등 위험한 물건을 가지고 놀려고 할 때
- 부모가 돌아오겠다고 한 시간까지 돌아오지 않아서 일정에 차질이 생길 때
- 보수를 제대로 주지 않는 부모
- 과도한 집안일을 요구하는 부모
- 아이들에게 (텔레비전 시청, 컴퓨터, 실외 놀이 등) 특정 활동을 못하게 하여 베이비시터 일을 어렵게 만드는 부모
- 초대하지 않았는데 친구가 찾아와서 베이비시터 일을 하는 동안 같이 놀아주기를 바랄 때
- 응급 상황(아이의 부상이나 실종, 도둑, 강도 등)
- 아이들이 거의 없는 동네에 살고 있을 때(베이비시터 일자리를 놓고 경쟁이 치열해지므로)
- 캐릭터를 베이비시터로 고용해주던 가족이 이사를 가거나, 아이가 자라서 더는 그 집에서 일하지 못하게 됐을 때
- 시간 관리를 잘 하지 못하여 일정이 겹치거나, 베이비시터 일을 하느라 학교 숙제를 못 하거나 가족 행사에 참석하지 못할 때
- 절도, 아동 학대, 방임 등을 의심받을 때

주로 접하는 사람들

돌보는 아이들의 부모, 친구, 형제자매, 이웃

직업이 캐릭터의 욕구에 미치는 영향

- **존중과 인정의 욕구**

  저소득층인 캐릭터가 부잣집에서 베이비시터를 할 경우, 특히 돌봐야 할 아이들 중 하나가 자신과 또래라면, 뜻하지 않게 열등감이나 수치심을 느낄 수 있다.

- **애정과 소속의 욕구**

  화목한 가정에서 자라지 못한 캐릭터가 사랑이 넘치는 가정의 베이비시터를 맡게 되면 본인이 받지 못한 애정을 상기하게 되어서 괴로울 수 있다.

- **안전 욕구**

  베이비 시터를 고용한 가족이 범죄율이 높은 지역에 살거나 부잣집이라면, 범죄의 표적이 되어서 베이비시터에게도 위험이 닥칠 수 있다.

고정관념 비틀기

소설이나 영화 속 베이비시터는 대개 여성이지만, 사실 누구나 할 수 있는 일이다. 급전이 필요해서 베이비시터가 되려는 남자 캐릭터를 만들어보자.

베이비시터는 두 얼굴을 가진 존재로 그려지기 일쑤다. 부모 앞에서는 책임감 있게 행동하다가 아이들만 남으면 아이들을 건성으로, 또는 함부로 대한다. 하지만 이런 뻔하디 뻔한 양면성은 피해야 한다. 아이들은 이기적인 베이비시터를 원하지 않기에 부모에게 알려서 결국 쫓아낼 것이기 때문이다.

캐릭터가 이 직업을 택한 이유

- 조금이나마 돈을 벌어서 가정 형편에 보태려고
- (불법 입국자나 현상 수배자라서) 은밀하게 돈을 벌어야 함
- 외동으로 외롭게 자라서 아이들과 같이 있는 것이 좋음
- 대학 등록금이나 자동차 구매 등으로 돈이 많이 필요한 상황이라
- 현재 상태에서 벗어나려고 돈을 모아야 해서
- 관음증이 있거나 추후에 도둑질 등 범죄를 저지르기 위해
- 학교를 다니면서, 또는 다른 일을 하면서도 할 수 있는 일이 필요해서

변호사 Lawyer

개요

변호사는 변호사 자격증이 있는 사람으로, 주로 법률 사무소나 로펌에 소속되어 일한다. 소속된 회사의 규모와 특성에 따라 다양한 분야를 맡기도 하고 이혼 같이 특정 분야를 전문적으로 다루기도 한다. 변호사는 법과 관련된 조언을 제공하고, 의뢰인을 대변하고, 서류를 작성하고, 변호나 고소를 하고, 사건을 조사하고, 증거를 확보한다. 변호사는 고객의 권리를 보호하면서 자신의 의무를 다할 책임이 있다. 변호사의 역할은 국가나 지역에 따라 다르므로 변호사 캐릭터를 만들 때는 배경에 맞는 조사를 해야 한다.

필요한 훈련·교육

미국의 경우 변호사가 되려면 전공과 관계없이 학사 학위가 필요하고, 로스쿨 입학 시험을 통과해야 한다. 로스쿨에서는 실습을 포함한 교육을 받고, 졸업하면 법학 전문 석사를 취득한다. 변호사 시험에 합격해야 하는 지역도 있다.

이 직업에 유용한 기술·재능

인간적인 매력, 탁월한 기억력, 신뢰를 주는 능력, 경청하는 능력, 흥정 솜씨, 외국어 구사 능력, 연기력, 설득력, 홍보 능력, 연구 조사, 전략적 사고, 글쓰기

이 직업에 도움이 되는 성격 특성

적응을 잘하는, 기민한, 야망 있는, 분석적인, 과단성 있는, 규율을 준수하는, 효율적인, 집중력 있는, 고결한, 직업윤리를 준수하는, 근면성실한, 지적인, 공정한, 상대를 조종할 줄 아는, 세심한, 객관적인, 관찰력이 뛰어난, 체계적인, 끈질긴, 설득력 있는, 전문성을 갖춘, 임기응변에 능한, 책임감 있는, 분별력 있는

갈등이 벌어지는 상황

- 의뢰인과 입장이 다름
- 신뢰할 수 없거나 호감이 가지 않는 의뢰인을 상대할 때
- 상대측 변호사와 대립이 격렬해짐
- 사건 담당 수사관이나 경찰과 일해야 할 때

- 막대한 학자금 대출
- 일과 삶의 균형 유지가 힘들어서 가족, 친구와의 관계가 경직됨
- 야근, 주말이나 휴일 근무가 이어지는 힘든 나날
- 경쟁심 강한 동료가 사건이나 의뢰인을 가로채려 할 때
- 무능한 사무보조원
- 윤리적으로 애매한 사건
- 변호사 수임료를 내지 않는 의뢰인
- 회사에서 일정한 수임료 청구 가능 시간billable hours[담당 변호사가 의뢰인의 사건을 처리하는 데 사용한 순수 업무 시간으로, 수임료 청구의 기준이다]을 요구할 때
- 변호사들 사이에 만연한 약물 남용 및 정신 건강 문제
- 증거물 연계성[특정 기간 동안 어떤 사람의 행위나 증거의 위치가 연속되었는지를 보여주는 일련의 사건으로, 기록의 진본성을 판정하는 기준이다]을 따르지 않아 패할 가능성이 높아진 사건
- 법정에서 거짓말을 하다 걸린 의뢰인
- (고객이 패소할 가능성이 높아 보이는데) 무슨 수를 써서라도 이겨야 한다고 압박감을 줄 때
- 고위층이 연루된 사건이어서 언론의 취재, 로펌의 감독 등 신경 써야 할 사항이 한두 가지가 아닐 때
- 윤리적인 선을 넘어서라도 정의를 실현하고 싶다는 유혹
- 작은 변호사 사무실에서 일하느라 공과금 내는 것도 빠듯할 때
- 위법행위로 기소되었을 때

주로 접하는 사람들

판사, 공동 변호인, 상대측 변호사, 의뢰인, 피고, 사무실 직원, 법원 직원, 경찰 또는 사건 담당 수사관, 증인, 법정 후견인 또는 특별 변호사, 보석금 지불 보증인, 사건 조사 대상자, 인턴, 조사관

직업이 캐릭터의 욕구에 미치는 영향

- **자아실현 욕구**

정의가 실현되지 않거나, 법률상 허점을 이용한 목격자 매수witness tampering 혹은 정치적 개입 등을 계속 보게 된다면, 변호사 캐릭터는 곧 자신의 직업에 환멸을 느낄지도 모른다.

- **존중과 인정의 욕구**

  상사가 공을 가로채면 캐릭터는 제대로 평가받지 못한다고 느끼면서 존중과 인정의 욕구가 결핍될 것이다. 중요한 사건에서 지거나 여러 사건을 연이어 패소한다면 자신감이 크게 타격받을 수 있다.

- **애정과 소속의 욕구**

  변호사는 업무 중에도 일에서 벗어나고 싶다는 생각을 많이 한다. 또한 사람들의 최악인 면을 자주 접하기 때문에 누구에게나 그런 모습이 있을 거라고 생각한다. 그래서 사랑하는 관계로 발전할 정도로 타인을 신뢰하는 게 어려울 수 있다.

- **안전 욕구**

  변호사는 형사사건 피고인, 화가 난 의뢰인, 의뢰인의 전 배우자나 판결에 불만을 품은 사람에게 안전을 위협받을 가능성이 있다.

고정관념 비틀기

흔히 변호사는 냉정하고 분석적인 인물로 묘사된다. 그 고정관념을 비틀어서 창의력, 공감 능력, 장난기 등 '변호사스럽지 않은' 특성을 잔뜩 갖춘 캐릭터를 만들어보자.

문학작품 속 변호사는 엄청난 부자가 많다. 늘 무료 변론을 맡기 때문에 큰돈을 벌지 못하는 변호사 캐릭터나, 도박이나 소비 중독으로 빈털터리가 된 변호사는 어떨까?

캐릭터가 이 직업을 택한 이유

- 변호사인 부모를 보고 자라서
- 무능하거나 부패한 변호사 때문에 부당한 일을 당한 적이 있어서
- 세상을 바꿀 수 있다는 낙관적인 신념이 있어서
- 인권이나 환경, 누명을 쓴 사람을 옹호하려고
- 돈을 많이 벌고 싶어서
- 궁극적으로 정치인이나 판사가 되고 싶어서
- 자신의 토론 기술을 사랑해 마지않음
- 권력과 명망을 얻고 싶어서
- 정의를 실현하고 사회의 문제를 고치는 데 기여하고 싶어서

보모

Nanny

개요

보모는 보살핌을 전문으로 하는 직업으로, 주로 가정에서 아이를 돌본다. 아이들을 보살피고 안전한 환경을 제공하며 성장을 돕고 필요하다면 훈육도 한다. 식사를 준비하고 간단한 집안일을 하기도 하며, 부모를 대신해 아이들을 학교나 병원에 데려가고 방과 후 과외 활동에 동행하기도 한다. 가족이 휴가를 갈 때 아이들을 돌보려고 동행하는 경우도 있다.

보모는 계약할 때 업무 범위를 정확히 한정지어야 하지만 현실적으로는 그렇지 않은 경우가 많다. 그래서 아이의 부모가 이런저런 일을 해달라고 부탁하면 일이 계속 늘어날 수 있다. 보모는 하루 종일 또는 파트타임으로 일하며, 자택에서 출퇴근하기도 하고 입주 보모로 아이의 집에서 살기도 한다. 보모가 돌보는 아이와 아이의 가족에게 큰 애착을 갖는 일은 흔히 일어난다.

필요한 훈련·교육

보모가 되려면 필수적인 교육은 없지만, 학력이 높을수록 임금도 높아지는 경향이 있다. 고용주에 따라서 외국어 구사 능력, 장애아나 특수아를 돌본 경험 등을 요구하기도 한다.

이 직업에 유용한 기술·재능

요리 실력, 기본적인 응급처치, 친화력, 인간적인 매력, 상황 예측 능력, 공감 능력, 뛰어난 청력, 뛰어난 후각, 탁월한 기억력, 신뢰를 주는 능력, 아이들과 잘 놀아줌, 환대하는 능력, 직관력, 친구를 사귀는 능력, 사람들을 웃게 하는 능력, 외국어 구사 능력, 멀티태스킹, 중재 능력, 정확한 기억력, 상대의 마음을 읽는 능력, 체력, 빠른 발, 다른 사람을 가르치는 능력

이 직업에 도움이 되는 성격 특성

적응을 잘하는, 애정이 많은, 기민한, 침착한, 휘둘리지 않는, 매력적인, 자신감 있는, 협조적인, 창의적인, 수완이 좋은, 규율을 준수하는, 진중한, 느긋한, 능률적인, 공감을 잘하는, 열정적인, 호감을 주는, 호들갑스러운, 재미있는, 너그러운, 온화한, 행복한, 정직한, 고결한, 직

업윤리를 준수하는, 친절한, 상상력이 풍부한, 독립적인, 근면 성실한, 친절한, 아이를 좋아하는, 유순한, 관찰하는, 체계적인, 열정적인, 참을성 있는, 설득력 있는, 쾌활한, 남을 보호하는, 책임감 있는, 분별력 있는, 마음이 넓은

갈등이 벌어지는 상황

- 세세한 부분까지 간섭하거나 무리한 요구를 하는 부모
- 보모가 아이들에게 엄하기를 기대하지만 정작 본인들은 그러지 못한 부모
- 바쁘다는 핑계로 보모에게 아이들과 그날 있었던 일에 대해 묻지 않고 대화를 나누려 하지도 않는 부모
- 일에 비해 보수가 적을 때
- 보수를 인상하지도 않는데 해야 할 일만 추가될 때
- 상의도 없이 해야 할 일이 늘어날 때
- 다른 성인과 교류 없이 지내다 보니 외로움을 느낄 때
- 아이들에게 애착이 생겨서 고용 환경이 불만스러워도 참게 되었을 때
- 훈육이나 양육에서 부모와 의견이 일치하지 않을 때
- 부모가 자식을 방임하거나 터무니없는 것을 요구하는 모습을 보게 되었을 때
- 적합한 수당이나 의료보험이 없음
- 돌보는 아이의 부모가 가족 모임 자리에도 참석해서 아이들을 봐주기를 기대할 때
- 개인적으로 급한 일이 생겼는데 부모가 자신들의 일정을 앞세우며 화를 낼 때
- (보모가 불법으로 고용된 경우) 세금이나 신용 등급에 문제가 생김
- 보모 일에 에너지를 너무 많이 소모하여 기진맥진함
- 자녀와의 관계를 두고 부모가 질투할 때
- 아이들의 반려동물까지 돌봐주기를 기대할 때
- 돌봐주는 아이의 가정에서 다른 사람들에게 알려야 하는 민감한 일(학대, 마약, 음란물 등)이 벌어지고 있음을 알게 됨

주로 접하는 사람들

아이의 부모, 교사, 사서, 운동 코치 및 다른 강사, 아동의 친구와 그들의 부모, 소아과 의사, 치과 의사

직업이 캐릭터의 욕구에 미치는 영향

- **자아실현 욕구**

  캐릭터가 아이를 낳을 수 없다면 보모라는 직업으로 아이에 대한 욕구를 충족시킬 수는 있겠지만, 대신 자신이 아이를 갖지 못한다는 사실을 항상 상기하게 될 것이다.

- **존중과 인정의 욕구**

  보모의 시간, 일정, 능력, 요구 사항을 존중하지 않는 가족을 위해 일한다면 자존감이 훼손될 수 있다.

- **애정과 소속의 욕구**

  입주 보모는 반려자를 찾거나 연인과의 관계를 유지하는 데 어려움을 겪을 수 있다. 또한 보모에게 자녀가 있다면, 근무가 끝난 후 정작 자신의 자녀를 돌볼 기력이 없어서 자녀와의 관계에 갈등이 생기기도 한다.

고정관념 비틀기

보모는 대체로 이민자, 외국인 노동자, 고용주를 유혹하려고 가정에 들어온 관능적인 침입자로 묘사된다. 이런 고정관념을 극복하려면 캐릭터가 보모가 되려는 동기를 다르게 설정해보자. 육아와 관련된 직업을 가지려고 경력을 쌓으려 한다든가, 심리학 논문을 쓰기 위한 연구의 일환이라든가, 하나뿐인 자식이 죽어서 그 공허감을 채우려고 보모가 되었다는 설정이 가능하다.

캐릭터가 이 직업을 택한 이유

- 어릴 때 방임하는 부모 밑에서 참혹하게 자랐기에, 다른 아이들은 그런 경험을 겪게 하고 싶지 않아서
- 이민을 가고 싶었는데, 보모가 되면 이민이 가능하기 때문에
- 아이들이 자아를 발견하도록 돕고 싶어서
- 아이들과 시간을 보내고 싶어서
- 학비나 생활비 때문에 안정된 수입이 필요함
- 여러 장소를 옮겨 다니면서 세상을 경험하고 싶어서
- 아이들과 함께하는 것을 좋아하지만 아이를 낳고 싶지는 않아서

보물 사냥꾼 Treasure Hunter

개요

보물 사냥꾼은 호기심이 많고 조사에 능하다. 이들은 그 특성을 활용하여 잃어버리거나 도둑맞았거나 오랫동안 잊혔던 보물을 찾아낸다. 보물은 묻혀 있거나, 가라앉아 있거나, 숨겨져 있거나, 복구 작업 중에 발견되기도 한다. 그렇게 찾은 보물은 역사적 의미가 있을 수도 있고, 어느 재력가가 공들여 개최한 사냥 대회의 상품일 수도 있다.

필요한 훈련·교육

보물 사냥꾼으로 성공하는 데 필요한 훈련이나 교육은 찾아내려는 보물의 유형에 따라 다르다. 가령 난파선을 인양하는 보물 사냥꾼이라면 다이버 자격증이 필요하고 보트를 조종할 줄 알아야 한다. 보물 사냥에 필요한 교육이나 기술이라면 역사 지식, 지도 판독술과 항해술, 특정 문화에 대한 이해, 잘 알려지지 않은 언어를 능숙하게 읽고 쓰는 능력, 현지 관습과 미신에 대한 이해, 최초로 보물을 숨긴 인물에 대한 긴밀한 이해 등이 있다. 또한 보물 사냥꾼은 금속 탐지기부터 심해 인양 장비와 폭발물에 이르는 다양한 장비를 능숙하게 다룰 줄 알아야 한다.

이 직업에 유용한 기술·재능

돈을 버는 요령, 기본적인 응급처치, 뛰어난 청력, 탁월한 기억력, 수렵 채집 기술, 신뢰를 주는 능력, 경청하는 능력, 흥정 솜씨, 독순술, 거짓말, 기계를 다루는 기술, 외국어 구사 능력, 발상을 전환하는 능력, 날씨 예측, 홍보 능력, 상대의 마음을 읽는 능력, 재료나 물건을 상황에 맞게 응용하는 능력, 연구 조사, 호신술, 정확한 사격, 손재주, 체력, 전략적 사고, 호흡 조절, 생존 기술, 방향을 찾는 능력

이 직업에 도움이 되는 성격 특성

어디에서든 잘 적응하는, 무언가에 홀딱 빠져드는, 모험심이 강한, 기민한, 야망 넘치는, 분석적인, 대담한, 차분한, 자부심이 넘치는, 용감한, 호기심이 많은, 과단성 있는, 약삭빠른, 규율을 준수하는, 진중한, 정직하지 않은, 난처한 상황을 잘 빠져나가는, 집중력 있는, 상상력이 풍부한, 남에게 의지하지 않는, 근면 성실한, 아는체하는, 마초적인,

상대를 조종할 줄 아는, 물질을 중시하는, 세심한, 관찰력이 좋은, 강박관념이 있는, 낙관적인, 체계적인, 인내심 있는, 끈질긴, 설득력 있는, 임기응변에 능한, 고집이 센, 미신을 믿는, 의심이 많은, 알뜰한, 딱히 윤리에 얽매이지 않는, 현명한

갈등이 벌어지는 상황

- 경쟁 상대인 보물 사냥꾼이 캐릭터보다 먼저, 또는 동시에 단서를 풀어냄
- 외지인을 불신하는 현지인이 입을 꾹 다물고 아무 말도 하지 않으려 할 때
- 세월이 흘러서 낡아져버린 지도
- 오래된 장비가 하필 가장 필요한 순간에 제대로 작동하지 않거나 망가짐
- 거짓 단서 때문에 시간을 낭비하고 경쟁 상대가 이득을 볼 때
- 공무원이나 경찰관에게 뇌물을 먹이려다가 역효과가 날 때
- 보물을 발견했는데 다른 사람이 소유권을 주장할 때
- 경쟁자가 캐릭터의 장비나 차량을 고의로 망가뜨렸을 때
- 동료나 팀원과 성격 차이로 다툼
- 보물에 저주가 깃들었다는 구전 설화가 사실이었음을 알게 되었을 때
- 경매 또는 마당 장터에서 보물을 샀는데 위조품이라는 사실을 알게 됨
- 법망을 피하려고 꼼수를 부리다 체포당함
- 보물을 찾던 중 공격당하거나 상해를 입었을 때
- 보물이 있는 장소에 도착했는데 누군가 먼저 다녀갔다는 사실을 알게 되었을 때
- 보물을 발견하기도 전에 의뢰인이 준 돈을 다 써버림
- 발견한 단서가 가리키는 장소가 (특별 보호 구역, 질병 등으로 격리된 도시 등) 들어갈 수 없는 곳일 때
- 온갖 고생 끝에 보물을 발견했으나 아무 가치가 없는 물건으로 밝혀졌을 때(햇빛이나 공기에 노출되어 훼손되었거나, 깨졌거나, 의뢰인이 기대한 물건이 아님)

- 비윤리적인 동료의 행위 때문에 법적 문제에 휘말림
- 가족에게 급한 일이 생기는 바람에 일정에 차질이 생기고, 결국 보물 사냥이 중단됨

주로 접하는 사람들

학예사, 고고학자, 역사학자, 경찰, 공무원, 현지 가이드, 운전기사, 현장 일꾼, 동료 보물 사냥꾼, 선장, 각 분야 전문가, 재정 후원자

직업이 캐릭터의 욕구에 미치는 영향

- **자아실현 욕구**

  이른바 '대박을 치는' 것만이 삶의 목적인 보물 사냥꾼이라면 이 목적이 실현되지 않을 때 자신감을 잃고 지금껏 인생을 낭비한 것은 아닌지 고민할 수 있다.

- **존중과 인정의 욕구**

  항상 다른 보물 사냥꾼에게 간발의 차로 뒤처지는 캐릭터는 자긍심에 손상을 입을 수 있다.

- **안전 욕구**

  보물 사냥꾼은 위험천만한 장소로 갈 때가 있으며, 큰 포상금이 걸려 있다면 그 돈을 노리는 다른 사람들도 위험 요소가 될 것이다.

고정관념 비틀기

보물 사냥꾼 캐릭터는 대개 남성이지만, 여성도 얼마든지 모험가 정신을 지닐 수 있다. 여성 보물 사냥꾼을 주인공으로 하는 건 어떨까?

캐릭터가 이 직업을 택한 이유

- 어렸을 때 (누가 숨겨두었거나, 묻혀 있었거나, 잃어버린 줄 알았던) 귀중한 물건을 찾아낸 적이 있어서
- 도박으로 한몫 잡아보겠다고 혈안이 된 부모님 밑에서 자라서
- 고가의 골동품을 위조하거나, 수집하여 재단장하는 집안에서 자라남
- 부모님이 귀중한 유물을 다루는 고고학자나 박물관 학예사여서
- 특정 지역의 역사에 열정이 있어서
- 잃어버린 물건을 찾는 데 타고난 재능이나 초자연적인 능력을 지니고 있음

보안 요원

Security Guard

개요

보안 요원은 정해진 구역을 감시하고 순찰하면서 그곳에 있는 사람들의 안전과 (토지와 건물 같은) 부동산의 보안을 유지한다. 프리랜서로 일하거나 (은행, 카지노, 나이트클럽, 아파트, 호텔, 상점, 학교 같은) 단체나 조직에 직접 고용되거나, 대행사를 통해 파견 근무하기도 한다. CCTV를 감시하거나 출입구를 지키는 일처럼 움직임이 적은 업무도 있지만, 특정 지역을 걷거나 자동차나 자전거를 이용하여 순찰하는 업무도 있다.

보안 요원은 자신이 일하는 곳에서 법을 위반하는 사람이 있는지, 폭력으로 이어질만한 소란이 발생하는지, 의심스러운 행위가 일어나는지 유심히 살펴야 한다. 위법행위가 발생하면 보안 요원은 서류를 작성하고 경찰이나 관계자가 올 때까지 용의자를 억류하며, 필요하다면 법정에서 증언한다.

보안 요원은 화재경보기, 디지털 잠금장치, 비디오카메라 같은 안전 및 보안 장치가 정상적으로 작동하는지 확인할 책임도 있다. 또한 안전하고 신뢰할 수 있는 사람이라고 인식되기 때문에 종종 방문자의 질문을 받기도 한다. 길을 안내해주거나 고객 서비스 정보를 제공하는 것도 업무라고 생각할 수 있다.

필요한 훈련·교육

보안 요원 일을 시작하려면 고등학교 졸업장은 필수이며, 지문 채취와 범죄 이력 조사에도 응해야 한다. 총기를 소지하려면 총기 소지 허가를 받고 관련된 여러 훈련과 안전 교육을 이수해야 한다.

이 직업에 유용한 기술·재능

기본적인 응급처치, 뛰어난 청력, 뛰어난 후각, 평정심, 신뢰를 주는 능력, 직감, 독순술, 상대의 심리를 파악하여 행동이나 사고를 예측하는 능력, 외국어 구사 능력, 중재 능력, 상대의 마음을 읽는 능력, 호신술, 정확한 사격, 체력, 완력, 빠른 발, 격투 기술

이 직업에 도움이 되는 성격 특성

적응을 잘하는, 기민한, 과감한, 차분한, 자신감 있는, 대립을 두려워하지 않는, 주변을 잘 통제하는, 과단성 있는, 수완이 좋은, 규율을 준수하는, 집중력 있는, 진지한, 공정한, 성숙한, 꼬치꼬치 캐묻는, 객관적인, 관찰력 있는, 강박관념이 있는, 설득력 있는, 남을 보호하려 하는, 임기응변에 능한, 분별력 있는, 의심이 많은, 거리낌 없는

갈등이 벌어지는 상황

- 비협조적인 용의자
- 잠을 제대로 자지 못해 반응 속도가 느려짐
- 지루하거나 주의가 산만해서 중요한 것을 놓침
- 할 일 없는 십 대의 장난이나 도발에 넘어갔을 때
- 경찰이나 구급 요원이 평소보다 늦게 도착했을 때
- 어떤 사람이 범법 행위를 저지른 듯하지만 증거가 없을 때
- 용의자에게 상해를 입었을 때
- 불필요하게 거친 행동이나 욕설을 했다고 비난받을 때
- (시력 저하, 오래된 무릎 부상이 악화되어 온종일 걸어 다니기가 힘들어지는 등) 신체 능력이 떨어져서 일하기 어려워졌을 때
- 편애나 편견 때문에 객관성을 유지하기 어려워졌을 때
- 보안 요원으로서 성취할 수 있는 목표의 한계가 있다는 사실이 불만스러워질 때
- 능력 밖의 일(폭발물을 찾거나, 폭력배 여러 명과 맞서거나, 무장 강도를 당한 사람에게 응급처치를 하는 등)을 해야 할 때
- 경찰이나 주민에게 대우받지 못할 때

주로 접하는 사람들

보안 요원이 감시하는 장소에서 일하는 사람들, 행인과 손님, 고용주(사업주나 보안 회사 간부), 다른 보안 요원, 경찰, 용의자

직업이 캐릭터의 욕구에 미치는 영향

- **자아실현 욕구**

  세상을 바꾸고 싶어서 보안 요원이 된 캐릭터라면, 혼자서는 공동체의 문제를 근본적으로 해결할 수 없다거나 똑같은 문제가 반복될 뿐이라고 생각하는 순간 좌절을 맛볼 수 있다.

• 존중과 인정의 욕구

보안 요원은 대개 '짝퉁 경찰'이나 경찰 흉내나 내는 사람으로 간주된다. 다른 사람의 존중을 받지 못한다는 사실이 캐릭터에게도 영향을 줄 수 있다.

• 안전 욕구

신체가 받는 위험은 보안 요원 업무에 당연히 따르는 일이다.

• 생리적 욕구

보안 업무에서는 사소한 일이 잘못되어서 보안 요원이 사망할 수도 있다.

고정관념 비틀기

만약 보안 요원 캐릭터가 과거에 경찰이었다면, 경찰 일을 그만두고 나서 왜 다시 시민과 재산의 안전을 지키는 직업을 택했는지 그 이유를 설정해보자.

이야기 속 보안 요원은 플롯을 좀더 재미있게 해주는 (즉, 방해가 되지만 주인공이 가뿐히 물리치는) 사소한 장애물에 불과할 때가 있다. 이런 뻔한 고정관념을 타파하려면 캐릭터 개발에 공을 들여야 한다. 캐릭터에게 뜻밖의 능력을 부여하여 업무를 효율적으로 처리하게 만들어도 좋고, 약점을 극복하려고 도전을 거듭하는 모습도 가능하다.

캐릭터가 이 직업을 택한 이유

• 경찰이 되고 싶었지만 (신체 결점, 두려움, 확신이 없음, 정신질환 등의 이유로) 할 수 없었음
• 과거 강도를 당한 경험이 있어서 다른 사람은 그런 일을 겪지 않도록 막고 싶음
• (싸움을 하다가 사람을 죽였다는 등) 과거의 잘못을 만회하고자 함
• 본업 또는 해야 할 일이 따로 있기 때문에, 시간을 조절해가며 근무할 수 있는 일자리가 필요해서
• 정의, 시민 보호, 공동체 의식을 중시하므로

사서 Librarian

개요

사서는 사람들이 원하는 정보를 찾아주는 전문가로, 대부분 교육 수준이 높고 과학기술에 열정이 있다. 사서는 기술 발달을 두려워하지 않고 잘 적응한다. 이들이 책을 사랑하는 것처럼 보이는 이유는 사실 지식에 대한 갈망 때문이다. 사서는 매우 체계적이고, 사람들과 잘 지내며, 교육 조력자로서의 역할을 좋아한다. 사서는 예산 · 자원 · 인력이 부족한 상황에서도 자신의 일을 잘 해내는 경우가 많다.

필요한 훈련 · 교육

대부분의 사서는 도서관학 학위를 취득해야 한다. 석사 학위를 요구하는 도서관도 있다. 전문 시설에서 근무하는 사서라면 해당 분야에 정통하거나 관련 자격증이 필요할 수도 있다. 가령 참고정보 도서관의 사서라면 학술 연구에 특화된 능력을 갖추어야 할 것이다. 하지만 소도시나 학교 도서관의 사서라면 이 정도 수준의 교육은 요구하지 않을 것이다. 사서 교육은 직접 대학에 다니면서 받기도 하지만, 온라인 수업으로 듣기도 한다.

이 직업에 유용한 기술 · 재능

학문을 좋아함, 인간적인 매력, 공감 능력, 뛰어난 청력, 탁월한 기억력, 경청하는 능력, 환대하는 능력, 기계를 다루는 기술, 외국어 구사 능력, 멀티태스킹, 정확한 기억력, 상대의 마음을 읽는 능력, 연구 조사, 전략적 사고, 다른 사람을 가르치는 능력, 글쓰기

이 직업에 도움이 되는 성격 특성

적응을 잘하는, 기민한, 야심찬, 분석적인, 휘둘리지 않는, 매력적인, 자신감 있는, 협조적인, 정중한, 창의적인, 호기심이 많은, 과단성 있는, 수완이 좋은, 규율을 준수하는, 진중한, 효율적인, 집중력 있는, 호감을 주는, 친절한, 상상력이 풍부한, 독립적인, 근면 성실한, 지적인, 남을 보살피기 좋아하는, 관찰력 있는, 체계적인, 열정적인, 인내심 있는, 생각이 깊은, 통찰력 있는, 설득력 있는, 남을 보호하려 하는, 임기응변에 능한, 책임감 있는, 사회 이슈에 관심이 많은, 학구적인, 검소한, 소심한, 말수가 적은, 현명한

갈등이 벌어지는 상황

- 업무를 방해하는 이용객
- 책을 함부로 다루는 사람
- 이용객이 (복사기를 망가뜨리거나, 테이블에 낙서를 새기는 등) 도서관 소유물이나 자료를 훼손함
- 빠듯한 예산
- 갈등이나 예산 문제로 누군가를 내보내야 할 때
- 도서관 행사가 있어서 거만하고 완고한 작가나 전문가와 일해야 할 때
- 도서관 책이 없어짐
- 인기 있는 책을 두고 이용객들끼리 다툼
- 연체료를 받아내기 어려울 때
- 특정 책을 도서관에 들여놓지 말라고 항의하는 지역 주민들
- 책이 원래 있어야 할 자리가 아닌 곳에 꽂혀 있을 때
- 컴퓨터를 독점하는 이용객
- 이용객이 원하는 책이 없을 때
- 도서관 환경을 조성하는 데 도움이 되지 않는 지자체 시설이나 건물이 가까이 있음

주로 접하는 사람들

다른 사서, 인턴, 자원봉사자, 연구원, 교사, 학생, 부모, 이용객, 독서모임 회원, 작가, 잡역부, 컴퓨터 기술자, 책 판매원, 배송 기사, 교수, 각 분야 전문가

직업이 캐릭터의 욕구에 미치는 영향

- **자아실현 욕구**

  지식을 소중하게 여겨서 사서라는 직업에 이끌리는 캐릭터라면, 사서의 역량이 제한되는 상황에 놓이게 될 때 스트레스를 받거나 비통에 잠길 수 있다. 예를 들어, 프로파간다 때문에 책을 태우거나 검열하는 시기는 사서가 살기 괴로운 때다. 균형 잡힌 정보에 대한 접근이 제한될 뿐 아니라 올바르지 않은 정보가 사실로 받아들여지고 사람들이 책을 존중하지 않게 되기 때문이다.

- **존중과 인정의 욕구**

  책을 사랑하는 사서는 도서관을 자신의 일부로 여길 것이다. 예산

이 삭감되고 지역 주민이 찾아오지 않으면 도서관이 위축되고 사서의 자존감도 낮아질 수 있다.

고정관념 비틀기

오늘날의 사서는 사람들을 상대하고 지식의 조력자가 되기를 좋아한다. 앞뒤가 꽉꽉 막혀서 늘 화가 나 있고 50세 이하의 모든 사람을 싫어하는 사서는 이제 이 직업군에 없으니, 그런 케케묵은 묘사는 저리 치워버리자. 그 대신 젊고 열정이 넘치는 데다 매력적이기까지 한 사서를 등장시키면 스토리에 생기가 돌 것이다. 캐릭터에 아름답고 잘생긴 외모를 무턱대고 갖다 붙이는 것은 좋지 않지만, 고정관념을 깰 수 있다면 고려할만하다.

캐릭터가 이 직업을 택한 이유

- 어린 시절 책에서 위안을 얻었고, 다른 사람에게도 그런 경험을 선사하고 싶어서
- 문학과 독서를 사랑하기 때문에
- 다른 사람들이 새로운 지식을 얻도록 도와주고 싶어서
- 과거의 가치를 중시하고 과거가 잊히지 않게 하고 싶어서
- 계속해서 배우는 것을 좋아하고 제한 없이 지식에 접근할 수 있는 직업을 갖고 싶어서
- 도서관을 지역사회의 문화적·역사적 중심지로 생각하고 그 일부가 되고 싶어서

사설탐정

Private Detective

개요

사설탐정은 개인이나 조직에 고용되어 정보를 수집하는 사람이다. 프리랜서로 일하거나 대행사에 소속되어 (외도가 의심되는 배우자처럼) 특정 인물의 행방을 추적하거나, 고용 예정인 구직자의 배경을 조사하거나, 실종된 사람을 찾기도 하고, 저명한 인사가 범죄에 연루되었는지 조사하기도 한다.

이런 업무를 하려면 자료 조사, 면담, 감시에 많은 시간을 투자해야 한다. 또한 사설탐정은 법정에 소환되어 증언을 하기도 한다.

필요한 훈련·교육

사설탐정이 되기 위해 필요한 교육은 영업을 하고 싶은 지역에 따라 달라진다. 고등학교 졸업 또는 형사법 관련 학위가 있어야 하며, 경력을 요구할 수도 있다. 대체로 연령, 시민권, 전과와 관련하여 제한 조건이 있다.

필요한 요건을 충족하면 영업 허가를 받아야 한다. 근무 중에 총기 소지를 원한다면 (그리고 해당 국가나 지역이 총기 소지를 허용한다면) 사설탐정은 총기 관련 훈련과 교육을 받아야 한다. 사설탐정은 자신이 근무하는 지역의 법을 잘 알고 법의 테두리 안에서 일해야 한다 (사설탐정이 법을 위반해야 하는 이야기라고 하더라도 일단 지역의 법은 잘 알고 있어야 한다).

이 직업에 유용한 기술·재능

친화력, 인간적인 매력, 컴퓨터 해킹, 꼼꼼함, 뛰어난 청력, 평정심, 신뢰를 주는 능력, 경청하는 능력, 흥정 솜씨, 독순술, 외국어 구사 능력, 인맥, 체계적으로 정리 정돈하는 능력, 발상을 전환하는 능력, 중재 능력, 연기력, 정확한 기억력, 상대의 마음을 읽는 능력, 호신술, 체력

이 직업에 도움이 되는 성격 특성

모험심 있는, 기민한, 분석적인, 대담한, 차분한, 조심스러운, 매력적인, 대립을 두려워하지 않는, 협조적인, 정중한, 호기심이 많은, 과단성 있는, 수완이 좋은, 규율을 준수하는, 진중한, 난처한 상황을 잘 빠져나가는, 집중력 있는, 호감을 주는, 근면 성실한, 지적인, 상대를 조

종할 줄 아는, 세심한, 꼬치꼬치 캐묻는, 객관적인, 관찰력 있는, 체계적인, 인내심 있는, 통찰력 있는, 끈질긴, 설득력 있는, 추진력 있는, 임기응변에 능한, 책임감 있는, 의심이 많은, 일중독

갈등이 벌어지는 상황

- 감정 기복이 심한 용의자가 위협하거나 공격해올 때
- (정보를 찾을 수 없는 사건처럼) 해결이 불가능한 사건을 맡게 됨
- 거짓말을 하거나 정보를 주지 않으려는 사람과 면담할 때
- 캐릭터의 차가 고장 나거나 믿고 탈만한 상태가 아닐 때
- 지루한 잠복근무를 해야 할 때
- 극악무도한 사람을 상대해야 할 때
- 법 때문에 행동반경에 제약이 있을 때
- 법을 어겨서 체포됨
- 위장 신분이 들통남
- 조사를 철저히 하지 못해서 의뢰인에게 부정확한 정보를 넘김
- 비현실적인 기대와 일정과 예산을 가진 의뢰인
- 새로운 의뢰인을 찾기 어려움
- 조사 중인 사람이 캐릭터나 캐릭터의 가족을 노릴 때
- 시간을 들여 단서를 추적했으나 아무 성과가 없을 때
- 중요한 정보원을 잃었을 때
- 근무 시간이 불규칙해서 가족과 보내는 시간을 내기가 힘들 때
- 장기간 책상 앞이나 차 안에 앉아 있어서 체중이 증가하거나 요통 등 몸에 이상이 생겼을 때
- 자신과 똑같은 비밀을 지닌 사람을 추적하게 되었을 때
- 의뢰인이 수상쩍은 거래를 하고 있음을 알게 되었을 때
- 의뢰인이 법을 위반하거나 윤리적인 선을 넘으라고 요구할 때
- 중요한 정보원이 감옥에 가거나, 살해당하거나, 더는 정보를 제공하지 않겠다고 선언하는 바람에 정보 수집에 큰 지장이 생김

주로 접하는 사람들

의뢰인, 정보 제공자(용의자의 친구·가족·이웃·동료 등), 행정 또는 관리 담당 직원, 각 분야 전문가

직업이 캐릭터의 욕구에 미치는 영향

- **자아실현 욕구**

  경찰이나 군인이 되고 싶었으나 그러지 못하고 사설탐정을 선택한 캐릭터는 이 직업에 만족을 느끼지 못할 수 있다.
- **존중과 인정의 욕구**

  이야기 속 사설탐정은 대부분 도구처럼 쓰인다. 항상 그늘에서 일하며 새로운 정보를 윗선에 알릴 때만 등장하는 식이다. 인정과 찬사를 바라는 사람이라면 남을 보조하기만 하는 이런 역할에 짜증이 날 것이다.
- **애정과 소속의 욕구**

  캐릭터의 가족이 사설탐정의 불규칙한 근무 시간과 잦은 출장을 이해하지 못한다면 관계가 나빠질 수 있다.
- **안전 욕구**

  조사의 대상이 되는 사람은 대개 자신이 조사받는 것을 원하지 않는다. 캐릭터가 사생활을 캐묻고 다닌다는 사실을 알게 되면, 조사 대상이 그를 위협하거나, 실랑이를 벌이거나, 심하면 폭력을 행사할 수 있다.

고정관념 비틀기

사설탐정 다수가 과거에 경찰이었거나 군에서 복무한 경험이 있지만, 모두가 그런 것은 아니다. 흥미롭고 독특한 과거를 기반으로 사설탐정 업무를 멋지게 해내는 캐릭터를 설정해보자.

사설탐정에 대한 고정관념은 캐릭터가 주인공인지 아니면 주인공과 맞서는 역할인지에 따라 달라진다. '우리 편' 탐정은 정중하고 매력적이며 호감 가게 묘사되고, 이런 특성 덕분에 목적을 쉽게 달성한다. 반대로 '적의 편' 탐정은 지저분하고 과체중에 도덕성이 의심스러운 인물로 그려지는 경향이 있다. 어떤 인물이든 밝은 면과 어두운 면, 장점과 단점이 뒤섞인 입체적인 존재라는 사실을 기억해야 한다. 두 가지 면을 모두 고려해서 독특하고 균형 잡힌 캐릭터를 만들어보자.

캐릭터가 이 직업을 택한 이유

- 조사와 문제 해결에 타고난 재능이 있어서
- 구제 불능일 정도로 캐묻는 성격에, 사람들의 비밀을 찾아내는 요령이 있어서

- 경찰서 등 법 집행 기관에서 일한 적이 있음
- 정의가 실현되는 것을 보고 싶으나 보수적인 경찰 조직에서 행동에 제약을 받는 것이 짜증 나서

사회복지사

Social Worker

개요

사회복지사는 사회적 약자에게 복지 서비스를 제공하며, 전문 분야에 따라 다양한 환경에서 일한다. 아동과 위탁 부모를 맺어주거나, 노년층을 지원하거나, 노숙자와 고용주를 연결해주거나, 장애인이나 중독자의 재활을 돕는다. 임상 사회복지사[clinical social worker를 임상 사회복지사로 번역하기는 하지만 한국에는 임상 사회복지사라는 직업은 없고, 이와 비슷한 '의료 사회복지사medical social worker'가 있다]는 환자의 질병을 진단하고 치료하는 일을 포함하여 더 기본적인 업무를 수행한다. 사회복지사는 그날그날 달라지는 일정에 따라 유연하게 일한다. 복지 서비스가 필요한 사람들을 만나는 것뿐 아니라, 이들에게 필요한 지역사회의 자원이나 보건 전문가를 알려주고, 이들을 대신해 변호사와 면담하고, 서류작업을 하고, (때로는 감독자를 동반하여) 가정을 방문하고, 보험사와 소통하기도 한다.

필요한 훈련·교육

사회복지사는 사회복지학이나 아동심리학처럼 관련 분야의 학사 학위가 있어야 한다. 미국의 경우 임상 사회복지사는 석사 학위가 있어야 하며, 개업을 하기 전에 (주로 인턴십으로) 경력을 쌓는다. 학위를 받은 후에도 자격증을 취득해야 한다. 자격증 취득 과정은 사회복지사가 일하기를 희망하는 분야, 취득한 학위의 종류, 일하게 될 지역의 자격 요건에 따라 달라진다.

이 직업에 유용한 기술·재능

세심함, 공감 능력, 평정심, 신뢰를 주는 능력, 경청하는 능력, 환대하는 능력, 멀티태스킹, 중재 능력, 상대의 마음을 읽는 능력

이 직업에 도움이 되는 성격 특성

적응을 잘하는, 애정이 많은, 과감한, 차분한, 대립을 두려워하지 않는, 협조적인, 정중한, 과단성 있는, 진중한, 효율적인, 공감을 잘하는, 집중력 있는, 호감을 주는, 온화한, 고결한, 직업윤리를 준수하는, 공정한, 상냥한, 꼬치꼬치 캐묻는, 남을 보살피기 좋아하는, 객관적인, 관찰력 있는, 통찰력 있는, 끈질긴, 설득력 있는, 전문성을 갖춘, 남을

보호하려 하는, 추진력 있는, 임기응변에 능한, 사회 이슈에 관심이 많은, 이타적인, 일중독

갈등이 벌어지는 상황

- 서류 작업과 형식적인 절차가 너무 많아서 감당하기 어려움
- 한 번에 여러 가지 일을 처리해야 할 때
- 고통스러운 장면을 목격해서 감정에 짓눌릴 때
- 법적 절차가 너무 길어서 (입양을 기다리는 아이의) 입양 과정이 지연될 때
- (정착할 곳을 찾는 난민에게 시간이 더 걸릴 것이라거나, 입양을 바라는 가족에게 심사를 통과하지 못했다는 등) 좋지 못한 결과를 전해야 할 때
- 지금까지 담당했던 일이나 사람을 두고 다른 조직이나 단체로 옮겨야 할 때
- (아동을 가정에서 분리할지 여부를 결정해야 하는 등) 어려운 문제를 다루게 되었을 때
- 명확한 해결책이 보이지 않는 상황에 부딪혔을 때
- (가뜩이나 학교에 적응하지 못하는 아동의 부모가 이혼하기로 결정하는 등) 이미 힘든 상황인데 또 다른 문제가 발생했을 때
- 복지 대상자와 연락이 닿지 않을 때
- 가정 방문 중에 불편하고 심란한 사항을 알아차림
- 복지 대상자의 언어를 몰라서 의사소통이 안 될 때
- 복지 대상자가 진실을 숨기거나 협조하지 않을 때
- 안 좋은 일이 일어나고 있다고 짐작이 가지만 증거가 없어서 개입하지 못할 때
- 편견에 맞서야 할 때

주로 접하는 사람들

위탁 부모와 아동, 다른 사회복지사, 아동의 친부모 또는 후견인, 난민, 교사, 변호사, 경찰, 보호관찰관, 정신질환 환자, 상담가와 심리학자, 의사, 간호사, 노인 복지 시설에 거주하는 노인과 직원

직업이 캐릭터의 욕구에 미치는 영향

- **자아실현 욕구**

  다른 사람을 돕고 싶어서 사회복지사가 된 캐릭터는 관료주의나 정치적인 이유로 업무를 수행하기 힘들 때 낙담할 수 있다.

- **존중과 인정의 욕구**

  일이 안 좋은 방향으로 흘러가거나 도움을 줄 수 없는 상황에 처하면 부당한 비난을 받을 수 있다. 그러면 자신감이 떨어지게 된다.

- **애정과 소속의 욕구**

  사회복지 업무는 강도가 높고 많은 희생을 필요로 한다. 따라서 캐릭터가 지닌 낙관주의나 감정을 고갈시킬 수 있다. 그대로 시간이 흐르면 사회복지사 캐릭터는 배우자나 연인에게 적절한 지지나 격려, 긍정적인 힘을 줄 수 없게 되고, 관계가 무너질 수 있다.

- **안전 욕구**

  힘들게 살아가는 사람들을 돕다 보면 안전을 위협받을 수도 있다. 또한 해결되지 않은 마음의 상처는 정신 건강에 악영향을 미친다.

고정관념 비틀기

각종 영화나 소설에 나오는 사회복지사는 대개 일에 지쳐 피로에 절어 있거나, 아니면 맹목적인 낙천주의자로 묘사된다. 이렇게 진부한 묘사보다는 몇 가지 특성을 조합해서 개성 있는 캐릭터를 만들어보자. 예를 들어, 지치고 기가 꺾이기는 했지만 분별력이 뛰어나고 자신이 담당하는 복지 대상자가 겪는 상황을 본능적으로 알아차릴 수 있는 사회복지사는 어떤가? 자신이 담당하는 복지 대상자와 깊은 유대 관계를 맺으며 사랑과 믿음을 바탕으로 힘이 되어주는, 아주 낙관적인 사회복지사 캐릭터도 만들어볼 수 있다.

캐릭터가 이 직업을 택한 이유

- 난민 캠프나 대규모 노숙인 집단 근처에서 어린 시절을 보냈음
- 어릴 때 입양되었거나, 입양된 형제자매와 함께 성장함
- 어린 시절 자신을 지지해줄 사람이 필요했기에 비슷한 처지에 놓인 다른 사람을 도와주고 싶어서
- 아동 · 난민 · 노인 등 특정 사람들에게 유대감을 느껴서
- 사회복지가 많은 사회 문제를 해결해줄 수 있다고 생각함
- 공감 능력이 뛰어나고 다른 사람을 돕고 싶음

상담심리사 Therapist

[상담심리사는 정신건강전문요원과도 비슷하지만, 구체적인 역할이 다를 수 있다]

개요

상담심리사는 정신적·정서적 문제를 겪고 있는 사람들을 도와준다. 전반적인 심리 문제를 다루기도 하고, 결혼 및 가족·중독·상실·라이프코칭과 같은 특정 분야를 전문으로 하기도 한다. 혼자 상담 센터를 열거나 다른 치료사와 협력하여 일하기도 한다. 병원, 교도소, 소년원, 약물중독 치료 시설, (교도소 출소자, 정신병원 퇴원 환자 등을 위한) 사회 복귀 훈련 시설, 교회, 학교 등에서 일할 수도 있다. 상담심리사의 온라인 상담도 도움이 필요한 사람들에게 인기 있다.

다른 정신 건강 관련 직업과 비슷해 보이지만 명백한 차이점이 존재한다. 예를 들어 심리학자도 치료를 할 수 있으나 대부분 학계나 연구 분야에 종사하며, 정신과 의사는 의사 자격증을 소지하고 약을 처방할 수 있다는 점에서 상담심리사와 구분된다.

필요한 훈련·교육

미국에서는 4년제 학위가 필요하고, 특정 치료를 하려면 석사 학위가 필요한 경우도 있다. 개업을 하기 전 현장에서 일하면서 임상 시간을 많이 확보해야 한다.

이 직업에 유용한 기술·재능

상황 예측 능력, 공감 능력, 뛰어난 기억력, 신뢰를 주는 능력, 경청하는 능력, 환대하는 능력, 발상을 전환하는 능력, 중재 능력, 상대의 마음을 읽는 능력, 연구 조사, 다른 사람을 가르치는 능력

이 직업에 도움이 되는 성격 특성

분석적인, 차분한, 협조적인, 호기심이 많은, 수완이 좋은, 진중한, 효율적인, 공감을 잘하는, 호감을 주는, 온화한, 정직한, 상냥한, 남을 보살피기 좋아하는, 관찰력이 뛰어난, 낙관적인, 체계적인, 인내심 있는, 통찰력 있는, 끈질긴, 설득력 있는, 미리 대비하는, 전문성이 있는, 책임감 있는, 학구적인, 남을 잘 돕는, 마음이 넓은, 현명한

갈등이 벌어지는 상황

- 내담자에게 효과 있는 해결책을 찾을 수 없음
- 내담자가 자신의 상황을 털어놓으려 하지 않거나, 그러지 못하는 경우
- 상담심리사가 치료하는 동안 내담자의 상태가 악화되어 자살에 이르거나, 아동을 학대하거나, 다른 사람을 살해했을 때
- 내담자의 상태를 잘못 진단했을 때
- 내담자와 사랑에 빠짐
- 내담자에 대한 편견을 품고 있음
- 내담자가 신뢰를 거둬버릴 수 있음에도 안전을 위해서 비밀 유지의 의무를 어겨야 할 때
- 집단 상담을 하는 도중에 평정심을 잃음
- 내담자의 가족이나 보호자가 상담을 방해할 때
- 정신분석을 계속하면서 내담자가 사랑하는 사람과 소원해지게 됨
- 일과 사생활을 분리하지 못함
- 다른 사람을 돕는 방법은 잘 알지만, 정작 자신의 삶에서 놓치고 지나가는 것들이 있음
- 관심이 필요한 내담자 때문에 개인적인 삶에 지장이 생길 때
- 불안정한 내담자나, 그와 가까운 사람에게 스토킹이나 공격을 당함
- 사적으로 아는 사람과 상담자-내담자 관계가 되었을 때
- 무료로 상담해야 하는 내담자가 너무 많음
- 연민 피로와 번아웃을 겪을 때
- 내담자와 관련된 사건으로 법정에서 진술해야 할 때

주로 접하는 사람들

내담자(아동, 청소년, 부부, 수감자, 참전 용사, 노인 등), 내담자의 가족 구성원 또는 보호자, 다른 정신 건강 전문가(사회복지사, 정신과 의사 등), 의사, 학교 관계자, 행정 담당 직원

직업이 캐릭터의 욕구에 미치는 영향

- **존중과 인정의 욕구**

  상담심리사가 모든 내담자를 도울 수는 없지만, 실패를 거듭하면 자신의 능력에 의구심을 가질 수 있다. 그런 실패가 치료사 자신의 잘못이 아니라도 그렇다. 내담자가 소아 성애자나 연쇄살인마 같

은 끔찍한 범죄자인 것으로 밝혀진다면 자긍심이 떨어질 수 있다.

- **애정과 소속의 욕구**
  상담심리사 중에는 자신의 심리적 문제를 스스로 치유하고자 하는 마음에서 이 직업을 택하는 경우도 있지만, 이는 말처럼 쉽지 않다. 상담심리사 캐릭터가 과거에 크나큰 상처를 받았다면, 건강한 방식으로 남과 어울리거나 관계를 맺는 데 어려움을 겪을 수 있다. 또한 사람을 고치고자 하는 캐릭터의 욕구가 가족이나 친구에게도 적용되면 갈등이 발생할 수 있다.
- **안전 욕구**
  상담심리사가 치료를 위해 위험한 동네나 중범죄자가 수감된 교도소처럼 안전하지 않은 곳에 가야 한다면, 안전 욕구가 충족되지 않을 수 있다.

고정관념 비틀기

스토리에 등장하는 상담심리사는 주로 멘토 역할을 한다. 다른 사람의 감정과 정서를 철저히 짓밟으려는 악당을 상담심리사로 만들거나, 주인공의 애정 상대가 상담심리사여서 주인공과 색다른 갈등을 일으킨다는 설정은 어떤가?

캐릭터가 이 직업을 택한 이유

- 자신의 내면에 무의식적으로 자리한 악마를 발견하여 물리치고 싶었음
- 상담심리사에게 도움을 받아서 삶이 바뀌었기에 다른 사람에게도 그런 기회를 제공하고 싶어서
- 다른 사람의 문제에 신경을 쏟는 동안에는 자신의 문제를 회피할 수 있기 때문에
- 학대받는 아동, 난민, 여성, 중독자 등 사회적 약자들을 돕고 싶음
- 사람들이 마음을 열고 문제를 털어놓게 하는 요령을 잘 알고 있음
- 도움이 필요할 때 곁에 있어주지 못했던 과거의 실수를 만회하고 싶어서

성직자

Clergy Member

개요

성직자는 목사, 신부, 랍비, 이맘 등 조직화된 종교 집단 안에서 지도자 역할을 하는 사람을 총칭한다. 성직자는 경전을 해석하고, 교인들을 가르치며, 교구민과 지역사회 주민을 위해 종교의식을 거행하고, 종교 의무가 지켜지는지 살핀다. 종교에 따라 제물을 바치고, 인간을 대표하여 절대자와 인간을 이어주고, 고해성사를 듣고, 세례 · 성찬 · 정례 의식 등 해당 종교에서 중요하게 여기는 의식을 주관한다. 현실에 존재하는 종교 집단에 속한 성직자 캐릭터를 만든다면 해당 교단에 대한 세부 정보를 조사할 필요가 있다.

필요한 훈련 · 교육

해당 종교의 교리를 가르치는 시설에 일정 기간 다니면서 학위를 받으면 성직자가 될 수 있는 종교도 있고, 신참에게 선배 성직자의 수습으로 일하며 배워나갈 것을 요구하는 종교도 있다. 외딴 지역에서는 공식적인 수련 기간 없이 해당 종교에 대한 열정과 기본적인 교리 지식만으로 성직자가 되기도 한다.

이 직업에 유용한 기술 · 재능

인간적인 매력, 공감 능력, 신뢰를 주는 능력, 경청하는 능력, 환대하는 능력, 리더십, 멀티태스킹, 인맥, 화술, 상대의 마음을 읽는 능력, 연구 조사, 다른 사람을 가르치는 능력, 비전, 글쓰기

이 직업에 도움이 되는 성격 특성

대담한, 휘둘리지 않는, 매력적인, 자신감 있는, 정중한, 창의적인, 수완이 좋은, 규율을 준수하는, 진중한, 공감을 잘하는, 열성적인, 외향적인, 광신적인, 정직한, 고결한, 직업윤리를 준수하는, 친절한, 겸손한, 이상주의적인, 영감을 주는, 지적인, 공정한, 친절한, 충실한, 상대를 조종할 줄 아는, 인정이 많은, 남을 보살피기 좋아하는, 유순한, 열정적인, 완벽주의적인, 설득력 있는, 철학적인, 영적인, 학구적인, 복종하는, 믿음이 강한, 남을 잘 돕는, 이타적인, 건전한, 현명한

갈등이 벌어지는 상황

- 자신을 부양할 만큼의 돈을 벌지 못함
- 관료주의 때문에 중요한 일을 하지 못할 때
- 교리를 두고 교구 주민이나 고위 성직자와 의견이 맞지 않을 때
- 교단 내 파벌 싸움에 휘말릴 때
- 종교적 신념과 대중 문화 규범이 충돌하여 갈등이 생김
- 현대의 사상을 두고 전통을 중시하는 교구 주민과 충돌을 빚음
- 특정한 도움이 필요한 신자가 있는데, 그 신자가 성직자의 말을 들으려 하지 않음
- 자신의 종교에 대한 오해나 부당한 편견에 맞서야 할 때
- 종교적 신념 때문에 박해를 받을 때
- 자신이 믿는 종교를 불법으로 규정한 사회에서 목숨을 걸고 전도할 때
- 알코올 남용, 성적 일탈 같은 유혹과 맞서 싸워야 할 때
- 자신이 종교 지도자라서 비밀스러운 이야기를 털어놓거나 조언을 구할 데가 없음
- 종교 교리에 의심이 들기 시작할 때

주로 접하는 사람들

교구 주민이나 신도, 고위 성직자, 봉사 대상(노숙자, 환자, 빈민 등), 언론인, 교단 직원, 지역 성직자, 평화 · 면죄 · 지식 · 공동체 · 치유 등을 찾아서 온 이방인, 정치인

직업이 캐릭터의 욕구에 미치는 영향

- **자아실현 욕구**
  영성과 자신에게 충실한 태도는 성직자가 자아를 실현하는 데 매우 중요하다. 종교 때문에 개인적 신념, 욕구, 우선순위를 포기해야 한다면 신앙의 위기를 겪을 수도 있다.
- **존중과 인정의 욕구**
  고위직이 되어 더 많은 영향력을 행사하고자 하는 성직자라면, 교단 내 알력으로 그에 실패할 때 존중과 인정 욕구가 좌절될 수 있다.
- **애정과 소속의 욕구**
  종교 규율에 지나치게 집착하는 성직자는 조건 없이 사랑을 주고받는 대인 관계를 맺기 힘들 수 있다.

- **생리적 욕구**

  과거와 현재를 막론하고 많은 문화권에서 특정 종교를 불법으로 규정한다. 그 종교의 성직자가 된다는 것은 법을 어기는 행위이므로 감옥에 가거나, 폭행을 당하거나, 추방되거나, 처형되기도 한다.

고정관념 비틀기

성직자를 묘사하는 몇몇 고정관념은 너무 많이 사용되어 이제는 일종의 비유처럼 보일 지경이다. 교리에 너무 집착한 나머지 혐오 또는 학대를 하거나, 겉으로는 점잖지만 성적 일탈을 즐기는 위선적인 성직자가 그런 예다. 이런 고정관념과 반대로 여러 면모를 지닌 성직자 캐릭터를 만들어보자.

캐릭터가 이 직업을 택한 이유

- 신의 계시를 받아서
- 신의 사랑을 확고하게 믿기에, 다른 사람들에게도 신의 사랑을 알려주고 싶어서
- 과거에 저지른 일탈·실패·과오를 만회하려고
- 교회나 가족에 의무감을 느껴서
- 교회에 보답하고 싶어서
- (현대인의 필요에 부합하고, 더 큰 선을 위해서라면 다른 조직과도 협력할 수 있는) 새로운 종교 단체를 만들고 싶어서

셰프 Chef

개요

셰프(주방장)는 요리 과정 전반을 책임지는 사람이다. 메뉴를 구성하고, 재료를 선정하고, 재료와 소모품을 주문하고, 다른 사람들의 일을 감독하거나 지시를 내린다. 셰프의 임무는 사업장 내 지위에 따라 달라진다.
오너 셰프는 식당의 성공 여부를 책임지는 사람으로, 비즈니스 관점에서 주방과 식당을 관리한다. 직원을 고용·해고하고 음식의 가격과 메뉴를 결정한다. 총주방장은 요리 준비, 주문, 메뉴 구성을 포함한 주방의 일상적인 작업 전반을 감독한다. 수석 셰프는 주방 팀의 일원으로, 대개 주방 내 특정 부서에 배치되어 정해진 요리를 만들거나 (플레이팅 같은) 요리 과정을 담당한다.
셰프와 조리사는 서로 담당하는 직책이 다르다. 조리사는 셰프보다 훈련 과정이 짧으며, 일반적으로 레스토랑급 식당의 말단직을 맡거나 그보다 작은 규모의 식당에서 일한다.

필요한 훈련·교육

셰프가 되려면 일반적으로 조리 관련 학위와 특정 분야의 자격증을 갖춰야 한다. 교육과정에는 영양학, 도축, 고기 굽기, 페이스트리 만들기, 주방 안전, 기본적인 응급처치, 플레이팅, 접객, 메뉴 구성, 주방 운영 등이 포함된다. 훈련은 이론 수업과 실기 수업으로 이루어진다.
셰프를 꿈꾸는 사람은 보통 말단직에서 시작하고, 이후 다른 셰프의 조수로 일하며 경력을 쌓는다. 페이스트리, 스테이크, 소스 등 담당 직책을 맡으려면 그에 맞는 훈련 과정을 수료해야 한다.

이 직업에 유용한 기술·재능

수익을 창출하는 능력, 베이킹, 기본적인 응급처치, 창의력, 뛰어난 후각, 뛰어난 미각, 평정심, 탁월한 기억력, 손님 접대, 리더십, 외국어 구사 능력, 멀티태스킹, 정확한 기억력, 홍보 능력, 손재주, 완력, 빠른 발

이 직업에 도움이 되는 성격 특성

적응을 잘하는, 분석적인, 휘둘리지 않는, 자부심이 넘치는, 협력을 잘하는, 창의적인, 규율을 준수하는, 집중력 있는, 친절한, 상상력이 풍부한, 비판적인, 아는체하는, 독립적인, 근면 성실한, 세심한, 관찰력이 좋은, 강박관념이 있는, 체계적인, 열정적인, 완벽주의적인, 전문성을 갖춘, 재능이 있는, 알뜰한, 일중독

갈등이 벌어지는 상황

- 근무 시간이 너무 길 때
- 까다로운 고용주와 고객들
- 요리를 망칠 수도 있는데 특정 재료를 바꿔달라거나 빼달라고 고집부리는 고객
- (화상, 자상, 탈수, 요통 등) 주방 사고
- 휴일에도 일하느라 가족 행사에 참석하지 못할 때
- 주방 운영에 대해 제대로 모르면서 간섭하는 사장
- 저장고와 싱크대가 너무 좁고 조악하게 설계된 주방
- 관리가 허술한 조리 도구로 일해야 할 때
- 게으른 직원을 고용했을 때
- 손발이 맞지 않고 요리가 완성되어야 하는 시간을 맞추지 못하는 동료
- 고객들의 불만 사항을 받아주어야 할 때
- 가게 문을 닫기 직전에 들어오는 손님
- 주방에 재고가 부족하고 다음 날 쓸 재료가 손질되어 있지 않을 때
- 서빙하는 종업원이 저지른 실수인데 주방 직원이 비난받을 때
- 업무 성과와 관련된 스트레스, 셰프 간의 경쟁
- 메뉴를 자기 멋대로 바꾸려는 고용주
- 재고를 잘못 파악했거나, 손질을 잘못해서 식품이 상해버렸을 때

주로 접하는 사람들

손님, 주방 직원, 서빙 직원, 경영진, 식당 주인, 다른 셰프, 조리사, 배달원, 위생 검사관, 식료품 판매상

직업이 캐릭터의 욕구에 미치는 영향

- **자아실현 욕구**

  까다롭거나 무례한 손님들을 상대하고, 장시간 근무하고, 셰프의 실력을 존중하지 않는 환경에서 일하다 보면 자신이 과연 옳은 길을 가고 있는지 회의가 들 수 있다.

- **존중과 인정의 욕구**

  주방 내 위계에서 하층에 속하는 셰프는 노력을 제대로 인정받지 못하거나, 거만한 수석 셰프에게 혹사당할 수 있다.

- **애정과 소속의 욕구**

  장시간 노동과 주말 출근, 일이 끝난 뒤 밀려오는 피로 때문에 인간관계를 유지하기 어려워질 수 있다. 캐릭터가 가족보다 일을 우선시하면 가족이 셰프라는 직업을 싫어하게 될 수도 있다.

- **안전 욕구**

  주방에서는 인생이 뒤집힐 정도로 위험한 사고가 일어나기도 한다. 칼질을 하다가 손가락을 잃거나, 화상을 입어 보기 흉한 흉터가 생기거나, 건강을 위협할 만큼 체중이 증가할 수 있다.

캐릭터가 이 직업을 택한 이유

- 미식과 요리를 사랑하는 집에서 자라서
- 식당이나 요식업을 하는 집안에서 성장함
- 모든 가족 구성원이 식사 준비에 참여하는 대가족에서 자라서
- 미감이 예민하고 음식을 사랑해서
- 손님 접대를 잘하고, 동료애로 사람들을 한마음으로 엮어주는 일에 만족감을 느껴서
- 사람들에게 강렬하고 즐거운 경험을 선사하고 싶어서
- 음식으로 예술을 보여주겠다는 강한 열망이 있어서

소믈리에 Sommelier

개요

소믈리에는 와인 전문가로, 주로 고급 식당에서 손님이 주문한 요리와 어울리는 와인을 추천한다. 그러나 소믈리에의 지식은 단순히 요리에 어울리는 와인을 제안하는 것 이상이다. 소믈리에는 다양한 와인 종류를 알고 감식하는 직업이기 때문이다.

소믈리에는 와인을 추천하고 손님이 요청하면 빈 잔을 채워준다. 레스토랑의 와인 재고를 조사하여 부족분을 채우는 일도 한다. 전문 지식을 살려서 와인 지식을 가르치거나 세미나나 시음회를 열기도 하고 칼럼을 쓰기도 한다.

필요한 훈련·교육

소믈리에가 되기 위한 과정은 다양하다. 하지만 미국의 경우, 과정을 이수한 후에 지필 시험과 실기 시험을 포함해 최소 네 가지 시험을 치러야 한다. 그중에는 눈을 가린 채 와인을 시음하여 종류와 품질을 감별하는 시험도 있다. 네 번째 시험을 통과하면 와인 마스터 칭호를 얻는다. 마스터 소믈리에 협회에 따르면 협회를 만든 이래 이 영광스러운 마스터 칭호를 받은 사람은 삼백 명도 안 된다. 그만큼 어려운 시험이고, 따라서 마스터 소믈리에가 되기란 쉬운 일이 아니다.

이 직업에 유용한 기술·재능

인간적인 매력, 뛰어난 후각, 뛰어난 미각, 환대하는 능력, 홍보 능력, 상대의 마음을 읽는 능력, 연구 조사, 판매 수완, 다른 사람을 가르치는 능력

이 직업에 도움이 되는 성격 특성

감식안이 있는, 자신감 있는, 정중한, 과단성 있는, 열성적인, 너그러운, 친절한, 열정적인, 참을성 있는, 완벽주의적인, 설득력 있는, 미리 대비하는, 전문성을 갖춘, 분별력 있는, 교양 있는, 학구적인

갈등이 벌어지는 상황

- 부당한 요구를 하거나, 까다롭거나, 무례한 고객
- 근무하는 레스토랑이나 양조장에 도둑이 들었을 때
- 미성년자 손님이 나이를 속였을 때

- 임신을 해서 와인을 시음하지 못하는 상태임
- 만취한 손님
- 금방이라도 싸울 듯 긴장감이 넘쳐흐르는 커플 손님을 응대할 때
- 주문한 와인이 제시간에 도착하지 않았을 때
- 레스토랑 사장이 저급한 와인을 내놓으라고 압박할 때
- 셰프나 웨이터가 소믈리에보다 와인에 대해 잘 아는척할 때
- 소믈리에 제복에 얼룩이 묻어서 고객 앞에서 민망해질 때
- 터무니없는 요구를 하면서 소믈리에의 제안에 귀를 기울이지 않는 고객
- 고객이 와인이 마음에 들지 않는다며 소믈리에를 비난할 때
- 진한 와인과 기름진 요리로 체중이 증가할 때
- 소믈리에의 지식 수준을 제대로 모르는 사람들이 소믈리에를 얕볼 때
- 재고를 조사하다가 실수함
- 늦게 자거나 일찍 일어나야 하는 경우가 너무 많음
- 감기에 걸려서 후각과 미각이 마비되었을 때
- 소믈리에 일을 하며 마스터 소믈리에 시험을 준비할 때
- 자기가 와인 전문가라고 생각하는 고객
- 정신적 충격을 받아서 술에 의존하게 됨
- 약을 먹고 있어서 와인을 마실 수 없을 때
- 비행공포증 때문에 교육을 받으러 이동하기가 어려움
- 마스터 소믈리에 시험에서 떨어졌을 때
- 다른 소믈리에가 마스터 소믈리에가 되어 승승장구하는 모습을 지켜볼 때

주로 접하는 사람들 (레스토랑의) 손님, 셰프와 조리사, 웨이터와 웨이트리스, 다른 소믈리에, 양조장 소유주, 와인 감정사, 와인 판매업자

직업이 캐릭터의 욕구에 미치는 영향

- **자아실현 욕구**

  마스터 소믈리에가 되려고 치르는 시험은 세계에서 가장 어려운 시험이다. 합격률이 매우 낮아 많은 시간을 투자하여 공부했더라도 떨어지는 일이 다반사이므로, 이 시험에 도전하는 소믈리에는 좌절을 여러 번 맛볼 수 있다.

- **존중과 인정의 욕구**

  소믈리에는 고된 훈련 과정을 거치지만 힘든 훈련을 했다고 알아봐주거나 인정해주는 사람은 거의 없다. 소믈리에가 얼마나 많은 노력을 하는지는 일반 대중에게 거의 알려지지 않았다.

고정관념 비틀기

정규 훈련 과정을 거치고 명예로운 칭호를 획득한 소믈리에는 보통 고급 레스토랑에 취직한다. 이런 일반적인 소믈리에와는 다른 캐릭터를 만들어보는 것은 어떤가? 그런 캐릭터는 부업으로 조그만 식당을 운영하거나, 해외 와인 시음 투어를 주최하거나, 파워 블로거이거나, 가족과 친구를 위해 비공식 시음 행사를 열 수도 있다.

소믈리에라고 하면 대개 유복하고 부족한 것 없는 가정에서 태어난 인물을 떠올린다. 그래서 이야기 속 소믈리에는 세련되고 예절이 몸에 밴 가식적인 캐릭터로 묘사된다. 그렇다면 뛰어난 미각을 지니고 있지만 태도가 거칠고 세련되지 못한 소믈리에는 어떨까?

캐릭터가 이 직업을 택한 이유

- 가족이 운영하는 와인 양조장을 물려받게 되어서
- 부와 권력을 가진 사람들에게 쉽게 접근할 수 있는 직업이라서
- 포도원에서 자라서 어릴 때부터 와인에 관심이 많았음
- 어린 시절 가난하게 살았기에 부자나 상류층과 만날 수 있는 직업을 원했음
- 드물고 특별한 직업에 도전하는 데 스릴을 느껴서
- 세련되고 예민한 미각을 갖고 있으며, 와인에 대한 열정이 있어서

소방관 Firefighter

개요

소방관은 불을 끄고 화재를 예방하며 재난에 빠진 사람을 구조한다. 자동차 사고, 화학물질 유출, 자연재해에도 대응하고 수상 구조에도 관여한다. 구급 의료 자격이 있으면 구급대원이 도착할 때까지 응급처치도 한다. 그 외에도 소방시설을 점검하고, 화재 예방을 위한 교육을 하고, 방화가 의심되는 현장을 조사한다. 화재가 발생하지 않을 때는 소방서에서 비상대기하며 차량과 장비 점검, 체력 단련, 화재 진압 연습을 한다. 근무는 24~48시간까지 이어질 수 있으므로 소방서에서 숙식을 해결할 때가 많다.

필요한 훈련·교육

미국의 경우 소방관이 되려면 고등학교 졸업장이나 그에 상응하는 자격이 필요하다. 소방학을 공부하여 2년제 학위를 따는 경우도 있지만 필수는 아니다. 미국의 소방관은 면접, 필기, 신체검사와 심리검사를 통과해야 하는 소방학교에서 훈련을 받는다.

이 직업에 유용한 기술·재능

기본적인 응급처치, 공감 능력, 뛰어난 청력, 뛰어난 후각, 평정심, 고통에 대한 인내, 폭발물 지식, 체력, 완력, 호흡 조절, 빠른 발

이 직업에 도움이 되는 성격 특성

모험심이 강한, 기민한, 분석적인, 대담한, 차분한, 조심스러운, 한번 시작하면 끝장을 보는, 자신감 있는, 대립을 두려워하지 않는, 협조적인, 용감한, 과단성 있는, 규율을 준수하는, 효율적인, 열성적인, 집중력 있는, 사소한 것도 지나치지 않는, 진지한, 지적인, 객관적인, 관찰력 있는, 집요한, 남을 보호하려 하는, 추진력 있는, 임기응변에 능한, 책임감 있는, 분별력 있는, 이타적인

갈등이 벌어지는 상황

- 무능한 소방관, 자원봉사자, 무모한 시민 때문에 부상을 입음
- 동료 소방관이 화재를 진압하다 사망했을 때
- 소방 업무가 위험하고 힘들기 때문에 대인 관계를 원만하게 유지하기 어려움

- 조사하기 까다로운 화재 현장
- 현장에 없었던 상급자가 저지른 위법행위나 잘못된 의사 결정 때문에 고발당함
- 휴일과 주말 출근, 24시간 근무 등 길고 비정상적인 근무 시간
- 사사건건 충돌하는 사람들과 함께 소방서에서 생활해야 할 때
- 민간 업체와 업무 영역이 겹쳐서 경쟁하게 됨
- 다른 소방관 앞에서 겁먹은 모습을 보임
- 트라우마로 인한 스트레스를 관리해야 할 때
- 정신적 외상에 계속 노출되는 상황
- 중장비를 운반하거나 극한의 온도에서 작업하는 등 신체적으로 힘든 일이 많을 때
- 생명을 구조하는 사람이라는 책임의 무게
- 매년 정부 지원금을 따내려고 아등바등해야 함
- 화재로 누군가를 잃고 책임감에 괴로워함

주로 접하는 사람들

소방서장, 다른 소방관, 일반 시민, 경찰관, 구급대원, 화재 조사관, 경찰, 공무원, 기자, 심리학자, 수색 및 구조 전문가

직업이 캐릭터의 욕구에 미치는 영향

- **자아실현 욕구**

  소방관은 다급하게 문제를 해결해야 하는 경우가 많다. 두 사람 중 한 명만 구해야 하는 상황 같은, 도덕적으로 어려운 결정을 해야 할 수도 있다. 속수무책인 상황을 겪고 나면 자신을 용서하기 어려워질 수 있다. 특히 공감능력이 뛰어난 소방관이라면 더욱 그럴 것이며, 소방관이 과연 자신에게 맞는 직업인지 고민하게 될 것이다.
- **존중과 인정의 욕구**

  소방관은 업무를 수행하는 중에 사망을 목격할 수 있다. 그 결과 죄책감, 수치심, 외상 후 스트레스 장애를 겪을 수 있으며 이 때문에 자존감이 낮아지기도 한다.
- **안전 욕구**

  소방관은 교통사고, 곧 붕괴될지도 모르는 건물, 물살이 빠른 곳, 불이 활활 타오르는 현장에서 업무를 수행하는 위험한 직업이다.

• **생리적 욕구**

소방관은 업무 중에 목숨이 위태로운 상황에 처하므로, 생리적 욕구가 늘 위협받는다.

고정관념 비틀기

소방관은 소방서뿐만 아니라 항만, 공항, 군대, 화학·원자력·석유 회사에서도 일한다. 소방관 캐릭터가 일하는 장소를 바꿔보면 스토리에 반전을 가져올 수 있다.

소방은 압도적으로 남성이 많은 직업군이다. 소방관 직업에 필요한 신체적·정서적·정신적 요건을 충족하는 여성 캐릭터를 만들어보자.

대중은 기본적으로 소방관을 신뢰한다. 이 고정관념을 깨는 소방관 캐릭터를 만든다면 독자를 놀라게 할 수 있을 것이다.

캐릭터가 이 직업을 택한 이유

- 가족 중에 소방관이 있었음
- 사람을 구하지 못했던 과거를 만회하고 싶어서
- 의미 있는 방법으로 대중에게 봉사하고 싶어서
- 소방관들에게서 느끼는 동지애가 가족애를 대신해주기에
- 자극이 강한 활동을 좋아하고 활발하게 움직일 수 있는 직업을 원해서
- 강렬한 자극을 추구하는 성향을 건강한 방법으로 해소하고자 함
- 불에 매료되어서

소설가 Novelist

개요

소설가는 길거나 짧은 허구의 이야기를 쓰는 사람이다.

필요한 훈련·교육

소설가가 되기 위해 정규교육이 필요하지는 않지만, 작법이나 문학 등의 강의를 듣거나 학위를 취득하는 소설가도 있다. 작법서를 읽고, 콘퍼런스와 워크숍에 참석하고, 관련 블로그를 참조하면서 글쓰기를 독학할 수도 있다. 소설가로 성공하려면 글쓰기에 많은 시간을 할애해야 할 뿐 아니라, 자신이 선택한 장르의 글을 두루 읽어야 한다.

이 직업에 유용한 기술·재능

수익을 창출하는 능력, 창의성, 탁월한 기억력, 멀티태스킹, 발상을 전환하는 능력, 홍보 능력, 화술, 전략적 사고, 타이핑 실력, 글쓰기

이 직업에 도움이 되는 성격 특성

창의적인, 호기심이 많은, 규율을 준수하는, 외향적인, 집중력 있는, 상상력이 풍부한, 독립적인, 근면 성실한, 열정적인, 참을성 있는, 끈질긴, 변덕스러운, 검소한, 엉뚱한, 현명한, 재기발랄한, 일중독

갈등이 벌어지는 상황

- 심리적 요인 등으로 글이 써지지 않음
- 편집자나 서평단의 피드백을 감당해야 할 때
- 편집자에게 원고를 보내고 결과를 기다릴 때
- 마감일에 맞추기 위해 갖은 애를 쓸 때
- 내향적인 성격인데 소셜 미디어와 인맥으로 마케팅을 해야 할 때
- 재정적으로 곤란할 때
- 본업이나 집안일과 집필 활동을 병행해야 할 때
- 책이 잘 팔리지 않음
- 이번 소설도 이전만큼 잘 팔려야 한다는 중압감
- 출판 에이전트가 소통을 못하거나 홍보가 서툴 때
- 에이전트와 재계약에 실패함
- 가족이 지지해주지 않을 때

- 출판사에서 마케팅을 제대로 해주지 않을 때
- 담당 편집자가 출판사를 그만두면서 기획 중이던 책의 출판 여부가 불투명해짐
- 친구가 소설에 나오는 비호감 인물의 설정을 자신에게서 따왔다고 생각할 때
- 출판 방식을 선택해야 할 때
- 독자와 평론가의 비판을 견뎌야 할 때
- 끈질기게 괴롭히는 악성 후기 작성자
- 기술상의 문제가 발생함
- 집필 활동과 홍보 활동 사이의 균형을 잡아야 할 때
- 소설 쓰기가 누구나 할 수 있는 쉬운 일이라고 생각하는 동료 · 친구 · 친지
- 소설을 쓰고 출판사와 계약하는 데 시간이 걸림
- 책을 쓰지 않기로 결정했을 때
- '내가 쓰고 싶은 소설'보다 '잘 팔리는 소설'을 쓰고 싶다는 유혹을 느낄 때
- 소설로 수익을 내기 전에 교육, 자료 수집, 강의 수강 등에 비용을 투자해야 함
- 더 빨리 쓰거나, 더 많이 파는 다른 작가에 질투를 느낌

주로 접하는 사람들

독자, 편집자, 에이전트, 삽화가, 사서, 서점 직원, 평론가, 서평단, 사전 검토 위원

직업이 캐릭터의 욕구에 미치는 영향

- **자아실현 욕구**

  자신의 작품을 내줄 출판사를 구하지 못하거나 독자에게 외면을 당하면 자신의 능력에 의심이 들고 직업에 회의가 생길 수 있다.
- **존중과 인정의 욕구**

  출판에 이르는 일은 매우 어렵고 경쟁이 치열하다. 소설이 출판되고 난 후에도 혹독한 평론의 대상이 될 수 있고, 더 성공적인 작품을 써야 한다는 부담도 막중할 것이다.

• **애정과 소속의 욕구**

글쓰기는 고독한 노동이다. 친구와 가족들은 출판이 얼마나 힘든지는 고사하고 글쓰기가 얼마나 어려운지조차도 이해하지 못할 수 있다. 주변 사람에게 지지를 받지 못하면 소설가 캐릭터는 외로움을 느낄 수밖에 없다.

고정관념 비틀기

소설가라고 하면 글로 거뜬히 생계를 이어나가는 유명인을 생각하지만, 작가 대부분은 정규직이든 임시직이든 부업이 있다. 글을 쓰는 사람이 도무지 택할 것 같지 않은 부업을 캐릭터에게 부여하여 고정관념을 바꾸어보자.

소설가는 창의적인 이야기꾼이라고 알려져 있다. 항상 똑같은 접근법을 사용하거나 남의 아이디어를 훔쳐서 소설을 쓰는 사기꾼 캐릭터는 어떨까?

성공한 소설가들은 대개 너무나 내향적이고 혼자 있기를 좋아하는 나머지 마케팅이나 홍보는 에이전트와 편집자에게 맡겨버리는 인물로 나온다. 이런 고정관념을 비틀려면 경영에도 욕심이 있어서 마케팅과 홍보에 적극적인 캐릭터를 만들어보자.

캐릭터가 이 직업을 택한 이유

- 이야기를 창작하는 과정으로 마음의 상처를 치유할 수 있어서
- 상상력이 풍부하고 글을 좋아하기에
- 문학을 보는 안목이 높음
- 자신의 사상과 신념을 세상에 알리고 싶어서
- 독자들을 즐겁게 하거나 현실의 도피처를 제공해주고 싶어서
- 작가가 되면 명성과 부를 누릴 수 있다고 생각해서

소셜 미디어 관리자 Social Media Manager

개요

영화제작사부터 교육계까지 거의 모든 업계에서 소셜 미디어 관리자를 고용한다. 소셜 미디어 관리자는 고객을 유치하고 업체를 홍보하며 기업에 대한 긍정적 이미지를 창출하는 일을 한다. 이들은 각종 소셜 미디어 플랫폼과 블로그 운영, 이메일 회신, 웹사이트 모니터링과 업데이트 등의 업무를 한다.

소셜 미디어 관리자는 사무실로 출근하기도 하지만 재택근무를 하기도 한다. 프리랜서라면 여러 회사의 소셜 미디어를 동시에 운영하거나 파트타임으로 일할 수도 있다.

필요한 훈련·교육

일부 회사는 언론이나 마케팅 분야 학사 학위를 요구하기도 하지만 모두가 그렇지는 않다. 이 직업의 지원자는 자신의 소셜 미디어 계정으로 능력과 기술을 증명할 수 있기 때문에, 자신의 계정을 잘 키우고 유지해야 한다. 경험을 쌓고 필요한 기술을 배우려고 프리랜서로 시작하는 경우도 흔하다. 어떤 경로로 경력을 쌓든 소셜미디어 계정을 관리하는 일은 다양한 플랫폼을 안팎으로 배울 수 있는 기회가 된다.

이 직업에 유용한 기술·재능

꼼꼼함, 신뢰를 주는 능력, 흥정 솜씨, 멀티태스킹, 인맥, 체계적으로 정리 정돈하는 능력, 홍보 능력, 연구 조사, 영업력

이 직업에 도움이 되는 성격 특성

협조적인, 정중한, 수완이 좋은, 열성적인, 호감을 주는, 재미있는, 친절한, 근면 성실한, 체계적인, 설득력 있는, 전문성을 갖춘, 임기응변에 능한, 책임감 있는, 사회 이슈에 관심이 많은, 학구적인

갈등이 벌어지는 상황

- 관리하는 계정이 해킹을 당함
- 회사의 평판을 훼손하는 댓글이나 후기
- 원치 않는 메시지나 스팸 메일
- 교육받은 적이 없거나 자격이 안 되는 업무를 수행해야 함
- 하는 일의 가치를 인정받지 못할 때

- 인터넷이나 와이파이가 불안정할 때
- 인지도 높은 인물이나 채널이 캐릭터가 홍보하는 회사를 부당하게 평가했을 때
- 회사에 악감정이 있는 '악플러'들
- 온라인으로 일을 하느라 주의가 산만해짐
- 블로그에 올린 사진이나 출처를 밝히지 않은 인용구 때문에 저작권 위반으로 고소당함
- 소셜 미디어 플랫폼에 버그가 발생했을 때
- 온라인으로 스토킹을 당할 때
- (특히 집에서 일하는 경우) 가족 문제 때문에 업무를 할 수 없음
- 다른 소셜 미디어 관리자가 책임을 다하지 않아서 그 공백을 메꾸어야 할 때
- (화면을 오래 봐서 생기는 두통이나 편두통, 시력 저하, 장시간 앉아 있어서 생기는 허리 통증 등) 일과 관련된 건강 문제
- 일의 책임 범위나 근무 시간을 정하기 힘들 때
- 회사 이름이 검색되기 쉽도록 사이트 알고리즘을 관리해야 할 때
- 캐릭터가 마케팅 계획을 수립하지 않았는데도 마케팅 실적이 시원찮다고 비난받을 때
- 사이트의 홍보 규정이 온라인 마케팅에 방해가 될 때
- 마케팅에 나쁜 영향을 미치는 악재(주력 제품에 리콜 명령이 떨어지거나, 최고 경영자가 사기로 기소되는 등)가 발생했을 때

주로 접하는 사람들

회사 경영진, 인턴 사원, 온라인 관계자(고객, 팬, 경쟁자 등), 기술지원팀, 마케팅 부서 내 사람들, 그래픽디자이너, 카피라이터

직업이 캐릭터의 욕구에 미치는 영향

- **자아실현 욕구**

소셜 미디어 관리자는 회사를 대신해 계정을 관리할 뿐이지만 고객이 남긴 부정적인 피드백을 개인에 대한 비난으로 받아들이지 않기는 어렵다. 또한 소셜 미디어 관리자는 회사의 대중적 이미지에 부분적으로나마 책임이 있으므로, 자신이 통제할 수 없는 요인 때문에 능력을 최대로 발휘하지 못할 수도 있다.

• **존중과 인정의 욕구**

소셜 미디어 관리자란 직업을 진지하게 받아들이지 않는 사람들은 이 직업을 하루 종일 컴퓨터나 하는 일이라고 생각한다. 이런 과소평가 때문에 캐릭터의 인정 욕구가 충족되지 않을 수 있다.

고정관념 비틀기

소셜 미디어 관리자는 온라인 최신 문화에 푹 빠진 젊고 열정적인 사람으로 그려지곤 한다. 나이는 들었으나 첨단 기술에 능숙한 소셜 미디어 관리자라는 설정은 어떤가? 또한 신체적인 제약, 가족들의 무시, 남편의 죽음 등으로 외롭고 고립되어 있다고 느끼는 사람은 온라인상의 교류를 매력적이라고 생각할 수 있다.

캐릭터가 이 직업을 택한 이유

- 학교를 다니거나 부모님을 돌보면서 파트타임으로 할 수 있는 직업이어서
- (자신의 신념에 맞는 비영리단체라거나, 친한 친구가 운영하는 회사라는 등) 회사나 조직에 애정이 있어서
- 온라인 플랫폼을 성공적으로 운영할 수완이 있어서
- 문제를 해결하고 사람들과 관계 맺기를 좋아함
- 매우 내향적이라 사람을 직접 만나는 것보다 온라인으로 교류하는 편이 쉬워서
- 언어 장애가 있거나, 집밖으로 나가기 어려운 사정 때문에 온라인으로 하는 일을 선호하므로

소프트웨어 개발자 Software Developer

개요

소프트웨어 개발자는 사람들이 매일 사용하는 컴퓨터 프로그램을 만든다. 시스템 전체부터 작고 부수적인 응용 프로그램까지 개발 업무의 범위는 매우 넓다. 개발하는 프로그램의 종류 또한 비디오게임, 스마트폰 애플리케이션, 보안 소프트웨어 등으로 다양하다. 소프트웨어 개발자는 소속된 회사에서 요구하는 프로그램을 만들거나, 프리랜서로서 고객사를 위해 일하기도 하고, 자신이 원하는 프로그램을 개발하기도 한다. 수행하는 업무에는 프로그램 설계와 코딩뿐 아니라 테스트 작업, 버그 수정, 업그레이드 제공도 포함된다.

소프트웨어 개발자는 프리랜서로 혼자 일하거나 팀의 일원으로 일하기도 하며 자택, 사무실, 또는 자택과 사무실을 왔다 갔다 하기도 한다. 고객사의 의뢰를 받거나 팀의 일원으로 일한다면, 비대면이나 대면 방식으로 회의에 정기적으로 참석하게 된다. 회의에서는 문제 해결을 위한 설계와 솔루션을 논의하거나, 현재 진행 중인 업무 프로세스를 평가하거나, 브레인스토밍으로 새로운 프로젝트를 계획한다.

필요한 훈련·교육

컴퓨터 공학 분야의 학사 학위를 선호하는 기업도 있지만, 특정 과정을 수료했다는 증명서 외에 다른 것은 요구하지 않는 기업도 있다. 인턴이나 신입으로 들어가 실무 교육을 받고 경험을 쌓을 수도 있다. 소프트웨어 개발 분야에서 지속적인 교육은 매우 중요하다. 컴퓨터는 물론이고 컴퓨터 언어 자체도 끊임없이 변화하기 때문이다.

이 직업에 유용한 기술·재능

컴퓨터 해킹, 창의성, 꼼꼼함, 게임이나 도박에 능함, 리더십, 발상을 전환하는 능력, 연구 조사, 타이핑, 비전

이 직업에 도움이 되는 성격 특성

포부가 큰, 분석적인, 협조적인, 창의적인, 호기심이 많은, 규율을 준수하는, 효율적으로 일을 처리하는, 집중력 있는, 상상력이 풍부한, 근면 성실한, 지적인, 세심한, 강박관념이 있는, 체계적인, 열정적인, 완벽주의적인, 끈기 있는, 미리 대비하는, 책임감 있는, 학구적인

갈등이 벌어지는 상황

- 새로운 프로그램 개발보다 기존 프로그램의 버그를 찾아서 수정하는 일에 많은 시간을 쓸 때
- 베타 테스트 중인데 필요한 피드백을 받을 수 없을 때
- (촉박한 마감 기한, 작업 범위 추가 등) 고용주의 불합리한 요구
- (늦어지더라도) 기능 면에서 우수한 코드를 작성하는 것과 일을 빨리 끝내는 것 사이에서 선택해야 할 때
- 대형 프로젝트 때문에 업무에 과부하가 걸릴 때
- 동료 개발자 사이에서 경쟁이 심화될 때
- 일과 관련된 정보를 찾으려고 인터넷 서핑을 하다가 집중력이 흐트러질 때
- 문제가 계속 발생하는데 해결책을 찾기가 어려울 때
- 새로운 기능을 테스트하는 과정에서 예상보다 문제가 많다는 사실을 발견했을 때
- 동료가 요령만 피우고 있다는 사실을 알게 됨
- 건설적인 비판이지만 받아들이기 힘들 때
- 재정 관리 계약 등 일과 관련된 다른 업무의 처리가 어려울 때
- 교육이나 지식이 부족하여 프로젝트를 감당하기 어려울 때
- 세세한 부분까지 참견하는 까탈스러운 프로젝트 리더
- (실제로는 그렇지 않으면서) 본인이 기술에 정통한 전문가라고 믿는 사람 밑에서 일해야 할 때
- 프로젝트가 예상보다 시간을 많이 잡아먹을 때
- 혼자 일하는 것이 좋은데 팀에 소속되어 일해야 할 때
- 협업 프로젝트에서 실수를 저지름
- 업무상 중요한 소프트웨어를 잘 모른다는 사실이 드러났을 때

주로 접하는 사람들

다른 개발자나 엔지니어, 베타 테스터, 고객, 프로젝트 매니저, 서비스 제공업체

직업이 캐릭터의 욕구에 미치는 영향

- **자아실현 욕구**

  너무 쉽기만 하거나 만들고 싶지 않은 소프트웨어를 개발해야 하는 상황이라면, 성취감을 느끼지 못하고 일에 대한 열정도 고갈될 수 있다.

- **존중과 인정의 욕구**

  어떤 문제가 계속되거나 도저히 해결할 수 없을 것 같다면 캐릭터는 자신감이 떨어질 수 있으며, 특히 해결책이 있는데 자신이 찾아내지 못하고 있다고 생각한다면 더욱 그럴 것이다.

- **애정과 소속의 욕구**

  프리랜서로 일한다면 혼자 일하는 시간이 길 수 있다. 특히 업무량이 많다면 대인 관계에 시간을 쓰지 못하거나 관계를 유지하기도 어려울 수 있다.

고정관념 비틀기

소프트웨어 개발자는 온종일 컴퓨터 앞에 홀로 앉아 있는 내향적인 인물로 묘사되지만, 실제로는 그렇지 않은 경우가 더 많다. 소프트웨어 개발자 다수가 팀에 소속되어 사무실에서 같이 일하며, 문제에 대해 대화를 주고받고 창의적인 해결책을 함께 찾아내기도 한다.

나이가 많은 사람은 테크놀로지를 잘 모른다고 생각하는 경향이 있다. 은퇴하고 남는 시간에 소프트웨어 개발을 배우기 시작한 중년 캐릭터를 이야기에 넣어보면 어떨까?

캐릭터가 이 직업을 택한 이유

- 취미로 소프트웨어 개발을 즐기다가 직업으로 삼자고 마음먹게 됨
- 어려운 문제 해결 같은 지적인 도전을 좋아해서
- 스스로 일정을 정하는 재택근무를 선호해서
- 애플이나 구글처럼 일류 소프트웨어 기업에서 일하는 것이 목표라서
- 섬세하고 꼼꼼하게 하는 일을 좋아해서
- 테크놀로지를 좋아하고 개발 업무에 열정이 있음
- 아이디어가 많으며 자신의 창의성을 발산할 출구를 찾고 있음

쇼콜라티에 Chocolatier

개요

쇼콜라티에는 케이크를 비롯한 다양한 형태의 초콜릿 제품을 만드는 사람이다. 재료부터 초콜릿 만들기와 장식까지 모든 제작 과정에 깊숙이 개입한다. 어떤 초콜릿을 사용할지 결정하고, 초콜릿을 템퍼링tempering하고, 제작 방식을 점검하고, 최종 결과물을 확인한다. 쇼콜라티에 대부분은 제작 실력이 좋을 뿐만 아니라 초콜릿 공예에 대한 지식도 풍부하다.

필요한 훈련·교육

반드시 필요한 것은 아니지만 제과 및 페이스트리 공예 준학사 학위가 있으면 좋다. 직업학교에서 추가로 초콜릿 교육을 받는 것도 도움이 된다. 공방이나 제과점의 수습생이 되는 것도 한 방법이며, 파티시에나 제빵사로 시작해서 쇼콜라티에가 되는 경우도 흔하다.

이 직업에 유용한 기술·재능

수익을 창출하는 능력, 제빵 기술, 창의력, 꼼꼼함, 손재주, 뛰어난 후각과 미각, 멀티태스킹, 정확한 기억력, 조각술, 체력, 비전

이 직업에 도움이 되는 성격 특성

모험심 있는, 창의적인, 호기심이 강한, 효율적인, 상상력이 풍부한, 독립적인, 근면 성실한, 세심한, 관찰력 있는, 강박관념이 있는, 열정적인, 끈기 있는, 임기응변에 능한, 책임감 있는, 타고난 재능, 엉뚱한

갈등이 벌어지는 상황

- 초콜릿을 잘 다룰 줄 모르는 사람과 함께 일해야 할 때
- 직원들이 제작 공정과 기준을 준수하지 않아서 초콜릿 품질이 떨어질 때
- 장비 결함이나 (정전, 높은 습도, 온도 조절의 어려움 등) 주위 환경의 변화로 초콜릿 제품의 질이 저하됨
- 시간 관리가 서투른 동료
- 장시간 서서 무거운 트레이를 날라야 할 때
- 비싼 재료를 사용해서 이윤이 거의 남지 않음
- 재료 공급이 원활하지 않아서 초콜릿 품질이 일정하지 않음

- 템퍼링이 잘 되지 않아 초콜릿이 부풀어서 팔 수 없는 상태가 됨
- 품질 기준에 미달하거나 품질이 균일하지 않은 제품이 나옴
- 더운 날씨 등으로 배송 조건이 좋지 않을 때
- 초콜릿 만드는 일에 열의가 없는 직원들
- 위생 검사를 통과하지 못함
- 초콜릿에 열정이 넘치지만 경영에는 관심이 없을 때
- 인내심이 없거나 까다로운 고객
- 불만을 품은 직원이 파업을 일으킴
- 불황으로 소비 심리 위축
- 주문대로 제품을 만들었는데 주문을 취소하는 고객
- 재료, 시설, 혹은 자산에 위험성이 큰 투자를 했을 때

주로 접하는 사람들

다른 쇼콜라티에, 제빵사와 셰프, 식품 회사와 빵집 직원, 고객, 재료 공급업자, 카카오 생산업자, 설비 제작업자, 위생 검사관

직업이 캐릭터의 욕구에 미치는 영향

- **자아실현 욕구**

  열정은 넘치지만 기술이 부족한 쇼콜라티에라면, 경쟁에 뛰어들거나 가게를 열려다가 결국 실패하고 환멸을 느낄 수 있다.

- **존중과 인정의 욕구**

  재능은 있지만 비슷한 수준의 다른 쇼콜라티에보다 인정받지 못할 수 있다. 상을 타지 못하거나, 요리책이나 미디어에 자신의 이름이 언급되지 않는다면 자신이 부족한 사람이라고 여길 것이다.

- **안전 욕구**

  쇼콜라티에는 늘 초콜릿을 먹어봐야 하기 때문에 설탕을 다량 섭취한다. 이 때문에 당뇨병이나 체중 증가 등 여러 가지 건강 관련 문제가 발생할 수 있다.

캐릭터가 이 직업을 택한 이유

- 만나면 싸우기만 하는 가족 모임에 참석하지 않으려고 휴일에도 쉬지 않는 직업을 원해서
- 가업을 이으려고
- 가난해서 초콜릿을 마음껏 먹을 수 없는 환경에서 자랐기에

- 초콜릿을 좋아하고 손을 써서 일하는 것을 즐기기 때문에
- 예술적 소양이 있어서 무언가를 만드는 일을 좋아함
- 다른 사람들에게 즐거움을 주는 것이 좋아서
- 초콜릿에 애정이 많고 초콜릿을 섭취하는 새로운 방법을 고안하고 싶어서
- 어린 시절 할머니나 삼촌 곁에서 초콜릿으로 뭔가를 만들며 놀던 추억이 있어서

수의사

Veterinarian

개요

수의사는 강아지, 고양이를 비롯해 인간과 같이 사는 모든 동물을 돌본다. 일반적인 반려동물을 치료하기도 하고, 희귀 동물(외래 조류·파충류·설치류)나 가축(말·소·돼지·양 등)을 전문으로 진료하기도 한다. 가축의 건강 상태를 점검하고 정부가 제시한 위생 기준이 지켜지는지 살펴보는 진단 검사 분야에서 일할 수도 있다. 연구직 수의사가 되면 현장보다는 실험실에서 주로 시간을 보낸다.

필요한 훈련·교육

미국의 경우 수의사가 되려면 반드시 4년제 학부 과정을 이수한 후 수의대를 졸업해야 한다. 수술, 종양학, 번식 같은 특수 분야의 전문의가 되려면 추가 교육을 받아야 한다. 수의사가 되려는 학생은 아주 많고 경쟁률도 매우 높기 때문에, 자격이 충분한 학생이 불합격하는 경우도 적지 않다.

이 직업에 유용한 기술·재능

동물을 다루는 능력, 공감 능력, 신뢰를 주는 능력, 중재 능력, 연구 조사

이 직업에 도움이 되는 성격 특성

애정이 많은, 대담한, 차분한, 협조적인, 능률적인, 사소한 것도 지나치지 않는, 온화한, 지적인, 인정이 많은, 동물을 보살피기 좋아하는, 관찰력이 뛰어난, 체계적인, 열정적인, 인내심 있는, 통찰력 있는, 장난기 많은, 전문가다운, 학구적인, 의심이 많은

갈등이 벌어지는 상황

- 진료를 받는 동물이 불안하거나 긴장해서 폭발 직전임
- 반려인이 지나치게 까다로울 때
- 동물병원 직원들 간에 마찰이 생김
- 동물을 안락사시켜야 할 때
- 동물이 방치당하는 현장을 목격했으나 아무런 조치를 취할 수 없을 때
- 동물을 학대하는 주인에게 맞서야 할 때

- 무례하거나 둔감한 직원 때문에 고객들이 병원을 찾지 않음
- 병원에서 데리고 있는 동물들 사이에 전염병이 퍼짐
- 병원 대기실에서 동물들끼리 싸움이 벌어짐
- 캐릭터의 병원 부근에 더 큰 규모의 동물 병원이 생겼을 때
- 안전하다고 보증했던 반려동물 상품에 리콜 조치가 내려짐
- 진료해야 하는 동물에게서 신뢰를 얻지 못함
- 동물이 병원을 빠져나가서 도망쳤을 때
- 오진으로 동물이 사망했을 때
- 재정난 때문에 직원을 해고해야 하거나 임대료를 내기 어려울 때
- 측은지심이 너무 커서 (무관심, 우울증, 약물 남용 등) 연민 피로 증상이 나타남
- 친구나 이웃이 반려동물을 무료로 진단·치료해달라고 부탁할 때
- 사람들이 왜 '진짜' 의사가 되지 않았냐고 물어볼 때
- 수의사로서 반려인에게 조언을 해주어도, 인터넷에서 읽은 자료나 동네 펫숍 직원이 해준 말과 다르다는 이유 등으로 받아들이지 않을 때

주로 접하는 사람들

동물 주인, 같은 병원에서 근무하는 다른 수의사, 행정 담당 직원, 수의 테크니션, 의료 기구 영업 사원, 반려동물 용품 영업 사원, 동물 구조단체 회원

직업이 캐릭터의 욕구에 미치는 영향

- **존중과 인정의 욕구**

  수의사는 반려동물의 복지에 많은 시간을 쏟으므로, 문제가 발생하면 자책하다가 자기회의self-doubt라는 수렁에 빠져들 수 있다. 특히 자기 실수 때문에 사고가 일어났다고 믿는다면 더욱 그렇다.

- **안전 욕구**

  긴장해서 격해지기 쉬운 동물을 다루기 때문에 언제나 안전에 유의해야 한다. 긴장한 동물은 자기 보호 본능 때문에 수의사에게 덤벼들어서 물거나 할퀴거나 짓밟아 심한 상해를 입힐 수 있다. 상처를 통해 각종 질병에 감염될 위험도 있다.

- **생리적 욕구**

  병이 났거나 다친 동물, 특히 대형 동물이나 행동을 예측하기 어려운 동물을 다룰 때는 특히 조심해야 한다. 이런 동물에게 상해를 입으면 사망에 이를 수도 있다.

고정관념 비틀기

수의사는 대부분 안락한 병원에서 일하는 것으로 묘사된다. 그러니 장소를 다르게 설정해보자. 도살장에서 가축의 건강 상태를 확인하는 수의사나, 동물보다는 시험관과 현미경을 쓰는 연구에 관심이 많은 수의사 캐릭터는 어떤가?

수의사 캐릭터에게 전문 분야를 부여하거나 특수 동물을 치료한다는 설정도 고정관념을 비트는 데 좋다. 여가 시간에 자원봉사로 동물 구조나 보호 활동을 할 수도 있다. 아니면 치의학·안과학 등에 조예가 깊다는 설정도 좋을 것이다.

캐릭터가 이 직업을 택한 이유

- 어렸을 때 동물을 학대하는 곳에서 자랐고, 그런 부당한 대우에 맞서고 싶어서
- 가족 중에 동물을 학대하는 사람(투계장이나 개 공장 운영)이 있어서 도덕적인 책임감을 느끼고 자신은 그와 다른 길을 택해야겠다고 생각함
- 농장에서 자랐거나 가족 중에 동물을 구조하는 사람이 있어서
- 트라우마 때문에 사람보다 동물 곁이 안전하다고 느껴서
- 매개 치료[인간과 동물의 유대감을 활용하여 환자의 마음을 안정시키고 치료와 재활을 돕는 활동] 동물과 함께 자랐고, 수의사가 되어 그 동물을 기리고 싶어서
- 진심으로 동물을 사랑해서
- 동물을 지켜주고 싶은 마음이 있어서

스카이다이빙 강사 Skydiving Instructor

개요

스카이다이빙 강사는 고객에게 스카이다이빙의 기초를 가르친 다음, 몇 킬로미터 상공의 하늘에서 혼자 혹은 강사와 함께 낙하산을 메고 뛰어내리는 것을 도와준다. 낙하산을 챙기고, 고객의 질문에 답해주고, 장비를 갖추도록 돕고, 안전 규정을 확인한다.

스카이다이빙 강사는 매우 기민하고 침착하며 결단력 있고 의사를 명확히 전달할 수 있어야 한다. 고도로 긴장되는 환경에서 다른 사람과 잘 협력하고, 자신감과 열정으로 상대의 신뢰를 얻고, 직업윤리가 투철해야 한다. 건전한 모험 정신과 위험 요인을 분석하여 완화시키는 능력이 도움 된다.

필요한 훈련·교육

스카이다이빙 강사의 직무는 스카이다이빙 횟수, 자격증, 관심 영역에 따라 달라진다. 적절한 자격증이 있으면 코치, 스카이다이빙 사진작가, 속성자유강하AFF 강사, 탠덤(2인 다이빙) 강사가 될 수 있지만, 횟수와 수업 시수를 채우는 것 외에도 필기 시험과 구술 시험에 통과해야 한다. 강사가 된 후에도 실력을 향상시키려고 교육 프로그램을 추가 이수하기도 한다.

이 직업에 유용한 기술·재능

수익을 창출하는 능력, 인간적인 매력, 평정심, 신뢰를 주는 능력, 경청하는 기술, 환대하는 능력, 독순술, 사람들을 웃게 하는 능력, 기계를 다루는 기술, 외국어 구사 능력, 정확한 기억력, 날씨 예측, 홍보 능력, 상대의 마음을 읽는 능력, 전략적 사고, 완력, 호흡 조절, 다른 사람을 가르치는 능력, 크고 호소력 있는 목소리, 방향을 찾는 능력

이 직업에 도움이 되는 성격 특성

적응을 잘하는, 모험심 강한, 기민한, 야심 있는, 분석적인, 차분한, 용기 있는, 과단성 있는, 수완이 좋은, 규율을 준수하는, 느긋한, 능률적인, 열성적인, 외향적인, 집중력 있는, 호감을 주는, 독립적인, 세심한, 자연을 아끼는, 관찰력 있는, 강박관념이 있는, 체계적인, 열정적인, 완벽주의적인, 설득력 있는, 전문성을 갖춘, 남을 보호하는, 책임감

있는, 자발적인, 알뜰한, 거리낌 없는

갈등이 벌어지는 상황

- 근무하는 회사의 예산이 빠듯해서 안전 규칙을 준수하기 힘들 때
- 강사로 먹고살려고 고군분투해야 할 때
- 직업윤리를 두고, 혹은 특별 대우 등의 이유로 강사와 직원 간에 마찰이 일어남
- 비행 도중 마음을 바꾸는 고객
- 지시를 따르지 않거나, 위험한 짓을 하려는 고객
- 부주의한 스카이다이버 때문에 충돌 직전까지 가거나 실제로 충돌함
- 스카이다이버의 자동활성장치AAD가 고장 났을 때
- 고객이 점프 도중에 기절함
- 비행기 혹은 드론과 충돌할 뻔함
- 카메라 오작동
- 악천후
- 비행기 문제로 그날 스카이다이빙 일정이 모두 취소되는 바람에 일당을 받지 못함
- 어려운 착지 끝에 상해를 입었을 때
- 고객에게 고소를 당했을 때
- 스카이다이버가 (특히 현장에서) 사망했을 때
- 경기 변화로 비용과 가격이 올라서 고객이 줄어들 때
- 비행기에서 의심스러운 화물을 발견했을 때

주로 접하는 사람들

다른 스카이다이버, 고객, 시설 직원, 비행기 조종사, 학생

직업이 캐릭터의 욕구에 미치는 영향

- **자아실현 욕구**

  스카이다이빙의 쾌감에 중독된 캐릭터는 지상에서는 만족할 것을 찾기 어렵다.

- **존중과 인정의 욕구**

  경쟁을 통해 이 분야에서 최고가 되기를 꿈꾸는 캐릭터가 다른 사람을 가르치며 시간을 보낸다면, 목표 달성이 어려울 수 있다.

- **안전 욕구**

  스카이다이빙 강사는 돈을 많이 버는 직업이 아닌 반면, 스카이다이빙은 돈이 많이 드는 스포츠다. 강사로 버는 수입의 상당 부분이 스카이다이빙을 하는 비용으로 나가기도 한다. 캐릭터가 검소한 사람이 아니거나 지원해줄 가족이 없다면 재정적 어려움을 겪을 수 있다.

- **생리적 욕구**

  낙하산 오작동 같은 사고는 드물게 일어나지만, 스카이다이빙 강사의 삶에 항상 위험이 존재한다는 사실을 의미한다.

고정관념 비틀기

스카이다이버는 보통 두려움이 없다고 묘사되지만, 고소공포증을 극복하려고 스카이다이빙을 선택한 사람도 많다. 스카이다이빙을 즐기며 강사로 일한다 해도 고소공포증이 사라진 것은 아니다. 이야기 속에서 캐릭터가 정형화되지 않도록 남다른 성격, 과거 등을 설정해보자. 영화나 소설 속 스카이다이버는 곧잘 무모한 행동을 하지만, 현실의 스카이다이빙 강사들은 그렇지 않다. 이들은 고객의 안전을 책임지고 위험한 일이 일어나지 않도록 노력한다. 작가로서 우리가 할 일은 캐릭터에게 특별함을 부여하되, 이야기 속에서나 가능할 모습으로 그리지 않도록 신경 쓰는 것이다. 이를 위해서는 현실 세계를 관찰하여 캐릭터를 설정하는 것이 좋다.

캐릭터가 이 직업을 택한 이유

- 높은 곳 또는 낙하, 질식, 죽음에 관한 공포를 극복하고자
- 어떤 의미에서든 속박당하거나, 발목을 붙잡히거나, 제약받던 과거의 경험과 마주하고 싶어서
- 아드레날린 중독자adrenaline junkie[사람을 흥분하게 만드는 호르몬인 아드레날린을 분비시키려고 익스트림 스포츠에 몰두하는 사람]라서
- 스카이다이빙으로 자신의 삶을 제한하는 공포증을 극복했고, 다른 사람들도 그럴 수 있도록 도와주려고
- 장기간 억울하게 수감되었다 풀려나고 자유와 기쁨을 누리고 싶음
- 스카이다이빙에 열정이 있고, 스카이다이빙을 계속 즐기려면 돈을 벌어야 함

시설 관리인

Janitor

개요

시설 관리인(경비)은 학교 · 사무실 · 병원 · 회사 · 경기장 등의 시설을 관리하고 유지하는 업무를 담당한다. 화장실 청소 및 비품 관리, 쓰레기 처리, 계단과 가로등의 유지 · 보수도 업무의 일부분이며 도보 청소나 잔디 깎기, 눈 치우기 등 구내 관리도 일에 포함된다. 시설에 수리가 필요할 경우 운영 측에 알린다. 비품을 정리하고 소비량을 추적해서 예산에 맞춰 비품을 주문하는 업무를 맡기도 한다.

필요한 훈련 · 교육

시설 관리 업무를 맡으려면 대개 고등학교 졸업이나 그에 준하는 학력이 있어야 한다. 청소나 유지 · 보수 업무 경험이 있으면 취업에 유리하다. 시설 관리인을 고용한 측에서는 장비, 업무 기준, 해야 할 일을 교육하거나 경험 많은 관리인에게 훈련을 맡기기도 한다.

이 직업에 유용한 기술 · 재능

기본적인 응급처치, 꼼꼼함, 뛰어난 후각, 탁월한 기억력, 기계를 다루는 기술, 멀티태스킹, 재료나 물건을 상황에 맞게 응용하는 능력, 체력, 완력, 목공 기술

이 직업에 도움이 되는 성격 특성

차분한, 휘둘리지 않는, 협조적인, 규율을 준수하는, 독립적인, 근면성실한, 유순한, 관찰력이 좋은, 미리 대비하는, 임기응변에 능한, 책임감 있는, 마음이 넓은, 일중독

갈등이 벌어지는 상황

- 낮은 급여
- 밤이나 주말에도 근무해야 할 때
- 더러운 쓰레기나 오물 등을 치우다가 몸에 묻음
- 경비는 교육을 제대로 받지 못했고, 으스스한 사람이고, 아무 의욕도 없는 사람일 것이라는 부정적인 인식
- 시설을 함부로 이용하는 사람들
- (커피가 남은 종이컵을 일부러 쓰레기통에 그대로 버리는 등) '갑질'하는 시설 직원

- 동료나 건물 관리 직원과 개인적인 갈등이 벌어짐
- 열심히 일할 동기가 없음
- 상사가 세세한 부분까지 간섭함
- 같은 건물에 근무하는 다른 직원들에게 존중을 받지 못할 때
- 독성이 있을지도 모르는 화학물질을 다루어야 할 때
- 많은 직원이 일을 그만둬서 남은 사람들끼리 일을 떠맡을 때
- 퇴근 무렵에 큰 문제가 생겨서 늦게까지 일해야 할 때
- 관리인이라는 직업을 가족이나 친구가 당황스러워할 때
- 사무실 쓰레기통 등에서 사회에 꼭 알려야 할 기밀 정보를 우연히 발견했으나, 유출하면 해고당할 우려가 있을 때
- 나이가 더 많다는 핑계로 일을 떠넘기는 게으른 동료와 일할 때

주로 접하는 사람들

학생, 부모, 시설 직원, 시설 방문객, 시설 유지·보수 담당자, 경영진, 조사관

직업이 캐릭터의 욕구에 미치는 영향

- **자아실현 욕구**

  시설 관리인은 고등교육이 필요 없고 업무가 단순하다는 이유로 무시당하는 경우가 많다. 보통 고용주나 매니저가 퇴근한 후에 일을 하기 때문에, 그들은 시설 관리인의 수고를 알지 못할 가능성이 높다.

- **애정과 소속의 욕구**

  시설 관리인은 학교나 병원 등에서 일하면서도 사람들의 눈에는 직원으로 보이지 않는, 외로운 직업이다.

- **안전 욕구**

  시설 관리인은 보통 급여가 적기 때문에 경제적으로 불안정하다. 또한 근무하는 시설에서 사용하는 화학물질이나 그 외 건강을 위협하는 요인에 노출될 수 있다.

고정관념 비틀기

시설 관리인은 '가방끈이 짧아서' 어쩔 수 없이 택한 직업이라고 생각하는 사람들이 있다. 그렇다면 무언가 목적이 있어서 시설 관리인이 된 캐릭터를 만들어보자. 사무직 근로자가 겪는 극심한 스트레스를

피하고 싶었다거나, 콘서트장이나 스포츠 경기장처럼 자기가 좋아하는 장소에 쉽게 접근할 수 있는 일을 원했다거나, 특정한 기업과 관련된 일을 하고 싶었다거나, 좋아하는 사람이 있는 곳에 어떻게든 가까이 있고 싶어서 시설 관리인이 될 수도 있지 않을까? 아니면 청소와 돌봄 노동을 좋아하여 시설 관리인 업무 자체에서 보람을 느끼는 캐릭터도 가능하다.

시설 관리인이 되고 싶어 하는 캐릭터를 상상하기 어려울 수도 있겠지만, 시설 관리인은 사람들의 눈길을 좀처럼 끌지 않으면서 제한 구역에 들어갈 수 있다는 사실을 떠올려보자. 이는 제한 구역에 몰래 들어가서 무언가를 획책하려는 캐릭터에게는 최적의 조건이다.

캐릭터가 이 직업을 택한 이유

- 안정적이고 어느 정도 혜택이 있는 일이 필요했음
- 다른 사람과 같이하는 일보다 혼자 하는 일을 좋아함
- 고등교육을 받지 못했거나 받을 생각이 없음
- 집에서 멀지 않은 곳에서 일을 해야 할 이유가 있어서
- 남에게 봉사하고 남을 위한 일을 하는 것이 좋아서
- 특정한 장소(중요한 업무를 하는 회사, 자녀의 학교, 시립 스포츠센터 등)에 있기를 원해서
- 다른 목표를 추구하면서 부업으로 돈을 벌 수 있어서
- 배우자가 자녀를 돌보는 동안, 또는 야간 시간대에 할 수 있는 일이라서
- 최근에 사랑하는 사람을 잃어서 주의를 전환시킬 일이 필요했음
- 사회 불안증이 있어서 다른 사람과 마주칠 가능성이 적은 시간에 할 수 있는 일을 찾느라

식당 종업원 Server

개요

식당 종업원은 식당, 바, 카페, 펍 등 음식이나 음료를 제공하는 곳에서 고객을 상대하는 사람이다. 손님을 맞이하여 자리에 앉히고, 메뉴에 관한 질문에 답하고, 주문을 받고, 고객의 주문과 요청 사항을 주방에 전달하고, 조리된 음식과 음료를 내오고, 손님의 식사가 끝나면 계산서를 가져다준다. 그 외에도 카운터에서 음식값을 계산하고, 그릇을 치우고, 남은 음식을 포장하고, 고객 불만에 응대하고, 샐러드나 완제품 디저트 플레이팅 같은 간단한 음식 준비도 할 수 있다.

필요한 훈련·교육

대부분은 식당 종업원에게 중등교육 이상을 요구하지 않지만, 고등학교 졸업을 최소 기준으로 삼는 고용주도 많다. 유명한 고급 레스토랑에서는 추가 연수나 교육을 요구하거나 장려하기도 한다. 주류 서빙을 하려면 허가가 필요한 국가나 지역에서는 이를 위한 교육을 이수해야 할 수도 있다.

식당 종업원은 연수나 교육으로 업무 절차에 대한 멘토링과 지침을 받고, 식당에서 사용하는 기술과 시스템을 익히고, 음식 준비와 안전에 관한 교육을 받고, 고객을 응대하는 방법을 배운다.

이 직업에 유용한 기술·재능

인간적인 매력, 공감 능력, 뛰어난 청력, 뛰어난 후각, 뛰어난 미각, 탁월한 기억력, 경청하는 능력, 환대하는 능력, 사람들을 웃게 하는 능력, 외국어 구사 능력, 멀티태스킹, 중재 능력, 홍보 능력, 상대의 마음을 읽음, 영업 능력, 체력

이 직업에 도움이 되는 성격 특성

적응을 잘하는, 차분한, 매력적인, 자신감 있는, 협조적인, 정중한, 수완이 좋은, 느긋한, 능률적인, 열성적인, 외향적인, 호감을 주는, 재미있는, 수다를 잘 떠는, 친절한, 독립적인, 근면 성실한, 유순한, 관찰력 있는, 체계적인, 완벽주의적인, 설득력 있는, 전문성을 갖춘, 반듯한, 변덕스러운, 임기응변에 능한, 책임감 있는, 분별력 있는, 교양 있는, 마음이 넓은, 재기발랄한, 일중독

갈등이 벌어지는 상황

- 고객이 무례하거나 비위를 맞추기 어려울 때
- 무단 취식하는 사람
- 고객이 메뉴를 자신에게 맞춰서 바꿔주기를 바랄 때
- 주방에서 한 실수로 애꿎은 비난을 받을 때
- 다른 종업원이 팁을 가로챘을 때
- 너무 많은 테이블을 배정받아서 좋은 서비스를 제공하기 어려움
- 성의껏 일했으나 팁을 적게 받았을 때
- 아주 사소한 일까지 관여하는 식당 주인
- 휴가 신청을 거부당했을 때
- 손님 수에 비해 종업원이 부족할 때
- 주방에서 주문 순서를 혼동했거나 주문을 누락시켰을 때 고객에게 대신 변명해야 함
- 추파를 던지거나 원치 않는 접근을 하는 고객
- 열심히 일하지 않는 종업원들과 팁을 나누도록 강요받을 때
- 좋아하지 않거나 존중할 수 없는 사람과 일해야 할 때
- 종업원 일로는 생계비를 충당하기도 빠듯할 때
- 사생활을 캐묻거나, 개인적인 질문을 하거나, 다른 종업원은 거부하고 캐릭터에게만 서빙을 받겠다고 고집부리는, 소름끼치는 단골손님

주로 접하는 사람들

고객, 식당 경영자, 주방 직원, 설거지 담당자, 식당 안내원, 배송 기사, 식음료 판매업체 직원, 식품 안전 검사관, (레스토랑이 체인점인 경우) 해당 지역 관리자나 본사 직원

직업이 캐릭터의 욕구에 미치는 영향

- **자아실현 욕구**

  식당 종업원에게 성장할 기회는 많지 않다. 특히 노력에 대한 정당한 보상을 받지 못한다고 느낄 때 일이 불만족스러울 수밖에 없다.
- **존중과 인정의 욕구**

  높은 연봉을 받거나 존경받는 직업을 가진 사람들을 자주 접하게 되는 식당 종업원이라면 자신의 직업 선택을 후회하거나 직업에 대한 자부심이 무너질 수 있다.

고정관념 비틀기

식당 종업원은 종종 기운이 다 빠지고 지쳤거나, 명랑하고 쾌활하기는 하지만 별로 똑똑하지는 않은 인물로 묘사된다. 현실에서 유능한 식당 종업원은 손님에게 즐거운 경험을 선사하여 또 오고 싶은 마음이 들게 만든다. 유능한 식당 종업원이 되는 데 필요한 능력을 파악해두었다가 고정관념을 벗어나는 캐릭터를 만들 때 참조해보자. (미국의 경우) 식당 종업원 대부분은 팁이 수입의 상당 부분을 차지하기 때문에 고객에게 인상적이고 친절한 서비스를 제공하려고 많은 신경을 쓴다.

캐릭터가 이 직업을 택한 이유

- 중고등 과정 이후의 교육을 받지 못해서
- 당장 돈이 필요해서
- 다른 사람을 환대하는 능력을 타고났고, 사람들이 특별한 순간을 즐길 수 있도록 돕고 싶어서
- 같은 식당에 친구가 근무하고 있어서
- 식품 산업계에서 일할 계획이라, 미래를 위해 경험을 쌓고 싶어서
- 여러 사람이 먹을 음식을 오염시키거나 식당 손님들을 해치고 싶다는 악의에서
- 서빙을 하면서 정보를 엿듣는 등의 방법으로 특정 레스토랑에 자주 오는 유력 인사를 감시하려고
- (스카우트, 모델 에이전트 등) 중요한 사람들이 특정 레스토랑에서 자주 모이기 때문에

심판 Referee

개요

심판은 스포츠 경기에서 규칙이 제대로 준수되고 스포츠맨십이 훌륭하게 지켜지며 선수들은 안전한지 살피는 직업이다. 프로스포츠 경기부터 대학 경기, 고교 경기, 교내 경기에 이르기까지 다양한 수준의 경기에 심판이 필요하다. 교내 경기나 지역 아동 경기의 심판은 상대적으로 덜 훈련받은 사람이어도 괜찮다. 해당 스포츠를 잘 알고 있는 고등학생이나 대학생이 심판을 맡을 수 있으며, 이 때문에 심판은 젊은 학생들에게도 꽤 괜찮은 수입원이 될 수 있다.

필요한 훈련·교육

공식 경기에서 심판을 보려면 고등학교 학력이나 그에 상응하는 자격을 갖춰야 한다. 대학이나 스포츠 협회가 제공하는 특정 훈련이나 교육이 필요할 수도 있고, 심판 등록이 필요하거나 명시된 자격을 충족해야 하는 경우도 있다. 심판 지망생은 고교 경기나 마이너리그처럼 낮은 수준에서 시작하여 경력을 쌓아나가게 된다.

이 직업에 유용한 기술·재능

뛰어난 청력, 평정심, 탁월한 기억력, 멀티태스킹, 중재 능력, 날씨 예측, 체력, 빠른 발

이 직업에 도움이 되는 성격 특성

기민한, 차분한, 대립을 두려워하지 않는, 협조적인, 정중한, 과단성 있는, 수완이 좋은, 규율을 준수하는, 정직한, 고결한, 직업윤리를 준수하는, 진지한, 공정한, 객관적인, 관찰력이 좋은, 열정적인, 완벽주의적인, 전문성을 갖춘, 책임감 있는

갈등이 벌어지는 상황

- 일을 하다가 다쳤을 때
- 승부의 향방을 결정짓는 실수를 저지름
- 분노한 팬이 위협하거나 스토킹을 할 때
- 무능력한 심판과 함께 일해야 할 때
- 중요한 판정을 두고 동료 심판과 의견이 엇갈릴 때
- 경기 중에 팀의 중요 선수와 충돌해서 선수가 부상을 당함

- 특정 종목의 규칙이나 결과를 잘 기억하지 못할 때
- 새로 추가되는 규칙과 규제 사항을 제대로 숙지하지 못했을 때
- 개인적인 편견 때문에 편향된 판결을 내림
- 심하게 흥분한 선수를 상대하느라 본인도 흥분했을 때
- 심판 일로 자주 출장을 다니느라 가족과 소원해짐
- 경기에서 판단하고 결정을 내리는 데 익숙해져서 집에서도 그런 태도를 바꾸지 못함
- 만성 질환이나 통증 때문에 심판 일을 계속하기 어려워졌을 때
- 일을 정말 사랑하지만 급여가 적어서 어려움을 겪을 때
- 필요한 경력을 쌓지 못해서 원하는 경기의 심판을 볼 수 없을 때
- 자기 관리가 부족해서 심판 일에 필요한 체력을 유지하지 못함
- 경기 시간이 길어져서 장시간 일하게 됨
- 악천후 속에서 심판을 계속 봐야 할 때
- 특정한 방식으로 경기를 중지하거나 취소하라는 부정한 청탁을 받을 때

주로 접하는 사람들

운동선수, 코치와 감독, 다른 심판, (구장 관리인, 유지·보수 기술자, 경기장 관리인 등) 시설 관리 직원, (초중등학교 시합일 경우) 학부형

직업이 캐릭터의 욕구에 미치는 영향

- **자아실현 욕구**

  좋아하는 종목이나 NCAA Div.1(전미대학체육협회 1부), NBA(전미농구협회), NFL(전미미식축구리그) 같은 경기의 심판이 되고 싶었지만 그렇게 되지 못한다면 심리적인 타격을 입을 수 있다.

- **존중과 인정의 욕구**

  일반적으로 심판은 열정 때문에 택하는 직업이므로 급여는 적어도 직업 만족도가 높다. 그러나 재정 상태가 중요한 환경이라면, 다른 직업을 선택한 친구들과 자신의 급여를 비교하면서 자존감이 낮아질 수 있다.

- **안전 욕구**

  신체 접촉이 많은 종목에서는 선수와 심판이 충돌해서 상해를 입을 가능성이 높다. 만약 사고를 당해 더는 심판으로 일할 수 없다

면 재정적 어려움을 겪을 수 있다.

고정관념 비틀기

심판은 주로 남성이다. 여성 심판이 서서히 늘어나는 추세지만 아직은 드물다. 그러니 여성 심판 캐릭터를 등장시키면 심판에 대한 고정관념을 비틀 수 있다.

또한 심판은 지나치게 딱딱하고 고지식한 성격인 경우가 많다. 언행이 화려하거나, 장난치기를 좋아하거나, 지나치게 긴장하는 등 특이한 성격의 심판 캐릭터를 등장시키면 색다른 이야기를 만들 수 있다.

널리 인기 있는 스포츠 경기가 아니라 럭비, 라크로스, 롤러 더비, 레슬링 같은 종목의 심판 캐릭터를 만들어 보는 것도 좋다. 아니면 장애인 경기처럼 독특한 경기의 심판 캐릭터도 가능하다.

이야기에 등장하는 심판은 대개 프로 운동선수로 성공하지 못해서 차선책으로 심판을 택하는 것으로 그려진다. 애초부터 화려한 조명을 받기를 원하지 않고 스포츠와 선수들을 향한 열정 때문에 심판이 된 캐릭터를 구상해보자.

캐릭터가 이 직업을 택한 이유

- (부모님을 기쁘게 하려고 손아래 형제자매의 경기에서 심판을 맡는 십 대처럼) 다른 사람들을 행복하게 해주고 싶어서
- 스포츠를 사랑하고, 팀원들의 동료애를 가까이에서 지켜보는 것이 좋아서
- 나이가 들어서 선수로 뛰는 것은 어렵기 때문에
- 어릴 때부터 심판을 보는 일이 즐거웠기에(어쩌면 권력을 누리는 게 좋았던 것일지도 모름)
- (타고난 공정함, 질서를 존중하는 태도, 규칙을 잘 따르는 성향 등) 심판에게 필수적인 자질을 지녀서

심해 잠수부 Deep Sea Diver

개요

심해 잠수란 호흡 보조기를 사용하여 바닷속에 장시간 머무르는 행위를 뜻한다. 심해 잠수를 하는 목적은 레크리에이션, 인양, 산업상 업무 수행, 연구 조사 등 다양하다. 이 항목에서는 특히 연안에서 이뤄지는 민간 분야의 잠수에 초점을 맞췄다. 상업상의 연안 잠수는 주로 석유 및 천연가스 매장지에 수중 장비와 심해 배관을 설치하거나 수리하려고 진행된다. 압력이 높은 해저에서 장시간 수중 작업을 하려고 포화 잠수를 할 때도 있다. 포화 잠수 시에는 잠수병과 질소중독 등을 예방하려고 헬륨이 포함된 불활성 기체를 이용하며, 가압·감압 챔버에 머물면서 바다의 깊이에 맞게 신체 조건을 조절한다.

심해 잠수부는 특별한 기술을 활용해 용접, 수중 폭파, 건설, 배관 설치 및 조립, 시설 확인과 검사, 고장 난 장비 수리, 시추 및 파이프라인 안정화 작업 감독, 연구 조사 등 다양한 업무를 수행한다. 산업에 필요한 전문 기계를 운용하기도 하고 해저 수색, 사고 선박이나 잠수함 인양 등을 하기도 한다. 모든 작업은 전문 지식을 갖춘 잠수 팀이 필요하다.

업무 자체가 매우 고되기 때문에 연안 잠수부가 되려면 신체와 정신 모두가 건강해야 한다. 업무 환경과 물리적 요건상 잠수부 일은 매우 위험하기 때문에, 잠수부의 연령대는 낮은 편이다.

필요한 훈련·교육

상업 분야 잠수부 자격증이 따로 없는 국가도 있지만, 북미를 비롯한 다수의 선진국에서는 자격증이 반드시 있어야 한다. 기초 입문 과정은 두 달 정도 진행되나, 더 긴 과정은 4개월에서 12개월까지 이어진다. 상급 자격증을 취득하려면 해당 분야에서 현장 경험을 쌓아야 한다.

잠수부는 물리를 알아야 하고, 안전 수칙을 준수해야 하며, 응급처치와 심폐 소생술 교육을 받고, 잠수 시에 발생하는 부상과 질환을 구분하고 치료하는 법도 알아야 한다. 용접과 같은 업무를 할 때 필요한 기계 조작 기술도 익혀야 한다.

이 직업에 유용한 기술·재능

기본적인 응급처치, 뛰어난 청력, 평정심, 탁월한 기억력, 신뢰를 주는 능력, 경청하는 능력, 고통에 대한 인내, 폭발물에 관한 지식, 독순술, 기계를 다루는 기술, 멀티태스킹, 정확한 기억력, 회복력, 재료나 물건을 상황에 맞게 응용하는 능력, 체력, 전략적 사고, 완력, 호흡 조절, 생존 기술, 물속에서 방향을 찾는 능력, 목공 기술

이 직업에 도움이 되는 성격 특성

적응을 잘하는, 모험심이 있는, 기민한, 야망이 넘치는, 분석적인, 대담한, 차분한, 조심스러운, 휘둘리지 않는, 협조적인, 용감한, 규율을 준수하는, 효율적인, 집중력 있는, 독립적인, 근면 성실한, 지적인, 관찰력이 좋은, 끈질긴, 미리 대비하는, 전문성을 갖춘, 임기응변에 능한, 책임감을 지닌

갈등이 벌어지는 상황

- 산소통이나 잠수 장비가 고장 남
- 예산 삭감
- 상어나 다른 위험한 수중 동물
- 잠수병에 걸림
- 감압 챔버 기능 고장
- 사사건건 부딪히거나 호감이 가지 않는 잠수부와 함께 수중이송 장비에 갇혔을 때
- 장시간 고도로 집중하느라 탈진했을 때
- 안전 수칙을 따르지 않는 사람들과 일해야 할 때
- 위험할 정도로 오래 잠수하라고 요구하는 회사
- 산업재해
- 빠듯하거나 수행이 거의 불가능한 일정을 어떻게든 해내야 한다고 압박받을 때
- 숙소 공간이 좁아서 성격이 맞지 않는 동료와 갈등이 생김
- 잠수에 지장을 주는 질환에 걸렸을 때
- 폐소공포증이나 다른 공포증

주로 접하는 사람들

보트 조종사, 다른 잠수부, 프로젝트 관리자, 배에서 일하는 직원, 석유·천연가스 회사 직원, 의사, 과학자, 엔지니어

직업이 캐릭터의 욕구에 미치는 영향

- **존중과 인정의 욕구**

  여성 잠수부가 흔하지 않으므로, 여성 잠수부 캐릭터는 편견 때문에 능력을 제대로 발휘하지 못해서 승진이 가로막힐 수 있다.

- **애정과 소속의 욕구**

  잠수부는 오랜 시간 근무해야 하므로 개인적인 인간관계를 형성하고 유지하기가 어려울 수 있다.

- **안전 욕구**

  잠수부의 안전을 위협하는 요소는 무수히 많다. 상어와 맞닥뜨리고 죽음의 공포를 느끼거나, 잠수 중에 기계가 고장 나거나 가압·감압 챔버에서 폐소공포증이 도지거나, 수중에서 심각한 산업재해를 겪을 수도 있다. 이런 아찔한 경험을 하고 나면 잠수부로서의 경력을 이어나가기가 어려워질 수 있다.

고정관념 비틀기

잠수부 캐릭터가 기를 쓰고 숨겨야만 하는 약점을 설정해보자. 상어, 어둠, 또는 익사 공포증?

캐릭터가 이 직업을 택한 이유

- 익사나 질식 같은 공포를 극복하고 싶어서
- 조직 생활보다는 혼자 하는 일을 선호해서
- 심해라는, 아직 인간의 손이 닿지 않은 영역에 매료되어서
- '모든 것은 정신력에 달렸다'는 사고방식을 갖고 있으며 자신을 한계까지 밀어붙이는 것이 좋아서
- 다른 사람들은 엄두도 못 내는 어려운 일을 하고 싶어서

아웃도어 가이드 Outdoor Guide

개요

아웃도어 가이드는 자연에서 야외 활동을 안내하고 이끄는 사람이다. 야외 활동은 짧게는 몇 시간, 길게는 몇 주간 이어지기도 한다. 장소에 따라서 특정 시기에만 운영되는 곳이 있고, 연중 내내 사람들이 찾는 곳도 있다. 아웃도어 가이드는 자신이 활동하는 지역에 대한 광범위한 지식과 경험을 갖추고 있어야 한다. 고객이 보트, 사륜구동 자동차, 말, 스키, 설피雪皮, 개썰매 등을 이용해 경치를 감상하고 야생동물을 구경하게 도와준다. 아웃도어 가이드가 있으면 접근하기 어려운 지역도 안전하게 탐험할 수 있고, 등산을 할 경우 안전하게 정상에 도착할 수 있다. 장기간 이어지는 야외 활동이라면 아웃도어 가이드가 야영 준비도 총괄한다. 야영장을 조성하고, 장작을 구해오고, 식사를 준비하고, 필요하다면 식수를 정수하는 방법도 알려준다.

필요한 훈련·교육

아웃도어 가이드가 되려고 정식 교육을 받을 필요는 거의 없지만 지형을 파악하고, 다양한 이동 수단을 다루고, 환경의 난점을 극복하기 위한 현장 경험이나 실습이 필요하다. 예를 들어, 말을 타고 이동해야 하는 지역이라면 말을 다루고 돌보는 일을 배워야 야생에서 발생 가능한 긴급 상황에 유연하게 대처할 수 있을 것이다. (미국의 경우) 정식 아웃도어 가이드가 되려면 응급처치 과정을 수료하고 야생응급처치자Wilderness First Responder, WFR 또는 그에 상응하는 자격을 갖추어야 한다. 아웃도어 가이드는 고객의 안전을 책임지기 때문에 사격 훈련을 받고, 총기를 소지할 수도 있다.

이 직업에 유용한 기술·재능

동물을 잘 다룸, 활쏘기, 제빵, 기본적인 응급처치, 인간적인 매력, 탁월한 기억력, 낚시, 수렵 채집 기술, 신뢰를 주는 능력, 경청하는 능력, 뛰어난 방향 감각, 고통에 대한 인내, 환대하는 능력, 리더십, 사람들을 웃게 하는 능력, 외국어 구사 능력, 멀티태스킹, 날씨 예측, 상대의 마음을 읽는 능력, 연구 조사, 정확한 사격, 체력, 전략적 사고, 완력, 생존 기술, 다른 사람을 가르치는 능력, 야외에서 방향을 찾는 능력

이 직업에 도움이 되는 성격 특성

모험심이 있는, 기민한, 차분한, 조심스러운, 휘둘리지 않는, 매력적인, 자신감 있는, 정중한, 호기심이 많은, 과단성 있는, 수완이 좋은, 규율을 준수하는, 느긋한, 열성적인, 효율적인, 외향적인, 호감을 주는, 재미있는, 친절한, 독립적인, 성숙한, 자연을 아끼는, 관찰력이 뛰어난, 남을 보호하려 하는, 임기응변에 능한, 책임감 있는, 분별력 있는, 겸손하고 소탈한, 건전한, 현명한, 위트 있는

갈등이 벌어지는 상황

- 야생이 이렇게 불편한지 몰랐다며 뒤늦게 불평하는 고객
- 날씨가 좋지 않아서 여행이 힘들어지거나 캠핑을 제대로 할 수 없는 상황
- 장비가 제대로 작동하지 않을 때
- 사람이나 (말이나 개 등) 활동에 참여 중인 동물이 부상당했을 때
- 위험한 동물이 야영지 근처에서 어슬렁거릴 때
- 퓨마나 새끼 곰과 함께 있는 곰처럼 위험한 동물을 만났을 때
- 야생동물에 너무 가까이 다가가려는 고객
- 고객들 사이에서 갈등이 일어날 때
- '성의 표시'가 야박한 고객
- 아웃도어 활동을 할 체력이 안 되는 고객
- 말이 고객을 내동댕이쳤을 때
- 일행과 같이 있지 않고 개인 행동을 하다가 길을 잃은 고객
- (식중독, 오염된 물 등으로) 질병이 야영장에 퍼졌을 때
- 너무 기진맥진해서 여정을 계속하거나 마무리하기 힘든 고객
- 피곤한데도 고객을 즐겁게 해주거나 기운을 북돋아주어야 할 때
- (곰이 야영장에 들어온다거나, 가방이 냇물에 휩쓸려가는 등) 흔치 않은 사건이 벌어져서 필수 물품을 잃어버림

주로 접하는 사람들

여행용품점 직원, 관광객과 현지 주민, 목장 일꾼, 어업 및 삼림 관련 공무원, 사진사, 아웃도어 활동 애호가, 지역 지주

직업이 캐릭터의 욕구에 미치는 영향

- **자아실현 욕구**

  하루가 멀다 하고 특권 의식이 있거나, 무례하거나, 고압적인 고객을 상대하다 보면 야생을 사랑하는 열정이 식어서 결국 자신의 기대와 현실의 간극에 실망하게 될 것이다.

- **존중과 인정의 욕구**

  아웃도어 가이드라는 직업은 스스로 고립을 택하는 것처럼 보이기에, 사람들은 아웃도어 가이드가 혼자 행동하기를 좋아하는 독불장군이고 '현실 세계'와는 맞지 않는 사람이라고 생각하기 쉽다. 이런 평가를 받으면 캐릭터의 자존감이 떨어질 수 있다.

- **애정과 소속의 욕구**

  아웃도어 가이드는 며칠씩 야생에 나와 있을 때가 많고 활동이 많은 계절에는 계속 순환 근무를 하므로, 장기적인 관계를 만들고 이어나가기가 어려울 수 있다.

- **안전 욕구**

  야생에서는 위험한 동물과 마주치거나 험준한 지형을 통과해야 할 수 있다. 아웃도어 가이드로서 책임지고 팀을 이끌다 보면 큰 위험을 무릅쓰다가 다칠 수도 있다.

캐릭터가 이 직업을 택한 이유

- 어린 시절 숲에서 길을 잃은 적이 있다. 다시는 그런 일을 겪지 않으려고 야생에서 길을 찾는 법을 배우다 직업으로 삼게 됨
- 야외 활동을 좋아하고 그 열정을 남들과 나누고 싶어서
- 혼자 있는 것을 선호해서
- 아웃도어 활동이 취미이고, 가이드가 되면 취미에 드는 비용을 충당할 수 있어서

약사 Pharmacist

개요

약사의 주된 업무는 일반 약과 처방전이 필요한 약을 판매하는 일이다. 약사는 의사의 처방전에 따라 약을 조제하고(때로는 의사에게 연락하여 환자의 건강 정보를 입수하기도 한다), 의약품 주문 내역을 기록하고, 고객에게 복약지도를 한다. (미국의 경우) 백신 주사를 놓거나 인턴, 조수, 약국 테크니션을 관리하는 일을 하기도 한다.

사람들은 약사라고 하면 대개 약국에서 일하는 모습을 떠올리지만 병원이나 연구소 등에서 일하는 약사들도 있다. 약사의 업무가 워낙 중요하고 사람들도 약사를 신뢰하기 때문에, 약사라는 직업은 대체로 널리 존경받는다.

필요한 훈련·교육

미국 기준으로, 약사 대부분은 학부 과정을 포함해서 6년에서 8년에 걸쳐 약학 박사 학위를 취득한다. 하지만 학사나 석사 학위만 요구하는 국가도 있다. 약사로 개업하려면 면허를 취득한 다음 자격시험을 통과해야 한다.

이 직업에 유용한 기술·재능

기본적인 응급처치, 꼼꼼함, 손재주, 평정심, 외국어 구사 능력, 정확한 기억력, 상대의 마음을 읽는 능력, 조사 연구, 전략적 사고, 다른 사람을 가르치는 능력

이 직업에 도움이 되는 성격 특성

분석적인, 조심스러운, 휘둘리지 않는, 정중한, 진중한, 집중력 있는, 호감을 주는, 정직한, 지적인, 관찰력이 좋은, 체계적인, 설득력을 지닌, 미리 대비하는, 전문성을 갖춘

갈등이 벌어지는 상황

- (고통에 시달리거나 불안을 느껴서, 혹은 보험 때문에) 신경질을 내는 고객을 응대해야 할 때
- 실수로 처방약을 잘못 조제하거나 복용량을 잘못 알려줌
- 학자금 대출을 갚을 수 없을 때
- (고객이 돈을 지불할 능력이 없거나 처방전에 문제가 있어서) 고객의

요청을 거절해야 할 때

- 약물에 의존하는 듯한 환자
- 의사소통이 쉽지 않은 환자를 대해야 할 때
- 복용 지시를 따르지 않는 환자
- 실수가 너무 많은 인턴을 맡아서 가르쳐야 할 때
- 약사 캐릭터 본인의 정신 건강 문제로 업무에 집중하기 어려울 때
- 의사가 너무 많은 약을 한 번에 처방하거나, 같이 복용해서는 안 되는 약을 동시에 처방했을 때
- 자신의 실수가 아닌 일로 비난받을 때
- 보험사와 관련된 문제를 해결해야 할 때
- 자녀에게 도움이 될 약을 찾아다니느라 기진맥진한 부모를 대할 때
- 강도가 들어서 의약품과 현금을 도난당했을 때
- 환자가 특정 의약품에 대해 기록되지 않은 알레르기가 있음을 알게 되었을 때
- 기억력이 감퇴한 노인 환자를 대할 때
- 동시에 너무 많은 일을 해내야 할 때
- 대기 시간이 길다고 불평하는 환자
- 의약품급여관리자pharmaceutical benefit manager나 제약 회사와의 소통에서 문제가 생길 때
- 유통 중이던 의약품에서 위해 성분이 검출되어 리콜 조치됨
- 한 번에 고객이 몰려서 업무가 지체될 때

주로 접하는 사람들

약국 테크니션, 조수, 의사, 간호사, 인턴, 고객과 환자, 환자의 부모, 동료 약사, 감독관, 배송 기사, 제약 회사 영업 사원

직업이 캐릭터의 욕구에 미치는 영향

- **자아실현 욕구**

  업무가 반복성을 띠기 때문에 많은 약사가 자신이 정말로 세상에 기여하는지 확신하지 못한다. 노동의 결실을 직접 목격하는 경우도 드물다.

- **존중과 인정의 욕구**

  약국에서는 사소한 실수 하나도 심각한 결과를 낳을 수 있다. 아주

작은 실수 하나 때문에 직장은 물론 평판을 잃기도 한다.

- **안전 욕구**

  약사가 실수(진짜 실수일 수도 있고 고객의 오해일 수도 있다)를 하면 소송을 당할 수 있다. 약사가 가입한 보험의 적용 범위가 넓지 않거나 보험에 가입하지 못했다면, 약사는 돈에 쪼들릴 수 있다. 또한 약사는 아픈 사람들과 만나는 시간이 길기 때문에 병에 걸릴 위험도 있다.

고정관념 비틀기

이야기에 등장하는 약사는 대개 흰 가운을 입고 첨단 의료 장비에 둘러싸인 모습으로 묘사된다. 색다른 곳에서 일하는 약사 캐릭터를 설정해보자. 예를 들어 신기술을 쉽게 접하기 힘든 빈민가에서 일하거나, 범죄율이 높아서 추가적인 보안 대책이 필요한 지역에서 일하는 약사는 어떤가?

캐릭터가 이 직업을 택한 이유

- 약국에서 약을 잘못 조제하는 바람에 가족을 잃은 경험이 있어서
- 부모가 민간요법 신봉자여서 자녀에게 백신 접종하기를 거부했음
- 외향적 성격이라 여러 사람과 일하며 많은 사람을 돕고 싶어서
- 헬스 케어와 의료 분야에 관심이 있어서
- 노인, 당뇨병 환자 등 아픈 사람들을 돕고 싶은 마음에서
- 돈이 없어서 필요한 약을 못 사는 이들을 도와야겠다고 생각해서

어린이 행사 진행자 Children's Entertainer

개요

어린이 행사 진행자는 아이들이 모이는 행사에서 공연을 한다. 노래와 악기 연주, 마술, 꼭두각시 인형, 페이스 페인팅, 공예, 저글링 등 어린 관객들이 즐길 수 있는 다양한 활동을 선보인다. 파티, 결혼식, 지역 행사, 학교 행사 등에 고용된다.

필요한 훈련·교육

어린이 행사 진행자가 되려면 정식 교육이나 훈련을 받을 필요는 없다. 자원봉사나 멘토를 통해서 경험을 많이 쌓는 것이 좋다. 전문 분야에 따라서 연기나 화술 강좌가 도움이 되기도 한다.

이 직업에 유용한 기술·재능

돈을 버는 요령, 창의력, 손재주, 공감 능력, 뛰어난 청력, 평정심, 신뢰를 주는 능력, 환대하는 능력, 친구를 잘 사귐, 사람들을 웃게 하는 능력, 흉내 내기, 외국어 구사 능력, 파쿠르, 연기력, 화술, 상대의 마음을 읽는 능력, 간단한 마술

이 직업에 도움이 되는 성격 특성

모험을 좋아하는, 자신감 있는, 창의적인, 열성적인, 외향적인, 이야기를 잘 꾸며내는, 호감을 주는, 재미있는, 온화한, 행복한, 상상력이 풍부한, 상냥한, 짓궂은, 장난기 많은, 변덕스러운, 자발적인, 용감한, 거리낌 없는, 엉뚱한

갈등이 벌어지는 상황

- 말을 잘 듣지 않는 아이들 앞에서 공연을 해야 할 때
- 악천후(야외 행사일 경우)
- 소품을 살 돈이 없을 때
- 행사에 관심이 없고 행사 진행자를 베이비시터처럼 대하는 부모
- (행사 취소, 예상치 못한 장소 변경 등으로) 일정이 뒤엉킬 때
- 공연 예약이 겹쳐버렸을 때
- 따낼 뻔한 행사를 경쟁자가 가로챘을 때
- 행사가 생각보다 길어질 때
- 이런저런 요구가 많은 부모

- 준비한 공연 수준에 비해 아이들 연령대가 높을 때
- 허술한 소품이나 제대로 작동하지 않는 장비를 가지고 공연을 해야 할 때
- 끊임없이 구직 활동을 해야 함
- 버는 돈이 너무 적어서 부업을 해야 함
- 고객이 돈을 제대로 주지 않을 때
- 가족이나 친구가 직업을 무시하거나 경멸할 때
- 일 때문에 가족 모임이나 행사에 나가지 못하게 됨
- 새로운 공연이나 마술을 시도했으나 잘 되지 않음
- 아이들과 가까이 있다가 질병이 옮았을 때
- (아이가 아파서 조퇴시켜야 한다거나, 동물 병원에 가야 하는 등) 일에 지장을 주는 예상치 못한 상황이 벌어졌을 때
- (아이와 부적절한 접촉, 도둑질, 부모에게 성적인 제안 같은) 억울한 누명을 써서 일을 계속할 수 없을 정도로 타격을 받았을 때

주로 접하는 사람들

다양한 연령대의 아동, 부모, 파티 장소의 직원, 소품이나 장비 판매업자, 서커스단 직원, 다른 분야의 공연자, 장비 및 제품 공급업체

직업이 캐릭터의 욕구에 미치는 영향

- **자아실현 욕구**

  캐릭터는 특정한 공연(마술, 노래와 춤, 저글링 등)을 하고 싶으나 관객들이 흥미를 보이지 않는다면 결국 허탈해지고 직업에 만족을 느끼지 못할 것이다.

- **존중과 인정의 욕구**

  어린이 행사 진행자로 생계를 유지하기는 어렵다. 캐릭터가 돈을 중요하게 여기는 성향이고, 가족이나 친구 중에 고소득자가 많거나 배우자가 돈을 많이 버는 직업을 가졌다면 열등감을 느낄 수 있다.

- **애정과 소속의 욕구**

  아이들을 즐겁게 해주려는 캐릭터의 열정을 가족이 이해하지 못한다면 드러내지는 않더라도 캐릭터에게 실망하고 시큰둥하게 대할 것이다. 결국 가족 관계에 금이 갈 수 있다.

고정관념 비틀기

이야기에 등장하는 어린이 행사 진행자는 자리를 제대로 잡지 못했거나 의욕이 없어서 대충대충 공연을 진행하기 일쑤다. 이와는 반대로 어린이 행사 분야에 오래 종사하며 상당한 유명세를 얻었거나, 이 분야에서 잘해내고 싶다는 열정이 가득한 캐릭터를 만들어보자.
아이들 생일 파티에서 어린이 행사 진행자가 하는 공연은 진부할 수 있다. 마술 모자에서는 항상 토끼가 나오고, 마임 공연은 기이해서 당혹스럽기까지 하다. 여러분의 캐릭터가 어디서도 쉽게 볼 수 없는 색다른 공연을 펼치도록 머리를 쥐어짜보자.

캐릭터가 이 직업을 택한 이유

- 실직한 이후로 어쩌다 보니 구하게 된 직장이라
- 엄격하고 통제가 심한 부모 밑에서 자라 유년 시절이 없었기에
- 아이들과 함께 할 수 있는 일이 좋아서
- 아이들을 즐겁게 하는 데 타고난 재능이 있고 공연을 잘 해서
- 내면에 숨어 있던 동심을 펼칠 수 있어서
- 행사를 진행하는 동안 힘든 삶을 잠시 잊을 수 있어서
- 다른 사람을 기쁘게 하는 것이 좋아서
- 의심받지 않고 아이들에게 접근할 수 있음(범죄 성향이 있는 경우)
- 어른들보다 아이들 곁에 있는 것이 편안함
- 여러 가지 공연을 하고 관객들이 즐겁게 반응하는 모습을 지켜보는 것이 좋아서

업계의 거물 Business Tycoon

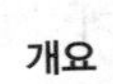

업계의 거물은 금융, 소셜 미디어, 자동차, 미디어, 부동산 등 각종 업계에서 크나큰 성공을 거둔 끝에 자기 분야의 최고봉에 오른 사람이다. 사업가 기질이 있고, 혁신적인 아이디어나 해결책을 떠올린다. 헨리 포드, J. P. 모건, 마크 저커버그, 워런 버핏 같은 몇몇 업계의 거물은 너무나 유명해져서 이름만 대면 누구나 알 정도지만, 자기 분야의 사람들에게만 유명한 업계의 거물도 있다. 이런 업계의 리더들은 성공을 거둔 덕분에 대체로 재산이 아주 많고 막강한 영향력을 행사한다.

필요한 훈련·교육

필요한 훈련이나 교육은 업계에 따라 다르다. 업계에서 성공한 사람 다수는 고등교육기관에서 학위를 받았지만(학위가 여러 개인 경우도 있다), 순전히 독학으로 기업을 일궈낸 사람도 있다. 하지만 이들 대부분은 성공으로 이끌어주는 수단이라면 무엇이든 배우고 개선하려는 추진력이 있다.

이 직업에 유용한 기술·재능

돈을 버는 요령, 평정심, 탁월한 기억력, 흥정 솜씨, 리더십, 멀티태스킹, 인맥, 발상을 전환하는 능력, 홍보 능력, 화술, 연구 조사, 영업 능력, 전략적 사고, 비전

이 직업에 도움이 되는 성격 특성

적응을 잘하는, 모험을 좋아하는, 야심만만한, 분석적인, 과감한, 자신감 있는, 과단성 있는, 약삭빠른, 수완이 좋은, 규율을 준수하는, 의리가 없는, 효율적인, 탐욕스러운, 근면 성실한, 지적인, 유물론적인, 세심한, 열정적인, 참을성 있는, 완벽주의적인, 끈질긴, 설득력 있는, 재능이 있는, 현명한

갈등이 벌어지는 상황

- 먹이사슬 꼭대기에 오르려고 경쟁자들이 위협할 때
- 사업 홍보가 잘 되지 않을 때
- 서두르다보니 준비가 덜 된 제품이나 서비스를 시장에 내놓게 됨

- 투자를 잘못해서 큰 돈을 날림
- 소송이나 협박을 당함
- (민감한 연구 조사를 경쟁자와 공유, 재정 상태 및 보고서 유출, 내부 방해 등) 내부 집단이 배신한 흔적을 발견함
- 사업에 해를 입히려는 강력한 경쟁자가 나타남
- 장시간 일에 몰두하는 바람에 가족 구성원과 갈등이 생김
- 해결할 수 없는 문제가 발생했을 때
- 돈 때문에 자신과 결혼하고 싶어 하는 사람이나 기회주의자들 때문에 다른 사람들의 동기를 의심하게 되었을 때
- 파파라치가 따라다님
- 저급한 신문이나 시청률이 높은 뉴스에 사생활이 폭로됨
- 업계 규제가 바뀌는 바람에 생산 방식에 문제가 생겼을 때
- 내부고발자가 회사의 어두운 면을 폭로함
- 과거의 비윤리적인 관행이 밝혀져서 평판이 나빠짐

주로 접하는 사람들

업계의 다른 사람들, 투자자, 이사진, 직원, 기자, 개인 비서 혹은 수행 비서, 자기 분야의 멘토, 유명 인사

직업이 캐릭터의 욕구에 미치는 영향

- **자아실현 욕구**

  의도하지 않았던 부정적인 일(비윤리적인 행위, 일중독, 부나 명성에서 비롯된 건전하지 못한 관계 등)이 계속된다면 어느 순간 자신의 삶에 회의가 들 수 있다.

- **존중과 인정의 욕구**

  자신의 패기나 근성을 (자신이나 타인에게) 입증하고 싶어서 사업을 시작했다면, 업계의 거물이 되었더라도 존경이나 찬탄을 받지 못하는 경우에 욕구가 충족되지 않을 수 있다.

- **애정과 소속의 욕구**

  기회주의자와 타인을 조종해서 이득을 얻어내려는 사람들에게 늘 노출되어 있다면 남을 신뢰하기 힘들고, 자신의 마음을 누구에게도 털어놓지 못할 수 있다.

- **안전 욕구**

  업계의 거물은 스토커, 라이벌, 불만을 품은 직원 등의 표적이 될 수 있다.

고정관념 비틀기

업계의 거물은 흔히 탐욕스럽고, 비윤리적이며, 무자비하고, 돈을 벌 수 있다면 무슨 짓이든 하는 존재로 묘사된다. 겸손하고, 원칙을 지키며, 자신의 부와 권력으로 세상에 선한 영향을 끼치고 싶어 하는 캐릭터를 만들어 이런 고정관념에서 벗어나 보자.

억만장자의 전형적인 틀에서 벗어나면 새로운 유형의 업계 업계의 거물을 만들 수 있다. 금융업이나 부동산으로 성공을 거두는 것이 아니라, 다른 사업에서 거물이 된 인물은 어떨까? 이국적인 나무와 새로운 품종의 식물을 키우는 사업? 공교육 시스템을 활성화하는 사업? 칼로리를 태우는 음식을 발명하는 사업?

마지막으로, 캐릭터의 외양에 변화를 주어보자. 돈이 많은 사람은 대부분 다른 사람보다 매력적이다. 외모를 가꾸는 데 돈을 쓸 수 있기 때문이다. 업계의 거물 캐릭터에게 신체적 결함으로 보일 수 있는 특징을 부여해보자. 외모를 고칠 수 있는데 그러지 않기로 선택한 이유는 무엇인가?

캐릭터가 이 직업을 택한 이유

- 가족이 성공하는 모습을 보고 자신도 성공하고 싶어서
- 가난하게 자랐기 때문에 부를 쌓고 돈을 자유롭게 쓰고 싶어서
- 기업가 정신이 있어서
- 사회를 돕거나 개선시킬 수 있는 아이디어가 있어서
- 회사를 세운 다음 팔아서 이익을 남기는 요령이 뛰어나서
- 힘을 갈망하고 특정 분야(정치, 교육, 비즈니스 등)에서 지배력을 발휘하고 싶어서
- 돈을 벌어서 다른 사람들을 도우려고
- (유년 시절의 학대, 유해한 인간관계, 방임하는 부모, 조건을 따지는 사랑 등) 마음의 상처에서 싹튼 무력감에서 벗어나려고

에이전트

Talent Agent

[원문은 '탤런트 에이전트'이나, 한국에서 탤런트 에이전트는 대개 영화계의 에이전트를 가리키므로 여기에서는 보다 넓은 의미인 '에이전트'라는 용어를 사용했다]

개요

에이전트는 예술가, 음악가, 밴드, 작가, 연기자, 모델, 운동선수 등 다양한 사람의 계약이나 협상 등을 돕는 사람이다. 대개 관심사와 전문 분야에 따라 한 가지 이상의 영역을 맡는다. 자신과 계약한 고객을 홍보하고 잠재적 고용주에게서 계약을 따내는 일이 주 업무이다. 관계자와 회의를 하고, 인맥을 넓히기 위해 사교 모임에 참석하고, 고객의 오디션이나 중요한 행사 일정을 짜고, 출장 스케줄을 관리하고, 계약 조건을 협상하는 일도 에이전트의 몫이다.

처음 에이전트 일을 시작할 때는 에이전시에 취직하는 것이 일반적이나 차츰 자기 사업을 하는 방향으로 나아간다. 에이전트는 어디에나 존재하지만, 특정 집단의 연예인을 주로 상대하는 에이전트라면 그들이 많이 거주하는 지역(컨트리 가수는 내슈빌, 영화배우는 할리우드)에 터를 잡는 편이 성공하기 좋을 것이다.

필요한 훈련·교육

에이전트가 되고 싶은 사람은 대개 에이전시에서 인턴으로 경력을 시작하며, 기존 에이전트의 업무를 지원하거나 접수 같은 잡무를 거든다. 에이전시에서는 최소 학사 학위를 선호하는 경향이 있으므로, 커뮤니케이션이나 마케팅, 경영학 학위를 취득하면 도움이 된다. 인턴 과정이 끝나면 어엿한 에이전트로서 일자리를 구할 수 있다.

이 직업에 유용한 기술·재능

돈을 버는 요령, 인간적인 매력, 꼼꼼함, 신뢰를 주는 능력, 경청하는 능력, 흥정 솜씨, 리더십, 멀티태스킹, 인맥, 체계적 조직 능력, 발상을 전환하는 능력, 홍보 능력, 상대의 마음을 읽는 능력, 판매 수완, 선견지명

이 직업에 도움이 되는 성격 특성

야심만만한, 분석적인, 대담한, 냉담한, 자신감 있는, 대립을 두려워하지 않는, 주변을 잘 통제하는, 협조적인, 수완이 좋은, 규율을 준수하는, 진중한, 유능한, 열성적인, 고결한, 직업윤리를 준수하는, 충실한, 상대를 조종하려 드는, 세심한, 관찰력이 좋은, 낙천적인, 체계적인, 끈질긴, 설득력 있는, 전문가다운, 남을 보호하려 하는, 추진력 있는, 임기응변에 능한, 책임감 있는

갈등이 벌어지는 상황

- 다른 에이전트나 에이전시와 경쟁하게 됨
- 고객의 일정이 겹치는 바람에 오디션 기회를 놓쳤을 때
- 클라이언트나 동료에게 괴롭힘을 당할 때
- 고객이 진행 상황이 어떻게 되어 가냐고 끊임없이 물어보면서 들들 볶을 때
- 어린이 스타의 부모가 이것저것 과도하게 요구하는데 예의가 없을 때
- 막판에 비행기나 호텔 예약이 잘못되었음을 깨달았을 때
- 고객이 제때 연락을 하지 않거나 받지 않음
- 쉴 틈 없는 일정에 녹초가 되어버렸을 때
- 허황된 열망이나 기대에 부풀어 있는 고객
- 고객에게 오디션에 불합격했다는 소식을 전해야 할 때
- 고객이 다쳐서 공연, 연기, 투어 등을 할 수 없게 되었을 때
- 고객이 출연 기회를 얻지 못해서 낙담했을 때
- 고객이 무책임하거나 특권 의식에 젖어 있어서 세세한 부분까지 신경 써야 할 때
- 오랫동안 함께 했거나 전도유망한 고객을 경쟁자에 빼앗겼을 때
- 같이 일하기를 거부한 연예인이 나중에 크게 성공했을 때
- 성미가 까다로운 고객이 뒷일을 생각하지 않고 사고를 침
- 고객이 비행을 저지르는 바람에 홍보에 차질이 생김
- 고객을 다른 에이전트나 회사로 보내야 할 때
- 고객이 (약물, 알코올 등의) 중독 문제를 겪고 있다는 것을 알아도 도와줄 방법이 없을 때

주로 접하는 사람들

운동선수, 모델, 음악가, 가수, 작가, 예술가, (미성년 연예인이 고객일 경우) 고객의 부모, 다른 에이전트, 접수 담당 직원, 회계사, 영화감독, 코치, 개인 트레이너

직업이 캐릭터의 욕구에 미치는 영향

- **자아실현 욕구**

  매번 거물급 고객을 놓치고 가능성은 있지만 인지도는 낮은 고객이랑만 일하게 되는 에이전트 캐릭터는 더 발전하지 못할 것 같아서 초조해질 수 있다.

- **존중과 인정의 욕구**

  방송 연예 업계는 경쟁이 치열하기로 악명 높다. 성공 가도를 달리는 동료 에이전트와 비교하면 급격하게 자신이 초라해 보일 수 있다. 반대로 영향력 있는 에이전트라면 다른 에이전트를 업신여길 수도 있다.

- **애정과 소속의 욕구**

  고객이 에이전시에 갑작스러운 요청을 하면 에이전트는 그에 맞춰 자신의 일정을 조정해야 한다. 그런 일이 반복되면 가족은 서운함을 느끼고 불만을 품을 수 있다.

고정관념 비틀기

사람들은 대개 에이전트라고 하면 할리우드의 톱스타와 일한다고 생각한다. 그렇다면 무명 배우와 일하는 에이전트, 아니면 아예 다른 분야를 전문으로 하는 에이전트 캐릭터를 구상해보자. 인형극 감독, 예술가, 광대, 마술사, 혹은 최신 음악 장르에 관심이 많아서 이들을 돕는 에이전트 캐릭터는 어떤가?

캐릭터가 이 직업을 택한 이유

- 어렸을 때부터 자신에게 크게 성공할 재능은 없다고 생각했음
- 배우나 운동선수, 음악가가 될 뻔했으나 부상이나 질환 때문에 포기해야 했음
- 연기, 영화 제작, 스포츠, 패션 등 특정 분야에 관심이 많아서
- 다른 사람이 재능을 펼치는 데 도움을 주고 싶어서
- 할리우드나 브로드웨이의 화려한 분위기에 끼어들고 싶어서

열쇠 수리공 Locksmith

개요

열쇠 수리공은 열쇠와 관련된 모든 일을 한다. 현관에 자물쇠를 설치하거나 바꾸고, 잠긴 차나 갇힌 건물에 묶인 사람들을 돕고, 서류 가방이나 보관 상자의 보안 장치를 해제하고, 금고를 설치하거나 개봉하고, 열쇠를 복사한다. 자영업자로 일하거나 다른 사람에게 고용되기도 한다.

필요한 훈련·교육

대체로 직업학교를 졸업하거나 수습 과정을 거쳐 열쇠 수리공이 된다. 이 분야는 보안과 관련이 있으므로 면허와 계약관계 보증, 보험 가입이 필요하다.

이 직업에 유용한 기술·재능

탁월한 기억력, 손재주, 기계를 다루는 기술, 사람들을 편하게 해주는 능력, 영업 능력

이 직업에 도움이 되는 성격 특성

차분한, 휘둘리지 않는, 정중한, 진중한, 효율적인, 고결한, 직업윤리를 준수하는, 근면 성실한, 인내심 있는, 끈질긴, 전문성을 갖춘, 책임감 있는

갈등이 벌어지는 상황

- 잠긴 자물쇠를 도무지 열 수가 없을 때
- 일을 하다가 고객의 재산을 훼손한 경우
- 짧은 시간 내에 일을 해내야 할 때
- 자물쇠를 설치한 직후 고객의 집이나 사무실이 털렸을 때
- 모르는 사이에 자격증 갱신 기한이 지나버림
- 고객의 자물쇠에 맞는 열쇠를 어디다 두었는지 알 수가 없을 때
- 고객의 금고나 집에서 께름칙한 물건을 발견했을 때
- 경력이 짧아서 남들이 피하는 일을 맡게 됨
- 고객이 알려준 주소지를 찾을 수가 없음
- 사고가 나서 차에 실어놓은 공구나 물품이 쏟아졌을 때
- (회사에 소속된 경우) 도구를 잃어버리거나 찾지 못해서 사비로 구

입해야 할 때

- 수지가 맞을 만큼의 돈을 벌지 못할 때
- 의심스러운 사람이 열쇠를 복사해달라고 요청했을 때
- (금고 열기와 같은) 수준 높은 기술 자격증을 따지 못했을 때
- 고객의 자택이나 사무실에서 일하는 동안 고객에게 괴롭힘당함
- 강도가 침입해서 도구나 열쇠 복사용 장비 등을 도둑맞음
- 고객이 자기 집이나 사무실에서 목격한 것을 누구에게도 말하지 말라며 협박할 때
- 자물쇠 따기와 관련하여 불법적인 일을 해달라는 요구를 받을 때
- 상처나 상해로 손을 자유롭게 쓰지 못할 때

주로 접하는 사람들

다른 열쇠 수리공, 고객, 업무 배정 담당 직원, 상사(간부나 사업주), 행정 담당 직원, 공급 업체

직업이 캐릭터의 욕구에 미치는 영향

- **자아실현 욕구**

  열쇠 수리공으로 생계를 유지할 수는 있겠지만, 창의적이고 지적인 자극이 있는 일을 하고 싶다면 갈수록 자아실현 욕구가 채워지지 않을지도 모른다.

- **존중과 인정의 욕구**

  열쇠 수리공은 정직하게 돈을 버는 직업이지만, 큰 돈벌이가 되는 일은 아니다. 타인의 시선을 의식하거나 자신을 타인과 자주 비교하는 사람은 자존심에 상처를 입을지도 모른다.

- **안전 욕구**

  낯선 사람의 집에 들어가야 하는 직업이므로 위험할 수 있다.

- **생리적 욕구**

  열쇠 수리공은 보수가 적으므로 월급만으로 가족을 부양하기는 힘들 수 있다. 돈이 많이 드는 사고나 질환을 이야기에 포함시키면 캐릭터의 생리적 욕구가 위협받을 수 있다.

고정관념 비틀기

열쇠 수리공은 남성이 많기 때문에 여성 열쇠 수리공 캐릭터를 만들면 시나리오가 참신해질 수 있다.

보안과 관련된 직업 특성상 캐릭터가 갈등 상황으로 몰리기 쉽다. 마피아나 범죄자가 고객이거나, 자물쇠가 달린 상자 안에 마약, 총, 또는 인신매매 희생자가 들어 있다면 캐릭터의 삶이 송두리째 바뀔 수도 있다.

캐릭터가 이 직업을 택한 이유

- 무슨 일이든 해야하는 처지라서
- 대학 등록금을 낼 수 없어서 교육에 돈이 많이 들지 않는 직업을 구하다보니
- 과거에 (옷장, 궤짝, 헛간 등) 좁은 곳에 갇혔던 트라우마가 있어서 열쇠와 자물쇠를 다루는 기술을 완벽히 익혀서 트라우마를 극복하고 싶었음
- 한때 범죄자였기에 자물쇠 따는 기술에 능숙함
- 퍼즐 풀이와 문제 해결 과정을 즐기기 때문에
- 관음증이 있어서 합법적으로 타인의 사생활을 엿볼 수 있는 직업을 선택함
- 어릴 때 잠긴 문 너머에 비밀이 숨어 있는 것을 목격한 이후로 자물쇠에 대한 환상이 있음
- 범죄자일 때는 불법이었던 자물쇠 여는 기술을 열쇠 수리공이 되면 합법적으로 마음껏 사용할 수 있어서

영세 자영업자 Small Business Owner

[미국에서 C법인과 S법인은 모두 주식회사에 속하는데 연방 정부에 법인세를 납부하는지 여부에 따라 구분된다. 납부하면 C법인, 납부하지 않으면 S법인이다. 원문의 small business owner는 500명 미만의 직원이 있는 회사 소유주를 가리키기도 하지만, 여기서는 주로 직원 없이 혼자서 사업을 운영하는 사람을 설명하고 있으므로 '영세 자영업자'로 번역했다]

개요

미국의 경우 영세 자영업자는 개인 영업소, C법인, S법인, 또는 유한책임 회사와 같이 다양한 유형과 분야의 회사를 운영하는 사람이다. 사업은 대부분 생산업이나 서비스업에 속한다. 옷 가게, 자동차 정비소, 공방처럼 개인 고객을 대상으로 하기도 하고, 안전 교육을 실시하거나 미술 도구를 제공하는 등 기업과 거래하기도 한다. 개인과 기업 양쪽을 상대하기도 한다.

영세 자영업자는 비즈니스의 여러 측면을 관리할 능력이 있어야 하며, 그렇지 못하면 직원을 고용하거나 다른 회사에 일을 위탁해야 한다. 품질 좋은 제품이나 서비스를 제공하는 것과 별개로 영세 자영업자는 비즈니스를 개발하고 고객을 유치하는 일, 시장의 변화를 파악하고 자금을 확보하는 일, 법적인 문제를 처리하는 일에 신경을 써야 한다(여기에는 고객의 민감한 개인 정보를 적절하게 관리하고, 보험을 들고, 자격증과 허가증을 갱신하고, 직원을 교육시키고, 세금을 납부하는 일이 포함된다). 공과금을 내고, 급여를 지불하고, 현금 흐름을 관리하고, 자산을 파악하는 것은 물론 새로운 장비 구매, 직원 충원, 홈페이지 정비에 투자할지를 결정하는 것도 영세 자영업자의 업무이다. 또한 영세 자영업자는 공급업체 및 다른 사업체와 좋은 관계를 맺어야 하고, 마케팅에도 능해야 한다.

장기적으로 봤을 때는 사업 규모를 키워야 성장할 수 있지만, 어려운 시기에는 규모를 줄여야만 간신히 살아남을 수 있을 것이다. 영세 자영업자는 시간이나 금전이 빠듯하더라도 기부를 하거나 지역 행사에 참여하고 후원을 하면서 인지도를 높여나가는 사람이 많다.

필요한 훈련·교육

운영하는 사업의 유형에 따라 필요한 지식이나 기술, 자격이 달라진다. 일반적으로는 경영, 마케팅, 회계 지식이 있다면 자영업자로서 성공하고 나아가 운영 과정에서 겪는 어려움을 해결하는 데 도움이 될 것이다.

또한 자신이 제공하는 서비스나 제품을 사용한 경험이 있다면 사업에 유리할 것이다. 다른 사람 밑에서 수습으로 일하며 내부 비즈니스를 이해하는 것도 자신의 회사를 세우고 운영하는 데 도움이 된다. 관리·경영 경험은 설사 다른 종류의 사업이더라도 비즈니스에서 행정적인 부분을 처리하는 데 유용한 경험이 된다.

이 직업에 유용한 기술·재능

수익을 창출하는 능력, 탁월한 기억력, 신뢰를 주는 능력, 흥정 솜씨, 환대하는 능력, 리더십, 사람들을 웃게 하는 능력, 기계를 다루는 기술, 멀티태스킹, 인맥, 발상을 전환하는 능력, 홍보 능력, 상대의 마음을 읽는 능력, 영업력, 전략적 사고, 글쓰기

이 직업에 도움이 되는 성격 특성

야심만만한, 과감한, 차분한, 주변을 잘 통제하는, 정중한, 규율을 준수하는, 효율적인, 집중력 있는, 정직한, 지적인, 꼼꼼한, 체계적인, 열정적인, 근면 성실한, 인내심 있는, 완벽주의적인, 끈질긴, 미리 대비하는, 전문성을 갖춘, 임기응변에 능한, 책임감 있는, 고집 있는, 타고난 재능, 알뜰살뜰한, 일중독

갈등이 벌어지는 상황

- 어떤 분야의 전문가이지만 경영에는 재능이 없을 때
- 시장이 변화하면서 사업비가 더 들어가게 될 때
- 직원 수를 유지하기가 힘들 때
- 돈이 어디론가 새어나가거나, 직원이나 동업자가 돈을 슬쩍 빼돌림
- 화재, 기물 파손, 도둑, 하수구 역류 등의 사건으로 보험료가 비싸게 청구됨
- 자릿세나 보호세를 요구하는 폭력배들에게 돈을 갈취당함
- 같은 상권에 새로운 경쟁 업자가 들어올 때
- 경쟁 업자들이 영향력이나 권력을 이용하여 거래를 방해하고 평판을 떨어뜨릴 때

- 각종 공과금과 직원 임금을 지불하기가 벅찰 때
- 이혼을 해서 (재산 분할 문제 때문에) 회사를 팔아야 함
- 직원 간 괴롭힘 문제로 불만이 제기됨
- 일에서 벗어나서 쉴 시간이 없음
- (파업이나 거래 업체의 도산 등의 이유로) 상품 확보가 어려울 때

주로 접하는 사람들

고객, 회계사, 배송 기사, 기자, 다른 사업체 사장들, 검사관, 제품 판매원, 직원, 택배 기사, 후원 기업을 찾는 비영리 단체나 지역 사회 행사 주최자, 이력서를 내거나 면접을 보러 오는 지원자, (전기기사, 배관공, 공사장 인부 등) 숙련공

직업이 캐릭터의 욕구에 미치는 영향

- **존중과 인정의 욕구**

  생각했던 대로 비즈니스가 성장하지 않는다면 자신이 성공할만한 사업가가 아니라고 생각할 수 있다.
- **애정과 소속의 욕구**

  일에 오랫동안 몰두하다보면 가족을 소홀히 할 수 있고 그 결과 가족과의 관계가 흔들리게 된다.
- **안전 욕구**

  범죄율이 높은 도심에서 사업을 한다면 강도나 도둑이 들 가능성이 크고, 캐릭터와 직원들이 위험에 처할 수 있다.

캐릭터가 이 직업을 택한 이유

- 기업가 정신이 있고, 직접 사업을 운영하고 싶어서
- 연로한 부모님이 하시던 사업을 물려받아야 해서
- 다른 사람들의 니즈를 충족하고 삶을 윤택하게 해줄 기술이나 지식이 있음
- 혼자 사업을 시작하여 실패할 위험을 감수하느니 (가업처럼) 이미 있는 회사나 가게를 인수하는 편이 나아서
- 캐릭터를 못마땅해하는 형제자매나 동료에게 성공하는 모습을 보여주고 싶어서

영양사 Dietician

[이 항목에서는 일반적인 병원 영양사에 중점을 두고 설명한다]

영양사는 고객의 병력과 생활 습관에 기초하여 맞춤형으로 식단을 관리하는 사람이다. 면허를 가진 영양학 전문가로서 음식과 관련된 문제를 진단하고 해결하며 병원, 요양원, 학교 등 다양한 장소에서 일한다.

필요한 훈련·교육

건강과 관련된 분야의 학사 학위가 있어야 하고, 미국의 경우 환자 식단을 담당하려면 주 정부 등록이 필수적이다. 영양사 면허를 획득하려면 인가를 받은 시설에서 필요한 과정을 수료해야 하고, 국가시험에도 합격해야 한다. 특정 영양학 분야에서 일하려면 추가 심화 교육이 필요할 수도 있다.

이 직업에 유용한 기술·재능

기본적인 응급처치, 인간적인 매력, 꼼꼼함, 공감 능력, 신뢰를 주는 능력, 경청하는 능력, 환대하는 능력, 멀티태스킹, 인맥, 체계적으로 정리 정돈하는 능력, 홍보 능력, 상대의 마음을 읽는 능력, 연구, 판매, 전략적 사고

이 직업에 도움이 되는 성격 특성

협조적인, 정중한, 수완이 좋은, 진중한, 공감을 잘하는, 열성적인, 친절한, 상냥한, 남을 보살피기 좋아하는, 객관적인, 관찰력 있는, 낙관적인, 체계적인, 통찰력 있는, 설득력 있는, 전문성을 갖춘, 임기응변에 능한, 책임감 있는, 학구적인, 남을 잘 돕는

갈등이 벌어지는 상황

- 식습관을 바꾸려 하지 않는 환자
- 불결한 시설, 질병에 노출되기 딱 좋은 장소
- 중환자를 돌보아야 할 때
- 영양사란 직업을 인정해주지 않는 가족이나 친구
- 의사와 같은 훈련을 받지 않았다고 영양사를 깔보는 사람들
- 업무 시간이 지났는데도 일에 대한 질문을 계속 받을 때

- 영양과 관련된 모든 정보를 요구하는 사람들
- 건강하지 않은 음식과 보조제 등을 홍보하는 다이어트 회사
- 잘못된 정보가 머릿속에 가득한 고객을 상대해야 할 때
- 영양사의 눈을 속이면서 건강이 나아지지 않는 것을 영양사 탓으로 돌리는 고객
- 보험회사와의 분쟁
- 영양사가 과체중이라는 이유로 핀잔을 주는 사람들
- 건강하지 않은 음식을 먹는다고 비난받을 때
- 음식을 고를 때 핀잔을 들을까 봐 가족이나 친구들이 자신의 눈치를 볼 때
- 새로운 지식이나 정보를 따라잡으려면 고군분투해야 함
- 환자에게 정확하지 않은 정보를 알려주었을 때
- 영양사의 권고를 따르지 않고, 소셜 미디어에 돌아다니는 부정확한 과학 기사를 인용하며 전문가인 양 의견을 내세우는 고객
- 아이들이 건강해질 수 있는 방법을 알려줘도 부모가 받아들이지 않을 때

주로 접하는 사람들

(성인과 아동) 환자, 음식을 나르고 갖다주는 사람들, 의사, 보험회사 직원, 간호사, 비서, 회계사, (병원, 학교, 노인 요양소 등에서 일하는) 시설 관리인

직업이 캐릭터의 욕구에 미치는 영향

- **자아실현 욕구**

  사람들의 삶을 바꾸고 싶어서 영양사가 되었다면 고객의 나쁜 식습관을 바꾸지 못할 경우 회의감을 느끼고 자신의 직업 선택에 의문이 생길 것이다.

- **존중과 인정의 욕구**

  유능한 영양사라도 피부병이나 과체중 등 건강과 관련된 문제를 겪을 수 있다. 하지만 영양사는 그래서는 안 된다는 편견이 있다. 자신이 통제할 수 없는 신체 문제에 대한 비난은 수치심을 갖게 하고, 이런 심리적 문제는 업무에 지장을 줄 뿐 아니라 자존감에도 나쁜 영향을 미칠 것이다.

- **애정과 소속의 욕구**
  영양사가 좋은 마음에서 친구와 가족에게 식단 조언을 해주어도 상대가 고깝게 받아들인다면, 관계에 균열이 생길 수 있다.

고정관념 비틀기

영양사는 과체중일 리 없거나 나쁜 음식은 절대 먹지 않을 것이라는 고정관념이 있다. 그러니 체중이 많이 나가는 영양사 캐릭터를 만들어서 이런 고정관념을 비틀어보자. 자신의 문제를 해결하는 것보다 다른 사람의 문제를 돕는 것이 훨씬 쉬울 수 있다.
영양사는 건강과 영양에 관심이 많아서 음식과 운동에 지나치게 집착하는 캐릭터로 그려지기도 한다. 음식에 대해서는 까다로우면서도 흡연, 약물, 불결한 생활 같이 건강하지 않은 습관이 있는 영양사 캐릭터는 어떤가?

캐릭터가 이 직업을 택한 이유

- 나쁜 식습관이나 식이 장애를 극복했고, 다른 사람들도 그렇게 되도록 돕고 싶어서
- 어린 시절 뚱뚱하다고 놀림을 받았기에
- 건강한 식단으로 예방할 수도 있었던 병 때문에 사랑하는 사람을 잃었음
- 식단 조절을 못해 고생하는 가족이나 친구가 있어서
- 음식과 건강에 관심이 있어서
- 다른 사람들을 돌보는 일을 좋아해서
- 가족 중에 의료인이 있어서 자신도 의료계에 종사하고 싶음
- 음식을 부정적으로 보는 사람들을 돕고 싶어서
- 음식과 관한 잘못된 정보가 퍼지는 것을 막으려고
- (채식주의자라) 채식에 관해 도움을 주고 싶어서

외교관 Diplomat

개요

외교관은 다른 나라에서 자국을 대표하기 위해 임명된 공무원이다. 조약 협상, 정보 수집 및 보고, 비자 발급, 해외 거류 자국민 보호 등의 업무를 수행하며 그 외에 전쟁과 평화, 경제, 환경, 인권 같은 다양한 이슈와 관련해 발언하고 영향력을 행사한다. 무슨 일을 하든 외교관은 자국의 이해와 정책을 대변해야 한다.

자국에서 근무하는 경우도 있지만 대개는 외국에 위치한 대사관에서 일하며, 2~4년 근무한 후에는 다른 나라에 배치된다. 신입 외교관은 영사 업무를 수행하고, 다년간 경험을 쌓은 후 더 중요한 직책과 직무를 맡는다.

외교관에는 다양한 유형이 있고 직함과 책무는 국가마다 다르지만 대체로 연공서열에 따라 대사, 대리대사, 특사, 영사, 담당관 등으로 구분된다.

필요한 훈련·교육

외교관이 되기 위한 조건은 국가마다 다르다. 미국에서 외교관이 되려면 20세 이상 59세 이하의 미국 시민권자여야 하고, 서면으로 된 적성 시험을 통과하고 직무 적합성 여부를 결정하기 위한 까다로운 면접 과정을 거쳐야 한다. 신원 조사에서 이상이 없으면 외무 연구소에 들어가서 최장 9개월에 걸쳐 훈련을 받는다.

외교관 지원자는 자신이 원하는 나라가 아니라 자신이 있어야 할 나라에 파견된다는 사실을 알아야 한다. 위험한 지역에서 근무하게 된다면 가족과 함께 가는 것이 허락되지 않을 수도 있다.

이 직업에 유용한 기술·재능

인간적인 매력, 공감 능력, 평정심, 탁월한 기억력, 신뢰를 주는 능력, 경청하는 능력, 홍정 솜씨, 환대하는 능력, 리더십, 친구를 사귀는 능력, 상대의 심리를 파악하여 행동이나 사고를 예측하는 능력, 외국어 구사 능력, 인맥, 발상을 전환하는 능력, 중재 능력, 홍보 능력, 화술, 상대의 마음을 읽는 능력, 전략적 사고, 글쓰기

이 직업에 도움이 되는 성격 특성

적응을 잘하는, 모험심이 강한, 야심 있는, 분석적인, 감식안이 있는, 대담한, 침착한, 매력적인, 자신감 있는, 협조적인, 정중한, 과단성 있는, 수완이 좋은, 진중한, 공감 능력, 열성적인, 난처한 상황을 잘 빠져나가는, 외향적인, 고결한, 직업윤리를 준수하는, 친절한, 지적인, 상대를 뜻대로 조종하려 드는, 세심한, 꼬치꼬치 캐묻는, 체계적인, 열정적인, 인내심 있는, 애국심이 강한, 완벽주의적인, 끈질긴, 설득력 있는, 미리 대비하는, 남을 보호하려 하는, 사회 이슈에 관심이 많은, 교양 있는, 의심이 많은, 마음이 넓은, 현명한

갈등이 벌어지는 상황

- 최근에 벌어진 사건이나 문화 규범을 잘 몰라서 회담에서 실수함
- 대사관이 공격을 당함
- 언어 장벽 때문에 의사소통이 어려울 때
- 파견된 국가의 관료들이 융통성 없고 비협조적일 때
- 가족을 동행할 수 없는 국가에 발령받았을 때
- 복잡한 정치적 갈등이 발생했을 때
- 파견국이 바뀌어 정든 장소와 친한 친구들을 떠나야 함
- 발령지가 자주 바뀌어 자녀들이 새로운 환경에 적응하기 어려워함
- 바뀐 발령지에서 가족이 문화 충격으로 고생할 때
- 협상에 실패했을 때
- 암살의 위협을 받거나 표적이 되었을 때
- 폭동이나 전쟁이 일어나서 포로가 되었을 때
- 향수병

주로 접하는 사람들

대사, 특사, (대사관의 특정 분야) 담당관, 외국 외교관, 기자, 통역사, 정부 관료들과 정부 수장

직업이 캐릭터의 욕구에 미치는 영향

- **자아실현 욕구**

정치계에서 일하는 사람들은 책임자의 변덕에 휘둘리기 쉽다. 외교관도 마찬가지여서, 주어진 목적을 달성하려고 부단히 노력했으나 결국 정치적 책략의 일부로 이용당했다는 것을 깨닫게 된다. 이런 상황을 수도 없이 겪다 보면 질리거나 환멸을 느낄 수 있다.

- **존중과 인정의 욕구**

  대부분 국가는 외교관의 위계가 명확하다. 하급 외교관으로 아무리 노력해도 승진의 기회가 오지 않는다면 좌절할 수 있다.

- **애정과 소속의 욕구**

  외교관은 파견국이 자주 바뀌므로 환경에 따라 그때그때 자신을 맞춰야 한다. 이 때문에 가족 내에서 갈등이 일어날 수 있다.

- **안전 욕구**

  정치적 상황이 불안한 지역에서 근무한다면 위험이 닥칠 수 있다.

- **생리적 욕구**

  파견국의 상황이 폭력으로 치달으면 목숨이 위협받을 수 있다.

캐릭터가 이 직업을 택한 이유

- 정치인을 많이 배출한 가문에서 성장해서
- 화목하지 않은 가정에서 도피하고 싶어서
- 여행과 다른 문화를 경험하는 것이 좋아서
- 사람을 환대하는 요령이 좋고, 화술이 능란하며, 타인의 신뢰를 얻는 능력이 뛰어나서
- 세계 평화에 기여하고 싶어서
- 근무지가 자주 바뀌는 직업을 택하면 친밀한 대인 관계를 피할 수 있을 거라고 생각해서
- 특정 국가, 상황, 정부 관료에 대한 정보를 입수하려고

요가 강사 Yoga Instructor

개요

요가 강사는 호흡(프라나야마)과 좌법(아사나)으로 몸과 마음이 조화롭게 연결되도록 돕는 사람이다. 요가 강사는 수련생이 몸을 단련하고 유연해질 수 있도록, 그리고 명상으로 평화로운 내면 상태를 이루도록 돕는다. 능력 있는 요가 강사는 수업을 하는 동안 수련생이 원하는 바에 귀를 기울이고, 그들에게 맞는 프로그램을 개발한다. 예를 들어 임산부, 아동, 노인을 대상으로 하는 요가 수업에는 특수한 스트레칭이 필요하다. 수술이나 부상으로 취약한 상태에서 회복 중인 사람을 대상으로 한다면 각각의 상황에 맞춘 프로그램이 필요할 것이다. 요가 강사는 수련생이 부상을 당하지 않도록 세심한 주의를 기울여야 한다.

요가 강사는 회계, 시간 관리, 홍보, 회원 모집 등 비즈니스 측면에도 상당한 노력을 투자해야 한다. 아쉬탕가, 비크람, 하타, 아헹가, 크리팔루 같은 수많은 종류의 요가 중 어떤 것을 전문으로 할지 선택하고, 플레이리스트와 특정 그룹을 위한 요가 루틴을 만들고, 수련생과 관계를 형성하고, 수련생이 더 복잡한 아사나를 수행할 준비가 되었는지 평가하는 일도 한다. 또한 수련생의 질문에 답하고, 수련생이 명상으로 역경을 헤쳐나갈 수 있도록 도와준다.

필요한 훈련·교육

요가의 철학과 역사를 가르치고 자격증을 발급하는 학교와 프로그램이 많다. 요가 강사는 대개 이런 자격증을 받고 난 후 전문 분야를 개발하며, 심화 교육을 받는다. 헌신적인 요가 수련자라면 요가 강사로 일하는 내내 꾸준히 요가를 배우고 단련할 것이다.

이 직업에 유용한 기술·재능

수익을 창출하는 능력, 기본적인 응급처치, 인간적인 매력, 공감 능력, 뛰어난 청력, 탁월한 기억력, 신뢰를 주는 능력, 직관력, 사람들을 웃게 하는 능력, 홍보 능력, 상대의 마음을 읽는 능력, 회복력, 체력, 호흡 조절, 다른 사람을 가르치는 능력, 호소력 있는 목소리

이 직업에 도움이 되는 성격 특성

차분한, 휘둘리지 않는, 창의적인, 공감을 잘하는, 열성적인, 친절한, 너그러운, 온화한, 행복한, 영감을 주는, 상냥한, 충실한, 성숙한, 자연을 아끼는, 남을 보살피기 좋아하는, 낙관적인, 체계적인, 열정적인, 참을성 있는, 통찰력 있는, 변덕스러운, 사회 이슈에 관심이 많은, 영적인, 남을 잘 돕는, 건전한

갈등이 벌어지는 상황

- 그룹 레슨과 개인 레슨 일정을 조율하고 일과 삶의 균형도 찾아야 하는데 잘 되지 않을 때
- 매일 (요가원, 수련생의 집, 체육관 등) 여러 장소를 왔다 갔다 해야 할 때
- 자동차가 고장 났을 때
- 부상이나 질병으로 한동안 레슨을 하지 못할 때
- 사전에 연락하지도 않고 수업을 취소하거나 시간 변경을 요구하는 개인 수련생
- 요가 강사는 그 사람이 그 사람이라고 생각하는 수련생
- 수련생이 취약한 부분을 잘못 파악해서 수련생이 다치는 사건이 발생함
- 자신의 상태나 부상에 대해 솔직하게 털어놓지 않는 수련생
- 연애 등 다른 목적으로 요가 레슨을 받는 수련생
- 생계를 유지시킬 고정 수익을 창출할 프로그램을 개발해야 할 때
- 사업 수완이 없어서 비즈니스 측면을 등한시하는 바람에 재정적·법적 문제가 발생했을 때
- 캐릭터의 가치와 인지도를 깎아내리는 동료 요가 강사
- (장소 예약, 장비 고장, 청소 등) 요가 수련원과 관련된 문제가 발생할 때
- 도움을 요청해놓고 조언을 해주면 따르지 않는 수련생

주로 접하는 사람들

수련생, 요가 수련원 건물주, 체육관 경영진, 다른 강사

직업이 캐릭터의 욕구에 미치는 영향

- **자아실현 욕구**
  자신과 비슷한 철학을 가지고 성장하고자 하는 수련생을 가르치고 싶었는데, 그저 유행을 따르느라 요가를 배우려는 사람밖에 없다면 자신의 일에 환멸감이 들지도 모른다.
- **존중과 인정의 욕구**
  너무 치열한 경쟁, 터무니없이 낮은 수업료, 기타 경제적인 요인 때문에 꾸준히 수련하기가 어려워지면 자신에게 성공할 능력이 있는지 의문을 가질 수 있다.

고정관념 비틀기

요가 강사가 항상 젊고 아름다울 필요는 없다. 열정을 따라 살도록 용기를 불어넣을 뿐 아니라 삶에 대한 통찰력을 보여주는 나이 든 요가 강사 캐릭터가 있다면 이야기가 더욱 특별해질 것이다.

고트 요가[염소를 데리고 수행하는 요가]처럼 한때의 유행에 지나지 않는 요가를 소재로 택하면 자칫 유행에 뒤처진 이야기처럼 보일 수 있다. 캐릭터의 요가 수련을 독특하게 만들고 싶으면, 수련생을 외국의 조용한 휴양지로 데려가거나 하이킹 후 산꼭대기에서 요가 세션을 진행하는 것은 어떤가?

캐릭터가 이 직업을 택한 이유

- 명상과 자연 치유를 중시하는 가정에서 성장해서
- 영적으로 고양되어 있고, 건강을 늘 의식하기 때문에
- 몸과 마음의 건강에 집중하는 단체 활동에서 즐거움을 느끼기 때문에
- 명상으로 얻은 깨달음을 다른 사람들과 나누고 싶어서
- 매일 명상과 수련을 해야 하는 상태이거나 질환을 앓고 있는데, 요가 강사가 되면 규칙적으로 명상과 수련을 할 수 있어서

우편집배원

Mail Carrier

개요

우편집배원은 각 가정과 일터에 편지, 고지서, 전단, 택배 등을 전달하는 사람이다. 대부분 차량 등 이동 수단을 이용하지만 도시의 우편집배원은 걸어서 이동할 때가 많다.

필요한 훈련·교육

우편집배원이 되려면 고등학교 졸업이나 그에 준하는 과정을 이수하고 필기시험을 통과해야 한다. 또한 유효한 운전면허증이 있어야 하고 주행 기록이 양호해야 하며 범죄 신원 조회를 통과해야 한다.

이 직업에 유용한 기술·재능

건강, 탁월한 기억력, 외국어 구사 능력, 날씨 예측, 체력, 빠른 발

이 직업에 도움이 되는 성격 특성

기민한, 정중한, 규율을 준수하는, 진중한, 능률적인, 집중력 있는, 호감을 주는, 정직한, 독립적인, 내향적인, 세심한, 체계적인, 인내심 있는, 전문가다운, 책임감 있는

갈등이 벌어지는 상황

- 우편물을 실은 차량이 고장 났을 때
- 우범지대에서 배달하다가 위협을 받을 때
- 도난이나 오배송 때문에 고객이 우편물을 수령하지 못함
- 우편 서비스에 불만을 제기하는 고객
- 악천후를 뚫고 일을 해야 할 때
- 위험해 보이거나 언행을 예측할 수 없는 사람에게 우편물을 직접 전달해야 할 때
- 파업, 혹은 파업을 두고 혼란스러울 때
- 노조 가입을 두고 압박을 받을 때
- 업무 중에 빙판에서 미끄러져 넘어지거나 개에 물리는 등 사고를 당했을 때
- 상해를 입어서 업무를 수행하기 어렵게 되었을 때
- (특히 신입 때) 장시간 노동
- 우편집중국의 실수로 우편물이 잘못된 주소로 배송되었을 때

- 일이 많은데 처리할 직원이 부족할 때
- 무능하거나 거추장스러운 신입 집배원에게 일을 가르쳐야 할 때
- 다른 사람과 교류하고 싶으나 우편집배원이라는 직업 특성상 대체로 혼자서 일해야 할 때
- 무례한 고객을 상대해야 할 때
- 냉정하거나 무신경한 상사
- 깨지기 쉬운 물건이 든 소포를 실수로 떨어뜨렸을 때
- 택배 수령을 거부하는 고객
- 우편집중국에서 지연되는 바람에 배달 일정에 차질이 생김
- 수상쩍은 소포를 배달하게 되었을 때
- 걸어서 배달할 일이 많은 경우, 매일 장거리를 걷는 바람에 생기는 몸의 변화
- 나이가 들수록 피로도가 높아질 때

주로 접하는 사람들

다른 우편집배원, 관리자나 상사, 우체국의 다른 직원, 노조 간부, 고객, 배달하면서 마주치는 운전자와 보행자, 회사 건물의 경비나 보안 인력

직업이 캐릭터의 욕구에 미치는 영향

- **자아실현 욕구**
  우편집배원이 승진할 가능성은 많지 않다. 높은 자리로 올라가고 싶은 캐릭터라면 얼마 안 가 갇혀 있는 듯한 기분을 느끼고 자신의 잠재력을 온전히 발휘하지 못할 것 같다고 생각할 수 있다.
- **존중과 인정의 욕구**
  많은 사람이 대학 학위가 필요한 직업을 더 중요하거나 가치가 있다고 생각한다. 우편집배원 캐릭터가 이런 사람들과 교류한다면 자신의 가치에 의문을 품을 수 있다.
- **애정과 소속의 욕구**
  업무 시간이 길기 때문에 대인 관계에 지장을 줄 수 있다. 또한 배달 업무는 혼자서 하는 일이므로 우편집배원은 하루 대부분을 홀로 보낸다. 따라서 애정과 소속의 욕구를 채우기 힘들 수도 있다.

- **안전 욕구**

  우편을 배달하는 구역의 분위기, 배달 중에 마주치는 차량의 종류나 교통량, 우편물을 배달하려고 배달 차량에서 내린 후 접하게 되는 각종 위험을 고려해보면, 우편배달은 위험한 일이 되기도 한다.

고정관념 비틀기

우편집배원은 대개 조용하고 내향적이며 눈에 띄지 않는 조연 캐릭터로 등장한다. 하지만 어떤 성격의 캐릭터라도 우편집배원이 될 수 있다. 시트콤 〈사인펠드Seinfeld〉에 나오는 뉴먼이 좋은 예다. 독특한 특성 한두 가지를 부여하면 생동감 넘치는 우편집배원 캐릭터를 만들 수 있다.

또한 여러분의 캐릭터가 이 직업을 선택한 이유를 자세히 고민해보라. 일할 때 사람들과 가까이 있을 필요가 없어서? 힘든 일을 장시간 해야 하니 괴로운 기억을 떠올리지 않을 수 있어서? 사람들의 시선에서 벗어날 수 있어서? 캐릭터가 이 직업을 선택한 숨은 동기를 알게 되면 독자는 이야기에 더 깊이 있고 흥미롭게 몰입할 수 있을 것이다.

캐릭터가 이 직업을 택한 이유

- 오랫동안 소통의 수단이었던 편지와 관련된 직업을 원해서
- 지나치게 부담스럽지 않으면서 신체를 단련할 수 있는 직업을 원해서
- 혼자 일하는 직업이라 다른 사람과의 교류를 줄일 수 있어서
- 좀더 도전적인 직업은 두렵고, 그런 일을 하면 자신이 실패할 것이라고 생각함
- 이 사회에 소속감은 느끼고 싶지만 사회성이 없어서 대인 관계를 맺고 싶지는 않음

운전기사 **Driver**

개요

운전기사는 승객을 한 장소에서 다른 장소로 옮겨주고 그 거리에 따라 요금을 받는다. 보통은 택시 회사에 고용되어서 일하거나 각종 애플리케이션으로 승객과 연결된다. 자신이 소유한 차량을 몰거나 회사 또는 고용주의 차를 운전한다. 기업이나 부유층에게 사적으로 고용되는 개인 운전기사도 있다.

필요한 훈련·교육

유효한 운전면허증이 있어야 하고, 어느 정도 운전 경력이 있어야 고용하는 회사도 많다. 미국의 경우, 회사에 고용되면 신원 조회를 거쳐 지문을 날인해야 하며 별도로 보험에 가입해야 한다. 개인 차량을 운전하는 기사는 차량 안전 검사를 통과해야 할 수도 있다.

프리랜서 운전기사가 되거나 애플리케이션으로 승객을 구하는 현상이 점점 흔해지고 있으며, 그에 필요한 요건과 면허 조건도 조금씩 달라지고 있다. 그러니 여러분이 등장시키려는 캐릭터가 회사에 고용된 운전기사라면 업계의 동향을 살펴야 한다.

이 직업에 유용한 기술·재능

뛰어난 방향 감각, 방어 운전, 뛰어난 청력, 탁월한 기억력, 경청하는 능력, 자동차의 문제에 대처하는 능력, 사람들을 웃게 하는 능력, 외국어 구사 능력, 상대의 마음을 읽는 능력, 호신술

이 직업에 도움이 되는 성격 특성

적응을 잘하는, 기민한, 차분한, 자신감 있는, 정중한, 진중한, 외향적인, 집중력 있는, 호감을 주는, 관찰력이 뛰어난, 인내심 있는, 미리 대비하는, 분별력 있는, 마음이 넓은

갈등이 벌어지는 상황

- 기사 경력에 위협이 될 수도 있는 교통 법규 위반 스티커를 받음
- 교통사고가 났을 때
- 위험한 승객을 태웠을 때
- 승객이 요금을 떼먹음
- 자신의 도덕규범에 어긋나는 행동을 하는 승객을 태워야 할 때

- 정치나 종교처럼 민감한 주제를 이야기하는 승객
- 승객에게 복장이나 언행이 부적절하다고 비난받음
- 승객이 바가지를 씌웠다고 비난할 때
- 운전하다가 길을 잃었을 때
- 손님에게 바가지를 씌우다가 걸렸을 때
- 예약한 승객을 오래 기다리게 했을 때
- 병색이 완연하거나 술에 취한 승객
- 취해서 차 안에 토사물을 쏟아내는 승객
- 병가를 내거나 쉬는 바람에 그날 예약한 승객을 태우지 못함
- 차량 강도를 당함
- 차가 고장 나거나 낡아서 안전을 보장할 수가 없음
- 승객이 불법적인 일을 저지르는 것 같을 때
- 승객이 지명수배자란 사실을 알아차렸을 때
- 승객이 학대나 인신매매 등의 피해자인 것 같을 때
- (시력 감퇴, 허리 부상 등) 퇴행성 질환으로 운전이 어려워졌을 때
- 일하는 시간이 길어져서 권태로움
- 무례하고, 욕설과 인종차별 발언을 내뱉는 승객
- (승객의 폭력 행사, 차량 강도, 인질극 같은 위험한 일이 벌어졌는데) 차량 내 보안 카메라가 망가져서 중요한 증거를 확보하지 못함

주로 접하는 사람들

승객, 배차 담당 직원, 같은 회사의 동료 기사, 관리자, 경찰관, 자동차 수리공, 세차 직원

직업이 캐릭터의 욕구에 미치는 영향

- **자아실현 욕구**

  야망이 큰 사람이라면 운전기사라는 직업에 실망할 수 있다.
- **존중과 인정의 욕구**

  승객이 운전기사를 깔보거나 무시하면, 자존감이 낮아져서 직업 자체에 회의를 느낄 수 있다.
- **안전 욕구**

  운전기사의 운전 실력이 아무리 뛰어나더라도 도로에는 언제나 멍청한 운전자가 존재하기 때문에 안전을 위협받을 수 있다.

• **생리적 욕구**

낯선 이를 차에 태우는 것은 항상 위험이 따르는 일이다. 택시 운전기사가 정신이 불안정하거나 난폭한 승객에게 피해를 당하는 사례는 흔하다.

고정관념 비틀기

개인 운전기사가 되면 쉽게 접근하지 못하는 사람을 차에 태우거나 남들이 가지 못하는 장소에 갈 수 있다. 여러분의 캐릭터는 어떤 사악한 이유에서 이 직업을 택하게 되었는가?

리프트나 우버 같은 택시 애플리케이션이 운송업의 판도를 바꾸고 있다. 이제 자신이 원하는 시간대에만 운전기사로 일하는 것도 가능하다. 도시에 사는 경우 출퇴근할 때만 운전기사가 되어서 승객을 태우고 돈을 받을 수 있는 것이다. 근무 방식이 다양하게 바뀌면서 운전기사를 하나의 부업으로 택하는 사람이 많아지고 있다.

캐릭터가 이 직업을 택한 이유

- 사람을 좋아하고 남과 어울리는 것을 즐겨서
- (글을 읽지 못하는 등) 어떤 이유가 있어서 다른 직업을 선택할 수 없음
- (총, 마약, 중요한 서신 등) 비밀스러운 화물을 옮겨야 해서
- 자녀를 돌보는 일에 시간을 써야 하거나 다른 일도 병행하고 있어서 근무 시간을 유연하게 선택할 수 있는 직업이 필요함
- 타인에게 실질적인 도움을 주고 싶어서
- 신체장애로 인해 오래 서서 일하는 직업은 택할 수가 없어서
- 평생 한 지역에서 살아서 그곳 지리를 아주 잘 알고 있음
- 운전할 때 느끼는 자유와 그 어디에도 속박당하지 않는다는 기분을 사랑해서

웨딩 플래너

Wedding Planner

개요

웨딩 플래너는 결혼식 진행을 돕고 커플이 결혼 과정에서 겪을 수 있는 스트레스를 덜어주는 사람이다. 국가나 지역, 문화, 세대에 따라 결혼식의 형태는 매우 다르고 그에 따라 웨딩 플래너의 역할도 달라지지만, 일반적으로 결혼식에 대한 폭넓은 정보를 바탕으로 고객의 취향과 예산에 맞춰 예식과 결혼 전반에 필요한 조언과 예약, 조율을 한다. 웨딩 플래너는 한 번의 결혼식을 위해 수백 가지 자잘한 사항을 결정해야 하고, 기억에 남는 결혼식을 만들어야 한다는 중압감 때문에 스트레스를 많이 받는 직업이다.

미국의 경우 웨딩 플래너는 결혼식을 특별하고도 알뜰하게 올리기 위해 거래처를 활용하여 예식 진행 요원, 음악가, 출장 뷔페, 케이크 장식업자, 플로리스트, 사진사, 촬영기사 등 결혼식 관련 업체·업자를 찾아낸다. 또한 청첩장을 발송하고, 복잡한 가족 관계(이혼한 부모, 가족 내 불화, 주도권을 다투는 시가나 처가)를 파악하고 상담하며, 예식장을 예약하고, 좌석을 배치하고, 출장 뷔페 업체의 메뉴를 시식하거나 검토하고, 예식 당일까지의 일정을 짜는 것은 물론, 신혼여행 계획을 돕기도 한다.

결혼식 당일이 되면 현장에서 모든 일이 순조롭게 진행되는지 점검하고 결혼식 전 과정을 관리한다. 불쑥불쑥 나타나는 문제를 해결하고, 결혼식을 방해하려는 친척이나 기타 요인으로부터 커플을 보호하는 것이 이날 웨딩 플래너가 할 일이다.

필요한 훈련·교육

웨딩 플래너가 되기 위한 필수 교육과정은 없지만, 이 직업을 택하려는 사람들은 결혼식과 고객 관리 등을 다루는 과정이나 학위 프로그램을 수강하기도 한다. 이런 과정은 몇 개월에 걸쳐 진행되며, 온라인으로도 수강할 수 있다.

이 직업에 유용한 기술·재능

친화력, 인간적인 매력, 공감하는 능력, 뛰어난 청력, 뛰어난 후각, 뛰어난 미각, 탁월한 기억력, 신뢰를 주는 능력, 경청하는 능력, 흥정 솜씨, 환대하는 능력, 사람들을 웃게 하는 능력, 멀티태스킹, 정확한 기억력, 날씨 예측 능력, 홍보 능력, 상대의 마음을 읽는 능력, 재료나 물건을 상황에 맞게 응용하는 능력, 바느질, 전략적 사고, 빠른 발, 크고 호소력 있는 목소리, 글쓰기

이 직업에 도움이 되는 성격 특성

적응을 잘하는, 분석적인, 차분한, 휘둘리지 않는, 매력적인, 자신감 있는, 협조적인, 정중한, 창의적인, 과단성 있는, 꼼꼼한, 수완이 좋은, 규율을 준수하는, 진중한, 느긋한, 효율적인, 집중력 있는, 호감을 주는, 친절한, 상상력이 풍부한, 충실한, 인맥을 잘 만드는, 관찰력이 뛰어난, 체계적인, 인내심 있는, 설득력 있는, 미리 대비하는, 전문적인, 반듯한, 남을 보호하려 하는, 임기응변에 능한, 책임감 있는, 남을 잘 돕는, 알뜰한, 마음이 넓은, 일중독, 비전

갈등이 벌어지는 상황

- 결혼하는 커플의 취향을 존중하지 않고 사사건건 간섭하는 가족 구성원
- 들러리들이 서로 다툴 때
- (화재, 압류 등으로) 식장에 문제가 생겨서 예약이 갑자기 취소되었을 때
- 결혼식이 다가오는데 거래 업체가 도산함
- (배송 중 분실, 잘못된 수선 등) 웨딩드레스 관련 사고
- 웨딩 케이크를 피로연 장소로 옮기다가 부서짐
- 앙숙인 가족 구성원이 예식이나 피로연 분위기를 망쳐버릴 때
- (전 애인, 양육의 의무를 다하지 않았던 부모, 말썽을 일으키는 사촌 등) 불청객이 결혼식에 나타남
- 예산을 초과함
- 결혼식에 기대가 크지만, 예산이 빠듯하여 일을 진행하는 것이 거의 불가능한 예비부부가 고객일 때
- 제때에 보수를 받지 못할 때
- 예의 없는 신랑이나 신부 때문에 거래 업체와의 관계가 악화됨

- 막판에 요청 사항이 바뀌는 바람에 예식 관리가 어려워짐
- 알레르기 여부를 미리 알리지 않은 하객 때문에 문제가 생김
- 피로연에서 술을 마시자 가족 간 오랜 불화가 드러남
- 일에 능숙하지 않거나, 비위생적이거나, 부적절하게 행동하는 서빙 직원
- (사진사가 사진 파일을 날려버리거나, 피로연 참석자가 모두 식중독에 걸리는 등) 거래 업체가 큰 실수를 저질렀을 때
- 신부가 멋대로 제품이나 서비스를 주문해버렸을 때

주로 접하는 사람들

예비 신랑신부, 가족, 거래 업자·업체, 출장 뷔페 업자, 사진사, 하객 안내 담당 직원, 식장 경영진과 직원, 하객, 음악가, (예식이 교회에서 진행된다면) 교회 직원, 배송 기사, (리무진을 동원한다면) 운전 기사, (신혼여행 계획이 업무에 포함된다면) 여행사와 호텔 직원

직업이 캐릭터의 욕구에 미치는 영향

- **존중과 인정의 욕구**

  결혼식에 열정이 있더라도 체계적이지 못하거나, 우유부단하거나, 스트레스에 취약하다면 일이 힘들게 느껴질 것이다. 실수가 잦으면 유능한 웨딩 플래너가 되지 못해서 자괴감이 들 수도 있다.
- **애정과 소속의 욕구**

  자신은 아직 인생의 동반자를 찾지 못했고 앞으로도 찾지 못할 것 같다는 생각이 드는데, 남들은 동반자를 찾고 행복해하는 모습을 계속 지켜본다면 버티기 힘들 수도 있다.

캐릭터가 이 직업을 택한 이유

- 결혼식, 로맨스, 해피 엔딩에 대한 환상이 있어서
- 언젠가 자신과 맞는 파트너를 찾으면 완벽한 결혼식을 올리려고
- 계획을 세우고 정리하는 일에 능숙하고 손님을 환대하며 기쁘게 하는 일이 좋아서
- 행복한 결혼 생활을 하려면 무조건 시작이 완벽해야 한다고 철석같이 믿고 있어서
- 자신의 결혼식은 서투르게 준비하다가 망쳐버렸지만, 다른 신부는 그런 재앙을 겪지 않도록 해주고 싶어서

유리공예가 Glassblower

개요

유리공예가는 유리로 화병, 접시, 주얼리, 유리창, 조각상, 예술 작품 등을 만드는 직업이다. 전통적인 방식은 대롱으로 가열한 유리를 부는 것이지만, 현대적인 방식을 쓰기도 한다. 주로 박물관, 대학교, 소규모 공장에서 일하며 유리공예품을 필요로 하는 기업이나 과학자를 위해 일하기도 한다. 맞춤형 유리 제품을 만드는 공장에서 일할 수도 있다. 수습생을 가르치거나 방문객에게 유리 제조 시연을 선보이기도 한다. 개인 공방을 차려서 미술관이나 수집가들에게 작품을 판매하는 경우도 있다.

필요한 훈련·교육

몇몇 직업훈련학교나 대학에 관련 강좌가 있기도 하지만, 장인 밑에서 도제로 배우는 것이 가장 일반적이다.

이 직업에 유용한 기술·재능

창의력, 꼼꼼함, 손재주, 인맥, 연기력, 홍보 능력, 영업력, 체력, 다른 사람을 가르치는 능력, 비전

이 직업에 도움이 되는 성격 특성

기민한, 차분한, 협조적인, 창의적인, 규율을 준수하는, 열성적인, 화려한 것을 좋아하는, 집중력 있는, 재미있는, 사소한 것도 지나치지 않는, 상상력이 풍부한, 근면 성실한, 열정적인, 참을성 있는, 완벽주의적인, 끈질긴, 임기응변에 능한, 책임감 있는, 엉뚱한

갈등이 벌어지는 상황

- 친구와 가족이 좀더 돈이 되는 일을 하라고 할 때
- 경쟁심이 강하거나 시샘하는 라이벌이 있음
- 지금 사는 지역에서는 유리공예가가 되기 위한 교육을 받기 어려울 때
- 신체장애가 있어서 이 일을 하기 힘듦
- 자신에게 과연 이 일을 할 능력이 있는지 의심이 들 때
- 돈이 부족함
- 경쟁이 심한 시장

- (시장 침체, 누군가가 특정 재료를 독점, 재료 공급업체가 변화를 시도하는 등) 상황이 바뀌어서 부실한 재료나 도구로 일해야 할 때
- 고급 제품을 선호하는 시장에 진입할 수 없을 때
- 가르치는 일을 하고 싶지 않으나 수입을 보충하려면 어쩔 수 없이 해야 할 때
- 유명한 장인에게 기대에 미치지 못한다는 평가를 들을 때
- 이것저것 요구하던 고객이 완성작에 지나치게 비판적일 때
- 자신만의 예술 작품을 만들고 싶으나 시간이나 체력이 부족할 때
- 창의력을 발휘할 여지 없이 비슷비슷한 제품을 계속 만들고 있을 때
- 산만하거나 도통 의욕이 없는 수습생과 일해야 할 때
- 다른 유리공예가들이 제품 가격을 내릴 때
- 일을 하다가 상해를 입었을 때
- 고객의 주문을 받고 제품을 제작하는데 원하는 색이 나오지 않을 때
- 극도로 뜨거운 환경에서 일함
- 품이 많이 들어간 제품을 잘못 다루다가 깨버렸을 때

주로 접하는 사람들

수습생이나 학생, 유리공예 장인이나 강사, 건물주, 미술관 소유자와 방문객, 전시실 직원, 배송 기사, 고객

직업이 캐릭터의 욕구에 미치는 영향

- **자아실현 욕구**

  생계를 위해 수습생을 가르치거나 내키지 않는 제품을 만들어야 한다면, 열정을 잃게 될 것이다.
- **존중과 인정의 욕구**

  명성이 자자한 장인에게 비판을 받거나 캐릭터 스스로가 자신을 못마땅하게 여긴다면 존중과 인정의 욕구에 타격을 입을 것이다.
- **안전 욕구**

  오늘날 북미의 유리공예가는 연평균 3만 달러(약 3,500만 원) 정도를 번다. 그러니 부업을 하거나 남다른 수준으로 성공하지 않으면 재정적으로 안정된 생활을 하기 힘들다.

고정관념 비틀기

유리공예가는 대부분 남성이므로, 성공한 여성 유리공예가 캐릭터가 등장하면 신선한 변화를 줄 수 있다.

다루는 재료가 위험하고 숙련되려면 훈련도 오래 받아야 하기 때문에 유리공예가는 대개 성인이다. 그러니 10대 청소년이나 젊은이가 이 업계에 들어올 수 있는 적절한 환경을 조성하면 고정관념을 비틀 수 있다.

유리공예 특유의 우아함과 예술성 때문에 유리공예품은 대부분 장식품, 주얼리, 고급 그릇 등이다. 독특한 시나리오를 쓰고 싶다면 유리로 만들 수 있는 색다른 제품을 생각해보자.

캐릭터가 이 직업을 택한 이유

- 가업을 이어받고 싶어서
- 유리공예가의 수습생이 될 기회를 얻었고, 지금까지와는 다른 삶을 살고 싶어서
- 예술을 보는 안목이 있고, 아름다운 것을 만들고 싶어서
- 상상력이 뛰어나고 자신의 상상력을 작품으로 구체화하는 능력이 있어서
- 유리공예로 유명한 도시나 지역에 살아서
- 손을 쓰는 일을 좋아해서
- 창조력을 발산할 수단이 필요하고, 남들과는 다른 독특한 일을 하고 싶어서

유해 동물 방제 기술자 Pest Control Technician

개요

유해 동물 방제 기술자는 가정집, 사무실, 상업 시설에서 유해 동물을 제거하는 사람이다. 유해 동물의 종류는 지역에 따라 다르지만 대체로 건축물(또는 농작물)에 들끓는 개미, 바퀴벌레, 빈대, 흰개미, 진드기, 거미, 말벌, 시궁쥐, 생쥐 등이다. 뱀, 전갈, 악어, 새가 나타나는 지역도 있다. 유해 동물 방제 기술자는 의뢰가 들어온 지역을 조사하고 훈증 소독하거나 스프레이, 겔, 올가미 등으로 유해 동물을 제거한다. 방제 작업 중에 무릎을 꿇고, 엎드리고, 좁은 공간이나 하수관을 비롯하여 각종 더럽거나 위험한 곳에도 들어가야 하기 때문에 강한 체력과 정신력이 필요하다.

필요한 훈련·교육

고등학교 졸업 또는 그에 상응하는 학력이 필요하고, 실무 관련 자격증이 있어야 한다. 실습 교육에서는 방제에 사용할 화학물질과 살충제의 성분을 익히고 안전하게 도포하는 방법을 배운다. 모든 작업은 해당 지역의 법을 준수하며 이행해야 한다. 계산 능력도 중요하다. 작업을 완수하는 데 걸리는 시간은 물론이고 필요한 살충제의 양을 정확하게 산출해야 하기 때문이다. 특히 주거 지역에서 훈증 소독을 하거나 화학물질을 사용할 때 중요한 능력이다. 방제 의뢰가 들어온 지역으로 장비를 옮기려면 운전면허도 있어야 한다.

이 직업에 유용한 기술·재능

동물을 다루는 기술, 기본적인 응급처치, 친화력, 뛰어난 청력(귀가 밝음), 탁월한 기억력, 수렵 채집 기술, 고통에 대한 인내, 기계를 다루는 기술, 건물을 오르거나 틈으로 들어가는 기술, 날씨 예측, 호신술, 전략적 사고, 완력, 호흡 조절, 빠른 발, 방향을 찾는 능력, 목공 기술

이 직업에 도움이 되는 성격 특성

적응을 잘하는, 모험심이 있는, 기민한, 분석적인, 조심스러운, 휘둘리지 않는, 용감한, 냉정한, 규율을 준수하는, 효율적인, 독립적인, 근면 성실한, 관찰력이 뛰어난, 체계적인, 인내심 있는, 완벽주의적인, 미리 대비하는, 전문성을 갖춘, 임기응변에 능한, 책임감 있는, 완고한

갈등이 벌어지는 상황

- 쓰레기를 치우지 않거나 건물 관리를 제대로 하지 않아서 유해 동물이 들끓게 만든 무책임한 건물주나 집주인
- 살충제나 약품에 내성이 있는 유해 동물
- 기술자에게 화풀이를 하는 건물주나 집주인
- 좁거나 위험한 지역에서 독이 있는 유해 동물을 처리해야 할 때
- 회사의 방식이나 방침에 의문이 들 때
- 필요 이상으로 잔혹한 동료와 일해야 할 때
- 집을 훈증 소독한 후 절도죄로 고소를 당했을 때
- 발견한 유해 동물이 보호종이어서 건물주나 집주인에게 안 좋은 소식을 전달해야 할 때

주로 접하는 사람들

집주인과 건물 관리인, (대형 유해 동물일 경우) 야생동물 보호관, 다른 유해 동물 방제 기술자, 공급업체 직원, 안전 보건 검사관, 사업주

직업이 캐릭터의 욕구에 미치는 영향

- **존중과 인정의 욕구**
  사람들은 이 직업을 탐탁치 않게 생각하므로, 캐릭터의 자존감과 자존심에 영향을 줄 수 있다.
- **애정과 소속의 욕구**
  연인이 직업 때문에 캐릭터에 대해 부당한 판단을 내리거나 유해 동물 방제라는 직업에 대한 혐오감을 떨치지 못한다면, 진지한 관계로 나아가는 데 걸림돌이 될 것이다.
- **안전 욕구**
  유해 동물 방제 기술자는 종종 집주인이나 건물 관리자가 갈 엄두를 내지 못하는 위험한 곳에 가야 하므로, 안전이 중요한 문제가 된다. 독이 있거나 위험한 유해 동물을 처리해야 하는 경우라면 더욱 그렇다.
- **생리적 욕구**
  유해 동물 방제 기술자의 작업은 그 자체로 위험하다. 장비나 독성 물질을 잘못 다룬다면 사망에 이를 수도 있다.

고정관념 비틀기

유해 동물 방제 기술자는 대부분 제대로 교육받지 않은 사회 부적응자로 묘사된다. 여러분의 캐릭터는 이런 고정관념을 벗어나도록 설정해보자. 유해 동물 방제는 독성 살충제와 (때로는) 독이 있는 유해 동물을 적절하게 다루어야 하므로, 캐릭터는 안전하게 업무를 수행할 만큼 지적이어야 한다.

차별화된 유해 동물 방제 기술자 캐릭터를 만드는 또 하나의 방법은 독특한 동물을 상대해야 하는 상황을 설정하는 것이다. 유적에 살고 있는 다람쥐 무리, 현관 아래 숨어든 스컹크, 주거지역 근처에 우글거리는 악어 떼가 좋은 예다.

캐릭터가 이 직업을 택한 이유

- 전과 때문에 선택할 수 있는 직업이 별로 없어서
- 당장 일자리가 필요해서
- (과거에 저지른 일에 대한 속죄의 의미로) 즐겁지도 만족스럽지도 않은 일을 찾았음
- 비인도적으로 유해 동물을 다루는 환경에서 성장했기 때문에 그런 과거를 반성하거나 마음의 짐을 덜려고
- 곤충이나 다른 유해 동물에 대한 두려움 혹은 공포를 정면으로 마주하여 극복하고자
- 생명을 죽이는 행위가 즐겁게 느껴짐
- 가족이 하던 사업이라서
- 모든 유해 동물을 박멸해야 한다고 굳게 믿기 때문에

윤리적 해커 Ethical Hacker

개요

윤리적 해커는 네트워크나 시스템에 고의로 침투하여 보안상의 취약점을 찾아내고 해결책을 제시하는 직업으로 '화이트 해트 해커white hat hacker'라고도 한다. 악의적인 해커들과 동일한 기술과 방법을 사용하지만 좋은 의도를 가진다는 점이 다르며, 해킹 피해로 발생할 수 있는 문제를 복원하는 것이 목적이다. 프리랜서로 일하거나 보안 회사에 소속되어서 일한다.

필요한 훈련·교육

어떤 일을 하느냐에 따라 필요한 교육이 다르다. 대부분 고용주는 컴퓨터 공학과 같은 관련 분야의 학위가 있는 해커를 선호한다. 주요 정보 기술 보안 인증서가 필요한 경우도 있다.

윤리적 해커는 합법적이고 필요한 직업이지만, 나쁜 해커가 착한 일을 하는 것뿐이라는 식의 의심을 많이 받기도 한다. 고용주 입장에서는 모르는 사람에게 회사의 보안을 맡겨야 하므로 믿을 만한 사람인지를 따지게 된다. 학위나 자격증, 추천서 등이 있으면 도움이 된다.

이 직업에 유용한 기술·재능

해킹, 창의력, 꼼꼼함, 신뢰를 주는 능력, 멀티태스킹, 발상을 전환하는 능력, 정확한 기억력, 연구 조사

이 직업에 도움이 되는 성격 특성

무언가에 홀딱 빠져드는, 독립적인, 끈질긴, 모험을 좋아하는, 분석적인, 휘둘리지 않는, 대립을 두려워하지 않는, 호기심이 많은, 약삭빠른, 진중한, 독선적인, 지적인, 상대를 뜻대로 조종하려 드는, 세심한, 남을 깎아내리는, 짓궂은, 관찰력이 뛰어난, 편집증적인, 완벽주의적인, 미리 대비하는, 전문성을 갖춘, 반항적인, 임기응변에 능한, 책임감 있는, 학구적인, 의심이 많은, 거리낌 없는

갈등이 벌어지는 상황

- 의뢰인의 시스템 내 취약한 부분을 놓쳐서 시스템이 침입당함
- 시스템 장애로 비난받음
- 캐릭터의 시스템이 해킹당하는 바람에 신뢰도가 추락함

- 비윤리적인 절차를 이용하다가 들켰을 때
- 자기도 모르는 사이에 인증서 유효기간이 만료됨
- 과거에 어울렸던 범법자 동료가 나타나 새로운 삶을 위협할 때
- 실수로 과거에 불법 해킹을 했었다고 말함
- 협박을 받을 때
- 부업으로 불법 해킹을 하다가 복잡한 문제가 생길 때
- 가족이나 사랑하는 사람이 해커라는 직업을 이해하지 못하고 존중해주지 않을 때
- (이 분야에 대한 뿌리 깊은 편견 때문에) 신뢰를 얻지 못함
- 해결책을 제안했으나 의뢰인의 정보 기술 보안팀이 받아들이지 않아서 갈등이 생김
- 해킹에서는 뛰어난 성과를 보이지만 (의뢰인과의 의사소통, 회의 참석, 보안 팀과 관계 형성 등) 사회생활에서는 어려움을 겪음

주로 접하는 사람들

고객, 온라인 자격증 강사와 관리자, 계약 업체 담당자나 직원

직업이 캐릭터의 욕구에 미치는 영향

- **존중과 인정의 욕구**

  윤리적 해커는 여기저기에서 비판을 받는다. 블랙 해트 해커는 이들을 변절자나 겁쟁이로 보고, 이 분야의 합법적인 전문가들은 윤리적 해커를 신뢰하기 힘들다고 생각한다. 과거에 불법 해킹을 저질렀다면, 가족이나 가까운 이들은 지금도 이들을 의심할 것이다. 대인 관계가 제대로 이루어지지 않으면 자존감이 떨어질 수 있다.
- **안전 욕구**

  사악한 의도를 지닌 사람이 시스템 속에 몰래 만들어놓은 취약점을 찾아냈다면 안전을 위협받을 수 있다. 또는 윤리적 해커가 공공 시스템을 지키지 못해서 대중의 개인 정보나 (교통, 전기, 식품 공급망과 같은) 중요 시설이 노출된다면 안전 욕구가 충족되지 않을 것이다.

고정관념 비틀기

윤리적이든 비윤리적이든 사람들이 생각하는 전형적인 해커는 지하실에 처박혀 컴퓨터만 들여다보는 20대 남성이다. 성별, 연령, 일하는

장소를 바꾸면 독자에게 뜻밖의 즐거움을 선사할 수 있다. 노인 보호 시설에 거주하는 할아버지 해커는 어떨까? 아이들이 학교에 간 사이 컴퓨터를 두들기는 전업주부 해커는? 수입이 거의 없는 목사나 사제가 돈을 소소하게 벌고 싶어서 윤리적 해킹을 한다면?

윤리적 해커가 항상 윤리적인 해킹만 하지는 않을 것이라는 통념도 있다. 그러니 해킹을 처음 시작했을 때부터 불법 행위라고는 해본 적이 없는, 윤리적 해킹만으로 명성을 날리는 캐릭터를 만들어보자.

캐릭터가 이 직업을 택한 이유

- 과거에 사이버 범죄로 피해를 입었기에
- 컴퓨터와 코딩에 익숙해서
- 권리나 자유를 빼앗겼던 아픔이 있어서 세상을 통제하고 싶다는 강박 관념이 생김
- 타인을 통제하면서 쾌감을 느낌
- 윤리를 중시하는 성격이어서 해킹으로 인한 도용과 남용에서 사람들을 보호하고 싶음
- 파란만장했던 과거에 배운 기술을 올바르게 사용하고 싶어서

음식 비평가 Food Critic

개요

음식 비평가(미식 평론가)는 각종 음식을 시식하고 신문, 잡지, 블로그 등에 품평을 싣는다. 음식의 맛, 향, 성분을 표현하고 설명할 뿐만 아니라 식당의 서비스와 분위기에 대한 의견도 제시한다. 대개는 평판에 영향을 미칠 수 있기 때문에 익명으로 글쓰기를 선호한다.

필요한 훈련·교육

전문 음식 비평가는 글을 잘 쓰려고 신문방송·문학·커뮤니케이션 분야의 학위를 갖고 있는 경우가 많다. 여기에 더해 요리나 음식 평론에 관한 수업을 이수하면 도움이 된다. 음식 비평 분야는 경쟁이 치열하다. 수습 경험과 신문, 잡지, 블로그에 글을 쓴 경력이 있다면 유리할 것이다. 음식 비평가는 다양한 요리를 맛보고 감별력을 키우려고 미식 여행을 떠나기도 한다.

이 직업에 유용한 기술·재능

뛰어난 후각과 미각, 환대하는 능력, 가르치는 능력, 글쓰기

이 직업에 도움이 되는 성격 특성

분석적인, 정중한, 호기심이 많은, 열성적인, 화려한 것을 좋아하는, 집중력 있는, 사소한 것도 지나치지 않는, 상상력이 풍부한, 객관적인, 관찰력 있는, 열정적인, 참을성 있는, 전문성을 갖춘, 즉흥적인, 거리낌 없는, 엉뚱한

갈등이 벌어지는 상황

- (캐릭터가 유명 셰프와 아는 사이라면) 연줄 때문에 발탁되었다고 비난받을 때
- 상사가 특정 식당에 대해 호평을 하라고 압박을 가할 때
- 프리랜서 평론가라서 안정적으로 자리를 잡았다는 생각이 들지 않음
- 식사를 하는 도중에 음식 비평가라는 사실이 들통나서 주목받음
- 익명으로 활동하면서도 자신을 홍보해야 할 때
- 마감일이 다가오는데 글을 완성하지 못함
- 악평을 했다가 협박받음

- 혹평한 식당이 망하자 죄책감을 느낌
- 친구나 가족의 요리에 이러쿵저러쿵 간섭할 때
- 가족이나 친구, 연인이 요리에 대한 평가를 (특히 좋은 말만 해주기를) 바랄 때
- 푸짐한 식사와 와인을 즐기다보니 체중이 증가했을 때
- 식사하는 자리에서 산만한 동행자가 자꾸 방해함
- 항의 메일이 날아옴
- 좋아하지 않는 음식을 열린 마음으로 평가하기가 어려움
- 인기 있는 레스토랑이나 셰프에게 부정적인 평가를 해야 할 때
- 다른 평론가들이 자신의 평론을 샅샅이 분석해서 업신여길 때
- (연인과 이별, 질병 등) 일신의 문제 때문에 음식에 온전히 마음을 쏟을 수 없을 때
- 특정 레스토랑을 칭찬했는데 위생 때문에 폐업했을 때
- 평론을 쓰다가 막혀서 진도가 나가지 않음
- 식사 중에 (중요한 전화가 오거나, 자신을 알아보는 사람이 말을 거는 등) 방해를 받음
- 요리에 대한 기대치가 실현 불가능할 정도로 높아서 어떤 요리에도 만족할 수 없음
- 미식 평론에 영향을 미치는 건강 문제(감기에 걸려 냄새와 맛을 느낄 수 없음, 치통이 생겨서 음식을 씹기가 힘듦)

주로 접하는 사람들

기고하는 매체의 편집자, 셰프, 식당 종업원, 식당 경영자, 레스토랑 후원자, 다른 평론가

직업이 캐릭터의 욕구에 미치는 영향

- **자아실현 욕구**

  음식 비평가로 인지도를 쌓으려면 시간이 필요하다. 평론을 갓 시작했다면 닥치는 대로 일을 해야 한다. 만약 이 단계에서 비용을 많이 들였는데도 지지부진하다면 성취가 더딘 상황에 좌절을 느낄 수도 있다.

- **존중과 인정의 욕구**

  음식 비평가는 자신의 평론을 좋아하는 사람들을 만족시키려고

과장이 심하고 화려한 글을 써야 한다는 압박을 느끼기도 한다. 반면에 너무 부정적이거나 냉담하기만 하면 평판이 나빠지고 다른 평론가들에게 무시당할 수도 있다.

- **안전 욕구**

  프리랜서 음식 비평가는 값비싼 요리와 교통편에 드는 비용을 감당하기 힘들 수도 있다.

고정관념 비틀기

사람들은 음식 비평가의 취향이 매우 고급스러울 것이라고 생각한다. 그렇다면 그런 겉모습과는 전혀 다르게 자신이 사기꾼이라는 사실이 들통날까 봐 두려워하는 평론가 캐릭터를 만들어보자.
소설이나 영화에서 음식 비평가는 오만하고 매사 비판적이며 비위를 맞추기 힘든 인물로 묘사되곤 한다. 성격이 느긋하며 요리 애호가로서 순수하게 평가하고자 하는 캐릭터를 설정해보면 어떤가?
대부분 음식 비평가는 다양한 식당을 다니며 갖가지 음식을 맛본다. 그렇다면 이국적인 음식, 지중해 요리, 푸드 트럭 요리처럼 특정 음식을 전문으로 하는 비평가는 어떨까?

캐릭터가 이 직업을 택한 이유

- 과거 셰프나 식당 주인이었으나 결과가 좋지 못했음에도 요리의 세계에 남고 싶어서
- 부모님의 잔소리가 심하고 기대치가 높았음
- 음식과 글쓰기에 열정이 있어서
- 여행과 새로운 경험, 특히 요리를 좋아해서
- 좋은 레스토랑을 발견해서 사람들에게 알려주고 싶어서
- 요리는 좋아하지만 셰프로서의 재능은 없거나 셰프까지 될 생각은 없어서
- 섬세한 미각을 지녀서
- 낯선 음식을 시식해보는 것이 좋아서

응급 구조사 Emergency Medical Responder

[한국의 경우 1급과 2급 자격이 있으며, 1급은 전문대 이상 학위가 필요하다. 유사한 자격으로는 인명 구조사, 수상 구조사, 인명 구조 요원 등이 있다]

개요

(위생병이나 간호병, 준의료 활동 종사자, 전문 응급 구조사, 긴급 구조원 등 세계 각국에서 다양한 명칭으로 불리는) 응급 구조사는 응급 현장에 가장 먼저 도착하는 사람이다. 다른 긴급 구조대와 함께 교통사고나 산업재해가 발생한 현장, 폭행 사건, 심장마비 · 뇌졸중 · 발작 같은 건강 관련 응급 상황 등 의료적 처치가 필요한 장소에 출동한다. 환자 상태를 판단하고 응급치료를 한 후 환자를 적절한 의료 시설로 이송한다. 의료 시설에 도착하면 응급실 직원에게 환자의 상태를 전달하는 것도 응급 구조사의 일이다.

필요한 훈련 · 교육

대부분 국가에서 응급 구조사는 18세 이상이어야 하고, 고등학교 이상의 학력을 갖춰야 하며, 전과가 없어야 한다. (미국의 경우) 응급 구조 분야의 자격은 초급, 중급, 준의료의 세 등급으로 나뉜다. 초급 과정의 응급 구조사는 심폐 소생술, 골절 부위 고정 등 비외과적인 처치법을 배운다. 중급 자격을 갖춘 응급 구조사는 삽관과 정맥주사 같은 더 복잡한 응급처치를 할 수 있다. 응급 구조사의 가장 높은 등급은 준의료 활동 종사자이다. 준의료 활동 종사자 자격을 갖춘 응급 구조사는 약물 투여(일부 주에 한함), 상처 소독, 엑스레이나 실험 결과 판독을 할 수 있다. 준의료 응급 구조사는 2년간의 자격 과정을 이수하고 병원 또는 구급차 탑승원으로 인턴십을 마쳐야 한다.

이 직업에 유용한 기술 · 재능

기본적인 응급처치, 방어 운전, 꼼꼼함, 손재주, 공감 능력, 평정심, 신뢰를 주는 능력, 리더십, 독순술, 외국어 구사 능력, 멀티태스킹, 체계적으로 정리 정돈하는 능력, 중재 능력, 연구 조사, 호신술, 전략적 사고, 완력, 가르치는 능력

이 직업에 도움이 되는 성격 특성

분석적인, 차분한, 조심스러운, 대립을 두려워하지 않는, 협조적인, 과단성 있는, 효율적인, 세심한, 남을 보살피기 좋아하는, 객관적인, 관찰력 있는, 남을 보호하려 하는, 임기응변에 능한, 책임감 있는, 학구적인, 이타적인

갈등이 벌어지는 상황

- 환자의 몸집이 커서 들어 올리기 어려움
- 환자의 가족이 싸우려 들거나 비협조적임
- 가장 필요한 순간에 중요한 장비가 고장 남
- 언어 장벽
- 고소를 당할 때
- 출동을 지연시키는 교통 정체나 사고
- 날씨가 좋지 않아서 제때 도착하지 못함
- 범죄율이 높은 지역에서 구조 전화가 걸려옴
- 장시간 불편한 자세로 꼼짝 않고 있어야 함
- 앉거나 쉴 기회가 거의 없음
- 정신적으로 부담이 큰 상황에 끊임없이 대처해야 함
- 의료진이 응급 구조사의 처치 능력을 인정하지 않을 때
- 노동시간이 길어짐
- 집단 트라우마나 생명을 위협하는 상황에 대처해야 할 때
- 전염병에 걸린 환자를 상대해야 할 때
- 휴일과 주말에도 근무해야 할 때
- 혼란스럽거나 압박감이 심한 상황에서 평정을 유지해야 할 때
- 생존 가능성이 낮은 사람을 치료할 때
- 아이들이 연루되어서 대처하기 곤란함

주로 접하는 사람들

환자, 의사, 간호사, 기타 의료계 종사자, 다른 응급 구조사와 긴급 구조대, 911[한국의 경우 119] 상황실 직원, 응급처치를 받는 환자의 가족이나 친구

직업이 캐릭터의 욕구에 미치는 영향

- **자아실현 욕구**

  공감 능력이 있고 모두의 삶이 좀더 나아지기를 바라는 응급 구조사라면 늘 비슷비슷한 상황을 접하게 될 때 차츰 좌절감을 느낄지도 모른다. 몸과 마음이 지쳐가고, 자신이 정말로 세상을 바꾸고 있는지 의구심이 들 것이다.

- **존중과 인정의 욕구**

  응급 구조사는 위험하고 정신없는 상황에서 일해야 하므로 신속한 판단과 의사 결정이 필수적이다. 어떤 직업이든 실수가 없을 수 없지만, 응급 구조 분야에서는 실수 없이 일을 처리해야 한다는 압박이 크다. 외부의 비판을 들을 때는 물론이고, 특히 자기 자신을 비난하기 시작하면 자존감이 낮아진다.

- **애정과 소속의 욕구**

  장시간 근무, 밤샘 근무, 휴일과 주말 근무는 응급 구조사의 대인관계에 나쁜 영향을 줄 수 있다.

- **안전 욕구**

  응급 구조사는 신고가 들어오면 폭력 현장을 포함하여 어디든 출동해야 하므로, 위태로운 상황에 처할 수 있다.

- **생리적 욕구**

  응급 구조사가 일하는 환경은 생명을 앗아갈 수 있는 위험 요소가 여럿 존재한다.

고정관념 비틀기

응급 구조 분야는 남성이 많으므로, 여성 응급 구조사 캐릭터는 신선한 느낌이 든다. 하지만 성별을 바꾸는 것에 그치지 않고, 캐릭터가 독특하고 독자의 예상을 넘어서는 모습을 보여줄 수 있어야 한다. 몸도 마음도 강철 같은 여성이 아니라 공감 능력이 뛰어나고 감성이 풍부한 여성 응급 구조사 캐릭터는 어떤가? 체구는 작고 왜소하지만 응급 구조사가 되려고 신체 기준을 충족한 모습으로 그릴 수도 있을 것이다. 캐릭터의 모든 측면을 신중하게 구상하여 묘사하면 어떤 직업군이든 뿌리 깊은 고정관념을 허물 수 있다.

캐릭터가 이 직업을 택한 이유	• 사랑했던 사람이 구조대가 늦게 도착하는 바람에 세상을 떠나서 • 사람과 응급 상황을 모두 잘 다룰 수 있어서 • 가족 중에 응급 구조사가 있어서 • 신 콤플렉스[자신이 다른 사람보다 우월한 존재이며, 자신의 판단이 다른 사람보다 옳다고 믿는 일종의 자기애적 인격 장애]가 있어서 다른 사람의 삶과 죽음에 영향력을 행사할 수 있다는 사실에 흥분을 느낌

응급 전화 상담사 Emergency Dispatcher

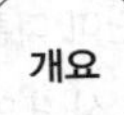

개요

응급 상황 시 911에 전화하면 가장 먼저 전화를 받는 사람이 응급 전화 상담사다. 이들은 긴급 전화를 받고, 주요 생명 징후를 확인하고, 필요하다면 심폐소생술 같은 의학적 조언을 제공하고, 확보한 정보를 경찰·구급차·소방서 등 적절한 기관에 전달하고, 정보를 기록한다. 응급 전화 상담사는 긴장감이 높고 누군가의 생사가 걸린 상황에서 침착하고 명료하게 판단해야 한다. 때문에 많은 기술을 갖춰야 하는 동시에 강한 체력과 정신력이 필요한 직업이다. 스트레스를 받기 쉬우므로 이직률이 높은 직업이기도 하다.

필요한 훈련·교육

고등학교 졸업장이나 그에 준하는 학력 인증서가 필요하다. 최초로 응급 전화 상담사가 되면 현장 실습을 포함해 폭넓은 교육을 받아야 한다.

이 직업에 유용한 기술·재능

기본적인 응급처치, 뛰어난 청력, 평정심, 탁월한 기억력, 신뢰를 주는 능력, 경청하는 능력, 폭발물에 대한 지식, 외국어 구사 능력, 멀티태스킹, 중재 능력, 날씨 예측, 상대의 마음을 읽는 능력

이 직업에 도움이 되는 성격 특성

분석적인, 침착한, 휘둘리지 않는, 협조적인, 정중한, 과단성 있는, 신중한, 효율적인, 공감을 잘 하는, 집중력 있는, 친절한, 객관적인, 체계적인, 인내심 있는, 통찰력 있는, 완벽주의적인, 설득력 있는, 미리 대비하는, 전문성을 갖춘, 추진력 있는, 분별력 있는, 남을 잘 돕는, 현명한

갈등이 벌어지는 상황

- 전화를 건 사람에게 심하게 감정 이입하게 될 때
- 일하면서 받은 스트레스를 가족에게 쏟아냈을 때
- 기술상 문제가 발생하거나 설비가 제대로 작동하지 않음
- 과도하게 흥분해서 도무지 달랠 수 없는 신고자
- 실수를 저질러서 누군가의 죽음이나 부상을 초래함

- 중요한 순간에 아무 대응도 하지 못하고 얼어붙음
- 처리할 자격도 없고 적절한 훈련도 받지 않은 채 전화에 응대할 때
- 아는 사람에게서 신고 전화가 올 때
- 대규모 비상사태가 벌어져 너무 많은 신고 상황을 처리해야 할 때
- 즉각적인 도움이 필요한 사람에게 응급 서비스가 지연될 때
- 사망, 납치, 학대 등 통화 중 트라우마를 초래할 만큼 충격적인 사건이 일어남
- 일을 할 때는 철저히 감정을 배제하다가 근무가 끝나면 감정을 되찾는 것이 어려움
- 예산이 삭감되어서 장비가 노후해지거나 고장 나고, 교육 프로그램도 중단됨
- 상황이 제대로 처리되지 않아서 비난받을 때
- (초동 대처에 나선 타 기관 대원 중 자신의 연인이나 가족이 있는 등) 이해관계 충돌
- 오랫동안 자리에 앉아 컴퓨터 화면을 주시해야 해서 몸 여기저기가 아플 때
- 매일 트라우마에 노출되어서 가족이나 친구에 대한 걱정이나 불안감이 증가할 때
- 일손 부족
- 기계 고장으로 발신인의 목소리가 잘 들리지 않거나 통화가 힘든 상황
- 단시간에 까다로운 전화와 출동 요청을 많이 처리해야 할 때
- (응급 구조사가 교통 체증으로 늦거나, 경찰이 건물에 진입하지 못하는 등) 어려운 상황에서 오랫동안 전화를 받고 있어야 할 때

주로 접하는 사람들

위기에 처한 사람들, 다른 응급 전화 상담사, 감독관, 응급 구조사

직업이 캐릭터의 욕구에 미치는 영향

- **존중과 인정의 욕구**

응급 전화 상담사는 하는 일에 비해 인정을 받기가 힘들다. 한 번의 실수, 기억 오류, 순간적인 미흡한 대처가 사람의 생명을 위태롭게 할 수 있다. 상황이 나쁘게 흘러가면 자신의 판단에 의문이

생길 수 있고, 그러면 업무 수행에도 영향을 미치게 된다.

- **애정과 소속의 욕구**

  응급 전화 상담사는 매일같이 전화 너머로 '인생 최악의 순간'을 접하는 사람이다. 그래서 사랑하는 가족이나 친구에게도 언제 무슨 일이 일어날지 모른다는 두려움을 느낄지도 모른다. 응급 전화 상담사가 주변 사람의 생활을 지나치게 통제하려 든다면, 그들의 반감을 살 수 있다.

- **안전 욕구**

  응급 전화 상담사가 업무에서 겪는 상황은 시간이 흐르면서 트라우마로 작용할 수 있다. 응급 전화 상담사는 범죄, 희생, 폭력에 장기간 노출되기 때문에 결국 무감각해질 수 있고, 어떤 상황에서든 안정감을 느끼기 힘들어하기도 한다.

고정관념 비틀기

응급 전화 상담사는 여성이 더 많은 편이니, 남성 캐릭터에게 이 직업을 맡겨보자.

응급 전화 상담사 캐릭터를 다양한 트라우마에 노출시켜보자. 어느 시점에 다다르면 캐릭터는 각성해서 자신의 과거와 현재의 상황을 연결지을 것이다. 특히 신고자와 중요한 공통점이 있다면, 그 부분을 전개하는 방식에 따라 이야기에 흥미로운 층위를 더할 수 있다.

캐릭터가 이 직업을 택한 이유

- 사랑하는 사람이 응급 요원 덕분에 목숨을 구해서
- 위기에 처했을 때 911에 전화해서 도움을 받은 후 은혜를 갚고 싶다는 마음에서
- 어려운 상황에 빠진 타인을 돕고 싶다는 바람에서
- 다른 사람을 도와야 할 도덕적 의무가 있다고 생각해서
- 다른 사람을 돕고 싶지만 장애가 있거나 현장에서 일할 수 없음
- 의사소통 능력이 뛰어나서 흥분한 사람을 진정시키는 능력이 있음
- 과거의 실패가 계속 떠올라서 다른 이를 구함으로써 마음을 다스리려고
- 가족 중에 응급 구조사가 있어서
- 긴장이 고조된 상황에서도 동요하지 않고 타인을 설득할 수 있음

응급실 의사

Emergency Room Physician

개요

응급실 의사(응급의학과 전문의)는 외상 치료 교육을 받은 의사로, 응급실에 오는 환자의 상태를 중증도에 따라 구분하고 안정시킨다. 외상외과 의사와는 다르게 엑스레이 등 검사를 지시하고 그 결과를 해석하며 약물을 투여한다. 환자가 위급한 상황이라면 응급 수술을 하기도 하지만, 그보다는 환자의 상태를 진정시킨 뒤 적절한 전문의에게 인계하는 일에 중점을 둔다.

응급실에서는 질병이나 부상을 궁극적으로 치료하기보다 필요한 치료를 받을 수 있도록 긴급한 검사와 처치를 해서 생명을 구하고, 환자의 상태를 유지 또는 호전시켜서 계속되는 치료·수술·재활로 건강을 최대한 되찾을 수 있도록 응급 의료를 제공한다. 환자에게 향후 치료를 위해 가야 할 진료과를 안내해주거나 필요하다면 퇴원시키기도 한다.

응급실 의사는 반드시 모든 치료·검사·약물에 대해 정확한 기록을 남겨야 한다. 이 기록은 환자가 적용 가능한 보험에 가입했을 경우 적절한 보험금을 지급받을 수 있도록 보장해준다.

필요한 훈련·교육

응급실 의사는 학부 및 대학원에서 이론·실험·순환 근무[여러 과를 돌며 임상 실습을 하는 것]를 통해 의학 교육을 받고, 이를 마치면 의무박사 학위를 취득한다[이는 미국의 경우고, 한국 의대 졸업자가 공식으로 받는 학위명은 '의학사'다. 이 항목에서는 미국 기준으로 설명하고 있다]. 학위를 딴 후에는 응급의학 프로그램을 거쳐 면허를 취득한다. 응급의학 프로그램은 36개월 과정으로 순환 근무·외상 치료·방사선학·정형외과·환자 관리·응급처치·심폐소생술·소아과 중환자 치료 등이 포함된다. 미국의 경우 응급실 의사는 반드시 해당 주에서 공인한 자격증을 소지해야 한다. 지역마다 응급실 의사의 자격 요건과 업무 범위가 다르기 때문에, 응급실 의사 캐릭터를 등장시키려면 이야기 배경이 되는 지역의 응급실 의사에 대해 조사해야 한다.

이 직업에 유용한 기술·재능

기본적인 응급처치, 인간적인 매력, 평정심, 탁월한 기억력, 신뢰를 주는 능력, 경청하는 능력, 리더십, 외국어 구사 능력, 멀티태스킹, 정확한 기억력, 체력, 상대의 마음을 읽는 능력, 연구 조사, 봉합 기술, 전략적 사고

이 직업에 도움이 되는 성격 특성

적응을 잘하는, 분석적인, 자신감 있는, 과단성 있는, 규율을 준수하는, 집중력 있는, 지적인, 상대를 뜻대로 이끌 수 있는, 세심한, 꼬치꼬치 캐묻는, 관찰력 있는, 참을성 있는, 끈질긴, 미리 대비하는, 전문성을 갖춘, 학구적인, 현명한

갈등이 벌어지는 상황

- 자원과 인력이 충분하지 않은데 대규모 응급 상황이 발생함
- 폭력적이거나 행동을 예측하기 어려운 환자
- 진료받은 내용을 사실과 다르게 말하는 환자
- 장시간 근무로 체력이 고갈되고 번아웃을 겪을 때
- 병원 내 정치 싸움 때문에 환자 관리를 제대로 할 수 없을 때
- 보험에 가입하지 못한 환자를 보고 도덕적 딜레마를 느낌
- 사내 연애와 잘못된 판단
- 오진, 잘못 표기된 약, 차트 오류 등의 과실로 의료사고가 발생함
- 저승사자 같은 동료 의사(우연일 수도 있겠지만 그 의사가 담당한 환자는 대부분 사망함)
- 연예인이나 유명한 범죄자인 환자에게 팬이나 기자나 접근하려 할 때
- 대기실에서 일어나는 가족 간의 소동이나 다툼
- 의료 과실로 인한 사망으로 환자 가족이 소송을 제기함
- 외상 후 스트레스 장애가 나타나서 이를 숨기려고 치료를 받아야 할 때
- 위급한 상태로 응급실에 실려 온 친구나 가족을 치료해야 할 때
- 집으로 돌려보낸 환자가 사망했을 때
- 의학적 판단이나 절차를 두고 동료와 의견이 갈림
- 약, 의료 장비, 의약품을 도난당함
- 아무도 모르는 사이에 응급실 내에서 질병이나 바이러스가 퍼짐

주로 접하는 사람들

다른 의사, 외상외과 의사, 간호사, 지원팀, 경찰이나 형사, 준의료 활동 종사자, 가족, 보험사 직원, 보안 요원, 제약사 직원, 의료 관련 회사의 직원, 택배 기사, 병원 이사회와 직원

직업이 캐릭터의 욕구에 미치는 영향

- **자아실현 욕구**

  가족이 자신을 자랑스럽게 여겨주기를 바라거나 공동체에서 존경받고 싶다는 이유에서 응급실 의사가 되었다면, 인생 후반부에 접어들어서 자신의 동기가 그렇게 가치 있지는 않았다는 것을 깨닫고 후회할 수도 있다.

- **존중과 인정의 욕구**

  소송이나 고발로 평판이 깎일 수 있다. 노화나 질환 때문에 능력이 저하될 수도 있는데, 그러면 자신이 계속 의사로 일할 수 있을지에 대해 의문이 들고 자존감이 추락할 것이다.

- **애정과 소속의 욕구**

  응급실 의사에게 대인 관계는 거의 항상 뒷전이다.

- **안전 욕구**

  폭력적인 환자, 비통하다는 이유로 의사에게 앙갚음하려는 유가족, 의문의 여지가 있는 진단, 법적 소송 등은 응급실 의사의 안전 욕구를 위협할 수 있다.

- **생리적 욕구**

  스트레스나 수면 부족은 물론 감염의 위험 등 응급실 의사를 둘러싼 위험 요인은 다양하다.

고정관념 비틀기

보통 응급실 의사는 지적이면서 체격도 탄탄한, 완벽하고 이상적인 모습으로 등장한다. 장애나 외모에 결함이 있는 캐릭터를 응급실 의사로 만드는 것은 어떤가? 그런 단점 때문에 캐릭터가 독특하고 두드러지는 존재가 된다면?

캐릭터가 이 직업을 택한 이유

- 사랑하는 사람이 무능한 의사 때문에 목숨을 잃었던 경험이 있어서
- 자신의 소명은 생명을 구하는 것이라고 믿어서
- 남의 목숨을 좌지우지하는 자신이 마치 신처럼 느껴져서

- 인간의 몸에 강한 흥미를 느껴서
- (대를 이어 의사가 되는 등) 다른 사람의 발자취를 따라가려고
- (부모와 한 약속 등) 의무감 때문에
- (사랑을 받으려면 그만한 자격이 있어야 한다는) 조건부 애정을 주는 부모에게 사랑과 인정을 받고 싶어서

임상 실험 참가자

Human Test Subject

개요

임상 실험 참가자는 실험 대상이 되는 대가로 돈을 받는다. 임상 실험 대상이 되면 약물이나 백신, 보충제 등을 몸에 주입하거나, 의료 기기를 사용하고 어떤 효과가 있는지 살펴본다. 혈액·타액·정액·소변·피부 세포·비듬 등을 연구 샘플로 제공하기도 한다. 사회과학 실험에 참여하면 연구진의 질문에 답하거나, 과제를 수행하거나, 신체적·정신적·감정적 상태를 변화시키는 조건에 노출된다. 어떤 종류의 연구에 참여하든 임상 실험 참가자는 무작위로 실험군 또는 대조군에 배정되며, 보통은 어느 군에 배정되었는지 알지 못한다. 좀더 안전한 실험이라면 설문지 작성, 시장조사를 위한 토론회 참가, 제품 테스트, 심지어 모의재판을 하기도 한다.

실험 참가자 선정 기준은 실험의 목적에 따라 다양하다. 특정 암에 걸렸거나, 사고로 전두엽이 손상되었거나, 감각 이상이 있다는 이유로 선정되기도 한다. 임상 실험 참가자는 실험 기간 동안 특정한 운동을 반복하거나, 잠을 자거나, 특정 음식만 먹을 수도 있고, 의약품이나 보조제를 일절 복용하지 못할 수도 있다.

임상 실험에 참가하려면 자의로 동의서를 작성해야 한다. 비윤리적 실험을 방지하고자 합법적으로 진행되는 실험은 여러 가지 규제를 받는다.

필요한 훈련·교육

실험에 참가하려고 훈련이나 교육을 받을 필요는 없지만, 실험 대상에게 요구하는 기준은 충족시켜야 한다. 실험 집단을 무작위로 선택하는 것이 아니라면 의약품 실험 참가자는 키와 몸무게가 특정 범위 내에 들어가야 하고 전반적인 건강 상태가 좋아야 한다. 술을 삼가야 하고, 실험 개시 한 달 전부터는 약이나 보충제도 복용하면 안 되는 경우가 많다.

이 직업에 유용한 기술·재능

인간적인 매력, 탁월한 기억력, 경청하는 능력, 고통에 대한 인내, 멀티태스킹, 체력

이 직업에 도움이 되는 성격 특성

적응을 잘하는, 모험심 있는, 심드렁한, 차분한, 협조적인, 호기심이 많은, 규율을 준수하는, 느긋한, 집중력 있는, 정직한, 충동적인, 유순한, 관찰력이 뛰어난, 인내심 있는, 소탈한, 사회 이슈에 관심이 많은, 거리낌 없는

갈등이 벌어지는 상황

- 임상 실험 중 불편하거나, 힘들거나, 당황스러운 요구를 받을 때
- 실험에 필요한 일을 반복해야 해서 지루해지거나, 장시간 임무를 수행하고 질문에 답해야 할 때
- 성가시거나 비협조적인 사람과 같은 집단에 배정되었을 때
- (갑작스러운 성욕 감퇴, 두통, 강렬한 욕구, 잦은 배뇨 신호 등) 정상이 아닐 수도 있는 증상을 겪을 때
- 연구진에게 조종당한다고 느낄 때
- 치료가 필요한 부작용이 나타날 때
- 구토, 두통, 손발 경련, 불면증 등 사소한 부작용을 실험 내내 견뎌야 할 때
- 부작용 때문에 하던 일을 하지 못하게 됐는데 그에 대한 보상을 받지 못함
- 임상 실험이 끝난 후에도 오랫동안 부작용을 겪음
- 실험에 참가하기로 한 결정을 후회하지만 끝까지 해내야 할 때
- 임상 실험에 참가하는 것을 반대하는 가족과 언쟁을 벌일 때
- 임상 실험을 끝내고 받은 보수가 위험을 감수한 것 치고는 너무 적다고 생각될 때
- 술을 마시거나 특정 시간에 무엇을 먹은 것처럼 임상 실험 중 지켜야 할 규칙을 어겨서 참가 자격을 잃게 되었을 때
- 며칠 동안 격리되어서 지루함을 느낄 때
- 피를 자주 뽑아야 할 때

주로 접하는 사람들

다른 임상 실험 참가자, 연구진, 행정 담당자, 심리학자, 의사, 영양사, 의대생

직업이 캐릭터의 욕구에 미치는 영향

- **자아실현 욕구**
  임상 실험 부작용으로 몸의 기능이나 능력이 훼손되면, 인생에서 중요한 목표를 달성하지 못하게 될 수 있고, 속았다고 느낄 것이다.
- **존중과 인정의 욕구**
  임상 실험에 자주 참가하면 자신을 제대로 돌보기 힘들고 실험용 도구가 된 듯한 느낌을 떨치지 못할 수 있다. 오직 돈을 벌기 위해서 빈번하게 임상 실험에 참가하고 뒷일은 생각하지 않았다면, 나중에 이르러서야 겪을 필요가 없는 위험을 겪었다는 사실을 깨닫고 자존감이 무너질 수도 있다.
- **애정과 소속의 욕구**
  가족이나 가까운 친구들이 임상 실험에 참가하는 것을 이해하지 못하거나 지지하지 않으면, 관계에 마찰이 생길 수 있다.
- **안전 욕구**
  임상 실험은 영구적인 부작용을 남길 수 있다. 몇 년, 심지어 수십 년이 지난 후에야 부작용이 나타나기 시작하면 피해를 호소할 곳도 없을 것이다.

고정관념 비틀기

위험한 일을 하는 사람들은 대개 돈이 절박해서 그러는 것으로 묘사된다. 다른 동기가 있어서 임상 실험에 참여하는 캐릭터를 만들어보자. 특정 질환을 박멸하고 싶다는 열정으로 넘치거나, 아니면 자신에게 벌을 주고 싶다는 잠재의식이 작용한 것인지도 모른다.

캐릭터가 이 직업을 택한 이유

- 빚 청산이나 대학 학비 등 돈이 필요해서
- 과학을 좋아해서 과학과 연관된 분야의 일을 하고 싶어서
- 과거에 입은 트라우마 때문에 자기 파괴 성향이 생김
- 의학의 도움을 받아야 할 절박한 이유가 있어서
- 충동적인데다 내일은 생각하지 않고 오늘만 사는 사람이라서
- 희귀병을 앓고 있거나, 특정 연구에 딱 맞는 신체적 특징이 있어서

자동차 정비사 Auto Mechanic

개요

자동차 정비사는 차량을 검사 · 수리 · 유지 관리한다. 엔진과 부속품에 대해 전반적인 지식을 갖춘 경우도 있고, 승용차 · 트럭 · 빅 릭[트레일러 두 대를 연결한 차량] · 보트 · 외제차 등 특정한 유형이나 에어컨 · 변속기 등 특정 파트에 전문화된 자동차 정비사도 있다. 개인 정비소를 운영하거나, 대리점의 서비스 센터에서 일하거나, 다른 사람의 매장에 취직할 수 있다.

필요한 훈련 · 교육

중등교육 이상의 학력이 있고 다양한 프로그램을 통해 자격을 갖춘 정비사를 원하는 매장도 있지만, 그렇지 않은 곳도 많다. 하지만 자격 인증 프로그램을 이수하면 고용될 기회가 늘어나고 급여도 높아질 것이다. 교육 기회는 직업훈련 학교, 전문대학, 정비사 양성 학교, 군대 등에서 찾을 수 있다. 연수생으로 일하거나 작업장에서 연수를 거쳐 정비사가 되는 것도 흔한 경로이다.

정비에 쓸 도구는 각자가 직접 마련하라는 정비소도 있다. 이런 경우 누군가에게는 도구를 사는 비용이 취업 장벽이 될 수 있다.

이 직업에 유용한 기술 · 재능

손재주, (자동차 키 없이) 점화 장치를 이용하여 시동을 거는 능력, 기계를 다루는 기술, 정확한 기억력, 전략적 사고

이 직업에 도움이 되는 성격 특성

기민한, 분석적인, 호기심이 많은, 집중력 있는, 고결한, 직업윤리를 준수하는, 독립적인, 근면 성실한, 꼼꼼한, 관찰력이 뛰어난, 임기응변에 능한, 책임감 있는, 학구적인

갈등이 벌어지는 상황

- 차에 문제가 발생했으나 확실한 원인을 알 수 없을 때
- 문제를 못 보고 지나쳐서 차가 고장 남
- 부주의, 또는 피로 때문에 방심하다가 다쳤을 때
- 중요한 공구나 기계 부품을 망가뜨림
- 낡았거나 규격 미달의 기계를 사용해야 할 때

- 극심한 더위나 추위 등 일을 하기 어려운 날씨
- 짜증을 내거나 잔뜩 화가 난 고객
- 업계의 변화를 따라잡기가 어려움
- 직업 교육을 받지 못하게 되거나 자격시험에 불합격함
- 가족을 부양하거나 원하던 목표를 달성하기에 충분한 돈을 벌지 못함
- 다른 분야의 정비 일을 하고 싶으나 지금 일에서 벗어나기 힘들 때
- 고객이 정비소 문 앞에 주차하는 바람에 다른 차량이 정비소에 출입하지 못할 때
- 친구들이 자기 차를 공짜로 정비해달라고 부탁할 때
- 자동차 정비사는 사기꾼이라는 편견이 있는 고객이 자신을 속이는 것 아니냐며 비난할 때
- 개인 정비소를 열고 싶지만 그럴 형편이 못 됨
- 고용한 자동차 정비사가 절차를 무시하는 바람에 정비소의 평판을 깎아 먹음
- 공구를 소홀히 다루는 정비사와 일해야 함
- 현장의 공구, 소모품, 설비를 도둑맞음
- 직원들이 안전 수칙을 지키지 않을 때

주로 접하는 사람들

차주, 다른 정비사, 정비소나 대리점 주인, 자동차 판매업자, 감독관

직업이 캐릭터의 욕구에 미치는 영향

- **자아실현 욕구**

  자동차 정비사라는 직업을 임시방편으로 여긴다면, 가령 나중에 카 레이싱 정비 팀에 들어가기 위한 발판 정도로만 생각한다면 지금의 일이 불만족스러울 수 있다. 캐릭터의 목표가 실현되지 않는다면 답답하고 갇힌 것 같다고 느낄 것이다.

- **존중과 인정의 욕구**

  자동차 정비사가 꼭 필요한 직업이라는 것은 모두가 동의하는 사실이지만, 블루칼라 노동자를 부정적인 시선으로 보는 사람도 여전히 존재한다. 캐릭터가 이런 편견을 겪는다면 남에게 경시당한다고 느낄 수 있다.

- **애정과 소속의 욕구**

  재정적으로 곤란한 상황이라면 대인 관계를 이어가는 것이 어려워질 수 있다.

- **안전 욕구**

  안전을 위한 최소한의 산업 표준도 지키지 않거나 절차를 생략하려는 사람들과 일한다면 자주 부상을 입을 수 있다.

고정관념 비틀기

다른 많은 직업과 마찬가지로 이 직업의 종사자는 대부분 남성이다. 영화 〈나의 사촌 비니〉의 모나 리사 비토 같은 여성 자동차 정비사를 등장시키면 이런 고정관념을 유쾌하게 비틀 수 있다.
또한 자동차 정비사는 블루칼라에 속한다. 화이트칼라 가정에서 자란 캐릭터가 자동차 정비사를 꿈꾼다면 어떨까?

캐릭터가 이 직업을 택한 이유

- 자동차를 다루면서 자랐기에 차에 열정이 있어서
- 자동차, 엔진, 기계를 제대로 작동시키는 일을 사랑해서
- 손재주가 좋고 역학이나 기계학을 공부하고 싶어서
- 사람들을 피해 혼자 일하는 것이 좋아서
- 어려운 퍼즐에 도전해서 풀이법을 찾는 것이 좋아서
- (외모가 흉하다거나, 언어 장애나 인지 문제 등으로) 사회생활을 하는 것이 어려워서
- (과거의 트라우마 때문에) 사람을 사랑하기 힘들어서 자동차에 관심과 애정을 쏟기로 함
- 자동차 정비를 가르쳐준 사람이 사망하자 그를 기리고 싶어서

장례 지도사 Funeral Director

개요

장례 지도사(장의사)는 장례 준비를 돕는 사람이다. 시신을 수습하고, 법적으로 필요한 서류를 작성하며, 유족과 함께 장례식을 준비한다. (미국의 경우) 매장 또는 화장 선택, 관 선택, 음악과 슬라이드쇼 선택, 장례식용 소책자 작성, 꽃꽂이 선택, 교통편 마련 등이 필수적이다. 장례 지도사는 장례식에 필요한 물품을 조달하는 사람들과 협력하고 장례식 절차를 감독하면서 고인과 유족의 뜻에 따라 장례식이 이루어지게 해야 한다.

장례 지도사는 대개 시신 보존, 방부처리, 염습, 화장 등의 절차를 담당할 수 있으며, 이런 경우에는 염습사라고도 한다.

필요한 훈련·교육

장례 지도사가 되기 위해 필수로 받아야 하는 교육은 국가나 지역에 따라 다를 수 있으므로, 만약 실제로 존재하는 지역이 이야기의 배경이라면 해당 지역의 정보를 조사해야 한다. 그러나 일반적인 장례 지도사라면 장례 지도학 준학사 또는 학사 학위를 취득하며, 자신이 일하는 주에서 발급하는 자격증이 필요하다. 시신 수습과 관련된 법률도 교육받아야 한다. 사망 증명서 같은 서류 작업뿐 아니라 엄격한 지침과 절차에 따라 증거물 연계성을 확보해야 모든 법적 절차가 원활하게 진행될 수 있기 때문이다.

이 직업에 유용한 기술·재능

기본적인 응급처치, 친화력, 명확한 의사소통, 공감 능력, 평정심, 탁월한 기억력, 신뢰를 주는 능력, 경청하는 능력, 환대하는 능력, 리더십, 멀티태스킹, 중재 능력, 영업, 조각 실력, 바느질, 망자와의 교감(이야기에 초자연적 요소가 포함되는 경우)

이 직업에 도움이 되는 성격 특성

침착한, 휘둘리지 않는, 정중한, 수완이 좋은, 규율을 준수하는, 진중한, 능률적인, 공감을 잘하는, 집중력 있는, 고결한, 직업윤리를 준수하는, 친절한, 근면 성실한, 상냥한, 성숙한, 세심한, 죽음에 호기심이 있는, 남을 보살피기 좋아하는, 유순한, 체계적인, 참을성 있는, 설득

력 있는, 전문성을 갖춘, 반듯한, 책임감 있는, 영적인, 남을 잘 돕는

갈등이 벌어지는 상황

- (아이, 끔찍하게 죽은 사람 등) 시신을 수습하기 어려울 때
- 장례 준비 과정에서 가족들이 갈등을 빚을 때
- 증거물 연계성이 끊어짐
- 무연고자의 장례 준비를 할 때
- 일과 생활의 균형을 유지하기 힘들어질 때
- 이 직업에 대한 사회적 편견을 마주할 때
- 필수 서류나 지침이 전혀 없는 시신을 접수할 때
- 작업에서 오는 정신적 · 정서적 고통을 이겨내야 할 때
- 시신, 또는 보석과 같은 관련 물품을 도난당했을 때
- 지불한 장례비에 비해 많은 것을 요구하는 가족
- 부고 또는 사망 진단서에 인쇄 오류가 있을 때
- 일손 부족
- 장비 고장
- 매장해야 할 시신을 실수로 화장해버림
- 슬픔에 잠긴 나머지 간단한 결정조차 내리기 힘들어하는 가족
- 한밤중, 또는 특별한 행사에 참가하던 중에 시신을 수습해야 할 때

주로 접하는 사람들

비탄에 잠긴 가족, 교회 직원, 자원봉사자, 목회자와 성직자, 플로리스트, 요리사, 장례식장 직원, (망자가 군 복무 중이었다면) 군대에서 나온 담당자, 경찰 수사관, 검시관, 배달원, 종업원

직업이 캐릭터의 욕구에 미치는 영향

- **자아실현 욕구**

  캐릭터가 살아 있는 사람을 대하는 것을 힘들어해서 장례 지도사라는 직업을 택했다면, 언젠가는 그런 판단 때문에 적성에 맞는 일을 찾지 못했다는 사실을 알게 될 것이다.

- **애정과 소속의 욕구**

  다른 사람들이 장례 지도사라는 직업을 불편하게 생각한다면, 캐릭터는 고립감을 느낄 수 있다.

- **안전 욕구**

  범죄자, 조직폭력배, 또는 연방 수사국이 주시하는 인물을 염해야 할 경우 위험한 상황에 휘말릴 수도 있다.

고정관념 비틀기

장례 지도사는 대체로 죽음을 무던하게 받아들인다. 하지만 여러분의 캐릭터는 그렇지 않다면? 장례 지도사는 어떤 마음의 상처, 두려움, 목적이 있을까?

캐릭터가 이 직업을 택한 이유

- (아버지가 묘지 관리인이었거나 어머니가 목회자로 장례식을 주관했다는 등) 일찍부터 죽음을 존중하는 일을 배워서
- 임사 체험을 한 후 삶과 죽음이 평생의 관심사가 되어서
- 장례식을 통해 건전한 방식으로 상실감을 받아들일 수 있었기에 다른 사람들도 그럴 수 있기를 바람
- 원래부터 영성이 깊어서
- 죽음을 애도하는 과정으로 슬픔에 잠긴 사람들을 돕고 싶어서
- 남을 좌지우지하는 요령이 있으며, 비통에 잠긴 사람은 손쉬운 표적이기에

전문 문상객 Professional Mourner

개요

가족이나 사랑하는 사람이 세상을 떠났을 때 고인의 친인척이 많지 않거나, 유가족 측에서 고인의 영향력이 더 크게 보이기를 원한다면 전문 문상객을 고용하여 장례식에서 애도하게 하는 경우가 있다. 전문 문상객은 먼 친척, 오랫동안 연락이 끊겼던 친구, 전 직장 동료, 지인 등의 역할을 맡는다. 다른 문상객과 이야기를 나눌 때 자신의 정체를 드러내서는 안 된다.

장례식 절차는 종교와 문화에 따라 다르므로 전문 문상객이 해야 하는 일도 이에 따라 달라지기 마련이다. 자신이 가게 될 장례식의 문화적 · 종교적 관습을 숙지해야만 분위기에 잘 섞여들고 정체가 탄로 나지 않을 것이다.

필요한 훈련·교육

전문 문상객이 되기 위한 공식적인 교육이나 훈련은 없지만, 연기 수업은 도움이 될 수 있다. 공개적으로 구인 공지가 올라오는 직업이 아니므로, 전문 문상객이 되려면 구직 노력도 게을리해서는 안 된다.

이 직업에 유용한 기술·재능

친화력, 창의력, 꼼꼼함, 탁월한 기억력, 거짓말, 외국어 구사 능력, 중재 능력, 연기력, 상대의 마음을 읽는 능력, 망자와의 교감(이야기에 초자연적 요소가 포함되는 경우)

이 직업에 도움이 되는 성격 특성

적응을 잘하는, 휘둘리지 않는, 정중한, 창의적인, 진중한, 공감을 잘하는, 충실한, 성숙한, 죽음에 호기심이 있는, 유순한, 참을성 있는, 설득력 있는, 반듯한, 남을 잘 돕는, 윤리에 얽매이지 않는

갈등이 벌어지는 상황

- 정체를 의심하며 질문을 쏟아내는 사람
- 맡은 역할에 어울리지 않는 언행을 해버렸을 때
- 고인의 가족이 너무 많은 것을 요구할 때
- 종교에 따른 장례 절차가 낯설 때
- 고인의 죽음에 범죄행위가 연루되었거나 고인이 살해당했을지도

모른다는 증거를 발견했을 때
- 가족 불화에 말려들었을 때
- 지인과 장례식에서 마주치게 되었을 때
- 다른 사람들의 슬픔에 계속 노출되는 것이 정서적으로 힘들 때
- 누군가의 비밀을 엿듣게 되었을 때
- 유가족이나 다른 참석자에게 괴롭힘을 당했을 때
- 장례식에 가는 도중에 차가 고장 났을 때
- 같은 장례식에 참석한 다른 전문 문상객이 연기를 더 잘할 때
- 고인이 먼 친척이라는 사실을 알게 되었을 때
- 전문 문상객을 고용했다는 사실을 알고 고인의 가족 중 한 명이 화를 낼 때
- 진짜 문상객이 사적인 가족 문제를 털어놓으며 조언을 구할 때
- 장례 중에 사건이 발생해서 자신의 일에 수치심이나 죄책감을 느끼게 되었을 때
- 지나치게 수다스럽거나 이상한 질문을 하는 조문객
- 대중의 관심이 높은 인물의 장례식에서 기자가 캐릭터에게 의심을 품고 조사를 벌인 결과 캐릭터의 정체가 탄로 나는 바람에 앞으로 전문 문상객 일을 계속하기가 어려워졌을 때
- 유가족이 전문 문상객은 신원을 드러내면서 소송을 걸지는 못할 것이라고 생각해서 캐릭터에게 지불해야 할 돈을 주지 않을 때

주로 접하는 사람들

유가족, 고인의 친구, 성직자, 다른 전문 문상객, 장례 지도사, 플로리스트, 출장 뷔페 업자

직업이 캐릭터의 욕구에 미치는 영향

- **존중과 인정의 욕구**

  유족들의 마음이 약해지는 시기에 거짓된 감정을 연기하고 사람들에게 거짓말을 하는 것이 비윤리적인 행동이라고 생각하는 사람들이라면, 전문 문상객에게 거친 비난을 퍼부을지도 모른다.
- **애정과 소속의 욕구**

  전문 문상객에 대한 인식이 좋지 않은 문화권에서는 이 직업을 가진 사람을 제멋대로 판단할 것이다. 그런 문화권에서는 다른 사람

과 의미 있는 관계를 맺기가 어려울 수도 있다.

- **안전 욕구**

  장례식은 감정이 쉽게 격해질 수 있는 곳이다. 전문 문상객의 정체가 탄로 난다면 언쟁이 벌어지고 심하면 상해를 입을 수도 있다.

고정관념 비틀기

과거 많은 문화권에서 공개적으로 감정을 드러내는 일은 남성보다 여성에게 용인되는 행위였다. 지금도 이런 분위기가 남아있기에 전문 문상객은 대부분 여성이다. 그러니 남성 문상객 캐릭터를 만들면 이야기에 신선함을 더할 수 있다.

도덕적으로 께름칙한 직업이 대부분 그렇듯, 전문 문상객도 마지못해 이 일을 하는 경우가 많다. 그러니 전문 문상객으로 살아가는 삶을 즐기는 캐릭터를 만들어보자.

캐릭터가 이 직업을 택한 이유

- 가족의 장례식에 친척들이 오지 않아서 실망하고 무시당했다고 느낀 적이 있어서
- 연기하는 것을 좋아해서
- 죽음, 장례식, 애도의 과정에 매료되어서
- 비록 짧은 시간일지라도 누군가의 가족에 속해 있다는 느낌을 원해서
- 다른 사람인 척 행세하는 일이 짜릿해서
- 진정한 자신의 모습으로 살아가기가 싫어서, 전문 문상객이 되면 현실을 직시하지 않을 수 있기 때문에

접수원 Receptionist

개요

접수원은 사무실이나 회사의 안내 데스크에서 일하며, 방문 고객을 가장 먼저 응대하는 사람이다. 방문객을 맞이하고, 각종 문서나 서류를 배포하거나 보관하며, 전화를 받는다. 부수적인 업무로는 방문 예약 받기, 사무용품 주문, 청구서 발송, 장부 관리, 이메일 확인, 신입 직원 교육, 회사 시설 안내 등이 있으며, 건물 수리나 웹 사이트 디자인처럼 전문가에게 의뢰해야 하는 서비스의 일정을 잡고 처리하는 일을 맡기도 한다.

필요한 훈련·교육

일반적으로 접수원이 되려면 고졸 학력이 필요하지만, 고등학교 재학생을 사무 보조 직원으로 고용해서 접수원 업무까지 맡기는 회사도 있다. 사무실의 각종 절차나 시스템, 소프트웨어 사용법 교육은 대부분 일하는 중에 이루어진다. 타이핑 실력과 기본적인 컴퓨터 활용 능력을 채용 기준으로 삼는 곳도 있다.

이 직업에 유용한 기술·재능

인간적인 매력, 컴퓨터 실력, 꼼꼼함, 탁월한 기억력, 숫자를 잘 다룸, 환대하는 능력, 사람을 웃게 하는 능력, 멀티태스킹, 중재 능력, 상대의 마음을 읽는 능력, 조사, 타이핑, 글쓰기

이 직업에 도움이 되는 성격 특성

매력적인, 협조적인, 정중한, 수완이 좋은, 효율적인, 정직한, 충실한, 유순한, 관찰력 있는, 미리 대비하는, 전문성을 갖춘, 남을 보호하려 하는, 임기응변에 능한, 책임감 있는, 남을 잘 돕는

갈등이 벌어지는 상황

- 더 오래 일했다거나 학력이 높다는 이유로 거만하게 행동하는 동료
- 중요한 서류를 어디에 두었는지 기억나지 않을 때
- 모욕적이거나 담당 업무가 아닌 일(청소, 잡일, 개인적인 심부름, 상사의 배우자에게 거짓말하기 등)을 하라는 지시를 받을 때
- 화가 난 고객이나 손님을 상대해야 할 때
- 동료 간의 불화나 반목

- 정전으로 업무가 중단되었을 때
- 말이 많거나 치근덕거리는 손님을 응대해야 할 때
- 성희롱이나 성차별을 당할 때
- 박한 봉급과 수당
- 동료가 해고당해서 그 업무까지 떠맡아야 할 때
- 거들먹거리거나, 세세한 부분까지 참견하거나, 불합리할 정도로 요구가 많은 상사
- 절대 만족할 것 같지 않은 고객
- (병원에 근무하는 경우) 진료 예약을 매번 지키지 않는 환자
- (병원에 근무하는 경우) 환자나 동료에게서 질병이 옮음
- 한번도 겪어본 적 없는 복잡한 상황을 처리해야 할 때
- 이직이 잦아서 늘 신입이 오고, 그때마다 신입 교육을 맡게 되어서 업무에 지장이 생길 때
- 남의 말을 경청하지 않거나 절차를 잘 따르지 않는 신입을 교육해야 할 때
- 근무 중 가족에게 위급한 일이 발생했을 때
- 실수로 고객의 기밀을 누설했을 때
- 사내에 이상한 낌새가 있음을 알아차렸으나 어떻게 해야 할지 모를 때
- 휴식 시간이 없을 때
- (병원에서 근무하는데 피나 바늘을 두려워하는 등) 근무 환경과 관련한 개인적인 두려움

주로 접하는 사람들

(병원이라면) 환자, 고객이나 손님, 다른 접수원이나 사무실 관리직, 건물 내 전문직 종사자(회계사, 의사, 간호사, 카운셀러, 변호사, 교사, 치과 의사 등), 직업 체험 프로그램에 참여 중인 학생, 구직자, 택배 기사

직업이 캐릭터의 욕구에 미치는 영향

- **자아실현 욕구**

  접수원의 업무는 반복적이고 지루하기 때문에 자신의 삶에 회의가 들 수 있다.

- **존중과 인정의 욕구**

  접수원은 종종 자기 잘못이 아닌 일에도 비난을 받는다. 반대로 큰 문제를 해결했을 때는 성과를 인정받지 못하기 일쑤다.

- **애정과 소속의 욕구**

  접수원은 상사나 동료와 마찰을 빚을 수 있으며, 특히 사무실에서 문제를 해결하려고 노력하다가 사태가 악화되기도 한다. 이는 위험한 라이벌 구도를 만들거나 소외감으로 이어질 수도 있다.

고정관념 비틀기

영화나 소설에 나오는 접수원은 백발백중 매력적이며 교태를 부리거나, 우스꽝스러울 정도로 일처리가 미숙하거나, 병적으로 꼼꼼하거나, 따분하고 심드렁한 모습 중 하나로 묘사된다. 이런 진부함을 탈피한 접수원 캐릭터를 만들어보자. 대범하고 생기 넘치는 성격이거나, 부루퉁하고 활기라고는 없는 캐릭터도 좋다. 아니면 자신이 이 회사에서 활력을 담당한다는 좌우명을 갖고 일하는 열정적인 접수원도 가능하다.

캐릭터가 이 직업을 택한 이유

- 교통수단이 마땅치 않기에 집과 가까운 일자리를 구해야 했음
- 다양한 사람들과 교류하는 것이 좋아서
- 방학 동안 할 수 있는 쏠쏠한 아르바이트라서
- 체계적으로 정리 정돈하는 기술이 뛰어나기 때문에
- 일관성 있고 예측 가능한 일을 하고 싶음
- (비영리 단체, 자녀가 다니는 학교, 좋아하는 친구가 소유한 회사 등) 지금의 조직·단체가 좋아서
- 밑바닥부터 경험을 쌓고 싶어서
- 학력이 높지 않아서

정치인 Politician

개요

정치인이 되는 방법과 업무의 범위, 권한은 나라 혹은 직책마다 다르다. 하지만 정치인 대부분은 지역구 유권자들에게 선거로 뽑히며, 당선되면 중앙(연방) 정부나 지방 정부의 행정부를 구성하게 된다. 선거로 뽑히기 때문에 정치인으로 성공하려면 다른 사람의 지지를 얻는 일이 아주 중요하다. 그래서 정치인 중에는 카리스마를 타고난 사람이 많고, 비즈니스나 자원봉사를 통해 지역사회 지도자로서의 경험을 쌓아간다. 정치인은 선출직 공무원으로서 회의, 토론, 인터뷰, 캠페인, 홍보 행사 등에 참여한다.

정치인의 일상적인 업무는 맡은 직책에 따라 다르지만, 자신의 정당 강령이나 신념을 지지하는 일이 주 업무이므로 그런 목표를 지향하는 활동에 하루 대부분을 보낸다. 주로 각종 회의에 참석하고, 유력 인사들에게 자신의 목표를 알리고, 다른 사람들(주로 '서로에게 대가를 바라는' 관계)과 연대하고, 법안을 발의하고, 문제를 확인하여 해결하고, 전략을 논의하고, 여론을 확인하고, 정책을 결정한다.

선거로 뽑히는 것이 아니라 임명되는 정치인도 있다. 이들의 역할은 보통 이들을 임명한 사람이나 속해 있는 기관과 관련 있다. 유권자의 표가 필요하지 않으므로 유권자와 자신의 책무를 대하는 태도가 선거로 뽑힌 정치인과는 사뭇 다르다.

필요한 훈련·교육

정치인에게 필요한 학력·경력은 직위나 직책에 따라 다르고, 지역에 따라서도 다르다. 정치학 학위가 반드시 필요하지는 않지만, 그래도 정치인이 되고 싶어 하는 사람 다수가 정치학 학위를 취득한다. 학위와는 관계없이, 정치인 지망생 대부분은 지역구에서 (선출 공무원이나 자원봉사자로서) 일하면서 경험을 쌓고 더 높은 직위로 올라가는 길을 택한다. 이 분야에서는 마케팅과 홍보가 아주 중요하므로 이에 대한 지식과 경험이 반드시 필요하다.

이 직업에 유용한 기술·재능

인간적인 매력, 공감 능력, 평정심, 신뢰를 주는 능력, 경청하는 능력, 환대하는 능력, 리더십, 사람들을 웃게 하는 능력, 멀티태스킹, 인맥, 체계적으로 정리 정돈하는 능력, 홍보 능력, 화술, 상대의 마음을 읽는 능력, 전략적 사고, 비전

이 직업에 도움이 되는 성격 특성

적응을 잘하는, 기민한, 야망 있는, 분석적인, 차분한, 매력적인, 자신감 있는, 대립을 두려워하지 않는, 주변을 잘 통제하는, 협조적인, 정중한, 과단성 있는, 수완이 좋은, 진중한, 열성적인, 외향적인, 집중을 잘하는, 이상주의적인, 영감을 주는, 열정적인, 애국심이 강한, 끈질긴, 설득력 있는, 전문성을 갖춘, 임기응변에 능한, 책임감 있는, 사회이슈에 관심이 많은, 마음이 넓은, 거리낌 없는, 말수가 많은, 현명한, 일중독

갈등이 벌어지는 상황

- 공개 토론 중 아무 말도 못하고 굳어버림
- 캐릭터가 한 말이 맥락에서 벗어나서 불리하게 해석될 때
- 만만치 않은 경쟁자와 맞서야 할 때
- 애써 숨겼던 과거의 비밀이 폭로되었을 때
- 홍보 행사에서 악재가 계속됨
- 반대 당의 흑색선전
- 신념이 흔들리면서 그동안 추구해왔던 이상이 변하게 됨
- (뇌물 수수, 불의 외면 등) 부도덕한 행위를 하라는 유혹에 시달림
- 거짓말이 들통났을 때
- 성범죄로 고발당했을 때
- 장시간 일하느라 체력이 고갈되었을 때
- 늘 주목을 받느라 감정적으로 긴장 상태임
- 반항적인 자녀나 완고한 친척 때문에 당혹스러운 일을 겪을 때
- 스토킹을 당할 때
- 암살 시도를 당할 때
- 모두의 마음에 들려고 애쓰다가 정작 필요한 환심은 사지 못하게 되어버림
- 중요한 캠페인이 시작되었는데 병에 걸렸을 때

- 유능한 보좌관이 경쟁하는 정치인의 보좌관으로 가버림
- 상황이 바뀌는 바람에 공약을 지키지 못하게 됨
- 반대파가 거세게 비판할 때
- 사생활이 거의 없음

주로 접하는 사람들

다른 정치인, 자원봉사자, 인턴, 행정 담당 직원, 유권자와 지역구 주민, 기자, 캠페인 관리자, 로비스트, 분석가

직업이 캐릭터의 욕구에 미치는 영향

- **자아실현 욕구**

  세상을 바꾸려고 정치인이 되었으나 특정 인물이나 단체의 비위를 맞추는 데 급급해지면 자신의 가치에 의문을 품고 정체성을 상실할 수도 있다.

- **존중과 인정의 욕구**

  정치는 대체로 인기 경쟁이고, 정계 사람들은 타인의 의견에 민감하다. 정치인 캐릭터가 호감을 잃고 대중의 관심에서 멀어진다면 이 욕구가 채워지지 않을 수 있다.

- **애정과 소속의 욕구**

  정치인은 정신없이 일정에 쫓기며 오랜 시간 일하므로, 가족과 친구를 뒷전에 두기 일쑤다.

- **생리적 욕구**

  불만을 품거나 혼란에 빠진 시민이 정치인을 공격하는 일은 드물지 않으므로, 정치인은 생명이 위태로울 수도 있는 직업이다.

고정관념 비틀기

사심 없이 국가를 위하는 정치인, 혹은 진심이라고는 없고 오로지 대중의 인기를 끄는 데만 열심인 정치인 캐릭터는 머릿속에서 지워버리자. 캐릭터가 정치인이라는 직업을 택하게 된 동기, 캐릭터의 성격, 지금 마주하고 있는 갈등을 비롯하여 세세한 부분까지 동원하여 캐릭터를 만들어나가면 진부한 묘사를 피하고 실제 인물처럼 다양한 면모가 있는 정치인을 설정할 수 있다.

캐릭터가 이 직업을 택한 이유

- 정치인을 배출한 가정에서 자랐음
- 지역사회나 나라를 바꾸고 싶어서
- 주목받는 것을 워낙 좋아해서
- 권력과 권위에 집착하기 때문에
- 섬기는 리더십servant leadership[리더가 부하를 섬기는 자세로 부하의 성장과 발전을 도와서 부하가 스스로 조직에 기여하게 하는 리더십]을 굳게 믿기 때문에
- 정당의 강령이나 사회 이슈에 열정이 있어서

제빵사

Baker

개요

제빵사는 일반적으로 제과점이나 공장에서 일하며 다양한 빵을 만들고 장식한다. 또한 제품의 품질을 감독하고, 재료 조달을 돕고, 주문에 맞춰 필요한 빵을 굽는다. 제과점에서 근무한다면 반죽과 도우를 만들어서 빵, 번, 쿠키, 케이크, 파이, 과자 등을 굽고, 보건 및 안전 규정에 따라 제품의 조리와 포장을 감독한다. 제빵사는 또한 새로운 조리법을 시험하고 기존 조리법을 개선하기도 한다. 특정 고객을 위한 맞춤 제품을 만들거나 도매업체의 대량 주문을 소화하는 경우도 있다.

필요한 훈련·교육

제빵사는 흔히 요리 학교를 다니거나 연수생으로 교육을 받지만, 대부분 정규교육이 필요하지는 않다. 제과점, 식당, 공장은 대개 자체적으로 필요한 기술을 가르친다. 하지만 사전 경험이 있다면 취업에 도움이 될 것이고, 무엇보다 식품 안전에 대한 지식은 필수로 갖추어야 한다. 초급 단계부터 시작하여 전문 분야의 제빵사가 되는 경우가 일반적이다. 제빵사가 제과점 주인도 겸한다면 가게 운영, 직원 채용과 감독, 재고 관리, 마케팅, 세일즈에 대한 이해도 있어야 한다.

이 직업에 유용한 기술·재능

수익을 창출하는 능력, 제과·제빵 기술, 창의력, 손재주, 뛰어난 후각, 뛰어난 미각, 멀티태스킹, 영업력

이 직업에 도움이 되는 성격 특성

모험을 좋아하는, 창의적인, 호기심이 많은, 능률적인, 상상력이 풍부한, 독립적인, 근면 성실한, 열정적인, 재능이 있는, 거리낌 없는, 엉뚱한, 일중독

갈등이 벌어지는 상황

- 고객이 너무 많거나 너무 적을 때
- 재고가 부족할 때
- 걸핏하면 장비가 고장 남
- 지시 사항을 잘 이해하지 못하는 직원들과 일해야 함

- 팀으로 일하는 것을 힘들어하거나 다른 직원과 충돌이 잦은 직원
- 짜증을 내는 손님들
- 회사를 설립하려면 바닥에서부터 노력해야 함
- 지금의 근무지에서는 성장할 기회가 없을 때
- 경쟁 업체가 많음
- 후텁지근하고 지저분한 환경에서 근무해야 함
- 제품을 완성하는 데 필요한 도구가 없을 때
- 일손이 부족할 때
- 손목 터널 증후군, 관절염 같은 제빵 업무에 지장을 줄 수 있는 건강상의 문제가 생길 때
- 야근과 새벽 근무 때문에 노동시간이 불규칙함
- 제품이 나오는 시간을 엄격하게 지켜야 함
- 거의 쉬지 못하고 장시간을 서 있어야 함
- 누군가의 조리법이나 디자인을 훔쳤다고 의심받을 때
- 제과 · 제빵 기술은 훌륭하지만 사업 감각은 없을 때
- 식재료가 상해서 아픈 사람이 생기고, 이 때문에 보건 감독관이 현장을 방문할 때

주로 접하는 사람들

다른 제빵사, 수석 셰프나 페이스트리 셰프, 고객, 실습생, 식료품 상인이나 기타 제품 공급업자, 장비 생산업체 직원, 보건 당국 직원

직업이 캐릭터의 욕구에 미치는 영향

- **자아실현 욕구**

  훌륭한 제빵사가 되고 싶으나 손재주, 창의성, 또는 특출난 기술이 없다면 꿈을 포기하고 진로를 바꿔야 할지도 모른다.

- **존중과 인정의 욕구**

  창의성이 필요한 분야가 으레 그렇듯, 제빵사도 남들과 자신을 비교하게 된다. 자신이 부족하다고 느끼거나 아이디어가 있어도 성과로 이어지지 않으면 열등감과 낮은 자존감으로 괴로울 수 있다.

- **안전 욕구**

  뜨거운 오븐, 날카로운 칼, 커다란 튀김 냄비 같은 장비를 조심해서 다루지 않으면 안전사고가 발생할 수 있다.

고정관념 비틀기

일반적으로 제빵사는 과체중일 것이라는 오해가 있다. 건강한 생활 방식을 유지하거나 늘씬한 캐릭터를 만들면 이러한 고정관념에 맞설 수 있다.

제빵사에 대한 고정관념을 비트는 또 한 가지 방법은 제빵사가 만드는 상품의 종류를 바꾸는 것이다. 대량으로 생산하는 흔한 빵 말고 채식주의자용 디저트나 특이한 맛이 나는 과자같이 색다른 간식을 전문으로 하는 제빵사 캐릭터를 고려해보자.

캐릭터가 이 직업을 택한 이유

- 가족 중에 식품업계에 종사하는 사람이 있었음
- 사는 곳에서 쉽게 구할 수 있는 일자리가 필요했음
- 유명한 셰프를 보면서 자랐고 그런 셰프 같은 삶을 살고 싶어서
- 돌아가신 부모님이 빵과 과자 굽는 법을 가르쳐 주었고, 그래서 빵이나 과자를 만들고 있으면 부모님과 함께 있다고 느낌
- 제빵사로서 창의력을 발휘하고 어려운 일을 해내는 것이 좋아서
- 예술 감각이 있고 손재주가 좋음
- 빵이나 과자를 만들면 불안과 스트레스가 해소되기에
- 어린 시절 주방에서 즐거웠던 추억이 많아서
- 음식이, 그중에서도 단 음식이 사람들에게 즐거움을 준다고 믿어서
- 제과점을 운영하며 지역 공동체의 일원이 되고 싶어서

조경 디자이너 Landscape Designer

개요

조경 디자이너는 건물의 외부 공간을 기능적이면서 매력적인 장소로 바꾸는 일을 한다. 고객과 회의를 하고, 이를 통해 고객이 원하는 바를 알아내면 조경 계획을 세운 다음 어떤 식물을 심을지 선택한다. 또한 이와 어울리는 대형 화분, 인공 폭포나 수로, 목재 덱deck, 파티오patio, 담장, 담장 통로, 연못 등의 아이디어를 제안한다. 제안한 디자인이 확정되면, 필요한 업체들과 계약하여 작업을 진행하면서 디자인이 의도한 대로 구현되는지 감독한다.

필요한 훈련·교육

조경 관련 강의를 듣거나 자격증과 학위를 취득할 수도 있지만, 반드시 공식적인 교육이 필요한 것은 아니다. 하지만 조경사는 반드시 자격증을 취득해야 하며 개업을 하려면 석사 학위가 필요하다.

이 직업에 유용한 기술·재능

창의력, 꼼꼼함, 정원 가꾸기, 경청하는 능력, 리더십, 재료나 물건을 상황에 맞게 응용하는 능력, 연구 조사, 비전

이 직업에 도움이 되는 성격 특성

분석적인, 협조적인, 정중한, 창의적인, 호기심 있는, 집중력 있는, 상상력이 풍부한, 근면 성실한, 세심한, 자연을 아끼는, 관찰력 있는, 참을성 있는, 완벽주의적인, 전문성을 갖춘, 책임감 있는

갈등이 벌어지는 상황

- 불만에 가득 찬 까다로운 고객
- 고객이 원하는 것을 잘못 이해함
- 병이 든 나무를 심는 바람에 얼마 안 가서 죽어버림
- 공사 허가를 받아내기가 어려울 때
- 감리사가 공연히 트집을 잡을 때
- 신뢰할 수 없거나 정직하지 않은 직원
- (혹서나 혹한, 폭풍우 등) 좋지 않은 날씨
- 말벌집을 건드림
- 생각보다 단단한 암석, 토양 문제 등 예상치 못한 일로 프로젝트

예산을 초과함

- 실수로 그 지역에서 잘 자랄 수 없는 식물이나 다른 조경과 조화를 이루지 못하는 식물을 심었을 때
- 계약 업체가 구조물을 부실하게 만들었을 때
- 계약 업체 관계자가 고객과 연인 관계로 발전했을 때
- 파트너나 사업 관리자가 정직하지 못할 때
- 식물은 잘 알지만 인간관계, 경영, 회계, 마케팅에는 영 소질이 없을 때
- 시방서가 미비해서 공사가 지연될 때
- 아이디어는 많지만 예산이 부족한 고객
- 조경 디자이너가 포화 상태라서 고객을 찾기가 힘들 때
- 프로젝트 승인을 앞두고 비윤리적인 감리사가 뇌물을 요구할 때
- HOA(미국 주택 소유주 협회) 규정 때문에 조경 디자인에 제약이 많을 때
- 대지 경계선을 두고 이웃과 분쟁이 생겨서 프로젝트가 지연될 때
- 부정적인 후기 때문에 새로운 고객을 유치하기 힘들 때
- 햇볕에 심하게 타거나, 벌레에 물리거나, 옻이 오르는 등 업무 도중에 발생하는 위험
- 햇빛 알레르기나 광장공포증 등으로 조경 디자이너 일을 하기가 힘들어짐

주로 접하는 사람들

조경 회사 직원, 조경 회사 사장, 고객, 고객의 이웃, (식물, 도로나 바닥 포장, 정원 장비 등과 관련된) 도·소매업자, 배관공, 건설 노동자, 건축 감리사, 엔지니어와 건축가

직업이 캐릭터의 욕구에 미치는 영향

- **자아실현 욕구**

  부모님의 사업이나 다른 누군가의 유지를 이어받아 조경 디자인을 시작한 캐릭터는 이 일에 행복을 느끼지 못한다면 자아실현 욕구가 충족되지 않을 수 있다.

- **존중과 인정의 욕구**

  일을 잘하고 있더라도 원하는 만큼의 인정과 찬사를 받지 못한다

면 성취감을 느끼기 힘들 것이다.

고정관념 비틀기

가족이 하는 일이라서 조경 디자이너가 된 캐릭터라면 다른 가족과 견해, 습관, 관점이 다를 때 갈등이 빚어질 것이다.

늘 하던 대로 조경 작업을 하다가 예상치 못한 물건, 가령 오랫동안 묻혀 있던 저주받은 물건을 찾아낸다면 흥미로운 반전을 일으킬 수 있다. 놀라운 스토리를 이끌어낼만한 물건으로는 생물학적 유해물질, 값비싼 옛날 동전, 한때 이곳에 연쇄살인범이 살았음을 암시하는 물건이 담긴 상자 등이 있다.

캐릭터가 이 직업을 택한 이유

- 어린 시절 아름답게 조경된 정원에서 행복한 시간을 보냈고, 그런 과거를 떠올리면 활기가 생겨서
- 빈민가에서 자랐기에 품격 있는 야외 공간을 부와 성공의 상징으로 여김
- 야외 환경을 좋아하며 다른 사람도 좋아할만한 공간을 꾸미고 싶어서
- 창의력이나 예술 감각을 타고남
- 정원사가 적성에 맞고, 좋아하는 일을 하면서 생계를 꾸려나갈 소득도 얻고 싶어서
- 자연의 아름다움에 감명받아서
- 자식이 없어서 누군가를 돌보고 싶은 마음을 식물에 쏟음
- 지루하고 메마른 장소를 아름답게 바꾸는 일을 좋아함
- 야외에서 일하면 마음이 편해져서

조산사 Midwife

개요

조산사는 수천 년 동안 여성의 건강을 지탱하는 대들보였다. 기술이 발전하고 인식이 변했지만 조산사의 역할은 산전 의료 지원, 분만 보조, 산모와 아이 돌보기 등으로 큰 틀에서는 변함이 없다. 산후조리, 부부 생활, 가임 관련 문제는 물론 가족계획과 육아에 관한 조언도 제공한다. 조산사는 주로 아기를 받지만, 다른 의료 전문가가 치료해야 하는 합병증의 발생 여부를 확인하는 것도 책무 중 하나다.

필요한 훈련·교육

조산사가 되려면 고등교육을 이수한 후 임상 단계의 교육을 받아야 하는 경우도 있고, 특정 과정만을 수료한 후 전문 지식과 기술로 실력을 증명하기도 한다[한국에서는 간호사 면허증 소지자가 의료기관에서 1년간 수습 과정을 마치고 시험에 합격해야 한다]. 조산사는 보유한 자격증에 따라 병원이나 분만 센터, 또는 산모의 집에서 일할 수 있다.

이 직업에 유용한 기술·재능

기본적인 응급처치, 공감 능력, 평정심, 신뢰를 주는 능력, 경청하는 능력, 약에 대한 지식, 환대하는 능력, 직관력, 멀티태스킹, 중재 능력, 연구 조사, 체력, 다른 사람을 가르치는 능력

이 직업에 도움이 되는 성격 특성

적응을 잘하는, 애정이 넘치는, 기민한, 분석적인, 차분한, 자신감 있는, 대립을 두려워하지 않는, 정중한, 과단성 있는, 수완이 좋은, 규율을 준수하는, 진중한, 공감을 잘하는, 사소한 것도 지나치지 않는, 온화한, 친절한, 충직한, 세심한, 남을 보살피기 좋아하는, 관찰력 있는, 체계적인, 열정적인, 참을성 있는, 통찰력 있는, 미리 대비하는, 전문성을 갖춘, 남을 보호하려 하는, 책임감 있는, 완고한, 남을 잘 돕는

갈등이 벌어지는 상황

- 조산사라는 직업에 케케묵은 오해를 품고 있는 다른 의료계 종사자의 편견
- 출산 중 합병증을 야기하는 상황이 발생했을 때
- 자격증을 갱신하지 못했을 때

- 출산 중 아이의 사망
- 출산 중에 벌어진 사고에 대해 부당한 비난을 받음
- 조언을 따르지 않거나 건강 관리를 제대로 하지 않는 산모
- 산모가 자기가 계획한 일정대로 출산하겠다고 고집을 부리다가 자신이나 아기를 위험하게 만드는 경우
- 고압적이거나 신경질을 부리는 친인척
- 동료 조산사가 비윤리적인 행동(필수적인 산전 관리를 빼먹거나, 환자의 배우자와 외도를 하는 등)을 했다는 사실을 알게 되었을 때
- 시설 직원들이 무례하거나 같이 일하기가 어려울 때
- 여러 산모가 동시에 진통을 겪는 상황
- 예상치 못하거나 오래 지속되는 분만으로 본인에게 중요한 일정을 취소해야 할 때
- 산후 우울증 등 정신 건강 문제를 겪는 산모가 늘어날 때

주로 접하는 사람들

임신부, 산부인과 진료를 받으려는 여성, 환자의 가족, 다른 조산사, 병원의 행정 담당 직원, 산부인과 의사, 간호사, 둘라doula[출산 경험이 있는 여자로, 출산 전후로 임산부에게 조언을 건네고 도움을 제공하는 출산 도우미], 기타 의료 종사자(정신과 의사, 영양사 등)

직업이 캐릭터의 욕구에 미치는 영향

- **자아실현 욕구**

  모성애 때문에 이 직업을 택한 캐릭터가 자신은 아이를 가질 수 없다는 사실을 알게 된다면 위기를 겪을 수 있다.
- **존중과 인정의 욕구**

  조산사에 대한 구시대적인 인식과 고정관념은 여전히 존재한다. 돌팔이라고 불리거나 다른 업계의 전문가들보다 급이 낮다고 평가받는다면 존중과 인정의 욕구가 채워지지 않을 것이다.
- **애정과 소속의 욕구**

  이 직업은 일반적이지 않은 수준의 노동시간과 책임감이 필요하므로 일과 삶의 균형을 건강하게 유지하기 어려울 수 있다.
- **안전 욕구**

  시나리오에 마피아 보스의 아이를 임신한 환자, 정신이 불안정한

스토커, 강력한 권력을 지닌 정치인 같은 인물을 등장시키면 조산사에게 위험한 설정을 만들 수 있다.

고정관념 비틀기

조산사들은 거의 예외 없이 여성인데, 임산부들이 대개 여성이 보살펴주기를 바라기 때문이다. 이런 고정관념을 뒤집고 남성 조산사 캐릭터를 만들고 싶다면, 설득력을 높이기 위해 이야기 속 문화를 바꿔야 할 것이다.

여성 조산사들은 보살피고 공감하는 성향이 있기에 이야기에서도 대부분 따뜻하고 인자로운 사람으로 묘사된다. 하지만 다른 의료계 전문가와 마찬가지로, 조산사도 직업인으로서는 빈틈없어도 환자를 대하는 태도가 끔찍할 수 있다. 조산사 캐릭터에게 화려하고 사치스러운 취향, 완고함, 미신을 철석같이 믿음과 같은 일반적이지 않은 특성을 부여해보자.

캐릭터가 이 직업을 택한 이유

- 우연히 친구의 출산을 도왔고, 그때 큰 만족감을 느껴서
- 둘라로 일했던 경력을 발전시키고 싶어서
- 과거 혼자서 아이를 낳아야 했었기에 다른 여자들은 같은 일을 겪지 않게 하려고
- 모든 생명은 신성하다고 믿어서
- 아이를 가질 수 없지만, 출산을 가까이에서 느끼고 싶어서
- 사람을 돌보는 일을 좋아하고 누군가를 이끌 때 만족을 느껴서
- 다른 여성을 돕는 일에 열정이 있어서

주얼리 디자이너 Jewelry Designer

개요

주얼리 산업에는 여러 갈래의 직업이 있지만, 이 항목에서는 주얼리 디자이너를 보석과 장신구를 디자인하고 제조하는 사람으로 한정한다. 주얼리 디자이너 중에는 자신만의 상상력으로 제품을 만드는 사람도 있고, 기업의 요청을 받아서 제품을 제작하는 사람도 있다.

필요한 훈련·교육

주얼리 디자이너가 되려고 정식 교육을 받을 필요는 없다. 처음에는 기성 디자이너 밑에서 현장 수업을 받거나 일을 받아서 하면서 실력을 쌓아나간다. 주얼리 디자이너는 창의력이 뛰어나야 하고, 어딘가에 소속되지 않은 채 일하려면 비지니스와 마케팅 관련 지식이 있어야 한다.

이 직업에 유용한 기술·재능

창의력, 손재주, 흥정 솜씨, 기계를 다루는 기술, 인맥, 홍보 능력, 재료나 물건을 상황에 맞게 응용하는 능력, 영업 능력, 선견지명

이 직업에 도움이 되는 성격 특성

야망이 있는, 창의적인, 호기심이 많은, 규율을 준수하는, 상상력이 뛰어난, 근면 성실한, 세심한, 열정적인, 인내심 있는, 익살맞은, 임기응변에 능한, 타고난 재능

갈등이 벌어지는 상황

- 고객에게 속거나 사기당함
- 수지를 맞추기가 어려움
- 주문받은 대로 제품을 만들었으나 고객이 만족하지 않을 때
- 작업 공간이 좁거나 어수선해서 능률이 떨어짐
- 고객이 착용한 주얼리 제품이 결함 때문에 부서지거나 망가짐
- 쭉 사용해온 보석류가 비윤리적인 공정을 거쳤다는 사실을 알게 되었을 때
- 재료 공급업체를 바꾼 후에야 그동안 사용한 재료의 품질이 기대 이하라는 사실을 깨달았을 때
- 원재료비가 올라서 제품의 판매 가격을 올려야 할 때

- 작업장에 도둑이 들었음
- 재정 상태가 좋지 않아서 새로운 재료를 구입할 수 없을 때
- 대중이나 비평가가 캐릭터의 디자인을 받아들이지 않을 때
- 누군가 캐릭터의 디자인을 도용했을 때
- 창의적인 생각이 떠오르지 않을 때
- 손이나 손가락에 상처를 입어서 일하기 어려울 때
- 친구나 가족이 공짜로 혹은 낮은 가격으로 주얼리를 만들어달라고 부탁할 때
- 혼자서는 성공하기는 어려워서 남 밑에서 일해야 할 때
- 가족들이 주얼리 디자인이라는 꿈을 포기하고 더 많은 돈을 버는 직업을 가지라고 성화를 부릴 때
- 직원이 주얼리 제품을 훔치는 모습을 발견했을 때
- 주얼리 디자이너로서 능력은 있으나 홍보나 마케팅 능력은 부족할 때
- 맡고 싶지 않은 작업이 있어서 귀한 재료와 함께 외주를 주었으나, 외주 담당 직원이나 계약 업체가 그 작업을 잘 해내지 못했을 때
- 배송 담당자의 실수로 제품을 분실했을 때
- 집에서 작업을 하는데 전화벨이 울리고, 손님이 찾아오고, 가족이 일을 방해하는 등 일에 집중할 수 없을 때
- 재료 가격이 상승해서 현금 흐름이 좋지 않을 때

주로 접하는 사람들

고객, 재료 공급업체, 배송 기사, 주얼리 디자이너가 재료를 고를 때 만나는 상점 직원, 상품 전시회 관객과 중간 유통업자, 주얼리 가게 점원, 퍼스널 쇼퍼

직업이 캐릭터의 욕구에 미치는 영향

- **자아실현 욕구**

  창의력이 필요한 분야에서 돈을 많이 벌기란 아주 힘들다. 주얼리 디자인만으로는 생계를 유지하기 힘들어서 부업이나 다른 일을 억지로 해야 한다면 자신의 직업에 만족하기 힘들 것이다.

- **존중과 인정의 욕구**

  고객, 비평가, 바이어가 캐릭터의 주얼리에 홍미를 보이지 않거나

공개적으로 제품을 비난하면 자긍심이 상할 것이다.

- **안전 욕구**

  자신이 다루는 화학물질과 금속류를 잘 모르거나 부주의하게 다룬다면 오남용 때문에 건강에 문제가 생길 수 있다.

고정관념 비틀기

주얼리 디자이너는 주로 혼자 일한다. 그렇다면 협업하는 디자이너는 어떤가? 창의적인 협업은 멋진 개념이지만, 협업을 하다가 긴장감이나 갈등이 조성되는 경우도 흔하다.

예술이 항상 아름다운 작품으로 귀결되는 것은 아니다. 예쁘고 사랑스러운 작품이 아니라, 불쾌감을 주거나 음침한 액세서리를 만드는 주얼리 디자이너는 어떨까?

캐릭터가 이 직업을 택한 이유

- 첨단 패션을 선호하는 부유한 집안에서 자라서
- 가난한 집에서 자라서 휘황찬란하고 비싼 물건을 동경해왔음
- 원래 창의적이고 손재주가 좋음
- 고급스러운 취향을 지녀서
- 지금은 세상을 떠났지만 사랑했던 가족이나 친구가 주얼리를 좋아했기에 그 사람을 기리고 싶어서
- 무언가에 집중하는 것으로 고통스러운 기억에서 벗어나고 싶어서
- 특이하거나 무시무시한 예술 작품으로 자신을 표현하는 일을 좋아함
- 성공한 부모나 형제자매의 그늘에서 벗어나고 싶어서
- 자기 사업을 하고 싶어서

지질학자 Geologist

개요

지질학자는 산, 화산, 지진, 바다 등은 물론 지구가 어떻게 형성되었고 어떻게 진화하는지 연구하는 사람이다. 기업과 정부 기관에서 석유, 가스, 광업 등이 환경에 미치는 영향을 파악하려고 지질학자를 고용하기도 한다. 지질학자는 환경보호, 간척, 온난화 등 다양한 문제에 대해 의견을 제시한다.

지질학자는 연구를 위해 암석 구조나 물의 흐름을 관찰하고, 토양과 암석 표본을 채취하며, 항공사진·지표투과레이더·측량 등을 이용해 특정 지역의 지도를 작성하기도 한다. 연구실로 돌아오면 현미경, 지리정보시스템, 각종 소프트웨어를 통해 가져온 자료를 분석하고 정리한다.

필요한 훈련·교육

지질학자는 과학 분야의 학사 학위가 있어야 한다. 고생물학, 지질물리학, 해양학, 화산학 같은 특정 분야를 전문적으로 다루고 싶다면 석사 학위가 필요하다. 학교에서 주관하는 현장 실습은 취업에 유리하게 작용한다. 많은 기업에서 학력과 경력을 동시에 요구하기 때문이다.

이 직업에 유용한 기술·재능

과학적 재능이 있음, 기본적인 응급처치, 탁월한 기억력, 폭발물에 관한 지식, 기계를 다루는 기술, 외국어 구사 능력, 정확한 기억력, 날씨 예측, 연구 조사, 체력, 전략적 사고, 자연에서 방향을 찾는 능력, 글쓰기

이 직업에 도움이 되는 성격 특성

적응을 잘하는, 야망 있는, 분석적인, 휘둘리지 않는, 한번 시작하면 끝장을 보는, 협조적인, 호기심 있는, 효율적인, 집중력 있는, 사소한 것도 지나치지 않는, 독립적인, 근면 성실한, 지적인, 자연을 아끼는, 객관적인, 관찰력 있는, 체계적인, 통찰력 있는, 완벽주의적인, 끈질긴, 미리 대비하는, 전문성을 갖춘, 임기응변에 능한, 책임감 있는, 사회 이슈에 관심이 많은, 학구적인, 일중독

갈등이 벌어지는 상황

- 연구를 주도하려 하거나 결과를 자기 마음대로 해석하려는 사람과 같이 일할 때
- (이른 해빙으로 수량이 불어남, 예상치 못한 눈, 용암 분출, 산사태 등) 악천후로 실험이 어려워지거나 지대가 불안정해짐
- (혹서, 혹한, 비 등) 날씨 때문에 조사를 진행하기가 어려움
- 출장이 잦고, 때로는 외딴 장소로 가거나 야영을 해야 함
- 현장으로 수많은 장비를 들고 가야 할 때
- 자료를 해석해도 명확한 답이 나오지 않을 때
- 사사건건 충돌하는 사람들을 관리해야 할 때
- 일을 하는 중에 이해 충돌을 겪을 때
- (재교육이나 연수를 받아서) 기술에 뒤처지지 않도록 따라잡아야 함
- 지나칠 정도로 안전 수칙을 따르면서 일을 하려 함
- 주어진 프로젝트의 경제·환경·사회적 영향력을 비교해야 할 때
- 데이터나 자료가 특정한 실험 결과를 도출하려고 조작된 것 같다는 의심이 들 때
- 현장에서 일하고 싶은데 연구실에 틀어박혀 있어야 할 때(혹은 그 반대)
- 발목을 삐거나 무릎이 부상당해서 현장에 나가기가 어려움
- (외국에서 일할 때) 언어 장벽
- 관료주의 때문에 연구나 프로젝트가 중단되거나 아예 시작조차 못하는 상황
- 작업장에 환경단체가 와서 항의 시위를 할 때
- 이것저것 질문이 많은 신참과 일할 때
- 자신의 연구 결과를 다른 지질학자들이 의심할 때

주로 접하는 사람들

다른 지질학자, 학생, 안전 관리자, 노동자와 엔지니어, 회사 고위직, 프로젝트 관리자, 환경단체, 특수 이익집단, 정부 공무원, 토착민

직업이 캐릭터의 욕구에 미치는 영향

- **자아실현 욕구**

  해류 변화나 기후변화 등을 연구하는 지질학자는 자신을 고용한 기업과의 합의 때문에 연구 내용을 발표하지 못하는 경우도 있다. 데이터를 공개하는 것이 도덕적이라고 생각한다면, 지질학자는 자아실현 욕구에 타격을 입을 수 있다.

- **안전 욕구**

  불안정한 지역을 다녀야 하는 지질학자는 갑작스러운 홍수나 지진을 겪을 수 있고, 외딴 곳에서 사고를 당할 수도 있다.

고정관념 비틀기

여러분의 지질학자 캐릭터가 기존의 낡고 전형적인 과학자가 되지 않도록 그 직업을 택한 이유를 찾아주자. 누구도 부정할 수 없는 과학적 사실을 다루고 싶어서 지질학자가 되었다면, 사회에 중대한 변화를 가져오고 싶어서 혹은 단순히 이 세계가 좋고 그 안에 속하고 싶어서 지질학자가 된 사람과는 다른 마음가짐을 갖게 될 것이다. 성격과 동기는 밀접하게 연관된다는 사실을 고려하자.

캐릭터가 이 직업을 택한 이유

- 자연에 매혹당해서
- 과학에 재능이 있는데 야외 활동을 좋아해서
- 공해나 폐기물 처리 같은 중대한 문제를 해결하고 싶어서
- 견고한 물질을 다루는 일로 안정감을 느낄 수 있어서
- 환경에 무심했던 가족 사업을 보상하고 싶어서
- 세상을 구성하는 기본 요소를 다룰 때 이 세계와 연결되었다고 느껴서
- 자료를 분석하여 결론을 도출하는 일이 좋아서

지휘자 Conductor

개요

지휘자는 오케스트라나 합창단을 비롯해 다양한 합주를 지휘하며, 음악을 해석하고 연주자들이 따라올 수 있도록 곡의 빠르기를 정한다. 지휘자의 임무에는 악보 연구, 리허설 계획과 감독, 공연 진행이 포함된다. 또한 잠재적인 후원자와 인맥을 쌓거나 필요한 기금을 모으기도 하며, 음악 감독을 겸하는 지휘자라면 공연에서 연주할 음악, 공연 일정, 초대 연주자를 정하기도 한다.

지휘자라고 하면 유수의 관현악단이나 합창단을 지휘하는 모습을 떠올리지만, 지휘자의 활동 범위는 생각보다 넓어서 초·중등학교와 대학, 지역사회, 군악대 등에서도 활동한다.

필요한 훈련·교육

지휘자가 되려면 4년제 학위가 있어야 하며 석사 학위도 있는 것이 좋다. 또한 지휘자는 최소 한 개 이상의 악기를 상당한 실력으로 다룰 수 있어야 한다. 실전 경험도 필요하다. 지휘자 지망생은 대체로 워크숍에 참가해서 거장의 조언을 받거나, 대학원에 진학해서 공부하거나, 소규모 단체나 연주 단체를 지휘하면서 필요한 경험을 쌓는다.

이 직업에 유용한 기술·재능

뛰어난 청력, 탁월한 기억력, 경청하는 능력, 외국어 구사 능력, 멀티태스킹, 음악성, 정확한 기억력, 홍보 능력

이 직업에 도움이 되는 성격 특성

기민한, 야심이 있는, 분석적인, 감식안이 있는, 대담한, 자신만만한, 협력을 잘하는, 과단성 있는, 규율을 준수하는, 열성적인, 집중력이 뛰어난, 상상력이 풍부한, 영감을 주는, 세심한, 열정적인, 완벽주의적인, 설득력 있는, 학구적인, 재능이 있는, 거리낌 없는, 엉뚱한

갈등이 벌어지는 상황

- 연주자가 주목받기를 좋아할 때
- 비평을 받아들이지 못하는 예민한 연주자가 있을 때
- 단원들이 지휘자의 권위에 대항할 때
- 연주자나 작곡가와 견해가 다를 때

- (공연장 음향 설비나 냉난방 시스템 고장 등) 시설 문제
- 언어 장벽
- 공연이나 투어가 취소됨
- 티켓 판매량이 저조할 때
- 공연 평이 좋지 않을 때
- 중요한 기부자나 후원자를 잃음
- 단원 중 한 명과 연인이 되었을 때
- (청력이나 시력 저하, 퇴행성 관절염 등) 신체질환으로 직무 수행이 어려울 때
- 반드시 지휘해야 하는 곡인데 감흥이 생기지 않을 때
- 연주 프로그램을 더 좋은 방향으로 발전시키지 못할 때
- 실력이 아닌 다른 이유(인맥, 종신 재임, 강요나 협박 등)로 오케스트라에 들어온 형편없는 단원
- 단원에게 차별, 직장 내 괴롭힘 등 부적절한 행동을 했다는 비난을 받을 때

주로 접하는 사람들

연주자, 음악 감독, 작곡가, 기부자와 후원자, 다른 지휘자, 시설 직원, 언론인

직업이 캐릭터의 욕구에 미치는 영향

- **자아실현 욕구**
  유명한 오케스트라의 지휘자를 꿈꾸지만 수준 낮은 단체에서 일하고 있다면 불만이 쌓이고 자신이 무능하다고 생각할 수 있다.
- **존중과 인정의 욕구**
  동료에게 존중받지 못하는 지휘자는 원망을 품거나 자신감을 잃을 수 있다.
- **애정과 소속의 욕구**
  자기 일에 지나치게 열정적인 사람은 자신의 시간, 관심을 타인과 나누기를 꺼리기 마련이고, 그 결과 다른 사람들과 의미 있는 관계를 형성하는 게 힘들어진다.

고정관념 비틀기

지휘자는 대개 남성이다. 그러니 여성 지휘자 캐릭터를 만들어보자. 지휘자라고 하면 보통 부유하고 허세가 많으며 거만한 인물을 떠올린다. 이 고정관념을 비틀려면 소심하거나, 덤벙거리거나, 툭하면 험한 소리를 내뱉는, 특이한 성격의 지휘자 캐릭터를 만들어보자.

지휘자 캐릭터에게 고상하고 유명한 합주단이 아니라 명성을 누리기 힘들어 보이는 합주단을 맡겨보자. 군악대, 브로드웨이와는 거리가 먼 합주단, 빈민가의 어린이 합창단을 생각해볼 수 있다.

캐릭터가 이 직업을 택한 이유

- 음악이 현실에서 벗어나는 탈출구가 되었고, 다른 사람에게도 그런 경험을 선사해주고 싶어서
- 학창시절에 다른 과목은 잘 못했으나 음악만은 잘했기 때문에
- 진심으로 음악을 사랑해서
- 깊숙이 몰입했던 음악이나 곡에 집착해서
- 여러 악기를 다루는 데 능숙하고 음악을 해석하는 재능이 있어서
- 본보기로 삼았던 사람이 음악광이어서
- 삶의 다른 영역을 통제하지 못했기에 일에서만큼은 통제력을 과시하고 싶어서
- 창의력이 뛰어나고, 음악으로 자아를 표현하고 싶어서
- 음악계에서 존경받고 권위 있는 위치에 오르고 싶어서
- 타고난 지도자 유형이며 클래식 음악에 열정이 있어서

최면치료사 Hypnotherapist

개요

최면치료사는 최면요법 자격을 갖춘 의사 또는 정신 건강 전문가를 가리킨다. 고객을 이완된 상태로 만들고 특정한 생각과 업무에 집중하게 한다. 이 상태에서 고객이 (흡연이나 과식 같은) 바람직하지 않은 행동을 그만두도록 하거나, 공포를 다스리게 하거나, 만성통증과 같은 신체적 감각을 다스리도록 도와줄 수 있다. 최면치료사는 타인의 장애나 증상의 심리적 원인을 찾기도 하고, 과거의 삶을 탐구하거나 '내면의 아이'를 이끌어내기도 한다.

필요한 훈련·교육

최면치료사가 되려면 우선 행동치료, 심리치료, 정신건강의학 등 의학이나 정신 건강 분야에서 요구하는 학위나 면허를 취득해야 한다. 그다음 국가나 지역의 승인을 받은 최면치료 학교에 등록하고 필수 수업 시간을 이수해야 한다. 인가받은 교육과정을 수료하고 나면 승인을 받아서 개업할 수 있다.

이 직업에 유용한 기술·재능

인간적인 매력, 공감 능력, 탁월한 기억력, 신뢰를 주는 능력, 경청하는 능력, 통솔력, 사람들을 웃게 하는 능력, 상대의 심리를 파악하여 행동이나 사고를 예측하는 능력, 외국어 구사 능력, 인맥, 발상을 전환하는 능력, 연구 조사

이 직업에 도움이 되는 성격 특성

차분한, 매력적인, 자신만만한, 수완이 좋은, 진중한, 공감을 잘하는, 지적인, 남을 보살피기 좋아하는, 관찰력 있는, 통찰력 있는, 전문성을 갖춘, 분별력 있는, 학구적인, 현명한

갈등이 벌어지는 상황

- 고객을 유치하기 어려움
- 최면치료사의 일을 깎아내리는 회의론자
- 보건 업계 전문가에게 비방을 들을 때
- 최면 과정에 거부감을 표시하는 고객
- 자신의 행동을 바꾸고 싶어 하지 않는 고객

- 의도치 않게 유도 질문이나 제안으로 잘못된 기억을 만들어버렸을 때
- 직업에 대한 오해 또는 편견으로 친구와 가족이 자신을 멀리할 때
- 고객에게 최면치료가 아닌 다른 방향의 치료가 필요할 때
- 학습 장애가 있어서 행정 관련 업무를 제대로 볼 수 없음
- 고객이 최면 상태에서 선뜻 믿기 어려운 정보를 쏟아놓을 때
- 고객과 공감대를 형성하고 신뢰를 쌓기가 어려울 때
- 고객이 비현실적인 기대를 할 때
- 고객에게 맞는 진단을 내리거나 적절한 치료법을 찾기 어려움
- 고객과 함께하는 것은 좋지만 서류 작성이나 행정 업무는 싫음
- 여럿이 모인 자리에서 재미 삼아 최면술을 보여달라고 하면서 최면치료사라는 직업을 존중하지 않는 사람들
- 진료 직전에 예약을 취소하거나 나타나지 않는 고객
- 진료소를 임대했는데 (곰팡이, 해충, 누수 등) 최면치료사가 어찌할 수 없는 문제가 생겼을 때
- 돈을 아끼려고 (진료소나 사무실 청소, 일정 관리 등) 하기 싫은 일을 해야 할 때

주로 접하는 사람들

고객, (미성년자 고객일 경우) 보호자, 카운슬러, 일반 의사, 상담심리사, 침술사, 접수 담당 직원

직업이 캐릭터의 욕구에 미치는 영향

- **자아실현 욕구**

  최면요법의 목적은 타인이 문제를 해결하도록 돕는 것이지만, 치료하기 어려운 고객이나 최면요법으로는 그다지 효과를 못 보는 고객을 만나게 되면 최면치료사는 자신의 가치를 의심할 것이다.
- **존중과 인정의 욕구**

  최면요법을 회의와 불신의 시선으로 보는 사람들이 있다. 특히 의료계 동료들이 이런 편견을 보인다면 최면치료사의 자긍심에 영향을 미칠 수 있다.
- **애정과 소속의 욕구**

  친구나 가족이 캐릭터가 최면 기술을 자신들에게 이용할지도 모

른다고 두려워할 수 있다.

고정관념 비틀기

최면치료사와 관계가 좋은 고객이 최면에 더 잘 반응한다. 최면치료사 캐릭터가 고객에게 좋지 못한 태도를 보이거나, 비관적인 전망을 갖거나, 또는 사회성이 나쁘다면 이야기의 긴장감이 올라간다.

사람들은 최면치료사가 최면요법을 합법적으로 사용하여 다른 사람을 돕는다고 생각한다. 그렇다면 반대로, 최면요법을 비윤리적으로 사용하는 캐릭터를 만들어보자(이때는 자료 조사를 통해 최면요법에 어떤 한계나 제약이 있는지도 알아둬야 한다).

최면요법은 고객의 비밀을 밝히고 특정 행동이나 장애의 원인을 찾아내서 치유를 돕는 기법이다. 내면에 악마가 깃든 캐릭터가 특정 인물에 대한 정보를 얻으려고 최면치료사라는 직업을 택했다는 설정은 어떤가?

캐릭터가 이 직업을 택한 이유

- 기존 보건 의료에 환멸을 느껴서
- 최면요법에 큰 도움을 받았고 다른 사람들에게도 그런 경험을 선사해주고 싶어서
- 과거에 중독이나 트라우마에 시달려서
- 남을 돕고 싶어서
- 대체 의학을 믿어서
- 권력욕이 있고 남을 통제하고 싶어서

치과 의사 Dentist

개요

치과 의사는 환자의 구강 건강을 살피고, 치아와 잇몸을 검사하고 치료한다. 충치나 치주 질환을 제거하고, 충치의 제거 부위를 메우고, 부러진 치아를 치료한다. 필요하다면 교정 전문의 같은 다른 전문의에게 환자 진료를 의뢰하기도 한다.

치과 의사는 대부분 개업의로 일하지만, 병원에 소속되어 환자를 진찰하거나, 지역 기관에서 치아 건강 증진에 힘쓰거나, 연구원이 되거나, 학교에서 학생들을 가르치기도 한다.

필요한 훈련·교육

미국에서는 과학 학사 학위를 취득한 후 치의대학 4년 과정을 졸업해야 한다[한국에서는 치의예과 2년, 치의학과 4년의 치과대학을 졸업하거나 4년 과정의 치의학전문대학원에서 학위를 취득하고 면허를 획득해야 한다]. 개업의가 되려면 임상에 대한 전문 지식이 있음을 입증해야 하므로 필기와 실기 시험이 필요한 경우도 있다. 치과 의사 자격을 얻기 위한 시험과 요구하는 기술은 국가와 지역에 따라 다르다. 특정 분야에 전문성을 갖추거나 치과학을 가르치려면 추가 교육을 받아야 한다.

이 직업에 유용한 기술·재능

수익을 창출하는 능력, 기본적인 응급처치, 인간적인 매력, 손재주, 공감 능력, 신뢰를 주는 능력, 경청하는 능력, 리더십, 홍보 능력, 연구 조사, 가르치는 능력

이 직업에 도움이 되는 성격 특성

야심 있는, 분석적인, 매력적인, 자신감 있는, 과단성 있는, 수완이 좋은, 규율을 준수하는, 진중한, 능률적인, 공감 능력, 집중력 있는, 호감을 주는, 정직한, 고결한, 직업윤리를 준수하는, 친절한, 지적인, 상냥한, 세심한, 남을 보살피기 좋아하는, 관찰력 있는, 체계적인, 열정적인, 통찰력 있는, 완벽주의적인, 설득력 있는, 전문성을 갖춘, 학구적인, 알뜰한, 일중독

갈등이 벌어지는 상황

- 몹시 불안해하는 환자를 진료할 때
- 달래기 힘든 소아 환자를 치료할 때
- 환자가 예약 시간에 늦거나 예약을 자주 취소할 때
- 일정 관리가 부실해서 효율성이 떨어질 때
- 학자금 대출 때문에 생긴 빚
- 치과 치료는 정밀함을 요구하고 시간이 많이 걸리기 때문에 육체적·정신적으로 피로해짐
- 전염병에 노출되었을 때
- 진료실에서 혼자 일하다보니 고립되었다는 느낌이 들 때
- 병원을 경영하면서 스트레스를 받을 때
- 치위생사가 정해진 업무 이상으로 선을 넘으려 들 때
- 장시간 지루한 치료가 이어질 때
- 하루 대부분을 타인과 아주 가깝게 붙어 지내야 함
- 입 냄새가 심하거나 구강 상태가 좋지 않은 환자를 치료할 때
- 사내 연애
- 주말 근무와 야간 근무
- 면허가 다른 나라나 주州에서 인정되지 않을 때
- 치료비를 연체하는 환자
- 보험사와의 갈등
- 하루 대부분을 좁고 창문 없는 치료실에서 보내야 할 때

주로 접하는 사람들

환자, (교정 전문의, 치주 전문의, 구강외과 의사 등을 포함한) 다른 치과 의사, 치과 보조원과 치위생사, 치과 비품 공급업자, 회계사, 보험사 직원, 회계 감사관

직업이 캐릭터의 욕구에 미치는 영향

- **자아실현 욕구**

  자신의 병원을 개업하고 싶지만 학자금 대출을 잔뜩 받았거나, 다른 치과 의사가 환자를 독점하는 작은 도시에 발이 묶였거나, 기타 다른 제약 때문에 개업을 할 수 없다면 숨이 막히는 느낌을 받을 것이다.

- **존중과 인정의 욕구**

  사람 대부분이 치과에 가는 것을 좋아하지 않는다는 사실이 치과 의사에게 부담이 될 수 있다. 특히 환자가 싫은 감정을 대놓고 표현하면 더욱 그럴 것이다. 두려움과 불안에 떨고 심지어 화를 내는 환자들을 치료하다 보면 자존감이 떨어질 수 있다.

- **애정과 소속의 욕구**

  편애를 한다고 오해받을까 봐 병원 내 모든 직원과 서먹한 관계를 유지한다면, 결국 직장에서 어떠한 소속감도 느낄 수 없을 것이다.

고정관념 비틀기

치과 의사 다수는 개업의지만 지역사회 진료소, 난민 수용소, 제3세계 국가 같은 특수한 장소에서 자원봉사를 하는 치과 의사도 많다. 사회에서 확고한 지위를 누리는 직업일수록 장소를 바꾸는 것만으로도 신선한 반전과 흥미로운 갈등을 만들 수 있다.

캐릭터가 이 직업을 택한 이유

- 어린 시절 보살핌을 받지 못했던 기억을 상쇄하려고
- 다른 사람을 돌보고 싶어서
- 꾸준한 수입을 원함
- 성격이 꼼꼼하고 의료 분야에 관심이 있어서
- 가업을 이어받았음
- 치아 위생에 집착해서
- 다른 사람과 오랫동안 의미 있는 관계를 이어나가는 것보다 여러 환자와 잠깐잠깐 소통하는 것이 쉬워서
- 약물이나 의료용 소모품을 입수하려고

컨시어지 Concierge

개요

컨시어지(객실 안내원)는 대개 호텔에서 일하며 손님들이 쾌적하게 호텔에 머물 수 있도록 돕는다. 보통 교통편 안내, 예약, 문의 사항 응대, 여행지 추천 등을 하지만, 훌륭한 컨시어지라면 손님들의 편의를 위해 그 외의 일도 수행한다.

필요한 훈련·교육

대부분 고등학교 졸업장과 호텔 실무 경험을 모두 갖춘 사람을 선호하지만 둘 다 필수는 아니다. 컨시어지로서 꼭 필요한 것은 맡은 업무를 잘 이해하고 진행 상황을 파악하는 능력이다. 또한 컨시어지는 간단명료하게 의사를 전달할 수 있어야 한다. 일부 지역에서는 다양한 언어를 구사하는 능력이 필수일 수 있다.

이 직업에 유용한 기술·재능

인간적인 매력, 경청하는 능력, 환대하는 능력, 외국어 구사 능력, 멀티태스킹, 인맥, 연구 조사

이 직업에 도움이 되는 성격 특성

적응을 잘하는, 자신감 있는, 정중한, 호기심이 많은, 수완이 좋은, 진중한, 열성적인, 친절한, 아는체하는, 참견하기 좋아하는, 관찰력 있는, 열정적인, 참을성 있는, 통찰력 있는, 설득력 있는, 회의적인, 전문성을 갖춘

갈등이 벌어지는 상황

- 요구가 많거나 까다로운 고객
- 동료들에게 무시를 당함
- 고객이나 다른 시설과 의사소통이 원활하지 않을 때
- (와이파이 접속 불가, 주변에 행사가 있어서 호텔 예약이 다 차버림, 필터 문제로 수영장 폐쇄 등) 캐릭터가 통제할 수 없는 시설 문제
- 지저분하거나 불쾌한 환경에서 일을 해야 할 때
- 어떤 질문에도 바로 답변을 내놓기를 기대하는 고객
- 부상을 당하거나 신체장애가 생겨서 움직이기가 힘들 때
- 보수는 적은데 장시간 근무해야 함

- 체계적이지 않은 호텔에서 일을 할 때
- 해당 업무 경험이 없는데 현장에 바로 투입되어 일을 배워야 할 때
- 주말이나 휴일에 근무해야 할 때
- 호텔의 다른 직원이 커피 만들기, 사적인 식당 예약 등 업무 외의 일을 요청할 때
- 컨시어지가 바쁘든 말든 수다를 늘어놓는 고객
- 팁이 적을 때
- 시차 때문에 피곤에 절어 있거나, 술에 취했거나, 말썽꾸러기 자녀를 데리고 여행하는 고객
- 손님이 거의 없는 호텔에서 철야 근무를 할 때
- 호텔 홍보에 실패하는 바람에 지역 유지들이 호텔에 오는 것을 꺼릴 때
- 회신 전화를 안 주는 사람들

주로 접하는 사람들

투숙객, 투숙객의 가족과 친구, 접수 담당 직원, 청소 직원, 호텔 지배인, 호텔 행사에 오는 강연자, 유명인, 여행사 직원, 지역 관광지와 음식점 직원, 항공사 직원

직업이 캐릭터의 욕구에 미치는 영향

- **자아실현 욕구**

  어느 정도 교양을 갖춘 컨시어지라면 고객의 관심사가 자신과 전혀 다를 때 좌절감을 느낄 수 있다. 가령 오페라나 와인을 좋아하는 컨시어지라면 트랙터 경주나 괴상한 볼거리를 찾아다니는 투숙객을 위해 정보를 모으는 일에 싫증 날 것이다.

- **존중과 인정의 욕구**

  호텔업계 종사자들은 환대, 전문성, 고객의 요구를 충족하는 능력을 갖추어야 한다고 생각한다. 경쟁사에서 일하는 동료만큼 인맥이 넓지 않아서 직원 특혜, 할인, 경쟁 업체가 내놓는 특전을 제공할 수 없는 컨시어지는 자신의 능력을 의심하게 될 수도 있다.

고정관념 비틀기

컨시어지는 종종 축 처지고 직업에 열정이 없는 노인으로 묘사된다. 의사소통 능력이 뛰어나고 남을 돕는 일을 즐기는 젊은 컨시어지 캐

릭터를 만들어서 이런 고정관념을 깨뜨려보자.

또 하나 흔해 빠진 고정관념은, 컨시어지는 하루 종일 잠이나 자고 호텔에는 별로 도움이 못 된다는 것이다. 필요하다면 자기 업무가 아니어도 찾아서 하고, 업무 중에 겪는 어려운 일을 즐기는 캐릭터를 만들어서 이런 고정관념에 도전해보자.

캐릭터가 이 직업을 택한 이유

- 호텔 지배인이 컨시어지로 승진시켜 주겠다고 제안해서
- 저소득층이 많고 관광으로 먹고살아야 하는 도시에서 탈출하고 싶다는 마음에
- 대인 관계가 없다시피 해서 외로움을 떨쳐내려고
- 호텔 투숙객에게 좋은 경험을 제공하는 일이 즐거워서
- 문제 해결 능력이 뛰어나고 외모가 매력적이라서
- 여러 가지 일을 곡예하듯 해치우는 것을 좋아해서
- 이것저것 요구가 많은 배우자나 불만족스러운 가정환경에서 벗어나고 싶어서
- 다른 사람의 소지품을 훔칠 기회를 잡으려고
- 평생을 살아온 고향에 대한 지식을 다른 사람들과 나누고 싶어서
- 자신의 인맥을 동원하여 남들은 구하지 못하는 물품을 구하거나 해내지 못하는 일을 해내는 것을 즐겨서
- 화려한 유니폼을 입고 고급 호텔에서 근무하는 것이 좋아서
- (고급 호텔에서 일하는 경우) 상류층 유력 인사에게 접근하려고

타투 아티스트 Tattoo Artist

개요

타투 아티스트는 바늘과 잉크를 사용해 사람의 피부에 그림이나 문자를 새긴다. 고객이 가져온 디자인을 그대로 그리거나 고객이 원하는 사항을 반영하여 독창적인 디자인을 만들어내기도 한다. 스튜디오에 소속되어 일하거나 소속 없이 프리랜서로 일하기도 한다[아직 한국에서는 의료인이 아닌 사람이 타투 시술을 하는 것은 불법이다].

필요한 훈련·교육

공식적인 교육이나 훈련이 필요하지는 않지만, 대부분 수습생으로 시작하며 숙련된 타투 아티스트의 감독하에 기술을 배워나간다.

이 직업에 유용한 기술·재능

창의성, 꼼꼼함, 손재주, 경청하는 능력, 고통에 대한 인내, 홍보 능력, 체력

이 직업에 도움이 되는 성격 특성

차분한, 자신감 있는, 협조적인, 창의적인, 상상력이 풍부한, 상냥한, 세심한, 참을성 있는, 설득력 있는, 변덕스러운, 책임감 있는, 다정다감한, 남을 잘 돕는, 타고난 재능, 마음이 넓은

갈등이 벌어지는 상황

- 디자인을 결정하지 못하는 우유부단한 고객
- 지나치게 열성적인 위생 검사관
- 불쾌하거나 금기시되는 디자인을 요청하는 고객
- 통증을 잘 견디지 못하는 고객
- 타투를 받을 때 아플까 봐 미리 약을 먹고 온 고객
- 캐릭터가 일하는 타투 숍에서 위생 절차를 제대로 지키지 않아서 타투를 받은 고객이 병에 걸림
- 너무 복잡한 디자인을 요구하는 고객
- 건강을 위협할 수 있는 요인(혈우병, 알레르기 등)을 밝히지 않은 고객에게 타투 작업을 했을 때
- 고객에게서 병이 옮았을 때
- 타투 숍이 우범지대에 있어서 갖가지 어려움을 겪게 됨

- 가족이 도덕을 내세워서 타투 아티스트란 직업에 반대함
- 미성년자 고객이 나이를 숨기고 타투를 받았을 때
- 타투 잉크에 알레르기 반응이 생겨서 이 직업을 계속하기가 어려워졌을 때
- 경쟁 관계의 아티스트가 캐릭터의 스타일을 모방할 때
- 바뀐 타투 숍 건물주가 타투에 반감을 가진 사람일 때
- 타투를 받고 병에 걸렸거나 알레르기 반응을 겪은 고객이 고소함
- 트라우마를 유발하는 사건을 겪은 이후로 피만 보면 기절하게 되었을 때
- 불만을 품은 고객이 부정적인 후기를 남겨서 평판에 악영향을 미칠 때
- 얼굴에 타투를 받은 사람 대부분이 나중에 후회한다는 사실을 알면서도 고객의 얼굴에 타투를 해주어야 할 때
- 타투 시술에 만족한 손님이 후기를 남기지 않아서 사업이 더디게 성장할 때
- 기존 이미지를 모방하는 것은 잘하지만 상상력이 부족해서 새로운 이미지를 만들어내지 못할 때
- (색맹이 되거나, 근육 떨림 현상이 발생하거나, 손끝이 마비되는 등) 타투 아티스트로서의 능력을 방해하는 몸 상태
- 싫어하는 타투 아티스트들과 일해야 할 때
- 도중에 마음을 바꾸면서 주저하는 고객
- (철자를 틀리거나 중요한 세부 사항을 빠뜨리는 등) 타투를 하다가 실수함

주로 접하는 사람들

다른 타투 아티스트, 건물주, 행정 담당 직원, 물품 공급업자, 고객

직업이 캐릭터의 욕구에 미치는 영향

- **자아실현 욕구**

많은 타투 아티스트가 창의적인 일을 하고 싶어서 이 직업을 택한다. 그러니 돈을 벌려고 평범한 타투를 많이 하고 그 결과 상상력을 마음껏 발휘하지 못하게 된다면, 자아실현 욕구가 채워지지 않을 수 있다.

- **존중과 인정의 욕구**

  타투에 관한 부정적 인식은 사라지는 추세지만, 여전히 타투 아티스트라는 직업을 무시하는 사람과 문화가 존재한다. 만약 타투 아티스트 캐릭터의 삶에 중요하거나 영향력 있는 사람이 타투에 대해 부정적 인식을 갖고 있다면 문제가 될 수 있다.

- **안전 욕구**

  타투는 바늘을 다루고 다른 사람의 피를 보는 일이기에 건강을 위협할 요소가 늘 존재한다. 절차를 무시하거나, 집중력이 흐트러지거나, 장비의 질이 나쁠 경우 고객에게 질병이 옮을 수 있다.

고정관념 비틀기

타투 아티스트는 대개 몸에 타투가 많다. 건강 문제로 자기 몸에 타투를 그릴 수는 없지만, 창의적인 일을 하고 싶어서 타투 아티스트를 택한 캐릭터를 만드는 것은 어떤가?

아티스트가 그리는 타투의 종류를 두고도 여러 설정이 나올 수 있다. 흉터를 타투로 가리려고 한다거나, 범죄 조직의 타투를 다른 타투로 덮거나, 교도소나 강제수용소의 표식을 타투로 감추는 등, 자비로운 타투 아티스트 캐릭터를 만들 수도 있다.

캐릭터가 이 직업을 택한 이유

- 어릴 때 주변에 타투를 한 사람이 많았기에
- 인종차별주의적 타투를 없애거나 바꾸는 일을 전문으로 하면서 자신이 과거 지녔던 증오와 심한 편견을 극복했고, 다른 사람들도 그렇게 변하도록 하고 싶어서
- 일반적이지 않은 종류의 예술, 특히 자신에게 의미가 있는 예술을 좋아해서
- 창의적인 아이디어와 섬세한 기술이 있어서
- 자신의 롤 모델에게 타투가 있었고, 그 타투에 숨어 있는 의미를 알게 되어서
- 타투를 이용해 흉터를 예술로 바꿔서 흉터로 고통받던 사람들을 돕고 싶기에
- 다른 사람들이 자기표현을 할 수 있게 도와주는 일이 중요하다고 굳게 믿어서

통역사 Interpreter

개요

통역사는 입이나 수화로 어떤 사람의 말을 다른 언어로 바꾸는 사람이다. 번역가도 기본적으로는 같은 일을 하지만, 말이 아니라 글을 옮긴다는 점에서 통역사와 다르다. 통역사는 대개 병원, 학교, 법원 등에서 일하며 각종 회의나 간담회, 정계, (언어 장벽 때문에 의사소통이 되지 않는) 경찰서 등에서도 활약한다. 장시간 또는 까다로운 통역을 하는 경우에는 정신적인 피로를 덜기 위해 짝을 이루어 일하기도 한다. 통역사는 에이전시에 소속되어 일하기도 하고 프리랜서로 혼자 일하기도 한다. 통역을 제공할 사람들과 한 장소에서 일하기도 하지만 원거리에서도 통역할 수 있으며 재택근무도 가능하다.

필요한 훈련·교육

통역사 대부분은 학사 학위가 필요하고, 적어도 2개 국어에 능통해야 한다. 그 이상의 언어 훈련은 필수는 아니지만, 아는 언어가 많을수록 유리하다. 다양한 언어와 문화를 공부하면 경쟁력을 키우는 데 도움이 된다. 의학이나 법률처럼 특정 분야의 전문 통역사가 되려면 해당 분야의 교육도 필요할 수 있다.

이 직업에 유용한 기술·재능

인간적인 매력, 뛰어난 청력, 탁월한 기억력, 경청하는 능력, 독순술, 외국어 구사 능력, 멀티태스킹, 상대의 마음을 읽는 능력

이 직업에 도움이 되는 성격 특성

적응을 잘하는, 기민한, 매력적인, 자신감 있는, 협조적인, 정중한, 과단성 있는, 약삭빠른, 수완이 좋은, 집중력 있는, 호감을 주는, 정직한, 고결한, 직업윤리를 준수하는, 공정한, 참견하기 좋아하는, 객관적인, 관찰력이 뛰어난, 전문성을 갖춘, 소탈한, 학구적인

갈등이 벌어지는 상황

- 한 치의 오차도 없이 곧장 통역을 하기를 기대하는, 참을성 없는 고객
- 유창하게 구사하지 못하는 언어를 통역해야 할 때
- 대화의 맥락을 알지 못해서 정확하게 통역할 수 없을 때

- 몸이 아파서 제대로 집중할 수 없을 때
- 주변이 시끄러워서 통역해야 할 말을 알아듣기가 힘들 때
- (통역 방식에 따라 개인적인 이득을 얻을 수 있거나, 고객이 자신이 한 말과 다르게 통역해달라고 하는 등) 윤리적인 갈등
- 장시간 일하는 바람에 정신적으로 피로해져서 통역사로서의 능력에 안 좋은 영향을 미칠 때
- 경쟁 상대인 통역사가 일감이 많은 언어를 자신보다 잘 구사할 때
- 흥미가 들지 않거나 지루한 통역을 맡았을 때
- 무능한 통역사와 같이 일해야 할 때
- 회사 방침 때문에 일을 잘해도 선호하는 일을 맡지 못할 때
- 집에서 멀리 떨어진 곳에서 많은 시간을 보내기 때문에 가족과 갈등이 생길 때
- 범죄에 연루되거나 다른 사람의 일과 엮이기가 싫어서 (추방당하거나, 경찰을 도왔다고 보복을 받을까 봐 두려워서) 언어 장벽을 이용하는 비협조적인 용의자나 증인을 대할 때
- (위탁 가정, 사법제도, 법정 등) 날마다 같은 종류의 고통을 보고 듣는 것이 괴로움
- 온라인 일을 선호하는데 현장 통역을 맡으라는 요청을 받을 때
- 들어서는 안 되는 말을 우연히 들었을 때(예를 들어 의뢰인이 범죄를 저질렀다는 정보를 우연히 들었다면 통역사가 위험해질 수 있음)
- 통역사에게는 낯선, 문화적인 특수성을 반영한 속어를 통역해야 할 때

주로 접하는 사람들

다른 통역사, 통역 에이전시 내 행정 담당 직원, 통역을 맡은 분야의 사람들(의사, 간호사, 환자, 변호사, 판사, 사회복지사, 행정 공무원, 학생과 부모, 교사, 외교관, 외국 고위 인사, CEO와 기타 사업가, 경찰관 등)

직업이 캐릭터의 욕구에 미치는 영향

- **자아실현 욕구**

  모든 직업이 다 그렇지만, 통역에서도 더는 성취감을 느끼지 못하면 자아실현의 욕구가 훼손된다. 여러분이 만든 캐릭터가 처음 통역사가 되려고 한 이유는 무엇인가? 통역사 캐릭터가 불행해졌다

면, 무엇이 바뀌어서 그렇게 되었는가? 캐릭터가 다른 직업을 택할 수도 있었는가? 그렇다면 그 직업은 무엇이고, 왜 그 직업인가?

- **존중과 인정의 욕구**

  통역사 캐릭터가 전문으로 하는 언어를 다른 통역사가 훨씬 잘한다면 캐릭터는 존중과 인정 욕구에 타격을 받을 수 있다. 특히 자신은 죽을힘을 다했는데 동료는 별다른 노력 없이도 그 언어를 유창하게 구사한다면 더욱 자괴감에 빠질 것이다.

- **애정과 소속의 욕구**

  통역사는 대부분 자신이 통역하는 언어와 그 언어를 포함한 문화에 열정이 있다. 배우자나 중요하게 여기는 사람이 그 언어나 문화에 관심이 없다면 갈등이 생길 수 있다. 또한 통역사가 일 때문에 출장이 잦다면 대인 관계에 문제가 생길 수도 있다.

캐릭터가 이 직업을 택한 이유

- 언어 장애가 있었으나 극복했고, 덕분에 통역사에게 필요한 훌륭한 커뮤니케이션 기술을 갖추게 되었음
- 가족 중에 청각 장애인이 있어 보살피고 도와주면서 수화 통역을 하게 되었음
- 외국어를 좋아하고 어조와 뉘앙스를 잘 알아차림
- 다른 사람보다 많이 알고 싶다는 은밀한 욕구가 있거나, 남들에게 지식 면에서 뒤처질까 두려워함
- 천성적으로 다른 이들을 잘 보살피고 연대감 쌓기를 좋아해서
- 여행을 좋아하고, 다른 문화권의 사람들과 교류하는 것을 즐김
- 난민 수용소의 사람들, 망명 요청자, 외교관 등 특정 집단을 돕고 싶어서

특수 경호 요원 Secret Service Agent

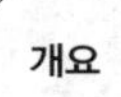

개요

특수 경호 요원은 대통령 등 고위 공직자와 방문 중인 타국의 국가 원수, 귀빈을 경호하고 자금 세탁과 사이버 공격, 사기, 금융 시스템 , 테크놀로지를 위협하는 기타 범죄에 대한 수사를 주도한다. 임무에 따라서 장기 출장을 자주 가야 하는 경우도 있다.

필요한 훈련·교육

(미국의 경우) 지원자는 21~37세의 미국 시민권자(퇴역 군인은 39세까지)여야 하고 양쪽 눈 교정 시력이 2.0이상이어야 하는 것을 비롯해 신체 조건이 뛰어나야 한다. 필기시험은 물론이고 신체 능력 평가 및 심리 평가, 철저한 신원 조회를 통과해야 한다. 또한 얼굴을 포함해 드러나는 신체 부위에 문신이 없어야 한다.

요원으로 채용되면 27주에 걸쳐 광범위한 훈련 프로그램 두 가지를 이수해야 하며, 두 가지 모두 단번에 합격해야 한다. 훈련이 끝나면 미국 내 지부에서 첫 번째 현장 임무를 수행하고, 이후 6~8년 정도 현장에서 근무한다. 현장 근무 기간이 끝나면 3~5년 동안은 호위 업무를 담당한다. 그 후에는 국제기관 등 다양한 곳에 배치받을 수 있다.

이 직업에 유용한 기술·재능

기본적인 응급처치, 친화력, 컴퓨터 해킹, 뛰어난 청력, 평정심, 신뢰를 주는 능력, 경청 능력, 직관력, 칼을 다루는 기술, 폭발물 지식, 리더십, 상대의 심리를 파악하여 행동이나 사고를 예측하는 능력, 외국어 구사 능력, 중재 능력, 정확한 기억력, 상대의 마음을 읽는 능력, 연구 조사, 호신술, 정확한 사격, 체력, 전략적 사고

이 직업에 도움이 되는 성격 특성

모험심 있는, 기민한, 분석적인, 과감한, 자신감 있는, 대립을 두려워하지 않는, 과단성 있는, 인내심 있는, 애국심이 강한, 통찰력 있는, 완벽주의적인, 끈기 있는, 임기응변에 능한, 책임감 있는, 원기 왕성한, 의심이 많은, 이타적인

갈등이 벌어지는 상황

- 원하지 않는 지부로 발령남
- 원하는 임무에 지원했으나 탈락함
- 누군가를 호위하려고 (승마, 바다 낚시 등) 좋아하지 않는 활동을 해야 할 때
- 좋아하지 않거나 도덕적 관점이 다른 인물을 보호해야 함
- 대통령이 호텔 밖에 나와서 군중과 악수하는 상황처럼 사람이 너무 많고 무질서해서 경호가 어려울 때
- 더는 위험인물이 아니라고 판단하여 감시 리스트에서 배제한 인물이 암살을 시도했을 때
- 발목을 삐거나 인대가 찢어지는 등 부상으로 임무를 수행하기 어려워졌을 때
- 몸이 아파서 일에 집중하기 힘들 때
- 폭력적이거나 정신적으로 불안정한 용의자를 다루어야 할 때
- 항시 대기 상태로 긴장을 유지해야 하는 데서 오는 피로감
- 모든 사람을 의심하는 데 익숙해지는 바람에 누군가를 믿기가 어려워짐
- 근무하지 않을 때면 금방 지루해짐
- 호텔, 레스토랑, 컨벤션 센터 등의 담당자들이 비협조적일 때
- 일을 가정보다 우선시하다가 가족과 마찰이 생길 때
- 해결하지 못하면 재앙을 초래할 수 있는 사건을 맡아서 중압감을 느낄 때
- 부서 내부에 첩자가 있다는 의심이 들 때
- 말을 듣지 않고 무모하고 위험한 행위를 일삼는 사람을 경호해야 할 때

주로 접하는 사람들

(전 대통령 부부, 대통령 선거 출마자, 내방한 타국의 고위 관리 등) 경호를 받는 정부 요인, 다른 요원들, 위험인물로 의심되는 사람들, 사건의 목격자, 경호를 받는 의뢰인이 참석한 행사의 진행 담당자

직업이 캐릭터의 욕구에 미치는 영향

- **자아실현 욕구**

  윤리 의식이 투철한 캐릭터라면 자신과 신념이 어긋나는 사람을 보호하거나 그런 사람을 위해 싸워야 하는 상황과 맞닥뜨릴 때 좌절감을 느낄지도 모른다.
- **존중과 인정의 욕구**

  특수 경호 요원은 경호·보안업계의 최고 정예이므로 그만큼 경쟁도 치열하다. 능력을 입증하지 못하는 요원은 설 자리를 잃어갈 것이다.
- **애정과 소속의 욕구**

  소수만 선발되는 엘리트 기관의 요원은 자신을 지나치게 높이 평가하기 쉽다. 그 때문에 거만하고, 우쭐대고, 잘난체하는 부류가 되면 다른 사람들이 함께 어울리려 하지 않을 것이다.
- **안전 욕구**

  특수 경호 요원은 끊임없이 위험에 노출된다. 적이 요원 캐릭터를 해치려 할 때 그 위험은 캐릭터의 가족에게까지 미칠 수 있다.
- **생리적 욕구**

  호위 임무를 맡은 특수 경호 요원은 말 그대로 매일매일 자신의 목숨을 걸어야 한다.

고정관념 비틀기

이야기에 나오는 특수 경호 요원은 대개 충성스러운 애국자로, 대통령을 위해서라면 총알도 기꺼이 맞는 인물로 묘사된다. 그렇다면 모종의 이유로 임무에 열과 성을 다하지 못하고 갈등하는 요원 캐릭터를 설정해보자.

캐릭터가 이 직업을 택한 이유

- 가족 중에 군인이 있어서
- 최고 중의 최고가 되어서 존경과 존중을 받고 싶어서
- 국가를 위해 일하고 싶은 충성스러운 애국자라서

파일럿 Pilot

개요

파일럿은 군대, 항공사, 기타 민간 업체에서 비행기를 모는 사람이다. 여객 운송 항공사에 고용된 파일럿은 이름 그대로 여객기를 조종한다. 상업용면허CPL를 취득한 민항기 파일럿은 민간 업체에 고용되거나 직접 사업체를 차려서 승객과 화물 수송, 구조 업무, 농약 살포, 항공사진 촬영 등을 한다. 군 소속 파일럿은 당연히 군대의 업무를 수행한다. 직업 군인일 수도 있지만 비행 훈련을 받고 경험을 쌓기 위해 일정 기간 동안 의무 복무 중일 수도 있다. 의무 복무 중이라면 복무 기간을 마친 후 민간 파일럿으로 전환하기는 어렵지 않다.

항공사 소속 여객기 파일럿의 노동시간은 일반적인 '9시 출근, 6시 퇴근'이 아니라, 며칠을 이어서 근무하고 며칠을 이어서 쉬는 식이다. 여객기가 아닌 민항기 파일럿의 근무 일정은 맡는 업무에 따라 다르며, 경우에 따라서는 여객기 파일럿보다 규칙적일 수 있다. 여객기 파일럿으로 항공사에 채용되려면 23세 이상이어야 하지만, 상업용 항공기 파일럿은 18세부터 가능하다.

필요한 훈련·교육

파일럿이 되려면 지상 훈련(지상에서 이루어지는 모든 종류의 훈련)과 비행 훈련을 거쳐 자격증을 취득해야 한다. 훈련은 비행 학교, 학군단 프로그램, 또는 민간 강사를 통해 받을 수 있다. 또한 건강 진단서도 필요하다(군대나 여객기 파일럿은 1급, 민항기 파일럿은 2급).

대부분 상업 항공 분야에서는 자격증 외에도 일정 시간 이상의 비행 시수를 요구한다. 하지만 항공사가 제공하는 비행 훈련만으로는 필요한 시수를 채우기 어렵기 때문에, 원하는 회사에 지원하기 전에 스스로 비행 경력을 쌓아야 한다. 군대의 비행 훈련은 국가와 보직에 따라서 요건이 달라진다.

이 직업에 유용한 기술·재능

꼼꼼함, 평정심, 탁월한 기억력, 뛰어난 방향감각, 숫자 감각, 리더십, 기계를 다루는 기술, 멀티태스킹, 날씨 예측

이 직업에 도움이 되는 성격 특성

적응을 잘하는, 모험심이 있는, 기민한, 자신감 있는, 협조적인, 과단성 있는, 규율을 준수하는, 집중력이 뛰어난, 세심한, 완벽주의적인, 책임감 있는, 학구적인

갈등이 벌어지는 상황

- 까탈스럽거나 게으른 부조종사와 근무할 때
- 기계 결함이 있는 비행기를 조종해야 할 때
- 악천후에 비행을 해야 할 때
- 비상 착륙을 해야 할 때
- 승무원과 로맨틱한 관계가 되었을 때
- 약물 테스트를 통과하지 못함
- 비행기 납치범이나 테러리스트와 맞닥뜨림
- 비행기가 연착되어서 중요한 일정을 놓침
- 고참 파일럿이 연공을 내세우는 바람에 내키지 않는 비행을 대신해야 할 때
- 별로 거주하고 싶지 않은 곳에 배치되었을 때
- 파일럿을 그만둬야 할 정도로 몸 상태가 나빠짐
- 가족 사정(가족 중에 누군가가 중병에 걸렸거나, 배우자가 승진해서 출장이 잦아지는 등) 때문에 집을 장시간 비우기가 곤란한 상황

주로 접하는 사람들

부조종사, 항공교통관제사, 항공기 승무원, 공항 직원, 노동조합 간부, 승객, 지상직 승무원, 셔틀버스 운전사, 호텔 직원

직업이 캐릭터의 욕구에 미치는 영향

- **자아실현 욕구**

  원하는 자격을 취득하지 못하면 불만족스러운 일을 계속할 수밖에 없게 된다. 개인적인 사정 때문에 출퇴근 시간이 일정한 직업이나 융통성 있는 업무를 원한다면 지금의 처지에 불만을 느낄 수 있다.

- **애정과 소속의 욕구**

  근무지의 시차 때문에 가족과 관계를 유지하기 어려워진다면 이혼이나 자녀와의 갈등, 또는 두 가지 모두를 겪을 수 있다.

- **안전 욕구**

  필요한 훈련을 모두 마치고 경력이 쌓였더라도, 비행기를 조종하는 일은 여전히 위험하다. 비행 중에 생명이 위태로운 상황을 겪었다면, 그 기억이 머릿속을 떠나지 않아서 추후 비행에 영향을 미칠 수도 있다.

고정관념 비틀기

이야기에서 파일럿은 대개 남자로 그려진다. 그러니 여자 주인공을 파일럿으로 선택하면 고정관념을 비틀 수 있다.

일반적으로 파일럿은 모험심이 강한 아드레날린 중독자이거나, 반대로 고지식하고 엄격한 인물로 묘사된다. 좀처럼 보기 힘든 파일럿 캐릭터, 가령 감성이 풍부하거나, 철학적이거나, 천박하거나, 수다스럽거나, 소름 끼치게 우울한 성격의 인물을 만들어보자.

캐릭터가 이 직업을 택한 이유

- 우주 비행사가 되고 싶었으나 자격 미달이라서
- 부모님이 항공 기술자, 파일럿, 공군 등 항공 관련직에 종사해서
- 비행기와 비행을 좋아해서
- 다른 사람들은 가지 못하는 곳에 가보고 볼 수 없는 것을 보고 싶어서
- 비행공포증과 고소공포증을 극복하려고
- 책임과 의무를 지는 일을 즐기기 때문에
- 여행과 새로운 장소를 경험하는 일을 좋아해서

판사 Judge

판사의 역할은 국가나 지역에 따라 차이가 있지만, 대략 다음과 같은 일을 수행한다.

- 양측의 주장을 듣고 서류를 검토하여 사건을 재판에 회부할지 결정한다.
- 배심원 선발을 관장하고, 배심원에게 재판에 필요한 지침을 제공한다.
- 법정에서 의사 진행 상황을 감독한다.
- 법정에서 적절한 법적 절차를 거치는지 확인한다.
- 증거를 검토하고, 증거가 합법적이고 적절한지 판단한다.
- 법적 사안을 조사하고 법을 적용하여 판결을 내린다.
- 유죄로 판명된 자에게 형을 선고한다.
- 행정 분쟁을 교섭하여 해결한다.
- 법적 분쟁에서 판결을 내린다.
- 석방 및 보석 조건을 결정한다.
- 결혼식을 거행한다.
- 결혼 증서를 발부한다.

필요한 훈련·교육

(미국의 경우) 판사가 되려면 법학 학위를 취득하고 변호사로서 다년간의 실무 경험을 쌓는 등 법 분야에서의 경험이 필요하다. 법과 사법 시스템에 익숙해지는 한편 좋은 평판을 얻고 영향력이 큰 사람들과 인맥을 형성하는 것도 중요하다. 선거나 임명으로 높은 지위에 올라가야 하기 때문이다. 법과 법원 절차의 변화를 따라잡으려면 재직 기간 중 지속적인 교육을 받는 것이 중요하다.

이 직업에 유용한 기술·재능

꼼꼼함, 공감 능력, 뛰어난 청력, 평정심, 탁월한 기억력, 경청하는 능력, 리더십, 인맥, 외국어 구사 능력, 중재 능력, 화술, 상대의 마음을 읽는 능력, 연구 조사

이 직업에 도움이 되는 성격 특성

분석적인, 차분한, 호기심이 많은, 과단성 있는, 수완이 좋은, 규율을 준수하는, 정직한, 고결한, 직업윤리를 준수하는, 지적인, 공정한, 인정이 많은, 세심한, 객관적인, 관찰력 있는, 생각이 깊은, 통찰력 있는, 미리 대비하는, 전문성을 갖춘, 반듯한, 사회 이슈에 관심이 많은, 마음이 넓은, 현명한

갈등이 벌어지는 상황

- 법을 글자 그대로 철저히 따라야 할 때
- 듣거나 보기 힘든 증거를 마주할 때
- 판결에 정치적 압력을 받을 때
- 누군가의 생명이나 자유를 책임져야 한다는 무게
- 법률상의 허점이 이용당하고 있는데 판사임에도 거부하지 못하고 따라야 할 때
- 피고에게 공감이 갈 때
- 석방한 피고가 끔찍한 범죄를 저지름
- 까다로운 변호사를 상대해야 할 때
- (선출직일 경우) 재선을 위해 선거운동을 해야 할 때
- 명성을 더럽힐 만한 상황에 빠져버렸을 때
- 법률이 계속 바뀔 때
- 세간의 주목을 받게 되었을 때
- 죄 없는 사람에게 유죄 선고를 내려버렸을 때
- 범죄와 관련된 개인적인 경험 때문에 객관적으로 판결을 내리기 힘들 때
- 어려운 사건을 맡고 심리적인 압박을 감당하지 못해서 번아웃되었을 때
- 과거의 판결이나 정치적 입장 때문에 협박을 받거나 표적이 됨

주로 접하는 사람들

관리 및 사무 직원, 변호사, 피고, 증인, 증언하러 오는 전문가, 배심원, 법원 행정 직원, 법원 서기, 재판정에 들어오는 사람들(피고의 가족, 기자, 법학도, 관련 공동체 구성원 등)

직업이 캐릭터의 욕구에 미치는 영향

- **자아실현 욕구**

  판사는 법을 준수하며 사실과 증거로만 판단해야 한다. 누군가가 증거 부족 때문에 법망을 빠져나간다면, 판사는 법률 체계 안에서 자신의 역할에 대해 의문을 가질 수 있다.

- **존중과 인정의 욕구**

  판사는 까다로운 사건을 맡아서 논란이 될 만한 판결을 내리기도 한다. 이 때문에 부정적인 여론의 중심에 놓일 수 있고, 다른 판사들의 신망을 잃을 수 있다.

- **애정과 소속의 욕구**

  판사는 법정에서 최종적으로 판결을 내릴 권위를 갖고 있기에 외로운 직업일 수 있다. 트라우마에 반복적으로 노출되지만 이를 기밀로 유지해야 하기 때문에 대인 관계에서 소외될 수 있다.

- **안전 욕구**

  판사는 피고, 피고의 공모자, 판결에 불만을 품은 시민에게 위협을 받을 수 있다.

고정관념 비틀기

미국 대부분의 주에서 판사는 변호사 경험이 있어야 한다. 하지만 항상 그런 것은 아니다. 변호사 경험이 없는 판사가 임명되는 상황을 생각해보자. 어떤 놀라운 결과가 나올까?

사람들은 판사가 공정하고 법을 준수하기를 바란다. 열정이 지나쳐서 법정에서 객관성을 유지하기 힘들어하는 판사 캐릭터를 만들어보면 어떨까?

캐릭터가 이 직업을 택한 이유

- 법조계 집안이라서
- 수상한 구석이 있거나, 편견에 치우치거나, 무능한 판사의 판결 때문에 가족이나 친구의 삶이 망가지는 것을 목격해서
- 법을 존중하고 공동체에 봉사하고 싶어서
- 위세와 권력을 얻어 타인(특히 가족)을 기쁘게 해주고 싶어서
- 더 높은 위치에서 세상을 바꾸고 싶어서
- 정치적 권력을 원해서
- (종신직인) 미국 연방 법관이 되고자 함

팟캐스터 Podcaster

개요

팟캐스터는 자신이 관심 있는 분야의 오디오 파일을 만들어서 다양한 웹사이트와 애플리케이션에 업로드하는 사람이다. 성공적인 팟캐스터는 고음질의 오디오 파일을 제작해야 하므로 기계를 능숙하게 다룰 필요가 있다. 녹음과 편집 등은 팟캐스터가 직접 할 수도 있고, 전담 팀을 구성하여 할 수도 있다. 팟캐스터는 꾸준히 파일을 만들어서 새로운 콘텐츠를 제공해야 한다. 청취자 수를 늘리려면 마케팅과 홍보에도 관심을 기울여야 하며 광고, 상품 판매, 후원자 모집, 생방송 이벤트 진행 등 수익을 낼 방법을 강구해야 한다. 수익 창출의 수단으로, 유료로 파일을 다운받게 하거나 구독을 해야만 파일을 들을 수 있도록 설정하는 팟캐스터도 있다.

필요한 훈련·교육

당연한 말이지만, 팟캐스터는 자신이 선택한 주제에 대해 잘 알고 있어야 한다. 또한 인터뷰 기술이 뛰어나고, 호감을 주는 성격이며, 청취자의 흥미와 욕구를 이해해야 한다. 오디오 녹음과 편집에 대한 기초 지식과 고품질의 녹음 장비를 갖추고, 주변 잡음을 최소화하거나 제거할 수 있는 녹음 스튜디오도 필요하다.

팟캐스터에게 더없이 중요한 장비는 목소리이다. 보컬 트레이너에게 훈련을 받든 독학을 하든, 팟캐스터는 발음이 명확해야 하고 목청을 너무 자주 가다듬지 말아야 한다. 같은 단어를 지나치게 반복하거나 "음…"을 너무 많이 쓰는 등 말할 때 안 좋은 버릇을 없애야 하며, 청취에 방해가 되는 다른 문제도 해결해야 한다.

이 직업에 유용한 기술·재능

수익을 창출하는 능력, 인간적인 매력, 뛰어난 청력, 신뢰를 주는 능력, 경청하는 능력, 사람들을 웃게 하는 능력, 인맥, 연구 조사

이 직업에 도움이 되는 성격 특성

적응을 잘하는, 호기심이 많은, 열성적인, 호감을 주는, 영감을 주는, 체계적인, 열정적인, 사회 이슈에 관심이 많은, 타고난 재능, 알뜰한, 재기발랄한

갈등이 벌어지는 상황

- 마이크나 다른 녹음 장비가 제대로 작동하지 않을 때
- 공동 진행자와 관점이나 방송 진행에 대해 의견 차이가 있을 때
- 다른 직업이 있어서 녹음할 시간을 내기가 어려울 때
- 번아웃에 빠지거나 아이디어가 고갈됐을 때
- 팟캐스트를 개인적으로 활용하려는 적대적이거나 무례한 게스트
- 감기에 걸려서 목소리가 나빠짐
- 평점 테러를 하는 악성 댓글 작성자
- 값비싼 장비를 도난당함
- 음악, 작품, 기타 매체 저작권을 위반하여 기소됨
- 인터뷰를 하기로 한 게스트가 방송 직전에 인터뷰를 취소해버렸을 때
- 같은 주제를 다루는 팟캐스터와 라이벌 관계가 되었을 때
- 캐릭터가 방송의 방향을 바꾸거나, 인기 있는 시리즈를 끝내거나, 업로드를 자주 하지 않아서 팬들이 실망함
- 게스트를 인터뷰하던 중에 당황해서 말문이 막혔을 때
- 인터뷰를 요청했으나 거절당했을 때
- 팟캐스트를 제작하는데 자잘한 기술상의 문제가 생겼을 때
- 청취자 수가 줄어들 때

주로 접하는 사람들

공동 진행자, 다른 팟캐스터, 팬, 후원자, 동료(편집자, 콘텐츠 작가, 마케팅 전문가 등), 게스트, 각 분야의 전문가나 유명 인사들

직업이 캐릭터의 욕구에 미치는 영향

- **자아실현 욕구**

  노력에 비해 청취자가 늘지 않으면 맥이 빠지고 지치게 되며, 자신이 이 직업에 맞는 사람인지 의문이 생길 수 있다.

- **존중과 인정의 욕구**

  예능 업계가 대개 그렇듯, 유명한 팟캐스터가 되는 것은 결코 쉬운 일이 아니다. 같은 분야에서 성공한 사람들과 자신을 비교하게 되고, 청취자 수가 늘어나는 속도도 느리다면 자신감을 잃을 수 있다.

- **안전 욕구**

  팟캐스터는 안정적인 수익이 보장되는 직업이 아니다. 갓 시작한

경우에는 더욱 그렇다. 생계를 유지하려면 다른 직업을 갖거나 수입원을 확보해야 할 수도 있다.

고정관념 비틀기

팟캐스터는 비교적 최근에 등장한 직업이므로 대부분 젊고 유행에 민감하다. 나이 든 부부가 운영하는 팟캐스트 채널에 손주 세대까지 나와서 대가족이 여러 가지 이야기를 들려준다면 어떨까?

캐릭터가 진행하는 채널의 소재도 비틀 수 있다. 흔한 주제 대신 팟캐스터가 시도할 수 있을 법한 신선하고 흥미로운 아이디어를 떠올려 보자.

캐릭터가 이 직업을 택한 이유

- 어릴 때 무언가를 배우거나 지식을 얻기가 힘든 환경에서 자랐음
- 관심 있는 분야의 사람들을 만나고 싶어서
- 디지털 기술과 팟캐스트 일을 사랑하기 때문에
- 새로운 아이디어를 개발하거나 혁신을 이끌어낼 수 있는 대화를 나누고 싶어서
- 내향적이지만 자신만의 방식으로 사람들과 소통하고 싶어서
- 온라인상의 선구자나 유명 인사가 되고 싶어서

패션 디자이너 Fashion Designer

개요

패션 디자이너는 의류를 기획하고 생산한다. 아이디어와 콘셉트부터 재료 조달, 다른 패션 요소와 조화시키기까지 의류 생산·유통의 모든 단계에 관여한다. 그렇게 생산된 의류는 개인에게 판매되기도 하고 소매업자와 패션 디자인 회사를 포함한 기업에 판매되기도 한다. 패션 디자이너라고 하면 옷만 떠올리기 쉽지만 안경, 신발, 장신구 등을 만들기도 한다. 남성복이나 아동복만 전문으로 디자인하기도 하고 수영복, 비즈니스 정장, 등산복처럼 특정한 종류의 옷을 만드는 디자이너도 있다. 미적 감각을 발휘하거나 특별한 원단을 사용해 창의성을 드러내기도 한다. 패션 디자이너는 자신만의 브랜드를 만들기도 하고 다른 디자이너의 브랜드 의상을 작업하기도 한다.

필요한 훈련·교육

정규교육이 필요하지는 않으나 대개는 패션 디자인이나 관련 분야의 학사 학위를 취득한다. 독자적인 브랜드를 내놓거나 특정한 의류만 만들고 싶다면 비즈니스나 패션 상품화에 관한 교육을 받는 것이 도움이 된다. 자신만의 브랜드가 있는 디자이너도 경영·홍보·브랜딩에 대한 이해가 필요하다.

이 직업에 유용한 기술·재능

수익을 창출하는 능력, 창의력, 꼼꼼함, 손재주, 숫자 감각, 멀티태스킹, 인맥, 체계적으로 정리 정돈하는 능력, 발상을 전환하는 능력, 홍보 능력, 상대의 마음을 읽는 능력, 재료나 물건을 상황에 맞게 응용하는 능력, 판매, 재봉 기술, 비전

이 직업에 도움이 되는 성격 특성

적응을 잘하는, 야심찬, 창의적인, 호기심이 많은, 규율을 준수하는, 열성적인, 집중력 있는, 상상력이 풍부한, 독립적인, 근면 성실한, 물질만능주의인, 언행이 화려한, 세심한, 관찰력 있는, 체계적인, 열정적인, 집요한, 설득력 있는, 추진력 있는, 별난, 임기응변에 능한, 분별력 있는, 사회 이슈에 관심이 많은, 자발적인, 변덕스러운, 학구적인, 재능이 있는, 거리낌 없는, 엉뚱한

갈등이 벌어지는 상황

- 잦은 출장으로 가족과 보내는 시간이 많지 않을 때
- 마감일이 임박해서 장시간 작업을 해야 할 때
- 가까운 시일 내에 마감해야 할 일이 너무 많을 때
- 의상을 의뢰하는 사람이 없을 때
- 디자인 아이디어를 도난당하거나 표절당했을 때
- 원단이나 자재를 구입할 돈이 부족할 때
- 수입이 들쑥날쑥하여 예산을 책정하기가 어려울 때
- 디자인이 혹평을 받을 때
- 좋은 평판을 쌓고 인지도를 얻으려면 고군분투해야 할 때
- 고객이 끝까지 만족하지 못하고 이것저것 트집 잡을 때
- 패션 업계에 종사하는 것을 좋아하지 않거나 반대하는 가족 또는 친구
- 업계나 최신 동향에 대한 지식 부족
- 여러 가지 사정으로 일정을 제대로 진행할 수 없음
- 상처를 입어서 손이나 손가락을 마음대로 움직이기 힘들 때
- 상사가 까다로운 요구를 할 때
- 일터의 조명이 어두컴컴해서 눈이 침침해짐
- 작업에 필요한 도구가 없을 때
- 비좁거나 어수선한 공간에서 작업해야 할 때
- 패션쇼에서 다른 사람에게 소개될 때 불안을 느낌

주로 접하는 사람들

개인 고객, 프로젝트 관리자, 다른 디자이너, 패턴 제작자, 재봉사, 원단 공급업체, 제조업체, 소매점 직원, 유명 인사, 패션계에 영향력을 행사하는 인사, 사진작가, 메이크업 아티스트, 브랜드 담당자, 헤어 스타일리스트, 패션 비평가

직업이 캐릭터의 욕구에 미치는 영향

- **자아실현 욕구**

프로젝트가 너무 많거나 장시간 일을 해야 한다면 기력이 소진될 수 있다. 이 때문에 창의력이 떨어지면 일을 할 때 즐겁지 않을 것이다.

- **존중과 인정의 욕구**

  항상 남의 작품과 비교당하는 직업이므로, 자신의 디자인에 회의를 느끼며 불안을 겪기 쉽다.

고정관념 비틀기

패션 디자이너는 늘 세련되거나 화려하게 챙겨 입을 것이라는 고정관념이 있다. 사람들이 자신의 외양을 어떻게 생각하든 상관하지 않거나, 평범한 옷차림을 좋아하는 캐릭터를 고려해보자.

각종 영화나 소설에 나오는 디자이너들은 보통 여성복이나 고급 의상을 만든다. 그러니 남성복, 신발, 플러스 사이즈 옷, 또는 특정한 직물이나 공정으로 만든 의복 등 희귀 분야에서 일하는 디자이너 캐릭터를 구상해보자.

캐릭터가 이 직업을 택한 이유

- 어렸을 때 옷 때문에 놀림을 받아서
- 어릴 때 제일 좋아했던 친척이 모델이나 패션 비평가였어서
- 패션을 좋아하고 유행을 따르는 것을 즐겨서
- 창의력이 뛰어나고 압박을 받을 때 일을 잘 함
- 다양한 프로젝트를 수행하느라 일상이 매일 달라지는 것을 좋아해서
- 사람들이 끔찍한 옷을 입지 않도록 하는 것이 자신의 사명이라고 생각해서
- 패션 디자인의 고독함이 좋아서
- 유명해지고 싶고, 자신이 만든 옷을 입는 사람들의 모습을 보고 싶어서
- 옷을 예술의 도구로 보기 때문에

퍼스널 쇼퍼 Personal Shopper

개요

퍼스널 쇼퍼는 고객을 대신하여 물품을 구매하거나 고객의 쇼핑에 동행해 전문적인 조언을 하는 사람이다. 다른 사람에게 줄 선물을 고르려고 퍼스널 쇼퍼를 고용하는 고객도 있다. 퍼스널 쇼퍼는 고객 개개인의 취향과 욕구에 맞는 서비스를 제공한다. 퍼스널 쇼퍼는 가게에 고용되기도 하고 개인 고객과 직접 만나거나 온라인을 통해 프리랜서로 일하기도 한다.

필요한 훈련·교육

퍼스널 쇼퍼가 되기 위해 정식 교육을 받을 필요는 없으나, 패션 머천다이징과 같은 소매 관련 또는 패션 산업 관련 학위가 있으면 유용하다. 학력보다는 경험이 중요한 분야로서 영업 실적과 높은 고객 만족도가 특히 중요하다.

이 직업에 유용한 기술·재능

인간적인 매력, 탁월한 기억력, 신뢰를 주는 능력, 경청하는 능력, 흥정 솜씨, 멀티태스킹, 상대의 마음을 읽는 능력, 영업 능력

이 직업에 도움이 되는 성격 특성

매력적인, 자신감 있는, 협조적인, 창의적인, 수완이 좋은, 진중한, 느긋한, 효율적인, 화려한 것을 좋아하는, 호감을 주는, 정직한, 아는체하는, 충실한, 남을 보살피기 좋아하는, 객관적인, 체계적인, 설득력 있는, 임기응변에 능한, 교양 있는, 변덕스러운, 타고난 재능, 알뜰한

갈등이 벌어지는 상황

- 까다로운 고객이 비현실적인 기대를 할 때
- 제안이나 변화를 받아들이지 않는 고객
- 고객에게 에둘러 말하는 것과 솔직하게 말하는 것 사이에서 균형을 잡아야 할 때
- 최신 트렌드에 뒤처지지 않아야 한다는 중압감
- 체중이 증가한 고객이 사이즈 변화를 받아들이려 하지 않을 때
- 할당된 영업 실적을 달성해야 할 때
- 고객의 측근이나 주변 사람을 응대해야 할 때

- 다른 퍼스널 쇼퍼와 경쟁해야 할 때
- 고객의 욕구에 맞추려고 업무 시간이 길어질 때
- 고객이 선뜻 결정하지 못하고 망설일 때
- 수수료를 받고 일하는 퍼스널 쇼퍼인 경우, 수입이 일정하지 않음
- 퍼스널 쇼퍼의 이미지를 유지하느라 옷에 너무 많은 돈을 쓰게 됨
- 고객과 좋은 관계를 유지하고 싶은 마음과 물품을 많이 팔(아서 수익을 올리)고 싶은 욕구 사이에서 균형을 잡아야 할 때
- 고객을 만족시키려고 캐릭터 자신의 취향은 뒷전이 될 때
- 고객이 쓸 수 있는 예산이 적어서 선택에 제약이 있을 때
- 고객에게서 달갑지 않은 소문이나 험담을 듣게 됨
- 외양을 지나치게 중시하거나 돈이면 다 된다는 고객을 응대해야 할 때
- 고객을 대신해 물품을 구입할 때마다 그런 물품을 마음껏 구입할 수 있는 고객이 부러움
- 고객에게 최선의 제안을 할 것인지, 뒷돈을 받을 수 있는 물품을 추천할 것인지 갈등이 될 때
- 부유한 고객을 위해 여러 가지 물품을 살 때, 고객은 절대 눈치채지 못할 것이니 자신이 사고 싶은 물품을 슬쩍 끼워 넣고 싶다는 유혹을 느낌
- 혼자 일하고 싶은데 수다스러운 고객과 하루 종일 지내야 할 때
- 온라인 쇼핑을 하다가 고객들의 취향을 헷갈리는 바람에 각 고객에게 맞지 않는 물품을 보냈을 때

주로 접하는 사람들

고객, 판매 담당 직원, 패션 디자이너, 매장 매니저, 다른 퍼스널 쇼퍼

직업이 캐릭터의 욕구에 미치는 영향

- **존중과 인정의 욕구**

  퍼스널 쇼퍼는 쇼핑이나 하면서 쓸데없는 곳에 돈을 낭비한다고 무시하는 사람들이 있다. 새로운 고객을 유치하고 기존 고객을 유지하기 위해 끊임없이 관련 업계의 정보를 수집하고 사업 수완을 갈고닦는 퍼스널 쇼퍼의 노력은 과소평가되기 일쑤다.

- **애정과 소속의 욕구**

  퍼스널 쇼퍼는 장시간 근무하고 상시 대기하고 있어야 하므로 사적인 대인 관계를 발전시키기 어려울 수 있다.

고정관념 비틀기

퍼스널 쇼퍼는 고객의 욕구에 모든 것을 맞추어야 하는 직업이다. 그렇다면 "내가 너보다 더 잘 아니까 내가 하라는 대로 해"라고 말하는 퍼스널 쇼퍼 캐릭터는 어떨까?

퍼스널 쇼퍼의 생계는 고객이 최신 패션에 대한 퍼스널 쇼퍼의 지식과 감각에 기꺼이 돈을 지불하느냐에 달려 있다. 여러분의 캐릭터가 자기주장이 강하고, 속으로는 물질주의와 돈을 비판하는 사람이라면 어떤 퍼스널 쇼퍼가 될까?

쇼핑이라고 하면 흔히 여성을 떠올리지만, 남성 퍼스널 쇼퍼나 남성 고객 캐릭터를 만들면 이 고정관념을 뒤집을 수 있다.

캐릭터가 이 직업을 택한 이유

- 패션업과 패션 동향에 뛰어난 안목이 있음
- 대인 관계를 발전시키고 유지하는 일에 능함
- 고객의 취향에 맞추어 패션 아이템을 조합하는 일을 즐김
- 영업 능력을 발휘하여 목표를 달성하는 일에 전율을 느낌
- 사람들이 자신의 달라진 모습을 확인하고 기뻐하는 모습을 보며 보람을 느낌
- 부와 권력을 가진 사람에게 접근하고 싶어서
- 패션 산업을 사랑하지만, 디자이너가 될만한 재능은 없어서

푸드 스타일리스트 Food Stylist

개요

푸드 스타일리스트는 요리책, 잡지, 광고, 영화, 텔레비전 프로그램에 나올 음식을 준비해서 아름답고 먹음직스럽게 보이도록 모양새를 갖추는 직업이다. 음식은 색깔, 질감, 형태는 물론 조리법에 따라서 다르게 보이기 때문에 모든 요소를 고려하여 가능하면 음식이 돋보이도록 연출한다.

미술감독·사진작가와 협업하며 음식의 미적인 요소에 집중하는 경우도 있고, 요리가 차려지는 장면을 포함하여 음식을 준비하는 과정 대부분 또는 전부를 도맡는 푸드 스타일리스트도 있다(음식 전문 블로거 같은 경우). 푸드 스타일리스트는 작업에 사용할 음식을 직접 조리하기도 하고, 원하는 시각 효과를 연출하기 위해 먹을 수 없는 재료로 요리를 만들거나 꾸미기도 한다(예를 들면 플라스틱으로 된 얼음을 쓰거나, 향을 피워 김이 나는 효과를 내거나, 광택을 내려고 디오더런트 스프레이를 뿌리는 등).

필요한 훈련·교육

성공한 푸드 스타일리스트는 대개 관련 정규교육을 받았으나 교육이 필수적인 것은 아니다. 푸드 스타일링 자체는 학위 과정이 없지만, 많은 푸드 스타일리스트가 요리 기술을 배운다. 구직할 때는 학력보다 경력과 탄탄한 포트폴리오가 중요하다. 푸드 스타일리스트 중에는 셰프로 일했던 경험이 있는 사람이 많다.

이 직업에 유용한 기술·재능

베이킹, 창의력, 꼼꼼함, 손재주, 환대하는 능력, 인맥, 발상을 전환하는 능력, 홍보 능력, 조각, 글쓰기, 비전

이 직업에 도움이 되는 성격 특성

적응을 잘하는, 협조적인, 창의적인, 호기심이 많은, 집중력 있는, 사소한 것도 지나치지 않는, 상상력이 풍부한, 근면 성실한, 내향적인, 세심한, 관찰력이 뛰어난, 열정적인, 완벽주의적인, 끈질긴, 변덕스러운, 교양 있는, 재능이 뛰어난, 엉뚱한

갈등이 벌어지는 상황

- 다양한 포트폴리오를 만들려고 노력할 때
- (집에서 일할 경우) 식품과 장비 구입에 드는 비용
- 푸드 스타일리스트의 시각적 감각이 사진작가나 미술감독의 감각과 충돌할 때
- 갓 만든 음식으로 빨리 작업해야 할 때
- 요리에 들어간 재료가 잘못 조리되어서 처음부터 다시 만들어야 할 때
- 완벽함과 어수선함을 조화시켜 음식이 보기 좋으면서도 먹기 편해 보이도록 만들어야 할 때
- 각도를 잘 잡거나 보정해서 더 아름답게 찍지 않고, 있는 그대로 찍어버리는 사진작가
- (채식주의자이지만 고기 요리를 준비해야 하는 등) 도덕적 딜레마
- 알레르기 때문에 특정 재료를 다룰 수 없을 때
- 필요한 재료나 자재를 구할 수 없을 때
- 낯선 요리라서 플레이팅을 멋지게 하기 어려움
- 하루 만에 사진을 찍어야 하므로 여러 가지 요리를 한꺼번에 준비해야 함
- 무리를 해서라도 고객의 기대치를 맞추어야 할 때
- 까다롭거나 요리와 어울리지 않는 재료를 요청하는 고객
- 창의적인 아이디어가 떠오르지 않을 때
- 드러나지 않는 일이라서 인정받기 힘들 때
- 일하는 곳의 습도 등 조건이 나빠서 식품이 상하기 쉬울 때
- (임신해서 냄새에 민감한데 냄새가 심한 요리를 해야 하는 등) 요리를 하는 것이 불편할 때
- 낯선 재료를 다루어야 할 때

주로 접하는 사람들

사진작가, 미술감독, 편집자, 셰프, 식당 주인, 다른 고객

직업이 캐릭터의 욕구에 미치는 영향

- **자아실현 욕구**
  푸드 스타일리스트는 미술감독·사진작가·고객과 함께 일해야 하기 때문에 자신의 창의력을 충분히 표현하지 못할 수 있다.
- **존중과 인정의 욕구**
  푸드 스타일리스트는 최종 소비자와 동떨어져 있기 때문에 작업을 제대로 인정받지 못할 수 있다. 푸드 스타일링에는 다양한 기술이 필요하지만 가장 가까이에서 일하는 사람들조차 푸드 스타일리스트의 노력을 높이 평가하지 않을 때도 있다.
- **안전 욕구**
  푸드 스타일링에 필요한 재료가 위험할 수 있다. 특히 장갑을 착용하면 섬세한 작업을 하기 힘들어서 맨손으로 재료를 다뤄야 하거나, 알레르기 반응을 일으키는 입자를 흡입하는 경우도 있다.

고정관념 비틀기

푸드 스타일리스트는 정해진 시간 내에 음식을 요리하고 재빨리 플레이팅해야 하는 경우가 많으므로 체계적이어야 한다. 발생할 문제를 예측하고 대응하는 센스도 필요하다. 너무나 완벽주의자여서 같이 일하는 사람들이 짜증을 낼 정도로 일하는 속도가 느린 캐릭터는 어떨까?

푸드 스타일리스트는 보기 좋은 스타일링을 위해 다른 사람들과 협업해야 한다. 놀라운 재능과 상상력으로 멋진 플레이팅을 만들어내지만 같이 일하는 사람들과 문제를 일으켜서 자제력이 필요한 캐릭터는 어떤가?

캐릭터가 이 직업을 택한 이유

- 셰프로서는 실패했지만 음식을 다루는 일을 계속하고 싶어서
- 감정적 상처 때문에 섭식 장애를 겪었지만, 푸드 스타일링이라는 건강한 방식으로 극복해냈음
- 요리에 열정이 있어서
- 균형이 잘 잡힌 상차림의 아름다움을 음미하고 싶어서
- 가족 중에 사진작가나 디자이너 등 잡지 쪽에서 일하는 사람이 있어서
- 음식을 일종의 예술로 보기 때문에

- 촉각이 예민하고 창의력을 발산할 수단이 필요해서
- 소중한 감각(후각 또는 미각)을 잃어버렸고, 음식을 아름답게 꾸미는 일을 통해 그런 감각의 결핍을 채우고 싶어서

프로 운동선수 Professional Athlete

개요

프로 운동선수는 생계를 위해 경기에 참가한다. 티켓 판매 수익금, 경기 상금, 광고, 기업 후원, 보조금, 상품 판매 등으로 돈을 번다. 관련 분야에서 부업을 하며 수입을 보충하기도 한다. 건강을 유지하고 자기 분야에서 최고의 위치에 있다면 스타플레이어가 되어 백만장자 수준의 부와 명예를 누리기도 한다.

프로 운동선수는 훈련에 많은 시간을 쓴다. 그 외에 과거 경기 장면 검토, 라이벌의 실력 분석, 개인 운동, 엄격한 식단 준수, 홍보 활동 참여, 에이전트·코치·감독·팀 동료들과 회의도 중요한 일정이다. 종목에 따라 원하는 장소에서 생활하면서 다양한 곳에서 열리는 대회에 참가하는 경우도 있고, 소속팀의 결정에 따라 팀과 거주지를 옮겨야 하는 경우도 있다.

필요한 훈련·교육

운동을 직업으로 삼을 정도에 이르려면 극한의 훈련과 장기간에 걸친 성실한 연습이 필요하다. 기술을 빨리 습득하려고 개인 코치와 연습하는 선수도 많다. 프로 운동선수 대부분은 어릴 때부터 운동을 시작하여 고등학교와 대학에서 계속 실력을 갈고닦았다. 고등학교 졸업 직후 또는 대학 졸업 후에 프로 팀에 입단한다. 대학 팀을 거쳐 프로에 입문할 경우, 대학 팀에서도 좋은 성적을 기록해야 한다.

이 직업에 유용한 기술·재능

기본적인 응급처치, 손재주, 평정심, 고통에 대한 인내, 리더십, 실행력, 홍보 능력, 체력, 전략적 사고, 완력, 빠른 발

이 직업에 도움이 되는 성격 특성

야심만만한, 분석적인, 자신감 있는, 대립을 두려워하지 않는, 협조적인, 과단성 있는, 규율을 준수하는, 열성적인, 집중력 있는, 영감을 주는, 강박관념이 있는, 열정적인, 완벽주의적인, 끈질긴, 책임감 있는, 근면 성실한, 재능을 타고난, 거리낌 없는, 일중독

갈등이 벌어지는 상황	• 고질적이거나 은퇴를 고려해야 하는 심각한 부상 • 과거에 했던 부적절한 발언이 화제가 되어 평판이 나빠짐 • (탐욕스러운 에이전트, 선수의 유명세나 돈에만 관심 있는 친구같이) 질 나쁜 사람들을 믿었을 때 • 약물 검사를 통과하지 못했을 때 • 더 젊고 재능 있는 선수에게 자리를 빼앗겼을 때 • 성적을 올리거나 성공하라는 내·외부의 압력 • 자신감이 도저히 회복되지 않을 때 • 트레이드되어서 낯선 곳으로 이사를 가야 할 때 • 원정 중에 일회성 만남이나 마약 같은 유혹에 빠짐 • 소속 팀 경영진이나 코칭스태프가 바뀌어서 캐릭터에게 불리해졌을 때 • 특정 선수를 편애하는 코치·감독 • 돈 관리를 제대로 못해서 막대한 금액을 잃었을 때 • 성희롱 혐의를 받거나, 누군가가 낳은 아이의 아버지라는 의혹을 받을 때 • 성희롱을 당했을 때 • 기업 후원이나 광고 계약 기회를 날렸을 때 • 경기나 대회 중에 다른 선수에게 부상을 입혔을 때 • 선수 캐릭터가 크게 활약하거나 성공을 해야 조건부로 사랑을 표현하는 부모 • (마약 구매, 술집에서 싸움에 휘말림, 무단 침입, 범죄자와 어울림 등) 불미스러운 상황에 휘말렸을 때 • 새로운 도시에 이사 온 후 자녀가 적응을 하지 못할 때 • 대중에게 보이는 이미지를 관리해야 할 때 • 나이·부상·정신 건강 문제 등으로 경기력이 저하될 때
주로 접하는 사람들	팀 동료, 경쟁자, 코치, 감독, 에이전트, 매니저, 개인 트레이너, 영양사, 의사, 물리치료사, 팬

직업이 캐릭터의 욕구에 미치는 영향

- **자아실현 욕구**

  프로 운동선수는 비판을 끊임없이 견뎌야 하는 직업이다. 여기에 잘 대처하지 못한다면 자존감이 금방 바닥을 칠 수 있다.

- **애정과 소속의 욕구**

  투어를 자주 다니거나 원정 경기 때문에 가족들과 떨어져서 지내야 하는 선수들은 애정 관계를 유지하기 힘들 수 있다.

- **안전 욕구**

  (뇌진탕 등) 은퇴를 고려해야 할 정도로 심각한 부상을 입으면 안전 욕구가 충족되지 않을 것이다.

고정관념 비틀기

운동선수가 나오는 이야기는 대체로 돈 많고 연줄도 탄탄한 전형적인 악역과, 그에 맞서는 전형적인 언더독[상대적 약자, 경쟁에서 열세인 사람] 주인공의 대결 구도다. 이런 전형적인 캐릭터의 역할에 변화를 주면 이야기를 신선하게 전개할 수 있다.

주인공을 어떤 종목의 선수로 설정할 것인지도 신중하게 고려해야 한다. (야구나 축구 같은) 인기 스포츠는 독창적인 이야기를 만들기에는 너무나 잘 알려져 있으니, 창작물에 덜 나오는 종목을 선택해보자. 스키트사격, 마장마술, 펜싱, 레슬링, 조정, 패럴림픽 종목 등을 택하면 독자에게 새로운 영역을 보여줄 수 있다.

캐릭터가 이 직업을 택한 이유

- 운동에 재능이 있고 타고난 경쟁심과 추진력이 있어서
- 가족의 기대에 부응하고 싶거나 세간의 관심을 받는 분야에서 성공하고 싶어서
- 마음에 들지 않는 생활환경에서 벗어나고 싶어서
- 명성과 부를 손에 넣고 싶어서

프로 포커 선수 Professional Poker Player

개요

프로 포커 선수란 생계를 위해 포커를 치는 사람으로, 일하는 시간에 따라 임금을 받는 것이 아니라 상금으로 수입을 얻는다. 카지노나 전문 카드 룸에서 직접 경기를 치를 수도 있고, 온라인으로 전 세계의 상대와 플레이를 할 수도 있다. 막대한 바이인buy-in[특정 포커 게임에 참가하기 위해 지불해야 하는 금액]이 걸리고 몇 시간 혹은 며칠까지도 이어지는 토너먼트에 참가하는 선수도 있다. 여행을 좋아하는 선수는 국제 대회 투어를 다니기도 하지만, 그렇지 않은 선수들은 집에서 가까운 대회를 선호한다.

필요한 훈련·교육

모든 기술이 그렇듯 포커 역시 연습이 필요하다. 하루 평균 8시간을 연습하는 선수도 있다. 여기에는 친구와 간단히 치거나 베팅 금액이 낮은 경기에 참가하는 것도 포함된다. 프로 포커 선수가 되려면 포커 게임에 대해 모르는 것이 없어야 한다. 포커 게임의 종류에 따라 앤티 ante[카드를 돌리기 전에 각 플레이어가 지불해야 하는 일종의 참가료인 기본 베팅액]와 블라인드blind[텍사스 홀덤 포커에서 딜러 다음의 두 플레이어가 무조건 해야 하는 베팅]가 올라갈 수 있고 규칙도 달라지기 때문이다. 경기를 현명하게 운영하고 뱅크롤bankroll[한 플레이어가 한 포커 게임에서 사용할 수 있는 총금액]을 관리하려면 수학적인 정확성과 분석 기술도 갈고닦아야 한다.

이 직업에 유용한 기술·재능

돈을 버는 요령, 상황 예측 능력, 손재주, 평정심, 숫자 감각, 직관력, 거짓말, 정확한 기억력, 상대의 마음을 읽는 능력, 간단한 손 마술, 전략적 사고

이 직업에 도움이 되는 성격 특성

기민한, 야심 있는, 분석적인, 과감한, 차분한, 규율을 준수하는, 집중력이 뛰어난, 상대를 뜻대로 조종하려 드는, 관찰력이 좋은, 강박관념이 있는, 참을성 있는, 미신을 믿는, 재능을 타고난, 알뜰한, 마음을 터놓지 않는, 내성적인

갈등이 벌어지는 상황

- 속임수를 쓰는 사람과 플레이할 때
- 이제는 그만 '진짜 직업'을 가지라고 강요하는 가족들
- (수면 부족, 각성제 과다 사용, 운동 부족 등) 신체를 한계로 몰아붙임
- 뱅크롤을 잘못 계산했을 때
- 도박·알코올·카페인 등에 중독되었을 때
- 속임수를 쓴다고 고발당했을 때
- 카지노에 출입 금지당했을 때
- 다른 프로 선수들과의 갈등이나 경쟁의식
- 게임에서 지고 나서 위협을 하거나 보복하려 드는 아마추어 선수
- 온라인 대전 중에 컴퓨터가 먹통이 되어버렸을 때
- 손에 땀을 쥐게 하는 긴박한 게임을 계속하느라 스트레스가 심해짐
- 개인 사정이나 가족 문제 때문에 경기에 집중할 수 없을 때
- 상대의 심리나 패를 잘못 읽었을 때
- 도박은 범죄라고 여기는 가족
- 블러핑bluffing[허세를 부려서 끗수가 높거나 낮은 척하는 행위]을 했는데 상대가 응수했을 때
- 건강이 좋지 않아도 경기를 해야 할 때
- 고액의 상금을 받았으나 강도를 만나서 모두 빼앗김
- 전문 도박을 법으로 금지하는 지역으로 이사 가게 되었을 때
- 대규모 토너먼트 대회에 참가하지 못하게 되었을 때
- 행운을 불러온다는 의식이나 미신에 집착할 때

주로 접하는 사람들

(직접 보거나 온라인으로 접하는) 다른 선수들, 딜러, 관중, 아나운서, 웨이터·웨이트리스, 경호원, 보안 요원, 카지노 경영진, 컨시어지, 기자

직업이 캐릭터의 욕구에 미치는 영향

- **존중과 인정의 욕구**

  유명한 프로 포커 선수는 극소수이고, 그나마 다른 선수가 더 많이 승리하게 되면 인기를 빼앗긴다. 이런 상황에서는 자존감이 롤러코스터처럼 요동치기 쉽다.

- **애정과 소속의 욕구**

  포커 선수들은 광범위한 분야의 경기를 전문적인 수준에 이를 때

까지 연습해야 한다. 기술 습득에만 몰두하다 보면 배우자나 자녀, 친구들과의 관계에 소홀해질 수 있다.

- **안전 욕구**

  포커 치기는 고정 수입이 보장되는 직업이 아니다. 어떤 프로 선수든 연패의 늪에 빠질 수 있으며, 이때 심각한 빚을 지기도 한다.

- **생리적 욕구**

  포커 게임을 하려면 탁자나 컴퓨터 앞에 오래 앉아 있어야 한다. 적절한 운동과 수면, 영양 공급이 필요하지만, 게임에 너무 몰두하다보면 건강을 돌보지 못할 수 있다.

고정관념 비틀기

대부분 프로 포커 선수는 법적인 이유로 성인이지만, 일부 국가에서는 10대나 어린이까지도 포커를 할 수 있다. 여러분의 포커 스타 캐릭터를 기존에 볼 수 없었던 젊은 나이로 설정하여 고정관념을 비틀어보자.

프로 포커 선수들은 액세서리, 스타일, 심지어 의상의 색상도 비슷해서 다 같아 보인다. 분위기를 휘어잡고 상대방을 동요시키려고 의도적으로 도발적인 옷을 입는 캐릭터는 어떨까?

캐릭터가 이 직업을 택한 이유

- (부모님이 카지노를 소유했거나, 전문 도박사였다는 등) 어릴 때부터 이 업계에 노출되었기에
- 빨리 돈 벌 곳을 찾아야 했기에
- 학업 성적은 좋지 않았으나 머리 쓰는 일을 잘해서
- 게임과 모험, 승리의 순간 솟구치는 아드레날린을 사랑해서
- 사무실에 묶여 있는 직업이나 다른 사람 밑에서 일하는 직업은 싫어서
- 도박 중독 때문에

항공교통관제사 Air Traffic Controller

개요

항공교통관제사는 공중이나 활주로에서 이동하는 항공기의 안전을 감독하고 안내하는 역할을 한다. 파일럿에게 이착륙 지시를 내릴 뿐 아니라, 비행 패턴을 모니터링하다가 경로를 바꿀 것을 요청하기도 한다. 비행기가 담당 영역을 벗어나면, 다른 항공관제 센터에 책임을 이전한다. 항공교통관제사는 팀원을 훈련시키고 관리하며 스트레스를 줄이는 일을 맡기도 한다. 일하는 내내 집중해서 상황을 신속하게 판단해야 하므로 스트레스를 많이 받는 직업이다.

필요한 훈련·교육

여러 군 부서에 항공교통관제사가 되기 위한 훈련 프로그램이 마련되어 있다. 미국의 경우 민간인이 지원하려면 최소 항공관제 분야의 준학사 학위가 있어야 하고 연방항공국에서 발급한 자격증도 필요하다. 연방항공국 자격증을 받으려면 필기 시험과 실기 시험을 통과하고 일정 기간 이상 관제 경험도 쌓아야 한다. 추천서를 받는다면 추가 훈련 과정에 들어가는 데 도움이 되고, 교육 과정은 지원하려는 부서나 부대에 따라 다를 수 있다[한국의 경우 학위가 반드시 필요한 것은 아니지만 대학에서 항공 관련 전공을 이수하면 유리하다. 항공교통관제사 자격증을 취득해야 하며 신체검사와 EPTA(항공영어구술능력증명시험) 등도 통과해야 한다. 항공교통관제사 시험은 만 18세 이상이면 응시 가능하다].

미국에서 30세 이상이 항공교통관제사로 취업하는 경우는 드물다. 신입으로 지원한다면 더욱 그렇다. 전과가 있는 사람은 취업 자체가 어려울 가능성이 높다.

이 직업에 유용한 기술·재능

꼼꼼함, 평정심, 숫자 감각이 뛰어남, 외국어 구사 능력, 멀티태스킹, 기후 변동 예측, 조사 능력, 전략적 사고

이 직업에 도움이 되는 성격 특성

기민한, 분석적인, 차분한, 조심스러운, 규율을 지키는, 집중력이 뛰어난, 지능이 높은, 꼼꼼한, 명령이나 규율을 어김없이 따르는, 관찰력이 좋은, 체계적인, 애국심이 강한, 미리 대비하는, 전문성을 갖춘,

책임감 있는

갈등이 벌어지는 상황

- 악천후 때문에 시계視界가 제한되고 통신이 원활하지 않음
- 조종사가 지시나 조언을 귀담아듣지 않음
- 같이 일하는 동료와 성격이 맞지 않거나, 사사건건 의견이 다르거나, 지시를 전달하는 방식이 달라서 마찰이 생김
- 조종사나 다른 관제탑 근무자가 알아듣기 힘든 억양을 구사함
- 부서 간 소통이 없음
- 감독해야 할 항공량이 너무 많음
- 근무 교대가 불규칙하고 장시간 근무로 인해 긴장이 높아지는 바람에 피로가 쌓임
- 레이더 탐지 범위에 허점이 많아서 통신이 위태로워질 수 있음
- 인력이 부족할 때
- 예상치 못한 사태가 발생하여 초 단위로 결정을 내려야 할 때
- 동시에 여러 업무를 해내야 할 때
- 내리는 결정 하나하나에 막중한 책임이 걸려 있음(실수하면 곧바로 중대한 과실로 이어질 때)
- 업무 시간이 길고 힘들어서 대인 관계가 경직됨
- 팀원들 사이가 너무 끈끈해서 가족 구성원이 질투할 때
- 예상치 못한 근무 교대 때문에 가족과 세웠던 계획이 차질을 빚을 때
- 건강에 문제가 생겨서 업무 수행에 지장을 받을 때
- (감기나 배탈 같은) 갑작스러운 질환 때문에 집중력이 떨어질 때
- 대인 관계에서 받는 스트레스가 사고방식에까지 스며들어서 업무에서 공적인 부분과 사적인 부분을 구분하기 힘들어짐

주로 접하는 사람들

조종사, 다른 항공교통관제사, 공항의 지상 근무자, 군 관계자와 공무원, 현장 보안 장교

직업이 캐릭터의 욕구에 미치는 영향

- **존중과 인정의 욕구**

  다른 사람들의 생명을 좌지우지하는 직업이므로 자신감이 반드시 필요하다. 사소한 실수 하나도 비극으로 이어질 수 있기 때문에 자신감이 없는 캐릭터는 스스로의 능력을 의심하게 되고, 그 결과 더 많은 실수를 저지르거나 신뢰를 잃기도 한다.

- **애정과 소속의 욕구**

  장시간 일해야 하고 가정 밖에서 끈끈한 동료애가 형성되기 때문에 사적인 인간관계는 오히려 경직될 수 있다.

- **안전 욕구**

  인력이 부족하거나 추가 근무를 계속하다보면 수면 같은 기본적인 욕구를 충족하지 못할 수도 있다. 이 직업은 만성 피로와 탈진이 흔하며, 이는 판단력과 반응 시간에 영향을 미치므로 다른 사람들을 위험에 빠뜨릴 수도 있다.

고정관념 비틀기

많은 이야기, 특히 액션 장면에서 항공교통관제사는 스트레스를 많이 받아서 로봇이나 군인처럼 딱딱하고 무표정하게 그려지기 일쑤다. 이와는 다른 모습을 보여주면 개성 있는 항공교통관제사 캐릭터를 만들 수 있다. 실없는 농담을 경솔하게 내뱉거나, 동료와의 대화에 개인 정보를 슬쩍 끼워 넣거나, 업무 스트레스를 해소하는 방법을 묘사하면 독자의 흥미를 끄는 현실감 넘치는 캐릭터가 될 것이다.

캐릭터가 이 직업을 택한 이유

- 가족이나 친구, 멘토가 권해서
- 파일럿이 되지 못해서 그 대안으로 항공교통관제사를 선택함
- 항공기 사고로 사랑하는 사람을 잃음
- 비행기에 애정이 있어서 항공 관련 직업을 원했음
- 멀티태스킹에 능하고 도전의식을 북돋우는 직업을 갖고 싶어서
- 장시간의 근무를 핑계로 골치 아프거나 심란한 관계를 피할 수 있어서
- 압박을 받는 상황에서 능력을 발휘하는 타입이라서
- 다른 사람들을 안전하게 지키고 재난에서 보호하고자 하는 욕구가 있어서

- 비행기와 항공 장비에 접근할 필요가 있어서
- 권력이나 권위를 원해서
- 다른 이들의 생명을 통제하면서 흥분·쾌감을 느껴서

항공 승무원 Flight Attendant

개요

항공 승무원은 항공사의 객실 승무원으로, 승객의 안전과 편의를 책임진다. 비행 전에는 기장과 함께 브리핑에 참석해서 안전 문제, 장비 사용, 예상되는 난기류와 기상 상황을 검토한다. 승무원은 어린이, VIP, 특별한 관심이 필요한 사람을 중심으로 승객 명단을 확인하고, 이륙하기 전에 비행기의 안전 장비를 검사하고 결함이 있는 장비는 교체한다.

승무원은 승객의 탑승을 돕고 의심스럽거나 악의가 있어 보이는 행동은 관찰하도록 훈련받는다. 이륙 전에는 승객들에게 기내 안전 수칙 등 주의 사항을 알리고 비행하는 동안에는 식음료, 베개와 담요, 헤드폰 같은 물품을 제공한다. 그러면서도 의료 처치가 필요한 응급 상황이 벌어지지는 않는지, 이상한 소음이나 움직임이 있는지 살핀다. 쓰레기를 수거하고, 승객의 요구 사항을 해결하고, 기내에서 안전을 지키도록 관리하며 착륙을 준비한다. 비행기가 착륙하고 나면 승객들이 비행기에서 내리는 과정을 돕는다.

필요한 훈련·교육

승무원이 되기 위해서 요구하는 기준은 항공사마다 다양하다. 고등학교 졸업장이나 그와 동등한 학력을 요구하는 곳도 있고, 대학 졸업을 원하는 회사도 있다. 각 항공사는 일반적으로 승무원을 채용한 후 몇 주에 걸쳐 교육을 실시한다.

이 직업에 유용한 기술·재능

기본적인 응급처치, 인간적인 매력, 평정심, 탁월한 기억력, 훌륭한 균형 감각, 환대하는 능력, 독순술, 사람들을 웃게 하는 능력, 외국어 구사 능력, 중재 능력, 상대의 마음을 읽는 능력

이 직업에 도움이 되는 성격 특성

차분한, 정중한, 수완이 좋은, 규율을 준수하는, 진중한, 능률적인, 호감을 주는, 친절한, 관찰력 있는, 체계적인, 참을성 있는, 설득력 있는, 전문성을 갖춘, 책임감 있는, 마음이 넓은, 현명한

갈등이 벌어지는 상황

- 안전 규정을 무시하는 승객
- 수상한 행동을 하는 승객
- 날씨 또는 항공기 정비 때문에 비행 일정이 지연될 때
- 승무원의 외모를 엄격하게 규정하는 사측
- 너무 크거나 기묘한 물품을 소지한 승객
- 야간·주말·공휴일을 가리지 않고 불규칙한 근무 일정
- 연공서열에서 밀려서 비상대기해야 할 때
- 취객이나 어린이처럼 다루기 힘들거나 기내를 소란스럽게 만드는 승객
- 비행을 두려워하거나 불안증이 있는 승객
- 난기류
- 기내에서 응급 의료 사태가 벌어짐
- 저임금
- 불규칙한 일정 때문에 기진맥진함
- (공간을 두고 벌어진 다툼, 부부 싸움, 인종차별이나 편견 등) 승객 간 마찰
- 기내 엔터테인먼트 시스템이 제대로 작동하지 않을 때
- 승객들이 비행기에서 내릴 수 없는 곳에서 이륙이 지연될 때
- 근무 중 성희롱
- 짐을 너무 많이 넣어서 선반 공간을 지나치게 차지하는 승객
- 화장실이 고장 나서 남은 비행 동안 사용하지 못하게 되었을 때
- 조리실, 화장실 근처, 복도에 모여 있으면 안 된다고 제지했는데도 승객들이 지시를 따르지 않을 때
- (발톱을 깎거나, 맨발을 트레이에 올려놓는 등) 승객이 비위생적인 행동을 할 때

주로 접하는 사람들

승객, 기장과 부기장, 다른 승무원, (정비원 및 청소원 등) 공항 직원, 경찰

직업이 캐릭터의 욕구에 미치는 영향

- **존중과 인정의 욕구**

  승무원의 업무 중에서는 특히 기내식을 제공하는 일이 눈에 띄기 때문에, 승객의 눈에 승무원은 하늘의 웨이트리스나 웨이터로 보일 수 있다. 이런 과소평가가 승무원 캐릭터의 자존감을 떨어뜨릴 수 있다.
- **애정과 소속의 욕구**

  승무원 캐릭터는 불규칙한 노동시간, 잦은 비행, 비상대기 때문에 친구, 가족, 연인과의 관계를 원만하게 유지하기 어려울 수 있다.
- **안전 욕구**

  기내에서 폭력 사태가 발생하면 승무원이 맞서야 하므로 위험해질 수 있다.
- **생리적 욕구**

  불규칙한 일정과 시간대를 넘나드는 이동 때문에 승무원은 수면 부족과 탈진을 겪을 수 있다.

고정관념 비틀기

많은 이야기에서 승무원은 침착하고 통제력이 뛰어난 모습으로 묘사된다. 각종 중독, 밀실 공포증, 불면증 때문에 평정심을 유지하기 힘든 승무원 캐릭터를 만들어보자.

사람들은 승무원이 사교적이고 인내심이 강한 성격이라고 생각한다. 대인 관계 기술이 부족한 승무원 캐릭터를 만들어서 까다로운 손님이나 동료 승무원과 마찰을 빚게 해보자.

캐릭터가 이 직업을 택한 이유

- 과거 비행 중에 입었던 트라우마를 극복하고 싶어서
- 여행과 돌발 상황을 즐겨서
- 가족과 거리를 두고 싶어서
- 개인적인 책임, 한자리에 정착해야 한다는 주변의 시선, 대인 관계에서 오는 구속을 벗어나고 싶어서
- (특정한 공포증, 트라우마, 사회와 인간 전체에게 느끼는 절망 때문에) 지상보다 상공이 안전하다고 느끼므로

현상금 사냥꾼 Bounty Hunter

[현재 현상금 사냥꾼이 합법인 국가는 미국과 필리핀뿐이며, 미국 내에서도 현상금 사냥꾼이 할 수 있는 일은 주마다 다르다]

개요

현상금 사냥꾼은 법을 피해 도망 중인 사람을 추적하여 붙잡는 일을 한다. 미국의 경우, 용의자는 재판을 기다리는 동안 보석금을 내고 풀려날 수 있다. 보석금을 지불할 형편이 아니면 보석금 지불 보증인에게 돈을 빌려서 보석금을 낸다. 이렇게 보석금을 빌려 낸 용의자가 재판일에 법정에 출두하지 않으면 도망자 신분이 된다. 보석금을 떼이게 된 보석금 지불 보증인은 현상금 사냥꾼에게 보석금의 일부를 수임료로 지불하고 도망간 용의자를 찾도록 의뢰한다. 현상금 사냥꾼은 보석금 지불 보증인에게 직접 고용되기도 하고 프리랜서로 일하기도 한다.

어떤 면에서 현상금 사냥꾼은 경찰보다 더 자유롭다. 영장 없이 도망자의 집에 들어갈 수 있고 여러 주를 오가면서 도망자를 추적할 수도 있다. 현상금 사냥꾼은 도망자의 가족이나 친구를 만나고, 이웃을 조사하고, 특정 장소에서 잠복근무를 하고, 휴대전화 기록이나 자동차 번호판을 추적하고, 찾아낸 용의자와 대치한다. 기본적으로 위험 요소가 많은 일이므로 2인 1조 혹은 여러 명이 팀을 이루어 활동한다.

필요한 훈련·교육

미국에서 현상금 사냥꾼의 연령은 21세 이상으로 제한되며, 고등학교를 졸업하거나 그에 준하는 학력을 인증해야 한다. 경찰이었거나 군 경력이 있는 현상금 사냥꾼이 많지만, 현상금 사냥꾼이 되려고 공식적인 교육과정을 밟아야 하는 것은 아니다. 미국 내 현상금 사냥꾼은 대개 해당 주 정부에서 허가를 받으므로, 관련 법규와 업무 영역의 규제 사항에 대한 시험을 통과해야 하는 경우도 있다. 이 직업군에 처음 진입한 사람이라면 경험 많은 현상금 사냥꾼의 수습 자격부터 시작해서 일을 배워나갈 것이다.

이 직업에 유용한 기술·재능

기본적인 응급처치, 친화력, 인간적인 매력, 상황 예측 능력, 컴퓨터 해킹, 평정심, 탁월한 기억력, 신뢰를 주는 능력, 경청하는 능력, 흥정 솜씨, 고통에 대한 인내, 상대의 심리를 파악하여 행동이나 사고를 예측하는 능력, 인맥, 발상을 전환하는 능력, 파쿠르, 상대의 마음을 읽는 능력, 호신술, 정확한 사격, 체력, 전략적 사고 능력, 완력, 생존 능력, 빠른 발, 격투 기술

이 직업에 도움이 되는 성격 특성

모험을 좋아하는, 기민한, 대담한, 냉담한, 조심스러운, 과단성 있는, 진중한, 집중력 있는, 진지한, 근면 성실한, 공정한, 상대를 뜻대로 조종하려 드는, 꼬치꼬치 캐묻는, 관찰력 있는, 강박관념이 있는, 인내심 있는, 끈질긴, 설득력 있는, 남을 보호하려 하는, 추진력 있는, 반항적인, 임기응변에 능한, 책임감 있는, 성격이 난폭한, 분별력 있는, 의심이 많은, 거리낌 없는, 앙심을 품는, 현명한

갈등이 벌어지는 상황

- 비협조적인 정보원에게서 정보를 얻어야 할 때
- 법을 지키느라 제대로 일할 수 없을 때
- 법을 교묘히 어겨서라도 도망자를 잡고 싶을 때
- 도망자를 찾을 수 없을 때
- 잘못된 정보를 받았을 때
- 예산을 초과하거나 일정을 넘겨버림
- 중요한 수사관이나 보석금 지불 보증인 등이 일을 그만두거나 포기함
- (도망자가 아는 사람이거나, 도망자 때문에 가족이 희생되는 등) 이해가 충돌하는 상황이 벌어짐
- 상해를 입어서 일을 하기가 어려워졌을 때
- 도망자에게 상해를 입거나 구금당함
- 일을 맡긴 보석금 지불 보증인이 일을 빨리 마무리하라고 독촉함
- 다른 현상금 사냥꾼들도 눈독을 들이고 있는 사건을 맡았을 때
- 현상금 사냥꾼을 미심쩍게 보는 사람들이 캐릭터가 일하는 방식에 의문을 제기할 때
- 정보를 얻으려고 위험한 곳에 가서 긴장을 늦출 수 없는 사람들과

이야기해야 할 때

- 도덕적 갈등(폭행 혐의로 기소된 중죄인을 추적하는 일을 맡았는데, 알고 보니 이 중죄인은 자기 자녀를 노리는 흉악범을 폭행해서 기소된 것임)

주로 접하는 사람들

보석금 지불 보증인, 경찰, 도망자와 관련된 사람들(가족, 친구, 이웃, 예전 상사 등), 현상금 사냥꾼이 자주 찾는 곳에서 접촉하게 되는 사람들(가게 주인, 서빙 종업원, 매춘부 등), 공무원

직업이 캐릭터의 욕구에 미치는 영향

- **자아실현 욕구**

  군인이나 경찰 같은 정말로 원하는 일을 할 수 없어서 어쩔 수 없이 현상금 사냥꾼을 직업으로 택했다면, 일에서 성취감을 느끼지 못하고 초조해질 것이다.

- **안전 욕구**

  직업 자체의 위험성이 크다. 추적해야 하는 도망자, 자주 가야 하는 장소가 캐릭터의 안전을 위협할 수 있다.

- **생리적 욕구**

  현상금 사냥꾼은 잡히지 않으려고 무슨 짓이든 하는 위험한 도망자를 쫓다가 목숨을 잃을 수도 있다.

고정관념 비틀기

현상금 사냥꾼은 대개 거칠고 지저분하게 묘사된다. 그래야 도망자나 추적하는 대상이 숨어 있는 환경에 잘 섞여들 수 있기 때문이다. 이런 고정관념을 비틀고 싶다면 상류층 관련 사건만 맡는 현상금 사냥꾼 캐릭터를 만들어보자. 그런 사건의 도망자는 부자다운 외양을 지녔을 것이므로, 캐릭터 역시 부유하고 세련되게 보여야 할 것이다.

캐릭터가 이 직업을 택한 이유

- 직업 군인으로 복무를 마친 후 일자리가 필요해서
- (삶의 다른 영역은 통제할 수 없어서) 통제력을 발휘할 수 있는 직업을 찾음
- 특정 도시와 그 거주민들을 광범위하게 알고 있음
- 모험과 위험을 즐기기 때문에

- 다른 사람을 지켜주고 싶다는 본성을 타고남
- 어릴 때부터 정의를 실현하는 직업을 동경해서
- 추적과 미스터리 해결에 흥미가 있고 그런 취미를 직업으로 이어 가고 싶어서
- 자신이 피해자였을 때 가해자가 법망을 빠져나가버린 것이 한이 되어서

작가 사전 2

펴낸날 초판 1쇄 2024년 1월 10일

지은이 안젤라 애커만, 베카 푸글리시

옮긴이 오수원, 최세민, 김홍준, 박규원, 서연주, 이두경, 이학미, 최윤영

펴낸이 이주애, 홍영완

편집장 최혜리

편집1팀 양혜영, 김하영, 김혜원

편집 박효주, 장종철, 문주영, 홍은비, 강민우, 이정미, 이소연

디자인 박아형, 김주연, 기조숙, 박정원, 윤소정, 박소현

마케팅 김태윤

홍보 김철, 정혜인, 김준영, 김민준

해외기획 정미현

경영지원 박소현

펴낸곳 (주)윌북

출판등록 제2006-000017호

주소 10881 경기도 파주시 광인사길 217

전화 031-955-3777 **팩스** 031-955-3778

홈페이지 willbookspub.com

블로그 blog.naver.com/willbooks **포스트** post.naver.com/willbooks

트위터 @onwillbooks **인스타그램** @willbooks_pub

ISBN 979-11-5581-676-9 04800

979-11-5581-674-5 (세트)

책값은 뒤표지에 있습니다.

잘못 만들어진 책은 구입하신 서점에서 바꿔드립니다.